James Ellroy
EIN AMERIKANISCHER ALBTRAUM

James Ellroy

EIN AMERIKANISCHER ALBTRAUM

Roman

Aus dem Amerikanischen
von Stephen Tree

Ullstein

2. Auflage Oktober 2001

Der Ullstein Verlag ist ein Unternehmen der
Econ Ullstein List Verlag GmbH & Co. KG

Titel der amerikanischen Originalausgabe:
The Cold Six Thousand
Copyright © 2001 by James Ellroy
Amerikanische Originalausgabe 2001 by
Alfred A. Knopf, New York
Übersetzung © 2001 by
Econ Ullstein List Verlag GmbH & Co. KG
Das Buch erscheint im Ullstein Verlag
Alle Rechte vorbehalten
Satz: Pinkuin Satz und Datentechnik, Berlin
Gesetzt aus der Aldus
Druck und Verarbeitung: Bercker Graphische Betriebe GmbH, Kevelaer
Printed in Germany 2001
ISBN 3 550 08336 X

Für
Bill Stoner

ERSTER TEIL

ÜBERSTELLUNG

22.–25. November 1963

1 Wayne Tedrow Jr.
(Dallas, 22. 11. 63)

Sie hatten ihn nach Dallas geschickt, um einen Nigger-Luden namens Wendell Durfee umzubringen. Er war nicht sicher, ob er das bringen würde.

Der Rat der Kasinobetreiber hatte ihm den Flug bezahlt. Man hatte ihm ein Erstklassticket spendiert. Man hatte die schwarze Kasse angezapft. Man hatte ihn geschmiert. Man hatte ihm schlappe sechstausend in die Hand gedrückt.

Nicht, dass einer *gesagt* hätte:

Bring den Mohren um. Mach ganze Arbeit. Kassier unser Kopfgeld.

Der Flug verlief ruhig. Eine Stewardess servierte Drinks. Sie sah seine Waffe. Sie reagierte. Sie stellte doofe Fragen.

Er sagte, er arbeite im Police Department von Vegas. Er sei Leiter der Nachrichtenabteilung. Er lege Akten an und trage Informationen ein.

Sie fand das toll. Sie schmachtete ihn an.

»Was bringt Sie nach Dallas, Süßer?«

Er gab ihr Bescheid.

Ein Neger hatte auf einen Croupier beim »21« eingestochen. Er hatte den Croupier um ein Auge gebracht. Und war danach nach Big D abgehauen. Sie fand das toll. Sie servierte ihm Highballs. Die Einzelheiten behielt er für sich.

Der Croupier hatte den Angriff provoziert. Der Rat hatte das Urteil gesprochen – Tod wegen schwerer Körperverletzung.

Das Einheizen vor dem Abflug. Lieutenant Buddy Fritsch:

»Ich muss dir nicht sagen, was wir erwarten, Junge. Und muss nicht betonen, dass das deinem Vater genauso geht.«

Die Stewardess spielte Geisha. Die Stewardess rückte das hochtoupierte Haar zurecht.

»Wie heißen Sie?«

»Wayne Tedrow.«

Sie juchzte. »Dann *müssen* Sie der Junior sein!«

Er blickte durch sie hindurch. Er kritzelte. Er gähnte.

Sie himmelte ihn an. Sie liebte seinen Daddy. Der so oft bei ihr mitgeflogen war. Sie wusste, dass er ein bedeutender Mormone war. Und hätte zuuuuu gerne mehr über ihn gewusst.

Wayne beschrieb Wayne Senior.

Er leitete eine Küchenarbeiter-Gewerkschaft. Er sorgte für niedrige Gehälter. Er hatte Geld. Er hatte was zu melden. Er vertrieb rechtsextreme Broschüren. Er steckte mit Großkopfeten zusammen. Er kannte J. Edgar Hoover.

Der Pilot schaltete die Lautsprecheranlage ein. Dallas – pünktlich eingetroffen.

Die Stewardess rückte ihr Haar zurecht. »Sie wohnen bestimmt im Adolphus.«

Wayne schloss den Sicherheitsgurt. »Wie kommen Sie darauf?«

»Nun, Ihr Daddy hat mir gesagt, dass er stets dort absteigt.«

»Ich übernachte dort. Nicht, dass mich jemand gefragt hätte, aber dort hat man mich untergebracht.«

Die Stewardess kauerte nieder. Ihr Rock rutschte hoch. Ihr Strumpfgürtel klaffte.

»Ihr Daddy sagte, im Hotel sei ein herziges kleines Restaurant, und, na ja –«

Das Flugzeug geriet in eine Turbulenz. Die Wayne auf den Magen schlug. Er geriet ins Schwitzen. Er machte die Augen zu. Er sah Wendell Durfee.

Die Stewardess berührte ihn. Wayne machte die Augen auf.

Er sah ihre Pickel. Er sah ihre schlechten Zähne. Er roch ihr Shampoo.

»Das scheint Sie ein bisschen erschreckt zu haben, Wayne Junior.«

»Junior« machte das Maß voll.

»Lassen Sie mich in Ruhe. Ich bin nicht, was Sie suchen, und betrüge meine Frau nicht.«

13:50.

Sie landeten. Wayne stieg als Erster aus. Wayne stapfte sich das Blut in die Beine zurück.

Er ging zum Flughafengebäude. Schulmädchen verstellten den Eingang. Ein Mädchen weinte. Eines fummelte an einem Rosenkranz.

Er wand sich durch. Er folgte den Gepäckhinweisen. Leute gingen an ihm vorbei. Sie sahen fix und fertig aus.

Rote Augen. Schluchz-schluchz. Frauen mit Kleenex-Tüchern.

Wayne blieb an der Gepäckausgabe stehen. Kinder flitzten vorbei. Sie schossen mit Spielzeugpistolen. Sie lachten.

Ein Mann kam auf ihn zu – eine Prolo-Type – groß und fett. Er trug einen Stetson. Er trug große Stiefel. Er trug eine .45er mit Perlmuttgriff.

»Wenn Sie Sergeant Tedrow sind, bin ich Officer Maynard D. Moore vom Police Department Dallas.«

Sie schüttelten sich die Hand. Moore kaute Kautabak. Moore benutzte Billig-Cologne. Eine Frau ging vorbei – schluchz-schluchz – sie hatte eine knallrote Nase.

»Was ist denn los?«, fragte Wayne.

Moore lächelte. »Ein Spinner hat den Präsidenten erschossen.«

Die meisten Läden machten vorzeitig dicht. Die Staatsflagge hing auf halbmast. Einige Leute hatten die Südstaatenflagge gehisst.

Moore fuhr Wayne in die Stadt. Moore hatte einen Plan: Zuerst beim Hotel vorbeischauen / du richtest dich ein / dann machen wir den Negeraffen ausfindig.

John F. Kennedy – tot.

Der Schwarm seiner Frau.

Die fixe Idee seiner Stiefmutter. Beim Anblick von Jack wurde Janice feucht. Was Janice Wayne Senior wissen ließ. Wofür Janice büßte. Janice hinkte. Janice zeigte die Striemen auf ihren Schenkeln.

Tot war tot. Er konnte es nicht fassen. Er kam nicht damit zurecht.

Moore kaute Red-Man-Tabak. Moore spuckte den Saft zum Fenster hinaus. Ein paar Schüsse knallten. Freudenfeiern in den Vorstädten.

»Manche sind gar nicht so traurig«, sagte Moore.

Wayne zuckte mit den Schultern. Sie fuhren an einem Plakat vorbei – JFK und die UNO.

»Hast wohl heute nicht deinen gesprächigen Tag. Ich muss sagen, ich hab's bei Überstellungsanträgen mit lustigeren Kollegen zu tun gehabt.«

Ein Schuss knallte. Ganz nah. Wayne griff an sein Halfter.

»Na, na! Du bist echt nervös, Junge!«

Wayne fummelte an der Krawatte. »Ich will's ganz einfach hinter mir haben.«

Moore überfuhr ein Stopplicht. »Mal immer mit der Ruhe. Dauert bestimmt nicht mehr lange, bis Mr. Durfee unserm gefallenen Helden die schwarze Patschhand reichen darf.«

Wayne kurbelte sein Fenster hoch. Worauf der Duft von Moores Kölnischwasser im Wageninnern blieb.

»Bin mehrmals im Lost Wages gewesen«, sagte Moore. »Ja, ich stehe momentan beim Dunes ganz schön in der Kreide.«

Wayne zuckte mit den Schultern. Sie fuhren an einer Bushaltestelle vorbei. Eine junge Schwarze weinte.

»Ich hab auch einiges über deinen Daddy gehört. Er soll in Nevada eine ziemlich große Nummer sein.«

Ein Lastwagen überfuhr ein Stopplicht. Der Fahrer winkte mit einer Bierdose und einem Revolver.

»Meinen Vater kennen viele. Und wenn alle sagen, dass sie ihn kennen, hat man's mit der Zeit ziemlich dicke.«

Moore lächelte. »He, auf dem Gebiet scheinst du ziemlich kitzlig zu sein.«

Paraden-Konfetti. Ein Schaufensterschild: *Big D liebt Jack & Jackie.*

»Ich hab auch einiges über dich gehört. Manches an dir soll deinem Daddy gar nicht passen.«

»Und das wäre?«

»Sagen wir, gewisse Nigger-Freunde. Sagen wir, dass du Sonny Liston rumchauffierst, wenn er nach Vegas kommt, weil das PD Schiss hat, dass er wegen Suff und weißen Weibern Ärger kriegt, und dass du ihn *magst*, während du die netten Ithaker, die euer Städtchen sauber halten, *nicht* magst.«

Der Wagen fuhr in ein Schlagloch. Wayne knallte aufs Armaturenbrett.

Moore starrte Wayne an. Wayne starrte zurück. Einer hielt

dem Blick des anderen stand. Moore überfuhr ein Stopplicht. Wayne gab als Erster nach.

Moore zwinkerte ihm zu. »Am Wochenende geht's rund.«

Die Lobby war schick. Mit dicken Teppichen. In denen sich die Stiefelabsätze der Männer festhakten.

Die Gäste wiesen mit dem Finger nach draußen – da, da, da – die Autoparade war am Hotel vorbeigefahren. JFK war vorbeigefahren. JFK hatte gewinkt. JFK war ganz nahe gewesen.

Die Gäste unterhielten sich. Fremde sprachen Fremde an. Die Männer trugen Western-Anzüge. Die Frauen trugen Möchtegern-Jackie-Kostüme.

Frisch eingetroffene Gäste belagerten die Rezeption. Moore improvisierte. Moore führte Wayne in die Bar.

Gerammelt voll – jede Menge Barbesucher.

Ein Fernseher stand auf einem Tisch. Ein Barmann drehte die Lautstärke hoch. Moore drängte zu einer Telefonkabine. Wayne sah fern.

Die Gäste schwatzten. Die Männer trugen Hüte. Sie trugen Cowboystiefel mit hohen Absätzen. Wayne stellte sich auf die Zehen. Wayne erhob sich über die Hutränder.

Das Bild lief und blieb stehen. Tonrauschen und Wirrwarr. Polizisten. Ein magerer Knilch. Worte: »Oswald« / »Waffe« / »Roter Sympath –«

Ein Bursche fuchtelte mit einem Gewehr. Die Reporter drängten sich ran. Kameraschwenk. Da – der Knilch. Er trägt Angst und blaue Flecken zur Schau.

Der Lärm war ohrenbetäubend. Der Rauch war erstickend. Waynes Beine wurden müde.

Ein Mann hob das Glas. »Oswald gehört ein –«

Wayne stellte sich wieder auf die Füße. Eine Frau drängte an ihm vorbei – nasse Wangen und zerfließende Wimperntusche.

Wayne ging zur Telefonkabine. Moore hatte die Tür einen Spalt weit geöffnet.

»Jetzt hör mal zu, Guy«, sagte er. »Ich muss für ein Milchbubi bei 'ner Schwachsinns-Überstellung Kindermädchen spielen –«

»Schwachsinn« machte das Maß voll.

Wayne versetzte Moore einen Hieb. Moore drehte sich um. Die Hosenbeine rutschten ihm hoch.

Mist – Messer im Stiefelschaft. Ein Messingschlagring in einer Socke.
»Wendell Durfee, weißt du noch?«, fragte Wayne.
Moore stand auf. Moore wirkte wie hypnotisiert. Wayne folgte seinem Blick.
Er bemerkte den Fernseher. Er bemerkte eine Bildunterschrift. Er bemerkte ein Foto: »Gefallener Officer J. D. Tippit.«
Moore starrte. Moore fing an zu zittern. Moore schlotterte am ganzen Leib.
»Wendell Durf –«, sagte Wayne.
Moore schubste ihn beiseite. Moore rannte raus.

Der Rat hatte ihm eine *Riesen*-Suite gebucht. Ein Page gab begleitenden Geschichtsunterricht. JFK hatte die Suite gemocht. JFK hatte darin Weiber gefickt. Ava Gardner hatte ihm auf der Terrasse einen geblasen.
Zwei Salons. Zwei Schlafzimmer. Drei Fernseher. Schwarze Kassen. Schlappe Sechse. Bring den Nigger um, Junge.
Wayne besichtigte die Suite. Die Geschichte lebt. JFK stand auf Dallas-Schnepfen.
Er stellte die Fernseher an. Er stellte sie auf drei verschiedene Kanäle ein. Er bekam die Show dreifach mit. Er schritt zwischen den Apparaten auf und ab. Er verschaffte sich einen Durchblick.
Der Tunichtgut hieß Lee Harvey Oswald. Der Tunichtgut hatte JFK und Tippit erschossen. Tippit arbeitete beim Police Department Dallas. Beim Dallas PD kannten sich alle. Wahrscheinlich hatte ihn Moore gekannt.
Oswald war ein Linker. Oswald stand auf Fidel Castro. Oswald arbeitete in einer Schulbuchfabrik. Oswald hatte den Präsidenten in der Mittagspause umgebracht.
Das DPD hatte ihn festgenommen. In der Zentrale herrschte Hochbetrieb. Polizisten. Reporter. Die einen so kamerageil wie die anderen.
Wayne fläzte sich auf ein Sofa. Wayne schloss die Augen. Wayne sah Wendell Durfee. Wayne machte die Augen auf. Wayne sah Lee Oswald.
Er stellte den Ton ab. Er holte seine Fotos aus der Brieftasche.

Mutter – damals in Peru, Indiana.

Sie hatte Wayne Senior verlassen. Ende '47. Wayne Senior hatte sie geschlagen. Er hatte ihr manchmal Knochen gebrochen.

Sie hatte von Wayne wissen wollen, wen er lieber habe. Worauf er »Vater« geantwortet hatte. Sie hatte ihm eine geknallt. Sie hatte geweint. Sie hatte sich bei ihm entschuldigt.

Die Ohrfeige hatte das Maß voll gemacht. Er war zu Wayne Senior gezogen.

Er hatte Mutter im Mai '54 angerufen – unterwegs zur Army. »Kämpf nicht in blöden Kriegen«, sagte sie. »Werd kein Hasser wie Wayne Senior.«

Er hatte aufgelegt. Ein für alle Mal / endgültig / für immer.

Und dann die Stiefmutter:

Wayne Senior hatte Waynes Mutter fallen lassen. Wayne Senior hatte um Janice geworben. Wayne Senior hatte Wayne in die Ehe mitgebracht. Wayne war dreizehn. Wayne war geil. Wayne fuhr voll auf Janice ab.

Janice Lukens Tedrow zog Blicke auf sich. Sie spielte müßige Ehefrau. Sie spielte Erstklassgolf. Sie spielte 1A Clubtennis.

Wayne Senior fürchtete ihren Zorn. Sie schaute Wayne beim Erwachsenwerden zu. Sie zündelte zurück. Sie ließ Türen offen stehen. Sie sorgte dafür, dass er was zu sehen bekam. Was Wayne Senior wusste. Was Wayne Senior egal war.

Und dann war da *seine* Frau:

Lynette Sproul Tedrow. Auf seinem Schoß. Bei der Abschlussfeier am Brigham-Young-College.

Er ist perplex. Er hat gerade sein Chemiediplom erhalten – BYU/'59 – *summa cum laude*. Er wollte was erleben. Er trat dem Police Department Las Vegas bei. Scheiß-*summa-cum-laude*.

Er hatte Lynette in Little Rock getroffen. Im Herbst '57. Die Central High School gibt die Rassentrennung auf. Prolos. Schwarze Jugendliche. Die Eighty-Second-Airborne Reservetruppe.

Weiße Jugendliche treiben sich rum. Einige weiße Jugendliche schnappen einem jungen Schwarzen das Sandwich weg. Lynette reicht ihm ihres. Die weißen Jugendlichen gehen zum

Angriff über. Korporal Wayne Tedrow Jr. setzt zum Gegenangriff an.

Er treibt die Angreifer in die Flucht. Er schlägt einen der Ärsche nieder. Der Arsch schreit »Mami!«

Lynette verknallt sich in Wayne. Sie ist siebzehn. Er ist dreiundzwanzig. Mit ein paar Jahren College vor sich.

Sie fickten auf dem Golfplatz. Während sie von Sprinklern besprengt wurden. Was er Janice alles erzählte.

»Du und Lynette«, sagte sie, »seid beide frühreif. Und dir hat der Kampf wahrscheinlich ebenso viel Spaß gemacht wie der Sex.«

Janice kannte ihn. Janice hatte den Heimvorteil.

Wayne sah zum Fenster hinaus. Fernsehcrews streiften durch die Gegend. Reportagewagen parkten doppelreihig. Er ging durch die Suite. Er stellte alle Fernseher ab. Die drei Oswalds verschwanden.

Er holte seine Akte hervor. Lauter Fotokopien: Police Department Las Vegas / County Sheriff Dallas.

Durfee, Wendell (keine Mittelinitiale). Schwarz, männlich / Geb. 6. 6. 27 / Clark County, Nevada. 195 cm / 70 kg.

Anklagen wegen Zuhälterei – von März '44 an. »Als gewohnheitsmäßiger Würfelspieler bekannt.« Keine Festnahmen außerhalb von Vegas und Dallas.

– »Als Fahrer von Cadillacs bekannt.«

– »Als Träger auffällig schicker Kleidung bekannt.«

– »Als unehelicher Vater von 13 Kindern bekannt.«

– »Als Zuhälter schwarzer Frauen, weißer Frauen, männlicher Homosexueller & mexikanischer Transvestiten bekannt.«

Zweiundzwanzigmal als Lude festgenommen. Vierzehnmal verurteilt. Neun Unterhaltsklagen in petto. Fünfmaliger Kautionsverfall.

Polizeiliche Einschätzungen: Wendell ist schlau / Wendell ist doof / Wendell hat auf den Kerl bei Binion's eingestochen.

Der Kerl hatte Mafia-Beziehungen. Der Kerl war als Erster mit dem Messer auf Wendell losgegangen. Der Rat legte die Richtlinien fest. Und ließ sie vom Police Department Las Vegas durchsetzen.

»Bezugspersonen in Dallas County.«

Marvin Duquesne Settle / schwarz, männlich / JVA Texas State.

Fenton »Duke« Price / schwarz, männlich / JVA Texas State.

Alfonzo John Jefferson / schwarz, männlich, Wilmington Road 4219 / Dallas, 8, Texas. »Glücksspielpartner von Wendell Durfee.«

Bedingt ins County entlassen: (§ 92.04 Texas State Code) 14. 9. 60–14. 9. 65. Angestellt bei: Abfüllunternehmen Dr. Pepper. Hinweis: »Proband hat während bedingter Freilassung Bußzahlungen zu leisten, d.h.: jeden 3. Freitag (Zahltag bei Dr. Pepper) ans Bewährungsamt des County Sheriff.«

Donnell George Lundy / schwarz, männlich / JVA Texas State.

Manuel »Bobo« Herrara / mexikanisch, männlich / JVA Tex –.

Das Telefon klingelte. Wayne nahm ab.

»Ja?«

»Ich bin's, Junge. Dein neuer bester Freund.«

Wayne griff zum Revolverhalfter. »Wo bist du?«

»An keinem guten Ort. Aber ich treffe dich um zwanzig Uhr.«

»Wo?«

»Im Carousel Club. Sei pünktlich, dann schnappen wir uns den Krauskopf.«

Wayne legte auf. Wayne bekam das Flattern.

Wendell, ich will dich nicht umbringen.

2 Ward J. Littell
(Dallas, 22. 11. 63)

Die Limousine wartet. Auf der Rollbahn. Neues Modell, FBI-Schwarz.

Das Flugzeug rollte aus. An der Air-Force-One vorbei. Deren Hecktür von Marines umstellt war. Der Pilot schaltete den Motor ab. Das Flugzeug machte einen Bremsschlenker. Die Treppe klappte aus und auf.

Littell stieg aus. Die Ohren gingen auf. Die Beine entkrampften.

Sie hatten schnell gearbeitet. Sie hatten ihm einen Flugplan zusammengestellt. Sie hatten ihn in einem spartanischen Zweisitzer nach Dallas geflogen.

Mr. Hoover hatte angerufen – aus Washington D.C. nach L.A.

»Der Präsident wurde erschossen«, hatte er gesagt. »Ich will, dass Sie nach Dallas fliegen und die Untersuchung überwachen.«

Der Anschlag war um 12:30 erfolgt. Jetzt war es 16:10. Mr. Hoover hatte um 12:40 angerufen. Mr. Hoover hatte die Nachricht erhalten und umgehend angerufen.

Littell rannte los. Der Chauffeur hielt die Tür offen. Der Rücksitz roch muffig. Die Fenster waren getönt. Der Flughafen Love Field war eintönig.

Strichmännchen. Gepäckteams. Reporter und Charterflugzeuge.

Der Fahrer fuhr los. Littell bemerkte eine Schachtel auf dem Sitz. Er öffnete sie. Er kippte sie aus.

Ein Special-Agent-Abzeichen. Ein FBI-Ausweis mit Foto. Eine FBI-Standard-.38er samt Halfter.

Sein altes Foto. *Seine* alte Waffe.

Er hatte sie '60 zurückgegeben. Mr. Hoover hatte ihn zum Rücktritt gezwungen. Nun standen ihm Tarnutensilien zur Verfügung – neue und alte – und er war zum Schein wieder eingestellt.

Mr. Hoover hatte besagte Utensilien bereit liegen. *In Dallas*. Mr. Hoover hatte den Anschlag vorhergesehen.

Er hatte den Ort gekannt. Er hatte den zeitlichen Ablauf geahnt. Er hatte den Anschlag stillschweigend gebilligt. Er ahnte, dass Littell daran beteiligt war. Er ahnte, dass Littell daran lag, Gerede im Keim zu ersticken.

Littell blickte aus dem Fenster. Die getönten Scheiben verzerrten grotesk. Wolken implodierten. Gebäude schwankten. Menschen verwischten.

Er hatte sich ein Radio gekauft. Er hatte es beim Anflug angedreht. Er hatte die grundlegenden Fakten mitbekommen:

Ein Tatverdächtiger gefasst – ein junger Kerl – ein eingefleischter Linker. Den Guy Banister gelinkt hatte. Der Junge hatte einen Polizisten umgebracht. Zwei Polizisten hatten Auftrag gehabt, ihn umzubringen. Teil zwei war schief gegangen. Der zweite Polizist hatte seinen Auftrag vermasselt.

Littell schnallte das Halfter um. Littell studierte seinen Ausweis.

Damals Polizist und Rechtsanwalt. Heute Mafia-Anwalt. Vom Hoover-Feind zum Hoover-Freund. Inhaber einer Ein-Mann-Rechtsanwalts-Praxis mit drei Kunden:

Howard Hughes / Jimmy Hoffa / Carlos Marcello.

Er hatte bei Carlos angerufen. In Los Angeles war es jetzt zehn Uhr vormittags. Carlos war glücklich. Carlos hatte Bobby K.s Auslieferungsverfügung unterlaufen.

Bobby hatte Carlos in New Orleans vor Gericht gestellt. Carlos *besaß* New Orleans. In New Orleans war Carlos sicher vor Geschworenen.

Die Hybris der Kennedys:

Die Geschworenen sprechen Carlos frei. Bobby schmollt. Eine Stunde später ist Jack tot.

Die Straßen wirkten ausgestorben. Fenster huschten vorbei. Zehntausend TV-Schirme leuchteten.

Das war *seine* Show.

Er hatte den Plan entwickelt. Mit Hilfe von Pete Bondurant. Carlos hatte ihn abgesegnet und ihn Guy Banisters Team übertragen. Guy hatte *seinen* Plan überarbeitet. Guy hatte seinen Plan verändert. Guy hatte seinen Plan vermasselt.

Pete war in Dallas. Pete war frisch verheiratet. Pete wohnte im Hotel Adolphus. Guy B. wohnte dort. Guy B. war ganz in der Nähe.

Littell zählte Fenster. Alle durch die Tönung verzerrt. Flecken und Schmieren. Er geriet ins Sinnen.

Mit Pete reden. Oswald umbringen. Sicherstellen, dass man nur an einen Schützen glaubt.

Die Limousine erreichte die Innenstadt von Dallas. Littell steckte sein Abzeichen an.

Dealey-Plaza. Das Gebäude des Police Departments liegt in der Nähe. Ausschau halten nach:

Dem Book-Building / einer Hertz-Reklame / Griechischen Säulen.

Da –

Die Säulen. Das Reklameschild. Trauernde Menschen an der Houston, Ecke Elm. Ein Hot-Dog-Verkäufer. Schluchzende Nonnen.

Littell schloss die Augen. Der Fahrer bog rechts ab. Der Fahrer fuhr eine Rampe runter. Der Fahrer stoppte scharf und unvermittelt. Die hinteren Fenster glitten nach unten.

Jemand hustete. Jemand sagte: »Mr. Littell?«

Littell machte die Augen auf. Er sah eine Kellergarage. Ein Jung-FBIler stand vor ihm. Völlig verspannt.

»Sir, ich bin Special Agent Burdick, und ... tja, der Diensthabende meint, Sie sollen gleich raufkommen und sich die Zeugen ansehen.«

Littell nahm die Aktentasche. Der Revolver scheuerte an der Hüfte. Er stieg aus. Er streckte sich. Er putzte sich die Brille.

Burdick blieb ihm auf den Fersen. Burdick bedrängte ihn. Sie gingen zu einem Lastenaufzug. Burdick drückte die 3.

»Ich muss sagen, das ist das reinste Irrenhaus hier, Sir. Einige sprechen von zwei Schützen, andere von drei, von vier, sie können sich nicht mal einigen, woher die Schüsse –«

»Haben Sie die Zeugen isoliert?«

»Tja ... nein.«

»Wer befragt sie?«

Der Bursche stotterte. Der Bursche schluckte leer.

»Welche *Behörden*, Junge?«

»Nun, da sind mal wir, das Police Department Dallas, die Leute vom Sheriff, und ich –«

Die Tür ging auf. Lauter Lärm brauste auf. Die Wachstube war gerammelt voll.

Littell blickte sich um. Burdick wurde unruhig. Littell ignorierte ihn.

Die Zeugen waren unruhig. Die Zeugen trugen Namensschilder. Die Zeugen hockten auf einer einzigen Bank.

Gut dreißig Leute: schwatzend. Zappelnd. Fakten durcheinander bringend.

Kojen an der Rückwand. Polizisten und Zivilisten – Verhöre abarbeitend. Genervte Polizisten und geschockte Bürger.

Vierzig Schreibtische. Vierzig Telefone. Vierzig laute Polizisten. Eigenartige Abzeichen auf Anzugjacken. Umgestürzte Papierkörbe. Behördendurcheinander und –

»Sir, können wir –«

Littell ging rüber. Littell überprüfte die Bank. Die Zeugen rutschten hin und her. Die Zeugen rauchten. Volle Aschenbecher kippelten.

Ich sah dies / ich das / sein Kopf hat Wumms gemacht! Ein Plauderfest – schlechte Arbeit – Massenzeugen-Befragungsdurcheinander.

Littell hielt nach Ausnahmen Ausschau. Nach was Solidem / nach glaubwürdig wirkenden Zeugen.

Er nahm Abstand. Er musterte die ganze Bank. Er bemerkte eine Frau: dunkle Haare / gut aussehend. Gut fünfunddreißig.

Sie saß still. Sie blieb ruhig. Sie schaute auf eine Ausgangstür. Sie sah Littell. Sie blickte weg. Sie zuckte mit keiner Wimper.

Burdick brachte ihm ein Telefon. Burdick mimte tonlos: »*Er*«.

Littell griff zum Hörer. Die Schnur straffte sich.

»Fassen Sie sich kurz«, sagte Mr. Hoover.

Littell hielt sich das freie Ohr zu. Der Geräuschpegel dämpfte sich um die Hälfte.

»Die Anfangsphase der Untersuchung verlief chaotisch. Mehr steht für mich zum jetzigen Zeitpunkt nicht fest.«

»Ich bin weder überrascht noch enttäuscht und absolut sicher, dass Oswald die Tat allein durchgeführt hat. Sie sorgen dafür, dass Namen potentiell peinlicher Zeugen verschwinden, die diese These in Frage stellen.«

»Ja, Sir«, sagte Littell.

21

Burdick hielt ein Klemmbrett hoch. An das Notizzettel geheftet waren. Zeugenlisten / Zeugenaussagen / angeheftete Fahrausweise.

Die Verbindung wurde beendet. Burdick nahm ihm das Telefon aus der Hand. Littell nahm ihm das Klemmbrett ab. Es war dick angeschwollen. Die Klemme wackelte.

Er ging die Zettel durch.

Zweizeiler. Konfiszierte Fahrausweise. Damit die Zeugen nicht davonliefen. Unbestimmte Mitteilungen. 3 / 4 / 5 / 6 Schüsse / 1 / 2 / 3 Richtungen.

Der Staketenzaun. Das Book-Building. Die Dreifachunterführung. Schüsse von vorn. Fehlschüsse. Schüsse von hinten.

Littell überprüfte die Fahrausweisbilder.

Zeuge Nr. 6: Schüsse an der Houston, Ecke Elm. Zeuge Nr. 9: Schüsse vom Freeway. Die ruhige Frau: 2 Schüsse / 2 Richtungen. Ihre Personalangaben: Arden Smith / West Mockingbird Lane.

Der Rauch war schlimm. Littell trat zurück. Der Rauch ließ ihn niesen. Er stolperte in einen Schreibtisch. Er ließ die Liste fallen. Er ging zu den Zeugenkojen.

Burdick folgte ihm. Der Geräuschpegel stieg ums Doppelte. Littell überprüfte die Zeugenkojen.

Miese Arbeit – keine Tonbandgeräte / keine Stenographen.

Er überprüfte Zeugenkoje Nr. 1. Ein dünner Polizist vor einem dünnen Jungen. Der Junge lachte. Eine Mordsgaudi. Daddy hat für Nixon gestimmt.

Littell überprüfte Koje Nr. 2. Ein dicker Polizist vor einem dicken Mann.

»Mr. Bowers«, sagte der Polizist, »ich stelle nicht in Abrede, was Sie mir sagen.«

Mr. Bowers trug eine Eisenbahnerkappe. Mr. Bowers rutschte hin und her.

»Zum zehnten Mal, damit ich endlich heimkomme. Ich war oben im Turm hinter dem Zaun auf dem Rasen. Ich habe gesehen, wie dort etwa ... Scheiße ... eine halbe Stunde vor den Schüssen zwei Wagen rumgefahren sind und wie zwei Männer genau am Rand des Zauns gestanden haben, und gerade, als ich die Schüsse hörte, habe ich exakt an der Stelle einen Lichtblitz gesehen.«

Der Polizist kritzelte. Bowers streifte seine Zigarette ab. Littell studierte ihn. Littell wurde flau im Magen.

Er kannte die geplante Schussfolge nicht. Er *kannte* glaubwürdige Zeugen. Bowers blieb eisern bei seiner Geschichte. Bowers war *gut*.

Burdick tippte Littell an. Littell drehte sich blitzartig um. Littell stieß ihn von sich.

»*Was ist denn?*«

Burdick trat zurück. »Nun, ich habe gerade gehört, dass das Police Department Dallas die drei Burschen, Landstreicher oder so, in einem Bahnwagen hinter dem Zaun festgenommen hat, und zwar etwa eine halbe Stunde nach den Schüssen. Wir haben sie in der Sammelzelle.«

Littell wurde noch flauer zumute.

»Ich will sie sehen«, sagte Littell.

Burdick ging voran. Sie gingen an den Zeugenkojen vorbei. Sie gingen an einem Pausenraum vorbei. Flure kreuzten sich. Sie bogen nach links ab. Sie kamen an einen Maschendraht-Gitterkäfig.

Eine Gegensprechanlage dröhnte: »Agent Burdick. Bitte zum Eingang.«

»Die meinen mich«, sagte Burdick.

Littell nickte. Burdick machte kehrt. Burdick duckte sich in Startposition und verschwand. Littell fasste in den Maschendraht. Das Licht war schlecht. Er kniff die Augen zusammen.

Er sah zwei Vagabunden. Er sah Chuck Rogers.

Chuck war Petes Mann. Fürs Grobe / und für CIA-Kontakte. Chuck arbeitete eng mit Guy B. zusammen.

Rogers sah Littell. Die Vagabunden ignorierten ihn. Rogers lächelte. Littell berührte sein Abzeichen. Rogers mimte pantomimisch einen Gewehrschuss.

Er bewegte die Lippen. Er sagte stumm: »Wumm!«

Littell zog sich zurück.

Littell ging in den Flur zurück. Er hielt sich rechts. Er kreuzte einen Flur. Er bog ein. Er erblickte eine Seitentür.

Er drückte sie auf. Er sah eine Feuerleiter und Leitersprossen. Auf der anderen Seite des Flurs: ein Klo und eine Tür mit der Aufschrift »Gefängniswärter«.

Die Klotür ging auf. Mr. Bowers trat heraus. Er streckte sich.

Er zog sich den Hosenschlitz zu. Er rückte sich das Gemächte zurecht.

Er sah Littell. Er kniff die Augen zusammen. Er musterte das Abzeichen.

»FBI, richtig?«

»Richtig.«

»Na, da bin ich aber froh, dass ich Sie antreffe, weil's noch was gibt, was ich beim anderen vergessen habe.«

Littell lächelte. »Ich werd's ausrichten.«

Bowers kratzte sich am Hals. »OK, schön. Sagen Sie ihm, ich hätte gesehen, wie die Bullen die Tippelbrüder aus dem Heuwagen geholt haben, und einer von denen sah genauso aus wie einer der Burschen, die ich am Zaun gesehen habe.«

Littell zog sein Notizbuch raus.

Er kritzelte. Er verschmierte ein bisschen Tinte. Ihm zitterte die Hand. Das Notizbuch zitterte.

»Also Jackie tut mir echt Leid«, sagte Bowers.

Littell lächelte. Bowers lächelte. Bowers fasste sich an die Mütze. Er spielte mit ein paar Münzen. Er zögerte. Er ging laaaaangsam weg.

Littell schaute auf seinen Rücken.

Bowers schlenderte weiter. Bowers wandte sich nach rechts. Bowers betrat den Hauptflur. Littell streckte die Hände. Littell atmete auf.

Er machte sich an der »Gefängniswärter-Tür« zu schaffen. Er fummelte am Türknauf. Er zwängte ihn auf.

Die Tür öffnete sich. Littell trat ein.

Dreieinhalb mal dreieinhalb Meter – und kein Mensch. Ein Schreibtisch / ein Stuhl / eine Schlüsselwand.

An eine Korkpinnwand geheftete Zettel:

Obdachlosenakten – »Doyle« / »Paolino« / »Abrahams« – keine Fahndungsfotos angeheftet.

Das hieß: Rogers hatte einen falschen Ausweis dabei. Rogers war mit den anderen festgenommen worden.

Ein Schlüssel hing am Gestell – Zellengröße / dickes Messing.

Littell nahm die Akten. Littell steckte sie ein. Littell nahm den Schlüssel. Er schluckte leer. Er schritt dreist in den Flur. Er ging zum Zellenkäfig.

Er schloss die Tür auf. Rogers übernahm bei den Tippelbrüdern das Kommando. Er bereitete sie vor. Er machte pssssst. Er gab klare Anweisungen.

Wir kriegen Hilfe – tut einfach, was ich sage.

Die Tippelbrüder hockten zusammen. Die Tippelbrüder kamen raus. Die Tippelbrüder schlichen an der Wand entlang.

Littell ging davon.

Er kam in den Hauptflur. Er stellte sich vor die Wachstube. Er verstellte die Sicht. Er gab Rogers ein Zeichen. Er wies mit dem Finger. Zur Feuertür – los.

Er hörte Schritte. Die Tippelbrüder quiekten. Die Tippelbrüder kicherten laut. Die Feuertür ächzte. Ein Tippelbruder schrie: »Halleluja!« Die Feuertür fiel ins Schloss.

Littell spürte einen Luftzug. Der Schweiß gefror ihm am Leibe. Sein Puls raste.

Er ging in die Wachstube zurück. Ihm zitterten die Knie. Er schrammte an Schreibtischen vorbei. Er lief in Wände. Er stieß mit Polizisten zusammen.

Die Zeugenbank war eingenebelt. Zwanzig Zigaretten dampften. Arden Smith war weg.

Littell blickte sich um. Littell suchte die Schreibtische ab. Littell sah die Zeugenliste.

Er nahm sie. Er überprüfte Aussagen und Fahrausweise. Arden Smiths Packen – weg.

Er überprüfte die Kojen. Er überprüfte den Flur. Er überprüfte das Mittelfenster.

Da – Arden Smith. Sie ist auf der Straße. Sie geht schnell. Sie läuft *davon*.

Sie überquerte Houston. Fahrer wichen ihr knapp aus. Sie erreichte Dealey Plaza.

Littell kniff die Augen zusammen.

Er verlor sie aus dem Blick. Jacks Trauergäste verstellten ihm die Sicht.

3 Pete Bondurant
(Dallas, 22.11.63)

Die Hochzeitssuite. Die Super-Bumsabsteige.
Vergoldete Tapeten. Amoretten. Rosa Teppiche und rosa Stühle. Ein Bettvorleger aus Möchtegern-Fell – Babyhintern-Rosa.
Pete schaute zu, wie Barb schlief.
Ihre Beine glitten durchs Bett. Sie trat wild um sich. Sie zerwühlte die Betttücher.
Barbara Jane Lindscott Jahelka Bondurant.
Er hatte sie früh nach Hause gebracht. Er hatte die Suite dicht gemacht. Er hatte die Nachrichten ausgesperrt. Sie wird aufwachen. Sie wird die Nachrichten *mitkriegen*. Sie wird *Bescheid wissen*.
Ich habe Jack '62 gefickt. Glanzlos und kurzzeitig. Du hast Abhörwanzen in ein paar Zimmern versteckt. Du hast seine Stimme mitgekriegt. Du hast mitgeschnitten. Der Nötigungsversuch ging schief. Deine Freunde haben umdisponiert. Stattdessen habt ihr Jack getötet.
Pete verschob seinen Stuhl. Pete bekam einen neuen Blickwinkel. Barb wälzte sich zur Seite. Ihr Haar flog hoch.
Sie hatte Jack nicht geliebt. Sie hatte Jack bedient. Sie hatte bei einer Nötigung mitgemacht. Nicht bei einem Mord.
18:10.
Jack müsste tot sein. Guys Junge dito. Chuck Rogers hatte ein Flugzeug bereit stehen. Das Team müsste aus dem Land sein.
Barb zuckte. Pete kämpfte gegen Kopfweh an. Pete warf sich Aspirin und Scotch rein.
Er bekam *üble* Kopfwehanfälle – chronische – seit dem Nötigungsversuch an Jack. Die Nötigung war schief gegangen. Er hatte der Mafia Heroin geklaut. Mit Hilfe eines CIA-Mannes.
Kemper Cathcart Boyd.

Sie waren *très* befreundet gewesen. Sie hatten sich mit Gangstern rumgetrieben. Sie hatten sich mit Sam zusammengetan. Sie hatten für Carlos M. gearbeitet. Sie hatten für Santo Trafficante gearbeitet. Alle hassten sie die Roten Socken. Alle liebten sie Kuba. Alle hassten sie den Bart.

Geld und Einfluss – unterschiedliche Ziele. Schnappen wir uns den Bart. Schnappen wir uns unsere Kasinos wieder.

Santo und Sam sicherten sich ab. Sie krochen Castro in den Arsch. Sie kauften seinem Bruder Raúl H ab. Carlos hielt sich raus. Carlos verriet *La Causa* nicht.

Pete und Boyd hatten den Stoff gestohlen. Sam und Santo kamen dahinter. Wie Pete erfuhr. Sie hatten Geschäftsbeziehungen zu Castro.

Carlos hielt sich raus. Geschäft war Geschäft. Firmenregeln gingen vor politischen Zielen.

Alle hassten sie Bobby. *Alle* hassten sie Jack. Jack hatte sie in der Schweinebucht verraten. Jack hatte Exil-Kubaner-Lager gestürmt. Jack war dem Bart um den Bart gestrichen.

Bobby hatte Carlos aus den Staaten ausweisen lassen. Bobby war *très* intensiv gegen die Firma vorgegangen. Carlos hasste Jack und Bobby – *molto bravissimo*.

Ward Littell hasste sie. Ward hatte Carlos zurückgeschmuggelt. Ward hatte ihm das Faktotum gemacht. Ward hatte seinen Ausweisungsfall übernommen.

Ward hatte vorgeschlagen, Jack umzulegen. Was Carlos guthieß. Er hatte Santo und Sam darauf angesprochen.

Sie pflichteten bei.

Santo und Sam hatten Pläne. Sie wollten Pete und Boyd umlegen. Wir wollen unseren Stoff zurück. Wir wollen Rache.

Ward sprach mit Carlos und Sam. Ward setzte sich für Pete ein. Santo und Sam zogen das Todesurteil zurück.

Unter einer Bedingung:

Wir lassen euch am Leben. Ihr *schuldet* uns was. Und jetzt legt ihr Jack K. um.

Guy Banister arbeitete einen Anschlagplan aus. Der dem von Littell glich. Es gab jede Menge Anschlagpläne. Jack verärgerte *mucho* Hitzköpfe. Der Schwanzlutscher war erledigt.

Guy hatte Beziehungen. Guy kannte Carlos. Guy kannte

Exilkubaner. Guy kannte Großkopfete mit Geld. Guy war ein 1A Strippenzieher. Guy kam Wards Plan zuvor.

Er seifte Carlos ein. Carlos gab sein OK. Carlos kippte Wards Plan. Durcheinander. Personalwechsel. Ein paar Burschen von Pete und Ward schlossen sich Guys Mannschaft an.

Pleiten und Pannen – in letzter Minute – die von Pete und Boyd ausgebügelt wurden.

Santo und Sam hassten Boyd. Sie erneuerten das Todesurteil. Kemper Boyd – *mort sans doute*.

Barb bewegte sich. Pete hielt den Atem an. Das Aspirin wirkte. Das Kopfweh verschwand.

Santo und Sam ließen *ihn* am Leben. Carlos mochte ihn. Carlos fuhr auf *La Causa* ab. Die Jungs hatten Pläne. An denen er sich *vielleicht* beteiligen konnte.

Er hatte für Howard Hughes gearbeitet – von '52 bis '60. Er hatte ihm den Zuhälter gemacht. Er hatte ihm Stoff besorgt. Er hatte ihm als Schläger gedient.

Ward Littell war der Anwalt von Hughes. Hughes wollte Las Vegas aufkaufen. Hughes gierte nach dem Vegas-Strip. Hughes gierte nach *sämtlichen* Hotelkasinos.

Hughes hatte einen Kaufplan. Dessen Umsetzung Jahre dauern würde. Auch die Jungs hatten einen Plan:

Verkaufen wir Las Vegas. Ziehen wir Howard Hughes über den Tisch. Wir behalten unsere Mitarbeiter. Wir lassen Hughes weißbluten. Las Vegas gehört uns *trotzdem*.

Ward gehörte Carlos. Wards Auftrag: Den Deal zustande bringen, und zwar in *unserem* Sinne.

Pete gehörte den Jungs. Sie gaben ihm zu verstehen:

Geh nach Vegas. Setz dich mit Ward zusammen. Bereite den Hughes-Deal vor. Du verstehst was vom Schlägergeschäft. Du kennst dich mit Heroin aus. Vielleicht überdenken wir unsere Keine-Drogen-Bestimmung. Vielleicht lassen wir dich an Schwarze dealen.

Vielleicht bringen wir dich nicht um. *Vielleicht* bringen wir deine Twist-Queen nicht um.

Barb hatte ihre Abendkleider liegen lassen. Mit blauen und grünen Glitzersteinen. Sie hatte zwei Abend-Shows vor sich. Seine Frau, deren Auftritte vom Trio ihres Ex begleitet wurden.

Ein trauriges Zimmer. Eine traurige Barb. Ein schöner Gruß an Jack.

Dem Anschlag waren Gerüchte vorangegangen. Die Leute in der Firma schwatzten. Die Leute in der Firma *wussten Bescheid*. Hesh Ryskind hatte sich im Adolphus eingemietet. Hesh hatte Krebs. Hesh wollte sich an Schadenfreude weiden und sterben.

Hesh schaute sich die Parade an. Hesh starb um 13:00. Hesh ging zeitgleich mit Jack drauf.

Pete berührte das Bett. Rosa Betttücher und rotes Haar – die Farben taten einander weh.

Es klingelte – in der B-Moll-Fassung von *Eyes of Texas*. Barb schlief weiter. Pete ging zur Tür. Die er einen Spaltbreit öffnete.

Scheiße – Guy Banister.

Guy war verschwitzt. Guy war Anfang sechzig. Guy hatte Herzinfarkte.

Pete trat vor die Tür. Pete zog sie zu. Guy fuchtelte mit einem hohen Highball-Glas.

»Komm. Mein Zimmer ist am Ende des Flurs.«

Pete folgte ihm. Die Teppiche schlugen Funken. Guy schloss seine Tür auf und verriegelte sie hinter ihnen.

Guy griff nach einer Flasche – Old Crow Bond – die Pete ihm rasch wegnahm.

»Sag, dass beide tot sind und dass es zu keiner Panne kam.«

Guy schwenkte sein Glas. »König John der Erste ist tot, aber mein Junge hat einen Polizisten getötet und wurde festgenommen.«

Der Boden wankte. Pete stellte sich aufrecht hin.

»Der Polizist, der ihn hätte umbringen sollen?«

Guy gierte nach der Flasche. Pete stellte sie weg.

»Richtig, Tippit«, sagte Guy. »Mein Junge hat die Waffe gezogen und ihn in Oak Cliff umgelegt.«

»Weiß *dein* Junge, wie du heißt?«

Guy zog den Korken aus der Flasche. »Nein, ich habe nur über einen Mittelsmann mit ihm zu tun gehabt.«

Pete versetzte der Wand einen Hieb. Gipsstückchen bröckelten ab. Guy verschüttete ein bisschen Schnaps.

»Aber dein Junge weiß, wie der Mittelsmann heißt. Der

Mittelsmann weiß, wie *du* heißt, und früher oder später nennt dein Junge Namen. Ist das scheiß-halbwegs richtig?«

Guy schenkte sich einen Drink ein. Ihm zitterte die Hand. Pete hockte sich rittlings auf einen Stuhl. Sein Kopfweh meldete sich wieder. Er zündete sich eine Zigarette an. *Ihm* zitterte die Hand.

»Wir müssen ihn umbringen.«

Guy tupfte die Pfütze auf. »Tippit hatte einen Helfer, wollte aber alleine vorgehen. Die Aufgabe hätte zwei Mann erfordert, und das müssen wir jetzt ausbaden.«

Pete quetschte die Rücklehne zusammen. Die Streben wackelten. Eine Strebe löste sich.

»Sag mir nicht, was wir hätten tun sollen. Sag mir, wie wir an deinen Jungen rankommen.«

Guy setzte sich aufs Bett. Guy streckte sich wohlig aus.

»Ich hab den Auftrag an Tippits Helfer weitergegeben.«

»Und?« fragte Pete.

»Und er hat Zugang zum Gefängnis, und ist fies genug für den Job, und hat bei den Kasinos Schulden, was heißt, dass er der Firma verpflichtet ist.«

»Da ist noch was«, sagte Pete. »Du versuchst, mich einzuseifen.«

»Also ...«

»Also, Scheiße, *was*?«

»Also er ist ein zäher Kerl und will nicht, und steckt gerade in irgendeiner Außendienstmitarbeit mit einem Bullen aus Vegas fest.«

Pete ließ die Knöchel knacken. »Wir bringen es ihm bei.«

»Ich denke nicht. Er ist ein zäher Kerl.«

Pete schnippte die Zigarette weg. Die Guy exakt traf. Guy schrie auf. Guy drückte sie aus. Er verbrannte sein Kopfkissen.

Pete hustete. »Dich legt Carlos als Ersten um, wenn dein Junge singt.«

Ein Fernseher wurde angestellt – ein Stockwerk tiefer. Die Wände übermittelten Klänge: »Die Nation trauert« / »tapfere First Lady«.

»Ich habe Angst«, sagte Guy.

»Dein erstes gescheites Wort heute Abend.«

»Immerhin, wir haben ihn erwischt. Wir haben es der Welt gezeigt.«

Der alte Arsch *strahlte*. Schweißperlen und ein mieses Grinsen.

»Erzähl mir den Rest.«

»Wie wär's mit einem Toast auf unseren gefallenen –«

»Was ist mit Rogers und dem Scharfschützen?«

Guy hustete. »OK, zuerst die Arbeit. Mr. Hoover hat Littell einfliegen lassen, sobald er vom Anschlag hörte, und ich habe ihn im Police Department Dallas gesehen. Polizisten haben Rogers bei einer Großfahndung verhaftet, aber Littell hat ihn rausgelassen und die Akten an sich genommen. Er hatte falsche Papiere dabei, daher glaube ich nicht, dass es in der Hinsicht noch Probleme geben wird.«

Pannen / Abhilfen –

»Und der Scharfschütze. Ist der weg?«

»Da ist alles klar. Er hat's zur McAllen geschafft und die Grenze zu Fuß überquert. Er hat mir eine Nachricht in meiner Wohnung in New Orleans hinterlassen, und ich habe ihn angerufen und habe gehört, dass alles glatt ging.«

»Was ist mit Rog –«

»In einem Motel in Forth Worth. Littell sagt, die Zeugen seien verwirrt und würden unterschiedliche Geschichten erzählen, und Mr. Hoover sei versessen auf den Nachweis, dass es ausschließlich mein Junge war. Littell sagt, dass wir uns nur wegen dem einen Burschen Sorgen machen müssen.«

»Weiter«, sagte Pete. »Mach's mir nicht so schwer.«

»Also gut. Littell sagt, ein Eisenbahner habe Rogers halbwegs identifiziert, daher plädiere ich nachdrücklich dafür, ihn umzulegen.«

Pete schüttelte den Kopf. »Zu dicht am Anschlag. Der soll wieder zur Arbeit, als ob nichts gewesen wäre.«

»Dann schüchterst du ihn ein.«

»Nein. Das soll der Helfer machen. Er soll eine Polizistenshow abziehen.«

Der Fernseher dröhnte – »Eine Nation trauert« / »einziger Killer«.

Guy verschränkte die Arme. »Da ist noch was.«

»Ich höre.«

»Also gut. Ich hab mit dem Scharfschützen gesprochen. Er meint, dass Jack Ruby eventuell ahnt, was gespielt wird.«

Ruby: Mafia-Kassierer / Zuhälter / Littells alter Spitzel / Strip-Club-Besi –

»Ich hatte das Team in einem Unterschlupf in Oklahoma untergebracht. Rogers rief bei Ruby an und bestellte ein bisschen Unterhaltung. Der Scharfschütze sagte, er sei mit zwei Mädchen und einem Helfer erschienen und habe die Gewehre an der Hinterwand gesehen und – warte – reg dich nicht auf – ich habe dem Helfer gesagt, er solle sich Ruby vorknöpfen und rausfinden, was er weiß.«

Das Zimmer wankte. Erdbebenstärke. Pete hielt stand.

»Wir werden sie vielleicht umlegen müssen«, sagte Guy.

»Nein«, sagte Pete.

Guy bekam wieder *Farbe* ins Gesicht. Herzinfarkt Nr. 3 im Anmarsch.

»*Nein?* Der Große sagt *nein*? Der Große sagt *nein*, als ob er nicht wüsste, was die Jungs einander erzählen, nämlich dass ihm die Freude am Leben in der Firma vergangen ist?«

Pete stand auf. Pete ließ seine Daumen knacken. Pete streckte die Hände. Pete packte den Stuhl. Pete zog daran. Pete riss den Stuhl in Stücke.

Guy machte in die Hosen. Guy war scheiß-sternhagelvoll. Der Fleck vergrößerte sich. Aus seinem Hosenschlitz quoll Flüssigkeit. Er benässte das Laken.

Pete ging raus. Der Flur wankte. Die Wände hielten ihn aufrecht. Er ging zurück zu seiner Suite. Er blieb drei Meter davor stehen. Er hörte den Fernseher.

Er hörte Barb schluchzen. Er hörte, wie Barb Stühle gegen die Wand schmiss.

4 (Dallas, 22. 11. 63)

Hundescheiße auf dem Laufsteg. Eine Stripperin, die dem Haufen auswich. Willkommen im Carousel Club.

Polizisten klatschten Beifall. Polizisten juchzten. Polizisten gaben den Ton an. Geschlossene Gesellschaft. Der Besitzer liebte Jackie. Der Besitzer liebte JFK.

Wir wollen um ihn trauern. Geteilte *Tsores* sind halbe *Tsores*. Wir wollen ihm unseren Respekt erweisen.

Polizeimarke genügt. Der Besitzer mochte Polizisten. Ihr Gastgeber – Jack Ruby.

Wayne war einfach reinspaziert. Wayne hatte Maynard Moore erwähnt. Ruby hatte ihm einen Platz zugewiesen. Dallas-Polizisten fielen groß aus. Wegen der hohen Stiefelabsätze. Wayne war 1,87. An die Burschen vom DPD reichte er nicht heran.

Am Laufsteg eine Musikerempore. Ein Sax und ein Schlagzeug. Zwei Stripperinnen strippten. Die Blonde sah aus wie Lynette. Die Brünette wie Janice.

Moore hatte sich verspätet. Der Club war laut. Die Combo spielte *Night Train*. Wayne trank ein 7-Up. Die Musik schaffte ihn. Er geriet beim Schlagzeugschnarren ins Sinnen.

Der ältere Kollege – ärger als Wendell Durfee. Der ältere Kollege – der eine Waffe als Belastungsindiz einschmuggelt.

Eine Stripperin wackelte vorbei. Mit einem Mini-Dreieck am Leibe. Man konnte den Stoppelansatz sehen. Ein Polizist zerriss ihr die Bikinischnur. Sie wackelte ihm mit der Hüfte zu.

Ruby bearbeitete den Saal.

Er leerte Aschenbecher. Er schmiss Reste weg. Er lockte seinen Hund vom Laufsteg. Er schenkte ein. Er zündete Zigaretten an. Er schimpfte.

Ein Arsch hatte seinen Präsidenten umgebracht. Ein Beatnik-Arsch. Seine Buchhalterin hatte ihn sitzen lassen. War einfach durchgebrannt. Für seine Freunde hatte sie sich nie entbrennen können.

Er hatte Steuerschulden. Arden hatte gesagt, sie wolle ihm helfen. Arden war ein Miststück. Arden log und klaute. Arden hatte eine falsche Adresse. Ein Beatnik hatte seinen Helden erschossen.

Maynard Moore kam rein.

Er juchzte. Er stieß den Südstaaten-Schlachtruf aus. Er ließ seinen Hut durchs Lokal segeln. Eine Stripperin fing ihn auf.

Moore ging auf Ruby zu. Ruby fluchte leise. Der Hund sprang hinzu. Moore packte den Köter. Moore küsste ihn. Moore kniff ihm in den Schwanz.

Ruby grunzte. *Boychik* – du bringst mich um.

Moore ließ den Hund fallen. Moore packte Ruby am Kragen. Er schubste ihn rum. Er zupfte an Rubys Halsketten-Mesusa. Er schlug ihm den Hut vom Kopf.

Wayne schaute den beiden zu. Moore ging *ernsthaft* gegen Ruby los.

Er riss ihn an der Krawatte. Er ließ seine Hosenträger schnappen. Er bohrte ihm Finger in den Brustkorb. Ruby wand sich. Ruby stolperte in einen Präser-Automaten.

Moore machte ihn fertig. Ruby zog ein Taschentuch raus. Ruby tupfte sich die Stirn ab.

Wayne trat dazu. Wayne hörte Moore aus nächster Nähe mit.

»Pete ist in der Stadt. Den Leuten wird kaum passen, was du wissen könntest, da wirst du so manchem einen Gefallen schuldig sein.«

Wayne hustete. Moore wandte sich um. Ruby umklammerte seine Halsketten-Mesusa.

Moore lächelte. »Wayne, das ist Jack. Jack ist ein Yankee, aber wir haben ihn trotzdem gern.«

Moore hatte was Dringendes in Plano zu erledigen. Wayne sagte OK. Scheißen wir drauf. Lassen wir's fürs Erste – verschieben wir Wendell D.

Kaum Verkehr auf der Straße. Eine sanfte Brise. Moore fuhr seinen Privatschlitten. Einen Chevy 409 – Lake-Auspuff und Slick-Reifen –, der den Stemmons Freeway runter raaaaste.

Wayne klammerte sich am Haltegriff fest. Moore schluckte

Everclear-Schnaps. Der Alkoholdunst stach in Augen und Nase.

Das Radio heulte. Ein Prediger legte los:

John F-für-f-errückt Kennedy war dem Roten Papst hörig. Er hat seine Seele an die Verjudeten Nationen verpfändet. Gott segne Lee H-wie-Held Oswald.

Wayne drehte die Lautstärke runter. Moore lachte.

»Die Wahrheit kannst du nicht ertragen, da fällt der Apfel weit vom Stamm.«

Wayne ließ ihn auflaufen. »Sind beim DPD alle wie du, oder haben sie in deinem Fall auf den Intelligenztest verzichtet?«

Moore zwinkerte ihm zu. »Das DPD fährt auf der rechten Straßenseite. Wir haben ein paar Klanbrüder und ein paar John Bircher. Wie heißt es so schön in den Traktaten, die dein Daddy vertreibt: ›Bist du rot oder rot-weiß-blau?‹«

Wayne spürte den Regen. »Die Traktate bringen ihm was ein. Und den siehst du nie in einem Leintuch die Hauptstraße von Schweinebacke, Texas, runtermarschieren.«

»Allerdings nicht, zu seiner ewigen Schande.«

Der Regen kam. Der Regen ging. Wayne geriet ins Sinnen. Der Alkoholdunst stach ihn in die Nase. Der Wagen dröhnte. Er bedachte die jüngsten Vorgänge.

Vegas West: Vorsätzliche Körperverletzung / acht Klagen anhängig. Ein Weißer schlägt farbige Nutten zusammen.

Er pflegte sie aufzulesen. Er pflegte sie nach Hause zu bringen. Er pflegte sie zusammenzuschlagen und Schnappschüsse zu machen – was im Police Department Las Vegas alle kalt ließ.

Ihn nicht. Was er Wayne Senior sagte. Was Wayne Senior nicht ernst nahm.

Moore bog vom Freeway ab. Moore kreuzte durch Seitenstraßen. Er schaltete das Suchlicht an. Er leuchtete Straßennamen ab. Er fand eine Reihe von Parzellen.

Er fuhr dem Straßenrand entlang. Er las Briefkasten-Namen. Er fand *den* Briefkasten. Er fuhr ganz nach rechts und blieb stehen.

Wayne kniff die Augen zusammen. Wayne sah den Namen: »Bowers.«

Wayne streckte sich. Moore streckte sich. Moore nahm eine Sandwichtüte.

»Dauert keine zwei Minuten.«

Wayne gähnte. Moore stieg aus. Wayne stieg aus und lehnte sich an den Wagen.

Das Haus wirkte ärmlich. Der Rasen war braun. Die Fassadenfarbe blätterte ab und der Gips bröckelte weg.

Moore ging zum Eingang. Moore klingelte. Ein Mann machte auf. Moore zeigte die Polizeimarke vor. Moore schubste ihn durch die Tür. Moore trat die Tür zu.

Wayne streckte und reckte sich. Wayne sah sich genüsslich den Wagen an.

Er trat in die Slicks. Er befummelte die Auspuffröhren. Er öffnete die Motorhaube. Er schnüffelte an den Zylinderventilen. Er identifizierte den Geruch. Er dekodierte die Oxydzusammensetzung.

Du bist jetzt Polizist. Ein guter. Aber immer noch ein Chemiker.

Jemand schrie. Wayne schlug die Haube zu. Was Schrei Nr. 2 übertönte.

Hunde bellten. Vorhänge wurden aufgerissen. Nachbarn musterten das Bowers-Haus.

Moore trat heraus.

Er grinste. Er schwankte ein bisschen. Er wischte sich Blut vom Hemd.

Sie fuhren zurück nach Big D. Moore kaute Red-Man-Tabak. Er stellte das Radio auf Wolfman Jack. Er imitierte dessen Geheul. Er sang wortgenau die Rhythm-&-Blues-Songs mit.

Sie erreichten die Schwarzenstadt. Sie fanden die Hütte des Burschen: Vier Wände – Sperrholz und Kleister.

Moore parkte auf dem Rasen. Moore schrammte einen 1A Lincoln. Dessen Seitenfenster runtergekurbelt waren. Das Interieur schimmerte.

Moore spuckte Tabaksaft. Moore sprühte die Sitze gründlich ein.

»Die werden bestimmt noch einen Wagen nach Kennedy benennen. Worauf jeder Nigger im Zoo rauben und vergewaltigen wird, um sich einen zu beschaffen.«

Wayne ging zur Tür. Moore blieb zurück. Die Tür stand offen. Wayne blickte rein. Er sah einen Farbigen.

Der Bursche hatte sich niedergekauert. Der Bursche *arbeitete*. Der Bursche machte sich an seinem Fernseher zu schaffen. Er klopfte auf den Senderknopf. Er zupfte am Antennenkabel. Er intensivierte Statik und Gries.

Wayne klopfte. Moore ging rein. Moore musterte das Schrein-Regal:

Ein beleuchteter JFK. Bobby-Silhouetten. Eine Martin-Luther-King-Puppe.

Der Bursche sah sie. Er stand auf. Er erschauerte. Er fiel in sich zusammen.

Wayne trat ein. »Sind Sie Mr. Jefferson?«

Moore spuckte Tabaksaft. Moore sprühte einen Stuhl ein.

»Das ist der Junge. Alias Jeff, alias Jeffy – meinst du, ich mach meine Hausaufgaben nicht?«

»Das bin ich. Jawohl, Sir«, sagte Jeff.

Wayne lächelte. »Es geht nicht um Sie. Wir suchen einen Freund –«

»Wo nehmt ihr Leute eigentlich all die Präsidentennamen her? Jeder zweite Bursche, den ich einbuchte, hat einen nobleren Namen als ich.«

»Jawohl, Sir, das trifft zu, aber ich weiß nicht, was ich Ihnen antworten soll, daher –«

»Ich habe einen Jungen namens Roosevelt D. McKinley hopsgenommen, der nicht mal wusste, wo seine Mama den Namen geklaut hatte, was echt 'ne Sauerei ist.«

Jeff zuckte mit den Schultern. Moore machte ihn nach. Moore ließ sich zusammenfallen. Er rollte mit den Augen. Er zog einen schweren Schlagstock.

Der Fernseher blitzte auf. Ein Bild erschien. Da – Lee H. Oswald.

Moore spuckte den Fernseher ein. »Das ist der Bursche, nach dem ihr eure Schwarzäffchen benennen solltet. Er hat meinen Freund J. D. Tippit umgebracht, einen Weißen mit Glied am Leibe, und mir tut's weh, an seinem Todestag mit einem wie dir das Zimmer teilen zu müssen.«

Jeff zuckte mit den Schultern. Jeff blickte zu Wayne. Moore wirbelte mit dem Schlagstock. Der Fernseher fiel aus. Faule Röhren knackten.

Jeff wurde unruhig. Ihm zitterten die Knie. Wayne berührte

ihn an der Schulter. Moore machte ihn nach. Moore wackelte mit den Hüften.

»Ihr zwei Bubis seid ein so *süüüßes* Paar. Gleich werdet ihr Händchen halten.«

Das machte das Maß –

Wayne schubste Moore weg. Moore stolperte. Moore riss eine Lampe um. Jeff zitterte wie Espenlaub. Wayne schubste ihn in die Küche.

Sie passten eben noch rein. Die Spüle drängte sie zusammen. Wayne trat die Türe zu.

»Wendell Durfee ist auf der Flucht. Er flieht stets nach Dallas, also sagen Sie, was Sie wissen.«

»Sir, ich weiß nicht –«

»Nennen Sie mich nicht ›Sir‹, sagen Sie einfach, was Sie wissen.«

»Sir, will sagen, Mister, ich weiß nicht, wo Wendell steckt. Ungelogen, ungeflogen.«

»Sie machen mir was vor. Lassen Sie's, oder ich übergebe Sie dem Spinner.«

»Ich verscheißer Sie nicht, Mister. Ich weiß nicht, wo Wendell steckt.«

Die Wände zitterten. Irgendwas zerbrach im anderen Zimmer. Wayne erkannte das Geräusch:

Schlagstockhiebe. Gehärteter Stahl trifft auf Sperrholz und Kleister.

Jeff zitterte. Jeff schluckte. Jeff zupfte an einem Nagelhäutchen.

»Versuchen wir's mal anders rum«, sagte Wayne. »Sie arbeiten bei Dr. Pepper. Sie hatten heute Zahltag.«

»Das stimmt. Ungelogen, unge –«

»Und Sie haben Ihre Bewährungszahlung geleistet.«

»Hab ich, ganz richtig –«

»Nun haben Sie ein bisschen Geld übrig. Das Ihnen in der Tasche juckt. Wendell ist Ihr Glücksspielkumpel. Irgendwo findet ein Zahltags-Würfelspiel statt, auf das Sie mich hinweisen können.«

Jeff saugte am Nagelhäutchen. Jeff schluckte.

»Und wieso bin ich jetzt nicht dort?«

»Weil Sie Wendell praktisch Ihr ganzes Geld geliehen haben.«

Glas splitterte. Wayne identifizierte das Geräusch: Ein Schlagstockhieb / ein Fernseher im Eimer.

»Wendell Durfee. Sagen Sie mir, wo er steckt, oder ich sage Tex, Sie hätten es mit weißen Kleinkindern getrieben.«

Jeff zündete sich eine Zigarette an. Jeff verschluckte sich am Rauch. Jeff hustete Rauch.

»Liddy Baines ist mit Wendell gegangen. Die hat gewusst, dass ich ihm Geld schulde und ist vorbeigekommen und hat gesagt, dass er nach Mexiko verschwinden will. Ich hab ihr, bis auf fünf Dollar, meinen ganzen Zahltag ausgehändigt.«

Holz brach. Die Wände zitterten. Der Boden zitterte.

»Die Adresse?«

»71st, Ecke Dunkirk. Das zweite kleine weiße Haus nach der Kreuzung.«

»Und das Würfelspiel?«

»83rd, Ecke Clifford. Die Seitenstraße beim Lager.«

Wayne öffnete die Tür. Jeff stellte sich hinter ihn. Jeff ging in Startposition. Moore sah Wayne. Moore verbeugte sich. Moore zwinkerte ihm zu.

Der Fernseher war schwarz. Der Schrein zu Staub zerborsten. Die Wände nur noch Pampe und Splitter.

Es wurde ernst.

Moore hatte die Belastungspistole. Moore hatte eine Pumpgun. Moore kannte einen Pathologen, der ihm einen Gefallen schuldete. Der die Wundbeschreibung frisieren würde.

Waynes Hals schnürte sich zu. Wayne bekam die Flattersause. Waynes Hodensack schrumpelte zusammen.

Sie fuhren los. Tief in die Schwarzenstadt. Sie sahen bei Liddy Baines vorbei. Niemand zu Hause – Liddy, wo bist du?

Sie fanden eine Telefonzelle. Moore rief bei der Leitstelle an. Er holte Liddy Baines Daten. Keine Suchmeldung / kein Haftbefehl / kein Fahrzeugschein.

Sie fuhren zur 83rd, Ecke Clifford. Sie fuhren an Schrottplätzen und Mülldeponien vorbei. An Schnapsläden und Blutspendensammelstellen. An Mohammeds Moschee Nr. 12.

Sie fuhren an der Seitenstraße vorbei. Sie konnten kurz reinschauen: Straßenlampen / Gesichter / eine ausgebreitete Decke am Boden.

Ein dicker Mann beim Würfeln. Ein massiger Mann schlug sich an die Stirn. Ein dünner Mann strich Banknoten ein.

Moore blieb an der 82nd stehen. Moore griff zur Pumpgun. Wayne zog den Revolver. Moore steckte sich Stöpsel in die Ohren.

»Wenn er da ist, nehmen wir ihn fest. Dann bringen wir ihn in die Sticks und nieten ihn um.«

Wayne versuchte zu sprechen. Die Kehle war wie zugeschnürt. Er konnte nur quieken. Moore zwinkerte ihm zu. Moore grunzte, haha.

Sie gingen rüber. Sie schmiegten sich in die Schatten. Sie kauerten nieder. Die Luft wurde trocken. Der Boden fiel ab. Wayne geriet ins Rutschen.

Sie erreichten die Seitenstraße. Wayne hörte Spielerjargon. Wayne sah Wendell Durfee.

Die Beine versagten ihm. Er geriet ins Stolpern. Er trat eine Bierbüchse weg. Die Würfelspieler schreckten auf.

Ist was?

Wer *da*?

Mama, bist *du*'s?

Moore zielte. Moore feuerte. Moore überrumpelte drei Männer. Er feuerte ihnen auf die Beine. Er zerschoss ihnen die Decke. Er zerfetzte ihnen das Geld.

Flintenknall – Großkaliberdröhnen – Dezibelbombe aus nächster Nähe.

Die Wayne umwarf. Wayne wurde taub. Wayne wurde pulverblind. Moore schoss auf eine Mülltonne. Die Type *floh*.

Wayne rieb sich die Augen. Wayne konnte halbwegs wieder sehen. Würfelspieler schrien. Würfelspieler machten sich aus dem Staub. Wendell Durfee rannte.

Moore zielte hoch. Moore traf eine Mauer. Schrotkugeln sprangen pfeifend ab. Sie trafen Durfees Hut. Sie trennten ihm das Hutband durch. Sie sträubten ihm die Feder.

Durfee rannte. Wayne rannte ihm nach.

Er streckte den Revolver aus und zielte. Durfee zielte rückwärts. Sie feuerten. Lichtblitze erhellten die Nebenstraße. Schüsse trafen die Mauern.

Wayne *sah* sie. Wayne *spürte* sie. *Hören* konnte Wayne sie nicht.

Er schoss. Daneben. Durfee schoss. Daneben. Mündungsflammen. Schallwellen. Kein *echter* Ton auch nur halbwegs wahrnehmbar.

Sie rannten. Sie blieben stehen. Sie feuerten. Sie liefen aus Leibeskräften.

Wayne drückte sechsmal ab – ein volles Zylindermagazin. Durfee drückte achtmal ab – ein voller Ladestreifen.

Die Mündungsfeuer hörten auf. Kein Licht. Kein Richtungs – Wayne stolperte.

Er rutschte aus. Er fiel. Er traf auf Kies. Er bekam Straßendreck in den Mund. Er roch Kordit. Er leckte Zigarrenkippen und Schmutz.

Er rollte ab. Er sah Blaulichter. Er sah rote rotierende Warnlichter. Zwei Streifenwagen – *hinter* ihm – DPD-Fords.

Er nahm einige Geräusche wahr. Er stand auf. Er kam zu Atem. Er ging zurück. Seine Füße scharrten. Er konnte hören.

Moore stand dort. Polizisten standen dort. Die Würfelspieler lagen am Boden. Sie trugen Handschellen / Fußschellen / sie waren fix und fertig.

Zerfetzte Hosen. Schrotverletzungen und Fleischwunden – Schnitte bis auf den blanken Knochen.

Sie zappelten. Wayne hörte fetzenhafte Schreie.

Moore trat zu ihm. Moore sagte was. Moore schrie.

Wayne verstand »Bowers«. In seinen Ohren ging was auf. Er konnte ganze Geräusche wahrnehmen.

Moore zeigte seine Sandwichtüte. Moore zog sie auf. Wayne sah Blut und Knorpel. Wayne sah einen Männerdaumen.

5 (Dallas, 23. 11. 63)

Schaufensterkränze / Flaggen / Dekorationen auf Fenstersimsen. 08:00 – ein Tag später – die Glenwood Apartments lieben Jack. Zwei Stockwerke. Zwölf Vorderfenster. Blumen und JFK-Spielzeug.

Littell lehnte sich an seinen Wagen. Vor ihm lag die Fassade. Die Sonne schien ihm ins Gesicht. Er hatte Arden Smiths Wagen ausfindig gemacht. Er hatte ihren U-Haul-Lieferwagen ausfindig gemacht.

Er hatte einen FBI-Wagen geborgt. Er hatte Arden Smith überprüft. Sie war sauber. Er hatte ihre Fahrzeug-Daten erhalten. Er hatte ihren Chevy gefunden.

Sie wirkte schuldig. Sie war beim Attentat dabei gewesen. Sie war aus dem Police Department geflohen. Der U-Haul-Lieferwagen schrie nach *FLUCHT*.

Sie wohnte in 2D. Er hatte den Hof überprüft. Ihre Fenster lagen nach innen – keine Flaggen / kein Krimskrams / kein Schrein.

Er hatte bis Mitternacht gearbeitet. Er hatte sich einen Arbeitsplatz organisiert. Stockwerk 3 war ein Irrenhaus. Die Polizisten hatten Oswald im Dauerverhör. Kamerateams waren auf Motivsuche.

Sein Tippelbruder-Trick hatte geklappt. Rogers war entkommen. Die Tippelbrüder waren sauber entwischt. Er hatte Guy B. getroffen. Er hatte ihn angewiesen, sich Lee Bowers vorzunehmen.

Er hatte die Zeugenaussagen gelesen. Er hatte die Polizeiprotokolle gelesen. Sie wirkten zweideutig. Mr. Hoover würde Weisungen erlassen. Agenten würden sie umsetzen. Schlüssige Indizien auf den Einzeltäter sich ansammeln.

Oswald war ein Problem. Hatte Guy gesagt. Guy hatte ihn als »Spinner« bezeichnet.

Lee hatte nicht geschossen. Das hatte der Scharfschütze getan. Besagter Scharfschütze hatte von Lees Ausguck aus geschossen. Rogers hatte vom Zaun aus geschossen.

Lee kannte Guys Mittelsmann. Oswald wurde die ganze Nacht vom FBI und DPD bearbeitet. Er hatte keine Namen genannt. Guy meinte zu wissen, warum.

Der Junge war aufmerksamkeitsgeil. Der Junge war durchgeknallt. Der Junge genoss den Einzelplatz im Rampenlicht.

Littell sah auf die Uhr – 08:16 – Sonne und tiefhängende Wolken.

Er zählte Flaggen. Er zählte Kränze. Die Leute von Glenwood liebten Jack. Er wusste, wieso. Auch er hatte einst Jack geliebt. Er hatte einst Bobby geliebt.

Jack war er nie begegnet. Bobby einmal.

Er hatte für die Brüder arbeiten wollen. Kemper Boyd hatte sich für ihn eingesetzt. Doch er war Bobby nicht gut genug gewesen. Boyd hatte auf mehreren Hochzeiten getanzt. Boyd hatte für Jack und Bobby gearbeitet. Und zugleich für die CIA.

Boyd hatte Littell einen Job verschafft. Ward – darf ich dir Carlos Marcello vorstellen?

Carlos hasste Jack und Bobby. Jack und Bobby hatten Littell abblitzen lassen. Littell hatte seinen eigenen Hass entwickelt. Er arbeitete ihn immer feiner aus.

Er hasste Jack. Er *kannte* Jack. Genau genug, um nicht von der Fassade geblendet zu werden. Jack war aalglatt. Jack hatte Stil. Anstand hatte Jack nicht.

Bobby war der Inbegriff von Anstand. Bobby *lebte* Anstand vor. Bobby pflegte Bösewichte zu bestrafen. Jetzt hasste er Bobby. Bobby hatte ihn abblitzen lassen. Bobby hatte seinem Respekt keinen Wert beigemessen.

Mr. Hoover hatte Mafia-Treffpunkte mit Abhörwanzen versehen. Mr. Hoover hatte Hinweise mitbekommen. Er hatte den Anschlag geahnt. Er hatte Jack nichts gesagt. Er hatte Bobby nichts gesagt.

Mr. Hoover kannte Littell. Mr. Hoover wusste um seinen Hass. Mr. Hoover trieb ihn dazu, Bobby wehzutun.

Littell hatte Beweise. Die Joseph P. Kennedy wegen langjähriger Zusammenarbeit mit der Mafia belasteten. Er hatte Bobby getroffen – eine halbe Stunde lang – vor fünf Tagen erst.

Er war in seinem Büro gewesen. Er hatte ihm ein Tonband vorgespielt. Das Band belastete Joe Kennedy. Bobby war klug. Bobby konnte das Band mit dem Anschlag in Zusammenhang bringen. Bobby konnte das Band als Drohung interpretieren.

Kein Wort über ein Mafia-Attentat. Den Namen Kennedy nicht in den Schmutz ziehen. Den Heiligen Jack nicht in den Schmutz ziehen. Fühl dich verstrickt. Fühl dich mitschuldig. Fühl dich miiiiies.

Dein Mafia-Feldzug hat deinen Bruder umgebracht. Wir haben Jack umgebracht, um dir eins auszuwischen.

Littell schaute sich eine Nachrichtensendung an. Gestern spät nachts – Air-Force-One landet in Washington. Bobby steigt aus. Bobby geht sicheren Schritts. Bobby tröstet Jackie.

Littell hatte Kemper Boyd umgebracht. Auf Befehl von Carlos. Littell hatte Boyd donnerstags erschossen. Das hatte wehgetan. Er war den Jungs was schuldig gewesen. Nun war er mit den Jungs quitt.

Er sah Bobby mit Jackie. Das schmerzte mehr als Boyd.

Arden Smith trat durch die Tür.

Sie ging schnell. Sie hatte eine Schultertasche übergehängt. Sie trug Röcke und Betttücher. Littell ging quer über den Platz. Arden Smith sah auf. Littell wies ihr seinen Ausweis vor.

»Ja?«

»Dealey Plaza, wissen Sie noch? Sie waren Zeugin des Attentats.«

Sie lehnte sich an den Lieferwagen. Sie ließ die Schultertasche zu Boden fallen. Sie senkte die Röcke.

»Ich habe Ihnen auf der Wache zugeschaut. Sie haben Ihre Chancen überdacht und eine Entscheidung getroffen, und ich muss zugeben, dass ich beeindruckt bin. Aber Sie müssen erklären, wieso Sie –«

»Was ich zu sagen hatte, war überflüssig. Fünf oder sechs Leute haben mir zugehört und ich wollte die Geschichte hinter mich bringen.«

Littell lehnte sich an den Wagen. »Und jetzt ziehen Sie um.«

»Nur für kurze Zeit.«

»Verlassen Sie Dallas?«

»Ja, aber das hat nichts mit –«

»Ich bin überzeugt, dass das nichts mit dem zu tun hat, was

Sie während der Parade sahen, ich will nur wissen, wieso Sie Ihre vorläufige Aussage samt Fahrausweis aus der Zeugenliste gestohlen haben und ungenehmigt gegangen sind.«

Sie kämmte die Haare zurück. »Nun, Mr. –«

»Littell.«

»Mr. Littell, ich habe versucht, meinen staatsbürgerlichen Pflichten nachzukommen. Ich bin zum Police Department gegangen und wollte dort eine anonyme Erklärung hinterlassen, aber ein Officer hat mich festgehalten. Nun, ich hatte einen schweren Schock, und wollte nur noch nach Hause und packen.«

Ihre Stimme funktionierte. Sie klang sicher und südstaatlich. Sie klang kultiviert.

Littell lächelte: »Können wir reingehen? Ich unterhalte mich ungern hier draußen.«

»Bitte sehr, wenn Ihnen der Zustand meiner Wohnung nichts ausmacht.«

Littell lächelte. Sie lächelte. Sie ging ihm voran. Kinder rannten vorbei. Sie schossen mit Spielzeugpistolen. Ein Junge schrie: »Erschieß mich nicht, Lee!«

Die Tür stand auf. Im Wohnzimmer herrschte Durcheinander. Im Wohnzimmer standen Kisten und auf Umzugsrollen gestellte Möbel.

Sie zog die Tür zu. Sie rückte Stühle zurecht. Sie nahm eine Kaffeetasse. Sie setzten sich. Sie zündete sich eine Zigarette an. Sie balancierte die Tasse.

Littell rückte seinen Stuhl nach hinten. Der Rauch machte ihm zu schaffen. Er holte sein Notizbuch hervor. Er klopfte an seinen Füllfederhalter.

»Was bedeutete Ihnen John Kennedy?«

»Sie stellen eigenartige Fragen.«

»Ich bin nur neugierig. Sie wirken nicht wie jemand, der leicht zu beeindrucken ist, und ich kann mir nur schwer vorstellen, dass Sie sich irgendwo hinstellen, um einen Mann in einem Auto vorbeifahren zu sehen.«

Sie schlug die Beine übereinander. »Sie kennen mich nicht, Mr. Littell. Ihre Frage verrät wohl mehr über Sie und Mr. Kennedy, als Sie vielleicht zugeben möchten.«

Littell lächelte. »Wo kommen Sie her?«

»Aus Decatur, Georgia.«
»Wo wollen Sie hin?«
»Ich dachte an Atlanta.«
»Ihr Alter?«
»Mein Alter ist Ihnen bekannt, weil Sie mich überprüft haben, ehe Sie hergekommen sind.«
Littell lächelte. Sie lächelte. Sie ließ Asche in ihre Tasse fallen.
»Ich dachte, beim FBI arbeitet man zu zweit.«
»Uns fehlt es an Personal. Wir hatten für das Wochenende keinen Anschlag vorgeplant.«
»Wo ist Ihre Waffe? Beim FBI haben alle einen Revolver.«
Er umklammerte den Füller. »Sie haben meinen Ausweis gesehen.«
»Ja, aber Sie lassen sich zu viel von mir gefallen. Irgendwas stimmt nicht.«
Der Füller zerbrach. Tinte tropfte. Littell wischte sich die Hände am Jackett ab.
»Sie sind ein Profi. Das habe ich schon gestern gewusst, und das hat Ihr überaus energisches Verhalten nur bestätigt. Sie werden mir überzeugend darlegen müssen –«
Das Telefon klingelte. Sie starrte ihn an. Das Telefon klingelte dreimal. Sie stand auf. Sie ging ins Schlafzimmer. Sie zog die Tür zu.
Littell wischte sich die Hände ab. Littell beschmierte sich Hosen und Jackett. Er blickte sich um. Er überflog das Zimmer. Er überprüfte die Einzelquadranten.
Da –
Eine Kommode auf Umzugsrollen. Vier voll gepackte Schubladen.
Er stand auf. Er überprüfte die Schubladen. Er tastete Socken und Wäsche ab. Er fasste an etwas Glattes – ein Plastikteil in der Größe einer Visitenkarte – und zog es raus.
Da –
Ein Fahrausweis aus Mississippi – ausgestellt auf: Arden Elaine *Coates*.
Eine Postfachadresse. Geboren am 15. 4. 27. Auf ihrem *texanischen* Fahrausweis stand 15. 4. 26.
Er legte ihn zurück. Er schloss die Schubladen. Er setzte sich

schnell hin. Er schlug die Beine übereinander. Er kritzelte. Er tat, als ob er sich Notizen machen würde.

Arden Smith kam ins Zimmer. Arden Smith lächelte und *posierte*.

Littell hustete. »Warum haben Sie der Parade von der Dealey Plaza aus zugeschaut?«

»Weil man da die beste Sicht haben soll.«

»Das stimmt nicht ganz.«

»Ich sage nur, was ich hörte.«

»Von wem?«

Sie zwinkerte. »Das hat mir niemand gesagt. Ich habe es in der Zeitung gelesen, als man die Strecke bekannt gab.«

»Wann war das?«

»Das weiß ich nicht. Vor einem Monat etwa.«

Littell schüttelte den Kopf. »Das trifft nicht zu. Die Strecke wurde erst vor zehn Tagen bekannt gegeben.«

Sie zuckte mit den Schultern. »Von Daten verstehe ich nichts.«

»Nein«, sagte Littell, »das stimmt nicht. Von Daten verstehen Sie ebenso viel wie von allem anderen, was Sie unternehmen.«

»Das können Sie nicht wissen. Sie kennen *mich* nicht.«

Littell starrte sie an. Sie bekam eine Gänsehaut.

»Sie haben Angst, und Sie fliehen.«

»*Sie* haben Angst, und das ist kein echtes FBI-Verhör.«

Er bekam eine Gänsehaut. »Wo arbeiten Sie?«

»Ich bin selbständige Buchhalterin.«

»Das habe ich Sie nicht gefragt.«

»Ich arbeite Vereinbarungen aus, um Geschäftsleuten aus Steuerschwierigkeiten zu helfen.«

»Ich habe gefragt, *wo Sie* arbeiten?«

Ihre Hände zuckten. »Ich arbeite in einem Etablissement namens Carousel Club.«

Seine Hände zuckten. Das Carousel / Jack Ruby / Mafia-Gangster / korrupte Polizisten.

Er blickte sie an. Sie blickte ihn an. Sie verstanden.

6 (Dallas, 23. 11. 63)

Saumäßige Absicherung. Verkorkst / schlampig/ schwach.

Pete besichtigte das Police Department. Guy hatte ihm die Zugangsberechtigung besorgt. Nicht, dass er sie gebraucht hätte. Ein Knilch verkaufte Duplikate. Besagter Knilch verkaufte auch Hasch und Fotzenfotos.

Die Eingangstüren standen offen. Knilche die Menge. Die Türwachen posierten für Fotos. Kamerastrippen schlängelten sich über den Bürgersteig. Die Straße war von Reportagewagen verstopft.

Reporter streiften umher. Sie bestürmten den Staatsanwalt. Sie bestürmten die Polizisten. *Haufenweise* Polizisten – Bund / DPD / Sheriff – einer geschwätziger als der andere.

Oswald ist rosa. Oswald ist rot. Oswald steht auf Fidel. Er steht auf Folkmusik. Er steht auf schwarze Weiber. Er steht auf Martin Luzifer Mohr. Wir wissen, dass er es getan hat. Wir haben sein Gewehr. Er hat es allein getan. Ich glaube, der ist anders rum. Er kann nicht pinkeln, wenn ein anderer Mann im Raum ist.

Pete streifte umher. Pete überprüfte die Flure. Pete prägte sich Grundrisse ein. Er quälte sich mit Kopfweh – das dauuuuuerte – das einfach nicht aufhören wollte.

Barb WUSSTE BESCHEID.

»Du hast ihn umgebracht«, hatte sie gesagt. »Du und Ward und die Firmenleute, für die du arbeitest.«

Er hatte gelogen. Er war aufgeflogen. Barb hatte ihn durchschaut.

»Verschwinden wir aus Dallas«, hatte sie gesagt. Er hatte gesagt: »Nein.« Sie war zu ihrem Auftritt gegangen.

Er ging zu Fuß zum Club. Barb war nicht in Form. Barb sang für drei Transis. Sie blickte durch ihn hindurch. Er ging allein nach Hause.

Er schlief allein. Barb schlief im Klo.

Pete streifte umher. Pete sah bei der Mordkommission vorbei. Pete blieb vor Zimmer Nr. 317 stehen. Knilche wollten was sehen. Knilche drängten sich vor die Tür. Die ein gefälliger Polizist weit aufriss.

Oswald. Er wirkt zusammengeschlagen. Er ist mit Handschellen an einen Stuhl gefesselt.

Die Menge drängte sich ran. Der Polizist schloss die Tür. Schwachsinniges Geplapper:

Ich kannte J. D. J. D. gehörte zum *Klan*. J. D. gehörte *nicht* zum Klan. Die werden ihn bald verlegen. Bestimmt – ins Bezirksgefängnis.

Pete streifte umher. Pete wich Knilchen mit Trolleys aus. Knilche verscherbelten Sandwichbrote. Knilche verschlangen sie. Knilche schlabberten Ketchup.

Pete prägte sich Grundrisse ein. Pete merkte sich Einzelheiten.

Eine Ausnüchterungszelle. Daneben eine Massenzelle. Kellerzellen. Daneben ein Presseraum. Konferenzen / Reporter / Kamerateams.

Pete streifte umher. Pete sah Jack Ruby. Jack verschenkte pimmelförmige Kugelschreiber.

Ruby sah Pete. Er holte tief Luft. Er schnappte über. Er ließ die Pimmel-Kugelschreiber fallen. Er verbeugte sich tiiieeef und schwenkte den Arm.

Die Hose platzte. Die karierten Unterhosen musste man gesehen haben.

Maynard Moore ging ihm auf den Keks.

Der schlechte Atem. Die schlechten Zähne. Der Ku-Klux-Klan-*Schnack*.

Sie trafen sich auf einem Parkplatz. Sie saßen in Guys Wagen. Gegenüber einer Niggerkirche und einer Blutspendensammelstelle. Moore hatte ein Sixpack mitgebracht. Moore zischte eins. Moore schmiss die Büchse durchs Fenster.

»Hast du dir Ruby vorgeknöpft?« fragte Pete.

»Ja, hab ich«, sagte Moore. »Und ich glaube, der weiß Bescheid.«

Pete ließ den Sitz nach hinten rutschen. Moore hob die Knie.

»Na, na. Lass mir ein bisschen Platz.«

Guy leerte den Aschenbecher. »Raus mit der Sprache. Wenn Jack mal zu reden angefangen hat, gibt es kein Halten mehr.«

Moore ließ Bier Nr. 2 zischen. »Na, da stecken die alle – will sagen, das Team – oben in Zangettys Motel in Altus, Oklahoma, fest, wo Männer und Kühe sich Gutnacht sagen.«

Pete ließ die Knöchel knacken. »Lass die Reisewerbung.«

Moore rülpste. »Schlitz, Frühstück der Champions.«

»Maynard«, sagte Guy, »gottverdammtnochmal.«

Moore kicherte. »OK, da kriegt Jack R. einen Anruf von seinem alten Freund Jack Z. Dem Piloten und dem Franzosen ist, scheint's, nach Weiberfleisch zumute, und Jack R. erklärt sich bereit, welches hochzuschaffen.«

Der Pilot: Chuck Rogers. Der Franzose: der Scharfschütze. Namen werden grundsätzlich nicht genannt.

»Weiter«, sagte Pete.

»OK«, sagte Moore. »Ruby fährt mit seinem Kollegen Hank Killiam und den Mädchen Betty McDonald und Arden Sowieso hoch. Betty erklärt sich einverstanden, Arden will nicht, worauf der Franzose stinkesauer wird. Er knallt ihr eine, sie brennt ihm eins mit Wärmeplatte auf den Pelz und macht sich dünne. Nun hat Ruby keinen Schimmer, wo die Arden wohnt, und meint, sie habe jede Menge Decknamen. Und leider haben wohl alle die Gewehre und Zielscheiben zu sehen bekommen, und vielleicht auch 'ne Karte von Dealey Plaza, die irgendwo rumlag.«

Guy lächelte. Guy fuhr sich mit dem Finger über die Kehle. Pete schüttelte den Kopf. Pete bekam einen *hefffftigen* Erinnerungsschub.

Eine Bombe geht hoch. Feuer flammt auf. Frauenhaar gerät in Brand.

Moore rülpste. »Schlitz, Milwaukees bestes Bier.«

»Du bringst Oswald um«, sagte Pete.

Moore verschluckte sich. Moore versprühte Bierschleim.

»Ähhh-*ähhhhh*. Den Jungen nicht. Auf ein solches Himmelfahrtskommando lass ich mich nicht ein, nicht, wenn ich noch einen Überstellungsauftrag auf dem Buckel habe, mit einem Angsthasen als Partner, der sich um seinen Teil der Aufgabe drückt.«

Guy ließ seinen Sitz nach hinten kippen. Guy zwängte Moore ein.

»Du und Tippit, ihr habt die Chose versaut. Du hast Spielschulden, und die musst du abarbeiten.«

Moore ließ Bier Nr. 3 zischen. »Ähhh-*ähhhhh*. Ich spül mein Leben nicht ins Klo, nur weil ich ein paar Ithakern ein paar Dollar schulde, die denen eh nie fehlen werden.«

Pete lächelte. »Schon gut, Maynard. Du kriegst raus, wann sie ihn verlegen. Alles übrige besorgen wir.«

Moore rülpste. »Alles klar. Das kommt meinen anderen Aufgaben nicht in die Quere.«

Pete griff nach hinten. Pete öffnete die Hintertür. Moore stieg aus. Moore streckte sich. Moore machte winke-winke.

»Hinterwäldler-Schrott«, sagte Guy.

Moore legte mit dem 409er Chevy einen Kavalierstart hin. Moore ließ gehörig die Reifen quietschen.

»Ich bring ihn um«, sagte Pete.

Betty McDonald wohnte in Oak Cliff – Schweinebacke, USA.

Pete hatte beim DPD angerufen. Pete hatte sich als Polizist ausgegeben. Pete hatte ihr Vorstrafenregister bekommen: viermal als Nutte festgenommen / ein ungedeckter Scheck / ein Drogenvergehen.

»Arden« versuchte er gar nicht erst. Er hatte keinen Familiennamen.

Er ging zur Moonbeam Lounge. Carlos hatte Anteile. Joe Campisi schmiss den Laden.

Joe hatte das DPD in der Tasche stecken. Polizisten wetteten. Polizisten verloren. Polizisten gingen für Joe Geld eintreiben. Joe verlieh Geld in großem Stil – zu 20 % und drüber.

Pete schwatzte mit Joe. Pete borgte schlappe zehntausend. Pete hielt das Risiko für minimal. Niemand hatte was von Umlegen gesagt. Oder von Einschüchtern. Oder sonst was. Guy gehörte nicht zur Firma. Guy hatte nichts zu melden.

Joe spendierte Pete eine Calzone. Die Pete auf dem Freeway aß. Der Käse verklebte ihm die Zähne.

Er stieg aus. Er fuhr durch Oak Cliff. Er fand die Adresse. Eine Klitsche / mies / maximal drei Minizimmer.

Er parkte. Er warf fünf Riesen in die Calzone-Schachtel. Er

nahm die Schachtel mit. Er klopfte. Er wartete. Er sah sich nach Augenzeugen um.

Niemand zu Hause – null Augenzeugen.

Er holte seinen Kamm raus. Er bog die Zähne ab. Er bekam das Schloss sauber auf. Er ging ins Haus und zog die Türe langsam hinter sich zu.

Das Wohnzimmer stank – nach Marihuana und Kohl – durchs Fenster einfallendes Licht verscheuchte ihn.

Vorderzimmer / Küche / Schlafzimmer. Drei ineinander übergehende Zimmer.

Pete ging in die Küche. Er öffnete den Kühlschrank. Ein Kater strich ihm um die Beine. Er warf ihm ein bisschen Fisch zu. Das der Kater verschlang. Pete verschlang ein Cheez-Whiz.

Er durchstreifte die Bleibe. Der Kater blieb ihm auf den Fersen. Pete ging im Vorderzimmer auf und ab. Er zog die Vorhänge zu. Er zog sich einen Stuhl zurecht und setzte sich an die Tür.

Der Kater sprang ihm auf den Schoß. Der Kater kratzte an der Calzone-Schachtel. Das Zimmer war kalt. Der Stuhl bequem. Die Wände brachten ihn ins Sinnen.

Pete verlor sich in Erinnerungen. L.A. – 14. 12. 49.

Er ist Polizist. Er geht gegen Streikende im County vor. Er hat *guuuuute* Nebenverdienste laufen. Er betreibt Nötigungen. Er betreibt Schwuchtelerpressung. Er ist der Plünderer der Lauen Berge.

Er macht den Schutzmann bei Kartenspielen. Er fungiert als Abtreibungsvermittler. Er ist ein frankophoner *Quebecois*. Er hat im Krieg gekämpft. Er hat sich die amerikanische Green Card erdient.

Ende '48 – sein Bruder erscheint in L.A.

Frank war Arzt. Frank hatte schlechte Gewohnheiten. Frank hatte schlechte Freunde. Frank stand auf Nutten. Frank stand auf Glücksspiel. Frank verlor Geld.

Frank machte Abtreibungen. Frank schabte Rita Hayworth aus. Frank wurde der »Abtreiber der Stars«. Frank spielte Karten. Frank verlor Geld. Frank stand auf Mickey Cohens Spielabende.

Frank besuchte Feten von Abtreibungskollegen. Frank traf

Ruth Mildred Cressmeyer. Ruth machte Abtreibungen. Ruth liebte ihren Sohn Huey. Huey machte Raubüberfälle.

Huey überfiel Mickeys Spielabend. Hueys Gesichtsmaske verrutschte. Die Spieler identifizierten ihn. Pete hatte die Grippe. Pete hatte den Abend freigenommen. Mickey wies Pete an, Huey umzubringen.

Huey tauchte ab. Pete fand seine Absteige: einen Expuff in El Segundo.

Pete fackelte die Bleibe ab. Pete blieb im Hinterhof stehen. Pete schaute zu, wie das Haus in Flammen geriet. Vier Schatten rannten raus. Pete schoss sie nieder. Pete ließ sie schreien und verbrennen.

Es war dunkel. Ihre Haare flammten auf. Rauch rollte ihnen übers Gesicht. Die Zeitungen brachten es groß heraus – »Vier Tote bei Brandstiftung« – die Zeitungen identifizierten die Opfer:

Ruth. Huey. Hueys Freundin.

Und:

Ein kanadischer Arzt – François Bondurant.

Jemand hatte seinen Vater angerufen. Jemand hatte Pete verpfiffen. Sein Vater rief bei ihm an. Sein Vater flehte. Sag NEIN. Sag, dass DU's nicht getan hast.

Pete stammelte. Pete versuchte es. Pete versagte. Seine Eltern trauerten. Seine Eltern zogen sich Autoabgase rein. Seine Eltern verwesten in der Garage.

Der Kater schlief ein. Pete streichelte ihn. Die Zeit verrann. Er genoss das Dunkel.

Er döste ein. Er rührte sich. Er hörte was. Die Tür ging auf. Helles Licht drang ein.

Pete sprang auf. Der Kater purzelte runter. Die Calzone-Schachtel fiel zu Boden.

Betty Mac.

Sie ist blond. Sie hat Kurven. Sie trägt eine Harlekin-Sonnenbrille.

Sie sah Pete. Sie schrie. Pete packte sie. Pete trat die Tür zu.

Sie kratzte. Sie schrie. Sie bohrte ihm die Fingernägel in den Nacken. Er hielt ihr den Mund zu. Sie zog ihre Lippen zurück. Sie biss ihn.

Er stolperte. Er versetzte der Calzone-Schachtel einen Tritt.

Er warf einen Wandschalter um. Das Licht ging an. Die Banknoten fielen raus.

Betty sah nach unten. Betty sah das Geld. Pete öffnete die Hand. Pete rieb sich die Bisswunde.

»Hier, um Himmels willen. Mach, dass du wegkommst, bevor dir jemand was tut.«

Sie entspannte sich. Er entspannte sich. Sie drehte sich um. Sie sah sein Gesicht.

Pete griff zum Lichtschalter. Das Licht verschwand. Sie standen eng beieinander. Sie kamen zu Atem. Sie lehnten sich an die Tür.

»Arden?«, fragte Pete.

Betty hustete – Raucherlunge – Pete konnte ihre letzte Marihuana-Zigarette riechen.

»Ich tu ihr nichts. Komm, du weißt, was hier –«

Sie berührte seine Lippen. »Nichts sagen. Keine Namen –«

»Dann sag mir wo –«

»Arden Burke. Ich glaube, sie wohnt in den Glenwood Apartments.«

Pete schob sich an ihr vorbei. Ihre Haare streiften sein Gesicht. Ihr Parfum blieb an seinen Kleidern hängen. Er trat ins Freie. Die Hand pochte schmerzhaft. Die Sonne stach ihm in die Augen.

Der Verkehr war schlimm. Pete wusste, wieso.

Dealey Plaza war in der Nähe. Bringen wir die Kinder hin. Genießen wir Geschichte mit Hot Dogs.

Er fuhr aus Oak Cliff weg. Er fand Ardens Mietshaus. Vierzig Einheiten oder mehr. Er parkte davor. Er überprüfte die Zugangsmöglichkeiten. Wegen des Hofs war ein unbemerkter Einbruch unmöglich.

Er überprüfte die Briefkästen – eine Arden *Burke* gab es nicht – aber eine Arden *Smith* in 2D.

Pete schritt den Hof ab. Pete überprüfte die Türschilder – 2A, B, C –

Halt hier –

Er erkannte den Anzug. Er erkannte die Statur. Er erkannte die schütteren Haare. Er trat zurück. Er kauerte sich nieder. Er *schaute*.

Genau da –
Ward Littell und eine groß gewachsene Frau. In trauter Zweisamkeit – von der sie die Welt ausgeschlossen hatten.

DOKUMENTENEINSCHUB: 23.11.63. Wörtliches FBI-Telefontranskript. Bezeichnung: »AUFGENOMMEN AUF ANWEISUNG DES DIREKTORS.« / »VERTRAULICHKEITSSTUFE 1A: DARF NUR VOM DIREKTOR EINGESEHEN WERDEN.« Am Apparat: Direktor Hoover, Ward J. Littell.

JEH: Mr. Littell?
WJL: Guten Nachmittag, Sir. Wie geht es Ihnen?
JEH: Lassen Sie die Höflichkeiten und berichten Sie von Dallas. Die metaphysische Dimension der vorgeblichen Tragödie lässt mich kalt. Zur Sache.
WJL: Ich würde den Stand als ermutigend bezeichnen, Sir. Es gibt kaum Hinweise auf eine Verschwörung, und gewissen zweideutigen Zeugenaussagen zum Trotz scheint eine weitgehende Übereinstimmung erreicht. Ich habe viel Zeit im PD verbracht und gehört, wie Präsident Johnson Chief Curry und den Staatsanwalt persönlich angerufen hat, um seinem Wunsch nach einer Bestätigung der übereinstimmenden Einschätzung der Sachlage Ausdruck zu verleihen.
JEH: Lyndon Johnson ist ein direkter und überzeugender Mann und spricht eine Sprache, die von diesen Viehtreibern verstanden wird. Und nun weiter mit den Zeugen.
WJL: Ich gehe davon aus, dass widersprüchliche Zeugen eingeschüchtert, diskreditiert und erfolgreich verhört werden konnten.
JEH: Sie haben die Zeugenlisten gelesen, den Verhören zugesehen und sich durch den unvermeidlichen Wust irrer telefonischer Hinweise hindurchgearbeitet. Trifft das zu?
WJL: Ja, Sir. Insbesondere die telefonischen Hinweise waren phantasievoll und rachsüchtig. John Kennedy hat sich in Dallas viele Feinde gemacht.
JEH: Ja, und durchaus zu Recht. Zurück zu den Zeugen. Haben Sie Verhöre selber durchgeführt?
WJL: Nein, Sir.

JEH: Sie haben keine Zeugen mit besonders provokativen Aussagen ausfindig gemacht?
WJL: Nein, Sir. Widersprüchliche Angaben liegen nur im Hinblick auf die Anzahl der Schüsse und der Schussbahnen vor. Eine verwirrende Darlegung, Sir. Ich glaube nicht, dass sie der offiziellen Version standhalten wird.
JEH: Wie schätzen Sie die bisherige Untersuchung ein?
WJL: Als inkompetent.
JEH: Und wie würden Sie dieselbe definieren?
WJL: Als chaotisch.
JEH: Wie würden Sie die Bemühungen zum Schutze von Mr. Oswald beurteilen?
WJL: Als schlampig.
JEH: Beunruhigt Sie das?
WJL: Nein.
JEH: Der Generalstaatsanwalt hat mich aufgefordert, ihn bezüglich der Ermittlungen stets auf dem neuesten Stand zu halten. Was soll ich ihm, Ihrer Ansicht nach, sagen?
WJL: Dass ein wirrer junger Psychopath seinen Bruder umbrachte und dabei alleine vorging.
JEH: Der Fürst der Finsternis ist kein Dummkopf. Er muss die Gruppierungen verdächtigen, die die meisten Insider ebenfalls verdächtigen würden.
WJL: Ja, Sir. Und ich bin sicher, dass er sich mitschuldig fühlt.
JEH: Ich nehme einen unpassenden Unterton von Mitleid in Ihrer Stimme wahr, Mr. Littell. Ich habe nicht die Absicht, mich zu Ihrer sich lange hinschleppenden komplexen Beziehung zu Robert F. Kennedy zu äußern.
WJL: Ja, Sir.
JEH: Wobei sich der Gedanke an Ihren prahlerischen Klienten James Riddle Hoffa aufdrängt. Der Fürst ist sein <u>bête noire</u>.
WJL: Ja, Sir.
JEH: Ich bin überzeugt, Mr. Hoffa wüsste zu gern, was der Fürst wirklich über den spektakulären Anschlag denkt.
WJL: Das geht mir genauso, Sir.
JEH: Wobei sich der Gedanke an Ihren gewalttätigen Klienten Carlos Marcello aufdrängt. Ich vermute, er wüsste gern über die verstörten Gedanken von Bobby Bescheid.
WJL: Ja, Sir.

JEH: Es wäre erfreulich, über eine Quelle mit direktem Zugang zum Fürsten zu verfügen.

WJL: Ich werde sehen, was ich tun kann.

JEH: Mr. Hoffa tut seine Schadenfreude auf unpassende Weise kund. Er sagte der New York Times, Zitat, Bobby Kennedy ist jetzt nur noch ein gewöhnlicher Rechtsanwalt, Ende des Zitats. So vernünftig die Überlegung erscheint, so glaube ich doch, dass gewisse Angehörige der italienischen Minderheit eine größere Diskretion seitens Mr. Hoffa zu schätzen wüssten.

WJL: Ich werde ihm raten, die Klappe zu halten, Sir.

JEH: Apropos. Wussten Sie, dass das FBI eine Akte über Jefferson Davis Tippit angelegt hat?

WJL: Nein, Sir.

JEH: Der Mann gehörte dem Ku-Klux-Klan an, war Mitglied der National States Rights Party, der National Renaissance Party und einer zweifelhaften neuen Splittergruppe namens Thunderbolt Legion. Er war ein enger Vertrauter eines Officers des Police Department Dallas namens Maynard Delbert Moore, eines Gleichgesinnten von bemerkenswert pubertärem Gehabe.

WJL: Stammen Ihre Informationen aus einer Quelle im DPD, Sir?

JEH: Nein. Ich habe einen Korrespondenten in Nevada. Ein konservativer Traktatschreiber und Versandhausleiter mit weitgehenden und vielfältigen Beziehungen auf der Rechten.

WJL: Ein Mormone, Sir?

JEH: Ja. Alle Möchtegern-Führer aus Nevada sind Mormonen, und er darf mit Fug und Recht als der Begabteste bezeichnet werden.

WJL: Der Mann klingt interessant, Sir.

JEH: Sie versuchen mich auszuhorchen, Mr. Littell. Mir ist durchaus bekannt, dass Howard Hughes sich wegen Mormonen vor Freude in die Hosen macht und nach Las Vegas giert. Ich werde Ihnen Informationen zukommen lassen, sofern Sie mir die Bitte in einer Art und Weise vortragen, die meine Intelligenz nicht beleidigt.

WJL: Entschuldigen Sie, Sir. Sie haben meine Absicht erraten, und der Mann klingt in der Tat interessant.

JEH: Er ist recht nützlich und auf vielfältigen Gebieten tätig. So

leitet er heimlich einen Verlag mit Hasstraktaten. Er hat einen Teil seiner Abonnenten als Informanten in Klan-Gruppen untergebracht, die beim FBI wegen Postgesetz-Verletzung unter Beobachtung stehen. Was ihm hilft, sich seiner Konkurrenten auf dem Hass-Pamphlet-Markt zu entledigen.
WJL: Er kannte den verstorbenen Officer Tippit?
JEH: Er kannte ihn oder wusste von ihm. Hielt oder hielt ihn nicht für ideologisch ungesund und outré. Ich bin immer wieder amüsiert, wer wen wo wie kennt. So hat mir der Leitende Agent von Dallas gesagt, dass ein ehemaliger FBI-Mann namens Guy Williams Banister sich an besagtem Wochenende in der Stadt aufhielt. Ein anderer Agent teilte mir unabhängig davon mit, dass er Ihren Freund Pierre Bondurant gesehen habe. Phantasievolle Menschen könnten auf die Gleichzeitigkeit hinweisen und versuchen, diese Männer mit Ihrem gemeinsamen Kumpel Carlos Marcello und seinem Hass auf die Königliche Familie in Zusammenhang zu bringen, nur dass mir nicht nach derartigen Phantastereien zumute ist.
WJL: Ja, Sir.
JEH: Ihr Ton verrät mir, dass Sie mich um einen Gefallen bitten möchten. Etwa für Mr. Hughes?
WJL: Ja, Sir. Ich würde gerne die FBI-Hauptakte über die Hotel- und Kasinobesitzer von Las Vegas einsehen, ebenso die Akten über die Glücksspiel-Lizenz-Kommission von Nevada, die Glücksspiel-Aufsichts-Kommission und die Alkohol-Lizenz-Kommission von Clark County.
JEH: Gewährt. Quid pro quo?
WJL: Selbstverständlich, Sir.
JEH: Ich würde gerne möglichem Gerede über Mr. Tippit zuvorkommen. Sollte das Büro Dallas über eine besondere Akte über ihn verfügen, hat dieselbe zu verschwinden, bevor Kollegen, denen ich weniger traue als Ihnen, den Drang verspüren, damit an die Öffentlichkeit zu gehen.
WJL: Ich werde mich heute Abend darum kümmern, Sir.
JEH: Meinen Sie, dass es bei der allgemeinen Übereinstimmung über den einen Schützen bleibt?
WJL: Ich werde alles tun, um dies sicherzustellen.
JEH: Guten Tag, Mr. Littell.
WJL: Guten Tag, Sir.

7 (Dallas, 23.11.63)

Überschuss. Verschwendung. Schwachsinn.

Das Hotel redete sich raus. Das Hotel gab Lee Oswald Schuld.

Der Schuppen platzte aus den Nähten – überbelegt-und-ein-paar-Zerquetschte – die Reporter mussten sich Zimmer teilen. Sie hielten die Telefonleitungen besetzt. Sie brauchten das heiße Wasser auf. Sie überlasteten den Zimmerservice.

Das Hotel redete sich raus. Das Hotel gab Lee Oswald Schuld.

Unsere Gäste trauern. Unsere Gäste weinen. Unsere Gäste sehen fern. Sie bleiben im Zimmer. Sie rufen zu Hause an. Sie klittern die Show zusammen.

Wayne ging in seiner Suite auf und ab. Wayne hatte Ohrenschmerzen – der Flintenknall wirkte nach.

Der Zimmerservice rief an. Wir bedauern. Wir sind verspätet. Maynard Moore rief *nicht* an. Durfee war entwischt. Moore ließ die Sache laufen.

Moore beantragte keine Haftbefehle. Moore unternahm keine juristischen Schritte. Moore frisierte die verpatzte Festnahme beim Würfelspiel fürs Protokoll. Ein Mann war seine Kniescheibe los. Ein anderer einen Liter Blut. Ein anderer einen Zeh.

Mr. Bowers war seinen Daumen los. Wayne musste an den Anblick denken – die ganze Nacht.

Er wälzte sich herum. Er sah fern. Er telefonierte. Er rief bei der Grenzpolizei an. Er stellte Festnahmeanträge für den Grenzübertritt. Vier Einheiten schnappten Doppelgänger und riefen an.

Durfee hatte Messernarben – schadeschade – die Doppelgänger nicht.

Er rief Lynette an. Er rief Wayne Senior an. Lynette betrauerte JFK. Lynette verzapfte abgedroschenen Schwachsinn. Wayne Senior riss Witze.

JFKs letztes Wort war »Muschi«. JFK befummelt eine Krankenschwester und eine Nonne.

Janice kam an den Apparat. Janice pries Jacks Stil. Sie trauerte um JFKs Haar. Wayne lachte. Wayne Senior war kahl. Vorteil für Janice Tedrow!

Der Zimmerkellner meldete sich. Wir bedauern. Wir wissen, dass wir mit Ihrem Abendessen zu spät dran sind.

Wayne sah fern. Wayne stellte den Ton lauter. Wayne bekam eine Pressekonferenz mit.

Reporter stellten Fragen. Ein Polizist trug dick auf. Oswald war ein »mörderischer Einzelgänger«! Wayne sah Jack Ruby. Er hatte seinen Hund im Arm. Er verschenkte Pimmel-Kugelschreiber und Präser mit Noppen.

Der Polizist beruhigte sich. Er sagte, wir werden Oswald morgen verlegen – wahrscheinlich am späten Vormittag.

Das Telefon klingelte. Wayne stellte den Fernseher ab.

Er nahm ab. »Wer da?«

»Buddy Fritsch, und ich habe den ganzen Tag gebraucht, um dich zu erreichen.«

»Tut mir Leid, Lieutenant. Hier geht alles drunter und drüber.«

»Das hab ich mitgekriegt. Und ich hab auch mitgekriegt, dass du Wendell Durfee vor den Lauf bekommen und hast entwischen lassen.«

Wayne ballte die Fäuste. »Wer hat dir das gesagt?«

»Die Grenzpolizei. Sie haben deinen Haftbefehl überprüft.«

»Möchtest du wissen, was ich dazu zu sagen habe?«

»Deine Entschuldigungen sind mir schnurz. Es ist mir schnurz, wieso du dich in deiner Luxussuite fläzt, wenn du dich draußen auf die Socken machen solltest.«

Wayne trat gegen eine Fußbank. Die den Fernseher traf.

»Weißt du, wie *lang* die Grenze ist? Weißt du, wie viele Übergangsstellen es gibt?«

Fritsch hustete. »Ich weiß, dass du auf deinem Arsch sitzt und auf Rückrufe wartest, die bestimmt nie erfolgen werden, sofern sich dein Nigger in Dallas verkrochen hat, während du die sechstausend Dollar auf den Putz haust, die du von den Kasino-Jungs gekriegt hast, ohne den Job zu erledigen, für den du sie kriegst.«

Wayne trat einen Teppich weg. »Ich hab das Geld nicht verlangt.«

»Nein, das hast du allerdings nicht. Und abgelehnt hast du's auch nicht, weil du zu denen gehörst, die sich gern den Pelz waschen lassen, ohne sich nass machen zu wollen, also –«

»Lieutenant –«

»Fall mir nicht ins Wort, solang du keinen höheren Dienstrang hast, und lass dir eines gesagt sein: Was aus dir bei uns im Department wird, steht noch völlig offen. Manche halten Wayne Junior für 'nen gestandenen Weißen, andere für 'ne Heulsuse. Also, wenn du die Geschichte erledigst, stopfst du letzteren das Maul und machst uns alle *echt* stolz auf dich.«

Ihm traten Tränen in die Augen. »Lieutenant –«

»So ist's besser. Das ist der Wayne Junior, den ich kenne und schätze.«

Wayne wischte sich die Augen. »Er ist unten an der Grenze. Das sagt mir mein Instinkt.«

Fritsch lachte. »Ich glaube, der sagt dir noch manches mehr, daher sag ich dir Folgendes: Die Akte, die du von mir gekriegt hast, stammt vom Sheriff, also sieh nach, ob das DPD nicht eine eigene Akte führt. Der Nigger kennt andere Nigger in Dallas, oder ich will nicht Byron B. Fritsch heißen.«

Wayne griff nach seinem Halfter. Das verstopfte Ohr wollte platzen.

»Ich tu mein Bestes.«

»*Nein*. Du findest ihn und bringst ihn um.«

Ein Türwächter ließ ihn rein. Ein paar Shriner-Club-Brüder kamen mit. Die Treppen waren gerammelt voll. In den Fluren stand man dicht an dicht. Die Lifte glichen Sardinenbüchsen.

Die Leute stießen aneinander. Die Leute verschlangen Hot Dogs. Die Leute verschütteten Kaffee und Cola. Die Shriner drängten sich durch. Sie hatten komische Hüte auf. Sie fuchtelten mit Stiften und Autogrammbüchern.

Wayne folgte ihnen. Sie trampelten Kameraleute nieder. Sie drängten sich nach oben.

Sie wollten in den dritten Stock. Sie schafften es bis in die Wachstube. Die *doppelt* überbelegt war.

Polizisten. Reporter. Mit Handschellen an Stühle gefesselte Verdächtige. Angeheftete Ausweise: Namensschilder / Sterne / Pressekarten.

Wayne heftete sein Polizeiabzeichen an. Der Lärm tat weh. Das verstopfte Ohr wollte wieder platzen. Er blickte sich um. Er sah die Wachabteilung. Er sah Kojen und Bürotüren.

Einbruch / Betrug. Kfz-Diebstahl / Fälschung. Mord / Brandstiftung / Raub.

Er ging rüber. Er stolperte über einen Alki. Ein Reporter lachte. Der Alki rasselte mit seiner Handschellenkette. Der Alki monologisierte.

Jackie braucht dringend 'ne große *Braciola*-Roulade. Witwen haben's bitter nötig. Steht im *Playboy*.

Wayne ging in einen Seitenflur. Wayne las Türaufschriften. Wayne sah Maynard Moore. Moore bemerkte ihn nicht. Moore stand in einem Abstellraum. Moore drehte an der Kurbel eines Vervielfältigungsapparats.

Wayne schlich sich vorbei. Wayne gelangte vor ein Pausenzimmer. Wayne hörte einen Fernseher scheppern. Ein Polizist schaute sich die Pressekonferenzübertragung an – live, aus dem unteren Stockwerk.

Wayne überprüfte Türen. Jack Ruby strich vorbei – hinter einem Riesenkerl her. An den er sich ranmachte. Den er bedrängte. Den er *bekvetschte*:

»Pete, Pete, *bitteee*.«

Wayne kam an einer Massenzelle vorbei. Deren Insassen aufheulten. Ein Perverser steckte den Schwanz durch den Maschendraht. Er streichelte ihn. Er wackelte damit hin und her. Er sang: *Some Enchanted Evening*.

Wayne machte sich auf den Rückweg. Wayne fand das Archiv. Zwölf Schubladenschränke, vor denen man gerade noch stehen konnte – zwei trugen die Aufschrift »Bezugspersonen«.

Er zog die Tür zu. Er öffnete die Schublade »A – L«. Er fand einen blauen Aktenordner:

Durfee, Wendell (keine Mittelinitiale).

Er überflog die Daten. Alte Kacke und eine neue Bezugsperson:

Rochelle Marie Freelon. Geb. 3.10.39. Zwei Kinder von Wackerschwanz-Wendell. Harvey Street 8819 / Dallas.

Zwei Aktennotizen:
8.12.56: Rochelle beherbergt Wendell / der vom Sheriff gesucht wird / der neun Haftbefehle laufen hat. 5.7.62: Rochelle verstößt gegen *ihre* Bewährungsauflage.
Sie verlässt Texas. Sie fährt nach Vegas. Sie besucht Gemütsmensch-Wendell. Keine Fahrzeugangaben / neuerliche Kontaktaufnahme erfolgt / zwei Wendell-Welpen geworfen.
Wayne kopierte die Infos. Wayne stellte die Akte zurück. Wayne legte lose Blätter in die Schublade. Er ging raus. Er ging durch Flure. Er ging am Pausenzimmer vorbei.
Der Fernseher hielt ihn auf. Er sah *etwas Merkwürdiges*. Er blieb stehen. Er beugte sich rein. Er schaute.
Da steht ein fetter Mann. Vor einem Mikro. Mit einer geschienten Hand. *Eine* Hand – eng verbunden – ohne *Daumen*.
Eine Bildunterschrift identifizierte ihn: »Zeuge Lee Bowers.«
Bowers sprach. Bowers Stimme brach.
»Ich war im Turm, gerade bevor er erschossen wurde ... und ... na ja ... also ich hab bestimmt nichts gesehen.«
Bowers verschwand. Eine Trickfilmreklame erschien. Bucky, der zähnefletschende Biber. Der Ipana-Zahnpaste an Mann und Frau brachte.
Wayne gefror – ihm bibberten die Eier – er hatte Eisklumpen in der Unterhose.
»Alles klar, Kollege?«, sagte ein Polizist. »Du bist ja ganz grün im Gesicht.«

Wayne borgte sich einen DPD-Wagen. Wayne fuhr alleine los.
Man hatte ihm die Richtung gewiesen. Harvey Street lag in der Schwarzenstadt. Polizisten bezeichneten sie als Kongo und als Mohryland.
Bowers und Moore – das gab zu denken – und zwar erheblich.
Wayne überlegte – alles klar – alles geritzt.
Moore war ein Spinner. Moore war kriminell. Moore trank Selbstgebrautes. Vielleicht vertrieb er Amphetamine. Vielleicht buchte er Wetten. Vielleicht war auch Bowers kriminell. Die beiden gerieten aneinander. Moore wurde sauer. Und Bowers war seinen Daumen los.
Wayne gelangte in die Schwarzenstadt. Wayne fand die Har-

vey Street. Traurig – lauter Hütten, Hühnerställe – durch Dreckhöfe verbunden.

Nr. 8819: Totenstill und dunkel.

Er parkte vor dem Haus. Er knipste sein Suchlicht an. Er leuchtete in ein Fenster: Keine Tüllgardinen / keine Möbel / keine Vorhänge.

Wayne stieg aus. Wayne nahm eine Taschenlampe. Wayne umkreiste die Hütte. Er stieg vom Hinterhof her ein. Er stolperte in Möbel.

Riesenmengen – Gebrauchtmarkt-Dimensionen. Sofas und Stühle – alles Ramsch.

Er leuchtete die Ware ab. Sein Licht weckte eine Henne. Sie sträubte die Federn. Sie zeigte die Krallen. Sie gackerte.

Wayne stolperte über ein Kissen. Und wurde *selber* von einer Lampe angestrahlt. Ein Mann lachte.

»Gehört jetzt alles mir. Entsprechende Quittung liegt vor.«

Wayne hielt sich schützend die Hand vor Augen. »Hat Wendell Durfee an Sie verkauft?«

»Richtig. Er und Rochelle.«

»Hat er gesagt, wo sie hinwollten?«

Der Mann hustete. »Weg von eurer Prolo-Justiz.«

Wayne ging auf ihn zu. Der Mann war fett und quittengelb. Der Mann schwenkte seine Taschenlampe. Der Strahl tanzte.

»Ich gehöre nicht zum DPD«, sagte Wayne.

Der Mann berührte sein Abzeichen. »Sie sind der Bursche aus Vegas, der hinter Wendell her ist.«

Wayne lächelte. Wayne knöpfte die Jacke auf. Wayne zog den Gürtel strammer. Der Mann knipste einen Verandaschalter an. Der Hof wurde hell. Ein Pitbull erschien.

Dunkle Flecken auf hellbraunem Fell und Muskeln. Mächtige Kiefer.

»Netter Hund«, sagte Wayne.

»Er mochte Wendell, und daher mochte ich ihn auch«, sagte der Mann.

Wayne ging rüber. Der Pit leckte ihm die Hand. Wayne kraulte ihm die Ohren.

»Nur, dass ich mich nicht immer dran halte«, sagte der Mann.

Der Pit wurde ganz aufgeregt. Der Pit sprang an Wayne hoch.

»Weil ich Polizist bin?«

»Weil mir Wendell erzählt hat, wie das in Ihrer Stadt läuft.«

»Wendell hat versucht, mich zu erschießen, Mr. ...«

»Willis Beaudine mein Name, und Wendell hat Sie zu erschießen versucht, weil Sie ihn zu erschießen versucht haben. Und erzählen Sie mir nicht, der Rat der Kasinobetreiber hätte Ihnen kein Taschengeld zugesteckt, als er das Kopfgeld auf Wendell ausgesetzt hat.«

Wayne setzte sich auf die Veranda. Der Pit beschnüffelte ihn.

»Auch Hunde lassen sich reinlegen«, sagte Beaudine. »Wie wir alle.«

»Sie sagen, dass Wendell und Rochelle nach Mexiko geflohen sind?«

Beaudine lächelte. »Sie und die Kinder. Wollen Sie wissen, was ich denke? Die haben *Sombreros* auf und lassen es sich gut gehen.«

Wayne schüttelte den Kopf. »Farbige haben's dort unten schwer. Die Mexikaner hassen sie, nicht anders als gewisse Leute in Vegas.«

Beaudine schüttelte den Kopf. »Wie die meisten oder allermeisten, wollen Sie sagen. Wie der Croupier, den Wendell erwischt hat. Der gleiche Kerl, der keine Farbigen in seinem Klo pinkeln lässt, der gleiche Kerl, der eine alte Frau zusammengeschlagen hat, weil sie den *Wachtturm* auf seinem Parkplatz verkaufen wollte.«

Wayne blickte sich um. Die Möbel auf dem Hof waren angestaubt. Die Möbel auf dem Hof stanken.

Nach verschüttetem Essen. Nach Schnaps. Nach Hundekot. Abgesplittertes Holz und sichtbares Polstermaterial.

Wayne streckte sich. Das verstopfte Ohr wollte platzen. Er hatte eine VERRÜCKTE IDEE.

»Können Sie mir ein Ferngespräch durchstellen?«

Beaudine zog sich den Gürtel hoch. »Na ja ... ich denke schon.«

»Die Grenzpolizei in Laredo. Ein persönliches Gespräch. Verlangen Sie den Wachhabenden.«

Beaudine zog sich den Gürtel hoch. Wayne lächelte. Beaudine ließ seinen Gürtel zurückschnellen – ruckartig.

Verrüüückt –

Beaudine ging rein. Beaudine knipste Lichter an. Beaudine wählte eine Nummer. Wayne schmuste mit dem Pit. Der Pit gab ihm einen Kuss. Der Pit schleckte ihn mit der Zunge ab.

Beaudine zog ein Telefon raus. Die Strippe zitterte. Wayne griff zum Hörer.

»Captain?«

»Ja. Wer spricht?«

»Sergeant Tedrow, Las Vegas PD.«

»Ach, Scheiße. Ich habe gehofft, Sie würden anrufen, wenn wir gute Nachrichten haben.«

»Gibt es *schlechte*?«

»Ja. Ihr Flüchtiger, eine Frau und zwei Kinder, haben vor einer Stunde bei McAllen die Grenze zu überqueren versucht. Sie sind abgewiesen worden. Ihr Junge war alkoholisiert und wurde nicht rechtzeitig erkannt. Lieutenant Fritsch hat uns ein Telex samt Bildfunk übermittelt, aber wir haben nicht zwei und zwei zusammengezählt, ehe –«

Wayne legte auf. Beaudine nahm ihm das Telefon ab. Beaudine ließ seinen Gürtel zurückschnellen – *ruckartig*.

»Hat hoffentlich was gebracht. Weil das nämlich ein Zweidollar-Anruf war.«

Wayne holte die Brieftasche raus. Wayne legte zwei Dollarscheine hin.

»Wenn er es nochmal versucht, wird er geschnappt. Aber sollte er hierher zurückkommen, können Sie ihm ausrichten, dass ich ihn persönlich rüberbringen werde.«

Beaudine zog sich den Gürtel hoch. »Warum sollten Sie für Wendell ein derartiges Risiko eingehen?«

»Ihr Hund mag mich. Belassen wir's dabei.«

Die Adolphus-Bar – um Mitternacht mit rein männlichem Publikum. Das große Jack-Nachspiel.

Pro-Jack-Hocker. Neben Anti-Jack-Hockern. Jugend. Weltraum. *Ich bin ein Berliner*.

Wayne saß zwischen den Fraktionen. Wayne hörte Hi-Fi-Schwachsinn in Stereo.

Cowboymüll – möchtegern-hochgewachsen – hohe Absätze gelten nicht. Sie bezeichneten Jack als »Jack«. Sie waren so frei – in Hyannis fickten sie alle wie die Karnickel.

Scheiß drauf. *Er* schlief in Jacks Bett. *Er* wälzte sich in Jacks Laken.

Er betrank sich. Wayne betrank sich sonst *nie*. Wayne trank Edel-Bourbon.

Das erste Glas brannte ihm in der Kehle. Das zweite Glas führte ihm ein Bild vor Augen: den Daumen von Lee Bowers. Das dritte Glas fuhr ihm in die Eier. Das musste man gesehen haben: Janice im BH und Shorts.

Jack hatte Negerblut. Sagte Wayne Senior. Martin Luther King pflegte weiße Frauen zu ficken.

Glas Numero vier. Noch mehr Bilder:

Durfee, der versucht, die Grenze zu überqueren. Die Grenzpolizei verliert seine Spur. Wayne verpatzt den Job. Wayne kehrt heim. Buddy Fritsch rekrutiert einen neuen Mann. Besagter Mann bringt Wendell D. um.

Wayne verpatzt den Job. Fritsch verpatzt ihm die Karriere. Fritsch treibt ihn aus dem LVDP. Wayne Senior greift ein – Hände weg von meinem Jungen. Alles wird noch schlimmer.

Glas Numero fünf:

Der Daumen / die Jagd in der Straße / die verpatzte Festnahme beim Würfelspiel

Jack hat einen Mann in den Weltraum geschickt. Jack hat es mit Chruschtschow aufgenommen. Jack hat der alten Miss America neuen Glanz verliehen.

Maynard Moore kam rein. Er brachte Gesellschaft. Den Burschen namens »Pete« – den Riesenkerl, den Jack Ruby angebaggert hatte.

Moore bemerkte Wayne. Moore machte einen Umweg. Mit Pete im Schlepptau.

»Komm, finden wir den Krauskopf«, sagte Moore. »Pete hasst Krausköpfe, nicht wahr, Meister?«

Pete lächelte. Pete rollte die Augen. Pete machte sich über Dämlack Moore lustig.

Wayne kaute auf Eiswürfeln. »Schieb ab. Ich find ihn selber.«

Moore stützte sich auf die Bar. »Das wird deinem Daddy

aber gar nicht gefallen. Ich werd ihm schon stecken, *wie* weit sein Äpfelchen vom Stamme purzelt.«

Wayne nahm seinen Drink und schüttete ihn Richtung Moore. Moore bekam die volle Ladung ab – genau in die Augen. Der Bourbon brannte – hochprozentiger Reizstoff – höchster Alkoholgehalt.

Der Arsch rieb sich die Augen. Der Arsch quiekte.

8 (Dallas, 24.11.63)

Pete hatte sich verspätet. Littell übte sich als Spanner.

Sein Zimmer lag im oberen Stock. Das Fenster war genau auf eine Kirche ausgerichtet. Wo eine Mitternachtsmesse angesagt war.

Littell schaute rüber. Ein Plakat wies auf die Messe hin – JFK mit Trauerrand.

Jugendliche hatten das Plakat beschmiert. Littell hatte ihnen zugeschaut – am Spätnachmittag. Danach war er zum Abendessen gegangen. Er hatte sich ihr Werk aus der Nähe angesehen.

Jack hatte Reißzähne. Jack hatte Teufelshörner. Jack sagte: »Ich bin ein Homo!«

Die Trauernden gingen rein. Eine Bö warf das Plakat zu Boden. Eine Frau hob es auf. Sie sah Jacks Bild. Sie zuckte zusammen.

Ein Wagen fuhr vorbei. Ein Arm schoss raus. Ein erhobener Finger wirbelte. Die Frau schluchzte. Die Frau bekreuzigte sich. Die Frau betete den Rosenkranz.

Das Statler wirkte heruntergekommen. Das FBI hatte bei der Miete gespart. Wofür die Aussicht entschädigte.

Pete hatte sich verspätet. Pete war beim zweiten Polizisten. Der Polizist kannte Einzelheiten. Der Polizist hatte ihm eine Karte ausgedruckt.

Littell schaute zur Kirche. Sie lenkte ihn ab. Sie erschien ihm als Inbegriff der Begegnung mit Arden.

Sie hatten sich sechs Stunden unterhalten. DARUM HERUM geredet. Er hatte ihr verschlüsselt mitgeteilt: Ich WEISS BESCHEID. Ich WEISS, dass du BESCHEID WEISST. Mir ist egal, wieso du BESCHEID WEISST. Mir ist egal, was du GETAN HAST.

Sie hatte ihm verschlüsselt geantwortet: *Ich werde deine*

Motive nicht hinterfragen. Den Namen »Jack Ruby« hatten sie beide nicht erwähnt.

Sie unterhielten sich. Sie sparten aus. Sie verschlüsselten.

Er sagte, er sei Rechtsanwalt. Ein Ex-FBI-Mann. Mit einer Exfrau und einer Extochter. Sie musterte seine Narben. Er sagte es ihr geradeheraus: Die hat mir mein bester Freund beigebracht.

Le frère Pete – un Franzmann sanglant.

Sie sagte, dass sie viel reise. Dass sie verschiedene Arbeitsmöglichkeiten habe. Dass sie Aktien kaufe und verkaufe und Geld verdiene. Sie sagte, sie habe einen Exmann. Seinen Namen sagte sie nicht.

Sie beeindruckte ihn. Was sie wusste. Er antwortete verschlüsselt: Du bist ein Profi. Machst mir was vor. Ist mir egal.

Sie kannte Jack Ruby. Sie benutzte den Ausdruck »Zugriff«. Er redete drum herum. Er gab ihr Ratschläge. Er schlug ihr vor, ein Motel aufzusuchen.

Sie sagte, dass sie das tun wolle. Er gab ihr *seine* Hotel-Telefonnummer. Bitte rufen Sie mich an. Bitte tun Sie's bald.

Er wollte sie berühren. Er tat es nicht. Sie berührte ihn einmal am Arm. Er verließ sie. Er fuhr zum FBI.

Die Büroräume waren leer – keine Agenten vor Ort – Mr. Hoover hatte vorgesorgt. Er durchsuchte die Schubladen. Er fand die Tippit-Akte.

Pete war verspätet. Littell überflog die Akte. Gefasel und Geschwätz.

Das Police Department Dallas war rechtsextrem: Klan-Bünde und John Bircher. Mehrere Splitter-Gruppen: NSRP-Nazis / Minutemen / Thunderbolt Legion.

Tippit war »verklant«. Tippit hatte sich der Klarion Klan Koalition for the New Konfederacy angeschlossen. Deren DPD-Chef Maynard D. Moore war. Moore war ein FBI-Spitzel. Der von Wayne Tedrow Senior geführt wurde.

Tedrow Senior: »Traktatschreiber« / »Geldsammler« / »Unternehmer« / »bedeutendes Eigentum in Las Vegas«.

Bemerkenswerte Fakten – vertraut klingend – Mr. Hoovers »Möchtegern-Führer«.

Littell durchblätterte die Seiten. Littell notierte Fakten. Tedrow Senior war ein vielseitiger Mann.

Er trieb Geld bei Rechtsextremisten auf. Vielleicht kannte er Guy B. Guy pflegte sich bei rechtsextremen Geldquellen zu bedienen. Gewisse Großkopfeten hatten den Anschlagsfonds gesponsert.

Littell blätterte zurück. Littell notierte Fakten. Littell notierte eine mögliche Verbindung.

Guys Zweiter Polizist – der Freund von J.D. Tippit – war höchstwahrscheinlich Maynard D. Moore.

Höchstwahrscheinlich wusste Mr. Hoover Bescheid. Höchstwahrscheinlich ahnte Mr. Hoover den Zusammenhang.

Littell blätterte die Akte nochmals durch. Tedrow Seniors Lebenslauf wurde klarer:

Rein mormonische Mitarbeiter. Gute Verbindungen zur Air Force Base Nellis. Beste Beziehungen zur Glücksspiel-Aufsichts-Kommission. Ein Sohn: ein Polizist in Vegas.

Senior, der Junior einiges vorenthielt. Junior, der in der Nachrichtenzentrale arbeitete. Junior, der die Akten über die Glücksspiel-Lizenz-Kommission führte. Junior, der Senior einiges vorenthielt. Senior, der Mr. Hoover »unterstützte«. Senior, der »Propaganda verteilte«.

Über: Martin Luther King / die Southern Christian Leadership Conference.

Littell blätterte durch die Akten. Littell machte sich Notizen. Howard Hughes stand auf Mormonen. Sie hatten »keimfreies« Blut. Tedrow Senior war Mormone. Tedrow Senior hatte mormonische Beziehungen.

Littell rieb sich die Augen. Es klingelte. Er stand auf und öffnete.

Pete trat ein. Pete setzte sich auf den Schreibtischstuhl. Pete fläzte sich in voller Größe hin.

Littell zog die Tür zu. »Wie schlimm?«

»Schlimm«, sagte Pete. »Die Karte vom Gefängnis ist gut, aber Oswald umlegen will er nicht. Ein Spinner, aber eben nicht dümmer, als die Polizei erlaubt.«

Littell rieb sich die Augen. »Maynard Moore, nicht? So heißt er doch.«

Pete gähnte. »Guy baut ab. Was Namen anging, war er früher diskreter.«

Littell schüttelte den Kopf. »Den hat Mr. Hoover rausgekriegt. Er hatte eine Akte über Tippit. Er ging davon aus, dass Moore mit drinsteckte.«

»Das ist deine Interpretation, nicht? Hoover wurde nicht so direkt?«

»Das wird er nie.«

Pete ließ die Knöchel knacken. »Hast du Angst?«

»Ab und an, ein paar gute Nachrichten könnte ich brauchen.«

Pete zündete sich eine Zigarette an. »Rogers hat es nach Juarez geschafft. Der Scharfschütze ist zur Grenze gelangt, aber von der Grenzpolizei festgehalten worden, die den Pass überprüft hat. Guy zufolge ist er Franzose.«

»Guy schwatzt zu viel«, sagte Littell.

»Er hat Angst. Er weiß, dass Carlos denkt, ›wenn ich mich fürs Team von Pete und Ward entschieden hätte, wäre die ganze Scheiße nicht passiert‹.«

Littell putzte die Brille. »Wo ist er?«

»Er ist nach New Orleans zurückgefahren. Er ist mit den Nerven am Ende und schmeißt sich Digitalis rein wie ein Scheiß-Junkie. Die ganze Scheiße bleibt an ihm hängen, und das weiß er auch.«

»Und?« fragte Littell.

Pete machte ein Fenster auf. Ein kalter Luftzug wehte rein.

»Und was?«

»Da ist noch was. Ohne eine passende Ausrede für Carlos wäre Guy nie zurückgekommen.«

Pete drückte seine Zigarette aus. »Jack Ruby weiß Bescheid. Er hat einen Helfer und ein paar Frauen in den Unterschlupf gebracht. Sie haben Zielscheiben und Gewehre gesehen. Guy sagt, wir sollten sie umlegen. Ich denke, dass er das Carlos sagen wird, um selber aus der Scheiße zu kommen.«

Littell hustete. Ihm klopfte das Herz. Er hielt den Atem an.

»Wir können nicht vier Leute umbringen, die am Anschlag so nah dran sind. Das ist zu offensichtlich.«

Pete lachte. »Scheiße, Ward, wo du Recht hast, hast du Recht. Ich lege auch nicht gern Zivilisten um, warum soll's dir anders gehen?«

Littell lächelte. »Ruby ausgenommen.«

Pete zuckte mit den Schultern. »Jack juckt mich weiter nicht.«

»Dann sind es die Frauen. Wir reden von den Frauen.«

Pete dehnte die Hände. »Da mache ich keine Kompromisse. Eine habe ich gewarnt, die andere habe ich nicht ausfindig machen können.«

»Wie heißen sie?«

»Betty McDonald und Arden Sowieso.«

Littell fasste sich an die Krawatte. Littell kratzte sich am Hals. Littell versuchte die Hände stillzuhalten.

Er zuckte. Er schnappte nach Luft. Er schluckte leer. Das Zimmer war kalt. Er machte das Fenster zu.

»Oswald.«

»Richtig. Ist der erledigt, erledigt sich alles andere von selbst.«

»Wann wird er verlegt?«

»Um 11:30. Hat er bis dahin den Namen von Guys Mittelsmann nicht genannt, können wir die ganze Geschichte unter der Decke halten.«

Littell hustete. »Ich habe ein Sonderverhör arrangiert. Der FBI-Zentrale zufolge hat er nichts gesagt, aber ich will sichergehen.«

Pete schüttelte den Kopf. »Quatsch. Du willst an den Burschen rankommen. Du willst ihm irgendwie die Scheiß-Absolution erteilen, damit du sie dir nachher selber erteilen kannst.«

In nomine patrii et filii et spiritu sanctii, Amen.

»Schön, dass es Menschen gibt, die einen derart gut kennen.«

Pete lachte. »Ich hab nicht an dir gezweifelt. Ich will die ganze Scheiß-Nummer endlich in den Griff kriegen.«

»Moore«, sagte Littell. »Gibt es keine Möglichkeit, ihn zu –«

»Nein. Der weiß zu viel, säuft zu viel und schwatzt zu viel. Ist Oswald weg, verschwindet auch er, Schluss.«

Littell sah auf die Uhr. Scheiße – 01:40.

»Er ist Polizist. Er könnte in den Keller gelangen.«

»Nein. Dafür spinnt er zu sehr. Er arbeitet bei einem Überstellungsjob mit einem Polizisten aus Vegas zusammen und zieht den jungen Burschen andauernd auf übelste Weise auf. So was wie den brauchen wir echt nicht.«

Littell rieb sich die Augen. »Wie heißt der Mann? Ich meine, der Polizist?«

»Wayne Sowieso. Wieso?«

»Tedrow?«

»Richtig«, sagte Pete. »Und was geht's dich an? Er hat nichts mit der Geschichte zu tun, und uns läuft die Scheiß-Zeit davon.«

Littell sah auf die Uhr. Ein Geschenk von Carlos. Eine goldene Rolex / reines Protz –

»Ward, bist du weggetreten?«

»Jack Ruby«, sagte Littell.

Pete kippte den Stuhl zurück. Die Stuhlbeine ächzten.

»Der ist gaga«, sagte Littell. »Der hat Angst vor uns. Der hat Angst vor der Firma. Der hat sieben Brüder und Schwestern, die wir bedrohen können.«

Pete lächelte. »Die Bullen wissen, dass er übergeschnappt ist. Er trägt eine Waffe. Er hat das ganze Wochenende im Gebäude gesteckt und gesagt, dass irgendwer die Rote Socke abknallen müsste. Was zehn Dutzend Scheiß-Reporter gehört haben.«

»Er hat Steuerprobleme«, sagte Littell.

»Woher weißt du das?«

»Das möchte ich nicht sagen.«

Eine Brise zog auf. Die Scheiben klapperten.

»Und?« sagte Pete.

»Was und?«

»Da ist noch was. Ich will wissen, warum du dich auf ein derartiges Risiko einlassen willst, mit einem Scheiß-Knallkopf, der weiß, wie wir beide heißen.«

Cherchez la femme, Pierre.

»Es geht mir um die Botschaft. Damit allen, die im Unterschlupf waren, klar wird, dass sie unterzutauchen haben.«

9 (Dallas, 24. 11. 63)

Barb kam rein. Sie hatte seinen Regenmantel an. Die Ärmel pendelten ins Leere. Die Schultern waren nach unten verrutscht. Der Saum streifte ihre Füße.

Pete stellte sich vors Badezimmer. Barb sagte: »Scheiße.«

Pete blickte auf ihre Hand. Pete sah den Ehering.

Sie hielt ihn hoch. »Ich gehe nirgendwo hin. Ich bin dabei, mich daran zu gewöhnen.«

Pete trug seinen Ring in der Tasche. Er war ihm zu klein – Scheiß-Zwergenformat.

»Ich werd mich daran gewöhnen, sobald ich meinen angepasst habe.«

Barb schüttelte den Kopf. »Mich *daran* zu gewöhnen. Was *du* getan hast.«

Pete hielt seinen Ring fest. Pete versuchte, seinen Finger reinzuquetschen. Pete stocherte aufs Loch ein.

»Sag was Nettes, bitte. Sag mir, wie die Spätshow lief.«

Barb ließ seinen Mantel fallen. »Ging alles gut. Der Twist ist erledigt, aber das weiß man in Dallas noch nicht.«

Pete streckte sich. Das Hemd rutschte ihm aus der Hose. Barb sah seine Waffe.

»Du gehst aus.«

»Dauert nicht lang. Ich wüsste gern, wo du steckst, wenn ich zurückkomme.«

»Ich wüsste gern, wer sonst noch Bescheid weiß. Wenn ich Bescheid weiß, muss es noch andere geben.«

Sein Kopfweh ging wieder los. Eine neue Variante.

»Wer immer davon weiß, ist dran interessiert, dass nichts bekannt wird. So was nennt man offenes Geheimnis.«

»Ich habe Angst«, sagte Barb.

»Denk nicht dran. Mit so was kenn ich mich aus.«

»Das tust du nicht. *So was* gab's noch nie.«

»Geht alles klar«, sagte Pete.
»Quatsch«, sagte Barb.

Ward hatte sich verspätet. Pete beobachtete den Carousel Club.

Er stand zwei Türen weiter. Jack Ruby scheuchte Polizisten und Nutten raus. Sie gingen paarweise davon. Sie drängten sich in Autos. Die Nutten ließen Schlüssel klimpern.

Jack schloss den Club ab. Jack putzte sich mit einem Bleistift die Ohren. Jack trat einen Hundekegel in die Straße.

Jack ging wieder rein. Jack sprach zu seinen Hunden. Jack sprach sehr laut.

Es war kalt. Es war windig. Paradenmüll, der übers Pflaster wehte: Zündholzbriefchen / Konfetti / Jack-&-Jackie-Schilder.

Ward hatte sich verspätet. Ward war vielleicht bei »Arden«.

Er hatte Wards Zimmer verlassen. Er hatte ein Telefon klingeln hören. Ward hatte ihn rausgescheucht. Er hatte Ward und Arden gesehen. Sie ihn nicht. Er hatte Ward die Geschichte vom Unterschlupf erzählt.

Er hatte »Arden« gesagt. Ward war fast durchgedreht. Er war auf Ruby zu sprechen gekommen. Ward gab sich ungerührt.

Scheiß drauf – fürs erste.

Jacks Hunde bellten. Jack sprach Baby-Jiddisch auf sie ein. Man konnte es bis draußen hören. Ein FBI-Schlitten fuhr vor. Ward stieg aus. Seine Manteltaschen waren dick gewölbt.

Er kam her. Er packte seine Taschen aus – Polizist-auf-Abwegen-auf-Vertretertour.

Ein Messingschlagring / eine Rollostrippe / ein Jungkanaken-Stellmesser.

»Ich habe bei der Asservatenkammer im Police Department vorbeigeschaut. Niemand hat mich gesehen.«

»Du bist auf alles gefasst.«

Ward stopfte sich die Taschen voll. »*Falls* er nicht mitspielen will.«

Pete zündete sich eine Zigarette an. »Dann stechen wir ihn ab und stellen es als Raubüberfall dar.«

Ein Hund winselte. Ward zuckte zusammen. Pete zog an seiner Zigarette. Das Ende leuchtete rot auf.

Sie gingen zur Tür. Ward klopfte an die Tür. Pete imitierte einen Südstaaten-Akzent: »Jack! He, Jack, ich glaub, ich hab meine Brieftasche vergessen!«

Die Hunde bellten. Die Tür öffnete sich. Jack. Er sah sie. Er sagte: »Oh.« Er öffnete den Mund und ließ ihn offen stehen.

Pete schnippte seine Zigarette rein. Jack erstickte fast dran. Jack hustete den nassen Stummel raus.

Pete schloss die Tür. Ward packte Jack. Pete schubste ihn rum. Pete durchsuchte ihn. Pete nahm ihm die Pistole aus dem Gürtel.

Ward versetzte ihm einen Hieb. Jack fiel um. Jack rollte sich zusammen und schnappte nach Luft.

Die Hunde rannten weg. Die Hunde drückten sich an den Laufsteg. Ward nahm den Revolver. Ward ließ fünf Patronen aus der Trommel fallen.

Er kniete nieder. Jack sah die Waffe. Jack sah die eine Patrone. Ward klinkte die Trommel ein. Ward ließ sie kreisen. Ward zielte auf Jacks Kopf.

Ward zog den Abzug durch. Der Hammer klickte. Jack schluchzte und schnappte nach Luft. Ward wirbelte die Waffe um den Finger. Ward zog den Abzug durch. Ward schoss leer auf Jacks Kopf.

»Du wirst Oswald umlegen«, sagte Pete.

Jack schluchzte. Jack hielt sich die Ohren zu. Jack schüttelte den Kopf. Pete packte ihn am Gürtel. Pete zog ihn durch den Raum. Jack trat Tische und Stühle um.

Ward kam rüber. Pete ließ Jack neben den Laufsteg fallen. Die Hunde winselten und knurrten.

Pete ging zur Bar. Pete nahm eine Portion Schenleys. Pete nahm ein paar Hundekuchen.

Er ließ die Hundekuchen fallen. Die Hunde stürmten her. Ward musterte die Flasche. Ward war ein Alki. Ward war seit langem trocken. Beim Anblick von Schnaps lief ihm das Wasser im Mund zusammen.

Sie zogen Stühle heran. Jack schluchzte. Jack wischte sich die Nase. Die Hunde verschlangen die Kuchen. Die Hunde watschelten und hechelten. Die Hunde schissen ungerührt neben den Laufsteg.

Jack setzte sich auf. Jack umfasste seine Knie. Jack lehnte sich gegen die Latten. Pete nahm ein rumstehendes Glas. Pete schmiss Eiswürfelreste rein und goss Schenleys zu.

Jack studierte seine Schuhe. Jack umklammerte den Judenstern an seiner Halskette.

»*Le chaim*«, sagte Pete.

Jack sah auf. Pete schwenkte das Glas. Jack schüttelte den Kopf. Ward wirbelte die Waffe um den Finger. Ward spannte den Hahn.

Jack nahm das Glas. Ihm zitterte die Hand. Pete drückte sie runter. Jack trank. Jack hustete und schnappte nach Luft. Jack nahm sich zusammen.

»Du hast das ganze Wochenende gesagt, dass es einer tun muss«, sagte Ward.

»Du kriegst maximal achtzehn Monate«, sagte Pete. »Du kriegst deine eigene Scheiß-Autoparade, wenn du rauskommst.«

»Die Stadt wird dir zu Füßen liegen«, sagte Ward.

»Er hat Tippit umgelegt«, sagte Pete. »Du wirst der Augapfel von jedem Dallasbullen sein.«

»Von jetzt an ist Schluss mit den Geldsorgen«, sagte Ward. »Für immer.«

»Stell dir das mal vor«, sagte Pete. »Lebenslang eine steuerfreie Pension.«

Jack sagte: »Nein.« Jack schüttelte den Kopf.

Ward fuchtelte mit dem Revolver. Ward ließ die Trommel kreisen. Ward zielte auf Jacks Kopf. Er drückte den Abzug *zweimal* ab. Zwei leere Hammerschläge.

Jack schluchzte. Jack betete – ernsthafte hebräische Gebete.

Pete goss sein Glas nach – drei Fingerbreit Schenleys – Jack schüttelte den Kopf. Pete packte ihn am Nacken. Pete machte seine Speiseröhre frei. Pete flößte ihm den Schnaps gewaltsam ein.

Jack nahm sich zusammen. Jack hustete und schnappte nach Luft.

»Wir renovieren den Club und lassen ihn von deiner Schwester Eva leiten«, sagte Pete.

»Oder wir bringen all deine Brüder und Schwestern um«, sagte Ward.

»Die macht eine Goldgrube draus«, sagte Pete. »Dein Schuppen wird zum Nationaldenkmal.«

»Oder wir fackeln ihn ab«, sagte Ward.

»Hast du kapiert?« sagte Pete.

»Verstehst du, was anliegt?« sagte Ward.

»Sagst du nein, bist du tot«, sagte Pete. »Sagst du ja, liegt dir die Welt zu Füßen. Wenn du den Job versaust, dann *Schalom* Jack, dann hast du's versucht, aber wir haben was gegen Versager, und dann muss leider deine ganze Scheiß-Familie dran glauben.«

»Nein«, sagte Jack.

»Wir finden ein nettes Heim für deine Hunde«, sagte Pete. »Was meinst du, wie die sich freuen, wenn du wieder rauskommst.«

»Oder wir bringen dich um«, sagte Ward.

»Deine Steuerprobleme verschwinden über Nacht«, sagte Pete.

»Oder alle deine Lieben müssen sterben«, sagte Ward.

»Nein«, sagte Jack. Pete ließ die Knöchel knacken.

Ward holte einen Totschläger aus dem Gürtel – ein Stück Gummischlauch, mit Grobschrot gefüllt.

Jack stand auf. Pete schubste ihn zurück. Jack griff nach der Flasche. Pete kippte sie aus. Bis auf einen kleinen Rest.

»Nein«, sagte Jack. »*Neinneinneinneinnein.*«

Ward zog ihm eins über – direkt auf die Rippen – klatsch.

Jack krümmte sich zusammen. Jack küsste seinen Judenstern. Jack biss sich auf die Zunge.

Ward packte ihn am Gürtel. Ward schleppte ihn mit. Ward trat ihn ins Büro. Ward trat die Tür zu.

Pete lachte. Jack hatte einen Schuh und die Krawattenklammer verloren. Ward die Brille.

Pete hörte dumpfe Schläge. Jack schrie. Die Hunde schreckten auf. Pete schmiss sich Aspirin und Schenleys rein. Die Hunde winselten. Die Geräusche gingen ineinander über.

Pete machte die Augen zu. Pete rollte den Nacken. Pete kämpfte gegen sein Kopfweh an – *Mist.*

Er roch Rauch. Er machte die Augen auf. Rauch drang aus einem Wandeinlass. Asche wehte hindurch.

Arden.

Ward hatte sich Jack allein vorgeknöpft. Pete wusste, wieso. Tu, was wir wollen / tu, was *ich* will / kein Wort über SIE. Er fackelte Jacks Akten ab. Er fackelte IHREN Namen ab. Er fackelte Arden SOWIESO ab.

Jack schrie. Die Hunde winselten. Rauch drang aus dem Wandeinlass. Rauch zog in den Raum und verdichtete sich.

Die Tür sprang auf. Rauch quoll rein. Feuchte Asche wehte in den Raum. Spülgeräusche. Schreie. Einzelne Schrotkügelchen flogen durch die Luft.

Ward erschien. Aus dem Totschläger fiel Schrot. Vom Schlagteil troff Blut. Er taumelte. Er rieb sich die Augen. Er trat auf seine Brille.

»Er tut's«, sagte er.

10 (Dallas, 24. 11. 63)

Katzenjammer.

Das Zimmerlicht tat weh. Das Fernsehgeräusch tat weh. Alka-Seltzer half. Wayne schluckte eine anständige Portion und ging den Kampf nochmals durch.

Er hatte ausgeholt. Er hatte Moore getroffen. Der Bourbongeblendete Moore hatte ins Leere geschlagen. Pete war dazwischen getreten. Pete hatte scheiß-blöd gelacht.

Wayne sah fern. Der Zimmerservice hatte Verspätung – wie üblich.

Ein Polizist trat vor ein Mikro. Er sagte, wir verlegen ihn. Machen Sie den Weg frei.

Willis Beaudine hatte nicht angerufen. Buddy Fritsch schon. Buddy Fritsch brachte ihn auf den letzten Stand. Buddy hatte mit der Grenzpolizei gesprochen.

Wendell Durfee: immer noch auf der Flucht.

Wayne strich *seinen* ursprünglichen Plan: Ich hab einen Wagen / ich fahre nach McAllen / ich schließe mich dort mit den Kollegen kurz.

»Nimm Moore mit«, hatte Fritsch gesagt. »Wenn du den Nigger abknallst, hast du besser einen Texas-Polizisten an der Seite.«

Wayne widersprach. Fast wäre es ihm rausgerutscht: Mein Plan ist bloßer Vorwand. »Nimm ihn mit«, hatte Fritsch gesagt. »Verdien dir gefälligst dein Scheiß-Gehalt.«

Fritsch hatte gewonnen. Wayne verloren. Er zögerte. Er sah fern. Er rief nicht bei Moore an.

Wayne trank Alka-Seltzer. Wayne sah Polizisten mit Stetsons. Das Bild verrutschte.

Er schlug aufs Gerät. Er drehte an den Knöpfen. Das Bild wurde wieder klar.

Oswald erschien. In Handschellen. Flankiert von zwei Polizisten. Sie gingen durch den Keller. Wurden von Reportern konfrontiert. Bahnten sich rasch einen Weg.

Ein Mann sprang hervor. Dunkler Anzug / steifer Hut. Mit ausgestrecktem rechtem Arm. Er kam näher. Er zielte mit einer Waffe. Er schoss praktisch aus nächster Nähe.

Wayne zwinkerte. Wayne sah es – ach du Scheiß.

Oswald krümmte sich. Oswald machte »uhhh«.

Die Polizisten zwinkerten. Sie hatten es gesehen – ach du Scheiß.

Aufregung. Auflauf. Der Schütze liegt am Boden. Bäuchlings. Er wird entwaffnet. Er wird flachgedrückt.

Zeigt das nochmal. Ich glaube, ich –

Der Hut. Der Bauch. Das Profil. Die dunklen Augen. Das Fett.

Wayne griff nach dem Fernseher. Wayne schüttelte ihn. Wayne sah ganz genau hin.

Wacklige Aufnahmen / ruckartige Kamerabewegungen / ein enges Zoom.

Die Masse wurde immer größer. Das Profil klarer. Jemand schrie: »Jack!«

Nein. Arschloch Jack Ruby – der Stripschuppen / die Hundekegel / die –

Jemand schrie: »Jack!« Ein Mann griff nach seinem Hut. Polizisten rangen ihn nieder. Polizisten legten ihm Handschellen an. Polizisten stellten ihn auf. Polizisten durchsuchten seine Hosen.

Das Bild lief über den Schirm. Wayne schlug auf die Antenne. Das Bild blieb schlecht.

Erinnerungen:

Moore bedrängt Jack. Jack streift im Police Department umher. Jack kennt Pete. Moore kennt Pete beeeestens. Bowers. Der Daumen. Der Kennedy-Anschlag –

Das Bild lief. Die Röhren knisterten. Das Scheiß-Telefon klingelte.

Das Bild blieb stehen. Ein Reporter schrie: »Hiesiger Nachtclub –«

Wayne stand auf. Wayne stolperte. Wayne nahm das Telefon ab. Wayne klemmte den Hörer fest.

»Ja, Tedrow am Apparat.«

»Hier spricht Willis Beaudine. Wissen Sie noch, wir haben miteinander –«

»Ja, ich weiß.«

»Ausgezeichnet, weil Wendell Ihr Angebot annehmen will. Er weiß nicht, warum Sie's tun, ich hab ihm gesagt, dass mein Hund Sie mochte.«

Der Ton verschwand. Jack bewegte die Lippen. Zwei Polizisten nahmen ihn in den Polizei-Doppelgriff.

»Mann«, sagte Beaudine, »sind Sie noch *da*?«

»Bin da.«

»Gut. Dann beim Rastplatz Nr. 10, 130 Kilometer südlich auf der I-35. Sehen Sie zu, dass Sie um 15:00 da sind. Noch was, Wendell will wissen, ob Sie Geld haben.«

Die Polizisten überragten Jack – große Männer – die es in Stiefelabsätzen auf gut zwei Meter brachten.

»He, Mann. Sind Sie noch *da*?«

»Sagen Sie ihm, ich hätte sechstausend Dollar.«

»He, schön für Sie, Mann!«

Wayne legte auf. Das Fernsehbild lief. Oswald wurde auf einer weißen Trage fortgeschafft.

11 (Dallas, 24.11.63)

Er sah es live.
Er hatte auf Kanal 4 gestellt. Er kniff die Augen zusammen, um was zu sehen. Er hatte seine Brille in Jacks Club zerbrochen.
Er saß in seinem Zimmer. Er schaute sich die Show an. Der abschließende Höhepunkt des Verhörs – das er vor einer Stunde durchgeführt hatte.
Er hatte Lee Oswald gegenübergesessen. Er hatte sich mit ihm unterhalten.
Littell fuhr die I-35 runter. Die Freeway-Verkehrszeichen verschwammen. Er wechselte auf die Kriechspur und schlich dahin.
Arden hatte gestern Abend angerufen. Oswald war im Parkland-Krankenhaus gestorben. Ruby war festgenommen worden.
Oswald kaute an den Fingernägeln. Littell hatte ihm die Handschellen abgenommen. Oswald hatte sich die Handgelenke gerieben.
Ich bin Marxist. Ich bin ein Strohmann. Mehr sag ich nicht. Ich bin Fidel-Anhänger. Ich klage die USA an. Ich verurteile die US-Missetaten in Kuba. Ich verurteile die Exilanten. Ich verurteile die CIA. National Fruit ist böse. Die Schweinebucht-Invasion der reinste Irrsinn.
Littell pflichtete ihm bei. Oswald taute auf. Oswald brauchte Bestätigung. Oswald brauchte Freunde.
Woraufhin Littell einsilbig wurde. Oswald brauchte Freunde. Das war Guys Mittelsmann bekannt. Littell verstummte. Lee nahm seinen veränderten Tonfall wahr. Und setzte ihn selber ein.
Einige harte Fakten. Und Spinnereien. Du liebst mich nicht – dann töte ich dich mit DER WAHRHEIT.
Worauf Littell gegangen war. Littell hatte Lee erneut Handschellen angelegt. Littell hatte ihm die Hände gedrückt.
Die Freeway-Zeichen verwischten. Tafeln erschienen. Ab-

fahrtssignale huschten vorbei. Littell sah »Grandview«. Littell bog nach rechts ab. Littell fuhr eine Rampe hinunter.

Er sah das Chevron-Zeichen. Er sah ein Howard Johnson's.

Da –

Der Bau dazwischen – Motelzimmer – eine lange Reihe.

Er überquerte eine Zugangsstraße. Er parkte beim Howard Johnson's. Er ging zu den Zimmern. Er kniff die Augen zusammen. Er sah die »14«.

Die Tür steht offen. Arden sitzt auf dem Bett.

Littell ging rein. Littell zog die Tür zu. Littell stolperte in einen Fernseher. Der Strom war abgestellt. Der Kasten war warm. Er roch Zigaretten.

»Setzen Sie sich dahin«, sagte Arden.

Littell setzte sich. Die Bettfedern sackten ein. Arden bewegte die Beine.

»Sie sehen anders aus ohne Brille.«

»Ich habe sie zerbrochen.«

Sie hatte ihr Haar aufgesteckt. Sie trug ein grünes Strickkostüm.

Littell drehte eine Lampe an. Arden zwinkerte. Littell bog die Lampe runter. Sie blendete nicht mehr.

»Was haben Sie mit Ihren Sachen gemacht?«

»Ich habe eine Lagergarage gemietet.«

»Unter Ihrem Namen?«

»Sie geben sich naiver, als Sie sind. Sie wissen, dass ich für so was zu gut bin.«

Littell hustete. »Sie haben ferngesehen.«

»Wie alle anderen im Land.«

»Sie wissen Dinge, die die nicht wissen.«

»Wir haben unsere Version, die anderen die ihre. Haben Sie das gemeint?«

»Jetzt geben *Sie* sich naiv.«

Arden umklammerte ein Kissen. »Wie hat man ihn dazu gebracht? Wie kann man jemanden so weit bringen, dass er etwas derart Verrücktes live im Fernsehen macht?«

»Er war schon immer verrückt. Und manchmal ist der Einsatz so hoch, dass sich das positiv auswirkt.«

Arden schüttelte den Kopf. »Genauer will ich es nicht wissen.«

Littell schüttelte den Kopf. »Wir müssen nicht davon reden.«

Arden lächelte. »Ich frage mich, warum Sie sich so ins Zeug legen, um mir zu helfen.«

»Sie wissen, wieso.«

»Ich werde Sie vielleicht auffordern, es auszusprechen.«

»Das will ich. Wenn wir *damit* weiter machen.«

»*Damit?* Werden wir *überhaupt* Absprachen treffen?«

Littell hustete – volle Aschenbecher / klammer Zigarettenrauch.

»Eines will ich von Ihnen wissen. Sie waren schon mal in Schwierigkeiten, sind schon mal auf der Flucht gewesen, Sie wissen, wie man so was macht.«

Arden nickte. »Damit kenne ich mich aus.«

»Das trifft sich gut, weil ich Ihnen eine völlig neue Identität verschaffen kann.«

Arden schlug die Beine übereinander. »Ist *das* an irgendeine Mitteilungspflicht gebunden?«

Littell nickte. »Einige Geheimnisse dürfen wir für uns behalten.«

»Daran ist mir gelegen. Ich lüge ungern, wenn's nicht sein muss.«

»Ich gehe ein paar Tage nach Washington. Dann werde ich mich in Las Vegas einrichten. Sie können mich dort treffen.«

Arden griff nach ihren Zigaretten. Die Packung war leer – sie warf sie weg.

»Wir wissen beide, wer dahinter steckt. Und *ich* weiß, dass die alle nach Vegas kommen.«

»Ich arbeite sogar für sie. Ein Grund mehr, warum Sie bei mir sicher sind.«

»In L.A. würde ich mich sicherer fühlen.«

Littell lächelte. »Da wohnt Mr. Hughes. Ich muss mir dort ein Haus oder eine Wohnung besorgen.«

»Dann treffe ich Sie dort. So weit traue ich Ihnen.«

Littell sah auf die Uhr – 13:24 – Littell nahm den Hörer am Bett ab.

Arden nickte. Er zog das Telefon ins Badezimmer. Die Strippe riss fast. Er schloss die Tür hinter sich. Er wählte das Adolphus. Man stellte ihn durch.

Pete nahm ab. »Ja?«

»Ich bin's.«

»Ja, und soeben zum Weißen der Woche ernannt. Ich war mir nicht ganz sicher, ob er's bringt.«

»Was ist mit Moore?«

»Der *verschwindet*. Ich beschatte ihn und nehm ihn mir alleine vor.«

Littell legte auf. Er ging zurück. Littell stellte das Telefon auf einem Stuhl ab.

Er setzte sich aufs Bett. Arden schob sich dicht an ihn ran.

»*Sagen* Sie's.«

Er kniff die Augen zusammen. Ihre Sommersprossen verrutschten. Ihr Lächeln verschwamm.

»Ich kriege immer nur das Schlechte ab und möchte auch mal was Schönes haben.«

»Das genügt nicht.«

»Ich will dich«, sagte Littell. Arden berührte sein Bein.

12 (Dallas, 24. 11. 63)

Wiederholungen:
Der Daumen. Pete und Moore. Killer Jack und Killer Lee.
Wayne fuhr über die I-35. Die Wiederholungen schlugen zu. Mit Aussetzern auf der Tonspur.
Er ruft Moore an. Er sagt: »Wir treffen uns. Ich habe eine Spur in Sachen Durfee.« Er lügt. Er berichtet Einzelheiten. Knacken im Telefon, die Verbindung wird unterbrochen.
Moore kriegt das letzte Wort. Moore sagt: »... uns balla-balla machen.«
Der Freeway war platt. Platter Asphalt / alles platt und leer. Daneben platter blanker Sand. Sandflächen und Buschwerk. Wildkarnickelknochen. Sandschmirgelkörner im Umlauf.
Die Tonspur war verzerrt. Er hatte den Anruf versaut. Die Jack-und-Lee-Show hatte ihn durcheinander gebracht.
Ein Karnickel sprang raus. Es sprang mitten auf die Straße. Es flitzte sauber an den Reifen vorbei. Eine Brise erhob sich. Sie verwehte trockene Büsche und Wachspapier.
Das Schild: Rastplatz Nr. 10.
Wayne bog ab. Wayne sah sich laaaaangsam auf dem Parkplatz um.
Ein Kiesplatz. Keine Wagen. Reifenspuren auf dem angrenzenden Strand. Platter Sand. Dünensand. Hüfthohes trockenes Buschwerk.
Guuuuute Deckungsmöglichkeiten.
Ein Herrenklo. Ein Damenklo. Zwei vergipste Baracken, zwischen denen man durchkriechen konnte. Die Hütten wiesen auf Sanddünen. Die Dünen führten weit ins Gelände. Der Wind verwehte losen Sand.
Wayne parkte. Beaudine hatte 15:00 gesagt. Er hatte Moore zu 16:00 bestellt. Jetzt war 14:49.

Er zog die Waffe. Er öffnete das Handschuhfach. Er nahm das Geld raus – schlappe sechs Riesen.

Er stieg aus. Er ging durchs Männerklo. Er sah zuerst mit gezogener Waffe in den Kabinen nach. Der Wind wehte Zellophan hindurch.

Er ging raus. Er sah sich das Damenklo an. Leere Kabinen / schmutzige Becken / Viecher im Lysolbad.

Er ging raus. Er drückte sich an die Wände. Er ging auf die Rückseite. Scheiße – Wendell Durfee.

Er trägt Ludenkluft. Er trägt ein Haarnetz. Er hat eine Negertolle. Er hat eine Waffe – ein Nuttenpistölchen.

Durfee stand an der Wand. Durfee versuchte, sich vor dem Sand zu schützen. Der ihm die Frisur verdarb.

Er sah Wayne. Er sagte: »Na, dann.«

Wayne zielte auf ihn. Durfee hob die Hände. Wayne ging langsam auf ihn zu. Der Sand drang ihm in die Schuhe.

»Warum tun Sie das für mich?« fragte Durfee.

Wayne nahm ihm die Waffe ab. Wayne holte den Ladestreifen raus. Wayne steckte sich die Waffe mit dem Lauf nach unten in die Hose.

Der Wind wehte einen trockenen Busch weg. Durfees Schlitten wurde sichtbar. Ein 51er Mercury. Vom Sand gewienert. Eingesunken bis an die Radkappen.

»Kein Wort«, sagte Wayne. »Ich will nichts von Ihnen wissen.«

»Ich brauch vielleicht 'nen Abschleppwagen«, sagte Durfee.

Wayne hörte Kies knirschen – hinten auf dem Parkplatz. Durfee fummelte an seinem Haarnetz rum. Durfee hörte keinen Scheiß.

»Willis hat gesagt, Sie hätten Geld.«

Kiesknirschen – *Reifen*knirschen – Durfee war taub wie Bohnenstroh.

»Ich hol's. Sie warten hier.«

»Mist. Ohne komm ich nirgendwonich' hin. Sie sind der reinste Scheiß-Weihnachtsmann, wissen Sie?«

Wayne steckte die Waffe ins Halfter zurück. Wayne schlich sich zum Parkplatz zurück. Wayne sah Moores Chevy 409.

Er steht neben seinem Wagen. In hochtourigem Leerlauf.

Auf Spitzen-Stoßdämpfern auf- und abwogend. Moore. Er sitzt am Steuer. Er kaut Red-Man-Tabak.

Wayne blieb stehen. Ihm bibberte der Schwanz. Aus dem Pisse tröpfelte.

Er sah was.

Einen Fleck – hinten auf der Straße – einen Wagen oder eine Luftspiegelung.

Er stellte sich sicher hin. Er schritt steifbeinig zum Wagen. Er lehnte sich an Moores Wagen.

Moore rollte das Fenster runter. »Na, Bubi. Was Neues und Schönes?«

Wayne lehnte sich eng an den Wagen. Wayne stützte sich am Dach ab.

»Er ist nicht da. Der Kerl hat mir einen falschen Tipp gegeben.«

Moore spuckte Tabaksaft. Moore traf Waynes Schuhe.

»Warum hast du mir 16:00 gesagt, wenn du vor 15:00 hier bist?«

Wayne zuckte mit den Schultern. Was weiß ich? Du langweilst mich.

Moore zog ein Stellmesser. Moore säuberte sich die Zähne. Moore schabte Schweinerippchenreste weg. Er spuckte unbekümmert Tabaksaft. Er durchnässte Waynes Hemd.

»Er ist dort hinten. Ich hab mich schon vor einer halben Stunde umgesehen. Jetzt beweg deinen Arsch und bring ihn um.«

Wayne sah Wiederholungen – in Zeitluuuuupe.

»Du kennst Jack Ruby.«

Moore stocherte in den Zähnen. Moore klopfte mit der Klinge aufs Armaturenbrett.

»Na und? Jack kennt jeder.«

Wayne lehnte sich ins Fenster. »Was ist mit Bowers? Er sah, wie Kennedy –«

Moore schwang das Messer. Moore traf Waynes Hemd. Moore griff nach Waynes Krawatte. Sie schlugen die Köpfe aneinander. Moore schwang das Messer. Moore schlug mit der Hand an den Rahmen.

Wayne zog den Kopf zurück. Wayne zog die Waffe. Wayne schoss Moore in den Kopf.

Rückschlag –
Der ihn umwarf. Er fiel auf *seinen* Wagen. Er stellte sich sicher hin und zielte genau. Er schoss Moore in den Kopf / Moore in den Hals / ein nasen- und kinnloser Moore.

Er zerfetzte die Sitze. Er zerschoss das Armaturenbrett. Er schoss die Fenster raus. Es war laut. Das Echo war laut. Übertönte die Windstöße.

Wayne erstarrte. Der Chevy 409 wogte auf und ab – auf Spitzen-Stoßdämpfern.

Durfee rannte raus. Durfee versagten die Beine. Durfee rutschte aus und fiel um. Wayne erstarrte. Der Fleck auf der I-35 – ein Wagen, ach du Scheiß.

Der Wagen fuhr auf sie zu. Der Wagen bog ab. Der Wagen blieb neben Moores Schlitten stehen. Sand wehte. Trockene Sträucher hüpften. Kies spritzte.

Der Wagenfleck blieb im Leerlauf stehen. Pete stieg aus. Pete hob die Hände.

Wayne zielte auf ihn. Wayne zog den Abzug durch. Der Schlagbolzen klickte – du hast verschossen – du bist erledigt.

Durfee schaute. Durfee versuchte zu fliehen. Durfee stand auf und fiel um. Pete ging zu Wayne. Wayne ließ die Waffe fallen und zog Durfees Waffe. Wayne schob den Ladestreifen rein.

Die Hand versagte. Die Waffe fiel zu Boden. Pete hob sie auf.

»Bring ihn um«, sagte er.

Wayne sah Durfee an. »Bring ihn um«, sagte Pete.

Wayne sah Durfee an. Durfee sah Wayne an. Wayne sah Pete an. Pete gab ihm die Waffe. Wayne entsicherte sie.

Durfee stand auf. Ihm versagten die Beine. Er fiel auf den Hintern.

Pete lehnte sich an Moores Wagen. Pete griff rein. Pete stellte den Motor ab. Wayne lehnte an seinem Wagen. Wayne griff nach den sechstausend. Wayne hustete Kieskörnchen.

»Bring ihn um«, sagte Pete.

Wayne ging zu Durfee. Durfee schluchzte. Durfee schaute auf Waynes Hände. Er sah eine Waffe. Er sah eine Geldtüte. Er sah zwei Hände voll.

Wayne ließ die Tüte fallen. Durfee fasste danach. Durfee stand auf. Durfees Beine wollten wieder und er rannte los.

Wayne fiel auf die Knie. Wayne kotzte sein Mittagessen aus. Wayne schmeckte Hamburger und Sand.

Durfee rannte.

Er stolperte durch Sanddünen. Er gelangte zu seinem Mercury. Er gab Vollgas. Er stieß an Dünen. Er durchpflügte sie. Er schaffte es zum Parkplatz. Er schaffte es zur I-35 Richtung Süden.

Pete kam rüber. Wayne wischte sich das Gesicht ab. Wayne verschmierte Moores Blut.

»Du hast dir einen guten Platz gewählt«, sagte Pete. »Und ein gutes Wochenende.«

Wayne fiel auf die Knie. Wayne ließ die Waffe fallen. Pete hob sie auf.

»Weiter unten ist eine Altöl-Abscheide. Dort kannst du den Wagen loswerden.«

Wayne stand auf. Pete stützte ihn. »Vielleicht sieht man sich in Vegas wieder«, sagte Pete.

13 (Dallas, 25. 11. 63)

Jacks Trauerfeiern – epidemisches schluchz-schluchz – das durch die Wand der Hochzeitssuite drang.

»Ich kapiere«, sagte Barb. »Die Tarnung steht.«

Pete packte seinen Koffer. »Für manche war das wie Weihnachten. Die wissen, wo's langgeht und was fürs Land am besten ist.«

Barb faltete ihre Bühnenkostüme zusammen. »Die Sache hat einen Haken. Das heißt, für unsereinen.«

Pete blendete sie aus. Er hatte gerade mit Guy gesprochen. Guy gerade mit Carlos. Carlos hatte Rubys Show großartig gefunden. Carlos hatte befohlen, Maynard Moore umzulegen.

Guy hatte Pete Bescheid gegeben. Pete hatte improvisiert. Pete sagte, dass Moore verschwunden sei – schwuppdi!

Guy war über Moores Vegas-Nummern hergezogen. Guy hatte an Wayne Junior kein gutes Haar gelassen. Junior hatte keine Ahnung – Junior sah nicht über den eigenen Suppentellerrand hinweg – Wayne Senior hatte zum Anschlagsfonds beigetragen.

»Der *Haken*«, sagte Barb. »Erzähl mir nicht, dass es keinen gibt. Und erzähl mir nicht, dass unser Ticket nach Vegas nicht damit zusammenhängt.«

Pete versorgte seine Waffe. »Willst du damit sagen, dass der Kauf von zwei Tickets zu optimistisch war?«

»Nein. Du weißt, dass ich dich niemals verlassen werde.«

Pete lächelte. »Ich hätte ein paar Fehler weniger gemacht, wenn ich dich besser gekannt hätte.«

Barb lächelte. »Der Haken? *Vegas*? Und guck mich nicht so an, wenn wir den Flieger erwischen müssen.«

Pete schloss den Koffer. »Die Firma hat Pläne für Mr. Hughes. Ward ist für die Durchführung verantwortlich.«

»Das heißt, es geht darum, dass man nützlich bleibt.«

»Genau. Nützlich bleiben, heißt, gesund bleiben. Wenn ich sie dazu kriege, eine bestimmte Regel zu lockern, haben wir's wohl geschafft.«

»Welche Regel?« sagte Barb.

»Komm, du weißt, was ich treibe.«

Barb schüttelte den Kopf. »Du bist vielseitig. Du organisierst Erpressungen und verschiebst Waffen und Stoff. Du hast mal den Präsidenten der Vereinigten Staaten umgebracht, aber das war wohl eher eine einmalige Chance.«

Pete lachte. Pete lachte, bis ihm der Bauch wehtat. Er vergoss ein paar gerüüüührte Tränchen. Barb warf ihm ein Handtuch zu. Pete wischte sich die Augen und wurde wieder sachlich.

»Man darf dort kein Heroin vertreiben. Das ist eine stehende Regel, aber damit könnte ich für die Jungs am meisten Geld machen. Vielleicht lassen sie sich drauf ein, wenn ich's nur an die Schwarzen in West Vegas vertreibe. Mr. Hughes ist ein Mohren-Hasser. Er wünscht sie alle ebenso zugeknallt, wie er selber ist. Vielleicht tun ihm die Jungs den Gefallen.«

Barbs Gesicht nahm wieder DEN AUSDRUCK an. Den er kannte. *Ich* hab mal JFK gefickt. *Du* hast ihn umgebracht. *Mein* verrüüücktes Leben.

»Nützlich«, sagte sie.

»Jawohl, genau.«

Barb nahm ihre Twistkostüme. Barb ließ sie durchs Fenster fallen. Pete blickte raus. Ein Jugendlicher blickte hoch. Das blaue Abendkleid blieb an einem Sims hängen.

Barb winkte. Der Junge winkte zurück.

»Der Twist ist tot, aber ich wette, du kannst mir ein paar Nachtclub-Auftritte besorgen.«

»Wir werden uns nützlich machen.«

»Ich hab nach wie vor Angst.«

»Das«, sagte Pete, »ist der Haken.«

ZWEITER TEIL

NÖTIGUNG

Dezember 1963 – Oktober 1964

DOKUMENTENEINSCHUB: 1.12.63. Interner FBI-BERICHT. Bezeichnung: »VERTRAULICHKEITSSTUFE 2-A: EINSICHTNAHME FÜR AGENTEN EINGESCHRÄNKT« / »GRUNDLEGENDE FAKTEN & FESTSTELLUNGEN BETR. EIGENTUMSVERHÄLTNISSE BEDEUTENDER HOTEL-KASINOS IN LAS VEGAS & DIESBZGL. SACHGEBIETE.« Anmerkung: Abgelegt im Southern Nevada Office: 8.2.63.

Die bedeutendsten Hotelkasinos von Las Vegas sind um zwei Zentren konzentriert: in der Innenstadt (Fremont Street, »Glitter Gulch« & am »Strip« (Las Vegas Blvd., wichtigste Nordsüdverbindung der Stadt). Die innerstädtischen Etablissements sind älter, weniger aufwändig eingerichtet & werden von Einheimischen & weniger betuchten Touristen besucht, die dem Glücksspiel nachgehen, sich anspruchslos unterhalten & die Dienste von Prostituierten in Anspruch nehmen wollen. Freizeitclubs (Elks, Kiwanis, Rotary, Shriner, VFW, CYO) besuchen häufig die innerstädtischen Hotelkasinos. Die innerstädtischen Etablissements befinden sich größtenteils im Besitz von »Pionier«-Konsortien (d.h. Einheimischer aus Nevada & anderer nichtmafiosen Gruppierungen). Einige Besitzer wurden gezwungen, kleinere (5–8%ige) Anteile an mafiose Gruppierungen zu veräußern, um sich eine anhaltende »Vorzugsbehandlung« zu sichern (d.h. »Schutz« vor Ort, eine »Dienstleistung«, die Gewerkschaftsprobleme & abschreckende Unfälle vermeiden hilft). Mafiose Verbindungsleute fungieren öfters als Kasino-»Vorarbeiter« & damit als Schläger & Informanten ihrer mafiosen Patrone.

Das innerstädtische Gebiet steht unter der Jurisdiktion des Police Department Las Vegas (LVPD). Die Jurisdiktion des LVPD stößt an die Jurisdiktion des Bezirkssheriffs von Clarc County

(CCSD). Beide Behörden sind mit Zustimmung der anderen in der Nachbars-Jurisdiktion tätig. Das Sheriff's Department patrouilliert das Gebiet des »Strip« südlich vom Sahara Hotel. Wie das LVPD ermittelt das Sheriff's Department innerhalb der eigenen Jurisdiktion mit spezifisch operationellem Mandat innerhalb der LVPD- oder »städtischen« Jurisdiktion. Umgekehrt darf das LVPD innerhalb des Sheriff's Dept, oder der »Bezirks«-Jurisdiktion, ermitteln. Hier wäre anzumerken, dass beide Behörden weitgehend durch Fraktionen des Organisierten Verbrechens (Mafiose Fraktionen) beeinflusst & unterwandert sind. Diese Art der Korruption ist für so genannte »Unternehmensstädte« typisch (insofern Kasino-Einkünfte die finanzielle Grundlage von Las Vegas darstellen, was zu einer entsprechenden Einflussnahme auf die politische Basis wie Polizeibehörden führt). Zahlreiche Polizeibeamte beider Behörden ziehen ihren Vorteil aus mafiosen »Vergünstigungen« (freie Hotelübernachtungen, freie Kasino-Glücksspielchips, Dienstleistungen von Prostituierten, »Polizeirabatte« bei Unternehmungen, die im Eigentum mafioser Verbindungsleute stehen) & direkter Bestechung. Das LVPD & das Sheriff's Dept pflegen mit impliziter Zustimmung der politischen Hierarchie des Bezirks County Clark resp. der Gesetzgeber des Staates Nevada mafiose Entscheidungen durchzusetzen. (So werden Neger nachdrücklich davon abgehalten, Hotelkasinos auf dem »Strip« zu betreten & das anwesende Kasino-Personal darf für ihre Entfernung sorgen. Delikte an mafiosen Kasino-Angestellten werden öfters durch LVPD-Officers gerächt, die auf Befehl des Kasinobetreiber-Rates, einer mafiosen Tarnorganisation, handeln. LVPD-Officers & Sheriff's Deputies werden öfter eingesetzt, um Kartenbetrüger im Kasino nachzustellen, sie »abzuschrecken« & aus der Stadt zu jagen.)

Die bekanntesten Hotelkasinos befinden sich am »Strip«. Viele sind vom Organisierten Verbrechen unterwandert, wobei die Anteile entsprechend einem »Prozentpunktesystem« unter den Leitungsgremien der mafiosen Kartelle aufgeteilt sind. (Das Mafia-Kartell Chicago kontrolliert das Hotel-Kasino Stardust, dessen Chef <u>Sam »Mo«, »Momo«, »Mooney« Giancana</u> einen persönlichen Anteil von 8 % besitzt. <u>John Rosselli</u>, ein Gangster aus Chicago – der als Aufseher des Chicagokartells in Las Vegas auftritt – besitzt einen Anteil von 3%, Dominic Michael Montalvo alias »Butch Montrose«, ein Geldeintreiber der Mafia von Chicago, besitzt einen Anteil von 1%.) (Vgl. Anhang B-2 bezügl. vollständiger Liste mafiosen Eigentums & Prozentpunkt-Einschätzungen.)

Die Fraktionen des Organisierten Verbrechens verschieben kleinere Anteilspunkte untereinander, um sicherzustellen, dass sämtliche Fraktionen an der wachsenden Kasino-Wirtschaft von Las Vegas beteiligt sind. Das vergrößert die Profitbasis & verhindert interfraktionäre Rivalitäten. Daher kann das Organisierte Verbrechen in Las Vegas geschlossen auftreten. Urheber & Betreiber dieser Politik ist Morris Barney »Moe« Dalitz (geb. 1899), ein ehemaliger Mafioso aus Cleveland, der heute als »Botschafter des Guten Willens« des Organisierten Verbrechens & als »Problemlöser von Las Vegas« auftritt. Dalitz besitzt Prozentpunktanteile am Hotelkasino Desert Inn & angeblich noch an mehreren anderen. Dalitz ist wegen seiner zahlreichen philanthropischen Bemühungen & seinem überzeugenden ungangsterhaften Image als »Mr. Las Vegas« bekannt. Dalitz hat den Kasinobetreiber-Rat gegründet, legt die von demselben durchzusetzenden Bestimmungen fest & ist für die Politik der »Sauberen Stadt« hauptverantwortlich, die, entsprechend der erklärten Absicht der Fraktionen des Organisierten Verbrechens, im Dienste der Tourismusförderung & Einkommenssteigerung der Hotelkasinos steht.

Diese »Politik« wird unauffällig durchgesetzt, mit stillschweigender Duldung der politischen Kreise von Las Vegas, des LVPD & des Sheriff's Dept. Sie zielt unter anderem darauf ab, die gegenwärtige Rassensegregation der Hotelkasinos des »Strip« durchzusetzen (d.h. berühmte oder als hochrangig empfundene Negerpersönlichkeiten werden zugelassen & allen anderen der Zugang verboten) & Negerwohnungen auf das Slumgebiet von West Las Vegas zu beschränken. (Eine restriktive Immobilienverkaufspraxis, die von den Immobilienhändlern von Las Vegas weitgehend eingehalten wird.) Eine grundlegende »Richtlinie« ist das »Drogenverbot«. Dies bezieht sich insbesonders auf Heroin. Der Verkauf von Heroin ist verboten & wird mit dem Tode bestraft. Die Bestimmung wird streng durchgesetzt, um die Anzahl der Drogensüchtigen niedrig zu halten, vor allem, sofern sie ihre Sucht durch Raub, Einbruch, Flim-Flam-Betrugsdelikte oder andere kriminelle Aktivitäten finanzieren könnten, was dem Ruf von Las Vegas & damit dem Tourismus abträglich wäre. Zahlreiche Heroinhändler sind ungelösten Morden zum Opfer gefallen & zahlreiche andere sind verschwunden, wobei davon ausgegangen werden kann, dass sie entsprechend vorerw. Richtlinien umgebracht worden sind (vgl. Anhang B-3 wg. Teilliste). Das letzte Tötungsdelikt erfolgte am 12.4.60 & seitdem scheint in Las Vegas kein Heroinhandel mehr erfolgt zu sein. Man darf davon ausgehen, dass vorerw. Todesfälle ihre Abschreckungsfunktion erfüllt haben.

Dalitz ist enger Vertrauter des Teamster-Präsidenten James Riddle Hoffa (geb. 1914) & hat große Kredite der Zentralen Pensionskasse der Teamster zur Deckung der Umbaukosten der Hotelkasinos aufgebracht. Bei besagter Kasse (geschätzte Aktiva 1,6 Milliarden Dollar) handelt es sich um eine »Wasserstelle«, bei der mafiose Fraktionen routinemäßig Darlehen aufzunehmen pflegen. Zweifelhafte »Geschäftsleute« mit Beziehungen zum Organisierten Verbrechen haben ebenfalls Darlehen aus der Pensionskasse aufgenommen, wobei die geforderten Wucherzinsen oft die Preisgabe des betr. Unternehmens zur Folge haben. Angeblich soll ein zweiter Satz der Pensionskassenbücher vorliegen (der der Beschlagnahmung durch die Regierung & damit einer offiziellen Buchprüfung entzogen ist). In diesen Büchern findet sich angeblich eine genauere Aufstellung der Bestände der Pensionskasse mit sämtlichen Einzelheiten der illegalen & quasi-legalen Darlehen & Rückzahlungsvorgaben.

Viele der Hotelkasinos am »Strip« verbergen routinemäßig einen Großteil ihrer Einkünfte. (Vgl. die im Anhang B-4 aufgeführten Steuerabrechnungen sämtlicher Würfel-, Roulette-, Blackjack-, Poker-, Loball-Poker-, Keno-, Fan-Tan- & Baccarat-Tische.) Die angegebenen Gewinne dürften nur 70–80 % des Profits abdecken. (Der Nachweis durchgängiger Fehlangaben beim zu besteuernden Einkommen erweist sich bei Unternehmungen mit großem Baraufkommen als besonders schwierig.) Die unversteuerten Spieltischgewinne werden auf über 140.000.000 Dollar pro Jahr geschätzt (Steuerschätzung 1962). Dieser Vorgang wird als »Absahnen« bezeichnet.

Barauszahlungen erfolgen direkt aus den Kasino-Zählräumen & werden an Kuriere weitergegeben, die das Geld an abgesprochene Stellen bringen. Das Spielautomatenkleingeld wird gegen große Geldscheine getauscht & die tägliche, betrügerische Abrechnung erfolgt innerhalb der eigentlichen Zählräume. Das »Absahnen« eines Kasinos ist praktisch nicht nachweisbar. Die meisten Angestellten der Hotelkasinos bestreiten ihren Lebensunterhalt aus einem niedrigen Gehalt & unversteuerten Bargratifikationen & würden Unregelmäßigkeiten niemals melden. Die endemische Korruption erstreckt sich auch auf die Gewerkschaften, die die Arbeiter der wichtigsten Hotelkasinos stellen.

Das Gewerkschaftsbüro Nr. 117 für Dealer & Croupiers ist eine Tarnorganisation der Mafia von Chicago. Deren Mitglieder erhalten niedrige Stundenlöhne & als Bonus (vermutlich gestohlene) Spielchips. Sämtliche Abteilungen der Gewerkschaft sind streng rassengetrennt. Das Gewerkschaftsbüro Nr. 41 der Nachtclubunterhalter ist eine Tarnorganisation der Detroiter Mafia. Deren Mitglieder sind gut bezahlt, wobei sie wöchentliche Rückzahlungen an die Gewerkschaftsgruppenleiter zu leisten haben. Diese Gewerkschaft ist theoretisch rassenintegriert. Schwarzen Nachtclub-Entertainern wird jedoch »nahe gelegt«, von einem Besuch der Hotelkasinos, in denen sie arbeiten, abzusehen & einen allzu vertraulichen Umgang mit weißen Kunden zu unterlassen. Bei den vier Bau- & Bauzulieferer-Gewerkschaften handelt es sich um Tarnorganisationen der Cleveland-Mafia, die ausschließlich mit Firmen zusammenarbeiten, die Beziehungen zum Organisierten Verbrechen aufweisen. Beim rein weiblichen Zimmermädchen-Gewerkschaftsbüro Nr. 16 handelt es sich um eine Scheinfirma der Florida-Mafia. Viele Mitglieder wurden zur Prostitution gezwungen. Die Arbeitsgruppen der vorerw. Gruppierungen werden durch sog. »Rammböcke« geleitet, die dem Kasinobetreiber-Rat unterstehen.

Die Gewerkschaft der Küchenarbeiter (ausschließlich in Las Vegas bestehend, es gibt keine anderen Filialen) ist nicht mit dem Organisierten Verbrechen verbunden & darf operieren, um das »Pionier«- Kontingent von Las Vegas & die hauptsächlich mormonisch bestimmte politische Maschinerie von Nevada ruhig zu stellen. Die Gewerkschaft wird von <u>Wayne Tedrow Sr.</u> (geb. 1905) geleitet, einem konservativen Traktatverfasser, Immobilienmakler & Eigentümer eines Kasinos der untersten Stufe, eines sog. »Fleischwolfs«, dem »Land o' Gold«. Die Vorarbeiter sind ausschließlich Mormonen & die Arbeiter (in der Regel illegale mexikanische Ausländer) erhalten unterdurchschnittliche Löhne & als »Bonusse« zerbeulte Konservenbüchsen & Spielchips für das Land o' Gold. Die Arbeiter wohnen in Slum-Hotels in einer mexikanischen Enklave an der westlichen Grenze von Las Vegas Nord. (Anmerkung: <u>Tedrow Sr.</u> soll angeblich heimlich über Prozentpunkte an 14 »Fleischwölfen« in North Las Vegas sowie an 6 Schnapsläden / Spielautomaten-Arkaden in der Nähe der Nellis Air Force Base verfügen. Das würde eine Verletzung der Bestimmungen der Glücksspiel-Lizenz-Kommission von Nevada bedeuten.)

Die Glücksspiel-Lizenz-Kommission von Nevada überwacht & reguliert die Gewährung von Kasino-Lizenzen & die Einstellung von Kasino-Personal. Die Kommission ist in jeder Hinsicht der Glücksspiel-Aufsichts-Kommission & der Alkohol-Lizenz-Kommission von Clark County gefügig. Beide Kommissionen setzen sich aus denselben fünf Männern zusammen (Sheriff von Clark County, Staatsanwalt & 3 ausgesuchte »zivile« Mitglieder). Damit liegen sämtliche Entscheidungsbefugnisse bezügl. Alkohol- & Kasino-Lizenzen ausschließlich in Las Vegas. Keines der 5 Kommissionsmitglieder scheint über Beziehungen zum Organisierten Verbrechen zu verfügen & entsprechend schwer fällt es, die Kollusion abzuschätzen, der die Kommissionsmitglieder anheim fallen, denn ein Großteil der von ihnen kontrollierten Unternehmungen dient als Tarnorganisation des Organisierten Verbrechens. Dossiers über die Mitglieder der vorerw. Organisationen liegen nicht vor. Die LVPD-Nachrichten-Abteilung führt zwar detaillierte Akten über die Männer der Glücksspiel- & Alkohol-Aufsichts-Kommission, hat sich aber konsequent geweigert, dem FBI & dem Büro des Generalstaatsanwalts Einsicht zu gewähren. (Das LVPD ist, wie erwähnt, massiv vom Organisierten Verbrechen unterwandert.) Die Nachrichteneinheit des LVPD arbeitet stadt- & countyweit & ist die einzige derartige Einheit in Clark County. Sie wird von 2 Mitarbeitern betrieben. Der kommandierende Officer heißt Lieutenant Byron B. Fritsch (Adjutant des Detective Bureau & dem Rat der Kasinobetreiber verbunden) & der ihm zugeordnete Officer heißt Wayne Tedrow Jr. (Sgt. Tedrow ist der Sohn des vorerw. Wayne Tedrow Sr. Er gilt, im Hinblick auf die Polizeistandards von Las Vegas, als unbestechlich.)

Schlussbemerkung: Zur Einsicht in Anhang B1, –2, –3, –4, –5 ist doppelte Autorisierung erforderlich: seitens des Leitenden Agenten für Southern Nevada & des Stellvertretenden Direktors Tolson.

DOKUMENTENEINSCHUB: 2.12.63. Wörtliches FBI-Telefontranskript. Bezeichnung: »AUFGENOMMEN AUF ANWEISUNG DES DIREKTORS.« / »VERTRAULICHKEITSSTUFE 1A: DARF NUR VOM DIREKTOR EINGESEHEN WERDEN.« Am Apparat: Direktor Hoover, Ward J. Littell.

JEH: Guten Morgen, Mr. Littell.
WJL: Guten Morgen, Sir. Und danke für die Duplikate.
JEH: Las Vegas ist ein Höllenloch. Für gesundes Wohnen ungeeignet, was seine besondere Anziehungskraft auf Howard Hughes erklären dürfte.
WJL: Ja, Sir.
JEH: Sprechen wir über Dallas.
WJL: Die Übereinstimmung der öffentlichen Meinung scheint gesichert, Sir. Und die Tötung Oswalds als Auflösung hochpopulär.
JEH: Mr. Ruby hat viertausend Fanbriefe erhalten. Er ist bei Juden recht beliebt.
WJL: Ich kann ihm einen gewissen Schneid nicht absprechen, Sir.
JEH: Der seiner Fähigkeit, den Mund halten zu können, in nichts nachsteht?
WJL: Nein, Sir.
JEH: Im Hinblick auf die öffentliche Meinung pflichte ich Ihnen bei. Und möchte, dass Sie Ihre Überlegungen in einem detaillierten Bericht über die Ereignisse des bedeutsamen Wo-

chenendes zusammenfassen. Ich werde den Bericht Agenten aus Dallas zuschreiben und ihn direkt Präsident Johnson vorlegen.
WJL: Ich mache mich gleich an die Arbeit, Sir.
JEH: Der Präsident wird die Zusammenstellung einer Kommission zur Untersuchung des Todes von König Jack bekannt geben. Ich werde die Feldagenten sorgfältig aussuchen. Ihr Bericht wird dem Präsidenten als einschlägige Kurzzusammenfassung der zu erwartenden Erkenntnisse vorgelegt.
WJL: Hat er sich eine Meinung gebildet, Sir?
JEH: Er verdächtigt Mr. Castro oder Randgruppen von Exilkubanern. Soweit es ihn betrifft, ist der Anschlag auf unbedachte Missgriffe in der Karibik zurückzuführen.
WJL: Eine informierte Perspektive, Sir.
JEH: Die ich ihm gerne zugestehe, wie ich auch gerne einräume, dass Lyndon Johnson alles andere als ein Dummkopf ist. Er hat einen passenden toten Mörder und Bürger, die im nationalen Fernsehen gerächt wurden. Was will er mehr?
WJL: Ja, Sir.
JEH: Und vom kubanischen Sumpf hat er entsprechend die Nase voll. Er wird ihn als Problemfall der Nationalen Sicherheit von der Tagesordnung streichen und sich auf die Situation in Vietnam konzentrieren.
WJL: Ja, Sir.
JEH: Ihr Tonfall ist mir nicht entgangen, Mr. Littell. Ich weiß, dass Sie den amerikanischen Kolonialismus ablehnen und unser gottgegebenes Mandat, den Kommunismus einzudämmen, als ungehörig empfinden.
WJL: In der Tat, Sir.
JEH: Eine Bemerkung, die keineswegs der Ironie entbehrt. Ein heimlicher Linker als Sprecher für Howard Hughes und für dessen koloniale Pläne.
WJL: Eigenartige Bettgenossen, Sir.
JEH: Und wie würden Sie seine Pläne beschreiben?
WJL: Er will die Anti-Trust-Gesetze umgehen und alle Hotelkasinos am Strip von Las Vegas erwerben. Er will keinen Cent ausgeben, ehe er nicht die Klage wegen der Aktienabstoßung mit TWA geregelt und mindestens 500 Millionen Dollar

kassiert hat. Ich denke, die Klage wird in drei bis vier Jahren erledigt sein.
JEH: Und Sie haben Auftrag, die Vorbereitung der Kolonisierung von Las Vegas in die Hand zu nehmen?
WJL: Ja, Sir.
JEH: Ihre unverblümte Einschätzung von Mr. Hughes Geisteszustand?
WJL: Mr. Hughes spritzt sich Kodein in Arme, Beine und Penis. Er ernährt sich ausschließlich von Pizza und Eiskrem. Er erhält regelmäßige Transfusionen »keimfreien« mormonischen Blutes. Seine Angestellten pflegen ihn als »Graf«, »Graf Dracula« und »Drac« zu bezeichnen.
JEH: Eine plastische Namensfindung.
WJL: Er ist die halbe Zeit bei klarem Verstand, Sir. Und völlig auf Las Vegas fixiert.
JEH: Eine Fixierung, auf die Bobbys Anti-Mafia-Kreuzzug Auswirkungen haben könnte.
WJL: Meinen Sie, er bleibt im Kabinett?
JEH: Nein. Er hasst Lyndon Johnson, der ihm diesbezüglich in nichts nachsteht. Ich nehme an, er wird sein Amt abgeben. Wobei sein Nachfolger Pläne für Las Vegas haben könnte, die ich nicht werde vereiteln können.
WJL: Darf ich um Einzelheiten bitten, Sir?
JEH: Bobby dachte an »Absahn-Operationen«.
WJL: Mr. Marcello und die anderen haben bezüglich Mr. Hughes' Anteile ihre eigenen Pläne.
JEH: Wieso nicht? Ein drogensüchtiger Vampir bietet sich ihnen als Opfer an, und Sie gehen den Herren bei deren blutsaugerischen Absichten zur Hand.
WJL: Man weiß, dass Sie persönlich nicht feindlich gesinnt sind, Sir. Man wird Verständnis dafür haben, dass manche von Bobbys Plänen von dessen Nachfolger umgesetzt werden.
JEH: Ja. Pläne, die sich erledigt haben könnten, wenn sich der Graf in Las Vegas einkauft und dessen Ansehen aufbessert.
WJL: Ja, Sir. Daran habe ich auch gedacht.
JEH: Ich wüsste zu gern, was der Fürst der Finsternis über den Tod seines Bruders denkt.
WJL: Ich auch.
JEH: Selbstverständlich. Robert F. Kennedy ist sowohl Ihr Hei-

land als auch Ihr bête noire, und ich bin wohl kaum der Mann, Sie als Voyeur zu beschimpfen.
WJL: Ja, Sir.
JEH: Wäre ein Abhöreinsatz durchführbar?
WJL: Nein, Sir. Aber ich werde mich mit meinen anderen Kunden in Verbindung setzen und mich umhören.
JEH: Ich werde einen »Gefallenen Linken« brauchen. Mag sein, dass ich Sie um einen Gefallen bitten werde.
WJL: Ja, Sir.
JEH: Guten Tag, Mr. Littell.
WJL: Guten Tag, Sir.

14 (Las Vegas, 4.12.63)

Sie nahmen ihn in die Mangel. Zwei Profis: Buddy Fritsch und Captain Bob Gilstrap.

Sie benutzten das Büro des Chiefs. Sie zwängten Wayne ein. Sie benutzten das Sofa des Chiefs.

Er hatte das Treffen hinausgezögert. Er hatte einen Bericht abgegeben und ihn mit Lügen gespickt. Er hatte das Verschwinden von Maynard Moore heruntergespielt.

Er war mit Moores Wagen zur Öldeponie gefahren. Er hatte die Nummernschilder abgeschraubt. Er hatte Moore die Zähne gezogen. Er hatte die Kugeln rausgekratzt. Er hatte ihm Patronen in den Mund gestopft. Er hatte einen Lumpen mit Benzin getränkt. Er hatte ihn angezündet.

Moores Kopf explodierte. Eventuelle gerichtsmedizinische Ermittlungen mit. Er schaffte den Wagen in die Senkgrube. Er versank rasch.

Die Grube brodelte. Mit Chemie kannte er sich aus. Die Säuren zerfraßen Fleisch und Bleche.

Er hatte den Anschein erweckt, Wendell D. nachzujagen. Er hatte bei Fritsch angerufen und gelogen. Er hatte gesagt, ich kann ihn nicht finden. Ich kann Maynard Moore nicht finden.

Er hatte bei Willis Beaudine Druck gemacht. Er hatte ihn aufgefordert, aus Dallas zu verschwinden. Beaudine hatte seinen Hund genommen und sich dünne gemacht. Er war beim DPD vorbeigefahren. Er hatte einige Akten verschwinden lassen. Er hatte die Spuren von Wendells Bezugspersonen verwischt. Er hatte Polizisten gelöchert – habt ihr Maynard Moore gesehen?

Fritsch entwendellisierte ihn. Fritsch machte dem Spaß ein Ende. Fritsch befahl ihn nach Hause.

Sie nahmen ihn in die Mangel. Sie zwängten ihn ein. Sie rissen JFK-Witze. JFK begrapscht eine Krankenschwester und eine Nonne. JFKs letztes Wort war »Muschi«.

»Wir haben deinen Bericht gelesen«, sagte Fritsch.

»Du musst einiges durchgemacht haben«, sagte Gilstrap. »Ich meine, die Kennedy-Geschichte und die Schießerei mit dem Krauskopf.«

Wayne zuckte die Schultern. Wayne gab sich kühl. Fritsch zündete sich eine Zigarette an. Gilstrap schnorrte ihm eine ab.

Fritsch hustete. »Du hast Officer Moore nicht besonders gemocht.«

Wayne zuckte mit den Schultern. »Er hatte Dreck am Stecken. Ich habe ihn als Polizist nicht respektiert.«

Gilstrap zündete sich eine Zigarette an. »Dreck in welcher Hinsicht?«

»Die halbe Zeit war er betrunken. Er hat die Leute zu hart in die Mangel genommen.«

»Im Hinblick auf deine persönlichen Maßstäbe?«, fragte Fritsch.

»Im Hinblick auf gute Polizeiarbeit.«

Gilstrap lächelte. »Die Jungs dort haben ihre eigenen Methoden.«

Fritsch lächelte. »Ein Texaner bleibt ein Texaner.«

»Gewissermaßen«, sagte Gilstrap.

Fritsch lachte. Gilstrap schlug sich aufs Knie.

»Was *ist* mit Moore?«, sagte Wayne. »Ist er aufgetaucht?«

Fritsch schüttelte den Kopf. »Ein so gescheiter Kerl wie du und stellt derart dämliche Fragen.«

Gilstrap blies Rauchringe in die Luft. »Wie wär's damit? Moore konnte dich nicht leiden, also hat er Durfee auf eigene Faust nachgestellt. Durfee hat ihn umgebracht und ihm den Wagen gestohlen.«

»Ein 1,90 großer Nigger in einem leicht identifizierbaren heißen Schlitten und ein in drei Staaten ausgeschriebener Such- und Haftbefehl«, sagte Fritsch. »Wenn du was anderes behaupten willst, spinnst du. Und du willst mir weismachen, dass ihn der erstbeste Polizist nicht auf der Stelle umbringt, und sei es nur, um damit aufschneiden zu können?«

Wayne zuckte mit den Schultern. »Das sagt das DPD?«

Fritsch lächelte. »Die und wir zwei. Wobei nur wir beide zählen.«

Wayne schüttelte den Kopf. »Seht zu, dass ihr ein halbes

Dutzend Dallas-Polizisten auftreibt, die nicht Klan-Mitglieder sind, und fragt sie, was sie von Moore halten. Da kriegt ihr zu hören, wie viel Dreck er am Stecken hatte, wie viel Leute er vergrätzt hat und wie viel Verdächtige es gibt.«

Gilstrap zupfte an einem Nagelhäutchen. »Aus dir spricht dein Stolz, Junge. Du machst dir Vorwürfe, weil Durfee entwischt ist und einen Polizeikameraden umgebracht hat.«

Fritsch drückte die Zigarette aus. »Das DPD arbeitet energisch an dem Fall. Sie wollten einen Spezialisten für Polizeiinternes herschicken, um mal mit dir zu reden, aber wir haben abgewinkt.«

»Sie benutzten den Ausdruck Fahrlässigkeit, Junge«, sagte Gilstrap. »Du hast dich mal mit Moore im Adolphus geprügelt, also ist er solo ausgerückt und umgekommen.«

Wayne trat einen Hocker weg. Ein Aschenbecher flog durchs Zimmer.

»Moore ist der letzte Dreck. Ist er tot, hat er's nicht anders verdient. Das könnt ihr den Prolo-Polizisten mit einem schönen Gruß von mir ausrichten.«

Fritsch hob den Aschenbecher auf. »Na, na.«

Gilstrap schaufelte die Kippen zusammen. »Macht dir keiner einen Vorwurf. Was mich angeht, bist du aus dem Schneider.«

»Du hast dir einige Fehlbeurteilungen geleistet«, sagte Fritsch, »*und* dich wie ein ganzer Kerl benommen. Soweit es mein Police Department betrifft, hast du einiges für deinen guten Ruf geleistet.«

Gilstrap lächelte. »Du kannst die Geschichte deinem Dad erzählen. Du hast einen Feuerwechsel mit einem wirklich böööösen Buben geboten.«

Fritsch zwinkerte. »Ich glaube, ich hab Schwein.«

»Ich sag's nicht weiter«, sagte Gilstrap.

Fritsch nahm die Mini-Spielmaschine auf dem Schreibtisch. Gilstrap zog am Griff. Die Räder drehten sich. Drei Kirschen klinkten ein. 25-Centstücke purzelten raus.

Gilstrap fing sie auf. »Mein Essensgeld.«

Fritsch zwinkerte ihm zu. »Du meinst, es geht der Kleiderordnung nach. Dass Captains Lieutenants beklauen dürfen.«

Gilstrap stieß Wayne an: »Eines Tages bist du Captain.«

»Könntest du es getan haben?«, fragte Fritsch. »Ich meine, ihn umbringen.«

Wayne lächelte. »Durfee oder Moore?«

Gilstrap juchzte. »Wayne Junior ist heut groß in Form.«

Fritsch lachte. »Einige mögen das anders sehen, aber was mich betrifft, ist er trotz alledem ganz der Papa.«

Gilstrap stand auf. »Mal ehrlich, Junge. Wofür hast du die schlappen sechstausend ausgegeben?«

»Schnaps und Callgirls«, sagte Wayne.

Fritsch stand auf. »Er hat Wayne Seniors Blut in den Adern.«

Gilstrap zwinkerte ihm zu. »Von uns erfährt Lynette bestimmt nichts.«

Wayne stand auf. Ihm taten die Beine weh. Er hatte einen Scheiß-Spannungskrampf. Gilstrap ging raus. Gilstrap pfiff vor sich hin und klimperte mit seinen Münzen.

»Gil mag dich«, sagte Fritsch.

»Er mag meinen Vater.«

»Unterschätz dich mal nicht.«

»Hat dir mein Vater gesagt, dass du mich nach Dallas schicken sollst?«

»Nein, aber er hat den Vorschlag echt gut gefunden.«

Er hatte sie eingeseift – mit falschen Fährten – mit Ablenkungsmanövern. Sein Puls stieg auf 200. Sein Blutdruck kletterte in schwindelnde Höhen. »Einsamer Attentäter« – Scheißdreck. Ich habe Dallas GESEHEN.

Wayne fuhr nach Hause. Wayne trödelte. In der Fremont-Street stand das Publikum dicht an dicht. Touris fuchtelten mit Bingo-Zetteln. Touris klapperten die Kasinos ab.

Pete sagt: »Bring ihn um.« Er kann nicht. Er führt eine Überprüfung beim Police Department durch. Er erhält Petes Namen. Er fragt bei drei Nachrichten-Abteilungen an: L.A. / New York / Miami.

Pete Bondurant: Ex-Polizist / Ex-CIA / Ex-Schläger von Howard Hughes. Zur Zeit Mann fürs Grobe bei der Mafia.

Er überprüft Hotelregistraturen. 25.11.: Pete und Frau Pete treffen im Stardust ein. Die Suite geht auf Kosten des Hauses. Pete hat Mafia-Beziehungen. Wahrscheinlich zur Chicago-Mafia.

Der Stoßverkehr war schlimm. Der Fußverkehr dito. Touris kippten Longdrinks und Bier.

Pete verfolgen. Und zwar diskret. Einen Patrouillen-Polizisten anheuern. Ihn mit Land-o'-Gold-Chips bezahlen.

Wayne fuhr zurück. Wayne fuhr nochmal die Fremont runter. Wayne schwänzte Lynette und ihr Abendessen.

Lynette plapperte Stuss. Lynette gab den Stuss, den sie mitbekam, wörtlich wieder. Jack war jung. Jack war tapfer. Jack liebte Jackie von *Herrrrzen*.

Jack und Jackie hatten ihr Baby verloren. Etwa '62. Lynette war völlig hin. Er hatte keine Kinder gewollt. Sie schon. '61 wurde sie schwanger.

Worauf er erstarrte. Und sich ganz in sich selbst zurückzog. Er gab ihr zu verstehen, dass er eine Abtreibung wollte. Sie sagte nein. Er ging zu den Mormonen. Und betete um ein totes Baby.

Lynette kapierte. Lynette rannte zu ihrer Familie. Lynette schrieb ihm täglich geschwätzige Briefe. Sie kam knochendürr nach Hause. Sie erzählte von einer Fehlgeburt. Er ließ sich auf die Lüge ein.

Daddy Sproul rief ihn an. Daddy zog vom Leder. Daddy teilte ihm Einzelheiten mit. Daddy sagte, Lynette habe sich in Little Rock ausschaben lassen. Er sagte, sie habe Blutungen bekommen und sei fast draufgegangen.

Die Ehe hatte gehalten. Dümmlicher Stuss konnte sie endgültig zerstören.

Lynette hatte TV-Fertigmahlzeiten bereit gestellt. LBJ drängte sich an ihren Abendtisch. Er gab eine Untersuchung durch eine Warren-Kommission bekannt.

Wayne drehte den Ton ab. LBJ bewegte die Lippen. Lynette spielte mit ihrem Essen.

»Ich dachte, du würdest gerne Genaueres wissen wollen.«

»Ich hab zu viel auf dem Buckel. Und schließlich liegt mir nicht derart viel an dem Mann.«

»Wayne, du warst *dort*. Das sind Geschichten, die Leute ihren Enkeln ...«

»Ich hab dir gesagt, dass ich nichts gesehen habe. Und mit Enkeln haben wir nichts am Hut.«

Lynette knüllte ihre Serviette zusammen. »Seit du zurück bist, bist du das reinste Ekelpaket, und erzähl mir nicht, dass das alles nur mit Wendell Durfee zusammenhängt.«

»Es tut mir Leid. Die Bemerkung war gemein von mir.«

Lynette wischte sich die Lippen. »Ich weiß, dass du dich damit abgefunden hast.«

»Dann sag mir, was los ist.«

Lynette schaltete den Fernseher aus. »Es ist deine neue finstere Art, mit dieser hochmütigen Polizistenhaltung: ›Ich hab Dinge gesehen, die meine Frau Schullehrerin nie kapiert.‹«

Wayne stocherte in seinem Roastbeef rum. Wayne zupfte an den Gabelspitzen.

»Nicht mit dem Essen spielen«, sagte Lynette.

Wayne trank Kool-Aid. »Auf deine Art bist du mordsmäßig gescheit.«

Lynette lächelte. »An meinem Tisch wird nicht geflucht.«

»Du meinst an deiner TV-Fertigmahlzeit.«

Lynette griff nach der Gabel. Lynette tat so, als ob sie nach ihm stechen würde. Blutiger Fleischsaft tropfte herab.

Wayne zuckte zusammen. Wayne schlug aufs Tablett. Sein Glas fiel um und überschwemmte sein Essen.

»Scheiße«, sagte Lynette.

Wayne ging in die Küche. Wayne schmiss sein Tablett in die Spüle. Er drehte sich um. Er sah Lynette am Herd.

Sie sagte: »Was war in Dallas?«

Wayne Senior lebte im Süden – im Paradise Valley mit Ländereien und Aussicht.

Er besaß 20 Hektar Land. Er ließ Stiere grasen. Er schlachtete sie für Barbecuefleisch. Das Haus besaß drei Stockwerke – Redwood-Holz und Stein – großzügige Veranden mit großzügiger Sicht.

Der Parkplatz umfasste 4000 Quadratmeter. Gleich daneben befand sich die Rollbahn. Wayne Senior ließ Doppeldecker fliegen. Wayne Senior ließ Flaggen flattern. USA / Nevada / die alte Navy-Flagge mit Klapperschlange. Motto: »Rühr-mich-nicht-an!«

Wayne parkte. Wayne schaltete die Scheinwerfer aus. Er

drehte am Radio. Er empfing die McGuire Sisters – dreistimmige Harmonien.

Janice verfügte über ein Ankleidezimmer. Gegenüber dem Parkplatz. Sie pflegte sich zu langweilen. Sie pflegte die Kleider zu wechseln. Sie ließ das Licht brennen, um Gaffer anzuziehen.

Wayne setzte sich bequem hin. Die McGuire Sisters gurrten. »Sugartime« verschmolz mit »Sincerly«.

Janice ging durchs Licht. Sie trug Tennisshorts und einen Büstenhalter.

Sie posierte. Sie streifte die Shorts ab. Sie nahm ein paar Caprihosen zur Hand. Ihre Unterhosen spannten sich und rutschten runter.

Sie zog die Caprihosen an. Sie löste ihr Haar und kämmte es aus. Ihre graue Strähne zeigte sich – Silber auf Schwarz – und wollte farblich nicht zu den rosa Caprihosen passen.

Sie drehte sich um sich selbst. Ihre Brüste wogten. Die McGuire Sisters begleiteten harmonisch. Die Lichter erloschen. Wayne zwinkerte. Zu schnell vorbei.

Er beruhigte sich. Er stellte den Motor ab. Er ging durchs Haus. Er ging gleich zur Rückseite. Wo Wayne Senior stets auf der Veranda anzutreffen war. Die Aussicht nach Norden war faszinierend.

Es war kalt. Laub wehte über die Veranda. Wayne Senior trug einen dicken Sweater. Wayne lehnte sich ans Geländer. Wayne störte Seniors Aussicht.

»Das langweilt dich nie.«

»Ich genieße einen schönen Anblick. Nicht anders als mein Sohn.«

»Du hast nie angerufen und wegen Dallas nachgefragt.«

»Buddy und Gil haben mich informiert. Sie waren ausführlich, aber ich würde trotzdem gerne hören, was du zu sagen hast.«

Wayne lächelte. »Wenn's sich ergibt.«

Wayne Senior trank Bourbon. »Die Schießerei beim Würfelspiel fand ich lustig. Wie du hinter dem jungen Farbigen herjagst.«

»Ich war tapfer und blöd. Ich weiß nicht, ob es deine Zustimmung gefunden hätte.«

Wayne Senior schwang seinen Spazierstock. »Und ich weiß nicht, wie weit dir an meiner Zustimmung liegt.«

Wayne drehte sich um. Der Strip strahlte. Neonreklamen blinkten.

»Mein Sohn Aug in Aug mit der Geschichte. Ich hätte nichts gegen ein paar Einzelheiten.«

Wagen fuhren aus Vegas weg – die Karawane der Verlierer – mit nach Süden gerichteten Scheinwerfern.

»Wenn's sich ergibt.«

»Mr. Hoover hat die Autopsie-Aufnahmen gesehen. Er sagte, Kennedy habe einen kleinen Pimmel gehabt.«

Wayne hörte Schüsse in Nord-Nordosten. Ein bankrotter Spieler verlässt die Stadt. Ein bankrotter Spieler greift zur Waffe. Ein bankrotter Spieler entspannt sich.

»LBJ hat Mr. Hoover einen guten Witz erzählt. Er sagte, ›Jack war ein eigenartiger Bettgenosse, lange bevor er in die Politik ging.‹«

Wayne drehte sich um. »Lass die Schadenfreude. Es ist so scheiß-unwürdig.«

Wayne Senior lächelte. »Für einen Mormonen hast du ein böses Mundwerk.«

»Die mormonische Kirche ist ein Kübel Scheiße, und das weißt du.«

»Und warum hast du dann dort um den Tod deines Babys gebetet?«

Wayne hielt sich am Geländer fest. »Ich vergaß, dass ich dir das gesagt habe.«

»Du sagst mir alles – ›wenn's sich ergibt‹.«

Wayne ließ die Hände fallen. Der Ehering rutschte. Er ließ Mahlzeiten aus. Er hatte abgenommen. Dallas machte ihm zu schaffen.

»Wann steigt deine Weihnachtsparty?«

Wayne Senior schwang seinen Stock. »In Gesprächen nie unvermittelt ablenken. Damit zeigst du den anderen, wovor du Angst hast.«

»Lass Lynette in Ruhe. Ich weiß, worauf du hinauswillst.«

»Dann lass mich deutlich werden. Du führst eine Kinderehe, die dich langweilt, und das weißt du.«

»Wie du und Mutter?«

»Richtig.«

»Das hab ich schon gehört. Du bist jetzt hier und hast, was du hast. Du bist kein Hinterwäldler, der in Peru, Indiana, Immobilien verkauft.«

»Richtig. Weil ich wusste, wann ich bei deiner Mutter zu passen hatte.«

Wayne hustete. »Du meinst, ich werd mal meine Janice treffen und abhauen, wie du abgehauen bist.«

Wayne Senior lachte. »Feuerhöllisch. Deine Janice und meine Janice sind ein- und dieselbe Person.«

Wayne errötete. Ihm brannten die Ohren.

»Feuerhöllisch. Gerade wie ich dachte, ich hab bei meinem Buben nichts mehr zu melden, bring ich ihn zum Leuchten wie einen Christbaum.«

In der Ferne erklang ein Schuss. Und provozierte kurzes Kojotengeheul.

»Da hat jemand Geld verloren«, sagte Wayne Senior.

Wayne lächelte. »Möglicherweise in einer deiner Kaschemmen.«

»*In einer?* Du weißt, dass ich nur ein Kasino besitze.«

»Letztens hörte ich, du hättest Besitzanteile an vierzehn. Und als ich kürzlich nachgeschlagen habe, war das illegal.«

Wayne Senior schwang seinen Stock. »Beim Lügen gibt es einen Trick. Du musst an einer Version festhalten, gleichgültig, bei wem.«

»Ich werd dran denken.«

»Bestimmt. Aber dann wirst du bestimmt auch dran denken, wer's dir gesagt hat.«

Ein Insekt biss Wayne. Er schlug es tot.

»Ich verstehe nicht, worauf du hinauswillst.«

»Du wirst dran denken, dass es dir dein Vater gesagt hat, und aus reinem Trotz mit irgendeiner scheußlichen Wahrheit rausrücken.«

Wayne lächelte. Wayne Senior zwinkerte ihm zu. Er schwang seinen Stock. Er senkte ihn. Er führte seine Spazierstocknummern vor.

»Bist du immer noch der einzige Polizist, der sich um die zusammengeschlagenen farbigen Nutten kümmert?«

»Richtig.«

»Warum das?«

»Reiner Trotz.«

»Das und dein Dienst in Little Rock.«

Wayne lachte. »Da hättest du mich sehen sollen. Ich hab jedes einzelne Bundesgesetz gebrochen.«

Wayne Senior lachte. »Mr. Hoover hat Martin Luther King im Visier. Doch zuerst muss er einen ›gefallenen Liberalen‹ auftreiben.«

»Sag ihm, ich sei ausgebucht.«

»Er hat mir gesagt, Vietnam werde immer heißer. Ich sagte: ›Mein Sohn war in der 82nd Airborne. Aber glauben Sie nur nicht, dass der sich wieder mobilisieren lässt – der geht lieber gegen Proleten los als gegen Rote.‹«

Wayne blickte sich um. Wayne sah einen Eimer voller Spielchips. Wayne nahm ein paar rote Land-o'-Gold-Chips. »Hast du Buddy gesagt, er soll mich nach Dallas schicken?«

»Nein. Aber ich hab schon immer gedacht, schlapper Schotter würde dir gut tun.«

»Es war lehrreich«, sagte Wayne.

»Was hast du mit dem Geld gemacht?«

»Mich in Schwierigkeiten gebracht.«

»War es das wert?«

»Ich hab einiges begriffen.«

»Was du mir sagen möchtest?«

Wayne warf einen Chip hoch. Wayne Senior zog die Waffe. Er schoss auf den Chip. Er traf voll ins Ziel. Plastiksplitter flogen durch die Luft.

Wayne ging rein. Wayne machte einen Umweg am Ankleidezimmer vorbei. Bei Janice gab's was zu sehen.

Nackte Beine. Einen Tanzschritt. Schwarzes Haar mit einer stolzen Grausträhne.

15 (Las Vegas, 6.12.63)

Dallas machte ihm zu schaffen. Er hätte Junior umbringen müssen. Junior hätte den Schwarzen umbringen müssen.

Vegas glitzerte – scheiß auf den Tod – hätte-müssen bedeutete beschissen. Nette Brise / nette Sonne / nette Kasinos.

Pete fuhr den Strip ab. Pete hielt nach Ablenkungen Ausschau:

Das Tropicana Corso. Mit jeder Menge Cocktailwagen. Drive-Ins. Personal auf Rollschuhen. Jede Menge Polster-BHs.

Pete drehte zwei Runden. Bekam das Unersprießliche zu sehen:

Ein paar Nonnen betreten das Sands. Erblicken Frank Sinatra. Himmeln Frank an und gehen ihm auf die Nerven. Verschwitzen seinen Sy-Devore-Anzug.

Ärger beim Dunes:

Zwei Polizisten schnappen sich zwei Kanaken. Die Kanaken bluten heftig. Sieht nach einer Schlägerei unter Küchenpersonal aus. Juan hat Ramons Schwester gefickt. Wo Ramon Erstanspruch hatte. Die Messer stecken beim Zweitklassbuffet.

Nette Berge. Neonreklame. Knipsende Japsen-Touris.

Pete drehte drei Runden. Die Show verlor ihren Reiz. Pete dachte nochmal über Dallas nach.

MACH DICH NÜTZLICH: der scheiß-heilige Spruch der Sprüche. Das Hughes-Geschäft brauchte noch Jahre. Hatte Ward gesagt. Carlos hatte beigepflichtet. Carlos hatte gesagt, Pete *dürfe* in Vegas Drogen vertreiben – aber – die anderen Jungs müssten einverstanden sein.

Ward war *très* gescheit. Die Sache mit der Arden *très* doof. Ward stolperte über seinen Schwanz – zu einem *très* schlechten Zeitpunkt.

Ward war in Washington und New Orleans gewesen. Jimmy H. hatte ihn angefordert. Carlos hatte ihn herbefohlen.

Carlos will lose Enden stutzen. Carlos will wissen, wie Ward die Sachlage beurteilt. Carlos vertraut Ward – aber Ward ist grundsätzlich gegen Abschlachten.

Arden hatte das Anschlagsteam gesehen. Arden kannte Betty Mac. Arden kannte Hank Killiam. Eine *très* sichere Wette: Carlos will sie umgelegt haben. Eine *très* sichere Wette: Ward bezeichnet das als übereilt.

Ein Virus breitete sich aus. So was wie die Mitleidsgrippe. So was wie der Hang, sich zum Umbringen zu gut zu sein.

Er hätte Junior umbringen müssen. Junior hätte den Mohren umbringen müssen.

Er hatte Junior bei der Arbeit zugesehen. Er war einen benachbarten Hügel hinaufgeklettert. Er hatte aus der Deckung zugesehen. Junior hatte Maynard Moore zerstückelt. Junior hatte ihm durchs Hirn geschnitten. Junior hatte die Geschosse rausgezogen. Das Messer war abgerutscht. Er hatte Knochensplitter verschluckt. Er hatte sie rausgehustet und sich schwankend im Gleichgewicht gehalten.

Er hatte Junior überprüft. Bei drei Nachrichten-Abteilungen: L.A. / New York / Miami. Die Jungs teilten ihm mit, dass Junior *ihn* überprüft hatte.

Seine Verbindungsleute hassten Junior. Sie sagten, Senior sei ein ganzer Kerl. Sie sagten, Junior sei ein Wichser.

Junior hatte ihn mit der Mitleidsgrippe angesteckt. Junior hatte den Nigger am Leben gelassen. Junior hatte seine Optionen falsch eingeschätzt. Der Nigger wirkte dämlich. Der Nigger wirkte wie ein Nesthocker. Der Nigger kehrte vielleicht bald wieder ins angestammte Nest zurück.

Pete streifte umher. Pete sah sich Nachtclubreklamen an. Pete schnallte, worum es ging.

Nummern mit bekannten Namen. Nummern mit unbekannten Namen. Dick Contino / Art & Doddie Todd / Girlzapoppin' Review. Hank Henry / Vagabonds / Freddy Bell & the Bellboys. Persian Room / Sky Room / Top O' The Strip.

Jack »Jive« Schafer / Gregg Blando / Jody & the Misfits. The Dome of the Sea / Sultans Lounge / Rumpus Room.

Das hieß: miese Klitschen oder gehobene Spannteppichausstattung. Dazu einige Prachtsäle. Das hieß jedenfalls:

Auftrittsmöglichkeiten für Barb ausfindig machen. Und

eine Begleitband auftreiben, die nicht bei der Gewerkschaft war. *Scotty & The Scabs* oder *The Happy Horseshitters* – fest angestellt, mit Gewinnanteilen.

Pete parkte beim Sands. Er schaute in ein paar Kasinos vorbei – im Bird / im Riv / im Desert Inn. Augenblicklich war wenig los. Das Unersprießliche war deutlich zu sehen.

Er spielte Blackjack. Er bemerkte:

Ein Abteilungschef führt gewaltsam einen Falschspieler ab. Der Spieler trägt eine Karten-Armprothese. Die Type kann aus dem Ärmel Karten herausschießen.

Er traf Johnny Rosselli. Sie machten ein Schwätzchen. Sie plauderten übers Hughes-Geschäft. Johnny lobte Ward Littell – die Drohung war nicht zu überhören.

Ward ist für unsere Pläne von grundlegender Bedeutung. Du nicht – du bist bloß der Mann fürs Grobe.

Johnny sagte *ciao*. Zwei Callgirls warteten. Es sah nach einem flotten Dreier aus.

Pete ging. Pete schaute im Sands vorbei / im Dunes / im Flamingo. Pete genoss das schwache Licht und die dicken Teppiche.

Von seinen Füßen stoben Funken. Die Socken knisterten und sprühten.

Er schaute in Bars vorbei. Er trank Clubsoda. Er schärfte seinen Höhlenblick. Er schaute den Barmännern bei der Arbeit zu. Die Callgirls wichen ihm aus. Er war 1,97 groß und wog 104 Kilos. Er wirkte wie ein brutaler Bulle.

Was wird denn *das*:

Ein Barmann schüttet Pillen in einen Stamper – sechs Stück – den eine Kellnerin abholt.

Er nahm sich den Barmann vor. Er zeigte ein Spielzeugabzeichen vor. Er gab sich kurz angebunden. Der Barmann lachte. So ein Abzeichen trug sein Sohn. Sein Sohn aß Cocoa Puffs.

Der Mann hatte Stil. Pete spendierte ihm einen Drink. Der Mann plauderte über Vegas und Drogen.

Heroin / Marihuana / Kokain – *ist nicht*. Die Bullen setzten die Spielbestimmungen durch. Die Mafia das »H-Verbot«.

Sie folterten Dealer. Sie brachten sie um. Einheimische Süchtige wichen nach L.A. aus. Einheimische Süchtige fuhren über den Heroin-Highway.

Pillen waren schick: Rote Teufel / Gelbe Jacken / Hochspringer. Dito flüssiges Methedrin ohne Spritzen. Zum Trinken – nicht zum Injizieren – man hüte sich vor den spritzenfeindlichen Bullen.

Die Bullen gestatteten Pillen. Es gab zwei Drogenabteilungen – die vom Sheriff / und vom LVPD. Pillen wurden importiert: von Tijuana nach L.A. / von L.A. nach Vegas. Örtliche Quacksalber verteilten die Pillen. Sie gaben sie an Barmänner und Taxifahrer weiter. Die die Pillensüchtigen der ganzen Stadt versorgten.

Die Schwarzen von West Las Vegas gierten nach weißem H. Besagte Schwarze verzehrten sich nach einem Ritt auf dem *White Horse*. Die Drogenverbots-Bestimmung ließ das nicht zu und sie waren frustriert.

Pete ging zu Fuß weiter. Pete geriet in den Persian Room. Und zog sich eine Probe von Dick Contino rein. Er kannte Dick. Dick spielte Quetschkommode, denn Dick war der Chicago-Mafia was schuldig. Die Jungs stifteten ihm den Monatsscheck. Dank der Jungs konnte er sich was zum Essen kaufen. Dank der Jungs konnte er die Miete zahlen und Kleider für die Kinder besorgen.

Dick erzählte eine traurige Geschichte – geht's mir schlecht – viel Ärger und keine Schnepfe rumgekriegt. Pete schob ihm zwei Hunderter zu. Dick plauderte über die Nachtclubszene von Vegas.

Die Detroiter Bande leitete die Gewerkschaft. Der Gewerkschaftsvorsitzende kassierte Bestechungsgelder. Er pflegte die besten Muschis mit Beschlag zu belegen. Er schickte sie auf den Strich. Sie arbeiteten in Schiffen auf dem Lake Mead. Nachtclub-Künstler arbeiteten bis spät in die Nacht. Ihre einzige Mahlzeit war das Frühstück. Die Nachtclubszene ernährte sich von Dexedrin und Pfannkuchen.

Pete ging. Er zog sich eine Probe von Louis Prima rein. Ein alter Wichser redete auf ihn ein.

Der alte Knacker buchte Billignummern. Der alte Knacker half Mädchen weiter, wenn sie ihm einen bliesen. Der alte Knacker sagte ihnen, wovor sie sich in Acht nehmen sollten.

Vor *schvartzen* Zuhältern. Vor »Talentsuchern«. Vor kreuzgeilen »Produzenten«. Vor Pornoproduzenten und vor Kerlen ohne feste Adresse.

Pete dankte ihm. Der alte Knacker schnitt auf. Der alte Knacker durchlebte nochmal seine schönsten Zuhälterjahre. Ich habe Muschis verschoben – die Besten im Westen – ich war der Zuhälter von JFK selig.

Pete machte drei Hunderter klein. Pete steckte sechzig Fünfer ein.
Er nahm einen Schreibblock. Er schrieb geschlagene sechzigmal seine Nummer auf. Er fand einen Schnapsladen. Er kaufte sechzig Flaschen Billigwein. Er steckte einen Totschläger ein und fuhr nach Las Vegas West.
Er fuhr langsam. Er hatte den Totschläger am Gürtel baumeln. Er trug die Automatic in der Hand. Er sah:
Schmutzige Straßen. Schmutzige Höfe. Schmutzige Grundstücke. Jede Menge Slum-Châteaus.
Teerpappen-Absteigen mit Wänden aus Abfallholz. *Beaucoup* Kirchen / eine Moschee. »*Allah-ist-der-Herr!*«-Schilder. Allah-Schilder, die auf »*Jesus!*« umgeschrieben waren.
Auf der Straße war was los. Schwarze machten Barbecue über Fünfzig-Gallonen-Tonnen.
Wild Goose Bar / Colony Club / Sugar Hill Lounge. Straßen mit Präsidenten- und Buchstabennamen. Überall Schrottkutschen, die als Unterkünfte Verwendung fanden.
Zweipersonen-Chevys. Lincolns für den Junggesellen. Familienfreundliche Fords.
Pete fuhr laaaaangsam. Hochnäsige Schwarze, die ihm den Stinkefinger zeigten. Sie verzogen das Gesicht. Sie schmissen mit Bierbüchsen. Sie dellten ihm die Radverkleidungen ein.
Er hielt an einer Grilltonne. Ein Mischling bot Rippchen feil. Die Leute standen Schlange. Sie musterten Pete. Sie grinsten spöttisch.
Pete lächelte. Pete verbeugte sich. Pete spendierte ihnen das Mittagessen.
Er steckte dem Mischling fünfzig Dollar zu. Er verteilte Billigwein und Fünfernoten. Er verteilte seine Telefonnummer.
Stille. Die immer greifbarer wurde. Die zööööögerlich gebrochen wurde.
Was steht an, Großer? Was steht an, Daddy-O?
Pete redete:

Wer verkauft Hasch? Wer hat Wendell Durfee gesehen? Wen juckt's, die Nix-H-Regel zu übertreten? Überlappende Rufe – wichtige Kleinigkeiten – Grundlegendes in Rebop & Jive.

Die Küchenjungs verkaufen Rote Teufel. Sie arbeiten im Dunes. Guck dir Scheiß-Monarch-Taxi an. Die Typen verscherbeln Rote & Weiße Teufel. Monarch hat Soul. Monarch arbeitet in West Las Vegas. Monarch fährt, wo andere Taxen kneifen.

Guck dir Curtis und Leroy an – die haben Pläne – die wollen H verscherbeln. Böööööööösewichte. Sagen, scheiß auf die Regeln. Sagen, scheiß auf die Bleichärsche.

Überlappende Rufe – noch mehr Rebop / noch mehr Jive. Pete schrie. Pete zeigte Charisma. Pete sorgte für Ruhe.

Er wies den Mischling an, im Wild Goose anzurufen. Er wies die Schwarzen an, IHN anzurufen.

WENN ihr Wendell Durfee seht. WENN Curtis und Leroy H verscherbeln.

Er versprach eine dicke Belohnung. Er erhielt donnernden Beifall: ECHT STARK, MANN!

Er fuhr zum Wild Goose. Einige Schwarze spurteten mit. Sie hüpften und fuchtelten mit ihren Billigweinflaschen.

Das Goose war rappelvoll. Pete wiederholte die Nummer. Pete entschlüsselte Rebop & Jive.

Er bekam keinen Klatsch über Curtis und Leroy. Aber Gerüchte über Wendell D. Widerling Wendell – schlimmer als sein Ruf – ein Vergewaltiger / jede Menge Dreck am Stecken / hinterfotzig. Ein Nesthocker – eine eingeborene Vegas-Motte – die zwangsläufig in die Vegas-Flamme fliegt.

Die Rufe überlappten sich. Die Schwarzen improvisierten. Ein Schwarzer zog über Wayne Tedrow Senior her.

Slumlord Senior hatte ihn über den Tisch gezogen. Slumlord Senior hatte ihn betrogen. Slumlord Senior war mit der Miete raufgegangen. Der Lärm wurde schlimm. Pete bekam Kopfweh. Pete futterte dagegen an, mit Schweineschwarte und Scotch.

Die Sache mit Senior gab ihm zu denken – das war bemerkenswert. Junior arbeitete in der Nachrichtenabteilung. Junior verfügte über die Akten der Glücksspiel-Lizenz-Kommission.

Der Schwarze redete sich in Fahrt. Der Schwarze schweifte von Senior ab. Der Schwarze riss andere Schwarze mit. Die ihre Schwarzen-Sorgen *ausfüüüüüührlich* zum Besten gaben.

Die Rassenunterdrückung. Die Bürgerrechte. Die restriktiven Wohnbestimmungen. Lob für Martin Luther King.

Die Stimmung kippte. Es sah immer mehr nach schwarzem Lynch-Mob aus. Pete fing Blicke auf.

WIR SIND STARK, MANN! Du Bleicharsch-Ausbeuter!

Pete ging raus. Pete ging schnell. Pete bekam ein paar Ellenbogen ab.

Er betrat den Bürgersteig. Ein Junge polierte seinen Wagen. Er gab ihm ein Trinkgeld. Er fuhr los. Ein Chevy fuhr zeitgleich ab.

Pete fiel der fahrende Wagen auf. Pete blickte in den Rückspiegel. Pete sah den Fahrer.

Jung / weiß / Polizeihaarschnitt. Bestimmt Bulle.

Pete fuhr Zickzack. Pete überfuhr ein Stoppsignal. Der Chevy blieb dicht dran. Sie erreichten Las Vegas Stadt. Pete blieb an einer Ampel stehen. Pete machte eine Vollbremsung.

Der Chevy blieb im Leerlauf stehen. Pete ging nach hinten. Pete schwang seinen Gürtelschläger. Der junge Polizist gab sich cool. Der Junge ließ eine Spielmarke durch die Luft wirbeln.

Pete griff in den Wagen. Pete fing die Marke ab. Der junge Polizist schluckte leeeer.

Ein roter Chip – 20 Dollar – vom Land o' Gold. Scheiße – Wayne Seniors Schuppen.

Pete lachte. Pete sagte: »Richten Sie Sergeant Tedrow aus, er soll bei mir anrufen.«

16 (Washington D.C., 9.12.63)

Ausweisfummelei – alte Formulare und verschmierte Tinte.

Littell arbeitete. Der Küchentisch ächzte. Mit Papier und Fälschen kannte er sich aus. Das hatten sie ihm beim FBI beigebracht.

Er fälschte einen Geburtsschein. Er backte ihn auf einer Kochplatte. Er schlitzte Kugelschreiberminen auf und rollte Schmieren aus.

Die *alte* Arden Smith Coates – die *neue* Jane Fentress.

Die Wohnung war heiß. Die Formulare wurden schneller trocken. Littell rollte Tinte auf einen amtlichen Stempel. Den er im Police Department Dallas gestohlen hatte.

Arden kam aus dem Süden. Arden hatte einen Südstaaten-Akzent. Alabama nahm es mit Fahrausweisen nicht so genau. Die Kandidaten überwiesen eine Gebühr. Sie schickten ihren Geburtsschein ein. Und erhielten das Prüfungsformular.

Das sie ausfüllten. Das sie abschickten. Mit Schnappschuss versehen. Worauf sie postwendend ihren Fahrausweis erhielten.

Littell war nach Alabama geflogen – vor acht Tagen. Littell hatte Geburts- und Todesfälle überprüft. Jane Fentress war in Birmingham zur Welt gekommen. Geb. 4.9.26. Gest. 1.8.29.

Er war nach Bessemer gefahren. Er hatte eine Wohnung gemietet. Er hatte »Jane Fentress« auf den Briefkasten geklebt. Luftliniendistanz Bessemer / Birmingham – 35 Kilometer.

Littell wechselte den Stift. Littell breitete frisches Papier aus. Littell zog vertikale Tintenstriche.

Arden war Buchhalterin. Arden hatte eine Schulausbildung erhalten. Arden war in De Kalb, Mississippi, zur Schule gegangen. Wie wär's mit einer Promotion – Tulane, '49 – wie wär's mit einem Buchhaltungsdiplom.

Er wurde in New Orleans erwartet. Er konnte in Tulane vorbeischauen. Er konnte alte Kataloge durchblättern. Er konnte sich bei den höheren Lehranstalten umsehen. Er konnte eine Kopie fälschen. Er konnte Mr. Hoover um einen Gefallen bitten. Die Agenten vor Ort kannten Tulane. Ein Mann konnte alles einschmuggeln.

Littell linierte sechs Blätter – Standard-College-Formulare. Er arbeitete schnell. Er machte Flecken. Er sudelte. Er schmierte.

Arden war in Sicherheit. Er hatte sie in Balboa untergebracht – südlich von L.A.

Ein Hotel-Versteck – auf Rechnung von Hughes Tool. Seine Ausgaben bei Tool Co. wurden stets hingenommen – auf Mr. Hughes ausdrückliche Anweisung hin.

Er und Mr. Hughes wechselten Memoranden. Sie unterhielten sich am Telefon. Offiziell hatten sie einander nie zu Gesicht bekommen. Doch er hatte sich in Draculas Höhle geschlichen – ein einziges Mal – am Morgen des Attentats.

Drac:

Er saugt IV-Blut. Er schießt sich Drogen in den Schwanz. Er ist groß. Er ist schmal. Seine Fingernägel krümmen sich nach hinten.

Er wurde von Mormonen bewacht. Mormonen putzten ihm die Spritzen. Mormonen fütterten ihn mit Blut. Mormonen desinfizierten seine Injektionsnarben.

Drac blieb in seinem Zimmer. Drac betrachtete es als sein *Eigentum*. Das Hotel duldete ihn – Hausbesetzung à la Beverly Hills.

Littell breitete die Fotos aus. Arden – dreimal. Ein Passfoto für den Fahrausweis / zwei zur Erinnerung.

Sie hatten sich in Balboa geliebt. Ein Fenster war aufgeweht. Ein paar Jugendliche hatten sie gehört. Die Jugendlichen hatten gelacht. Und sich vom Hund weiterziehen lassen.

Arden hatte spitze Hüften. Er war knochendürr. Sie stießen in- und kratzten aneinander und steigerten sich ungeschickt zum Höhepunkt.

Arden pflegte ihre grauen Haare zu tönen. Ardens Herz hatte heftig geklopft. Sie hatte als Kind Scharlach gehabt. Sie hatte eine Abtreibung hinter sich.

Sie war auf der Flucht gewesen. Er hatte sie gestellt. Die Flucht hatte vor dem Anschlag begonnen.
Littell studierte die Fotos. Littell studierte *sie*.
Sie hatte ein dunkelbraunes Auge. Sie hatte ein hellbraunes Auge. Ihre linke Brust war kleiner als die rechte. Er hatte einen Cashmere-Sweater für sie gekauft. Der sich auf der einen Seite eng anschmiegte.

»Ich soll in'n *Knast*?« fragte Jimmy Hoffa. »Nach dem Scheiß-Coup, den wir gelandet haben?«
Littell machte schhhh. Hoffa hielt die Klappe. Littell durchsuchte das Zimmer. Er überprüfte die Lampen. Er überprüfte die Teppiche. Er sah unter dem Schreibtisch nach.
»Ward, du machst dir zu viel Sorgen. Ich hab 24 Stunden am Tag 'nen Scheiß-Wächter vorm Büro.«
Littell überprüfte das Fenster. Fenstermikros *funktionierten*. Man konnte auf dem Glas Saugnäpfe anbringen.
»Ward, Scheiß-Jesus –«
Keine Fenstermikros / keine Zusatzgläser / keine Saugnäpfe.
Hoffa streckte sich aus. Hoffa gähnte. Hoffa kippte den Stuhl schräg und schwang die Füße auf den Schreibtisch.
Littell setzte sich auf den Schreibtischrand. »Wahrscheinlich werden Sie verurteilt. Der Berufungsprozess wird Ihnen allerdings –«
»Die mösenleckende Schwuchtel Bobby F-für-fom-anderen-Ufer –«
»– aber Geschworenen-Beeinflussung fällt als Vergehen nicht unter Bundesstaatliche Verurteilungszuständigkeit, wodurch das Urteil im Ermessensbereich des Richters liegt, was wiederum –«
»– heißt, dass Bobby F-für-Fickgesicht Kennedy gewinnt und James R-für-runtergeputzt Hoffa fünf oder sechs Scheiß-Jahre in den Scheiß-Knast wandert.«
Littell lächelte. »Darauf wollte ich in der Tat mit meiner Zusammenfassung hinaus, ja.«
Hoffa bohrte in der Nase. »Da ist noch was. So 'ne In-der-Tat-Zusammenfassung ist als Zusammenfassung keinen feuchten Scheißdreck wert.«
Littell schlug die Beine übereinander. »Die Berufung hält

Sie noch zwei bis drei Jahre draußen. Ich bin dabei, eine Langzeitstrategie zu entwickeln, um das Pensionskassengeld durch Umleitung und Anlage über ausländische Quellen zu legitimieren, was sich etwa zu dem Zeitpunkt, an dem Sie das Gefängnis verlassen werden, als hoch gewinnbringend erweisen dürfte. Ich treffe die Jungs nächsten Monat in Vegas, um den Sachverhalt zu besprechen. Ich kann nicht genug betonen, als wie hoch bedeutsam sich eine derartige Entwicklung der Dinge erweisen dürfte.«

Hoffa stocherte in den Zähnen. »Und in der Scheiß-Zwischenzeit?«

»In der Zwischenzeit müssen wir uns um die anderen von Bobby zusammengestellten Grand Juries kümmern.«

Hoffa schnäuzte sich. »Der mösenleckende Schwanzlutscher. Nach alldem, was wir geleistet haben, um –«

»Wir sind darauf angewiesen, in Erfahrung zu bringen, was Bobby über den Anschlag denkt. Auch Mr. Hoover wäre gerne informiert.«

Hoffa putzte sich die Ohren. Hoffa wischte sich die Finger an Littell ab. Er stocherte in den Ohren rum. Er ging tief rein. Er steckte einen Bleistift rein. Er schabte nach Wachs.

Er sagte: »Carlos hat 'nen Rechtsanwalt im Justizministerium.«

New Orleans war heiß. Die Luft war feucht und drückend.

Carlos besaß ein Motel – zwölf Zimmer und ein Büro. Carlos pflegte Leute warten zu lassen.

Littell wartete. Das Büro stank – nach Chicorée und Insektenspray. Carlos hatte eine Flasche bereit stehen – Hennessy XO – Carlos zweifelte an seiner Willenskraft zur Abstinenz.

Er war aus dem Flugzeug gestiegen. Er war nach Tulane gefahren. Wo er sich durch Kataloge geblättert hatte. Er hatte eine Liste mit GI-Bill-Jahrgängen zusammengestellt.

Er hatte bei Mr. Hoover angerufen. Er hatte ihn um den einen Gefallen gebeten. Mr. Hoover war einverstanden gewesen. Ja, ich tu's – ich werde Ihr Papier einschmuggeln lassen.

Der Airconditioner war ausgefallen. Littell legte das Jackett ab. Littell löste den Krawattenknoten. Carlos trat ein. Carlos versetzte dem Wandgerät einen Hieb. Kaltluft blies ins Zimmer.

»*Come va*, Ward?«

Littell küsste ihm den Ring. »*Bene, padrone.*«

Carlos setzte sich aufs Pult. »Du genießt den Blödsinn und bist nicht mal Italiener.«

»*Stavo perdiventare un prete, Signor Marcello. Aurei potuto il tuo confessore.*«

Carlos brach die Flasche an. »Wiederhol den zweiten Satz auf Englisch. Du kannst besser Italienisch als ich.«

Littell lächelte. »Ich hätte Ihr Beichtvater sein können.«

Carlos goss sich zwei Fingerbreit ein. »Da wärst du arbeitslos geworden. Ich tu nie was, wogegen Gott was haben könnte.«

Littell lächelte. Carlos bot ihm die Flasche an. Littell schüttelte den Kopf.

Carlos zündete sich eine Zigarre an. »Und?«

Littell hustete. »Wir stehen gut da. Die Kommission wird alles bemänteln, und das Ausgangspapier habe ich selbst verfasst. Alles, wie ich dachte.«

»Trotz gewisser Patzer.«

»Von Guy Banister. Nicht von Pete oder mir.«

Carlos zuckte mit den Schultern. »Guy ist ein so weit ganz fähiger Bursche.«

»Das würde ich nicht sagen.«

»Natürlich nicht. Du wolltest die Aufgabe mit deinem Team durchführen.«

Littell hustete. »Dazu möchte ich mich nicht äußern.«

»Und ob du das scheiß-nicht-willst. Du bist Anwalt.«

Das Wandgerät setzte aus. Carlos versetzte ihm einen Hieb. Kaltluft blies ins Zimmer.

»Das Treffen ist auf den Vierten angesetzt.«

Carlos lachte. »Moe Dalitz spricht von ›Gipfeltreffen‹.«

»Durchaus zutreffend. Insbesondere, wenn wir nach wie vor über Ihre Stimme für Petes Unternehmung verfügen.«

»Petes *eventuelle* Unternehmung? Ja, klar.«

»Sie klingen nicht besonders optimistisch.«

Carlos streifte Asche ab. »Rauschgift stinkt. Niemand will Vegas in einen Kehrichthaufen verwandeln.«

»Vegas *ist* ein Kehrichthaufen.«

»Nein, Mr. fast-wär-ich-Priester-geworden, Vegas ist deine Scheiß-Rettung. Vegas ist die Schuld, die du abzuzahlen hast und ohne die du auf dem Kehrichthaufen gelandet wärst wie dein Freund Kemper Boyd.«

Littell hustete. Der Rauch war schlimm. Der Airconditioner wirbelte ihn durchs Zimmer.

»Nun?« fragte Carlos.

»Nun, im Hinblick auf die Pensionskassenbücher habe ich Pläne ausgearbeitet. Langfristige Pläne, die von Ihren Plänen bezüglich Mr. Hughes ausgehen.«

»Du willst sagen, von *unseren* Plänen.«

Littell hustete. »Ja. Unseren.«

Carlos zuckte mit den Schultern – für diesmal reicht's – Carlos hielt eine Akte hoch.

»Jimmy sagte, du brauchst einen Burschen, der zu Bobby Zugang hat.«

Littell nahm die Akte. Littell überflog die erste Seite – eine Anzeige des Police Department Shreveport / eine Aktennotiz.

12.8.54: Doug Eversall fährt nach Hause. Doug Eversall fährt drei Kinder an. Er ist betrunken. Die Kinder sterben. Dougs Staatsanwalt-Kumpel lässt Gras über die Geschichte wachsen.

Seinem Kumpel zuliebe: Carlos Marcello.

Doug Eversall ist Rechtsanwalt. Doug Eversall ist beim Justizministerium angestellt. Bobby mag Doug. Bobby hasst Trinker und liebt Kinder. Bobby weiß nicht, dass Doug ein Kinder-Killer ist.

»Du wirst Doug mögen«, sagte Carlos. »Er ist ein Exalki wie du.«

Littell griff nach seiner Aktentasche und stand auf. »Noch nicht«, sagte Carlos.

Der Rauch war übel. Besonders, als er sich mit dem Alkoholdunst mischte. Das Wasser lief Littell beinahe zum Mund raus.

»Da flattern ein paar lose Enden rum, Ward. Ruby macht mir Sorgen, und ich denke, wir sollten ihm was klarmachen.«

Littell hustete. Jetzt kommt's –

»Guy sagte, dass du weißt, worum es geht. Um den Ärger mit Jack Zangettys Motel.«

Jetzt fröstelte ihn – rauchendes Trockeneis.

»Ich weiß von der Geschichte, ja. Ich weiß, was Guy von Ihnen will, und bin dagegen. Es hat sich erübrigt, ist zu offensichtlich, und steht zeitlich in zu engem Zusammenhang mit Rubys Festnahme.«

Carlos schüttelte den Kopf. »Die verschwinden. Sag Pete, er soll sich drum kümmern.«

Schwindelgefühle – jetzt schwerelos.

»Das ist alles Banisters Schuld. *Er* hat sie in den Unterschlupf gehen lassen. *Er* hat die Geschichte mit Tippit und Oswald versaut. *Er* ist der Alki, der vor jedem rechtsextremen Knallkopf auf Gottes Erde großtut.«

Carlos schüttelte den Kopf. Carlos winkte mit vier Fingern.

»Zangetty, Hank Killiam, die Arden-Fotze und Betty McDonald. Sag Pete, dass ich nicht lange warten will.«

17 (Las Vegas, 13. 12. 63)

Es stand in der Dallas-Zeitung – Vermischtes auf Seite 6 – Keine Hinweise auf fehlenden Polizisten.
Wayne saß in Sill's Tip-Top. Wayne hatte eine Koje am Fenster besetzt. Er hielt seine Waffe bereit – geladen & gesichert – die Zeitung deckte sie ab.
Die Zeitung war ganz vernarrt in Maynard Moore. Er erhielt mehr Druckerschwärze als Jack Ruby. Fanbriefe für den Mörder-Schlächter. Chief lobt vermissten Officer. Neger im Zusammenhang mit unerklärlichem Verschwinden gesucht.
Wayne zählte ab. Er hatte schon achtzehn Tage überstanden. Die Warren-Untersuchung / der »einsame Schütze« / keine Nachrichten waren gute Nachrichten.
Dallas machte ihm nach wie vor zu schaffen. Er ließ nach wie vor Mahlzeiten aus. Er musste nach wie vor alle sechs Sekunden pinkeln.
Pete kam rein. Pete kam pünktlich. Er sah Wayne. Er setzte sich. Er lächelte.
Er überprüfte Waynes Schoß. Er blickte verstohlen hin und verzog das Gesicht. Er sah die Zeitung.
Er sagte: »Ach komm.«
Wayne steckte die Waffe ins Halfter zurück. Wayne bekam die Waffe nicht recht zu fassen. Wayne schlug an den Tisch. Eine Kellnerin sah die Waffe. Wayne wurde rot. Pete ließ die Knöchel knacken.
»Ich hab gesehen, wie du aufgeräumt hast. Gute Arbeit, aber das mit dem Nigger hättest du dir besser überlegen müssen.«
Wayne spürte, dass er dringend pinkeln musste. Er krampfte sich unten zusammen.
»Die Übernachtungen im Stardust gehen auf Kosten des

Hauses. Das heißt, dass dich die Jungs aus Chicago geschickt haben.«

»Weiter.«

»Du glaubst, für das Wochenende bin ich dir was schuldig.«

Pete ließ die Daumen knacken. »Ich will Einblick in deine Akten über die Glücksspiel-Lizenz-Kommission.«

»Nein«, sagte Wayne.

Pete nahm eine Gabel. Er fuchtelte damit herum. Er drückte sie zusammen und bog sie entzwei. Die Kellnerin sah das. Die Kellnerin drehte durch.

Sie machte oooh. Sie ließ ein Tablett fallen. Sie machte eine Sauerei.

»Ich könnte dich umgehen. Buddy Fritsch soll ganz nett sein.«

Wayne sah zum Fenster hinaus. Wayne sah einen Auffahrunfall.

»Scheiß-Drängler«, sagte Pete. »Als Polizist hab ich solche Typen stets –«

»Ich hab die Akten versteckt und Kopien gibt's nicht. Alte Sicherheitsmaßnahme. Gehst du zu Buddy, lass ich meinen Vater einschreiten. Buddy hat Angst vor ihm.«

Pete ließ die Knöchel knacken. »Mehr krieg ich nicht für Dallas?«

»Nichts war in Dallas. Siehst du keine Nachrichten?«

Pete ging. Wayne musste dringend pinkeln. Wayne rannte aufs Klo.

18 (Las Vegas, 13. 12. 63)

Einmal mehr Kopfweh / einmal mehr ein Kopfweh-Drink / einmal mehr im Nachtclub.

Der Moon Room im Stardust – schwaches Licht und Mondmaiden in engen Gymnastikanzügen.

Pete trank Scotch. Eine Mondmaid versah ihn mit Erdnüssen. Ward hatte ihm eine Nachricht hinterlassen. Von einem am Empfang übergeben. »Warte auf Bibelcode – wird telegraphisch übermittelt.«

Wayne Junior hatte nein gesagt. Neins taten weh. Neins gingen ihm gegen den Strich.

Eine Mondmaid kam vorbei – ein Möchtegern-Rotschopf – dunkle Haarwurzeln und dunkel gebräunt. Scheiß auf Möchtegern-Rotschöpfe. Echte Rotschöpfe bekamen Sonnenbrand.

Er hatte Barb einen Auftritt verschafft – vor drei Tagen – Sam G. hatte Beziehungen spielen lassen. Man stelle sich vor: *Barb & The Bail Bondsmen* – »Barb & die Kautionssteller«.

Eine feste Anstellung – 4 Shows / 6 Nächte – in der Sultan's Lounge vom Sahara. Barb probte. Sie sagte, der Twist sei out. Sie sagte, Go-Go Beat sei in.

Nigger-Musik. The Swim / The Fish / The Watusi. Weiße Spießer aufgemerkt.

Barbs Ex hatte er zum Teufel geschickt. Er hatte dessen Combo zum Teufel geschickt. Dick Contino hatte sich eingeschaltet. Dick hatte für Barb ein Trio organisiert – Sax / Trompete / Schlagzeug – drei altgediente Nachtclubgäule.

Schwuchteln. Body-gebuildet. Amtlich als tuntig beurkundet.

Pete hatte sie eingeschüchtert. Pete hatte sie gewarnt. Sam G. hatte allgemein bekannt gegeben:

Barb B. war *out*. Ein Annäherungsversuch, und es tut dir Leid. Ein zweiter und du bist tot.

Barb fand Vegas toll. Hotelsuiten und Nachtleben. Keine Präsidentenparaden.

West Las Vegas sah gut aus. West Las Vegas wirkte eingegrenzt und verrucht.

Verruchtheit ließ sich gut auf Zonen beschränken. Er war '42 nach Pearl gekommen. Die Marinepolizei hatte einige Straßen abgesperrt und den Tripper eingegrenzt. Das mit dem H konnte klappen. Die Nigger fuhren voll drauf ab. Sie würden sich vollknallen. Sie würden zu Hause bleiben. Sie würden ihr eigenes Nest beschmutzen.

Eine Mondmaid glitt vorbei – eine Möchtegern-Blondine – dunkle Haarwurzeln und Miss Clairol. Sie versah ihn mit Erdnüssen. Sie brachte Wards Telegramm vorbei.

Pete trank aus. Pete ging in seine Suite. Pete holte die Gideon-Bibel raus. Der Kode umfaßte das ganze Buch – Kapitel und Verse – vom Zweiten Buch Moses bis zum Ersten Johannes-Kapitel.

Er arbeitete auf einem Notizblock – verwandelte Zahlen in Buchstaben – Buchstaben in Worte.

Da:

»CM befiehlt. 4 Leute aus Motel / Unterschlupf elim. Ruf morgen Abend an. 22:30 OSTK-ZEIT. Automat in Silver Spring, Maryland: BL-4-9883.«

19 (Silver Spring, 14.12.63)

Alles bestens:
Die Abfahrt/ die Straße / Die Bahnstation/ die Geleise / der Bahnsteig / das Telefon.

Ein Freeway nebenan. Abfahrt zum Bahnhof. Ausblick auf den Parkplatz. Späte Pendler erschienen – der übliche Washingtoner Feierabendverkehr.

Littell saß in seinem Wagen. Littell schaute zur Abfahrt – aufgepasst auf einen hellblauen Ford. Carlos hatte Eversall beschrieben. Er ist groß. Er trägt einen hohen Klumpfußschuh.

21:26.

Der Express donnerte vorbei. Wagen parkten und fuhren los. Die Einfahrt des Lokalzugs war um 22:00 vorgesehen.

Littell studierte sein Skript. Er hatte Eversalls Zeit in New Orleans herausgearbeitet. Er hatte Lee Oswalds Zeit in New Orleans herausgearbeitet. Er hatte die 63er Anhörungen über Querverbindungen zwischen Organisiertem Verbrechen und Gewerkschaften herausgearbeitet. Er hatte Bobbys Starrolle herausgearbeitet.

Die zu einer Mafia-Panik führt. Zwei Monate vergehen. JFK stirbt. Eversall zieht die nahe liegenden Schlussfolgerungen. Eversall sieht das abgekartete Spiel.

Littell sah auf die Uhr – exakt 21:30 – aufgepasst auf einen Mann mit Klumpfußschuh.

Ein blauer Ford fuhr auf den Parkplatz. Littell blinkte mit den Scheinwerfern. Littell beleuchtete die Vorderscheibe und den Kühlergrill. Der Ford bremste und hielt an. Ein groß gewachsener Mann stieg aus. Besagter Mann schwankte auf einem hohen Klumpfußschuh.

Littell schaltete die Scheinwerfer ein. Eversall zwinkerte und stolperte. Er fing sich. Das lädierte Bein knickte ein. Die Aktentasche hielt ihn im Gleichgewicht.

Littell schaltete die Scheinwerfer aus. Littell öffnete die Beifahrertür. Eversall hinkte rein – die Aktentasche diente als Gleichgewichtsstütze – Eversall fiel auf den Sitz.

Littell zog die Tür zu. Littell knipste das Innenlicht an. Das Eversall mit einem Heiligenschein versah.

Littell durchsuchte ihn.

Er griff ihm zwischen die Beine. Er zog ihm das Hemd hoch. Er zog ihm die Socken runter. Er öffnete die Aktentasche. Er durchsuchte die Akten. Er ließ sein Skript reinfallen.

Eversall stank – nach Schweiß und Bay-Rum. Aus dem Mund nach Erdnüssen und Gin.

»Hat Carlos dir Bescheid gesagt?«

Eversall schüttelte den Kopf. Die Nackenmuskeln zuckten.

»Raus mit der Sprache. Ich will deine Stimme hören.«

Eversall zuckte. Der hohe Schuh schlug ans Armaturenbrett.

»Ich spreche nie mit Carlos. Ich kriege Anrufe von 'nem Cayun-Typen mit französischem Akzent.«

Er sprach langsam. Und zwinkerte zwischendurch. Er zwinkerte und wand sich aus dem Licht. Littell fasste ihn an der Krawatte. Littell zog daran. Littell zerrte ihn ins Licht zurück.

»Du wirst ein Mikro tragen und wirst mit Bobby sprechen. Ich will wissen, was er über den Anschlag denkt.«

Eversall zwinkerte. Eversall st-st-stotterte.

Littell versetzte der Krawatte einen Ruck. »Es stand in der *Post*. Bobby wird eine Party geben und hat ein paar Leute aus dem Justizministerium eingeladen.«

Eversall zwinkerte. Eversall st-st-stotterte. Er versuchte zu sprechen. Er brachte Bs und Ts zum Platzen. Er hatte »Bitte« sagen wollen.

»Ich habe ein Skript vorbereitet. Du sagst Bobby, dass du die zeitliche Nähe zu den Anhörungen als auffällig empfindest, und bietest deine Hilfe an. Wird Bobby böse, wirst du um so hartnäckiger.«

Eversall zwinkerte. Eversall st-st-stotterte. Er versuchte zu reden. Er brachte Bs und Ts zum Platzen. Er häufte Bs für »Bobby«.

Littell roch die Pisse. Littell sah den Fleck. Littell kurbelte die Fenster runter.

Er hatte Zeit. Das Telefon war in der Nähe. Er hatte sämtliche Fenster geöffnet und lüftete den Wagen.

Züge fuhren ein. Frauen holten ihre Männer ab. Ein Hagelsturm brach los. Seine Windschutzscheibe bekam was ab. Littell schaltete die Nachrichten an.

Mr. Hoover sprach vor Pfadfindern. Jack Ruby schmollte in seiner Zelle. Ärger in Saigon. Bobby Kennedy in Trauer.

Bobby liebte heftig. Bobby trauerte heftig. Das war bei *ihm* nicht anders gewesen.

Ende '58:

Er arbeitete im Chicagoer Büro. Bobby leitete den McClellan-Untersuchungsausschuss. Kemper Boyd arbeitete *für* Bobby. Kemper Boyd arbeitete *gegen* ihn. Mr. Hoover hatte Kemper umfassend eingesetzt.

Mr. Hoover hasste Bobby. Bobby verfolgte die Mafia. Mr. Hoover bestritt, dass es eine Mafia gab. Bobby hatte Mr. Hoover gedemütigt. Bobby hatte ihn der Lüge überführt.

Mr. Hoover mochte Kemper Boyd. Boyd mochte seinen Freund Ward. Boyd verschaffte Ward einen spitzenmäßigen FBI-Job:

Beim Top-Hoodlum-Programm – dem späten Rückzieher von Mr. Hoover – Mr. Hoovers schließlicher Zurkenntnisnahme der Mafia. Im Grunde eine halbe Maßnahme. Im Grunde ein Publicity-Gag.

Er hatte im Top-Hoodlum-Programm gearbeitet. Und Mist gebaut. Worauf ihn Mr. Hoover zu den Rote-Socken-Jägern runterstufte. Worauf sich Boyd einmischte. Im Namen von Bobby. Boyd hatte Ward eine *echte* Aufgabe angeboten.

Verdeckte Ermittlungen – unbezahlt.

Er hatte den Job angenommen. Er hatte Anti-Mafia-Daten gesammelt. Er hatte sie Boyd übermittelt. Der sie Bobby übermittelte.

Er war Bobby nie begegnet. Bobby nannte ihn das »Phantom«. Bobby übermittelte Kemper Boyd ein Gerücht.

Die Teamster-Gewerkschaft soll eine *Privatversion* der Pensionskassenbücher führen. »Echte« Bücher, die eine Milliarde Dollar verbergen.

Er hatte den »echten« Büchern nachgestellt.

Er hatte sie zu einem Mann namens Jules Schiffrin zurückverfolgt. Dem er die »echten« Bücher stahl – das war Ende '60 gewesen.

Schiffrin hatte den Diebstahl entdeckt. Schiffrin hatte einen Herzinfarkt erlitten. Schiffrin war in der gleichen Nacht gestorben. Littell hatte die Bücher versteckt. Besagte Bücher waren verschlüsselt. Einen Eintrag hatte Littell rasch entschlüsselt.

Der Kode schwärzte einen Königlichen Klan an. Der Kode bewies, dass Joseph P. Kennedy eng mit der Mafia liiert war.

Joe hatte die Kasse finanziert. Joe hatte sie vorzüglich ausgestattet. Joe hatte 49 Millionen Dollar investiert. Das Geld wurde gewaschen. Es wurde ausgeliehen. Es kaufte Politiker. Es finanzierte Gewerkschaftsschiebungen.

Das Ursprungskapital blieb in der Kasse. Wo es Zinseszinsen ansammelte. Und sich meeeeeeehrte.

Joe ließ das Arrangement stehen. Die Teamster hüteten sein Geld. Das hatte Littell Bobby nicht gesagt. Littell hatte Bobbys Vater nicht angegriffen.

Er hatte die Bücher behalten. Er hatte die Rote-Socken-Hatz schleifen lassen. Er hatte sich mit einem notorischen Linken angefreundet. Was Mr. Hoover entdeckte. Worauf Mr. Hoover ihn feuerte.

Jack Kennedy wurde gewählt. Jack ernannte Bobby zum Generalstaatsanwalt. Boyd erhielt einen Job im Justizministerium.

Boyd griff ein. Boyd sprach Bobby auf ihn an – geben Sie dem Phantom bitte einen Job.

Worauf sich Mr. Hoover einschaltete. Mr. Hoover sprach Bobby an – stellen Sie Ward J. Littell nicht ein. Littell ist ein Alki. Littell ist eine Heulsuse. Littell ist ein Kommunist.

Bobby hatte gekatzbuckelt. Bobby hatte das Phantom fallen lassen. Das Phantom hatte die »echten« Bücher behalten. Das Phantom hatte dem Alkohol abgeschworen. Das Phantom war selbständiger Rechtsanwalt geworden. Das Phantom hatte den Pensionskassenbuch-Kode geknackt.

Er hatte eine Milliarde Dollar aufgespürt. Er hatte Einnahmen und Überweisungen aufgespürt. Er hatte überlegt und Schlussfolgerungen gezogen und *wusste*:

Die Gelder konnten umgelenkt werden. Die Gelder konnten legal angelegt werden.

Er hatte sein Wissen gehortet. Er hatte die Bücher versteckt. Er hatte Duplikate angefertigt. Nun hasste er Bobby. Und entsprechend hasste er Jack.

Boyd war auf Kuba fixiert. Carlos M. dito. Carlos M. finanzierte Exilantengruppen. Die Jungs wollten Fidel Castro stürzen. Sie wollten ihre kubanischen Hotels zurück.

Boyd arbeitete für Bobby. Boyd arbeitete für die CIA. Bobby hasste Carlos. Bobby deportierte Carlos. Das Phantom kannte sich mit Deportationsgesetzgebung aus.

Boyd hatte ihn mit Carlos zusammengebracht. Das Phantom wurde zum Mafia-Anwalt. Was er als moralisch schlüssig und hasserfüllt passend empfand.

Carlos hatte ihn mit Jimmy Hoffa zusammengebracht. Mr. Hoover war erneut in sein Leben getreten.

Mr. Hoover gab sich freundlich. Mr. Hoover lobte sein Comeback. Mr. Hoover hatte ihn mit Mr. Hughes zusammengebracht. Mr. Hoover teilte seinen Hass auf Jack und Bobby.

Er arbeitete für Carlos und Jimmy. Er plante den Hughes-Vegas-Deal. Bobby ging gegen die Mafia vor. Jack zog sich von Kuba zurück. Jack hielt die hitzköpfigen Exilanten kurz.

Pete und Boyd stahlen eine Ladung Drogen. Worauf alles schief ging. Worauf die Jungs sehr böse wurden.

Er hatte Carlos angesprochen. Er hatte gesagt, bringen wir Jack um. Er hatte gesagt, erledigen wir Bobby. Carlos hatte ja gesagt. Carlos hatte seinen Plan unterstützt. Carlos hatte Pete und Boyd ins Spiel gebracht.

Carlos hatte sie auflaufen lassen. Carlos entschied sich für Guy B. Carlos hatte Guy nach Dallas geschickt.

Eine alte Rechnung wurde fällig. Alte Zinsen sammelten sich an. Er hatte die »echten« Bücher. Er hatte die Fakten. Er hatte sie, ohne dass ihn jemand verdächtigt hätte.

Sein Irrtum. Carlos *wusste*, dass er sie hatte. Carlos hatte seinem Aufstieg zugeschaut. Carlos präsentierte ihm die Rechnung.

Du, sagte Carlos, wirst Hughes Las Vegas verkaufen – und *wir* werden ihn reinlegen. *Du* kennst dich mit den Büchern aus. *Du* hast den Kode geknackt. *Du* hast Pläne fürs Geld. Für *das* Geld. Plus das *Hughes*-Geld. Das heißt, für *unser* Geld – durch *deine* Langzeit-Strategie vermehrt.

Er gab die Bücher zurück. Er behielt die Duplikate. Der Diebstahl war praktisch ein offenes Geheimnis. Carlos wusste Bescheid. Und sagte es Sam G. Der es Johnny Rosselli weitersagte.

Santo wusste Bescheid. Moe Dalitz wusste Bescheid. Nur Jimmy hatte keiner was gesagt. Jimmy war übergeschnappt. Jimmy war kurzsichtig. Jimmy würde ihn umbringen.

Littell sprang von Nachrichtensendung zu Nachrichtensendung. Littell bekam gemischte Programmfetzen mit: LBJ / Kool Menthol / Dr. King und Bobby.

Er hatte Bobby getroffen – drei Tage vor Dallas – er hatte sich nicht zu erkennen gegeben. Er hatte gesagt, er sei ein einfacher Anwalt. Er sagte, ich habe ein Band. Bobby hatte ihm zehn Minuten gewährt.

Er hatte ihm das Band vorgespielt. Ein Gauner beschuldigte Joe Kennedy.

Des: Pensionskassen-Betrugs / der Verschleierung / der langfristigen kriminellen Verschwörung.

Bobby hatte bei der Bank seines Vaters angerufen. Der Direktor hatte ihm die Einzelheiten bestätigt. Bobby hatte Tränen weggewischt. Bobby hatte getobt und getrauert. Damals ein gutes Gefühl. Heute ein beschissenes.

Die Nachrichten gingen zu Ende. Ein DJ ging auf Sendung. Mr. Tunes – für Sie am Radio.

Das Telefon klingelte.

Littell rannte los. Littell rutschte auf Hagelkörnern aus. Littell nahm den Hörer ab.

»Junior spielt nicht mit«, sagte Pete. »Der kleine Scheißer hat mich auflaufen lassen.«

»Ich spreche Sam darauf an. Wir gehen anders –«

»Zangetty und Killiam leg ich um. Dabei bleibt's. Die Frauen leg ich nicht um.«

Die Telefonkabine war heiß. Die Fenster beschlugen. Der Sturm erzeugte Dampf.

»Einverstanden. Das werden wir Carlos beibringen müssen.«

Pete lachte. »Verscheißer mich nicht. Du weißt, dass mehr dahinter steckt.«

»Wie bitte?«

»Ich weiß über Arden Bescheid«, sagte Pete.

DOKUMENTENEINSCHUB: 19.12.63. Wörtliches FBI-Telefontranskript. Bezeichnung: »Aufgenommen auf Anweisung von Mr. Hughes. Kopien an: Laufende Ablage / Steuerablage '63 / Sicherheitsablage.« Am Apparat: Howard R. Hughes, Ward J. Littell.

HH: Sind Sie's, Ward?
WJL: Ich bin's.
HH: Ich hatte gestern Nacht eine Vorahnung. Wollen Sie hören?
WJL: Und ob.
HH: Den Ton kenn ich. Dem Boss Honig ums Maul schmieren, damit er wieder übers Geschäft redet.
(WJL lacht.)
HH: Meine Vorahnung: Sie werden mir sagen, dass es Jahre dauern wird, meine TWA-Aktien abzustoßen, und mir vorschlagen, mich ums Anstehende zu kümmern und mir die Geschichte bis auf weiteres aus dem Sinn schlagen.
WJL: Ihre Vorahnung trifft zu.
HH: Ist das alles? So einfach lassen Sie mich davonkommen?
WJL: Ich könnte die juristischen Verwicklungen im Zusammenhang mit der Abstoßung eines Aktienpakets im Wert von einer halben Milliarde Dollar darlegen und darauf hinweisen, wie sehr Sie den Prozess behindert haben, indem Sie mehreren Vorladungen ausgewichen sind.
HH: Heute scheint Sie der Hafer zu stechen. Ich bin einer Kabbelei mit Ihnen nicht gewachsen.
WJL: Ich kabbele nicht mit Ihnen, Mr. Hughes. Ich konstatiere.
HH: Und wie lautet Ihre Schlussfolgerung?
WJL: Dass das Urteil noch zwei Jahre in Anspruch nehmen wird. Dass die Berufung mindestens neun bis fünfzehn weitere Monate dauern wird. Sie sollten die Einzelheiten mit Ihren anderen Rechtsanwälten besprechen und den Ablauf durch vorfristige Hinterlegungen beschleunigen.
HH: Sie sind mein Lieblingsanwalt.
WJL: Danke.
HH: Nur Mormonen und FBI-Männer haben sauberes Blut.
WJL: Ich bin kein Blutspezialist, Sir.
HH: Aber ich. Sie kennen sich mit Gesetzen aus, ich mich mit Aerodynamik, Blut und Bazillenkeimen.

WJL: Wir sind Experten auf unseren jeweiligen Gebieten, Sir.
HH: Ich kenne mich auch mit Geschäftsstrategie aus. Ich verfüge bereits über die Mittel, um Las Vegas kaufen zu können, warte aber lieber noch ab, um den Kauf mit meinem Aktiengewinn zu tätigen.
WJL: Eine kluge Strategie, Sir. Aber gestatten Sie mir einige Hinweise.
HH: Weisen Sie. Ich höre.
WJL: Erstens werden Sie nicht die ganze Stadt Las Vegas oder Clark County, Nevada, käuflich erwerben können. Zweitens versuchen Sie, mehrere Hotelkasinos zugleich zu erwerben, deren Gesamterwerb einer Verletzung diverser bundes- und einzelstaatlichen Anti-Trust-Bestimmungen gleichkommt. Drittens können Sie die Käufe zur Zeit nicht tätigen. Sie würden damit den für den Betrieb von Hughes Tool erforderlichen Cashflow abschöpfen, und Sie müssen sich noch mit der Legislative von Nevada und den richtigen Leuten in Clark County gut stellen. Dies ist, viertens, meine Aufgabe – und die erfordert Zeit. Fünftens möchte ich abwarten und zusehen, wie die Gerichte bei anderen Hotelkettenvergrößerungen entscheiden, und die Anti-Trust-Entscheidungen und Präzedenzfälle zusammenstellen.
HH: Jesus, war das eine Rede. Sie haben vielleicht einen langen Atem.
WJL: Ja, Sir.
HH: Ihre Mafia-Kumpels haben Sie gar nicht erwähnt.
WJL: Sir?
HH: Ich habe mit Mr. Hoover gesprochen. Er sagte, Sie hätten die Burschen in der Tasche. Wie heißt der Bursche in New Orleans?
WJL: Carlos Marcello?
HH: Marcello, richtig. Mr. Hoover zufolge frisst er Ihnen aus der Hand. Er hat mir gesagt: »Wenn die Zeit reif ist, judet Littell diese Ithaker runter und verschafft Ihnen die Hotels zum Ausverkaufspreis.«
WJL: Das ist in der Tat meine Absicht.
HH: Sie werden sich überbieten.
WJL: Ich werd's versuchen, Sir.
HH: Wir müssen Keimbekämpfungsmaßnahmen entwickeln.
WJL: Sir?

HH: In meinen Hotels. Keine Keime, keine Neger. Neger sind bekannte Bazillenträger. Die meine Spielautomaten infizieren würden.
WJL: Ich kümmere mich darum, Sir.
HH: Ich glaube, das Problem lässt sich durch Massenbetäubung lösen. Ich habe in Chemiebüchern nachgeschlagen. Bestimmte narkotische Substanzen weisen keimtötende Eigenschaften auf. Wir könnten die Neger sedieren, die Anzahl ihrer weißen Blutkörperchen herabsetzen und sie meinen Hotels fern halten.
WJL: Eine Massenbetäubung würde gewisse Gesetzesveränderungen erforderlich machen, die wir nicht unbedingt bewerkstelligen können.
HH: Sie sind nicht überzeugt. Das merke ich an Ihrer Stimme.
WJL: Ich werde darüber nachdenken.
HH: Denken Sie mal über Folgendes nach. Lee Oswald war ein tödlicher Bazillen- und Seuchenträger. Er hätte gar kein Gewehr gebraucht. Er hätte Kennedy bloß anzuhauchen brauchen, um ihn umzubringen.
WJL: Eine interessante Theorie, Sir.
HH: Nur Mormonen und FBI-Männer haben sauberes Blut.
WJL: Es gibt recht viele Mormonen in Nevada. Unter anderem einen Mann namens Wayne Tedrow Senior, den ich Ihretwegen ansprechen könnte.
HH: Ich habe einige gute Mormonen zur Hand. Sie haben mich mit Fred Otash in Verbindung gebracht.
WJL: Ich habe von ihm gehört.
HH: Er ist der »Privatdetektiv der Stars«. Er hat zahlreiche Hughes-Doubles in L.A. auftreten lassen, wie seinerzeit Pete Bondurant. Die Vorladungsträger folgen ihnen wie Roboter.
WJL: Nochmals, Sir. Durch die Abwehr der Vorladungen wird der Prozess nur in die Länge gezogen.
HH: Ward, Sie sind ein gottverdammter Spielverderber.
(WJL lacht.)
HH: Freddy ist Libanese. Solche Leute haben viele weiße Blutkörperchen. Ich mag ihn, aber ein Pete ist er nicht.
WJL: Pete arbeitet in Las Vegas mit mir zusammen.
HH: Gut. Franzosen haben wenige weiße Blutkörperchen. Das habe ich im National Geographic gelesen.

WJL: Er wird sich freuen, das zu hören.
HH: Gut. Richten Sie ihm Grüße von mir aus, und sagen Sie ihm, er solle mir ein bisschen Medizin beschaffen. Er wird schon verstehen. Sagen Sie ihm, dass mich meine Mormonen mit minderwertiger Ware versorgen.
WJL: Ich werd's ihm ausrichten.
HH: Eines möchte ich klargestellt haben, bevor ich auflege.
WJL: Sir?
HH: Ich will Las Vegas aufkaufen.
WJL: Sie haben sich unmissverständlich geäußert.
HH: Die Wüstenluft ist keimtötend.
WJL: Ja, Sir.

20 (Las Vegas, 23. 12. 63)

Die Party – ein Vegas-Dauerbrenner – Wayne Seniors Weihnachtsfete.

Eine Schwuchtel hatte die Ranch umdekoriert. Er hatte Eisskulpturen und Schneewände hochgezogen. Er hatte Wichtel und Nymphen engagiert.

Die Wichtel waren illegale Mexikaner. Sie verdrückten die Horsd'œuvres. Sie trugen falsche Lumpenkittel. Die Nymphen waren Nutten aus dem Dunes. Sie servierten Drinks und stellten Busen zur Schau.

Die Schwuchtel hatte einen Kapellenstand hochgezogen. Die Schwuchtel hatte einen Tanzboden eingerichtet. Die Schwuchtel hatte ein mieses Quartett engagiert.

Barb & The Bail Bondsmen – eine Sängerin und drei Exknackis.

Wayne mischte sich unter die Gäste. Die Combo nervte. Er hatte die Trompete wegen Betrugs hopsgenommen. Das Sax wegen Unzucht mit einem Minderjährigen.

Die Sängerin entschädigte – ein Rotschopf mit hinreißenden Beinen.

Lynette mischte sich unter die Gäste. Die Leute kamen ins Gespräch. Polizisten und Vegas-Abschaum. Mormonen und Goldfasane von der Nellis Air Force Base.

Wayne Senior mischte sich unter die Gäste. Janice tanzte solo. Die Menge schaute zu. Janice schüttelte sich. Janice wand sich. Janice legte sich flaaaach.

Wayne Senior kam dazu. Wayne Senior schwang seinen Spazierstock. Den ihm eine Nellis-Ein-Stern-Charge wegschnappte.

Die Charge gab der Combo ein Zeichen. Barb klopfte den Takt. Die Combo schmachtete. Barb nahm Maraca-Rasseln.

Die Ein-Stern-Charge kniete nieder. Die Ein-Stern-Charge senkte den Spazierstock tiiiiief nach unten.

Barb improvisierte. »Vegas Limbo swingt ganz toll, die Lady geht runter, wie sie soll.«

Janice grätschte die Beine. Janice rollte die Hüften. Janice legte sich flaaaaach. Die Menge klatschte. Die Menge stampfte. Barb holte das Letzte aus dem Takt.

Janice legte sich ganz flaaaaach. Janice verlor Pailletten und Glitzerspangen. Janice riss Säume auf. Ihre Absätze knickten ab. Sie trat die Schuhe weg. Sie wand sich unten durch und kam wieder hoch.

Die Menge klatschte. Janice verbeugte sich tieeeef. Sie zerriss ihr Kleid. Man konnte ihre roten Höschen sehen.

Wayne Senior reichte ihr eine Salem. Das Licht wurde runtergedreht. Die Combo schmachtete *Moonglow*. Ein kleiner Scheinwerfer flammte auf. Er wurde auf Janice eingestellt. Er schwenkte weiter und überrumpelte Wayne Senior.

Sie hakten sich unter. Janice hielt ihre Zigarette in der Hand. Der Rauch wand sich durchs Licht.

Kreistanz.

Wayne Senior lächelte. Wayne Senior war hingerissen. Janice zog Grimassen und mokierte sich über den Kitsch.

Die beiden schwankten. Janice verlor Pailletten. Der Scheinwerfer hüpfte weiter. Wayne sah Lynette. Lynette sah Wayne. Lynette sah, wie Wayne Janice anstarrte.

Er wich ihrem Blick aus. Er ging ins Freie. Er ging auf der Vorderveranda auf und ab. Er roch Marihuana. Pot-Alarm auf dem unteren Stockwerk.

Janice pflegte auf Partys zu kiffen. Sie pflegte sich den Stoff mit den Helfern zu teilen. Was zu zugeknalltem Personal führte. Hundert Wagen vor dem Haus – wie steht's mit der Rollbahn:

Ein Flugzeug wird von Helfern eingeparkt – die Piper Deuce eines Gasts.

Wayne ging auf und ab. Wayne schritt über die Veranda. Wayne musste an Dallas denken.

Jack Ruby hatte Chanukka gefeiert. Die Zeitungen brachten Exklusiv-Bilder. Zwei Seiten weiter: HOFFNUNG FÜR VERSCHWUNDENEN POLIZISTEN SCHWINDET.

Wayne schaute der Party zu. Eine Glastür dämpfte den Lärm. Ein Blick auf die Wichtel-Alkis – die Barb mögen.

Wayne schaute ihr zu.

Barb bewegt die Lippen. Barb schwingt die Hüften. Barb stößt an den Mikroständer. Barb sieht sich im Raum um. Barb sieht ein Gesicht und schmilzt dahin.
Wayne hielt sich am Glas fest. Wayne fand einen guten Standpunkt. Wayne verfolgte ihren Blick.
Zum Glücklichen – Pete Bondurant.
Barb schmilzt dahin. Scheiß-Schneewehen im August. Pete der Große lässt sich nicht lumpen.
Wayne öffnete die Tür. Wayne hörte sie singen: *I Only Have Eyes for You* – »Ich hab nur Augen für dich«.
Wayne schloss die Tür. Ihm wurde flau im Magen. Er lehnte sich ans Fenster. Ihn fröstelte, doch er behielt das Abendessen im Magen.
Barb schickte einen Handkuss durchs Zimmer. Pete schickte ihn zurück. Pete streckte sich und stieß mit dem Kopf an die Decke.
Pete grinste. Pete machte oje. Ein Mann trat zu ihm – sonnenverbrannt und dünn – ein proletarischer Zwergpinscher.
Wayne nahm einen Stuhl. Wayne legte die Füße hoch. Wayne kippte vom Geländer weg. Unten flammte ein Zündholz auf. Der Rauch eines Joints wand sich nach oben.
Ein angenehmer Geruch. Der Erinnerungen auslöste. Er hatte mal selbst gekifft. Fallschirmspringerausbildung in Fort Bragg. Springen wir stoned und erleben, wie die Wolken ihre Farben verändern.
Die Tür glitt auf. Geräusche drangen ins Freie.
Wayne roch Janice – Zigaretten und Chanel Nr. 5.
Sie kam zu ihm. Sie stützte sich auf ihn. Sie knuffte ihn in Schultern und Rücken.
»Komm, tu was«, sagte Wayne.
Janice knetete ihn durch. Janice ging auf Verkrampfungspatrouille.
»Irgendwas da unten riecht süßlich.«
»Das riecht nach Polizeizugriff, wenn mir danach zumute wäre.«
»Komm, sei lieb. Es ist Weihnachten.«
»Du meinst, wir sind in Vegas, und das Gesetz steht feil.«
Janice grub sich tief in sein Fleisch. »Mit einem Polizisten wäre ich nicht so direkt.«

Wayne lehnte sich zurück. »Wer ist die Ein-Stern-Charge?«
»Brigadegeneral Clark D. Kinman. Der ganz schön in dein Gegenüber verknallt ist.«
»War nicht zu übersehen.«
»Du übersiehst nichts. Und ich hab gesehen, wie du die Sängerin angeglotzt hast.«
»Hast du ihren Mann gesehen? Den großen Kerl?«
Janice bearbeitete sein Rückgrat. »Ich hab das Flugzeug gesehen, in dem er kam, und das Knöchelhalfter, das er trägt.«
Wayne zuckte zusammen. Janice kitzelte ihn am Nacken.
»Hab ich da einen Nerv berührt?«
Wayne hustete. »Wer ist das magere Kerlchen?«
Janice lachte. »Mr. Chuck Rogers. Der sich als Pilot, Petroleumgeologe und professioneller Antikommunist vorstellt.«
»Du solltest ihn mit Vater zusammenbringen.«
»Ich glaub, die beiden haben bereits Freundschaft geschlossen. Sie unterhielten sich bereits über Kuba oder ähnlichen Schwachsinn.«
Wayne lockerte den Nacken. »Wer hat die Musiker engagiert?«
»Dein Vater. Buddy Fritsch hat sie empfohlen.«
Wayne drehte sich um. Wayne sah Lynette. Lynette sah ihn. Sie klopfte an die Glastür. Sie zeigte ihm ihre Uhr. Wayne hielt zehn Finger hoch.
»Spielverderberin«, sagte Janice. Janice machte Krallen. Janice machte sich über die tumbe Lynette lustig.
Wayne knipste das Verandalicht an. Janice ging nach unten. Sie ließ Pailletten fallen. Die im Licht glitzerten.
Die Parkhelfer kicherten. *Hola, señora. Gracias por la reefer.*
Wayne fummelte am Licht rum.
Er drehte es um. Er drehte es nach unten. Er leuchtete das Flugzeug an. Er leuchtete in ein Fenster. Er machte schusssichere Westen und Gewehre aus.
Die Kajütentür öffnete sich. Pete B. sprang raus. Wayne leuchtete ihn an. Pete winkte und zwinkerte ihm zu.
Das machte Wayne zu schaffen. Wayne ging zur Party zurück. Mitternacht. Betrunkene fuchtelten mit Mistelzweigen.

Der Eierpunsch war ausgegangen. Ebenso der Vorkriegs-Cognac. Ebenso die Vor-Castro-Zigarren.

Die Wichtel waren duhn. Die Nymphen waren zugeknallt. Der Mormonentrupp war blau. Die Eisskulpturen tröpfelten. Die Krippenszene troff. Das Jesuskind war zu Schneegrieß zerflossen. Besagter Erlöser fungierte als Aschenbecher. Die Krippe steckte voller Kippen.

Wayne mischte sich unter die Gäste. Die Bondsmen packten ein. Barb schleppte einen Mikroständer und Trommeln. Wayne schaute ihr zu. Lynette schaute ihm zu.

Wayne Senior hielt Hof. Vier Mormonen-Älteste saßen im engen Kreise. Chuck Rogers mittenzwischen. Chuck balancierte zwei Flaschen. Chuck schluckte Gin und Blaubeer-Selbstgebrannten.

Wayne Senior gab Namen zum Besten – Mr. Hoover hat dies gesagt / Dick Nixon das. Die Ältesten lachten. Chuck bot seine Flaschen an. Wayne Senior steckte ihm einen Schlüssel zu.

Chuck steckte ihn ein. Chuck stand auf. Die Ältesten lachten. Die Ältesten guckten sich verschwörerisch an.

Sie standen auf. Sie gingen einen Nebenflur runter. Chuck hielt den Trupp beisammen. Sie sammelten sich. Sie stellten sich alle vor die Tür zur Waffenkammer.

Chuck schloss auf. Die Ältesten drängten sich rein. Die Ältesten gluckten und quietschten. Chuck trat ein. Die Ältesten schnappten sich seinen Schnaps. Chuck zog die Tür rasch zu.

Wayne schaute. Wayne nahm einen rumstehenden Drink. Wayne schluckte ihn in einem Zug. Wodka und Fruchtpampe – das Glas wies Lippenstiftspuren auf.

Die Pampe milderte das Brennen. Der Lippenstift schmeckte süßlich. Der Alkohol schlug zu.

Er ging zur Waffenkammer. Er hörte das Grunzen hinter der Tür. Er griff nach der Tür. Er riss sie auf.

Filmvorführung.

Chuck am Projektor. Der auf eine runtergezogene Leinwand gerichtet war. Darauf in Großaufnahme: Martin Luther King.

Er ist dick. Er ist nackt. Er ist hingerissen. Energisch dabei, eine weiße Frau zu ficken.

Sie fickten. Sie fickten geräuschlos. Sie fickten in der Missionarsstellung. Statisches Rauschen und Filmflecken. Filmzahnlöcher und Identifikations-Nummern – FBI-Kode.

Verdeckte Ermittlungen / Überwachungsaufnahmen / einige optische Verzerrungen.

King trug Socken. Die Frau trug Nylonstrümpfe. Die Ältesten höhöten. Der Projektor klickte. Der Film rutschte durch einen Schlitz.

Die Matratze sackte ein – Hochwürden King war rund – die Frau noch runder. Ein Aschenbecher hüpfte auf dem Bett auf und ab – Stummeln wurden verstreut und flogen durchs Zimmer.

Chuck nahm eine Taschenlampe. Chuck zentrierte den Strahl. Chuck hielt ein 10 x 15 cm großes Traktat in Händen.

King zuckte heftig auf und ab – die Kamera schwenkte – Präser auf einem Nachttisch.

Chuck brüllte – gebt mal Ruhe – Chuck las aus dem Traktat. »Und da sagte die Dicke Bertha: ›Spieß mich auf Marty! *We shall overcoooooome* – wir koooooommen.‹«

Wayne rannte los. Chuck sah ihn. Chuck reagierte verdutzt – was zum –

Wayne trat den Projektor um. Die Spulen sprangen weg und rollten frei. Der Film wurde auf drei Wände projiziert und setzte aus. Die Ältesten zogen sich zurück. Die Ältesten stolperten und schlugen die Köpfe aneinander. Die Ältesten warfen die Leinwand um.

Wayne nahm Chuck das Traktat weg. Chuck wich zurück. Wayne schubste ihn weg und rannte raus. Er stürmte durch den Nebenflur. Er schrammte am Kapellenstand vorbei. Er schmiss ein paar Nymphen und Wichtel um.

Er erreichte die vordere Veranda. Er nahm die Geländerlampe. Er richtete sie aus und beleuchtete das Traktat.

Da – Wayne Seniors Druckstil. Die Papierqualität / der Satz / die Drucktype.

Text und Karikaturen. Martin Luther Mohr und die dicke Frau. Fette Juden mit Reißzähnen.

Martin Luther Mohr – priapisch.

Sein Schwanz ist ein Brandeisen. Der Schwanz ist glühend rot. Er endet in Hammer und Sichel.

Wayne spuckte aufs Bild. Wayne zerriss das Traktat kreuzweise. Wayne zerriss es in kleinste Stücke.

21 (New Mexico, 24. 12. 63)

Windböen kamen auf. Das Flugzeug sackte daraufhin ab.
Der Himmel war schwarz. Die Luft war feucht. Von den Propellern sprühte Eis. Altus, Oklahoma – genau nach Osten.
Chuck flog tief. Chuck flog unter der Radarkennung. Chuck flog ohne Landeeintragung. Ohne Flughafen. Ohne Rollbahn. Wir wollen zu Jacks *Natur*hütte.
Das Cockpit war eng. Das Cockpit war kalt. Pete drehte die Heizung auf. Er hatte vorher angerufen. Er hatte sich als Tourist ausgegeben. Er hatte mitgekriegt, dass Jack Z. drei Gäste hatte.
Wachteljäger. Jesus sei Dank – alles Männer.
Chuck kannte die Hütte. Chuck war dort gewesen. Chuck kannte den Grundriss. Jack schlief im Büro. Jack pflegte seine Gäste in seiner Nähe unterzubringen. Es gab drei Zimmer, die unmittelbar ineinander übergingen.
Pete überprüfte den Stauraum:
Taschenlampen / Schrotflinten / Magnums. Kerosin / Jutesäcke. Isolierband / Gummihandschuhe / Stricke. Eine Polaroidkamera / vier Zwangsjacken / vier Honigtöpfe.
Zu viel des Bösen. Carlos stand auf Blutbäder. Carlos hatte sich das ausgedacht. Carlos ließ die Sau gern über Mittelsmänner raus.
Chuck las ein Hasstraktat. Die Armaturen gaben Licht. Pete sah Karikaturen und FBI-Texte. Hass und Porno – ein Schwarzer namens Bayard Rustin – ein schwuler Gruppenfick.
Pete lachte. »Warum sind wir zu der Party gegangen?«, fragte Chuck. »Nicht, dass ich mich beschweren möchte. Ich hab ein paar Seelenverwandte gefunden.«
Das Flugzeug ging steil nach unten. Pete schlug den Kopf an.
»Ich wollte jemanden wissen lassen, dass ich nicht einfach zu verschwinden gedenke.«
»Möchtest du mir sagen, wen und warum?«

Pete schüttelte den Kopf. Das Flugzeug sackte ab. Pete schlug mit den Knien an die Instrumententafel.

»Mr. Tedrow ist jedenfalls ein Vollblutamerikaner«, sagte Chuck. »Was ich von seinem Sohn nicht sagen kann.«

»Junior hat's faustdick hinter den Ohren. Unterschätz den mal nicht.«

Chuck warf sich ein Dramamin ein. »Mr. Tedrow kennt alle richtigen Leute. Guy B. zufolge ließ er für eine gewisse Operation Bargeld springen.«

Pete rieb sich den Nacken. »Es gab *keine* Operation. Liest du nicht die Scheiß-*New-York-Times*?«

Chuck lachte. »Du meinst, ich hab das alles nur geträumt?«

»Tu so. Du lebst länger.«

»Dann muss ich auch all die Leute geträumt haben, die Carlos umgelegt haben will.«

Pete rieb sich die Augen. Scheiße – Kopfweh Numero dreitausend.

»Dann werd ich auch träumen, dass wir Jack Z. umlegen, und *echt* träumen, wenn wir den ollen Hank und die Fotzen Arden und Bet –«

Pete packte ihn am Nacken. »Nichts war in Dallas, und jetzt auch nicht.«

03:42.

Sie landeten. Der Boden war hart gefroren. Chuck trimmte die Klappen und bremste. Sie drehten sich. Sie schlidderten übers Eis. Sie fuhren Achten und blieben in hohem Gras stecken.

Sie zogen die schusssicheren Westen an. Sie nahmen Taschenlampen / Flinten / Magnums. Sie schraubten Schalldämpfer auf.

Sie marschierten nach Südosten. Pete maß die Strecke ab. 515 Meter. Niedere Hügel. Höhlen in Felsgestein. Wolkendeckung und hoch stehender Mond.

Da – die Hütte – unten, wo alles asphaltiert war.

Zwölf Zimmer. Ein U-förmiger Hof. Zugang über Naturpiste. Kein Licht. Kein Ton. Zwei Jeeps vor dem Büro.

Sie gingen hin. Chuck stand Schmiere. Pete leuchtete die Tür an. Er sah ein Federschloss. Er sah einen losen Türknauf. Er sah eine brauchbare Spalte.

Er zog das Messer raus. Er keilte das Messer dazwischen. Er drückte den Riegel weg. Er ging rein. Die Tür ächzte. Er hielt das Licht der Taschenlampe nach unten gerichtet.

Drei Stufen zum Tresen – da muss ein Gästebuch an der Kette liegen.

Er ging unbesehen hin. Chucks Grundriss stimmte. Er schlug gegen den Tresen. Die Augen links – eine weit offen stehende Seitentür. Zimmer Nr. 1 – dunkel.

Seine Augen gewöhnten sich ans Dunkel. Er kniff sie zusammen. Er machte im Schwarz graue Abstufungen aus. Er blickte sich in Zimmer 1 um. Er kniff die Augen zusammen. Er sah, dass die Tür zu Nr. 2 etwas offen stand.

Die Ohren links – Schnarchen in Zimmer 1. Die Ohren geradeaus – Schnarchen hinterm Tresen.

Pete roch Papier. Pete berührte den Tresen. Pete strich übers Gästebuch. Er leuchtete aufs oberste Blatt. Er sah, dass sich drei Gäste eingetragen hatten – die in Zimmer Nr. 1 / 2 / 3 untergebracht waren.

Pete lehnte sich an den Tresen. Pete zog die Waffe. Pete hob die Taschenlampe und richtete sie auf die Schläfer. Da – Jack Zangetty – mit Gesicht nach oben auf einem Feldbett liegend – die Augen geschlossen, den weit offenen Mund zum Fliegenfangen aufgesperrt.

Pete zielte am Lichtstrahl entlang. Pete drückte ab. Jacks Kopf zuckte. Jacks Zähne explodierten.

Der Schalldämpfer funktionierte – es klang wie ein Husten und ein Schnäuzen. Noch einen – zur Sicherheit.

Pete zielte am Lichtstrahl entlang. Pete drückte ab. Pete nahm Jacks Perücke ins Visier. Blut und Kunsthaar / ein Husten und ein Schnäuzen.

Treffer – die Perücke flog weg. Treffer – Jack rollte vom Feldbett.

Jack schlug auf eine Flasche auf. Die Flasche fiel um. Die Flasche kollerte über den Boden.

Laute Aufschläge. *Lauter* Lärm. *Laute* Rollgeräusche.

Pete löschte die Taschenlampe. Pete duckte sich tief. Die Knie knackten. Die Augen links / die Ohren links / Achtung auf die Tür.

Da – ein Mann lacht / ein Bett ächzt.

»Hast du 'ne neue Flasche, Jack?«

Etwas Helles in der Tür – der Knilch trägt einen weißen Schlafanzug.

Pete leuchtete ihn an. Pete leuchtete am Weiß nach oben. Pete leuchtete in die Augen des Mannes. Er zielte am Lichtstrahl entlang. Er drückte ab. Streifschuss.

Blutflecken auf Weiß / ein Husten und ein Schnäuzen.

Der Mann floh. Der Mann erreichte die Tür. Der Mann riss die Tür aus den Angeln. Die Augen links – da gibt es Licht – die Tür Nr. 2. Die Ohren links – Stiefeltritte und Reißverschlussratschen.

Pete beugte sich vor. Pete zielte. Jetzt – Achtung auf die Tür.

Sie wurde von einem Mann geöffnet. Besagter Mann wartete ab. Besagter Mann ging durch Zimmer Nr. 1 hindurch. Besagter Mann kauerte sich nieder und legte mit einer 30.06 MP an.

Pete zielte. Der Mann kam näher. Ein Flintenschuss. Glas splitterte – von *außen* – Schrot zerfetzte ein *Seiten*fenster.

Chuck hatte losgeballert. Mit seiner persönlichen Spezialladung – vergiftetem Postenschrot.

Der Mann erstarrte. Er wurde von Glassplittern eingedeckt. Er hielt die Hand über die Augen. Er rannte blind weg. Er stieß in Stühle. Er hustete Glas.

Pete feuerte. Daneben. Chuck schwang sich durchs Fenster. Er war schnell. Er stieß den Mann an – BUH! – er schoss dem Mann in den Rücken.

Der Mann floh. Pete bekam Stopfen und Schrotkugeln ab. Chuck rannte nach Süden. Chuck schoss Tür Nr. 3 weg.

Pete rannte zurück. Chuck knipste das Licht an. Ein Mann lag unter dem Bett. Der Mann schluchzte. Die Beine schauten raus. Er hatte einen Schlafanzug mit Paisley-Muster an.

Chuck zielte tief. Chuck schoss ihm die Füße ab. Der Mann schrie auf. Pete machte die Augen zu.

Der Wind legte sich. Der Tag funkelte. Die Aufräumarbeiten zogen sich hin.

Sie stahlen die Jeeps. Sie fuhren die Leichen zum Flugzeug. Sie fanden eine Höhle und fuhren die Jeeps rein. Sie schlugen sich mit ein paar Fledermäusen rum. Sie drückten auf die Hupen. Sie scheuchten sie raus. Die Fledermäuse knallten ihnen auf die Windschutzscheiben. Sie stellten die Scheibenwischer an. Sie gaben den Viechern Saures.

Sie schütteten das Kerosin aus. Sie fackelten die Jeeps ab. Das Feuer flammte auf und erlosch. Der Rauch blieb in der Höhle stecken.

Sie gingen zum Flugzeug. Sie packten die Leichen in Zwangsjacken. Sie steckten sie in Jutesäcke. Sie stemmten ihnen die Kiefer leer. Sie gossen Honig rein. Das zog hungrige Krabben an.

Pete schoss vier Polaroids – eines pro Opfer – Carlos wollte Beweise.

Sie flogen tief. Sie erreichten Nordtexas. Sie sahen einen kleinen See nach dem anderen. Sie schmissen drei Leichen über Bord. Zwei fielen ins Wasser und versanken. Eine brachte hartes Eis zum Bersten.

Chuck las Traktate. Chuck flog tief. Chuck steuerte mit den Knien.

Er hatte ein Masters Degree. Er las Comics. Er hatte JFKs Hirn weggepustet. Er wohnte bei den Eltern. Er blieb gern in seinem Zimmer. Er baute Modellflugzeuge und schnüffelte Leim.

Chuck las Traktate. Er bewegte die Lippen. Pete bekam mit, worum es ging: KKK klärt alte Kontroverse. Die Weißen haben die Größten!

Pete lachte. Chuck ging über dem Lake Lugert nach unten. Pete schmiss Jack Z. ins Wasser.

22 (Las Vegas, 4.1.64)

Gipfeltreffen. Im Penthouse des Dunes – ein Riesentisch. Karaffen. Siphons. Süßigkeiten und Früchte. Keine Zigarren – Moe Dalitz war allergisch.

Littell überprüfte vorsorglich auf Wanzen. Die Jungs sahen fern. Morgendliche Trickfilme – Yogi Bär und Webster Webfoot.

Die Jungs ergriffen Partei. Sam und Moe mochten Yogi. Johnny R. mochte die Ente. Carlos mochte Yogis dämlichen Kumpel.

Santo T. machte ein Nickerchen – scheiß auf den Kinderkram.

Keine Wanzen – zur Sache.

Littell leitete das Treffen. Die Jungs hatten sich in Freizeitkluft geschmissen – Golfhemden und Bermudashorts.

Carlos trank Brandy. »Also, grundsätzlich geht's um Folgendes. Hughes tickt nicht mehr richtig und glaubt, er habe Ward in der Tasche. Wir verscherbeln ihm die Hotels und sorgen dafür, dass er unsere Insider behält. Die erhöhen die Absahnquote. Was er nicht schnallt, weil wir ihm vor dem Kauf niedrigere Gewinnzahlen vorlegen.«

Littell schüttelte den Kopf. »Seine Unterhändler werden jeden Steuerbescheid eines jeden Hotels für jedes der letzten zehn Jahre überprüfen. Solltet ihr euch weigern, die vorzulegen, werden sie versuchen, sich derselben per Vorladung zu bemächtigen, oder sie werden die richtigen Leute schmieren, um Kopien zu erhalten. Und getürkte niedrige Profitzahlen könnt ihr nicht vorlegen, weil das den Verkaufspreis senkt.«

»Und?« fragte Sam.

Littell trank Club Soda. »Wir streben den höchstmöglichen Gesamtverkaufspreis an, dessen Erstattung im Laufe der nächsten achtzehn Monate in Einzelraten zu erfolgen hätte. Unsere langfristige Strategie zielt darauf ab, den Augenschein legitim investierten Geldes zu erwecken, das in legitime Geschäftszweige umgebucht und in denselben gewaschen wird. Mein Plan zielt darauf ab –«

Carlos unterbrach. »Zum Plan, und zwar so, dass wir mitkriegen, worum's geht.«

Littell lächelte. »Wir haben den Verkaufserlös und das Absahngeld. Damit kaufen wir legitime Firmen. Die Firmen gehören Empfängern von Pensionskassengeld. Dies sind hochprofitable und augenscheinlich nicht kriminelle Geschäftszweige, die mit Hilfe von Darlehen der »richtigen« Pensionskassenbücher aufgebaut wurden. Damit wurde der Ursprung des Geldes verdeckt. Was heißt, dass man die Kreditnehmer nötigen kann und dass sie sich erzwungenen Auskäufen nicht widersetzen werden. Die Kreditnehmer werden ihre Geschäfte weiterführen. Unsere Leute werden die Operationen kontrollieren und die Gewinne abzweigen. Wir investieren das Geld in ausländische Hotelkasinos. Mit ›ausländisch‹ meine ich ›lateinamerikanisch‹. Mit ›lateinamerikanisch‹ meine ich Länder, die vom Militär oder starken rechten Regierungen beherrscht werden. Die Kasino-Gewinne werden unversteuert aus besagten Ländern abgezogen. Sie werden auf Schweizer Bankkonten deponiert und sich verzinsen. Die letztendlichen Barabhebungen sind absolut unnachweisbar.«

Carlos lächelte. Santo klatschte in die Hände. »Ganz wie Kuba«, sagte Johnny.

»Wie zehn Kubas«, sagte Moe.

»Warum sich damit begnügen?« fragte Sam.

Littell nahm einen Apfel. »Augenblicklich sind das langfristige und theoretische Überlegungen. Wir warten darauf, dass Mr. Hughes seine TWA-Aktien abstößt und sich sein Einkaufsgeld holt.«

»Das bedeutet Jahre«, sagte Santo.

»Das bedeutet Geduld«, meinte Sam.

»Soll eine Tugend sein«, sagte Johnny. »Hab ich irgendwo gelesen.«

»Wir schauen, was südlich der Grenze los ist«, sagte Moe. »Wir können Dutzende von Batistas finden.«

»Zeig mir einen Kanaken, den du nicht schmieren kannst«, sagte Sam.

»Die stehen doch alle auf weiße Uniformen mit goldenen Epauletten«, meinte Santo.

»In der Hinsicht sind sie wie Nigger«, sagte Sam.

»Dulden aber keine Roten Socken«, sagte Johnny. »Das muss man ihnen lassen.«

Carlos nahm ein paar Trauben. »Ich hab die Bücher verstaut. Man muss davon ausgehen, dass Jimmy wegen Geschworenen-Beeinflussung drankommt.«

Littell nickte. »Deswegen und wegen anderer Klagen.«

Sam zwinkerte. »Ward, du hast die Bücher gestohlen. Erzähl uns nicht, dass du keine Kopien gemacht hast.«

Johnny lachte. Moe lachte. Santo brüllte vor Vergnügen.

Littell lächelte. »Wir haben zu überlegen, wie wir unsere Leute einschleusen. Mr. Hughes wird Mormonen einstellen wollen.«

Sam ließ die Knöchel knacken. »Mormonen mag ich nicht. Die haben was gegen Italiener.«

Carlos trank XO. »Kannst du's ihnen verdenken?«

»Nevada ist ein Mormonen-Staat«, sagte Santo. »Wie New York für die Italiener.«

»Du meinst für Juden«, sagte Moe.

Johnny lachte. »Mal ernsthaft. Hughes wird seine eigenen Leute auswählen wollen.«

Sam hustete. »Da gibt's nichts zu verhandeln. Unsere Leute bleiben.«

Littell schälte seinen Apfel. »Wir sollten eigene Mormonen ausfindig machen. Ich werde nächstens mit einem Mann reden. Dem Leiter der Küchenarbeiter-Gewerkschaft.«

»Wayne Tedrow Senior«, sagte Moe.

»Der hasst Italiener«, sagte Sam.

»Juden mag er auch nicht«, sagte Moe.

Santo packte eine Zigarre aus. »Alles Kappes, soweit es mich betrifft. Ich will Firmenleute im Geschäft.«

»Sehr richtig«, sagte Johnny.

Moe fasste nach der Zigarre. »Willst du mich umbringen?«

Carlos packte ein Mars aus. »Verschieben wir die Entscheidung auf später, ja? Das wird noch Jahre dauern.«

»Richtig«, sagte Littell. »Mr. Hughes wird nicht so bald über sein Geld verfügen können.«

Sam schälte eine Banane. »Das ist deine Show, Ward. Ich weiß, dass du noch was zu sagen hast.«

»Vier Sachpunkte eigentlich«, sagte Littell. »Zwei wichtig, zwei weniger.«

Moe rollte die Augen. »Dann raus damit. Jesus, dem musst du alles aus der Nase ziehen.«

Littell lächelte. »Erstens, Jimmy weiß, was Jimmy weiß, und Jimmy neigt zum Jähzorn. Ich werde mein Bestes tun, ihn aus dem Gefängnis zu halten, bis wir unsere Pläne für die Bücher umgesetzt haben.«

Carlos lächelte. »Wenn Jimmy wüsste, dass du die Bücher gestohlen hast, würdest du umgesetzt werden.«

Littell rieb sich die Augen. »Ich habe sie zurückgegeben. Wollen wir's dabei belassen.«

»Wir vergeben dir«, sagte Sam.

»Du bist doch am Leben, oder?« sagte Johnny.

Littell hustete. »Bobby Kennedy wird wahrscheinlich zurücktreten. Der neue Generalstaatsanwalt könnte Pläne mit Vegas haben und Mr. Hoover nicht in der Lage sein, ihn davon abzuhalten. Ich werde versuchen, ihm gewisse Gefälligkeiten zu erweisen und dabei herausfinden, was herauszufinden ist, und die Informationen weitergeben.«

»Bobby ist ein Schwanzlutscher«, sagte Sam.

»Ein widerlicher Sauhund«, sagte Moe.

»Der Schwanzlutscher hat uns benutzt«, sagte Santo. »Er hat seine Schwuchtel von Bruder auf unsere Kosten ins Weiße Haus gehievt. Er hat uns verscheißert wie weiland Pharao den Jesus.«

»Die Römer«, sagte Johnny. »Die Pharaonen haben Johanna von Orleans verscheißert.«

»Scheiß auf Bobby *und* Johanna«, sagte Santo. »Sind doch beides Schwuchteln.«

Moe rollte die Augen. *Gojischer* Schwachsinn.

»Mr. Hughes hasst Neger«, sagte Littell. »Er will sie von seinen Hotels fern halten. Ich habe ihm das gängige Gentlemen's Agreement geschildert, aber er will mehr.«

Santo zuckte mit den Schultern. »Die Mohren hat jeder auf dem Kieker.«

Sam zuckte mit den Schultern. »Besonders die Bürgerrechtler.«

Moe zuckte mit den Schultern. »*Shvartze* sind *Shvartze*. Ich kann Martin Luther King ebenso wenig leiden wie Mr. Hughes, aber früher oder später werden die ihre gottverdammten Bürgerrechte kriegen.«

»Das sind die Roten«, sagte Johnny. »Die agitieren sie und hetzen sie auf. Mit einem Durchgeknallten kannst du nicht vernünftig reden.«

Santo packte eine Zigarre aus. »Die wissen, dass sie nicht erwünscht sind. Die armen Mohrenschweine müssen draußen bleiben und die paar Reichen lassen wir rein. Wenn König Faruk vom Kongo ein paar hundert Riesen im Sands lassen will, soll's mir recht sein.«

Johnny nahm einen Pfirsich. »König Faruk ist Mexikaner.«

»Um so besser«, sagte Santo. »Wenn er sein Geld verjuxt hat, kriegt er einen Job in der Küche.«

»Ich hab mal Golf mit Billy Eckstine gespielt«, meinte Sam. »Ein wunderbarer Bursche.«

»Er hat weißes Blut«, sagte Johnny.

»Ich spiele regelmäßig Golf mit Sammy Davis«, sagte Moe.

Carlos gähnte. Carlos hustete. Carlos gab Littell das Zeichen.

Littell hustete. »Mr. Hughes meint, die einheimischen Neger sollten ›ruhig gestellt‹ werden. So lächerlich die Idee ist, wir könnten sie zu unserem Vorteil nutzen.«

Moe rollte die Augen. »Du bist der Beste, Ward. Da sind wir uns alle einig. Aber du klopfst gern um den Busch.«

Littell schlug die Beine übereinander. »Carlos für seine Person hat sich bedingt bereit erklärt, unsere Drogenverbots-Bestimmung aufzuheben und Pete Bondurant zu gestatten, den einheimischen Negern Stoff zu verkaufen. Ihr alle wisst, wie das geht. Pete hat von '60 bis '62 in Miami für Santos Organisation Stoff vertrieben.«

Santo schüttelte den Kopf. »Da haben wir Exilantengruppen unterstützt. Das war strikt Anti-Castro.«

Johnny schüttelte den Kopf. »Eine einmalige Ausnahme.«

»Ich mag die Idee«, sagte Carlos. »Sie bringt Geld und Pete ist ein höllisch guter Mann.«

»Wir sollten ihn beschäftigen«, sagte Littell. »Wir können damit eine neue Geldquelle eröffnen und zugleich Mr. Hughes zufrieden stellen. Die Einzelheiten braucht er nicht zu kennen.

Ich werde von einem ›Ruhigstellungsprojekt‹ sprechen. Er wird den Klang mögen und sich freuen. In gewisser Hinsicht ist er wie ein Kind.«

»Das bringt Geld«, sagte Carlos. »Ich stelle mir große Gewinne vor.«

Sam schüttelte den Kopf. »Ich stelle mir zehntausend Junkies vor, die Vegas in einen Misthaufen verwandeln.«

Moe schüttelte den Kopf. »Ich *wohne* hier. Ich will keinen Riesen-Scheiß-Zuzug von Junkie-Einbrechern, Junkie-Räubern und Junkie-Vergewaltigern.«

Santo schüttelte den Kopf. »Vegas ist die schönste Stadt des Westens. So was zieht man nicht absichtlich in den Dreck.«

Johnny schüttelte den Kopf. »Das bedeutet jede Menge zugeknallter Nigger auf der Suche nach dem nächsten Fix. Du ziehst dir die *Lawrence-Welk-Show* rein und ein Riesenmohr tritt dir die Tür ein und klaut dir den Fernseher.«

Sam schüttelte den Kopf. »Und vergewaltigt deine Frau, wo er schon dabei ist.«

Santo schüttelte den Kopf. »Der Tourismus geht den Bach runter.«

Moe riss Santo die Zigarre weg. »Carlos, du bist überstimmt. Ins eigene Nest wird nicht geschissen.«

Carlos zuckte mit den Schultern. Carlos kehrte die Handflächen nach oben.

Moe lächelte. »Einmal daneben, Ward. Eine erstklassige Quote, bei dem Publikum. Und dein Langzeitplan ist ein Volltreffer.«

Sam lächelte. »Am Fänger vorbei und zum Stadion raus.«

Santo lächelte. »Zur verdammten Milchstraße raus.«

Johnny lächelte. »Kuba, zum zweiten. Ohne die bärtige Rote Schwuchtel, die alles durcheinander bringt.«

Littell lächelte. Littell zuckte zusammen. Littell biss sich fast auf die Zunge.

»Ich will sicherstellen, dass wir die einstimmige Zustimmung der Glücksspiel-Aufsichts-Kommission und der Alkohol-Lizenz-Kommission bekommen. Pete hat versucht, einen Blick auf die Nachrichtenakte des LVPD zu werfen, und ist damit nicht weit gekommen.«

Santo holte sich seine Zigarre zurück. »Wir haben die Kommissionen nie kaufen können. Die teilen ihre Scheiß-Lizenzen nach Belieben aus.«

»Wir leisten Pionierarbeit«, sagte Moe. »Wir kämpfen gegen Vorurteile an. Die Stadt gehört uns, aber sie schmeißen uns mit den *Shvartzen* zusammen.«

»Die Akten wären ein Ausgangspunkt«, sagte Johnny. »Wir müssen die Schwachstellen finden und nutzen.«

»Die Infos werden von den Bullen gehütet«, sagte Sam. »Pete B. ist nicht rangekommen – was schließen wir daraus?«

Littell streckte sich. »Sam, kann einer von Ihren Leuten versuchen, sich ranzuarbeiten? Butch Montrose vielleicht?«

Sam lächelte. »Für dich tun wir alles, Ward.«

Littell lächelte. »Ich möchte dafür sorgen, dass wir in der Legislative Unterstützung finden. Mr. Hughes wäre zu einer Reihe karitativer Zuwendungen bereit, die er in ganz Nevada publik machen möchte, und wenn entsprechend irgendwelche Lieblings –«

Johnny unterbrach. »Saint Vincent De Paul.«

»Die Kolumbusritter der Söhne Italiens«, sagte Sam.

»Das Saint Francis Hospital«, sagte Santo. »Dort haben sie meinem Bruder die Prostata rausgesäbelt.«

»Der United Jewish Appeal«, sagte Moe. »Scheiß-Ithaker alle miteinander.«

Dracula hatte ihm die Unterkunft zur Verfügung gestellt – eine Suite im Desert Inn. Vier Zimmer / Zugang zum Golfplatz / Dauermietvertrag.

Seine dritte Wohnung.

Er hatte eine Wohnung in Washington D.C. Er hatte eine in L.A. – zwei in Hochhausapartments. Insgesamt drei Wohnungen. Alle möbliert. Alle unpersönlich.

Littell war eingezogen. Littell war Golfbällen ausgewichen. Littell hatte die Telefone auseinander genommen. Littell hatte sie auf Wanzen überprüft.

Die Telefone waren sauber. Er hatte sie wieder zusammengesetzt. Er hatte sich entspannt und ausgepackt.

Arden war in L.A. Sie zog schrittweise bei ihm ein.

Von Dallas nach Balboa / von Balboa nach L.A. Vor Vegas

hatte sie Angst. Dort feierten die Jungs. Sie kannte die Jungs. Woher, mochte sie nicht sagen.

Sie war jetzt seine »Jane«. Sie liebte ihren neuen Namen. Sie liebte ihre überarbeitete Biographie.

Er hatte ihr eine Vorgeschichte zusammengestellt. Sie lernte die Einzelheiten auswendig. Ein Agent hatte die Akte platziert. Sie erzählte ihm Jane-Geschichten – improvisiert – sie erwähnte Einzelheiten, an die sie sich noch nach Tagen erinnern konnte.

Er prägte sich das Erzählte ein. Er verstand ihren Subtext: Du hast mich geschaffen. Lebe mit deiner Arbeit. Stelle meine Geschichten nicht in Frage. *Eines Tages wirst du mich kennen. Eines Tages werde ich dir sagen, wer ich war.*

Pete wusste über Arden Bescheid. Pete hatte in Dallas was rausgekriegt. Er vertraute Pete. Pete vertraute ihm. Beide gehörten sie den Jungs.

Carlos hatte Pete angewiesen, Arden umzubringen. Pete hatte »OK« gesagt. Pete bringt keine Frauen um. Das war für ihn absolut nicht OK.

Pete hatte Jack Zangetty umgebracht. Pete war nach New Orleans geflogen. Pete hatte Carlos Bericht erstattet. Carlos fand die Polaroids wunderbar. »Drei mehr«, hatte Carlos gesagt.

Pete war nach Dallas gefahren. Pete hatte sich umgesehen. Pete hatte bei Carlos angerufen. Pete hatte Bericht erstattet:

Jack Ruby ist gaga. Er kratzt sich. Er stöhnt. Er spricht mit Geistererscheinungen. Hank Killiam ist aus Dallas abgehauen. Hank ist nach Florida verschwunden. Betty Mac ist abgehauen – Aufenthaltsort unbekannt.

Arden? Die ist verschwunden – mehr weiß ich nicht. »OK«, hatte Carlos gesagt. »Fürs Erste.«

Das Gipfeltreffen war ein Erfolg gewesen. Sein Plan hatte den Jungs eingeleuchtet. Den Heroinplan hatten sie abgelehnt. Pete hatte ein Nein einstecken müssen. Pete hatte Wayne Junior angesprochen. Wayne Junior hatte nein gesagt. Pete hatte zwei Neins in Folge einstecken müssen.

Doug Eversall hatte ihn angerufen – am Weihnachtsabend. »Ich konnte Bobby nicht auf Band aufnehmen«, hatte Doug gesagt.

Er hatte ihn angewiesen: »Behalt deine Tonbandausrüstung – und sprich ihn nochmal an.«
Fröhliche Weihnachten. Fall nicht von deinem Klumpfußschuh. Lass dein Mikro nicht runterpurzeln.
Er rief bei Mr. Hoover an. Er sagte, dass er eine Quelle bei Bobby aufgetan habe. Er sagte, er habe die Quelle mit einem Mikrophon versehen.
Er sagte nicht:
Ich muss Bobbys Stimme hören.

23 (Las Vegas, 6.1.64)

Die Heizungsrohre waren geplatzt. Die Wachstube war eiskalt. Scheiß-Iglu-Zeit.
 Die Kollegen verdrückten sich massenweise.
 Wayne arbeitete solo. Wayne räumte seinen Schreibtisch auf.
 Er ging Schreibtischkram durch. Als Erstes ordnete er die Dallas-Zeitungen. Er hatte was über Ruby. Er hatte null über Moore und Durfee.
 Sonny Liston hatte ihm eine Postkarte geschickt. Er erinnerte an ihre »schönen Zeiten«. Er prophezeite ein KO im Kampf mit Clay.
 Er ordnete eine Akte – über die tätlichen Angriffe gegen Nutten in West Las Vegas / Berichte und Schnappschüsse. Farbige Nutten / schlimme Prügelspuren / verschmierter Lippenstift und Blutergüsse.
 Er nahm die Akte in die Hand. Er las sie durch. Er suchte nach Anhaltspunkten. Kein offensichtlicher Anhaltspunkt. Der zuständige Bulle war ein Negerhasser. Der zuständige Bulle war ein Nuttenhasser. Der zuständige Bulle pflegte den Nutten Schwänze in den Mund zu malen.
 Wayne ordnete Papiere. Wayne räumte seinen Schreibtisch auf. Wayne schloss die Akte weg. Wayne tippte Berichte.
 Die Wachstube war eiskalt. Die Heizungsrohre waren geplatzt – brrr-scheiß-brrr.
 Wayne gähnte. Wayne hätte sich gerne schlafen gelegt. Lynette nervte unablässig. Lynette wiederholte immerzu: »Was war in Dallas?«
 Er wich ihr aus. Er ging früh von zu Hause weg. Er arbeitete bis spät in die Nacht. Er hing in Nachtclubs rum. Er nuckelte lange an einem Bier. Er sah Barb zu. Er steigerte sich in eine Riesenschwärmerei.

Er saß dicht an der Bühne. Pete saß nahebei. Sie redeten nie. Beide hatten sie Barb im Blick.

So was wie Einflussnahme. So was wie eine Pufferzone – bleiben wir in Verbindung.

Lynette bedrängte ihn. Lynette sagte, er solle sich nicht vor ihr verstecken. Lynette sagte, er solle sich nicht bei Wayne Senior verstecken.

Vor Dallas pflegte er dort unterzutauchen. Vor Barb pflegte er für Janice zu schwärmen. Dallas hatte das geändert. Er hatte seine Schwarmphasen verlegt.

Er schaute Barb zu. Und wich zugleich Pete aus. Janice wurde zum Nebenschwarm.

Wayne Senior wich er nun aus. Weihnachten hatte das Maß voll gemacht. Der Film und die Hasstraktate – Wayne Seniors Druckstil.

Die Oldies waren eine Sache. »Veto gegen Tito!« / »Castro kastrieren« / »UNO verbieten!« Angstmacherei. Warnungen vor Roten Fluten. Kein offener Hass.

Er hatte Little Rock miterlebt. Wayne Senior nicht. Der Klan fackelte einen Wagen ab. Der Tankdeckel flog weg. Und schlug einem farbigen Jungen ein Auge aus. Ein paar Tunichtgute vergewaltigten ein farbiges Mädchen. Sie hatten Präser an. Die sie ihr hinterher in den Mund schoben.

Wayne gähnte. Wayne holte Fotokopien raus. Die Kleinbuchstaben verschwammen.

Buddy Fritsch trat zu ihm. »Findest du deine Arbeit langweilig?«

Wayne streckte sich. »Ist dir daran gelegen, dass Blackjack-Croupiers wegen geringfügiger Vergehen bestraft werden?«

»Nein, aber der Glücksspiel-Lizenz-Kommission von Nevada.«

Wayne gähnte. »Wenn du was Interessanteres hast, spiel ich mit.«

Fritsch setzte sich rittlings auf einen Stuhl. »Ich möchte ein paar neue Hinweise über die Glücksspiel-Lizenz-Kommission und die Alkohol-Lizenz-Kommission. Über jeden einzelnen, abgesehen vom Sheriff und dem Staatsanwalt. Leg mir den Bericht vor, bevor du deine Akte auf Vordermann bringst.«

»Wieso jetzt?«, fragte Wayne. »Ich bringe meine Akten erst im Sommer auf den neuesten Stand.«

Fritsch zog ein Zündholz raus. Die Hand zuckte. Er traf die Streichfläche nicht richtig. Er brach den Zündholzkopf ab.

»Weil ich's dir sage. Schluss.«

»Was für neue Hinweise?«

»Was es an Negativem gibt. Komm, du weißt, wie's geht. Du passt auf und guckst, wer wo wie über die Stränge haut.«

Wayne kippelte mit dem Stuhl. »Ich mache meine Arbeit fertig und kümmere mich drum.«

»Das tust du gleich.«

»Wieso gleich?«

Fritsch zog ein Zündholz raus. Die Hand zuckte. Er geriet weit neben die Streichfläche.

»Weil du deinen Überstellungsjob versaut hast. Weil ein Polizist ohne dich losgezogen und zu Tode gekommen ist. Weil du die Beziehungen zwischen uns und dem Police Department Dallas versaut hast und weil ich fest entschlossen bin, dass du dich nützlich machst, bevor du die Karriereleiter hochkraxelst und meine Einheit verlässt.«

»Nützlich« machte das Maß voll – Fritsch konnte ihn kreuzweise.

Wayne zog seinen Stuhl dicht ran. Wayne lehnte sich weit zu ihm rüber. Waynes Knie schlugen hart an Fritschs Knie.

»Meinst du, für sechstausend Dollar und ein paar Streicheleinheiten bring ich einen Menschen um? Um es in aller Deutlichkeit zu sagen, ich habe ihn nicht umbringen wollen, hätte ihn nicht umbringen können, und würde ihn nicht umgebracht haben, und nützlicher als das kriegst du mich nie.«

Fritsch zwinkerte. Die Hände zuckten. Er schnippte große Papierkügelchen weg.

Irgendwas stimmte nicht. Grundkurs Logik – E folgt auf D.

Pete will die Akten. Pete kennt die Absicherungsmethode. Ein Polizist führt die Akten. Besagter Polizist untersucht angebliches Fehlverhalten. Besagter Polizist informiert die Glücksspiel-Lizenz-Kommission.

Eine Vorgehensweise, die drauf angelegt ist, den Datenzugang zu beschränken. Eine Vorgehensweise, die drauf angelegt ist, korrupte Police Departments auszuschalten.

Eine Vorgehensweise, die sich ehrliche Polizisten ausgedacht haben – ein Polizist / eine Aktenablage. Die Nachrichtenpolizisten suchten sich Schützlinge. Die Nachrichtenpolizisten gaben die Aufgabe weiter. Der letzte Nachrichtenpolizist war im Dienst zu Tode gekommen. Wayne Senior hatte Beziehungen spielen lassen. Wayne Senior hatte Wayne den Job zugeschanzt.

E folgt auf D. Pete kungelt mit der Mafia. Buddy Fritsch dito. Buddy weiß, dass die Akten *alte* Infos enthalten. Der letzte Vorgang betreffs Fehlverhalten wurde 1960 abgelegt.

Pete will *neue* Sauereien. Pete will *heiße* Sauereien. Pete hat Buddy unter Druck gesetzt. Buddy ist auf Wayne sauer. Buddy betet Wayne Senior an. Buddy weiß, dass Wayne die Aufgabe erledigen *wird*.

Wayne bewahrte seine Akten in einem Banksafe auf. Entsprechend der Vorgabe: ein Safe im Hauptsitz der Bank of America.

Er fuhr rüber. Ein Angestellter öffnete den Safe. Wayne holte die Akten raus. Er kannte die Namen bereits. Er ging die Daten durch und frischte sein Gedächtnis auf. Er schrieb Adressen raus.

Duane Joseph Hinton. 46 Jahre alt. Bauunternehmer / Mormone. Keine Beziehungen zur Mafia. Trinkt / prügelt Ehefrau. Juli '59 – eine Klage zu Protokoll genommen.

Hinton soll Abgeordnete geschmiert haben. Behauptet ein Spitzel. Hinton habe ihnen Nutten gekauft. Hinton habe ihnen Karten für Boxkämpfe spendiert. Wofür sie ihm die Angebotslisten zugeschoben hätten. Wodurch Hinton die anderen unterbieten konnte. Womit Hinton an die staatlichen Bauaufträge rankam.

Hinweis bleibt unbestätigt. Die Akte wird geschlossen – im September '59.

Webb Templeton Spurgeon. 54 Jahre alt. Ehemaliger Rechtsanwalt / Mormone. Keine Beziehungen zur Mafia / keine Klagen protokolliert.

Eldon Lowell Peavy. 46 Jahre alt. Eigentümer der Taxifirma Monarch Cab Company / des Golden Cavern Hotelkasinos.

Das Cavern zog Billigkundschaft an. Monarch war keine feine Firma. Die Taxen fuhren Alkis zu Sex-Schuppen. Die Taxen warteten vor dem Knast. Die Taxen chauffierten Prostituierte. Monarch bediente West Las Vegas. Monarch chauffierte Neger. Bei Monarch musste man im Voraus bezahlen.

Eldon Peavy war eine Schwuchtel. Eldon Peavy stellte Exknackis ein. Eldon Peavy besaß eine Schwulenbar in Reno.

Hinweise eingegangen im: August '60, September '60, April '61, Juni '61, Oktober '61, Januar '62, März '62, August '62. Spitzel-Hinweise – bisher unbestätigt:

Peavys Fahrer sollen Pistolen mitführen. Peavys Fahrer sollen Pillen verschieben. Peavy soll einen Stricher-Ring leiten. Peavy solle ausgesuchte Buben verschieben. Peavy soll die wichtigsten Shows abklopfen. Peavy soll Tänzer zum Ficken und zum Blasen rekrutieren.

Sie sind schnucklig. Sie sind schwul. Sie sollen's aus Jux und Dollerei und für Amphetamine machen. Sie sollen sich für Männerstars hinlegen.

Letzte Eintragung erfolgt im: August '62.

Wayne ging damals noch Streife. Wayne war gerade zum Sergeant befördert worden. Wayne wurde zur Nachrichtendienststelle versetzt am: 8. 10. 62. Die Hinweise hatte sein Vorgänger eingetragen. Ein unbestechlicher Polizist / träg / fies.

Er hatte sich bei einem Überfall am Markt eingeschaltet. Er hatte fünf Kugeln abbekommen und neun zurückgeschickt. Er war zu Tode gekommen. Er hatte zwei Illegale mitgenommen.

Drei Kommissionsmitglieder. Neun Hinweise – unbestätigt. Wayne überprüfte die Anhangsakten – sie wirkten koscher.

Peavy ließ seine Exknackis amtlich registrieren. Peavys Steuererklärungen schienen sauber. Dito bei Hinton und Spurgeon.

Wayne schloss die Akten weg. Der Angestellte verschloss den Safe. Wayne gönnte sich einen Kaffee. Wayne ließ Zeit verstreichen.

Er trödelte rum. Er ließ noch mehr Zeit verstreichen. Er fuhr zurück zur Wache. Buddy Fritsch fuhr davon. Eigenartig und gar nicht seine Art.

Jetzt war 17:10. Fritsch pflegte stets um 18:00 zu gehen. Fritsch war pünktlich wie ein Uhrwerk.

Er war von seiner Frau geschieden worden – Ende letzten Jahres. Besagte Frau war nach L.A. durchgebrannt. Besagte Frau war mit ihrer lesbischen Liebhaberin durchgebrannt. Fritsch hatte geschmollt und gejammert. Fritsch hatte sich eine eherne Strohwitwer-Routine zugelegt.

Er verschwindet um 18:00. Er kehrt beim Elks-Clubhaus ein. Wo er sein Abendessen trinkt und Bridge spielt.

Wayne fuhr an der Wache vorbei. Fritsch fuhr die 1st Street runter. Wayne schaute ihm dabei zu. Fritsch bog nach Osten ab. Das Elks-Clubhaus lag im *Westen*.

Wayne machte kehrt. Wayne lag zwei Wagen hinter ihm. Fritsch fuhr in der rechten Spur. Fritsch hielt bei Binion's Kasino an.

Ein Mann trat zu ihm. Fritsch machte das Fenster auf. Der Mann übergab ihm einen Umschlag. Wayne wechselte die Fahrbahn. Wayne warf einen Blick. Wayne identifizierte den Mann:

Butch Montrose. Sam G.'s Faktotum. Ein Stück Scheiße.

24 (Las Vegas, 6.1.64)

Barb tanzte den Wah-Watusi. Sie sang. Sie wiegte sich in den Hüften. Sie schüttelte sich.

Die Bondsmen spielten laut. Barb verpatzte die hohen Noten. Sie konnte nicht singen. Was sie wusste. Sie mied Melodien, bei denen man gut singen musste.

Der Club war voll. Barb zog Männer an. Arme Schweine allesamt. Einsame Knilche und Pensionäre – plus Wayne Tedrow Junior.

Pete schaute zu.

Barb hob die Arme. Barb schwitzte. Barb stellte rote Stoppeln zur Schau. Was ihm durch und durch ging. Eine Stelle ihres Körpers, die er liebend gern kostete.

Barb tanzte den Swim. Das Scheinwerferlicht verbrannte ihre Sommersprossen. Pete schaute Barb zu. Wayne Junior schaute zu Pete. Junior ging ihm auf die Nerven.

Seine Nerven lagen blank. Das Gipfeltreffen war gekommen und gegangen. Die Jungs hatten nein gesagt. Ward hatte seinen Standpunkt vorgetragen. Carlos hatte ihm beigepflichtet – steigen wir in den Heroinvertrieb ein.

Sie hatten die Abstimmung verloren – vierfach überstimmt.

Er hatte Carlos in New Orleans getroffen. Carlos hatte sich die Zangetty-Bilder angesehen. Carlos hatte »*Bravissimo*« gesagt. Sie waren ins Plaudern gekommen. Sie hatten über Kuba geplaudert. Sie hatten gemeinsam den Kopf geschüttelt. Die CIA hatte *La Causa* fallen lassen. Die Firma dito.

Pete war nach wie vor dran gelegen. Carlos auch. Das alte Team fand *neue* Aufgaben.

John Stanton hielt sich in Vietnam auf. Wo die CIA massiv präsent war. Vietnam war Kuba auf schlitzäugig. Laurent Guéry und Flash Elorde arbeiteten selbständig – rechte Schläger auf Abruf. Sie jobbten von Mexico City aus. Laurent hatte in Paraguay Rote umgelegt. Flash hatte Rote in der Dominikanischen Republik umgelegt.

Pete und Carlos plauderten über »Tiger-Taksi«. Über die guten Zeiten in Miami – Drogenvertrieb und Exilantenrekrutierung. Tigerfarbene Taxen / schwarzgoldene Sitze / Heroin und *La Causa*.

Sie plauderten über den Anschlag. Carlos war darauf zu sprechen gekommen. Carlos verzapfte neue Einzelheiten. Pete hatte wegen des Scharfschützen nachgefragt. Den Chuck als Franzosen bezeichnet hatte. Carlos kannte *neue* Einzelheiten.

Er war von Laurent vermittelt worden. Laurent hatte sich zum Frankophilen gemausert. Der Franzmann-Scharfschütze hatte einiges vorzuweisen. Er war in Indochina. Er war Killer in Algerien.

Er hatte Charles de Gaulle umzubringen versucht. Er hatte es nicht geschafft. Er hasste de Gaulle. Er erging sich in Mordphantasien. JFK gehört umgelegt – JFK hat Charlie in Paris abgeknutscht.

Carlos fing an zu toben – Jack Z.s Leiche war an Land gespült worden – was den Zeitungen von Dallas eine Meldung wert gewesen war. Jacks verschwundene Gäste wurden nicht erwähnt. Jack habe Dreck am Stecken gehabt. Er habe einen »Unterschlupf« eingerichtet. Jacks Tod sähe nach »Abrechnung in der Unterwelt« aus.

Das Anlanden der Leiche wirkte wie ein Fehlschlag. Das Anlanden der Leiche wirkte wie ein Nein. Junior hatte »nix Akten« gesagt. Die Jungs hatten »nix Heroinvertrieb« gesagt.

Carlos hatte »Marschmarsch« gesagt. Du weißt, was ich meine – bring alle aus dem Unterschlupf um.

Pete war nach Dallas gefahren. Pete hatte so getan, als ob er nach Arden suche. Pete hatte nach Betty Mac gesucht. Er war nicht fündig geworden. Was gut war. Betty war durch ihn gewarnt. Sie hatte kapiert und war abgehauen.

Er hatte einen Hinweis auf Hank Killiam erhalten. Hank war jetzt in Florida. Hank las die Dallas-Zeitungen. Der Bericht über Jack Z. hatte ihn erschreckt.

Pete rief bei Carlos an. Pete meldete ihm den Hinweis. Pete kroch ihm ein bisschen in den italienischen Arsch. Sie kamen ins Plaudern. Carlos zog über Guy B. her.

Guy trank zu viel. Guy schwatzte zu viel. Guy fuhr auf seinen knallharten Kumpel Hank Hudspeth ab. *Beide* soffen sie zu viel. *Beide* schwatzten sie zu viel. *Beide* schnitten sie zu sehr auf.

»Ich lege sie um«, sagte Pete. Carlos sagte nein. Carlos wechselte das Thema. Hey, Pete – wo steckt denn der Arsch Maynard Moore?

Pete sagte, den habe ein Schwarzer umgelegt. Das DPD sei stinksauer. Die Klan-Abteilung habe einen Mordauftrag ausgegeben.

Carlos lachte. Carlos heulte vor Wonne. Carlos genoss in vollen Zügen.

Der Anschlag *imponierte* ihm.

Sie hatten es geschafft. Sie waren ungestraft davongekommen. Die Leute vom Unterschlupf hatten keine Bedeutung. Was Carlos wusste. Der Anschlag hatte irre Spaß gemacht. Plaudern wir drüber und genießen wir das Gefühl noch mal. Bringen wir ein paar Knilche um, damit uns der Gesprächsstoff nicht ausgeht.

Pete trank eine Cola. Mit dem Schnaps hatte er letzte Woche aufgehört. Carlos war über Guy hergezogen. Carlos verachtete Trinker.

Barb wirbelte mit dem Mikrokabel. Barb verpatzte eine Note. Barb kam ins Schwitzen.

Pete schaute Barb zu. Wayne Junior schaute ihm zu.

Barb trat bis spätnachts auf. Pete ging allein nach Hause.

Er klingelte nach dem Zimmerkellner. Er stellte sich auf die Terrasse und genoss den Strip. Er spürte, wie ihn die Kaltluft umwehte.

Das Telefon klingelte. Er nahm ab.

»Ja?«

»Ist das ›Pete‹? Der große Kerl, der auf der West Side seine Telefonnummer rumgereicht hat?«

»Ja, Pete am Apparat.«

»Na, das trifft sich gut, weil ich wegen der Belohnung anrufe.«

»Ich höre«, sagte Pete.

»Das sollten Sie auch, weil nämlich Wendell Durfee in der

Stadt ist und ich gehört hab, dass er 'nem Würfel-Croupier 'ne Waffe abgekauft hat. Und weil ich auch gehört habe, dass Curtis und Leroy soeben 'ne Portion H in die Stadt geschafft haben.«

DOKUMENTENEINSCHUB: 7.1.64. Tonbandtranskript. Aufgenommen in Hickory Hill, Virginia. Am Apparat: Doug Eversall, Robert F. Kennedy. (Hintergrundgeräusche / Stimmen)

RKF (laufendes Gespräch): Nun, wenn Sie es für not –
DE: Wenn es Ihnen nichts ausmacht, möchte ich – (Hintergrundgeräusche / überlappende Stimmen) (Störgeräusch. Türenschlagen & Schritte)
RKF (laufendes Gespräch): – im Zimmer gewesen. Sie haben über sämtliche Teppiche gekotet.
DE (hustet): Ich habe zwei Airedales.
RFK: Gute Hunde. Sehr kinderfreundlich. (Pause: 2,6 Sekunden.) Was ist los, Doug? Sie schauen drein, wie mir unterstellt wird.
DE: Nun.
RFK: Nun, was? Wir sind hier, um Gerichtstermine festzulegen, können Sie sich erinnern?
DE (hustet): Nun, es ist wegen dem Präsidenten.
RFK: Johnson oder mein Bruder?
DE: Ihr Bruder. (Pause: 3,2 Sekunden.) Nun, tja, das mit Ruby gefällt mir nicht. (Pause: 1,8 Sekunden.) Ich will ja nichts gesagt haben, aber die Geschichte gibt mir zu denken.
RFK: Sie wollen sagen (Pause: 2,1 Sekunden). Ich weiß, was Sie sagen wollen. Ruby hat mit der Mafia zu tun. Ein paar Reporter haben Geschichten ausfindig gemacht.
DE (hustet): In der Tat, im wesentlichen, ja. (Pause: DE hustet.) Und nun hat sich Oswald, wie Sie wissen, angeblich letzten Sommer einige Zeit in New –
RFK: – Orleans aufgehalten, und Sie haben für den dortigen Staatsanwalt gearbeitet.
DE: Nun, das wollte ich in etwa –
RFK: Nein, aber trotzdem danke. (Pause: 4,0 Sekunden.) Und was Ruby angeht, haben Sie Recht. Er ging rein, erschoss ihn und wirkte danach absolut erleichtert.

DE (hustet): Und er ist kriminell.
RKF (lacht): Husten Sie von mir weg. Ich kann mir keine weiteren verlorenen Arbeitstage leisten.
DE: Entschuldigen Sie, dass ich all das zur Sprache gebracht habe. Man braucht Sie nicht daran zu erinnern.
RFK: Jesus Christus, nun entschuldigen Sie sich nicht andauernd. Je früher die Leute normal mit mir umgehen, desto besser.
DE: Sir, ich –
RFK: Genau das meine ich. Sie haben erst angefangen, mich »Sir« zu nennen, als mein Bruder starb.
DE (hustet): Ich will nur helfen. (Pause: 2,7 Sekunden.) Es ist der zeitliche Ablauf, der mir Sorgen macht. Die Anhörungen, Valachis Aussage, Ruby. (Pause: 1,4 Sekunden.) Ich hatte Mordfälle mit mehreren Angeklagten. Ich habe gelernt, dem zeitlichen Ablauf –
RFK: Ich weiß, was Sie meinen. (Pause: RFK hustet.) Es kommt einiges zusammen. Die Anhörungen. Die von mir angeordneten Razzien. Die Exil-Kubaner-Lager, ja. Die Mafia hat die Exilanten unterstützt und damit hatten beide Gruppierungen ein Motiv. (Pause: 11,2 Sekunden.) Das gibt mir zu denken. Sollte das zutreffen, haben sie Jack getötet, um mir eins auszuwischen. (Pause: 4,8 Sekunden.) Wenn schon ... Scheiße ... hätten Sie mich ...
DE (hustet): Bob, es tut mir Leid.
RFK: Lassen Sie das Entschuldigen und die Husterei. Was Erkältungen angeht, bin ich momentan ziemlich empfindlich. (DE: lacht.)
RFK: Betreffs des Zeitablaufs haben Sie Recht. Die Abfolge der Ereignisse gibt mir zu denken. (Pause: 1,9 Sekunden.) Dann ist da noch was.
DE: Sir? Will sagen –
RFK: Einer von Hoffas Rechtsanwälten hat mich ein paar Tage vor Dallas angesprochen. Das war höchst eigenartig.
DE: Wissen Sie noch seinen Namen?
RFK: Littell. (Pause: 1,3 Sekunden.) Ich habe Nachforschungen angestellt. Er arbeitet für Carlos Marcello. (Pause: 2,3 Sekunden.) Lassen Sie gut sein. Marcello operiert von New Orleans aus.

DE: Ich setze mich gern mit meinen Quellen in Verbindung und –
RFK: Nein. So ist es am besten fürs Land. Kein Verfahren, keine Lügen.
DE: Nun, es gibt die Kommission.
RFK: Sie sind naiv. Hoover und Johnson wissen, was am besten fürs Land ist, und für sie ist das »Zukleistern«. (Pause: 2,6 Sekunden.) Denen ist das egal. Einigen liegt dran und anderen ist das egal. Alle Teil derselben öffentlichen Meinung.
DE: Mir liegt dran.
RFK: Das weiß ich. Aber reiten Sie nicht ständig drauf rum. Die Unterhaltung fängt allmählich an, mir peinlich zu werden.
DE: Entschuldig –
RFK: Jesus, nun fangen Sie nicht wieder an.
(DE: lacht.)
RFK: Werden Sie im Justizministerium bleiben? Das heißt, wenn ich zurücktrete?
DE: Das hängt vom Neuen ab. (Pause: 2,2 Sekunden.) Werden Sie zurücktreten?
RFK: Vielleicht. Fürs Erste lecke ich meine Wunden. (Pause: 1,6 Sekunden.) Johnson tritt vielleicht gemeinsam mit mir an. Ich würde gegebenenfalls annehmen, und anderweitig will man, dass ich mich in New York um Ken Keatings Senatssitz bewerbe.
DE: Meine Stimme haben Sie. Ich besitze einen Sommerwohnsitz in Rhinebeck.
(RFK: lacht.)
DE: Ich wünschte ganz einfach, ich könnte was tun.
RFK: Nun, ich fühle mich jetzt besser.
DE: Das freut mich.
RFK: Und Sie haben Recht. Der Zeitablauf wirkt irgendwie verdächtig.
DE: Ja, das ist –
RFK: Wir können meinen Bruder nicht mehr zurückholen, aber lassen Sie sich eines gesagt sein. Wenn die – (Gespräch wird von Schritten übertönt) – reif ist, greife ich durch, komme, was wolle.
(Türenschlagen & Schritte. Bandende.)

25 (Los Angeles, 9.1.64)

Er hatte Jane eine Brieftasche gekauft. Von Saks mit Monogramm.

Schmiegsames Ziegenleder. »j.f.« in Kleinbuchstaben.

Jane klappte die Seiten aus. »Du hattest Recht. Ich habe ihnen meinen Fahrausweis aus Alabama vorgelegt, und sie haben mir an Ort und Stelle einen neuen ausgehändigt.«

Littell lächelte. Jane lächelte und posierte. Sie lehnte sich ans Fenster. Sie schob eine Hüfte vor. Sie verstellte ihm die Aussicht.

Littell zog seinen Stuhl zu ihr. »Ich besorge dir einen Sozialversicherungsausweis. Du kriegst alles, was du an Identitätsnachweisen brauchst.«

Jane lächelte. »Wie wär's mit einem Masters Degree? Das BA-Vordiplom hast du mir bereits besorgt.«

Littell schlug die Beine übereinander. »Du könntest an die UCLA gehen und dir eines verdienen.«

»Wie wär's damit? Ich könnte meine Studien zwischen L.A., Washington und Vegas aufteilen, um mit meinem zigeunernden Liebhaber Schritt zu halten.«

Littell lächelte. »War das eine Spitze?«

»Eine schlichte Feststellung.«

»Du wirst unruhig. Für ein Leben im Müßiggang bist überqualifiziert.«

Jane drehte eine Pirouette. Jane ging tief nach unten und hob sich auf die Zehenspitzen. Sie war gut. Sie war graziös. Sie musste das mal gelernt haben.

»Einige Leute aus dem Unterschlupf sind verschwunden«, sagte Littell. »Das ist eher gut als schlecht.«

Jane zuckte mit den Schultern. Jane scherte tief aus. Ihr Rocksaum streifte den Boden.

»Wo hast du das gelernt?«

»Tulane«, sagte Jane. »Ich hab einer Tanzklasse die Buchhaltung besorgt, aber das steht nicht in meinem Studienbuch.«

Littell setzte sich auf den Boden. Jane glitt zu ihm.

»Ich will einen Job. Ich war eine gute Buchhalterin, und zwar schon bevor du mich hochgestuft hast.«

Littell streichelte ihr die Füße. Jane wackelte mit den Zehen.

»Du könntest mir was bei Hughes Aircraft besorgen.«

Littell schüttelte den Kopf. »Mr. Hughes ist stark gestört. Ich arbeite bereits auf gewisse Weise gegen ihn und will dich von der Seite meines Lebens fern halten.«

Jane nahm ihre Zigaretten. »Hast du andere Ideen?«

»Ich könnte dir bei den Teamstern Arbeit beschaffen.«

»Nein«, sagte Jane. »Das entspricht mir nicht.«

»Warum?«

Sie zündete eine Zigarette an. Ihre Hand zitterte.

»Darum. Ich find schon einen Job, mach dir keine Sorgen.«

Littell fuhr ihren Laufmaschen entlang. »Du schaffst weit mehr. Du wirst jeden, der mit dir zusammenarbeitet, ausstechen und in den Schatten stellen.«

Jane lächelte. Littell drückte ihre Zigarette aus. Er küsste sie. Er berührte ihr Haar. Er sah neue Grausträhnen.

Jane zog seine Krawatte auf. »Erzähl mir von der letzten Frau, mit der du zusammen warst.«

Littell putzte sich die Brille. »Sie hieß Helen Agee. Sie war die Freundin meiner Tochter. Ich bekam Schwierigkeiten mit dem FBI und Helen fiel dem als Erstes zum Opfer.«

»Hat sie dich verlassen?«

»Sie ist gegangen, ja.«

»Was waren das für Schwierigkeiten?«

»Ich hatte Mr. Hoover unterschätzt.«

»Mehr sagst du nicht?«

»Nein.«

»Was ist aus Helen geworden?«

»Sie arbeitet als Anwältin für die Rechtsberatungsstelle. Soweit ich weiß, tut das auch meine Tochter.«

Jane küsste ihn. »Wir müssen sein, wofür wir uns in Dallas entschieden haben.«

»Ja«, sagte Littell.

Jane schlief ein. Littell stellte sich schlafend. Littell stand langsam auf.

Er ging ins Büro. Er stellte sein Tonbandgerät auf. Er goss sich etwas Kaffee ein.

Er hatte Doug Eversall in die Mangel genommen. Er hatte ihn gestern angerufen. Er hatte ihn bedroht. Er hatte die Grenze überschritten.

Er hatte ihn gewarnt, bei Carlos anzurufen. Dass du ihm nicht sagst, was Bobby gesagt hat. Dass du Bobby nicht verpfeifst.

Er hatte ihn gewarnt. Er hatte gesagt, ich arbeite auf eigene Faust. Dass du mich nicht verscheißerst oder ich werd dich Mores lehren. Du hast alkoholisiert am Steuer gesessen und hast andere Menschen totgefahren. Dafür lass ich dich hochgehen. Ich lass nicht zu, dass Carlos Bobby wehtut.

Bobby verdächtigte die Jungs. Das bedeutete, dass Bobby BESCHEID WUSSTE. Nicht, dass Bobby das direkt gesagt hätte. Das brauchte Bobby nicht. Bobby wich dem Schmerz aus.

Mea culpa. Wirkung und Ursache. *Mein* Anti-Mafia-Kreuzzug hat meinen Bruder getötet.

Littell fädelte das Band ein – Bandkopie Nr. 2.

Er hatte eine Fälschung zurechtgestutzt. Die er Mr. Hoover per Kurierpost zukommen ließ. Die gewöhnliche Konversation hatte er beibehalten. Er hatte Statik dazugemischt. Er hatte Bobbys Mafia-Verdächtigungen herausgeschnitten.

Littell drückte auf *Play*. Bobby sprach. Der Kummer war deutlich zu merken. Seine Gutherzigkeit auch.

Der freundliche Bobby – schwatzt mit seinem klumpfüßigen Freund.

Bobby sprach. Bobby pausierte. Bobby sagte den Namen »Littell«.

Littell horchte. Littell stoppte die Pausen. Bobbys Stimme versagte. Bobby wusste *BESCHEID*. Bobby sprach es nicht aus.

Littell horchte. Littell *durchlebte* die Pausen. Die alte Angst stieg in ihm hoch. Und er begriff:

Du glaubst wieder an ihn.

DOKUMENTENEINSCHUB: 10.1.64. Wörtliches FBI-Telefontranskript. Bezeichnung: »AUFGENOMMEN AUF ANWEISUNG DES DIREKTORS.« / »VERTRAULICHKEITSSTUFE 1A: DARF NUR VOM DIREKTOR EINGESEHEN WERDEN.« Am Apparat: Direktor Hoover, Ward J. Littell.

JEH: Guten Morgen, Mr. Littell.
WJL: Guten Morgen, Sir.
JEH: Zum Band. Die Tonqualität war äußerst schlecht.
WJL: Ja, Sir.
JEH: Der Text war wenig erhellend. Wenn ich mich mit dem Fürsten der Finsternis über Airedale-Hunde unterhalten will, kann ich ihn jederzeit direkt anrufen.
WJL: Mein Informant war sehr unruhig, Sir. Er bewegte sich und verursachte Störungen.
JEH: Werden Sie's nochmal versuchen?
WJL: Unmöglich, Sir. Mein Informant konnte von Glück reden, dass er überhaupt einen Termin bekam.
JEH: Die Stimme Ihres Informanten klingt vertraut. Er klingt wie der invalide Rechtsanwalt, den der Fürst der Finsternis beschäftigt.
WJL: Sie haben ein vorzügliches Gedächtnis für Stimmen, Sir.
JEH: Ja. Und einige eigene Informanten habe ich auch.
WJL: Darunter mich.
JEH: Ich würde Sie nicht als »Informanten« bezeichnen, Mr. Littell. Dafür sind Sie zu begabt und zu vielseitig.
WJL: Danke, Sir.
JEH: Erinnern Sie sich an unser Gespräch vom 2. Dezember? Ich sagte, ich bräuchte einen Mann, der als »Gefallener Liberaler« gilt, und habe angedeutet, dass Sie das sein könnten.
WJL: Ja, Sir. Ich kann mich an das Gespräch erinnern.
JEH: Ich bin verstimmt wegen Martin Luther King und seiner nachhaltig unchristlichen Southern Christian Leadership Conference. Ich möchte die Gruppe gründlicher infiltrieren, und Sie sind der perfekte »Gefallene Liberale«, mir dabei zur Hand zu gehen.
WJL: Wie kann ich Sie unterstützen, Sir?
JEH: Ich habe bereits einen Informanten in der SCLC. Er hat dort die Fähigkeit unter Beweis gestellt, Akten über Polizisten,

Figuren des Organisierten Verbrechens und andere Notabeln aufzutreiben, die von linkslastigen Negern als Gegner empfunden werden. Ich plane, ihm eine Akte über Sie zuzuspielen. Die Akte wird Sie als entlassenen FBIler mit linken Tendenzen darstellen, die Sie, offen gesagt, nach wie vor zu überwinden haben.
WJL: Sie haben mich neugierig gemacht, Sir.
JEH: Sie haben Auftrag, sich der Bürgerrechtsbewegung geneigt zu zeigen, was Ihnen mit an Sicherheit grenzender Wahrscheinlichkeit keine besondere Verstellungskunst abverlangen wird. Sie werden der SCLC mehrere Summen gekennzeichneten Mafia-Geldes überreichen, in 10.000-Dollar-Raten, über einen längeren Zeitraum hinweg. Mein Ziel ist es, die SCLC zu kompromittieren und umgänglicher zu machen. Ihr Ziel ist es, der SCLC weiszumachen, dass Sie das Geld aus Mafia-Quellen abgezweigt haben, um Ihr schlechtes Gewissen wegen Ihrer Tätigkeit für Gangster zu besänftigen. Was Ihnen ebenfalls keine besondere Verstellungskunst abfordern wird. Ich bin überzeugt, Sie können sich auf die ambivalenten Seiten Ihres Charakters berufen und eine überzeugende Darbietung geben. Ich bin mir ebenso sicher, dass Sie Ihren Gangsterkollegen die laufenden Ausgaben als Vorbeugemaßnahme zur Vermeidung von Bürgerrechtsproblemen in Las Vegas zu vermitteln im Stande sind, was wiederum sowohl den Kollegen als auch Mr. Hughes zupasse kommen dürfte.
WJL: Ein kühner Plan, Sir.
JEH: Kühn ist er.
WJL: Dürfte ich um weitere Einzelheiten bitten?
JEH: Mein Informant ist ein Expolizeibeamter aus Chicago. Der über eine der Ihren entsprechende chamäleonartige Verwandlungskunst verfügt. Er hat sich der SCLC bestens angedient.
WJL: Sein Name, Sir?
JEH: Lyle Holly. Sein Bruder war beim FBI.
WJL: Dwight Holly. Er wurde in den Außendienst abgestellt, wenn ich mich richtig erinnere.
JEH: Richtig. Er arbeitet jetzt bei der Bundespolizeistelle für Drogenvergehen in Nevada. Ich glaube, dass er den Dienst

als enervierend empfindet. Ein florierender Drogenhandel käme seinem Geschmack mehr entgegen.
WJL: Und Lyle ist –
WJL: Lyle ist der impulsivere der beiden. Er trinkt mehr, als er sollte, und gibt sich als jovialer Bursche aus. Die Neger beten ihn an. Er ist überzeugt, der verquerst-liberalste Expolizeibeamte der Welt zu sein, ein Titel, den eigentlich Sie beanspruchen dürfen.
WJL: Sie schmeicheln mir, Sir.
JEH: Im Gegenteil.
WJL: Ja, Sir.
JEH: Holly wird Sie als Bekannten aus alten Polizeitagen in Chicago vorstellen und der SCLC Dokumente über Ihren Ausschluss aus dem FBI überreichen. Er wird Sie an einen Neger namens Bayard Rustin verweisen. Mr. Rustin ist ein enger Kollege von Mr. King. Er ist sowohl Kommunist als auch homosexuell und damit nach sämtlichen bürgerlichen Maßstäben ein höchst eigenartiger Vogel. Ich werde Ihnen einen zusammenfassenden Bericht über ihn zukommen lassen und veranlassen, dass Lyle Holly Sie anruft.
WJL: Ich werde auf seinen Anruf warten, Sir.
JEH: Noch Fragen?
WJL: Diesbezüglich nicht, nein. Aber ich möchte Sie um Erlaubnis bitten, mit Wayne Tedrow Senior im Namen von Mr. Hughes Kontakt aufzunehmen.
JEH: Genehmigt.
WJL: Danke, Sir.
JEH: Guten Tag, Mr. Littell.
WJL: Guten Tag, Sir.

DOKUMENTENEINSCHUB: 11.1.64. »Subversive Observierungssubjekte« – zusammenfassender Bericht über. Bezeichnung: »Chronologischer Ablauf / bekannte Fakten / Beobachtungen / Bezugspersonen / Mitgliedschaft in Subversiven Organisationen.« Subjekt: RUSTIN, BAYARD TAYLOR (schwarz, männlich, geb. 17.3.12, West Chester, Pennsylvania.) Zusammengestellt: 8.2.62.

SUBJEKT RUSTIN ist als heimtückischer Subversiver mit einer bemerkenswerten Vorgeschichte kommunistisch beeinflusster Verbindungen &, in Anbetracht seiner Zusammenarbeit mit sich vorgeblich dem politischen »Zentrum« zuordnenden Negerdemagogen wie MARTIN LUTHER KING & A. PHILIPP RANDOLPH, als entschiedene Bedrohung der Inneren Sicherheit einzustufen. SUBJEKT RUSTINS radikaler Quäker-Hintergrund & die Beziehung seiner Eltern zur NAACP (National Association for the Advancement of Colored People – Nationale Gesellschaft zur Beförderung der Interessen Farbiger Personen) lassen Rückschlüsse auf das Ausmaß einer früh einsetzenden radikalen Indoktrination zu (vgl. Anhang, Aktennr. 4189, betr. RUSTIN, JANIFER & RUSTIN, JULIA DAVIS).

SUBJEKT RUSTIN besuchte 1932–33 das Wilberforce College (eine Negerinstitution). Er verweigerte die Teilnahme an der Reserve-Offiziersausbildung beim ROTC (Reserve Officers Training Corps) & führte (unterstützt von zahlreichen kommunistischen Sympathisanten) einen Streik gegen die vorgeblich schlechte Qualität der Studentenmahlzeiten an. SUBJEKT RUSTIN wechselte Anfang 1934 zur Lehrerausbildungsstätte Cheyney State Teachers College (Pennsylvania). Zeit seines Aufenthalts an besagter Institution hatte er vermutlich Umgang mit zahlreichen bekannten subversiven Negern. 1936 wurde SUBJEKT RUSTIN von der Ausbildungsstätte gewiesen. Man geht allgemein davon aus, dass dies auf einen homosexuellen Zwischenfall zurückzuführen ist.

SUBJEKT RUSTIN zog ca. 1938–39 nach New York City. Er wurde Mitglied der so genannten »Neger-Intelligentsia«, studierte die Philosophie von MOHANDAS »MAHATMA« GANDHI & bezeichnete sich als »überzeugten Trotzkisten«. SUBJEKT RUSTIN (ein begabter Musiker) fraternisierte mit zahlreichen subversiven Weißen & Negern, darunter PAUL ROBESON, die inzwischen als Mitglieder von 114 als kommunistische Tarnorganisationen klassifizierten Gruppierungen eingestuft worden sind. (Vgl. Bezugspersonen, Anhang Aktennr. 4190.)

SUBJEKT RUSTIN wurde Mitglied der Young Communist League (YCL – Liga Junger Kommunisten) am New York City College (NYCC) & war regelmäßiger Besucher einer kommunistischen Zelle in der 146th Street. Er fraternisierte mit kommunistischen Volksliedsängern & führte eine YCL-inspirierte Protestkampagne gegen die Rassentrennung in den amerikanischen Streitkräften an. 1941 machte SUBJEKT RUSTIN die Bekanntschaft des Neger-Sozialagitators A. PHILIPP RANDOLPH (geb. 1889 – vgl. Akte Randolph, Aktennr. 1408, 1409, 1410). SUBJEKT RUSTIN beteiligte sich 1941 an der Organisation des nicht zustande gekommenen Negermarsches auf Washington & schloss sich der sozialistisch-pazifistischen Versöhnungsliga Fellowship of Reconciliation (FOR) & der Kriegsverweigerer-Liga War Resisters League (WRL) an. Dabei wurde er zum geübten Redner & Verbreiter sozialistisch-kommunistischer Propaganda.

SUBJEKT RUSTIN ließ sich bei der für ihn zuständigen Aushebungsbehörde (Harlem, New York) als Dienstverweigerer aus Gewissensgründen registrieren & erhielt Befehl, sich am 13. 11. 43 der körperlichen Untersuchung zu stellen. SUBJEKT RUSTIN schickte eine Verweigerungsmitteilung (vgl. Anhang, Duplikat Nr. 19) & wurde am 12. 1. 44 festgenommen. Er wurde angeklagt & wegen Verletzung des Selektiven Dienstverpflichtungsgesetzes verurteilt (vgl. Anhang, Akten Nr. 4191 betr. Gerichtsprotokoll) & kam 3 Jahre in die Bundesstaatliche JVA Ashland, Kentucky. SUBJEKT RUSTIN leitete mehrere Aktionen zur Aufhebung der Rassentrennung im Gefängnisspeisesaal & wurde in die JVA Lewisburg (Pennsylvania) verlegt. SUBJEKT RUSTIN wurde begnadigt (06. 46) & Vortragsredner für die FOR-Versöhnungsliga. 1946 & '47 nahm er an mehreren kommunistisch inspirierten Versuchen (Journey of Reconciliation / »Versöhnungsreise«) zur Aufhebung der Rassentrennung auf zwischenstaatlichen Buslinien teil. 11. 47 schloss sich SUBJEKT RUSTIN dem »Komitee gegen Rassendiskriminierung im Armeedienst« / Comitee Against Jim Crow in Military Service & Training an & riet jugendlichen Negern, sich der Einberufung zu widersetzen (vgl. Anhang, Aktennr. 4192, wg. Mitgliederliste & Querverweisen auf Mitgliedschaft in kommunistischen Tarnorganisationen).

SUBJEKT RUSTIN bereiste längere Zeit Indien (1948–'49), kehrte in die Vereinigten Staaten zurück & saß eine Gefängnisstrafe von 22 Tagen wegen seiner subversiven Aktivitäten bei der »Versöhnungsreise« ab. Er verbrachte längere Zeit

(1950, '51, '52) in Afrika, wo er aufständische & nationalistische Negerbewegungen studierte. Am 21.1.53 wurde SUBJEKT RUSTIN in Pasadena, Kalifornien, wegen Verletzung der öffentlichen Moral festgenommen (vgl. Anhang, Aktennr. 4193 wg. Festnahme- & Gerichtsprotokoll). SUBJEKT RUSTIN wurde des gemeinschaftlichen homosexuellen Beischlafs mit 2 weißen Jugendlichen in geparktem Kfz beschuldigt. SUBJEKT RUSTIN plädierte schuldig & saß 60 Tage in der Bezirks-JVA Los Angeles County ab. SUBJEKT RUSTINS Homosexualität ist wohl bekannt & setzt angeblich die vermeintlich aus dem politischen »Zentrum« heraus agierenden Neger-»Führer«, die sich seine Fähigkeiten als Organisator & Redner zunutze machen, in Verlegenheit.

Der Zwischenfall vom 21.1.53 hatte SUBJEKT RUSTINS Ausschluss aus der »Versöhnungsliga« zur Folge. SUBJEKT RUSTIN zog nach New York City & schloss Freundschaften im stark bohemehaften & links beeinflussten Milieu von Greenwich Village. Er schloss sich erneut der Kriegsverweigerer-Liga an & reiste wieder nach Afrika & studierte nationalistische Negerbewegungen. SUBJEKT RUSTIN kehrte in die Vereinigten Staaten zurück & begegnete STANLEY LEVISON, einem kommunistisch indoktrinierten Berater MARTIN LUTHER KINGS (vgl. Aktennr. 5961, 5962, 5963, 5965, 5966). LEVISON stellte SUBJEKT RUSTIN KING vor. SUBJEKT RUSTIN beriet KING bei der Durchführung des Busboykotts von Montgomery 1955–56 (vgl. Zentralindex wg. Einzelakten btr. Boykottbeteiligter). SUBJEKT RUSTIN wurde daraufhin vertrauter Berater KINGS & soll KINGS pazifistisch-sozialistisch-kommunistisches Programm gezielter Störungen zur Herbeiführung gesellschaftlichen Aufruhrs mit beeinflusst haben. SUBJEKT RUSTIN entwarf das Programm zur Gründung der Southern Christian Leadership Conference (SCLC), des Leitungskomitees Südstaatlicher Christen, dessen Leitung KING an einer Kirchenkonferenz in Atlanta (10.–11.1.57) übernahm. (Vgl. Anhang, Aktennr. 4194 & elektronische Überwachungsakte 0809.) KING wurde am 14.2.57 zum Leiter der SCLC gewählt und blieb bis heute (8.2.62) an der Macht.

SUBJEKT RUSTIN schloss sich dem American Forum (1947 als kommunistische Tarnorganisation eingestuft) an & plante den als »Pilgerreise des Gebets« bezeichneten Marsch der SCLC / NAACP auf Washington (17. 5. 57). Der Marsch hatte 30.000 Teilnehmer, darunter zahlreiche Negerberühmtheiten (vgl. Überwachungsfilme Nr. 0704, 0705, 0706, 0708). SUBJEKT RUSTIN organisierte 10. 58 den Youth March for Integrated Schools, den »Jugendmarsch für Integrierte Schulen«. Bzgl. vorerw. Marsch: Teilnehmer A. PHILIPP RANDOLPH griff DIREKTOR HOOVER öffentlich wegen dessen Bemerkung an, dass es sich bei besagtem Marsch um eine »kommunistisch-inspirierte Propagandaaktion« handle. SUBJEKT RUSTIN führte 4. 59 einen zweiten »Jugendmarsch« durch (vgl. Überwachungsfilme 0709, 0710, 0711).

SUBJEKT RUSTIN lehnte (Anfang 1960) das Angebot, hauptberuflich für die SCLC tätig zu werden, ab. Er blieb bis dato (8. 2. 62) ein entschiedener Kritiker demokratischer Institutionen & hat weiterhin MARTIN LUTHER KING bei dessen sozialistischen Absichten unterstützt, wobei er als Berater & Organisator von SCLC-Aktivitäten in Erscheinung tritt. SUBJEKT RUSTIN gilt als Leiter des informellen SCLC-Planungsrats & als führender Stratege bei KINGS Aufstieg zum prominenten Demagogen & Betreiber gesellschaftlicher Unruhe. Er hat Weiße- & Neger-Demonstranten bei den Sit-In-&-Freedom-Ride-Demonstrationen von 1960–61 strategisch eingesetzt & unterhält freundschaftliche Beziehungen zu insgesamt 94 Mitgliedern nachweislich kommunistischer Tarnorganisationen (vgl. Index Bezugspersonen Nr. 2). Zusammenfassend muss SUBJEKT RUSTIN als hochgradig gefährlich für die Innere Sicherheit eingestuft werden & sollte periodischen Überwachungen & evtl. Post- & Müllkontrollaktionen unterzogen werden. (Hinweis: Anhangsakten, Filme & Bandaufnahmen nur für Zulassungsstufe 2 mit Zustimmung von Vizedirektor Tolson einzusehen.)

26 (Las Vegas, 12. 1. 64)

Observierungen:
Vor Ort. Unterwegs. Langweilige Observierungssubjekte. Beschattungsdienst – fünf volle Tage hintereinander.
Webb Spurgeon wohnte hinter dem Tropicana. Webb Spurgeons Haus lag direkt am Golfplatz. Webb Spurgeon lebte unauffällig. Webb Spurgeon pflegte zu Hause zu bleiben. Webb Spurgeon chauffierte den Sohn durch die Gegend.
Wayne schaute auf die Haustür. Wayne kämpfte gegen den Vor-Ort-Beschattungsblues an.
Er gähnte. Er kratzte sich am Hintern. Er pinkelte in eine Milchkanne. Der Wagen stank. Er traf immer wieder daneben. Er bespritzte gelegentlich das Armaturenbrett.
Spurgeon war zum Gähnen. Duane Hinton zum Einschlafen. Eldon Peavy zum tuntenhaften Wegdösen. Der Job war Scheiße. Buddy Fritsch hatte Sauereien angefordert. Pete hatte ihn dazu angestiftet. Fritsch hatte Butch Montrose getroffen – das Ganze stank nach Schmiergeld.
Der Job war Scheiße. Er kniete sich trotzdem rein. Er mischte sich unauffällig unter die Menge. Er wurde jedem Observierungssubjekt gerecht.
Hinton blieb daheim. Hinton fuhr zu seinen Baustellen. Peavy arbeitete bei Monarch-Taxi. Der Job war Scheiße. Wayne kniete sich rein. Wayne arbeitete zwanzig Stunden pro Tag.
Lynette nervte. Lynette nahm ihn schwer in die Mangel. Lynette hatte seine Zeitungssammlung über Dallas gefunden. Er hatte gelogen. Er hatte gesagt, lass mich in Ruhe. Er hatte gesagt, es geht um Durfee und Moore – ich will einfach auf dem Laufenden bleiben.
Sie hatte ihn überführt. Sie hatte ihm seine Lügen nachgewiesen. Sie hatte ihn in die Flucht getrieben. Er kniete sich

in seinen Scheiß-Beschattungsjob rein. Er witterte Möglichkeiten.

Allfällige Sauereien verstecken. Fritsch und Pete reinlegen – einen falschen Bericht abgeben. So tun als ob. Wichtiges selber ablegen. Sich in der Sultans Lounge verstecken. Sich vor der eigenen Frau verstecken. Sich vor Wayne Senior und dessen Fick-Film verstecken.

Wayne gähnte. Wayne streckte sich. Wayne kratzte sich an den Eiern. Webb Spurgeon kam zur Türe raus. Webb Spurgeon schloss die Eingangstür ab. Webb Spurgeon gab mit seinem Olds 88 Gas.

Eintragen: 14:21.

Spurgeon fuhr nach Süden. Wayne fuhr hinterher. Spurgeon fuhr auf die I-95. Wayne wechselte in die Überholspur. Beide fuhren sie über 80 km/h.

Spurgeon gab Zeichen. Der Winker blinkte. Er bog vom Freeway ab. Er bog auf die Henderson-Abfahrt Nr. 1 ab. Er fuhr über Seitenstraßen. Wayne ließ ihm ein bisschen Luft.

Sie gelangten zum Mormonen-Tempel. Wayne trug die Zeit ein: 14:59.

Spurgeon ging rein. Wayne parkte um die Ecke. Die Observierungszeit zog sich hin.

Dreizehn Minuten. Vierzehn / fünfzehn.

Spurgeon kam raus. Wayne trug die Zeit ein: 15:14.

Sie fuhren zurück. Sie kreuzten die 95th Street, Richtung Norden. Sie bogen mit zwei Wagenlängen Abstand in die Straße ein. Wayne ließ sich zurückfallen. Wayne gab ihm Spielraum. Wayne beschattete aus der Distanz.

Sie fuhren zurück nach Vegas. Sie hielten bei der Jordan High School an. Eigenartig – Webb Junior ging auf die LeConte.

Spurgeon parkte. Wayne parkte zwei Parkplätze weiter.

Jugendliche gingen vorbei. Spurgeon deckte sein Gesicht ab. 16:13.

En Mädchen kommt. Besagtes Mädchen sieht sich um. Besagtes Mädchen steigt bei Daddy-O ein.

Spurgeon fuhr los. Wayne zog die Schlinge zu. Wayne fuhr ziemlich dicht hinterher. Das Mädchen beugte sich nieder. Der Wagen fuhr Zickzack. Das Mädchen setzte sich wieder auf.

Sie wischte sich die Lippen. Sie brachte ihr Make-up in Ordnung. Sie rückte sich das Haar zurecht.
Sie kreuzten die 95th nach Süden. Sie bogen zum Hoover-Damm ab. Sie fuhren durch die Hinterwäldler Sticks. Der Verkehr löste sich auf. Wayne ließ sich zurückfallen.
Spurgeon bog nach links ab. Spurgeon fuhr eine Naturpiste hoch. Wayne parkte. Wayne griff zum Feldstecher.
Er richtete ihn aus. Er suchte das Sehfeld ab. Er entdeckte eine Naturholzhütte. Der Wagen fuhr ins Bild. Das Mädchen stieg aus. Sie war höchstens sechzehn Jahre alt. Jede Menge Pickel und Haarlack.
Spurgeon stieg aus. Das Mädchen sprang ihn an. Sie gingen in die Hütte. Wayne trug die Zeit ein: 17:09. Wayne trug Unzucht mit Minderjähriger und Kuppelei ein – beides gewaltlose Schwerverbrechen.
Wayne schaute auf die Hütte. Wayne schaute auf die Uhr. Wayne holte die Leica hervor. Wayne baute das Stativ auf. Wayne setzte den Zoomadapter ein.
Sie fickten volle 51 Minuten. Wayne fotografierte ihre Abschiedsumarmung. Sie küssten sich lang und feucht. Er erwischte sie mit verschlungenen Zungen.

Wayne parkte bei Monarch-Taxi. Wayne notierte 18:43.
Die Baracke stand schief. Das Dach war eingesackt. Das angefaulte Holz ächzte. Der Parkplatz war staubig. Die Wagen waren alt – ausschließlich dreifarbene Packards.
Wayne schaute zum Fenster. Eldon Peavy disponierte die Taxen. Eldon Peavy betrieb den Sprechfunk. Eldon Peavy legte Solitaire.
Fahrer kamen vorbei. Wayne erkannte drei Kriminelle – alles Schwuchteln. Einer war an Mord vorbeigeschrammt. Besagte Type hatte einen Transi bei einem Transvestitenball abgestochen. Besagte Type hatte Notwehr nachgewiesen.
Die Taxen fuhren los. Die Zylinder klopften. Die Schalldämpfer schepperten. Aus dem Auspuff drang dichter Rauch. Das Monarch-Zeichen *leuchtete*:
Ein kleiner Mann mit großer Krone. Und roten Spielwürfel-Zähnen.
Wayne gähnte. Wayne streckte sich. Wayne kratzte sich an

den Eiern. Er war in Nord Las Vegas oben. Heute traten die Bondsmen auf. Barb trug meist ihr blaues Abendkleid.

Ein Taxi fuhr los. Wayne fuhr hinterher. Das Observieren beim Fahren belebte ihn wieder. Nacht-Beschattungen machten Spaß. Insbesondere das Taxen-Beschatten – das Taxizeichen war klar zu erkennen.

Wayne blieb dicht dran. Die Taxe nahm die Owens-Street. Sie fuhren am Paiute-Friedhof vorbei. Sie gelangten nach West Las Vegas.

Der Verkehr war dicht. Ein Wagen drängte sich hinters Taxi. Wayne schwenkte aus und wechselte die Spur. Es war windig. Es war kalt. Trockene Büsche trieben im Wind.

Sie fuhren an der Owens, Ecke H-Street vorbei.

Die Bars waren voll. Die Schnapsläden hatten Hochbetrieb. Schnapsbrüder und Straßenverkauf.

Da – das Taxi bremst ab – vor dem Cozy Nook.

Das Taxi hielt. Das Taxi blieb im Leerlauf stehen. Der Fahrer hupte. Wayne, mit laufendem Motor, wartete weiter hinten. Wayne sah vier Neger rauskommen.

Sie sahen das Taxi. Sie rannten drauf zu. Sie zeigten Geldscheine vor. Der Fahrer verteilte kleine Päckchen. Die Neger zahlten bar. Die Neger packten Benzedrin-Rollen aus.

Sie hoben ihre Flaschen. Sie spülten die Pillen runter. Sie machten ein paar Tanzschritte. Sie schüttelten sich und gingen wieder ins Nook.

Das Taxi fuhr los. Wayne fuhr hinterher. Das Taxi erreichte Lake Mead, Ecke D-Street. Da – das Taxi bremst – vor dem Wild Goose.

Am Straßenrand wartet eine Schlange – sechs Neger – die alle nach Narki aussehen. Das Taxi hielt. Der Fahrer verkaufte Bennies. Die Neger schüttelten sich und gingen wieder ins Goose.

Das Taxi fuhr los. Wayne fuhr hinterher. Das Taxi erreichte die Gerson Park Siedlung. Ein Mann stieg ein. Das Taxi fuhr los. Wayne fuhr hinterher. Wayne beschattete aus nächster Nähe.

Da – das Taxi bremst – vor der Jackson, Ecke E-Street. Der Fahrer parkte. Der Fahrer stolzierte mit schwingenden Hüften in die Skip's Lounge.

Der Fahrer trug Rouge. Der Fahrer trug Augen-Make-up. Der Fahrer gab sich ganz *femme fatale*. Wayne stoppte den Aufenthalt: exakt 6'24".

Der Fahrer stolzierte raus. Der Fahrer wiegte sich in den Hüften und ließ Säcke baumeln. Besagter Fahrer schleppte *Münzsäcke* mit. Besagter Fahrer betatschte sie. Und schmiss sie in den Kofferraum.

Offensichtlich: Hinterzimmer-Glücksspielautomaten – illegal – von Monarch-Taxi betrieben.

Das Taxi fuhr los. Das Taxi wendete. Wayne fuhr dicht hinterher. Da – das Taxi bremst ab – vor dem Evergreen Project.

Der Passagier stieg aus. Das Taxi fuhr nach Norden. Das Scheinwerferlicht strich über geparkte Wagen.

Da – ein geparkter Cadillac / ein tief geducktes weißes Gesicht. Mist – Pete Bondurant – der sich klein macht.

Wayne konnte ihn kurz erkennen – dann war er dran vorbei – puff und *adieu*.

Wayne beschattete das Taxi. Das Bild blieb haften – Pete am Steuer. Pete in der Schwarzenstadt – das hatte was zu bedeuten – aber was?

Das Taxi fuhr zu Monarch zurück. Wayne fuhr im weiten Abstand hinterher. Wayne parkte auf dem üblichen Observierungsplatz.

Er gähnte. Er streckte sich. Er pinkelte in die Kanne. Die Zeit schleppte sich. Die Zeit kroch. Die Zeit verlief in Kreisen.

Wayne schaute zum Fenster.

Eldon Peavy erledigte Telefonate. Eldon Peavy schmiss sich Pillen rein. Eldon Peavy legte Solitaire.

Fahrer kamen rein. Fahrer saßen rum. Fahrer kamen raus. Sie spielten Karten. Sie würfelten. Sie machten sich fein.

Die Zeit blieb stehen. Wayne gähnte. Wayne streckte sich. Wayne bohrte in der Nase.

Eine Limousine fuhr vor. Weißwandreifen und Schmutzfänger / Kunstlederdachbezug. Wayne trug die Zeit ein: 02:03.

Peavy kam raus. Peavy stieg ein. Die Limousine fuhr nach Süden. Wayne fuhr hinterher. Sie gelangten zum Strip. Sie hielten vor dem Dunes.

Die Limousine blieb mit laufendem Motor beim Eingang

stehen. Wayne wartete drei Wagen weiter hinten. Drei Tunten tauchten auf. Die Muskeln und Frisuren musste man gesehen haben. Das sah nach Tänzer-Schickimickis aus.

Sie staunten die Limousine an. Sie taten begeistert und stiegen ein. Die Limousine fuhr los.

Wayne fuhr hinterher. Sie gelangten zum McCarran-Flughafen. Die Limousine parkte an einem Außentor. Wayne parkte vier Wagen weiter hinten.

Peavy stieg aus. Peavy ging zu Fuß. Wayne hatte gute Sicht.

Peavy spaziert dem Zaun entlang. Peavy erreicht den Haupteingang. Ein Flug landet. Touris steigen aus.

Wayne schaute zu. Wayne gähnte. Wayne streckte sich. Peavy kam zurück. Mit zwei Männern im Schlepptau. Die dicht hinter ihm hergingen.

Wayne rieb sich die Augen. Wayne sah genauer hin. Mist – Rock Hudson und Sal Mineo.

Peavy grinst. Peavy knackt einen Popper. Rock und Sal schnüffeln. Sie grinsen. Sie kichern erwartungsvoll. Sie steigen in die Limousine. Peavy hilft ihnen. Er fasst sie am Hintern an und stützt.

Die Limousine fuhr los. Wayne fuhr hinterher. Wayne kam auf Auspuffhöhe ran. Ein Fenster glitt runter. Er sah Rauch. Er roch Marihuana.

Sie erreichten Nord Las Vegas. Sie erreichten das Golden Cavern Hotel. Die Schönlinge steigen aus. Rock und Sal schwanken.

Lynette stand auf Rock – wenn die wüsste.

Duane Hinton wohnte beim Sahara. Wayne trug die Zeit ein – 03:07 – die Spät-*Spät*schicht.

Er parkte. Er wurde die Milchkanne los. Er gähnte. Er streckte sich. Er kratzte sich.

Hintons Haus war neu – Fertigbauweise – ein Fenster war hell. Ein Fernsehtestbild – Flaggen und geometrische Muster – Fernsehstation KLXO.

Wayne schaute zum Fenster. Die Zeit verstrich. Die Zeit verrann. Die Zeit verging. Der Fernseher verlöschte. Ein Zimmerlicht ging an. Hinton kam raus.

Wayne trug die Zeit ein: 03:41.

Hinton trug Arbeitskleidung. Wahrscheinlich Fahrt zu einem Laden – Food King hatte die ganze Nacht geöffnet. Hinton gab mit seinem Lieferwagen Gas. Hinton fuhr in die Straße. Hinton fuhr gen Norden.

Spät-Observierungen waren Scheiße. Wayne hasste sie – kein Verkehr / keine Deckung.

Wayne wartete. Wayne stoppte zwei volle Minuten ab. Wayne gab Hinton Vorlauf und sorgte für Sicherheitsabstand. 1'58". 1'59" – jetzt –

Er drehte den Zündschlüssel. Er fuhr nach Norden. Er holte auf. Er holte Hinton ein.

Sie fuhren am Food King vorbei. Wayne ließ sich zurückfallen. Hinton hielt nach Westen – von der Fremont zur Owens.

Sie gerieten in Verkehr. Wayne schloss dicht auf. Sie kamen nach West Las Vegas. Sie gerieten in noch mehr Verkehr – Zuhälterwagen und Klapperkisten – Neger-Nachtvögel auf Beutesuche.

Hinton hielt. Da – er bremst – vor der Owens, Ecke H-Street. Vor Woody's Club. Einem berühmten Nachtgrill. Bekannt für Frittiertes.

Hinton parkte. Hinton ging rein. Wayne parkte um die Ecke. Ein Tippelbruder kam zum Wagen.

Er verbeugte sich. Er machte Watusi-Tanzschritte. Er seifte die Vorderscheibe ein. Wayne drehte die Fensterwischer an. Der Tippelbruder zog den Hintern blank. Alki-Zuschauer klatschten Beifall.

Wayne kurbelte das Fenster runter. Keine gute Idee – es stank. Er roch Kotze. Er roch Hühnerfett. Er kurbelte das Fenster hoch.

Hinton kam raus. Hinton hielt die Tür auf. Hinton hatte eine Nutte am Arm. Sie war dunkelhäutig. Sie war fett. Sie wirkte zugeknallt.

Sie gingen zum Lieferwagen. Sie stiegen ein. Sie fuhren um die Ecke. Wayne drehte die Lichter ab. Wayne fuhr hinterher. Wayne blieb dicht dran.

Sie hielten an. Sie parkten. Sie gingen über ein leeres Grundstück. Unkraut und Gestrüpp. Trockenes Buschwerk. Ein Trailer-Wohnwagen auf Böcken.

Wayne wartete und fuhr an den Straßenrand. Wayne parkte zehn Meter weiter hinten. Die Nutte schloss den Trailer auf. Hinton stieg ein. Hinton fummelte an was rum.
Vielleicht eine Flasche. Oder eine Kamera. Oder ein Sexspielzeug.
Die Nutte ging rein. Die Nutte zog die Tür zu. Ein Licht wurde an- und wieder ausgeknipst.
Wayne sah auf die Stoppuhr. Zwei langsame Minuten zogen sich hin. Abwarten, bis sie ihre Fick-Bemühungen hinter sich haben.
Da – nach 2'6":
Der Trailer bewegt sich. Die Blöcke wackeln. Beide sind fett. Der Trailer aus dünnem Blech.
Das Wackeln hörte auf. Wayne stoppte den Fick: 4'8".
Das Licht wurde angeknipst. Lichtblitze aus einem Fenster. Blaue Blitze – wie bei Blitzlichtlampen.
Wayne gähnte. Wayne streckte sich. Wayne kratzte sich an den Eiern. Wayne wurde seinen Pinkelbecher los. Der Trailer wackelte – maximal eine Minute – das Licht ging aus.
Hinton kam raus. Hinton stolperte. Hinton fummelte an was rum. Er rannte über den Parkplatz. Er ging zu seinem Kastenwagen. Er ließ ordentlich die Reifen quietschen.
Wayne machte das Abblendlicht an. Wayne fuhr hinterher. Wayne gähnte und rieb sich die Augen. Die Straße kippte nach unten – kleine Pünktchen klatschten an die Vorderscheibe – was denn? / was denn?
Der Wagen schlingerte. Er geriet ins Rutschen. Er überfuhr ein Rotlicht. Er stand auf der Bremse. Er verbockte die Kupplung und würgte den Motor ab.
Der Lieferwagen fuhr über einen Hügel. Der Lieferwagen verschwand mit Karacho. Duane Hinton – außer Sichtweite.
Wayne drehte den Zündschlüssel um. Wayne stieg aufs Gas. Der Motor soff ab. Wayne wartete zwei Minuten. Er drehte den Schlüssel erneut. Er gab laaaaaaangsam Gas.
Der Motor sprang an. Er gähnte und fuhr los. Die ganze Welt war schläfrig und verschwammmmmm.

Es dämmerte. Wayne legte sich voll angezogen ins Bett. Lynette bewegte sich. Wayne stellte sich schlafend.

Sie berührte ihn. Sie spürte seine Kleider. Sie nahm ihm die Pistole ab.

»Macht dir das Spaß? Dich vor deiner Frau zu verstecken, meine ich?«

Er gähnte. Er streckte sich aus. Er schlug am Kopf des Bettes an.

»Rock Hudson ist schwul«, sagte er.

»Was war in Dallas?«, fragte Lynette.

Er schlief. Er schlief gut zwei Stunden. Er wachte benommen auf. Lynette war weg. Nichts war in Dallas.

Er schmierte sich einen Toast. Er trank Kaffee. Er fuhr wieder hin. Er parkte hinter Hintons Haus. Er sah sich auf dem Hinterhof um.

In der Seitenstraße herrschte Stoßverkehr – auf dem Nachbargrundstück wurde gebaut. Sein mieser Wagen passte gut rein.

Er sah sich die Auffahrt an. Wie immer Hintons Lieferwagen / Deb Hintons Impala. Die Observierungszeit eintragen: 09:14.

Wayne schaute das Haus an. Wayne gähnte und kratzte sich. Wayne pinkelte den Morgenkaffee raus. Die Arbeiter verlegten Gipskartons – sechs Mann mit Elektrowerkzeug – Sägen surrten und Nietenhämmer klopften.

10:24:

Deb Hinton kommt raus. Deb Hinton fährt los. Deb Hintons Impala schlägt und quietscht.

12:08:

Die Arbeiter machen Mittag. Sie steigen in ihre Wagen. Sie nehmen ihre Lunchbehälter und Sandwichtüten.

14:19:

Duane Hinton kommt raus.

Er geht durch den Hinterhof. Er hat ein paar Kleidungsstücke in der Hand. Die, die er gestern Nacht anhatte. Er geht zum Zaun. Er stopft sie in einen Verbrennungsofen. Er zündet ein Streichholz an.

HERRGOTT-SCHEISS-JESUS-CHRISTUS.

Wayne fuhr zur Owens, Ecke H-Street. Wayne parkte beim Woody's Club.

Er öffnete den Kofferraum. Er holte eine Brechstange raus. Er ging um den Block – die Straße war ausgestorben – null Augenzeugen nirgendwo.

Er ging übers Grundstück. Er klopfte an den Trailer. Er blickte sich um – immer noch keine Augenzeugen.

Er stemmte sich aufs Brecheisen. Er brach das Schloss auf. Er ging rein. Er roch Blut. Er zog rasch die Tür zu.

Er tastete die Wände ab. Er fand einen Schalter. Er schaltete das Deckenlicht ein.

Sie war tot. Auf dem Boden / einsetzende Totenstarre / Maden auf dem Sprung. Platzwunden / Kopfwunden / eingeschlagene Wangenknochen.

Hinton hatte sie geknebelt. Hinton hatte ihr einen Gummiball in den Mund gezwängt.

Blut floß aus ihrem Ohr. Blut floß aus ihrer Augenhöhle. Ein Auge weg. Schrot auf dem Boden. Schrot, das in ihrem Blut schwamm.

Hinton hatte Schlaghandschuhe angehabt. Der Handflächenstoff war aufgeplatzt. Das Schrot war herausgespritzt.

Wayne atmete durch. Wayne ging den Blutspuren nach. Wayne deutete die Spritzspuren.

Er rutschte auf einem Vorleger aus. Er war auf das Auge getreten.

Acht tätliche Angriffe. Ein Totschlag.

Er hatte den Mord *gehört*. Und ihn als Fick Nr. 2 interpretiert. Ein vorsätzlicher Mord. Der auf fahrlässige Tötung hinauszulaufen schien. Hinton war Weißer. Hinton hatte Beziehungen. Hinton hatte eine *farbige* Nutte umgebracht.

Wayne fuhr zurück. Wayne dachte alles durch. Der Fall wurde immer klarer.

Die Opfer der tätlichen Angriffe hatten Klage erhoben. Sie hatten angegeben, der Mann habe sie fotografiert. *Er* hatte die Blitzlichter aufblitzen sehen. *Er* kannte die Vorgehensweise. Er war total erschöpft gewesen. Er hatte nicht kapiert.

Er hatte versagt. *Er* war der Nutte was schuldig. Scheiß auf die Kosten.

Wayne parkte in der Seitenstraße. Wayne beobachtete das Haus. Arbeiter schrien. Sägen surrten. Niethämmer klopften.

Wayne pinkelte. Wayne verfehlte die Pisskanne. Wayne bespritzte den Sitz.

Die Zeit raste. Er beobachtete das Haus. Er behielt die Ausfahrt im Auge. Die Zeit verging im Flug. Es dämmerte. Die Arbeiter machten Feierabend.

Sie stiegen in ihre Autos. Sie fuhren los. Sie hupten einander zum Abschied zu. Wayne wartete. Die Zeit zauderte und zögerte.

18:19:

Die Hintons kommen raus. Sie schleppen Golftaschen. Wahrscheinlich ein Nachtgolfspiel. Auf dem Golfplatz beim Sahara.

Sie fahren los. In Debs Impala. Duanes Lieferwagen bleibt stehen.

Wayne wartete zwei Minuten ab. Wayne nahm sich zusammen. Wayne stand auf und streckte sich.

Er ging hin. Er stellte sich vor den Zaun. Er schwang sich drüber. Er landete hart. Er zerkratzte sich die Hände und wischte sie ab.

Er rannte auf die Veranda. Die Tür wirkte schwach. Das Schloss wackelte. Er rüttelte an der Tür. Er erzwang sich Spielraum. Er drückte das Schloss weg.

Er öffnete die Tür. Er geriet in eine Waschküche. Waschmaschine / Trockner / Wäscheleine. Licht, durchs Fenster eindringend – und eine Verbindungstür.

Wayne trat ein. Wayne zog die Tür zu. Lose Planken standen vor. Wayne stieß mit den Füßen dran.

Er nahm sich die Innentür vor. Er drehte vorsichtig am Knauf. Treffer – unverschlossen.

Er betrat die Küche. Er prüfte die Uhrzeit. *Das darf maximal zwanzig Minuten dauern.*

18:23:

Küchenschubladen – nichts Besonderes – Besteck und Rabattmarken.

18:27:

Das Wohnzimmer – nichts Besonderes – jede Menge Walnussholz.

18:31:

Der Salon – nichts Besonderes – Sportflinten und Bücherschränke.

18:34:
Hintons Büro – genau prüfen – ein logischer Ort.
Aktengestelle / Aktenordner / ein Schlüsselring am Haken.
Kein Wandsafe / ein gerahmtes Foto – Hinton und Lawrence Welk.
18:39:
Das Schlafzimmer – nichts Besonderes – noch mehr Walnussholz. Kein Wandsafe / kein Bodensafe / keine losen Dielen.
18:46:
Der Keller – gründlich arbeiten – ein logischer Ort.
Elektrowerkzeuge / eine Werkbank / *Playboy*-Magazine. Ein Schrank – verschlossen. Der Schlüsselring – klar doch – am Haken.
Wayne rannte nach oben. Wayne nahm den Ring. Wayne rannte nach unten. Wayne versuchte, die Schlüssel ins Schloss zu stecken.
18:52:
Schlüssel Nr. 9 greift. Die Tür öffnet sich. Der Schrank geht auf.
Er sah eine Schachtel. Das war's, mehr war nicht. Er überprüfte den Inhalt.
Handschellen. Gummibälle. Isolierband. Schlägerhandschuhe. Eine Polaroidkamera. Sechs Rollen Film. Vierzehn Schnappschüsse:
Geknebelte und zusammengeschlagene Negernutten – acht nachweisliche Opfer plus sechs.
Außerdem:
Unbenutzter Film. Eine Rolle. Zwölf Bilder. Zwölf potenzielle Fotos.
Wayne leerte die Schachtel. Wayne machte den Boden frei. Wayne breitete den Mist aus. Schnell fotografieren. Zurücklegen. *Hinlegen, wie du's gefunden hast.*
Er legte den Film ein. Er machte zwölf Bilder. Sie entwickelten sich und wurden sichtbar.
Sofortbilder – in Polaroid-Color.
Er schoss Hintons Fotos – in vier separaten Aufnahmen – aus nächster Nähe. Er knipste die Gummiball-Knebel. Er knipste die Platzwunden. Er knipste die ausgeschlagenen Zähne und das Blut.

27 (Las Vegas, 14.1.64)

Im Nigger-Himmel:
Vier Schwarze / vier Pillen / eine Nadel.
Sie hatten den Wagenabstellplatz besetzt. Neben einem alten Mercury. Sie hatten rote Seconal-Kapseln ausgebreitet. Sie kratzten das klebrige Zeug raus.
Sie benetzten es. Sie kochten es auf. Sie zogen es in Spritzen hoch. Sie banden sich den Arm ab. Sie verpassten sich den Schuss. Sie fielen vornüber. Sie ließen den Kopf fallen. Sie schwankten.
Beeeeeeeeeeestens.
Pete schaute zu. Pete gähnte. Pete kratzte sich am Hintern. Observierungsnacht Nr. 6 – die Dämmerungsschicht – die Scheiß-fünf-Uhr-früh-Sause.
Er hatte Truman, Ecke J-Street geparkt. Er hatte sich flachgelegt. Er genoss die Sicht.
Ein Tip des Mohren, der angerufen hatte. Er hatte gesagt, Wendell sei wieder im Land. Er hatte gesagt, Wendell habe eine Pistole dabei. Er hatte gesagt, Curtis und Leroy seien üüüble Burschen. Er hatte gesagt, sie vertrieben weißes H.
Den Wagenabstellplatz überwachen. Das Evergreen-Projekt überwachen. Treffpunkt der Narkis. Und der Würfelspieler. Wendell, Obärrr-Würfelll-Schpielärrr. Nach Curtis und Leroy Ausschau halten – zwei dicke Burschen – mit Riesen-Mohrentollen.
Pete warf sich ein Aspirin rein. Das Kopfweh zog nach Süden. Sechs Nächte. Scheiß-Überwachung. Kopfweh und Negerfraß. Ruß auf dem Auto.
Der Plan:
Curtis und Leroy umlegen. Die Jungs zufrieden stellen und Bürgersinn zeigen. Wendell Durfee umlegen. Und sich Wayne Junior verpflichten.

Du bist mir was schuldig, Wayne. Zeig mir deine Akten.
Sechs Nächte. Kein Glück. Sechs Nächte im Slum. Sechs Nächte flach im Wagen.
Pete schaute zum Abstellplatz. Pete gähnte. Pete streckte sich. Er bekam matterhorngroße Hämorrhoiden.
Die Narkis schwankten.
Sie tasteten ungeschickt nach Kools. Sie machten Zündhölzer an. Sie verbrannten sich die Hände. Sie zündeten Filter an.
Pete gähnte. Pete döste. Pete rauchte eine Zigarette nach der anderen. Achtung, was ist –
Zwei Schwarze überqueren die J-Street. Fette Burschen mit Riesentollen – mit jeder Menge Haarlack.
Achtung – zwei *weitere* Schwarze – Mohren-Großalarm.
Sie kreuzen Truman und K-Street. Sie stoßen auf die Burschen mit der Tolle. Sie unterhalten sich.
Ein Bursche hatte eine Decke dabei. Ein anderer die Spielwürfel. Der mit den Würfeln hofierte die Burschen mit der Tolle. Er nannte sie »Leroy« und »Cur-ti«.
Die Duos schlossen sich zusammen. Die Duos suchten den Abstellplatz ab. Die Drogenfans stöhnten verärgert auf. Die Burschen mit der Tolle scheuchten sie weg. Die Drogenfans schwankten nach Süden. Die Burschen mit der Tolle breiteten ihre Decke aus.
Leroy brachte das Frühstück – Billigwein weiß und Billigwein rot. Cur-ti würfelte. Grüne Würfel rollten. Cur-ti verlor. Leroy warf eine Doppeleins.
Pete schaute zu. Die Krausköpfe juchzten. Die Krausköpfe spaßten. Die Krausköpfe tanzten. Die Krausköpfe feierten.
Ein Streifenwagen fuhr vorbei. Die Bullen sahen sich das Spiel an. Die Krausköpfe kümmerten sich nicht drum. Besagter Streifenwagen fuhr weiter. Besagte Polizisten gähnten – scheiß auf die blöden Mohren.
Leroy verlor. Cur-ti triumphierte. Die Würfelspieler tranken Wein.
Ein neuer Krauskopf spazierte über die J-Street. Pete erkannte ihn gleich – Wendell (keine Mittelinitiale) Durfee.
Auffällige Zuhälterklamotten. Auffälliges Haarnetz. Auffällige Pistolenausbuchtung an den Eiern.
Durfee schloss sich dem Spiel an. Das Gespräch wurde leb-

hafter. Durfee würfelte. Durfee tanzte den Wa-Watusi. Durfee schlürfte Wein.

Der Streifenwagen kam erneut vorbei. Der Streifenwagen wurde langsamer. Die Bullen wirkten wacher. Der Streifenwagen blieb stehen. Der Streifenwagen ließ den Motor laufen. Das Radio quäkte.

Die Schwarzen erstarrten. Die Schwarzen gaben sich lässig. Die Bullen wurden hellwach. Die Schwarzen verständigten sich telepathisch – Bleicharsch-Unterdrücker im Anmarsch – die Schwarzen sprangen auf und rannten los.

Sie trennten sich. Sie rannten aus Leibeskräften. Sie verteilten sich in Kleingruppen. Sie bogen in die J- und K-Street ein.

Die Bullen erstarrten. Die Jungs mit der Decke rannten aus Leibeskräften. Sie ließen ihre Flaschen fallen. Sie rannten nach Osten. Aus *Leibeskräften.*

Die Bullen gerieten in Bewegung. Die Bullen gaben Gas. Die Bullen ließen die Reifen quietschen und setzten zur Verfolgung an. Durfee rannte nach Westen. Lange Beine und wenig Gewicht. Cur-ti und Leroy rannten ihm nach.

Pete trat aufs Gas. Pete tat zu viel des Guten. Sein Fuß rutschte ab. Der Motor ruckelte und würgte ab.

Pete stieg aus. Pete rannte. Durfee rannte. Durfee rannte seinen fetten Kumpanen davon. Die Burschen mit der Tolle watschelten und keuchten.

Sie bogen in eine Seitenstraße ein – Müllhaufen auf Kies – Hütten zu beiden Seiten. Durfee rutschte aus. Durfee stolperte. Durfee riss sich die Hosen auf. Durfees Pistole fiel zu Boden.

Pete rutschte aus. Pete stolperte. Petes Gürtel riss. Petes Pistole fiel zu Boden.

Er kam näher. Er blieb stehen. Er hob Durfees Waffe auf. Er verlor den Anschluss. Er schlidderte über Kies.

Eine Sirene jaulte ganz nah los – laut und durchdringend.

Durfee setzte über einen Zaun. Die Kumpane stemmten sich hoch. Der Streifenwagen rutschte. Er kam ins Schleudern. Er hielt. Er schnitt Pete den Weg ab.

Er ließ die Waffe fallen. Er hob die Hände. Er lächelte untertänig. Die Bullen stiegen aus. Die Bullen zogen ihre Totschläger. Die Bullen hoben ihre Ithaca-Pumpguns.

Sie nahmen ihn fest – § 407 PC – in Namen des Sheriffs von Clark County.

Sie ließen ihn in der Verhörzelle schmoren. Sie fesselten ihn mit Handschellen an einen Stuhl. Zwei Kerle nahmen ihn in die Mangel – mit Telefonbüchern und dämlichen Sprüchen.

Wir haben die Waffe zurückverfolgt. Ein heißes Eisen. Du machst Überfälle. Ich habe die Waffe gefunden – scheiß drauf. Quatsch. Was hast du denn dort zu suchen? Was hast du denn dort verloren?

Ich mag Kutteln. Ich steh auf Schweineschwarte. Ich steh auf schwarze Katzen. Quatsch. Sag uns, was –

Ich bin Bürgerrechtler. *We shall over* –

Sie droschen mit Telefonbüchern auf ihn ein – der schweren L.A.-Ausgabe. Du machst Überfälle. Du beraubst Würfelspieler. Du wolltest die Mohren beklauen.

Fehlanzeige – ich steh auf Grünkohl.

Sie droschen auf seine Rippen ein. Sie droschen auf seine Knie ein. Sie ließen ordentlich Dampf ab. Sie zogen die Handschellen zwei Zacken strammer. Sie ließen ihn schmoren.

Die Handgelenke starben ab. Die Arme starben ab. Er kämpfte gegen Superharndrang an.

Er dachte die Alternativen durch:

Nicht bei Littell anrufen. Nicht bei den Jungs anrufen. Nicht *très* dumm dastehen. Nicht bei Barb anrufen – Barb keine Angst einjagen.

Der Rücken starb ab. Der Brustkorb starb ab. Er machte in die Hosen. Er bohrte die Absätze in den Boden. Er bekam etwas Kraft zurück. Er brach die Handschellenkette entzwei. Er bewegte die Arme und trieb das Blut hinein.

Die Ärsche kamen wieder. Sie sahen die zerbrochene Kette. Ein Knilch pfiff anerkennend und klatschte.

»Ruft bei Wayne Tedrow an«, sagte Pete. »Er ist beim LVPD.«

Junior erschien. Die Ärsche ließen sie allein. Junior nahm ihm die Handschellen ab.

»Du sollst versucht haben, ein Würfelspiel zu überfallen.«

Pete rieb sich die Handgelenke. »Und das glaubst du?«

Junior verzog das Gesicht – Junior sah aus wie eine beleidigte Leberwurst. Wayne Junior machte auf Vogel Strauß.
Pete stand auf. Der Blutkreislauf setzte allmählich ein. Die Trommelfelle wollten platzen.
»Haben die hier eine 72-Stunden-Frist?«
»Haben sie, freilassen oder klagen.«
»Dann sitz ich's aus. Wär nicht das erste Mal.«
»Was *willst* du?« fragte Junior. »Soll ich was für dich tun? Soll ich nicht mehr bei den Shows deiner Frau erscheinen?«
Pete schüttelte die Arme. Die Lähmung löste sich allmählich.
»Durfee ist hier. Er treibt sich mit zwei Burschen namens Curtis und Leroy rum. Ich habe sie bei den Hütten an der Truman, Ecke J gesehen.«
Junior wurde rot – das Blut stieg ihm in die Schläfen – eindeutiger Bluthochdruck.
»Bring ihn um«, sagte Pete. »Ich denke, er kam her, dich umzubringen.«

28 (Washington D.C., 14.1.64)

Demonstranten vor dem Weißen Haus:
Für Bürgerrechte und gegen die Atombombe. Linke Jugendliche.
Sie marschierten. Sprechchöre erklangen. Die Parolen tönten durcheinander. Es war kalt. Sie hatten dicke Mäntel an. Sie trugen Kosakenmützen.
Bayard Rustin hatte sich verspätet. Littell wartete. Er saß im Lafayette-Park.
Wartende Demonstranten plauderten miteinander. Sie plauderten aus der Schule. LBJ. Castro. Die Goldwater-Bedrohung.
Die Gruppen schenkten Kaffee aus. Linke Mädchen brachten was zum Knabbern. Littell blickte sich um – noch kein Bayard Rustin.
Er kannte Rustins Gesicht. Mr. Hoover hatte Bilder zur Verfügung gestellt. Er hatte den SCLC-Informanten getroffen. Sie hatten sich gestern Abend unterhalten.
Lyle Holly – vormals Police Department Chicago.
Lyle hatte in der Rote-Socken-Staffel gearbeitet. Lyle hatte die Linken studiert. Lyle sprach linken Jargon und *dachte* rechts. Sie kamen aus dem gleichen Stall. Sie litten an der gleichen Verdrehung. Lyle riss rassistische Witze. Lyle sagte, er verehre Dr. King.
Er kannte Lyles Bruder. Sie hatten im FBI-Büro von St. Louis zusammengearbeitet – von 1948 bis 1950.
Dwight H. war rechtsaußen. Dwight bearbeitete verdeckte Klan-Ermittlungen. Und passte *bestens* rein. Die Hollys kamen aus Indiana. Die Hollys hatten alte Klan-Beziehungen. Daddy war ein Grand Dragon.
Die Söhne waren heute post-Klan. Sie hatten Jura-Diplome gemacht und waren Polizisten geworden.
Dwight war *post*-FBI. Dwight war *noch* bei der Bundespoli-

zei. Dwight hatte sich der Drogenabteilung angeschlossen. Dwight war unruhig. Dwight wechselte die Jobs. Dwight sehnte sich nach einem kühnen neuen Auftrag: Hauptuntersuchungsleiter / US-Staatsanwaltsbehörde / Southern Nevada District.

Dwight war hartgesotten. Lyle war weich. Lyle troff vor Littell-ähnlicher Empathie.

Lyle hatte sich eine Vorgeschichte für ihn ausgedacht:

Ward Littell – Ex-FBIler. Entlassen. Entehrt. Von Mr. Hoover fertig gemacht. Zum Gangsterrechtsanwalt geworden. Heimlich Linker geblieben. Mit Zugriff auf Gangstergeld.

Die Geschichte hatte Hand und Fuß. Was ihm Littell zugestand. Lyle hatte gelacht. Lyle sagte, Mr. Hoover habe mitgeholfen.

Die Absprache galt. Er hatte das Geld – Spenden von Carlos und Sam.

Er hatte es ihnen offen gesagt – eine Nummer von Mr. Hoover – nicht gegen die Firma gerichtet / nur gegen die SCLC.

Carlos und Sam fanden das toll. Lyle hatte mit Bayard Rustin gesprochen. Lyle hatte geschwärmt:

Ward Littell – mein alter Kumpel. Ward ist eine verwandte Seele. Ward hat Bargeld. Ward ist ein SCLC-Sympathisant.

Die Anti-Bombendemonstranten verschwanden. Eine Truppe von YAF-Jungamerikanern erschien. Neue Tafeln: »Zeigt's dem Bart« und »Kreuzigt Chruschtschow«.

Bayard Rustin kam auf ihn zu.

Ein großer Mann – gut angezogen und gepflegt – hagerer als auf den Fahndungsfotos.

Er setzte sich. Er schlug die Beine übereinander. Er wischte die Bank zwischen ihnen frei.

»Wie haben Sie mich erkannt?«, fragte Littell.

Rustin lächelte. »Sie waren der einzige, der nicht am demokratischen Prozess beteiligt war.«

»Anwälte pflegen keine Tafeln zu schwenken.«

Rustin öffnete seine Aktentasche. »Nein, aber einige sollen Spenden geben.«

Littell öffnete seine Aktentasche. »Da kommt noch mehr. Auch wenn ich gegebenenfalls alles bestreiten werde.«

Rustin nahm das Geld. »Bestreitbarkeit. Das kann ich nachempfinden.«

»Bedenken Sie die Quelle. Die Männer, für die ich arbeite, sind der Bürgerrechtsbewegung nicht freundlich gesinnt.«
»Das sollten sie aber. Auch Italiener sind schon verfolgt worden.«
»Das sehen sie anders.«
»Möglich, dass ihr Erfolg auf ihrem speziellen Gebiet darauf beruht.«
»Die Verfolgten lernen zu verfolgen. Was ich logisch nachvollziehen, jedoch nicht begreifen kann.«
»Glauben Sie nicht, dass Leute dieses Schlags stets brutal und rücksichtslos sind?«
»So wenig, wie ich Leuten Ihres Schlags Beschränktheit unterstellen würde.«
Rustin schlug sich aufs Knie. »Lyle hat gesagt, dass Sie zur schnellen Truppe gehören.«
»Er ist selber auch nicht von der langsamen Zunft.«
»Er sagte, dass er Sie schon lange kennt.«
»Wir sind uns bei der Befreit-die-Rosenbergs-Demo begegnet. Das muss '52 gewesen sein.«
»Auf welcher Seite waren Sie?«
Littell lachte. »Wir haben unsere Überwachungsfilme von demselben Gebäude aus gedreht.«
Rustin lachte. »Die habe ich ausgesessen. Ich bin nie ein wirklicher Kommunist gewesen, was immer Mr. Hoover denken mag.«
»Seiner Logik nach sind Sie's«, sagte Littell. »Sie wissen, worauf sich der Sammelbegriff bezieht und wie er damit all das zusammenfassen kann, das ihm Angst macht.«
Rustin lächelte. »Hassen Sie ihn?«
»Nein.«
»Nach alldem, was er Ihnen angetan hat?«
»Es fällt mir schwer, Menschen zu hassen, die sich selber treu bleiben.«
»Haben Sie passiven Widerstand studiert?«
»Nein, aber ich kann die Sinnlosigkeit der Alternative bezeugen.«
Rustin lachte. »Eine bemerkenswerte Bemerkung für einen Mafia-Anwalt.«
Ein Wind erhob sich. Littell erschauerte.

»Ich weiß einiges über Sie, Mr. Rustin. Sie sind ein begabter und kompromittierter Mann. Auch wenn ich nicht über Ihre Begabungen verfüge, dürfte ich es Ihnen im Hinblick auf die Kunst des Kompromisse-Schließens gleichtun.«

Rustin verbeugte sich. »Entschuldigen Sie. Ich versuche im Allgemeinen nicht, die Motive eines Menschen zu hinterfragen, doch bei Ihnen ist mir das unterlaufen.«

Littell schüttelte den Kopf. »Das macht nichts. Wir haben die gleichen Ziele.«

»Ja, wobei ein jeder von uns auf seine Weise zu ihrer Verwirklichung beiträgt.«

Littell knöpfte den Mantel zu. »Ich bewundere Dr. King.«

»Soweit ein Katholik einen Mann namens Martin Luther bewundern kann?«

Littell lachte. »Ich bewundere Martin Luther. Ein Kompromiss, zu dem ich mich bereits durchgerungen hatte, als ich noch ein gläubiger Mensch war.«

»Sie werden einiges Üble über unseren Martin hören. Mr. Hoover hat immer wieder Bannflüche gegen ihn geschleudert. Er betrachtet Martin Luther King als Teufel in Person. Als Frauenverführer und Kommunistenbeschäftiger.«

Littell zog seine Handschuhe an. »Mr. Hoover hat zahlreiche Brieffreunde.«

»Ja. Im Kongress, in der Geistlichkeit und im Pressewesen.«

»Er glaubt, Mr. Rustin. Damit bringt er die anderen dazu, ihm zu glauben.«

Rustin stand auf. »Wieso gerade jetzt? Wieso nehmen Sie ausgerechnet jetzt ein derartiges Risiko auf sich?«

Littell stand auf. »Ich habe Las Vegas besucht und mag nicht, wie das dort läuft.«

Rustin lächelte. »Richten Sie den Mormonen aus, sie sollen die himmlischen Ketten lockern.«

Sie reichten sich die Hand. Rustin ging. Er pfiff Chopin.

Der Park leuchtete. Alles Gute kommt von Mr. Hoover.

29 (Las Vegas, 15. 1. 64)

Endlosschleife: Die tote Nutte / der Augapfel / Wendell Durfee mit Reißzähnen.

Bilder und Traumfetzen. Schlafmangel und Einnicken am Steuer. Zwei harmlose Auffahrunfälle.

Die Bilder wiederholen sich. Sechsunddreißig Stunden Material. Von schlimmen Regengüssen begleitet.

Wayne nahm einen Monarch-Taxifahrer in die Mangel. Wayne stahl etwas Benzedrin. Wayne rief in Lynettes Schule an und hinterließ eine Nachricht. Geh nicht nach Hause – übernachte bei einer Freundin – ich rufe zurück und erkläre.

Er schluckte Benzedrin. Er schüttete Kaffee rein. Das machte ihn hellwach. Das erschöpfte ihn. Das brachte die Endlosschleife zum Aussetzen.

Er schaute zur Truman, Ecke J-Street. Er überprüfte Akten. Er sah Fahndungsfotos durch. Er bekam das Vorstrafenregister von Leroy Williams und Curtis Swasey.

Luden. Würfelsüchtig. Zwölf Haftbefehle / zwei Verurteilungen. Stadtstreicher ohne feste Adresse.

Er blieb wach – einen halben Tag / eine ganze Nacht / einen ganzen Tag. Er schaute zum Abstellplatz. Er schaute bei den Clubs vorbei – Nook / Woody's / The Goose.

Er schaute Würfelspielen zu. Er sah sich die Schlangen vor Straßengrills an. Er sah Traumfetzen. Er sah Wendell Durfee. Er kniff die Augen zusammen und vertrieb ihn.

Er saß in seinem Wagen. Er schaute in die Seitenstraße. Vor zwei Stunden hatte sich die Mühe ausgezahlt.

Curtis kommt aus einer Hüte. Der Hintereingang stößt an die Seitenstraße. Curtis schmeißt Müll in einen Abfalleimer. Curtis rennt wieder ins Haus.

Er wartete. Er saß in seinem Wagen. Er schaute in die Seitenstraße. Und vor einer Stunde, auch nicht schlecht:

Leroy kommt raus. Leroy schmeißt Müll in einen Abfalleimer. Leroy rennt wieder ins Haus.

Worauf Wayne hingerannt war. Wayne hatte den Eimer umgestürzt. Wayne hatte eine Plastikfolie gesehen. An der weißer Staub pappte – weiße Puderreste.

Die er mit der Zunge prüfte. Eindeutig H.

Er ging um die Hütte herum. Die Fenster waren mit Folie bedeckt. Er hob eine Ecke hoch. Er sah Curtis und Leroy.

Das war um 17:15. Jetzt war 18:19.

Wayne schaute zur Hütte. Wayne sah Traumfetzen und Licht. Licht, das durch die Folie drang.

Der Regen war schlimm. Ein richtiger Scheiß-Monsun. Er hatte wieder Gesichte:

Dallas. Pete und Durfee. Pete sagt: »Bring ihn um« – die Endlosschleife der letzten zwei Tage.

Du hättest ihn *damals* umbringen müssen. Er ist ein Nesthocker. Du hättest es *wissen* müssen.

BRING IHN UM. BRING IHN UM. BRING IHN UM. BRING IHN UM. BRING IHN UM.

Der Wagen saß im Dreck. Das Dach leckte. Regen drang ein. Er war Pete was schuldig. Petes Einmischung hatte ihn gerettet. Petes Einmischung hatte ihn abgelenkt.

Scheiß auf Buddy Fritsch – scheiß auf den Aktenjob – Hinton muss für die Nutte zahlen.

Er hatte einmal einen Umweg gemacht – vor zehn Stunden – und war am Trailer vorbeigefahren. Besagter Trailer stank bestialisch. Die Nutte lag da und verweste.

Gesichte: Blutige Fetzen / Maden / Schrotkugeln mit angetrocknetem Blut.

Wayne beobachtete die Hütte. Der Regen erschwerte ihm die Sicht. Die Zeit löste sich auf. Die Zeit verweste.

Eine Hintertür geht auf. Ein Mann kommt raus. Er geht der Straße entlang. Er kommt auf *mich* zu. Er kommt immer *näher*.

Wayne schaute zu. Wayne öffnete die Beifahrertür. Da – Leroy Williams.

Ohne Hut. Ohne Schirm. In nassen Klamotten.

Leroy ging an ihm vorbei. Wayne trat die Tür auf. Leroy bekam sie voll ab. Leroy winselte. Leroy fiel in den Dreck. Wayne sprang raus.

Leroy stand auf. Wayne zog die Waffe und hieb ihn mit dem Kolben nieder. Leroy fiel um und streifte den Wagen.

Wayne trat ihm in die Eier. Leroy winselte. Leroy schlug um sich. Leroy fiel um. Er sagte was mit Mutter. Er zog ein Messer. Wayne schlug ihm die Tür auf die Hand.

Er zerquetschte ihm die Finger. Er klemmte sie fest. Leroy schrie auf und ließ das Messer fallen. Wayne drückte das Seitenfenster auf. Wayne griff rein und öffnete das Handschuhfach.

Er wühlte rum. Er fand das Isolierband. Er zog einen Streifen ab. Leroy schrie auf. Der Schrei verlor sich im Regen. Wayne lockerte die Tür.

Leroy versuchte die Hand zu biegen. Knochen splitterten und ragten raus. Leroy schrie laut auf.

Wayne packte ihn an der Tolle. Wayne knebelte ihn mit dem Isolierband. Leroy zuckte. Leroy winselte. Leroy fuchtelte mit der versauten Hand.

Wayne klebte ihn zu – drei Lagen – mit Isolierband Nr. 2. Er trat ihn flach. Er legte ihm Handschellen an. Er warf ihn auf den Rücksitz.

Er setzte sich auf den Vordersitz. Er gab Gas. Er schlingerte durch Dreck und Straßenmüll. Der Regen wurde schlimmer. Die Scheibenwischer fielen aus. Er fuhr nach Gefühl.

Er fuhr eine Meile auf dem Zähler ab. Er sah ein Hinweisschild. Er blendete auf – der Schrottplatz – ganz nah – zwei Ecken weiter.

Er fuhr 50 Meter. Dann bog er scharf rechts ab. Er bremste. Er bog ein. Er schlug mit der Hinterachse aufs Pflaster auf.

Er blendete auf. Er leuchtete den Platz ganz aus: Regen / Rost allerorten / hundert abgewrackte Wagen.

Er zog die Handbremse. Er riss Leroy hoch. Er zerrte das Band weg. Er zerrte Haut und den halben Schnurrbart mit.

Leroy winselte. Leroy hustete. Leroy spuckte Galle und Blut.

Wayne knipste das Dachlicht an. »Wendell Durfee. Wo ist er?«

Leroy zwinkerte. Leroy hustete. Wayne roch die Scheiße in seinen Hosen.

»Wo ist Wendell Dur –«

»Wendell sagt, er habe was zu tun. Er komme nur sein Zeug holen und wolle gleich wieder weg. Cur-ti sagt, Wendell habe was zu erledigen.«
»*Was* zu erledigen?«
Leroy schüttelte den Kopf. »Weiß ich nicht. Was Wendell tut, ist Wendells Sache, geht mich nichts an.«
Wayne beugte sich über ihn. Wayne packte ihn am Haar. Wayne schlug ihn Gesicht voran in die Tür. Leroy schrie auf. Leroy spuckte Zähne. Wayne kroch auf den Rücksitz.
Er drückte Leroy nach unten. Er wickelte den ganzen Körper mit Isolierband ein. Er machte ihn zur Mumie. Er packte ihn an der Handschellenkette. Er öffnete die Tür. Er zog ihn raus. Er schleppte ihn zu einem Buick. Er zog die Waffe und schoss sechs Löcher in den Kofferraum.
Er schmiss Leroy rein. Er legte den Reservereifen drüber. Er schlug den Kofferraumdeckel zu.
Er war vollkommen durchnässt. Aus seinen Schuhen schwappte Wasser. Er hatte das Gefühl in den Füßen verloren. Er sah Traumfetzen. Er wusste, dass sie nicht wirklich waren.

Der Regen ließ nach. Wayne fuhr zurück. Wayne parkte am selben Ort in der Nebenstraße. Er stieg aus. Er ging um die Hütte herum. Er zog einen Streifen Folie weg.
Cur-ti. Und noch ein Bursche. Der Bursche hat Cur-tis Gesicht. Der Bursche ist Cur-tis Bruder.
Cur-ti saß auf dem Boden. Cur-ti plauderte. Cur-ti portionierte H. Cur-ti stellte Einzelpackungen zusammen.
Der Bruder band sich den Arm ab. Der Bruder setzte sich eine Spritze. Der Bruder entspannte sich im siebten Himmel. Der Bruder zündete die Kool am Filterende an.
Er verbrannte sich die Finger. Er lächelte. Cur-ti kicherte. Cur-ti portionierte H.
Er schwang das Messer. Er imitierte einen Ausweidungsschnitt. Er sagte: »Scheiß-eee. Wie eine ausgenommene Sau, Mann.«
Er schwang das Messer. Er imitierte einen Rasurstrich. Er sagte: »Wendell mag's rasiert. Der steht drauf, es den Weibern abzuschnippeln.«

Er sagte: »Bei sich und bei ihr, Mann. Er hatte seine Waffe verloren, da musste er eben ran an den Speck.«

Wayne HÖRTE. Auf einmal war ihm alles bewusst. Wayne SAH – in unvermittelten Endlosschleifen.

Er rannte los. Er rutschte aus. Er stolperte. Er fiel in den Dreck. Er stand auf und rannte stolpernd weiter. Er stieg ins Auto. Er stocherte mit dem Schlüssel. Er bekam ihn nicht ins Schloss. Er kriegte ihn rein. Er drehte ihn um. Er gab Gas. Die Räder drehten durch und schoben den Wagen frei.

Blitze schlugen ein. Donner rollte. Er fuhr dem Regen davon.

Er schlitterte über Kreuzungen. Er überfuhr Gelb und Rot. Er holperte über Zugschienen. Er streifte Bordkanten. Er schrammte geparkte Wagen.

Er kam zu Hause an. Er würgte den Wagen auf der Vorderwiese ab. Das Haus war dunkel. Das Türschloss war aufgebrochen. Sein Schlüssel blieb im Schloss stecken.

Er trat die Tür auf. Er blickte in den Flur. Er sah das Schlafzimmerlicht. Er ging hin und blickte ins Zimmer.

Sie war nackt.

Die Leintücher waren rot. Sie hatte alles rotgeblutet. Sie hatte das Weiß völlig durchblutet.

Er hatte sie ausgebreitet. Er hatte sie festgebunden. Er hatte Waynes Krawatten benutzt. Er hatte sie ausgeweidet und rasiert. Er hatte ihr Schamhaar abrasiert.

Wayne zog die Waffe. Wayne spannte den Hammer. Wayne steckte den Lauf in den Mund und zog den Abzug durch.

Der Hammer klickte leer. Er hatte seine sechs Patronen auf dem Schrottplatz verschossen.

Der Sturm zog durch die Stadt. Er warf Stromleitungen um. Die Ampeln fielen aus. Die Leute fuhren wie verrückt.

Wayne fuhr umsichtig. Wayne fuhr sehr langsam.

Er parkte bei der Hütte. Er nahm seine Flinte. Er ging hin und trat die Tür ein.

Cur-ti packte Heroinportionen ab. Cur-tis Bruder sah fern. Sie bemerkten Wayne. Sie nickten. Sie grinsten einander an.

Wayne versuchte zu sprechen. Waynes Zunge machte nicht mit. Cur-ti sprach. Cur-ti sprach Herr-oh-wein-langsam.

»He, Mann. Wendell ist weg. Wir bieten keinem –«
Wayne hob die Flinte. Wayne zog mit dem Kolben durch.
Er hieb Cur-ti um. Er schlug ihn zu Boden. Er stellte sich ihm auf die Brust. Er nahm sechs Heroinportionen. Er stopfte sie ihm in den Mund.
Cur-ti erstickte. Cur-ti biss in Plastik. Cur-ti biss in Waynes Hand. Cur-ti schluckte Plastik und Heroin.
Wayne trat ihm aufs Gesicht. Die Portionen zerplatzten. Zähne zerbrachen. Der Unterkiefer renkte aus.
Cur-ti schlug um sich. Cur-tis Beine erstarrten. Aus seiner Nase spritzte Blut. Cur-ti zuckte heftig und biss in Waynes Schuh.
Wayne stellte den Fernseher laut. Morey Amsterdam polterte. Dick Van Dyke brüllte.
Der Bruder weinte. Der Bruder flehte. Der Bruder sprach in mehreren Zungen. Der Bruder schnatterte durchgeknallt, flach auf dem Boden liegend.
Er bewegte die Lippen. Er bewegte den Mund. Die Wimpern zitterten. Die Augen rollten nach oben.
Wayne versetzte ihm einen Schlag.
Er brach ihm Zähne aus. Er brach ihm das Nasenbein. Er zerbrach den Flintenkolben. Die Lippen bewegten sich. Der Mund bewegte sich. Die Augen verdrehten sich. Die Augen waren rein weiß.
Wayne hob den Fernseher. Wayne ließ ihm das Gerät auf den Kopf fallen. Die Röhren zerbrachen. Sie verbrannten ihm das Gesicht.

Die Hochspannungsleitung war repariert. Die Straßenbeleuchtung funktionierte bestens. Wayne fuhr zum Schrottplatz.
Er bog ab. Er schaltete das Suchlicht an. Er leuchtete den Buick ab. Er stieg aus und öffnete den Kofferraum.
Er wickelte Leroy aus. »Wo ist Durfee?« fragte er. »Ich weiß nicht«, sagte Leroy.
Wayne erschoss ihn – fünf Ladungen ins Gesicht – grobkörniges Postenschrot aus nächster Nähe.
Er schoss ihm den Kopf weg. Er schoss den Kofferraum in Stücke. Er schoss den Reservereifen in Fetzen.

Er ging zu seinem Auto zurück. Unter der Motorhaube quoll Rauch hervor. Er war ohne Öl gefahren. Das Getriebe war im Eimer.
Er schmiss die Flinte weg.
Er ging zu Fuß nach Hause.
Er setzte sich neben Lynette.

30 (Las Vegas, 15. 1. 64)

Littell trank Kaffee. Wayne Senior trank Scotch.
Sie standen an Wayne Seniors Bar – Teak und Mahagoni – oben saßen die Spieler.
Wayne Senior lächelte. »Ich bin erstaunt, dass Sie in dem Sturm gelandet sind.«
»Es ging hart auf hart. Wir hatten ein paar ungemütliche Momente.«
»Das heißt, Sie müssen einen guten Piloten gehabt haben. Der ein Flugzeug voller Spieler zu landen hatte, die unbedingt herkommen und ihr Geld verlieren wollten.«
»Ich habe Ihnen noch gar nicht gedankt«, sagte Littell. »Es ist schon spät und Sie haben gleich Zeit für mich.«
»Mr. Hoovers Name hat Gewicht. Ich will nicht drum herumreden. Sagt Mr. Hoover ›spring‹, frag ich, ›wie hoch?‹.«
Littell lachte. »Geht mir nicht anders.«
Wayne Senior lachte. »Sie sind aus Washington eingeflogen?«
»Ja.«
»Haben Sie Mr. Hoover getroffen?«
»Nein. Ich traf den Mann, den er mich zu treffen anwies.«
»Können Sie darüber reden?«
»Nein.«
Wayne Senior schwang einen Spazierstock. »Mr. Hoover kennt jeden. Er kennt Menschen aus allen Ecken und Enden.«
»Aus allen Ecken und Enden.« Die Akten des FBI-Dallas. Maynard Moore – ein FBI-Spitzel. Sein Führungsoffizier – Wayne Senior.
Littell hustete. »Kennen Sie Guy Banister?«
»Ja. Ich kenne Guy. Woher kennen Sie ihn?«
»Er leitete das FBI-Büro in Chicago. Ich habe von '51 bis '60 dort gearbeitet.«
»Haben Sie ihn in letzter Zeit gesehen?«

»Nein.«

»So? Ich hätte geglaubt, Sie wären sich in Texas über den Weg gelaufen.«

Guy war ein Aufschneider. Guy redete zu viel. Guy war indiskret.

»Nein, ich habe Guy seit Chicago nicht mehr gesehen. Wir haben nicht viel gemein.«

Wayne Senior hob eine Augenbraue – unendlich überlegen, »was-weißt-du-denn-schon«.

Littell stützte sich auf die Bar. »Ihr Sohn arbeitet im polizeilichen Nachrichtendienst des LVPD. Ihn würde ich gerne kennen lernen.«

»Ich habe meinen Sohn mehr geprägt, als er zugeben möchte. Ganz undankbar ist er nicht.«

»Er soll ein guter Polizeibeamter sein. Wobei mir eine Anmerkung einfällt. ›Unbestechlich – im Hinblick auf Las Vegas.‹«

Wayne Senior zündete sich eine Zigarette an. »Mr. Hoover lässt Sie seine Akten lesen?«

»Gelegentlich.«

»Ein Vergnügen, das er auch mir gewährt.«

»Vergnügen ist ein passender Ausdruck.«

Wayne Senior trank Scotch. »Ich habe dafür gesorgt, dass mein Sohn nach Dallas geschickt wurde. Man weiß nie, wann man unvermutet Aug in Aug mit der Geschichte steht.«

Littell trank Kaffee. »Was Sie ihm kaum gesagt haben dürften. Wobei sich die Formulierung aufdrängt: ›Verbirgt heikle Daten vor dem eigenen Sohn.‹«

»Mein Sohn erweist sich Unglücklichen gegenüber ungewöhnlich generös. Soll Ihnen mal ähnlich ergangen sein.«

Littell hustete. »Ich habe einen wichtigen Klienten. Er möchte seine Operationsbasis nach Las Vegas verlegen und hat eine ausgesprochene Vorliebe für Mormonen.«

Wayne Senior drückte die Zigarette aus. Die Asche wurde von Scotch durchnässt.

»Ich kenne zahlreiche fähige Mormonen, die gerne für Mr. Hughes arbeiten würden.«

»Ihr Sohn verfügt über einige Akten, die uns behilflich sein könnten.«

»Ich werde nicht bei ihm anfragen. Was Italiener betrifft, habe ich meinen Pionierhochmut, wobei mir durchaus bewusst ist, dass Sie neben Mr. Hughes noch andere Klienten haben.«
Scotch und feuchter Tabak. Der altbekannte Bargeruch.
Littell bewegte den Tumbler. »Sie meinen?«
»Dass wir alle lieber den eigenen Leuten trauen. Dass Italiener niemals zulassen werden, dass Mormonen die Hotels von Mr. Hughes leiten.«
»Wir greifen vor. Zunächst muss er sie in seinen Besitz bekommen.«
»Oh, er wird. Er will kaufen, und Ihre anderen Klienten wollen verkaufen. Ich könnte den Begriff ›Interessenkonflikt‹ erwähnen, will aber lieber nichts gesagt haben.«
Littell lächelte. Littell hob den Tumbler – touché.
»Mr. Hoover hat Sie exzellent vorbereitet.«
»Ja. In unserem beiderseitigen Interesse.«
»Und dem seinen.«
Wayne Senior lächelte. »Ich habe auch mit Lyle Holly über Sie gesprochen.«
»Ich wusste nicht, dass Sie ihn kennen.«
»Ich kenne seinen Bruder seit Jahren.«
»Dwight kenne ich auch. Wir haben im Büro von Saint Louis zusammengearbeitet.«
Wayne Senior nickte. »Ich weiß. Er sagte, ideologisch seien Sie ihm stets suspekt gewesen, was Ihre gegenwärtige Stellung als Mafia-Anwalt nur bestätigen würde.«
Littell hob den Tumbler. »Touché, obwohl ich meine Arbeitgeber in keiner Hinsicht als ideologisch geprägt bezeichnen würde.«
Wayne Senior hob den Tumbler. »Glänzend pariert.«
Littell hustete. »Bitte korrigieren Sie mich, falls ich Sie nicht richtig verstanden haben sollte. Dwight arbeitet mit der hiesigen Drogenbehörde zusammen. Er hat für Mr. Hoover Untersuchungen gegen Postvergehen betrieben. Dabei haben Sie mit ihm zusammengearbeitet.«
»Richtig. Wir kennen uns seit gut dreißig Jahren. Sein Daddy war so was wie ein Daddy für mich.«
»Ein KKK-Grand-Dragon? Und ein netter Mormonen-Junge wie Sie?«

Wayne Senior nahm ein Cocktailglas. Wayne Senior mixte einen Rob-Roy.

»Der Indiana-Klan war nie so ruppig wie die Jungs im Süden. Die *zu* ruppig sind, selbst für Burschen wie Dwight und mich. Darum haben wir auch die Postangelegenheit übernommen.«

»Das ist nicht richtig«, sagte Littell. »Dwight tat, was ihm Mr. Hoover befohlen hat. Sie wollten FBIler spielen.«

Wayne Senior rührte in seinem Drink. Littell roch Magenbitter und Noilly Prat. Ihm lief das Wasser im Mund zusammen. Er schob den Stuhl zurück. Wayne Senior zwinkerte ihm zu.

Schatten vor der Bar. Eine Frau schritt über die hintere Veranda. Stolze Züge / schwarzes Haar / graue Strähne.

»Ich möchte Ihnen einen Film zeigen«, sagte Wayne Senior.

Littell stand auf. Littell streckte sich. Wayne Senior nahm seinen Drink. Sie gingen durch einen Seitenflur. Der Scotch und der Magenbitter kreisten im Glas. Littell wischte sich die Lippen.

Sie erreichten einen Lagerraum. Wayne Senior schaltete das Licht an. Littell sah einen Projektor und eine Leinwand.

Wayne Senior setzte eine Filmspule auf. Wayne Senior öffnete den Objektivträger. Wayne Senior legte den Film ein. Littell knipste das Licht aus. Wayne Senior warf einen Schalter um. Auf der Leinwand erschienen Worte und Zahlen.

Überwachungskodes – Weiß-auf-Schwarz. Ein Datum – 28. 8. 63. Eine Ortsangabe – Washington D.C.

Die Worte verschwanden. Eine ungeschnittene Aufnahme. Zerkratzter Schwarzweißfilm. Ein Schlafzimmer / Martin Luther King / eine weiße Frau.

Littell schaute zu.

Seine Beine wurden schwach. Er schwankte heftig. Er fasste nach einem Stuhl. Die Hauttönungen zeichneten sich scharf voneinander ab – Schwarz-auf-Weiß – Geburtsstreifen und Karo-Decken.

Littell schaute dem Film zu. Wayne Senior lächelte. Wayne Senior beobachtete ihn.

Alles Gute. Von Mr. Hoover. Ein Geschenk, das dem Spender noch Leid tun würde.

31 (Las Vegas, 15.1.64)

Die Bullen ließen ihn laufen.

Sie hatten rumtelefoniert. Sie hatten Auskünfte über ihn eingeholt. Sie wurden *très* nett. Ein Mann mit Gangster-Beziehungen / kennt die Jungs / die Jungs mögen ihn.

Pete war frei. Pete rief Barb bei der Arbeit an. Pete sagte, er sei bald daheim.

Er hatte einundvierzig Stunden abgesessen. Er hatte Pappbuletten mit Reis gegessen. Er hatte Kopfweh. Und schmerzende Handgelenke. Er stank wie Chihuaha-Scheiße.

Er fuhr mit dem Taxi zum Auto. Er bestellte ein Monarch-Taxi – den Schwarzenstadt-Express. Der Fahrer lispelte. Der Fahrer trug Rouge. Der Fahrer sagte, er verkaufe Pistolen.

Der Fahrer ließ Pete beim Abstellplatz raus. Petes Wagen war versaut / Totalschaden / abgefackelt.

Keine Vorderscheibe. Keine Reifenkappen. Keine Reifen. Keine Räder. Das Cadillac-Hotel – mit einem einsamen Alki als Gast.

Der schnarchte. Während ihn die Viecher bissen. Er hatte roten und weißen Billigwein im Arm. Das Fahrzeug war mit einem Neuanstrich versehen – Spezialbeschriftung im Nigger-Stil: Allah herrscht / Tod den Bleichärschen / Wir lieben Malcolm X.

Pete lachte. Pete brüllte richtiggehend vor Lachen. Er trat in den Kühlergrill. Er trat in die Türblätter. Er schmiss dem Alki die Schlüssel zu.

Es regnete – dünn und kalt. Pete hörte einen Wahnsinnslärm in der Nähe. Er ortete ihn – in nächster Nähe – die Hütten in der J-Street.

Er ging rüber. Er kapierte.

Sechs Streifenwagen – vom Sheriff und vom LVPD. Zwei FBI-Schlitten Schnauze an Schnauze. Riesenbudenzauber vor einer Schwarzenhütte.

Scheinwerfer / Tatortabsperrung / eine Ambulanz. Eine Zusammenrottung aus Bullen und Schwarzen – in größtem Stil. Bullen innerhalb der Absperrung. Schwarze davor. Die Schwarzen hatten weißen Billigwein und Grillhuhn dabei.

Pete drängte sich nach vorn. Ein Bulle machte zwei Tragen zurecht. Ein Bulle schob sie in die Hütte. Ein Bulle sprang über die Absperrung. Ein anderer Bulle gab ihm Bescheid. Pete hörte aus nächster Nähe mit.

Ein Junge hat Alarm gegeben. Besagter Junge lebt in unmittelbarer Nachbarschaft. Besagter Junge hat Lärm gehört. Ein Weißer war's. Ein Weißer mit Knarre. Ein Weißer, der ins Auto steigt und abhaut. Besagter Junge betritt daraufhin die Hütte. Besagter Junge sieht zwei Tote – Curtis und Otis Swasey.

Die Schwarzen drängten sich dichter ran. Die Schwarzen dehnten das Absperrband. Die Schwarzen tanzten den Wa-Watusi. Ein Bulle stellte Absperrgitter auf. Ein Bulle zog das Absperrband straff. Ein Bulle scheuchte die Schwarzen zurück.

Die Schwarzen beäugten Pete. Die Schwarzen versetzten ihm Püffe. Weißer Mann – schlimmschlimm. Weißer Mann – hau ab. Weißer Mann – hat unsereinen umgebracht.

Wetten, dass: das Wayne Junior war. Wetten, dass: Wendell Durfee tot und *irgendwohin* weggeschafft ist.

Die Schwarzen steckten die Köpfe zusammen. Die Schwarzen murmelten. Die Schwarzen schnatterten. Ein Schwarzer schmiss eine Flasche. Ein Schwarzer schmiss eine Hühnerkeule. Ein Schwarzer schmiss Fritten.

Vier Bullen zogen Schlagstöcke. Zwei Bullen rollten die Tragen raus.

Da liegt Curtis – blau angelaufen – der Weiße hat ihm das Gesicht zerschlagen. Da liegt Otis – kross gebraten – der Weiße hat ihm das Gesicht üüüüüüübel verbrannt.

Pete zog sich zurück. Pete bekam ein paar Ellenbogen ab. Pete bekam ein paar Hühnerflügel ab. Pete bekam ein paar Yam-Pies ab.

Er überquerte die J-Street. Er mischte sich unter einen Trupp Bullen. Er lehnte sich an einen Streifenwagen. Ein Bulle hockte auf dem Vordersitz. Besagter Bulle sprach in ein Handmikro. Besagter Bulle sprach sehr laut.

Wir haben noch einen – Tod durch Schussverletzung – einen Mohren namens Leroy Williams.

Wuuuuuuu! Hat ihm doch glatttttttt den Krauskopf weggeknallt! Ist von den Schrottplatzarbeitern in einem Buick gefunden worden. Wir haben die Flinte.

Wenn *Leroy* Toter Nr. 3 ist – wo bist *du,* Wendell?

Pete mischte sich unter den Trupp. Die Bullen ignorierten ihn. Die Bullen sperrten den Verkehr ab. Die Bullen standen Wache. Bullen sperrten die J-Street ab.

Der Scheiß-Regen verdreifachte sich. Die Wolken drehten richtig auf. Pete nahm eine rumliegende Hühnerschachtel. Pete kippte die Hühnermägen raus. Pete setzte die Schachtel auf und hielt seinen Kopf trocken.

Die Schwarzen verschwanden. Die Schwarzen wichen höherer Gewalt. Die Schwarzen machten, dass sie wegkamen.

Ein FBI-Wagen erschien. Ein großer Kerl stieg aus. Besagter Kerl roch nach *El Jefe* – grauer Anzug, grauer Filzhut.

Jefe zeigte sein Abzeichen vor. *Jefe* wurde umdienert. Der Wacheschiebende salutierte. Ein Jung-FBIler verbeugte sich. *Jefe* schnappte ihm den Regenschirm weg.

Pete strich um die Absperrung. Pete kam immer näher. Die Bullen ignorierten ihn. Du kannst uns mal – ein Spinner wie du – mit Hühnerschachtel-Hut.

Pete stand rum. Der Hut leckte. Sein Haar wurde vom Hühnerfett veröltt. Der Jung-FBIler kroch dem FBI-Boss in den Arsch – ja Sir, Mr. Holly.

Mr. Holly war *sauer*. Das hier ist *mein* Fall. Die Opfer haben Drogen verschoben. Das hier ist *mein* Tatort – wir durchsuchen umgehend die Hütte.

Mr. Holly blieb trocken. Besagter Untergebener wurde pitschnass. Ein Sergeant trat zu ihnen. Besagter Sergeant steckte in nasser Polizeimontur.

Er sprach laut. Er verärgerte Mr. Holly. Das hier ist *unser* Fall. *Wir* werden alles versiegeln. *Wir* holen die Mordkommission.

Mr. Holly tobte. Mr. Holly flippte aus. Er trat in ein Sperrgitter. Er winselte. Er hatte sich den Fuß versaut.

Ein Streifenwagen fuhr vor. Ein Bulle stieg aus. Er gestikulierte heftig. Er sprach heftig. Pete hörte »Schrottplatz«. Pete hörte »Tedrow«.

Mr. Holly schrie. Der Sergeant schrie. Ein Bulle hob einen Lautsprecher. Versiegeln – § 3 Police-Code tritt in Kraft – Schrottplatz Tonopah.

Die Polizisten verschwanden. Sie stiegen in ihre Wagen. Sie düsten die J-Street hoch. Sie schlingerten im Dreck. Sie pflügten durch Kieshöfe.

Ein Bulle blieb zurück. Besagter Bulle machte die Hütte dicht.

Er stellte sich vor die Vordertür. Er stellte sich in den Regen. Er rauchte Zigaretten. Die im Regen verlöschten. Er brachte es auf zwei Züge pro Stück. Er gab auf. Er rannte zu seinem Wagen. Er kurbelte die Fenster hoch.

Pete rannte los. Durch den Regen gedeckt. Der Dreck unter seinen Füßen spritzte auf. Er rannte in die Seitenstraße. Er ging um die Hütte herum.

Keine Wagen. Keine Wache an der Hintertür – sehr gut. Besagte Hintertür war verschlossen. Die Fenster waren mit Alufolie abgedeckt.

Pete griff nach oben. Pete riss ein Stück Folie weg. Pete legte ein Fenster frei.

Er kletterte hoch. Er schwang sich rein. Er sah Kreidestriche und Blutflecken. Er sah einen ausgebrannten Fernseher.

Fußbodenschmutz – von Kreidestrichen umgeben: Reste von Heroinpackungen / Röhrensplitter / angesengtes Nigger-Haar.

Pete durchsuchte die Hütte. Pete arbeitete *rápidamente*. Er prüfte systematisch. Er sah einen Nachttisch / ein Klo / keine Wandregale.

Zwei Matratzen. Blanke Wände und blanker Boden. Keine eingelassenen Hohlverstecke. Ein Fenster-Airconditioner – Marke *Frost-King* – verfilztes Gitter und rostige Rohre.

Kein Kabel. Kein Stecker. Keine Einlassöffnung. Offensichtliche Rauschgifttarnung.

Pete öffnete den Deckel. Pete griff rein. Pete pries Allah.

Weißes H – in Plastik verpackt – drei solide Barren.

32 (Las Vegas, 17.1.64)

Fünf Bullen nahmen ihn in die Mangel.
Wayne saß. Sie standen. Sie füllten den Verhörraum.
Buddy Fritsch und Bob Gilstrap. Ein Mann vom Sheriff's Department. Ein FBIler namens Dwight Holly. Ein Bulle aus Dallas namens Arthur V. Brown.
Die Heizung funktionierte nicht. Ihr Atem dampfte. Und beschlug den Wandspiegel. Er saß. Sie standen. Sein Rechtsanwalt stand neben einem Lautsprecher. Sein Rechtsanwalt stand draußen.
Sie hatten ihn zu Hause hopsgenommen – 02:00 – er hatte nach wie vor bei Lynette gesessen. Fritsch hatte bei Wayne Senior angerufen. Wayne Senior war ins Gefängnis gekommen.
Wayne hatte ihn abgewiesen. Wayne wies den von ihm gestellten Rechtsanwalt ab. Dwight Holly kannte Wayne Senior. Dwight Holly umschrieb seine Freundschaft so:
Du bist nicht dein Vater. Du hast drei Männer umgebracht. Du hast mir meine Untersuchung versaut.
Sie hatten ihn zweimal verhört. Er hatte die Wahrheit gesagt. Dann war er schlauer geworden und hatte bei Pete angerufen.
Pete kannte sich aus. Pete kannte einen Anwalt. Namens: Ward Littell.
Wayne hatte mit Littell gesprochen. Littell hatte ihn ausgefragt: Hat man Sie auf Band aufgenommen? Hat man protokolliert?
Wayne sagte nein. Littell beriet ihn. Littell sagte, beim nächsten Mal sei er dabei. Littell sagte, er werde gegen Tonband und Protokoll Einspruch erheben.
Dem Einspruch wurde stattgegeben. Der Raum war ideal – kein Bandgerät / keine Stenographin.

Wayne hustete. Sein Atem dampfte.

»Erkältet?«, fragte Fritsch. »In besagter Nacht hast du bestimmt im Regen gestanden.«

»Damit beschäftigt, drei Unbewaffnete umzubringen«, sagte Holly.

»Lass gut sein«, sagte Fritsch. »Er hat's zugegeben.«

Der Mann vom Sheriff's Department hustete. »*Ich* hab eine Scheiß-Erkältung. Er ist nicht der einzige, der in den Regen geraten ist.«

Gilstrap lächelte. »Einen Teil deiner Geschichte haben wir aufgeklärt. Wir wissen, dass du Lynette nicht umgebracht hast.«

Wayne hustete. »Sagt mir, woher.«

»Das wirst du nicht wissen wollen, Junge.«

»Sag's ihm«, sagte Holly. »Ich will sehen, wie er reagiert.«

»Der Pathologe hat Schürfwunden und Samen gefunden«, sagte Fritsch. »Der Bursche war ein Blutausscheider. AB-negativ, eine äußerst seltene Blutgruppe. Wir haben Durfees Haftakten überprüft. Das entspricht seiner Blutgruppe.«

Holly lächelte. »Nicht mal gezwinkert hat er.«

»Eine eiskalte Type«, sagte Brown.

»Er hat nicht mal geweint, als wir ihn fanden«, sagte der Mann vom Sheriff's Department. »Bloß immerzu die Leiche angestarrt.«

»Na komm«, sagte Gilstrap. »Er stand unter Schock.«

»Wir gehen mit Bestimmtheit davon aus«, sagte Fritsch, »dass Durfee sie umgebracht hat.«

Der Mann vom Sheriff's Department zündete sich eine Zigarre an. »Und wir gehen mit Bestimmtheit davon aus, dass Curtis und Otis dich über seinen Plan informiert haben.«

Holly setzte sich rittlings auf einen Stuhl. »Jemand hat dich auf die Spur von Leroy Williams und der Gebrüder Swasey geführt.«

Wayne hustete. »Hab ich doch gesagt. Ich habe einen Informanten.«

»Dessen Namen du nicht preisgeben willst.«

»Ja.«

»Und du hattest die Absicht, Wendell Durfee zu finden und festzunehmen.«

»Ja.«

»Sie wollten ihn festnehmen«, sagte Brown, »um wieder gutzumachen, was Sie in Dallas nicht getan haben.«

»Ja.«

»Damit, Junge, habe ich Mühe. Woher hat Durfee gewusst, dass Sie der Polizeibeamte waren, der nach Dallas geschickt wurde, um ihn festzunehmen?«

Wayne hustete. »Hab ich doch gesagt. Ich hab ihn mehrmals festgenommen, als ich noch Streife ging. Er hat mein Gesicht und meinen Namen gekannt und hat mich gesehen, als wir in Dallas aufeinander schossen.«

»Das leuchtet mir ein«, sagte Fritsch.

»Mir auch«, sagte Gilstrap.

»Mir nicht«, sagte Brown. »Ich glaube, dass zwischen Ihnen und Durfee was war. In Dallas oder hier oben, noch ehe man Sie zu uns geschickt hat. Es will mir nicht einleuchten, dass er den ganzen Weg zurückgelegt haben soll, um Sie umzubringen und sich obendrein mit Ihrer Frau zu verlustieren, wenn dafür kein schwerwiegendes persönliches Motiv vorlag.«

Der Texaner war gut. Der Texaner stach den Vertreter des Sheriffs bei weitem aus. Pete hatte die Würfelbrüder verfolgt. Die Bullen hatten ihn verfolgt. Sie hatten Pete hopsgenommen. Sie hatten eine Akte angelegt. Die Leute vom Sheriff's Department hatten keine Ahnung.

»Was Sie hier oben getan haben«, sagte Brown, »ist Ihre Sache. Und ginge mich alles nichts an, wenn da nicht ein vermisster Polizist aus Dallas namens Maynard Moore wäre, mit dem Sie bezeugtermaßen nicht klargekommen sind.«

Wayne zuckte mit den Schultern. »Moore hatte Dreck am Stecken. Wenn Sie ihn gekannt haben, wissen Sie, dass das zutrifft. Ich habe ihn nicht gemocht, aber ich musste nur wenige Tage mit ihm zusammenarbeiten.«

»Sie sagten ›gekannt haben‹. Gehen Sie davon aus, dass er tot ist?«

»Richtig. Durfee oder einer von seinen Scheiß-Klangenossen hat ihn umgebracht.«

»Wir haben zwei Haftbefehle gegen Durfee laufen«, sagte Gilstrap. »Der kommt nicht weit.«

Brown ließ nicht locker. »Sie sagten, Officer Moore habe dem Ku-Klux-Klan angehört?«

»Richtig.«

»Ihr Tonfall gefällt mir nicht. Sie schädigen den Ruf eines toten Polizeikollegen.«

Der Mann vom Sheriff lachte. »Das ist der Gipfel. Erst drei Neger umbringen und sich dann wegen dem KKK aufs hohe Ross setzen.«

Brown hustete. »Das Police Department Dallas ist schon immer ein Gegner vom Klan gewesen.«

»Quatsch. Ihr lasst eure Betttücher alle in derselben Wäscherei waschen.«

»Junge, bald reißt mir der Geduldsfaden.«

»Nenn mich nicht ›Junge‹, du Prolo-Schwuchtel.«

Brown trat einen Stuhl um. Fritsch hob ihn auf.

»Na komm«, sagte Gilstrap. »Das führt uns nicht weiter.«

Holly ruckelte mit seinem Stuhl. »Leroy Williams und die Gebrüder Swasey haben Heroin verschoben.«

»Ich weiß«, sagte Wayne.

»Woher?«

»Ich habe gesehen, wie Curtis Heroinportionen zusammenrollte.«

»Ich ließ die Brüder stichprobenartig überwachen. Sie haben in Henderson und Boulder City Heroin verschoben und planten, den Vertrieb in West Vegas aufzunehmen.«

Wayne hustete. »Sie hätten sich keine zwei Tage gehalten. Die Firma hätte sie umgelegt.«

Fritsch rollte mit den Augen. »Vom Klan zur Mafia.«

Gilstrap rollte mit den Augen. »Die Gangster von Vegas und der Klan von Dallas.«

Wayne rollte mit *seinen* Augen. »Na, Buddy, wer hat dir dein Schnellboot gekauft? Na, Bob, wer hat dir die zweite Hypothek besorgt?«

Fritsch trat in die Wand. Gilstrap trat in einen Stuhl. Brown hob ihn auf.

»Du machst dir keine Freunde hier«, sagte Holly.

»Ist auch nicht meine Absicht«, sagte Wayne.

»Unser Mitgefühl hast du«, sagte Fritsch.

»Die Indizienkette spricht für dich«, sagte Gilstrap.

Der Mann vom Sheriff's Department hustete. »Du versuchst einen flüchtigen Polizistenmörder festzunehmen. Du erfährst, dass deine Frau gefährdet sein könnte, und eilst entsprechend nach Hause und findest sie tot. Von dem Punkt an ist dein Verhalten absolut nachvollziehbar.«

Brown zog sich die Hosen hoch. »Unverständlich ist mir nur, was sich zuvor zwischen Ihnen und Durfee abgespielt hat.«

»Ganz meine Meinung«, sagte Holly.

»Sieh's mal von unserem Standpunkt aus«, sagte Fritsch. »Wir versuchen, dem Staatsanwalt einen in sich schlüssigen Bericht vorzulegen. Wir wollen nicht mit ansehen, wie ein LVPD-Mann wegen drei Morden verurteilt wird.«

»Reden wir Tacheles«, sagte Gilstrap. »Es ist nicht, als wenn du drei Weiße umgebracht hättest.«

Brown ließ seine Knöchel knacken. »Haben Sie Maynard Moore umgebracht?«

»Fick dich.«

»War Wendell Durfee beim Töten dabei? Ist das der Knackpunkt?«

»Fick dich.«

»Hat Wendell Durfee das Töten bezeugt?«

»Fick dich.«

Holly zog seinen Stuhl ran. Hollys Stuhl schlug gegen Waynes Stuhl.

»Reden wir über den Zustand der Hütte.«

Wayne zuckte mit den Schultern. »Ich habe nur die Heroinportionen gesehen, die ich Curtis Swasey in den Mund gesteckt habe. Ich habe sonst keine Drogen oder Drogenbesteck gesehen.«

Holly lächelte. »Du hast sehr genau verstanden, worauf ich mit meiner Frage hinauswollte.«

Wayne hustete. »Du bist Drogenfahnder. Du willst wissen, ob ich die große Portion Drogen gestohlen habe, die du im Besitz der Opfer vermutest. Die Morde oder meine Frau sind dir schnurz.«

Holly schüttelte den Kopf. »Das trifft so nicht zu. Du weißt, dass ich mit deinem Vater befreundet bin. Ich bin sicher, dass ihm an Lyn —«

»Mein Vater hat Lynette verachtet. Dem sind andere Menschen schnurz. Der respektiert nur hartgesottene Kerle wie dich. Ich bin sicher, dass er gerne an eure gemeinsame Zeit in Indiana und an die schönen Tage mit Mr. Hoover zurückdenkt.«

Holly beugte sich über ihn. »Mach mich nicht zum Feind. Du bist schon recht weit damit gekommen.«

Wayne stand auf. »Fick dich und fick meinen Vater. Wenn ich mir von dem hätte helfen lassen wollen, wäre ich längst aus der Geschichte draußen.«

Holly stand auf. »Ich glaube, ich weiß, was ich wissen wollte.«

Gilstrap stand auf. »Du machst auf Kamikaze, Junge. Und schießt deine eigenen gottverdammten Freunde ab.«

Fritsch schüttelte den Kopf. »Eine Liste, von der du mich streichen kannst. Wir tun unser Bestes, um Vegas sauber zu halten, und du gehst hin und bringst drei Nigger um, was uns jeden Bürgerrechtsaffen im Zoo auf den Hals hetzt.«

Wayne lachte. »*Vegas? Sauber?*«

Die Bullen gingen. Wayne fühlte seinen Puls. Über 180.

33 (Las Vegas, 17.1.64)

Der Raum war eiskalt. Ein Heizungsrohr war geplatzt. Das ganze Gefängnis war ausgekühlt.

Littell studierte seine Notizen.

Wayne Junior hatte sich gut gehalten. Er hatte Sergeant Brown abgelenkt. Er hatte ihn auflaufen lassen. Pete hatte Littell ins Bild gesetzt. Pete hatte die Bombe platzen lassen: Wayne Junior weiß über Dallas Bescheid.

Pete mochte Junior. Pete betrauerte Lynette. Pete gab sich die Schuld. Weiter war Pete nicht gegangen. Pete hatte auf Patzer in Dallas hingedeutet.

Littell überprüfte seine Notizen. Vieles ließ darauf schließen, dass Junior Maynard Moore umgebracht hat. Die Einzelheiten wirkten verwirrend. Wendell Durfee hatte irgendwie damit zu tun.

Junior besaß die Kommissionsakten. Auf die Littell angewiesen war. Ebenso wie vielleicht auf Wayne Senior. Wayne Senior hatte ihn angerufen. Wayne Senior war sehr nett gewesen. Er hatte gesagt, ich will meinem Sohn helfen. Er hatte gesagt, ich will, dass *er* drum bittet.

Das hatte er Wayne Junior ausgerichtet. Und Wayne Junior hatte abgelehnt. Was er Wayne Senior ausgerichtet hatte. Was diesen wütend machte. Umso besser. Weil er vielleicht mal auf ihn angewiesen sein konnte. Das Nein hatte Senior umgehauen.

Wayne Junior hatte sich gut gehalten. Wayne Junior hatte Dwight Holly vergrätzt. Littell hatte bei Lyle Holly angerufen. Sie hatten sich gestern Abend unterhalten. Über das Treffen mit Bayard Rustin. Lyle zufolge war Dwight stinksauer. Die drei Toten passten ihm überhaupt nicht. Junior hatte seine Überwachung versaut.

Er hatte Lyle ausgehorcht. Er hatte gesagt: »Ich bin Juniors

Anwalt.« Lyle hatte gelacht. »Dwight konnte dich nie leiden.«

Littell überprüfte seine Notizen. Das Zimmer war kalt. Sein Atem dampfte nebelig-trüb. Bob Gilstrap kam rein. Gefolgt von Dwight Holly. Sie setzten sich und machten es sich bequem.

Holly streckte sich. Sein Mantel ging auf. Er trug eine stahlblaue .45er.

»Du bist älter geworden, Ward. Die Narben machen dich ein paar Jahre reifer.«

»Schwer verdient, Dwight.«

»Manche Männer werden erst durch Erfahrung klug. Was hoffentlich auf dich zutrifft.«

Littell lächelte. »Reden wir über Wayne Tedrow Junior.«

Holly kratzte sich am Hals. »Ein Tunichtgut. Mit der ganzen Arroganz des Vaters und nichts von dessen Charme.«

Gilstrap zündete sich eine Zigarette an. »So was wie Senior und ihn gibt's einfach nicht. Ich bin weder aus dem einen noch aus dem anderen schlau geworden.«

Holly verschränkte die Hände. »Irgendwas war zwischen ihm und Wendell Durfee. Wo oder wann, weiß ich nicht.«

Gilstrap nickte. »Höchstwahrscheinlich, und das macht mir Angst.«

Ein Ventil schlug dumpf um. Die Heizung sprang an. Holly hustete schleimig.

»Erst kommt der Junge mir frech, dann hängt er mir seine Bazillen an.«

»Du wirst's überleben«, sagte Gilstrap.

»Zur Sache«, sagte Holly. »Ich bin der Einzige, der die Angelegenheit nicht begraben möchte.«

»Er hat doch nicht deine Abteilung auflaufen lassen.«

»Scheiße, er hat *mich* auflaufen lassen.«

Das Zimmer wurde wärmer. Holly legte den Mantel ab.

»Raus mit der Sprache, Ward. Du machst ein Gesicht wie die Katze, die den Kanarienvogel gefressen hat.«

Littell öffnete die Aktentasche. Littell zeigte die Vegas *Sun* vor. Eine Schlagzeile. 40 Punkt. Mit 16-Punkt-Untertitel.

Polizist wegen drei Toten festgenommen – Proteste befürchtet.

NAACP: »Totschlag zwingt zu Rückschlüssen auf Rassismus in Las Vegas.«

»Scheiße«, sagte Gilstrap.

Holly lachte. »Große Worte und Neger-Sprücheklopfen. Gib denen ein Wörterbuch und sie glauben, ihnen gehört die Welt.«

Littell pochte auf die Zeitung. »Deinen Namen habe ich nicht gefunden, Dwight. Ist das gut oder schlecht?«

Holly stand auf. »Ich verstehe, worauf ihr hinauswollt, und wenn es *das* ist, wende ich mich eben an den US-Generalstaatsanwalt. Wegen Bürgerrechtsverletzung und Justizbehinderung. Ich stehe schlecht da, ihr noch schlechter, und der Junge wandert in den Knast.«

Ein Ventilator schlug um. Die Heizung schaltete ab. Holly ging raus.

»Dem Dreckskerl ist's ernst«, sagte Gilstrap.

»Das glaub ich nicht. Dafür kennt er Wayne Senior zu lang.«

»Dwight blickt nicht zurück, Dwight blickt nach vorn. Wayne Senior könnte allenfalls bei Mr. Hoover petzen, aber der würde nur mit den Schultern zucken, weil er nach allem, was ich in Erfahrung bringen konnte, eine echte Schwäche für Dwight hat.«

Littell blätterte die Zeitung um. Unter dem Knick seriöse Nachrichten und AP-Fotos: Polizeihunde / aufgebrachte Neger / Tränengas.

Gilstrap seufzte. »OK, ich mach mit.«

»Will der Staatsanwalt Klage erheben?«

»Das will keiner. Wir haben nur Angst, dass wir uns schon zu weit aus dem Fenster gelehnt haben.«

»Und?«

»Es gibt zwei Überlegungen. Alles unter den Teppich kehren und den Rote-Socken-Schwachsinn aussitzen – oder Klage erheben und die Prügel einstecken.«

Littell trommelte auf den Tisch. »Ihre Abteilung könnte ernsthaft Schaden nehmen.«

Gilstrap blies Rauchringe in die Luft. »Mr. Littell, Sie versuchen mich vorzuführen. Sie spielen mit mir und halten Ihre Trumpfkarte im Ärmel.«

Littell klopfte auf die Zeitung. »Sagen Sie, dass Ihnen Dallas nicht Angst macht. Sagen Sie, dass Junior dort nicht was versaute und Durfee ein Motiv gab, ihn umzubringen. Sagen Sie, dass das im Gericht nicht zur Sprache kommen wird. Sagen Sie, dass Sie sicher sind, dass Junior Maynard Moore nicht umgebracht hat. Sagen Sie, Sie haben kein Kopfgeld auf Durfee ausgesetzt und Junior keine sechstausend Dollar bezahlt, um ihn umzubringen. Sagen Sie, dass Sie wollen, dass all das an die Öffentlichkeit gezerrt wird, und sagen Sie, dass Junior all dies nicht zur Sprache bringt, weil er partout mit dem Kopf durch die Wand will.«

Gilstrap umklammerte den Aschenbecher. »Sagen Sie, dass sich das Police Department Dallas in Luft auflösen wird.«

»Sagen Sie, Junior sei nicht so schlau gewesen, die Leiche zu verstecken. Sagen Sie, dass der erstbeste Bulle, der Durfee sieht, ihn nicht umbringen und den einen eventuellen Zeugen des DPD ausschalten wird.«

Gilstrap schlug auf den Tisch: »Sagen Sie, *wie* wir das hinkriegen sollen.«

»Ich habe die Berichte gelesen«, sagte Littell. »Die Abfolge der Ereignisse steht nicht fest. Fest stehen einzig die vier Tötungsdelikte des einen Abends.«

»Richtig.«

»Aus den Indizien kann man auch auf Selbstverteidigung schließen. Was Demonstrationen vermeiden würde.«

Gilstrap seufzte. »Ich will Wayne Senior keinen Gefallen schulden.«

»Das werden Sie nicht.«

Gilstrap reichte ihm die Hand.

Er dachte sich einen Plan aus. Er rief bei Pete an und gab ihm Bescheid. Pete sagte zu. Pete bat ihn um einen Gefallen.

Ich will Lynette sehen. Das alles ist *meine* Schuld. Ich habe in Dallas versagt.

Buddy Fritsch hatte Pathologie-Aufnahmen. Littell hatte sie gesehen. Durfee hatte sie vergewaltigt. Durfee hatte sie ausgeweidet. Durfee hatte sie rasiert.

Er hatte die Bilder gesehen. Er hatte sie studiert. Er hatte sich selbst Angst gemacht. Er hatte sich Janes Gesicht über Lynettes Körper vorgestellt.

Er schickte Pete eine Zugangsberechtigung zur Pathologie. Pete sagte, er habe mit Wayne Junior gesprochen. Junior hatte ihm seine Akten versprochen.

Littell rief an der Ostküste an. Littell ließ Beziehungen spielen. Littell rief bei Lyle Holly an. Er sagte, die Morde könnten Dwight schaden – also hör dir meinen Plan an.

Ruf bei Bayard Rustin an. Gib ihm folgenden Rat: Er soll wegen der Toten nicht protestieren – sondern bei Ward Littell anrufen.

Rustin rief bei ihm an. Littell log. Littell erklärte. Ein Neger hat eine Weiße umgebracht. Was zu drei weiteren Toten führte. Der Polizist hat in Notwehr getötet. Das ist alles belegt.

Rustin *verstand* – den Hass nicht noch steigern – keinen Märtyrer aus einem wütenden weißen Polizisten machen. Vegas war nicht Birmingham. Negerjunkies keine vier kleinen Mädchen in einer Kirche.

Rustin war gewitzt. Rustin war freundlich. Littell versprach ihm weitere Gelder. Littell lobte Dr. King.

Er hatte Rustin einmal getroffen. Er hatte ihn bezaubert und reingelegt. Von nun an *benutzte* er ihn.

Ich *glaube*. Ich habe schreckliche Schulden. Ich werde versuchen, mehr zu helfen als zu schaden.

34 (Las Vegas, 19. 1. 64)

Er hatte Lynette gesehen.
Er hatte die Hautlappen gesehen. Er hatte die durchgetrennten Rippen gesehen. Er hatte gesehen, wo das Messer die Knochen gebrochen hatte. Wayne Junior machte ihm keine Vorwürfe. Sondern sich.
Pete stand am Freeway. Pete schluckte Auspuffgase. Pete hatte einen neuen Schlitten – einen brandneuen Lincoln.
Ein Streifenwagen hielt an. Ein Polizist stieg aus. Er reichte Pete drei Pistolen. Drei Kaliber: .38 / .45 / .357er Magnum.
Indizienwaffen. Mit Klebeband umwickelt und mit Initialen versehen: L.W. / O.S. / C.S.
Der Polizist kannte den Plan. Sie hatten zwei Tatorte. Sie hatten passendes Blut – solide Rotkreuzware.
Der Polizist ging. Pete fuhr nach Henderson. Pete ging in einen Waffenladen. Pete kaufte Munition. Er lud die Waffen. Er versah sie mit Schalldämpfern. Er fuhr nach Vegas zurück.
Wayne Junior war auf freiem Fuß. Er hatte ihn gestern getroffen. Der Staatsanwalt hatte die Ermittlungen eingestellt. Sie hatten sich getroffen. Sie waren zu Waynes Safe gegangen. Junior hatte ihm seine Akten übergeben und ihn auf den neuesten Stand gebracht.
Spurgeon stand auf Minderjährige. Peavy war kriminell. Hinton hatte eine Nutte umgenietet. Drei Kommissionsmitglieder – die satte Stimmenmehrheit – gute Nachrichten für Graf Drac.
Spurgeon wirkte problemlos. Hinton wie ein harter Brocken. Peavy sah nach Ärger aus. Monarch-Taxi als »Tiger-Taksi« – eine genüssliche Vorstellung.
Wayne wirkte erschöpft. Sein Blick schweifte ständig ab. Er musterte ständig Schwarze. Sie aßen zu Mittag und unterhielten sich.

Neutraler Quark – Clay gegen Liston. Pete setzte auf Sieg Liston nach zwei Runden. Wayne sagte, drei Runden maximal. Ein Neger räumte den Tisch ab. Junior musterte ihn misstrauisch.

Pete fuhr zum Schrottplatz. Wo ihn der Polizist erwartete. Der Schrottplatz war geschlossen. Die Sonne stand am Himmel. Eine leichte Brise wehte.

Sie unterhielten sich. Sie schwangen sich über die Tatortabsperrung. Waynes Wagen war weg. Der Buick war verschrottet. Der Polizist klebte einen Körperumriss ab – weißes Band auf Zement. Pete zielte mit der .45er.

Er drückte sechsmal ab. Er durchbohrte einen Baum. Er holte die Kugeln raus. Er schätzte Flugbahnen ab. Er ließ die Kugeln fallen. Er ummalte sie mit Kreidekreisen. Der Polizist fotografierte.

Pete ließ Blut aufs Band tröpfeln. Pete wartete, bis das Blut trocken war. Der Polizist fotografierte.

Sie fuhren zur Hütte. Sie schwangen sich über die Tatortabsperrung. Der Polizist klebte zwei Körperumrisse ab. Der Polizist ließ Blut aufs Band tröpfeln.

Pete schoss mit der .38er. Pete drückte viermal ab. Pete traf die Wand und holte die Kugeln raus. Der Polizist steckte sie ein. Der Polizist protokollierte sie fürs Labor. Der Polizist fotografierte.

Sie fuhren zur Leichenhalle. Der Polizist bestach den Diensthabenden. Besagter Diensthabende passte auf drei Leichen auf. Besagte Leichen ruhten auf drei Schragen.

Leroy hatte keinen Kopf. Leroy trug ein Dashiki. Der Polizist nahm den Schlagstock. Der Polizist brach Leroys rechte Hand. Der Polizist bog drei Finger frei.

Pete färbte die Fingerspitzen ein. Pete verschmutzte die Magnum. Pete stellte zwei Handballenabdrücke auf dem Kolben her.

Curtis war steif. Otis war steif. Sie trugen Dodger-T-Shirts und Leichentücher.

Pete drückte auf ihre Hände. Pete brach ihnen die Finger. Pete bog die Fingerspitzen. Der Polizist hinterließ Abdrücke auf der Trommel – er rollte die .45er und .38er ab.

Die Leichen stanken nach Totenschminke und Sägemehl. Pete hustete und nieste.

Ward hatte alles arrangiert. Wir treffen uns in Wilt's Diner – draußen, nicht weit vom Davis-Damm.

Sie waren früh da. Sie besetzten eine Koje. Sie machten den Tisch frei und tranken Kaffee. Ward stellte die Tüte auf. Mitten auf dem Tisch – *très* schwer zu übersehen.

Dwight Holly erschien. Pünktlich – genau um 14:00.

Er parkte den Wagen. Er blickte durchs Fenster. Er sah sie und kam gleich rein.

Pete machte ihm Platz. Holly setzte sich neben ihn. Holly beäugte die Tüte.

»Was soll das?«

»Weihnachten«, sagte Pete.

Holly machte das Fick-dich-Zeichen. Holly breitete sich aus. Er streckte sich. Er sorgte für Ellenbogenfreiheit. Er rempelte Pete grob an.

Er hustete. »Ich hab die Scheiß-Bazillen von Tedrows Jungen abgekriegt.«

Ward lächelte. »Danke, dass du gekommen bist.«

Holly zupfte an den Manschettenknöpfen. »Wer ist der Große? Der Wilde Mann von Borneo?«

Pete lachte. Pete schlug sich aufs Knie.

Ward nippte Kaffee. »Hast du mit dem Bundesstaatsanw –«

»Er hat mich angerufen. Er hat mir gesagt, Mr. Hoover habe ihn angewiesen, nicht gegen den Jungen zu ermitteln. Ich nehme an, dass sich Wayne Senior eingeschaltet hat, und ich hoffe sehr, ihr habt mich nicht herbestellt, um euch an Schadenfreude zu weiden.«

Ward klopfte an die Tüte. »Ich gratuliere.«

»*Wozu?* Zur Untersuchung, die dein Klient versaut hat?«

»Du musst *gestern* mit dem US-Staatsanwalt gesprochen haben.«

Holly zupfte an seinem Juristenring. »Du führst mich an der Nase rum, Ward. Du erinnerst mich daran, wieso ich dich nie leiden konnte.«

Ward rührte in seinem Kaffee. »Du bist der neue Chefuntersuchungsbeamte für das Southern Nevada FBI-Büro. Mr. Hoover hat mich heute früh informiert.«

Holly zupfte an seinem Ring. Er fiel ab. Er fiel zu Boden. Er rollte fort.

Ward lächelte. »Wobei uns sehr an guten Beziehungen zu Nevada gelegen ist.«

Pete lächelte. »Du hast Leroy Williams und die Gebrüder Swasey hochgehen lassen. Sie waren auf Kaution frei, als Wayne sie umbrachte.«

Ward klopfte an die Tüte. »Die Berichte sind vordatiert. Du wirst es in der Zeitung lesen.«

Pete klopfte an die Tüte. »Das wird weiße Weihnachten geben.«

Holly nahm die Tüte. Holly nahm ein Steakmesser. Holly stach in einen Barren. Holly schob einen Finger rein.

Er leckte ihn ab. Er prüfte den Geschmack. Er spürte die Schärfe von H.

»Ihr habt mich überzeugt. Aber mit dem Jungen bin ich nicht fertig, egal, wer hinter ihm steht.«

DOKUMENTENEINSCHUB: 23. 1. 64. Las Vegas *Sun.*

DROGENKRIMINALITÄT
GETÖTETER NEGER BEKANNT GEGEBEN

Bei einer gemeinsamen Pressekonferenz gaben die Sprecher für das Police Department Las Vegas und der Bundesstaatsanwalt des Bezirks Southern Nevada bekannt, dass Leroy Williams und Otis und Curtis Swasey, drei in der Nacht des 15. Januar zu Tode gekommene Neger, vor kurzem von der Drogenabteilung des FBI festgenommen worden und zum Zeitpunkt ihres Todes auf Kaution frei waren.

»Die drei Männer standen im Mittelpunkt einer langfristigen Untersuchung« gab Agent Dwight Holly bekannt. »Sie hatten große Mengen Heroin in benachbarten Städten verkauft und waren im Begriff, es auch in Las Vegas zu verkaufen. Man hat sie in den frühen Morgenstunden des 9. Januar verhaftet, wobei an ihrem Wohnsitz in West Las Vegas drei Kilogramm (6 1/2 amerik. Pfund) Heroin beschlagnahmt worden sind. Williams und die Swasey-Brüder haben am Nachmittag des 13. Januar Kaution gestellt und sind an ihren Wohnsitz zurückgekehrt.«

Captain Robert Gilstrap vom LVPD schilderte die weiteren

Ereignisse der Nacht vom 15. Januar. »Zeitungsreporter und örtliche Fernsehkommentatoren haben berichtet, dass die drei in dieser Nacht zu Tode gekommenen Männer von LVPD-Sergeant Wayne Tedrow Jr. umgebracht wurden, womit dieser seine vermutlich durch einen Neger namens Wendell Durfee vergewaltigte und ermordete Frau Lynette rächen wollte«, teilte er mit. »Dem ist nicht so. Durfee war ein nachweislicher Bekannter von Williams und den Swasey-Brüdern und wurde von den Brüdern für die Ermordung von Mrs. Tedrow bezahlt. Erst jetzt wurde bekannt, dass Mrs. Tedrows Tod nach dem Tod von Williams und den Swasey-Brüdern eingetreten ist und dass Sergeant Tedrow Williams und die Swasey-Brüder im Zusammenhang mit einer gemeinsamen Operation des LVPD und des FBI-Drogendezernats überwachte, um sicherzustellen, dass sie sich nicht aus dem Staub machten, während sie auf Kaution frei waren.«

Agent Holly erläuterte: »Am 15. Januar spätabends hörte Sergeant Tedrow laute Geräusche aus dem Wohnsitz der beiden. Er stellte eine nähere Untersuchung an und wurde von den Swasey-Brüdern beschossen. Da beide Männer Schußwaffen mit Schalldämpfern verwendeten, waren keine Schüsse zu hören. Sergeant Tedrow vermochte beide Männer kampfunfähig zu machen und sie mit improvisierten, vor Ort gefundenen Waffen umzubringen. Dies war der Zeitpunkt, an dem Leroy Williams die Wohnung betrat. Sergeant Tedrow verfolgte ihn zu einem Kfz-Schrottplatz am Tonopah Highway und wurde in einen Feuerwechsel mit Williams verwickelt. Dabei kam Williams zu Tode.«

Agent Holly und Captain Gilstrap legten fotografisches Beweismaterial vor, das von den beiden Tatorten stammte. Mr. Randall J. Merrins von der US-Staatsanwaltschaft erläuterte des Weiteren, dass unterstellt worden sei, Sergeant Tedrow sei verhaftet worden, während eine eventuelle Mordanklage gegen ihn anhängig war und zur Vorlage vorbereitet wurde.

»Dem ist nicht so«, erklärte Merrins. »Sergeant Tedrow wurde zu seiner eigenen Sicherheit in Obhut genommen, da wir Racheakte unbekannter Mitglieder der Williams-Swasey-Drogenbande zu befürchten hatten.«

Sergeant Tedrow, 29, war für eine Stellungnahme nicht erreichbar. Mrs. Tedrows wahrscheinlicher Mörder, Wendell Durfee, wurde durch Fingerabdrücke und andere konkrete Indizien identifiziert, die im Haus der Tedrows nachgewiesen wurden. Durfee wird nun amerikaweit mit Haftbefehl gesucht und von den Behörden von Texas auch für das im November 1963 erfolgte Verschwinden von Maynard Moore, einem Polizeibeamten aus Texas, verantwortlich gemacht.

Die langwierige Fahndung nach den Swasey-Brüdern und Leroy Williams durch Agent Holly wurde vom Stellvertretenden US-Staatsanwalt Merrins lobend erwähnt, indem er bekannt gab, dass Holly, 47, demnächst von seiner Behörde auf den Posten eines Leitenden Untersuchungsbeamten für das Southern Nevada Office versetzt wird. Captain Gilstrap teilte mit, dass man Sergeant Tedrow die höchste Auszeichnung des LVPD, die »Medal of Valor«, zusprechen wird, wegen »besonderer Kühnheit und Tapferkeit bei der Überwachung und der sich daraus ergebenden tödlichen Konfrontation mit drei bewaffneten und gefährlichen Drogenhändlern«.

Mrs. Tedrow hinterlässt eine Schwester und ihre Eltern, Mr. und Mrs. Herbert D. Sproul, aus Little Rock, Arkansas. Ihre sterblichen Überreste werden zur Bestattung nach Little Rock überführt.

DOKUMENTENEINSCHUB: 26.1.64. Las Vegas *Sun*.

GRAND JURY ENTLASTET POLIZISTEN

Die einsitzende Clark County Grand Jury gab heute bekannt, dass im Zusammenhang mit dem Tod der drei Neger-Drogenhändler keine Strafverfolgungsmaßnahmen gegen den Las-Vegas-Polizisten Wayne Tedrow Jr. erhoben werden.

Die Grand Jury hörte sich sechs Stunden lang Zeugenaussagen von Angehörigen des Police Department Las Vegas, dem Department des Clark County Sheriffs und der US-Drogenbehörde an. Die Jurymitglieder kamen zum einstimmigen Schluss, dass Sergeant Tedrow den Umständen entsprechend und rechtmäßig gehandelt habe. Der Sprecher der Grand Jury, D.W. Kaltenborn, erklärte: »Wir sind zum Schluss gekommen, dass Sergeant Tedrow tatkräftig und in jeder Hinsicht den Gesetzesvorschriften des Staates Nevada entsprechend vorging.«

Ein Sprecher des Police Department Las Vegas, der der Grand-Jury-Sitzung beiwohnte, gab bekannt, dass Sergeant Tedrow am gleichen Vormittag beim LVPD seinen Rücktritt eingereicht habe. Sergeant Tedrow war für eine Stellungnahme nicht erreichbar.

DOKUMENTENEINSCHUB: Las Vegas *Sun* vom 27.1.64:

KEINE PROTESTE, SAGEN NEGER-FÜHRER

In einer hastig einberufenen Pressekonferenz in Washington D.C. gab ein Sprecher der »Nationalen Gesellschaft zur Beförderung der Interessen Farbiger Personen« (NAACP) bekannt, dass die betreffende Organisation sowie die anderen Bürgerrechtsgruppen wegen der am 15. Januar erfolgten Tötung dreier Neger durch einen weißen Polizisten in Las Vegas keine Proteste erheben werden.

Lawton J. Spoffort teilte den versammelten Reportern mit: »Unsere Feststellung ist in keiner Weise auf die kürzlich erfolgte Entscheidung der Grand Jury von Clark County zurückzuführen, derzufolge Sergeant Wayne Tedrow Jr. von einer Schuld am Tode von Leroy Williams, Curtis und Otis Swasey freizusprechen ist. Die Grand Jury trägt als ›Ausführendes Organ‹ des politischen Establishments von Clark County nicht zu unserer Meinungsbildung bei. Unserer Entscheidung liegen vielmehr Informationen zugrunde, die uns von einer freundlich gesinnten anonymen Quelle zugespielt worden sind, aus denen sich ergibt, dass Sergeant Tedrow in großer persönlicher Notlage zwar überstürzt, aber in keinesfalls bösartiger Absicht handelte und dass sein Tun in keiner Weise von rassistischen Motiven bestimmt war.«

Die NAACP hatte zunächst in Übereinstimmung mit dem »Kongress für Gleichheit vor dem Gesetz« (CORE, Congress of Racial Equality) und dem »Leitungskomitee Südstaatlicher Christen« (SCLC, Southern Christian Leadership Conference) die Absicht bekannt gegeben, in Las Vegas Proteste durchzuführen, um »die Zustände in einer auf scheußliche Weise rassengetrennten Stadt zu offenbaren, in der Negermitbürger unter beklagenswerten Umständen wohnen«. Man hatte, wie Spoffort ausführte, »ursprünglich die Absicht, die Todesfälle zum Ansatz- und Kristallisationspunkt der Proteste zu nehmen«.

Die anderen führenden Negerpersönlichkeiten, die an der Pressekonferenz teilnahmen, wollten künftige Bürgerrechtsproteste in Las Vegas nicht ausschließen. »Kein Rauch ohne Feuer«, sagte CORE-Sprecher Welton D. Holland. »Wir erwarten nicht, dass sich in Las Vegas etwas ohne nachhaltige Konfrontationen verändern wird.«

DOKUMENTENEINSCHUB: 6.2.64. Wörtliches FBI-Telefontranskript. Bezeichnung: »AUFGENOMMEN AUF ANWEISUNG DES DIREKTORS.« / »VERTRAULICHKEITSSTUFE 1A: DARF NUR VOM DIREKTOR EINGESEHEN WERDEN.« Am Apparat: Direktor Hoover, Ward J. Littell.

JEH: Guten Morgen, Mr. Littell.
WJL: Guten Morgen, Sir.
JEH: Sie haben einige charmante neue Bekannte getroffen und alte Freunde wiedergefunden. Ein vorzüglicher Ausgangspunkt für das Gespräch.
WJL: »Charmant« passt sehr wohl auf Mr. Rustin, Sir. Dwight Holly aber ist entschieden kein »alter Freund«.
JEH: Eine Antwort, die ich mir hätte denken können. Wobei ich meine Zweifel habe, ob Lyle Holly lebenslang Ihr Kumpel bleiben wird.
WJL: Wir haben einen wunderbaren gemeinsamen Freund in Ihnen, Sir.
JEH: Heute Morgen scheint Sie der Hafer zu stechen.
WJL: Ja, Sir.
JEH: Hat sich Mr. Rustin wegen meiner Vorstöße gegen Mr. King und die SCLC beklagt?
WJL: Das hat er in der Tat, Sir.
JEH: Und Sie haben das nötige Bedauern an den Tag gelegt?
WJL: Ich habe den Anschein erweckt, Sir, ja.
JEH: Ich bin überzeugt, dass Sie völlig überzeugend wirkten.

WJL: Ich konnte eine Beziehung zu Mr. Rustin aufbauen.
JEH: Ich bin überzeugt, dass Sie dieselbe aufrechterhalten werden.
WJL: Das will ich hoffen, Sir.
JEH: Haben Sie nochmal mit ihm gesprochen?
WJL: Lyle Holly hat mir ein zweites Gespräch ermöglicht. Ich nutzte Mr. Rustin, um gewisse Probleme in Las Vegas zu vermeiden. Im Zusammenhang mit einem Klienten von mir.
JEH: Mir sind die Einzelheiten der Geschichte bekannt. Wir werden uns gleich darüber unterhalten.
WJL: Ja, Sir.
JEH: Halten Sie es nach wie vor für unmöglich, den Fürsten der Finsternis erneut auf Band aufzunehmen?
WJL: Ja, Sir.
JEH: Ich würde Einblicke in seinen privaten Schmerz genießen.
WJL: Ich auch.
JEH: Das bezweifle ich. Sie sind ein Voyeur, kein Sadist, und ich hege den nachhaltigen Verdacht, dass Sie über Ihre alte Bewunderung für Bobby nicht hinweggekommen sind.
WJL: Ja, Sir.
JEH: Lyndon Johnson empfindet ihn als schwierig. Viele Berater meinen, er solle ihn für die Herbstwahlen aufstellen, aber dafür hasst er den Dunklen Jüngling zu sehr.
WJL: Ich verstehe, wie ihm zumute ist, Sir.
JEH: Ja, indem Sie dies auf Ihre einmalig nicht ablehnende Weise ablehnen.
WJL: Ich bin keine derart komplexe Persönlichkeit, Sir. Oder derart kompromittiert, was meine Gefühle betrifft.
JEH: Sie entzücken mich, Mr. Littell. Ihre letzte Aussage werde ich als Beste Lüge des Jahres 1964 nominieren.
WJL: Ich fühle mich sehr geehrt, Sir.
JEH: Bobby wird sich vielleicht um Kenneth Keatings Senatssitz in New York bewerben.
WJL: Wenn er sich bewirbt, wird er gewinnen.
JEH: Ja. Er wird eine Koalition der Verwirrten und moralisch Benachteiligten aufstellen und obsiegen.
WJL: Führt er seine Aufgabe im Justizministerium weiter?
JEH: Nicht mit großer Energie. Er scheint nach wie vor unter

Schock zu stehen. Mr. Katzenbach und Mr. Clark erledigen den Großteil seiner Arbeit. Ich denke, er wird zu passender Zeit zurücktreten.
WJL: Überprüft er die Agenten der Warren-Kommission?
JEH: Ich habe die Untersuchung nicht mit ihm abgesprochen. Natürlich erhält er die Zusammenfassung sämtlicher Berichte meiner aktiven Agenten.
WJL: Redigierte Zusammenfassungen, Sir?
JEH: Heute scheint Sie allerdings der Hafer zu stechen. Bis hin zu Impertinenz.
WJL: Entschuldigen Sie, Sir.
JEH: Nicht die Ursache. Unsere Unterhaltung macht mir Spaß.
WJL: Ja, Sir.
JEH: Redigierte Zusammenfassungen, gewiss. Aus denen sämtliche Elemente, die der von uns anfangs in Dallas vertretenen These widersprechen könnten, getilgt sind.
WJL: Ich bin froh, dies zu hören.
JEH: Das wird Ihren Klienten nicht anders gehen.
WJL: Ja, Sir.
JEH: Sie können Ihren Informanten nicht mehr ins Feld schicken. Sind Sie sich dessen sicher?
WJL: Ja, Sir.
JEH: Schade um die verpasste Chance. Ich hätte zu gern eine private Einschätzung von König Jacks Tod.
WJL: Ich fürchte, wir werden sie niemals erfahren, Sir.
JEH: Lyndon Johnson lässt mich weiterhin auf seine unnachahmlich profane Weise an seinem Denken teilhaben. Er sagte, Zitat: »Das kommt alles aus dem erbärmlichen kleinen Scheißloch Kuba. Vielleicht vom Bart-Arsch oder vom Exilanten-Geschmeiß«, Ende des Zitats.
WJL: Eine plastische und tief greifende Analyse.
JEH: Mr. Johnson hat einen Widerwillen gegen alles Kubanische entwickelt. Die Exil-Causa ist der Zersplitterung zum Opfer gefallen und in alle Winde zerstreut, worüber er sich sehr freut.
WJL: Eine Freude, die ich nachempfinden kann, Sir. Ich kenne viele Leute, die von La Causa verführt worden sind.
JEH: Ja. Gangster und ein frankokanadischer Bursche mit mörderischen Neigungen.

WJL: Ja, Sir.
JEH: Kuba verlockt Hitzköpfe und moralisch Behinderte. Die Küche und der Sex. Plantainbananen und Frauen, die Geschlechtsverkehr mit Eseln ausüben.
WJL: Ich habe für den Ort nichts übrig, Sir.
JEH: Mr. Johnson beginnt, einiges für Vietnam übrig zu haben. Worüber Sie Mr. Hughes informieren sollten. Es könnten einige Militäraufträge für ihn abfallen.
WJL: Er wird sich freuen, dies zu hören.
JEH: Teilen Sie ihm mit, dass ich Sie über die Pläne des Justizministeriums für Las Vegas auf dem Laufenden halten werde.
WJL: Das freut mich sehr.
JEH: Soweit erforderlich, Mr. Littell. Wie bei sämtlichen unserer Transaktionen.
WJL: Ich verstehe, Sir. Und ich habe mich noch gar nicht für die Hilfe im Tedrow-Fall bedankt. Dwight Holly war entschlossen, dem Jungen was anzutun.
JEH: Sie verdienen einen Orden. Sie haben Wayne Senior sehr wirksam ausgespielt.
WJL: Danke, Sir.
JEH: Ich habe gehört, dass er Sie zum Lunch gebeten hat.
WJL: Ja, Sir. Wir haben noch keine feste Abmachung getroffen.
JEH: Er hält Sie für schwach. Ich habe ihm gesagt, dass Sie ein kühner und gelegentlich tollkühner Mann sind, der gelernt hat, sich zu beherrschen.
WJL: Danke, Sir.
JEH: Dwight hegt recht ambivalente Gefühle. Er erhielt die von ihm angestrebte Stelle, hat aber eine prononcierte Abneigung gegen Wayne Junior entwickelt. Meine Quellen im US-Staatsanwaltsbüro haben mich wissen lassen, dass er langfristig entschlossen ist, Senior auszuspielen und Junior zu schaden.
WJL: Trotz seiner Freundschaft mit Senior?
JEH: Oder deswegen. Bei Dwight weiß man das nie so genau. Er ist ebenso provokant wie schurkisch, weswegen ich ihm vieles durchgehen lasse.
WJL: Ja, Sir.
JEH: Wie ich Ihnen einiges durchgehen lasse.
WJL: Ich habe die Anspielung verstanden, Sir.

JEH: Sie können weder Dwight noch Wayne Senior ausstehen, und ich bestärke Sie gerne in Ihrer Abneigung. Die Väter der beiden gehörten dem gleichen Klan-Klavern in Indiana an. Was ich insofern einschränken möchte, als es sich dabei um eine wesentliche zahmere Gruppierung gehandelt haben dürfte als die Klan-Gruppen, die zur Zeit im Süden berserkern.
WJL: Ich bin sicher, dass sie niemals Neger gelyncht haben.
JEH: Ja, auch wenn ich überzeugt bin, dass sie's liebend gern getan hätten.
WJL: Ja, Sir.
JEH: Wobei wohl ein jeder gelegentlich den Gedanken gehegt hat. Man muss den Burschen ihre Zurückhaltung zugute halten.
WJL: Ja, Sir.
JEH: Sie könnten den Indiana-Klan bei Bayard Rustin zur Sprache bringen. Ich möchte, dass Sie eine weitere Spende leisten.
WJL: Ich werde darauf zu sprechen kommen, Sir. Ich bin überzeugt, er wird mir zugestehen, dass es sich dabei um eine zivilisierte Einrichtung handelt.
JEH: Heute scheint Sie wahrhaft der Hafer zu stechen.
WJL: Ich hoffe, ich habe Sie nicht beleidigt, Sir.
JEH: Im Gegenteil. Und ich hoffe, ich habe Sie wegen Junior nicht beleidigt.
WJL: Sir?
JEH: Ich musste Dwight Holly einen Knochen zuwerfen. Er forderte den Ausschluss Juniors aus dem LVPD, und das habe ich arrangiert.
WJL: Davon bin ich ausgegangen, Sir. Die Zeitungen gingen jedenfalls sehr nett mit Junior um. Sie erklärten, er habe seinen Rücktritt eingereicht.
JEH: Haben Sie sich mit Junior angefreundet, um an die Akten zu gelangen? Mr. Hughes zuliebe?
WJL: Ja, Sir.
JEH: Ich bin sicher, dass Senior Juniors Entlassung genießt. Die beiden haben ein höchst eigenartiges Verhältnis.
WJL: Ja, Sir.
JEH: Guten Tag, Mr. Littell. Unser Gespräch hat mir großen Spaß gemacht.
WJL: Guten Tag, Sir.

35 (Las Vegas, 7. 2. 64)

Der Lincoln glitzerte. Neuer Lack / neues Chrom / neues Leder.

Der Wagen machte ihm Spaß. Der Wagen lenkte ihn ab. Er sah ständig Lynette vor sich. Hautlappen und durchgetrennte Rippen. Durfees Messer brach Knochen entzwei.

Pete fuhr durch die Gegend. Pete probierte die Spielereien aus. Der Zigarettenanzünder funktionierte. Die Heizung funktionierte. Die Sessel ließen sich zurückkippen.

Vegas sah gut aus. Berge im Sonnenschein, von einer kühlen Brise umweht. Stimmen-Sicherungs-Tag – einen Mann abgehakt.

Er war Webb Spurgeon auf die Zehen getreten. Er hatte ihm die Paragraphen über Unzucht mit Minderjährigen erläutert. Er hatte die Zustimmungsgesetze im Einzelnen zitiert. Spurgeon hatte leer geschluckt. Spurgeon hatte sich geduckt. Spurgeon hatte ihm seine Stimme versprochen.

Alles bestens. Einen abgehakt – noch zwei zu erledigen.

Pete fuhr bei Monarch vorbei. Petes Stimmung besserte sich erheblich. Er sah tanzende und blinkende Dollarzeichen.

Taxen fuhren rein. Taxen fuhren raus. Taxen tankten auf. Die Fahrer schluckten Pillen. Die Fahrer tranken ihr Mittagessen. Die Fahrer steckten sich Waffen in den Hosenbund.

Monarch-Taxi. *Vielleicht*: Tiger-Taksi, zum zweiten.

Eine Goldgrube. Ein Gangsterdrehkreuz. Krumme Mitarbeiter. Monarch als Tiger – eine berauschende Vorstellung.

Pete fuhr durch die Gegend. Pete machte Umwege. Pete gelangte nach West Las Vegas. Pete überprüfte das leere Grundstück. Der Trailer steht noch. Die Farbe ist weg. Die Außenwand hat Sprünge. Die Abdeckung ist versengt.

Ein Junge kam des Wegs. Pete zog ihn ins Gespräch. Der Junge berichtete.

Der Trailer hat übel gestunken. War nicht schön. Lag was Totes drin. 'ne Type hat ihn angezündet. Worauf der Gestank verschwand. Er hat den Gestank weggebrannt. Kam kein Bulle nicht. Kein Feuerwehrmann. Das Tote ist *immer* noch drin.

Der Junge ging von dannen. Pete musterte den Trailer. Ein Wind erhob sich. Der Trailer ächzte. Lacksplitter platzten ab und wehten durch die Luft.

Pete fuhr durch die Gegend. Pete machte Umwege. Pete fuhr nach Süden. Pete fand zu Duane Hintons Haus.

Er parkte. Er ging zur Haustür. Er klopfte an die Tür. Er zog Waynes Foto raus.

Eine dicke Nutte, gefesselt und geknebelt. Einen Gummiball im Schlund.

Hinton öffnete. Pete hielt ihm das Foto auf Augenhöhe entgegen.

Hinton prustete. Pete packte ihn am Haar. Pete hob ein Knie. Pete brach ihm das Nasenbein.

Hinton ging zu Boden. Knochen brachen. Knorpel barst.

Pete beschied:

Du wirst für uns stimmen. Du sollst keine Nutten anfassen. Du sollst keiner Nutte was zuleide tun. Du sollst keine Nutten umbringen – ODER ICH BRING DICH UM.

Hinton versuchte zu sprechen. Hinton brachte kein Wort raus. Hinton biss sich die Zunge durch.

36 (Little Rock, 8. 2. 64)

Hingebungsvolle Ehefrau. Lehrerin. Liebevolle Tochter.
Der Prediger redete weiter. Der Sarg wartete. Lakeside Friedhof: Beerdigungen Zweiter Klasse, Grabstätten nach Rassen getrennt.
Die Sprouls trugen Schwarz. Janice trug Schwarz. Wayne Senior trug Blau. Die Sprouls standen für sich. Wayne stand für sich. Daddy Sproul schaute zu ihm rüber.
Soldatenkerl. Yankee. Sie war siebzehn. Du hast um sie geworben. Sie hat ihr Baby getötet. Du hast sie dazu gebracht.
Eine liebevolle Seele. Gottes Kind. In Christi Namen gesegnet.
Der Gottesdienst war kurz. Der Sarg Zweite Wahl. Die Grabmiete günstig. Die Tedrows hatten die Leiche in die Heimat verschickt. Die Tedrows hatten nichts mehr zu sagen.
Lynette hatte Religion verachtet. Ihre Liebe galt Filmstars und John Kennedy.
Ein Chauffeur wartete. Ein Neger. So groß wie Wendell Durfee.
Der Prediger hatte Wayne vor dem Gottesdienst angesprochen. Der Prediger hatte ihn getröstet.
Ich kann Ihren Verlust mitfühlen. Ich kann Ihren Kummer nachempfinden. Ich *verstehe*.
Wayne hatte gesagt: »Ich bringe Wendell Durfee um.«
Gottes Wille. Verhängnis. In der Blüte ihrer Tage dahingerafft.
Die Gräber stießen an Central High. Dort, wo er Lynette begegnet war. Soldaten und Prolos. Verängstigte Negerjugendliche.
Der Chauffeur wartete. Der Chauffeur feilte sich die Nägel. Der Chauffeur trug ein Haarnetz. Er hatte Durfee-Haare. Er hatte Durfee-Haut. Er hatte Durfees hageren Körperbau.

Wayne schaute ihn an. Wayne veränderte seine Haare. Wayne veränderte seine Haut. Wayne verwandelte ihn in Wendell D.

Der Prediger predigte. Die Sprouls weinten. Die Tedrows standen gefasst da. Der Chauffeur polierte sich die Nägel.

Wayne beobachtete ihn.

Er verbrannte ihm das Gesicht. Er zerschlug ihm die Zähne. Er stopfte ihm H ins Maul.

37 (Las Vegas, 9. 2. 64)

Der Zählraum vom Desert Inn.
Geld – in Münztonnen und Körbe gestopft. Eine bewegliche Beobachtungskamera angeschlossen.
Ihr Gastgeber – Moe Dalitz.
Die Geldzähler warteten draußen. Die Kamera war abgestellt. Das Geld stand hüfthoch. Littell musste niesen – der Geruch war beißend – nach Druckerfarbe und Blech.
»So kompliziert ist das nicht«, sagte Moe. »Die Geldzähler arbeiten mit den Kameraleuten zusammen. Die Kamera fällt aus, absichtlich zufällig, damit die Geldzähler die Absahne rausschaffen und das Geld neu zählen können. Da braucht man keine College-Ausbildung für.«
Weidenkörbe – in Wäschereigröße. Vierzig Körbe / zu vierzig Riesen. Moe griff rein. Moe schnappte sich zehn Riesen – alles Hunderter.
»Da, für deinen Bürgerrechts-Deal. Wie lautet doch ihr Scheiß-Motto? ›*We shall overcome?*‹«
Littell nahm das Geld. Littell packte seine Aktentasche.
»Das Absahnen interessiert mich.«
»Da bist du nicht der Einzige. Gewisse Bundesstaatliche Behörden sollen ziemlich neugierig sein.«
»Sucht ihr Kuriere?«
»Nein«, sagte Moe. »Wir setzen ausschließlich Zivilisten ein. Spießer, die beim Kasino Schulden haben. Sie transportieren die Absahne, und das wird ihnen zu 7½ % des Transportwerts auf die Schulden angerechnet.«
Littell schüttelte sich die Manschetten frei. »Ich dachte an Mormonen von Mr. Hughes oder andere vertrauenswürdige Leute zu 15 %.«
Moe schüttelte den Kopf. »Ich fummle ungern an was Bewährtem rum, aber schieß trotzdem los.«

Littell nieste. Moe bot ihm ein Kleenex an. Littell wischte sich die Nase.

»Ihr werdet Mr. Hughes einige Hotels verkaufen. Er wird sie von seinen Mormonen oder *gewissen* Mormonen führen lassen wollen. Ihr möchtet eure Leute drin haben, werdet euch auf einen Kompromiss einigen und eure Absahnaktionen zu steigern beabsichtigen.«

Moe wirbelte ein Zehncentstück durch die Luft. »Zick nicht rum. Du ziehst andere gern auf.«

Littell umklammerte die Aktentasche. »Ich will nach und nach einige Mormonen einstellen, damit sie so weit sind, wenn ihr Mr. Hughes die Hotels verkauft. Und ihr würdet über ausreichend Insider mit Absahnerfahrung verfügen.«

»Das langt nicht für 15 %«

»Oberflächlich betrachtet, nein.«

Moe rollte die Augen. »Raus mit der Sprache. Jesus Christus, nun hab dich nicht so.«

»Also gut. Die Leute von Mr. Hughes fliegen bei Charterflügen von Hughes Aircraft mit. Ich könnte schon jetzt ein paar Mormonen für Mr. Hughes einstellen, und ihr könntet die Absahne im Großen verschicken, und zwar ohne jedes Risiko wegen der Flughafensicherheit.«

Moe schnipste ein Zehncentstück in die Luft. Moe fing es mit Kopf auf.

»Auf den ersten Blick nicht dumm. Ich werd die anderen Jungs drauf ansprechen.«

»Ich würde gern bald loslegen.«

»Mach mal Pause. Arbeit dich nicht kaputt.«

»Bestimmt ein guter Tipp, aber ich –«

»Hier ein noch besserer. Setz auf Clay gegen Liston. Du verdienst eine schöne Stange Geld.«

»Ist der Kampf abgesprochen?«

»Nein, aber Sonny hat ein paar schlechte Gewohnheiten.«

Littell flog nach L.A.

Er hatte auf einem Hughes-Flugzeug gebucht. Der Heimatflughafen der Flotte war Burbank. Cessna Twins – zu je sechs Sitzen – mit reichlich Stauraum für Absahne.

Der Flug ging glatt. Wolkenlos, die Wüste schimmerte.

Moe hatte angebissen. Moe hatte den Haken übersehen. Moe glaubte, Littell handle im Interesse von Hughes. Falsch – er handelte im Interesse der Bürgerrechtsbewegung.

Im Klartext:

Aktentaschenträger. Potentielle »Kasino-Berater.« *Hughes*-Männer. Alle flogen bei unbehinderten Charterflügen mit.

Er konnte die Absahne absahnen. Er konnte das Geld Bayard Rustin zustecken. Er konnte den von Mr. Hoover angerichteten Schaden mindern. Wayne Senior verfügte über Mormonen-Schläger. Wayne Senior verfügte über potentielle Aktentaschenträger. *Er* konnte sie für sich einsetzen.

Langfristige Zielsetzung: Schadensbegrenzung.

Mr. Hoover filmte Dr. King. Mr. Hoover versuchte, ihn in eine Falle zu locken. Mr. Hoover belieferte seine »Sonderkorrespondenten« mit Sauereien: Kongressabgeordnete / Reporter / Kirchenleute.

Mr. Hoover schulte sie. Mr. Hoover brachte ihnen Zurückhaltung bei. Zusammenarbeiten und die Nachrichten heimlich durchsickern lassen. Auf schlaue Weise. Kein *direktes* Abhör- und Insiderwissen durchsickern lassen. Die entsprechenden Einrichtungen nicht gefährden.

Mr. Hoover behielt Sauereien für sich. Mr. Hoover ließ Sauereien durchsickern. Mr. Hoover tat andern weh. Mr. Hoover hasste Dr. King. Mr. Hoover stellte dessen einzige Schwäche bloß.

Sadismus. *Andauernd.* Im Laufe der ZEIT zugefügt.

Nur dass ZEIT nichts Einseitiges war. ZEIT richtete Schaden an. ZEIT konnte Schaden heilen.

Vielleicht funktionierte der Absahnplan. Dann stellte sich die Frage: Hughes-Geld – als potentielle Zehnten-Quelle?

Das Flugzeug ging nach unten. Littell schälte einen Apfel. Littell trank Kaffee.

Pete hatte Waynes Akten. Pete hatte Spurgeon und Hinton im Schwitzkasten. Spurgeon hatte Pete gewisses Belastungsmaterial übergeben. Über wichtige Entscheidungsträger im Rathaus und deren Lieblings-Wohltätigkeitsnummern – philanthropischer Schmuddelkram.

Pete hatte gesagt, er habe Eldon Peavy nicht angerührt. Peavy hatte die Bullen im Rücken. Peavy konnte bei Bedrohung Ärger machen. Pete gab sich naiver, als er war. Petes Bedrohungen *funktionierten*. Pete stand der Sinn nach Monarch-Taxi. Pete suchte nach einer Möglichkeit, den Betrieb zu übernehmen.

Das Flugzeug setzte zur Landung an. Burbank lag im Sonnenschein und im Smog.

Er hatte mit Wayne Senior geluncht. Wayne Senior hatte ihn gelobt – Sie haben meinen Sohn gerettet.

Junior hatte Seniors Hilfe abgelehnt. Junior hatte auf Seniors Beziehungen verzichtet. Junior wollte von guten Job-Angeboten nichts wissen. Junior lehnte Arbeit bei der chemischen Industrie ab. Junior suchte eine besondere Aufgabe. Junior fand eine miese Stelle.

Im Wild Deuce Kasino – Rausschmeißer für die Nachtschicht – 18:00 bis 02:00. Das Deuce war übel. Das Deuce ließ Neger rein. Junior genoss den Schmerz.

Wayne Senior hatte Littell zum Lunch eingeladen. Wayne Senior war nett gewesen. Wayne Senior hatte böse Dinge gesagt.

Wayne Senior hatte sich über die Bürgerrechtsbewegung lustig gemacht. Wayne Senior hatte ihn auf den King-Film angesprochen.

Littell hatte gelächelt. Littell war nett gewesen. Littell hatte gedacht, *das zahl ich euch heim.*

»Ich hab einen Job«, sagte Jane.

Die Terrasse war kalt. Was die Aussicht entschädigte. Littell lehnte sich ans Geländer.

»Wo?«

»Bei der Hertz-Autovermietung. Ich führe die Bücher für die Filialen in West L.A.«

»Hat das Diplom aus Tulane geholfen?«

Jane lächelte. »Das hat mir den zusätzlichen Tausender pro Jahr verschafft, den ich gefordert habe.«

Sie benutzte harte Vokale. Sie vermied gleitende Übergänge. Sie hatte das südstaatliche Nachschleppen aufgegeben. Sie hatte Stimme und Aussprache verändert – jetzt fiel es ihm auf.

»Ein gutes Gefühl«, sagte sie, »wieder der arbeitenden Bevölkerung anzugehören.«

Harte G. Ortsneutral. Klare Konsonanten.
Littell lächelte. Littell öffnete die Aktentasche. Littell holte sechs Formulare raus.
Er war gelandet. Er war zu Hughes Tool gefahren. Er hatte bei der Buchhaltung vorbeigeschaut und die Formulare gestohlen. Rechnungen. Rechnungsformulare. Standardblätter.
Er war in die Abteilung gelangt. Und wieder raus. Und arbeitete seine nächste Lüge aus.
»Könntest du dir die gelegentlich ansehen? Ich bräuchte deinen Rat wegen ein paar Sachen.«
Jane musterte die Formulare. »Nichts Besonderes. Außenkosten, Budgetüberschreitung, so Zeug.«
Harte B und T. Die lässigen O verschwunden.
»Ich möchte mit Hilfe dieser Formulare eventuelle Unterschlagungstechniken erläutern. In Vietnam sollen Truppen zusammengezogen werden und Mr. Hughes wird wahrscheinlich einige Aufträge erhalten. Er hat Angst vor Unterschlagungen und mich angewiesen, mich sachkundig zu machen.«
Jane lächelte. »Hast du ihm erzählt, du hättest eine Wirtschaftskriminelle zur Freundin?«
»Nein. Nur dass meine Freundin den Mund halten kann.«
»Gott, das Leben, das wir führen.«
Kurze A und E. Trockene Inflektionen.
Jane lachte. »Hast du's gemerkt? Ich hab meinen Akzent aufgegeben.«

Jane pflegte im Bett zu lesen. Jane pflegte früh einzunicken. Littell spielte seine Tonbänder ab.
Er war durchgedreht. Zweimal in letzter Zeit. Er war zwei durchgedrehte Risiken eingegangen.
Er war durch Washington gereist. Er hatte Doug Eversall mit Mikros versehen. Er hatte ihn bedroht. Er hatte ihm geschmeichelt. Er hatte ihm fünf Riesen rübergeschoben.
Eversall hatte Bobby auf Band aufgenommen. Zwei weitere Male – zwei Wahnsinnsrisiken. Dann hatte Eversall sich geweigert. Dann hatte Eversall Littell abblitzen lassen.
Das war's. Du kannst mich mit deinen Bedrohungen. Ich tu das Bobby nicht mehr an. Du bist krank. Du spinnst. Du hast eine Macke wegen Bobby.

Littell hatte zurückgesteckt:
Das war's. Das letzte Mal. Ehrenwort. Ich werde Carlos anlügen. Ich werde behaupten, dass wir versagt haben.
Eversall war gegangen. Eversall war gestolpert. Der Klumpfußschuh war hängen geblieben und weggerutscht. Littell hatte ihm aufgeholfen. Eversall hatte ihn geohrfeigt. Eversall hatte ihm ins Gesicht gespuckt.
Littell spielte das Band vom 29. 1. ab. Spulenbrummen / geringe Statik.
Bobby plante diverse Gerichtsverfahren. Eversall machte Notizen. Bobby gähnte und schweifte ab. Kam auf die eventuelle Bewerbung um den Senatssitz zu sprechen. Auf den Posten des Vizepräsidenten. Auf Lyndon Johnson, »die heimtückische Landpomeranze«.
Bobby war erkältet. Bobby hatte kräftig geflucht.
LBJ war ein »Ekelpaket«. Dick Nixon ein »Widerling mit Tritt-mich-Schild«. Mr. Hoover eine »Psychopathische Tunte«.
Littell drückte auf *Rewind*. Das Band spulte zurück. Er spielte das Band vom 5. 2.
Da ist Bobby – diesmal ehrfürchtig.
Er pries JFK. Er zitierte Housman: »Einem jung verstorbenen Athleten.« Eversall hatte geschnieft. Bobby hatte gelacht – »Kommen Sie mir nur nicht gerührt.«
Ein neuer Mann sprach. Statik übertönte die Worte. Littell verstand gerade noch »Hoover und King«.
»Hoover kriegt's mit der Angst zu tun«, sagte Bobby. »Er weiß, King ist ein Steher wie Jesus Christus persönlich.«

38 (Las Vegas, 10. 2. 64)

Bei Monarch war was los.

Mittagsansturm / *mucho* Anrufe / zehn Taxen im Einsatz. In der Baracke war was los – Eldon Peavy hatte Gäste.

Sonny Liston. Vier knallharte Schwarze. Konrad & die Kongolesen oder Marvin & die Mau-Maus.

Pete schaute zu.

Er hatte den Sitz zurückgekippt. Er ließ die Heizung laufen. Er übte Kopfrechnen. Peavy hatte zwanzig Taxen. Peavy ließ in drei Schichten arbeiten. Dazu Flughafenfahrten und Leerfahrten.

In der Baracke war was los. Ein Fahrer bot Fellmäntel feil. Die Mau-Maus massierten den Pelz. Sonny blätterte eine Geldrolle auf. Peavy zählte Noten ab.

Die Kongolesen schlugen Kapriolen. Sie fummelten am Fell. Sie herzten den Nerz. Sie tätschelten den Chinchilla.

Sonny sah nicht gut aus. Der Kampf gegen Clay stand an. Und die Wetten auf Sonny. Sam G. widersprach. Sam mochte Clay. Sam sagte, Sonny habe schlechte Gewohnheiten.

Es war kalt. Brrr – der Vegas-Winter. Pete fröstelte und drehte die Heizung auf.

Texas war kalt. Florida dito. Er war gerade von seiner Reise zurückgekommen. Er hatte Hank K. nicht gefunden. Er hatte Wendell Durfee nicht gefunden. Er war allein gereist. Er hatte drei Fliegen mit einer Klappe schlagen wollen.

Plan A: Hank finden und umbringen. Plan B: Wendell festnehmen. Plan C: Wayne ins Spiel bringen, damit er ihn umbringen kann.

Aus nix wird nix. Wer nicht findet, hat nichts zu suchen.

Er war zurückgekommen. Er hatte Ward angerufen. Er hatte ihm vorgeschlagen: Ich will Monarch-Taxi. Ward hatte abgewunken. Ward hatte gesagt, kein Angebot unterbreiten. Ward hatte gesagt, keine gewaltsame Besitzübernahme.

Wir sind auf Peavy *angewiesen*. Wir brauchen seine *Stimme*. Versau ihm nicht den Platz in der Kommission. Scheiß-guter-Rat – à la Ward Littell.

Pete suchte die Radiostationen ab. Pete beobachtete die Baracke. Peavy nahm einen Schluck Gin. Die Mau-Maus tranken Scotch mit Milch. Sonny zerdrückte Kapseln. Sonny zog Streifen. Sonny schniefte das Puder die Nase hoch.

Peavy ging raus. Sonny ging mit. Die Kongolesen tanzten Polonäsen. Sie schlürften schmatzend Milch. Sie ließen sich weiße Milchbärte stehen. Die Schwarzen nannten Scotch mit Milch »Babybrei«.

Eine Limousine fuhr vor. Der Trupp stieg ein. Die Limousine fuhr los. Pete fuhr langsam hinterher.

Die Limousine hielt nach Westen. Die Limousine blieb bald stehen. Da – das Honey Bunny Kasino.

Peavy stieg aus. Peavy ging rein. Pete wartete in sicherer Entfernung. Pete schaute durchs Fenster.

Peavy ging zur Kasse. Peavy kaufte Spielchips. Der Kassenmann füllte eine Papiertüte ab. Peavy kam raus. Peavy sprang in die Limousine. Die Limousine fuhr schnell los.

Pete fuhr hinterher. Sie hielt nach Westen. Sie blieb *mucho* unvermittelt stehen. Da – das Sugar Bear Liquor.

Fünf Nutten rannten raus – alles Schwarze – in Tanzstundenkleidchen und hohen Absätzen.

Sie drängten sich in die Limousine. Sie atmeten heftig. Die Fenster beschlugen. Die Limousine wackelte und hüpfte.

Besagte Nutten *arbeiteten*.

Die Achse schrammte. Die Stoßdämpfer ächzten. Das Chassis schaukelte. Zwei Radkappen fielen ab und rollten weg.

Pete lachte. Pete brüllte vor Lachen.

Die Nutten purzelten raus. Die Nutten kicherten und wischten sich die Lippen. Die Nutten wedelten mit Zehnernoten.

Pete musste an die tote Nutte denken. Pete konnte den abgefackelten Trailer riechen.

Die Limousine fuhr los. Pete fuhr hinterher. Sie hielten nach Westen. Sie erreichten West Vegas. Fuhren tiiief rein. Da – die Monroe High School.

Die Hintertür stand offen. Die Sitzreihen waren gerammelt voll. Auf einem Spruchband stand: Willkommen Champ!

Volles Haus:
Farbige Kids – zweihundert insgesamt – zur großen Schulfeier versammelt.
Die Limousine parkte auf dem Footballplatz. Pete wartete mit laufendem Motor am Tor. Pete kippte den Sitz zurück.
Sonny stieg aus.
Er schwankte. Er winkte mit der Papiertüte. Er wandte sich zu den Kids und taumelte duhn. Die Kids jubelten. Die Kids schrien: »Sonny!« Angehörige des Lehrkörpers schauten zu.
Die Kids schrien. Die Kids schlugen auf die Bänke. Die Lehrer schluckten leeeer. Sonny lächelte. Sonny wankte. Sonny sagte: »Haltet die Klappe.«
Die Kids jubelten. Sonny schwankte. Sonny schrie: »Maul halten, Rotznasen!«
Die Kids verstummten. Die Lehrer zuckten zusammen. Sonny gab Inspirierendes zum Besten.
Fleißig sein. Brav lernen. Keine Schnapsläden überfallen. Im Sport um den Sieg kämpfen und in die Kirche gehen. Sheik-Präser benutzen. Ihr werdet sehen, wie ich Cassius Clay vermöble. Ihr werdet sehen, wie ich ihm einen Tritt in den muslimischen Allerwertesten versetze, dass er nach Mekka fliegt.
Sonny hielt inne. Sonny verbeugte sich. Sonny zog einen Flachmann raus. Die Kids jubelten. Die Lehrer klatschten verhalten.
Sonny winkte mit der Papiertüte. Sonny holte Spielmarken raus. Sonny warf sie weit ins Publikum.
Die Kids fingen sie auf. Die Kids rissen sie an sich. Die Kids schubsten einander weg. Die Kids griffen daneben. Die Kids purzelten übereinander.
Sonny warf Chips – hochwertige Ware – lauter Dollarmarken. Die Kids griffen in die Höhe. Die Kids fielen um. Die Kids gingen mit Fäusten aufeinander los.
Sonny hob den Flachmann. Sonny machte winke-winke. Sonny sprang in die Limousine.
Die Limousine fuhr los. Pete fuhr hinterher. Die Kids schrien dem Champ Abschiedsgrüße nach.
Die Limousine fuhr Vollgas. Pete fuhr dicht ran. Sie überschritten Geschwindigkeitsbegrenzungen. Sie fuhren nach Osten und nach Süden. Sie erreichten die Innenstadt von Vegas.

Der Verkehr stockte. Die Limousine kreuzte Vermont. Die Limousine bremste und hielt.
Da –
Ein Parkplatz. Ein Army-Navy-Laden – Sid-der-Marketender.
Der Trupp purzelte raus. Der Trupp steckte die Köpfe zusammen. Der Trupp drängte sich durch die Hintertür. Der Chauffeur winkte – *adios*, Mau-Maus – die Limousine machte, dass sie wegkam.
Pete parkte. Pete schloss den Wagen ab. Pete stand rum und schlenderte zum Laden. Pete ging zur Hintertür.
Er schlenderte rein. Er schritt durch einen Lagerraum. Er drängte sich durch an Stangen aufgehängte Marinejacken. Er sah Kisten / Kartonschachteln / Schanzwerkzeug. Es roch nach Vaseline.
Er gelangte in einen Flur. Er hörte was. Er folgte dem Kichern und dem Liebesstöhnen – aauuuuu!
Er wartete ab. Er ortete das Geräusch. Er kauerte nieder und schlich sich an. Er sah eine offen stehende Tür und schaute rein.
Herrenfilmnachmittag. Ein Bettlaken als Leinwand und ein Projektor. Lesbische Schmonzetten – ineinander verschlungene Jungmädchen.
Die Mau-Maus kicherten. Peavy gähnte. Die Mädchen waren maximal vierzehn.
Sonny zerbrach einen Roten Teufel. Sonny puderte sich die Handfläche ein. Sonny schniefte den Scheiß die Nase hoch.
Die Mädchen schnallten Dildos um. Ein Esel erschien. *El Burro* hatte *Diablo*-Teufelshörner.
Pete ging nach draußen. Pete fand ein Telefon. Pete rief beim Stardust-Wettbüro an. Pete platzierte eine Wette – vierzig Riesen – auf Sieg Clay gegen Liston.

Das Deuce bediente anspruchslose Kundschaft – Kleingeldautomaten / Bingo / Zocken-und-Bier.
Die Croupiers trugen Pistolen. Die Bar servierte Billigstbräu. Die Cocktailkellnerinnen hurten. Deuce-Gäste waren kleine Leute. Alte Knacker und illegale Mexen. Mehr Neger als bei Ramar-aus-dem-Dschungel.

Im Nachtclub konnte man von oben auf die Bühne blicken. Pete setzte sich hin und trank Club Soda. Pete schaute der Bühnenshow zu.

Ein alter Knacker zieht sich die Luftröhre raus. Gestandene neunzig. Er raucht eine Camel. Er spuckt Blut. Er saugt Sauerstoff. Zwei Schwuchteln schauen sich in die Augen. Besagte Schwuchteln stellen grüne Hemden zur Schau. Das Grünhemd ist ein Schwuchtelsignal.

Zwei Schwarze liegen auf der Lauer. Offensichtliche Entreißspezialisten. Die Sportshorts und Sneakers musste man gesehen haben. Wayne Junior erscheint. Mit Schlagstock am Gürtel. Mit Handschellen.

Er stößt die Schwarzen an. Die sich ansehen – ich-scheiß-armes-Schwein.

Wayne ohrfeigt sie. Wayne tritt sie. Wayne packt ihre Tollen und schubst sie rum. Sie kapieren. Sie befördern sich selber raus – *we shall* not *overcome*.

Pete klatschte. Pete pfiff. Wayne drehte sich um und sah ihn. Er kam zu ihm. Er drehte einen Stuhl um. Er konzentrierte sich aufs unten sitzende Publikum.

»Ich hab ihn nicht gefunden«, sagte Pete. »Ich nehme an, er ist unten in Mexiko.«

»Wie gründlich hast du gesucht?«

»Nicht so gründlich. Ich habe hauptsächlich nach einem Burschen in Florida gesucht.«

Wayne bog die Hände durch. Aus den aufgeschnittenen Knöcheln tropfte Wundwasser.

»Wir könnten den *Federales* ein Telex schicken. Sie könnten ihren eigenen Haftbefehl ausschreiben. Wir könnten sie bezahlen, damit sie ihn für mich festhalten.«

Pete zündete sich eine Zigarette an. »Die bringen ihn selber um. Dann locken sie dich runter, klauen dir dein Geld und bringen dich um.«

Wayne schaute das unten sitzende Publikum an. Pete folgte seinem Blick. Da – ein Neger / eine Nutte / gleich würde es Är –

Wayne stand auf. Pete packte ihn am Gürtel. Pete riss ihn runter.

»Lass das. Wir reden miteinander.«

Wayne zuckte mit den Schultern. Wayne wirkte betrübt. Wayne wirkte scheiß-frustriert.

Pete sah sich um. »Gehört der Schuppen deinem Vater?«

»Nein, der Firma. Santo Trafficante hat Anteilspunkte.«

Pete blies Rauchringe in die Luft. »Ich kenne Santo.«

»Das ist mir klar. Ich weiß, für wen du arbeitest, und habe mir im Zusammenhang mit Dallas einiges zusammengereimt.«

Pete lächelte. »Nichts war in Dallas.«

Eine Nutte ging vorbei. Wayne schweifte ab. Wayne schaute ins Publikum. Pete packte Waynes Stuhl. Pete riss ihn rum und rückte ihn zurecht. Pete versperrte ihm die Sicht.

»Schau mich an, wenn ich mit dir rede.«

Wayne machte Fäuste. Die Knöchel knackten. Aus den Schnitten drang Wundwasser.

»Nicht die Hände benutzen«, sagte Pete. »Den Schlagstock einsetzen, wenn's denn sein muss.«

»Wie Duane Hin —«

»Muss das sein? Von toten Frauen hab ich die Nase gestrichen voll.«

Wayne hustete. »Durfee ist gut. Das macht mir zu schaffen. Er hat seit Dallas alle abgehängt.«

Pete zündete die nächste Zigarette am Stummel an. »Er ist nicht gut, er hat Glück. Er ist nach Vegas gekommen wie ein Dämlack, und mit so was fliegt er mal auf.«

Wayne schüttelte den Kopf. »Er ist besser.«

»Nein, ist er nicht.«

»Er kann mich wegen Moore ans Messer liefern.«

»Quatsch. Da steht sein Wort gegen deins und eine Leiche gibt's nicht.«

»Er ist gut. Das macht ...«

Ein Neger ging vorbei. Wayne starrte ihn an. Der Neger sah Wayne und zwinkerte.

Pete hustete. »Wem gehört Sid-der-Marketender?«

»Einem Lackaffen namens Eldon Peavy«, sagte Wayne. »Er hat den Laden nach einem Tuntenfreund benannt, der an der Syph gestorben ist.«

Pete lachte. »Er führt dort Pornos vor. Allesamt mit Minderjährigen gedreht. Was kriegt man für so was?«

Wayne zuckte mit den Schultern. »Was Besitz betrifft, ist

das Gesetz von Nevada lax. Er müsste den Film hergestellt und verkauft oder die Kids zu den Dreharbeiten gezwungen und genötigt haben.«

Pete lächelte. »Frag mich, warum ich das wissen will.«

»Ich weiß, warum. Du möchtest Monarch übernehmen und deine alten Miami-Abenteuer aufwärmen.«

Pete lachte. »Du hast mit Ward Littell gesprochen.«

»Klar. Von Klient zu Anwalt. Ich wollte wissen, warum du dir so viel von mir gefallen lässt, aber das wollte er mir nicht sagen.«

Pete ließ die Knöchel knacken. »Setz auf Clay. Dein Freund Sonny hat schwer Trainingsrückstand.«

Wayne bog die Hände durch. »Bei der Sitte vom Sheriff arbeitet ein Bursche namens Farlan Moss. Er überprüft Geschäftsleute im Auftrag von Personen, die deren Betriebe übernehmen wollen. Er schiebt nichts unter, aber wenn er Belastungsmaterial ausfindig macht, spielt er's dir zu und lässt's dich nach Belieben nutzen. Ein alter Vegas-Trick.«

Pete nahm eine Papierserviette. Pete schrieb: »Farlan Moss / CCSD.«

Wayne wirbelte mit dem Schlagstock. »Du hast echt was für mich übrig.«

»Ich hatte mal einen jüngeren Bruder. Irgendwann erzähl ich dir die Geschichte.«

Die Bondsmen fetzten. Barb nahm das Mikro. Sie knickste. Ihr Abendkleid rutschte hoch. Ihre Strümpfe spannten sich.

Pete saß erste Reihe. Auf Waynes Platz saß ein Knilch. Wayne hatte nun Spätschicht. Wayne erwischte Barb nur noch selten.

Ward sagte, er habe mit Wayne Senior gesprochen. Senior war über Junior hergezogen. Ward sagte es weiter.

Junior war ein Eigenbrötler. Junior war ein Spanner. Junior zündelte. Junior lebte im Kopf.

Barb warf ihm einen Handkuss zu. Pete fing ihn auf. Pete legte die Hand aufs Herz. Er machte zwei T. Ihr Privatsignal – sing *Twilight Time* – »In der Dämmerung«.

Barb verstand. Barb gab den Bondsmen ein Zeichen. Barb sang das Lied.

Er musste tagelang auf sie verzichten. Sie hatten andere Arbeitszeiten und schliefen in anderen Schichten. Sie hatten ein Feldbett hinter die Bühne geschafft. Sie liebten sich zwischen den Shows.

Es funktionierte. *Sie* funktionierten. Das machte ihn fertig. Das *erschreckte* ihn.

Barb zog sich Nachrichten rein. Barb verfolgte die Warren-Untersuchung. Barb konnte nicht von Dallas lassen. Barb kam nicht los von ihrer Beziehung zu JFK.

Nicht, dass sie was gesagt hätte. Er *wusste* es einfach. Das hatte nichts mit Sex zu tun. Oder mit Liebe. Eher mit so was wie »Ehrfurcht«. Du hast ihn umgebracht. Das blieb haften. Du hast ihn umgebracht und bist damit durchgekommen.

Er durchlebte *seine* Version. Eher so was wie »Angst«. Du hast sie. Du könntest sie verlieren – wegen Dallas.

Die Angst dringt dir aus den Poren. Deine Angst sticht anderen in die Nase. Du stellst die Angstlogik auf die Probe. Du weißt, dass du davongekommen bist, weil:

Die Geschichte *derart* ungeheuerlich war. *Derart* kühn. *Derart* falsch.

Du stellst diese Logik auf die Probe. Du treibst sie an ihre Grenzen. Du zeigst Angst. Du machst anderen Angst. Du steckst andere mit deiner Angst an. Dann spüren dich die falschen Leute auf und klopfen an deine Tür.

Barb sang *Twilight Time*. Barb liebkoste die tiefen Noten.

Wendell Durfee hatte angeklopft. Lynette hatte bezahlt. Tote Frauen machten ihm Angst. Lynette als Barb. Lynette als »Jane«.

Er hatte Lynettes Leiche gesehen. Weil er nicht anders konnte. Der Anblick blieb haften. Er beschwor ihn herauf. Er schlug ihn sich aus dem Sinn. Er träumte davon und zerriss die Laken.

Barb ließ *Twilight Time* verklingen. Barb tanzte den Mashed Potato. Barb tanzte den Swim.

Der Bann wich von ihm. Ihre schnellen Melodien hatten ihn vertrieben. Ein Kellner schleppte ein Telefon an.

Pete nahm ab. »Ja?«

»Carlos will dich sehen«, sagte ein Mann.

»Wo?«

»De Ridder, Louisiana.«

Er flog nach Lake Charles. Er nahm eine Taxe nach De Ridder. Es war feucht. Es war heiß. Die Hitze brütete Insekten aus.

De Ridder war das Letzte. In unmittelbarer Nähe von Fort Polk gelegen. Die Stadt lebte von der Army.

Grillhuhnbuden, Steakkneipen und Rippchenklitschen. Bierbars / Tätowierungsschuppen / Busenmagazin-Kioske.

Carlos fuhr in einer Limousine vor. Pete erwartete ihn. Die Landpomeranzen vor Ort schauten zu. *Doofe* Landpomeranzen – mit offenem Maul Maulaffen feilhaltend.

Sie fuhren nach Osten. Sie fuhren an roten Lehmwänden und Pinienbäumen vorbei. Sie wanden sich durch den Kisatchee-Wald.

Pete fuhr die Trennscheibe hoch. Pete schickte den Chauffeur ins Abseits. Ventilatoren pumpten Frischluft herein. Die dunkle Glastönung milderte die Sonne.

Carlos hatte ein Camp finanziert – mit insgesamt vierzig Kubanern – Möchtegern-Killer-Kommandos. Carlos hatte gesagt: »Schauen wir bei meinen Jungs vorbei.« Carlos hatte gesagt: »Halten wir ein Schwätzchen.«

Sie fuhren. Sie sprachen. Sie fuhren an Klan-Klonklaven vorbei. Carlos zog über den Klan her – Katholikenhasser – das heißt, die hassen *uns*.

Pete hielt gegen – ich bin Hugenotte – die Deinigen haben die Meinigen verscheißert.

Sie unterhielten sich. Sie kamen auf *La Causa* zu sprechen. Tiger-Taksi und die Schweinebucht. LBJs großer Verrat. Carlos holte eine Flasche raus. Pete die Pappbecher.

»Die Firma hat mit *La Causa* nichts mehr am Hut«, sagte Carlos. »Die glauben alle, wir haben unser Pulver verschossen, die Kasinos verloren, das sei alles Schnee von gestern.«

Sie fuhren durch ein Schlagloch. Pete verschüttete XO.

»Havanna war wunderschön. Da kommt Vegas nicht gegen an.«

»Littell hat was mit ausländischen Kasinos geplant. Weswegen sich alle überschlagen, was scheiß-selbstverständlich so gemeint war.«

Sie fuhren an Army-Lastern vorbei. Sie fuhren an Schildern vorbei. Nieder mit den ACL-Bürgerrechtler-*Juden*.

»Die alte Truppe hat was getaugt«, sagte Pete. »Laurent Guéry, Flash Elorde.«

Carlos nickte. »Gute Drogenleute und gute Killer. An der Ernsthaftigkeit ihrer Berufsauffassung gab's nie was auszusetzen.«

Pete tupfte sich das Hemd ab. »John Stanton war ein 1A Einsatzleiter. Die Firma und die CIA arbeiteten Hand in Hand.«

»Tja, wie im Lied. ›Kurz, aber schön.‹«

Pete zerdrückte seinen Becher. »Stanton soll in Indochina sein?«

»Aber, aber, Franzmann. Das heißt jetzt Vietnam.«

Pete zündete sich eine Zigarette an. »In Vegas gibt's einen Taxibetrieb. Den ich für uns in eine Goldgrube verwandeln könnte. Littell meint, ich solle warten, weil der Besitzer in der Lizenz-Kommission sitzt.«

Carlos trank XO. »Strample dich nicht so ab, um bei mir Eindruck zu schinden. Du bist nicht Littell, aber du bist gut.«

Die Truppen standen stramm. Pete nahm die Parade ab. Pete kam, um sie einer kritischen Musterung zu unterziehen.

Vierzig *Cubanos* – Fettsäcke und Bohnenstangen – allesamt Käfigvögel.

Von Guy Banister rekrutiert. Guy kannte einen Bullen in der John Birch Society. Der Bulle frisierte seine Haftprotokolle. Besagter Bulle setzte potentielle Rekruten frei. Besagte Rekruten waren »Musiker« – Möchtegern-Bandleader.

Pete nahm die Parade ab. Pete inspizierte Waffen. M-1 und M-14 – mit toten Insekten in der Patronenkammer.

Mit Staub im Lauf. Schimmel. Moossporen.

Pete wurde sauer. Pete bekam Kopfweh. Der Oberknilch schritt hinter ihm die Parade ab.

Ein Armeetrottel – Fort-Polk-Schrott – ein Karnevalskommandant. Der einer Klan-Clique vorstand. Der eine Schwarzbrennerei betrieb. Der Schwarzgebrannten verkaufte. Der alkoholisierte Choctaw-Rothäute belieferte.

Die Truppen soffen den Fusel. Das Camp dito.

Sperrholzbaracken und Zweimannzelte. Scheiß-Pfadfinder-

Material. Ein »Schießstand« – mit Vogelscheuchen und Baumstrünken. Ein »Waffenlager« – aus Spielzeugholz.

Die Truppen standen stramm. Die Truppen schossen Salut. Sie fummelten an den Waffen rum. Sie schossen nicht im Takt. Acht Bolzen klemmten.

Sie machten Lärm. Sie scheuchten ein paar Vögel auf. Es regnete Vogeldreck.

Carlos verbeugte sich. Carlos warf ihnen die Geldtüte zu. Die der Oberknilch auffing und sich verbeugte.

»Mr. Banister und Mr. Hudspeth kommen bald. Sie liefern eine Ladung Kampfgerät.«

Carlos zündete sich eine Zigarre an. »Von meinen zehn Riesen gesponsert?«

»Richtig, Sir. Sie sind meine wichtigsten Waffenlieferanten.«

»Die mit meinen Spenden *Geld verdienen?*«

»Nicht im von Ihnen angedeuteten Sinne, Sir. Ich bin überzeugt, dass sie daraus keinerlei persönlichen Profit schlagen.«

Beste »Ausrüstung«: Ein Picknicktisch / ein Grillrost über einer Feuergrube.

Der Knilch blies in eine Trillerpfeife. Die Truppen gingen in den Schießstand. Sie feuerten. Sie feuerten zu tief. Sie feuerten daneben.

Carlos zuckte mit den Schultern. Carlos wirkte verstimmt. Carlos ging. Der Knilch zuckte mit den Schultern. Der Knilch wirkte verletzt. Der Knilch ging.

Pete ging. Pete überprüfte den Schießstand. Pete überprüfte das Waffenlager. Pete musterte die Bestände.

Zwei Maschinengewehre – alte 50er – schlabbriger Abzug / wackliger Munitionsgurt. Sechs Flammenwerfer – gesprungene Tanks / gesprungene Rohre. Zwei Schnellboote – mit Zugstart – Rasenmähermotoren. Zweiundsechzig Revolver – angerostet und versaut.

Pete fand ein bisschen Öl. Pete fand einige Lumpen. Pete putzte einige .38er. Der Sonnenschein fühlte sich angenehm an. Das Öl vertrieb die Mücken. Die »Truppen« exerzierten.

Sie machten Liegestütz. Sie verdarben sich die Maniküre. Sie keuchten und stöhnten.

Er hatte mal *Elite*truppen geführt. *Er* war mit ihnen in Kuba eingefallen. *Er* hatte *mucho* Rote skalpiert. *Er* hatte *Fidelistos* umgebracht. *Er* war bei der Schweinebucht dabei gewesen. *Er* hatte Fidel umzubringen versucht. Sie hätten gewinnen müssen. Jack K. hatte sie verscheißert. Jack hatte dafür bezahlt. *Er* hatte dafür bezahlt. Alles war zum Teufel gegangen.

Pete putzte Waffen. Er wienerte Läufe. Er polierte Kolben. Er rieb Trommeln blank. Er rubbelte Moossporen weg.

Ein alter Ford fuhr vor. Die Lackierung schrie RECHTSEXTREMER SPINNER!

Das musste man gesehen haben:

Kreuze. Die Südstaatenflagge. Umgekehrte Hakenkreuze.

Hinter dem Ford hüpfte ein Anhänger. Aus dem Gewehrläufe ragten. Der Ford geriet außer Kontrolle. Der Ford geriet ins Schleudern. Der Ford schrammte an der Feuerstelle vorbei.

Der Ford würgte ab und blieb stehen. Guy B. stieg aus. Von Hank Hudspeth aufrecht gehalten. Guy B. war herzschlagrot angelaufen. Guy hatte Herzinfarkt Numero drei überstanden. Carlos sagte, sein Herz sei im Eimer.

Guy wirkte betrunken. Guy wirkte schwach. Guy wirkte krank. Hank wirkte betrunken. Hank wirkte stark. Hank wirkte fies.

Guy verteilte Würstchen. Hank verteilte Steaks und Brötchen. Sie sahen sich um. Sie sahen Pete. Sie verzogen das Gesicht.

Hank pfiff. Guy drückte auf die Hupe. Die Truppen sammelten sich.

Hank schmiss Briketts runter. Der Oberknilch schichtete sie in der Feuerstelle auf. Guy bespritzte sie mit Sprit. Sie zündeten ein Feuer an. Sie brieten Würstchen. Die Truppen stürmten den Anhänger.

Sie juchzten. Sie zogen die Waffen raus. Sie reichten sie weiter – Thompson-Rundtrommel-MPs / gut hundert Stück.

Pete nahm eine in die Hand. Der Kolben war abgesplittert. Die Trommel klemmte. Der Schwerpunkt stimmte nicht.

Scheiß-Kopien – Japanware.

Die Truppen lagerten die Tommy-Guns ein. Pete beachtete sie nicht. Das Feuer flammte auf. Insekten bombardierten den Fraß.

Guy ging zur Limousine. Carlos stieg aus. Guy umarmte ihn und sprach auf ihn ein.
Die Truppen stellten sich in Reih und Glied. Hank verteilte Teller. Pete nahm eine .38er. Pete drückte leer auf ihn ab.
Carlos trat zu ihm. Carlos sagte: »Ich kann Betrunkene nicht ausstehen.« Pete zielte auf Guy. Pete drückte leer auf ihn ab – wumm!
»Ich leg ihn um. Er weiß zu viel.«
»Später vielleicht. Ich will sehen, ob wir diese Witzfiguren in Form bringen können.«
Pete wischte sich die Hände ab. Carlos nahm die Waffe zur Hand.
»Ich hab einen Hinweis auf Hank Killiam. Er ist in Pensacola.«
»Ich gehe heut Nacht los«, sagte Pete.
Carlos lächelte. Carlos zielte auf Pete. Carlos drückte leer auf ihn ab – wumm!
»Betty McDonald sitzt im Bezirksgefängnis von Dallas County. Sie hat einem Bullen erzählt, jemand habe ihr vergangenen November nahe gelegt, aus der Stadt zu verschwinden. Ich sage nicht, dass *du's warst*, aber ...«

39 (Las Vegas, 13. 2. 64)

Sie schossen Tontauben. Die Gewehre waren Sonderanfertigungen.

Sie schossen von der hinteren Veranda aus. Sie schossen auf sonderangefertigte Tontauben. Janice bediente die Schleuder. Sie saß unten am Boden. Sie nahm ein bisschen Sonne mit. Sie hatte einen Bikini an.

Wayne Senior traf ständig. Wayne schoss meist daneben. Er hatte sich die Hand versaut. Er hatte Farbige zusammengeschlagen. Und sich damit den Gewehrgriff verdorben.

Janice ließ eine Tontaube fliegen. Wayne feuerte. Daneben.

Wayne Senior lud nach. »Du hältst den Schaft nicht fest genug.«

Wayne bog und streckte die Hand. Er hatte sie sich versaut und *nochmal* versaut. Sie war andauernd versaut.

»Meine Hand macht mir zu schaffen. Ich habe sie bei der Arbeit verletzt.«

Wayne Senior lächelte. »Bei Negern oder ausgewählten Nichtsnutzen?«

»Du kennst die Antwort.«

»Deine Arbeitgeber beuten deinen Ruf aus. Das heißt, sie beuten dich aus.«

»Ausbeutung ist keine Einbahnstraße. Sollte dir der Spruch bekannt vorkommen, hab ich ihn von dir.«

»Dann sag ich's dir nochmal. Du bist zu gut, um einfach Dampf abzulassen und als Kasino-Rausschmeißer zu arbeiten.«

Wayne bog und streckte die Hand. »Ich bin auf den Geschmack gekommen. Und du weißt nicht, ob's dir missfällt oder ob du stolz drauf sein sollst.«

Wayne Senior zwinkerte ihm zu. »Ich könnte dir helfen, dein Ziel zu erreichen, nur intelligenter. Mit erheblichem Spielraum für Eigeninitiative.«

Janice bewegte ihren Stuhl. Wayne beobachtete sie. Das Oberteil drückte. Ihre Brustwarzen waren gereckt.

»Nicht mit mir«, sagte Wayne.

Wayne Senior zündete sich eine Zigarette an. »Ich habe meinen Geschäftsbereich erweitert. Das hast du Weihnachten rausgekriegt und uns trotzdem wieder besucht. Du dürftest wissen, dass ich einige *sehr* interessante Aufgaben für Mr. Hoover erledigen werde.«

»Zieh ab!« schrie Wayne. Janice ließ eine Tontaube steigen. Wayne schoss die Taube ab. Die Ohren wollten ihm platzen. Die verletzte Hand schmerzte.

»Ich denke nicht daran, mich unter einem Laken zu verstecken und Postgesetz-Übertreter zu verpfeifen, damit du noch mehr Hasstraktate verkaufen kannst.«

»Du hast mit Ward Littell gesprochen. Es geht dir nicht besonders gut, und du lässt dich von Männern wie Littell und Bondurant beeindrucken.«

Die Sonne schien auf die Veranda. Wayne kniff die Augen zusammen.

»Sie erinnern mich an dich.«

»Das empfinde ich nicht als Kompliment.«

»War auch nicht so gemeint.«

»Ich sag's dir nochmal. Lass dich nicht von Unterweltlern und Dieben verführen.«

»Bestimmt nicht. Wo ich dir neunundzwanzig Jahre lang widerstanden habe.«

Janice ging Golf spielen. Wayne Senior ging zu einer Kartenpartie. Wayne blieb allein auf der Ranch.

Er baute die Apparatur im Waffenraum auf. Er spulte den Film ein. Er *schaute*.

Besagter Film bot ein Hochkontrastprogramm. Schwarze und weiße Haut / schwarze & weiße Rasse.

King schloss die Augen. King wurde ekstatisch. King hatte in Little Rock gepredigt. Er hatte ihn '57 selber gesehen.

Die Frau biss sich auf die Lippen. Das hatte Lynette immer getan. Die Frau hatte Barbs Frisur.

Das tat weh. Er schaute dennoch hin. King zuckte heftig und schwitzte.

Der Film verschwamm – beschlagene Linsen und Verzer-

rungen. Die Hauttöne verwischten – King wurde dunkel wie Wendell Durfee.
 Das tat weh. Er schaute dennoch hin.

40 (Dallas, 13. 2. 64)

22:00 – Lichterlöschen.
Frauenabteilung. Zwölf Zellen. Eine Gefangene.
Pete ging rein. Der Wärter machte pst! Ein Carlos-Mann hatte ihn gestern Abend bestochen.
Eine Zellenreihe. Eine Außenwand. Ein Gitterfenster.
Pete ging den Flur entlang. Das Herz raste. Die Arme schmerzten. Der Herzschlag setzte aus. Er hatte sich draußen Scotch reingezogen. Vom Wärter zur Verfügung gestellt. Er hatte sich zur Ruhe gezwungen. Er hatte sich Mut angetrunken. Er hatte sich zusammengenommen.
Er ging weiter. Er hielt sich an Zellengittern fest. Er stellte sich sicher hin.
Betty Mac.
Sie sitzt auf ihrer Pritsche. Sie raucht. Sie hat enge Caprihosen an.
Sie sah ihn. Sie zwinkerte. Den KENN ICH. Er hat mich gewarnt, als –
Sie schrie auf. Er riss sie hoch. Sie biss ihn in die Nase. Sie stocherte mit ihrer Zigarette auf ihn ein.
Sie verbrannte ihm die Lippen. Sie verbrannte ihm die Nase. Sie verbrannte ihm den Hals. Er warf sie von sich. Sie schlug aufs Gitter auf. Er packte sie am Hals und hielt sie fest.
Er riss ihr die Caprihosen auf. Er riss ihr ein Bein blank. Sie schrie und ließ die Zigarette fallen.
Er umfasste ihr Bein. Er umfasste ihren Hals. Er fixierte sie. Er warf sie hoch. Er streckte ihr das Bein gerade. Er umschlang ein Gitterkreuz.
Sie schlug um sich. Sie strampelte. Sie pendelte in den Raum. Sie fuhr sich an den Hals. Sie zerbrach ihre Fingernägel. Sie spuckte Zahnersatz aus.
Ihm fiel ein, dass sie einen Kater hatte.

41 (Las Vegas, Los Angeles, Chicago, Washington D.C., Chattanooga, 14. 2. 64–29. 6. 64)

Er arbeitete. Er lebte in Flugzeugen. Er hielt auseinander. Juristisches: Berufungseingaben und Verträge. Finanzielles: Unterschlagungen und Zehntenspenden. Er verfeinerte seine Lügen. Er studierte Jane. Er lernte ihre Techniken. Er kam all seinen Verpflichtungen nach.
4. 3. 64: Jimmy Hoffa verliert. Chattanooga – die Testwagentaxiflottille – zwölf unbestechliche Geschworene.
Littell reichte Berufung ein. Teamster-Anwälte verfassten Eingaben. Die Teamster verabschiedeten eine Resolution: Wir lieben Jimmy. Wir stehen geschlossen hinter ihm.
Jimmy bekam acht Jahre Bundesknast. Verfahren Numero zwei anhängig. Chicago – Pensionskassenschwindel – eine Verurteilung wahrscheinlich.
Die »echten« Bücher waren sicher. Die hatten die Jungs. Der Bücherplan war STARTBEREIT.
Littell verfasste Sachverhaltsanalysen. Jimmys Männer fielen in Ohnmacht. Littell schrieb weitere Sachverhaltsanalysen. Littell reichte weitere Eingaben ein. Littell überlastete die Gerichtskanzleien.
Zeit schinden. Jimmy draußen halten. Zeit schinden und verzögern – mindestens drei Jahre rausschlagen. Dann gehört Vegas Drac. Dann gehört Drac den Jungs. Dann LÄUFT der Pensionskassenplan.
Er arbeitete für Drac. Er schrieb Aktiensachverhaltsanalysen. Drac stellte sich quer. Drac wich Vorladungen aus. Mit Hilfe des Privatdetektivs Fred Otash.
Otash ließ Doppelgänger laufen – Howard-Hughes-Klone – *denen* die Beamten die Vorladungen überreichten. Otash taugte was. Otash konnte Pete das Wasser reichen. Otash organisierte Razzien. Otash dopte Pferde. Otash sprach Boxkämpfe ab.

Drac blieb in seinem Sarg. Von Mormonen umsorgt. Drac saugte Blut. Drac schluckte Demerol. Drac fixte Kodein. Drac telefonierte. Drac schrieb Memoranden. Drac zog sich Trickfilme rein.

Drac rief oft bei Littell an. Drac monologisierte: Aktienstrategie / Aktienschwankungen / die Bazillenpest. Alle Mikroben vernichten! Alle Keime vernichten! Jedem Türknauf sein Kondom!

Drac gierte nach Vegas. Drac entblößte die Zähne. Drac verzehrte sich. Drac geiferte schadenfreudig. Drac saugte Blut.

Er hätschelte Drac. Er verwöhnte Drac. Er entblößte *seine* Reißzähne. Und versetzte Drac seinerseits Bisse.

Mit Hilfe von Jane.

Er brachte sie dazu, ihm zu helfen. Er eignete sich ihre Expertise an. Er liebte sie. Sie liebte ihn. Das bezeichnete er als wahr. Sie log, um zu überleben. Er log, um zu überleben. Was seine Wahrnehmungsfähigkeit schwächte.

Sie wohnten in L.A. Sie flogen nach Washington. Sie genossen die Arbeitswochenenden. Er schrieb Eingaben. Jane verfasste Berichte für Hertz. Sie besichtigten Washington und sahen sich Statuen an.

Er versuchte, ihr das Teamster-Hauptquartier zu zeigen. Sie errötete und lehnte ab. Sie war *zu* entschieden. Sie war unsicher. Sie tat *scheinbar* gleichgültig.

Er musste an L.A. denken – an ein Gespräch, das sie neulich geführt hatten.

Er hatte gesagt: »Ich kann dir Arbeit bei den Teamsters verschaffen.« Sie hatte gesagt: »Nein.« Sie war fest entschlossen. Dabei hatte sie unsicher gewirkt.

Sie kannte die Jungs. Sie wich Vegas aus. Wo die Jungs feierten. Sie sprachen darüber.

Jane war undurchschaubar. Jane tat *scheinbar* gleichgültig.

Die Teamster machten ihr Angst. Das wusste er. Sie wusste, dass er es wusste. Sie log. Sie verschwieg. Er hielt es nicht anders.

Er studierte Jane. Er spekulierte genüsslich. Ihr wirklicher Name *war* »Arden«. Sie stammte aus Mississippi. Sie war in De Kalb zur Schule gegangen.

Er war misstrauisch. Sie hielt es nicht anders.

Sie sah sich ein paar Hughes-Rechnungsformulare an. Sie studierte sie. Sie erklärte Hinweise auf Unterschlagung. Sie wunderte sich, *wieso* er sich dafür interessierte.

Er log. Er *benutzte* sie. Sie half ihm, Howard Hughes zu bestehlen.

Er stahl Gutscheine. Er fälschte Buchungsblätter. Er schrieb Konten um. Er leitete Zahlungen um. Er stellte Rechnungen auf ein Scheinkonto aus.

Sein Konto – Chicago – Mercantile Bank.

Er wusch das Geld. Er löste Schecks ein. Er entrichtete der SCLC seinen Zehnten. Schecks unter falschem Namen – vorläufig sechzig Riesen – mehr Schecks zu erwarten.

Reuezahlungen. Schadensbegrenzung. Verdeckte Operationen gegen das FBI.

Er spendete Mafia-Geld. Mr. Hoover führte Buch. Er traf Bayard Rustin. Er bezahlte ihn.

Mr. Hoover glaubte, Littell zu kennen. Mr. Hoover schätzte seine Sympathien falsch ein. Mr. Hoover telefonierte öfter mit Littell. Mr. Hoover schätzte seine Loyalität falsch ein.

Mr. Hoover sprach mit seinen Korrespondenten. Mr. Hoover plauderte Abhöreinrichtungen aus. Mr. Hoover griff Dr. King an. Redakteure erhielten Beschimpfungen zugestellt. Die sie umformulierten. Und druckten. Sie verdeckten die Quelle.

Mr. Hoover redete. Bayard Rustin redete. Lyle Holly redete. Alle redeten sie über Bürgerrechte.

LBJ boxte seine Bürgerrechtsgesetzgebung durch. Die Mr. Hoover hasste – *aber*:

Der siebzigste Geburtstag drohte. Die erzwungene Pensionierung drohte. LBJ entscheidet: »Du *bleibst* und machst weiter deinen Kram.«

Mr. Hoover bedankt sich. Das bedeutet *quid pro quo*. LBJ entscheidet: »Und jetzt kämpfst du meinen Klan-Krieg.«

Mr. Hoover ist einverstanden. Mr. Hoover gehorcht. Der Neue Klan trieb es zu *weit*. Wie Mr. Hoover weiß.

Der Alte Klan verschob Hasstraktate. Der Alte Klan verbrannte Kreuze. Der Alte Klan schnitt Eier ab. Kastration wurde vom Einzelstaat geahndet. Postvergehen fielen unters Bundesgesetz.

Der Alte Klan fummelte an Frankiermaschinen rum. Der Alte Klan stahl Briefmarken. Der Alte Klan verschickte Hasstraktate. Und brach dabei Bundesgesetze.

Der Postinhalt war legal. Die Verschickungsmethode betrügerisch. Das FBI bekämpfte den Alten Klan. Mit dem Auftrag, sich um Kleinkram zu kümmern. Sein Ruf als Klan-Bekämpfer war weich.

Der Neue Klan bedeutete Brandstiftung. Der Neue Klan bedeutete vorsätzlichen Mord. Mississippi war der Auslöser.

Bürgerrechts-Kids treffen sich. Der »Freiheitssommer« bricht an. Der Klan ist bereit. Neue Klan-Klaverns formieren sich. Unter Beteiligung von Polizisten. Die verschiedenen Klaverns schließen sich zusammen.

Die Weißen Kämpen. Die Königlichen Kämpen. Klextors / Kleagles / Kladds / Kludds / Klokards. Klonklaven und Klonvokationen.

Kirchenbrandstiftungen. Tod durch Verstümmelung. Drei Jugendliche in Neshoba County – vermisst und wohl tot.

LBJ befiehlt Krieg. Zweihundert Agenten fahren ein. Einhundert in Neshoba – bei drei vermuteten Opfern – je dreiunddreißig Agenten pro Vermissten.

Dr. King schaut vorbei. Bayard Rustin schaut vorbei. Bayard Rustin informiert Littell. Er schlägt im Atlas nach. De Kalb stößt an Neshoba. Wo Jane zur Schule ging.

Mr. Hoover war hin- und hergerissen. Der Krieg vergrätzte ihn. Der Krieg beleidigte ihn. Der Krieg verschaffte dem FBI Lob. Das sich Mr. Hoover gutschrieb – wenn auch ungern. Der Krieg störte seine Pläne.

Der Krieg war *übertrieben*. Er bedeutete Einmischung. Die seine Klan-Informanten vergrätzte. Die Klaverns infiltriert hatten. Und Postvergehen verpfiffen. Sie waren schrill. Sie waren rassistisch. Sie hielten sich an »FBI-Richtlinien«.

»Akzeptables Risiko« und »erlaubte Gewalt«. »Definition bestreitbarer Handlungen«.

Mr. Hoover war hin- und hergerissen. Der Krieg erschöpfte ihn. LBJ trampelte auf seinem rassistischen Schönheitssinn rum. Was er nicht kampflos hinnehmen wollte. So bekämpfte er Dr. King. Er wollte für Ausgleich sorgen.

Mr. Hoover rief ihn an. Sie unterhielten sich. Sie hatten

freundliche Streitgespräche. Mr. Hoover machte sich über Bobby lustig.

LBJ hasste Bobby. LBJ *brauchte* Bobby. Vielleicht würde er Bobby zum Vizepräsidenten ernennen. Vielleicht würde Bobby einen Senatssitz wollen.

Er spielte seine Bobby-Bänder ab. Seine spätnächtliche Kommunion. Manchmal weckten die Bänder Jane auf. Jane hörte Stimmen, während sie schlief.

Er log. Er sagte, du träumst nicht – ich spiele Eingabe-Bänder ab.

Mr. Hoover beschattete Bobby – Bobby, den lendenlahmen Generalstaatsanwalt. Bobby *sollte* zurücktreten. Nick Katzenbach *sollte* erfolgreich die Nachfolge antreten.

Vielleicht gab es daraufhin Ärger mit dem FBI. *Vielleicht* würde sich das auf Vegas auswirken. *Vielleicht* ließ ihm Mr. Hoover eine Warnung zukommen. *Vielleicht* sagten die Jungs ja – stell die Absahner ein – die sie sich *vielleicht* von Wayne Senior vermitteln lassen würden.

Er lunchte mit Senior – einmal im Monat – wobei sie sich beide äußerst respektvoll gaben. Wayne Senior sah voraus, was Drac mit Vegas vorhatte. Wayne Senior gierte danach, selbst mit zuzubeißen.

Sprechen wir uns ab. Setzen wir meine Mormonen beim Grafen ein. Beißen wir beim guten alten Drac zu.

Vielleicht klappten die Absahnflüge. *Er* hatte einen eigenen Absahnplan. Er gierte nach einer *weiteren* Zehntenquelle.

Er war von Geld *besessen*. Geld *langweilte* ihn. Er bildete Geldallianzen. Er bildete wucherische Seilschaften. Er hatte nur einen Freund, bei dem Geld keine Rolle spielte.

Pete hatte Vegas verlassen – Mitte Februar – und war als geschlagener Mann zurückgekehrt.

Pete war nach Dallas geflogen. Pete war wieder zurückgeflogen. Pete kam mit Brandwunden und einem Kater heim. Littell kaufte Zeitungen aus Dallas. Littell las die Kleinnachrichten auf der Rückseite.

Da – Prostituierte stirbt im Gefängnis, auf Suizid erkannt.

Er traf Carlos. Er stellte sich ahnungslos. Carlos fiel drauf rein. Carlos lachte. Carlos sagte, sie habe sich die Zunge abgebissen.

Das bedeutete, dass zwei erledigt waren. Das bedeutete, dass noch zwei auf der Flucht waren – Hank K. und Arden / Jane.

Littell sprach mit Pete. Sie unterhielten sich über den Anschlag im Unterschlupf. Sie unterhielten sich über Arden-Jane.

»Die rühr ich nicht an«, sagte Pete. Pete meinte, was er sagte. Pete wirkte traurig und schwach. Er hatte Kopfweh. Er verlor Gewicht. Er hätschelte seinen Kater.

Pete wollte Monarch-Taxi. Pete beauftragte einen Privatdetektiv. Der Privatdetektiv überwachte Eldon Peavy. Bleiben wir nützlich. Lassen wir Tiger-Taksi aufleben. Gehen wir den Jungs zur Hand.

Pete bildete Geldallianzen. Pete bildete wucherische Seilschaften. Pete hatte einen neuen Kater. Pete hatte einen jüngeren Bruder. Wayne Junior *et* Pete.

Les frères de sang. Littell, un conseilleur des morts.

Jeder hat Angst. Jeder hat Dallas mitgekriegt.

42 (Las Vegas, 14. 2. 64–29. 6. 64)

HASS.
Der ihn umtrieb. Der ihn beherrschte. Der ihn voll und ganz bestimmte. Er blieb nach außen hin cool. Er verhielt sich vertretbar.

Er sagte nie NIGGER. Sie waren nicht alle schlecht. Das wusste er und verhielt sich vertretbar. Er fand die Schlimmen. Die ihn *kannten*. Wayne Junior – er *üüüüüüüübel*.

Er arbeitete im Deuce. Wo er um sich schlug. Und die Hände schonte, indem er zum Schläger griff. Er sagte nie NIGGER. Er dachte nie NIGGER. Er hatte den Begriff nie gutgeheißen.

Er arbeitete Doppelschichten. Er empfand sich doppelt gerechtfertigt. Der Besitzer hatte Regeln. Der Schichtführer hatte Regeln. Alles im Deuce ging geregelt zu.

Wayne hatte Regeln. Wayne setzte besagte Regeln durch. Keine Frauen begrapschen. Keine Frauen verhauen. Nutten mit Respekt behandeln.

Er setzte seine Regeln durch. Rassenüberschreitend. Er setzte seine Absichtsregel durch. Er pflegte Tätlichkeiten vorherzusehen. Und ihnen zuvorzukommen. Mit erforderlichem Gewalteinsatz.

Er stellte IHNEN nach. Er verfolgte SIE. Er strich durch West Las Vegas. Er suchte Wendell Durfee. Vergebens. Das wusste er. Der HASS trieb ihn um.

Auf den andere Menschen mit ANGST reagierten. Besagte ANGST machte, dass er *blieb*.

Junior – er üüübel. Er bringt Schwarze um. Er verhaut Dunkelhäutige.

Das Deuce zeigte den Liston-Clay-Kampf. SIE nahmen teil. SIE staunten. SIE jubelten.

Er witterte Absicht. Er handelte. Er griff präventiv durch.

Einige Muslime vertrieben Traktate. Er warf sie raus. Er schränkte ihre Bürgerrechte ein.

SIE nannten ihn »Junior«. Das passte. Das war eine Verneigung vor seinem HASS. Das unterschied seinen HASS von dem von Wayne Senior.

Sonny Liston kam vorbei. Sonny kam bei Wayne vorbei. Sonny kannte Waynes Geschichte. Sonny sagte: »Du hast Recht getan.« Sonny schimpfte betrunken. Cassius Clay hatte ihn vorgeführt. Scheiß auf den ganzen Muslim-Mist.

Sie feierten im Goose. Sie tranken sich einen an. Sie zogen eine Menschenmenge an. Sonny behauptete, jede Menge Nigger zu kennen. Besagte Nigger pirschten durchs Niggerland. Sie würden an den Niggerbäumen rütteln und Wendell Durfee ausfindig machen.

HASS:

Er stahl Spielmarken. Er fuhr kreuz und quer durch West Las Vegas. Er reichte die Spielmarken rum. Das bezeichnete er als Tipp-Köder. Er zahlte SIE, um IHN zu finden.

SIE nahmen die Marken. SIE *benutzten* ihn. SIE spuckten auf die Spielmarken und brachen sie entzwei.

Vergebens. Das wusste er.

Er kaufte Zeitungen aus Dallas. Er sah jede Seite durch. Nichts Neues über Maynard Moore. Nichts Neues über Wendell Durfee.

Er las die Zeitungen. Er stieß auf den Namen Sergeant A.V. Brown. Sergeant Brown arbeitete im Morddezernat.

Sergeant Brown wusste, dass er Maynard Moore umgebracht hatte. Sergeant Brown hatte keine Beweise und keine Leiche. Sergeant Brown hasste ihn. Dito Dwight Holly.

Holly beschattete ihn – stichprobenweise / in unterschiedlichen Nächten.

Schau-Observierungen. Offensichtlich und aus Groll. Stoßstange an Stoßstange.

Holly beschattete ihn. Holly kannte sich aus in der Schwarzenstadt. Holly war FBI. Holly gab sich öffentlich als Negerfreund. Die Morde hatten Holly aufgebracht. Die Morde hatten Holly mit Wayne Senior entzweit.

Die beiden kannten sich schon lange. Sie hatten in Indiana zusammen gelacht. Sie hatten ihren platonischen HASS geteilt.

HASS hatte sie angelockt. HASS lockte Wayne auf die Ranch. Er durchstreifte immer wieder die Ranch. Er gab dem Impuls nach und genoss ihn. Die Zeitpunkte wählte er mit Bedacht.

Janice geht. Wayne Senior geht. Er sieht zu, wie sie gehen, und begibt sich ins Haus. Er geht ins Ankleidezimmer. Er riecht Janice. Er berührt ihre Sachen.

Er liest Wayne Seniors Akten. Er liest Wayne Seniors Traktate.

Papstreise: Eine Schiffskarte in den Kongo – einfach, auf der Titanic gebucht.

Die Traktate gingen bis ins Jahr '52 zurück. In den Traktaten wurde Little Rock »überprüft«. In den Traktaten wurde die »Wahrheit« über Emmett Till »ans Licht gebracht«. Die Jugendlichen von Little Rock hätten Tripper verbreitet. Emmett Till habe weiße Mädchen vergewaltigt.

Alles Quatsch. Platonischer und feiger HASS.

Wayne Senior hatte gelogen – »Ich habe letztes Jahr meinen Geschäftsbereich erweitert.« Quatsch – Wayne Senior vertrieb *langfristigen* Hass.

HASS-Traktate. HASS-Comics. HASS-Lehrbücher. Das HASS-Alphabet.

Wayne las Wayne Seniors Korrespondenz. Mr. Hoover schickte Memoranden. Dwight Holly schickte Mitteilungen. Sie waren langjährige Brieffreunde – seit 1954.

'54 ging es los. Der Oberste Gerichtshof untersagte Rassentrennung an Schulen. Der Ku-Klux-Klan schlug zu.

Mr. Hoover schlug zu. Mr. Hoover setzte Dwight Holly ein. Dwight kannte Wayne Senior. Mr. Hoover liebte Seniors Traktate. Mr. Hoover sammelte sie. Mr. Hoover stellte sie zur Schau. Mr. Hoover rief bei Wayne Senior an.

Sie schwatzen. Mr. Hoover hakte nach.

Sie sind ein Verleger von Hasstraktaten. *Einer* muss es ja tun. Die Ihren sind harmlos und lustig. Was für die ländliche Rechte. Die ländliche Rechte ist zerstritten. Die ländliche Rechte ist doof.

Sie haben Hasserfahrungen. *Sie* können mir helfen, Informanten einzuschleusen. Wir bringen sie in Klan-Gruppen unter. Dwight Holly übernimmt die Führung. Die Informanten bringen Postbetrug zur Anzeige. Die Informanten werden Ihre Traktat-Konkurrenz ausschalten. Die Informanten helfen dem FBI.

Wayne las die Memoranden. Wayne las Mr. Hoovers Briefe. Dwight Hollys Briefe. Briefe von Klan-Klauns. Die sich untertänig gaben. Prollig. Die ihre *Mohren*streiche beschrieben.

Die Akte endete unvermittelt – im Sommer '63. Keine FBI-Mitteilungen / keine Spitzel-Nachrichten – keine Kommuniqués: *Wieso das? Was jetzt?*

Wayne liebte die FBI-Mitteilungen. Die blühende FBI-Prosa: »Vergehensrichtlinien.« – »Akzeptable Handlungen zur Wahrung der Informanten-Glaubhaftigkeit.«

Wayne liebte die Klan-Mitteilungen. Die Texte funkelten. Die Klan-Prosa blühte.

Wayne Senior nahm Prolos in seine Dienste. Wayne Senior hätschelte sie. Die Prolos lebten vom FBI-Geld. Sie kauften sich Kornschnaps. Sie betrieben »mindere Tätlichkeiten«.

Eine Mitteilung war heiß. Brief von Dwight Holly – vom 8. 10. 57.

Holly lobte Wayne Senior. Holly pries ihn enthusiastisch: Das haben Sie wie ein ganzer Kerl durchgestanden / Sie haben Ihre Deckung bestens gewahrt.

6. 10. 57. Shaw, Mississippi. Sechs Klanleute schnappen sich einen Neger. Besagte Klanser setzen ein stumpfes Messer ein. Sie schneiden ihm die Eier ab. Die sie vor seinen Augen an ihre Hunde verfüttern. Wayne Senior observiert.

Wayne las die Mitteilung. Wayne las sie fünfzigmal. Er kam zum Schluss:

Wayne Senior hat Angst vor dir. Wayne fürchtet deinen HASS. Der unausgegoren ist. Der unbrauchbar ist. Der nicht rationalisiert ist.

Wayne Senior hasste kleinlich. Wayne Senior rechtfertigte. Wayne Senior versuchte, *seinen* HASS zu gestalten.

Wayne Senior spielte ihm ein Abhörband vor. Als Cocktailuntermalung. Datum: 8. 5. 64. Ort: Meridian, Mississippi.

Eine Unterhaltung von Bürgerrechtlern – vier männlichen Negern. Besagte Neger zogen über weiße Mädchen her. Die sie als »liberale Fotzen« bezeichneten. Besagte Mädchen seien »Matratzen, auf schwarze Ständer aus«.

Wayne hörte zu. Wayne spielte das Band ab – achtunddrei-ßigmal.

Wayne Senior führte einen FBI-Film vor. Als Lunchunter-malung. Datum: 19. 2. 61. Ort: New York City.

Ein Folk-Club / gemischte Tanzpaare/ dunkle Lippen und Pickel.

Wayne schaute zu. Wayne sah sich den Film an – zweiund-vierzigmal.

HASS:
Er schaute IHNEN zu. Er fand SIE. Er machte SIE in Men-schenmengen aus. HASS trieb ihn an. HASS verband ihn mit Wayne Senior.

Sie unterhielten sich. Das Böse wurde böser. Das Böse wur-de deutlicher und allgegenwärtig. Janice unterhielt sich mit ihm. Janice studierte ihn. Janice berührte ihn häufiger. Sie zog sich für ihn an. Sie schnitt sich das Haar. Sie trug Lynettes Fri-sur.

Lynette hatte ihn verloren. Was sie wusste. Dallas hatte sie von ihm getrennt. Er war vor ihr davongerannt. Er hatte sich versteckt. Er hatte den Sex im Kopf mit sich rumgeschleppt.

Janice und Barb. Schnappschüsse von der Ranch. Postkarten aus dem Nachtclub.

Sein Haus setzte ihm zu. Wendell Durfee hatte die Tür ein-getreten. Lynette war darin gestorben.

Er hatte das Bett rausgeschmissen. Er hatte die Farbe abge-kratzt. Er hatte die Blutflecken weggeschabt. Das war nicht ge-nug.

Er verkaufte das Haus. Mit Verlust. Er ging feiern. Er ging ins Dunes und würfelte.

Er hatte sechzig Riesen gewonnen. Er hatte die ganze Nacht gespielt. Er hatte den ganzen Einsatz verloren. Moe Dalitz hat-te ihm zugeschaut. Moe Dalitz hatte ihm Frühstücks-Pfann-kuchen gebracht.

Er zog in Wayne Seniors Gästehaus. Er installierte ein Tele-fon. Er notierte Hinweise und stellte eine Hinweisakte zusam-men.

Er genoss seine beiden Zimmer. Er genoss seine Aussicht. Janice spazierte rum. Janice zog sich um. Janice spielte am Fenster Schnur-Ping-Pong.

Er wohnte im Gästehaus. Er verbrachte seine Freizeit in der Sultan's Lounge. Wo er Pete traf. Sie schauten zu, wie Barb auftrat, und schwatzten.

Pete stellte ihn Barb vor. Er errötete. Sie gingen ins Sands. Sie tranken gefrorene Mai-Tais. Sie unterhielten sich. Barb wurde beschwipst und plauderte über Sex-Nötigungen. Barb sagte: »Ich hab mal JFK bearbeitet.«

Sie hielt inne – sie wechselten Blicke – sie sahen sich nach allllen Richtungen um. Barb wusste über Dallas Bescheid. Die Blicke besagten: »Das tun wir alle.«

Das war im März gewesen. Pete und Barb waren aus Mexiko zurück. Pete und Barb waren braun gebrannt.

Sie waren nach Acapulco geflogen. Sie kamen eigenartig verwandelt zurück. Pete wirkte abgemagert. Barb wirkte abgemagert. Pete hatte Narben an den Lippen. Sie hatten einen Kater – einen Tiger – dessen stachligen Hintern sie anbeteten.

Wayne hatte bei Ward Littell angerufen. Wayne fragte: »Was ist mit Pete los?« Ward hatte das mit dem »jüngeren Bruder« gesagt. Ward hatte alles erklärt:

Pete hat den eigenen Bruder getötet. Pete hat einen Auftrag vermasselt. Pete hat unwissentlich François B. umgebracht. Das war '49 gewesen. Als Wayne fünfzehn war. Als Wayne in Peru, Indiana, gewohnt hatte.

Pete erhielt Anrufe. Pete verließ Vegas. Wayne traf Barb zum Lunch. Sie unterhielten sich. Über nichts sagende Dinge. Wobei Petes Job tabu blieb. Sie sprachen über Barbs Schwester in Wisconsin. Über deren Big-Boy-Filiale. Über Barbs kriminellen Ex.

Barb veräppelte ihn. Sie hatte ihn mit Janice gesehen. Er erzählte, dass er mit sechzehn auf sie stand.

Pete vertraute ihm. Pete hatte seinen Schwarm für Barb überdacht. Und ihn als Kinderkram abgetan. Barb war großartig. Barb brachte ihn zum Lachen. Barb lenkte ihn von IHNEN ab.

Er setzte Pete zu – beschaff mir *richtige* Arbeit – Pete wich den Anfragen aus. Er setzte Pete wegen Dallas zu – sag mir Einzelheiten – Pete wich dem Drängen aus.

»Was ist mit dir los«, fragte er, »und wieso hast du einen derartigen Narren an einem Kater gefressen?«

»Halt die Klappe«, sagte Pete. »Öfter lächeln und weniger hassen.«

43 (Dallas, Las Vegas, Acapulco, New Orleans, Houston, Pensacola, Los Angeles, 14. 2. 64–29. 6. 64)

Er hatte den Kater ausfindig gemacht. Er hatte ihn in die neue Umgebung gebracht. Dem Kater behagte Vegas. Dem Kater behagte das Stardust Hotel.

Dem Kater behagte die Suite. Dem Kater behagte das Zimmerservice-Fressen. Barb hatte geschimpft. Wer hat dich, verdammt noch mal, ausgetauscht?

Du bist abgeflogen. Du bist zurückgeflogen. Du bist völlig aufgelöst heimgekommen. Du isst nicht richtig. Du schläfst nicht richtig. Du *bibberst.*

Das tat er alles. Und er war zum Kettenraucher geworden. Er knirschte mit den Zähnen. Er trank sich in den Schlaf. Er durchlebte stets denselben Albtraum:

Saipan, '43. Japaner. Die Straßen sind mit Schnittkabeln versehen. Die Jeeps fahren durch. Die Kabel schlagen zu. Und trennen die Köpfe sauber ab.

Er hatte Kopfweh. Er schüttete sich Scotch rein. Er schüttete sich Aspirin rein. Er hatte Angst vorm Schlafengehen. Er las Bücher. Er sah fern. Er spielte mit dem Kater. Die Arme kribbelten. Er musste öfters pinkeln. Die Füße starben ihm ab.

Er hatte dagegen angekämpft. Er war nach New Orleans geflogen. Er hatte ein Schnittkabel organisiert. Er hatte Carlos beschattet. Er hatte alles durchdacht. Eine Ja- und Neinliste abgehakt. Die Neins gewannen klar.

Tu's nicht. Die Jungs würden Barb umbringen – und das wäre nur der Anfang.

Sie würden Barbs Mutter umbringen. Sie würden Barbs Schwester umbringen. Sie würden sämtliche Lindscotts weltweit umbringen.

Er flog nach Vegas zurück. Er trieb eine Katzenpflegerin auf. Barb nahm eine Woche frei. Sie flogen nach Acapulco. Sie bekamen eine Suite mit Klippensicht. Sie schauten zu, wie die Kanaken für Touristenkleingeld ins Meer sprangen.

Er brachte den Mut auf. Er ließ Barb Platz nehmen. Und sagte ihr ALLES.

Über François und Ruth Mildred Cressmeyer. Über jeden einzelnen Auftragsmord. Über Betty Mac. Über die Schlinge am Gitterkreuz. Über ihre Fingernägel in seinem Nacken.

Er plauderte Fakten aus. Er plauderte Namen aus. Er plauderte Zahlen aus. Er plauderte Einzelheiten aus. Er plauderte das Neueste über Dallas aus. Er plauderte die Geschichte von Wendell D. und Lynette aus.

Barb floh.

Sie packte ihre Tasche. Sie floh vor ihm. Sie zog aus. Er versuchte, sie aufzuhalten. Sie nahm seine Waffe. Sie richtete sie voll auf ihn.

Er wich zurück. Sie ging. Er betrank sich und schaute sich die Klippe an. Die an die zweihundert Meter abfiel.

Er rannte hin. Er schwankte. Er rannte zehnmal hin. Er rannte nüchtern hin und betrunken. Er kniff zehnmal. Er kippte nach vorn und fing sich wieder ein. Ihm fehlte schlicht der Mut.

Er besorgte sich ein paar Rote Teufel. Er schlief ganze Tage durch. Er verkroch sich im Schlafzimmer. Er schmiss sich Pillen rein. Er schlief. Er schmiss sich Pillen rein. Er schlief. Er wachte auf und glaubte, er sei tot.

Barb war da. Sie sagte: »Ich bleibe.« Er fing zu weinen an und riss das Bett in Stücke.

Barb rasierte ihn. Barb flößte ihm Suppe ein. Barb trieb ihm die Pillen und die Klippensprünge aus.

Sie flogen nach L.A. Wo er Ward Littell traf. Ward wusste über Betty Bescheid. Carlos hatte mit dem Auftrag geprahlt.

Sie machten Pläne. Sie planten Vorsichtsmaßnahmen. Ward war gescheit. Ward war gut. Ward hatte Arden in eine Jane verwandelt.

Die Welt sah wieder anders aus. Ward sagte, er verstehe. Vegas wirkte wie neu – harte Kontraste und heißes Wetter.

Er kassierte beim Clay-Kampf. Er machte die Suite katersicher. Er zahlte sechsstellig aufs Konto ein. Dem Kater behagte die Suite. Der Kater legte sich auf die Lauer. Der Kater machte einen Satz. Der Kater brachte Wandmäuse um.

Pete rief bei Farlan Moss an. Moss arbeitete beim Sheriff in der Sitte. Moss pflegte Schwuchteln und Nutten am Schlafittchen zu packen. Pete stellte ihn an. Der Auftrag: Dreck über Monarch-Taxi und Eldon Peavy ausfindig machen.

Moss sagte zu. Moss versprach rückhaltlose Aufklärung. Moss versprach Resultate.

Carlos rief bei Pete an. Carlos vermied jedes Wort über Betty. Carlos gab sich freundlich.

»Pete, ich hoffe, dass du Monarch rumkriegst. Ich würde mich gern mit ein paar Prozentpunkten bei dir einkaufen.«

»Nein«, sagte Pete. Er musste an Betty Mac denken. »Warten wir bei Hank K. ab«, sagte Carlos.

»OK«, sagte Pete. Pete saß da und wartete. Er gewöhnte sich den Scotch ab. Sein Schlaf wurde besser. Die Albträume verschwanden.

Er freundete sich mit Wayne an. Er freundete sich mit dem Kater an. Er sah stichprobenweise bei Monarch vorbei. Er *gierte*. Er rief bei Fred Otash an. Er rief bei alten Polizeikumpeln an. Sie überprüften die Polizeimeldungen.

Wendell Durfee – wo bist du? Wendell Durfee war *nirgendwo*.

Er wurde unruhig. Er fuhr nach Dallas. Betty Mac blieb ihm im Sinn. Er hörte sich um. Er überprüfte die Akten des DPD. Keine Hinweise auf Durfee und keine Sichtungen.

Carlos rief an. »Marschmarsch«, sagte Carlos. »Hank Killiam umbringen.«

Pete fuhr nach Houston. Pete holte Chuck Rogers ab. Chuck lebte bei seiner Familie. Zugenagelten Doofköpfen. Die in Klan-Roben zu Bett gingen.

Pete und Chuck fuhren nach Osten – Richtung Pensacola. Sie fuhren über Nebenstraßen. Sie ließen sich Zeit. Chuck sprach über Vietnam. John Stanton war dort. Die CIA hatte sich stark engagiert. Chuck kannte einen Militärpolizisten in Saigon – eine Type namens Bob Relyea. Exgefängniswärter / Exklan-Mann.

Chuck sprach mit Bob. Sie genossen ihre Kurzwellenplauderstündchen. Bob hörte gar nicht auf, Vietnam zu loben. Da war was *los*. Vietnam war scharf. Vietnam war Kuba auf Methedrin.

Chuck sprach über Kuba – *Viva la Causa!* Pete zog über die »Truppen« in De Ridder her. Sie waren einer Meinung – Hank Hudspeth und Guy B. waren mies. Die tranken zu viel. Die schwatzten zu viel. Die verkauften schlechte Waffen.

Der Süden war wild – Frühlingsgewitter und Frühlingszauber.

Sie fuhren durch Louisiana. Sie übernachteten in Exilkubaner-Lagern. Chuck drillte Truppen. Pete putzte schmutzige Waffen.

Die Truppen waren schlecht. Die Truppen waren Kanakenschrott. Kubaflüchtlinge. Einwanderer. Die von rechtsextremer Wohltätigkeit lebten. Sie hatten keinen Schneid. Sie konnten nichts. Sie hatten kein *savoir faire*.

Chuck kannte alle Nebenstraßen. Chuck kannte Grillbars in ganz Dixie. Sie fuhren durch Mississippi. Sie fuhren durch Alabama. Sie wichen FBI-Wagen aus. Sie trafen Kreuz-Verbrenner. Chuck kannte Robenträger im ganzen Staat.

Nette Kids – ein bisschen doof – Produkt von ein bisschen zu viel Inzucht.

Sie übernachteten in Klan-Camps. Sie fuhren in der Morgendämmerung los. Sie fuhren an abgefackelten Kirchen vorbei. Vor denen ent-kirchte Mohren standen.

Chuck lachte. Chuck winkte. Chuck rief: »Tag, Leutchen!«

Sie erreichten Pensacola. Sie machten Hank K. ausfindig. Hank K. blieb zu Hause. Sie drangen in seine Wohnung ein. Sie schlitzten ihm die Kehle auf. Sie fuhren mit der Leiche rum. Sie vertaten Zeit. Sie fuhren bis 03:00 früh rum. Sie fanden das Schaufenster eines Fernsehgeschäfts.

Sie schmissen Hank rein. Hank zerbrach die Scheibe. Hank schlug Zenith- und RCA-Geräte kaputt.

Pensacola *Tribune* / dritte Spalte / Seite 2: Bizarrer Selbstmord. Pensacolaner in den Tod gehechtet.

Chuck flog nach Houston. Pete fuhr nach Vegas. Pete hakte Hank K. ab. Hank war ein Mann. Hank kannte die Regeln. Hank stand keine Freistellung wegen Geschlechtszugehörigkeit zu.

Pete ließ Zeit verstreichen. Pete freundete sich mit dem Kater an. Pete freundete sich mit Wayne Junior an. Sie sahen sich Barbs Auftritte an. Sie saßen erste Reihe. Wayne stand auf Barb. Wayne war ein ehrlicher Kerl. Wayne respektierte die Frauen.

14.6.64: Guy Banister stirbt. An Herzinfarkt Numero vier. Chuck ruft an. Chuck trieft vor Schadenfreude. Chuck stellt klar. »Umbringen«, hatte Carlos gesagt. Und Chuck hatte eine Überdosis Digitalis eingesetzt. Chuck lachte. »Nimm's nicht übel«, sagte Chuck. »Carlos hat dir mal 'ne Pause gegönnt.«

DOKUMENTENEINSCHUB: 30.6.64. Vertraulicher Bericht. Verfasst von: Farlan D. Moss. Vorgelegt: Pete Bondurant. Betrifft: »KRIMINELLE AKTIVITÄTEN VON ELDON LOWELL PEAVY (WEISS, MÄNNL., 46). MONARCH-TAXI-UNTERNEHMEN & DAS GOLDEN CAVERN HOTEL-KASINO / MIT INDEX NACHWEISLICH KRIMINELLER BEZUGSPERSONEN.«

Mr. Bondurant,
anbei wie versprochen mein Bericht mit beiliegenden Vorstrafenregisterkopien über Subjekt PEAVYS Bezugspersonen. Wie abgesprochen bitte ich, auf Ausfertigung fotomechanischer Kopien zu verzichten & den Bericht nach gehabter Lektüre zu vernichten.

BESITZVERHÄLTNIS- & LIZENZLAGE / STEUERSTATUS DER LEGITIMEN UNTERNEHMUNGEN

Subjekt PEAVY ist Alleineigentümer der Firma Monarch-Taxi (Lizenzerteilung 1st Clark County, 1.9.55), des Hotel-Kasinos Golden Cavern (Lizenzerteilung Spielkommission Nevada 8.6.57), des Ladengeschäfts Sid-der-Marketender (Geschäftslizenz am 16.12.60 an Subjekt PEAVY übertragen) & des Nachtclubs Cockpit Cocktail Lounge in Reno (Alkohollizenz Nevada Nr. 6044 v. 12.2.58). (Hinweis: besagter Nachtclub ist ein homosexueller Treffpunkt.) Alle staatlichen & örtlichen Betriebslizenzen von Subjekt PEAVY sind gültig & in guter Ordnung, was auch für seine Bundes-, Staats- & Bezirks- (Clark, Washoe), Umsatz-, Einkommens- & Grundsteuer sowie für die Mitarbeitersozialabgaben & die Registrierung der bei ihm angestellten Exhäftlinge gilt. Subjekt PEAVY (zweifellos darauf bedacht, seinen Ruf & seinen Sitz in der Nevada Glücksspiel-Kontroll-Kommission & in der Alkohol-Kontroll-Kommission von Clark County zu wahren) führt peinlich genau Buch & hält, was Buchhaltung & Geschäftsgebaren betrifft, sämtliche relevanten Vorschriften ein.

ILLEGALE AKTIVITÄTEN VOR ORT (BEZGL. BESAGTER FIRMEN)

Subjekt PEAVYS vier Unternehmen dienen als Grundlage krimineller Unternehmungen & als Versammlungsstätte bekannter Krimineller & Homosexueller. Alle vier werden durch Polizeibehörden protegiert, was sich für Ihre Übernahmestrategie als hinderlich erweisen dürfte. Die Cockpit Lounge (beschützt durch das Sheriffs Department Washoe County) vertreibt homosexuelle Pornographie (Filme & Fotografien), Fetische mexikanischer Provenienz sowie aus dem Spital Washoe County Medical Center gestohlene Amyl-Nitrat-Kapseln. Der Nachtclub ist ein Treffpunkt männlicher Prostituierter & die Telefonautomaten werden als Kontaktpunkte des Dienstleistungsbetriebs »Stell-dich-beim-Buben-ein« genutzt, der von den Cockpit-Barmännern RAYMOND »SCHWULERAY« BIRNBAUM (weiß, männlich, 39, vgl. Vorstrafenindex) & GARY DE HAVEN (weiß, männlich, 28, vgl. Index) betrieben wird. Subjekt PEAVY erhält angeblich einen Anteil von allen durch kriminelle Aktivitäten in den Räumen des Cockpit erwirtschafteten Profiten. Das Ladengeschäft Sid-der-Marketender (E. FREMONT 521) dient als Sammelpunkt männlicher Prostituierter, die im Glo-Ann Motel (E. Fremont 604) tätig sind & als Treff für »Hühnerfalken« (ältere oder verheiratete männliche Homosexuelle, die Kontakt mit Jünglingen suchen). Glücksspielverlierer & männliche Studenten der University of Las Vegas finden sich auf dem Parkplatz ein, auf dem sie, in der Hoffnung auf ein »Stelldichein« in ihren Wagen übernachten. Der Geschäftsführer des Betriebs, SAMMY »SEIDENSAM« FERRER (weiß, männlich, 44, ebenf. Monarch-Taxifahrer, vgl. Vorstrafenregister) lässt besagte »Stelldicheins« in den Hinterzimmern seiner Ladenräume zu & filmt sie öfters heimlich durch versteckte Wandöffnungen. FERRER stellt Filme zusammen, schneidet sie zu pornographischen »Schlaufen« & verkauft besagte »Schlaufen« in der <u>Hunky Monkey Bar</u>, einem notorischen Etablissement, das »harte« Homosexuelle bedient. FERRER & Subjekt PEAVY führen pornographische Filme (homosexuellen & heretosexuellen Inhalts) im Hinterzimmer der Liegenschaft vor, zur Unterhaltung des Monarch-Taxipersonals & ihrer Lieblingskunden. (Hinweis: Die Schauspieler ROCK HUDSON & SAL MINEO & der Exschwergewichtsmeister SONNY LISTON sind Stammgäste bei Monarch-Taxi & Golden Cavern & sehen sich öfters Filme bei <u>Sid-dem-Marketender</u> an.)

Die Firma <u>Monarch-Taxi</u> & ihre Büro- & Dispatcher-Baracke (Tilden Street 919, North Las Vegas) steht im Zentrum von Subjekt PEAVYS illegalen (jedoch unter Behördenprotektion stehenden) Unternehmungen. Subjekt PEAVY beschäftigt 14 Ganz- & Halbtagsfahrer, von denen 6 vermutlich Homosexuelle ohne Vorstrafenregister & ohne anhängige Verkehrsübertretungen in Nevada sind. Bei den anderen 8 (alles bekannte Homosexuelle) handelt es sich um:

Den vorerw. SAMMY »SEIDENSAM« FERRER; HARVEY D. BRAMS; JOHN »CHAMP« BEAUCHAMP; WELTON V. ANSHUTZ; SALVATORE »SATIN-SAL« SALDONE; DARYL EHMINTINGER; NATHAN WERSHOW & DOMINIC »ESELS-DOM« DELLACROCIO. Alle 8 Fahrer weisen ein ausführliches Vorstrafenregister auf wegen Sodomie, Raubüberfall, Flim-Flam-Betrug, Unzucht mit Minderjährigen, männlicher Prostitution, Drogenbesitz & im Zusammenhang mit nicht für stichhaltig befundener Anklagen wegen Totschlags (vgl. Vorstrafenindex). DELLACROCIO, BEAUCHAMP, BRAMS & SALDONE arbeiten auch im Hotel-Kasino Golden Cavern als männliche Prostituierte. DELLACROCIO (teilw. als Fahrer & Tänzer in der »Vegas-A-Go-Go«-Show im New Frontier Hotel tätig) tritt auch als Darsteller in pornographischen Filmen auf. DELLACROCIO rekrutiert gelegentlich andere Tänzer der Truppe als männliche Prostituierte.

<u>Monarch-Taxi</u> unterhält & bedient illegal aufgestellte Glücksspielautomaten in zahlreichen Bars von Las Vegas. Der Operation steht MILTON H. (HERMAN) CHARGIN (weiß, männlich, 53, keine Vorstrafen) vor, ein Nichthomosexueller & ehemaliger Skandalautor (der Zeitschriften <u>Lowdown &</u>

Whisper), der gelegentlich als Dispatcher für Monarch-Taxi tätig ist & als Subjekt PEAVYS »Direktor« auftritt, d. h. als der Mann, der unter den Mitarbeitern von Subjekt PEAVY für Ordnung sorgt.

Alle 14 Fahrer verkaufen rezeptpflichtige Pillen (Seconal, Nembutal, Tuinal, Empirin-Codein, Dexedrin, Dexamyl, Desoxyn, Biphetamin), die ihnen von in Las Vegas ansässigen Ärzten zur Verfügung gestellt werden. (Besagte Ärzte zahlen damit Schulden bei örtlichen Hotel-Kasinos ab, als Teil einer auf Gegenseitigkeit beruhenden Abmachung zwischen den Kasino-Geschäftsführern & Subjekt PEAVY. Vgl. Index Bezugspersonen wg. Auflistung von Ärzten & Kasino-Personal.)

Die Fahrer verkaufen hauptsächlich an Neger in West Las Vegas, Mexikaner, Soldaten der Nellis Air Force Base, Nachtclub-Entertainer & an in Los Angeles beheimatete homosexuelle Drogensüchtige, die Monarch-Taxi-Limousinen als Flughafenzubringer nutzen & im Golden Cavern absteigen. Auch hier handelt es sich um eine vom LVPD & CCSD sanktionierte Unternehmung.

Das Hotel-Kasino Golden Cavern (Saturn Street 1289, North Las Vegas, 35 Zimmer, 60 Tische) gehört zur so genannten »Fleischbeschau«-Klasse. Es verfügt über korrekte Lizenzen & bedient ärmere Touristen & Spieler. Subjekt PEAVY & sein dortiger Geschäftsführer RICHARD »RAMMBOCK-RICK« RINCON (zeitweise ebenfalls als Darsteller in pornographischen Filmen tätig) verfügen über sechs abgetrennte Bungalows, die als »Party-« oder »Orgien-Wohnungen« für zugereiste Homosexuelle dienen, wo sie mit männlichen Prostituierten, exotischen Likören, Fertigmahlzeiten, Filmprojektoren, pornographischen Filmen & den oben erwähnten illegalen rezeptpflichtigen Pillen nebst Amylnitrat & Marihuana versorgt werden. Zahlreiche Fernseh- & Filmstars wohnen des Öfteren in den Bungalows, darunter DANNY KAYE, JOHNNIE RAY, LIBERACE, WALTER PIDGEON, MONTGOMERY CLIFT, DAVE GARROWAY, BURT LANCASTER, RODDY MCDOWELL, LEONARD BERNSTEIN, SAL MINEO, RANDOLPH SCOTT & ROCK HUDSON. Zu den beliebtesten männlichen Prostituierten gehört der Fahrer / Tänzer / pornographische Filmdarsteller DOMINIC »ESELS-DOM« DELLACROCIO. Das Golden Cavern hat einen bekannten Ruf in der homosexuellen Unterwelt & Reservierungen werden oft durch »Mittelsmänner« getätigt, die Stammgäste örtlicher homosexueller Bartreffs wie des Klondike, Hunky Monkey, Risque Room & Gay Caballero sind.

PORNOGRAPHISCHES FILMGESCHÄFT VON ELDON PEAVY

Besonders angreifbar im Hinblick auf eine Übernahme erweist sich Subjekt PEAVY durch seine Finanzierung & Teilhabe an einem in Chula Vista, Kalifornien (Grenzstadt), & Tijuana, Mexiko, beheimateten pornographischen Filmbetrieb. Die kriminelle Unternehmung wird von Polizisten aus Tijuana betrieben, die minderjährige Mädchen einsetzen & öfters zu »Auftritten« nötigen, gemeinsam mit männlichen Darstellern (volljährig) & Tieren, die bei live Bühnenshows in Tijuana, Mexiko, auftreten. Es sind in der Regel durchgebrannte Mädchen aus Kalifornien & Arizona, & ich habe sechs der Mädchen durch Sichtung der Filme & Vergleiche mit Fotografien auf Vermisstmeldungen identifizieren können. Die identifizierten Mädchen (MARILU FAYE JEANETTE / 14; DONNA RAE DARNELL / 16; ROSE SHARON PAOLUCCI / 14; DANA LYNN CAFFERTY / 13; LUCILLE MARIE SANCHEZ / 16; WANDA CLARICE KASTELMEYER / 14) treten in insgesamt 87 in Tijuana gedrehten Filmen auf, die telefonisch von der besagten Bezugsperson PEAVYS, SAMMY »SEIDENSAM« FERRER, vertrieben werden. (Hinweis: Die Filme werden in den Geschäftsräumen von Sid-dem-Marketender vorgeführt.)

Es sind Filme hetero- wie homosexuellen Inhalts. Besagte Bezugsperson RICHARD »RAMMBOCK-RICK« RINCON erscheint in den homosexuellen Filmen »Rammbock der Mann«, »Rammbock der Junge«, »Rammbock der König«, »Rammbock der Steher«, »Vorwitziger Rammbock« & »Rammbock rammt sich frei«. Die besagte Bezugsperson DOMINIC »ESELS-DOM« DELLACROCIO erscheint in den homosexuellen Filmen »Der Grieche«, »Der Türsteher«, »Der Reichbestückte«, »Der Ständer«, »Der 30-cm-Mann«, »Dick Stramm«, »Dick Stramms Freuden«, »Dick Stramms lustige Streiche«, »Dick Stramms griechische Ferien«, »Dick Stramm & die 69 Buben«.

Die Filme werden auf 8-Millimeter-Material gedreht & Sid-dem-Marketender vom Hauptpostamt Chula Vista aus zugestellt. Besagte Bezugsperson SAMMY »SEIDENSAM« FERRER nimmt die Filme in Empfang & lagert sie in seiner Wohnung (Arrow Highway 10478, Henderson) ein, von wo er sie über eine Postfachadresse in Henderson weiterleitet (vgl. Filmindexliste, unter Chula Vista & Henderson, wg. Vertriebsdaten & Namen & Adressen von Empfängern).

Zusammenfassend gehe ich davon aus, dass ELDON LOWELL PEAVY wegen insgesamt 43 Verletzungen der Gesetze der Staaten Nevada, Kalifornien, Arizona sowie der Bundesgesetze über Beeinflussung & Ausbeutung minderjähriger Kinder, des Transports pornographischen Materials & der Konspiration zur Verbreitung unzüchtiger & lasziver Produkte zur Verantwortung gezogen werden kann (vgl. beil. fotomechanische Kopien der entspr. Strafgesetzabschnitte & Bundesgesetze).

Ich ersuche nochmals, Berichte & Materialien nach Lektüre zu vernichten.

44 (Neshoba County, 30.6.64)

Der Airconditioner fiel aus. Littell kurbelte das Fenster runter.
Er fuhr über die I-20. Er überholte FBI-Wagen. Er überholte Reportagewagen.
Die von Klan-Wagen verfolgt wurden. Besagte Klan-Wagen trugen Aufkleber. »AYAK« hieß *Are You a Klansman?* – »Bist du ein Klan-Mann?«. »AKIA« *A Klansman I Am* – »Ein Klan-Mann bin ich«.
Er hatte Mr. Hoover angerufen. Er war auf die Reise zu sprechen gekommen. Mr. Hoover hatte zugestimmt.
»Ein vorzüglicher Gedanke. Sie können Bayard Rustin treffen und persönlich beim ›Freiheitssommer‹ zusehen. Ich werde Ihre Beobachtungen mit großem Vergnügen zur Kenntnis nehmen, unter Abzug Ihrer negerfreundlichen Haltung.«
Er hatte zwanzig Riesen mitgebracht. Zehn für Bayard / zehn für irgendwelche Exilkubaner. Pete hatte bei Clay-Liston Kasse gemacht. Pete stiftete seinen eigenen Zehnten.
Es war heiß. Der Wagen wurde von Insekten bombardiert. Klan-Autos fuhren vorbei. Klan-Trottel buhten ihn aus. Klan-Köpfe zeigten ihm den Stinkefinger.
Er sah aus wie ein FBIler. Das machte ihn zur Zielscheibe. Er hatte seine Waffe dabei – sicher ist sicher.
Lyle Holly hatte ihn in Vegas angerufen. Lyle Holly hatte zur Vorsicht gemahnt. Lyle Holly hatte von der Reise abgeraten.
Lass es. Du siehst wie ein FBIler aus. Der Klan hasst dich. Die Weißen hassen dich. Die Linken können dich nicht leiden.
Littell fuhr am Bogue-Chitto-Sumpf vorbei. Littell sah Schleppleinen-Trupps. Die Kids waren tot. Hatte Lyle gesagt. Mr. Hoover sagte, ein paar Choctaws hätten den Wagen der Jugendlichen gefunden.

Das sah nach Klan aus. Mr. Hoover war stinksauer. Machen wir die Kids zu Märtyrern. Zum Teufel mit den einzelstaatlichen Rechten.

Littell fuhr über die I-15. Littell drehte am Radio. Spinnerte Prediger predigten. Alles gelogen. Alles Getue. Die Kids hocken in Jew York.

Er hatte mit Moe Dalitz gesprochen. Moe Dalitz hatte bei den Jungs angefragt. Sie waren mit dem Hughes-Charter-Plan einverstanden. Das hieß mehr Geld – eine neue Zehntenquelle.

Der Verkehr stockte. Gaffer standen am Straßenrand. FBI-Wagen krochen dahin. Reportagewagen krochen dahin. Die Prolos schwitzten dicht an dicht.

Autobahnpolizisten und Hiesige. Hausfrauen und Kleinkinder in Klan-Röbchen. Sie machten sich Handzeichen – so was wie Klan-Kodes – signalisierten klanheimliche Zufriedenheit.

Littell wechselte die Spur. Littell zog hart nach rechts. Da – ein Kreuz neben der Straße. Ein *benutztes* Kreuz – von gestern Nacht – Gaze auf verbranntem Holz.

Die Menge gaffte das Totem an. FBIler und Neger. Eisschnee-mit-Sirup-Verkäufer, die ihre Klan-Roben zu Hause gelassen hatten.

Bayard Rustin – in elegant gestreiftem Sommerleinen.

Bayard sah ihn. Bayard winkte. Bayard kam zu ihm rüber. Ein Mann schmiss ein Ei. Ein Mann schmiss ein Sirupeis. Bayard bekam die volle Ladung ab.

Sie parkten. Sie sahen sich eine abgefackelte Kirche an.

Die Kirche war runtergebrannt. Von Molotow-Cocktails angezündet. Techniker verpackten Bombenreste.

Littell überreichte Bayard den Zehnten. Bayard steckte das Geld in die Aktentasche. Bayard schaute den Technikern zu.

»Soll ich mich ermutigt fühlen?«

»Solange Sie verstehen, dass Lyndon Johnson dahintersteckt.«

»Was Mr. Hoover sagt, klingt durchaus erfreulich.«

Die Sonne stand hoch. Bayard trug Eigelb- und Sirupflecken.

»Hoover wünscht, dass Hass und Vorurteile auf einem ihm passend erscheinenden Niveau weiterbestehen, und indem er

gegen den Klan vorgeht, kann er sich den Anstrich der politischen Mitte geben.«
Bayard trommelte aufs Armaturenbrett. »Ich möchte Sie was fragen. Lyle sagt, dass Sie sich mit dergleichen auskennen.«
»Bitte.«
»Folgendes. Martin und Coretta betreten ihr Hotelzimmer und wollen sicherstellen, dass ihnen Freund Edgar nicht zuvorgekommen ist. Wo suchen sie nach Abhöreinrichtungen und was tun sie, so sie dergleichen finden?«
Littell rutschte mit dem Sitz nach hinten. »Sie suchen nach feinen Drähten mit durchbrochenen Metallenden, die aus Bilderrahmen und Lampenschirmen ragen. Sie führen harmlose Gespräche, bis sie festgestellt haben, dass Derartiges nicht vorhanden ist, und reißen das allenfalls Vorgefundene nicht raus, weil das Freund Edgar verärgern und ihn zu schärferen Maßnahmen gegen Dr. King treiben würde, dessen rasanter Aufstieg auch nicht dadurch zu bremsen ist, dass Edgar eine Akte gegen ihn anlegt, da Edgars größte Schwäche darin besteht, dem institutionellen Sadismus allmählich seinen Lauf zu lassen.«
Bayard lächelte. »Johnson wird das Bürgerrechtsgesetz nächste Woche unterschreiben. Martin reist dafür nach Washington.«
Littell lächelte. »Genau das habe ich gemeint.«
»Weitere Ratschläge?«
»Ja. Halten Sie Ihre Leute von Gegenden fern, wo die Klan-Gruppen Regal Knights und die Konsolidated Knights operieren. Sie stecken voller Postgesetzverstoß-Informanten und sind fast so schlimm wie die White Knights, nur dass das FBI niemals deren Unternehmungen untersuchen wird.«
Bayard öffnete seine Tür. Der Türgriff verbrannte ihm die Hand.
»Bald hab ich noch mehr Geld«, sagte Littell.

Die Party ging bis spät.
Er blieb bis spät nachts. Er *musste*. Die Stadt hatte ihn ausgestoßen. Am Empfang pflegte man ihn zu mustern. Seinen Anzug und seine Waffe. Man pflegte zu erklären, dass »alles besetzt« sei.

Die Party war ein Leichenschmaus. Guy Banister – *mort*. Das Lager lag am Golf. Die Kubaner verfügten über 1,6 Hektar. Der Landbesitzer war ein Klan-Mann. Von Maynard Moores Gruppe. Der Klarion Koalition.

Sie waren pro Exilkubaner. Sie schrieben »Cuba« mit Klan-»K«. Carlos finanzierte das Ganze. Pete war letzten Frühling durchgereist. Pete zufolge brauchten die Truppen Schliff.

Littell sah sich auf dem Gelände um. Littell brachte Petes Zehnten-Anteil vorbei. Littell legte das Jackett ab und stapfte durch den Sand.

Ein Bunker. Ein Schnellboot. Ein Klan- / Exilkubaner-Schießstand. Als Ziele dienten Strohpuppen mit Karikaturengesichtern: LBJ / Dr. King / Fidel »Bart« Castro.

Ein Waffenlager. Gestapelte Flammenwerfer. Bazookas und leichte Browning-BAR-MPs.

Die Exilkubaner waren zuvorkommend – er war ein Bekannter von Pete dem Großen. Die Klan-Burschen waren grob – er hatte einen FBI-Anzug an.

Die Sonne ging unter. Die Sanddünen setzten Flöhe frei. Die feuchte Luft setzte Moskitos frei.

Die Flaschen kreisten. Man prostete sich zu. Die Klan-Leute beschichteten Holzkohlegrills. Sie servierten Würstchen. Die sie überbrieten. Die sie mit dem Flammenwerfer grillten.

Littell spielte Mauerblümchen. Gäste kamen vorbei. Littell identifizierte sie:

Hank Hudspeth – Guys Kumpel – ein Spinner in Trauer. Chuck Rogers hatte Guy umgelegt. Er hatte dem Herzinfarkt nachgeholfen.

Laurent Guéry und Flash Elorde. Petes rechtsextreme *confrères*. Söldner / Dallas-Reservetruppen / einst zu Pete und Boyds Team gehörig.

Laurent kam von der CIA. Laurent hatte Patrice Lumumba umgelegt. Flash hatte unzählige *Fidelistos* umgelegt.

Man war unter sich. Offene Geheimnisse. Die man *einfach wusste*.

Laurent machte Anspielungen: *Monsieur Littell, nous savons, n'est-ce pas, ce qui c'est passé à Dallas?*

Littell lächelte. Littell zuckte mit den Schultern – *Je ne parle pas Français*. Laurent lachte. Laurent pries »*le pro shooter*«.

Le pro était un Français. Jean Mesplède, qui est maintenant un »merc« à Mexico City.
Littell ging anderswohin. Guéry machte ihn nervös. Littell blieb stehen und aß ein Würstchen. Das nicht schmeckte. Es war überbraten. Es war mit dem Flammenwerfer gegrillt.
Littell spielte Mauerblümchen. Littell schaute der Party zu. Littell las Zeitschriften. Das Bürgerrechtsgesetz / die Konventionen / Bobbys Chancen auf den Vizepräsidentenposten.
Die Party ging weiter. Hank Hudspeth spielte Tenorsaxophon. Die Kubaner zündeten Knallkörper.
Pete liebte *La Causa*. *La Causa* bot Halt. *La Causa* rechtfertigte. *La Causa* entschuldigte alles. Sie hatten ein gemeinsames Dilemma – die Reue und den Zehnten. Er wusste es. Pete nicht.
Littell versuchte zu schlafen. Die Kubaner sangen Lieder. Knallkörper platzten.

De Kalb grenzte an Scooba. De Kalb grenzte an Neshoba County.
Die Fahrt dauerte fünf Stunden. Die Hitze setzte dem Wagen zu. De Kalb entsprach Janes Beschreibung.
Eine Hauptstraße. Futtermittelsilos. Die Schattenplätze nach Rassen getrennt. Die Weißen auf dem Bürgersteig / die Neger auf der Straße.
Littell fuhr durch die Stadt. Die Neger sahen auf ihn herab. Die Weißen sahen durch ihn hindurch.
Da – die Schule. Janes Beschreibung passte genau.
Bungalows. Spazierwege. Pappeln. Möchtegern-Militär-Baracken.
Littell parkte. Littell prüfte seine Notizen. Die Archivarin hieß Miss Byers – in Bungalow Nr. 1.
Littell ging zu Fuß. Littell folgte Janes Wegangaben. Der Bungalow entsprach Janes Beschreibung.
Ein Schalter. Dahinter Aktenablagen. Eine Frau – mit Schals und Kneifer.
Die Frau sah ihn. Die Frau hustete.
»Alles Getue, wenn Sie wissen wollen, was ich meine.«
Littell wischte sich den Hals. »Wie bitte?«
»Die Jungs in Neshoba. Die lassen sich gerade in Memphis ein kühles Blondes schmecken.«

Littell lächelte. »Sind Sie Miss Byers?«
»Ja, die bin ich. Und Sie sind Agent beim Föderalen Büro für Invasion.«
Littell lachte. »Ich brauche Informationen über eine ehemalige Studentin. Die Ende der 40er zur Schule gegangen sein dürfte.«
Miss Byers lächelte. »Ich bin hier, seit 1944 die Schullizenz erteilt wurde, und in gewisser Hinsicht waren die Nachkriegsjahre die besten, die wir hatten.«
»Wie das?«
»Weil da die wilden Jungs von der GI-Bill auf die Schule gingen, und ein paar ebenso wilde Mädchen. Wir hatten ein Mädchen, das drogensüchtig wurde, und zwei Mädchen, die als Prostituierte durchs Land zogen.«
»Das betreffende Mädchen hieß ›Arden Smith‹ oder ›Arden Coates‹.«
Miss Byers schüttelte den Kopf. »Wir hatten nie eine Arden hier. Das ist ein hübscher Name, den hätte ich mir gemerkt. Ich war die einzige Archivarin der Schule, und mein Gedächtnis hat mich noch nie im Stich gelassen.«
Littell überprüfte die Ablagen. Littell sah nach Jahren datierte Akten. Eine Ablage pro Jahr / von '44 aufwärts.
»Sind Ihre Studentenakten alphabetisiert?«
»Selbstverständlich sind sie das.«
»Sind Studentenfotos beigelegt?«
»Ja, Sir. Auf die allererste Seite geheftet.«
»Hatten Sie Lehrerinnen namens Gersh, Lane und Harding?«
»Hatten und haben. Wer hier mal als Lehrer angefangen hat, der pflegt zu bleiben.«
»Könnte ich die Akten einsehen?«
Miss Byers kniff die Augen zusammen. »Wenn Sie mir ehrlich sagen, dass der Riesenaufstand nicht bloßes Getue ist.«
»Die Jungs sind tot«, sagte Littell. »Vom Klan umgebracht.«
Miss Byers zwinkerte. Miss Byers erbleichte. Miss Byers klappte die Schaltertheke hoch. Littell schritt durch. Littell holte sich die '44er Akte.
Er überprüfte die erste Akte. Er studierte das System. Er sah die Fotos auf der ersten Seite und die Klassenlisten. Er sah die

Anmerkungen auf der letzten Seite: Stellenempfehlungen / Stellenantritte / allgemeine Nachträge.
Jane kannte die Schule. Jane hatte die Schule besucht – oder kannte welche, die die Schule besucht hatten.
Littell holte Ordner raus. Littell überprüfte die Akten. Er las Namen. Er überprüfte Fotos. Er arbeitete sich von '44 an hoch. Keine Ardens / kein Jane-Foto / keine Coates oder Smiths.
Er las Akten. Er las die Akten nochmal durch. Ging nochmal auf '44 zurück. Er schrieb sich Namen ab. Er überprüfte die nach dem Abschluss eingetragenen Anmerkungen.
Miss Byers schaute ihm zu. Miss Byers blickte ihm über die Schulter. Littell notierte Namen.
Ausgangspunkte. Bezugspunkte. Vielleicht nannte Jane Namen. Jane erwähnte regelmäßig Namen. Jane unterfütterte ihre Lügen. Jane schilderte plastische Szenen.
Marvin Whitely, '46 – heute Buchhalter. Carla Wykoff – Buchprüferin beim Staat.
Littell holte die '47er raus. Aaron / Abelfit / Aldrich / Balcher / Barrett / Bebb / Bruvick. Armselige Stellen. Prosaische Beförderungen. Baufirmen / Futtermittelsilos / Gewerkschaftsverwaltung.
Richard Aaron hatte Megg Bebb geheiratet. Aldrich war in De Kalb geblieben. Balcher hatte Lupus bekommen. Barret arbeitete in Scooba. Bruvick war nach Kansas City gezogen. Bruvick hatte sich der AFL-Gewerkschaft angeschlossen.
Littell überprüfte Akten. Littell schrieb Namen auf. Miss Byers blickte ihm über die Schulter.
Bobby Cantwell bekam Herpes. Die Clunes-Mädchen wurden aggressiv. Carl Ennis verbreitete Kopfläuse. Gretchen Farr – eine Satansbraut mit Zöpfen. Drogensüchtig oder schlimmer.
Littell hörte auf. Ihm versagten die Knie. Seine Füllfeder trocknete ein.
Jane hatte sich Welten zurechtgedacht. Jane hatte über das gemeinsame Maß hinaus gelogen. Jane hatte ihn beim Lügen ausgestochen.
»Ich halte das trotzdem für Getue«, sagte Miss Byers.

45 (Las Vegas, 2.7.64)

Schlimme Hitze – Vegas in Reinkultur.
Wayne stellte den Airconditioner höher. Wayne kühlte das Zimmer. Wayne schnitt die letzte Nachricht aus.
Die Dallas *Morning News* – 29.6. – »DPD räumt Tod des vermissten Polizisten ein.«
Er legte den Zeitungsausschnitt ab. Er sah sich seine Pinnwand an. Er sah Lynette auf einem Pathologietisch. Er sah eine Vergrößerung von Wendell Durfees Fingerabdruck.
Alles Hochglanzabzüge – dazu ein paar FBI-Fotos.
Der nackte Dr. King. Nackt und rund. Nackt, mit einer Blondine im Bett.
Wayne zog die Vorhänge zu. Wayne schloss die Sonne aus. Wayne versperrte sich den Ausblick auf Janice. Janice zog sich der Hitze entsprechend an. Janice brachte den ganzen Tag im Bikini zu.
Wayne sah seine Schubladen durch. Wayne zählte Waffen – alles Belastungsmaterial. Sechs Messer – acht Pistolen – eine abgesägte Schrotflinte.
Er arbeitete im Deuce. Er entwaffnete Tunichtgute. Er stahl ihren Scheiß. Er stahl das Zeug, um Durfee belasten zu können. Janice fand das großartig. Sie sprach von seiner »Hoffnungskiste«.
Er überprüfte seine Hinweisakte. Er hatte einundneunzig Hinweise abgelegt. Alles Schwachsinn / alles Geschwätz.
Wagen fuhren vor. Türen schlugen zu. Auf dem Parkplatz war was los. Ihr Gastgeber – Wayne Senior.
Ein weiteres Hasstraktat-»Gipfeltreffen«. Sein »größtes und bestes« – angeblich.
Zehn Treffen in zehn Tagen. Spenden- und »Gipfeltreffen«. Traktatverkaufskampagnen. Scheiß auf die Bürgerrechte. Hoch mit den Rechten der *Einzel*staaten. Steigern wir die Verkaufs-

zahlen. Mr. Hoover drückt aufs Tempo. Mr. Hoover fordert Großverbreitung.

Wayne Senior hatte Wayne alles gesagt. Wayne Senior brachte ALLES an den Mann. Wayne Senior steigerte seinen HASS.

Er hielt sich zurück. *Er* gab seine Absichten nur teilweise preis. Er bemerkte Bundespolizei-Wagen. Er bemerkte Bundespolizei-Überwachung. Die Bundespolizei lauerte unten auf der Straße. Die Bundespolizei überwachte die Treffen. Die Bundespolizei prüfte Nummernschilder.

Die *örtliche* Bundespolizei – *keine* FBIler – vielmehr Dwight Hollys Jungs.

Wayne Senior war abgelenkt. Wayne Senior war von seinen Traktaten besessen. Wayne Senior bemerkte die Hitze nicht. Wayne Senior sprach. Wayne Senior nervte Wayne. Wayne Senior versuchte, Eindruck zu schinden.

Wayne Senior hatte nun Ward Littells Bekanntschaft gemacht. Wayne Senior brüstete sich damit. »Littell braucht Hilfe. Vielleicht kann ich einige meiner Leute in der Hughes-Organisation unterbringen.«

Wayne hatte Littell letzte Woche angerufen. Wayne hatte ihn gewarnt: Wayne Senior wird dich reinlegen – und Dwight Holly sich wichtig machen.

Wayne putzte seine Messer. Wayne putzte seine Waffen. Wayne packte Munition zusammen. Janice kam rein. Janice war nass vom Swimmingpool. Janice roch nach Coppertone-Sonnenkrem und Chlor.

Wayne warf ihr ein Handtuch zu. »Früher hast du angeklopft.«

»Als du noch ein Junge warst, ja.«

»Was steht heute bei ihm an?«

»Die John-Bircher. Sie wollen, dass er das Druckformat seiner Anti-Fluoridisierungs-Traktate verändert, um sie von den schärferen Sachen zu unterscheiden.«

Ihre Bräunung war unregelmäßig. Ihr Badeanzug war verrutscht. Man konnte ein paar schwarze Härchen sehen.

»Du tropfst auf meinen Teppich.«

Janice trocknete sich ab. »Bald hast du Geburtstag.«

»Ich weiß.«

»Du wirst dreißig.«
Wayne lächelte. »Du willst, dass ich sage ›und du im November dreiundvierzig‹. Du möchtest wissen, ob ich mir so was merke.«
Janice ließ das Handtuch fallen. »Eine zufrieden stellende Antwort.«
»Ich vergesse nicht. Das weißt du.«
»Das Wichtige?«
»Allgemein.«
Janice sah sich die Pinnwand an. Janice sah sich Dr. King an.
»Auf mich wirkt er nicht kommunistisch.«
»Da hab ich auch meine Zweifel.«
Janice lächelte. »Er sieht auch nicht wie Wendell Durfee aus.«
Wayne zuckte zusammen. »Ich muss gehen«, sagte Janice. »Ich bin mit Clark Kinman zum Bridge verabredet.«

Das Deuce war leer. Leere Tische / leere Spielmaschinen / wenig Besucher.
Wayne strich umher.
Er ging. Er lauerte. Er beschattete Neger. Er gab seine Absichten bekannt und schreckte ab. Sie ignorierten ihn. Machten auf cooooool.
Der Dienst schleppte sich hin. *Er* schleppte sich hin. Er saß beim Kassenkäfig. Er stellte den Stuhl höher.
Ein Neger kommt rein. Er hat eine braune Papiertüte dabei. Und eine Flasche. Er geht zu den Spielautomaten. Er schmeißt ein paar 10-Cent-Stücke rein. Er hat eeeeechtes Pech.
Vierzig Runden ohne einen Treffer – wirklich eeeeechtes Pech.
Der Bursche zieht den Pimmel raus. Der Bursche pinkelt. Der Bursche bepinkelt die Spielautomaten. Der Bursche bepinkelt eine altjüngferliche Nonne.
Wayne geht rüber.
Der Bursche lacht. Der Bursche zerbricht die Flasche. Glas splittert. Wein spritzt. Die Nonne betet Ave Marias.
Der Bursche lacht. Ich hab 'nen Stichel. Mit 'nem Papiertütengriff.
Er stach zu.

Wayne trat zurück. Wayne fing seinen Arm ab. Wayne brach sein Handgelenk. Der Bursche erbrach sich. Der Bursche ließ den Stichel fallen. Wayne trat ihn flach. Wayne trat ihm die Zähne ein. Wayne sprang ihm mit beiden Knien auf den Leib.

46 (Las Vegas, 6.7.64)

Eldon Peavy wirkte tuntig und fies. Eldon Peavy wirkte wie ein harter Brocken.
03:10.
Die Baracke war ausgestorben. Peavy arbeitete solo. Pete ging einfach rein. Peavy witterte Unrat. Peavy griff zu. Peavy war *très* langsam.
Pete blockierte den Schreibtisch. Pete riss die Schublade auf. Pete nahm die Beretta an sich.
Peavy wechselte die Gangart. Peavy zeigte *savoir faire*. Er kippte den Stuhl schräg. Er hob die Füße. Er strich an Petes Beinen lang.
»Groß, dunkel und gefährlich. Bis aufs i-Tüpfelchen mein Typ.«
Pete zog das Magazin raus. Pete holte die Patronen raus. Sie flutschten weg und flogen durchs Zimmer.
Peavy grinste. »Willst du vorsprechen? Als Strizzi oder Stricher, du kannst's dir aussuchen.«
»Nicht heut Nacht«, sagte Pete.
Peavy lachte. »Ha, er spricht.«
Das Telefon klingelte. Peavy reagierte nicht. Er wackelte mit den Füßen. Er strich an Petes Beinen lang. Er streichelte Petes Schenkel.
Pete zündete sich eine Zigarette an. »Das Filmgeschäft wird von Polizisten aus Tijuana betrieben, die Minderjährige einsetzen und des Öfteren nötigen.«
Peavy wackelte mit den Zehen. »Scheiße, und ich hatte mir so schöne Hoffnungen gemacht. Kennst du das Lied? ›Ein Mann wird kommen, der Mann, den ich liebe.‹«
Pete leerte seine Taschen. Pete holte zweihundert Riesen raus – lauter neue Tausender. Er ließ besagtes Geld fallen. Er packte Peavys Füße. Er ließ sie neben dem Schreibtisch runterfallen.

»Wir brauchen deine Stimme in der Glücksspiel- und Alkoholkommission, und du bleibst mit 5 % beteiligt.«
Peavy zog einen Kamm raus. Peavy toupierte sich die Schmachtlocke.
»Mit Nötigung und legalem Rausdrängen kenne ich mich aus, also geh einen Schritt weiter und sag, dass du meine Taxen in die Luft jagst.«
Pete schüttelte den Kopf. »Wenn du mich zum nächsten Schritt zwingst, bist du deine 5 % los.«
Peavy ließ Pete abblitzen. Pete grunzte. Pete zeigte drei Bilder.
Rose Paolucci: in der Kirche. Rose Paolucci: einen riesigen Pitbull ablutschend. Rose Paolucci: mit ihrem Onkel – John Rosselli.
Peavy grinste verächtlich – höhöhö – Peavy sah genauer hin. Er wurde bleich. Er fing an zu schwitzen. Er kotzte sein Abendessen aus. Er nässte die Schalttafel ein. Er nässte das Telefon ein. Er nahm das nasse Geld.
Pete griff zum Rolodex. Pete nahm Milt Chargins Karte zur Hand.

Sie trafen sich im Sills' Tip-Top. Sie sprachen über Nebensächlichkeiten. Sie stopften sich Pfannkuchen rein.
Milt war hip. Ich bin Komiker. Ich trete in hiesigen Schuppen auf. Ich bin ein Mort Sahl ohne Hemmungen.
Milt kannte Fred Otash. Milt kannte Petes Ruf. Milt dachte mit Wonne an alte Skandalblatttage zurück. Milt kannte Moe D. Milt kannte Freddy Turentine. Freddy hatte mal schwule Fickabsteigen für *Whisper* verwanzt.
Pete wurde geschäftlich. Pete sagte, ich habe Monarch gekauft. Pete sagte, ich bin jetzt auf Ihre Hilfe angewiesen.
Milt war froh. Monarch war ein Tunten-Treff. Monarch war ein Tunten-Treibhaus. *Einige* Tunten sind gut. Das Tunten-Geschäft läuft gut. Aber wozu *alles* tuntig ausstaffieren?
Pete stellte Milt Fragen. Milt wurde geschäftlich.
Die Schwulenszene passte ihm nicht. Die Pornoszene passte ihm nicht. Die Tunten-Ästhetik passte ihm nicht. Er sagte, er wolle bleiben. Er machte einige Vorschläge.
Peavy besitzt das Cavern. Der Homo-Schuppen läuft. Quet-

schen wir die Tunten ordentlich aus. Bleiben wir vorsichtig. Bleiben wir cool. Behalten wir eine *gewisse* Tunten-Ästhetik bei.

Sie sprachen über Nebensächlichkeiten. Über Peavys Unternehmungen. Manches müsste man abstoßen / manches vergrößern / manches verändern.

Pete horchte Milt aus. Pete sagte, zeigen Sie, was Sie draufhaben – als Vegas-Insider.

»Ich bin auf dem Strip und will's für einen Hunderter treiben. Wo gehe ich hin?«

»Versuchen Sie's beim Oberkellner vom Flamingo. Der hat im Hotel eine Bumsbude organisiert. Für einen Hunni kriegen Sie einen Ganzkörperschleck.«

»Angenommen, mir ist nach was Schwarzem zumute?«

»Sie rufen bei Al an, dem Gewerkschaftsboss der Zimmermädchengesellschaft. Solides Preis-Leistungs-Verhältnis, wenn Ihnen das Bumsen in der Besenkammer nichts ausmacht.«

»Was lass ich besser bleiben?«

»Larry beim Castaways. Er schickt Transis als echte Frauen auf den Strich. Faustregel: ›Trau keiner, die sich nicht auszieht.‹«

»Angenommen, ich will einen flotten Dreier mit zwei Lesben schieben?«

»Sie gehen zum Rugburn Room. Tagsüber ein Tribaden-Treff. Sie sprechen mit Greta, der Barkeeperin. Für einen Fünfziger bringt die Sie mit zwei Dämchen zusammen. Sie knipst Fotos, die sie Ihnen für einen weiteren Zwanziger samt Negativ überlässt. So was wie ein Souvenir.«

»Sonny Tufts. Was ist mit ihm?«

»Beißt Showgirls in den Oberschenkel. Die Mädchen besorgen sich Tetanusspritzen, wenn sie hören, dass er in die Stadt kommt.«

»John Ireland.«

»Exhibitionist mit 44-cm-Gemächte. Besucht FKK-Parks und zeigt, was er draufhat. Erzeugt Riesenaufstände.«

»Lenny Bruce?«

»Drogensüchtig und Spitzel für den Sheriff von L.A. County.«

»Sammy Davis Jr.?«

»Tanzt auf zwei Hochzeiten. Er steht auf große Blonde beiderlei Geschlechts.«

»Natalie Wood?«
»Lesbe. Lebt gegenwärtig mit einer Majorin des Womens Army Corps namens Biff zusammen.«
»Dick Contino?«
»Mösen- und spielsüchtig. Steht beim Chicagokartell in der Kreide.«
»Die beste Nachtclub-Show in Vegas?«
»Barb & The Bail Bondsmen. Meinen Sie, ich weiß nicht, wo meine Brötchen gebacken werden?«
»Ein wichtiger Mormone. Ein echter ›Mr. Big‹.«
»Wie wär's mit Wayne Tedrow Senior? Ein Schmutzverkäufer mit jeder Menge Moneten. Sein Sohn hat drei Schwarze umgebracht und ist damit davongekommen.«
»Sonny Liston.«
»Alki, Junkie, Hurenbock. Kumpel des besagten Schwarzen-Töters Wayne Tedrow Junior. Jesus, bringen Sie mich nicht dazu, über Sonny loszulegen.«
»Bob Mitchum?«
»Hascht.«
»Steve Cochran?«
»Mitbewerber um John Irelands Titel.«
»Jayne Mansfield?«
»Fickt alle Welt.«
»Welche hiesige Taxigesellschaft bedient die Abgeordneten?«
»Rapid-Taxi. Die Abgeordneten haben dort ein Rechnungskonto.«
»Was ist mit den Goldfasanen von der Nellis Air Force Base?«
»Auch bei Rapid. Die haben ein paar verdammt gute Rechnungskonten.«
»Hat Rapid Beziehungen zur Firma?«
»Nein, das sind schlichte Spießer, die sich an die Regeln halten.«
Pete lächelte. Pete verbeugte sich. Pete wies zehn Riesen vor. Milt verschüttete seinen Kaffee. Milt verbrannte sich die Hände. Milt sagte: »Verrüüüüüüückt.«
»Deine Unterschriftsprämie«, sagte Pete. »Du bist mein neuer Infobeschaffer.«

DOKUMENTENEINSCHUB: 14.7.64. Wörtliches FBI-Telefontranskript. Bezeichnung: »AUFGENOMMEN AUF ANWEISUNG DES DIREKTORS.« / »VERTRAULICHKEITSSTUFE 1A: DARF NUR VOM DIREKTOR EINGESEHEN WERDEN.« Am Apparat: Direktor Hoover, Ward J. Littell.

JEH: Guten Morgen, Mr. Littell.
WJL: Guten Morgen, Sir.
JEH: Beschreiben Sie Ihre Südstaaten-Exkursion. Ich werde durch meine Agenten vor Ort auf den neuesten Stand gebracht, bin aber an einer gegensätzlichen Einschätzung interessiert.
WJL: Mr. Rustin hat meine Spende gern entgegengenommen. Er äußerte sich zufrieden über das Bürgerrechtsgesetz und lobte die Präsenz des FBI in Mississippi.
JEH: Haben Sie ihn berichtigt und auf die »erzwungene Präsenz« hingewiesen?
WJL: Das habe ich, Sir. Ich blieb meiner Rolle treu und schrieb alles Präsident Johnson zu.
JEH: Lyndon Johnson ist darauf angewiesen, dass ihn die Armen und Geschlagenen lieben. Was Bedürfnisbefriedigung betrifft, ist er anspruchslos und promisk. Worin er mich an König Jack und dessen Wahllosigkeit in puncto Frauen erinnert.
WJL: Ja, Sir.
JEH: Ich teile Mr. Johnsons Bedürfnisse nicht. Mein Bedürfnis nach rückhaltloser Zuneigung wird durch meinen Haushund befriedigt.
WJL: Ja, Sir.
JEH: Mr. Johnson und der Fürst der Finsternis sind entschlossen, die vermissten Jugendlichen zu Märtyrern hochzustilisieren. Unwürden King wird es wohl nicht anders gehen.
WJL: Davon bin ich überzeugt, Sir. Ich bin sicher, dass er die Jungs als christliche Symbole empfindet.
JEH: Ich nicht. Mir erscheint der Staat Mississippi als der eigentliche Märtyrer. Seine Souveränität wurde im Namen zweifelhafter »Rechte« angetastet, und Lyndon Johnson hat mich dabei zum widerwilligen Komplizen gemacht.
WJL: Ich bin überzeugt, dass Sie Mittel und Wege zu finden wissen, dies auszugleichen, Sir.

JEH: Das werde ich, allerdings. Wobei Sie mir zur Hand gehen und zugleich auf Ihre undurchschaubare und politisch suspekte Weise Abbuße leisten werden.
WJL: Sie kennen mich sehr gut, Sir.
JEH: Ja und weiß Ihren Tonfall zu deuten und kann erkennen, wann Sie den Gesprächsgegenstand wechseln wollen.
WJL: Ja, Sir.
JEH: Ich höre, Mr. Littell. Fragen oder sagen Sie, was Sie fragen oder sagen wollen.
WJL: Danke, Sir. Meine erste Frage bezieht sich auf Lyle und Dwight Holly.
JEH: Fragen Sie. Drumrumreden ist ebenso langweilig wie enervierend.
WJL: Gibt Lyle seine SCLC-Informationen an Dwight weiter?
JEH: Das weiß ich nicht.
WJL: Führt Dwight eine offizielle Untersuchung von Wayne Tedrow, Senior und / oder Junior durch?
JEH: Nein, auch wenn ich sicher bin, dass er beide im Auge behält, auf seine einmalig hartnäckige Art, von der ich ihn nur äußerst ungern abbringen möchte.
WJL: Ich werde einige von Seniors Mormonen in unsere Dienste stellen.
JEH: In die Dienste der Hughes-Organisation?
WJL: Ja, Sir.
JEH: Jetzt oder demnächst?
WJL: Jetzt.
JEH: Wenn Sie bitte ausführlicher antworten würden, Mr. Littell. Ich bin für die Jahrtausendwende zum Lunch verabredet.
WJL: Die Arbeit, an die ich denke, ist potentiell riskant, vor allem, wenn sich das Justizministerium in Las Vegas einschalten sollte.
JEH: Die Politik des Justizministeriums wird nicht von mir bestimmt. Das FBI ist nur ein Rädchen eines weit größeren Getriebes, wie mich Fürst Bobby bei mehreren widerwärtigen Gelegenheiten hat wissen lassen.
WJL: Ja, Sir.
JEH: Sagen Sie, was Sie von mir wollen, Mr. Littell.
WJL: Eine provisorische Zusage. Dass Sie sich, sollten die Mormonen in Schwierigkeiten geraten, nach Einschätzung der

Sachlage für dieselben verwenden oder deren Schwierigkeiten nutzen, um sich Senior zu verpflichten.
JEH: Heißt das, dass ich den Mormonen verdeckt Schutz gewähren soll?
WJL: Nein, Sir.
JEH: Werden Sie Senior und die Mormonen über das Risiko im Hinblick auf die Übertretung Bundesstaatlicher Bestimmungen aufklären?
WJL: Die Warnung ist in der Stellenbeschreibung enthalten. Schöngeredet wird nichts.
JEH: Und wer wird Nutznießer Ihrer Übernahmestrategie sein?
WJL: Mr. Hughes und meine italienischen Klienten.
JEH: Dann fühlen Sie sich frei, die Sache weiter zu betreiben. Und fühlen Sie sich frei, gegebenenfalls meine Unterstützung in Betracht zu ziehen.
WJL: Danke, Sir.
JEH: Stellen Sie sicher, dass Mr. Hughes weiterhin glaubhaft jeglicher Verantwortlichkeit enthoben bleibt.
WJL: Ja, Sir.
JEH: Guten Tag, Mr. Littell.
WJL: Guten Tag, Sir.

47 (Las Vegas, 14.7.64)

Golf langweilte ihn. Wayne Senior hatte darauf bestanden – ich nehme am Dallas International teil.
Littell stand am Drink-Stand. Littell stahl sich aus der Hitze fort. Die Vegas-Hitze kochte. Die Vegas-Hitze sengte.
Einige Löcher waren in der Nähe. Die Tedrows spielten Loch Nr. 8. Janice spielte Wayne Senior aus. Janice spielte Par und besser.
Sie bewegte sich graziös. Sie stellte stolz ihre graue Strähne zur Schau. Sie bewegte sich ebenso geschickt wie Jane.
De Kalb verschreckte ihn. De Kalb lehrte ihn:
Du warst für Janes Lügen dankbar. *Du* wolltest Wahres darin sehen. *Du* hast das Lügenspiel verfälscht. *Du* hast kein Recht zu klagen.
Sie hatte seine Lügenästhetik zuschanden gemacht. Sie hatte seine Ausschmückungen zuschanden gemacht. Sie setzte Erinnerungen zweckbestimmt ein. Sie hatte sich mit einer Vergangenheit zweiter Hand ausgestattet.
Sie log. Sie schmückte aus. Sie verschlüsselte. Er kannte sie nur kodiert. Er konnte sie nicht auf ihre Ehrlichkeit ansprechen – er hatte ihre Fähigkeiten benutzt. Sie hatte ihn das Unterschlagen gelehrt. Sie hatte ihm geholfen, das Geld von Howard Hughes zu veruntreuen.
Die Tedrows spielten Loch Nr. 9.
Janice erledigte es mit einem Birdie. Wayne Senior spielte Bogie. Janice ging zu Nr. 10. Wo sie ein Caddy erwartete. Wayne Senior winkte Littell zu.
Er fuhr mit seinem Golfwagen hin. Er führte auf dem Gras eine Vollbremsung durch. Das Wagenverdeck warf einen angenehmen Schatten.
Littell beugte sich rein. Wayne Senior lächelte.
»Spielen Sie?«

»Nein. Ich hatte nie viel Freude am Sport.«
»Golf ist eher was Geschäftliches. Mr. Hughes könnte Ihnen weniger —«
»Ich möchte mit dreien Ihrer Männer zusammenarbeiten. Ich kann ihnen fürs erste eine Stellung als Kuriere anbieten, und wenn Mr. Hughes sich hier niedergelassen hat, eine Position im Kasino.«

Wayne Senior wirbelte mit dem Putter. »›Kurier‹ klingt euphemistisch. Handelt es sich um eine sicherheitsrelevante Operation?«

»Ja, in gewisser Hinsicht. Die Männer würden mit Hughes-Charterflügen verschiedene Städte anfliegen.«

»Von McCarran aus?«

»Ich hoffte, sie von der Nellis Air Force Basis aus starten zu lassen.«

»Wegen der besseren Absicherung?«

»Ja. Sie haben Freunde in Nellis, und ich wäre pflichtvergessen, mich nicht darum zu bemühen.«

Ein Caddy schrie: »Aufgepasst!« Ein Ball dellte den Golfwagen ein.

Wayne Senior zuckte zusammen. »Ich habe Freunde bei der Lebensmittel- und Waffenbeschaffung. General Kinman steht mir nahe.«

»Kennen Sie ihn gut?«

»Persönlich wie geschäftlich. Er hat mich wissen lassen, dass Vietnam heiß wird, und er muss es wissen.«

Littell lächelte. »Ich bin beeindruckt.«

Wayne Senior wirbelte mit dem Putter. »War so gemeint. Nächsten Monat wird es zu einem vorgeplanten Marinezwischenfall kommen, der LBJ die Möglichkeit geben wird, den Krieg eskalieren zu lassen. Mir wäre daran gelegen, dass Mr. Hughes weiß, dass *ich* Leute kenne, die dergleichen wissen.«

»Er wird beeindruckt sein«, sagte Littell.

»War so gemeint.«

»Haben Sie mein An —«

»Was werden die Kuriere transportieren?«

»Das kann ich Ihnen nicht sagen.«

»Meine Männer werden es mir sagen.«

»Das ist deren Entscheidung.«
»Das heißt, wir sprechen über Verantwortlichkeit.«
Das Vordach flatterte. Littell zwinkerte. Die Sonne stach ihm in die Augen.
»Ihre Männer erhalten 10 % vom Wert jedes Transports. Den Ihnen zustehenden Anteil können Sie festlegen.«
Moe hatte sich mit 15 % einverstanden erklärt. Er konnte 5 % einstecken und als Zehnten weiterreichen.
Wayne Senior drückte einen Golfball. Wayne Senior kaute an einem Golfstecker.
Absahne.
Er *weiß* es. Und *sagt* nichts. Er wird sauber bleiben. Und dafür seine Männer riskieren.
Janice ging zu Loch Nr. 11. Ihre graue Strähne flatterte. Sie ließ einen Ball fallen. Sie stellte sich in Positur. Sie schoss ab. Sie traf den Golfwagen genau.
Littell zuckte zusammen. Janice lachte und winkte.
»Ich bin interessiert«, sagte Wayne Senior.

48 (Las Vegas, 15.7.64)

Im Deuce war nichts los.
Die Croupiers gähnten. Der Barmann gähnte. Streunende Hunde schlichen rum. Der Hitze zum Trotz. Auf der Suche nach Cocktailnüssen. Auf der Suche nach Liebkosungen und Tätscheln.
Wayne lauerte an der Bar. Wayne kraulte einen Labrador-Mischling. Die Sprechanlage schaltete sich ein: »Wayne Tedrow. Bitte zum Schichtführer.«
Wayne ging rüber. Der Labrador zottelte mit. Der Schichtführer gähnte. Der Labrador pisste auf einen Spucknapf.
»Kannst dich noch an den Farbigen erinnern? Vor zehn, zwölf Tagen?«
»Kann ich.«
»Tja, das solltest du wohl, weil du dem eine ganze Menge Knochen gebrochen hast.«
Wayne bog die Hände. »Eine Abwehrmaßnahme.«
»Das sagst du, aber das NAACP spricht von unprovozierter Körperverletzung, und die haben angeblich zwei Zeugen in petto.«
»Du willst sagen, es gibt ein Verfahren?«
Der Schichtführer gähnte. »Ich muss dich gehen lassen, Wayne. Sie fordern zwanzig Riesen von uns und dasselbe von dir, und haben angedeutet, dass sie dich noch wegen anderer Scheiße drankriegen wollen.«
»Sichert ihr euch ab. Um meinen Dreck kümmere ich mich selber.«

Wayne Senior war begeistert. Wayne Senior geriet in Schwung:
Zahl ihn aus – lass Littell aus dem Spiel – der ist auf *ihrer* Seite.

Die Veranda war heiß. Die Luft stechend. Glühwürmchen hüpften.

Wayne Senior trank Rum. »Du hast ihn entwaffnet *und* bist mit den Knien auf ihn draufgesprungen. Ich bin neugierig, wie du das rechtfertigst.«

»Ich denke eben immer noch wie ein Polizist. Als er die Flasche zerbrach, war offensichtlich, dass er mich verletzen wollte.«

Wayne Senior lächelte. »Eine Antwort, die tief blicken lässt.«

»Du meinst, ich brauche immer noch einen Vorwand.«

»Ich meine, dass sich deine Entscheidungsgrundlagen verschoben haben. Im Zweifelsfall bist du jetzt aggressiv, was du früher —«

»Was ich als Bulle nur selten war.«

Wayne Senior wirbelte mit dem Stock. »Ich möchte deinen Kläger auszahlen. Darf ich dir den Gefallen tun?«

»Du kriegst mich nicht dazu, sie so zu hassen wie du. Darf ich das zur Bedingung machen?«

Wayne Senior drehte an einem Knopf an der Wand. Kaltluft blies zischend in den Raum.

»Bin ich ein derart berechenbarer Vater?«

»In gewisser Weise.«

»Weißt du, was ich dir als Nächstes anbieten werde?«

»Klar. Einen Job. Der mit deiner quasilegalen Gewerkschaft zusammenhängt, oder mit einem der vierzehn Kasinos, die du in Übertretung der Glücksspiel-Kommissions-Bestimmungen des Staates Nevada besitzt.«

Kaltluft wirbelte. Die Fliegen schlugen mit den Flügeln. Die Fliegen machten, dass sie wegkamen.

»Das klingt, als ob du mich untersucht hättest.«

»Ich habe meine Akte verbrannt, als ich aus dem Polizeidienst schied.«

»Deine Akte über deinen *Va* —«

»Du hast Falschspieler in Konkurrenzkasinos auftreten lassen. Einen Kerl namens Boynton und einen Kerl namens Sol Durslag, der für die Alkohol-Lizenz-Kommission von Clark County arbeitet. Du hast einen Kerl von der Air Force Base Nellis in der Tasche stecken. Du verscherbelst geklaute Lebensmittel- und Schnapsvorräte an jedes zweite Hotel auf dem Strip.«

Wayne Senior streckte sich. »Als ob du's geahnt hättest. Ich brauche jemand, der die Lieferungen an die Hotels überwacht.«
Wayne zählte Glühwürmchen. Sie sprangen hoch. Sie leuchteten auf. Sie fielen nieder.
»Zweimal ja für beide Angebote. Lass es dir nicht zu Kopf steigen.«

Der Rugburn Room.
Ein Schickimicki-Schuppen. Sechs Tische / eine Bühne. Ein Beatnik.
Milt Chargin hatte ein Duo eingestellt. Miles-Davis-Fans. Sie spielten Bongo und Bass-Saxophon.
Milt hatte ein schickes Publikum. Damenlesben servierten Drinks. Sonny Liston erschien und provozierte Hochrufe.
Sonny umarmte Wayne. Sonny setzte sich. Sonny traf Pete und Barb. Sonny umarmte sie. Sie umarmten Sonny. Sonny musterte Pete.
Sie spielten Armdrücken. Schickimickis platzierten Wetten. Pete gewann zwei von drei Durchgängen.
Milt trat auf. Milt zog eine Lenny-Bruce-Nummer ab. Lawrence Welk lässt einen Junkie vorspielen. Pat Nixon fickt Lester, den priapischen Schwarzen.
Die Menge lachte. Die Menge zog sich Marihuana rein. Sonny knackte Dexies. Pete und Barb lehnten dankend ab.
Wayne knackte drei. Wayne bekam einen Steifen. Wayne sah Barb von der Seite an. Wayne fand ihr Haar toll.
Milt zog eine neue Nummer ab. Milt spielte »Ficko, den Kinderclown«. Milt blies Kondome auf. Milt band sie ab. Milt schmiss sie hoch in die Luft.
Die Menge tobte.
Sie schnappten sich die Kondome. Sie fuchtelten mit Zigaretten rum. Sie brachten sie zum Platzen – wumms – kaputt.
Milt spielte Fidel Castro. Fidel geht in eine Schwulenbar. Jack Kennedy kommt rein. Fidel sagt: »Gehen wir feiern, *muchacho*.« Jack sagt: »Ich treff dich an der Schweinebucht, aber nur, wenn du's Bobby auch besorgst.«
Pete heulte vor Lachen. Barb heulte vor Lachen. Wayne brüllte.
Milt brachte die Sonny-Nummer.

Sonny entführt Cassius Clay. Sonny stellt ihn in Mississippi ab. Der Klan nimmt ihn als Geisel. Martin Luther King reist runter.
Marty schminkt sich weiß. Marty findet es toll, weiß zu sein. Eine kühne Kehrtwendung. Scheiß auf die Negerei.
Marty ruft bei Gott an. Gott stellt ihn zu J. Chr. durch. J. Chr. ist auf Tournee. Er tritt mit Judas und den fünf Nagelklopfern auf.
Marty zu J. Chr.: »Hör mal, Daddy-O, ich hab eine Glaubenskrise, ich seh die Welt mit anderen Augen. Mir scheint, als ob der Weiße alles abkriegt, die ganze Kohle und die weißen Weiber und sämtliche Scheiß-Extras, und wenn man dagegen nicht ankommt, warum sich ihnen nicht angleichen und den ganzen Bürgerrechtskram sein lassen?«
J. Chr. seufzt. Marty wartet. Marty wartet laaaaange. Marty wartet darauf, dass ihm sein Lebenswerk bestätigt wird.
J. Chr. pausiert. J. Chr. lacht. J. Chr. verkündet Gottes Wort aus Himmelshöhen:
HAST ES ENDLICH GESCHNALLT, DU TUMBER MAMIFICKER!
Die Menge tobte. Der Saal geriet außer Rand und Band. Sonny brüll-brüll-brüllte.
Milt gab LBJ. Milt gab James Dean. Jimmy, der mümmelnde Masochist. Jimmy, der »menschliche Aschenbecher«.
Milt gab Jack Ruby.
Jack sitzt im Knast. Jack fühlt sich mies und hungrig. Die *farkakten Gojim*-Gefängniswärter haben keinen Schimmer von gutem Nova Lachs. Jack braucht dringend Essensgeld. Jack bricht aus und vertreibt Israel-Anleihen.
Wayne platzte laut heraus. Der Saal geriet in Hochstimmung. Pete und Barb brüll-brüll-brüll-brüllten.
Sie sahen sich an. Sie heulten. Sie brüllten noch lauter. Sonny kapierte nicht. Sonny fand seine Nummer lustiger.
Pete nahm Wayne beiseite. »Lassen wir ein paar Taxen hochgehen«, sagte Pete.

Rapid-Taxi stand abseits. Vierzehn Taxen / eine Baracke/ ein Grundstück / dazwischen ein Block.

Pete übernahm das Auskundschaften. Wayne war fürs Chemische zuständig. Sie hatten bei Monarch vorgearbeitet. Sie hatten bis *très* spät gearbeitet.

Pete hatte Benzin gepumpt. Pete hatte vierzehn Flaschen abgefüllt. Wayne hatte Nitrate gemischt. Wayne hatte Seifenflocken gemischt. Sie hatten Dochte getränkt. Sie hatten Lunten getränkt. Sie hatten Modellkleber verstrichen.

Wayne war schwindelig. Wegen Dexedrin und Barb. Barb hatte sie im Rugburn verlassen. Barb hatte sie umarmt. Barb hatte ihren Duft hinterlassen.

Sie waren zu Rapid-Taxi gefahren. Sie hatten geparkt. Sie hatten den Zaun durchschnitten. Sie hatten ihren Scheiß reingeschafft.

Vierzehn Taxen – 61er Fords – Motorhaube an Motorhaube. Mit Platz unter dem Benzintank.

Sie legten sich flach. Sie platzierten die Bomben. Sie legten die Zündschnüre aus. Sie schütteten das Benzin aus. Sie tränkten eine Vierzehn-Taxen-Lunte.

Wayne zündete das Zündholz an. Pete ließ es fallen. Sie rannten los.

Die Taxen explodierten. Schrott flog in die Luft. Der Lärm tat weh. Explosionen überlappten sich.

Wayne schluckte Rauch. Wayne schluckte Gase. Glas flog über den Himmel.

49 (Los Angeles, 17. 7. 64)

Diebeswerkzeug – Papier / Bleistift / Füllfeder.
 Littell arbeitete. Littell fälschte Hughes-Tool-Bücher. Er schrieb eine Rechnung aus. Er fotokopierte sie. Er revidierte eine Auszahlungsabrechnung.
 Jane schlief. Jane pflegte sich früh schlafen zu legen. Sie hatten Gewohnheiten entwickelt. Sie hielten dran fest. Sie kodierten ihre Bedürfnisse. Jane hatte das Bedürfnis, früh schlafen zu gehen. Er das Bedürfnis, sich zurückziehen. Jane spürte sein Bedürfnis. Jane achtete es.
 Littell wechselte Stifte. Littell machte Kleckse. Manchmal stieß er auf Probleme. Wo er auf Jane angewiesen gewesen wäre. Dann nahm er sich zusammen. Er hielt Jane draußen. Er unterschlug solo.
 Littell ging Zahlen durch. Littell führte Konten. Jane war heute Abend gereizt gewesen. Das gemeinsame Abendessen war verspannt.
 Sie sagte, dass ihr Job sie langweile. Sie sagte, dass ihre Mitarbeiter sie nervten. Er hatte mit dem Zaunpfahl gewinkt – die Teamster brauchen Hilfe.
 Jane hatte abgelehnt. Jane hatte zu hastig abgelehnt. Jane hatte zu langsam gelacht.
 Er hatte seine Südstaatenreise beschrieben. Mit Auslassungen. Jane hatte den Faden aufgenommen. Jane war ausführlich auf De Kalb zu sprechen gekommen.
 Miss Gersh. Miss Lane. Der Junge mit Lupus. Miss Byers hatte besagten Jungen erwähnt. Dessen Namen bei Jane *nicht* vorkam.
 Er hatte Fragen gestellt. Er *spielte* mit ihr. Er hatte *sein* Insider-Wissen eingebracht. Jane hatte Gretchen Farr erwähnt. Miss Byers hatte sie erwähnt. Gretchen Farr war eine »Satansbraut mit Zöpfen«.

Geplünderte Gedächtnisse. Gestohlene Erinnerungen. Geborgte Anekdoten.

Littell gähnte. Littell arbeitete. Littell biss sich durch ein rechnungstechnisches Problem durch – solo.

Er stellte das Radio an. Er bekam die Nachrichten mit. Die Besserwisser stimmen überein – Bobby wird in New York antreten.

Littell rieb sich die Augen. Die Spalten verschwammen. Die Zahlen hüpften.

Wayne Senior hatte eine Liste geschickt – zwölf Mormonen-Schläger – alles Absahnkandidaten. Littell hatte sie Drac weitergegeben. Drac hatte die Liste gelesen. Drac hatte *seine* Mormonen angewiesen, drei »Kasino-Berater« auszuwählen.

Littell hatte bei Drac angerufen. Littell hatte ihm vorgelogen: Die Männer werden mit Hughes-Flugzeugen fliegen. Die Männer werden »verschiedene Städte« bereisen. Sie werden »Firmen-Insider« treffen. Sie werden »Bindungen aufbauen«. Sie werden »gezielt darauf hinarbeiten, die Hotels in Ihren Besitz zu überführen«.

Drac war begeistert. Drac mochte Intrigen. Drac hatte gesagt: »*Wir* benutzen *sie*.« Drac war mit dem Einsatz von Hughes-Charterflügen einverstanden gewesen. Wayne Senior hatte dafür gesorgt, dass in Nellis alles glatt ging.

Erlaubnis für Absahntransporte – Air Force kooperiert mit Mafia.

Drac phantasierte wild. Drac hatte seine Mormonen angewiesen, Littell Freiraum zu gewähren. Ward ist *mein* Junge – *er* wird die Berater führen.

Littell hatte kühn umdisponiert. Littell hatte improvisiert. Littell hatte seinen Absahnplan revidiert.

Ich werde Dracs Hybris ausnutzen. Ich werde falsche Berichte schreiben. Ich werde die »Beraterberichte« heimlich selber verfassen. Ich werde Drac weismachen: »*Sie* verscheißern die Mafia – und nicht die Mafia Sie.«

Moe D. hatte sich dankbar gezeigt. Moe D. war die Absahnplanung neu durchgegangen. Moe hatte gesagt: »Behalt 5 %.«

Danke, Moe. Danke für das Zehntengeld. Das ich jetzt nicht mehr stehlen muss.

Firmen-Leute schöpften die Absahne ab. Die Mormonen

transportieren sie im Flugzeug. Prozentsätze steigen an. Bargeld vervielfacht sich. Seins. Das der Mormonen. Das von Wayne Senior.
Ein Aufbauprogramm. Eine Initialzündung. Lasst uns den Graben einnehmen. Lasst uns Dracs Hotels stürmen.
Littell fälschte seine Bücher. Spalten hüpften. Dollarzeichen verschwammen.
Dollarzeichen tanzten.

50 (Las Vegas, 18. 7. 64 – 8. 9. 64)

Rapid-Taxi – *muerto*.
Das Abfackeln war eine Eingebung des Augenblicks gewesen. Das Abfackeln war ungenehmigt gewesen. Er hatte den Jungs *nach* dem Abfackeln Bescheid gegeben. Er hatte die Uneigennützigkeit seines Tuns betont.
WIR brauchen eine Taxibasis. WIR brauchen Sauereien. Gehen wir Drac zur Hand. Sammeln wir Sauereien. Setzen wir sie ein.
Carlos hatte geklatscht. Sam G. hatte geklatscht. Moe hatte Luftküsse geschickt.
Pete nahm sich den Dispatcher von Rapid-Taxi vor. Pete schmierte ihn. Pete kaufte ihm seine Buchhaltungsblätter ab. Pete kaufte ihm seine Seele ab. Pete stellte ihn ein. Pete kündigte Rapids Rechnungskonten. Pete erhielt die Konten von neun Abgeordneten. Pete erhielt die Goldfasane aus Nellis und jede Menge Großkopfeten.
Moe hatte das mit dem Abfackeln gerichtet. Moe hatte es mit dem LVPD gerichtet. Feuerpolizisten ließen sich mit Bargeld schmieren. Feuerpolizisten hängten den Brand einem Alki an.
Moe hatte es mit Rapid gerichtet. Moe hatte es nach dem Abfackeln gerichtet. Ein paar Schläger mischten den Besitzer auf. Schläger vertrieben ihn nach Schweinebacke, Delaware.
Pete taufte den Betrieb um. Das musste man gesehen haben – Tiger-Taksi ist stärker denn je. Tiger-Taksi ist auferstanden.
Er verkaufte die alten Packards. Er kaufte zwanzig Fords. Er stellte den drogensüchtigen »Künstler« Von Dutch ein.
Von Dutch schluckte Peyote. Von Dutch bemalte Taxen. Von Dutch fertigte wiiiilde Polsterbezüge. Er malte Tiger-Streifen. Er pinselte Beschriftungen. Er schneiderte Möchtegern-Tigerfell-Sitze.

Pete hatte vier Limousinen erworben – erste Sahne – Lincoln Continentals. Sie hatten Hi-Fi-Anlagen und Liegesitze. Bumsabsteigen auf Rädern.
Er zog Milt Chargin zu Rate. Er mistete die Baracke aus. Er feuerte einige Schwuchteln. Er stellte einige Heten ein. Er schmiss zwei Transis raus.
Er hörte auf Milt – Nat Wershow behalten – Nat ist schlau und ein Steher. Champ Beauchamp behalten. Harvey Brams behalten. Esels-Dom behalten – Dom zieht die Schwuchteln an – Dom holt uns das Schwuchtelgeschäft ins Haus.
Er rief bei seinem Teamster-Verbindungsmann an. Er stellte eine Mannschaft ein. Sie bekamen Pensionsanspruch. Sie bekamen eine Krankenkasse. Sie zahlten Teamster-Beiträge.
Jimmy machte bei seinen Leuten Punkte. Jimmy war entzückt. Die Schwuchteln küssten ihm die Hand. Sie hatten Tripper. Sie hatten die Syph. Die Heilungskosten wurden von den Teamstern übernommen.
Pete stellte zwei Schwarze ein – Sonny-Liston-Jungs. Sie waren gute Fahrer. Sie waren halb kaputtgeboxt. Sie waren gute Schwarzenstadt-Schläger.
Das Geschäft lief gut. Auf solider Finanzgrundlage. Kein Monarch-Kunde sprang ab.
Pete leitete die Baracke. Pete arbeitete drei Schichten ab. Die Arbeit trieb ihn an. Die Arbeit erschöpfte ihn. Die Arbeit verscheuchte die finsteren Gedanken.
Er wohnte in der Baracke. Er brachte den Kater her. Der Kater stellte den Wandratten nach. Er baute ein Heten-Klo. Er behielt das Schwulen-Klo bei. Die Heten wollten nicht mit den Schwulen kacken.
Die Heten hassten die Schwulen. Die Schwulen ließen sich nicht lumpen. Pete sprach das Problem an. Pete betonte Koexistenz. Pete verlieh seinen Bestimmungen Nachdruck.
Keine Zänkereien. Keine Faustkämpfe. Keine Gruppenkämpfe. Keine sexuellen Anspielungen. Keine Heten-Anmache.
Beide Gruppen zogen den Schwanz ein. Beide Gruppen gehorchten.
Er schloss mit Johnny R. ab. Er erhielt das Standrecht vor dem Dunes. Er schloss mit Sam G. ab. Er erhielt das Standrecht vor dem Sands.

Er teilte der Crew mit: ICH WILL SAUEREIEN.
Horcht Nutten aus. Horcht Croupiers aus. Sammelt Sauereien. Sammelt Sauereien über berühmte Leute, die eine Nummer schieben oder spielsüchtig sind. Stellt Sauereien zusammen. Reicht sie an Milt Chargin weiter.
Milt war gut. Milt vermittelte bei Personalbeschwerden. Milt hielt ihm *Tsores* vom Leibe.
Milt besorgte die Flughafenfahrten. Milt chauffierte berühmte Schwuchteln. Milt chauffierte Abgeordnete. Milt fuhr sie zu Bumsabsteigen. Milt fuhr sie zu Rauschgifthöhlen. Milt lieferte Sauereien.
Für Tipps gab Milt Bares. Milt schmierte Pagen / Barkeeper / Animierdamen. Milt sagte, ICH WILL SAUEREIEN.
Sauereien bedeuteten Einfluss. Sauereien bedeuteten Status. Status bedeutete Knete. Knete für die Jungs und für Drac Hughes.
Tiger-Taksi: Sauerei-Zentrale. Erstklass-Verbrechens-Knotenpunkt.
Die Schwuchteln begingen Verbrechen. Die Heten begingen Verbrechen. Sie erzielten Détente und gingen gemeinsam auf Verbrechenstour. Pete stellte Fahrer gemäß Vorstrafenregister ein. Pete stellte Fahrer gemäß üblem Leumund ein. Pete stellte x-klusiv Gesindel ein.
Pete konsolidierte. Pete betrieb zwei Basisunternehmungen. Pete betrieb den Pillenverkauf und den Automatenbetrieb.
Er strich das Porno-Unternehmen. Er strich die Maultier-Filme. Er strich die Bullen aus T.J. Er strich die Porno-Kids. Er machte bei Eldon Peavy Druck. Er brachte ihn dazu, aus dem Pornogewerbe auszusteigen.
Er heuerte Farlan Moss an. Er schickte ihn nach T.J. Moss schmierte die Kanaken-Bullen. Moss schnappte sich die Kids. Moss schickte sie *pronto más* nach Hause.
Pete stahl Peavys Akten. Peavy hatte Porno-Transfers eingetragen. Pete trug SAUEREIEN ein.
Peavy verließ die Stadt. Pete verlor Peavys Taxi-Protektion. Pete rief bei Sam G. an. Sam tigerisierte und kaufte sich ein. Sam kaufte sich zu 20 % ein.
Sam kaufte Protektion – in verbesserter Neuauflage – beim

Sheriff *und* dem LVPD. Zusammenarbeit bedeutete Absicherung. Absicherung bedeutete Sicherheit. Sicherheit bedeutete Vergessenkönnen.

Er hatte Betty verdrängt. Was gelegentlich klappte. Er konnte minuten- und stundenlang hintereinander schlafen. Er tat so, als ob er arbeite. Er arbeitete in echt. Er zerdehnte die Zeit. Er kultivierte die Zerstreuung.

Dann war er erschöpft. Dann stürzte er ab. Dann sprang ihn Betty an. Was ihn erschreckte. Was ihn erleichterte. Was ihm bewies, DASS ALLES WAHR WAR.

Betty blieb bei ihm. Dallas verschwand.

Die Warren-Nummer schlägt ein. Alles wird Lee O. in die Schuhe geschoben. Jack R. wird für schuldig im Sinne der Anklage befunden. Jack bleibt stumm. Jack kriegt die Todesstrafe. Bastard Bobby tritt als Generalstaatsanwalt zurück.

Barb ließ die Nachmittagsnachrichten sein. Wayne ließ die Fragerei wegen Dallas sein. Carlos ließ jedes Gerede über Anschläge sein. Betty hatte die volle Ladung abgekriegt. Arden-Jane war davongekommen, fürs Erste.

Jimmy hatte noch was abgekriegt – Pensionskassen-Betrug – zwei Fünfjahresstrafen – gleichzeitig abzusitzen. Jimmy ist erledigt. Was Jimmy weiß. Jimmy sucht Trost.

Bei guten Rechtsanwälten. Bei seinen guten Teamstern. Bei Littells Pensionskassenbuch-Plan.

Tiger-Taksi war ein Supertrost. Tiger-Taksi drängte Betty beiseite – gelegentlich.

Der Tiger brüllte. Der Tiger ging auf Pirsch. Der Tiger streifte durch West Las Vegas. Der Trailer stand nach wie vor da. In dem die Nutte verweste.

Wayne wollte Arbeit. Wayne bedrängte Pete. Pete sagte immer nein. Tiger-Taksi stellte Schwarze ein. Tiger-Taksi chauffierte Schwarze. Wayne hatte einen Schwarzen-Tick.

Wayne arbeitete für Wayne *Père*. *Pères* Hand lastete auf ihm. *Père* hatte was zu melden. *Père* sah den Golf-von-Tonkin-Zwischenfall voraus.

Wayne war beeindruckt – sieh einer meinen Daddy an – er ist ein *Chingón*.

Wayne Senior bedrängte Wayne – gründ einen Spitzelklan – die Kastrierten Klan-Kämpen oder was in der Art.

Wayne dachte darüber nach. Pete riet ab: Lass es – Klans sind deine Sache nicht.

Wayne Senior schnitt bis zum Gehtnichtmehr auf. Ward Littell hörte ihm zu. Ward kannte Wayne. Ward hatte bei ihm was zu melden. Ward konnte die lastende väterliche Hand lösen.

Wayne Senior hatte zum Anschlagsfonds beigetragen. Das hatte Wayne Senior Ward gesteckt. Wayne Senior hatte Wayne nach Dallas geschickt.

Wayne war naiv. Wayne hatte keine Ahnung.

Bleib naiv – du lebst länger. Der Tiger herrscht. Lass den Hass und ich find dir eine Stelle. Was Besonderes. Was Elegantes. Was vor toten Frauen schützt.

51 (Las Vegas, 10.9.64)

Büchsenfraß und Schnaps. Sauerkraut und Cointreau – Air-Force-Bestände.
 Wayne schmiss Kisten. Ein Hiwi stapelte sie. Sie schufteten. Sie schwitzten. Sie hatten die Rampe vom Desert Inn vollgestellt.
 Maiskornbüchsen und Smirnoff. Gefüllte Oliven und Pernod. Cheez-its-Salzgebäck und Old Crow.
 Wayne arbeitete schnell. Der Hiwi langsam. Der Hiwi schwatzte.
 »Wissen Sie, wir haben ein paar Kerle verloren, darunter unseren Gewerkschaftsmann. Ich habe gehört, dass Ihr Vater denen Arbeit bei Howard Hughes verschafft hat. Ein Rechtsanwalt hat das arrangiert.«
 Wayne warf die letzte Kiste weiter. Der Hiwi fing sie auf. Der Hiwi holte sein Geldbündel und zählte die Summe ab.
 Er wechselte von einem Bein aufs andere. Er kratzte sich. Er zierte sich. Er zog den Vorgang in die Länge.
 »*Ist* was?« sagte Wayne.
 »Tja, eher was Persönliches.«
 »Ich höre.«
 »Also – halten Sie den Durfee für derart blöd, dass er nochmal herkommt?«
 »Ich halte ihn für überhaupt nicht blöd.«

Wayne fuhr nach Nellis.
 Er hatte zwei Touren vor. Eine Lieferung Twinkie-Pfannkuchen und Jim Beam – zur Flamingo-Bevorratung.
 Wayne gähnte. Der Verkehr war stockend. Der Job war zum Einschlafen. Der Job war mit links zu erledigen.
 Er schnallte es. Nach mehreren Wochen. Wayne Senior *will*, dass du dich langweilst. Wayne Senior hat *Pläne*.

Besagte Pläne:
Geh nach Alabama. Schlag deine Geschichte breit. Erzähl, wie du Lynette gerächt hast. Gründe einen Spitzelklan. Rekrutiere Spitzel. Arbeite fürs FBI.
Er hatte es Pete erzählt. »Feiger Scheiß«, sagte Pete.
Er gelangte nach Owens. Er gelangte zum Eingangstor von Nellis. Er fuhr rein. Nellis war beige – beige Gebäude / beige Kasernen / beiger Rasen.
Große Kasernen. Nach Strip-Hotels benannt. Ohne jeden Sinn für Ironie.
Sein Oberquartiermeister wohnte nicht auf dem Stützpunkt. Sein Oberquartiermeister pflegte dort nur zu parken. Wayne hatte einen Zweitschlüssel. Wayne ließ das Geld im Wagen liegen.
Er fuhr am »Sands« vorbei. Am »Dunes«. Am Offiziersclub. Er parkte. Er stieg aus. Er sah den Ford des Oberquartiermeisters.
Zwei Reihen weiter: Eine 62er Chevette.
Rot mit weißen Seitenschürzen. Weißwandreifen und Chromauspuff. Janices frisierter Schlitten.
Janice war von der Ranch weggefahren. Janice war mittags gegangen. Janice sagte, dass sie Golf spielen wolle. Boulder / sechsunddreißig Löcher / Twin Palms Country Club.
Janice der Scherzkeks. Golf – Quatsch.
Wayne schloss den Ford auf. Wayne kurbelte die Fenster runter. Wayne rutschte tief in den Sitz und tauchte ab.
Wagen kamen. Wagen gingen. Wayne kaute Kaugummi. Wayne geriet ins Schwitzen. Wayne behielt die Vette im Auge.
Die Zeit schleppte sich hin. Die Zeit verging. Eine innere Stimme sagte, *bleib.*
Die Sonne wanderte. Die Sonne beschien den Ford. Wayne kochte. Der Kaugummi wurde zäh und trocknete an.
Da – Janice.
Sie verlässt den Offiziersclub. Sie steigt in die Vette. Sie startet den Wagen und bleibt im Leerlauf stehen.
Da – Clark Kinman.
Er verlässt den Offiziersclub. Er steigt in einen Dodge. Er startet den Wagen und bleibt im Leerlauf stehen.
Janice fährt los. Kinman hinterher.

Wayne fuhr los. Wayne blieb auf Distanz. Nicht zu nah / ein bisschen Leine lassen.
Wayne blieb auf Distanz. Wayne sah auf die Uhr. Wayne ließ eine geschlagene Minute verstreichen.
Jetzt –
Er gab Gas. Er kam näher. Er holte auf. Drei Wagen im Konvoi – nach Osten unterwegs – über den Lake Mead Boulevard. Janice fuhr voran. Kinman hupte. Kinman fuhr dicht auf sie auf. Sie *spielten* miteinander. Sie flirteten durchs Fenster. Sie machten *Unsinn*.
Wayne blieb auf Distanz. Wayne hielt sich zwei Wagenlängen zurück. Wayne wechselte eine Spur weiter.
Sie fuhren nach Osten. Sie legten dreizehn Kilometer zurück. Sie erreichten ein Wüstendorf. Motels und Bierbars. Sand und letzte Tankstellen vor der Wüste.
Janice blinkte. Janice bog rechts ab. Kinman blinkte. Kinman bog rechts ab.
Da – das Golden-Gorge-Motel.
Goldener Stuck. Ein Stockwerk / eine Front. Zwölf miteinander verbundene Zimmer.
Wayne bog rechts ab. Wayne bremste. Wayne stoppte. Wayne prüfte im Rückspiegel.
Janice parkte auf dem Motelparkplatz. Kinman parkte in ihrer Nähe.
Sie stiegen aus. Sie umarmten und küssten sich. Sie betraten Zimmer Nr. 4. Sie gingen am Rezeptionsgebäude vorbei. Sie hatten ihren eigenen Schlüssel.
Wayne wurde nervös. Wayne schloss den Wagen ab und ging rüber.
Er blieb bei Zimmer Nr. 4 stehen. Er stand rum und horchte. Janice lachte. »Mach den Lümmel hart«, sagte Kinman.
Wayne sah sich um. Wayne sah trockenes Buschwerk und Schrottwagen. Wayne sah Mexikaner-Kids.
Dünne Wände. Stimmen *en español*. Bracero-Tagelöhner-Schlafställe. Erntearbeiter auf Miete.
Kinman lachte. Janice sagte: »Ohhh.«
Wayne stand rum. Wayne horchte. Wayne lauerte. Stores gingen hoch. Gardinen wurden aufgerollt. Braune Gesichter zeigten sich.

Da fiel ihm auf:
Zimmer Nr. 5 hatte keine Fenster. Die Tür hatte *zwei* Schlösser.

Er ließ sich nichts anmerken. Er hielt Wayne Senior draußen. Er wälzte Akten. Er überprüfte das Grundbuch von Clark County. Er fand das Motel.
Siehe da – es gehört Wayne Senior.
3. 6. 56. Wayne Senior bietet mit und lässt zwangsvollstrekken. Das Motel ist ein vorzügliches Geschäft. Das Motel ist ein Steuerschlupfloch.
Wayne dachte nach. Pete rief auf der Ranch an und hinterließ Mitteilungen. Wayne ignorierte sie. Wayne überwachte das Motel.
Frühnachmittags-Observierung. Zimmer Nr. 4. Janice und Ein-Stern-Charge Clark Kinman. Zwei Nachmittagsvorstellungen / zu je drei Stunden.
Er parkte unten an der Straße. Er richtete einen Feldstecher aus. Er spazierte vorbei. Er horchte. Er hörte Janice seufzen.
Das Golden Gorge hatte zwölf Zimmer. Von denen zehn von Saisonniers besetzt waren. Janice behielt ihren Schlüssel. Der Zimmer Nr. 4 aufschloss.
Zimmer Nr. 5 hatte zwei Schlösser. Zimmer Nr. 5 hatte keine Fenster. Zimmer Nr. 5 blieb unbesetzt.
Tagsüber war schwer was los. *Braceros* kamen und gingen. *Bracero*-Kids krähten und schrien. *Braceros* arbeiteten hart. *Braceros* feierten wild. *Braceros* feierten früh.
Er hatte mal einen Einbrecher festgenommen – Ende der 60er. Er hatte sein Werkzeug behalten. Er hatte seine Dietriche behalten.
Zimmer Nr. 5 leuchtete. Die Tür war grün. Grün wie im Lied: Welch Geheimnis ist in dir verborgen?

DOKUMENTENEINSCHUB: 12. 9. 64. Vertrauliche Aktennotiz. Howard Hughes an Ward J. Littell.

Lieber Ward,
ein Bravo wegen der neuen Kasino-Berater. Meine Mitar-

beiter haben sich für drei tüchtige, gestandene Männer aus Ihrer Liste entschieden und mir versichert, dass es sich um fromme Mormonen mit keimfreiem Blut handelt. Sie heißen Thomas D. Elwell, Lamar L. Dean und Daryl D. Kleindienst. Sie verfügen über eingehende Gewerkschaftserfahrung in Las Vegas und werden, meinen Mitarbeitern zufolge, nicht davor zurückschrecken, sich bei Verhandlungen mit den Mafia-Jungs »anzulegen«, die Ihnen, wie mir Mr. Hoover sagt, aus der Hand fressen. Meinen Mitarbeitern zufolge sind das Männer, »die wissen, wie der Hase läuft«. Sie haben die Herren nicht persönlich getroffen, aber mit Ihrem Freund Mr. Tedrow in Las Vegas korrespondiert und seinen Rat eingeholt. Mr. Tedrow ist, wie man mir sagt, in Mormonenkreisen sehr angesehen, eine Einschätzung, die ich mir von Mr. Hoover habe bestätigen lassen.

Die neuen Männer werden zur Beförderung unserer Las-Vegas-Pläne um die Welt reisen, und so ist es um so erfreulicher, dass sie die Flugspesen niedrig halten, indem sie bei Hughes-Charterflügen mitfliegen. Ich habe Memoranden an sämtliche Chartercrews geschickt und sie instruiert, ausreichend Fritos, Pepsi-Cola und Rocky-Road-Eiskrem vorrätig zu haben, denn hart arbeitende Männer verdienen was Anständiges zum Essen. Und danke auch, dass Sie mir die Start- und Landeerlaubnis bei der Nellis Air Force Base verschafft haben, was die Kosten zusätzlich senkt.

Gefahr erkannt, Gefahr gebannt, Ward. Sie haben mich überzeugt, dass unsere Annäherung an Las Vegas Zeit braucht, und ich halte den Plan mit den Kasino-Beratern für äußerst viel versprechend. Ich freue mich schon auf Ihren ersten Bericht.
Alles Gute
H.H.

52 (Las Vegas, 12. 9. 64)

»Ich weiß, was meine Männer transportieren«, sagte Wayne Senior.
»Oh?«
»Ja, ›oh‹. Sie haben mir die Prozedur in aller Ausführlichkeit erklärt.«
Sie saßen am Swimmingpool. Janice stand nahebei. Janice sonnte sich und versenkte Golfbälle.
»Das haben Sie bei unserer ersten Begegnung gewusst. Es lag so ziemlich auf der Hand.«
»Instinktive Ahnung und Gewissheit sind nicht dasselbe.«
Littell hob eine Braue. »Sie geben sich naiv. Sie wussten es damals, Sie wissen es jetzt, und haben es die ganze Zeit über gewusst.«
Wayne Senior hustete. »Machen Sie mich nicht nach. Dazu fehlt Ihnen mein Schneid.«
Littell nahm ihm den Stock weg. Littell wirbelte damit. Scheiß auf Wayne Senior.
»Sagen Sie, was Sie wollen. Seien Sie direkt, und fühlen Sie sich frei, das Wort ›Absahne‹ zu benutzen.«
Wayne Senior hustete. »Meine Männer sind aus der Gewerkschaft ausgetreten. Sie weigern sich, mir meine Provision auszuzahlen.«
Littell wirbelte mit dem Stock. »Wie viel wollen Sie?«
»Ich würde mich mit 5 % begnügen.«
Littell wirbelte mit dem Stock. Littell wirbelte Achten. Littell machte alle Tricks von Wayne Senior nach.
»Nein.«
»Nein?«
»Nein.«
»Endgültig?«
»Ja.«

Wayne Senior lächelte. »Ich gehe wohl zu Recht davon aus, dass Mr. Hughes nicht weiß, was in seinen Flugzeugen transportiert wird.«

Littell studierte Janice. Sie dehnte sich. Sie beugte sich vor. Sie puttete. Sie streckte sich.

»Ich würde Ihnen raten, ihm das nicht mitzuteilen.«

»Wieso? Weil mir Ihre italienischen Freunde wehtun könnten?«

»Weil ich Ihrem Sohn sagen werde, dass Sie ihn nach Dallas geschickt haben.«

DOKUMENTENEINSCHUB: 12.9.64. Artikel der Dallas Morning-News.

REPORTER SCHREIBT JFK-BUCH;
BEHAUPTET, »VERSCHWÖRUNG OFFEN ZU LEGEN«.

Der Reporter des Dallas Times-Herald Jim Koethe hat eine Geschichte zu erzählen, und die erzählt er jedem, der ihm zuhören mag.

Am Sonntagabend, dem 24. November 1963, besuchte Koethe zusammen mit dem Times-Herald-Herausgeber Robert Cuthbert und dem Reporter Bill Hunter vom Press-Telegramm Long Beach (Kalifornien) die Wohnung von Jack Ruby, dem verurteilten Mörder des Präsidentenattentäters, Lee Harvey Oswald. Die drei Männer verbrachten »zwei oder drei Stunden« im Gespräch mit Rubys Mitbewohner, dem Haushaltartikel-Vertreter George Senator. »Ich darf nicht bekannt geben, was Mr. Senator sagte«, erklärte Koethe diesem Reporter. »Aber glauben Sie mir, es hat mir die Augen geöffnet und mich dazu gebracht, über so manches nachzudenken.«

Koethe führte aus, dass er den Anschlag ziemlich eingehend recherchiert habe und dabei ist, ein Buch darüber zu schreiben. »Dahinter steckt eine Verschwörung, todsicher«, sagte er. »Und mein Buch wird sie klar zu Tage bringen.«

Koethe weigerte sich, die Leute zu benennen, die seiner Meinung nach für den Tod von Präsident John F. Kennedy verantwortlich sind, und weigerte sich ebenso, das eigentliche

Motiv und die Einzelheiten der Verschwörung zu enthüllen. »Da müssen Sie schon auf das Buch warten«, sagte Koethe. »Und, glauben Sie mir, das Buch wird das Warten lohnen.«

Koethes Freund, der Reporter Bill Hunter, ist im April verstorben. Koethes Herausgeber Robert Cuthbert wollte im Zusammenhang mit unserem Artikel kein eingehendes Interview geben. »Was Jim in seiner Freizeit tut, ist seine Sache«, sagte Cuthbert. »Ich jedenfalls wünsche ihm für sein Buch Glück, allein schon, weil ich spannende Schmöker mag. Ich persönlich halte Oswald für den einzigen Attentäter, was der Warren-Report durchaus bestätigt. Wobei ich einräumen muss, dass Jim Koethe der Inbegriff des hartnäckigen Reporters ist, er könnte durchaus auf was gestoßen sein.«

Koethe, 37, ein ebenso bekannter wie anrüchiger Publizist der hiesigen Szene, ist für seine Hartnäckigkeit, seine Durchsetzungsfreude und seine guten Beziehungen zum Police Department von Dallas bekannt. Er ist angeblich ein guter Freund des DPD-Angehörigen Maynard Moore, der etwa seit dem Zeitpunkt des Attentats als vermisst gilt. Auf das Verschwinden von Officer Moore angesprochen, erklärte Koethe: »Da sage ich gar nichts. Ein guter Reporter verrät seine Quellen nicht und ein guter Buchautor nie was im Voraus.«

Wir werden wohl auf das Buch warten müssen. Bis dahin werden sich Interessierte mit dem 16bändigen Warren-Bericht begnügen müssen, der zumindest diesem Reporter als das maßgeblich letzte Wort erscheint.

53 (Las Vegas, 13. 9. 64)

Der Kater fing eine Ratte. Einmal schnapp – und *adieu*.
Der Kater streifte durch die Baracke. Der Kater stolzierte.
Harvey Brams bekreuzigte sich. Esels-Dom lachte.
Milt packte die Ratte. Der Kater fauchte. Milt ließ die Ratte ins Klo fallen. Der Kater schmiegte sich an Pete. Der Kater wetzte die Krallen am Schaltbrett.
Das Geschäft war lau. Der 18:00-Blues setzte ein.
Champ B. schaute vorbei. Champ B. verbesserte die Stimmung. Champ B. offerierte abgezweigte Pall Malls.
Pete kaufte. So was war gut für die PR – er suchte Quellen für Drac-Spenden. Er suchte *Spital*-Beute – höhöhö – Lungenabteilungsbeute.
Das Geschäft wurde lebhafter. Sonny Liston rief an. Sonny bestellte zwei Limousinen. Sonny bestellte Scotch und Rote Teufel.
Pete gähnte. Pete streichelte den Kater. Wayne kam zerstreut rein. Dom prüfte, was er in der Hose hatte. Dom streichelte die Wölbung mit Augen.
»Ich hab dich angerufen«, sagte Pete.
Wayne zuckte mit den Schultern. Wayne überreichte Pete eine Notiz. Einen Zeitungsausschnitt – zwei Spalten. Das Telefon klingelte. Milt stöpselte sich ein. Pete führte Wayne nach draußen.
Wayne wirkte völlig fertig. Pete musterte ihn. Pete steckte den Zeitungsausschnitt ein.
»Sol Durslag. Sagt dir das was?«
»Klar. Ein Falschspieler. Er ist der Schatzmeister für die Alkohol-Lizenz-Kommission und hat mal für meinen Vater gearbeitet.«
»Gab es Streit?«
»Jeder streitet sich mit –«

»Das Land o' Gold gehört deinem Vater, richtig? Er besitzt verdeckte Anteile.«
»Richtig. Am Land o' Gold und an dreizehn weiteren Kasinos.«
Pete zündete sich eine Zigarette an. »Milt ist einer Sauerei auf die Spur gekommen. Er hat gehört, dass Durslag im Gold Karten-Trickser laufen lassen soll. Und irgendwann könnte ich auf seine Hilfe angewiesen sein.«
Wayne lächelte. »Er wurde mal von meinem Vater geführt.«
»Genau das hat Milt gesagt.«
»Also willst du –«
»Ich will ihm zusetzen. Denk drüber nach. Du bist Wayne Seniors Sohn und hast deinen eigenen Ruf.«
»Ist das eine Prüfung?«, fragte Wayne.
»Ja«, sagte Pete.

Durslag wohnte in Torrey. Durslag wohnte mittelklassig. Durslag wohnte im Sherlock-Holmes-Trakt.
Besagter Trakt bestand aus Stilwirrwar. Möchtegern-Tudor und Palmbäume. Möchtegern-Giebel und Sandstreifen. Mischmasch-*Meschuggas*.
Es war dunkel. Das Haus war dunkel. Der Mond von Wolken verhangen. Pete klopfte. Keine Antwort. Die Garagentür stand offen. Sie warteten drinnen.
Pete rauchte. Pete bekam Kopfweh. Pete schmiss sich ein Aspirin rein. Wayne gähnte. Wayne übte Schattenboxen. Wayne fummelte an einer Schwanenhalslampe rum.
Milt hatte sie über Sol informiert. Milt hatte gesagt, Sol sei geschieden. Bestens – keine Frauen.
Die Warterei zog sich hin. 01:00 und später. Sie standen rum. Sie streckten sich. Sie pinkelten die Wände grün.
Da –
Scheinwerfer / in der Einfahrt / Lichtstrahlen erscheinen.
Pete kauerte nieder. Wayne kauerte nieder. Ein Cadillac fuhr rein. Die Scheinwerfer verlöschten. Sol stieg aus. Sol schnüffelte –
Was ist das für ein Rauchge–
Er rannte. Pete stellte ihm ein Bein. Wayne schmiss ihn über

die Kühlerhaube. Pete nahm die Lampe. Pete bog den Lampenhals runter. Pete strahlte Wayne an.
»Das ist Mr. Tedrow. Du hast für seinen Vater gearbeitet.«
»Fick dich«, sagte Sol.
Pete leuchtete ihm ins Gesicht.
Sol zwinkerte. Sol versuchte über die Motorhaube abzurollen. Wayne packte ihn. Wayne hielt ihn fest. Wayne holte seinen Totschläger raus.
Pete leuchtete ihn an. Wayne zog ihm ein paar über – gezielte Schläge – die Knöchel / die Arme. Sol schloss die Augen. Sol biss sich auf die Lippen. Sol ballte die Fäuste.
»Zieh deine Leute aus dem Land o' Gold ab«, sagte Wayne.
»Fick dich«, sagte Sol.
Wayne zog ihm ein paar über – gezielte Schläge – die Knöchel / der Brustkorb.
»Fick dich«, sagte Sol.
»Sag zweimal ja«, sagte Pete. »Mehr wollen wir nicht.«
»Fick dich«, sagte Sol.
Wayne zog ihm ein paar über – gezielte Schläge – die Knöchel / die Arme.
»Fick dich«, sagte Sol.
Wayne zog ihm ein paar über. Pete leuchtete ihn an. Die Lampe war hell. Die Lampe war heiß. Die Lampe verbrannte ihm das Gesicht.
Wayne hob den Totschläger. Wayne schwang ihn. Pete stoppte ihn unvermittelt.
»Ein Ja für mich, ein Ja für Mr. Tedrow. Zieh deine Leute ab. Tu was für meine Leute in der Alkohol-Lizenz-Kommission.«
»Fick dich«, sagte Sol.
Pete gab Wayne ein Zeichen. Wayne zog ihm ein paar über – gezielte Schläge – die Arme / die Rippen. Sol krümmte sich zusammen. Sol versuchte abzurollen. Sol brach die Kühlerfigur ab. Sol riss einen Scheibenwischerarm weg.
Sol hustete. Sol würgte. Sol sagte: »Fick dich, ja, OK.«
Pete drehte die Lampe nach oben. Das Licht streute und wurde weich.
»Das waren zwei Ja, richtig?«
Sol öffnete die Augen. Sols Augenbrauen waren angesengt. Sols Wimpern waren verbrannt.

»Klar, zwei. Meinst du, ich will das als Dauerdiät?«
Pete zog seinen Flachmann raus – Old Crow Bond – hochwirksam gegen Kopfweh.
Sol packte den Flachmann. Sol leerte ihn. Sol hustete und errötete. Mann-o-Manieschewitz, das tut gut!
Er zog eine Grimasse. Er rollte von der Kühlerhaube ab. Er stellte sich gerade hin. Er nahm die Lampe. Er bog den Schwanenhals um. Er leuchtete Wayne an.
»Dein Vater hat mir einiges über dich erzählt, Sonny Boy.«
»Ich höre«, sagte Wayne.
»Ich könnte dir einiges über den kranken Wichser erzählen.«
Wayne drehte die Lampe um. Das Licht streute und wurde weich.
»Sag's nur. Ich tu dir nichts.«
Sol hustete. Sol würgte Schleim hervor – dick und blutig.
»Er sagt, du wärst echt schlimm in seine Frau verknallt. Wie ein perverses Bubi.«
»Und?« sagte Wayne.
»Und hättest nie den Mumm gehabt, zur Tat zu schreiten.«
Pete schaute Wayne an. Pete schaute auf seine Hände. Pete stellte sich neben ihn.
»Und?« sagte Wayne.
»Und Daddy soll keine Sprüche klopfen, weil er, was seine Frau angeht, selber ein perverser Wichser ist.«
Pete schaute Wayne an. Pete blockte Waynes Hände ab. Pete stellte sich ganz dicht neben ihn.
»Und?« sagte Wayne.
Sol hustete. »*Und* Daddy lässt Mami die Typen ficken, an die er sich ranschmeißen möchte, *und* dann hat Mami eine ungenehmigte Affäre mit einem farbigen Musiker namens Wardell Gray, *und* dann schlägt Daddy ihn mit seinem Spazierstock tot.«
Wayne schwankte. Sol lachte. Sol schnippte ihm die Krawatte ins Gesicht.
»Fick dich. Du bist ein Tunichtgut. Du bist ein Wichser wie dein Daddy.«

54 (Las Vegas, 14. 9. 64)

Das Golden Gorge – 23:00.
Zwölf Zimmer. Schläfrige *Braceros*. Zimmer Nr. 5 – leer.
Zimmer Nr. 4 – von einem Liebespaar belegt.
Sie waren um 21:00 erschienen. In zwei Wagen. Kinman hatte Schnaps dabei. Janice den Schlüssel.
Wayne schaute zu. Wayne spazierte auf dem Parkplatz auf und ab. Wayne hatte Werkzeug mitgebracht. Wayne hatte Dietriche und eine Taschenlampe dabei.
Perverses Bubi. Wichser wie dein –
Der Trakt war ausgestorben. Keine Herumlungerer / keine *muchachos* / keine Alkis, die in einem Wagen ihren Rausch ausschliefen. Zimmer Nr. 5 – fensterlos. Zimmer Nr. 4 – dunkel.
Wayne stellte sich vor Tür Nr. 5. Er holte sein Werkzeug raus. Er leuchtete die Schlösser an.
Elf braune Türen. Eine *grüne* Tür, die hervorstach. Ein perverser Bubenstreich.
Wayne setzte die Dietriche an. Wayne arbeitete mit und gegen den Uhrzeigersinn. Wayne probierte beide Schlösser aus.
Die Hände rutschten ab. Er troff vor Schweiß. Er stach sich die Daumen blutig. Uhrzeigersinn / Gegenuhrzeigersinn / Uhrzei –
Das obere Schloss schnappte auf.
Er hatte einen Innenriegel freibekommen. Er wischte sich die Hände ab. Er bekam –
Das untere Schloss schnappte auf.
Wayne wischte sich die Hände ab. Wayne drückte gegen die Tür. Wayne bekam die Tür auf und ging rein.
Er zog die Tür zu. Er leuchtete das Zimmer aus. Es war klein. Es roch bekannt.
Alte Gerüche – *eingefressen*. Wayne Seniors Schnaps. Wayne Seniors Tabak.

Wayne leuchtete den Boden ab. Wayne leuchtete die Wände ab. Wayne fand sich zurecht.

Ein Stuhl. Ein Buffet. Ein Aschenbecher / eine Flasche / ein Glas. Ein Spionagespiegel. Mit Ausblick auf Zimmer Nr. 4. Ein Wandlautsprecher / schalldämpfende Wandpolster / ein Tonschalter.

Wayne setzte sich. Wayne erkannte den Stuhl – Restbestand aus Peru, Indiana. Der Spanner-Anstand lag im Dunkeln. Zimmer Nr. 4 lag im Dunkeln. Wayne goss sich einen Drink ein.

Wayne kippte ihn in einem Zug. Er hielt dem Brennen stand. Der Spionagespiegel war knapp 1 × 1 Meter groß. Standard-Polizeimaß – Standard-Spiegelbausatz.

Wayne warf den Schalter um. Wayne hörte Kinman aufstöhnen. Wayne hörte Janice kontrapunktisch gegenstöhnen.

Janice stöhnte übertrieben. Janice stöhnte wie eine Pornoschauspielerin – Grundkurs Pornofilm.

Wayne goss sich einen Drink ein. Wayne kippte ihn in einem Zug. Wayne hielt dem Brennen stand. Kinman war so weit – uhhh-uhhh-uhhh. Janice kam zeitgleich. Janice kam im Mezzofalsett – Porno auf Metropolitan-Opera-Niveau.

Wayne hörte leises Sprechen. Wayne hörte Kichern. Wayne hörte Lautsprecherverzerrungen. Ein Licht ging an. Zimmer Nr. 4 wurde gleißend hell.

Janice stand vom Bett auf. Janice stellte sich nackt hin. Janice ging zu ihrer Seite des Spiegels. Sie trödelte. Sie posierte. Sie nahm ihre Zigaretten von einem Ankleidetischchen.

Wayne lehnte sich ganz nach vorn. Janice verschwamm. Wayne lehnte sich weit zurück, um wieder Einblick zu bekommen. Kinman sagte was. Kinman machte auf Liebesgeflüster. Kinman wusste von nichts. Kinman hatte keinen blassen Schimmer.

Janice rieb sich die Blinddarmnarbe. Janice schob sich die Haare hoch.

Ihre Brüste schwankten. Ihr Haar geriet in Unordnung. Sie dampfte. Sie troff vor Schweiß. Sie lächelte. Sie leckte einen Finger ab. Sie schrieb »Junior« auf den Spiegel.

55 (Dallas, 21.9.64)

Jim Koethe war schwul.
Er stopfte sich den Schritt aus. Er zog um die Warmen Häuser. Er brachte Jungs nach Hause. Zuhause war Oak Cliff – am Arsch von Dallas. Zuhause war in den Oak View Apartments. Drei Stockwerke. Außengalerien. Alle mit Hofblick und Straßenblick.
Pete besetzte eine Bank an der Bushaltestelle. Pete schaute sich die Wohnung an. Pete hatte eine Überraschungstüte dabei. 01:16 – Schwuchtelalarm.
Koethe hatte Herrenbesuch. Koethe pflegte Herrenbesuche zwei Stunden lang zu bumsen. Pete kannte Koethe. Pete kannte Koethes Tagesablauf.
Wayne las die Dallas-Zeitungen. Wayne hatte ihm einen Ausschnitt gegeben. Der sich auf Koethes »Buch« bezog. Der sich auf Koethes Kumpel Maynard Moore bezog. Pete war nach Dallas geflogen. Pete hatte Koethe beschattet. Pete hatte sich als Schreiberling ausgegeben. Pete hatte bei Koethes Herausgeber angerufen.
Der über Koethe hergezogen war. Koethe war ein Wichtigtuer. Koethe war größenwahnsinnig. Klar – sie waren zu Rubys Absteige gegangen. Klar – sie hatten mit seinem Mitbewohner gesprochen. Aber – das ganze Gespräch war Schwachsinn. Das Gespräch war reine Schaumschlägerei.
Verschwörung? – Quatsch. Lesen Sie den Warren-Report.
Der Typ war überzeugend – *aber* – *Jim Koethe kannte Maynard Moore.*
Ein Bus fuhr vor – ein Nachtexpress. Pete winkte ihn weiter.
Er hatte vier Tage abgesessen. Er war Koethe auf den Fersen geblieben. Er hatte Koethes Tagesablauf kennen gelernt. Koethe war Stammgast im Holiday. Koethe war Stammgast in Vic's Parisian. Koethe war Stammgast in Gene's Music Room.

Koethe trank Sidecars. Koethe strich durch Klappen. Koethe stellte jungen Spunden nach.
Oak Cliff war das Letzte. Oak Cliff war eine Geisterstadt. Betty Mac / Rubys Wohnung / der Oswald-tippit-Feuerwechsel.
Koethes Herrenbesuch kam raus. Koethes Herrenbesuch ging krummbeinig. Er schwenkte die Hüften an der Bank vorbei. Er musterte Pete. Er machte pfui und zog powackelnd von dannen.
Pete streifte Handschuhe über. Pete nahm die Überraschungstüte. Koethe wohnte in Nr. 306 – wo ein Licht brannte. Pete nahm Seitentreppen. Pete ging langsam hoch. Pete überprüfte die Flure. Kein Lärm draußen / kein Lärm drinnen / keine Augenzeugen zu sehen.
Er ging rüber. Er stellte sich vor die Tür. Er prüfte den Knopf. Er löste den Riegel. Er öffnete die Tür. Er ging rein. Er sah ein dunkles Zimmer. Er hörte Töne und Schatten.
Duschgeräusche – am Ende eines Seitenflurs – hinter einer Tür. Man sah Dampf und Licht.
Pete blieb stehen. Pete strengte die Augen an. Pete prägte sich die Einrichtung ein. Pete sah ein Wohnzimmerbüro. Er sah Aktenschränke. Er sah eine Küchenecke.
Am Ende des Flurs: ein Badezimmer und ein Schlafzimmer.
Pete ließ die Überraschungstüte fallen. Pete kauerte nieder. Pete ging den Flur runter. Die Dusche wurde abgedreht. Dampf wallte. Jim Koethe trat hindurch.
Er trug ein Handtuch um die Hüften. Er wandte sich nach rechts. Er lief in Pete hinein.
Sie stießen zusammen. Koethe schrie IHHH! Koethe mimte den Pfundskerl. Koethe nahm ruckartig Kampfpose ein.
Sein Badetuch fiel runter. Sein Gemächte baumelte. Er trug einen Pimmelverlängerer. Er trug Schwanzringe.
Pete lachte. Pete griff von unten an.
Koethe trat nach ihm. Koethe trat daneben. Koethe stolperte und fiel. Pete versetzte ihm einen Tritt. Pete trat ihm voll in die Eier.
Koethe klappte zusammen. Koethe setzte sich erneut in Pose. Koethe versuchte irgendwelchen Karateschwachsinn. Er schlug um sich. Er machte Fäuste. Er posierte.

Pete versetzte ihm Handkantenschläge. Pete kratzte ihm das Gesicht blutig.

Koethe schrie auf. Pete packte ihn am Hals. Pete drückte zu, bis es knackte. Pete fühlte, wie Koethes Zungenbein brach.

Koethe gurgelte. Koethe zuckte. Koethe erstickte an Erbrochenem. Pete hob ihn hoch. Pete warf ihn in die Dusche.

Er blieb dort stehen. Er schöpfte Atem. Er hatte godzillastarkes Kopfweh. Er riss das Medizinschränkchen auf. Er fand etwas Aspirin. Er schmiss sich die halbe Dose rein.

Er durchsuchte die Wohnung. Er kippte die Überraschungstüte um. Er verstreute Geschenklein auf Teppichen und Stühlen: Vibratoren / Marihuana-Zigaretten / Bücher mit nackten Jungs / Judy-Garland-LPs.

Das Kopfweh nahm ab – von Godzilla zu King Kong. Er fand etwas Gin. Er dämpfte das Kopfweh ein wenig – von King Kong zu Rhodan.

Er durchsuchte die Wohnung. Er durchwühlte jeden Winkel. Er täuschte einen Einbruch vor. Er durchwühlte das Schlafzimmer. Er durchwühlte die Küche. Er durchsuchte die Aktenordner. Er fand Ausschnitte. Er fand Notizen. Er fand einen Ordner mit der Bezeichnung »Buch«.

Sechzehn Seiten / getippt. Verschwörung – Quatsch.

Pete überflog die Akte. Die Geschichte war weitschweifig. Mit einer gewissen Stoßrichtung.

Wendell Durfee war ein »doofer Zuhälter«. »Zu doof, um Maynard Moore umzubringen.« Moore hatte einen Sonderauftrag. Moore hatte einen Partner: Wayne Tedrow Junior / LVPD.

Koethe kannte Sgt. Arthur V. Brown. O-Ton Sgt. Brown: »Es gab böses Blut zwischen Moore & Junior. Sie sind im Adolphus-Hotel aneinander geraten. Moore ist angeblich nicht zu einem Treffen mit Junior erschienen. Ich gehe davon aus, dass ihn Junior umgebracht hat, habe aber keine Beweise.«

Koethe kannte einen FBIler. Koethe zitierte besagten FBIler: »Tedrow Senior führte Klan-Spitzel. Maynard Moore wurde direkt von ihm geführt, daher halte ich es für einen bemerkenswerten Zufall, dass ausgerechnet Moore und Tedrow Junior an eben diesem Wochenende zusammengespannt worden sind.«

Koethe improvisierte:

Maynard Moore kannte J.D. Tippit. Sie waren »Klan-Kumpel«. Moore kannte Jack Ruby. Moore war Stammgast beim Carousel Club.

Koethe improvisierte *zu* Ruby. Koethe zitierte eine »Geheimquelle«:

»Jack wurde von dritter Seite in den sicheren Unterschlupf gebracht, in dem das Anschlagsteam wartete. Das kann in North Texas oder Oklahoma gewesen sein, möglicherweise so was wie ein Motel oder eine Jagdhütte. Ich tippe auf Jack und zwei Frauen. Möglicherweise bei Hank Killiam. Ich tippe darauf, dass sie einiges gesehen haben, was sie nicht hätten sehen sollen.«

Koethe improvisierte. Koethe ging Rubys Bekanntenkreis durch. Mit Sternchen versehene Namen: Jack Zangetty / Betty McDonald / Hank Killiam. Koethe versah sie mit Fußnoten – unter Verweis auf Zeitungsquellen:

Jack Zangetty verschwindet – Weihnachten '63. Jack wird am Lake Lugert an Land gespült. Betty McDonald / Suizid – 13. 2. 64. Hank Killiam / Suizid – 17. 3. 64.

Jim Koethe – wörtlich: »Wer war die andere Frau im Unterschlupf?«

Koethe improvisiert. Koethe überlegt, dass das »Hit-Team« sich aufgelöst haben dürfte. »Sie mussten Dallas verlassen. Sie könnten die mexikanische Grenze überquert haben.« Koethe treibt eine »Quelle bei der Grenzpolizei« auf. Besagte Quelle treibt eine Liste von durchgesehenen Pässen auf.

Die Daten: 23. 11.–2. 12. 63.

Koethe arbeitet die Liste ab. Koethe treibt »Geheime Quellen« auf. Koethe hakt 89 Namen ab. Koethe treibt einen »Haupttatverdächtigen« auf.

Jean Philippe Mesplède / weiß, männlich / 41. Geboren in Lyon, Frankreich. Ehemals Französische Armee / Exkiller für die OAS.

Mesplède hat »Verbindungen zu rechtsextremen Gruppen«. Mesplède hat »Verbindungen zu exilkubanischen Gruppen«. Mesplèdes gegenwärtige Adresse: 1214 Ciuadad Juarez / Mexico City.

Der Profischütze *war* Franzose. Das hatte Chuck Rogers gesagt. Chuck sagte, dass er die Grenze zu Fuß passiert hatte.

Pete überflog die Seiten. Der Text fiel auseinander. Koethes Logik konzentrierte sich auf den Süden.

Bringen wir Oswald und Ruby ins Spiel. Bringen wir Oswald und Moore ins Spiel. Bringen wir Lady Bird Johnson ins Spiel. Bringen wir Karyn Kupcinet ins Spiel.

Pete überflog weitere Seiten. Auseinanderfließender Quatsch. Bringen wir Dorothy Kilgallen ins Spiel. Bringen wir Lenny Bruce ins Spiel. Bringen wir Mort Sahl ins Spiel.

Pete überflog die Seiten. Der Quatsch machte wieder Sinn –
SCHEISSE –

Ein Fahndungsfoto. Aktenbeilage A. Vom Police Department Kansas City – 8. 3. 56.

Arden – Jane. Damals noch Arden Elaine *Bruvick*. Hopsgenommen – »Hehlerei von Diebesgut«.

Ein Fahndungsfoto. Beigefügte Notizen. »Vertrauliche« Hinweise.

Rubys Buchhalterin verschwindet. Sie heißt Arden *Smith*. Sie ist im Unterschlupf gewesen. Sie hat Dinge gesehen, die sie nicht hätte sehen sollen. Sie ist endgültig aus Dallas verschwunden.

Koethe untersuchte den Namen »Arden«. Koethe notierte Hinweise und zapfte Quellen an. Der kannte den. Dieser jenen. Der ließ ein Fahndungsfoto mitgehen. Jener steuerte Anekdoten bei.

Wie:

Dass Arden oft ihre Männer wechselte. Dass Arden einen Ex hatte. Dass besagter Ex ein Teamster war. Dass besagter Ex das Kansas-City-Büro geleitet hatte.

Dass besagter Ex was von Buchhaltung verstand. Dass besagter Ex in Mississippi zur Schule gegangen war. Dass besagter Ex ein Hoffa-Gegner war. Dass besagter Ex gewisse Teamster-Gelder unterschlagen hatte.

Dass Arden eine krumme Nummer war. Dass Arden mit Nutten verkehrte. Dass Arden eng mit zwei Schwestern befreundet war: mit Pat und Pam Clunes.

Die Notizen über Arden brachen ab. Die »Buch«-Notizen brachen ab. Die Akte brach ab. Pete war schwindelig. Er fühlte seinen Puls – verdammte hundertdreiundsechzig.

Er steckte die Akte ein. Er überprüfte die Schubladen. Er

überprüfte die Büchergestelle und Schränke. Keine Duplikate / keine losen Ausschnitte.

Er durchwühlte die Bude erneut. Er durchsuchte sie systematisch. Er durchwühlte alles nochmal. Er brachte alles rasch in Ordnung.

Er durchwühlte. Er räumte auf. Er arbeitete schnell. Er arbeitete gründlich.

Er stürzte das Arzneischränkchen um. Er räumte die Regale wieder ein. Er nahm das Klo auseinander und setzte es wieder zusammen. Er klopfte die Wände ab. Er zog Teppiche hoch. Legte sie wieder gerade hin. Er schlitzte probeweise die Stühle auf. Er schlitzte probeweise das Sofa auf. Er schlitzte probeweise das Bett auf.

Keine Schlitze. Keine Geheimverstecke. Keine Duplikate. Keine losen Ausschnitte.

Er schmiss sich ein paar Aspirin rein. Er spülte mit Gin nach. Wenn Schwule Schwule mordeten, taten sie oft des Bösen zu viel. Alte Bullenweisheit. Jedem Polizisten bekannt.

Er nahm ein Messer. Er stach vierundneunzigmal auf Jim Koethe ein.

Nach Süden – mit über 130 Sachen.

Er nahm die I-35. Er fuhr durch traurige Vorstädte. Er stank nach Blut und Gin. Er stank nach Jim Koethes Shampoo.

Er fuhr an Raststätten vorbei. Er fuhr an Campingplätzen vorbei. Er sah Kinderschaukeln und Grillgruben. Hinter ihm ein Wagen – zehn Wagenlängen zurück – der ihn nervte.

Er machte Ausweichmanöver. Er ließ sie bleiben. 04:00 – ein Highway / zwei Wagen.

Das Kopfweh schlug wieder zu. Es wurde stärker und vervielfachte sich. King Kong grüßt Rhodan.

Er sah ein Campingplatz-Zeichen. Er nahm die Abfahrt. Er sah eine Grillgrube und Tische. Er fuhr hin. Er stellte die Scheinwerfer ab. Er arbeitete im Dunkeln.

Er schmiss Koethes Akte rein. Er füllte die Grillgrube. Er saugte Benzin hoch und begoß die Akte. Er zündete ein Zündholz an und erzeugte ein Riiiiiesenfeuer.

Die Flammen schlugen hoch. Die Flammen wurden kleiner. Die Hitze verschlimmerte das Kopfweh. Es wurde zum Mons-

ter. Zu Godzilla und ein paar Zerquetschten. Zur Kreatur aus der Schwarzen Lagune.
Pete rannte zum Wagen. Pete schlidderte die Auffahrt hoch. Pete erreichte den Highway. Lassen wir Dallas Dallas sein. Sedieren wir uns gründlich. Schlucken wir Secobarbital. Spritzen wir Herr-oh-wein.
Ein Wagen hinter ihm. Muss ein Raumschiff sein. Mit King Kong am Steuer. Der Röntgenaugen hat. Der weiß, dass du Koethe und Betty umgebracht hast.
Pete wurde schwindelig. Die Frontscheibe löste sich in nichts auf. Muss eine Luke sein / ein Sieb. Die Straße fiel vor ihm ab. Ein Tintenfass. Die Schwarze Lagune.
Die Kreatur biss ihm in den Kopf. Pete kotzte aufs Steuerrad. Da – eine Abfahrt. Abfallend. Und eine Tafel:
HUBBARD, TEXAS, BEVÖLK. 4001.

Japaner. Schnittkabel. Betty Mac. Schlitzaugen / Gitterstäbe / Caprihosen.
Es kam. Und ging. Abfallende Straßen. Ansteigende Straßen. Tintentropfen und Lagunen.
Er kam zu sich. *Er* kippte weg. Er fühlte sich frankensteinisiert. Nähte und Klammern. Grüne Wände und weiße Laken.
Hüte dich vor den Körperklauern. Hüte dich vor Doc Frankenstein:
Sie hatten Glück. Ein Mann hat Sie gefunden. Das ist jetzt fünf Tage her. Gott muss Sie lieben. Sie hatten Ihren Zusammenbruch in unmittelbarer Nähe von St. Ann's.
Doc hatte Aknenarben. Doc hatte schlechten Atem. Doc hatte einen Südstaatenakzent.
Das ist jetzt sechs Tage her. Wir haben eine Fettwucherung aus Ihrem Kopf entfernt – sie war harmlos. Sie müssen ganz schön Kopfweh gehabt haben.
Nun machen Sie sich mal keine Sorgen – der Mann im Auto hat Ihre Frau benachrichtigt.

Sie brachten ihn zurück.
Frankenstein kam. Frankenstein ging. Nonnen umhegten ihn und fummelten an ihm rum. Tut mir nichts – ich bin französischer Protestant.

Frank nahm ihm die Klammern raus. Nonnen rasierten ihn. Er kam zu sich. Er sah Rasierapparate und Hände. Er dämmerte wieder weg. Er sah Japaner und Betty.
 Hände fütterten ihn mit Suppe. Hände berührten seinen Schwanz. Hände bohrten Röhren rein. Der Dämmerzustand verlor sich. Worte drangen ins Bewusstsein. Runter mit der Dosis – macht ihn mir nicht süchtig.
 Er kam zu sich. Er hatte Gesichte.
 Novizinnen – Frankensteins Bräute. Ein zierlicher Mann – Akademiker-Klamotten – sah aus wie John Stanton. Erinnerungsschübe: Miami / Weißes H / Zusammenarbeit von Firma und CIA.
 Er kniff die Augen zusammen. Er versuchte zu reden. Die Nonnen machten schhhh.

Er dämmerte wieder weg. Er kam wieder zu sich. Diesmal endgültig. Stanton war echt – tadellos gebräunt – in tadellos bügelfreiem Anzug.
 Pete versuchte zu reden. Die Kehle war wie zugeschnürt. Er hustete Schleim. Ihm brannte der Schwanz. Er zog den Katheter raus.
 Stanton lächelte. Stanton zog seinen Stuhl heran.
 »Dornröschen erwacht.«
 Pete setzte sich auf. Pete straffte seine IV-Schläuche.
 »Du hast mich verfolgt. Du hast gesehen, wie ich von der Straße abkam.«
 Stanton nickte. »Und ich habe Barb angerufen und ihr gesagt, dass du in Sicherheit bist, aber noch keine Besucher empfangen kannst.«
 Pete rieb sich das Gesicht. »Was machst du denn hier?«
 Stanton öffnete seinen Aktenkoffer. Stanton holte Petes Waffe raus.
 »Ruh dich aus. Der Arzt hat gesagt, dass wir morgen miteinander reden können.«

Sie nahmen eine Bank. Sie schleppten sie nach draußen. Stanton trug bügelfrei. Pete einen Bademantel.
 Er fühlte sich OK. Kopfweh – *adieu*.
 Er hatte gestern Barb angerufen. Sie hatten acht Tage auf-

zuholen. Barb war OK. Stanton hatte sie vorbereitet. Barb ließ sich nicht erschüttern.
Er las den *Times-Herald*. Er begriff schnell. Der Koethe-Mord war gekommen und gegangen. Das DPD arbeitete daran. Das DPD nahm Schwule in die Mangel. Das DPD ließ Schwule laufen. Der Fall sah nach ungelöst aus. Ein Schwulenmord mehr – scheiß drauf.
Die *Morning-News* brachten einen Artikel. In dem über Koethe hergezogen wurde. Über seine »wilden Sprüche«. Koethe war ein ewiger Spinner. Koethe war ein »Verschwörungsfanatiker«.
Er hatte Koethes Notizen verbrannt. Das Arden-Belastungsmaterial war in Flammen aufgegangen. Er überlegte. Er entschied – Ward nichts sagen.
Das war *bruchstückhaftes* Belastungsmaterial – zuerst selbst mehr rauskriegen.
Eine Nonne ging vorbei – ein süßes Ding – Stanton sah ihr nach.
»Jackie Kennedy hat solche Hüte getragen.«
»Sie hatte so einen in Dallas auf.«
Stanton lächelte. »Du hast schnell kapiert.«
»Ich habe in der Schule Latein gelernt. Ich weiß, was *quid pro quo* bedeutet.«
Die Nonne lächelte. Die Nonne winkte und kicherte. Stanton war nett. Stanton lebte von Salaten und Martinis.
»Hast du vom Reporter gehört, der zu Tode kam? Er soll an einem Buch geschrieben haben?«
Pete streckte sich. Ein Stich am Kopf riss auf.
»Fangen wir nochmal an. Du hast mich beschattet. Du hast mir das Leben gerettet. Und dafür habe ich dir gedankt.«
Stanton streckte sich. Man konnte seinen Schulterhalfter sehen.
»Wir wissen, dass einige CIA-Männer *zumindest* am Rande was mit dem Kennedy-Fall zu tun hatten. Wir sind mit dem Ergebnis zufrieden, sind nicht daran interessiert, den Warren-Bericht in Frage zu stellen, sind aber aus Gründen der Bestreitbarkeit an einer groben Skizze interessiert.«
Pete streckte sich. Ein Stich platzte auf. Pete rieb sich den Kopf. Pete sagte: »Kuba.«
Stanton lächelte. »Das ist nicht sehr viel.«

»Das sagt alles. Ihr wisst, wen er auflaufen ließ, ihr wisst, wer das Geld und die Mittel hatte. Du hast mir das Leben gerettet, daher will ich großzügig sein. Ihr habt die Hälfte der Beteiligten gekannt und mit ihnen zusammengearbeitet.« Die Bank war feucht. Man konnte auf den Brettern rumkritzeln.

Stanton kritzelte Sterne. Stanton schrieb »KUBA«.

Pete rieb sich den Kopf. Ein Stich platzte auf.

»OK, ich mache mit.«

Stanton kritzelte Sterne. Stanton setzte ein »!« nach KUBA.

»Jack hat uns das Herz gebrochen. Nun setzt uns Johnson noch schlimmer zu.«

Pete kritzelte »?« Stanton strich das durch.

»Johnson lässt *La Causa* fallen. Er sieht keine Gewinnchancen und weiß, dass Jack dabei zu Tode gekommen ist. Er hat der CIA das kubanische Operationsbudget entzogen, und einige meiner Kollegen halten es für angebracht, ihm in die Parade zu fahren.«

Pete kritzelte »!«. Pete kritzelte »$«.Stanton schlug die Beine übereinander. Das Knöchelhalfter war zu sehen.

»Ich will dich nach Vietnam bringen. Ich will, dass du laotisches Heroin in die Staaten schaffst. Ich habe in Saigon ein Team bereitgestellt. Ausschließlich CIA und südvietnamesische Armee. Du kannst hierzulande und drüben dein eigenes Team rekrutieren. Der Stoff hat mehrere Coups in Vietnam finanziert, lass uns gemeinsam dafür sorgen, dass er *La Causa* dient.«

Pete schloss die Augen. Pete sah Wochenschauen. Die Franzosen verlieren Algerien. Die Franzosen verlieren Dien Bien Phu.

Et le Cuba sera notre grande revanche.

»Du schaffst den Stoff nach Las Vegas«, sagte Stanton. »Ich habe mich diesbezüglich mit Carlos kurzgeschlossen. Er glaubt, dass er die Firma dazu bringen kann, ihre Drogenverbots-Bestimmung aufzuheben, sofern du den Stoff ausschließlich an Neger vertreibst. Wir wollen, dass du eine Organisation aufbaust, die maßgeblichen Polizeibeamten schmierst und deine Straßenkontakte auf die letzten zwei Glieder der Verteilerkette beschränkst. Wenn die Vegas-Operation läuft, expandieren wir in andere Städte. Wobei 65 % der Profite an verdiente Exilantengruppen gehen.«

Pete stand auf. Pete schwankte. Pete verstreute Haken und Klammern und brachte Stiche zum Platzen.

Eine Nonne ging vorbei. Sie sah Pete. Sie erschrak. Sie bekreuzigte sich.

C'est un fou.
C'est un diable.
C'est un monstre Protestant.

56 (Las Vegas, 30. 9. 64)

Arbeitspause – exakt um 16:00.
 Er legte die Arbeit nieder. Er machte sich Kaffee. Er setzte sich vor seine Suite. Er stellte die Nachrichten an. Er schaute auf den Golfplatz. Janice spielte fast jeden Tag.
 Sie pflegte ihn zu sehen. Sie pflegte ihm zuzuwinken. Sie pflegte Epigramme zu rufen. So was wie »Sie mögen meinen Mann nicht«. So was wie »Sie arbeiten zu hart«.
 Janice spielte Erstklassgolf. Janice bewegte sich graziös. Sie schlug ihre Bälle ab. Wobei ihr der Rock hochrutschte. Wobei ihre Waden sich ballten und streckten.
 Littell schaute zu Loch Nr. 6. Littell hörte sich die Nachrichten an. LBJ machte Wahlkampf in Virginia. Bobby machte Wahlkampf in New York.
 Janice spielte Loch Nr. 6. Janice spielte ihre Freunde aus. Sie sah ihn. Sie winkte. Sie rief. So was wie »Mein Mann hat Angst vor Ihnen«. So was wie »Sie brauchen mal eine Pause«.
 Littell lachte. Littell winkte. Janice puttete.
 Jane fürchtete Las Vegas. Die Stadt wurde von den Jungs geschmissen. Janice war der Inbegriff von Las Vegas. Er gönnte sich Seitenblicke. Er nahm sie mit ins Bett. Er versah Jane mit Janices Körper.
 Ende der Nachrichten. Janice bewältigte Loch Nr. 6 Par. Littell ging wieder rein. Littell schrieb Eingaben.
 Jimmy Hoffa war erledigt. Das war den Jungs klar. Carlos setzte sich weiterhin für Jimmy ein. Carlos ging Spenden sammeln. Carlos richtete einen Jimmy-Hilfsfonds ein. Vergebliches Bemühen. Hoffnungslos. Mit Bestechung kam man nicht mehr weiter.
 Littell legte die Eingabe auf den Tisch. Littell nahm seine Bankbücher zur Hand. Littell ging Zahlen durch und zählte seine Zehnten zusammen.

Frohe Botschaft:
Die Aktentaschenträger wuchsen Wayne Senior über den Kopf. Die Aktentaschenträger stahlen seine Provisionsgelder. Die Aktentaschenträger waren unzuverlässig. Die Aktentaschenträger waren gut. Die Aktentaschenträger waren Mormonen-dreist.
Er führte sie. Er organisierte die Absahne. Er schrieb fiktive Berichte. Er log Drac an. Er betrog Drac. Er saugte Dracs Blut. Die Aktentaschenträger hatten was zu schleppen. Die Aktentaschenträger transportierten 600 Riesen – die Absahne von zwei Wochen. Er kassierte seine 5 %. Er zahlte das Geld auf sein Konto in Chicago ein. Er eröffnete Konten in Silver Spring und Washington. Er benutzte gefälschte Ausweise. Er wusch die Gelder. Er führte seinen Zehnten an die SCLC ab.
Er stellte Zehntenspenden-Schecks aus. Zu fünf Riesen. Er stellte sie unter falschen Namen aus. Er wischte die Fingerabdrücke vom Umschlag.
Drac und die Jungs und Dr. King – *we shall overcome*.
Das Telefon klingelte. Er nahm ab.
»Ja?«
Statikknistern – ein Ferngespräch. Ein gestörter Pete: »Ward, ich bin's.«
Die Störgeräusche wurden stärker. Die Leitung knisterte. Die Störgeräusche pendelten sich ein.
»Wo bist du?«
»Ich bin in Mexico City. Gleich ist die verdammte Leitung wieder weg, und ich bin auf einen Gefallen angewiesen.«
»Der wäre?«
»Dass Wayne aus der Kinderstube auszieht und für mich arbeitet.«
»Gerne«, sagte Littell.

57 (Las Vegas, 30. 9. 64)

Janice fickte Clark Kinman. Wayne schaute zu.
Sie ließ das Licht an. Sie wusste, dass er da war. Sie ritt auf Kinman. Sie zeigte ihm den Rücken.
Wayne saß vor dem Spiegel. Wayne trank Wayne Seniors Scotch. Das war ihre sechste Show. Das war sein sechster versteckter Einblick.
Er hatte das Motel überwacht. Janice fickte jede Nacht. Die meisten Shows zog sich Wayne Senior rein. Die Auftritte waren abgestimmt. Dito die Ankunft.
Kinman erscheint um 21:00. Janice erscheint um 21:10. Wayne Senior erscheint um 21:40. Kinman kommt, um zu ficken. Janice kommt, um aufzutreten. Mit Kinman als nichts ahnendem Partner.
Für Wayne Senior fickte sie im Dunkeln. Für Wayne fickte sie im Licht.
Er hatte das Ganze durchdacht.
Sie hatte ihn in Nellis gesehen. Sie *kannte* ihn. Sie *wusste*, dass er einbrechen würde. Dass er Wayne Seniors Tagesablauf auskundschaften würde. Dass er die Nächte, in denen Senior nicht abkömmlich war, selber mit Beschlag belegen und ZUSCHAUEN würde.
Janice beugte sich zurück. Ihr Haar flog durch die Luft. Wayne sah ihr Gesicht verkehrt herum.
Der Lautsprecher schnarrte. Kinman stöhnte. Kinman sagte dummes Zeug.
Janice richtete sich auf. Janice hob die Hüften. Wayne sah Kinman in ihr drin.
Sol Durslag hatte Recht. Die Vegas *Sun* hatte die Story gebracht. Mai '55 – Wardell Gray / Tenorsaxophon. Totgeschlagen / die Leiche weggeschafft / tot in einer Sanddüne aufgefunden. Keine Verdächtigen – Fall geschlossen.

Janice beugte sich zurück. Ihr Haar fiel nach hinten. Wayne sah ihre Augen verkehrt herum.
Kinman sagte was von ich-komme. Kinman sagte dummes Zeug. Janice packte ein Kissen. Janice hielt ihm den Mund zu.
Seine Zehen zogen sich zusammen. Seine Knie knickten ein. Seine Füße ballten sich. Janice rollte weg und frei.
Kinman schmiss das Kissen weg. Kinman lächelte und kratzte sich die Eier. Kinman berührte den Sankt Christophorus an seiner Halskette.
Sie sprachen. Ihre Lippen bewegten sich. Der Lautsprecher verwischte Seufzer.
Kinman küsste seinen Sankt Chris. »Den trag ich ständig, zum Schutz. Manchmal denk ich, du bringst mich noch um.«
Janice setzte sich auf. Janice war der Spiegelwand zugewandt.
»Wayne Senior sollte sich besser um dich kümmern«, sagte Kinman. »Verdammt, ich glaube, wir haben es an sechzehn Tagen hintereinander getrieben.«
Janice zwinkerte. »Du bist der Beste«, sagte Janice.
»Jetzt mal ehrlich. Ist er gut?«
»Nein, aber er hat Qualitäten.«
»Du meinst Geld?«
»Nicht direkt.«
»Er muss was haben oder du hättest dir schon vor mir einen festen Freund zugelegt.«
Janice zwinkerte. »Ich habe Einladungen ausgeschickt, aber man hat nicht bei mir angeklopft.«
»Manche Jungs nehmen Signale nicht wahr.«
»Manche Jungs müssen zuerst hinsehen.«
»Verdammt, wenn dein Alter dich jetzt sehen könnte.«
Janice sprach lauter. Janice sprach betont langsam.
»Ich hatte mal was mit einem Musiker. Wayne Senior hat es rausgekriegt.«
»Was hat er getan?«
»Er hat ihn umgebracht.«
»Du machst Witze?«
»Absolut nicht.«
Kinman küsste seinen Sankt Christophorus. »Du bringst mich noch unter die Erde. Verdammt, und ich dachte, Junior sei der einzige Killer in der Familie.«

Janice stand auf. Janice ging zum Spiegel.
Sie machte sich zurecht. Sie vernebelte das Glas. Sie leckte einen Finger ab. Sie zeichnete Herzen und Pfeile.

Ein Sandsturm fuhr durchs Gelände. Heiße Winde verwehten Sand und trockenes Gebüsch. Wayne fuhr zur Ranch. Wayne ging zum Gästehaus. Wayne sah einen einsamen Wagen stehen.
Ward Littell. Er duckte sich vor dem Wind. Er verstellte Wayne den Eingang. Er wirkte sandverweht und sturmgepeitscht.
Er sagte: »Dein Vater hat dich nach Dallas geschickt.«

DOKUMENTENEINSCHUB: 1.10.64. Nachrichtendienstliche Akte. Von: John Stanton. An: Pete Bondurant. Bezeichnung: »NUR PERSÖNLICH ÜBERGEBEN / NACH LEKTÜRE VERNICHTEN.«

P.B.,
ich hoffe, dies erreicht dich rechtzeitig. Dies ist nur eine Zusammenfassung des Wichtigsten, unwesentliche Einzelheiten habe ich weggelassen. Ich schicke das über das Büro Mexico City, um den von dir gewünschten Termin zu halten. Hinweis: Daten sind Interpol-Akten aus Paris & Marseille entnommen. CIA-Aktenkopie Nr. M-64889 / Langley.
Über: MESPLEDE, JEAN PHILIPPE, WEISS, MÄNNLICH, GEB. 19.8.22. LETZTBEK. AUFENTH.: 1214 Ciuadad Juarez, Mexico City.
1941–45: Widerspr. Berichte. MESPLEDE (angebl. Antisemit) war entweder ein Nazikollaborateur oder ein Kämpfer der französischen Resistance in Lyon. Widerspr. Berichte: MESPLEDE verriet Juden an die SS / MESPLEDE führte in den Kurorten des Arbois Anschläge auf Nazis durch. Anmerkung: Einem Interpol-Witzbold zufolge soll er das eine getan & das andere nicht gelassen haben.
1946–47: Aufenthaltsort unbekannt.
1948–50: Als Söldner in Paraguay. Die Asuncion-Abteilung verfügt über eine 41-seitige Akte. MESPLEDE infiltrierte auf Er-

suchen der Polizeichefvereinigung von Paraguay linke Studentengruppen. MESPLEDE (fließende Spanischkenntnisse) führte Attentate auf insgesamt 63 gem. CIA-Richtlinien als kommunistische Sympathisanten eingestufte Personen durch.

1951–55: Dienst in der Französischen Armee (Indochina – jetzt Vietnam – & Algerien). MESPLEDE diente als Fallschirmjäger, geriet in die Gefechte um Dien Bien Phu & soll verbittert auf die französische Niederlage & den französischen Rückzug reagiert haben. Unbestätigten Berichten zufolge soll er auf seiner nächsten Dienststelle in Algier Opiumbasis & Haschisch geschmuggelt haben. In Algier wurde MESPLEDE zu einer Besatzungseinheit versetzt & instruierte die Angehörigen einer von wohlhabenden Französischen Kolonialisten aufgestellten Sonderpolizei in Foltertechnik. MESPLEDE (überzeugter Antikommunist) hat angeblich 44 algerische Nationalisten exekutiert, die im Verdacht kommunistischer Verbindungen standen, & sich einen Namen als Großmeister des Bluthandwerks gemacht.

1956–59: Aufenthaltsort größtenteils unbekannt. MESPLEDE soll in diesen Jahren eingehend die USA bereist haben. Das Police Department von Atlanta (Georgia) verfügt über eine ihn betr. Aktennotiz vom Okt. '58. MESPLEDE wurde verdächtigt, an einem Bombenanschlag von Neonazis auf eine Synagoge teilgenommen zu haben. Das Police Department von New Orleans verfügt über eine Aktennotiz vom 9.2.59. MESPLEDE wurde der Teilnahme an 16 bewaffneten Raubüberfällen in New Orleans, Metairie, Baton Rouge & Shreveport verdächtigt. Anmerkung: Unbestätigten Berichten zufolge soll MESPLEDE damals mit Kreisen des Organisierten Verbrechens Umgang gehabt haben.

1960–61: Als Söldner in Belgisch-Kongo. MESPLEDE (nachweislich Bezugsperson des bei uns geführten LAURENT GUERY) diente als Schläger für belgische Landbesitzer & arbeitete während der Anti-Lumumba-Invasion mit einem CIA-Verbindungsmann zusammen. MESPLEDE & GUERY sorgten für die Gefangennahme & Exekution von 491 linken Rebellen in der Provinz Katanga. Die Landbesitzer gaben MESPLEDE freie Hand & wiesen ihn an, eine Abschreckungsmaßnahme gegen potentielle Rebellen durchzuführen. MESPLEDE & GUERY drängten die Rebellen in einen Graben & brachten sie mit Flammenwerfern um.

1962–63: Steckbrieflich in Frankreich gesucht. MESPLEDE (der Landbesitz verlor, als de Gaulle Algerien die Unabhängigkeit gewährte) soll sich der französischen OAS angeschlossen & an den Anschlägen vom März '62 & August '63 auf de Gaulle teilgenommen haben. In Mexico City tauchte MESPLEDE wieder auf (September '63) & hat angeblich Kontakt zu den uns bekannten Personen GUERY & FLASH ELORDE aufgenommen. MESPLEDE ist als überzeugter Anhänger der Anti-Castro-Bewegung bekannt &, wie bereits erwähnt, entschiedener Antikommunist mit fließenden Spanischkenntnissen & verfügt wahrscheinlich über Erfahrung im Umgang mit Drogen sowie über militärische Erfahrungen auf dem südostasiatischen Kriegsschauplatz. Alles in allem halte ich ihn für verwendungsfähig.

Ich reise nach Saigon zurück. Alle weiteren Mitteilungen an meine Postlageradresse in Arlington. Von nun an werden wir nur noch über Depots & Geheimdienstkuriere verkehren. Denk dran: Wir arbeiten verdeckt auf Stufe 1 wie bei unseren Tiger-Operationen in Miami. Du kennst den alten Drill: Lesen, einprägen & verbrennen.

Was MESPLEDE angeht, hast du mein OK, wenn du ihn für geeignet hältst. Das übrige Team kannst du nach eigenem Gutdünken rekrutieren. Betr. MESPLEDE: Vorsicht. Er hat eine ziemlich erschreckende Biographie.

Die Sache will's,
J. S.

58 (Mexico City, 2.10.64)

Ein Mexikaner brachte Kaffee. Besagter Mexikaner kroch ihm in den Arsch. Große Zähne / große Verbeugungen / große Liebedienerei.

Pete saß rum. Pete verputzte Brötchen. Pete hatte die Waffe unter den Tisch geklebt. Der Abzug war bündig ausgerichtet. Der Schalldämpfer funktionierte. Der Lauf wies auf den gegenüberliegenden Stuhl.

Pete trank Kaffee. Pete rieb sich den Kopf. Mexico City – *nyet*. Die Stadt der Verlierer. Mit jeder Menge Hundekacke. Ich will ins Prä-Fidel-Havanna.

Er hatte sich nach Flash und Laurent umgesehen. Vergebens. Er hatte eine Nachricht hinterlassen. Mesplède hatte eine Antwort hinterlassen.

Wir sollten uns unterhalten – ich habe von Ihnen gehört.

Er vertrieb sich die Zeit. Er rief Barb jeden Tag an. Er rief beim Kansas-City-Büro an. Er erwähnte Namen. Er stellte Fragen – über Arden Elaine Bruvick.

Folgendes: Sie war mal *Frau* Danny Bruvick gewesen. Danny Bruvick war Leiter des Gewerkschaftsbüros Nr. 602 – von '53 bis '56. Danny unterschlug Teamster-Geld. Danny floh. Jimmy entschied auf Erledigen. Danny war weg. Arden war in Kansas City.

Jimmy ließ Beziehungen spielen. Das Police Department Kansas City nahm Arden fest. Arden stellte umgehend Kaution. Arden floh aus Kansas City.

Pete kannte einen Burschen beim KCPD. Pete rief ihn an. Der Bursche las die Kautionsbedingungen von Arden. Und rief Pete zurück.

Arden hatte Kaution gestellt – am 10.3.56. Die Kaution war von der T&C Corporation gestellt worden. T&C gehörte Carlos. Mit T&C deckte er sich gegen das Finanzamt ab.

Ein eventueller Hinweis. Irritierend. Carlos sagt: »Arden erledigen.« Seine Scheinfirma stellt ihr die Kaution. Mehr rauskriegen. Mehr erfahren. Littell *noch* nicht warnen. Der Hinweis war dürftig. Der Hinweis konnte sich jederzeit verflüchtigen. Der Hinweis konnte sich jederzeit als nichtig erweisen.

Ein Mann kam rein. Dick. Brillenträger. Die Hände wirkten schwarz verschmiert. Wetten: Französische *Para*-Tätowierungen.

Para-Kampfhunde – *très* französisch – mit Reißzähnen und Fallschirm.

Pete stand auf. Der Mann erblickte ihn. Der Mann setzte sich an einen Vordertisch.

Pete improvisierte:

Er duckte sich. Er löste seine Waffe. Er steckte sie ein und ging rüber. Er verbeugte sich vor dem Mann. Sie schüttelten sich die Hand. Die Kampfhunde hatten rote Augen.

Sie setzten sich. »Sie kennen Chuck Rogers«, sagte Mesplède.

»Chuck vergisst man nicht.«

»Er wohnt bei den Eltern. Ein Mann von über vierzig Jahren.«

Er klang nach *sud-Midi*. Er wirkte *marseillais*. Er kleidete sich *très fasciste* – ganz in Schwarz

»Ein Mann mit Idealen«, sagte Pete.

»Ja. Wofür man ihm seine eigenartigeren Überzeugungen nachsehen kann.«

»Er trägt sie mit Humor.«

»Der Ku-Klux-Klan widert mich an. Ich schätze Negerjazz.«

»Ich mag kubanische Musik.«

»Ich mag kubanisches Essen und kubanische Frauen.«

»Fidel Castro den Tod.«

»Ja. Er ist ein *cochon* und ein *pédé*.«

»Ich war in der Schweinebucht dabei. Ich habe vom Blessington-Camp aus Truppen in den Kampf geführt.«

Mesplède nickte. »Das hat mir Chuck erzählt. Sie haben aus einem Flugzeugfenster auf *communistes* geschossen.«

Pete lachte. Pete machte Schussgeräusche. Mesplède zündete sich eine Gauloise an. Mesplède bot ihm eine an.

Pete zündete sich eine an. Pete musste husten – gerollter Stinktierdreck.
»Was hat Ihnen Chuck noch gesagt?«
»Dass Sie ein Mann mit Idealen sind.«
»Ist das alles?«
»Er sagte auch, dass Sie – *qu'est-ce que c'est?* – ›überstehende Enden abschnipseln‹.«
Pete lächelte. Pete zeigte seine Fotos. Jack Z. zusammengebunden. Hank K. reingeschmissen.
Mesplède pochte auf die Bilder. »Arme Burschen. Sie sahen, was sie nicht hätten sehen sollen.«
Pete hustete. Pete blies Rauchringe.
Mesplède hustete. »Chuck sagte, die blonde Frau habe sich im Gefängnis umgebracht.«
»Richtig.«
»Die haben Sie nicht fotografiert?«
»Nein.«
»Dann bleibt bloß die Arden übrig.«
Pete schüttelte den Kopf. »Sie ist unauffindbar.«
»Das ist niemand.«
»Sie muss es wohl sein.«
Mesplède zündete die nächste Zigarette am Stummel an. »Ich habe sie mal gesehen, in New Orleans. Sie war mit einem von Carlos Männern zusammen.«
»Sie ist unauffindbar. Belassen wir's dabei.«
Mesplède zuckte mit den Schultern. Mesplède ließ die Hände fallen. Er hörte das Klicken. Er hörte das Gleitgeräusch. Der Hammer schnappte zurück.
Pete lächelte. Pete verbeugte sich. Pete zeigte seine Waffe.
Mesplède lächelte. Mesplède verbeugte sich. Mesplède zeigte *seine* Waffe.
Pete nahm eine Serviette. Pete bedeckte den Tisch. Pete deckte die Waffen ab.
»Sie haben sich in Ihrer Mitteilung auf Arbeit bezogen«, sagte Mesplède.
Pete ließ die Knöchel knacken. »Heroin. Wir transportieren es von Laos nach Saigon und schmuggeln es in die Vereinigten Staaten. CIA-geführt, ohne jede Rückendeckung. Der ganze Profit geht an *La Causa*.«

»Mit wem arbeiten wir zusammen?«
»Wir werden von einem Mann namens John Stanton geführt. Ich habe für ihn Stoff und Flüchtlinge geschmuggelt. Mit von der Partie sind Laurent Guéry, Flash Elorde und ein Exbulle fürs Chemische.«
Eine Nutte ging vorbei. Besagte Nutte schaute zu ihnen runter. Mesplède stellte seine Tattoos zur Schau. Er ballte die Fäuste. Die Kampfhunde bissen zu. Den Kampfhunden wuchsen riesige *chorizos*.
Die Nutte bekreuzigte sich. Die Nutte machte, dass sie wegkam – *gringos malo y feo!*
»Ich bin interessiert«, sagte Mesplède. »Für ein freies Kuba tue ich alles.«
»*Mort à Fidel Castro. Vive l'entente Franco-Américaine.*«
Mesplède nahm eine Gabel. Mesplède putzte sich die Nägel.
»Chuck beschrieb Sie als ›weichherzig, was Frauen betrifft‹. Ich bin bereit, Ihnen die Unauffindbarkeit von Arden zuzugestehen, sofern Sie Ihre Loyalität zur Sache zusätzlich unter Beweis stellen.«
»Wie das?«
»Hank Hudspeth hat *La Causa* verraten. Er hat den Exilantengruppen schlechte Waffen verkauft und die gute Ware für den Klan abgezweigt.«
»Ich kümmere mich drum«, sagte Pete.
Mesplède ballte die Fäuste. Die Hunde wurden unzüchtig.
»Mir wäre an einem Souvenir gelegen.«

Der Plan klappte – lass uns über Waffen plaudern – mein Geld / deine Ware.
Pete rief aus Houston an. Hank war ganz Eifer. Er sagte, nimm ein Flugzeug. Ich hab einen Bunker bei Polk.
Pete flog nach De Ridder. Pete mietete einen Wagen. Pete ging in einen Safeway. Pete kaufte eine Kühltasche. Pete kaufte Trockeneis.
Er ging zur dortigen Post. Er kaufte eine Schachtel. Er versah sie mit Luftpostbriefmarken. Er schrieb Jean Mesplèdes Adresse auf den Deckel.
Er ging in einen Waffenladen. Er kaufte ein Jagdmesser. Er

ging in einen Kameraladen. Er kaufte eine Polaroid. Er kaufte etwas Film.
 Er fuhr nach Norden. Er nahm Nebenstraßen. Er fuhr durch den Kisatchee Forest. Es war heiß – 27 Grad in der Abenddämmerung.
 Hank erwartete ihn. Hank war ganz Eifer – ich hab das Zeug!
 Der Bunker war ein Minenschaft. Teils Waffenlager / teils Iglu. Zehn Stufen unter Tage.
 Hank ging voran. Hank betrat die oberste Stufe. Pete zog die Waffe und schoss ihm in den Rücken.
 Hank stolperte. Pete schoss erneut. Pete schoss ihm die Rippen weg.
 Er drehte ihn um. Er machte die Kamera schussfertig. Er machte eine Nahaufnahme. Der Bunker war heiß – vier enge ausgemauerte Wände.
 Pete zog das Messer. Pete riss an Hanks Haaren. Pete schnitt von Seite zu Seite.
 Er machte die Klinge schartig. Er traf den Knochen. Er schnitt seitwärts und nach oben. Er stellte sich auf Hanks Kopf. Er riss kräftig. Er zerrte den Skalp frei.
 Er wischte ihn ab. Er legte ihn ins Trockeneis. Er legte ihn in die Schachtel. Ihm zitterten die Hände – zum ersten Mal – er hatte Hunderte von Roten skalpiert.
 Er wischte sich die Hände ab. Er versah den Schnappschuss mit einer Inschrift. Er schrieb: »*Viva La Causa!*«

59 (Las Vegas, 4.10.64)

Janice war zu Hause. Wayne Senior war weg. Wayne ging in seinem Zimmer auf und ab. Wayne machte sich schick und elegant.

Er hatte Pete bei Tiger-Taksi getroffen. Sie hatten vor einer Stunde miteinander gesprochen. Pete hatte auf ihn eingeredet. Pete hatte es ihm ins Gesicht gesagt.

Du bist Chemiker. Gehen wir nach Vietnam. Du kochst Heroin. WIR betreiben verdeckte Aktionen.

Er hatte zugesagt. Es schien logisch. Es schien absolut richtig.

Wayne rasierte sich. Wayne kämmte sich die Haare. Wayne betupfte einen Rasurschnitt. Ward hatte ihn fertig gemacht – das war vier Nächte her – Ward hatte ihn völlig verstört.

Er analysierte Wards Logik. Er improvisierte. Wayne Senior führte Spitzel. Also führte Wayne Senior Maynard Moore. Also hatte er über den Anschlag Bescheid gewusst.

Ward hatte einiges offen gelassen. Wayne improvisierte. Wayne Senior hatte die neuesten Spitzel-Akten vernichtet. *Aus der Zeit*, als Wayne Senior Maynard Moores Führungsoffizier war.

Wayne bürstete sich das Haar. Die Hand zuckte. Er ließ die Bürste fallen. Sie fiel zu Boden und zerbrach.

Wayne ging ins Freie. Es war windig. Es war heiß. Es war dunkel.

Da – ihr Zimmer / ihr Licht.

Wayne ging rein. Das Hi-Fi-Gerät lief. Cool Jazz oder sonst ein Quark – Zusammenspiel misstönender Bläser.

Er stellte die Musik ab. Er folgte dem Licht. Er ging rüber. Janice zog sich um. Janice sah ihn – wumms – einfach so.

Sie ließ ihr Kleid fallen. Sie trat ihre Golfschuhe weg. Sie streifte ihren Büstenhalter und Golfunterrock ab.

Er ging zu ihr. Er berührte sie. Sie riss ihm das Hemd weg. Sie zog ihm die Hosen runter.
Er packte sie. Er versuchte, sie zu küssen. Sie entglitt ihm. Sie kniete nieder. Sie nahm seinen Schwanz in ihren Mund. Er wurde hart. Er tröpfelte. Er war nahe dran. Er packte sie an den Haaren und zog ihren Mund weg.
Sie trat zurück. Sie streifte ihm die Hosen ab. Sie stolperte über seine Schuhe. Sie setzte sich auf den Boden. Sie ballte einen Rock zusammen. Sie schob ihn unter sich.
Er ging zu Boden. Er schlug sich die Knie an. Er spreizte ihre Beine. Er küsste ihre Schenkel. Er küsste ihr Haar und steckte seine Zunge rein.
Sie zitterte. Sie machte komische Geräusche. Er kostete sie. Er kostete sie draußen. Er kostete sie drinnen.
Sie zitterte. Sie machte erschreckte Geräusche. Sie packte ihn am Haar. Sie tat ihm weh. Sie zog ihm den Kopf hoch.
Er zwängte ihre Knie auf. Er spreizte sie weit auf. Sie zog ihn rein. Sie krampfte sich zusammen. Sie machte die Augen zu.
Er drückte ihre Brauen. Er zwang ihre Augen wieder auf. Er legte sein Gesicht zu dem ihren. Er konzentrierte sich auf ihre Augen. Er sah grüne Flecken, die er nie zuvor gesehen hatte.
Sie bewegten sich. Sie überwanden den Krampf. Sie fanden den Takt. Sie hielten einander das Gesicht. Sie schauten sich in die Augen.
Er war nahe dran. Er beschwor Schwachsinn und hielt sich zurück. Janice zuckte. Janice bäumte sich auf. Janice umklammerte ihn mit ihren Beinen.
Wayne schwitzte. Waynes Schweiß tropfte ihr in die Augen. Sie zwinkerte den Schweiß weg. Sie behielt ihn fest im Blick.
Eine Tür ging auf. Eine Tür ging zu. Ein Schatten ging durchs Licht.
Janice bäumte sich auf. Janice fing an zu weinen. Wayne war nahe dran. Wayne ließ es zu. Wayne schloss die Augen.
Janice wischte sich die Tränen ab. Janice küsste ihre Finger. Janice steckte sie ihm in den Mund.

Sie gingen zu Bett. Sie schlossen die Augen. Sie ließen die Tür auf. Sie ließen das Licht brennen.

Hausgeräusche erklangen. Wayne hörte Wayne Senior pfeifen. Wayne roch Wayne Seniors Rauch.
Er öffnete die Augen. Er küsste Janice. Sie zitterte. Sie hielt die Augen geschlossen.
Wayne stand auf. Wayne zog sich an. Wayne ging zur Bar. Wumms – da steht Wayne Senior.
Wayne nahm ihm den Spazierstock weg. Wayne wirbelte damit. Wayne machte Daddys Standardtricks nach.
Wayne sagte: »Du hättest mich nicht nach Dallas schicken sollen.«

DRITTER TEIL

UNTERWANDERUNG

Oktober 1964 – Juli 1965

DOKUMENTENEINSCHUB: 16.10.64. Kurierpost. An: Pete Bondurant. Von: John Stanton. Bezeichnung: »IN VERSCHLOSSENER DOKUMENTENMAPPE ÜBERGEBEN.« / »NACH LEKTÜRE VERNICHTEN.«

P.B.,
anbei die verlangte Zusammenfassung. Bitte wie immer lesen und verbrennen.

Über eines sind sich die CIA-Analytiker einig: Wir haben uns auf Dauer in Vietnam eingerichtet. Du weißt, wie lange es dort schon Ärger gibt – mit den Japanern, den Chinesen und den Franzosen. Unsere Interessen reichen bis '45 zurück. Nicht nur, dass wir Frankreich Hilfe versprochen hatten und Westeuropa aus dem Ostblock halten wollten, China war ins Rote Lager gekippt. Strategisch ist Vietnam von entscheidender Bedeutung. Kippt Vietnam, ist unser Rückhalt in Südostasien futsch. Dann laufen wir in der Tat Gefahr, die ganze Region zu verlieren.

Die heutige Situation hängt hauptsächlich mit der Niederlage der Franzosen bei Dien Bien Phu im März '54 zusammen. Sie hat zu den Genfer Vereinbarungen geführt und der Teilung entlang dem 17. Breitengrad ins heutige »Nord-« und »Südvietnam«. Die Kommunisten haben sich aus dem Süden und die Franzosen aus dem Norden zurückgezogen.

Für den Sommer '56 wurden landesweite Wahlen anberaumt.

Im Süden haben wir unserem Mann Ngo Dinh Diem zur Macht verholfen. Diem war Katholik, USA-Freund, Buddhisten-, Kolonialfranzosen- und Kommunistenfeind. CIA-Kollegen organisierten ein Referendum, das Diem ermöglichte, die Nachfolge von Premierminister Bao Dai anzutreten. (Nicht mit besonders leichter Hand. Die Kollegen haben Diem mehr Stimmen verschafft, als es Stimmberechtigte gab.)

Diem hat die Genfer Übereinkunft von '56 abgelehnt. Ihm zufolge bedeutete bereits das Vorhandensein des Vietminh, dass es keine »absolut freien« Wahlen geben konnte. Der Wahltermin rückte näher. Die USA deckten Diems Weigerung. Diem befahl, im Süden »Sicherheitsmaßnahmen« gegen die Vietminh einzuleiten. Verdächtige Vietminh-Angehörige oder Sympathisanten wurden durch örtliche Provinzbeamte, die Diem hörig waren, gefoltert und verurteilt. Diems Vorgehen hatte Erfolg, denn er konnte 90% aller Vietminh-Zellen im Mekong-Delta zerschlagen. In dieser Zeit prägten Diems Publizisten das Schimpfwort »Vietnam Cong San« oder »Vietnamesischer Kommunist«.

Der Wahltermin verstrich. Ohne dass Sowjets und Rotchinesen auf eine politische Lösung gedrängt hätten. Anfang '57 schlugen die Sowjets eine endgültige Teilung und die Anerkennung von Nord- und Südvietnam als getrennte Staaten durch die UNO vor. Die USA waren nicht bereit, einen kommunistischen Staat anzuerkennen und lehnten die Initiative ab.

Diem baute im Süden eine Machtbasis auf. Er schanzte seinen Brüdern und anderen Verwandten Machtpositionen zu und verwandelte Südvietnam in eine diktatorisch regierte, aber fanatisch antikommunistische Oligarchie. Diems Brüder und Verwandte bauten ihre persönlichen Pfründen aus. Sie waren stramm katholisch und antibuddhistisch. Diems Bruder Can war so etwas wie ein »Warlord«, ein auf eigene Rechnung operierender Truppenchef. Sein Bruder Ngo Dinh Nhu leitete, mit CIA-Geld, einen gegen den Vietcong gerichteten Nachrichtendienst.

Diem sperrte sich gegen Landreformen und tat sich mit großgrundbesitzenden Familien im Mekong-Delta zusammen. Er entwickelte die Khu-Tru-Mat-Bewegung der »Strategischen Dörfer«, um die Bauern von Vietcong-Sympathisanten und -Zellen fern zu halten. Die Bauern wurden aus ihren angestammten Dörfern verschleppt und gezwungen, ihre Siedlungen ohne Entschädigung neu aufzubauen. Wobei ihnen die Regierungstruppen oft Schweine, Reis und Hühner stahlen.

Diems Vorgehensweise führte zur Forderung nach Reformen. Diem schloss Oppositions-Zeitungen, klagte Journalisten, Studenten und Intellektuelle kommunistischer Kontakte an und sperrte sie ein. Da hatten die USA bereits eine Milliarde Dollar in Südvietnam investiert. Diem (»eine Marionette, die ihre eigenen Strippen zieht«) wusste, dass wir auf sein Regime als strategischer Stützpunkt im Kampf gegen den Kommunismus angewiesen waren. Er nutzte den Großteil seiner US-Spenden für den Aufbau von Militär und Polizei, um Vietcong-Einfälle unterhalb des 17. Breitengrades abzufangen und innenpolitische Verschwörungen gegen seine Person zu unterdrücken.

Im November '60 kam es zu einem erfolglosen Militärcoup gegen Diem. Diemtreue Truppen kämpften gegen die Truppen des südvietnamesischen Armeeobersten Vuong Van Dong. Diem schlug den Coup nieder, machte sich jedoch viele Feinde unter der Elite der Saigoner und des Mekong-Delta. Ho Chi Minh im Norden fühlte sich durch die internen Zwistigkeiten ermutigt. Er organisierte im Süden eine Terrorkampagne und verkündete im Dezember die Bildung einer neuen Gruppe von Aufständischen: der Nationalen Befreiungsbewegung. Ho behauptete, mit der Entsendung von Truppen nach Süden würde das Genfer Abkommen nicht verletzt. Das war selbstverständlich gelogen. Seit '59 sind andauernd Rote Truppen über den »Ho-Chi-Minh-Pfad« in den Süden eingesickert.

Kurz nach seiner Amtseinführung las John Kennedy eine Pentagon-Analyse über die sich verschlechternde Situation in Vietnam. Die Analyse forderte nachdrücklich, Diem mehr Hilfe zukommen zu lassen. Kennedy erhöhte die Zahl der »Berater« vor Ort auf 3.000. Die Berater waren eigentlich Militärpersonal, was eine Verletzung des Genfer Abkommens darstellte. Kennedy befahl, die Größe der Südvietnamesischen Armee (die ARVN – Army of the Republic of South Vietnam) als außenpolitische Unterstützungsmaßnahme um 20.000 Mann auf insgesamt 170.000 Mann zu erhöhen.

Diem widerstrebten die US-»Berater«. Doch dann wurden ARVN-Einheiten von großen Vietcong-Einheiten angegriffen. Worauf Diem den Beratern erklärte, er wünsche einen bilateralen Verteidigungspakt zwischen den USA und Südvietnam. Kennedy schickte General Maxwell Taylor nach Saigon. Taylor erstattete Bericht und bestätigte nochmals die strategische Bedeutung des Widerstands gegen den Vietcong. Er verlangte weitere Berater für die ARVN, samt Helikoptern und Pilotenunterstützung. Taylor forderte 8.000 Mann an. Die Joint Chiefs und Verteidigungsminister McNamara wollten 200.000. Kennedy entschied sich für einen Kompromiss und gewährte Diem weitere finanzielle Unterstützung.

Anfang '62 initiierte Diem das Programm der »Strategischen Dörfer«. Er sperrte Bauern in bewaffneten Bastionen ein, um sicherzustellen, dass sie sich nicht dem Vietcong anschlossen. Tatsächlich führte das Programm dem Vietcong neue Rekruten zu. Im Februar '62 überstand Diem einen weiteren Coup. Zwei ARVN-Piloten hatten den Präsidentenpalast mit Napalm, Bomben und Maschinengewehrfeuer angegriffen. Diem, sein Bruder Nhu und Madame Nhu überlebten.

Ngo Dinh Nhu wurde zur Belastung. Er war opiumsüchtig und hatte immer wieder Anfälle von Verfolgungswahn. Auf Drängen von Madame Nhu hatte Diem Scheidung, Kontrazeptiva, Abtreibung, Boxkämpfe, Schönheitswettbewerbe und Opiumhöhlen per Dekret verboten. Diese Dekrete riefen großen Unmut hervor. Die US-Berater konstatierten, dass das Diem-Regime immer unbeliebter wurde.

Auch im ARVN-Kommando wurde die feindliche Stimmung Diem gegenüber immer ausgeprägter. Diems Can Lao (die Südvietnamesische Geheimpolizei) nahm weitere verdächtige buddhistische Dissidenten fest. Vier buddhistische Mönche protestierten durch öffentliche Selbstverbrennung. Madame Nhu bejubelte die Suizide und machte sich noch unbeliebter. Kennedy und der neue amerikanische Botschafter in Vietnam, Henry Cabot Lodge, kamen zum Schluss, dass das Diem-Regime zur peinlichen Belastung wurde, was in erster Linie auf Ngo Dinh Nhu und Madame Nhu zurückzuführen war. CIA-Mitarbeiter wurden verdeckt angewiesen, die Verdrossenheit in den oberen Rängen der ARVN zu untersuchen und die Chancen eines Coups zu bewerten.

Dabei stellte sich heraus, dass es bereits diverse, unterschiedlich weit gediehene Verschwörungen gab. Diem witterte die Missstimmung in der ARVN und ordnete in Saigon und Hué eine Demonstration der Stärke gegen Buddhisten und buddhistische Sympathisanten an. Diem beabsichtigte, die Buddhisten gegen die ARVN aufzuhetzen und die Situation zu seinen Gunsten auszunutzen. Am 21.8.63 griffen Diem-Truppen buddhistische Tempel in Saigon, Hué und anderen Städten an. Hunderte von Mönchen und Nonnen kamen dabei zu Tode, wurden verletzt oder festgenommen. Das führte zu Aufständen und Protesten gegen das Diem-Regime.

Die CIA erfuhr in den folgenden Wochen von Diems Machenschaften. Kennedy und seine Berater waren außer sich und nach wie vor überzeugt, dass Ngo Dinh Nhu das Problem war. Diem wurde angewiesen, sich Nhus zu entledigen. CIA-Mitarbeiter erhielten Anweisung, im Falle einer Weigerung mit potentiellen Coup-Anführern Kontakt aufzunehmen und sie unserer allfälligen Unterstützung zu versichern.

Botschafter Lodge traf sich mit Diem. Er kam zum Schluss, dass Diem Nhu niemals fallen lassen würde. Lodge informierte seine CIA-Kontakte. Sie nahmen Verbindung mit dem ARVN-Oberkommando auf. Lodge, Kennedy, McNamara und die Joint Chiefs besprachen den Entzug der finanziellen Unterstützung für das Diem-Regime.

Man gab den Unterstützungsentzug bekannt. Die Verschwörer handelten. An ihrer Spitze General Tran Van Don, General Le Van Kim und General Duong Van Minh, alias »Big Minh«. CIA-Mitarbeiter trafen sich mit General Don und General Minh und sicherten ihnen weitere finanzielle US-Hilfe und Unterstützung zu. Kennedy kam zum Schluss, dass die plausible Bestreitbarkeit seiner Administration gewährt bleiben und der Coup in der Öffentlichkeit als innervietnamesische Angelegenheit wahrgenommen würde.

Der Coup wurde im Laufe des Frühherbsts geplant und laufend verschoben. Kennedys Berater teilten sich in Coup-Befürworter und -Gegner. Die Gegner gaben zu bedenken, dass die Eigenständigkeit des Coups ein weiteres »Schweinebucht-Fiasko« nach sich ziehen könne.

Interne Streitigkeiten lenkten die Verschwörer ab. Die Generale waren sich uneins, wer nach dem Coup welche Position in Saigon einnehmen sollte. Schließlich wurde der Coup auf den 1.11.63 festgelegt. Und am Nachmittag dieses Tages durchgeführt.

Madame Nhu befand sich in den USA. Premier Diem und Ngo Dinh Nhu versteckten sich im Keller des Präsidentenpalastes. Aufständische Einheiten eroberten den Palast, die Wachkasernen und die Polizeiwache. Diem und Nhu wurden festgenommen und erhielten in einem gepanzerten Truppentransporter »Sicheres Geleit«. Der Transporter hielt an einer Bahnüberführung. Diem und Nhu wurden erschossen und erstochen.

Ein 12köpfiger »Revolutionärer Militärrat« übernahm die Macht, worauf es zu internen Streitigkeiten kam. Gleichzeitig erfolgten im Süden Aufstände, und aus dem Norden sickerte ein ständiger Strom von Vietcong-Truppen ein. Die ARVN-Truppen desertierten in großer Zahl. Zeitgleich erfolgte das Kennedy-Attentat. Lyndon Johnson und seine Berater überdachten die ambivalente Vietnam-Politik der Kennedy-Administration und entschieden, unser finanzielles und militärisches Engagement auszuweiten.

Der »Militärische Revolutionsrat« wurde am 28.1.64 durch General Nguyen Khanh gestürzt. (Betont »unblutig«. Die anderen Generale dankten ab und zogen sich auf ihre militärischen Pfründen zurück.) Währenddessen verstärkte der Vietcong den Druck auf den Süden, wobei er die ARVN in mehreren Begegnungen besiegte, und führte eine Reihe terroristischer Anschläge in Saigon durch, darunter einen Bombenanschlag auf ein Kino, dem drei Amerikaner zum Opfer fielen. Anfang 1964 verdoppelten sich die Vietcong-Streitkräfte auf 170.000 (meist im Süden rekrutiert), mit entsprechend verbesserter Bewaffnung: mit rotchinesischen und sowjetischen AK-47, Mörsern und Raketenwerfern.

Im März besuchte Verteidigungsminister McNamara Vietnam und bereiste im Zuge einer Propagandaaktion zur Unterstützung von Premierminister Khanh den Süden. McNamara kehrte nach Washington zurück. Er schlug Präsident Johnson ein »Aktionsmemorandum« vor, dem dieser zustimmte. Darin wurden zusätzliche Mittel angefordert, um der ARVN weitere Flugzeuge und andere Waffen zukommen zu lassen. Premier Khanh erhielt die Erlaubnis, grenzüberquerende Angriffe gegen kommunistische Stützpunkte in Laos zu unternehmen und die Möglichkeit von Angriffen in Kambodscha zur Unterbindung der Vietcong-Nachschub-Routen zu überprüfen. Pentagon-Spezialisten begannen, nordvietnamesische Ziele für US-Bombardierungen zu bestimmen.

Botschafter Lodge trat zurück, um sich einer innenpolitischen Karriere zu widmen. Präsident Johnson ernannte General William C. Westmoreland zum Kommandanten der US-Militär-Berater-Truppe in Vietnam (MACV). Westmoreland setzt sich nach wie vor für eine möglichst große amerikanische Präsenz ein. Gegenwärtig ist ein beachtliches US-Kontingent im Süden stationiert, darunter Soldaten, Buchhalter, Ärzte, Mechaniker und viele andere mehr, die alle damit beschäftigt sind, die 500.000.000 Dollar Hilfsgelder auszugeben, die Johnson für das Fiskaljahr '64 zugesagt hat. Ein Gutteil der von den USA gespendeten Nahrungsmittel, Waffen, Medikamente, Treibstoffe und Düngemittel enden auf dem Schwarzmarkt. Die US-Präsenz in Südvietnam wird immer mehr Grundlage der südvietnamesischen Wirtschaft.

Johnson hat dem Geheimplan »OPLAN 34-A« zugestimmt, der weitgehendere Einfälle nördlich des 17. Breitengrades fordert sowie umfassendere Propagandabemühungen und Geheimunternehmungen, um kommunistische Schiffe aufzubringen, die den Vietcong im Süden mit Material versorgen. Der Zwischenfall im Golf von Tonkin (1.8.–3.8.64, als zwei US-Zerstörer von kommunistischen Schiffen beschossen wurden und das Feuer erwiderten) war größtenteils inszeniert und improvisiert und wurde von Johnson benutzt, um vom Kongress die Genehmigung zu geplanten Bombenangriffen zu erhalten. Die darauf folgenden 64 Bombenangriffe wurden auf einen Tag beschränkt, um nicht den Eindruck zu erwecken, man habe sich zu einer Überreaktion auf die Provokation im Golf von Tonkin hinreißen lassen.

Zum jetzigen Zeitpunkt (16.10.64) befinden sich knapp 25.000 »Berater« in Vietnam, größtenteils Kampftruppen. Und zwar Army Special Forces, Airborne Rangers und Bodenpersonal. Präsident Johnson hat einem geheimen Eskalationsplan zugestimmt, mit dem er bis zum nächsten Sommer weitere 125.000 Truppenangehörige ins Land schaffen will. Dank der zu erwartenden nordvietnamesischen Provokationen kann er mit einer entsprechenden Genehmigung des Kongresses rechnen. Laut Plan soll im Winter und Frühling '65 ein großes Kontingent von Marines stationiert werden, im Sommer ein großes Kontingent Army-Infanterie. Auch ist Johnson fest entschlossen, die Bombenangriffe gegen Nordvietnam weiterzuführen. Die Angriffe werden im Spätwinter / Anfang Frühling '65 einsetzen. CIA-Analytiker gehen wiederum davon aus, dass sich Johnson langfristig in Vietnam festlegen wird. Man stimmt allgemein überein, dass er Vietnam zur Etablierung einer klar antikommunistischen Haltung nutzt, um allfällige politische Gegner seiner liberalen innenpolitischen Reformen zu unterlaufen.

Die allgemeine Eskalation dürfte unseren Aktivitäten an Ort und Stelle ausreichend Deckung bieten. Opium und Opiumderivate haben seit frühesten französischen Kolonialtagen zur vietnamesischen Wirtschaft beigetragen. Nachrichteneinheiten der französischen Armee haben den Opiumhandel geleitet, ebenso wie zwischen '51 und '54 die meisten Opiumhöhlen von Saigon und Cholon. Der Opiumhandel hat Dutzende von Coups und Coup-Versuchen finanziert, und der verstorbene Ngo Dinh Nhu trug sich zum Zeitpunkt seines Todes mit der Absicht, das Anti-Opium-Edikt von Premier Diem zu umgehen. Seit dem Coup vom 1.11.63 sind in Saigon 1.800 Opiumhöhlen wieder eröffnet worden, sowie 2.500 in der stark chinesisch bevölkerten Enklave von Cholon (Cholon liegt am oberen Ende des Ben-Nghe-Kanals, 4 km von Saigon-Mitte entfernt). Premier Khanh lässt die Opiumhöhlen weitgehend unangetastet, was uns sehr zupass kommt. Wobei anzumerken wäre, dass Khanh ausgesprochen fügsam und in jeder Hinsicht auf unsere Anwesenheit in Südvietnam angewiesen ist. Er schätzt amerikanisches Geld und wird sich auch nicht mit amerikanischem Hilfspersonal wie unserem Kader anlegen wollen. Er ist alles andere als »eine Marionette, die die eigenen Strippen zieht«. Ich denke nicht, dass er sich lange wird halten können, bin mir aber absolut sicher, dass wir von seinem(n) Nachfolger(n) keine Schwierigkeiten zu erwarten haben.

Der Rohstoff für unsere Ware wird in Laos geerntet, nahe der vietnamesischen Grenze. Die Felder bei Barb Na Key verfügen über einen besonders hohen Kalkanteil, der den Mohnblüten zugute kommt, und entsprechend finden sich dort Dutzende von Großfarmen. Barb Na Key liegt jedoch in der Nähe der nordvietnamesischen Grenze, womit es für unsere Zwecke unbrauchbar wird. Südlicher, bei Saravan gelegenes Ackerland enthält ebenfalls viel Kalkstein und kann von der südvietnamesischen Grenze aus gut erreicht werden. In der Nähe von Saravan gibt es auch Mohnfarmen. Sie werden von laotischen »Warlords« betrieben, die »Armeen« von Aufsehern beschäftigen, die die aus laotisch-vietnamesischen Sklaven bestehenden »Cliquen« beaufsichtigen, die die Kapseln abernten. Ich habe einen englischsprachigen Laoten namens Tran Lao Dinh angelernt und gehe davon aus, dass du dir gemeinsam mit Tran die Dienste einiger südlaotischer Warlords kaufen oder sonst wie sichern kannst.

Im Allgemeinen wird der Mohnsaft zu Morphiumbase raffiniert, die dann zum eigentlichen Heroin weiterverarbeitet werden kann. Ich beabsichtige, die Base auf den Farmen selbst zu produzieren und sie anschließend in dein Chemielabor nach Saigon zu schaffen. Das könnte per Flugzeug oder Patrouillenboot erfolgen, was wiederum einen Piloten/Steuermann erforderlich macht, der mit den vietnamesischen Wasserstraßen vertraut ist. Normalerweise wird die Morphiumbase per Frachter aus Vietnam nach Europa oder China verschifft. In unserem Falle wäre das kontraproduktiv. Wir sind auf deinen Chemiker angewiesen, um die Base vor Ort raffinieren zu können, wodurch sich der Umfang des Materials verringert, das daraufhin entsprechend leichter nach Vegas geschafft werden kann. Bitte überleg dir, wie wir das Fertigprodukt per Boten in die Staaten schaffen können, wobei wir uns hier wie dort möglichst wenig exponieren sollten.

Einige abschließende Überlegungen.

Denk dran, dass ich mit sechs weiteren Agenten zusammenarbeite und dass wir absolut verdeckt, ohne jede offizielle Billigung seitens der CIA, vorgehen. Du wirst die anderen Männern soweit erforderlich kennen lernen. Du bist für die Operation verantwortlich und ich führe das Personal. Ich weiß, wie sehr du darauf brennst, <u>La Causa</u> Geld zu verschaffen, aber wir werden in- wie außerhalb des Landes große Ausgaben zu tätigen haben, und ich will sicherstellen, dass wir fürs Erste über ausreichend Mittel verfügen. Die CIA besitzt eine Scheinfirma in Australien, die vietnamesische Piaster gegen US-Dollar wechselt, und möglicherweise können wir den Endprofit mit Hilfe eines Schweizer Bankkontos waschen.

Eines möchte ich hier betonen. Aus Gründen der Bestreitbarkeit darf weder Morphiumbase noch raffinierte Ware in die Hände von US-Militär-Personal oder gar in die Hände von ARVN-Personal gelangen. Die meisten ARVN-Leute sind völlig korrupt und im Hinblick auf verkäufliche Narkotika absolut unzuverlässig.

Ich glaube, du wirst meinen Personalvorschlag mögen. Ich habe einen 1st Lieutenant der Army namens Preston Chaffee angeworben. Ein Sprachtalent mit Flugdiplom und 1A Pfadfinder. Er ist der vorgesehene Verbindungsmann zur ARVN, zu den Saigon-Politikern und zu Premier Khanh.

Ich muss deine Pläne und deine Personalvorschläge überprüfen. Kannst du einen Kurier von Vegas nach Arlington schicken?

Die Sache will's!

J. S.

DOKUMENTENEINSCHUB: 27.10.64. Kurierpost. An: John Stanton. Von: Pete Bondurant. Bezeichnung: »IN VERSCHLOSSENER DOKUMENTENMAPPE ÜBERGEBEN.« / »NACH LEKTÜRE VERNICHTEN.«

J. S.,

habe deine Zusammenfassung gelesen. Vietnam scheint wie für mich gemacht.

Anbei die von mir vorgeschlagenen Mitarbeiter:

1.) Wayne Tedrow Jr., U.S. Army '54–'58 (82nd Airborne Division). Ehemaliger Las-Vegas-Polizist. Chemiediplom, Brigham Young University, '59.

Tedrow ist zuverlässig. Er kennt sich mit Handfeuerwaffen & schweren Waffen aus. Er ist ein guter Chemiker. Er hat eigenen Angaben zufolge auf dem College »Opiat-Gleichgewichte« & »Narkotika-Komponenten-Theorie« studiert. Er will sich menschliche »Testpiloten« oder »Versuchskaninchen« beschaffen, an denen er die Maximaldosierung ausprobieren kann,

z. B. Opiumsüchtige mit Opiumtoleranzen. So kann er das Produkt in Saigon raffinieren & straßenfertige Ware nach Vegas verfrachten.

Tedrows Vater ist ein großes Tier in Nevada. Tedrow ist seinem Daddy sehr entfremdet, aber der Alte hat Beziehungen auf der Nellis Airforce Base, die uns möglicherweise von Nutzen sein können. Davon später mehr.

2. & 3.) Laurent Guéry & Flash Elorde.

Die kennst du aus alten Miami-Tagen. Sie haben in Mexico City gewohnt & als Söldner gearbeitet & sind sehr an einem festen Posten interessiert. Beide sind überzeugte Anhänger von La Causa & können sich bei der Anpflanzung, als Schutzpersonal & bei der Verteilung nützlich machen. Beide Männer haben Beziehungen zu Exilkubanern an der Golfküste, die wir nutzen können.

4.) Jean Philippe Mesplède.

Du hast mir sein Dossier geschickt, entsprechend lasse ich die Daten weg. Ich bin ihm in Mexiko City begegnet & mag ihn. Er spricht fließend Französisch & Englisch & wegen seiner Dienstzeit '53–'54 ein bisschen Vietnam-Dialekt. Er hat Erfahrungen im hiesigen Drogengeschäft, einige Verbindungen zu Exilkubanern & ist ein zuverlässiger Anhänger von La Causa.

5.) Chuck Rogers.

Noch ein alter Tiger-Taksi-Kämpe. Du kennst die Fakten: Pilot, Mann fürs Grobe, Kurzwellenradiospezialist. Enge Verbindung zu Exilkubaner-Gruppen & südstaatlichen Waffenfans. Ein wertvoller Allrounder. Er möchte vor Ort Hasspamphlete verteilen & Kurzwellennachrichten ausstrahlen, & ich lasse ihn machen, solange er's nicht übertreibt.

6.) Bob Relyea.

Ich kenne ihn nicht & stelle ihn aufgrund von Rogers Empfehlung ein. (Die beiden sind seit Jahren Kurzwellen-Kameraden. Rogers verbürgt sich für ihn & er ist bereits im Land.)

Relyea ist Stabsfeldwebel bei der Militärpolizei in Saigon. Er war vorher Gefängniswärter in Missouri & hat enge Beziehungen zu Rechtsextremisten in den Südstaaten. Angeblich ist er ein vorzüglicher Scharfschütze & guter Waffenfachmann.

Zu meinem Plan:

Ich möchte rasch nach Laos, wo Tran Lao Dinh mit den

»Warlords« über ihre Mohnfarmen verhandelt. Ich will die entsprechenden ARVN-Männer & andere Saigon-Offizielle schmieren, damit sie uns die nötige Deckung bieten. Dann soll Rogers eine kleine zweimotorige Maschine umbauen & zwischen Laos & Saigon hin- & herfliegen. Er wird die Morphiumbase in Tedrows Labor bringen & zugleich als Aufseher auf der (den) Sklavenfarm(en) fungieren.

Zur amerikanische Seite der Operation:
Ich möchte die Ware über Kurierflüge nach Nellis ins Land schaffen. Ich habe einen gut platzierten Rechtsanwalt, der vielleicht seine Beziehungen spielen lassen & uns die entsprechende Landeerlaubnis verschaffen kann. Von dort verteilen wir über Tiger-Taksi an (verschleißbare) Neger-Dealer, die die Ware ausschließlich in West-Las-Vegas absetzen. Rogers, Guéry & Elorde werden den Endprofit an Exilkubaner-Gruppen im Golf weiterleiten.

Das Team ist zuverlässig. Ich bin überzeugt, dass wir zusammenarbeiten können. Denk immer an Kuba.
Viva La Causa!
P.B.

DOKUMENTENEINSCHUB: 29.10.64. Kurierpost. An: Pete Bondurant. Von: John Stanton. Bezeichnung: »IN VERSCHLOSSENER DOKUMENTENMAPPE ÜBERGEBEN.« / »NACH LEKTÜRE VERNICHTEN.«

P.B.,
ich mag deine Mitarbeiter und deinen Plan, unter einer Bedingung.
Um in Nellis landen zu können, benötigen wir Frachtbriefdeckung, und zwar überzeugend. Was schlägst du vor?
J.S.

DOKUMENTENEINSCHUB: 31.10.64. Kurierpost. An: John Stanton. Von: Pete Bondurant. Bezeichnung: »IN VERSCHLOSSENER DOKUMENTENMAPPE ÜBERGEBEN.« / »NACH LEKTÜRE VERNICHTEN.«

J.S.,
zu letzter Nachricht:
Howard Hughes (mein Exchef, heute Chef meines Rechtsanwaltsfreundes) will sich den Politikern & dem Militärpersonal in Nevada andienen & hat für die Hughes Aircraft-Tool Co eine Landeerlaubnis in Nellis bekommen. Mein Rechtsanwaltsfreund will H.H. vorschlagen, aus PR-Gründen ARVN-Waffenrestbestände aufzukaufen, um sie der Nationalgarde von Nevada zu spenden. Damit kriegt er eine umfassende Landeerlaubnis & wir können unsere Ware in seinen Waffen verstecken & direkt nach Nellis & Vegas verschicken.
Was meinst du?
P.B.

DOKUMENTENEINSCHUB: 1.11.64. Kurierpost. An: Pete Bondurant. Von: John Stanton. Bezeichnung: »IN VERSCHLOSSENER DOKUMENTENMAPPE ÜBERGEBEN.« / »NACH LEKTÜRE VERNICHTEN.«

P.B.,
nimm mit deinem Rechtsanwaltsfreund Kontakt auf und versuch, das Ganze so schnell wie möglich umzusetzen. Deinen Personalvorschlägen stimme ich zu und lasse Sgt. Relyea durch Lieutenant Chaffee ansprechen und seiner regulären Pflichten entheben. Bis bald in Saigon: am 3.11.64.
J.S.

DOKUMENTENEINSCHUB: 2.11.64. Wörtliches FBI-Telefontranskript. Bezeichnung: »AUFGENOMMEN AUF ANWEISUNG DES DIREKTORS.« / »VERTRAULICHKEITSSTUFE 1A: DARF NUR VOM DIREKTOR EINGESEHEN WERDEN.« Am Apparat: Direktor Hoover, Ward J. Littell.

JEH: Guten Morgen, Mr. Littell.
WJL: Guten Morgen, Sir.
JEH: Die Wahlen rücken näher. Prinz Bobbys wahrscheinlicher Sieg muss Sie erfreuen.

WJL: Das tut er, Sir.
JEH: Der Fürst der Finsternis hat New York State mit großem Elan abgeräumt. Ich muss an die Plünderung Roms durch die Westgoten denken.
WJL: Ein plastischer Vergleich, Sir.
JEH: Lyndon Johnson diente Bobby als widerwilliger Steigbügelhalter. Wie er mir sagte, Zitat, »Edgar, ich hasse den kleinen Schwanzlutscher mit der Kaninchenfresse, und es stinkt mir ganz gewaltig, dem Stimmen besorgen zu müssen«.
WJL: Präsident Johnson hat seinen eigenen Impetus.
JEH: Der hauptsächlich darauf ausgerichtet ist, zweifelhafte Gesetze durchzubringen. Den Begriff »Great Society« – die allumfassende Gesellschaftsordnung – halte ich für eine neue Version der »Internationale«.
WJL: Eine scharfsinnige Analogie, Sir.
JEH: Lyndon Johnsons Prestige wird in der Heimat leiden und sich in Vietnam erholen. Die Geschichte wird ihn als hoch gewachsenen Mann mit großen Ohren betrachten, der darauf angewiesen war, von armen Kerls geliebt zu werden.
WJL: Gut gesagt, Sir.
JEH: Lyndon Johnson hat Sinn für Martin Luzifer Kings Spannkraft. Ich habe ihm Motel-Zimmer-Bänder geschickt. Luzifers Darbietung im Bett steht seiner Darbietung auf den Barrikaden in nichts nach.
WJL: Dr. King ist ein vielseitiger Mann, Sir.
JEH: In der Tat, und zwar mit einem Hang zu gräulich gemusterten Fruit-Of-The-Loom-Unterhosen.
WJL: Sie überwachen ihn peinlich genau, Sir.
JEH: Ja, ich lasse mich von Lyle Holly an Luzifers Lieblings-Vergnügungsstätten führen. Ich spreche beinahe täglich mit Lyle, und er hat mich wissen lassen, dass Bayard Rustin von Ihnen und Ihren angeblich unterschlagenen Mafia-Spenden ganz entzückt ist.
WJL: Mr. Rustin empfindet mich als überzeugend, Sir.
JEH: Weil Sie überzeugend sind.
WJL: Ich bemühe mich, überzeugend zu wirken, Sir.
JEH: Mit Erfolg.
WJL: Danke, Sir.

JEH: Sie verändern den Tonfall. Möchten Sie eine Frage stellen?
WJL: Ja, Sir.
JEH: Fragen Sie, Mr. Littell. Meine Abneigung gegen Drumrumreden ist Ihnen bekannt.
WJL: Wissen Sie bereits, wann Sie erste Andeutungen über meine Spenden durchsickern lassen wollen?
JEH: Sobald ich spüre, dass meine Geschosse über Luzifers kommunistische Verbindungen und sein Sexualleben ihre maximale Wirkung entfaltet haben werden.
WJL: Eine sichere Strategie, Sir.
JEH: Eine inspirierte Strategie. Die sich jedoch bei Ihrem letzten Manöver bezüglich Wayne Senior als hinderlich erweisen dürfte.
WJL: Ist er meinetwegen verärgert, Sir?
JEH: Ja, er will mir aber nicht sagen, wieso.
WJL: Ich habe ihm ein Geschäft vermittelt. Er ermöglichte gewisse Charterflüge aus Nellis und forderte einen höheren Prozentsatz. Seine Mormonen haben ihm einen Anteil am laufenden Geschäft vorenthalten.
JEH: Einen höheren Prozentsatz wovon?
WJL: Von der Kasino-Absahne, die seine Mormonen transportieren.
JEH: Was mich ebenso amüsiert, wie es Wayne Senior vergrätzen muss.
WJL: Ich freue mich immer, Sie unterhalten zu können, Sir.
JEH: Wayne Senior war in letzter Zeit auffallend verstimmt. Alle meine Anfragen bezüglich seines Sohnes ließ er unbeantwortet.
WJL: Ich werde seinen Prozentsatz steigern, Sir. Das wird ihm die Stimmung heben.
JEH: Wozu? Was wollen Sie denn von ihm?
WJL: Weitere Lande- und Startmöglichkeiten in Nellis.
JEH: Wofür?
WJL: Für Flüge aus Vietnam.
JEH: Eigenartig, wie so manches zusammentrifft. Das ist das zweite Mal, das ich heute Morgen auf Vietnam angesprochen werde.
WJL: Sir?
JEH: Dwight Holly hat angerufen. Er hat mir gesagt, dass sich

Wayne Tedrow Junior und Pete Bondurant kürzlich Visa nach Vietnam ausstellen ließen.
WJL: Eigenartig, Sir.
JEH: Ja, und da Sie sich so uncharakteristisch naiv geben, will ich den Gesprächsgegenstand wechseln. Was machen Graf Draculas Kolonisierungspläne?
WJL: Sie stehen zum besten, Sir. Pete Bondurant hat eine Taxifirma erworben und nutzt dieselbe, um zu Gunsten von Mr. Hughes Belastungsmaterial zu sammeln. Die Fahrer haben Ungehörigkeiten über diverse Gesetzgeber Nevadas ausfindig gemacht.
JEH: Ausgezeichnet. Taxifahrer sind in den nächtlichen Sphären zu Hause. Sie erleben die erbärmlichen Schwächen der anderen aus der Rinnsteinperspektive mit.
WJL: Ich dachte, dass Ihnen das gefallen würde, Sir. Und wo wir schon von –
JEH: Versuchen Sie nicht, mir geschickt zu kommen. Bitten Sie um Ihren Gefallen, solange ich verblüfft und amüsiert bin.
WJL: Ich würde gerne eine feste Abhöreinrichtung in Vegas einrichten. Ich möchte die Hotelzimmer, in denen die Gesetzgeber am häufigsten absteigen, abhören. Ich werde Fred Turentine engagieren, um mir bei der Installation zu helfen, und würde gern den Wechsel der Aufzeichnungsträger und deren Zustellung an mich durch Agenten vor Ort erledigt wissen.
JEH: Tun Sie das. Ich werde zwei Agenten vom Las-Vegas-Büro abstellen.
WJL: Danke, Sir.
JEH: Danken Sie sich selbst. Sie haben mir die schlechte Laune vertrieben.
WJL: Das freut mich, Sir.
WJL: Was könnten Tedrow Junior und Le Grand Pierre in Vietnam wollen?
WJL: Wenn ich das wüsste.
JEH: Guten Tag, Mr. Littell.
WJL: Guten Tag, Sir.

60 (Saigon, 3. 11. 64)

Das musste man gesehen haben:
Rikschas und Sandsäcke. Maschinengewehrnester und Frangipani-Bäume. Handgranatenabwehrnetze und Schlitzaugen.
Saigon um 12 Uhr mittags – Schöne Neue Scheißwelt.
Groß. Trikulturell. Heiß. Laut. Und stinkend.
Die Limousine schlich dahin. Die Limousine wich Rikschas aus. Sie stießen aneinander. Sie gerieten ins Schleudern. Sie verhakten die Räder à la *Ben Hur*.
Weiße Bauten. Pagoden. Propagandaschilder: WACHSAMKEIT IST FREIHEIT / VERRAT KOMMT VON NORDEN!
Die Limousine schlich dahin. Die Stoßdämpfer ächzten. Die Räder drehten durch. Die Ventilation erstarb.
Mesplède rauchte. Chuck rauchte. Flash rauchte. Der Fahrer verkaufte Schwarzmarkt-Kools. Guéry rauchte eine Cohiba. Chaffee rauchte eine Mecundo. Sie rauchten Pro-Fidel.
Wayne stöhnte. Wayne wurde grün im Gesicht. Pete wurde schlecht. Pete konnte die Landessprache lesen:
A BAS LES VIET-CONG! HO CHI MINH, LE DIABLE COMMUNISTE!
Qu'est-ce que c'est, toute cette merde?
Die Limousine schlich dahin. Sie erreichten Tu Do Street – den Schlitzaugen-Sunset-Strip.
Große Bäume und große Läden. Große Hotels und großer Verkehr. Großer Lärm auf schlitzäugig.
Pete gähnte. Pete streckte sich. Sie waren neunzehn Stunden geflogen. Stanton hatte ihnen Hotelzimmer besorgt. Hotel Catinat ist bald erreicht – schlafen ricky-tick.
Der Fahrer lehnte sich auf die Hupe. Der Fahrer nahm eine Rikscha mit. Mesplède sog die Luft ein und machte Gerüche aus.
Nuoc mam – Fischsoße – Ziegen-Barbecue. Maschinengewehröl / Frangipani-Blüten / Ziegenkot.

»Ihr bleibt ein paar Tage hier«, hatte Stanton gesagt, »und fliegt dann nach Dak Sut. Ihr wechselt nach Laos und trefft Tran Lao Dinh. Eine ARVN-Infanterie-Gruppe gibt euch Feuerschutz. Zwei Hueys erwarten euch und fliegen euch zu einer Drogenfarm bei Saravan. Wo ihr an Ort und Stelle verhandeln werdet.«
Buddhistische Mönche liefen quer über die Straße. Der Verkehr kam zum Stillstand. Pete gähnte. Pete streckte sich. Pete verschaffte sich Raum.
Tiger-Taksi wurde nun von Milt C. geleitet. Milt fungierte nun als Verbindungsmann. Milt führte die Nebengeschäfte: Ward Littell hatte Hotel-Suiten mit Wanzen zu versehen. Milt hatte Portiers zu bestechen. Milt hatte sie einzuseifen. Milt hatte sie anzuweisen: Bringt dort die Abgeordneten unter.
Petes groooooßes Wort:
Halte die Tiger-Mannschaft zurück. Den Pillenverkauf stoppen. Rivalisierende Pillen-Banden verpfeifen. Besagte Pillen-Banden an Agent Dwight Holly verpfeifen.
Stell den Pillenhandel in Vegas ab. Trockne West Vegas aus. Lass die Narkis verdursten. Geil die Geschmacksnerven auf. Bereite die Narkis aufs kommende H vor.
Chaffee wedelte mit seiner Umhängetasche. Chaffee verteilte Geschenke. Schrumpfköpfe – *mit Echtheitszertifikat* – *alles VC très bien.*
Wayne schmiss seinen zum Fenster raus. Flash gab seinem einen Kuss. Guéry taufte seinen »Fidel«.
Pete gähnte. Pete nahm Dramamin. Die Arden-Geschichte nervte ihn. Sie nervte ihn ständig. Sie nervte ihn unablässig.
Er überlegte sich, was Carlos damit zu tun hatte. März '56: Carlos stellt für Arden Kaution / Arden haut aus Kansas City ab.
New Orleans – '59 – Mesplède sieht Arden. Arden hat ein Rendezvous. Mit einem Carlos-Mann / einem Ithaker. November '63: Arden besucht den Unterschlupf. Worauf Carlos sie umgelegt wissen will.
Er überlegte sich, was Carlos damit zu tun hatte. Und behielt es für sich. Er sagte Ward nichts. Er rief Fred Otash an. Er wies ihn an, sich umzuhören.
Überprüf Arden. Ruf bei deinen Kontakten an. Besorg mir

Hinweise. Krieg raus, was man so über Arden weiß. Überprüf ihren Ex – einen gewissen Danny Bruvick.
Flash küsste seinen Schrumpfkopf. Mit Zungenkuss. Chaffee lachte. Mesplède taufte seinen Kopf »de Gaulle«.
Chuck schwenkte seinen Kopf hin und her. Wayne riss ihn weg. Wayne schmiss ihn zum Fenster raus.
»Manchmal«, sagte Chuck, »ist mir, als hätten wir den falschen Tedrow eingestellt.«

Schlaflos – die Gedanken kreisten weiter.
Das Zimmer war OK – *comme ci / comme ça* – was auch für den Ausblick für die Tu Do Street galt.
Das Bett hing durch. Das Handgranatenabwehrnetz ächzte. Der Airconditioner stotterte. Rauchschwaden stiegen hoch – *Nuoc-mam*-Soße – *ce n'est pas bon.*
Straßengeräusche kamen hoch. Helikopter knatterten übers Dach.
Pete gab auf. Pete ölte seine Waffe. Pete legte seine Nachttisch-Fotos zurecht. Barb / der fauchende Kater / Barb und der Kater.
Stanton hatte einen Ausflug angeordnet – um 19:00 – Saigon bei Nacht. Wir schauen uns die Eingeborenen an. Wir genießen den nächtlichen Anblick.
Pete saß auf der Terrasse. Pete genoss den *jetzigen* Anblick. Pete sah ARVN-Trupps. Pete sah Schlitzaugen-Polizisten.
Chaffee nannte sie »Weiße Mäuse«. Mesplède nannte GIs »*Con Van My*«.
Die Skyline war unruhig – Blechdächer und Kirchtürme – M-60-Maschinengewehre.
Er liebte Kriegsgebiete. Er war in Pearl Harbor dabei gewesen. Er war in Okinawa dabei gewesen. Er war in Saipan dabei gewesen. Er war in der Schweinebucht dabei gewesen. Er hatte die Schweinebucht gerächt. Er hatte *beaucoup* Rote skalpiert.
Der Tag brach an. Die Soldaten auf den Dächern freuten sich. Sie richteten ihre Waffen nach oben. Sie verschossen Leuchtspurmunition. Sie boten ein Feuerwerk.
Das neue Kader war guuuuut. Das neue Kader war Numero eins. Das neue Kader passte zu Tiger-Taksi.
Stanton mochte die Burschen. Stanton bezeichnete Bob Re-

lyea als »Kopfjäger«. Er brachte VC um. Er schnitt ihnen die Köpfe ab. Er verkaufte sie an Kliniken.
Flash hatte seinen Kopf »Chruschtschow« getauft. Stanton den seinen »Ho«. Chuck den seinen »JFK«.

Sie trafen sich. Sie nahmen eine Großraumlimo.
Bob Relyea erschien. Chuck umarmte ihn. Sie lachten. Sie lästerten gemeinsam. Sie fachsimpelten über den Klan.
Die Limousine hing tief – neun Passagiere plus Gepäck.
Das Kader hatte Handfeuerwaffen dabei. Der Fahrer Handgranaten. Relyea eine 30.06.
Sie bogen von der Tu Do Street ab. Sie erreichten Nebenstraßen. Die Limousine zeigte Flagge: MACV / ARVN / einen Piratentotenschädel.
Der Verkehr wurde von Rikschas blockiert. Der Fahrer hupte. Die Schlitzaugen reagierten nicht. Der Fahrer schrie »*Di, di.*«
Mesplède riss das Schiebedach auf. Mesplède verballerte ein Magazin. Der Lärm war schlimm. Die Hülsen fielen runter. Flash fing sie heiß auf. Die Schlitzaugen hörten den Lärm. Die Schlitzaugen fuhren zur Seite. Die Schlitzaugen gingen tief in Deckung und verschwanden.
Der Fahrer stand auf dem Pedal. Mesplède ließ seine Tattoos tanzen. Die beiden Pitbulls bekamen einen Steifen. Zwei Fallschirme öffneten sich.
»Man muss diesen Leuten klar machen, was man will. Die verstehen nur Gewalt.«
Relyea fächerte Spielkarten auf – lauter Pik-Asse.
»Sie verstehen Gewalt und Aberglauben. Diese Karten zum Beispiel. Eine auf einen toten VC fallen lassen, und man hat potentielle Konvertiten abgeschreckt.«
»Kann ich bestätigen«, sagte Chaffee. »Ich mag die Vietnamesen, aber die sind so was von primitiv. Die sprechen mit Schatten und toten Hühnern.«
Flash kaute auf einer Patronenhülse. »Wo sind die GIs? Ich hab bis jetzt erst vier Mann gezählt.«
»Sie laufen meist in Freizeitkleidung rum«, sagte Stanton.
»Sie fallen eh auf, weil sie weiß oder farbig sind, und wollen die Sachlage durch Uniformtragen nicht zusätzlich komplizieren.«

Flash zuckte mit den Schultern. *Qué pasa* »Sachlage«?
Pete zündete sich eine Zigarette an. »Für den Sommer gibt es sechsstellige Truppenzusagen. Was uns Freiraum gibt.«
Flash zuckte mit den Schultern. *Qué pasa* »Freiraum«?
Guéry zuckte mit den Schultern. »*Qu'est-ce que c'est?*«
Pete lachte. Stanton lachte. Relyea mischte Karten. Er fächerte sie auf. Er drehte sie um. Er zog Karten aus Waynes Hemd.
»Chuck und ich haben Verteilungspläne. Ich hab übers Missouri-Gefängnissystem, meinem vorigen Arbeitgeber, Traktate an Gefängnisinsassen verschickt. Ich hab sie in Voice-Of-America-Prospekte gelegt, das heißt, dass die Insassen eine verwässerte Version der Wahrheit und die lautere Wahrheit kriegen.«
Chuck zündete sich eine Zigarette an. »Am besten wirft man so was aus dem Flieger ab. Nach unten ziehen und die Truppen eindecken.«
Relyea schüttelte den Kopf. »Kann ich nicht bestätigen. Verschwendung guter Traktate an Nigger-Militär.«
Chuck zwinkerte. »Waynes Daddy ist ein Traktat-Mann. Und ein guter Party-Gastgeber ist er auch.«
Wayne starrte Chuck an. Wayne ließ seine Daumen knacken.
»Wayne ist ein Martin-Luther-Mohr-Fan«, sagte Chuck. »Er hat all seine Filme gesehen.«
Wayne starrte ihn an. Chuck starrte zurück. Die Limousine machte einen Schlenker. Chuck zwinkerte zuerst. Wayne zuletzt.
Die Limousine machte einen Schlenker. Der Fahrer wich einer Sau aus. Pete blickte raus. Pete blickte hoch.
Er sah Leuchtspurmunition. Leuchtspurgeschosse als feurige Glühwürmchen.

Sie fuhren die Khanh Hoi runter. Sie sahen sich Nachtclubs an. Sie gingen ins Duc Quynh.
Es war klein. Es war dunkel. Es war französisch. Banquette / stimmungsvolles Licht / Jukebox. Sie besetzten eine Koje. Sie bestellten Wein. Sie aßen Bouillabaisse.
Wayne war eingeschnappt. Pete beobachtete ihn.

Ward hatte die Nabelschnur zu Daddy zerschnitten. He, Wayne, das musst du dir auf der Zunge zergehen lassen: Daddy hat dich nach Dallas geschickt. Wayne nahm es schwer. Wayne hatte sich in seinen Kummer vergraben. Wayne brütete finster vor sich hin.

Der Fraß hatte es in sich – Knoblauch und Tintenfisch – Eingeborenen-*dîner*. Barmädchen traten auf.

Sie zogen sich bis aufs Klebeblümchen aus. Sie taten, als ob sie singen würden. Sie sangen einige von Barbs Hits.

Chuck betrank sich. Bob betrank sich. Sie gaben Klan-Gerede zum Besten. Flash betrank sich. Guéry betrank sich. Sie sprachen Patois.

Chaffee betrank sich. Chaffee fuchtelte mit Schrumpfköpfen rum. Und machte den Mädchen Angst.

Stanton trank Martinis. Wayne trank Vichy. Mesplède rauchte eine Gauloise pro Minute. Pete hörte Bombenexplosionen. Pete schätzte die Richtung ab.

Kleine Bomben – zwei Klicks verschoben – Echo einer Wasseroberfläche.

Chaffee klärte ihn auf – Weiße Mäuse gegen VC. Nadelstiche – Rohrbomben *pas beaucoup*.

Der Club füllte sich. Stramme GIs streiften um stramme Krankenschwestern.

Sie flirteten. Sie tanzten. Sie umstanden die Jukebox. Sie spielten Viet-Rock – Ricky Nelson auf schlitzäugig – »Herro, Maly Roo«.

Zwei Nigger tauchten auf. Eindeutige Dschungelkämpen. Eindeutige Plantagenhengste.

Sie fuhren auf ein weißes Krankenschwesternpaar ab. Bei denen es ebenfalls funkte. Sie setzten sich zusammen. Sie tanzten zusammen. Sie tanzten laaaaangsam.

Wayne sah hin. Wayne schaute zu. Wayne hielt sich am Tisch fest.

Sie tanzten. Den Stroll. Den Watusi. Wayne schaute ihnen zu. Er fiel Chuck auf. Chuck machte Bob ein Zeichen.

Sie schauten Wayne an. Pete schaute Wayne an. Wayne schaute den Niggern beim Tanzen zu. Sie bewegten die Hüften. Sie zündeten sich Zigaretten an. Sie ließen die Krankenschwestern Züge nehmen.

Wayne hielt sich am Tisch fest. Wayne riss ein Brett lose. Der Suppentopf stürzte um. Fischköpfe flogen.
»Gehen wir«, sagte Pete.

Sie erreichten die Docks. Sie trafen Stantons ARVNs. Zwei *trung uys* – Schlitzaugen-Oberleutnants. Das Labor war ganz in der Nähe. Sie gingen hin. Die ARVNs gaben Feuerschutz. Leuchtspurgeschosse explodierten. Rotes Licht färbte das Wasser.
Da –
Ein weißes Backsteingebäude. Mit Schlitzaugen-Graffiti beschmiert. Ein Nachtclub / eine Rauschgifthöhle / pro Etage. *Drei* Stockwerke insgesamt – mit dem Labor im dritten.
Sie gingen rein. Sie sahen sich im Go-Go um. Bar. Musikerempore. Schrumpfkopf-Motive.
Schrumpfkopf-Mobiles.   Schrumpfkopf-Aschenbecher. Schrumpfkopf-Kerzenleuchter.
Noch mehr Barmädchen. Noch mehr ARVNs. Noch mehr GIs. Noch mehr Bisamduft und noch mehr Ricky Nelson. Noch mehr »Herro, Maly Roo«.
Sie gingen nach oben. Die ARVNs passten auf sie auf. Da – die Rauschgifthöhle.
Bodenpritschen / Holzbretter / jede Menge Rauschgiftliegen. Pisströge und Scheißkübel. Vier Wände als Furzfänger. Jede Menge Narkis. Narkis auf dem Trip. Schlitzaugen und ein paar Rundaugen. Ein Schwarzer.
Sie gingen durch. Sie stiegen über Liegen. Sie wichen dem Rauch aus. Pete hielt sich die Nase zu. Die Gerüche brodelten auf und vermischten sich.
Schweiß / Rauch / Furzreste.
Die ARVNs schwenkten Taschenlampen – schauschauschau: Schau die Narki-Haut. Schau die Narki-Augen. Schau die zünftigen Jockey Shorts.
»Die Amerikaner«, sagte Chaffee, »waren bei der Army. Sie wurden entlassen und blieben hängen. Der Schwarze ist der Zuhälter der Schlitzaugenmädchen im Go-Go.«
Die ARVNs leuchteten die Liege des Mohren an. Besagter Mohr war auf einem Deee-Luxe-Trip. Mit Daunenbett und seidenen Betttüchern.

Pete nieste. Flash hustete. Stanton trat in einen Scheißhaufen. Chuck lachte. Guéry versetzte einem Kübel einen Tritt. Guéry scheuchte ein Schlitzauge hoch.

Mesplède lachte. Bob lachte. Wayne schaute zum Mohren. Sie gingen weiter. Sie gingen durch eine Hintertür. Sie gingen eine Nebentreppe hoch. Da – das Labor – toll!

Öfen. Kübel. Ölfässer. Schnabelgefäße / Bottiche / Pfannen. Regale. Senfgläser mit Aufklebern.

»Ich hab alles besorgt«, sagte Stanton, »was Wayne verlangt hat.«

Chaffee nieste. »Beste Qualität. Das meiste hab ich aus Hongkong besorgt.«

Kaffeefilter. Kalksäcke. Saugpumpen und Extraktionsgefäße.

»Wir kochen den Stoff in großen Mengen«, sagte Pete. »Wayne und ich sind hier und in Vegas tätig. Wir folgen den Kurierflügen nach Nellis und arbeiten dort weiter.«

Chuck zündete sich eine Zigarette an. »Ward Littell muss uns die Landeerlaubnis besorgen, was wohl heißt, dass er Wayne Senior in den Arsch zu kriechen hat.«

Wayne schüttelte den Kopf. »Muss er nicht. Da kann uns ein Ein-Sterne-General namens Kinman weiterhelfen.«

Der Raum stank. Die beizenden Stoffe machten sich bemerkbar. Boocuu Kalkstaub.

Pete nieste. »Ich ruf Ward an und geb ihm Bescheid.«

Wayne überprüfte die Regale. Wayne las Aufkleber. Chloroform. Ammoniak. Sulfat-Salze. Muriatische Säure. Hydrochlorid-Säure. Essigsaures Anhydrid.

Er öffnete Gläser. Er roch daran. Er fasste in den Pudervorrat.

»Ich will hier auf die stärkstmögliche Dosis raffinieren. Wir werden die Qualität vor Ort einstellen und die Verteiler in Vegas anweisen, den Stoff nicht weiter zu verschneiden.«

Stanton lächelte. »Die Testpiloten im unteren Stockwerk stehen dir zur Verfügung.«

Chaffee lächelte. »Sie haben brauchbare Opiumtoleranzen.«

Mesplède lächelte. »Zuerst mit Koffeinverbindung injizieren. Das öffnet ihnen die Kapillaren und lässt eine genauere Kalibrierung zu.«

Pete machte ein Fenster auf. Leuchtspurgeschosse flogen durch die Nacht. Die Prozession auf der Straße musste man gesehen haben.

Schlitzaugen in Roben – alle kahlköpfig – Chorgesang. Allgemeines Gegähne. Allgemeine Blicke. Scheiß drauf – wir leiden an Jetlag plus Schlafmangel.

Stanton schloss das Labor. Chaffee schmierte die ARVNs. Ihr das Labor bewachen / ganze Nacht dableiben – zehn US-Dollar. Alle gähnten. Alle waren erledigt. Alle reckten und streckten sich.

Sie gingen nach unten. Sie drängten sich durch die Rauschgifthöhle. Sie drängten sich durchs Go-Go. Im Go-Go war wieder schwer was los.

Noch mehr Rundaugen. Noch mehr GIs. Einige Knilche von der US-Botschaft.

Der schwarze Lude war wach. Der schwarze Lude war ent-O-t und putzmunter.

Er kommandierte seine Nutten rum. Er ließ seine Nutten strippen. Er ließ seine Nutten auf drei Tischen hüpfen.

Sie taten sich zusammen. Sie zogen Tischnummern ab. Sie gaben einander Zungenküsse und gingen zu 69 über.

Wayne schwankte. Pete hielt ihn aufrecht. Ein buddhistischer Mönch kam rein.

Seine Robe triefte. Er wirkte weggetreten. Seine Robe stank nach Benzin. Er verbeugte sich. Er kauerte nieder. Er zündete ein Streichholz an. Er bot Schlitzaugen-Küche mit Benzinfeuerung.

Er flammte auf. Er stand in Flammen. Das Feuer züngelte bis an die Decke. Die Lesben-Show löste sich auf. Der Mönch brannte. Das Feuer griff um sich. Clubgänger kreischten.

Der Barmann legte einen Wasserbogen hin. Der Barmann sprühte Clubsoda. Der Barmann besprühte den Mönch.

61 (Las Vegas, 4.11.64)

Wanzen.
Littell verband Drähte. Littell installierte Mikros. Fred Turentine installierte Zuleitungen.
Sie verlegten Kabel. Sie verklebten Drähte. Sie durchbohrten Einbauten. Sie vergipsten Wandplatten.
The Riviera – Wanzeninstallation Nr. 9. Eine große Suite – drei Zimmer. Wanzen – in ganz Vegas. Ging alles wie geschmiert – in vier Hotels.
Moe Dalitz schmierte die Hoteldirektoren. Milt Chargin schmierte die Portiers. Mr. Hoover schmierte den Diensthabenden Special Agent von Vegas. Besagter Diensthabender versprach Agenten. Besagter Diensthabender versprach, aufs Tempo zu drücken. Besagter Diensthabender versprach Bandkopien.
Bandkopien an Mr. Hoover. Bandkopien an Ward Littell.
Turentine kappte Drähte. Littell hatte den Fernseher angestellt. Die Nachrichten liefen. Über LBJs Erdrutschsieg. Über Bobbys Erstürmung des Senats.
Turentine bohrte in der Nase. »Ich hasse Gipseinbau. Die Scheißpaste stinkt bestialisch.«
LBJ pries die Wähler. Ken Keating gestand seine Niederlage ein. Bobby umarmte seine Kinder.
»Ich muss mich wohl glücklich schätzen, den Auftrag gekriegt zu haben. Nicht wie in den guten alten Skandalblatt-Tagen. Wo ich für Freddy Otash jedes Scheißklo in L.A. verwanzen durfte.«
Goldwater gestand seine Niederlage ein. Hubert Humphrey lächelte. LBJ umarmte seine Kinder.
Turentine schnippte Popel weg. »Freddy ist am Rotieren. Pete hat ihn auf eine Frau angesetzt. Ihr Mann soll Jimmy H. reingelegt haben.«

Littell drehte den Ton ab. Humphrey wurde stumm. LBJ bewegte die Lippen.
»Wer hat die alten Skandalblattarchive? Ob das Freddy weiß?«
Turentine fädelte Drähte ein. »Du meinst, die *heißen* Sauereien? Den Mist, der zu heiß zum Drucken war?«
»Richtig.«
»Wieso willst du –«
»Die Infos könnten von Nutzen sein. Die Zeitungen hatten ständig Infosammler in Vegas laufen.«
Turentine drückte einen Pickel am Nacken aus. »Wenn du was springen lässt, guckt Freddy bestimmt nach.«
»Ruf ihn an, sei so gut! Sag, ich zahle doppelte Tagestaxe plus Spesen.«
Turentine nickte. Turentine drückte einen Pickel am Kinn aus. Littell stellte den Fernseher laut. LBJ lobte Bobby. Bobby lobte LBJ. Bobby lobte die »Great Society«.
Littell verwanzte einen Nachttisch. Littell verwanzte ein Sofabein. Littell verwanzte eine Lampe.
Archivsauereien waren alte Sauereien. Archivsauereien hatten's in sich. Archivsauereien konnten Mr. Hughes von Nutzen sein. Sie brauchten Sauereien. Sauereien bedeuteten Hörigkeit. Moe D. anrufen. Milt C. anrufen. Noch mehr Zimmer verwanzen.
Als Nächstes die Bumsabsteigen – Bett-Abhörwanzen – die Milt zu warten hatte. Vegas verwanzen. Sauereien sammeln. Nach Kräften nötigen.
Littell verwanzte einen Stuhl. Turentine wechselte den Kanal. Auf einen leibhaftigen Mr. Hoover.
»King«, sagte er. »Kommunistischer Symp –« Er wirkte alt. Er wirkte schwach.

Die Nachrichten hatten Überlänge. Die Meldungen über Bobby wollten nicht aufhören.
Littell ging »nach Hause«. Littell rief beim Zimmerservice an. Littell aß zu Abend und sah fern.
Die Hotel-Suite als Hotel-Zuhause. Zimmerservice und Bedienung.
Er vermisste Jane. Er hatte sie gedrängt, zu Thanksgiving zu

kommen. Sie hatte zugesagt. Sie hatte Angst. Las Vegas gehörte den Jungs.
Sie erzählte ihm Lügen. Was ihn in L.A. störte. Er vermisste sie und wollte sie bei sich haben.
Bobby lobte LBJ. Bobby lobte seine Programme. Bobby lobte Dr. King.
Er spielte seine Bobby-Bänder ab. Er spielte sie fast jede Nacht ab. Manchmal hörte Jane mit. Er pokerte. Er log. Er sagte was von Eingaben.
Lügen.
Bayard Rustin bedrängte ihn – lernen Sie Dr. King kennen – Bayard schlug ein Dinner vor. Er lehnte ab. Er *log*. Er schützte falsche Verabredungen vor. Er *log*. Er sagte nie »Distanz«. Distanz glich das Risiko aus. Distanz glich das Engagement aus. Er unterwanderte King. Er half King. Er war um Gleichgewicht bemüht.
Das persönliche Gefühle zerstören würde. Zuneigung würde den Respekt vernichten. Abgrenzungen würden sich auflösen. Das Risiko würde exponential ansteigen.
Bobby versprach Gesetze. Bobby versprach harte Arbeit. Bobby sagte kein Wort über das Organisierte Verbrechen. Bobby sagte kein Wort über Jack.
Er *kannte* Bobby. Bobby *wusste*, dass die Jungs Jack umgebracht hatten. Bobby auf Band: »Wenn die Zeit reif ist, greife ich durch, komme, was wolle.«
Tu's nicht. Bitte. Geh das Risiko nicht ein. Gefährde dich nicht.
Littell wechselte Kanäle. Littell sah LBJ. Littell sah Blatz-Bier und Vietnam. US-Berater. Neue Truppenzusagen. Brennende buddhistische Mönche.
Pete hatte heute früh angerufen. Pete wollte ihm einen Plan schmackhaft machen: Ruf Drac an / *seif* Drac ein / hilf mir, *diesen* neuen Plan umzusetzen.
Er war einverstanden gewesen. Er hatte bei Drac angerufen und ihn rumgekriegt. Drac war mit Petes »Plan« einverstanden. Pete hatte den Namen Clark Kinman erwähnt. Mit seiner Hilfe kannst du Wayne Senior aus dem Spiel lassen.
Er hatte Kinman angerufen. Ein Treffen vorgeschlagen. Er begriff, worum es bei Petes »Plan« ging.

Heroin / Vietnam. »Waffen« / verstecktes Rauschgift / Tarnspenden.
Das bedeutete eines. Die Jungs hatten die Drogenverbots-Bestimmung aufgehoben. Das hatten ihm die Jungs nie gesagt.
Pete klang gut. Pete wirkte voll beschäftigt. Pete konnte luftdicht trennen. Da ist Betty Mac. Da das Heroin. Da die Trennung.
Littell wechselte den Kanal. Bobby winkte. Bobby umarmte seine Kinder.

Kinman servierte Drinks. Littell trank Clubsoda. Kinman trank Scotch.
»Ich kenne Sie. Sie haben Wayne Senior den Hughes-Charter-Vertrag vermittelt.«
Die Absteige war spießig. Eine GI-Absteige. Flugzeugmodelle und Flugzeugplaketten an den Wänden.
Littell lächelte. »Ich hoffe, Sie wurden angemessen entschädigt.«
Kinman trank Scotch. »Ich bin Offizier der United States Air Force. Ich werde keinem mir völlig Fremden mitteilen, ob, wo und wie ich entschädigt worden bin, wenn überhaupt.«
Littell wirbelte mit seinem Bierdeckel. »Sie könnten sich bei Wayne Senior über mich erkundigen.«
»Wir kommen nicht gut miteinander aus. Er sagte, dass er Sie nicht ausstehen kann, was, wie die Dinge stehen, eine ganz gute Referenz bedeutet.«
Im oberen Stockwerk fiel eine Tür ins Schloss. Musik ging an. Eine Frauenstimme summte mit.
Littell schwenkte sein Glas. »Wissen Sie, für wen ich arbeite?«
»Angeblich für Howard Hughes, der, wie man mir sagte, Pläne in Bezug auf Las Vegas haben soll. Was ich als gut für die Stadt empfand, weshalb ich den Chartervertrag begünstigt habe.«
»Wofür Sie entschädigt wurden oder auch nicht.«
Die Musik wurde leiser. Jemand ging die Treppe hinunter. Eine Frau summte mit.
Kinman lächelte. »Ich habe Besuch. Das heißt, dass Sie fünf Minuten haben, Ihr Anliegen vorzutragen und zu verschwinden.«

Littell tastete mit den Zehen nach seiner Aktentasche. »Mr. Hughes will der Air National Guard Militärüberschuss amerikanischer Provenienz aus Südvietnam spenden. Er will die Spende öffentlich bekannt geben und Sie als Initiator derselben bezeichnen. Und will dafür nichts weiter als eine erweiterte Landeerlaubnis für periodische Kurierflüge aus Saigon.«

Kinman kaute an einem Eisstück. »Ohne Überprüfung auf Schmuggelware.«

»Eine Gefälligkeit, die er zu schätzen wüsste, ja.«

»Eine Gefälligkeit, die ihn 5000 Dollar pro Monat kostet, bar auf die Hand, nicht absetzbar.«

Littell öffnete seine Aktentasche. Littell kippte vierzig Riesen auf den Tisch. Drac hatte ihm fünfzig gegeben. Er hatte zehn als Zehnten einbehalten.

Kinman stieß einen Juchzer aus. Janice Tedrow trat ins Zimmer.

Sie hinkte. Sie schwang einen Stock. Sie rieb sich eine Narbe an der Lippe.

62 (Dak Sut, 7.11.64)

Hitze. Ungeziefer. Langeweile.

In Dak Sut gab's Bauern. In Dak Sut gab's Lehm. In Dak Sut gab's dreiunddreißig Hütten.

ARVNs nannten die Bauern *que lam*. Chaffee nannte die ARVNs »Marvin«. Pete nannte sie »Marv«. Chuck nannte sie »Marv«. Bob Relyea nannte sie »Sahib«.

Wayne juckte es. Wayne schlug Ungeziefer tot. Wayne sah sich in Dak Sut um. Er sah Schweine. Er sah Reissilos. Er sah den Dak-Poko-Fluss.

Eine Brücke. Braunes Wasser. Dahinter dichter Dschungel.

Sie waren hochgeflogen. Von drei Marvs begleitet. Chaffee hatte eine Huey gemietet. Der Pilot schlürfte Wein. Chuck und Bob schmissen Hasstraktate raus.

Wayne juckte es. Wayne schlug Ungeziefer tot. Wayne hatte einen Kampfanzug an und eine .45er umgeschnallt. Wayne hatte eine 12er Pumpgun dabei.

GI-Ausrüstung – Kadersonderklasse. Dumdumgeschosse und Sprengladungen – ummantelte Stahlpfeile.

Laos war nah. Die Marvs kannten den Weg. Die Marvs hatten *ihren* Führer – einen Excong, den sie in eine Hütte gesteckt hatten.

Tran Dinh lagerte bei Saravan. Tran Dinh hatte Männer. Tran Dinh hatte zwei Hueys auf Achse. Sie wollten ins Kamp von Joe Kriegsherr fliegen. Um zu »verhandeln«.

Wayne juckte es. Wayne schlug Ungeziefer tot. Wayne sah sich in Dak Sut um. Die Bauern lungerten rum. Mesplède verteilte Kools. Pete ging in Hütte Nr. 16. Pete holte den Cong raus.

Chuck nahm ihm die Fesseln ab. Bob machte ein Halsband zurecht. Die Marvs legten ihn an die Leine. Ein *hübsches* Halsband – Pudelgröße, mit Stacheln versehen.

Chuck fummelte an der Leine rum. Chuck ließ einen gewissen Spielraum. Chuck zerrte den Cong am Riemen.
Wayne ging rüber. Der Cong trug schwarze Pyjamas. Der Cong trug Folterspuren.
Chuck sagte: »Wuff-wuff.«
Bob sang: »*Walkin' the Dog* – ›Gassi geh'n.‹«

Sie marschierten ab.
Sie gingen im Gänsemarsch. Sie überquerten den Dak Poko. Sie betraten die Provinz Hut. Die Marvs schmierten den Hüttenboss – fünf US-Dollar. Der Hüttenboss fiel fast in Ohnmacht.
Sie erreichten Laos. Sie marschierten über Fußpfade. Hügel und Buschdeckung. Lehm, der haftete wie Schnellkleber.
Der Cong ging voran. Chuck schnalzte mit der Leine. Chuck taufte ihn »Fido«. Fido zerrte nach vorn. Fido ging barfuß. Fido riss an der Leine.
Wayne übernahm die Rückendeckung. Mein verrüüücktes Leben – von der Airborne School *hierher.*
Er hatte in Saigon die Zeit totgeschlagen. Er hatte Chemiebücher gelesen. Er hatte bei der USO-Truppenbetreuung vorbeigeschaut. Er hatte Zeitungen aus Vegas und Dallas bestellt. Er hatte sich im Labor eingerichtet. Er hatte die Durfee-Akte verstaut.
Er hatte Tipps abgelegt. Er hatte Tipps zusammengefasst. Er hatte im Go-Go gegessen. Er hatte Geschmack am eigenartigen Essen gefunden. Er hatte dem Besitzer Hilfe angeboten.
Der gebratene Mönch hatte Schäden verursacht. Der gebratene Mönch hatte Balken angebrannt. Der gebratene Mönch hatte den Anstrich versengt.
Wayne strich die Wände neu. Wayne setzte neue Balken ein. Der Lude hing rum. Wayne schaute ihm zu. Wayne erfuhr Genaueres.
Maurice Hardell / alias »Bongo« / Exoberquartiermeister, Exgefreiter. Militärhaft, wegen Perversion unehrenhaft entlassen.
Er schaute Bongo zu. Er schaute den Leuten vom Kader zu. Die Leute vom Kader schauten ihm zu. Sie wussten Genaueres über *ihn.* Und hatten ihren Spaß daran. Chuck sagte allen Bescheid.
Er erfuhr Genaueres über *sie.* Durch Pete:

Guéry hasste Rote. Mesplède hasste Rote. Sie hatten Kongorebellen umgebracht. Sie hatten Algerier umgebracht. Chuck hasste Rote. Chuck war ein Ex-CIA-Mann. Chuck hatte *Fidelistos* umgebracht.

Flash hasste Rote. Flash pflegte Rote umzubringen. Flash hatte in Havanna Nutten auf den Strich geschickt. Flash war aus Kuba abgehauen. Flash war in die USA gekommen. Flash hatte Schnapsläden überfallen.

Flash kannte Guéry. Flash hatte mit Pete zu tun gehabt. Flash hatte mit John Stanton zu tun gehabt. Chuck kannte Bob. Bob vertrieb Hasstraktate. Bob verschickte Hasstraktate an Gefängnisse.

Chaffee kam aus einer noblen Familie. Chaffee war zur Army gegangen. Stanton kam aus einer noblen Familie. Stanton hatte in Yale studiert. Stanton kannte Chaffees Vater. Stanton besaß United-Fruit-Aktien. Der Bart hatte United Fruit aus Kuba rausgeschmissen. Der Bart hatte ihre Aktien in den Keller geschickt.

Sie alle waren von Kuba besessen. Pete war von Kuba besessen. Kuba stand hinter dem Rauschgiftplan. Kuba stand hinter den Geheimunternehmungen in Vietnam. Er hatte das Gefühl, als ob Kuba hinter Dallas stünde.

Sie unterhielten sich:

Guéry und Mesplède / Chuck und Pete / Flash Elorde.

Sie sprachen Englisch. Sie hörten damit auf. Sie sprachen Spanisch und Französisch. Sie sprachen »Dallas« dreisprachig aus.

Dallas – Substantiv – eine Stadt in Texas. Dallas – *sein* Wendepunkt.

Er hatte seit seiner Kindheit gewartet. Er hatte einen Schnellfick hingekriegt. Er hatte seine Dallas-Pointe ins Spiel gebracht. Er hatte Janice gefickt. Er hatte sie gefährdet. Sie hatten beide von Wayne Senior weggewollt. Sie hatten miteinander gefickt, um aus ihrem bisherigen Leben auszubrechen.

Er kaufte Zeitungen aus Vegas. Er überprüfte Vermissten- und Todesanzeigen. Wayne Senior hatte Wardell Gray getötet. Wayne Senior hatte Janice nicht getötet.

Wayne hatte einen Schnitt gemacht. Er hatte sie verlassen. Er war gegangen. Er ignorierte sie. Er dachte an Bongo. Er dachte an Wendell D.

Das Kader marschierte. Der Pfad schlängelte sich dahin. Das

Buschwerk engte sie ein. Chaffee las seinen Kompass ab. Sie hielten nach Nordwesten.
Sie überquerten Lichtungen. Sie schwärmten aus. Sie flankierten. Wayne wechselte die Position. Wayne übernahm Fidos Leine.
Fido ging rasch – guter Hund – ganz ricky-tick. Wayne ging schnell. Fido zerrte. Wayne hielt Schritt und rannte voraus. Fido wurde zappelig. Wayne folgte seinem Blick. Fido machte Achten. Fido schwankte.
»*Chuyen gi vay?*«, schrie Marv Eins.
»*Chuyen, chuyen?*«, schrie Marv Zwei.
»*Khong co chuyen gi het*«, schrie Fido.
Sie erreichten eine Lichtung. Sie gruppierten um. Fido zog nach links. Fido kauerte nieder. Fido ließ die Hosen runter.
Wayne sah Scheiße plumpsen. Wayne sah einen Baumstrunk. Wayne sah ein X. Fido griff nach was. Fido schmiss was. Irgendwas explodierte.
Mist – Rauch / Schrapnell / Gewehrfeuer.
Chaffee bekam Metallsplitter ab. Chaffee fiel um. Zwei Marvs wurden voll getroffen. Ein Arm flog durch die Luft. Ein Fuß flog durch die Luft. Aus Stumpen spritzte Blut.
Wayne schmiss sich hin. Wayne rollte weg. Wayne zog seine .45er. Pete schmiss sich hin. Chuck schmiss sich hin. Marv Drei schoss um sich.
Pete schoss. Chuck schoss. Fido zerrte an der Leine. Wayne grub sich ein. Wayne riss an der Leine. Wayne zog ihn zurück.
Er ist ganz nah – da – sein Hals / da – die Augen.
Wayne zielte. Wayne drückte insgesamt viermal ab. Fidos Zähne gingen zu Bruch. Fidos Hals explodierte.
Wayne hörte Schreie. Wayne sah drei VC.
Sie griffen an. Sie zielten mit ihren Karabinern. Sie kamen dicht ans Kader ran. Pete stand auf. Chuck stand auf. Mesplède winkte *los jetzt*.
Bob stand auf. Bob zielte mit seiner Pumpgun. Bob feuerte tief. Ein Sprenggeschoss explodierte – Pfeile sausten durch die Luft – Feuerpfeile.
Die Pfeilwolke ordnete sich. Die Pfeilwolke fand ihr Ziel. Die Pfeilwolke zerfetzte Beine. Drei Torsi lösten sich ab und fielen um.

Pete schoss. Chuck schoss. Mesplède schoss aus nächster
Nähe. Sie legten neue Ladestreifen ein – .45er ACPs – und feuerten exakt auf den Kopf.
Wayne ging nah ran. Wayne trat ein loses Bein weg. Wayne sah eine Ho-Chi-Minh-Tätowierung. Wayne sah Spritzennarben.

Keine Beerdigungen, sagte Pete. Keine Indizien, sagte Chuck. Eingeweide locken Wildschweine an, sagte Mesplède.
Bob weidete die Marvs aus. Pete weidete Chaffee aus. Bob weidete die VC aus. Wayne warf eine Münze. Marv Drei hatte Kopf. Wayne Zahl – Pech gehabt.
Er weidete Fido aus. Er dachte an Maynard Moore. Er roch den Raststättengeruch von Dallas.
Sie marschierten los. Chuck ließ Hasstraktate liegen. Bob ein Pick-Ass.

Sie marschierten.
Sie hatten Chaffees Kompass verloren. Sie orientierten sich an der Sonne. Es dämmerte. Sie orientierten sich an den Sternen.
Nebel stiegen auf. Die Sterne verschwanden. Der Fußpfad teilte sich. Sie hielten instinktiv nach rechts. Der Kleine Bär erschien. Sie orientierten sich neu und kehrten um.
Sie marschierten. Sie benutzten Taschenlampen. Sie gerieten in Buschwerk. Dichtes Gestrüpp – Blätter und Wurzeln.
Sie kämpften sich durch. Nebel stiegen auf. Die Sterne verschwanden. Sie kehrten um. Sie verbrauchten ihre Taschenlampen. Sie marschierten im Dunkeln.
Sie sahen Lichter. Marv Drei sah sie als erster:
Zwei Klicks weiter – Dorf – *que lam beaucoup*. Ich gehen jetzt. Ich bringen Hilfe aus Dorf. Ich bringen Führer zurück.
Geh, sagte Pete. Marv ging. Sie warteten. Keiner sprach. Keiner rauchte. Wayne stoppte 46 Minuten ab.
Marv Drei kam zurück. Marv Drei brachte Fido Zwei. Einen alten Knacker – Papa-Schlitzauge – Ho-Bart und Reifensandalen.
Chuck legte ihn an die Leine. Chuck nannte ihn »Rover«. Chuck steckte ihm Zigaretten zu. Rover hatte Schwung. Rover

ging schnell. Rover nahm Abkürzungen. Rover sprang über Äste und Büsche.
Sie erreichten eine Lichtung. Sie schwärmten weit aus. Sie deckten 360° ab. Ein Leuchtspurgeschoss flammte auf der Zehn-Uhr-Position auf – rosa Lichtstreifen leuchteten auf und explodierten.
Sie zogen sich zurück. Sie feuerten Sprenggeschosse. Pfeile bohrten sich in die Erde.
»Gut Freund!«, schrie jemand.
»Tran Dinh!«, schrie jemand.

Tran hatte ein Feldlager. Pete bezeichnete es als Trans »Fontainebleau«.
Ein Hektar. Unkraut und gestampfte Erde. Moskitonetze und Handgranatenabwehrnetze. Matt schimmerndes Stahlgestänge.
Sie schliefen tief. Sie schliefen lang. Trans Männer kochten Brunch.
Tran organisierte bei Stanton. Stanton organisierte bei der Army. Stanton organisierte Pfannkuchenteig. Stanton organisierte Krosses vom Schwein und Pressschinkenkonserven.
Tran hatte sechs Sklaven – ARVN-Ausschuss. Tran wirkte wie ein Mini-Cäsar. Tran wirkte wie eine Diva.
Die Sklaven servierten den Fraß. Flambierte Pfannkuchenecken – mit Billigwein befeuert.
Chuck war begeistert. Pete machte mampf-mampf. Bob musste husten. Mesplède musste husten. Marv Drei verschlang seine Portion. Wayne nahm einen Bissen. Wayne musste husten. Wayne fütterte Trans Lieblingsschlange.
Tran sprach Englisch. Tran sprach Französisch. Tran gab Bescheid:
Zwei Hueys kommen. Wir dann gehen. Wir übernehmen Mohnfarm. Wir »verhandeln«.
Pete nahm Tran beiseite. Wayne schaute dem Tête-à-tête zu. Wayne hörte »Improvisation«. Pete grinste. Tran grinste. Tran machte hihi. Wayne schnallte – »verhandeln«, *Scheißdreck*.
Chuck verteilte Munition. Chuck gab Order: Wir laden ausschließlich Schrot – nix Sprenggeschosse.

Wayne entlud seine Waffen. Wayne lud sie neu. Wayne überlegte:
Kurzdistanzladungen. »Improvisation«. Pete weiß Bescheid / Tran weiß Bescheid / Chuck weiß Bescheid. *Alle wissen Bescheid – nur ich nicht.*
Tran hielt eine Rede. Tran zog über den Cong her. Tran zog über die Franzosen her. Mit ausdrücklicher Ausnahme von Mesplède. Tran zog über Ho Chi Minh her. Tran zog über Ngo Dinh Diem her. Tran zog über den schlimmen alten Charles de Gaulle her.
Tran pries Preston Chaffee. Tran zog über den Bart her. Tran verherrlichte den Pfundskerl LBJ. Tran schrie. Tran hustete. Tran sprach eine geschlagene Stunde und wurde heiser.
Wayne hörte Helikopterhämmern. Wayne sah die Hueys. Sie kamen näher. Sie warteten in der Luft. Sie landeten und stellten sich hin. Die Türen gingen auf. Die Pilotenmarvs winkten sie ran.
Tran sprach ein Gebet. Tran verteilte kugelsichere Westen. Wayne blickte zu Pete rüber. Pete lächelte und zwinkerte ihm zu.

Sie hoben gestaffelt ab. Bob nahm Flug Nr. 1. Bob hatte ein 7-65er Scharfschützengewehr mit Zielfernrohr dabei.
Pete wartete zehn Minuten ab. Flug Nr. 2 machte sich bereit. Tran schrie: »Alle an Bord!«
Sie kletterten rein. Wayne setzte sich an die Tür. Chuck übernahm das Tür-MG. Pete setzte sich auf einen hinteren Platz. Mesplède setzte sich zu ihm. Tran setzte sich zum Pilotenmarv und zu Marv Drei.
Der Pilotenmarv gab Gas. Die Rotoren peitschten durch die Luft. Sie stiegen auf. Sie gingen in die Waagerechte. Sie erreichten ihre Flughöhe.
Flughöhe 1000 Meter – alles grün – grüne Täler / grüne Hügel / grünes Buschwerk.
Wayne blickte nach unten. Wayne sah Saatreihen und Kuhlen. Wayne fiel der graue Farbton auf.
Basische Erde. Stark alkalisch – durchgehend tiefer PH-Wert. Mohn-Nährstoffe. Rauschgiftsklaven verbrennen Bäume. Die Asche düngt den Boden.

Kalzium und Pottasche. Hohe Phosphatwerte. Bohnen und Mais als Zwischenernten.

Sie passierten Saravan. Wayne sah Blechdächer und Kirchturmspitzen. Wayne sah Strichmännchen und Gittermuster. Saravan kam und ging. Der Boden wurde wieder grün. Chuck wurde luftkrank. Chuck kotzte in eine Tüte. Wayne blickte weg und blickte nach unten.

Da –

Mohnfelder / Furchenreihen / Sklaven mit Reisstrohhut. Pete übernahm den Kopfhörer des Pilotenmarvs. Er lauschte. Er lachte. Er hob drei Finger. Tran lachte. Chuck lachte. Mesplède lachte. Marv Drei machte peng-peng.

Wayne schnallte:

Bob ist in Heli Nr. 1. Bob hat ein Gewehr. Bob knallt laotische Grenzwachen ab. Bob hat drei erwischt.

Der Pilotenmarv stellte den Heli schräg. Wayne sah Hütten. Wayne sah einen Landestreifen. Er zog seine .45er. Er überprüfte den Ladestreifen. Er lud durch.

Der Pilotenmarv ging in die Waagerechte. Der Pilotenmarv ging nach unten.

Da –

Eine Kaserne. Ein Sklavengefängnis. Ein Volleyballplatz. Ein Begrüßungskomitee – Klein-Tojo plus sechs. Klein-Laoten / Kampfsack und Springerstiefel / Zweiter Weltkrieg Nazideckel.

Pete lachte. Chuck wies weit nach Osten – schau dir den Busch dort an / achte auf das Aufblitzen.

Wayne blickte rüber. Wayne bemerkte das Blitzen. Bob. Dort lauert Helikopter Nr. 1. Das Blitzen stammt von einem in Stellung gebrachten MG.

Der Pilotenmarv landete. Der Pilotenmarv stellte die Rotoren ab. Tojo salutierte. Tojos Schläger standen stramm.

Tran sprang raus. Pete sprang raus. Chuck sprang raus und stolperte. Der Pilotenmarv sprang raus. Marv Drei fing ihn auf.

Mesplède sprang raus. Mesplède stolperte. Wayne fing ihn auf. Der Boden schwankte. Sieben Kadermänner – gegen Tojo und seine sechs Gefolgsleute.

Tran umarmte Tojo. Tran machte den Protokollchef. Tran stellte das Kader vor – wobei er alle Nachnamen mit *di di* versah.

Tojo hieß »Dong«. Die Tojettisten verwischten – Dinh / Minh / so was. Alle lachten. Alle umarmten sich. Alle stießen mit Waffen und Hüften aneinander.
    Wayne blickte sich um. Gefängnisklaven lungerten in der Nähe. Sie trugen Lendentücher. Sie saugten an Pfeifen. Narki-Sklaverei.
    Wayne sah Tojos Volleyballplatz – Teams zu je vier Schlägern / eine Dreißig-Schläger-Kaserne gleich rechts.
    Wayne hustete. Die Weste saß eng. Sein Atem flatterte. Tran griff in den Huey. Tran holte die Pumpguns raus. Die Schläger verzogen das Gesicht und strafften sich.
    Tran verteilte die Pumpguns – ans ganze Kader / eine pro Mann. Dong lächelte. Dong sagte: »Ihr tragt Waffen. Das in Ordnung. Waffen-1A-OK.«
    Tran lächelte. Tran sprach Viet. Dong gab auf Viet Kontra. Marv Drei übersetzte – in Schlitzaugen-Englisch:
    Wir kriegen nette Tour. Wir dann kriegen Lunch. Alles 1A-OK.
    Dong pfiff. Dong gestikulierte. Dong schickte einen Schläger los. Der rannte los. In die Kaserne. Er rannte zurück. Er schleppte sechs M-1s an.
    Dong verbeugte sich. Dong verteilte Waffen – an alle seine Schläger / eine pro Mann. Dong lächelte. Dong sprach Viet. Tran Marv drei übersetzte:
    Vertrauen 1A-OK. Gleichgewicht besser. Lunch und Friedensvertrag.
    Dong verbeugte sich. Tran verbeugte sich. Dong bedeutete nach-euch. Das Kader marschierte los. Die Schläger dicht hinterher. Dong und Tran weiter hinten.
    Sie gingen über die Mohnfelder – Mohnstauden bis zum Abwinken – Gittermuster / Reihen / rechtwinklige Pfade. Sklaven harkten die Erde auf. Sklaven ließen Samen fallen. Sklaven stutzten Stängel.
    Sie trugen Reisstrohhüte. Sie trugen Fußfesseln. Sie trugen Unterhosen mit Blumenmuster. Sie gingen eigenartig. Sie schlurften. Die Fesseln schabten am blanken Knochen.
    Das war *gute* Erde. Das sah kalkhaltig basisch aus. Das sah nach niederem PH-Wert aus.
    Sie marschierten. Die Sonne brannte. Die Schläger blieben

zurück. Die Schläger rochen nach Curry. Wayne konnte es riechen. Wayne schätzte ab – drei Meter Distanz.
   Die Schläger hatten M-1s. Die Schläger hatten Spannhebelgewehre – ein Schuss pro Spannhebelzug. Die Schläger hatten .38er. Die in gedeckelten Holstern saßen – umständlich zu ziehen.
   Nicht hier – nicht jetzt – jetzt versuchen sie's nicht.
   Wayne blickte seitwärts. Was Pete bemerkte. Pete zwinkerte ihm zu. Wayne begriff: »Jetzt bist du dran.«
   Sie hatten schusssichere Westen an. *Sie* hatten die besseren Waffen. Die Schläger hatten Nazi-Deckelkappen.
   Wayne schnappte nach Luft. Wayne straffte die Weste. Wayne konnte die Fischsuppe riechen.
   Da – die Speisehütte. Ganz aus Bambus. Vier Wände aus Wedeln und Rohr. Weiter offener Eingang.
   Wayne blickte seitwärts. Wayne zwinkerte. Pete zwinkerte zurück. Wayne ging voran. Wayne erreichte die Hütte. Wayne lungerte am Eingang rum.
   Das Kader holte auf. Wayne verbeugte sich. Wayne bedeutete nach-euch. Die Jungs schüttelten die Köpfe. Die Jungs machten Schlitzaugen-Manieren nach. Die Jungs bedeuteten nach-*euch*.
   Wayne schüttelte den Kopf. Wayne verbeugte sich. Wayne bedeutete nach-*euch*. Die Jungs lachten. Die Jungs schüttelten sich. Die Jungs tänzelten.
   Die Schläger holten auf. Die Jungs verbeugten sich. Die Jungs bedeuteten nach-*euch*. Die Schläger zuckten mit den Schultern. Die Schläger bedeuteten, was soll's. Die Schläger gingen rein.
   Die Jungs verstellten den Eingang. Die Jungs zielten. Die Jungs schossen ihnen aus nächster Nähe in den Rücken.
   Wayne feuerte mit seiner .45er. Pete feuerte mit seiner Pumpgun. Kugeln und Feinschrot flogen durch die Luft. Der Lärm wurde von vier Wänden zurückgeworfen – Rückenschüsse / Pulververbrennungen / Mündungskrachen.
   Chuck schoss. Marv Drei schoss – aus vollen Rohren. Mesplède stolperte. Mesplède schoss. Schüsse prallten ab.
   Pete wurde erwischt. Pete ging zu Boden. Petes Weste wurde von Patronen zerfetzt. Wayne wurde erwischt. Wayne

ging zu Boden. Waynes Weste platzte auf und setzte sich in Brand.
Pete rollte ab. Wayne rollte ab. Die Flammen erstickten im Dreck. Rückschläge und Echo. Abpraller ricky-tick.
Wayne sah Blut aufspritzen. Wayne sah große Suppentöpfe. Wayne sah das Blut in der Fischsuppe.
Er hörte Sperrfeuer – weit weg – Bob R. auf der Drei-Uhr-Position. Er rollte ab. Er riss sich die Weste vom Leib. Er wurde sein Hemd los.
Dong.
Er rennt. Tran rennt ihm nach. Tran packt ihn an den Haaren. Tran reißt ihn zu Boden. Tran hat ein Messer. Tran winkt mit Dongs Kopf.
Wayne schloss die Augen. Jemand versetzte ihm einen Ruck. Jemand riss ihn grob hoch.
Er öffnete die Augen. »Du hast bestanden«, sagte Pete.

63 (Saigon, 11.11.64)

Du hast die Chose versaut«, sagte Stanton.

Das Go-Go war leer. Gegrillter Mönch war schlecht fürs Geschäft.

Pete zündete sich eine Zigarette an. »Mir war nicht nach Verhandeln zumute. Tran ging es ähnlich, also haben wir improvisiert.«

»Mit Improvisieren kommst du mir nicht davon. Ich habe in Yale bei Preston Chaffees Vater studiert, und jetzt kann er nicht mal seinen Sohn begraben.«

Pete blies Rauchringe. »Brat einen Mönch und steck ihn in einen Leichensack. Das merkt der nie.«

Stanton schlug auf den Tisch. Stanton trat einen Stuhl weg. Was Bongo aufschreckte. Was zwei Nutten aufschreckte.

Sie drehten ihre Hocker rum. Sie wandten sich ihnen zu. Sie wandten sich wieder ab.

»Versaut ist versaut und Geld ist Geld, und jetzt muss ich bei irgendeinem Can-Laoten bluten, damit der nach Laos reist, um die Felder zu bewachen, die *ihr* geklaut habt, und um die Wachen zu ersetzen, die *ihr* umgebracht habt –«

Pete schlug auf den Tisch. Pete trat einen Stuhl weg.

»Tran hatte einen Posten Napalm. Chuck und Bob Relyea sind hingeflogen und haben es vergangene Nacht zum Einsatz gebracht. Sie haben die Kasernen und Kommunikationshütten in beiden Nachbar-Camps abgefackelt. Sie haben die Raffinerien und die Gefängnisse verschont, und jetzt sag, verdammt nochmal, was die Scheiß-Aufregung soll.«

Stanton schlug die Beine übereinander. »Du meinst ...«

»Ich meine, dass uns jetzt *die einzigen drei Mohnfarmen* südlich von Ba Na Key gehören. Ich meine, dass uns auf allen dreien einsatzfähige Sklaven zur Verfügung stehen. Ich meine, dass Tran einen chinesischen Chemiker kennt, der die Herstellung der Morphiumbase übernehmen und Wayne zuarbeiten kann. Ich meine, dass alle drei Camps unmittelbar miteinander verbunden sind und von Wald, Berg und Fluss gedeckt werden, und alles, was ich von dir will, sind ein paar unbedarfte Typen, die die Sklaven führen und das Kader in Laos vertreten.«

Stanton seufzte. »Unbedarfte Typen kosten Geld.«

»Die Marvins sind billig. Laut Bob sollen täglich an die hundert desertieren.«

»Das verstehst du nicht. Geld ist Geld, und wir arbeiten verdeckt auf Stufe 1. Ich bin anderen CIA-Stellen verantwortlich, denen ich jetzt beibringen muss, dass deine Eskapade aus den 45 % der Profitsumme bestritten wird, die wir für *La Causa* vorgesehen haben.«

Pete schüttelte den Kopf. »*La Causa* kriegt 65 %. Hast du gesagt.«

Stanton schüttelte den Kopf. »Zu viele Hände zu schmieren. Premier Khanh hat von deinem kleinen Abenteuer erfahren und die Miete für Transportvehikel und unbedarfte Typen entsprechend gesteigert.«

Pete trat einen Stuhl weg. Der die Bar traf. Und die Nutten erneut verschreckte. Sie drehten ihre Finger. Sie fassten sich an den Kopf. Eeeer Spinnell.

Stanton lächelte. »Und jetzt was Erfreuliches.«

Pete lächelte. »Wir haben zehn Kilogramm Morphiumbase aus Laos mitgebracht. Wayne führt gerade die Tests durch.«

»Du hättest ihn bei dem Überfall nie riskieren dürfen. Er ist unser einziger Heroinchemiker.«

»Ich musste sehen, was er draufhat. Soll nicht wieder –«

»Was noch? Hast du mit Lit –«

»Alles paletti. Dracula hat ihm hundert Riesen für Waffenkäufe spendiert. Trifft mittags mit Kurierpost ein.«

Stanton lächelte. »Das heißt …«

»Richtig, er hat Nellis hingekriegt. Fünf Riesen pro Monat, ein Klacks bei dem, was für uns rausspringt.«

Stanton hustete. »Hast du einen Lieferanten?«

»Bob hat einen. Ein Mischling in Bao Loc. Er hat US-Feindbeute, die man vom Cong zurückerobert hat.«

»Lass dich nicht lumpen. Hughes und die Air Force sollen gut dastehen.«

»Das brauchst du mir nicht zu sagen.«
»Da bin ich mir nicht so sicher.«
»*Solltest du aber.* Wir sitzen im gleichen Boot.«
Stanton beugte sich zu ihm. »Wir sind jetzt *hier.* Wir sind *nicht in Kuba.* Wenn nächstes Jahr der Truppenaufbau erfolgt, haben wir weit bessere Deckung.«
Pete blickte sich um. Die Nutten bedeuteten, duuu Spinnell.
»Da hast du Recht. Und mir ist's auch schon schlechter gegangen.«

Bao Loc lag nördlich. 94 Klicks. Sie ließen sich hochchauffieren.
Mesplède hatte die Limousine gebucht. Chuck und Flash lehnten sich zurück. Der Kurierflug war vorzeitig gelandet. Drac hatte serviert. Ward hatte Drac serviert.
Alte Noten – Hunderter – alles in allem hundert Riesen.
Pete lehnte sich zurück. Pete genoss die Landschaft.
Er rief Ward an. Sie schwatzten – von Saigon nach Vegas. Ward zog über ihn her. Ward zog über Drogen her.
*Rück*blende – zehn Monate zuvor – Ward *fährt voll* auf *Drogen ab.* Ward preist auf dem Gipfeltreffen Drogen an.
Drogen bringen Geld. Drogen machen Drac glücklich. Drogen stellen die Mohren ruhig.
Zeitsprung zu *heute* – Ward ist sauer – Ward hat *Ideale.*
Drogen sind schlimm. Drogen sind schrecklich. Drogen bedeuten Risiko. Nicht meinen Pensionskassenplan stören. Nicht in meinen Drac-Raubzug reinpfuschen.
Ward war Ward. Ward wurde gleich sauer. Ward schleppte ein Kreuz im Seelengepäck mit sich rum.
Er bat Ward, bei Barb vorbeizuschauen. Er bat Ward, auf Tiger Acht zu geben. Überprüf die Baracke / verfolg die Taxen / schau nach, ob meine Nix-Pillen-Order eingehalten wird.
Pete gähnte. Die Limousine machte Kilometer. Die Räder spritzten Dreck. Mesplède fummelte am Radio. Chuck und Flash gafften. Was für Flüsse. Was für Buchten. Was für Sampans. Hüpschä und nettä Schlitzaugän-Schnepfän.
Chuck liebte Laos. Mesplède behauptete, Napalm leuchte. Tran sagte, er habe einen weißen Tiger gesehen. Gehört jetzt alles uns – die Hochebene von Bolaven.

Drei Mohnfarmen. Der Set-Fluss. Große Tigerspuren. Guéry war bereits dort. Tran war bereits dort. Tran führte eine Behelfsmannschaft. Sechs Schläger für drei Farmen – die Sklaven entsprechend im Wartestand.

Die Sklaven hatten die Bombardierung überlebt. Die bisherigen Schläger waren verbrannt. Die Raffinerien waren unberührt. Tran kannte mögliche Chemiker. Tran kannte mögliche Marv-Wachen. Tran kannte sich aus mit Geographie.

Tran sagen, ihr schlau. Ihr überfallen Bolaven. Ihr nix überfallen Ba Na Key. Ba Na Key im Norden – nahe VC – *beaucoup* Stammesfarmen. Hmong-Stämme. Zäh. Keine Sklaven dort – Hmong arbeiten *en famille*. Sie kämpfen. Sie sich nix verstecken. Sie nix davonlaufen ricky-tick.

Das Radio plärrte – misstönigen Mist – Mesplède stand auf Nigger-Jazz. Die Straße schlängelte sich dahin. Sie erreichten die Tran-Phu-Straße. Bao Loc – 2 km.

Sie bogen nach rechts ab. Sie fuhren an Seidenwebstühlen vorbei. Sie fuhren an Gummifarmen vorbei. Sie überquerten den Seoi-Tua-Ha-Fluss. Sie fuhren an Bettlergruppen vorbei.

Mesplède schmiss ein bisschen Kleingeld raus. Die Bettler stießen nieder. Die Bettler kratzten und kämpften. Sie fuhren an einer Provinzhütte vorbei. Sie fuhren an Teefarmen vorbei. Sie fuhren an Schlitzaugen-Priestern auf Mopeds vorbei.

Da – Bob. Da – das ARVN-Lager.

Toll:

ARVN-Wachen. K-9 Korps. Gewehrhaufen unter Fallschirmtuch – der Flohmarkt ist offen.

Sie bogen ein. Sie stiegen aus. Bob sah sie. Bob führte einen Mischling her.

»Er heißt François. Er ist Halbfranzose und steht wohl auf Jungs, was der schönen Ware, die er anbietet, keinen Abbruch tut.«

François trug rosa Pyjamas. François trug Lockenwickler. François roch nach Chanel Nr. 5.

Chuck machte ihn an. »He, Süßer, kennen wir uns nicht? Hast du nicht mal meine Eintrittskarte bei Grauman's Chinesischem Kino abgerissen?«

»Fick dich«, sagte François. »Billig-Charlie. Amerikanischer Tunichtgut Nummer zehn.«

Chuck heulte vor Vergnügen. Flash grunzte. Mesplède brüllte vor Lachen. Pete nahm Bob beiseite.
»Was kriegen wir?«
»Kaliber .50 HMGs, jede Menge MMGs, M-132 Flammenwerfer samt Ersatzteilen, .45 SMGs mit 30-Schuss-Magazinen, eine satte Ladung M-14 und 34 M-79 Granatwerfer.«
Pete blickte sich um. Pete sah sechs Paletten – unter Fallschirmtuch hoch aufgeschichtete Ware.
»Du hast an sechs Flugzeugladungen gedacht?«
»Ich habe an sechs *große* Flugzeugladungen gedacht, weil hinter jedem Stapel noch zwei Stapel stehen und weil wir die Flüge strecken müssen, damit wir Waynes Zeugs reinschaffen können.«
Pete zündete sich eine Zigarette an. »Und die Qualität?«
»Etwas unter Army-Standard, was uns zupass kommt, denn damit gilt die Ware als Ausschuss, was heißt, dass wir keinen Verdacht erwecken, wenn sie durch Nellis geschleust wird.«
Pete ging rüber. Pete zog Fallschirmtücher weg. Pete roch das Vaseline. Holzkisten / vernagelte Bretter / Bleistiftzeichen, die den Bestimmungsort markierten.
Bob kam rüber. »Das geht nach Nellis, richtig? Einige Soldaten laden das Zeug aus und fahren es in ein CIA-Lager?«
»Richtig. Sie wissen nicht, dass sie Schmuggelgut transportieren, daher müssen wir das Zeug auf eine Art und Weise verstauen, dass ihnen die Lust am Klauen vergeht.«
Bob kratzte sich an den Eiern. »Flammenwerfer-Ersatzteile. Damit lässt sich auch die knappste Lohndecke nicht strecken.«
Pete nickte. Pete pfiff. Pete gab Mesplède ein Zeichen. Mesplède fasste François am Arm und fing an zu handeln.
Pete signalisierte – sechs Ladungen / sechs Zahlungen.
Mesplède verhandelte. François verhandelte. Mesplède verhandelte erneut. Sie sprachen durcheinander – Französisch-Viet – Gleitvokale und Ausrufe.
Pete ging näher hin. Pete hörte zu. Er verstand *bonnes affaires*. Er verstand *tham thams*. Er verstand den Lyonaiser Slang.
François rollte mit den Augen. François stampfte mit den Füßen. François schwitzte den Pyjama nass. Mesplède rollte mit den Augen. Mesplède ballte die Fäuste. Mesplède rauchte drei Gauloises.

François wurde heiser. Mesplède wurde heiser. Sie husteten. Sie schlugen sich auf den Rücken. Sie verbeugten sich.

»OK, Big Daddy-O«, sagte François.

Sie fuhren zurück. Sie schwatzten Schwachsinn. Sie fuhren durch Bien Hoa. Der Cong hatte vor zehn Tagen zugeschlagen – Mörserangriff vor der Dämmerung.

Die Limousine fuhr nahe ran. Sie sahen die Sauerei. Sie sahen die Flaggen auf halbmast.

Sie düsten weiter. Sie lachten. Sie schluckten Bacardi. Sie erzählten sich Geschichten – von Paraguay zur Schweinebucht – sie amüsierten sich über CIA-Patzer.

1962. Rupfen wir den Bart. Rasieren wir ihn, damit er impotent wird. Dopen wir das Wasser. Bringen wir die Kanaken in Fahrt. Organisieren wir die zweite Wiederkunft Christi.

Sie lachten. Sie tranken. Sie schworen sich, Kuba zu befreien. Sie hielten an und gingen ins Go-Go.

Wayne.

Er ist allein – wie immer. Er ist vergrätzt – wie immer. Er schaut Bongo und seinen Nutten zu.

64 (Las Vegas, 22.11.64)

Ein Jahr.

Er wusste es. Jane wusste es. *Ausgesprochen* wurde es nie.
Littell fuhr zu Tiger-Taksi. Littell stellte das Radio an. Radiobesserwisser gaben ihren Senf zum besten. Ein Schwachkopf fuhr auf Jackie ab. Ein Schwachkopf fuhr auf die Kinder ab. Ein Schwachkopf fuhr auf die verlorene Unschuld ab.

Jane war nach Vegas gekommen. Jane hatte sich verkrochen. Jane blieb in seiner Suite. Sie nannten es »Thanksgiving« – Erntedankfest. Der Jahrestag kam. Sie sprachen es nie an.

Die Zeitungen käuten alles wieder. Das Fernsehen käute alles wieder. Den ganzen Tag über wurde wiedergekäut. Er war früh gegangen. Jane hatte ihn geküsst. Jane hatte den Fernseher angestellt. Er war spät nach Hause gekommen. Jane hatte ihn geküsst. Jane hatte den Fernseher abgestellt.

Sie hatten sich unterhalten. Sie hatten das Thema umgangen. Sie hatten sich über Alltägliches unterhalten. Jane war sauer. Er hatte sie nach Vegas gelockt. DESWEGEN.

Er hatte Geschäfte vorgeschützt. Er hatte Jane geküsst und war gegangen. Er hatte gehört, wie Jane den Fernseher anstellte.

Littell stellte das Radio ab. Littell fuhr bei Tiger-Taksi vorbei. Littell nahm auf der anderen Straßenseite Stellung.

Er parkte. Er schaute zur Baracke. Er sah Barb B. Barb B. in Arbeitskluft – in Abendkleid und hohen Absätzen brachte sie's auf gut 1,85.

Milt Chargin machte Späße. Barb lachte. Barb ließ sich ein Päckchen zustecken. Barb stieg in ein losfahrendes Taxi. Tiger-Streifen – Miami-West – alle Wege führen nach Kuba.

Littell schaute zur Baracke. Die Fahrer gingen ein und aus – die üblen Kerle des toleranten Pete. Pete sammelte Streuner ein. Pete sah über ihre Mängel hinweg. Pete war an Vielfalt gelegen. Pete behauptete, über das Erscheinen von Betty Buch zu führen. Pete behauptete, über das Nichterscheinen von Betty Buch zu führen.

Zwei Stunden maximal – bring nicht um, was du nicht verdrängen kannst.

Littell schaute zur Baracke. Ein Taxi fuhr raus. Littell nahm die Beschattung auf. Das Taxi fuhr nach Westen. Littell fuhr dicht hinterher. Sie erreichten West Las Vegas.

Das Taxi hielt an – Monroe, Ecke J-Street – zwei Männer stiegen aus. Das Taxi fuhr los. Littell fuhr dicht hinterher. Sie erreichten den Tonopah Highway.

Das Taxi hielt. Die Männer stiegen aus. Die Männer gingen ins Moulin Rouge. Das Taxi fuhr los. Littell fuhr dicht hinterher. Das Taxi fuhr direkt zurück zu Tiger.

Nachricht an Pete: Keine Pillenverkäufe / kein Vertrauensbruch.

Littell gähnte. Littell wurde flau im Magen. Er hatte das Dinner verpasst. Jane hatte Prime-Ribs gegrillt. Sie hatte den ganzen Tag am Herd gestanden. Sie hatte dabei ununterbrochen ferngesehen.

Er hatte sich ums Dinner gedrückt. Er war gegangen. Er hatte »Geschäfte« vorgeschützt.

Littell drehte am Radio. Jacks größte Hits. »Frag nicht ...« und »*Ich bin* ...« Die weitergereichte Fackel und mehr.

Er stellte den Ton ab. Er fuhr zum Sahara. Der Nachtclub war voll. Er stand vor der Bühne. So konnte er Barb besser sehen.

Barb sang *Shugar Shack*. Barb verpatzte das Crescendo. Sie sah ihn. Sie winkte. Sie sagte: »Oje.«

Sie war schlecht. Wie sie wusste. Sie spielte damit. Sie spielte das aus. Sie spielte mit der Endlichkeit ihres Verkaufsdatums als scharfe Biene.

Die Männer liebten sie. Sie spielte mit ihrer Größe. Sie ging x-beinig. Sie bluffte. Sie trat für die Männer auf, die das wussten.

Die Bondsmen verbeugten sich. Barb sprang von der Bühne. Ein Absatz verfing sich. Sie schwankte. Littell fing sie auf. Er fühlte ihren Herzschlag. Er roch ihre Seife. Er spürte ihren Schweiß.

Sie gingen zur Bar. Sie nahmen eine Koje. Littell setzte sich dem Fernseher gegenüber.

Barb zündete sich eine Zigarette an. »Petes Idee, nicht? Mal bei mir vorbeizuschauen?«

»Teilweise.«

»Teilweise, inwiefern?«

»Ich habe Zeit zu vergeuden. Und das wollte ich mit Ihnen tun.«

Barb lächelte. »Ich habe nichts dagegen. Ich habe vierzig Minuten.«

Der Fernseher flackerte. Jacks größte Hits. Jack mit Jackie in Paris. Jack beim Touch-Football. Jack beim Herumtollen mit den Kindern.

Barb blickte rüber. Barb bemerkte den Fernseher. Barb wandte sich gleich wieder Littell zu.

»Dem entkommt man nicht.«

Littell lächelte. »Einige sollen's zumindest versuchen.«

»Denken Sie daran?«

»Ab und an.«

»Mir geht's gut, bis ich wieder drauf gestoßen werde. Dann krieg ich's mit der Angst zu tun.«

Littell warf einen Blick auf den Bildschirm. Jack und Bobby lächelten. Eine Kellnerin erschien. Barb scheuchte sie weg.

»Pete spricht nie darüber.«

»Wir machen uns nützlich. Er weiß, dass es darauf hinausläuft.«

Barb zündete die neue Zigarette an der alten an. »Wayne weiß Bescheid. Da bin ich mir sicher.«

»Haben Sie ihn darauf angesprochen?«

»Nein. Ich hab nur zwei und zwei zusammengezählt.«

Littell lächelte. »Er ist in Sie verliebt.«

Barb lächelte. »Auf erträgliche Art und Weise.«

»Wir machen uns nützlich. Denken Sie dran, wenn Ihnen wieder mal was aufstößt.«

Barb drückte ihre Zigarette aus. Barb verbrannte sich die Hand. Sie zuckte zusammen und hielt sie sich. Sie sagte: »Scheiße.«

Littell prüfte ihre Augen. Littell sah stecknadelkleine Pupillen – Amphetamin-Nervosität.

Barb zündete sich eine Zigarette an. Littell blickte zum Fernseher. Jack lachte. Jack ließ den alten Jack-Zauber wirken.
Barb sagte: »Jane weiß Bescheid.«
Littell zuckte zusammen. »Sie sind ihr nie begegnet. Und Pete würde nie —«
»Hat er nicht. Ich habe mitbekommen, wie Sie und Jane drum herumredeten, und habe zwei und zwei zusammengezählt.«
Littell schüttelte den Kopf. »Sie ist im Hotel. Sie quält sich gerade damit ab.«
»Sprechen Sie darüber?«
»Wir reden *drum herum*.«
»Hat sie Angst?«
»Ja, weil sie weiß, wer's war, und weil sie sich in keiner Weise nützlich machen kann.«
Barb lächelte. Barb schrieb »nützlich« in die Luft.
»Ich habe einen Brief von Pete gekriegt. Er sagt, dass alles bestens läuft.«
»Wissen Sie, was er dort macht?«
»Ja.«
»Finden Sie das gut?«
Barb schüttelte den Kopf. »Soweit er sich damit nützlich macht, ist's mir recht, und ans andere denke ich nicht.«
»Wie daran, dass man das eine Volk ausplündert, um ein anderes zu befreien?«
Barb drückte seine Hände zusammen. »*Schluss*. Denken Sie daran, was *Sie* machen und mit wem Sie reden.«
Littell lachte. »Sagen Sie bloß nicht, Sie wollen nur, dass er glücklich ist.«
Barb lachte. »Dann auf ein freies Kuba!«
Janice Tedrow kam durch die Tür. Littell sah sie. Littell schaute sie an. Barb schaute ihm beim Zuschauen zu.
Janice bemerkte ihn. Janice winkte. Janice setzte sich in eine Nebenkoje. Sie bestellte einen Drink. Sie setzte sich dem Fernseher gegenüber. Sie schaute Jack und Bobby zu.
»Sie werden rot«, sagte Barb.
»Nein, das werde ich nicht. Ich bin einundfünfzig Jahre alt.«
»Und *ob* Sie rot werden. Ich bin ein Rotschopf und weiß, wann jemand errötet.«

Littell lachte. Barb zog ihm den Ärmel hoch. Barb sah auf seine Uhr. Barb drückte ihm beide Hände zusammen.
»Ich muss gehen.«
»Ich werde Pete ausrichten, dass Sie OK sind.«
»Sagen Sie, ›nützlich‹.«
»Das weiß er bereits.«
Barb lächelte. Barb ging. Barb ging x-beinig. Die Männer regten sich. Die Männer schauten ihr nach. Littell schaute zum Fernseher.
Bobby mit Jackie. Jack im Senat. Opapa Honey Fitz.
Littell wurde hungrig. Littell bestellte sich ein Abendessen – das Prime-Rib, das er verpasst hatte. Die Kellnerin war ein Jack-Fan. Die Kellnerin stand beim Fernseher.
Littell aß. Littell schaute Janice zu. Janice schaute fern.
Sie trank Toddies. Sie rauchte eine Zigarette nach der anderen. Sie wirbelte mit ihrem Stock. Sie wusste *nicht* Bescheid. Wayne Senior hätte ihr das nie gesagt. Dafür kannte er ihn zu gut.
Sie blickte rüber. Sie sah, wie er zu ihr hinschaute. Sie stand auf. Sie hantierte mit dem Stock.
Sie stellte eine Hüfte aus. Sie stampfte mit dem Stock. Sie hinkte *con brio*. Littell rückte ihr einen Stuhl zurecht. Janice schnappte sich Barbs Zigaretten.
»Der Rotschopf ist vorige Weihnachten auf meiner Weihnachtsparty aufgetreten.«
»Sie ist eine Sängerin, ja.«
Janice zündete sich eine Zigarette an. »Sie schlafen nicht mit ihr. Das hab ich gleich gesehen.«
Littell lächelte. Littell wirbelte mit dem Stock.
Janice lachte. »Lassen Sie das. Sie erinnern mich an jemanden.«
Littell drückte seine Serviette zusammen. »Er hat seinen Stock gegen Sie erhoben.«
Janice wirbelte mit ihrem Stock. »Teil der Scheidungsvereinbarung. Eine Million ohne Hiebe. Zwei Millionen mit.«
Littell trank Kaffee. »Sie sagen mir mehr, als ich wissen wollte.«
»Sie hassen ihn wie ich. Ich dachte, das würde Sie interessieren.«

»Hat er das mit General Kinman rausgekriegt?«
Janice lachte. »Clark hat ihn nicht gestört. Der fragliche junge Mann schon.«
»War er das wert?«
»*Das* war es wert. Hätte ich nichts Drastisches unternommen, wäre ich auf immer bei ihm geblieben.«
Littell lächelte. »Ich dachte stets, Sie hätten lebenslänglich.«
»Siebzehn Jahre haben gereicht. Ich mochte sein Geld und einiges an seiner Art, aber das hat auf Dauer nicht gereicht.«
Littell schwang den Stock. »Und der junge Mann?«
»Der junge Mann ist ein ehemaliger Klient von Ihnen, der gegenwärtig unsere Kriegsanstrengungen in Vietnam unterstützt.«
Littell ließ den Stock fallen. Janice fing ihn auf.
»Wussten Sie das nicht?«
»Nein.«
»Sind Sie schockiert?«
»Man kann mich oft ebenso schwer schockieren wie amüsieren.«
Janice drückte seine Hände. »Und Sie haben alte Narben im Gesicht, die mich an meine augenblickliche Hasenscharte erinnern.«
»Die hat mir Waynes Mentor verpasst. Er ist heute mein bester Freund.«
»Er ist der Ehemann des Rotschopfs. Das weiß ich von Wayne.«
Littell lehnte sich zurück. »Sie spielen kein Golf mehr. Ich habe nach Ihnen Ausschau gehalten.«
»Ich bin dabei, mir meinen Swing neu zu erarbeiten. Ich humpele keine 18 Löcher am Stock.«
»Ich sehe Sie gerne spielen. Ich habe meine Pausen entsprechend eingerichtet.«
Janice lächelte. »Ich habe ein Cottage am Sands Golfkurs gemietet. Ihre Aussicht hat mich inspiriert.«
»Ich fühle mich geschmeichelt. Und Sie haben Recht, auf die Aussicht kommt es an.«
Janice stand auf. »Beim Loch Nr. 1. Das mit den blauen Fensterläden.«
Littell stand auf. Janice zwinkerte ihm zu und ging. Sie

winkte. Sie ließ ihren Stock fallen und ließ ihn liegen. Sie hinkte *molto con brio*.

Er sah sich Barbs Nachtshow an. Er stand am Bühnenrand. Er schlug die Zeit tot. Er passte Janes übliche Schlafenszeit ab. Er dachte sich eine Reise aus.

Ich fliege nach L.A. Du fährst zurück. Dann treffen wir uns dort.

Er fuhr nach Hause. Die Lichter brannten. Jane war noch wach. Der Fernseher lief. Ein Kommentator betrauerte Jack in aller Ausführlichkeit.

Littell stellte das Gerät ab. »Ich muss morgen nach L.A. fliegen. Ich muss früh weg.«

Jane ließ ihren Aschenbecher kreisen. »Das kommt sehr plötzlich, und wir stehen kurz vor Thanksgiving.«

»Du hättest nächste Woche kommen sollen. Das wäre in jeder Hinsicht besser gewesen.«

»Du wolltest mich hier haben, also bin ich gekommen. Und nun gehst du.«

Littell nickte. »Ich weiß, und das tut mir Leid.«

»Du wolltest sehen, ob ich komme. Du hast mich auf die Probe gestellt. Du hast eine Regel gebrochen, die wir uns selbst gesetzt haben, und nun stecke ich in dieser Hotel-Suite fest.«

Littell schüttelte den Kopf. »Du könntest spazieren gehen. Du könntest eine Golfstunde nehmen. Du könntest lesen, statt geschlagene sechzehn Stunden vor dem Fernseher zu hocken.«

Jane schmiss den Aschenbecher. Er traf den Fernseher.

»Was soll ich denn sonst tun, am heutigen Tag?«

»Am heutigen Tag hätten wir drüber reden können. Am heutigen Tag hätten wir die Regeln lockern können. Am heutigen Tag hättest du einige von deinen gottverdammten Geheimnissen preisgeben können.«

Jane schmiss eine Tasse. Sie traf den Fernseher.

»Du trägst eine Waffe. Du trägst Aktenkoffer voller Geld mit dir rum. Du fliegst durchs Land, um dich mit Gangstern zu treffen, und hörst Bänder von Robert Kennedy ab, wenn du denkst, dass ich schlafe, und *ich* soll Geheimnisse haben?«

Sie schliefen solo.
　Er sammelte ihre Kippen ein. Er packte eine Reisetasche. Er packte seine Aktentasche. Er packte drei Anzüge ein. Er packte Eingabetexte und Geld ein – zehn Riesen in bar.
　Er machte die Couch zurecht. Er streckte sich aus. Er versuchte zu schlafen. Er dachte an Janice. Er dachte an Barb. Er dachte über Jane nach.
　Er versuchte zu schlafen. Er dachte an Barb. Er dachte an Janice.
　Er stand auf. Er putzte seine Waffe. Er las Magazine. Ein Artikel in *Harper's* – Mr. Hoover benimmt sich daneben.
　Er hatte eine Rede gehalten. Er hatte geschäumt. Er war gegen Dr. King losgegangen. Er störte. Er verschreckte. Er erzeugte Hass.
　Littell knipste das Licht aus. Littell versuchte zu schlafen.
　Er zählte Schafe. Er zählte Geld. Absahnprozente und Unterschlagungsgelder – Bürgerrechtszehnten.
　Er versuchte zu schlafen. Er dachte an Jane. Er zählte ihre Lügen. Er geriet aus dem Konzept. Er fing von vorn an.
　Barb geht x-beinig. Janice winkt mit dem Stock. Janice lächelt. Janice hinkt. Janice verliert ihren Stock.
　Er stand auf. Er zog sich an. Er fuhr nach McCarran. Er sah eine Kool-Menthol-Reklame – lauter Badeanzüge und Sonne.
　Er wendete. Er fuhr zurück. Er gelangte zum Sands. Er parkte. Er machte sich im Rückspiegel zurecht.
　Er ging zu Fuß zum Golfplatz. Er fand das Cottage und klopfte an. Janice öffnete.
　Sie sah ihn. Sie lächelte. Sie streifte sich die Lockenwickler ab.

65 (Saigon, 28. 11. 64)

Weißes H. Post-Diplom-Forschungen.
Wayne mischte Morphiummasse und Ammoniak. Wayne hatte drei Elektro-Heizplatten im Einsatz. Wayne kochte drei Kilogramm. Rückstände wurden ausgefiltert.
Wayne gab Ammoniak zu. Wayne putzte die Destillatoren. Wayne trocknete die Barren.
Beschriftet als: Probe Nr. 8.
Er hatte 20 Barren versaut. Er hatte falsch filtriert. Er hatte den Prozess verbockt. Er hatte gelernt. Er hatte Zwischenschritte eingefügt. Er hatte organische Reste ausgeschwemmt.
Pete hatte den Frachttermin verschoben. Pete ließ ihn probieren.
Wayne kochte Wasser auf. Wayne maß die Temperatur. Bestens: 83° C.
Er goss es zu. Er goss essigsaures Anhydrid dazu. Er füllte drei Bottiche. Er kochte die Mischung auf. Es *klappte*.
Bestens: 83 °C.
Er maß die Base ab. Er zerkrümelte sie. Er schüttete sie zu. Die Mischung stimmte. Sie sah richtig aus. Sie roch richtig – nach Essig und Pflaume.
Er roch daran. Ihm brannte die Nase. Sie sah gut aus – gute Verbindungen – gute Reaktionsmischung.
Beschriften als Probe Nr. 9 – Diacetylmorphium / unrein.
Wayne nieste. Wayne rieb sich die Augen. Wayne kratzte sich die Nase.
Er lebte im Labor. Er arbeitete im Labor Er atmete die beizenden Dämpfe ein. Er entwickelte Allergien. Das Kader wohnte anderswo. Er ging ihnen aus dem Weg. Er ging Bob und Chuck aus dem Weg.
Sie nervten ihn. Sie sagten, werd ein Klan-Mann. Sie sagten, hasse die Mohren. Sie sagten, hasse wie wir.

Sein Hass war sein Hass. Hatten die eine AHNUNG.
Er wohnte im Labor. Er schlief den ganzen Tag. Er arbeitete die ganze Nacht. Der Tageslärm nervte ihn. Er hörte Mopeds und Gesänge von draußen. Er hörte Geschrei in Schlitzaugen-Kauderwelsch.
Er schlief durch. Er hatte seinen Wecker – Leuchtspurgeschosse um sechs.
Der Nachtlärm entspannte ihn. Er hörte das Jukebox-Scheppern im unteren Stockwerk. Er hörte Musik aus seinem Luftschacht.
Er machte seine Drogenarbeit. Er baute Gestelle. Er legte Zeitungen ab. Er systematisierte die Ausschnitte. Das Lokalblatt aus Dallas und das Lokalblatt aus Vegas – hier eine Woche alt.
Das Lokalblatt aus Dallas feierte den Jahrestag. Das Lokalblatt aus Dallas brachte altes Zeugs. Nebenkolumnen und *weitere* Jahrestage – »unzusammenhängende« Geschichten.
Wo ist Maynard Moore? Wo ist denn Wendell Durfee?
Wayne überprüfte Probe Nr. 9. Da – der richtige Geruch / das richtige Brennen. Ausfällungen – sichtbar – nondiacetyle Masse.
Wayne arbeitete allein. Wayne war dem Kader zugeordnet. Das Kader war in Laos. Das Kader war überarbeitet.
Der Bombenangriff hatte die Wachen umgebracht. Sie brauchten neue Wachen. Stanton forderte Pete auf, Marvs einzustellen. Im Dienst – Marvs waren teuer. Tran stellte Deserteure ein – Marvs *und* VC.
Zweiundvierzig Wachen / achtzehn Marvs / vierundzwanzig Congs.
Sie arbeiteten hart. Sie arbeiteten billig. Sie schrien einander ihre Ansichten ins Gesicht: Ho gegen Khanh / Nord gegen Süden / Mao gegen LBJ.
Pete war vergrätzt. Pete legte Bestimmungen fest. Pete trennte die Wachtruppen. Pete schickte Memoranden hoch – mit Kurier – von Saravan nach Saigon – boocuu CIA-Flüge.
Pete lobte das Kader. Pete lobte Tran. Pete gab ein Gerücht weiter: Boss Khanh – er PR-geil. Boss Khanh – er befiehlt »Revision«.
Jetzt viele Drogenhöhlen. Bald kommen viele GIs – boocuu

Truppenaufbau. Drogenhöhlen viel. Drogenhöhlen *schlimm*. Drogenhöhlen-Politik revidieren.

Stanton nahm ihm das nicht ab. Stanton kannte Khanh. Khanh war eine Marionette. Die durch Geld manipuliert wurde. Khanh hatte den Drogenhöhlen boocuu *Steuern* auferlegt. West Vegas war bereit. Milt Chargin hatte Pete informiert. Pete teilte Wayne das per Kurierpost mit. Milt verpfiff Pillenverkäufer. Milt verpfiff sie an Dwight Holly. Holly verständigte die zuständigen FBIler. West Las Vegas war trockengelegt. Der Transportweg war eingerichtet. Wayne versprach zu liefern.

Heroin – Stufe 4 – am 9. 1. 65 versandbereit.

Wayne überprüfte die Uhr. Wayne überprüfte die Bottiche. Er maß Sodiumkarbonat ab. Er maß Chloroform ab. Er füllte drei Reagenzgläser.

Er verschloss das Labor. Er ging in den unteren Stock. Die Drogenhöhle war dunkel. Die Drogenhöhle war voll. Ein Chinese verkaufte Opiumwürfel. Ein Chinese reinigte Pfeifen. Ein Chinese spülte herumliegende Scheißhaufen weg.

Wayne hielt sich die Nase zu. Wayne hielt eine Taschenlampe.

Er ging durch Liegenreihen. Er stolperte über Holzpritschen. Er trat Urinkübel um. Narkis wälzten sich. Narkis zuckten zusammen. Narkis traten nach ihm.

Er leuchtete ihnen in die Augen. Er leuchtete ihre Arme ab. Er leuchtete Spritzennarben ab. Narben an Armen / an Beinen / an Schwänzen / *alte* Narben / *Test*narben.

Es stank nach Rauch und Pisse. Das Licht scheuchte Ratten auf. Wayne ging weiter. Wayne hatte Klebeband dabei. Wayne markierte acht Liegen.

Er leuchtete in Augen. Er leuchtete Arme ab. Er leuchtete eine Leiche ab. An der bereits die Ratten waren. Ratten nagten ihr am Schritt. Ratten leckten Scheißwasser auf. Ratten schwammen über den Boden.

Wayne ging hindurch. Wayne überprüfte Bongos Bett. Bongo schnarchte. Bongo schlief mit zwei Nutten. Bongo hatte Seidenkissen und Seide auf der Liege.

Wayne leuchtete in Bongos Augen. Bongo schlief weiter. Wayne verwandelte ihn in Wendell Durfee.

Es funktionierte. Es klappte. Die Verbindung kam zustande. Er hatte es geschafft – er hatte weißes H erzeugt.
Er hatte den ganzen Tag gekocht. Er hatte filtriert. Er hatte mit Karbonaten gearbeitet. Er hatte gereinigt. Er hatte raffiniert. Er hatte Holzkohle mit Alkohol abgemischt.
Er hatte Probe Nr. 3 erzeugt – Reinheitsgrad 6 %.
Er ging in den unteren Stock. Er wählte drei Narkis aus. Er stopfte ihnen die Pfeifen voll. Sie rauchten Nr. 3. Sie mussten kotzen. Sie hoben ab. Sie erreichten die Umlaufbahn.
Er ging wieder in den oberen Stock. Er mischte Äther zu. Er mischte Salzsäure zu. Er löste Nr. 3 auf. Er streckte die Mischung. Er mischte Salzsäure *mit* Äther ab.
Er arbeitete die ganze Nacht. Er wartete. Er schaute den Leuchtspurgeschossen zu. Er filtrierte. Er trocknete. Er erhielt Ausfällungsflocken *und*:
Heroin – Nr. 4 – Reinheitsgrad 96 %.
Er setzte Zuckerbase an. Er löste die Mischung auf. Er verdünnte das Produkt. Er präparierte acht Spritzen. Er präparierte acht Wattebäusche. Er präparierte acht gute Schüsse.
Er gähnte. Er schmiss sich hin. Er schlief volle neun Stunden.

Zwei Marvs halfen ihm. Zwei Marvs führten sie vor. Sie stanken. Schlimmer als das Ammoniak. Beißender als die Kohlenstoffe.
Wayne öffnete ein Fenster. Wayne maß ihre Pupillen ab. Die Marvs schnatterten auf Angloschlitzäugig:
Säuberung kommen – Aufbau kommen – Säuberung sehr gut.
Wayne kochte acht Schuss auf. Wayne zog acht Spritzen hoch.
Zwei Narkis flohen. Vier Narkis grinsten. Zwei Narkis pumpten sich die Venen hoch. Die Marvs fingen die Ausreißer ein. Die Marvs pumpten ihnen die Venen hoch.
Wayne band sie ab. Wayne setzte ihnen den Schuss. Sie zuckten zusammen. Sie zitterten. Wayne leuchtete ihnen in die Augen. Die Pupillen kontrahierten. Die Pupillen wurden stecknadelklein.
Der Kopf fiel ihnen auf die Brust. Sie schwankten. Sie stießen auf und rannten los. Sie kotzten die Spüle voll. Sie erschlafften. Sie traten weg.

Sie sanken hin. Sie nickten ein. Die Marvs packten die verbleibenden sechs. Die Marvs leisteten vorzügliche Vorbereitungsarbeit.

Sie desinfizierten ihnen die Arme. Sie banden sie ab. Sie pumpten ihre Venen hoch. Wayne setzte den sechsen nacheinander den Schuss.

Sie zuckten zusammen. Sie zitterten. Sie kotzten die Spüle voll. Sie heroinisierten.

Die Marvs juchzten. Die Marvs schnatterten auf Angloschlitzäugig:

Würdenträger kommen – das heißen viel Geld – Säuberung sehr gut.

Die Narkis schwankten. Die Narkis stolperten. Die Narkis gingen Zickzack. Abschuss und Umlaufbahn – weißes H *très boocuu*.

Wayne schmierte die Marvs. Wayne gab den Marvs zehn US-Dollar. Die Marvs schleppten die Narkis raus. Das Labor stank. Wayne desinfizierte die Spüle. Wayne reinigte die Spritzennadeln vom Blut.

»Wenn noch was da ist, dreh ich 'ne Runde.«

Wayne drehte sich um – wasnndas? – Wayne ließ das Spritzennadeltablett fallen.

Bongo. Im Bikinislip. In schnieken Stiefeln.

»Wie willst bei solchen Gartenzwergen vernünftige Werte ablesen? Um die Scheißqualität deines Stoffs zu testen, brauchst du 'nen ganzen Kerl wie mich.«

Wayne schluckte leer. Wayne überprüfte Fassreste und Löffel. Wayne sah, dass es gerade noch für einen Schuss langte.

Er siebte den Stoff. Er zog ihn mit dem Gummischlauch hoch. Er kochte ihn ab.

»Du starrst mich ständig an«, sagte Bongo. »Dann triffst du mich endlich und hast mir nichts zu sagen.«

Wayne holte eine Aderpresse. Wayne zog eine Spritze auf.

»Sie sagen, du hättest drei Brüder umgelegt, aber das glaub ich nicht. Mir kommst du eher wie ein Spanner vor.«

Wayne griff nach seinen Armen. Wayne pumpte ihm die Venen hoch. Wayne wählte eine blaue Ader aus.

»Hast dir die Zunge abgebissen? Bist scheiß-taubstumm oder was?«

Wayne band ihn ab. Wayne setzte ihm den Schuss. Bongo reagierte. Bongo bekam das Zittern. Bongo stieß auf und rannte los. Er kotzte den Boden voll. Er kotzte Waynes Schuhe voll. Er grinste. Er schwankte. Er tanzte. Er tanzte den Swim. Er tanzte den Wa-Watusi. Er geriet ins Straucheln. Er hielt sich an den Regalen fest. Er stolperte raus. Wayne hörte die Leuchtspurgeschosse. Wayne öffnete seine Fenster. Der Bogen. Das Heulen. Das rosa Nachglühen. Wayne öffnete die Luftschachtventile. Musikfetzen drangen hoch. *Night Train* – Sonny Listons Lied.
Bongo kam zurück. Bongo hatte zwei Nutten mit. Sie stützten ihn. Sie hielten ihn aufrecht.
»Für dich, Baby. Einmal Ganzkörperschleck, gratis.«
Wayne schüttelte den Kopf. Eine Nutte sagte: »Er gaga.« Eine Nutte sagte: »Er schwul.«

66 (Saravan, 30.11.64)

Postzustellung – Aéroport de Saravan.
Die Post flog ein. Die Post gelangte nach Saigon. Die Post gelangte in den Operationsraum Süd. Die Marvs schnappten sich die Kader-Post. Die Marvs riefen im Feldlager an. Die Marvs schickten Kuriere los.
Der Flughafen stank. Er befand sich neben einer Ziegenweide. Eine Rollbahn / eine Baracke.
Pete wartete. Pete war mit dem Jeep hingefahren. Pete hatte zwei Wachen dabei. Pete hatte einen Excong-Trupp dabei.
Die Excongs blieben unter sich. Die Excongs schauten auf die Exmarvs herab. Die Exmarvs blieben unter sich. Die Exmarvs schauten auf die Excongs herab.
Pete wollte keinen Ärger. Pete nahm ihnen die Waffen weg. Pete gab Gummischrot-Flinten aus. Pete entschärfte die Wachen. Pete verwöhnte die Sklaven. Sie bekamen frisches Essen und Wasser. Sie bekamen frische Ketten.
Tran plünderte ein Dorf. Tran tötete VC. Tran nahm ihnen ihre Beute ab. Tran erbeutete Konserven und Penizillin. Tran erbeutete Methamphetamin.
Die Sklaven waren schwächlich. Die Sklaven waren erschöpft. Die Erntezeit war nah. Pete nahm ihnen ihr O weg. Pete fütterte sie mit Suppen. Pete fütterte sie mit Würstchen und Bohnen.
Die Sklaven waren krank – Fieber und Grippe – Pete fütterte sie mit Penizillin. Die Sklaven waren willensschwach. Die Sklaven hatten keinen Schlag. Pete fütterte sie mit Methamphetamin.
Sie arbeiteten dreischichtenweise. Sie hoben ab. Die Felder funkelten. Die Mohnkapselernte hob ab. Tran engagierte sechs China-Chemiker. Besagte China-Männer kochten Morphiumbase. Die Raffinerien hoben ab.

Wayne verarbeitete die Base. Wayne versprach weißes H. Waynes Produktionsgeschick hob ab.

Das Flugzeug landete. Die Ziegen liefen weg. Der Pilot schmiss Postsäcke raus. Die Marvs stiegen rasch aus. Petes Congs holten den Postbeutel ab.

Sie eilten rüber. Pete nahm die Briefe raus. Pete las sie durch. Ward schrieb. Ward sagte, er habe Tiger-Taksi überprüft. Ward sagte, dass bei Tiger alles bestens stand. Dass bei Nellis alles bestens stand. Dass bei Kinman alles bestens stand. Kinman hatte Unterstützung versprochen. Soldaten zum Ausladen / Soldaten zum Kistenschleppen / Soldaten zum Kistentransport zur CIA-Abholstelle.

Ward sagte, er habe Barb getroffen. Barb fühle sich einsam. Barb ging es gut.

Wayne schrieb. Wayne sagte, am 9. 1. 65 sind wir so weit.

Fred Otash schrieb. Fred hatte nichts Neues über Arden zu berichten. Nichts Neues über D. Bruvick. Nachforschungen im Gange / Nachforschungen werden fortgesetzt / der neueste Stand wird laufend übermittelt.

Barb schrieb. Barb schrieb Vignetten. Ihre Gedanken waren sprunghaft. Ihre Handschrift zitterig.

Mir geht's gut. Mir geht's schlecht. Ich schlafe unregelmäßig.

»Nicht so, wie *wir* unregelmäßig geschlafen haben. Nicht so, wie wir uns getroffen & geliebt haben, vor & nach dem Zubettgehen.«

Sie hatte Ward getroffen. »Er fährt auf Waynes Stiefmutter ab.« Er fehle dem Kater. »Der Kater schläft jetzt auf deinem Kissen.«

Sie hing bei Tiger-Taksi rum. »Milt bringt mich noch um. Er spielt mir seine Nummern vor.«

»Esels-Dom fährt mich zur Arbeit. Fragt, wieso er keinen ständigen Freund haben kann, insb. anbetrachts seiner ›Ausrüstung‹. Ich: ›Vielleicht, weil du ein Stricher bist.‹«

Der Kater hatte ein Zimmermädchen gebissen. Der Kater hatte das Sofa zerfetzt. Der Kater hatte ihren Trommler gebissen.

»Du fehlst mir ... du fehlst mir ... Ich drehe durch, wenn du nicht da bist, weil du der einzige bist, der weiß, was ich tue, &

so gehe ich auf & ab & drehe ein bisschen durch, & tue so, als ob ich mit dir reden würde, & frage mich, wo ich in 5 Jahren sein werde, wenn mich meine Kunden gegen ein neueres Modell eingetauscht haben werden & ich nicht mehr so nützlich sein werde. Hast du je daran gedacht?«
 Pete las den Brief. Pete verschmierte die Tinte. Er roch Barb. Er spürte Barb. Das »gut & schlecht« machte ihm zu schaffen.

Das Camp hob ab. Pete fuhr mit dem Jeep durch. Pete fuhr auf Besichtigungstour.
 Das ganze Gebiet war nun ein einziges Camp. Gerade Felder – von Zaunpfosten und Baracken begrenzt.
 Bewaldete Grenzen. Lehmiges Buschwerk. Kapselreihen / Furchen / Pfade. Raffinierbaracken und Wachkasernen. Sklavengefängnisse und Planungsbuden.
 Zaubertiere streiften durch den Dschungel. Weiße Tiger gingen boocuu auf Pirsch.
 Pete stand auf Katzen. Pete stand auf Tiger. Pete stand auf scharfe Namen. Pete entschied auf »Tiger-Kamp«.
 Flash zeichnete gern. Flash stand auf Tiger. Flash tigerisierte die Baracken. Flash malte Tigerrachen und Tigerstreifen.
 Pete ging durch die Pfade. Pete ging durch die Kapselreihen. Pete schaute sich um.
 Sklaven harkten. Sklaven schufteten. Sklaven zogen Rikschas. Kettenreihen – zu je zwölf Sklaven – Sklaven, aufgepeitscht vom Meth.
 Sklaven arbeiteten. Sklaven machten zu lange Pause. Wachen verschossen Gummischrot.
 Laurent winkte. Flash winkte. Mesplède winkte. Laurent drückte aufs Tempo – *di thi di* – Mesplède ließ seine Tattoos tanzen.
 Pete zählte Stängel. Pete multiplizierte: Kapseln per Stängel / Ernte pro Kapsel / Basenproduktion pro Safteineinheit. Die Stängel flitzten vorbei. Pete verpatzte die Zählung. Pete verrechnete sich.
 Er erreichte Militäroperation Nord. Die Congs übernahmen seinen Jeep. Er sah Chuck und Bob. Er sah ihr Büchsen-Buffet: Chili und Sauerkraut. Würstchen und Bohnen. Billigwein Rot / Billigwein Weiß / Billig-Port.

»Wir verlieren Bob«, sagte Chuck.
Pete setzte sich dazu. »Wie das?«
»Nicht ganz, er zieht um, um einem Seelenbruder unter die Arme zu greifen.«
Bob trank Roten. »Chuck hat mich mit Waynes Daddy zusammengebracht, natürlich ohne dass Wayne eine Scheiß-Ahnung hätte. Man hat mir angeboten, einen Spitzelklan in Mississippi zu übernehmen, falls mich die Army laufen lässt.«
Chuck trank Weißen. »Das FBI übernimmt die Spesen seines Klavern. Das heißt: offizielle Rückendeckung und jede Menge Spielraum für jedweden wilden Scheiß.«
Pete ließ die Knöchel knacken. »Schwachsinn. Du hörst bei uns auf, damit du ein paar Kirchen abfackeln kannst?«
Chuck mampfte Bohnen. »Petes politische Ausbildung weist erhebliche Lücken auf. Er kommt einfach nicht über Kuba hinweg.«
Bob rülpste. »Ich mag die Rückendeckung und die Führungsposition. Ich kann meine eigenen Kluxer rekrutieren, meinen eigenen Scheiß durchziehen und ein paar Postgesetzverletzungen hinlegen, für die man mich nie haftbar machen kann.«
Chuck mampfte Würstchen. »Wie weit kannst du gehen?«
»Das ist die 64 000-Dollar-Frage, wobei ich davon ausgehe, dass sich ›Spielraum‹ auf die Richtlinien meines Führungsoffiziers bezieht, samt dem Zeugs, von dem er nie zu erfahren braucht. Wayne Senior meint, ich solle gleich mal energisch auftreten, ihr versteht mich, damit ich einen anständigen Ruf kriege, was mir nur recht ist.«
Pete zündete sich eine Zigarette an: »Dass du mir Wayne nicht sagst, dass du Kontakt zu seinem Vater hast, und kein Wort über den Klan. Was Nigger betrifft, ist er nicht zurechnungsfähig, und solche Sprüche machen ihm Angst.«
Chuck lachte: »Wieso? Wo er doch selber ein Mohren-Killer ist.«
Pete lachte. »Er hat Schiss, dass er zu sehr auf deine Spinnereien abfährt.«
Chuck mampfte Chili. »Das klingt politisch sehr verdächtig. Ich glaube, du hängst zu viel mit deinen Victor Charlies rum.«
Es regnete. Bob schloss das Fenster.

»Das heißt ja noch lange nicht, dass ich dem Kader verloren gehe. Erstens zieht sich der Staat Mississippi die Golfküste entlang. Zweitens gibt's dort jede Menge Kubaner. Drittens könnte ich als Verbindungsmann für Chuck arbeiten, unsere Profite in Waffen umsetzen und sie zum Golf schaffen.«
»Soll mir recht sein«, sagte Pete. »*Wenn* du uns dabei die Bullen und das FBI vom Hals hältst.«
Es donnerte. Chuck machte das Fenster auf. Pete blickte raus. Sklaven juchzten. Sklaven tanzten. Sklaven tanzten den Methedrin-Mambo.
»Die Scheiß-›Säuberung‹ gibt mir zu denken«, sagte Chuck. »Man erwartet Truppenverlegungen, und Stanton zufolge will Khanh, dass die Scheiß-Journalisten und Großkopfeten sich in Saigon wie in Disneyland vorkommen.«
Sklaven schüttelten ihre Ketten. Sklaven tanzten den Schellen-Shimmy-Shake.
»Ich will einen Batzen Geld für Mississippi ansammeln«, sagte Bob. »Vielleicht kann ich den neuen Truppen ein bisschen Überschuss-Shit verkaufen.«
Pete drehte sich um. »Keiner verkauft an unsere Truppen. Der's tut, den bring ich um.«
Chuck lachte. »Pete hat nun mal die Weltkriegsmarotte. *Semper fidelis* – ›In Treue fest‹, Boss.«
Bob lachte. »Er *dinky dau*. Er wird zu sentimental.«
Pete zog die Waffe. Pete nahm drei Patronen raus. Pete ließ die Trommel kreisen. Chuck lachte. Bob mimte Abwichsen.
Pete zielte. Pete drückte ab. Er schoss dreimal auf Bob. Der Hammer schlug dreimal leer auf. Er hatte drei leere Kammern getroffen.
Bob schrie. Bob kotzte. Bob gab Bohnen und Würstchen von sich.

DOKUMENTENEINSCHUB: 30.11.64. Wörtliches FBI-Telefontranskript. Bezeichnung: »AUFGENOMMEN AUF ANWEISUNG DES DIREKTORS.« / »VERTRAULICHKEITSSTUFE 1A: DARF NUR VOM DIREKTOR EINGESEHEN WERDEN.« Am Apparat: Direktor Hoover, Ward J. Littell.

JEH: Guten Nachmittag, Mr. Littell.
WJL: Guten Nachmittag, Sir.
JEH: Sprechen wir über Südostasien.
WJL: Ich fürchte, damit kenne ich mich nicht aus, Sir.
JEH: Man hat mir mitgeteilt, dass Pete Bondurant und Wayne Tedrow Junior sich einer bekannten Spionageagentur als fest angestellte verdeckte Mitarbeiter zur Verfügung gestellt haben. Das hat mir ein kleines Vögelchen ins Ohr gepfiffen und soll Ihnen nicht verborgen bleiben.
WJL: Das war mir bekannt, Sir.
JEH: Sie sind in Vietnam stationiert, immerhin.
WJL: Ja, Sir.
JEH: Wenn Sie etwas ausführlicher antworten würden?
WJL: Ich möchte lieber nicht in Einzelheiten gehen. Ich denke, Sie sind mit Petes vorigen Geschäften und Wayne Juniors chemischer Ausbildung hinlänglich vertraut, um entsprechende Schlussfolgerungen ziehen zu können.
JEH: Die ich bereits blitzartig gezogen habe. Wobei sich die Schlussfolgerung aufdrängt, dass unsere italienischen Freunde ihre etwas unbedachte »Politik-der-sauberen-Stadt« in Las Vegas einer Revision unterzogen haben.
WJL: Ja, wobei die Verteilung streng lokalisiert bleibt.
JEH: Ein glückliches Zusammentreffen. Der Vertrieb kommt den Vorurteilen Graf Draculas entgegen und macht es unseren italienischen Freunden leichter, Graf Dracula über den Tisch zu ziehen.
WJL: Eine scharfsinnige Beobachtung, Sir.
JEH: Unsere Freunde dürften über Jimmy Hoffas anstehenden Fall aufgebracht sein.
WJL: Sie wissen, dass er erledigt ist, Sir. Sie wissen, dass der Berufungsprozess in zwei Jahren ausgelaufen sein wird.
JEH: Eine bemerkenswerte Ironie. Wohl wurde der Fürst der Finsternis durch ein schrilles Attentat kaltgestellt, aber er hat sein bête noire zur Strecke gebracht.
WJL: Eine Ironie, die mir nicht entgangen ist, Sir.
JEH: Der Prinz ist nun in den Senat gewählt. Haben Sie überlegt, was nun aus ihm wird?
WJL: Darüber habe ich mir kaum Gedanken gemacht.
JEH: Eine blanke Lüge, Mr. Littell, und Ihrer absolut unwürdig.

WJL: Das gebe ich zu, Sir.
JEH: Meinen Sie, dass er spezifische Anti-Mafia-Gesetze vorschlagen wird?
WJL: Das will ich nicht hoffen.
JEH: Meinen Sie, dass er die Mafia vom Senat aus angreifen wird?
WJL: Das will ich nicht hoffen.
JEH: Meinen Sie, dass ihm das schrille Attentat eine nachhaltige Lehre gewesen ist?
WJL: Das will ich sehr hoffen.
JEH: Ich will Ihre komplexen Beziehungen zu Robert F. Kennedy nicht weiter kommentieren.
WJL: Ihre bisherigen Kommentare waren eloquent genug, Sir.
JEH: Vom Regen in die Traufe. Ich werde mich morgen mit Martin Luzifer King treffen.
WJL: Der Zweck des Treffens, Sir?
JEH: Auf Luzifers Veranlassung. Er will mit mir über meine Angriffe in der Presse reden. Von Lyle Holly weiß ich, dass Luzifer zwei und zwei zusammengezählt und daraus geschlossen hat, dass ich verdeckt gegen ihn ermittelt habe, was ihn zusätzlich verärgern dürfte.
WJL: Wie hat er das erfahren? Vermuten Sie eine undichte Stelle?
JEH: Nein. Ich habe mich öffentlich auf Informationen bezogen, die Luzifer nur privat weitergegeben hat, wobei ich Wanzen und Quellen verbrannt habe. Was, wohlgemerkt, mit voller Absicht erfolgt ist.
WJL: Davon bin ich ausgegangen, Sir.
JEH: Luzifer, Rustin und die anderen halten nun in Hotelzimmern die Klappe. Luzifer hat seine sexuellen Eskapaden auf Betten außerhalb meiner elektronischen Reichweite verlegt.
WJL: Was Rückschlüsse auf eine größere Operation nahe legt, Sir.
JEH: Richtig. Ich werde meine Operationen gegen Luzifer und die SCLC entscheidend ausweiten. Sie haben der Organisation keine weiteren Mafia-Gelder zu vermitteln, aber sich weiterhin mit Bayard Rustin zu treffen. Sie werden sich weiterhin als fanatischen Anhänger geben, dessen Mafia-Geldquelle trockengelegt wurde. Sie werden zu Ihren Treffen mit Rustin Mi-

kros tragen. Sie werden ihn dazu bringen, dass er Treffen vorschlägt. Sie werden seine Homosexualität und seine Schwäche für ernsthafte und politisch labile Menschen nutzen.
WJL: Ja, Sir.
JEH: Das Unternehmen läuft verdeckt auf Operationsstufe 1. Ich habe es UNTERNEHMEN SCHWARZES KARNICKEL getauft. Der Name stellt eine Verbeugung vor dem Sexualtrieb, der Potenz und dem kopflos kindischen Betragen unserer langohrigen Freunde dar. Sie, als besonders geschickter Deuter komplexer Fakten, werden Kopien der meisten Memoranden erhalten. Den Schlüsselpersonen wurden Kodenamen zugeordnet. Die Sie statt der Klarnamen zu benutzen haben. Sie beziehen sich auf das Karnickelmotiv und spielen auf die spezielle Persönlichkeit der jeweiligen Subjekte an.
WJL: Sie haben mich äußerst neugierig gemacht, Sir.
JEH: Martin Luther King ist ROTES KARNICKEL. Bayard Rustin ROSA KARNICKEL. Lyle Holly WEISSES KARNICKEL. Sie, besonders passend, KREUZFAHRER KARNICKEL.
WJL: Ein witziger Zug, Sir.
JEH: Ich will, dass Sie in Erfahrung bringen, was King im Süden vorhat. Ihre Informationen sollen Lyle Hollys Mitteilungen ersetzen. Ich werde in Louisiana, Alabama und Mississippi verdeckte Anti-Rassistische Aktionen initiieren und will das Unternehmen durch flankierende Zusatzinformationen absichern.
WJL: Sie haben es auf den Klan abgesehen, Sir? Wegen Postgesetz-Verletzung?
JEH: Ich habe es auf die gewalttätigsten, unfähigsten, kriminellsten und extremsten Gruppen in dem Dreistaaten-Gebiet abgesehen. Lynchen und Kastrieren wird von Gott bestraft, so Er denn unvermittelt zum Erbarmen neigen und dergleichen als Unrecht empfinden sollte. Ich strafe wegen bundesstaatlicher Postgesetz-Verletzung ab.
WJL: Eine hervorragende Arbeitsteilung, Sir.
JEH: Die verdeckten Ermittlungen werden im Juni '65 einsetzen. Ihr alter Kumpel Wayne Senior hat einen Mann rekrutiert, der einen speziellen Sonder-Klan bilden wird. Der Mann wird aus der Army ausscheiden und im Mai den Auftrag übernehmen.

WJL: Wird Wayne Senior als Führungs –
JEH: Wayne Seniors Kodename lautet VATER KARNICKEL. Der Klanführer heißt WILDES KARNICKEL. Ich habe allen langjährigen Klaninformanten Wayne Seniors, mit Seniors Zustimmung, die Unterstützung entzogen. Ich will meine Anti-Klan-Breitseite unter dem Banner der tapferen Truppe des WILDEN KARNICKELS konsolidieren, als Königliche Kämpen des KKK.
WJL: Ein Name mit Schlag, Sir.
JEH: Sie sind äußerst übermütig, Mr. Littell. Ich weiß, dass Sie entzückt sind, und weiß ebenso, dass Sie mein Vorgehen missbilligen. Letzteres brauchen Sie nicht zu betonen.
WJL: Es tut mir Leid, Sir.
JEH: Weiter. Beide Operationen werden von Dwight Holly geleitet, dessen Kodename BLAUES KARNICKEL lautet. Dwight ist aus dem Stab des Generalstaatsanwalts ausgeschieden und hat sich erneut dem FBI angeschlossen. Ich entschied mich für ihn, da er ein brillanter Taktiker ist. Außerdem ist er Lyle Hollys Bruder, und Lyle ist augenblicklich der beste weiße Kenner der SCLC.
WJL: Ich bin etwas verwirrt, Sir. Ich nahm an, Dwight sei mit Wayne Senior entzweit?
JEH: Entzweiungen kommen und gehen. Dwight und Wayne Senior haben sich versöhnt. Die von Wayne Junior umgebrachten Neger bedeuteten nur eine zeitweilige Störung. Mittlerweile ist Wayne Senior mit Wayne Junior entzweit wie Väter und Söhne weltweit.
WJL: Werde ich mit Wayne Sen –
JEH: Nicht direkt. Sie haben ihm bei der Kuriergeschichte eins ausgewischt, was er Ihnen immer noch übel nimmt.
WJL: Ich war nie mit Dwight Holly befreundet, Sir.
JEH: Dwight hat Ihnen, wenn auch ungern, die Befähigung zugestanden. Sie haben ihm im Zusammenhang mit den toten Negern geholfen, Gesicht zu wahren, wofür er sich Ihnen verpflichtet fühlt. Wobei anzumerken wäre, dass Dwight Chalfont Holly sich mit Verpflichtungen sehr schwer tut, und Sie in der Folge, ausgehend von dem unausgegorenen Plan, Ihnen ein vernichtendes Täterprofil nachweisen zu können, stichprobenweise von Agenten der Generalstaatsanwaltschaft hat

beschatten lassen. Er hielt Ihre Anwesenheit in Nevada für gefährlich.
WJL: Im Hinblick auf Dwights Charakter muss ich das als Kompliment betrachten.
JEH: Es tat ihm weh, die Überwachungen einstellen zu müssen. Er gibt sehr ungern auf. Eine Eigenheit, die Sie mit ihm teilen.
WJL: Danke, Sir.
JEH: Danken Sie mir mit guter Arbeit bei der OPERATION SCHWARZES KARNICKEL.
WJL: Das werde ich, Sir. Soll ich bis dahin die von Ihnen bei der SCLC eingerichteten Wanzen demontieren?
JEH: Nein. Vielleicht werden sie sorglos und reden.
WJL: Allerdings, Sir.
JEH: Luzifer hat den Friedensnobelpreis zugesprochen bekommen. Was mich ebenso aufbringt, wie es Sie, da bin ich überzeugt, bewegt.
WJL: Ich bin bewegt, ja.
JEH: Drei Worte, die Ihren Wert für mich bemessen.
WJL: Ja, Sir.
JEH: Lernen Sie Ihren Karnickel-Kode.
WJL: Das will ich, Sir.
JEH: Guten Nachmittag, Mr. Littell.
WJL: Guten Nachmittag, Sir.

DOKUMENTENEINSCHUB: 2.12.64. Washington *Post*.

HOOVER TRIFFT SICH MIT KING; MITARBEITER SPRECHEN VON »GESPANNTER KONFRONTATION«.

Washington, D.C., 1. Dezember.
FBI-Direktor J. Edgar Hoover und Stellvertretender Direktor Cartha DeLoach trafen sich heute mit Dr. Martin Luther King, Jr. und dessen Mitarbeitern Ralph Abernathy und Walter Fauntroy. Das Treffen fand in Hoovers Büro im FBI-Hauptquartier statt.
Es wurde über mehrere Sachthemen gesprochen, darunter auch über die angeblichen Kommunisten und kommunisti-

schen Sympathisanten in der Bürgerrechtsbewegung und die Vorgehensweise des FBI gegen die von Neger- und Bürgerrechtskämpfer-Seite unterstellte Polizeibrutalität im Süden. King erläuterte jüngste Stellungnahmen zum Verhalten von FBI-Agenten in Mississippi und deren angebliches Fraternisieren mit örtlichen Polizeikräften. Hoover wies im Gegenzug auf jüngste FBI-Erfolge in Mississippi und Alabama hin.

Man vermutete, dass Gerüchte über Wanzen und Telefonanzapfungen zur Sprache kommen würden, die das FBI angeblich gegen King und die Southern Christian Leadership Conference eingesetzt hat. »Dies war nicht der Fall«, erklärte Dr. Abernathy. »Aus dem Dialog wurde mehr und mehr ein antikommunistischer Monolog von Mr. Hoover, verbunden mit der ständig wiederholten Maßgabe, dass sich Haltungen und Praktiken im Süden im Laufe der Zeit ändern würden.«

»Mr. Hoover ermutigte Dr. King, ›für Negerstimmabgabe zu sorgen‹«, erklärte Mr. Fauntroy. »Eine entscheidende Unterstützung der Bürgerrechtskämpfer, die sich gerade jetzt in großer Gefahr befinden, bot er nicht an.«

Beide Mitarbeiter beschrieben das Treffen, das eine Stunde dauerte, als »gespannt«. Nach dem Treffen stellte sich Mr. King Reportern und gab der Überzeugung Ausdruck, er und Mr. Hoover hätten »zu einem vertiefteren Verständnis« gefunden.

Hoover lehnte jeglichen Kommentar ab. Sein Stellvertreter DeLoach gab eine Pressemitteilung heraus, die sich auf die angegebenen Sachpunkte bezog.

DOKUMENTENEINSCHUB: 11.12.64. Los Angeles *Times*.

KING NIMMT NOBELPREIS ENTGEGEN; ÄUSSERT »FESTEN GLAUBEN« AN DIE USA.

Universität Oslo. Oslo, Norwegen, 10. Dezember.

Im Beisein der Königlichen Familie Norwegens und der Mitglieder des Norwegischen Parlaments betrat Reverend Martin Luther King Jr. die Bühne, um den Friedensnobelpreis entgegenzunehmen.

Der Präsident des Norwegischen Parlaments pries Dr. King

als »furchtlosen Streiter für den Frieden, der erste Mann der westlichen Welt, der uns gezeigt hat, dass der Kampf um eine Sache mit friedlichen Mitteln geführt werden kann«.

King, durch die Einführung sichtlich bewegt, betrat die Bühne, um den Preis entgegen zu nehmen. Er sprach von der »nachhaltigen Anerkennung der Gewaltlosigkeit als Antwort auf die entscheidenden politischen und moralischen Fragen unserer Zeit, von der Notwendigkeit, menschliche Gewalt und Unterdrückung überwinden zu können, ohne selber zu Gewalt und Unterdrückungsmaßnahmen greifen zu müssen«.

Dr. King, der im gleißenden Licht der Fernsehscheinwerfer vor einem Meer hingerissener Gesichter sprach, fuhr fort: »Ich weigere mich hinzunehmen, dass der Mensch im Fluss des ihn umgebenden Lebens bloßes Treib- und Strandgut ist. Ich lehne es ab, mich der Unterstellung zu beugen, die Menschheit habe sich derart tragisch in der sternenlosen Nacht des Rassismus und des Krieges verlaufen, dass das strahlende Tageslicht des Friedens und der Bruderschaft niemals wird anbrechen können.«

Indem er auf »den schweren Weg von Montgomery, Alabama, nach Oslo« hinwies, erklärte Dr. King, der Friedensnobelpreis gelte eigentlich den »Millionen von Negern, für die er hier heute stellvertretend stehe«.

»Ihre Namen gelangen nie ins Who's Who«, sagte Dr. King. »Doch in vielen Jahren, wenn das wunderbare Zeitalter, in dem wir leben, ins strahlende Licht der Wahrheit getaucht ist, werden Männer und Frauen begreifen und Kinder lernen, dass wir in einem besseren Land leben, dass wir ein besseres Volk geworden sind und einer edleren Zivilisation angehören, weil diese schlichten Gotteskinder bereit waren, um der Gerechtigkeit willen Leiden auf sich zu nehmen.«

Dr. Kings Rede wurde mit donnerndem Applaus begrüßt. Hunderte von Studenten mit Fackeln umstellten einen großen Weihnachtsbaum, um Dr. King und seinen Begleitern das Abschiedsgeleit zu geben.

DOKUMENTENEINSCHUB: 16.12.64. Interne Aktennotiz. Bezeichnung: »OP-1-VERDECKT« / »DARF NUR VOM DIREKTOR

EINGESEHEN WERDEN« / »NACH LEKTÜRE VERNICHTEN.«
AN: Direktor Hoover. Von: Special Agent Dwight Holly.

Sir,
bezügl. unseres Telefongesprächs:
Ich pflichte Ihnen bei. Angesichts Ihrer jüngsten Begegnung mit SUBJEKT KING bitte ich, von öffentlichen Angriffen und herabsetzenden Bemerkungen über ihn abzusehen, um der SCLC-Aktion und der RASSISTEN-Aktion von OPERATION SCHWARZES KARNICKEL eine möglichst sichere Deckung zu bieten. Ich pflichte Ihnen voll bei, dass sämtliche Beteiligten oder Verteiler jegliche Ablage von Aktennotizen zu unterlassen und vielmehr die Lesen-und-verbrennen-Vorschrift aufs Strengste zu beachten haben und dass sämtliche Telefongespräche über FBI-Verschlüsselungsapparate zu führen sind.
Bezügl. besagter Teilnehmer / Zielsubjekte / Operationsziele:
1.) BLAUES KARNICKEL (der Unterzeichnete / Special Agent D.C. Holly). Aufgabe: Koordination und Leitung der beiden Paralleloperationen und Führung der Aktivitäten von:
2.) WEISSES KARNICKEL (Lyle D. Holly). Unser V-Mann in der SCLC. Übermittelt Fakten über SCLC-Politik und verwertbare persönliche Fakten über ZIELSUBJEKTE KING und RUSTIN.
3.) KREUZFAHRER KARNICKEL (Ward J. Littell). Vorgeblicher Bürgerrechtssympathisant. Hat 180.000 Dollar als vorgebliche Mafia-Spenden überwiesen, wobei er angeblich Mafia-Quellen bestahl. Unser V-Mann mit Auftrag, inkriminierende, peinliche und kompromittierende Fakten über ZIELSUBJEKT RUSTIN zu ermitteln und zu belegen.
4.) VATER KARNICKEL (Wayne Tedrow Senior). Konservativer Pamphletschreiber, verdeckter Führungsoffizier von FBI-Informanten und seit langem im Zusammenhang mit KKK-Postvergehen tätig. Unser Verbindungsmann zur RASSISTEN-Aktion der OPERATION SCHWARZES KARNICKEL. Verbindungsmann zu unserem neuen Klan-Führungsoffizier. Mit Auftrag, besagtem Führungsmann eine Liste von Hasstraktat-Abonnenten zuzuspielen, einschließlich der im JVA-System Oklahoma & Missouri einsitzenden Abonnenten, und besagten Führungsoffizier bei der Klan-Rekrutierung zu unterstützen.
5.) WILDES KARNICKEL (US Army Staff Sgt. Bob D. Relyea). Be-

sagter Klan-Führungsoffizier, zur Zeit aktiv beim Military Police Bataillon 618 in Saigon, Vietnam, und gegenwärtig zu den (OP-1-verdeckt) CIA-Unternehmungen in Laos abkommandiert. (Anmerkung: Sgt. Relyea weigert sich, die Einzelheiten seines gegenwärtigen Auftrags zu beschreiben und ist auch nicht bereit, die Namen seines CIA-Führungsoffiziers oder seiner Kollegen mitzuteilen. Ich habe die Befragung nicht weiterverfolgt. Sgt. Relyea hält sich an OP-1-Verdeckungs-Vorschriften, und das Schweigen spricht für seine Fähigkeit, dieselben einzuhalten.)

Sgt. Relyea ist ein erfahrener Hasstraktatschreiber, ein ehemaliger Gefängniswärter der JVA-Missouri mit segregationistischen Kontakten im Mittleren Westen und Süden. Er schleust nach wie vor selbst verfasste Hasspamphlete durch das Gefängnissystem von Missouri. Sgt. Relyea wird Mai '65 aus der Army entlassen und zeitgleich seine CIA-Operationen beenden. Wir können davon ausgehen, dass er Anfang Juni '65 die Arbeit an der OPERATION SCHWARZES KARNICKEL aufnimmt.

Bezügl. der Zielsubjekte ROTES KARNICKEL (Martin Luther King), ROSA KARNICKEL (Bayard Rustin) u. Operationspläne:

Besagte Pläne:

1.) ROTES KARNICKEL und ROSA KARNICKEL diskreditieren und ihre subversiven sozialistischen Absichten vereiteln.

2.) Erhebung und Bekanntmachung von belastenden und / oder peinlichen Fakten über kommunistische Beziehungen, heuchlerisches Moralverhalten und sexuelle Degeneration.

3.) Bekanntgabe besagter Fakten exakt orchestrieren, um die gesamte sozialistische Unterwanderung der Bürgerrechtsbewegung klarzustellen.

4.) Misstrauen in der Bürgerrechtsbewegung säen.

5.) Innerhalb der Negergemeinschaft Misstrauen und Abscheu gegen ROTES KARNICKEL erwecken und den jüngsten Prestigegewinn, den ROTES KARNICKEL für dieselbe erringen konnte, konterkarieren.

6.) Die sozialistisch-kommunistischen Absichten von ROTEM KARNICKEL, SCLC und Bürgerrechtsbewegung aufdecken und einen nachhaltigen politischen Rückschlag auslösen.

7.) Die offensichtlich gestörte Psyche von ROTEM KARNICKEL mit einer anonymen Briefkampagne attackieren.

8.) Die RASSISTEN-AKTION der OPERATION SCHWARZES KARNICKEL zeitgleich mit Pkt. 7 angehen, um die klanfeindliche, rassistenfeindliche Haltung des FBI deutlich zu machen und einer allfälligen, durch Provokateure der Bürgerrechtsbewegung und der sozial-liberalen Presse geschaffenen, FBI-feindlichen Stimmung entgegenzutreten.

Darüber hinaus schlage ich dringend vor:

9.) SCLC-POSTÜBERWACHUNG. Auffangen, Lesen, Ablegen und Weitersendung sämtlicher inneramerikanischer und ausländischer Post, die an das Hauptbüro und örtliche SCLC-Nebenstellen verschickt wird.

10.) SCLC-ABFALLÜBERWACHUNG. Untersuchung, Aufzeichnung & indiziengerechte Beschlagnahmung sämtlichen in den Mülleimern der SCLC-Büros abgelegten Mülls und Abfalls.

11.) Ein anonymer Brief, aus der Negerperspektive verfasst und an die Privatadresse von ROTEM KARNICKEL in Atlanta geschickt.

Der Brief wird mit »King, schau in dein Herz« beginnen und klarstellen, als welch »abscheuliche Farce« der Friedensnobelpreis und die anderen jüngsten Ehrungen von ROTEM KARNICKEL innerhalb der Hauptgruppe der Negergemeinschaft betrachtet werden. Der Brief wird ROTEM KARNICKEL subtil nahe legen, lieber Selbstmord zu begehen, als sich bei der Negergemeinschaft weiterhin in Misskredit zu begeben, und wird auch Abhörprotokolle enthalten, die sich auf die Seitensprünge von ROTEM KARNICKEL beziehen, um Ihre entsprechenden öffentlichen Erklärungen zu flankieren und bei ROTEM KARNICKEL den Eindruck zu erwecken, dass Ihre Erklärungen von der politischen Mitte der Neger wahrgenommen und akzeptiert werden.

Abschließend:

Unsere Wanzen und Telefonabhöreinrichtungen bleiben in Funktion, auch wenn sie stark kompromittiert sind. Nach unserem letzten Telefongespräch pflichte ich Ihrer Einschätzung bei. OPERATION SCHWARZES KARNICKEL soll verdeckt auf Operationsstufe 1 angegangen und durchgeführt werden. ROTES KARNICKEL hat ein unerträglich hohes Maß an öffentlicher Akzeptanz erlangt, das nur durch unsere sorg-

samsten und geheimsten Anstrengungen abgefangen werden kann.
Hochachtungsvoll
D. C. H.

DOKUMENTENEINSCHUB: 21.12.64. Kurierpost. An: John Stanton. Von: Pete Bondurant. Bezeichnung: »NUR PERSÖNLICH ÜBERGEBEN« / »NACH LEKTÜRE VERNICHTEN.«

J. S.,
Wayne hat's geschafft. Am 9.1.65 gehen wir in Betrieb, & nach der Endverteilung rechne ich mit einem Nettoprofit von 320.000 Dollar. Das ergibt einen Kader-Anteil (45 %) von etwa 150.000 Dollar. Ich arbeite gerade die Einzelheiten aus, aber der Plan bleibt unverändert.

Laurent, Chuck und Flash werden bei Rechtsextremisten in Texas & im Süden Waffen kaufen & Exilanten am Golf zuspielen. Soweit der grundsätzliche Plan, mit einer Einschränkung.

Wir haben uns beide an Küstenüberfällen beteiligt, und die Missionen aus Süd-Florida & dem Golf haben nichts gebracht. Ich denke, unsere Exilanten sollten sich zunutze machen, dass sie Kubaner sind, & die Waffen an Anti-Castro-Gruppen innerhalb von Kuba verteilen. Darauf lege ich großen Wert.

Was meinst du? Mit Bitte um baldige Antwort.
P.B.

DOKUMENTENEINSCHUB: 26.12.64. Kurierpost. An: Pete Bondurant. Von: John Stanton. Bezeichnung: »NUR PERSÖNLICH ÜBERGEBEN« / »NACH LEKTÜRE VERNICHTEN.«

P.B.,
Bin grundsätzlich mit deinem Plan einverstanden und meine ebenfalls, dass unser Endziel darin bestehen sollte, Dissidenten innerhalb der Insel mit aus unserem Nettoprofit erworbenen Waffen zu versehen. Davon abgesehen möchte ich darauf hinweisen, dass du in Sachen Kuba die Dinge überstürzt. Keine spezifischen Profitverteilungspläne ausarbeiten,

ehe nicht unsere Kosten im Landesinneren abgeschätzt werden können, wobei alle Abzüge für die Waschung der Gelder durch entsprechende CIA-Strohfirmen mit einberechnet werden müssen. Unsere kubanischen »Spenden« dürfen nicht zu unserem Las-Vegas-Unternehmen zurückverfolgt werden können.
Abschließend:
Die Säuberung von Saigon wird demnächst erfolgen. Ein Can-Lao-Kontingent wird das Gebiet um Khanh Hoi sichern, aber man hat mir versprochen, dass das Labor nicht angetastet wird. Sieh zu, dass Tedrow das Labor sichert und die Räumlichkeiten spätestens am Morgen des 8.1.65 verlassen hat.
Por La Causa,
J. S.

DOKUMENTENEINSCHUB: 6.1.65. Körpermikro-Transkript. Bezeichnung: »VERTEILERSCHLÜSSEL: Direktor / BLAUES KARNICKEL / WEISSES KARNICKEL / VATER KARNICKEL / DIREKTMITSCHNITT VERNICHTET / LESEN & VERBRENNEN.«
Ort: Washington, D.C. (Lafayette Park). Datum: 4.1. 08:42. Sprecher: KREUZFAHRER KARNICKEL / ROSA KARNICKEL

KFK (laufendes Gespräch): Was ich (statisches Zwischengeräusch) Presse gelesen habe. Dr. King klang ermu –
ROSAK (lachend): Bei Martin umfasst Gewaltlosigkeit auch den Verzicht auf eine schärfere Ausdrucksweise (Pause / 2,1 Sekunden). Nein, Hoover war grob und unansprechbar. Martin sagte, er habe vor Wut gezittert.
KFK: Das heißt, kein Fortschritt?
ROSAK: Nicht den geringsten. Er hat das Vorhandensein von Wanzen und Telefonabhöreinrichtungen weder bestätigt noch widerlegt (Statik / 2,8 Sekunden) nicht weiter darauf eingegangen. Er hat manchmal so was gottverdammt Christusähnliches.
KFK: Es war klug von Dr. King, ihn nicht zu reizen.
ROSAK: Recht haben Sie, Ward. Ein hasserfüllter Irrer mit schwindenden Kräften steht einer hochbedeutenden Persönlichkeit gegenüber, die immer mehr an Einfluss gewinnt. Man

kann getrost davon ausgehen, dass dies auch andere Menschen so sehen.
KFK: Die Fähigkeiten von (Nebengeräusch / 2,9 Sekunden) nie unterschätzen oder gering achten.
ROSAK: Das hat Martin bald darauf am eigenen Leib erfahren.
KFK: Wie –?
ROSAK (unterbrechend): Martin hat einen Brief erhalten, den Coretta leider als Erste gelesen hat. Angeblich stammt er von einem Neger, der Martin aufforderte, sich das Leben zu nehmen. Es gab (Statik / 3,3 Sekunden) Anspielungen, auf deren Wahrheitsgehalt ich nicht eingehen möchte, über Seitensprünge, die Martin (Statik / 1,6 Sekunden) begangen haben mag oder nicht. Coretta war (Pause / 0,9 Sekunden) nun, sie war schwer getroffen.
KFK: Jesus Christus.
ROSAK: Kann man wohl sagen.
(Statik / Nebengeräusche / 9,3 Sekunden.)
ROSAK (laufendes Gespräch): – kein Heiliger, aber den zutiefst bösartigen Charakter des Mannes habe ich erst da ganz begriffen. (Pause / 4,1 Sekunden / ROSAK lacht.) Warum so finster, Ward? Wahrhaftig, Sie sehen geradezu gespenstisch aus.
KFK: Ich kann Ihnen kein Geld mehr geben, Bayard. Das wird für mich persönlich zu riskant. (Statik / 0,8 Sekunden) später, aber nicht in voraussehbarer Zukunft.
ROSAK: Machen Sie sich deswegen (Pause / 2,2 Sekunden). Nun nehmen Sie's nicht so schwer, Kind. Sie haben unendlich viel für die Sache getan, und ich persönlich hoffe, dass wir in Kontakt bleiben.
KFK: Nur zu gern. Sie wissen, wie ich empfinde.
ROSAK: Das weiß ich allerdings. Ich genieße unsere Gespräche, wobei ich aus Ihrer Analyse des FBI-Charakters besonderen Nutzen ziehe.
KFK: Wofür ich Ihnen weiterhin gerne weiter zur Verfügung stehe. Und ich werde immer wieder in Washington durchreisen.
ROSAK: Und ich bin immer für einen Drink oder eine Tasse Kaffe zu haben.
KFK: (Statik / 3,4 Sekunden / laufendes Gespräch): Dr. King geplant?

ROSAK: Wir haben eine große Aktion in Selma, Alabama, vor. Wir planen, den »Freiheitssommer« in Mississippi wieder aufzunehmen, und für Juni haben wir uns Ost-Louisiana vorgenommen.
KFK: Wo es starke Klan-Kräfte gibt. Dem Baton-Rouge-Büro liegt eine umfängliche Akte vor.
ROSAK: In Bogalusa wimmelt es nur so von spitzkapuzigen Freunden. Wir werden Kampagnen zur Eintragung in Wählerlisten durchführen und sie aus ihren Leintüchern scheuchen.
KFK (Lachen / Nebengeräusche / 20 Sekunden): Rechnen Sie mit Widerstand?
RFK: Ja, aber Martin fühlt sich durch die Anwesenheit des FBI in Mississippi vom vergangenen Sommer ermutigt und ist überzeugt, dass der schlimme Mr. Hoover für die Sicherheit unseres Volkes arbeiten wird, ungern, aber –
(Weitere Statik / Band endet hier).

DOKUMENTENEINSCHUB: 7.1.65 Kurierpost. Saravan, Laos, nach Saigon, Südvietnam.
An: Wayne Tedrow Junior. Von: Pete Bondurant. Bezeichnung: »NUR PERSÖNLICH ÜBERGEBEN«

W.T.,
mach dich bereit, mit der ersten Ladung vom 9.1.65 in die Staaten zu reisen. Verlass das Labor bis zum 8.1. Dringend! Noch heute antworten!
P. B.

DOKUMENTENEINSCHUB: 8.1.65. Kurierpost. Saravan, Laos, nach Saigon, Südvietnam.
An: Wayne Tedrow Junior. Von: Pete Bondurant. Bezeichnung: »NUR PERSÖNLICH ÜBERGEBEN«

W.T.,
mach Labor dicht & hau sofort ab! Dringend! Umgehend antworten!
P. B.

67 (Saigon, 9.1.65)

Dableiben. Sich alles aus der Nähe ansehen. *Zuschauen*.
Das Labor war sicher. Er hatte Chuck gestern Abend eine Kuriernachricht geschickt: Ich hole Pete ab / Flughafen Tan Son Nhut / Flug Nr. 29. Ich habe das H verpackt. Ich habe das Zeug versteckt – mich um die Kiste mit Aufschrift »Flammenwerfer-Ersatzteile« gekümmert.
Rumlungern. Sich alles aus der Nähe ansehen. Beim »Reinemachen« zuschauen.
Die Can Lao hatte letzte Nacht zugeschlagen. Die Can Lao hatte vorgesäubert. Sie hatte Stinkbomben ins Go-Go geschmissen. Sie hatte die Kunden weggescheucht. Sie hatte die Nutten weggescheucht. Sie hatte die Opiumhöhle geschlossen. Sie hatte die Narkis festgehalten. Besagte Narkis hatten weitergedöst.
Wayne sah auf die Uhr – 06:14 – Wayne sah zum Fenster raus.
Marvs drapierten Flaggen. Marvs wickelten Spruchbänder aus. Marvs scheuchten Straßenverkäufer weg. Marvs stahlen ihnen das Geld. Marvs schmissen ihnen die Verkaufsstände um. Marvs schickten Trupps mit Feuerwehrschläuchen los.
Die Trupps hoben die Schläuche. Die Trupps spritzten los. Das Wasser riss Wände und Stände in Stücke. Das Wasser zerquetschte Obst. Das Wasser schwemmte Abfallreste durch die Straße und putzte Graffiti weg. Die Verkäufer flohen – Fliegengewichte – Spritzschlauchkonfetti.
Die Marvs zogen Spruchbänder hoch. LBJ. Prächtige Riesennase und ein Lächeln, das von Herzen kommt. Premier Khanh. Er hat Riesenzähne. Und ein Grinsen, das von Herzen kommt.
Ein Verkäufer floh. Er wurde vom Wasser mitgerissen. Das Wasser stürzte Fahrradrikschas um.

»Du bist ein Scheiß-Spanner.«
Wayne schluckte leer. Wayne drehte sich um. Wayne sah Bongo.
In seinen engen Baumwoll-U-Hosen. In seinen spitzen Cowboystiefeln. Mit einer dicken Nutte im Schlepptau.
»Weißt du, was ich an dir mag? Deine ›Die-Sanftmütigen-werden-das-Himmelreich-erben-Tour‹. Du schaust gern zu, sagst aber nie kein Scheiß-Sterbenswort.«
Die Nutte trug ein Männerunterhemd. Die Nutte trug Bissspuren an den Schenkeln. Die Nutte trug Brandlöcher in der Haut.
»Stehst du auf sie? Ich nenn sie ›Aschenbecher‹. Brauchst nie nach einem zu suchen, wenn sie zur Hand ist.«
Wayne schloss das Fenster. Bongo rückte sich die Eier zurecht. Bongo pumpte seine Adern auf.
»Ich dachte, ich biet dir 'nen Handel an. Ich krieg 'nen Schuss, und du kannst zuschauen, wie's mir Aschenbecher französisch besorgt.«
Wayne lächelte. Wayne musste leer schlucken. Wayne schloss seinen Schrank auf.
Er bereitete Wasser vor. Er bereitete eine Spritze vor. Er bereitete einen Löffel vor. Er bereitete H vor. Er kochte es auf. Er zog es in die Spritze auf.
Bongo lachte. Aschenbecher kicherte. Wayne verstellte ihnen die Sicht. Wayne zog Ammoniak auf. Er zog Rattengift auf. Er zog Strychnin auf.
»Du bist von der langsamen Zunft, oder?«, fragte Bongo.
Wayne drehte sich um. Bongo machte eine Schlinge zurecht. Bongo band sich eine Ader ab.
Wayne sah sie. Wayne stippte sie an. Wayne stach rein. Wayne drückte laaaaaaangsam auf den Kolben.
Geschafft – und nun?
Bongo schwankte. Bongo sprang auf. Bongo versprühte Pisse und Scheiße. Bongo fiel um und zuckte und schlug um sich.
Wayne trat zurück. Wayne schaute zu. Aschenbecher trat nahe ran.
Bongo hustete Schaum. Bongo hustete Blut. Bongo biss sich die Zunge ab. Wayne ging nahe ran. Wayne stellte sich ihm auf den Kopf. Wayne zerbrach ihm den Schädel.

Aschenbecher hielt sich die Nase zu. Aschenbecher bekreuzigte sich. Aschenbecher trat Bongo in die Eier. Wayne packte Bongo. Wayne schleppte Bongo über den Boden. Wayne schmiss Bongo den Luftschacht runter.

»Bongo mieser Charlie«, sagte Aschenbecher. »Bongo Nummer zehn.«

Wayne sah Leroy und Cur-ti. Wayne sah Wendell Durfee.

Weitere Säuberungen – seine und ihre.

Wayne säuberte das Labor. Wayne schaute der Show draußen zu. Marvs spritzten Mönche weg. Marvs spritzten Wände ab. Marvs schrubbten Graffiti ab.

Der Luftschacht zitterte. Ratten hüpften durch. Ratten fanden Bongo. Ratten fraßen ihn auf.

10:05 – bald Ankunftszeit.

Daaaaaaa –

Stimmen und schwere Tritte – zwei Klicks weiter. Da – sie kommen – wie geahnt.

Wayne ging runter. Wayne stellte sich auf den Treppenabsatz. Wayne fand eine schattige Stelle.

Da – zehn Can-Lao-Schläger. Fünf zwei-Mann-Teams arbeiteten zusammen. Sie haben Taschenlampen und schallgedämpfte .45er. Sie haben Feuerwehrschläuche / Flammenwerfer / Säcke.

Sie schwärmten aus. Sie schritten die Liegen ab. Sie schossen aus nächster Nähe in Gesichter.

Alles ganz leise – schallgedämpft – Kopfschüsse im Licht.

Sie leuchteten an. Sie schossen. Sie ließen die verschossenen Patronen zu Boden fallen und luden nach. Köpfe brachen in einem Heiligenschein entzwei. Köpfe zerbrachen Liegenbretter.

Sie erschossen Opiumberauschte – *ruhig, wird nur betäubt* – langsam, aus nächster Nähe.

Wayne schaute zu. Wayne sah Gesichter aufflackern. B-Girls und Aschenbecher. Onkel-Ho-Typen.

Die Schläger hörten auf. Die Schläger formierten sich in der Türe um. Die Schläger traten ganz weit zurück.

Ein Schläger zielte mit einem Flammenwerfer. Besagter Schläger zog ihn in Bodennähe durch. Besagter Schläger verbrannte Leichenreihen aus nächster Nähe.

Dreimal drüber und wieder zurück. Mit konzentriertem Feuerstoß.
Der Schläger stellte den Flammenwerfer ab. Ein Schläger drehte einen Feuerwehrschlauch auf. Besagter Schläger versprühte Wasser aus nächster Nähe. Die Flammen erloschen. Leichen flackerten auf. Liegen zerbarsten. Wayne schaute zu. Die Schläger formierten sich um. Die Schläger verteilten sich im Raum. Sie zogen die Hosen aus. Sie stapften durchs Schlauchwasser. Sie schleppten große Säcke an. Sie schütteten Kalk aus. Sie parfümierten Leichen. Sie mehlten Fleisch ein.

DOKUMENTENEINSCHUB: 8.2.65. Interne Aktennotiz. Betrifft: UNTERNEHMEN SCHWARZES KARNICKEL. An: Direktor. Von: BLAUES KARNICKEL. Bezeichnung: »OP-1-VERDECKT« / »DARF NUR VOM DIREKTOR EINGESEHEN WERDEN« / »NACH LEKTÜRE VERBRENNEN.«

Sir,
anbei mein erster Zwischenbericht über USK.
1.) KREUZFAHRER KARNICKEL traf ROSA KARNICKEL zweimal in Washington D.C. (6.1.65, 19.1.65) und gab die Bänder an mich weiter. Entsprechend den Richtlinien für OP-1-verdeckt habe ich die Bänder persönlich niedergeschrieben und die Direktmitschnitte vernichtet. Die Niederschriften von Band Nr. 1 und Band Nr. 2 liegen vorliegender Aktennotiz bei (Anhang A). Entsprechend den Richtlinien bitte ich, dieselben nach Lektüre zu verbrennen.
2.) Obwohl die Tonqualität des Öfteren zu wünschen übrig ließ, bin ich mir in meiner Einschätzung der Bänder sicher. Offensichtlich ist das weibische und geistvolle ROSA KARNICKEL sehr vom Witz, der vorzüglich vorgeschützten Ernsthaftigkeit und dem scheinbar glühenden Idealismus von KREUZFAHRER KARNICKEL eingenommen. Was zeigt, wie richtig Sie taten, die beiden zusammenzubringen. ROSA KARNICKEL akzeptierte die Erklärung von KREUZFAHRER KARNICKEL, warum er keine »geklauten« Mafia-Gelder mehr zur Verfü-

gung stellen könne, mit Großmut, und beide Männer erklärten, »in Verbindung bleiben zu wollen«. Der Wunsch, auf Band Nr. 1 geäußert, wurde in einem zweiten Treffen von ROSA KARNICKEL und KREUZFAHRER KARNICKEL bestätigt, das auf Band Nr. 2 festgehalten ist.

3.) KREUZFAHRER KARNICKEL hat ROSA KARNICKEL auf beiden Bändern äußerst geschickt verhört. (Vgl. beide Niederschriften.) Bisher allerdings hat ROSA KARNICKEL nur Informationen preisgegeben, die durch unsere SCLC-Quelle »vor Ort«, WEISSES KARNICKEL, bekannt sind. Dabei geht es unter anderem um:

3A: Geplante Agitationen in Selma, Alabama (Demonstrationen, Boykotte, Stimmrechts-Eintragungskampagnen);

3B: Eine (für Juni '65) geplante Kampagne zur Aufhebung der Rassentrennung in Chicago;

3C: Anfangspläne (aber keine definitiven Einzelheiten) im Hinblick auf SCLC-Beteiligung an einer zweiten »Freiheitssommer-Agitations-Kampagne« in Mississippi;

3D: Geplante Agitation in und um Bogalusa, Louisiana, die im Juni '65 einsetzen soll;

4.) Ich habe die neuesten Bänder abgeholt, die von unseren Hotelzimmer-Überwachungsposten gesichert worden sind. ROTES KARNICKEL, ROSA KARNICKEL und andere SCLC-Mitglieder sind bei insgesamt 14 Gelegenheiten vom 1.1.65 bis zum 4.2.65 in besagten Räumen abgestiegen. Wichtige Informationen wurden nicht ermittelt. Die harmlosen Gespräche und das wiederholte Flüstern legen den Schluss nahe, dass die Subjekte elektronische Überwachung vermuteten. Besagte Wanzen bleiben an Ort und Stelle.

5.) WEISSES KARNICKEL berichtet, dass ROTES KARNICKEL, ROSA KARNICKEL und andere SCLC-Mitglieder den ROTEM KARNICKEL zugeschickten anonymen »Selbstmord-Brief« diskutiert haben und zum Schluss kamen, dass derselbe aus einer FBI-Quelle stammen muss. WEISSES KARNICKEL berichtet zudem, dass ROTES KARNICKEL und ROSA KARNICKEL sich vor kurzem mehrmals abschätzig über Sie geäußert haben, entsprechend den abschätzigen Bemerkungen von ROSA KARNICKEL in der Niederschrift Nr. 1. WEISSES KARNICKEL erklärte, ROTES KARNICKEL sei über den Brief »sehr auf-

gebracht« gewesen, vor allem angesichts des »niederschmetternden Eindrucks«, den er auf die Ehefrau gemacht habe.
  6.) Betreffs POSTÜBERWACHUNG. Bisher haben die dafür abgestellten Agenten zahlreiche Unterstützerbriefe abgefangen, festgehalten und weitergeschickt, ebenso wie große und kleine Spenden an die SCLC, von denen viele von bekannten linken Sympathisanten, Mitgliedern kommunistischer Tarnorganisationen und Filmstars stammen, darunter Danny Kaye, Burt Lancaster, Walter Pidgeon, Burl Ives, Spencer Tracy, Rock Hudson, Natalie Wood und zahlreiche Folksänger geringerer Reputation. (Die Einzelheiten sind Liste B des Anhangs zu entnehmen. Entsprechend den Richtlinien bitte nach Lektüre verbrennen.)
  7.) MÜLLUNTERSUCHUNGEN. Bisher haben die abgestellten Agenten zahlreiche weggeworfene linke Periodika sowie pikante Magazine mit Fotografien nackter weißer Frauen und harmlosen und entsprechend nichtaufgelisteten Abfall gefunden. (Vgl. Anhang Liste C betr. Inventar.) (Anmerkung: Eine Anhangs-Inventarliste B wird bald zusammengestellt & entsprechend Verdecktheitsgrad-1-Vorschriften abgelegt werden. Mit deren Hilfe wird auf Ihre Anweisung hin eine SCLC-KONTENÜBERPRÜFUNG eingeleitet werden können, um festzustellen, ob besagte Spenden legal verbucht wurden, womit sich wiederum abschätzen ließe, wie weit eine behördliche Revision der Bundes- und Einzelstaatlichen Steuererklärungen der SCLC sinnvoll ist.)
  Abschließend:
  SÄMTLICHE VERDECKTEN ERMITTLUNGEN werden fortgesetzt. Ein zusammenfassender Bericht über die RASSISTEN-Aktion des UNTERNEHMEN SCHWARZES KARNICKEL folgt.
  Hochachtungsvoll,
  BLAUES KARNICKEL

DOKUMENTENEINSCHUB: 20. 2. 65. Interne Aktennotiz. Betrifft: RASSISTEN-AKTION/ UNTERNEHMEN SCHWARZES KARNICKEL. An: Direktor. Von: BLAUES KARNICKEL. Bezeichnung: »OP-1-VERDECKT«/»DARF NUR VOM DIREKTOR EINGESEHEN WERDEN«/»NACH LEKTÜRE VERBRENNEN.«

Sir,
mein erster zusammenfassender Bericht über die RASSI-STEN-Aktion von USK.

1.) Mit Hilfe von VATER KARNICKELS Assistenten habe ich eine Liste potentiell dissidenter Klan-Männer zusammengestellt, die, seit VATER KARNICKEL seine bisherigen, staatlich unterstützten Klan-Informanten-Gruppen im Dezember '64 aufgelöst hat, nach Anschluss suchen. (Vgl. Anhang A betr. Liste besagter Klan-Männer.) (Anmerkung: Bitte besagten Anhang gemäß Vorschriften für Verdecktheitsgrad 1 nach Lektüre verbrennen. Ich habe vorschriftsgemäß eine Kopie behalten.) Außerdem hat VATER KARNICKEL (vgl. Anhang B / verbrennen & lesen) eine 14.000 Namen umfassende Liste weißer männlicher Hasstraktat-Abonnenten in Louisiana und Mississippi zur Verfügung gestellt, alles Leser spezifisch segregationistischer / negerfeindlicher, von VATER KARNICKEL verteilter Traktatserien. Ein Abgleich mit dem Vorstrafenregister ergab, dass bei 921 Männern Vorstrafen wegen Vergehen, Verbrechen und Mitgliedschaft in rechtsextremen Organisationen vorliegen.

2.) Ich schlage vor, die Männer von VATER KARNICKEL im Namen eines »anonymen Patrioten« anzuschreiben und ihnen nahe zu legen, sich nach der (im Mai '65) zu erwartenden Entlassung von WILDEM KARNICKEL aus der U.S. Army auf postalischem Wege an denselben zu wenden. WILDES KARNICKEL könnte die erhaltene Post prüfen, die viel versprechendsten Kandidaten kontaktieren und daraus den Kern einer neuen Klan-Gruppe zusammenstellen. Er könnte die Richtlinien für das Verhalten seiner Rekruten bestimmen und Informationen über deren bisherige rassistische Verbindungen zusammenstellen. WILDES KARNICKEL könnte auch deren weitere Informanten-Tätigkeit bestimmen.

3.) KREUZFAHRER KARNICKEL und WILDES KARNICKEL haben die besagte »Zweite Freiheitssommer-Kampagne« in Mississippi erwähnt und die (für den Juni '65) geplante Agitation in und um Bogalusa, Louisiana. WILDES KARNICKEL will die Gegebenheiten nutzen, wobei ich davon ausgehe, dass ihm eine kontrollierte, gleichwohl beeindruckende Machtdemonstration eine beträchtliche Anzahl von Rekruten zuführen wird. Um die Willfährigkeit seiner Rekruten zu steigern, könnte WILDES KARNICKEL ihnen Gewehre und Handfeuerwaffen minderer Qualität zur Verfügung stellen, die von seinem Freund CHARLES »CHUCK« ROGERS (weiß, männlich, 43) erworben werden, einem verdeckten CIA-Mitarbeiter, der zur Zeit gemeinsam mit WILDEM KARNICKEL in Vietnam dient. ROGERS hat weit verzweigte Waffenverbindungen unter politisch rechtsorientierten kubanischen Exilgruppen der Golfküstenregion.

4.) WILDES KARNICKEL hat zudem eine »Hasstraktat-Mission« für Gefangene und Exgefangene organisiert, die er während seiner Arbeit als Gefängniswärter in der JVA Missouri kennen gelernt hat, und plant, einige entlassene Mitglieder seines »Fanblocks« zu rekrutieren, damit sie ihn nach ihrer Entlassung kontaktieren. Ich halte das ebenfalls für einen sinnvollen Rekrutierungsansatz.

Abschließend:
Ich glaube, wir sind mit heutigem Datum (20. 2. 65) einsatzfähig. Mit der Bitte um Antwort, sobald Ihre Arbeitslast Ihnen dies erlaubt.

Hochachtungsvoll,
BLAUES KARNICKEL

DOKUMENTENEINSCHUB: 1. 3. 65. Interne Aktennotiz. Betrifft: UNTERNEHMEN SCHWARZES KARNICKEL / AKTENNOTIZ vom 20. 2. 65. An: BLAUES KARNICKEL. Von: Direktor. Bezeichnung: »OP-1-VERDECKT« / »NACH LEKTÜRE VERBRENNEN.«

BLAUES KARNICKEL,
betrachten Sie die in Ihrer Aktennotiz vom 20. 2. 65 vorgeschlagenen Maßnahmen als genehmigt. Schlappe Geldmittel folgen. Informationen dürfen, im Rahmen des Erforderlichen, an VATER KARNICKEL und WEISSES KARNICKEL weitergegeben werden. Von einer Weitergabe an und Kontaktaufnahme mit KREUZFAHRER KARNICKEL ist in Anbetracht seiner suspekten ideologischen Haltung strikt abzusehen, sofern keine ausdrückliche Gegenanweisung vorliegt.

DOKUMENTENEINSCHUB: 8.3.65. Kurierpost. An: John Stanton. Von: Pete Bondurant. Bezeichnung: »NUR PERSÖNLICH ÜBERGEBEN« / »NACH LEKTÜRE VERNICHTEN.«

J.S.,
wir sind jetzt beidseitig einsatzfähig. Anbei die verlangte Zusammenfassung.
Alles geht glatt. A) Milt Chargin hat Polizisten der Archivabteilung des Vegas Police Department & beim Clark County Sheriff geschmiert & eine Liste aller je hopsgenommenen farbigen Junkies in West Vegas organisiert.
B) Ich habe vier ersetzbare farbige Dealer rekrutiert, die die unterste Stufe der Verteilung in West Las Vegas übernehmen. Sie haben miese Kasino-Jobs & waren froh über den Auftrag. Ich habe ihnen Kopien der vorerw. Narki-Liste gegeben & den Junkies Gratisproben von unserer ersten Lieferung in die Staaten vom 9.1.65 zukommen lassen. Die »Gratismuster« machten sie scharf auf mehr. Ich habe meine 4 Burschen angewiesen, jedem Interessenten »Gratismuster« abzugeben, aber nur an Farbige. Sie hatten viele Anfragen & wir haben viele künftige »Stammkunden« organisiert. (Milt C.s Bezeichnung, nicht meine.)
C) Ich knöpfe mir die 4 Burschen periodisch vor & bin vorläufig überzeugt, dass sie 1.), keine Kader-Ware geklaut, 2.), nicht an Nicht-Neger-Kunden verkauft, 3.), keine Kader- oder Tiger-Taksi-Mitarbeiter verpfiffen, 4.), nicht bei ihren Gangsterkumpeln aufgeschnitten haben & dies, 5.), auch nicht tun werden, wenn sie hopsgenommen werden, was unwahrscheinlich ist, weil, 6.), Milt das LVPD & die Drogenabteilung des Sheriffs geschmiert & sich einen Freiraum gesichert hat, & wenn einer der 4 hopsgenommen werden sollte, kriegt er Kaution gestellt & und wird umgebracht, bevor er zu viel sagt.
Womit, 7.), alles abgesichert ist. Tiger-Fahrer liefern die Ware zu toten Briefkästen, die Dealer holen sie ab & verteilen sie & schicken uns das Geld auf gleiche Weise zurück. Die Fahrer sind solide Profis & reden nicht, falls sie hopsgenommen werden. Als Wayne in die Staaten versetzt wurde, hat er die Dealer gelegentlich verfolgt & festgestellt, dass sie nichts für sich abzweigten oder sonst was versauten. Wayne hat in der

West Side einen üblen Ruf, was dafür sorgt, dass die Dealer keine Sprünge machen.

D) Wie du weißt, ist Wayne einmal von Saigon in die Staaten versetzt worden & hat (am 2. 3. 65) die 2. Ladung (4 Pfund) in die Staaten geschickt. Rogers, Relyea, Mesplède, Guéry & Elorde bleiben in Laos, wo sie die Produktion von M-Base im Tiger-Kamp überwachen (während du dich mit deinen Kumpels in Südost-Asien rumtreibst & deinen Geheim-Scheiß durchziehst). Das Produktionsniveau von Tiger-Kamp ist nach wie vor hoch & die Januar- / Februarernte lag noch über den Einschätzungen der Chemiker. Trans Methedrin ist ausgegangen (gemischter Erfolg – hat 3 Sklaven umgebracht) & wir hatten eine lahme Woche (Ende Februar), während die Sklaven große O-Portionen rauchten & den Entzug bewältigen mussten. Wir müssen die Felder im April abbrennen, um die Erde auf die Herbstaussaat vorzubereiten, aber wir haben genügend M-Base auf Lager, um uns bis zur nächsten Ernte zu versorgen, weil die 3 Raffinerien viel Vorrat hatten, als wir sie im letzten November überfielen & konsolidierten. Vorläufig funktioniert meine Gummischrot-Politik, weil die Ex-ARVNs & die Excongs sich nach wie vor bekriegen. Mesplède führt jede Woche Cong-ARVN-Boxkämpfe durch (Sklaven in den Ecken & als Schiedsrichter), wodurch etwas Dampf abgelassen & die Moral hochgehalten wird.

E) Was die »Säuberung« anging, hattest du Recht. Die Can Lao hat die Opiumhöhle unter dem Labor ausgeräumt (wie wohl 600 andere), aber jetzt, wo der Rummel um den Truppenaufbau abgeflaut ist, läuft alles wie gehabt. Chucks Saravan-Saigon-Flüge wurden von niemandem gestört & der Zoll hat seine Fracht nie überprüft. Die Opiumhöhle unter dem Labor & das Go-Go haben wieder eröffnet & Wayne probiert die Dosierung nach wie vor an Narki-Stammkunden aus. Tran zufolge hat Khanh aufgehört, gegen Drogen zu predigen, & jetzt, wo die Truppen ins Land kommen & der Krieg aufflammt, haben die Leute in Saigon andere Sorgen. Du hattest Recht, der Truppenaufbau scheint uns zusätzliche Deckung zu geben.

F) Der Transportablauf verläuft 1A. Bisher völlig ohne Zollkontrollen & Probleme beim Abflug aus Tan Son Nhut & absolut glatt in Nellis. Mein Freund Littell hat die Lieferung vom 9.1.65 von Nellis ans CIA-Depot bis zur endgültigen »Übergabe« in der Waffenkammer von Nevada überwacht. Milt C. hat die Ware vom Depot zu Tiger-Taksi gebracht. Ein narrensicheres System, und die National Guard ist überglücklich über die »Spenden« von Mr. Hughes.

G) Bei Milt gab es ein paar unerwartete Ausgaben, aber abgesehen davon haben wir mit der Lieferung vom 9.1. & 2.3. in Vegas weitere 182.000 Dollar kassiert. Ich bin soweit, dass ich Chuck, Laurent & Flash in die Staaten schicken kann, um Exilanten-Lager zu überprüfen, damit sie die Truppen einschätzen & ausgewählten Einheiten Waffen zukommen lassen können. Bob Relyea verlässt die Army, um im Mai fürs FBI zu arbeiten & wird am Golf stationiert. Er wird seine Waffenverbindungen spielen lassen & Chuck, Laurent & Flash helfen, die Exilanten auszurüsten.

Das wär's. Ich möchte mich endlich mit der kubanischen Seite befassen. Schluss mit der ganzen Vorsicht & den Budgetrestriktionen, damit wir richtig loslegen können.

Viva La Causa!
P. B.

68 (Las Vegas, Los Angeles, Miami, Washington D.C., Chicago, Selma, 21. 3. 65 –15. 6. 65)

Buße. Zehnter. Gegenschlag.

Er gehorchte Mr. Hoover. Er nahm Bayard Rustin auf Band auf. Er karnickelte. Er beging neue Verrätereien – KARNI-CKEL-Operationen – Mr. Hoovers Gegenzehnter.

Er benutzte Geschäftsreisen. Er arbeitete für Drac und Jimmy. Er arbeitete für Drac und die Jungs. Er flog von Washington nach Miami. Er flog von Chicago nach L.A.

Er klapperte Banken ab. Er richtete neue Konten ein. Er gebrauchte falsche Papiere. Er zahlte Bares ein. Er zweigte Schecks ab. Er entrichtete den SCLC-Zehnten.

Gegenunternehmungen:

Absahnhonorare. Unterschlagungen. Dem SCHWARZEN KARNICKEL die Klauen stutzen.

Er plünderte Drac. In kleinen Bissen – winzigen Karnickel-Happen. Es klappte. Der Absahnplan klappte. Gegen-Geldmittel sammelten sich an.

Er klappte. Er arbeitete für Jimmy Hoffa. Er reichte Eingaben ein. Er kämpfte gegen zwei Verurteilungen an. Er sammelte bei den Jungs. Er strich zwei Milliönchen für Jimmys Hoffnungskasse ein.

Neue Hoffnung. Nullhoffnung. Hoffnungslosigkeit. Keine bestechlichen Geschworenen in Aussicht. Keine bestechlichen Gerichte.

Mr. Hoover hatte Schlag. Mr. Hoover mochte Jimmy. Mr. Hoover konnte helfen. Ihn nicht drauf ansprechen, ihn nicht um einen Gefallen bitten. Verpflichte dich nicht noch mehr – vorläufig.

Er arbeitete für Drac. Er reichte Eingaben ein. Er schindete Zeit. Er brauchte zwölf Monate – maximal sechzehn.

Soll Drac seine Aktien abstoßen. Soll Drac seine Sore kriegen. Soll Drac das Geld nach Las Vegas pumpen.

Fred Otash arbeitete. Fred Otash sammelte. Fred Otash sortierte. Fred Otash skandalisierte. Akten plündern. Sauereien finden. Sauereien nutzen.

Die Akten existierten. *Confidential / Rave / Whisper / Lowdown* und *Hush-Hush*. Die Akten existierten. Die Akten waren schwer zu kriegen. Die Akten enthielten gewichtige Sauereien.

Die Wanzen übermittelten Sauereien. Littell brachte Vegas-Wanzen an. Fred Turentine assistierte. Sie verwanzten Hotelzimmer. Sie hielten Sauereien fest. Abgeordnete gingen ihnen in die Falle.

Bisher drei – drei Ehebrecher / drei Hurenhunde / drei Alkis.

Das FBI bemannte die Abhörstationen – zwei Agenten, drei Monate lang. Mr. Hoover begann, sich zu langweilen. Zu wenig saumäßig. So was wie ein Sauerei-Manko.

Mr. Hoover zog das FBI ab. Dafür stieg Fred ein. Fred sammelte Sauereien. Fred legte Sauereien ab. Fred lagerte Sauereien. Fred stellte Sauereien für Pete sicher.

Drei Abgeordnete und ein Pete. Nachgiebigkeit garantiert. Wir haben die Kommissionsstimmen. Wir haben DICH erwischt. Sag deine Unterstützung zu.

Sieh zu, wie wir vor deinen Augen Anti-Trustgesetze umgehen. Sieh zu, wie wir uns vor deinen Augen in Vegas einkaufen. Sieh zu, wie vor deinen Augen die Hotelprofite fallen. Sieh zu, wie vor deinen Augen die Absahnmöglichkeiten steigen. Sieh zu, wie Littell vor deinen Augen das Absahngeld investiert. Wir haben die »echten« Bücher. Wir haben, worauf's ankommt. Wir haben die Auskauffakten. Wir zwingen Unternehmen, uns zu beteiligen. Wir verschicken Gelder. Wir ziehen ausländische Kasinos hoch.

Die Jungs horten. Die Jungs verteilen. Die Jungs umgehen Hindernisse – *normalerweise*.

Sam G. war zur Zeit verhindert. Neueste Nachrichten. Sam G. saß in Chicago ein. Eine Grand Jury hatte der Anklageerhebung stattgegeben. Unter Bobbys Vorsitz. Als Bobby noch Generalstaatsanwalt gewesen war.

Sam weigerte sich auszusagen. Sam berief sich auf das

5. Amendement – das Recht, sich nicht selber belasten zu müssen. Der Richter verurteilte Sam.
Missachtung des Gerichts – Cook-County-Knast – für die Einberufungsdauer der Grand Jury. Ein Jahr – Gefängnis bis zum Frühling '66.
Der Richter zog über Sam her. Der Richter machte Bobby nach. Bobby war '57 über Sam hergezogen. Bobby war damals Senatsanwalt gewesen. Heute war Bobby Senator.
Littell spielte seine Bobby-Bänder ab. Er ging auf Senatsbesichtigung. Er streifte durch die Galerie. Er schaute Bobby zu. Er las die Senatsprotokolle. Er las Bobbys Worte nach.
Bobby zieht über Gesetze her. Bobby preist Gesetze. Bobby erwähnt die Jungs nie. Bobby fordert Bürgerrechte. Bobby preist Dr. King.
Littell nahm Bayard Rustin auf Band auf. Bayard lobte King. Littell traf Bayard ohne Bandgerät. Einen traurigen Bayard. Bayard zeigte ihm den Brief.
»King, schau in dein Herz.«
»King, dir geht's wie allen Betrügern, dein Ende naht.«
»Du bist ein Riesenbetrüger, und ein böser, gemeiner obendrein.«
»King, dir bleibt nur noch eines.«
Sie trafen sich im Lafayette-Park. Bayard zeigte ihm den Brief. Littell las ihn. Ihm wurde übel. Er ging weg.
Er traf Bayard einmal mehr. Wieder im Lafayette-Park. Sie unterhielten sich ohne Bandgerät. Was ihn beschwingte. Was ihm Angst machte.
Observierungen.
Dwight Holly ließ ihn observieren. Hatte Mr. Hoover gesagt. *Vegas*-Observierungen. Vor der KARNICKEL-Zeit.
Holly war BLAUES KARNICKEL. Holly leitete SCHWARZES KARNICKEL. Holly hasste ihn. Stichproben-Observierungen bedeuteten Überprüfungen. Stichproben-Observierungen bedeuteten Aktennotizen. Stichproben-Observierungen bedeuteten, dass sich Daten ansammelten.
Damals, als er Jane in Vegas getroffen hatte – ihre schlimme Begegnung – war er vielleicht beschattet worden. Damals, als er Janice besuchte – zum ersten Mal – war er vielleicht beschattet worden.

Holly hatte die Observierungen abgeblasen. Holly hatte sie vor SCHWARZEM KARNICKEL abgeblasen. Hatte Mr. Hoover gesagt. Holly leitete KARNICKEL. Holly hatte was zu sagen. Holly konnte erneut Observierungen anordnen.
Er traf Bayard. Sie hatten sich zweimal ohne Bandgerät getroffen. Er hatte auf Observierungen überprüft. Nichts zu sehen. Keine offensichtlichen Observierungen. Unwahrscheinlich, nicht nachweisbar.
»Kommen Sie nach Selma«, sagte Bayard. »Erleben Sie Geschichte mit.«
Gesagt, getan.
Er flog runter. Mit falschen Papieren. Er fälschte einen Presseausweis. Er wich den Bürgerrechtsmarschierern aus. Er wich den Polizisten aus. Er schloss sich einem Pressepulk an. Er schaute zu. Er war ängstlich auf Observierungen bedacht. Er erlebte den Blutigen Sonntag mit.
Highway 80. Die Edmund Pettus Brücke. Sheriff Clark's Freiwilligentrupp – Pferde und Polizeiwagen mit Südstaatenflagge an der Stoßstange.
Clark stellte sich den Bürgerrechtsmarschierern in den Weg. Clark sagte, in zwei Minuten seid ihr weg. Die Freiwilligentruppe griff nach einer Minute an. Sie griffen mit Tränengas und Knüppeln an. Sie griffen mit Bullenpeitschen und mit stacheldrahtumwickelten Totschlägern an.
Die Freiwilligentruppe traf auf die Bürgerrechtsmarschierer. Die Freiwilligentruppe überwältigte sie. Die Freiwilligentruppe mähte sie nieder. Er schaute zu. Er versteckte sich hinter Kameras. Er sah, wie Totschläger Nasen aufrissen. Er sah, wie Peitschen Ohren wegschnitten.
Er versteckte sich. Hasenherziges KREUZFAHRER KARNICKEL. Des tapferen ROTEN und ROSA KARNICKELS unwürdig.
Er flog nach Vegas zurück. Er dachte über Observierungen nach. Er dachte über Mr. Hoover nach. Mr. Hoover hatte Aktennotizen versprochen – mit KARNICKEL-Einzelheiten – Mr. Hoover hatte keine geschickt.
Schlussfolgerung. Zum Fürchten.
Mr. Hoover ist beschäftigt. Er steckt tief im Unternehmen SCHWARZES KARNICKEL drin. Er lässt sich von BLAUEM

KARNICKEL beraten. BLAU hasst KREUZFAHRER. BLAU hortet Aktennotizen. BLAU hindert ihren Fluss.
Oder:
Mr. Hoover hat Pläne. Pläne härtester Art. Die über die Selbstmordbriefe hinausgehen. Wozu KREUZFAHRER aufschrecken? Wozu dessen spitzfindige Einwände riskieren? Besser, KREUZFAHRER nicht durch Mitwissen zu versuchen. Besser, keinen Verrat zu riskieren. Besser, dessen putzige Ideale nicht auf die Probe stellen.
Oder:
BLAU hat eine Marionette – das ferngesteuerte WILDE KARNICKEL – WILDES KARNICKEL arbeitet selbständig. WILD führt Klan-Männer. WILD könnte auf eigene Faust handeln. WILD könnte aus dem Ruder laufen.
Was Mr. Hoover weiß. Was BLAU weiß – wozu KREUZFAHRER informieren?
Nur Erforderliches mitteilen. Lesen und verbrennen. Trennen. Gesperrter Zugang. Lieben und verstecken.
Er hatte Jane. Jane hatte ihre Vegas-Reise überstanden. Jane kehrte nie zurück. Sie hielten sich wieder an ihre Regeln. Sie kapselten sich wieder ein. Sie versteckten sich in L.A.
Sie hatten über ihren Streit hinweggesehen. Sie hatten ihr Spiel neu belebt. Er log. Sie log. Sie verschlüsselten. Die Verschlüsselungen besagten, dass jetzt alles klar war. Die Verschlüsselungen besagten, dass das wehtat. Die Verschlüsselungen besagten, dass sie beide Dallas überlebt hatten.
Jane wusste, dass er Bobby auf Band aufnahm. Jane wusste, dass er bei Howard Hughes Geld unterschlug. Jane kannte die Jungs. Jane kannte das Leben in der Firma. Jane fürchtete die Teamster wirklich.
Trennung. Gesperrter Zugang. Lieben und lügen. Die Liebe funktionierte. Die Lügen schmerzten. Die Versiegelung hatte einen Sprung bekommen.
Er reiste. Er siegelte Vegas ein. Er trennte. Er traf Barb. Er trat ihrem Fanclub bei. Er saß erste Reihe.
Tanzstunden-Rendezvous. Bewunderung und ernste Gespräche. Keusche Drinks und ihre Show.
Pete wurde manchmal in die Heimat versetzt – von Vietnam nach Vegas – sie trafen sich gemeinsam. Barb begleitete Pete.

Die Stecknadelkopf-Pupillen verwandelten sich in Strahle-Augen.
Pillen. Ihr Geheimnis. Ihr Trost, wenn Pete erneut versetzt worden war.
Alle Männer liebten sie. Worauf er Pete hinwies. Pete sagte, das sei ihm bekannt. Barb bekam Format. Er schaute zu, wie Barb sich veränderte. Barb veränderte ihren lächerlichen Nachtclub-Auftritt.
Sie lief seltener x-beinig. Sie leistete sich mehr Improvisationen und Patzer. Sechs Fuß hoch aufgeschossen. Ich kann nicht singen. Ich weiß Schreckliches.
Er liebte sie. Er liebte sie mehr als Janice und Jane.
Janice war Vegas. Jane war L.A. Er ging von einer zur anderen.
Trennen: Offenheit und Lügen / getrennte Enthüllungen.
Janice gab jedes Geheimnis preis. Janice log *nie*. Sie prahlte mit Sex. Sie stellte ihre Behauptungen unter Beweis. Sie zeigte, was sie drauf hatte.
Sie sprach zu viel. Sie lockte Männer an. Sie lebte für den Nervenkitzel. Sie glaubte, die Männer zu beherrschen. Ihre Geschichten bewiesen das Gegenteil. Sie verwechselte Schneid mit Herz.
Sie ließ sich von Wayne Senior scheiden. Sie legte seinen Namen ab. Sie nannte sich wieder »Lukens«. Sie hatte ihre zwei Millionen verdient. Sie zahlte mit Krämpfen. Sie zahlte mit Hinken.
Sie kämpfte dagegen an. Sie spielte Golf. Sie spielte als Hinkebein Par. Sie weinte nie. Sie jammerte nie. Sie beklagte sich nie.
Sie trafen sich in ihrem Cottage. Sie liebten sich. Sie unterhielten sich.
Janice *sprach*. Er hörte zu.
Sie hatte einen Neger gefickt. Wayne Senior hatte das rausgekriegt und den Mann umgebracht. Sie hatte Clark Kinman gefickt. Wayne Senior hatte zugeschaut. Sie fickte Pagen aus Daffke und um Wetten zu gewinnen.
Sie hatte Wayne Junior gefickt. Sie hatte bezahlt.
Sie sprach zu viel. Sie trank zu viel. Sie spielte hinkend 1A Clubtennis. Sie war der Inbegriff von unbekümmerter Willenskraft. Sie war das Gegenteil von Jane.

Janice sprach. Janice schweifte ab. Janice sprach über Wayne Senior. Er war böse. Er war grausam. Er war ZU ALLEM FÄHIG.

Janice sprach. Janice machte ihm Angst. Wayne Senior war VATER KARNICKEL.

69 (Las Vegas, Miami, Port Sulphur, Saigon, Saravan Dac To, Dak Sut, Nuang Kao, 21. 3.–15. 6. 65)

Versetzung:
Von Ost nach West – von V nach V – von Vietnam nach Vegas.
Er flog nach Westen – Versetzung Numero eins – Barb holte ihn am Flughafen ab. Sie funkelte. Sie strahlte. Sie widerlegte ihren Brief.
Der Brief hatte ihn bedrückt. Hüpfende Begriffe und der Ausdruck »gut & schlecht«.
Er dachte an Pillen – Nachtclub-Popcorn zum Aufdrehen & Rote Teufel zum Entspannen.
Nein / *nyet* / *no*. *Noi* auf Vietnamesisch. Barb leuchtete. Barb schimmerte geradezu.
Sie schimmerten nach drei gemeinsamen Jahren. Bei all dem verrückten Mist. Barb ging es besser. Barb wurde stärker. Barb bekam Röntgenaugen.
Sie durchschaute Show-Business-Leute. Sie durchschaute das Leben in der Firma. Das Firmendasein war ungerecht. Die Männer riskierten was. Die Männer hatten Spaß. Die Männer verschworen sich. Die Männer setzten sich für Höheres ein. Die Frauen setzten ihnen Tee vor.
»Ich habe den Höhepunkt meiner Laufbahn früh erreicht«, sagte Barb. »Ich habe JFK genötigt.« Barb sagte unumwunden: »Du hast Kuba. Ich habe die Sultan's Lounge.«
Sie klagte nicht. Sie nervte nicht. Sie sagte einfach, sie habe sich verändert.
Sie sprachen es durch. Er spürte, dass ihr die Decke auf den Kopf fiel. Vegas engte sie ein. Er verkaufte Drogenladung Nr. 1. Er kaufte zwei Flugtickets nach Osten.
Sie verreisten nach Miami. Den Kater nahmen sie mit. Sie buchten eine Suite im Doral. Die der Kater zu Kleinholz machte.
Er zerfetzte die Vorhänge. Er schiss auf die Fauteuils. Er riss

die Ziervögel auf der Terrasse. Er vermanschte ihr Zimmerservice-Dinner.
 Sie zogen einen Auftritt von Dino rein. Sie zogen einen Auftritt von Shecky Green rein. Sie saßen erste Reihe. Sie schliefen lang und liebten sich.
 Sie unterhielten sich. Er berichtete von Vietnam. Er log. Er spielte das Töten herunter. Er spielte die Sklaven herunter.
 Barb ließ nicht locker. Barb ließ ihn auflaufen. Barb ließ ihn über die eigenen Lügen stolpern. Er sagte, scheiß drauf. Er ließ locker. Er gab die Wahrheit preis.
 »All das für *Kuba*?«, fragte Barb.
 Sie sonnten sich ein bisschen. Sie trafen Jimmy H. Sie gingen zu einem Stone-Crabs-Essen. Jimmy tobte. Jimmy wollte nicht mehr aufhören. Jimmy tat sich ununterbrochen Leid.
 Der Ärger mit den Behörden. Sam G., der in der Scheiße steckte. Die angeschwollenen Hämorrhoiden.
 Pete hakte nach. Pete brachte ihn zum Reden. Pete gab sich verständnisvoll. Pete gab sich gedankenverloren.
 Kansas City. '56. Danny Bruvick verscheißert dich.
 Jimmy legte los – Quadrat-Scheiße! / Quadrat-Dreckskerle! / die Quadrat-Fotze Arden! Jimmy zog über Arden her. Jimmy ließ die Bombe platzen:
 Arden Bruvick – die Fotze – Jules Shiffrins Ex.
 »Entschuldige«, sagte Pete. Pete ging aufs Klo. Pete fand einen Thron. Pete nahm Platz. Pete dachte nach.
 Jules Schiffrin – Mafia-Geldspezialist – 1960 verstorben. Die »echten« Pensionskassenbücher – Shiffrins Eigentum. Arden Bruvick: *Buch*halterin.
 1956. Kansas City. Danny Bruvick haut ab. Jimmy lässt die Muskeln spielen. Arden wird von der Polizei hopsgenommen. T&C Corporation stellt ihr Kaution. T&C gehört Carlos.
 Ortswechsel / Zeitsprung:
 1959 – New Orleans – J.P Mesplède reist durch. Mesplède sieht Arden – mit einem Carlos-Schläger.
 Ortswechsel / Zeitsprung:
 1960 – Wisconsin – Ward Littell klaut die Pensionskassenbücher. Schiffrin kriegt einen Herzinfarkt und fällt tot um.
 Ortswechsel / Zeitsprung:
 Herbst '63. Carlos zapft Ward an. Carlos sagt ihm:

Du hast die Bücher. Jimmy weiß von nix. Die Jungs und ich schon. Wir kennen dich. Du *gehörst* uns. Du verkaufst Drac unsere Hotels. Du wirst die Bücher *durcharbeiten*. Du wirst Daten rausfischen. Du wäschst mit ihrer Hilfe die Absahngelder.

Ortswechsel / Zeitsprung:
Dallas – Attentatszeit – Arden trifft Ward. Sie arbeitet für Jack Ruby. Sie führt *ihm* die Bücher. Sie hat den Unterschlupf gesehen. Sie hat die Zielscheiben gesehen. Sie hat die Truppe gesehen.
Ward verknallt sich in Arden. Carlos befiehlt ihren Tod. Ward verwandelt Arden in »Jane«. Ward versteckt »Jane«. Ward brütet über Pensionskassen-Plänen.
Heißt das:
Dass Carlos Arden fand? Dass Carlos versprach, sie am Leben zu lassen? WENN DU LITTELL AUSSPÄHST? Arden war Buchhalterin. Arden hatte Schiffrin gekannt. Arden *lebte* mit Littell.
Soweit klar, aber:
Er hatte Ward mit »Jane« gesehen. Die Beziehung war *echt*. Das *wusste* er.
Das machte ihm Angst. Das gab ihm zu denken. Er besann sich: *Seriöse* Geschäfte mit Frauen konnten unterwandert – und damit hinfällig werden.
Barb hatte mitbekommen, wie er Jimmy ausgequetscht hatte. Barb schätzte seinen Gang aufs Klo richtig ein. Barb hatte halbwegs begriffen. Er klärte sie auf. Mit einer Kurzversion. Er ließ Carlos aus. Er ließ Dallas aus.
Barb war entzückt. Barb liebte Geheimnisse. Barb hielt absolut dicht. Sie unterhielten sich. Er versprach – ich krieg noch mehr raus.
Er rief Fred Otash an. Otash gab Bescheid. Otash sagte, ich arbeite dran – alles unterwegs. Ich schmiere noch mehr Bullen. Ich schreibe *noch* mehr Suchprämien aus. Meine Bullen werden die Akten durchsehen und zurückrufen.
Sie schwatzten. Otash hatte Neuigkeiten. Otash sagte, Ward habe ihm einen Auftrag erteilt. Ward suche dringend Sauereien. Ward hatte eine Recherche bestellt – find mir die alten Skandalblatt-Akten.

Pete berichtete über seine Arden-Nachforschungen. Pete sagte, dass mir Ward nichts davon erfährt – halt Ward raus. Otash machte mit. Otash hatte bereits Arden-Bilder. Otash *wusste*, dass Arden Jane war.
Pete dachte darüber nach. Pete überlegte. Pete lebte damit. Pete wurde laufend versetzt.
Vegas klappte – 100 %ig. Weißes H haut rein. Es spricht sich rum. Neue Kunden finden sich ein: Schnüffler / Schlecker / Narkis / IM-Spritzer.
Die Street-Pusher arbeiteten. Die Street-Pusher gingen auf Kundenfang. Sie trugen scharfe Klamotten. Sie fuhren Spezialschlitten. Sie priesen H. Sie bezeichneten H als superschick. Als gesellschaftliches Muss. Das in jeden Haushalt gehörte.
Sie klapperten die Sozialbauten ab. Sie zogen Zuschauermengen an. Sie schnüffelten Trockenmilch und blieben munter. Sie widerlegten das Gequassele von Sucht.
Sie trugen Anhänger. Sie trugen Extremfrisuren. Sie trugen Waffen mit Möchtegern-Goldauflage. Sie logen. Sie behaupteten, das Geschäft würde von Schwarzen betrieben. Sie schworen, dass kein Weißer dahinter steckte.
Wayne beschattete sie. Was ihnen Angst machte. Sie kannten Waynes Ruf. Wayne Junior er böööööööööööös. Wayne Junior bringt unsereinen um.
Profite sammelten sich an. Milt rechnete sie zusammen. Milt pries die H-Epidemie. Sie war lokal begrenzt. Sie war eingeschränkt. Kein Zugang für Weiße.
Ein Narki-Tunichtgut tauchte auf. Besagter Tunichtgut hatte Ehrgeiz im Leibe. Besagter Tunichtgut nahm Witterung auf. Besagter Tunichtgut witterte falsch:
H ist cool – vertreiben wir welches – die Mafia hat nix gegen.
Pete schickte seine Nigger aus. Besagte Nigger griffen sich besagten Tunichtgut.
Santo T. hatte einen Hai namens »Batista«. Der in Santos Swimmingpool lebte. Er fraß Burger. Er fraß Steaks. Er fraß Pizza.
Die Nigger schickten den Tunichtgut baden. Batista fraß ihn lebendigen Leibes auf.
Weißes H blieb im Westen. Die Narkis blieben zu Hause. Die

Narkis ließen das Weiße Vegas in Ruhe. Die Tiger-Taksis gingen im Westen auf Pirsch. Die Tiger-Zeichen leuchteten.
Vorläufig:
Keine neuen Pusher. Keine Probleme mit der Polizei in Aussicht. Keine unbestochenen Drogenpolizisten, die Ärger machten.
Tiger-Taksi war schick. Sonny Liston war tigerisiert. Sonny aß in der Baracke. Sonny trank in der Baracke. Sonny ging im Lokalfernsehen auf Sendung.
Sonny machte Werbung. Sonny ging auf Kundenfang: »Tiger-Taksi hat den Knockout-Schlag.« »Tiger-Taksi tritt Cassius Clay in den Allerwertesten.«
Schwule Fahrer gingen auf Fahrt. Heten-Fahrer gingen auf Fahrt. Pete erzwang allgemeine Détente. Schwule Fahrer boten Buben feil. Schwule Stars kauften Buben auf. Schwule Fahrer brachten Schwuchteln ins Hotel.
Schwule Portiers taten affektiert. Schwule Portiers lächelten süßlich. Schwule Portiers besorgten Hotelzimmer. Besagte Hotelzimmer waren: verwanzt / mit Tonbandgeräten versehen / erpresssungsbereit.
Schwule Fahrer fuhren Schwuchteln. Schwule Fahrer schafften an. Esels-Dom schob eine Nummer mit Sal Mineo. Esels-Dom schob eine Nummer mit Rock Hudson.
Wie sagte Sonny Liston:
»Tiger ist 24 Stunden auf Pirsch! Willst du nicht swingeln, lass es nicht klingeln!«
Tiger-Taksi rockte in Vegas. Tiger-Kamp erschütterte Laos.
Pete wurde versetzt. Pete verließ Vegas. Pete verließ Barb. Wayne wurde versetzt. Stanton arbeitete in Saigon. Laurent und Chuck arbeiteten in Laos.
Pete schickte Flash los – April '65 – mit klarem Befehl: Geh an den Golf. Geh in Exilanten-Camps. Such nach guten Truppen.
Pete schickte Mesplède los – April '65 – mit klarem Befehl: Geh in die USA. Geh in den Süden. Such nach Waffenhändlern.
Bob Relyea verließ Laos – Mai '65 – Bob Relyea ging nach Mississippi. Bob arbeitete nun beim FBI. Bob leistete Spitzel-Arbeit. Bob arbeitete verdeckt.

Chuck folgte Bob. Chuck sollte nach Houston. Chuck sollte nach Waffen suchen. Chuck sollte nicht weit vom Golf suchen – nicht weit von Mississippi. Nicht weit von Mesplède und seinem alten Kumpel Bob.

Chuck witzelte mit Bob. Bob witzelte mit Chuck. Sie witzelten kontrapunktisch. Sie witzelten durch Bobs große Abschiedsparty hindurch.

Sie rissen schlimme Witze. Sie trieben Wortspiele. Späße der besonderen Art. Birmingham. Alabama. Das eigentlich BOM-Bingham heißen müsse. Bogalusa – hihi – eigentlich BOMBalusa.

Bob ging zum FBI. Chuck bekam einen neuen Zimmerkameraden. Chuck schlief jetzt mit Guéry im gleichen Zimmer. Chuck löcherte ihn. Chuck nervte ihn. Chuck redete ununterbrochen auf ihn ein.

Klan-Kwatsch. Klan-sinnige Do-KKK-trin. K-ünftige Klan-Feuer-Kreuze.

Versetzungen – von Dallas nach Vegas – von Dallas nach Vietnam. Fortbildungsklassenstreiche und Schülertreffen.

Chuck hatte geschossen. Aus dem Gestrüpp. Mesplède hatte mit Oswalds Waffe geschossen. Flash und Laurent gehörten zu Boyds Team. Sie waren vor dem Anschlag ausgebootet worden.

Versetzungen – von Saigon zum Golf – vom Golf nach Kuba. Flash ist Kubaner. Flash ist dunkel. Flash könnte auf die Insel.

Der Plan:

Flash geht auf die Insel. Flash prüft, wie das mit dem Widerstand aussieht. Flash findet gute Männer. Flash schmuggelt sie raus. Flash schifft sie her. Flash übergibt sie Guéry und Mesplède.

Sie haben eine Blechhütte. Nahe am Golf. Sie haben Elektroden. Sie foltern die Männer. Sie prüfen, was sie drauf haben. Sie stellen sicher, dass sie loyal bleiben.

Versetzungen – von Kuba an den Golf – vom Golf nach Vietnam. Gewaaaaaaltige US-Truppenmengen.

Stanton notierte besagte Zahlen. Stanton notierte Provokationen. Stanton glaubte an einen langen Krieg.

Der Cong greift Pleiku an. Acht Yankees kommen zu Tode. LBJ reagiert. Luftangriffe: Unternehmen *Flaming Dart*.

Der Cong greift Qui Nhon an. Einundzwanzig Yankees kommen zu Tode. LBJ reagiert. Luftangriffe: *Flaming Dart II.*
US-Truppen treffen ein – »Berater« – zwei Bataillone Marines. Weitere Luftangriffe: Unternehmen *Rolling Thunder.*
Zwei weitere Bataillone – Logistik-Truppen – 20 000 Mann. Sie werden aufgestellt. Sie werden verteilt. Sie werden an Marv-Einheiten abkommandiert.
Feuergefechte. Tote Yankees. Neu eintreffende Versetzungen. Aufbau – ratenweise – um jeweils 40 000 Mann.
Truppen treffen in Saigon ein. Truppen kriegen Urlaub. Immer mehr Truppen. Langer Krieg gut. Kader mag das. Aufbau sehr boocuu.
Wayne lebte in Saigon. Wayne lebte in seinem Labor. Wayne sagte, *seine* Scheiß-Welt werde immer größer. Mehr Leute. Mehr Lärm. Mehr Lieder, die aus seinem Luftschacht drangen. Mehr Marvs. Mehr Narkis. Mehr Nutten.
Mehr Deckung. Mehr weißes H. Mehr Geld.
Stanton wusch die Profite. Stanton schmierte Pete. Pete schmierte Mesplède. Mesplède kaufte richtige *Waffen.*
Kaliber .50 / Ithaca-Pumpguns / BAR-MGs / Anti-Tank-Waffen.
Flash fand einen Truppenübungsplatz. In Golfnähe und guuuuut. Bei Port Sulphur, Louisiana. Mit Platz für sechzig Kämpfer – allesamt knallharte *Cubanos.*
Mesplède brachte ein paar Waffen vorbei. Die Knallharten brüllten freudig. Pete wurde versetzt. Pete stand auf die Truppen. Pete stand auf die Manöver.
Die Truppen bestanden aus harten Kerls. *Très* hart. Die Truppen waren *très sanguinaires.*
Pete wurde versetzt. Pete ging nach Saigon. Pete traf Stantons CIA-Trupp. Sechs Mann und Stanton – einer so kubafiziert wie der andere.
Sie sprachen über Kuba. Sie sprachen über Operationen. Sie sprachen über Lügendetektor-Tests. Zwangsweise und nach Zufallsprinzip. Fürs ganze Kader. Verräter identifizieren und erledigen. Diebe ausfindig machen. Treue sicherstellen.
Stanton flog nach Laos. Stanton brachte seinen Lügendetektor mit. Pete wurde getestet. Pete testete sauber. Tran wurde getestet. Tran testete sauber.

Stanton blieb für einen Besuch. Stanton schaute beim Frühlings-Abbrand zu.

Die Wachen lösten den Gefangenen die Ketten. Die Sklaven trugen Buschwerk zusammen. Die Wachen bildeten einen Feuerwehrtrupp. Sie schichteten das Buschwerk auf. Sie richteten die Buschwerkhaufen strategisch aus – einen pro Pflanzenreihe.

Die Sklaven füllten Fässer mit Flüssig-Propan ab. Die Wachen senkten die Fackeln. Die Wachen juchzten. Die Wachen zündeten die Fackeln an. Die Wachen brannten das Buschwerk ab.

Das Feld brannte ab. Der Himmel leuchtete rot. Die Felder brannten die ganze Nacht. Die Wachen jubelten. Die Sklaven jubelten. Tiger-Kamp zerfiel zu Asche.

Die Asche wehte durch die Luft. Die Asche rieselte nieder. Die Asche düngte das ganze Lager.

Stanton war entzückt. Stanton blieb. Stanton blieb für das Clay-Liston-Match. Chuck hatte eine Sender-Schaltung organisiert – so was wie ein Sonderkanal – ein Abzweig vom MACV-TV in Saigon.

Sonny verlor. Der Kampf wirkte nicht sehr energisch. Die Sportjournalistentrottel brüllten: »Absprache!«

Pete lachte. Scheiß drauf – Pete *wusste Bescheid*:

Sonny war alt. Sonny war langsam. Sonny war fer-Tiger-ledigt.

70 (Las Vegas, Saigon, Saravan, Bao Loc 21.3.–15.6.65)

Eskalieren. *Zuschauen.*
Khanh ist am Drücker. Khanh ist weg vom Schuss. Premier Ky kippt Premier Khanh. Nicht blinzeln – sonst hat man einen Coup verpasst.

»Eskalieren« – Verb – ein LBJ-Begriff: »Steigern, vergrößern oder intensivieren.«

Der Krieg eskalierte. Wayne schaute zu.

Noch mehr Truppen ins Land. Noch mehr Truppen in Aussicht. Provokation bedingte Reaktion. Noch mehr Marines ins Land. Noch mehr Marines in Aussicht. Noch mehr Luftlandetruppen ins Land. Noch mehr Luftlandetruppen in Aussicht.

Noch mehr Tote:

Noch mehr Bombenattentate in Zentralsaigon. Noch mehr Gefallene. Brink's Hotel / Botschaft – noch mehr Yankee-Tote. Noch mehr VC. Noch mehr Nachtpatrouillen. Noch mehr Sabotage.

Pleiku – viele Flugzeuge werden in die Luft gesprengt – nette US-Flotte. VC-Angriff – besonders frech und ernst. VC benutzt Bomben, die in Schulterstangenbündeln steckten – selbstgebastelt / *très* VC. TNT / Palmblätter / Bambus.

Viele Flugzeuge werden gesprengt. *Ein* VC tot.

Provokation bedingte Reaktion. Reaktion bedeutete Bombardierungsflüge. Noch mehr Piloten. Noch mehr Truppen. Noch mehr Artillerie.

Stanton rechnete. Provokation trifft auf Reaktion – Eifer steht gegen Macht. Stanton veranschlagte zweihunderttausend Mann – die spätestens '66 im Land sind.

Große Zahlen. Große Waffen. Große Macht.

Wayne schaute zu. Wayne genoss die Schau. Das Entscheidende begriff Wayne nicht. Vietnam war ein Dreckloch. Der Cong konnte nicht verlieren. Der Cong lebte, um zu sterben.

Ein Cong spazierte ins Go-Go. Besagter Cong trug volle Cong-Montur – schwarze Pyjamas-de-luxe. Ein Spec-4-Officer erschoss ihn. Die Bombe auf der Brust explodiert. Oje – Cong ist mit Sprengfalle versehen.
Sechs Tote – alles Amis – Cong geht 6:1 in Führung. Stanton liebte den Krieg. Pete liebte den Krieg. Stanton und Pete liebten Kuba. Kuba war ein Dreckloch. Kuba war Saigon mit Sand.
Das Kader liebte den Krieg. Das Kader kam wegen Kuba. Wayne kam, um zuzuschauen.
Er blieb in Saigon. Er kochte Drogen. Er schaute zu. GIs kamen ins Go-Go. GIs kauften Nutten. GIs fickten Nutten auf Bodenbrettern.
Er schaute zu.
Die Narkis verwesten. Der Kalk fraß die Knochen auf. Die Marvs stellten Dünger her. Die Marvs boten ihn günstig feil.
Er schaute zu.
Der Cong verbrennt Strommasten. Saigon liegt im Dunkeln. Piloten werfen psychedelische Christbäume ab.
Er schaute zu. Er arbeitete. Er wohnte in Saigon. Er fuhr mit dem Taxi nach Bao Loc. Er kaufte Waffen. Besagte Waffen bedeuteten Drogen-Deckung. Besagte Waffen waren Spendenware.
Er fuhr mit dem Jeep hin und her. Er fuhr im Schlepptau von Patrouillen. Er pflegte *zuzuschauen*.
8.4.65 / bei Dinh Quan. Feuerwechsel im Reisfeld – Marines gegen VC.
Eine Straßenmine explodierte. Waynes Jeep flog in die Luft. Die Vorderscheibe sprang in Stücke. Der Fahrer schluckte Glas. Der Fahrer starb. Wayne ging bei der Leiche in Deckung.
Gebüsch – am Straßenrand. Das sich nun bewegte. In Gebüsch verpackter VC.
Sie griffen an. Die Marines schmissen sich zu Boden. Fairer Kampf / keine Deckung.
Wayne rollte sich frei. Wayne zog die Waffe. Wayne traf drei VC. Seine Schüsse prallten ab. Er hatte Blechwesten getroffen – Mülleimer-Deckel.
Der VC feuerte. Die Marines feuerten. Die Marines zielten hoch und tief. Sie schossen auf Füße. Sie schossen auf Beine. Sie schossen in Gesichter. Sie trafen westenfreie Zonen.

Der VC fiel. Vom Jeep prallten Schüssen ab. Ein Sanitäter fiel mit Nackenschuss. Wayne rollte ab und hatte offenes Schussfeld.

Er traf sechs VC. Er verpasste allen Kopfschüsse. Er brachte sie zweifach um.

Die Marines standen auf. Ein Marine stolperte in eine Punji-Falle. Er fiel auf Bambusspieße – Stich- und Reißwunden – von der Brust bis ans Knie.

Wayne rollte zum Sanitäter. Wayne nahm ihm das Spritzbesteck ab – reine Morphiumeinheiten.

Er rollte zum Marine. Er setzte dem Marine die Spritze. Der Marine zuckte heftig. Der Marine kotzte seine Milz aus.

Wayne hatte weißes H – eine Spritze in der Tasche – eine kleine Testdosis.

Er fand eine Vene. Er setzte dem Mann den Schuss. Der Mann schnappte nach Luft. Der Mann lächelte. Der Mann nickte ein.

Wayne stoppte den Todeszeitpunkt. Der Mann war nach sechzehn Sekunden weggetreten. Er starb leicht und schmerzlos.

Pete kam aus dem Zweiten Weltkrieg. Pete hatte eine eherne Regel: Nicht an GIs verkaufen. Was naiv war. Was die Gegebenheiten leugnete: Provokation bedingt Reaktion.

»Unsere Jungs« werden ihren Krieg kämpfen. »Unsere Jungs« werden nach Ausflüchten suchen. »Unsere Jungs« werden H zu finden wissen.

Stanton hatte seine eigenen Begriffe: »CIA-Krieg« und »Persönliche Verpflichtung«.

Wayne hatte Bongo umgebracht. Er hatte sich verpflichtet. Er hatte sich damit dem Krieg verschrieben. Er hatte ein Insekt zerquetscht. Es war ein gutes Gefühl gewesen. Unpersönlich. Er hatte Bongo umgebracht. Er hatte Bongo beiseite geschafft. Er hatte seinen Puls gemessen – zweiundsechzig Schläge die Minute – keine Wut / kein Stress.

Ratten hatten Bongo gefressen. Ein paar Marvs hatten seine Knochen gefunden. Ein Gerücht verbreitete sich: Der Chemiker war's – Chemiker hat Luden umgebracht.

Die Nutten sprachen Wayne an. Sie sagten, sei unser Zuhälter – wir lieben dich. Er sagte nein. Er hatte die farbige Nutte gesehen. Er hatte ihren Trailer gesehen.

Das Gerücht verbreitete sich. Chuck hörte davon. Chuck sagte es Bob. Bob sprach ihn an. Bob sagte, komm nach Süden und mach bei meinem Klan mit – wir gehen Nigger versohlen.

Wayne sagte nein. Bob wurde deutlicher: Ich arbeite für deinen Alten. Wayne sagte nein. Bob lachte. Wayne sagte, er werde vielleicht vorbeiSCHAUEN.

Er schaute in Saigon zu. Er schaute in Bao Loc zu. Er schaute in Vegas zu. Er schaute den Dealern zu. Er beschattete die Dealer. Er war der Garant ihrer Dienstfertigkeit.

Er schaute in West Las Vegas zu. Er schaute in den Bars zu. Er schaute beim Trailer vorbei. Den jetzt Narkis benutzten. Wo sich Narkis ihren Schuss setzten. Ungeachtet des Rußes. Ungeachtet des Gestanks. Ungeachtet des Nuttengebeins.

Er schaute sich in West Las Vegas um. Er fragte rum. Er suchte Wendell Durfee. Die Einheimischen ignorierten ihn. Die Einheimischen ließen ihn auflaufen. Die Einheimischen spuckten ihm auf die Schuhe.

Er notierte Hinweise. Er zahlte Belohnungen. Er notierte sinnlose Fakten. Er klopfte die Bars ab. Er löste Angst aus. Er brachte Sonny Liston mit.

Sonny schluckte J&B. Sonny schmiss sich Pillen rein. Sonny überlegte laut: Wendell Durfee ist Muslim geworden – Mohammed spricht – so ist es!

Wendell leitet eine Moschee. Wendell kennt Cassius Clay. Wendell kannte den toten Malcolm X.

Stürm die Nigger-Moscheen. Klopf die Nigger-Gerüchteküche ab. Durchforste die Nigger-Unterwelt. Schalt dich in den Nigger-Klatsch ein. Gib den Nigger-Kode durch – und spür den Nigger auf!

Sonny strengte seine Nigger-Augen an. Sonny schärfte seine Nigger-Klauen. Sonny gebrauchte seinen Nigger-Instinkt. Sonny hielt Tipps fest. Sonny verteilte Belohnungen. Sonny versprach Resultate.

Pete sagte, Durfee sei tot. Das DPD habe ihn in aller Stille umgebracht. Wegen Maynard Moore.

Wayne widersprach – du irrst dich. Wayne notierte Hinweise und SCHAUTE.

Er verbrachte viel Zeit im Nachtclub. Er schaute Barb zu. Er

nahm Seitenplätze. Er sah hinter die Bühne. Er gewann Einblicke.
Die Bondsmen rauchten Hasch. Barb schluckte Pillen. Barb schluckte Johnnie Black. Man konnte es ihren Augen ansehen. Man konnte es ihrem Herzschlag ansehen. Wenn Pete versetzt wurde, nahm sie sich zusammen.
Er schaute zu. Er nahm überall was wahr. Sich selber empfand er als unsichtbar.
Er verbrachte viel Zeit im Nachtclub. Er sah sich Barbs Auftritte an. Er sah Janice und Ward Littell. Sie saßen eng beieinander. Sie hielten Händchen. Sie drückten die Knie zusammen.
Er sah sie. Sie sahen ihn nie. Sonny hatte eine Theorie: Du wirst nur von Niggern wahrgenommen.

71 (Las Vegas, 18.6.65)

Janice schlug Bälle ab.
Sie übte auf ihrer Veranda. Besagte Veranda war ihr Golfübungsplatz – ihre Abschlagstelle/ihr Einlochstreifen/ihr Netz. Es war heiß. Vegas-heiß. Janice trug Matrosenbluse und Shorts. Littell schaute zu, wie sie sich konzentrierte. Littell schaute zu, wie sie abschlug.
Janice legte sich Bälle zurecht. Janice schlug Bälle ab. Janice dehnte das Netz. Sie zog durch. Ihre Bluse klaffte. Die Hieb-Narben pulsierten.
»Ich habe Wayne Senior am Flughafen Dallas International gesehen«, sagte sie. »Er hat telefoniert.«
Littell lächelte »Warum sagst du mir das?«
»Weil du ihn hasst und neugierig auf die Männer bist, mit denen ich geschlafen habe.«
Littell trank Kaffee. »Ich hoffe, ich bin dir nicht zu nahe getreten.«
»Das geht bei mir nicht. Du weißt, wie gern ich offenherzig bin.«
»In der Tat. Darin unterscheidest du dich –«
»– von Jane, ich weiß.«
Littell lächelte. »Sag, was du gehört hast.«
Janice legte sich einen Ball zurecht. »Er war im Kasino und hat eines von den Gästetelefonen benutzt. Er hat nicht bemerkt, dass ich hinter ihm stand.«
»Und?«
»Und er hat mit einem Mann namens ›Chuck‹ gesprochen. Er sagte was über die schlechte Verbindung nach Vietnam und hat Witze über Bogalusa und ›Bombalusa‹ gerissen.«
Littell rührte in seinem Kaffee. »War das alles?«
»Ja, und die fiese Schadenfreude in seinem schleppenden Indiana-Akzent.«

Halt. Hier –
Littell rührte in seinem Kaffee. Littell dachte den Sachverhalt durch. Bogalusa war in Ost-Louisiana. Bogalusa war Klan-Gebiet.
Stimmrechtskampagne – gerade jetzt – unter Schirmherrschaft der SCLC. SCHWARZES KARNICKEL läuft an. Wayne Senior als VATER KARNICKEL.
Halt. Hier –
Du bist KREUZFAHRER KARNICKEL. Bayard Rustin ist ROSA. Du hast ROSA auf Band aufgenommen. ROSA hat dich über Bogalusa informiert. Du hast Mr. Hoover informiert. Mr. Hoover weiß Bescheid. Mr. Hoover ruft nie an. Mr. Hoover hat Aktennotizen versprochen. Mr. Hoover schickt keine.
Janice mixte einen Martini. »Gibt es Platz für zwei in deiner Trance, oder soll ich dich alleine lassen?«
Littell hustete. »Hast du eine Ahnung, wer dieser Chuck sein könnte?«
»Nun, wohl der kleine Mann, der mit dem Flugzeug bei Wayne Seniors Weihnachtsparty eingeflogen ist, zusammen mit deinem Neandertaler-Freund Pete.«
Halt. Hier –
Chuck Rogers: Pilot / Killer / rassistischer Spinner / Dallas-Attentäter. Vietnam und Petes Nummer – verdeckte CIA-Tätigkeit.
VATER KARNICKEL führte WILDES KARNICKEL. WILDES KARNICKEL tat in der Army Dienst. WILDES KARNICKEL diente in »Übersee«. Mr. Hoover sprach über Gewohnheiten. Mr. Hoover sprach über Daten. WILDES KARNICKEL scheidet im Mai '65 aus der Army aus. WILDES KARNICKEL soll anschließend zum Klan.
»Ward, muss ich ein Striptease hinlegen, um dich aus deiner Trance zu holen?«

Er machte sich Sorgen. Er überdachte. Er träumte von KARNICKELN. Er war bedrückt. Es ließ ihn nicht mehr los. Er ging damit zu Bett.
BOMBalusa. BOMBingham: September '63. Eine Bombe geht in der Kirche an der 16th Street hoch. Vier Negermädchen kommen zu Tode.

Er wachte auf. Er machte Kaffee. Er überlegte.
Nicht bei Mr. Hoover anrufen. Keine schlafenden Hunde wecken. Nicht bei Pete anrufen. Chuck nicht erwähnen. Die Verschwiegenheitspflicht nicht brechen. Nicht bei Bayard anrufen. Nicht wegen Bogalusa nachfragen. Keine schlafenden Hunde wecken.
Nicht bei BLAUEM KARNICKEL anrufen. Nicht bei WEISSEM KARNICKEL anrufen. Nicht die Hollys aufschrecken. Die Brüder hassen Neger. Die Brüder lieben Mr. Hoover.
Wayne Senior ist VATER KARNICKEL. VATER kennt Chuck. VATER führt WILDES KARNICKEL. WILDES KARNICKEL führt einen Klan-Klavern. Mit FBI-Geld, gemäß FBI-Bestimmungen:
»Einsatzrichtlinien.« / »Gewaltmaßnahmen zur Wahrung der Informanten-Glaubhaftigkeit.« / BOMBingham /BOMBalusa / BOMB –
Littell griff zum Telefon. Littell rief Barb an. Littell machte ein Schwätzchen:
Laos. Petes Trupp. Ist Chuck Rogers dabei?
»Ja«, sagte Barb.
Littell legte auf. Littell rief bei der Vermittlung an. Littell forderte den Vermittler auf: Geben Sie mir den US-Zoll – die Passbehörde – in New Orleans.
Der Vermittler schaute nach. Littell erhielt die Nummer. Littell rief direkt an.
Ein Mann nahm ab. »Zoll, Agent Bryce.«
»Ich heiße Ward Littell. Ich bin Ex-FBI im Reservestatus. Ich möchte Sie um einen Gefallen bitten.«
»Aber gern, soweit ich kann.«
Littell nahm einen Stift. »Könnten Sie Ihre jüngsten Eintragungen im Zusammenhang mit Flügen aus Laos und Vietnam überprüfen? Es geht um kommerzielle oder militärische Landungen auf zollüberprüften Landepisten Ihres Zuständigkeitsbereiches, wobei ich die Namen auf der Pass-Überprüfungsliste brauche.«
Bryce hustete. »Bleiben Sie dran? Ich glaube nicht, dass wir mehr als drei oder vier haben.«
»Ich warte«, sagte Littell.

Bryce drückte auf einen Knopf. Die Verbindung wurde unterbrochen. Littell hörte statisches Rauschen.

Littell wartete. Littell sah auf die Uhr. Littell zählte Karnickel.

BLAUES KARNICKEL / WILDES KARNICKEL / ROTES KARNICKEL. Drei Minuten / zweiundvierzig Sek –
Bryce schaltete sich ein. »Sir? Wir haben nur eine. Ich –«
»Können Sie –«
»Ein Waffentransport-Flug. Von Saigon zum Air-National-Guard-Landeplatz bei Houston. Besatzung plus ein Passagier, ein Mann namens Charles Rogers.«

72 (Saravan, 19. 6. 65)

Lügendetektor-Tests – nach Zufallsprinzip – John Stanton zu Besuch.

Er schickte alle aus der Baracke. Er rollte Aufzeichnungsblätter aus. Er baute die Maschine auf. Er justierte die Schreibernadel. Er justierte die Pulsklammer. Er justierte die Anzeigen.

Pete richtete einen Stuhl ein. Laurent Guéry nahm Platz. Stanton bereitete die Blutdruckmanschette vor.

Stanton legte ihm die Blutdruckmanschette um. Pete legte ihm den Brustgürtel um. Stanton pumpte die Blutdruck-Manschette auf. Stanton las ab:

Normale Werte – 110 / 80.

Ein Wind erhob sich. Drogensamen wehten durch die Luft. Pete schloss das Fenster.

Stanton nahm einen Stuhl. Stanton legte Guéry die Pulsklammer an. Pete setzte sich. Pete beobachtete die Nadel.

»Trinkst du Wasser?«, fragte Stanton.

»Ja«, sagte Guéry.

Die Nadel schlug leicht aus. Die Nadel schabte über die Rolle. Die Nadel pendelte sich ein. Stanton las Blutdruckmanschette und Pulsmesser ab.

OK – alle Werte normal.

»Bist du ein Bürger der Französischen Republik«, fragte Stanton.

»Ja«, sagte Guéry.

Die Nadel schlug leicht aus. Die Nadel schabte über die Rolle. Die Nadel pendelte sich ein.

Stanton las die Blutdruckmanschette und den Pulsmesser ab.

OK – alle Werte normal.

Pete streckte sich. Pete gähnte – scheiß auf die Proforma-Wichtigtuerei.

»Bist du überzeugter Anti-Kommunist?«, fragte Stanton.
»Ja«, sagte Guéry.
Kein Ausschlag.
»Bist du Vietcong-Anhänger?«, fragte Stanton.
»Nein«, sagte Guéry.
Kein Ausschlag.
»Hast du je das Kader bestohlen?«
»Nein«, sagte Guéry.
Die Nadel tauchte 5 cm ab. Die Nadel schrieb Schlangenlinien. Stanton pumpte den Blutdruckmesser auf. Stanton las den Zeigerstand ab.
Nicht OK – 140 / 110 – anormale Werte.
Guéry rutschte hin und her. Pete musterte ihn prüfend. Pete fielen auf: Frösteln / Gänsehaut / Schweiß.
»Hast du je dem Kader angeschlossenes Personal bestohlen?«, fragte Stanton.
»Nein«, sagte Guéry.
Die Nadel schlug 7,5 cm aus. Die Nadel schrieb Schlangenlinien.
Stanton drückte die Gegensprechanlage. Stanton sprach schlitzäugig: »*Quon, Minh. Mau len. Di, thi, di.*«
Zwei Schlitzaugen rannten rein. Ein Marv, ein Cong, Tempo Teufel. Guéry rutschte hin und her. Pete fielen auf: Schweißnasse Hände / schweißnasse Achselhöhlen / schweißnasse Leiste.
Stanton nickte. Die Schlitzaugen stellten sich neben Guéry. Die Schlitzaugen zogen Knüppel.
»Weißt du von solchen Diebstählen?«
»Nein«, sagte Guéry.
Die Nadel schlug 15 cm aus. Die Nadel zeichnete Schlangenlinien.
»Weißt du, ob Pete Bondurant solche Diebstähle beging?«, fragte Stanton.
»Nein«, sagte Guéry.
Leichtes Nadelzittern. Gerade Linie.
»Weißt du, ob Jean Philippe Mesplède solche Diebstähle beging?«, fragte Stanton.
»Nein«, sagte Guéry.
Leichtes Nadelzittern. Gerade Linie.

»Weißt du, ob Wayne Tedrow Junior solche Diebstähle beging?«, fragte Stanton.
»Nein«, sagte Guéry.
Leichtes Nadelzittern. Gerade Linie.
»Weißt du, ob Chuck Rogers solche Diebstähle beging«, fragte Stanton.
»Nein«, sagte Guéry.
Die Nadel schlug 20 cm aus. Die Nadel zeichnete Schlangenlinien.
Guéry rutschte hin und her. Stanton gab den Schlitzaugen ein Zeichen. Sie nahmen Stricke. Sie machten Schlaufen. Sie fesselten Guéry an den Stuhl.
Stanton zog die Waffe. Stanton spannte den Hahn. Pete nahm das Feldtelefon. Pete telefonierte zum Labor.
Chuck war weg. Chuck war nach Saigon gegangen. Chuck war seit vier Tagen weg. Chuck war nun der Zimmerkamerad von Guéry. Chuck hatte Guéry genervt. Chuck hatte Guéry verrückt gemacht.
Pete bekam eine freie Leitung. Pete bekam Rauschen. Pete hörte ein Klicken.
Wayne nahm ab. »Ja?«
»Ich bin's. Hast du Chuck gesehen?«
»Nein. Sollte er –«
»Er hätte durch Bao Loc und Saigon kommen und ein paar Waffen mitnehmen sollen.«
»Ich habe ihn überhaupt nicht gesehen. Er kommt immer im Go-Go vorbei, wenn er –«
Pete legte auf. Stanton gab ihm ein Zeichen – Hütte überprüfen.
Pete rannte rüber. Pete drückte die Tür ein. Pete stolperte über die Matte. Er fing sich. Er sah sich die Hütte gründlich an. Er musterte die Hütte systematisch.
Vier Wände / zwei Schlafsäcke / zwei Nachttische / zwei Schränke / ein Nachttopf / eine Spüle.
Pete schmiss die Nachttische um. Pete durchwühlte den Abfall / Zahnbürsten / Präser / Wichsvorlagen / Hasstraktate / *Ring*-Magazine.
Zwei Pässe – beide von Guéry – CIA / Französischer Pass.
Pete schmiss die Schränke um. Pete durchwühlte den Abfall.

Hasstraktate / Mückenspray / Pornobildchen / Waffenöl/ *Swank*-Magazine.

Kein Pass von Chuck. Kein Ausweis von Chuck.

Pete nahm das Feldtelefon. Pete ließ sich direkt nach Saigon durchstellen. Er bekam Hauptquartier Süd. Sie stellten ihn weiter. Er wurde mit Tan Son Nhut verbunden. Sie stellten ihn weiter. Er hörte Statik. Er erhielt den Zoll.

Er bekam ein Schlitzauge. Er sprach französisch. Das Schlitzauge sprach nur vietnamesisch. Das Schlitzauge stellte ihn weiter. Er hörte Statik. Er erhielt einen Weißen.

»Zollbehörde, Agent Lierz.«

»Sergeant Peters, CID. Ich überprüfe einen Zivilisten, der in den letzten vier Tagen vom Zoll abgefertigt worden sein könnte.«

Lierz hustete. Die Verbindung hustete. Statik rauschte.

»Haben Sie einen Namen?«

»Rogers. Vorname Charles.«

Lierz hustete. »Ich hab die Eintragungen vor mir liegen. Warten Sie ... Rice, Ridgeway, Rippert ... jawohl, Rogers. Er ist vor vier Tagen ausgeflogen. Hat erforderliche Dokumente vorgewiesen, Explosivmaterialien eingeladen und einen Transporter zum Landeplatz der National Guard in Houston, Tex –«

Pete legte auf. Pete *kapierte*: Diebstähle / gefälschte Dokumente / Sprengstoff.

Guéry schrie. Pete konnte es hören. Aus vierzig Metern Entfernung.

Er rannte zurück. Er roch Verbranntes und Pisse. Er öffnete die Tür und *sah*:

Guéry.

Er ist gefesselt. Ohne Hosen. Er hat Angst. Stanton hat das Kästchen in der Hand. Stanton hat den Schalter in der Hand. Stanton hat ihm die Eier angeklemmt.

Die Schlitzaugen schauten zu. Die Schlitzaugen rauchten Schwarzmarkt-Kools. Die Schlitzaugen schlürften Schlitzaugenwein.

»Was hat Chuck Rogers gestohlen?«, fragte Stanton.

Guéry schüttelte den Kopf. Stanton drehte am Schalter. Stanton löste Voltstöße aus. Guéry bäumte sich auf und schrie.

»Wenn der Diebstahl mit dem Kader zusammenhängt und

du weder mitgemacht noch angezeigt hast, lass ich fünfe grade sein.«
 Guéry schüttelte den Kopf. Stanton drehte am Schalter. Stanton löste Voltstöße aus. Guéry bäumte sich auf und schrie.
 Pete *kapierte* – diesmal endgültig.
 Chuck und Guéry hatten in Dallas zusammengearbeitet. Stanton weiß von nichts. Guéry wird nicht reden. Guéry wird Chuck unter *keinen Umständen* verpfeifen.
 »Ist Rogers noch im Land?«, fragte Stanton. »Ist er in die Staaten zurückgeflogen?«
 Guéry schüttelte den Kopf. Stanton drehte am Schalter. Stanton löste Voltstöße aus. Guéry bäumte sich auf und schrie.
 Die Schlitzaugen lachten – eeeer Spinnell – er *dinky dau*.
 Stanton drehte am Schalter. Stanton löste Voltstöße aus. Guéry bäumte sich auf. Guéry schrie. Guéry brüllte: »*Assez!*«
 Stanton gab den Schlitzaugen ein Zeichen. Die Schlitzaugen nahmen ihm die Klemmen ab. Die Schlitzaugen banden Guéry los. Die Schlitzaugen bespritzten ihm die Eier mit Babyöl. Die Schlitzaugen flößten ihm Schlitzaugenwein ein.
 Er trank ihn schmatzend. Er stand auf. Er fiel auf den Stuhl zurück.
 Stanton beugte sich über ihn. »Wenn ich behaupten würde, dass mir das mehr wehgetan hat als dir, wäre ich ein Scheiß-Lügner.«
 Pete nieste – die Baracke stank – nach gegrillten Sackhaaren und Schweiß.
 Guéry sagte: »Das Munitionslager ... Bao Loc ... Chuck, *qu'est-ce que c'est*, hat sich Bombenmaterial angeeignet ... von François.«
 Stanton schüttelte den Kopf. »Hat er dir gesagt, was er damit wollte?«
 Pete mischte sich ein. »Chuck ist in die Staaten geflogen. Wenn du mich mit ihm allein lässt, kriege ich den Rest der Geschichte raus.«
 Stanton nickte. Stanton stand auf. Stanton gab den Schlitzaugen ein Zeichen – *venez, venez*.
 Sie gingen zusammen raus. Pete nahm die Flasche.
 Guéry riss sie ihm weg. Guéry leerte sie. Guéry zog sich die Hosen hoch.

»Jetzt werd ich nie mehr Kinder kriegen.«
»Als ob du welche haben wolltest.«
»Nein. Dafür ist die Welt zu kommunistisch geworden.«
»Ich denke, ich weiß, wieso du dichtgehalten hast.«
Guéry wischte sich die Nase. »Ich habe das Kader nicht verraten.«
»Ich weiß, dass du's nicht getan hast.«
Guéry rieb sich die Eier. »Chuck ... qu'est-ce ... hat einen Brief von seinen Eltern gekriegt. Ich glaube, die ticken nicht richtig.«
Pete zündete sich zwei Zigaretten an. Guéry riss ihm eine weg.
»Chuck wohnt bei ihnen zu Hause. Sie haben sein *journal*, sein ... Tagebuch gefunden?«
»Tagebuch, richtig.«
»Wo unsere Unternehmung in Dallas beschrieben ist ... für die sie ... eine Erklärung haben wollten ... weswegen ... Chuck nach Hause fliegen und sich ... *qu'est-ce* ... darum kümmern wollte.«
Pete trat in einen Türpfosten. »Und *dafür* hat er Bombensprengstoff gestohlen?«
Guéry hustete. »Nein. Für was anderes. Das wollte er mir nicht sagen.«
Pete ging raus. Sklaven arbeiteten im Eiltempo. Die Wachen verschossen Gummischrot.
Stanton hockte sich aufs Geländer. »Wie schlimm?«
Pete zuckte mit den Schultern. »Musst du entscheiden. Laurent zufolge geht es um einen Familienkrach, und Chuck hat bei seinem Abflug Sprengstoff mitgenommen.«
Stanton kaute an einem Nagelhäutchen. »Ein Kurierflug startet nach Fort Sam, Houston. Du und Wayne, ihr geht und findet ihn und bringt ihn um.«

73 (Houston, 21. 6. 65)

Golf-Hitze:

Tief hängende Wolken und dicke Luft. Eine Insektenbrutstätte.

Insektenschwanger. Ein Insektenparadies. Ein Insektenstartplatz. Insekten*heiß* – 26°, um 02:12.

Der Freeway war ausgestorben. Insekten sprangen vom Wagen ab. Pete fuhr. Wayne studierte die Karten.

Chez Chuck befand sich an der Driscoll Street. *Chez* Chuck war ganz in der Nähe. *Chez* Chuck war beim Rice U.

Wayne gähnte. Pete gähnte. Sie gähnten gegenläufig. Sie waren achtzehn Stunden geflogen – von Saigon nach Houston – über sechs Zeitzonen hinweg.

Sie waren mit einem Transportflugzeug geflogen. Sie hatten auf Kisten gesessen. Sie hatten ausschließlich Büchsenmais gegessen. Stanton hatte für sie einen Wagen vorbereitet – einen '61er Ford – vor Ort in Fort Sam.

Eine Rostlaube. Ohne Schalldämpfer. Ohne Scheiß-Klimaanlage.

Stanton wusste was. Sagte Pete. Pete meinte, er habe das Wichtigste verschwiegen. Vielleicht ist Chuck da. Vielleicht nicht. Vielleicht ist Chuck in Bogalusa.

Bei Bob Relyea – dem Ex-Kader-Mann – zur Zeit Klan-Klaun. Bob führte einen Spitzel-Klan. Wayne Senior führte Bob. Das hieß, dass *er* ZUSCHAUEN durfte.

Sie bogen vom Freeway ab. Sie nahmen Nebenstraßen. Sie hatten die Scheinwerfer eingeschaltet. Houston war das Letzte – Backsteinbuden und jede Menge Insektenleuchten.

Stanton hatte ihnen Aktenmaterial übergeben: Fakten zu *Chez* Chuck. Chucks Eltern hießen Fred und Edwina. Sie besaßen einen '53er Olds.

Texas-Nummernschild: DXL-841.

Sie erreichten die Kirby-Street. Sie erreichten die Richmond. Sie bogen scharf rechts ab. Da – Driscoll – 1780 / 1800 / 1808.

1815 bestand aus glasiertem Backstein. Kein Palast / kein Slum. Zwei Stockwerke und kein Licht.

Pete parkte. Wayne nahm zwei Taschenlampen. Sie stiegen aus. Sie gingen ums Haus. Sie leuchteten in die Fenster. Sie leuchteten die Türen an.

Insekten regten sich. Eulen regten sich. Wespen bombardierten ein Nest.

Wayne leuchtete den Hinterhof ab. Pete leuchtete eine Hecke ab. Wayne bemerkte ein Aufblitzen – Licht auf Stahl – Pete richtete den Lichtkegel drauf.

Wayne griff hin. Wayne fasste zu und zog. Wayne schnitt sich zwei Finger auf.

Da –

Eine texanische Autonummer – in eine Hecke gerammt. Treffer – DXL-841.

»Er hat die Nummer beim Olds gewechselt«, sagte Pete.

Wayne saugte an seinen Fingern. »Gehen wir rein. Vielleicht finden wir was.«

Pete leuchtete die Hintertür ab. Wayne ging hin und sah sich um. OK: ein Schloss / flacher Riegel / weites Schlüsselloch.

Pete schirmte die Lampe ab. Wayne holte die Dietriche und stocherte im Schlüsselloch rum. Zwei griffen nicht. Einer passte. Einer rutschte tief rein.

Er winkelte ihn an. Er drehte ihn ganz um. Er löste den Riegel. Sie öffneten die Tür und gingen rein.

Sie leuchteten den Boden ab. Sie leuchteten in ein Treppenhaus. Wayne roch Modergeruch. Wayne roch Baked Beans.

Sie wandten sich nach links. Sie gelangten in einen Korridor. Sie gelangten in eine Küche. Wayne fühlte eine stickige Hitze. Mondlicht drang durch Jalousien.

Pete stellte die Lamellen dicht. Wayne schaltete das Licht an. Da:

Spülwasser – dunkelrosa – in dem Filettiermesser schwimmen. Moderne Baked Beans und Fruchtfliegen. Haare in einem Abtropfsieb. Flecken auf dem Boden. Flecken beim Kühlschrank.

Pete machte ihn auf. Wayne roch. Sie *sahen*:
Abgeschnittene Beine. Zerstückelte Hüften. Muttis Kopf im Gemüsefach.

74 (Bogalusa, 21.6.65)

Telefonarbeit.
Zimmer Nr. 6 – im Glow Motel – direkte Telefonleitung nach draußen. Direkter Krach von draußen.
Schreie. Südstaaten-Schlachtrufe. Nigger! Nigger! Nigger! We shall overcome!
In BOMBalusa. Mit Erinnerungen an BOMBingham.
Er schlief mit dem Rätsel. Er lebte damit. Er floh.
Zu: Märschen und Pray-Ins und Kreuzverbrennungen. Zu: Tätlichen Angriffen und mündlichen Provokationen und Rufen.
Er ging von FBI-Präsenz aus. Er sicherte sich ab. Er rief Carlos an. Er machte ein Treffen aus. Er flog durch New Orleans.
Vielleicht war BLAUES KARNICKEL da. Und dessen WEISSER Bruder. Und Hoover-Vertraute. Und örtliche FBIler.
Er sicherte sich ab. Ich stand auf der Kippe. *Es* stand auf der Kippe. Ich musste es sehen. Ich bin KREUZFAHRER KARNICKEL. Ich fliege auf Bürgerrechte.
Littell ging das Telefonbuch durch. Littell hakte Motels ab. Er hatte heute früh bei der Kfz-Meldestelle Texas angerufen. Er hatte sich die Daten von Chuck Rogers besorgt.
Houston / Driscoll Street. Ein Oldsmobile. Texanisches Nummernschild: DXL-841.
Er hatte die Daten bekommen. Er hatte ein Zimmer bekommen. Er rief bei Motels an. Zweiundvierzig insgesamt – dröge Adressen aus dem Telefonbuch.
Er gab sich als FBIler aus. Er gab die Daten durch. Er überprüfte Meldungen. Er machte 19 Anrufe. Er erhielt lauter Neins. Er meldete sich bei Portier Nr. 20.
»Sie sind der zweite Polizist, der wegen des Olds anruft. Nur hat der andere nichts von einer DXL-Nummer erzählt, er sagte, dass der Olds eine geklaute texanische Nummer habe.«

Er dachte die Antwort durch. Er hakte die KARNICKEL ab. VATER KARNICKEL ist Wayne Senior. VATER kennt Chuck. VATER führt WILDES KARNICKEL. WILDES KARNICKEL ist in der Nähe. Der Klan von WILDEM KARNICKEL ist in der Nähe.

Dann gibt es das BLAUE KARNICKEL. Ein FBIler. Wer sucht Chuck *noch*?

Er rief Motels an. Er hakte 28 ab. Nix. Der Lärm von draußen wurde unangenehm – lautes »Nigger!«-Gebrüll.

Littell arbeitete. Littell rief in Motels an. Nix. Motel Nr. 29. Motel Nr. 30. Motel Nr. 31, 32, 33.

Motel Nr. 34: »Sie sind der Zweite, der wegen Rogers und dem Wagen nachfragt, aber ich hab weder ihn noch die Karre gesehen.«

Moonbeam Motel / Lark Motel / Anchor Motel – nix. Dixie / Bayou / Rebel's Rest.

»Rezeption. Kann ich Ihnen helfen?«

»Special Agent Brown, FBI.«

Der Mann lachte. »Kommen Sie, um den Agitatoren auf die Pelle zu rücken?«

»Nein, Sir. Aus einem anderen Grund.«

»Schadeschade, weil –«

»Ich suche einen Weißen, Fahrer eines 1953er Oldsmobile mit texanischem Nummernschild.«

Der Mann lachte. »Dann sind Sie ein Föderaler Bürohengst für Integration, der saumäßig Schwein hat, weil der nämlich gestern in Zimmer Nr. 5 eingecheckt hat.«

»Wie? Wiederho –«

»Ich hab's vor mir liegen. Charles Jones. Houston, Texas. '53er Olds, viertürig, PDL-902. Einer von der ganz harten Sorte, wenn Sie mich fragen. Einer, der mit Frostschutz gurgelt und Rasierklingen als Zahnstocher nutzt.«

Der Verkehr kroch dahin. Die Störungen ließen ihn stocken.

Märsche auf dem Bürgersteig. Gegendemonstranten. Fernsehcrews. Schilder und Gegenschilder. Schreihälse mit guten Lungen. Neutrale Gaffer.

Freiheit jetzt! / Jim Crow must go! / Nigger go home! / We shaaaall overcome! – in Endlos-Wiederholungsschleifen.

Littell fuhr einen Mietwagen. Der Verkehr schleppte sich dahin. Littell parkte und ging zu Fuß. Eierwerfertrupps waren unterwegs. Weiße Jugendliche, die Eier schmissen. Sie deckten Neger ein. Sie zielten auf vermeintliche FBIler.
Littell ging zu Fuß. Littell wich Eiern aus. Bürgerrechtsmarschierer bekamen Eiertreffer ab. Demonstrantenschilder bekamen Eiertreffer ab.
Eierwerfertrupps waren unterwegs. Eierlaster kreuzten durch die Straße. Eiermänner schafften Munition herbei. Eier flogen. Eier trafen Türen. Eier trafen Vordächer und Autos.
Die Bürgerrechtsmarschierer trugen Mokassins. Die Mokassins troffen vor Eigelb. Die Mokassins hinterließen schmierige Eierschalenbrösel. Polizisten standen rum. Polizisten wichen den Eiern aus. Polizisten tranken aus Nehi- und Cola-Flaschen.
Littell ging weiter. Eier flogen dicht an ihm vorbei. Littell sah wie ein *typischer* FBIler aus.
Er bog links ab. Er ging zwei Blocks weiter. Er ging an zwei Eierhütten vorbei. Eierwerfertrupps formierten sich. Eierwerfertrupps bewaffneten sich. Eierlaster nahmen Schützen auf.
Er sah – richtig – das Rebel's Rest.
Ebenerdig. Zehn Zimmer. Alle mit Straßensicht. Rebellen-Flaggen und ein Rebellen-Schild – ein Johnny-Rebell aus Neon.
Parkplätze / Außenfußwege / separate Rezeption.
Littell nahm eine Kreditkarte zur Hand. Littell ging direkt rüber. Littell sah Zimmer Nr. 5.
Er klopfte. Keine Antwort. Kein Wagen davor / kein Mensch / kein Olds 88.
Er wandte sich zur Straße. Er stellte sich vor die Tür. Er arbeitete hinter seinem Rücken. Da – ertastet:
Der Türpfosten. Der Riegel. Die Kreditkarte reinzwängen und rasch durchziehen.
Geschafft. Die Tür öffnete sich. Er fiel rücklings rein. Er schloss die Tür hinter sich. Er knipste das Licht an. Er sah sich im Zimmer um.
Ein Bett. Ein Badezimmer. Ein Schrank. Eine Übernachtungstasche auf dem Boden.
Er leerte sie. Er sah Kleider und einen Rasierapparat. Er sah Hasstraktate. Er überprüfte den Schrank. Er überprüfte das Regal. Er sah eine Schachtel Zünder – halb voll.

Er sah eine Mossberg-Pumpgun. Er sah eine .45er. Er sah eine .357er Magnum.

Er nahm die Pump. Er holte die Patronen raus. Er nahm die .45er. Er entlud die Ladekammer. Er zog den Ladestreifen raus. Er nahm die .357er. Er klappte den Zylinder aus. Er holte die Patronen raus. Er zog den Teppich hoch.

Er versteckte die Munition. Er schloss die Schranktür. Er knipste das Zimmerlicht aus. Er setzte sich. Er zog die Waffe. Er spannte den Hahn.

Er lehnte sich ans Bett. Der Tür gegenüber. Er zählte Karnickel.

Er döste ein. Er verkrampfte sich. Er hörte Sprechchöre vor dem Fenster. Zwei Worte – etwa zwei Blocks entfernt.

»Freiheit« und »Nigger« – übereinander gesprochen.

Die Sonne kam herum – Licht drang durch die Rollos – die Rollos wurden schwarz.

Littell döste. Littell bewegte sich. Littell hörte Sirenen. Kurzes Aufheulen – wegen des stockenden Verkehrs.

Er stand auf. Er ging raus. Die Motelbewohner kamen zusammen. Die Motelbewohner stießen den Südstaaten-Schlachtruf aus.

Ein Mann lachte. Ein Mann machte »ka-bumm!«.

Ein Mann sagte: »Nigger-Kirche ka-puttiputti.«

Littell rannte los.

Er rannte nach links. Er rannte zwei Blocks. Er rannte an Eierhütten vorbei. Die Anzugjacke ging auf. Man konnte die Waffe sehen. Ein paar Eiermänner merkten auf.

Sie schmissen Eier. Sie trafen ihn. Sie schmierten ihm die Hosen ein. Sie streiften ihn am Kopf.

Er erreichte den Hauptzug. Er bog nach rechts ab. Er drängte sich zwischen Demonstranten durch. Er bekam Eier ins Gesicht. Er bekam Schilder ins Gesicht.

Er rutschte aus. Er trat auf Eierschalen. Er stolperte. Ein Prolo versetzte ihm einen Tritt. Ein vergrätzter Bürgerrechtler versetzte ihm einen Tritt.

Hupen. Sirenen. Rufe – vorne eine Straßenblockade. Eierlaster und Eiermänner. Eine stecken gebliebene Ambulanz, die weiter wollte.

Prolos rannten rüber. Bürgerrechtsmarschierer rannten rü-

ber. Fette Polizisten trabten gemächlich hin. Sie erreichten die Blockade. Sie schrien. Sie schubsten.
    Die Blockade hielt stand. Drängen und Schubsen. Hupen / Sirenen / Rufe.
    Littell stand auf. Littell troff vor Eierschalen. Littell rannte rasch rüber. Die Polizisten bemerkten ihn. Sie sahen sich an – Johnny FBI im Anmarsch.
    Littell holte die Ausweismarke raus. Littell holte die Waffe raus. Die Polizisten grinsten. Die Eiermänner grinsten. Die Bürgerrechtsmarschierer wichen zurück.
    Alles wurde lauter: Prolo- und Niggergeschrei. Hupen / Sirenen / Rufe.
    Littell packte einen Eiermann. Besagter Eiermann grinste. Littell schlug ihn Gesicht voran auf seinen Laster. Er traf die Tür. Er fiel zu Boden. Seine Dritten fielen raus und zerbrachen.
    Die Eiermänner wichen zurück. Die Polizisten wichen zurück. Die Polizisten bedrängten die Bürgerrechtsmarschierer. Die Polizisten stießen sich an den Demonstrantenschildern.
    Littell öffnete die Tür. Littell riss die Handbremse frei. Der Laster rollte los. Der Laster rollte auf einen Lichtmast auf. Die Ambulanz schwenkte aus und passierte.
    Littell trat zurück. Eier zerplatzten ihm auf der Brille. Tabaksaft spritzte auf seine Schuhe.

Ausgebrannt:
    Verkohltes Holz / nasses Holz / nasser Dreck. Zwei Tote – ein Junge und sein Vater.
    Die Bombe hatte den 16:00-Gottesdienst erwischt. Die Bombe hatte den Fußboden in die Luft gejagt. Sie hatte sich nach oben entladen. Bankreihen waren zerbrochen. Holz zersplittert.
    Littell mischte sich unter die Menge.
    Er sah die Krankenwagen. Er sah die Toten. Er sah einen Jungen ohne Zehen. Er sah Feuerwehrwagen. Er sah Fernsehwagen. Er sah ein paar Klan-Jugendliche.
    Die sich zu Klan-Trupps zusammenfanden. Die klanheimliche Freude an den Tag legten. Die vor den Fernsehkameras den Klan-Klaun mimten.
    Littell mischte sich unter die Menge.

Er zog die Blicke auf sich. Er roch nach Ei. Er troff vor Eierschalen und Eigelb.

Einige Bürgerrechtsmarschierer erschienen. Einige FBIler erschienen. Die Bürgerrechtsmarschierer trösteten die Opfer. Die Leute bluteten und weinten.

Sanitäter schleppten Bahren an. Sanitäter schleppten Opfer ab. Die Krankenwagen gaben Vollgas.

Littell folgte ihnen. Littell sah ihnen beim Ausladen zu. Einige hinkten. Einige humpelten. Der Junge hielt seine Zehen in der Hand.

Die Klinik war alt. Die Klinik wirkte heruntergekommen. Sie war durch das Schild »Nur für Farbige« ausgewiesen.

Littell schaute zu. Die FBIler schauten zu Littell. Krankenschwestern schoben IV-Gestelle rum. Eine Frau fiel zu Boden. Der Junge mit den Zehen zuckte krampfartig.

Littell fuhr zu einem Schnapsladen. Littell kaufte einen halben Liter guten Scotch.

75 (Bogalusa, 21. 6. 65)

Radio-Rock:
Hassschnulzen. »Wer braucht Nigger?« und »Nigger zurück nach Afrika«. Ein-Klängig. Kool. Ruf an – beim K-L-A-N.
Pete stellte seinen Sitz flach. Wayne schaute auf die Tür. Tür Nr. 5 – im Rebel's Rest Motel.
Chuck war ausgegangen. Pete hatte Recht. Chuck war nach Bogalusa geprescht. Chuck hatte seine Familie zerstückelt. Chuck hatte die Familienkutsche geklaut. Chuck hatte sich umgehend herbegeben.
Sie hatten das Haus durchsucht. Sie hatten Leichenteile gefunden. Anschlagsaufzeichnungen fanden sie nicht. Sie fuhren nach Osten. Sie riefen in Motels an. Sie fanden Chuck.
Sie fuhren schnell. Sie fuhren high. Sie hatten seit Saigon nicht geschlafen. Sie machten Pause in Beaumont. Sie besorgten sich Benzedrin. Sie kamen wieder in Schwung.
Pete erzählte Wayne vom Attentat. Pete legte alles offen.
Er nannte Namen. Er berichtete Einzelheiten. Er analysierte Zusammenhänge. Die Wayne umhauten. Die Wayne sein Dallas-Erlebnis begreiflich machten.
Wayne erzählte von Wayne Senior. Wayne Senior hatte in den Attentats-Fonds eingezahlt. Wayne Senior führte Spitzelklans. Wayne Senior führte seit neuestem Bob Relyea.
Pete sprach Klartext: Wayne Senior führt *DICH*.
Radio-Rock: *Odis Cochran* – »Erspinnt Schwanzlief« / *The Coon Hunters* – »Die Mohrenjäger« / *Rambunctious Roy* – »Roy die Plaudertasche«.
Wayne drehte am Knopf. Wayne bekam Nachrichten mit.
»... Explosion einer lecken Gasleitung in einer Negerkirche vor Bogalusa, die von Bürgerrechtsagitatoren als ›Bombenexplosion‹ bezeichnet wurde. Ein Sprecher des Föderalen Büros für Integration erklärte, man vermute eine Gasexplosion.«

Pete stellte ab. »Das ist das FBI. Die haben die Radiofritzen eingeseift.«

Wayne schmiss sich zwei Benzedrin rein. »Die wissen, dass das Bob war.«

Pete trank Royal Crown Cola. Benzedrin machte ihm Durst.

»Sie werden es ahnen und auf Nummer Sicher gehen wollen. Sie haben ihm nicht gesagt, er solle es tun, sie wollten nicht, dass er es tat, er hat sich aber ausgerechnet, dass er damit durchkommen wird und dass sie ihn, so sie ihm denn auf die Schliche kommen sollten, mit einer Verwarnung laufen lassen.«

Wayne schaute zur Tür. Über den Türen schalteten sich Nachtlichter ein. Eingänge leuchteten blau auf.

»Meinst du, Bob ist bei Chuck?«

Pete ließ die Knöchel knacken. »Ich hoffe nicht. Ich bringe nicht gerne einen FBI-Mitarbeiter um, der mit deinem Vater zusammenarbeitet.«

Wayne griff nach der Royal-Crown-Flasche. »Mir gefällt der Ablauf nicht. Chuck bekommt den Brief. Chuck fliegt nach Hause und legt seine Eltern um. Er hat *wahrscheinlich* das Tagebuch und *könnte* Bob vom Attentat erzählt haben.«

Pete ließ die Daumen knacken. »Wir werden ihm auf den Zahn fühlen.«

Wayne trank Royal Crown. Ein Olds fuhr vor. Pete konnte das Nummernschild erkennen: PDL-902.

Chuck stieg aus. Chuck stocherte in den Zähnen und wirkte siegesfroh. Chuck betrat Zimmer Nr. 5.

»Er ist allein«, sagte Wayne.

Pete warf sich zwei Benzedrin ein. Wayne nahm die Waffen. Pete setzte die Schalldämpfer auf. Sie zogen die Hemden hoch. Sie stopften die Waffen rein. Sie deckten die Griffe ab.

Sie gingen rüber. Die Zimmer rockten – Hinterwäldler-Melodien, alles besetzt.

Wayne versuchte die Tür zu öffnen. Geschlossen. Pete machte mit der Schulter Druck. Der Türpfosten krachte. Das Schloss barst. Sie fielen mit der Tür ins Zimmer. Da – das Scheiß-Zimmer, aber wo ist Ch –

Chuck kommt aus dem Wandschrank. Chuck hat zwei Gewehre. Chuck zielt und schießt. Zwei Hämmer klicken ins

Leere. Chuck reißt das Maul auf. Chuck *macht sich in die Hosen.*
Pete ging auf ihn los. Pete packte ihn. Pete schmiss ihn zu Boden. Wayne schloss die Tür. Wayne warf Pete die Handschellen zu. Pete fing sie auf.
Chuck kroch los. Chuck versuchte abzuhauen. Pete packte ihn an den Haaren. Pete schlug ihm den Kopf auf den Boden. Wayne legte ihm Handschellen an. Pete hob ihn hoch. Pete schmiss ihn gegen die Wand. Er schlug hart auf. Er machte Dellen. Er fiel zu Boden.
Wayne kniete nieder. »Hast du Bob was von Dallas gesagt?«
Chuck spuckte Blut. »Ich habe deinem Daddy gesagt, dass du ein nichtsnutziger Mamificker bist.«
»Hast du mit Bob die Kirche in die Luft gejagt?«
Chuck spuckte Galle. »Frag Daddy Karnickel. Sag ihm, dass Wildes Karnickel für ihn arbeitet.«
Pete nahm eine Heizplatte. Pete stöpselte sie ein. Pete ließ die Heizspirale Funken schlagen.
»Wo sind die Aufzeichnungen, die deine Eltern gefunden haben?«
Chuck pisste in die Hosen. »Wildes Karnickel sagt, fick dich. Vater Karnickel sagt, er sei dein Daddy.«
Pete ließ die Heizplatte fallen. Die Spirale nach unten. Sie versengte Chucks Haare.
Chuck heulte auf. Die Spirale zischte. Chuck schrie: »Gut!«
Wayne nahm die Heizplatte weg. Wayne nahm ein Kissen. Wayne löschte Chucks Haare.
Chuck spuckte Blut. Chuck spuckte Galle. Chuck rieb seinen Kopf auf dem Boden.
»Ich ... hab Bob ... nichts gesagt. Ich ... ich hab die Aufzeichnungen verbrannt.«
Pete gab Wayne ein Zeichen. Wayne drehte das Radio auf. Wayne erwischte »Roy die Plaudertasche«:
»... Weißer Mann schnallt, was Martin Luther Mohr will. Will Wassermelonen fressen im Juni. Will machen mampfmampf mit großen Zähnen in süßem Kartoffel-Pie —«
Wayne zog die Waffe. Pete zog die Waffe. »*Bitte* nicht«, sagte Chuck.

Die Tür ächzte. Der Riegel schnappte aus und brach weg. Ward Littell kam rein.

Er war mit Eiern bespritzt. Er war sternhagelvoll. Er war total durch den Wind. Er hatte eine penetrante Fahne.

»Mist«, sagte Pete.

»Jesus Christus«, sagte Wayne.

Ward stellte das Radio ab. Ward ging zu Chuck. Chuck machte in die Hosen. Chuck spuckte Zähne.

»Wildes Karnickel«, sagte Ward.

Chuck hustete. Chuck spuckte Zähne.

»Wildes Karnickel hat 'nen FBI-Stamm –«

Ward zog die Waffe. Ward schoss Chuck die Augen aus.

VIERTER TEIL

ÜBERWÄLTIGUNG

Juli 1965 – November 1966

DOKUMENTENEINSCHUB: 2.7.65. Interne Aktennotiz. An: Direktor. Von: BLAUES KARNICKEL. Betrifft: UNTERNEHMEN SCHWARZES KARNICKEL. Bezeichnung: »OP-1-VERDECKT« / »DARF NUR VOM DIREKTOR EINGESEHEN WERDEN« / »NACH LEKTÜRE VERBRENNEN.«

Sir,
bezügl. Kirchenbrandstiftung und weiteren Vorgängen in Bogalusa, Louisiana:
Die interne Untersuchung durch örtliche Agenten ist abgeschlossen. Die Agenten haben mir mündlich Bericht erstattet, keine offiziellen Berichte abgelegt und die offizielle Erklärung des Police Department Bogalusa bestätigt: dass der »Explosionsunfall« durch eine lecke Gasleitung verursacht wurde. Die Einschätzung dürfte als definitive Beurteilung der Sachlage Bestand haben. Und ist als solche von entscheidender Bedeutung für den weiteren Erfolg der RASSISTEN-AKTION von UNTERNEHMUNG SCHWARZES KARNICKEL.
Ich habe mit WILDEM KARNICKEL gesprochen. Sein hartnäckiges Leugnen einer Teilnahme am Sprengstoffattentat wirkte wenig überzeugend. Ich habe ihn nachdrücklich darauf hingewiesen, dass Sprengstoffattentate auf Kirchen die Grenzen des ihm zugestandenen operationellen Parameters überschreiten und dass sich dergleichen nie mehr wiederholen darf. WILDES KARNICKEL wirkte eingeschüchtert und nahm die Rüge hin. Hierzu ist anzumerken, dass die Arme von WILDEM KARNICKEL mehrere blaue Flecken aufwiesen und er den Eindruck machte, als sei er vor kurzem zusammengeschlagen worden.
WILDES KARNICKEL wollte sich zu den Flecken und seinem verprügelten Aussehen nicht weiter äußern. Ich verhörte ihn

bezüglich einer eventuellen Anwesenheit des ihm bekannten Charles Rogers aus Vietnam zur Zeit des Kirchenzwischenfalls, wobei WILDES KARNICKEL offensichtlich die Fassung verlor. Hierzu ist anzumerken, dass die zerstückelten Leichen von Rogers alten Eltern am 23. 6. in deren Haus in Texas entdeckt wurden, wobei Rogers (der nicht ausfindig gemacht werden kann) als Haupttatverdächtiger des betreffenden Doppelmordes gilt. Ich habe die vietnamesisch-amerikanischen Pass-Aufzeichnungen der vergangenen zwei Wochen überprüft und in Erfahrung gebracht, dass Rogers am 15. 6. von Saigon nach Houston flog und dass die Zuladung des betreffenden Fluges Explosivmaterialien umfasste. Ich gehe davon aus, dass Rogers den Sprengstoff für das Attentat zur Verfügung gestellt hat und dass WILDES KARNICKEL ihm bei der unsanktionierten Provokation zur Hand ging.

Außerdem ist anzumerken, dass örtliche Agenten kurz nach dem Sprengstoffanschlag KREUZFAHRER KARNICKEL vor dem Negerkrankenhaus sichteten. Er wirkte offensichtlich verstört und verwahrlost. Durch Überprüfung der regionalen Flug- und Autovermietungsakten brachte ich in Erfahrung, dass KREUZFAHRER KARNICKEL einen Flug von Las Vegas nach New Orleans genommen hat und von dort nach Bogalusa gefahren ist. Ich gehe davon aus, dass er seinen Kunden Carlos Marcello in New Orleans traf und die Gelegenheit zu einem Abstecher ins nahe Bogalusa nutzte.

Ich betrachte KREUZFAHRER KARNICKELS Abstecher nach Bogalusa als absolut persönlichkeitskonform und empfinde es nicht als überraschend, dass er die geplante Bürgerrechts-Agitation persönlich miterleben wollte. Mit Bitte um Instruktionen betreffs KREUZFAHRER KARNICKEL,

Hochachtungsvoll,
BLAUES KARNICKEL

DOKUMENTENEINSCHUB: 6.7.65. Interne Aktennotiz. An: BLAUES KARNICKEL. Von: Direktor. Betrifft: UNTERNEHMEN SCHWARZES KARNICKEL. Bezeichnung: »OP-1-VERDECKT« / »NUR PERSÖNLICH ÜBERGEBEN« / »NACH LEKTÜRE VERBRENNEN.«

BLAUES KARNICKEL,
ergreifen Sie alle Maßnahmen, um sicherzustellen, dass der Bogalusa-Zwischenfall als Unglücksfall eingestuft wird. Gestatten Sie WILDEM KARNICKEL, sich als Urheber des »Sprengstoffattentats« zu präsentieren, um die Glaubhaftigkeit der neuen Klan-Einheit zu sichern. Sorgen Sie dafür, dass WILDES KARNICKEL bei künftigen Gewalttätigkeiten von Überschreitungen seines operationellen Parameters absieht.

Ich stimme Ihnen zu: Die Anwesenheit von KREUZFAHRER KARNICKEL in Bogalusa ist absolut persönlichkeitskonform, wenn auch etwas bedenklich. KREUZFAHRER KARNICKEL ist ein enger Vertrauter von Pete Bondurant, der wiederum ein enger Vertrauter von Charles Rogers ist.

Eine Übereinstimmung, die stutzen macht. Geben Sie Anweisung, dass KREUZFAHRER KARNICKEL von Agenten aus Los Angeles und Nevada in unregelmäßigen Abständen beschattet wird. Veranlassen Sie Müll- und Postüberwachung seiner Wohnungen in Los Angeles und Las Vegas.

DOKUMENTENEINSCHUB: 8.7.65. Interne Aktennotiz. An: Direktor. Von: BLAUES KARNICKEL. Betrifft: UNTERNEHMEN SCHWARZES KARNICKEL. Bezeichnung: »OP-1-VERDECKT« / »DARF NUR VOM DIREKTOR EINGESEHEN WERDEN«/»NACH LEKTÜRE VERBRENNEN.«

Sir,
ich habe mit WEISSEM KARNICKEL gesprochen. Er will demnächst einen Urlaub in Las Vegas antreten. Soll ich eine Begegnung mit KREUZFAHRER KARNICKEL veranlassen, um eine sachliche Analyse seines Gemütszustands zu erhalten?
Hochachtungsvoll,
BLAUES KARNICKEL

DOKUMENTENEINSCHUB: 10.7.65. Interne Aktennotiz. An: BLAUES KARNICKEL. Von: Direktor. Betrifft: UNTERNEHMEN SCHWARZES KARNICKEL. Bezeichnung: »OP-1-VERDECKT« / »NUR PERSÖNLICH ÜBERGEBEN« / »NACH LEKTÜRE VERBRENNEN.«

BLAUES KARNICKEL,
 Ja. WEISSES KARNICKEL soll mit KREUZFAHRER KARNIC-KEL während dessen Las-Vegas-Aufenthalt Verbindung aufnehmen.

76 (Port Sulphur, 14. 7. 65)

Rekruten: Gaspar Fuentes / Miguel Díaz Arredondo. *Cubano* / anti-Bart / angeblich pro-*Tigre*.
Flash war nach Kuba geschifft. Flash hatte sie gefunden. Flash hatte sie ausgeschifft. Flash lobte ihre Fähigkeiten. Flash lobte ihr Pidginenglisch. Flash lobte ihren Schneid.
Ort: eine Schlackstein-Baracke / dreieinhalb auf dreieinhalb Meter / Brutkastenhitze. Zwei elektrische Stühle – samt Fesseln und Lederhauben – bei der JVA Angola erworben. Ein Dynamo / zwei Stuhlzuleitungen / zwei Lügendetektoren.
Flash fesselte Fuentes. Laurent G. fesselte Arredondo. Wayne und Mesplède schauten zu.
Draußen erklangen Schüsse. Kommandos übten im Schießstand. Tiger-Süd – das »Kamp« mit dem »K«. Von Exilanten belegt – sechzig Mann – dem Kader angeschlossen / vom Kader bewaffnet / vom Kader verpflegt.
Flash justierte die Nadeln. Laurent pumpte die Manschetten auf. Wayne schaute zu. Wayne geriet ins Sinnen.
Ausgehend von Port Sulphur. Ein wenig nach Norden – schon ist man in Bogalusa.
Littell erschießt Chuck. Littell ist betrunken. Littell schwört, keinen Tropfen mehr anzurühren. Pete tröstet ihn: Ich schaffe Chuck weg und knöpfe mir WILDES KARNICKEL vor. Der Wilde Bob ist seit neuestem FBIler. Er gehört jetzt zu Wayne Senior.
Flash führte die Tests durch. Laurent stellte die Fragen: Trinkst du Wasser? Trägst du ein blaues Hemd? Hasst du Fidel Castro?
Nadelausschläge – kurz – keine Lügen.
Port Sulphur – ein Steinwurf von Bogalusa entfernt.
Sie fuhren Chuck weg. Sie fanden einen Sumpf. Sie schmissen Chuck rein. Alligatoren fraßen ihn auf. Wayne und Pete schauten zu.

Wayne ging durchs Krankenhaus. Wayne sah die Explosionsverletzungen. Wayne sah einen Jungen ohne Zehen.
Bilder. Fortsetzungsbilder. Dazu die Bongo-Bilder. Dazu die Wendell-D.-Bilder. Bilder: Der Eisschrank / Chucks Eltern / die großen Alligatorenzähne.
Flash führte die Tests durch. Laurent stellte die Fragen: Bist du ein Spion? Dienst du in der kubanischen Miliz?
Nadelausschläge – kurz – keine Lügen.
Wayne geriet ins Sinnen. Wayne gähnte. USA-Versetzungen langweilten ihn. Er sehnte sich nach Saigon. Er sehnte sich nach dem Labor. Er sehnte sich nach dem Krieg und der Gefahr.
Bist du Anti-*Communisto*? Bist du pro-Tiger? Wirst du dem Ober-*El-Gato* dienen?
Nadelausschläge – kurz – keine Lügen.
Flash lächelte. Laurent lächelte. Mesplède stand auf und klatschte Beifall.
Sie banden die Rekruten los. Sie umarmten sie. Fuentes umarmte Wayne. Fuentes roch nach Brylcream. Arredondo umarmte Wayne. Arredondo roch nach VO5-Shampoo.
Sie sahen sich an. He – Zeit fürs Mittagessen – braten wir uns was auf dem elektrischen Stuhl.
Sie organisierten. Sie improvisierten. Flash organisierte Hot Dogs. Laurent organisierte Corned Beef.
Sie wickelten das Fleisch ein. Sie stopften es in die beiden Lederhauben. Sie drehten an den Schaltern. Es funkte. Das Fleisch briet. Aus den Lederhauben tropfte Fett.
Das Fleisch garte ungleich. Das Konzept ging nicht auf. Die Wirklichkeit stank.
Mesplède spendierte den Senf. Flash spendierte die Brötchen.

77 (Las Vegas, 16.7.65)

Kerzen – volle fünfundvierzig.

Pete blies sie aus. Ein Atemzug reichte. Barb schnitt den Kuchen an.

»Wünsch dir was, aber es darf nichts mit Kuba zu tun haben.«

Pete lachte. »Hab ich schon.«

»Dann raus damit.«

»Nein. Dann geht der Wunsch nicht in Erfüllung.«

Barb drehte die Klimaanlage hoch. Barb kühlte die Suite.

»Hatte es was mit Kuba zu tun?«

»Sag ich nicht.«

»Mit Vietnam?«

Pete leckte am Zuckerguss. »Vietnam ist nicht Kuba.«

Barb kraulte den Kater. »Sag mir, warum. Heute ist dein Geburtstag, und ich bin nachsichtig.«

Pete trank Kaffee. »Zu groß, zu versaut und zu mechanisiert. Helikopter mit Suchscheinwerfern, die knapp sieben Quadratkilometer Dschungel ausleuchten. Flächenbombardierungen und Napalm. Schlitzaugen ohne den geringsten Anflug von Charme und jede Menge wieselflinker Dreckskerlchen in schwarzen Pyjamas, die seit fünfzig Jahren ihren Scheiß-Guerillakrieg betreiben.«

Barb zündete sich eine Zigarette an. »Kuba hat mehr Stil. Das paßt besser zu deiner imperialistischen Ästhetik.«

Pete lachte. »Du hast mit Ward gesprochen?«

»Du meinst, ich hab ihm seine Sprüche geklaut?«

Pete ließ die Knöchel krachen. Der Kater sprang ihm auf die Knie.

»Flash hat zwei Männer in die Staaten geschmuggelt. Männer, die Kasinos überfallen und Croupiers umgebracht haben. Für so was brauchst du in Havanna Schneid.«

»Um Unbewaffnete umzubringen?«
Pete lachte. »In den Kasinos arbeiten Milizsoldaten.«
Barb lachte. »Ein völlig anderer Sachverhalt.«
Pete küsste sie. »Niemand kann so widersprechen wie du. Einer der zehntausend Gründe, warum es mit uns beiden klappt.«
Barb schob den Kater weg. Barb drückte Petes Knie.
»Ward sagte, du hättest mir ermöglicht, erwachsen zu werden.«
Pete lächelte. »Ward ist stets für eine Überraschung gut. Du denkst, dass du ihn kennst, und dann holt er was Neues aus dem Hut.«
»Zum Beispiel?«
»Ihm liegt an Menschen, von denen er überhaupt nichts zu erwarten hat. Und es stört ihn nicht.«
»Zum Beispiel?«
»Er hört was über irgendwelchen Klan-Mist. Und zieht eine Nummer durch, die außer ihm keiner durchgezogen hätte.«
Barb lächelte. »Dich inbegriffen?«
Pete nickte. »Ich bin ihm zur Hand gegangen, als alles gelaufen war. Ich hab mir einen Kader-Burschen vorgeknöpft und ein paar Regeln klargestellt.«
Barb streckte sich. Der Kater kratzte an ihrem Rock.
»Ich war mit Ward zum Lunch. Er wirkte besorgt. Er hat gesehen, wie Jane seine Papiere durchsah.«
Pete stand auf. Pete verschüttete Kaffee.
Mist –

»Der Mann vom ARVN-BOSS will Hanoi bombardieren. Er spricht zu seinem Finanzberater Nihm-Nur-Bar und zu seinem Sekretär für Warmes, Komm-Ohn-Kinn. Sie hocken in ihrer Chinesenkneipe in Saigon. Komm-Ohn-Kinn schlürft eine Riesenschüssel Jungburschen-Creme.«
Pete grunzte. Pete schaute sich das Gebäude an.
Er war nach L.A. geflogen. Er hatte Milt C. zur Unterhaltung engagiert. Er wartete in einem Mietwagen.
Er *spürte*: Jane ist eine krumme Nummer. Sie ist ein Spitzel. Sie wurde von Carlos bei Ward eingeschleust.
Er hatte Fred Otash angerufen. Er hatte ihn ausgefragt – was

hast *du* rausgekriegt? Otash gab Hinweise auf Danny Bruvick – Arden-Janes Ex.

Danny hat ein Schiff. Danny hat ein Pseudonym. Danny betreibt ein Charter-Geschäft – »irgendwo in Alabama«.

Carlos wohnte in New Orleans – in nächster Nähe von Alabama.

Pete beobachtete das Gebäude. Milt bohrte in der Nase rum. Ward war in Chicago. Sam hatte ihn angerufen. Arden-Jane war im oberen Stock.

»Das Rat-Pack macht eine Vietnam-Tour. Frank bürstet sich durch Schlitzaugen-Schlitze. Dino ist duhn. Er ist derart besoffen, dass er hinter die Vietcong-Linien gerät. Ein kleines Schlitzauge kommt auf ihn zu. Dino sagt: ›Bring mich zu deinem Anführer.‹ Das Schlitzauge sagt: ›Ky, Mao oder Ho-Chi-Minh?‹ Sagt Dino: ›Getanzt wird später. Zunächst bringst du mich zu deinem Anführer.‹«

Pete grunzte. Pete beobachtete das Gebäude.

Milt schnorrte eine Zigarette. »Freddy T. hat mir ein Band geschickt. Drei Gesetzgeber und sechs Nutten, die sich im Dunes verlustieren.«

Pete streckte sich. Pete beobachtete das Gebäude.

Milt blies Rauchringe in die Luft. »Ich mach weitere Fernsehspots mit Sonny. ›Tiger-Taksi, Vegas-Champ. Ruf umgehend an oder du kriegst's mit mir zu tun.‹«

Pete grunzte. Pete beobachtete das Gebäude. Milt streifte sich die Schuhe ab. Milt lüftete seine Füße.

»Wir haben ein paar Pleitegänger. H auf Kredit zu verkaufen, halt ich für keine gute Idee.«

»Ich kümmere mich drum.«

Milt grunzte. »Setzen wir Sonny drauf an. Der steht auf Fellmänteln, die er ständig seinen Weibern kauft, und Esels-Dom hat gerade einen Pelzladen in Reno ausgeräumt. Also, Sonny treibt unsere Schulden ein, und wir zahlen ihn in Pelzen aus.«

Pete grunzte – Milt, du bringst mich um. Pete sah, wie Jane rauskam.

Der Türsteher lächelte. Der Türsteher hastete zu ihrem Wagen. Sie stieg ein. Sie fuhr los. Sie fuhr nach Westen.

Pete stellte den Motor an. Pete fuhr los. Pete nahm die Beschattung auf. Sie fuhren über den Wilshire-Boulevard nach Westen. Sie fuhren über den Bundy-Boulevard nach Süden. Sie fuhren über den Pico-Boulevard Richtung Strand.

Pete ließ sich zurückfallen. Jane wechselte die Spuren. Jane zog nach rechts. Jane gab Zeichen. Jane bog ab.

Da: Die Bank of America – Filiale West L.A.

Sie fuhr vor. Sie schloss ab. Sie ging rein.

Milt taxierte sie. »Nette Titten. Als Zweitfrau käm die bei mir allemal unter.«

Pete zündete sich eine Zigarette an. Milt schnorrte eine.

»Also, wer ist sie? Du rufst mich um 05:00 früh an. Du sagst, auf nach L.A., und erklärst weiter nichts. Ich hab bald das Gefühl, du hast mich zur bloßen Unterhaltung mitgenommen.«

Jane kam raus. Jane hatte einen Münzsack mit. Jane ging zu einem Automaten am Parkplatz.

Sie wählte die Null. Sie fütterte das Gerät. Sie sprach. Sie horchte. Sie hielt die Hand vor die Sprechmuschel. Das Gespräch dauerte. Sie spielte mit Münzen. Sie fütterte das Gerät nach.

Pete schaute ihr zu. Pete stoppte die Zeit: fünf Minuten / sechs / acht.

Milt gähnte. »Die Geschichte fängt an, mir Spaß zu machen. Die sieht mir nicht so aus, als ob sie zu Hause keinen eigenen Anschluss hätte.«

Zehn Minuten / zwölf / vierzehn.

Sie legte auf. Sie ging zu ihrem Wagen. Sie fuhr los und fädelte sich in den Verkehr ein.

Pete beschattete sie. Über Pico nach Osten. Gut zehn Kilometer. Über La Brea nach Norden.

Sie kreuzten den Wilshire. Sie kreuzten die 3rd Street. Sie fuhren über Beverly nach Osten. Sie fuhren über Rossmore nach Norden.

Da: Sie biegt links ab. Sie gibt Zeichen. Sie wendet. Sie steht vor dem Algiers – weißes Backsteingebäude / Motel als Möchtegern-Moschee.

Sie hielt an. Sie stieg aus. Sie trug einen Aktenordner. Der Schuppen hatte riesige Glaswände. Vorzügliche Rundum-Überwachung.

Sie ging rein. Sie hielt einen Pagen an. Sie übergab ihm den Aktenordner.

Milt gähnte. »Das sieht nach *Tsores* aus. Bei dem Schuppen hat Carlos Anteile.«

»Ich weiß«, sagte Pete.

Er dachte darüber nach. Er ließ es sich auf der Zunge zergehen. Er zerbiss es mit den Zähnen. Carlos hatte Anteile. Carlos hatte die *Kontroll*mehrheit. Die Mitarbeiter waren von Carlos eingestellt. Sie flogen nach Hause. Milt machte sich dünne. Pete ging zu Tiger-Taksi. Er probte. Er dachte sich ein paar Lügen aus. Er rief bei der Polizeikontaktstelle von Bell Telefone an.

Ein Mitarbeiter nahm ab. »Polizeiinformation. Wer ist am Apparat?«

Pete hustete. »Sergeant Peters, LAPD. Ich brauche den Gegenanschluss zu einem Automatenanruf.«

»Zeit, Ort und Ursprungsnummer, bitte.«

Pete nahm einen Stift. »13:16, heute. Ursprungsnummer unbekannt, aber es handelt sich um den Automaten vor der Bank of America, West Pico 14229, Los Angeles.«

Der Mitarbeiter hustete. »Bitte bleiben Sie am Apparat.«

Pete blieb am Apparat. Pete schaute zum Parkplatz. Esels-Dom würfelte. Esels-Dom musterte Jungs. Esels-Dom rückte sich das Gemächte zurecht.

Es summte in der Leitung. Der Mitarbeiter hustete.

»Ein Ferngespräch. Gegenanschluss eine Charterboot-Anlegestelle in Bon Secour, Alabama.«

78 (Chicago, 19.7.65)

Sam schimpfte.
Über den Gefängnisfraß. Über die Gefängnisläuse. Über seine Gefängnishämorrhoiden.

Sam sprach laut. Der Anwaltsraum hallte. Die Läuse hatten Füße. Die Läuse hatten Flügel. Die Läuse hatten Reißzähne wie Godzilla.

Littell streckte sich. Der Stuhl ächzte. Der Stuhl juckte – Läuse, groß wie Godzilla.

»Heute früh find ich so ein Viech in meinen Cornflakes«, sagte Sam. »Das hatte eine Spannweite wie eine P-38. Und das hab ich alles dem Schwanzlutscher zu verdanken, der die schwanzlutschende Grand Jury zusammengestellt hat, dem wohl bekannten Schwanzlutscher Robert F. Kennedy.«

Littell klickte den Kugelschreiber auf und zu. »In zehn Monaten sind Sie draußen. Die Juryfrist läuft ab.«

Sam kratzte sich an den Armen. »In sechs Monaten bin ich tot. Gegen solche Riesenläuse kommt kein Mensch nicht an.«

Littell lachte. Sam kratzte sich an den Beinen.

»Alles Bobbys Schuld. Sollte das Schwanzlutscherchen je Präsident werden wollen, wird er das bitter bereuen, und das ist nicht in den Wind gehustet, Dick Tracy.«

Littell schüttelte den Kopf. »Er wird nie mehr versuchen, Ihnen zu schaden. Er hat jetzt andere Sorgen.«

Sam kratzte sich am Hals. »Richtig. Er turtelt mit den Nigger-Agitatoren, was aber noch lange nicht heißt, dass er die Hatz auf uns abgeblasen hat.«

Ein Insekt flog über den Tisch. Und wurde von Sam zerquetscht.

»Das hat gesessen. Du pflanzt dich nicht mehr fort, Schwanzlutscherchen.«

Littell hüstelte. »Vegas läuft nach Plan. Wir haben die Kommissions- und Abgeordnetenstimmen. Nächstes Jahr dürfte Mr. Hughes irgendwann sein Geld kriegen.«

Sam kratzte sich an den Füßen. »Ein Jammer, dass Jimmy da nicht mehr bei sein kann.«

»Vielleicht kann ich ihn vor dem Gefängnis bewahren, bis wir eingestiegen sind.«

Sam nieste. »Dann feiert er eben unterwegs nach Leavenworth. Wir besorgen es Howard Hughes und Jimmy kann seinen Pyjama für den Knast packen.«

»So ungefähr, ja.«

Sam nieste. »Ich mag nicht, wie du guckst. Das heißt doch: ›Ich hab noch einen üblen Brocken für dich, auch wenn *ich* für *dein Geld* hergereist bin.‹«

Littell putzte sich die Brille. »Ich habe mit den anderen geredet. Sie haben sich etwas überlegt, das Sie sich durch den Kopf gehen lassen sollten.«

Sam rollte die Augen. »Dann *raus* mit der Sprache. Du klopfst gern um den heißen Brei rum, den du zusätzlich mit Salat garnierst.«

Littell beugte sich vor. »In Chicago hält man Sie für erledigt. Man hält Sie für eine lahme Ente, die nur noch drauf wartet, vom FBI und dem Generalstaatsanwalt abgeschossen zu werden. Man meint, Sie sollten sich nach Mexiko absetzen und Ihre persönlichen Unternehmungen von dort aus leiten. Man meint, Sie sollten lateinamerikanische Verbindungen aufbauen, um uns bei unserer ausländischen Kasino-Strategie zu unterstützen, die greifen wird, sobald wir Mr. Hughes die Hotels verkauft haben.«

Sam kratzte sich am Hals. Sam kratzte sich an den Armen. Sam kratzte sich an den Eiern. Ein Insekt hüpfte hoch. Und wurde von Sam gefangen. Wurde von Sam zerquetscht.

»OK, ich mach mit. Ich weiß, wann was aus ist und wann was Neues begonnen werden muss.«

Littell lächelte. Sam kippelte mit dem Stuhl.

»Du guckst immer noch so. Raus mit der Sprache, bevor's bei mir wieder zu jucken anfängt.«

Littell rückte sich die Krawatte zurecht. »Ich möchte die Auskäufe für den Pensionskassenbücher-Plan überwachen, bei den Verhandlungen mit den ausländischen Kasinos dabei sein

und mich anschließend zurückziehen. Ich werde Carlos offiziell um Erlaubnis bitten, möchte jedoch zuvor Ihren Segen bekommen.«
Sam lächelte. Sam stand auf. Sam zog eine Straßenshow ab. Er versprühte Weihwasser. Er erteilte die Kommunion. Er schlug die vorschriftsmäßigen Kreuze.
»Den hast du. *Wenn* du uns ein letztes Mal hilfst.«
»Sagen Sie mir, wobei. Ich will es tun.«
Sam hockte sich rittlings auf den Stuhl. »Bei den '60er Wahlen haben wir uns die Finger verbrannt. Ich habe Jack West Virginia und Illinois gekauft, und er hat uns seinen Schwanzlutscher von Bruder auf den Hals gehetzt. Johnson ist OK, aber er ist zu zahm mit den Niggern und tritt '68 vielleicht gar nicht mehr an. Also, es geht darum, dass wir gerne bereit sind, uns dem richtigen Kandidaten gegenüber äußerst großzügig zu verhalten, sofern er Jimmy begnadigen und uns bei ein paar anderen Dingen aushelfen will, und wir wollen, dass *du* das hinkriegst.«
Littell atmete ein. Littell atmete aus. Littell schlotterten die Knie.
»Jesus Christus.«
Sam kratzte seine Hände. »Wir wollen, dass Mr. Hughes 25 % unserer Spende übernimmt. Wir wollen, dass unser Mann sich verpflichtet, die Teamster in Ruhe zu lassen. Wir wollen, dass der ganze gegen die Firma gerichtete FBI-Scheiß runtergefahren wird. Wir wollen keinen außenpolitischen Ärger mit den Ländern, wo wir unsere Kasinos hinstellen, ob die nun links- oder rechtslastig sind.«
Littell atmete ein. Littell atmete aus. Littell schlotterten die Knie.
»Wann?«
»Die Vorwahlen von '68. Etwa in der Zeit. Du weißt ja, wann die Versammlungen stattfinden.«
Ein Insekt sprang auf. Und wurde von Sam gefangen. Und wurde von Sam zerquetscht.
»Du pflanzt dich nicht mehr fort, Schwanzlutscherchen.«

Graphiken: Profit-Flow / Reingewinn / Passiva.
Littell sah sich Graphiken an. Littell arbeitete die Graphiken durch. Littell machte sich Notizen. Er arbeitete auf der Veranda. Die Aussicht lenkte ihn ab. Er liebte den Michigan-See. Das Drake-Hotel – die Suite mit zwei Schlafzimmern – auf Sam Giancanas Kosten.
Littell sah sich Graphiken an. Pensionskassenbuch-Daten hüpften. Ausgeliehenes Geld / investiertes Geld / zurückgezahltes Geld.
Geschäfte im Fadenkreuz. Kassenfinanziert. Übernahme-Beute. Wir nehmen besagte Firmen in den Schwitzkasten. Wir bauen Kasinos im Ausland auf. Wir kaufen einen Präsidenten ein. Wir bestimmen seine Politik mit. Wir heben 1960 auf. Wir verteilen das Risiko. Wir sichern uns auf beiden Seiten ab. Wir unterwandern linke Nationen.
Offensichtliche Schieflage – die Firma hatte Rechtsdrall – die Firma schmierte entsprechend.
Chicago kochte. Der Wind wehte über den See. Littell legte die Graphiken weg. Littell studierte Schriftsätze.
Eingaben – halten wir Jimmy draußen. Aktenanalysen – holen wir Drac ins Boot. Ein Scheißjob. Immer dasselbe. Sterbenslangweilig.
Er stand auf. Er streckte sich. Er schaute zum Lake Shore Drive rüber. Die Autoscheinwerfer wirkten wie Wimpel.
Er hatte gestern bei seinen Banken vorbeigeschaut. Er hatte Zehntengeld abgehoben. Er hatte Zehntenschecks ausgestellt. Er hatte sie verschickt. Er dachte an ein Telefongespräch zurück.
Er hatte bei Bayard Rustin angerufen. Er hatte Bogalusa abgestritten. Er hatte es getan, um sich schützen. Er hatte es getan, um Pete und Wayne zu schützen.
Er hatte die Zeitungen gelesen. Er hatte die Nachrichten angeschaut. Die Kirche war einem »Explosionsunfall« zum Opfer gefallen. Niemand hatte das mit Chuck in Verbindung gebracht. Niemand hatte das mit WILDEM KARNICKEL in Verbindung gebracht.
Er hatte bei Bayard angerufen. Er hatte die Nachrichten bestätigt. Er hatte gesagt, eine Gasleitung sei explodiert. Er hatte auf getürkte Quellen verwiesen. Bayard hatte sich bedankt.

Bayard hatte ihm geglaubt. *Er* hatte gelogen. *Er* hatte geschickt gelogen. *Er* hatte spät gehandelt.
    Die Kirche war explodiert. Womit Zusatzgelder anfielen – für *seine* Toten und Verstümmelten.
    Er hatte die Verstümmelten gesehen. Einige FBIler hatten ihn gesehen. Besagte FBIler konnten Mr. Hoover informieren. Er hatte sich betrunken. Er hatte Chuck umgebracht. Er war wieder nüchtern geworden. Er gierte immer noch danach. Er konnte es immer noch schmecken. Schnapsreklamen schimmerten.
    Er hatte Chuck umgebracht. Er hatte zwölf Stunden geschlafen. Er war mit klarem Kopf aufgewacht: Aufhören. Aussteigen und nichts wie weg aus der Firma, solange es noch geht.
    Sam hatte ja gesagt. Sam hatte seinen Segen gegeben. Sam hatte Bedingungen gestellt. Vielleicht sagte Carlos ja. Vielleicht stellte Carlos Bedingungen.
    Zehntenspenden / Bedingungen / Wahljahre.
    Er hatte Mr. Hoover gedient. Sie hatten zusammengearbeitet. Das hatte SCHWARZES KARNICKEL zur Folge gehabt. Das hatte WILDES KARNICKEL zur Folge gehabt. Das hatte Tote und Verletzte zur Folge gehabt. Er hatte Chuck umgebracht. Pete hatte sich WILDES KARNICKEL vorgeknöpft. Späte Reue. Völlig unerheblich.
    Der See schimmerte. Ausflugsboote zogen ihre Runden. Er konnte Buglichter sehen. Er konnte Tanzkapellen sehen. Er konnte Frauen sehen.
    Jane bedeutete nun Krieg. Jane hatte ihn ausmanövriert. Jane hatte ihn *erkannt*, bevor er sie *erkannt* hatte. Sie wusste, dass er stahl. Sie wusste, dass er Geld einsteckte. Sie wusste, dass er heiße Bänder abspielte.
    Sie pflegte seine Papiere zu durchsuchen. Er hatte sie dabei ertappt. Sie waren auf Distanz gegangen. Sie hatten es zu keinen weiteren Gesprächen kommen lassen. Sie hatten von weiteren Konfrontationen abgesehen.
    Jane hatte Pläne. Das *wusste* er. Vielleicht wollte sie ihn verletzen. Vielleicht wollte sie ihn benutzen. Vielleicht wollte sie mehr über ihn in Erfahrung bringen.
    Das machte ihm Angst. Das rührte ihn. Das machte sie noch begehrenswerter.

Ein Schiff kam näher. Eine Kapelle spielte. Ein blaues Kleid flog. Janice pflegte solche Kleider zu tragen.
Sie war nach wie vor deftig. Sie war nach wie vor heftig. Sie bedachte ihn nach wie vor mit Histörchen und Sex.
Sie pflegte über Wayne Senior herzuziehen. Die Einzelheiten machten ihm Angst. Wayne Senior war VATER KARNICKEL. Janice zog über ihn her. Janice hasste ihn. Janice spürte, dass er nach wie vor Macht über sie hatte.
Das Schiff zog vorbei. Das blaue Kleid verschwand. Littell rief im Sands an. Janice war ausgegangen. Littell rief im Desert Inn an. Littell fragte wegen Nachrichten an.
Eine Nachricht: Bei Lyle Holly anrufen – er wohnt im Riv. Scheiße – WEISSES KARNICKEL will was von dir.
Littell besorgte sich die Nummer. Littell verschob den Anruf. Littell bereitete ein Band vor. Littell nahm eine Spule zur Hand.
Sam machte ihm Angst. Sams Schimpftiraden. Bobby / Schwanzlutscher / bitter bereuen.
Littell bereitete sein Aufnahmegerät vor. Littell erinnerte sich.
Chicago, 1960 – das Phantom liebt Bobby. Chicago, 1965. Bobby lebt auf Band.

79 (Las Vegas, 20. 7. 65)

Der Tiger war los.
Reporter bedrängten Sonny. Sag, wie's steht – gib uns Tipps – zieh über den Tunichtgut Cassius X her. Sonny ignorierte sie. Sonny schluckte Chivas. Sonny betatschte Nerzmäntel.
Esels-Dom hatte sie geklaut. Esels-Dom hatte sie verkauft. Esels-Dom gab Namen zum besten. Ich räume Pelzläden aus / ich ficke Rock Hudson / ich bumse Sal Mineo.
Sein Schnucki schmollte. Sein Schnucki heuchelte Betroffenheit. Sein Schnucki schickte hauptberuflich Transis auf den Strich.
Wayne schaute zu. Barb schaute zu.
Dom nahm Anrufe entgegen. Sein Schnucki übernahm den Funkdienst. Die beiden drückten sich vor dem Mittags-Stoßverkehr. Sonny kaufte Nerzhandschuhe. Sonny kaufte Nerztangas. Sonny kaufte Nerzohrenschützer.
»Sind die Pelze heiß?«, fragte ein Reporter.
»Deine Mami ist heiß«, sagte Sonny. »Und ich bin dein Daddy.«
»Warum schließen Sie sich nicht der Bürgerrechtsbewegung an?«, fragte ein Reporter.
»Weil mein Arsch nicht hundesicher ist«, sagte Sonny.
Die Reporter grunzten. Barb grunzte. Barb trat vor die Tür. Sie schmiss sich Pillen rein. Sie spülte sie runter. Mit abgestandenem 7-Up.
Wayne trat vor die Tür. Wayne sprach sie aus nächster Nähe an.
»Pete wird nach Vietnam zurückversetzt. Und sobald er weg ist, hebst du ab.«
Barb wich zurück. »Mach dir klar, was *du* treibst, bevor du mir sagst, was dir an mir nicht passt.«
Wayne trat dicht an sie ran. »Sieh dir unsere Kunden an.«

»Sieh *mich* an. Seh ich aus wie eine von den Narki-Nutten, die ihr zu verantworten habt?«
»Ich sehe dich an. Ich sehe Falten, die du vor einem Jahr nicht gehabt hast.«
Barb lachte. »Die hab ich mir redlich verdient. Ich habe fünfzehn Jahre in der Firma auf dem Buckel.«
Wayne wich zurück. »Du weichst mir aus.«
»Nein. Ich sage nur, dass ich länger im Geschäft bin als du und besser weiß, worauf's rausläuft.«
»Das erzähl Pete. Er wird nicht auf dich hören, aber sagen kannst du's ihm doch.«
Barb trat dicht an ihn ran. »Du fährst drauf ab, nicht ich. Du fährst voll auf das Leben in der Firma ab, und hast immer noch keinen Schimmer, was das heißt.«
Wayne trat dicht an sie ran. Ihre Knie berührten sich. Wayne konnte Barbs Shampoo riechen.
»Du bist nur verärgert, weil du da keinen Platz drin hast.«
Barb wich zurück. »Du wirst Dinge tun, mit denen du nicht leben kannst.«
»Das hab ich vielleicht schon.«
»Das wird nur schlimmer. Und dann tust du noch Schlimmeres, nur um dir zu beweisen, dass du's durchstehst.«

Probelauf:
Eintreiben. Bei vier Pleitegeiern. Sonnys Geldeintreiber-Debüt.
Besagte Narkis hatten ein Kellergeschoss übernommen. Besagte Narkis traten als Kirchenbesetzer auf. Ihr Pastor spritzte Demerol. Besagte Narkis setzten sich ihren Schuss in der Kirche.
Wayne fuhr. Sonny putzte sich die Nägel mit einem Stellmesser. Sonny schluckte Scotch. West Las Vegas kochte. Die Einheimischen kühlten sich in Kinderplanschbecken ab. Die Einheimischen wohnten in Wagen mit Airconditioner.
»Ich habe in Saigon einen Farbigen umgebracht«, sagte Wayne.
»Ich habe in Saint Louis einen Weißen umgebracht«, sagte Sonny.
Da – die Kirche. Baufällig. Vom Sand blank gescheuert. Mit

Neonreklame. Die betenden Hände und Kreuze musste man gesehen haben. Ebenso den Jesus beim Würfeln.

Sie parkten. Sie gingen zur Kellertür. Sie öffneten das Schloss mit Dietrich. Sie gingen rein.

Sie sahen vier Narkis. Sie liegen auf Autositzen rum – aus alten Cadillacs ausgebaut. Sie sahen Löffel und Zündholzschachteln. Sie sahen Spritzen und Gummischläuche. Sie sahen Heroinportionen und weiße Puderreste.

Ein Hi-Fi. Einige Langspielplatten. Alles Gospelmusik. Die Junkies ruhten sich aus – einer pro Sitz – ein Kunstleder-Nikkerchen. Sie sahen Sonny. Sie sahen Wayne. Sie schnalzten mit der Zunge. Sie kicherten. Sie seufzten.

»Los«, sagte Wayne.

Sonny pfiff. Sonny stampfte auf. Sonny machte dem Kunstleder-Nickerchen ein Ende.

»Ihr Ärsche habt zehn Sekunden, um mit der Entehrung dieses Gotteshauses aufzuhören und zu zahlen, was ihr schuldig seid.«

Ein Narki kicherte. Ein Narki kratzte sich. Ein Narki gluckste. Ein Narki gähnte.

Wayne stellte die Hi-Fi-Anlage an. Wayne legte eine Platte auf. Wayne setzte die Nadel auf. Laute Musik. Ekstatisch – Choral-Daddys Christlicher Chorgesang.

»Los«, sagte Wayne.

Sonny trat in die Autositze. Sonny schmiss die Narkis raus. Sonny schmiss die Narkis zu Boden. Sie wanden sich. Sie quiekten.

Schluss mit dem Kunstleder-Nickerchen.

Sonny versetzte ihnen Tritte. Sonny hob sie hoch. Sonny ließ sie fallen. Sonny packte die Autositze. Sonny zielte. Sonny ließ sie ihnen auf die Köpfe fallen.

Sie quiekten. Sie schrien. Sie heulten und bluteten.

Sonny ohrfeigte sie. Sonny leerte ihre Taschen. Sonny schmiss den Schrott weg. Einer drehte seine Taschen um. Einer flehte um Gnade.

Sonny hob ihn hoch. Sonny ließ ihn fallen. Sonny versetzte ihm Tritte. Sonny beugte sich nieder. Sonny hörte seinem Flehen zu.

Sonny stand auf. Sonny lächelte. Sonny gab Wayne ein Zeichen. Choral-Daddy steigerte sich zum Crescendo. Wayne zog den Stecker raus und ging.

Sonny lächelte. »Seit Frühling schickt Wendell Durfee in Bakersfield, Kalifornien, illegale Mexen-Nutten auf den Strich.«

80 (Bon Secour, 22. 7. 65)

Schiffe:

Charter-Fahrten. Teak-Rümpfe und Großmotoren. Vierzig Liegeplätze / dreißig leer / dreißig Boote auf See. Pete schlenderte auf der Mole lang. Pete musterte Liegeplatz Nr. 19. Da – die *Ebbtide*. Fünfzehn Meter lang. Schöne hohe Bordkante. Gutes Gewerk. Fest eingebaute Lastzüge und Stauraum. Schicke Messingbeschläge. Ein Mann arbeitete an Bord. Er war mittelgroß. Er war Mitte vierzig. Eines seiner Beine war hin. Er hatte einen schlimmen Hinkefuß. Es war heiß. Die Luft triefte. Wolken zogen sich zusammen. Mobile Bay – das Hinterletzte – Lockhütten und Platzmangel. Pete schlenderte auf der Mole lang. Pete musterte Liegeplatz Nr. 19.

Er hatte Janes Anruf zurückverfolgt. Er war eingeflogen. Er hatte Überprüfungen veranlasst. »Dave Burgess« war Eigentümer der *Ebbtide*. »Dave Burgess« war im Charter-Geschäft. »Dave Burgess« kannte Burschen in New Orleans. Zwei und zwei zusammenzählen. D.B. mit einberechnen. »Dave Burgess« war Danny Bruvick.

Die *Ebbtide* gehörte der T&C Corporation. T&C gehörte Carlos. Carlos *war* New Orleans.

Er bestach einen Bullen. Er überprüfte Anrufdaten. Er überprüfte Apparate. »Burgess« passte. »Burgess« benutzte Telefonautomaten – direkt an der Mole.

»Burgess« rief Carlos an. »Burgess« rief Carlos öfter an. »Burgess« hatte Carlos vergangenen Monat viermal angerufen.

Pete ging zu Liegeplatz Nr. 19. »Burgess« schrubbte Fischerhaken. Pete ging an Deck. »Burgess« sah auf.

Er zuckte ein bisschen zusammen. Er richtete sich ein bisschen auf. Er nahm Witterung auf.
Die Harpune – *Achtung.*
»Burgess« griff danach. »Burgess« fasste zu. »Burgess« umklammerte den Harpunengriff. Pete zielte. Pete trat zu. Pete traf die Hand.
Die Harpune rutschte übers Deck. »Scheiße«, sagte »Burgess«.
Pete ging hin. Pete nahm die Harpune. Pete verschoss den Speer in die See.
»Mist«, sagte »Burgess«.
Pete zog das Hemd hoch. Pete zeigte die Waffe.
»Du denkst bestimmt, ich komme von Jimmy Hoffa, und da denkst du falsch.«
»Burgess« saugte am Daumennagel. »Burgess« schloss und öffnete die Faust. Pete sah sich das Schiff an. Das Schiff lockte. Das Schiff verführte.
Nett: der Stahlrumpf / die Gaffelposten / die Beschläge.
Nett: das philippinische Edelholz.
»Burgess« beugte und streckte das Handgelenk. »Ein alter Rum-Schmuggler. Hat alles –«
Pete zog das Hemd hoch. Pete wies auf die Waffe. Pete wies nach unten. »Burgess« stand auf. »Burgess« seufzte. »Burgess« rückte das kaputte Bein zurecht und hinkte los.
Er trug Shorts. Bemerkenswerte Narben. Bemerkenswerte Einschusslöcher am Knie.
Er ging übers Deck. Er ging am Brückenverschlag vorbei. Er nahm die Achtertreppe. Pete folgte ihm. Pete sah sich genauer um.
Zwei Steuerplätze / Kontrollposten / sämtliche Instrumente. Teak-Paneele / geräumig / Achter-Kabinen. Achter-Maschinen / Achter-Stauraum / Achter-Ladeluken.
Pete ging voran. Pete sah eine Kajüte: Zwei Stühle / ein Schreibtisch / ein Schnapsregal.
Er zog »Burgess« rein. Er nahm einen Stuhl. Er drückte »Burgess« rein. Er rückte »Burgess« zurecht. Er goss einen Drink ein.
Das Boot schwankte. Pete verschüttete Cutty. »Burgess« nahm den Drink. »Burgess« kippte ihn. »Burgess« wurde schnapsrot.

Pete goss nach. Pete schenkte tüchtig ein. »Burgess« tankte nach. »Burgess« verschüttete Cutty.

Pete spannte die Waffe. »Du bist Danny Bruvick. Ich bin Pete Bondurant, und wir haben ein paar gemeinsame Freunde.«

Bruvick rülpste. Bruvick wurde rot. Bruvick sah nach Alki aus.

Pete wirbelte mit der Waffe. »Ich will alles wissen, über ›Arden‹ und Carlos Marcello. Ich will wissen, wieso Arden mit Ward Littell zusammenwohnt.«

Bruvick schielte nach der Flasche. Pete goss ihm eine Portion ein. Bruvick tankte nach. Das Boot senkte sich. Bruvick bekleckerte sich den Schoß.

»Dass du mich nicht zu viel trinken lässt. Sonst krieg ich noch Courage.«

Pete schüttelte den Kopf. Pete zog den Schalldämpfer raus. Pete setzte ihn auf. Bruvick schluckte leer. Bruvick zog einen Rosenkranz raus. Bruvick ließ ihn durch die Finger gleiten.

Pete zerschoss den Cutty. Pete zerschoss den Gilbey. Pete zerschoss den Jack D. Flaschen zerspritzten. Teakholz splitterte. Dum-Dums rissen Muster in die Wand.

Die Kajüte bebte – Schalldruckschläge – das Boot bebte nach.

Bruvick flippte aus. Bruvick umklammerte seinen Rosenkranz. Bruvick hielt sich die Ohren zu.

Pete zog ihm die Hände runter. »Fang mit Arden an. Ihren richtigen Namen, und sag was über den Gesamtzusammenhang.«

Bruvick nieste. Kordit juckte in der Nase. Schwarzpulver stank beißend.

»In Wirklichkeit heißt sie Arden Breen. Ihr Alter war ein Gewerkschaftsagitator. So 'ne Rote Socke.«

Pete ließ die Knöchel knacken. »Weiter.«

Bruvick schüttelte die Haare. Glasscherben flogen raus.

»Ihre Mutter ist früh gestorben. An einem rheumatischen Fieber. Arden wurde von ihrem Alten großgezogen. Er war ein Säufer und Hurenbock. Er hatte jeden Tag 'ne andere und hat Arden in Puffs und Gewerkschaftshäusern erzogen, das heißt, in *üblen* Gewerkschaftshäusern, das heißt, der Alte klopfte rote

Sprüche, während er mit der Direktion so viele Geheimabsprachen wie möglich traf, das heißt –«
»Arden. Zurück zu Arden.«
Bruvick rieb sich die Knie. »Sie ist früh von der Schule gegangen, hatte schon immer einen Kopf für Zahlen. Sie hat die beiden Nutten getroffen, die auf die Buchhaltungsschule in Mississippi gegangen sind und bei denen einiges aufgeschnappt. Sie hat einige Puff- und Gewerkschaftsbücher geführt, Aufträge, die ihr der Alte zuschanzte. Sie hat für bessere Häuser gearbeitet und die Kunden ausgespäht. Die hat sie wegen Aktientipps und so Zeugs angemacht. Sobald es um Zahlen und Kontenführung ging, war sie in ihrem Element. Kalkulationen, so Zeugs.«
Pete ließ die Daumen knacken. »Zur Sache. Du willst auf was raus.«
Bruvick rieb sich das kaputte Knie. Narbengewebe pulsierte.
»Sie hat in ein paar besseren Häusern gearbeitet. Sie hat den Finanzier Jules Schiffrin getroffen. Der hatte mit –«
»Ich weiß, wer er war.«
»OK, sie fing also eine richtige Affäre mit ihm an. Er hat sie *ausgehalten*, so Zeugs, und sie hat viele Leute aus der Firma getroffen, und ist ihm bei den so genannten ›echten‹ Pensionskassenbüchern zur Hand gegangen, die er geführt hat.«
Pete ließ seine Handgelenke knacken. »Weiter.«
Bruvick rieb sich die Knie. »'52 hat man ihren Alten umgebracht. Er hatte Jimmy H. bei einer Direktionsabsprache gelinkt, also ließ Jimmy ihn umlegen. Was Arden egal war. Sie hat ihren Alten wegen seiner gottverdammten Heuchelei und wegen der Scheiß-Erziehung gehasst, die sie von ihm gekriegt hat.«
Das Boot schwankte. Pete fasste nach dem Schreibtisch.
»Arden und Schiffrin. Raus mit der Sprache.«
»Raus *womit*? Sobald sie alles von ihm gelernt hatte, was er ihr beibringen konnte, hat sie mit ihm Schluss gemacht.«
»Und?«
»Und sie hat sich als Callgirl selbständig gemacht und was mit Carlos angefangen. Ich hab sie '55 getroffen. Ich war Leiter eines Gewerkschaftsbüros in Kansas City. Wir heirateten und haben uns was ausgedacht.«

»Wie Jimmy zu beklauen.«

Bruvick zündete sich eine Zigarette. »Ich gebe zu, dass das nicht das Allerschlaueste –«

»Ihr wurdet erwischt. Jimmy entschied auf Erledigen.«

»Richtig. Ein paar Kerle haben mich erwischt und auf mich geschossen. Ich bin davongekommen, bin aber fast mein Bein losgeworden und das Scheiß-Todesurteil ist nach wie vor anhängig.«

Pete zündete eine Zigarette an. »Jimmy hat Arden von den Kansas-City-Bullen festnehmen lassen. Carlos hat Kaution gestellt und dich versteckt. Er hat gegen Jimmys Todesurteil nichts unternommen, weil er dich in der Hand haben wollte.«

Bruvick nickte. Bruvick musterte das Schnapsregal.

»Ein Trampel bist du. Mir meinen Schnaps zu vergeuden.«

Pete lächelte. Pete zielte. Pete spannte den Hahn. Pete schoss auf Bruvicks Stuhl.

Die Beine knickten weg. Der Stuhl brach zusammen. Holz splitterte. Bruvick purzelte. Bruvick schrie auf. Bruvick befingerte den Rosenkranz.

Pete blies Rauchringe in die Luft. »Carlos hat dich im Chartergeschäft untergebracht. Und was war mit Arden?«

Das Boot schwankte. Bruvick ließ den Rosenkranz fallen.

»Sie hat Carlos nicht getraut. Sie wollte nicht von ihm abhängig sein, also ist sie nach Europa abgehauen. Wir haben uns die Nummer mit den Telefonautomaten ausgedacht und sind so in Verbindung geblieben.«

Pete hustete. »Sie kam in die Staaten zurück. Sie konnte vom Leben in der Firma nicht lassen.«

»Richtig. Sie landete in Dallas. Wo sie, etwa Ende '63, in Schwierigkeiten geriet. Weiter wollte sie nichts sagen.«

Pete schnippte seine Zigarette weg. Pete traf Bruvick.

»Komm, Danny. Ich will nicht böse werden müssen.«

Bruvick stand auf. Ihm versagten die Knie. Er stolperte. Er hielt sich an der Wand fest. Er rutschte zurück und setzte sich wieder hin.

Er rieb sich die Knie. Er drückte Petes Zigarette aus.

»Das war's. Sie wollte mir nichts sagen. Ich weiß nur, dass sie was mit Littell hat und dass Carlos sie etwa um die Zeit ausfindig gemacht hat. Er sagte, wenn sie ein Auge auf Littell ha-

ben würde, seien wir beide sicher, aber das mit Jimmy für uns ins Reine bringen, wollte er immer noch nicht.«
Stichhaltig. Bestätigt. Doppelte Erpressung. Jimmys Todesurteil / das Durcheinander im Unterschlupf. Arden – ein besonderer Vorname.
Carlos *kennt* Arden. Carlos stößt auf ihren *Namen*. Carlos misstraut Littell. Carlos findet Arden. Carlos macht Arden gefügig. Arden späht Littell aus.
Offensichtlich stichhaltig. 90 %. Offensichtlich unvollständig.
»Ich will nicht, dass Littell was zustößt«, sagte Pete.
Bruvick stand auf. Das kaputte Knie hielt stand.
»Geht Arden nicht anders, soviel ich weiß. Sie schiebt mit ihm eine ganz eigenartige Nummer.«

Er rief bei Carlos an. Er bekam Frau M. an den Apparat. Er hinterließ eine Nachricht:
Habe mit D.B. gesprochen – Danny dem Bootsmann – richten Sie das Carlos aus. Richten Sie ihm aus, dass ich vorbeikomme. Richten Sie ihm aus, ich würde gerne mit ihm reden.
Er fuhr nach New Orleans. Er hielt bei Bibliotheken an. Er studierte unterwegs Bücher.
Schiffe:
Kombüsen / Brücken / Radar / Schleppnetz-Decks / Speigatt / Masten.
Er studierte die Begriffe. Er studierte Bootsmaschinen. Er studierte Karten. Pine Island / Cape Sabel / Key West. Zwischenaufenthalte – Kuba lag im Süden.
Er machte Umwege. Er schaute in Port Sulphur vorbei. Er sah sich Tiger-Kamp-Süd an. Er sah die Truppen. Er sah Flash und Laurent. Er traf Fuentes und Arredondo. Sie besprachen Nachtangriffe. Sie besprachen Skalp-Attacken. Sie besprachen Aufstände.
Wayne war in Saigon – auf Schnellversetzung – mit Rückversetzung in Aussicht. Wayne BEOBACHTET gern. Wayne will LOSLEGEN. Wayne will Kuba aus der Nähe SEHEN.
Flash hatte einen Plan. Ich unternehme eine Schnellbootfahrt. Ich lande Fuentes und Arredondo an. In aller Eile – an der Nordküste – bei Varcadero Beach.

Sie schmuggeln sich wieder ein. Sie errichten Abwurfzonen. Sie rekrutieren vor Ort. Sie kommen mit dem Schnellboot zurück. Sie schmuggeln Waffen ein. Mit den Keys als Umladestation. Sie schnappen sich ein Schiff. Sie schaffen Waffen auf die Insel. Sie fahren schnell und tief. Sie schiffen hin und her. Sie unterlaufen die Radarabwehr – sechsmal die Woche.
Pete sagte nein. Pete sagte wieso: Lange Transportwege / Verschwendung von zwei Mann / bringt nichts.
»*Que?*«, fragte Flash.
»*Quoi?*«, fragte Laurent.
»*Que paso?*«, fragte Fuentes.
Pete fachsimpelte über Schleppnetze. Pete fachsimpelte über Dollborde. Pete fachsimpelte über Treibstoffökonomie.
Pete fachsimpelte über *Schiffe*.

»Klar«, sagte Carlos, »sie behält ihn für mich im Auge. Sag mir, dass Ward keine krummen Touren dreht, und dann sag mir, dass ich keinen Aufpasser brauche.«
Galatoire's war leer. Sie hatten einen Erstklasstisch besetzt. Carlos tauchte die Zigarre ein: Mecundotabak in Anisette.
»Wards Pensionskassennummer ist verdammte Spitze und Arden eine verdammt erstklassige Buchhalterin. Ich verschaffe meinem Unternehmen ein bisschen Rückendeckung, und Ward kriegt nebenbei bestes Weiberfleisch ab.«
Pete zündete sich eine Zigarette an. »Er ist in sie verliebt. Ich will nicht, dass er zu Schaden kommt.«
Carlos zwinkerte ihm zu. »Ich will nicht, dass *du* zu Schaden kommst. Wir beide kennen uns ebenso lange, wie Ward und ich einander kennen. Ich kenne Leute, die ziemlich eingeschnappt darüber wären, wie du mit Danny B. umgesprungen bist, aber von der Sorte bin ich nicht.«
Pete lächelte. »Das hab ich zugegeben, oder? Ich hab dich angerufen.«
»Richtig. Du hast das Falsche getan und bist danach auf Nummer Sicher gegangen.«
»Ich will bloß nicht –«
»Wird er nicht. Die beiden tun einander gut. Ich kenne Arden, und Arden weiß, dass sie mich nicht verscheißern kann. Arden sagt, dass Ward nichts gegen mich unternimmt, und das

nehm ich ihr ab. Ich hatte immer das Gefühl, dass Ward sich was bei Howard Hughes abzweigt, aber Arden sagt, dem sei nicht so, und das nehm ich ihr ab.«
　Pete rülpste. Pete löste den Gürtel – fetter Kreolen-Fraß.
　»Verwarn mich. Bringen wir's hinter uns.«
　Carlos rülpste. Carlos löste den Gürtel – fetter Kreolen-Fraß.
　»Kein Wort davon zu Ward. Ich will nicht böse auf dich werden müssen.«
　»*Davon*« – nach wie vor stichhaltig – nach wie vor unvollständig.
　Ein Kellner erschien. Pete lehnte den Brandy auf Kosten des Hauses ab.
　Carlos rülpste. »Du hast was von ›Ideen‹ gesagt?«
　Pete schob ein paar Teller weg. Pete legte seine Karte auf den Tisch. Pete deckte den ganzen Tisch ab.
　»Schnellboote vergeuden Arbeitszeit. Du kannst keine anständigen Waffenladungen verfrachten. Ich will Bruvicks Schiff umbauen und tarnen und von Bon Secour aus betreiben. Ich will massenweise Waffen auf die Insel schaffen und Terror-Unternehmungen durchziehen.«
　Carlos musterte die Karte. Carlos zündete sich die Zigarre an. Carlos brannte ein großes Loch in Kuba rein.

81 (Las Vegas, 7. 8. 65)

Lyle Holly.
Dwight Holly in klein. BLAUES statt WEISSES KARNICKEL.
Ein Hinterwäldler / ein Großmaul / ein Bluffer.
Sie trafen sich im Desert Inn. Sie saßen in der Eingangshalle.
Lyle war direkt. Lyle war grob. Lyle war schon mittags duhn.
»Ich glaub, ich werd schizophren«, sagte Lyle. »Ich arbeite für die SCLC, ich arbeite für Mr. Hoover. Ich mache mal bei SCHWARZEM KARNICKEL mit, dann wieder bei Stimmrechtskampagnen. Dwight sagt, ich drehe allmählich durch.«
Littell trank Kaffee. Littell konnte Lyles Scotch riechen.
»Hat dich Mr. Hoover geschickt, um mich auszuhorchen?«
Lyle schlug sich auf die Knie. »Es war Dwights Idee. Er wusste, dass ich nach Vegas komme, also was soll's.«
»Gibt's irgendwas, was du gern verraten hättest?«
»Scheiße, nein. Ich werde Dwight sagen, dass Ward der gleiche Ward ist, den ich in Chicago kannte, nur dass er jetzt ebenso schizo ist wie ich, und aus den gleichen Gründen.«
Littell lachte. Sammy Davis Jr. ging vorbei. Lyle starrte ihn an.
»Schau dir den an. Kotzhässlich, einäugig, farbig *und* Jude. Und soll jede Menge weißer Muschis abkriegen.«
Littell lächelte. Lyle winkte Sammy zu. Sammy winkte zurück.
Lyle trank Johnnie Red. »Marty hält 'ne Rede in New York. Vor einem sicheren Publikum aus liberalen Juden mit tiefen Taschen. Und fängt an, gegen den Krieg in Vietnam loszuziehen und die versammelten Hebräer zu vergrätzen, indem er Ausdrücke wie ›Völkermord‹ benutzt. Er schert aus seinem Bürgerrechtsrevier aus und beißt die Hand, die ihn füttert.«
Pete war in Laos. Wayne in Saigon. Beide vom Krieg gedeckt.

Er hatte Carlos angerufen. Carlos hatte Pete erwähnt. Carlos sagte, sie hätten soeben Pläne für Kuba entwickelt. Littell sagte, lassen Sie mich aussteigen. Carlos gab sein OK. Carlos schloss sich Sam an. Carlos sagte was über die Wahlen von '68.
Lyle trank Scotch. Peter Lawford ging vorbei. Lyle starrte ihn an.
»Der hat Jack Kennedy den Luden gemacht. Womit wir Kollegen sind. Weil ich nämlich Marty sein weißes Weiberfleisch besorge und gelegentlich was Junges für Bayard Rustin. Mr. Hoover hat ein Foto von Bayard mit Schwanz im Maul. Er hat für Präsident Johnson eine Kopie gezogen.«
Littell lächelte. Lyle winkte einer Kellnerin. Lyle ließ sein Glas nachfüllen.
»Dwight hat gesagt, die hätten die Kirche mit C-4-Sprengstoff in die Luft gejagt. Bayard hat mir gesagt, das *sei* tatsächlich eine lecke Gasleitung gewesen, woraus ich schließe, dass *du*'s ihm gesagt hast.«
Littell trank Kaffee. »Das hab ich ihm gesagt, ja.«
Lyle kippte Scotch. »Kreuzfahrer Karnickel ist ein Weißer. Das werd ich Dwight stecken.«
Littell lächelte. Lyle grinste. Lyle zog ein Scheckbuch raus.
»Heut hab ich bestimmt Schwein. Kannst du für mich einen Scheck gegen Spielmarken einlösen?«
»Wie hoch?«
»Zwei Riesen.«
Littell lächelte. »Schreib meine Initialen und ›Suite 108‹ auf den Scheck. Sag dem Kassierer, dass ich Dauergast bin.«
Lyle lächelte. Lyle stellte den Scheck aus. Lyle ging – halbwegs gerade.
Littell schaute zu.
Lyle schwankte. Lyle schlürfte Scotch. Lyle zog durchs Kasino. Lyle stellte sich vors Kassengitter. Lyle reichte seinen Scheck rein. Lyle bekam seine Spielmarken.
Littell schaute zu. Littell gönnte sich ein paar Gedanken – KREUZFAHRER KARNICKEL / Weißer / Gasleitung.
Lyle stellte sich an einen Roulette-Tisch. Lyle schichtete seine Spielmarken auf. Rote Spielmarken – Hunderter – zwei Riesen. Der Croupier verbeugte sich. Der Croupier schob das Rou-

lette-Rad an. Das Roulette drehte sich. Das Roulette blieb stehen. Der Croupier sammelte die Spielmarken ein.
Lyle schlug sich an die Stirn. Lyle bewegte die Lippen. Littell schaute zu. Littell konnte es ihm von den Lippen ablesen. Lyle hatte »ach du Scheiße« gesagt.
Schizo. Kollegen. Was Junges.
Vielleicht führte Lyle *private* Akten. Vielleicht handelte es sich bei besagten Akten um Belastungsakten. Vielleicht waren das Belastungsakten, die SCHWARZES KARNICKEL kompromittierten.
Lyle blickte sich um. Lyle sah Littell. Lyle winkte mit dem Scheckbuch. Littell winkte und nickte.
Lyle ging zum Kassengitter. Lyle hielt sich am Gitter fest. Lyle stellte einen Scheck aus. Lyle fummelte an Spielmarken rum.
Eine Kellnerin erschien. Littell hielt sie fest.
»Dort steht mein Freund. Bringen Sie ihm einen dreifachen Johnnie Walker.«
Sie nickte. Sie lächelte. Littell gab ihr einen Zehner. Sie ging zur Bar. Sie goss den Drink ein. Sie ging durchs Kasino. Sie erreichte die Roulette-Tische. Sie sah Lyle und versorgte ihn.
Lyle schluckte den Scotch. Lyle schichtete seine Chips auf. Rote Chips – Hunderter – Riesenberge.
Der Croupier verbeugte sich. Der Croupier schob das Roulette-Rad an. Das Roulette kreiste. Das Roulette blieb stehen. Der Croupier sammelte die Spielmarken ein.
Lyle schlug sich an die Stirn. Lyle bewegte die Lippen. Littell schaute zu. Littell konnte es ihm von den Lippen ablesen. Lyle hatte »ach du Scheiße« gesagt.
Littell ging rüber. Littell ging an der Kellnerin vorbei. Littell steckte ihr einen Zehner zu. Sie nickte. Sie *kapierte*. Sie grinste.
Lyle kam zu ihm. Lyle schüttete den Rest vom Drink runter. Lyle kaute am Eis.
»Ich bin angeschlagen, aber nicht erledigt, und weiß mir zu helfen.«
»Du hast dir immer zu helfen gewusst, Lyle.«
Lyle lachte. Lyle schwankte halbbetrunken. Lyle rülpste.
»Du setzt dich aufs hohe Ross. Und lässt den Heiligen raushängen, den Dwight an dir nie ausstehen konnte.«

Littell lachte. »Ich bin kein Heiliger.«
»Nein, das bist du nicht. Der einzige Heilige, den ich kenne, ist Martin Luther Mohr, und über den weiß ich wahrhaftig Haarsträubendes genug.«
Die Kellnerin erschien. Lyle nahm seinen Drink.
»*Haarsträubendes.* Oder vielmehr *Haarkräuselndes,* in seinem Fall.«
Ihn aushorchen – vorsichtig – sich einschmeicheln.
»Du meinst, Mr. Hoover weiß Bescheid.«
Lyle schwenkte seinen Scotch. »Er weiß, was er weiß, ich weiß, was ich weiß. Ich hab in meinem Haus in L.A. jede Menge Zeug verstaut. Und weitaus schärfere Sachen, weil ich tagtäglich Zugang zum Heiligen Marty habe.«
Ihn reizen – vorsichtig – sich einschmeicheln.
»Kein Mensch hat bessere Infos als Mr. Hoover.«
»Hab ich aber doch, verdammt nochmal. Wird für die nächste Gehaltsrunde aufbewahrt. Dann sag ich meinem Zuständigen: ›Wenn ihr die Sore wollt, hat das Gehalt zu steigen, kein Moos, nix los.‹«
Sammy Davis ging vorbei. Lyle stieß mit ihm zusammen. Sammy wich aus. Sammy schüttelte den Kopf – Mann, bist du voll!
Lyle schwankte. Lyle verschüttete Scotch. Lyle zerdrückte einen Mitesser am Kinn.
»Die weißen Weiber fahren auf ihn ab. Muss der bestückt sein.«
Der Dunst glühte. Maische und Zigarettenrauch – Alkoholgehalt 43 %. Littell lief das Wasser im Mund zusammen. Littell trat einen Schritt zurück.
Lyle zog zwei Scheckbücher raus – beide mit Initialen versehen – »L.H.« und »SCLC«. Er küsste sie. Er schwang sie hin und her. Er zog sie, als ob sie Pistolen wären. Er wirbelte sie rum und zielte mit ihnen.
»Heut hab ich bestimmt Schwein, was heißt, dass ich kurz die Bürgerrechtsbewegung anpumpen muss.«
Littell lächelte. Lyle schwankte. Lyle fing sich. Lyle ging besoffen weg.
Littell schaute zu.
Lyle stellte sich ans Kassengitter. Lyle zeigte ein Scheckbuch

– das blaue der SCLC. Lyle stellte einen Scheck aus. Lyle küsste den Scheck. Lyle befummelte die Chips.
Rot – zehn Haufen – fünf Riesen.
Langsam – vorsichtig – jetzt gilt's.
Littell ging zu den Telefonen. Littell ging in eine Kabine. Er hob ab. Er bekam umgehend die Vermittlung.
»Desert Inn. Was kann ich für Sie tun?«
»Littell, Suite 108. Ich brauche ein Ferngespräch nach Washington, D.C.«
»Die Nummer, bitte.«
»EX-4-2881.«
»Bitte warten Sie. Sie werden verbunden.«
Die Leitung summte – Ferngespräch unterwegs – Statik knackste und blubberte. Littell blickte sich um. Littell sah Lyle. Lyle steht am Würfeltisch. Er schichtet Chips-Häufchen auf.
Der Spieler wirft. Lyle schlägt sich an die Stirn. Lyle sagt: »Ach du Scheiße«.
Klickende Statik. Die Verbindung kam zustande. »Ja?«, fragte Mr. Hoover.
»Ich bin's«, sagte Littell.
»Ja? Und was soll der unverlangte Anruf?«
»Weißes Karnickel hat ein Treffen vorgeschlagen. Er ist betrunken im Desert Inn erschienen. Und gerade dabei, mit SCLC-Geld Kasino-Schulden zu machen.«
Die Leitung summte. Littell entwirrte die Kabel. Littell schlug auf den Hörer. Da – Lyle. Lyle steht am Kassengitter. Lyle ist ekstatisch. Lyle hat noch mehr Chips.
Rot – hoher Einsatz – etwa zehn Riesen.
Die Leitung summte. Die Leitung blubberte. Die Leitung wurde klar.
»Kappen Sie ihm den Kredit und schaffen Sie ihn aus Vegas fort«, sagte Mr. Hoover.
Die Leitung summte. Der Anruf erstarb. Littell hörte Auflegegeräusche. Lyle. Lyle steht am Würfeltisch. Lyle steht inmitten einer Menge. Lyle schichtet Chips auf.
Sammy Davis verbeugt sich. Sammy Davis betet. Sammy Davis würfelt. Die Menge jubelt. Lyle jubelt. Sammy geht in die Knie.
Littell ging rüber. Littell drängte sich durch.

Lyle schmiss sich an Sammy ran. Lyle kroch Sammy in den Arsch. Sammy machte sich über den weißen Spinner lustig. Er zwinkerte einer Blondine zu. Er spickte Läuse von seinem Jakkett. Er machte igitt.

Rote Chips auf den Tisch – wer würfelt höher – Lyles gesamtes Geld. Gutes Geld – Lyle hatte zwanzig Riesen hingelegt.

Sammy nimmt die Würfel. Sammy hält sie vor sich hin. Lyle schickt Handküsse. Sammy macht sich über Lyle lustig – ein Möchtegern-Ratpacker – die Menge erstirbt in Bewunderung.

Sammy würfelt. Sammy würfelt eine Sieben. Die Menge jubelt. Lyle zockt vierzig Riesen ab. Die Menge jubelt. Lyle umarmt Sammy. Sammy fasst nach den Würfeln.

Lyle bläst drauf. Lyle spuckt drauf. Lyle kniet nieder. Sammy zieht ein Taschentuch raus. Sammy unterhält die Menge. Sammy wischt besagte Würfel ab.

Sammy würfelt. Sammy würfelt eine Sieben. Lyle zockt achtzig Riesen ab. Die Menge jubelt. Lyle umarmt Sammy. Lyle drückt seine Zigarette aus.

Sammy nimmt die Würfel. Lyle drängt sich eng an ihn ran. Sammy tritt zurück. Eine Blondine quetscht sich durch die Menge. Sammy grabscht nach ihr. Sammy reibt die Würfel an ihrem Kleid.

Die Menge lacht. Lyle sagt was. Littell versteht »Möhr-« oder »Jüdlein«.

Sammy würfelt. Sammy würfelt eine Neun. Sammy wirft daneben. Sammy zuckt mit den Schultern – das Leben ist ein Würfelspiel, Baby. Die Menge klatscht und lacht.

Der Croupier kassierte – Lyles ganze Chips – mächtige Zehntausender-Türmchen.

Lyle kippte seinen Drink. Lyle ließ das Glas fallen. Lyle kaute zerstoßenes Eis. Die Menge zerstreute sich. Sammy ging. Die Blondine lief ihm nach.

Lyle ging. Lyle schwankte. Lyle stolperte. Lyle orientierte sich. Lyle versuchte, sich festzuhalten. Lyle packte Automatengriffe.

Er schwankte. Er schaffte es zum Kassengitter. Littell drängte sich seitlich dazwischen. Littell erklärte mimisch, *Kredit*

kappen. Lyle schlug ans Fenster. Der Kassierer schüttelte den Kopf. Lyle trat in einen Automaten.
 Littell packte ihn. Littell führte ihn. Littell führte einen Halbohnmächtigen. Lyle erschlaffte. Lyle versuchte zu sprechen. Lyle murmelte Unbestimmtes.
 Sie durchquerten den Spielsaal. Sie gingen nach draußen. Sie schafften es zum Parkplatz. Drückender Himmel – schweißflammenheiß – trockene Vegas-Hitze.
 Lyle wurde ohnmächtig. Littell schleppte ihn mit – totes Gewicht.
 Er durchsuchte seine Anzugtaschen. Er überprüfte seine Brieftasche. Er fand Adresse und Autodaten: Mercury Coupé / '61 / CAL-HH-492.
 Littell blickte sich um. Littell sah den Wagen. Littell schleifte den erschlafften Lyle. Lyle war klein – bestenfalls 65 kg – schlaff, aber leicht.
 Er schaffte es zum Wagen. Er kurbelte die Fenster runter. Er rollte Lyle rein und machte es ihm gemütlich. Er stellte den Sitz zurück.

L.A. – maximal fünf Stunden Fahrzeit.
 Lyle würde in seinem Wagen schlafen. Lyle würde auf dem Desert-Inn-Parkplatz aufwachen. Lyle war spielsüchtig. Lyle wusste, wie's ging:
 Zuerst überprüfen sie dich. Dann verlierst du. Dann überprüfen sie dein Geld.
 Lyle hatte sein eigenes Geld verloren. Und das Geld der SCLC. Das Desert Inn fragt umgehend nach. Die SCLC sperrt die Auszahlung. Lyle wohnt in Washington. Lyle wohnt in L.A. Die Geldeintreiber machen sich auf. Besagte Geldeintreiber kommen zuerst nach L.A.
 Besagte Geldeintreiber brechen routinemäßig Gesetze. Besagte Geldeintreiber beschlagnahmen Besitz. Besagte Geldeintreiber machen massiv Druck.
 Littell fuhr. Der Motor überhitzte. Littell fuhr auf der I-10 nach Westen.
 Er schätzte die Zeit ab. Mit Schnaps kannte er sich aus. Mit Wegtreten und Aufwachen. Er wusste, wie lange eine Ohnmacht vorhielt.

Drei Stunden – maximal vier. Lyle wacht auf / wo bin ich? / ach du Scheiße.
Die Wüste brannte. Hitzestrahlen hüpften. Die Temperaturanzeige schwankte. Littell erreichte Baker. Die Hitze nahm ab. Littell erreichte San Berdoo.
Er erreichte Redlands. Er erreichte Pomona. Er erreichte L.A. Er fuhr mit einer Hand. Er las Straßenkarten. Er arbeitete eine Strecke aus.
Lyle wohnte in North Ivar. In Unterklassen-Hollywood – an einer steilen Sackgasse.
Er wich dem Freeway aus. Er nahm Seitenstraßen. Er schlängelte sich durch Hollywood. Da – North Ivar / 2200.
Kleine Häuser. Sonnengebleichte Vordächer. Trostlose Pastellfarben. 19:10 / Sommerdämmerung / ruhig.
Eine Sackgasse. Eine endgültige Sperre: ein Zaun und eine Klippe.
Littell fuhr langsam. Littell las Straßenschilder. Littell las Häusernummern. Lyles Haus – da:
Die 2209. Mit braun versengtem Rasen. Seit Jahren verwitterter Pfirsichanstrich.
Er parkte zwei Häuser weiter. Er öffnete den Kofferraum. Er nahm ein Brecheisen raus. Er ging zum Haus. Er blickte sich um. Er sah keine Augenzeugen.
Eine Hartholztür / starke Pfosten / solide Beschläge.
Er setzte das Brecheisen an. Er setzte am Pfosten an. Er drückte mit aller Kraft. Er zwängte den Keil rein.
Er drückte. Er schob. Mit voller Kraft. Holz brach. Holz splitterte. Holz riss aus.
Er fasste nach. Er setzte nochmal an. Er zwängte den Riegel auf. Er öffnete die Tür. Er trat ein und zog die Tür hinter sich zu.
Er tastete die Wände ab. Er knipste Schalter an. Er machte Licht.
In der Höhle des WEISSEN KARNICKELS:
Staubig und stickig. Abgewohnte Junggesellenbude. Wohnzimmer. Küche. Schiebetüren. Lustige Drucke – Hunde beim Kartenspielen und Hunde im Smoking. Möchtegern-Ledersofas. Möchtegern-Lederottomanen. Möchtegern-Ledersessel.

Littell strich durchs Haus. Littell überprüfte die Küche. Littell überprüfte das Schlaf- und das Wohnzimmer.

Alte Armaturen. Aufschnitt und Schnaps. Wackelige Schubladen und Schränke. Staubige Regale.

Weitere Drucke – Hunde beim Polterabend und Hunde beim Mädchen-Gucken.

Ein Schreibtisch. Eine Aktenschublade. Bitte: keine Wandverstecke oder Safes.

Jetzt: *Zunächst alles durchwühlen.*

Littell streifte Handschuhe über. Littell suchte systematisch. Littell durchwühlte systematisch.

Er kippte Schubladen um. Er verstreute Kleider. Er zog das Bett ab. Er fand eine deutsche Luger. Er fand Nazi-Flaggen. Er fand Nazi-Mützen. Er steckte sie in einen Kissenüberzug. Sie mussten als Einbruchsbeute herhalten.

Er fand einen Nazi-Dolch. Er fand Krüger-Rands. Er fand einen Japsen-Dolch. Er packte sie in ein loses Leintuch. Sie mussten als Einbruchsbeute herhalten.

Er riss den Kühlschrank auf. Er riss den Aufschnitt raus. Er riss den Schnaps raus. Er ließ das Brecheisen sausen. Er riss die Sofas auf. Er riss die Lehnstühle auf.

Er riss den Küchenschrank raus. Er fand eine Mauserpistole. Er fand einen Nazi-Dolch. Er steckte sie in eine Papiertüte. Sie mussten als Einbruchsbeute herhalten.

Er ließ das Brecheisen sausen. Er riss Dielen auf. Er riss Wandbalken auf.

Jetzt: zum Schreibtisch und zum Aktenschrank.

Er ging zurück. Er probierte. Sie waren unverschlossen.

Er durchwühlte sie. Er steckte Rechnungen ein. Er steckte Briefe ein. Da: eine einzelne Akte. Im Hänger. Vollgekritzelt. Lyle hatte Nazi-Maiden und Dolche gezeichnet.

Sie war beschriftet. Im Kringel: »Marty.«

Er fuhr nach Süden. Er fuhr aus Hollywood raus. Er fand einen Abfalleimer. Er warf Lyles Einbruchsbeute rein.

Nicht nach Hause – da wartet Jane – ein Motel finden.

Er fuhr nach Süden. Er fand was in Pico. Er nahm ein Zimmer für eine Nacht. Er schloss sich ein. Er ging Lyles Rechnungen durch. Er las Lyles Briefe.

Harmlos: Telefonrechnungen / Gasrechnungen / Hypotheken-Ärger. Waffenreklamen / Mitteilungen von Exehefrauen.
Und jetzt langsam – zu »Marty«.
Er öffnete die Akte. Er sah getippte Notizen – sechzehn Seiten einzeilig beschrieben.
Er überflog sie. Er begriff. Dr. King plant. Dr. King intrigiert. Dr. King *schmiedet Ränke*.
Vorbemerkung – WEISSES KARNICKEL, wörtlich:
»In folgenden Anmerkungen werden MLKs Absichten zwischen heute (8.3.65) und den Präsidentenwahlen von 1968 beschrieben. MLK hat nachfolgende Sachgebiete auf hochrangigen SCLC-Mitarbeitertreffen angesprochen und den Mitarbeitern untersagt, dieselben öffentlich bekannt zu geben oder außerhalb von Mitarbeitertreffen zu erwähnen, und sich jegliche Kritik verbeten, die sich auf die eine offensichtliche Tatsache bezieht: Die zahlreichen von ihm in Aussicht gestellten sozialistischen Vorhaben werden seine Energien verzehren, SCLC-Ressourcen verschlingen und die Glaubwürdigkeit der Bürgerrechtsbewegung untergraben. Sie werden den amerikanischen Status quo gefährden, MLK möglicherweise die Unterstützung des Kongresses und des Präsidenten kosten und seine »Limousinen-Liberalen«-Anhänger zu Feinden machen. Die eigentliche Gefahr seiner Pläne besteht darin, dass sie zu einer Koalition aus hartgesottenen Kommunisten, Kommunisten-Sympathisanten, linksextremen Intellektuellen, unzufriedenen College-Studenten und für hitzige Rhetorik empfänglichen, zu Gewalttätigkeit neigenden Negern führen könnten.«
MLK über Vietnam:
»Völkermord als antikommunistischer Konsens getarnt. Ein bösartiger Abnützungskrieg.«
MLK plant Reden. MLK plant Boykotte. MLK plant passiven Widerstand.
MLK über Slums:
»Die wirtschaftliche Verewigung der Negerarmut. Die Grundlage der de facto Segregation. Die Sklaverei des 20. Jahrhunderts, von Politikern aller Parteien und Glaubensgemeinschaften schöngeredet. Ein Krebsgeschwür der Gesellschaft und ein Zustand, der zu einer tiefgreifenden Umverteilung von Gütern und Besitz führen muss.«

MLK plant Reden. MLK plant Boykottaufrufe. MLK plant Mietstreiks.

MLK über Armut:

»Der Neger wird niemals wahrhaft frei sein, ehe sein von Gott gegebenes Recht auf das Zusammenleben mit den Weißen nicht durch wirtschaftliche Möglichkeiten ergänzt wird, die ihn dem Weißen finanziell gleichstellen.«

MLK plant Reden. MLK plant passiven Widerstand. Eine »Armen-Gewerkschaft«. »Armen-Märsche«. Arme, die süchtig sind nach passivem Widerstand.

MLK über Einbeziehung:

»Wir können die Gegebenheiten der amerikanischen Machtstrukturen nur umstürzen, uns ihrer Ressourcen nur dann bemächtigen, sie nur dann gerechter verteilen, wenn wir einen neuen Konsens schaffen, eine neue Koalition der Entrechteten, die nicht zulässt, dass einige Menschen im Luxus leben, während die übrigen ihr Dasein in Elend und Schmutz fristen müssen.«

MLK plant Reden. MLK plant Workshops. MLK plant passiven Widerstand.

Konferenzen. Workshops. Denkfabriken. Koalitionen. Kriegs-Protestler. Pazifisten. Linke Pamphletschreiber. Stimmrechts-Kampagnen. Umverteilung. Eroberung der Mitte.

WEISSES KARNICKEL zitierte Konzepte. WEISSES KARNICKEL zitierte Zeitpläne. WEISSES KARNICKEL zitierte Daten.

MLK prophezeite. MLK verdammte Vietnam.

»Vietnam wird zum mörderischsten Fehltritt Amerikas im 20. Jahrhundert eskalieren. Vietnam wird die Gesellschaft spalten und fragmentieren und eine große Menge von Skeptikern und nur ihrem Gewissen verpflichteten Menschen auf den Plan rufen. Sie werden die Gesellschaft einer allgemeinen Einsicht zuführen, in deren Glut das Amerika, das wir kennen, zu Asche zerfällt.«

Zeitpläne. Unterstützungskampagnen. Kostenabschätzungen. Stimmpotential. Distriktsgrenzen. Registrierungsdaten. Statistiken. Zahlen. Voraussagen.

Gewaltig. Grandios. Wunderbar. Verrückt. Größenwahnsinnig.

Littell rieb sich die Augen. Littell verschwamm alles vor Augen. Littell lief der Schweiß herunter.
Gebenedeiter Jesus Christus –
Mr. Hoover würde der Atem stocken. Mr. Hoover würde nach Luft schnappen. Mr. Hoover würde KÄMPFEN.
Littell öffnete ein Fenster. Littell schaute raus. Littell sah Freeway-Auffahrten. Die Wagen wirkten neu. Die Hecklichter glitten vorbei. Die Anzeigetafeln schimmerten hell.
Er steckte ein Zündholz an. Er verbrannte die Akte. Er spülte die Asche weg. Er betete für Martin Luther King.

Die Worte blieben haften.
Er genoss sie. Er wiederholte sie für sich. Er hörte sie in Dr. Kings Stimme.
Er überwachte Lyles Haus. Er parkte in der Nähe. Kein Mercury / keine Geldeintreiber / keine Bewegung. Besagter Lyle döste offensichtlich lang – Geduld haben – notieren, wann die Geldeintreiber kommen.
North Ivar war ausgestorben. Fenster leuchteten schwarz und weiß. Fernsehschatten tanzten übers Glas. Er schloss die Augen. Er stellte den Sitz flach. Er wartete. Er gähnte. Er streckte sich aus.
Scheinwerfer –
Sie fuhren an seinem Wagen vorbei. Sie wendeten. Sie leuchteten das Haus an. Da – der blaue Mercury.
Lyle parkte in der Einfahrt. Lyle stieg aus und ging rein. Lyle sah die aufgebrochene und kaputte Tür.
Er rannte rein. Er drehte das Licht an. Er schrie auf.
Littell schloss die Augen.
Er hörte fallende Geräusche. Er hörte, wie Dinge durcheinander geworfen wurde. Er hörte, wie »oh nein« geschrien wurde. Er öffnete die Augen. Er sah auf die Uhr. Er stoppte, wie viel Zeit Lyle sich nahm, um *nachzuschauen*.
Noch mehr polternde Geräusche. Noch mehr fallende Geräusche – keine Aufrufe oder Schreie.
Lyle rannte raus. Die Zeit stoppen: 3,6 Minuten.
Lyle stolperte. Lyle wirkte aufgelöst. Lyle wirkte verwahrlost. Lyle stieg in sein Auto. Lyle fuhr los. Lyle schaltete in den Rückwärtsgang und gab Gas.

Er drückte auf die Tube. Er ließ die Reifen rauchen. Er durchbrach den Sicherheitszaun. Der Wagen flog durch die Luft. Der Wagen drehte sich und landete auf dem Dach. Littell hörte den Aufschlag. Littell hörte, wie der Tank explodierte. Littell sah die Flammen.

DOKUMENTENEINSCHUB: 11.8.65. Internes Telefontranskript. (Anhang zu UNTERNEHMEN SCHWARZES KARNICKEL.) Bezeichnung: »Auf Anweisung des Direktors aufgenommen« / »VERTRAULICHKEITSSTUFE 1A: DARF NUR VOM DIREKTOR EINGESEHEN WERDEN.« Am Apparat: Direktor, BLAUES KARNICKEL.

Dir: Guten Morgen.
BLK: Guten Morgen, Sir.
Dir: Die Nachricht über Ihren Bruder hat mich betrübt. Mein Beileid.
BLK: Danke, Sir.
Dir: Er war ein geschätzter Kollege. Was die Umstände seines Todes umso verstörender macht.
BLK: Ich will ihn nicht entschuldigen, Sir. Er hat gelegentlich viel getrunken und sich entsprechend benommen.
Dir: Was mich verstört, ist der Suizid. Ein Nachbar hat gesehen, wie er den Wagen über den Abhang zurücksetzte, was die Erkenntnisse des LAPD und die Beurteilung des Pathologen bestätigt.
BLK: Er war impulsiv, Sir. Er war viermal verheiratet.
Dir: Ja, er erinnert an einen gewissen Mickey Rooney.
BLK: Sir, haben Sie –
Dir: Ich habe die Akten des LAPD studiert und mit dem leitenden Special Agent von Las Vegas gesprochen. Das Haus von WEISSEM KARNICKEL wurde gründlich durchwühlt. Ein Nachbar sagte der Polizei, dass die Souvenir-Waffensammlung von WEISSEM KARNICKEL gestohlen wurde, ebenso wie der Inhalt des Schreibtischs und des Aktenschranks. Agenten befragten die Geldeintreiber-Truppe im Desert Inn. Ein Mann gab zu, zwei Tage nach dem Suizid in das Haus von WEISSEM KARNICKEL eingebrochen zu sein, das angeblich bereits

durchwühlt war, was zweifelsohne gelogen ist. Laut den LAPD-Beamten, die auf den Anruf wegen des Selbstmords reagierten, hatte die Tür offen gestanden und sie haben den durchwühlten Zustand des Wohnzimmers festgestellt.
BLK: Das passt, Sir. Mein Bruder hatte bereits zuvor Kasino-Schulden gemacht, wenn auch nie in derartigem Umfang.
Dir: Führte WEISSES KARNICKEL eine private Akte über die Unternehmungen der SCLC?
BLK: Das weiß ich nicht, Sir. In sicherheitsrelevanten Angelegenheiten hat er sich im Umgang mit mir vorschriftsgemäß aufs Notwendigste beschränkt.
Dir: Die räumliche Nähe von KREUZFAHRER KARNICKEL zum Zwischenfall gibt mir zu denken.
BLK: Mir auch, Sir.
Dir: Wurde in der Zeit vor dem Rausch von WEISSEM KARNICKEL eine der stichprobenartigen Observierungen durchgeführt?
BLK: Nein, Sir. Wir hatten bereits ein Treffen mit WEISSEM KARNICKEL arrangiert, und ich wollte keine Komplikationen. Zwischenzeitlich ist er jedoch öfter von Agenten aus Nevada überprüft worden.
Dir: KREUZFAHRER KARNICKEL taucht andauernd auf. Er scheint seine karnickelmäßigen Haken von Katastrophe zu Katastrophe zu schlagen.
BLK: Ja, Sir.
Dir: Er erscheint in Bogalusa. Voilà, der mit WILDEM KARNICKEL befreundete Chuck Rogers verschwindet. Er erscheint in Las Vegas. Voilà, er wird Zeuge des Vorspiels des Suizids von WEISSEM KARNICKEL.
BLK: Sie wissen, wie sehr mir KREUZFAHRER KARNICKEL zuwider ist, Sir. Gleichwohl muss ich darauf hinweisen, dass er bei Ihnen angerufen und Sie gewarnt hat.
Dir: Ja, wobei ich gestern mit ihm gesprochen habe. Er sagte, er habe WEISSEM KARNICKEL ins Freie geholfen, worauf WEISSES KARNICKEL in seinem Wagen weggetreten sei. Die Geschichte klingt plausibel, und die darauf angesetzten Agenten konnten keine Unstimmigkeiten nachweisen. Ihnen zufolge hat er sogar WEISSEM KARNICKEL den Kasino-Kredit gesperrt, was seine Glaubwürdigkeit zusätzlich erhärtet.

BLK: Er könnte den Zwischenfall irgendwie ausgenutzt haben, Sir. Wenn ich auch ernsthaft bezweifle, dass er ihn provoziert hat.
Dir: Ich bin für alle Möglichkeiten offen. KREUZFAHRER KARNICKEL ist immer für überraschende Provokationen gut.
BLK: Ja, Sir.
Dir: Ein Exkurs. Wie benimmt sich WILDES KARNICKEL?
BLK: Sehr gut, Sir. Er baut seine Klan-Einheit ordentlich auf, wobei er sich hauptsächlich auf VATER KARNICKELS Rekruten stützt. Er hat sich von mehreren Rekruten über Postvergehen rivalisierender Klavern- und paramilitärischer Gruppen informieren lassen. Der Zwischenfall von Bogalusa scheint ihn ernüchtert zu haben, und er scheint sich an die operationellen Parameter zu halten.
Dir: WILDES KARNICKEL ist ein zäher Hase, der bereits sehr nachdrückliche Verwarnungen überstanden hat.
BLK: Ganz meine Einschätzung, Sir. Nur weiß ich nicht, wer ihn verwarnt hat, und der Zusammenhang mit Rogers ist mir schleierhaft.
Dir: Der zeitliche Ablauf wirkt verführerisch. Rogers bringt seine Eltern um und verschwindet. Und 1.300 km weiter östlich fliegt eine Neger-Kirche in die Luft.
BLK: Ich mag nur Rätsel, die ich lösen kann, Sir.
Dir: Ich habe durch den leitenden Special Agent von Houston eine Reisepass-Überprüfung durchführen lassen. Pete Bondurant und Wayne Tedrow Junior sind kurz nach Rogers in Houston eingetroffen. Ich gehe davon aus, dass sie ihn umgebracht haben, aber ihr Motiv ist mir rätselhaft.
BLK: Schon wieder, Sir. KREUZFAHRER KARNICKEL, in nächster Nähe.
Dir: Ja. Eine weitere Irritation.
BLK: Sir, soll ich –
Dir: ROTES KARNICKEL möchte gerne an der Beerdigung von WEISSEM KARNICKEL teilnehmen. Werden Sie dies gestatten?
BLK: Ja, Sir.
Dir: Darf ich fragen, wieso?
BLK: Mein Motiv mag Ihnen lachhaft erscheinen, Sir.
Dir: Lassen Sie sich gehen. Seien Sie völlig ungehemmt.
BLK: Mein Bruder mochte ROTES KARNICKEL, Sir. Er wusste,

woran er bei ihm war, und hatte den Mann gleichwohl gern. Soll ROTES KARNICKEL kommen, eine große Rede schwingen und sein »Ich-habe-einen-Traum« wiederholen. Lyle ist nur 46 geworden, und daher möchte ich in seinem Sinne handeln.
Dir: Das brüderliche Band dekonstruiert. Bravo, Dwight.
BLK: Danke, Sir.
Dir: Ist Ihnen aufgefallen, dass KREUZFAHRER und WEISSES KARNICKEL gewisse Eigenheiten und gewisse moralische Defizite teilen?
BLK: Allerdings, Sir.
Dir: Nimmt Ihr Hass auf ROTES KARNICKEL zu?
BLK: Und wie, Sir. Ich hatte gehofft, dass wir SCHWARZES KARNICKEL eskalieren lassen und unsere Verluste wettmachen könnten.
Dir: Alles zu seiner Zeit. Fürs Erste möchte ich abwarten und flankierende Maßnahmen ausarbeiten.
BLK: Verdeckte Ermittlungen?
Dir: Nein, eine richtiggehende Durchsuchung.
BLK: Durch Agenten vor Ort?
Dir: Nein, durch einen gewissen Pierre Bondurant, ungesitteteren Kreisen als »Mr. Erpressung« und »Nötigungs-King« bekannt.
BLK: Ein roher Bursche, Sir.
Dir: Er steht KREUZFAHRER KARNICKEL nahe. Wir könnten etliches in Erfahrung bringen.
BLK: Ja, Sir.
Dir: Guten Tag, Dwight. Und nochmals, mein Beileid.
BLK: Guten Tag, Sir.

82 (New Hebron, 12. 8. 65)

NIGGER.
Nicht, dass er es je gedacht hätte. Nicht, dass er es je gesagt hätte. Das wäre hässlich. Das wäre dumm. Damit wurde man wie SIE.
Wayne nahm Seitenstraßen. Wayne sah klapprige Scheunen und lange Reihen von Maispflanzen. Wayne sah SIE. Wie sie die Erde bestellten. Wie sie Buschwerk wegräumten. Wie sie Schlamm schippten. Wayne schaute zu. Wayne verwandelte sie in Bongo. Wayne verwandelte sie in Wendell D.
Widerling-Wendell – zuletzt in Bakersfield gesehen – dem kalifornischen Prolo-Kaff. Zuerst die Arbeit / *gleich darauf* Bakersfield / augenblicklich New Hebron.
New Hebron war prolo. New Hebron war klein. New Hebron war *très* Mississippi. Wo sich Bob Relyea rumtrieb. Wo Bob sein Wildes-Karnickel-Nest führte. Wo Bob seinen Klan-Klub führte.
Bob hatte Kader-Waffen. Wayne hatte Kader-Geld. Klarer Fall: Kader trifft Klan.
Wayne fuhr langsam. Wayne schaute IHNEN zu. Er fühlte sich entzweigerissen. Er war geschafft von der Reise.
Er war nach Westen versetzt worden. Er war aus Saigon abgereist. Nach drei Wochen. Er hatte H gekocht. Er hatte H abgepackt. Er war mit dem H nach Westen gereist.
Pete war in Laos. Wie Mesplède. Mesplède war soeben nach Vietnam versetzt worden. Sie führten Tiger-Kamp. Sie führten die Sklaven. Sie kochten Morphiumbase.
Pete wurde in Vietnam kribbelig. Pete langweilte sich. Pete spendierte sich einen Bombenangriff. Er kaufte ein paar Pilotenmarvs. Besagte Piloten deckten Ba Na Key mit Napalm ein.
Sie entwaldeten. Sie entgrasten. Sie entlaubten. Sie fackelten ein Drogenlager ab. Sie fackelten ein Drogenfeld ab. Sie lie-

ßen das Lagerlabor stehen. Sie schickten Tran Lao Dinh los. Tran plünderte das Labor. Tran stahl M-Base und Ausrüstung. Tran schaffte das Zeug zum Tiger-Kamp.
 Laurent war in Bon Secour, Alabama. Wie Flash E. Pete hatte sich dort ein Schiff beschafft. Flash kannte sich mit Schiffen aus. Laurent kannte sich mit Zimmermannsarbeit aus.
 Ein Charterboot – ein Umbau – zu einem boocuu kriegerischen Schiff.
 Petes Plan: Du schaust dir die Waffen an. Du bezahlst Bob. Du schaffst besagte Waffen von New Hebron nach Tiger-Kamp-Süden. Du fährst daraufhin nach Bon Secour. Du hältst mir den Rücken frei. Du nimmst diesen Clown Danny Bruvick an die Kandare.
 Ablösungen. Versetzungen. Reisefieber.
 Flash war von der Reise geschafft. Flash hatte in Kuba vorbeigeschaut. Flash hatte sich per Schnellboot eingeschleust. Flash hatte Fuentes und Arredondo nach Kuba gebracht. Sie waren auf der Insel. Flash war zurückgefahren. Flash war nach Bon Secour zurückgefahren.
 Bald:
 Waffenschmuggelfahrt Nr. 1. Die alte *Ebbtide* wird zur boocuu neuen *Tiger-Klaue*.
 Wayne fuhr nach Osten. Wayne fuhr über Naturpisten. Wayne sah Papiermühlen und Kompostfeuer. Wayne sah Bobs »Farm«.
 Ein Schuppen / Bobs »Führer-Scheune«. Mit anschließendem Schießstand. Klan-Klauns kumpeln. Klan-Klauns kungeln. Klan-Klaun-Knarren auf der Suche nach Beute.
 Wayne bog ab. Wayne parkte. Wayne roch Kordit und Pferdeäpfel. Wayne ging in die Scheune. Es war eisig kalt – im »Führer-Iglu«.
 Er zog die Tür hinter sich zu. Er lachte. Er nieste.
 Rebellenflaggen-Vorhänge. Rebellenflaggen-Teppiche. Rebellenflaggen-Möbel. Traktate auf dem Tisch – Wayne Seniors Vorgaben – »Rote Rassenschänder. / »Schwarzer Hu-*Mohr*«.
 Munition auf einer Couch / Betttücher auf einem Tisch / Kapuzen auf einem Hocker. Chemisch gereinigt und sauber gefaltet. Einzeln in Zellophan abgepackt.
 Wayne lachte. Wayne musste niesen. Die Tür ging auf. Kar-

nickel Bob kam rein. Bob steckte im Kampfsack. Bob steckte in Springerstiefeln. Bob zog sich die Klan-Kapuze vom Gesicht.
Wayne lachte. Bob schloss die Tür. Bob ließ den Iglu wieder einfrieren.
»Kein Generalstabshauptquartier, aber es tut's.«
Wayne schlug sich auf die Taschen. »Ich hab das Geld.«
»Dein Daddy lässt dich grüßen. Er fragt ständig nach dir.«
»Zeig mir die Waffen.«
»Zuerst ein Schwätzchen. ›He, Bob, wo hängt dir der Hammer?‹ – ›Lang und stark, Wayne, und bei dir?‹«
Wayne lächelte. Pete hatte Bob zusammengeschlagen. Pete hatte ihm die Karnickel-Ohren lang gezogen. Pete hatte Ward Littell gerächt.
»Zeig mir die Waffen.«
Bob stopfte sich die Nase voll. Mit einer Packung Red-Man-Tabak.
»In L.A. sind die Nigger los. Jungs, hab ich gesagt, gebt mir Napalm und zweihundert Wayne Juniors, und die Sache ist geritzt.«
Wayne musste niesen – Kaltluft und Schnupftabak.
»Lass den Quark und zeig mir die Waffen.«
»Zuerst ein Schwätzchen. Wir unterhalten uns übers Nigger-Problem, und ich zeig dir meinen Schriftverkehr mit der JVA Missouri.«
»Du nervst mich«, sagte Wayne.
Bob rieb sich die Nase. »Ich hab Briefe von Jimmy Ray und Loyal G. Binns. Beides gute Hasser, mit denen du einfach alles machen kannst. Ich glaube, die schließen sich uns an, wenn sie –«
Wayne stand auf. Wayne stieß Bob beiseite. Wayne ging in die Küche.
Der Fernseher lief. Neger tobten. Neger schmissen Steine. Neger stahlen Schnaps. Der Ton war abgedreht. Besagte Neger brüllten. Ihre Zähne strahlten hell.
Bob kam rein. Bob stieß Wayne beiseite. Bob öffnete einen abgestellten Tiefkühler.
Waffen: M-14s / Pumpguns / Bazookas.
Bob kniff ein Nasenloch zu. Bob schnaubte losen Schnupftabak raus.

»Ich hab die passende Munition und acht M-132-Flammenwerfer auf dem Schießstand. Ein paar Jungs haben in Arkansas 'nen Stützpunkt der National Guard überfallen. Mein Kontaktmann kennt sie, entsprechend kriegen wir erste Wahl. Ich denke, das reicht alle Mal für Tiger-Süd und eure Kubafahrten.«

»Wie viel?«

»Fünfunddreißig, was ein Scheiß-Trinkgeld ist, wenn du mich fragst.«

Wayne nahm eine Pumpgun. Wayne prüfte den Schieber / Ätzspuren / kein Herstellerkode.

»Die wurde präpariert. Die Seriennummer ist weg.«

»Sind alle so. Die Jungs wollten nicht, dass man den Scheiß auf ihren Überfall zurückverfolgen kann.«

Wayne nahm eine M-14. Wayne nahm eine Bazooka.

»Gute Waffen. Fast zu gut für die Nationalgarde.«

»Beklag dich nicht. Wir kriegen ein Super-Sonderangebot.«

Wayne nahm eine M-14. Wayne musterte das Firmenschild am Schaft.

»Pete wollte, dass man die Seriennummern sieht. Als taktische Terrormaßnahme. Wenn die Castroisten das Zeug in die Hände kriegen, sollen sie sehen, dass es sich um US-Spenden handelt.«

Bob zuckte mit den Schultern. »Das ist nicht wie bei Sears, mit Scheiß-Preisschild und lebenslanger Garantie.«

Wayne blätterte die Tausender auf dem Tisch – alle druckfrisch / alle notiert und gewaschen.

Bob lachte. »Beim Eiskreme-Laden um die Ecke kriegst du das nicht klein.«

Wayne fasste zum Fernseher. Wayne drehte den Ton auf. Gewehrschüsse knallten. Sirenen heulten. Neger schrien laut und froh.

Schiffsgewerk:

Laurent richtete die MG-Nester ein. Flash strahlte den Rumpf ab. Sie schleppten Werkzeug rum. Sie ließen Werkzeuge fallen. Sie troffen vor Schweiß.

Sie bauten die *Ebbtide* ab. Sie bauten die *Ebbtide* auf. Sie kubafizierten das Schiff.

Sie drapierten Tarnnetze. Sie beschmierten Segel. Sie strahlten Teakholz ab. Sie tarnten. Sie bauten einen Möchtegern-Kubaschiffer auf.
Flash hatte einen Sandstrahler im Arm. Flash strahlte die Brücke ab. Flash strahlte Mahagoni ab. Danny Bruvick schaute zu. Danny Bruvick stöhnte. Danny Bruvick trank Cutty Sark. Wayne schaute zu. Wayne war unruhig. Wayne gähnte. Er war sechzehn Stunden gefahren. Ein Ort nach dem anderen. Er hatte ganz Alt-Dixie abgeklappert.
Raus aus New Hebron. Benzedrin reingeschmissen. Ab nach Port Sulphur. Zum Tiger-Kamp-Süd. Die Waffen vorbeigebracht. Ab nach Bon Secour.
Flash hatte Anweisungen – direkt von Pete.
Pete traut Danny nicht. Danny hat eine Ex. Die mit Ward Littell zusammensteckt. Wir knöpfen uns Danny vor – ich und Laurent – und *Jefe* Carlos. Wir machen Danny das Tiger-Gesetz klar. Du beugst dich dem Tiger-Kode. Du skipperst uns nach Kuba.
Danny ist ein Tunichtgut. Danny ist eine Lusche. Danny könnte bei seiner Ex anrufen und ihr was vorheulen. Du stehst mir dafür gerade, dass er das lässt.
Es dämmerte. Flash stellte Arbeitslampen auf. Laurent kubafizierte. Wayne trank Bier. Wayne studierte Karten.
Sexy Kuba und Bakersfield – tiefstes kalifornisches Hinterland.

Schiffsgewerk:
Laurent kletterte auf Masten. Laurent nähte Segel. Flash frisierte Motoren. Danny Bruvick schaute zu. Danny Bruvick schaute knallvoll zu.
Wayne ging zu Liegeplatz Nr. 18. Wayne schaute aus der Ferne zu. Flash hatte neue Anweisungen – direkt von Pete.
Die Ex heißt »Arden«. Danny ist ein Pantoffelheld. Danny könnte bei ihr anrufen und losjammern. Du stehst mir dafür, dass er das lässt. Hat was mit Carlos zu tun – was Besonderes – Schnauze heißt die Parole.
Flash schleppte Benzinkanister. Laurent lötete Tonnen. Wayne schaute zu. Die Bennies machten ihm Durst. Wayne trank Apfelsaft.

Eine Limousine fuhr vor und blieb im Leerlauf stehen. Der Chauffeur öffnete die Hintertür. Carlos stieg aus. *Il padrone*, wie er im Buche steht. Mit schwarzem Seidenanzug, wie er im Buche steht.
    Er ging zu Liegeplatz Nr. 19. Laurent stand stramm. Bruvick befingerte einen Rosenkranz. Flash stand stramm. Carlos verbeugte sich. Carlos umarmte Laurent.
    Bruvick stand stramm. Carlos ließ ihn stehen. Carlos ging unter Deck. Flash ging unter Deck. Laurent ging unter Deck. Bruvick humpelte langsam nach unten.
    Das Boot schwankte und beruhigte sich. Wayne hörte Schreie.
    Er fand eine Docklampe. Er studierte seine Karten. Das Boot schwankte. Er hörte Aufschlaggeräusche. Er hörte Wimmern.
    Flash kam an Deck. Laurent kam an Deck. Carlos gockelte à la *Il Duce* von Bord. Sie schritten Liegeplatz Nr. 19 entlang. Sie wischten sich die Hände an Papierservietten ab. Sie stiegen in die Limousine.
    Die Limo fuhr los. Wayne schaute zum Boot. Wayne sah auf die Uhr und ließ die Sekunden verstreichen.
    Da –
    Bruvick kommt an Deck. Bruvick hinkt. Bruvick geht von Bord. Er zählt Wechselgeld. Er geht zu den Docks. Er erreicht die Telefonautomaten.
    Wayne rannte rüber. Bruvick sah ihn. Bruvick sagte: »Mist.«
Wayne sah den Schmerz:
Lose Zähne und geschwollene Ohren. Aufgeplatzte Lippen und Schürfwunden.

Bon voyage.
    Sie tankten. Sie luden Schmuggelwaffen ein. Sie luden ihren persönlichen Kram ein: Browning-Pumpguns und Berettas. Skalpiermesser und Schalldämpfer. Ein auf Großflamme eingestellter Flammenwerfer.
    Die *Tiger-Klaue* – gut getarnt. Backbordgeschütze. Steuerbordgeschütze. Sechs Schießscharten. MGs unter Deck – auf Schwenklafetten montiert.
    Sie stießen in See – 06:00 – Süd-Südost. Bruvick navigierte.

Laurent studierte Karten. Flash studierte Comics. Wayne studierte Straßenkarten. Wayne vertiefte sich in Bakersfield. Gemüsefarmen und Illegale. Ernten-im-Bücken und Wendell Durfee.

Sie durchpflügten die Wogen. Sie kamen voran. Es war heiß. Sie wurden von der Gischt durchnässt. Sie wurden von der See geblendet.

Sie hatten Sonnenkreme aufgetragen. Das Boot schlingerte. Sie schluckten Dramamin. Bruvick fing an, zu schwitzen und zu zittern – die erzwungene Abstinenz.

Flash hatte ihm den Schnaps versteckt. Flash sagte, Pete könne Bruvick nicht ausstehen. Flash sagte, es ginge um was Privates – irgendwas mit Ward Littell.

Flash las die Kompassdaten ab. Flash studierte Karten. Flash sagte, was anstand:

Treffpunkt ist vor der Küste bei Varcadero Beach. Wir treffen unsere Männer. Wir vertäuen die Boote. Sie kriegen die Waffen. Wir kriegen einen Blankoscheck. Wir gehen vor dem Strand vor Anker. Wir befinden uns in der Nähe eines Milizpostens – eine Kaserne voller Bärte.

Flash war glücklich. Flash war in Mordsstimmung. Flash sagte:

Aufgepasst auf Bootsräuber – die bringen Fischer um – sie haben kleine Schnellboote. Sie klauen Fische. Sie klauen Boote. Sie tragen Fidel-Bärte.

Laurent war glücklich. Laurent war in Mordsstimmung. Laurent schliff sein Skalpiermesser.

Es dämmerte. Sie erreichten Snipe Key. Sie tankten nach. Sie hissten die Segel. Sie tarnten sich um.

Bruvick flehte um Schnaps. Flash kettete ihn an. Sie gingen von Bord. Sie fanden einen Krabben-Schuppen. Sie aßen Krabben-Klauen und Dexedrin.

Wayne geriet in Schwung. Flash bekam Stielaugen. Laurent knirschte mit den Zähnen. Sie brachten Bruvick was zu essen. Sie ketteten ihn los. Sie brachten ihm ein *Cerveza*. Das Bruvick in einem Zug leerte.

Sie legten ab. Sie gingen auf Südsüdost. Sie durchpflügten Strömungen. Das Boot schlingerte. Der Mond wurde von Wolken verdeckt.

Bruvick steuerte. Bruvick schwitzte. Bruvick betete den Rosenkranz. Flash machte ihn an. Flash drohte ihm. Flash machte sich über den Rosenkranz lustig.
Sie legten Ruß auf. Mit zappeligen Händen – wiiiildes Dexedrin. Sie verwandelten sich in Minstrel-Krieger. Laurent war hoch gewachsen. Laurent sah aus wie Wendell Durfee.
Flash las den Kompass ab. Sie hatten kubanische Gewässer erreicht.
Wayne stellte sich in den Bug. Wayne ließ sich von der Gischt besprühen. Wayne schaute durch den Feldstecher. Die Wellen hüpften. Die Fische hüpften. Ein Leuchtspurgeschoss explodierte und zog eine Lichtspur. Wayne sah *das* Boot. Wayne sah, wie ein Boot beidrehte.
Rechts – vierhundert Meter – ein Fleck, der immer kleiner wurde.
Flash verschoss ein Leuchtspurgeschoss. Der Himmel explodierte. Bruvick drehte bei. Da: *Ihr* Boot / das Treffen.
Die Boote schlugen aneinander. Flash warf einen Haken rüber. Flash hakte ein Deckspriet fest. Wayne sah Fuentes und Arredondo.
Sie warfen ihre Haken rüber. Sie kletterten über den Bug. Sie purzelten ins Boot. Laurent fing sie auf. Sie fielen übereinander. Sie rollten übers Verdeck.
»Das andere Boot?«, fragte Wayne. »*La boata? Qué es esto?*«
Fuentes stand auf. »Miliz. Sie haben ... *qué es* ... uns überprüft?«
Arredondo stand auf. »*Los putos de Fidel.* Sie riechen unsern Fisch.«
Wayne roch den Fisch. Wayne schaute sich das Boot an. Wayne sah ihre Tarnung: Fischerruten / Fischeingeweide / Fischköpfe.
Flash rannte los. Flash umarmte die Burschen. Flash war außer Rand und Band. Jetzt wurde Spanisch parliert – »*chinga*« war »Fick«. »*Puta roja*« war »Rote Nutte«.
Wayne schleppte Waffen – in Plastik gewickelt / mit Klebeband gesichert / schwer.
Er hetzte. Er rannte zu den Ladeluken. Er rannte die Kombüsen-Stufen runter. Er wand sich achtmal durch. Er rannte die Flutlinie entlang.

Er schmiss Ladung raus. Die Flash weiterschmiss. Die Fuentes auffing. Die Arredondo auffing und verstaute. Kleine Kerle – stark – gute Fänger.

Bruvick schaute zu. Bruvick kratzte eine entzündete Stelle am Hals. Bruvick betete den Rosenkranz. Fuentes löste die Haken. Fuentes winkte. Arredondo stieß ihr Boot ab.

Laurent packte Bruvick. Flash mumifizierte ihn. Er legte ihm Handschellen an. Er umwickelte ihn mit Klebeband. Er verwandelte ihn in König Tut. Er klebte ihm den Mund zu. Er klebte ihm die Beine fest. Er mumifizierte ihn am Mast.

Laurent stellte ein Floß zusammen. Wayne ging vor Anker.

»Jetzt legen wir Kommunisten um«, sagte Flash.

Sie nahmen Berettas. Sie nahmen Messer. Sie nahmen Browning-Pumpguns. Sie nahmen einen dreifach in Plastik gepackten Flammenwerfer. Sie nahmen ein Floß. Sie ruderten los. Sie durchpflügten Brecher und schluckten Gischt.

Gut drei Kilometer schwarze See. Knapp fünf Kilometer zu den Strandlichtern. Jetzt sichtbar: eine Kaserne und eine Wachbaracke.

In Strandnähe. Am losen Sand. Abseits direkter Zugangswege.

Sie bogen ab. Sie ruderten nach links. Sie wurden von Brechern erfasst. Wayne und Flash mussten kotzen.

Sie pflügten sich durch. Sie gerieten in eine Strömung. Sie pullten nach links. Sie schabten über Sand. Sie kenterten. Sie rollten in der See.

Sie schleppten das Boot den Sandstrand hoch. Sie sahen sich die Wachbaracke an. Vier mal vier Meter / vier Mann Besatzung / vierzig Meter Distanz.

Daneben: die Kaserne / ein Zugang / ein Stockwerk.

Sie gaben den Feldstecher weiter. Sie stellten die Linse scharf. Sie erhielten Einblicke. Eine offene Tür. Zwei Reihen Betten. 02:00 / dreißig Mann / Kojen und Moskitonetze.

Flash signalisierte. Die Wachbaracke zuerst. Schalldämpfer aufsetzen.

Sie überprüften ihre Berettas. Sie wickelten den Flammenwerfer aus. Sie robbten zu dritt nebeneinander durch den Sand. Laurent schleppte den Flammenwerfer.

Wayne keuchte. Wayne schluckte Sand. Wayne bibberte. Sie kamen immer näher – sechs Meter Distanz – Wayne nahm Gesichter wahr.
Die Milizionäre saßen. Die Milizionäre rauchten. Wayne sah vier aneinander gelehnte Karabiner.
Flash signalisierte – liegend feuern bei drei.
Eins – liegend zielen. Zwei – Finger an den Druckpunkt. Drei – gemeinsame Schalldämpfer-Schläge.
Sie trafen gut. Sie trafen Lebenswichtiges. Sie trafen Köpfe und Oberkörper. Sie setzten nach. Sie zielten stehend. Sie schossen schnell. Sie trafen Leisten. Sie trafen Rücken. Sie trafen Nacken.
Zwei Ärsche fielen um. Zwei Stühle krachten zu Boden. Zwei Ärsche schriii-eeen auf. Zwei Münder blieben offen stehen. Zwei Münder schnappten tonlos nach Luft – der Klang wurde von den Wellen geschluckt.
Flash rollte sich ran. Flash ging auf Nahdistanz. Flash traf Lebenswichtiges. Die Körper zuckten. Die Körper schluckten Blei.
Flash signalisierte. Die Kaserne – JETZT.
Laurent zündete den Flammenwerfer. Ein Flammenkirschbaum erblühte. Sie robbten los und arbeiteten sich ran. Da – das Ziel. Da – die Tür.
Laurent stand auf. Laurent stellte sich in die Tür. Laurent drehte den Flammenwerfer auf. Er bestrich die Betten. Er bestrich die Bettennetze. Er versetzte die *putos* in *Rot*glut.
Rote Socken brannten. Rote Socken schrien. Rote Socken rollten aus Schlafsäcken. Rote Socken verwickelten sich in Moskitonetzen und rannten los.
Laurent verbrannte Leintücher. Laurent verbrannte Wände. Laurent verbrannte Männer in Unterwäsche und Schlafanzügen. Rote Socken rannten. Rote Socken fielen um. Rote Socken stürzten durch geschlossene Fenster.
Die Kaserne brannte. Rote Socken rannten – Rote in Brand.
Sie rannten zur Hintertür raus. Sie rannten zum Strand. Sie fielen in den Sand. Sie rannten zum Wasser.
Wo die Wellen sie überspülten. Wo die Wellen sie löschten. Wo die Wellen sie ins Meer zogen. Wo das Wasser aufkochte.
Die Kaserne brannte. Munition ging hoch.

Laurent jagte Feuerbällen nach. Laurent bestrich nassen Sand. Laurent brachte Salzwasser zum Kochen.

Flash erreichte die Hütte. Flash schleppte zwei tote Männer raus. Flash ließ sie fallen und pisste ihnen auf den Kopf.

Wayne trat zu ihm. Wayne hatte Lampenfieber. Tu's. Zeig's ihnen. Zeig's *Pete*.

Er zog das Messer. Er packte einen Skalp. Er steckte das Messer rein.

Bakersfield – geschafft von der Reise. Staubige Straßen / staubiger Himmel / staubige Luft. Das San Joaquin Valley – Staub ohne Ende – Farmerdreck und gleißendes Licht.

Er war geschafft von der Reise. Von Kuba nach Snipe Key. Von Snipe Key nach Bon Secour. Von Bon Secour nach New Orleans. Drei Flüge nach Westen. Er hatte schlecht geschlafen. Er ging auf Dexedrin-Entzug.

Er hatte in Saigon angerufen. Mesplède hatte ihn zu Pete durchgestellt. Pete hatte den Angriff gelobt. Pete hatte die Waffen gelobt. Pete war über Bobs Seriennummer-Löschung hergezogen.

Pete war sauer. Pete zog über Bob her. Prägt eben *ihr* die Seriennummern ein – macht eben *ihr* dem Bart Angst – zum Teufel mit den US-Bestimmungen.

Er hatte bei Barb angerufen. Sie wirkte verspannt. Sie hatte sich mit Pete gestritten. Barb hatte Neuigkeiten. Barb hatte einen Auftritt – sie war zur USO-Truppenbetreuung abgestellt.

Wir treten in Saigon auf. Wir treten in Da Nang auf. Bitte sorg dafür, dass Pete die Show besucht. Klar, sagte er. Bis bald, sagte er. Ich werde geschafft von der Reise sein.

Wayne fuhr durch Bakersfield. Wayne las seine Straßenkarten. Er war eingeflogen. Er hatte einen Wagen gemietet. Er war gleich losgefahren.

Die Mexenstadt lag im Osten. Die Farmen lagen im Osten. Jede Menge Bier-Bars / Trailer / Motels. Jede Menge Staub. Jede Menge Viecher. Jede Menge Mexenbuden.

Er klapperte die Bars ab. Er trank Bier. Er besorgte sich Infos. Barmänner schwatzten. Barmänner gaben ihren Senf zum besten.

Illegale Mexen-Nutten? So 'n *Quatsch*. Illegale *sind* Nutten.

Sie klettern über die Grenze. Sie stehlen Jobs. Sie arbeiten billig. Sie vermehren sich wie wild. So was lebt, um zu ficken. So was wirft Junge wie Chihuahas. So was verdingt sich als Erntearbeiter. So was lässt sich bezahlen – um *echte* Nutten zu ficken. Illegale Luden schicken illegale Nutten auf den Strich – zur großen Zahltags-FICK-Sause.
Sie belegen Motels. Sie ficken wie am Fließband. Die große FICK-Sause. Schauen Sie mal im Sun-Glo vorbei. Schauen Sie mal im Vista vorbei – schauen Sie sich gründlich um. Morgen ist Zahltag – die illegale FICK-Sause steigt – halten Sie die Augen offen.
Wayne erwähnte den Namen »Wendell Durfee«. Die Leute reagierten mit Schulterzucken.
Wer soll das sein? Ein Schwarzer?
Richtig – ein Farbiger. Große Klappe und groß gewachsen.
Scheiiiße –
Mexen hassen Mohren. Tagelöhner hassen Mohren. Der Mohr sollte besser gehen.

Zahltag:
Wayne fuhr an Gemüsefarmen vorbei. Wayne stand rum. Wayne schaute zu.
Illegale ernten Kohl. Illegale jäten Unkraut. Illegale füllen Abfalltonnen. Sirenen heulen. Die Illegalen juchzen. Die Illegalen lassen die Harken fallen und laufen los.
Sie erreichen den Lohnlaster. Sie stellen sich in Reih und Glied. Sie stecken ihr Bares ein und sehen zu, dass sie wegkommen – Familien, *hombres, muchachos*.
Einige bilden Cliquen. Einige hauen ab. Einige häääängen rum. *Hombres todos* – Mannsbilder mit selbstzufriedenem Grinsen im Gesicht.
Laster fahren vor. *Hombres* grüßen *hombres*. *Hombres* verteilen Präsente: Selbstgebrautes / Präser / Präser mit Noppen / Billigwein Rot / Billigwein Weiß / Polaroidaufnahmen von Nackedeis. Fotzen-Fotos von Mexen-Nutten – auf zur FICK-Sause.
Wayne stellte sich dazu. *Hombres* zuckten zusammen. Wayne sah nach *Migra*-Polente aus. Wayne beruhigte. Wayne radebrechte Mexikanisch. Wayne fragte rum.

Toll:
Die Lastermänner fungierten als Zuhälter. Sie machten die Kunden zeitig an – Angebot trifft auf Nachfrage. Komm ins Sun-Glo und ins Vista. Sieh zu beim Fickathon.
Illegale betrachteten Fotzen-Fotos. Illegale standen Schlange. Wayne zeigte Wendell-Durfee-Fotos vor und erhielt *nada*. Scheiße – wir nix gesehen / wir nix kennen / wir hassen *negritos*.
Wayne ging. Wayne sprach weitere Lastwagen-Luden an. Wayne holte sich weitere *nada* ab. Er setzte neu an. Er studierte seine Karten. Er überquerte die Gleise und fuhr durch die Schwarzenstadt. *De facto* Segregation – die Illegalen im Norden / die Farbigen im Süden.
Er gähnte. Er kämpfte gegen Übermüdung an. Er hatte gestern zu lange geschlafen. Er hatte vierzehn Stunden am Stück geschlafen. Er hatte übel geträumt.
Barb, die ihn beschimpft – lass die Pillen sein – er, der zurückschimpft. Lass du selber die Hände von – das Zeug macht dich alt – ich liebe dich.
Auch Bongo hatte seinen Auftritt gehabt. Bongo hatte krampfartig gezuckt. Bongo hatte Wendell Durfee verpfiffen. Wendell ist in Kuba. Er hat die schlappen sechstausend. Er hat sich einen Castro-Bart stehen lassen.
Wayne fuhr durch die Schwarzenstadt. Wayne ging in Billard-Kneipen. Wayne ging in Nachtclubs. Er sah nach Bulle aus. Er sah nach Ärger aus. Man konnte seine Waffe sehen. Bullen sahen ihn. Bullen winkten ihm zu. Bullen witterten den Kollegen. Er sprach Farbige an. Er zeigte seine Wendell-Bilder vor. Und stieß auf hähs? Und stieß auf Empörung.
Je von Watts gehört? Könnte *hier* genauso passieren. Und zwar GLEICH.
Er arbeitete sich durch. Er arbeitete den ganzen Tag. Er klapperte die ganze Schwarzenstadt ab. Keiner wusste von Widerling-Wendell. Keiner wusste von nichts.
Es dämmerte. Er fuhr zum Sun-Glo. Er bekam den Fickathon mit.
Zehn Zimmer / zehn Nutten / zehn Schlangen auf dem Parkplatz. Zwanzig Illegale pro Schlange und Luden mit Stoppuhren – du fickst nach *meiner* Uhr.

Imbissbuden – alle improvisiert / alle von *mamacitas* betrieben. Sie servierten Bohnen. Sie servierten *Cerveza*. Sie servierten *carnitas*.

Es war heiß. Das gebratene Schweinefleisch spritzte. Die Rostlauben-Auspüffe knallten. Tür auf. Tür zu. Wayne erhielt Einblicke: Nackte Mädchen mit gegrätschten Beinen. Schmutzige, zerknüllte Laken. Die Schlangen bewegten sich rasch – sechs Minuten pro Fick. Rumlungernde Bullen. Von den Luden geschmiert – ein Dollar pro Fick.

Die Bullen aßen *carnitas*. Die Bullen schritten die Schlangen ab. Die Bullen verkauften Penizillin. Wayne stellte sich in die Schlange. Wayne zog Blicke auf sich. Wayne zeigte *seine* Schnappschüsse.

Que? No se. Negrito muy feo.

Wayne sprach eine Mama-San an. Wayne wedelte mit fünfzig Piepen. Er radebrechte. Er stellte klar – eine Runde für alle. Sie lächelte. Sie verteilte das Freibier. Sie bediente die Illegalen. Sie bediente die Luden. Sie bediente die Bullen.

Sie lobte Wayne – *gringo muy bueno*.

Wayne bekam Applaus. Wayne drückte Hände. Luden schwenkten *sombreros*. Er zeigte seine Bilder – die von Hand zu Hand wanderten. Sie kursierten bei sämtlichen *fuckistos*. Die Bilder zirkulierten. Die Bilder wurden befingert. Die Bilder kamen zurück.

Ein Bulle gab Wayne einen Stups. »Den Tintentaucher hab ich vor drei Monaten aus der Stadt gewiesen. Hat versucht, weiße Mädchen auf den Strich zu schicken, und ist bei mir an den Rechten gekommen.«

Wayne bekam eine Gänsehaut. Der Bulle tippte an seine Zähne.

»Er soll mit 'nem Tintentaucher namens King Arthur zusammengesteckt haben. Der angeblich in Fresno eine Schwulenbar betreiben soll.«

Die Playpen-Lounge war eine Ladenfront. Die Playpen-Lounge lag beim Alki-Quartier.

Wayne war nach Fresno gefahren. Wayne hatte Straßenfreaks abgeklappert. Wayne hatte das Lokal gefunden. Die

Freaks taten gewichtig – das Pen ist ein ganz übler Schuppen – hüte dich vor 'm King!
Eine ganz fiese Tunte. Kommt aus Haiti. Reinblütiger Calypso. Trägt eine Krone. Ein Er-Sie. Ein Hermaphrodit.
Wayne ging rein. Schreiendes Dekor – Camelot à la Liberace.
Samtwände. Purpurvorhänge. Nagelbestückte Rüstungen. Eine Bar und Kojen entlang der Wand – mit rosa Kunstleder bezogen.
Eine Jukebox quäkte. Mel Tormé säuselte. Die Stammgäste rührten sich. Wayne zog Blicke auf sich. Wayne hörte Oh-làlàs.
Farbige Kunden – Tunten und Machos.
Da – der King. In einer eigenen Koje. Mit seiner Krone. Mit seinen Adelszeichen: Messer-Narben / Blumenkohl-Ohren / Bleirohr-Dellen.
Wayne ging zu ihm. Wayne nahm Platz. King Arthur schlürfte ein *Frappé*.
»Zu stolz fürs Fresno PD und zu bullig, um kein Polizist zu sein.«
Die Jukebox hämmerte. Wayne griff nach hinten. Wayne riss den Stecker raus.
»Mein Geld. Deine Infos.«
Der King klopfte an seine Krone. Kinderkram – Glitzersteine auf Blech.
»Ich hab gerade meine Denkkappe befragt. Polizisten fordern, Polizisten zahlen nicht.«
Der König lispelte. Der König tirilierte. Der König gockelte. Zwei Tunten strichen hüftschwenkend vorbei. Einer kicherte. Einer winkte.
»Ich *war* ein Bulle«, sagte Wayne.
»Ach, du tumber Tor. Das hättest du nicht sagen sollen.«
Wayne zog sein Geld raus. Wayne blätterte die Noten auf. Wayne richtete eine Tischlampe drauf.
»Wendell Durfee. Du sollst ihn kennen.«
Der King klopfte an seine KRONE. »Ich habe eine Vision ... ja ... jetzt sehe ich ... du bist der Vegas-Bulle, der seine arme Frau an Wendell verloren hat.«
Die Jukebox sprang an. Kay Starr plärrte los. Wayne griff

nach hinten und riss die Leitung raus. Eine Tunte packte seine Hand. Eine Tunte zerkratzte ihm die Handfläche. Eine Tunte kicherte geil.

Wayne riss den Arm los. Die Tunten kicherten. Die Tunten zogen sich zurück. Sie schwenkten die Hüften. Sie machten Wayne an. Sie schickten ihm Luftküsse zu.

Wayne wischte sich die Hand ab. Der King lachte. Der King seufzte erneut auf.

»Ich habe mal mit Wendell zu tun gehabt, vor ein paar Monaten. Ich hab ihm ein paar Mädchen abgekauft.«

»Und?«

»Und die Bakersfield-Polizei hat mir nahe gelegt, in ihrer Jurisdiktion nicht der Zuhälterei nachzugehen.«

»Und?«

»Und Wendell hat nach einem *Luden-Namen* mit hinreißendem Schneid gesucht. Ich habe ihm Cassius Cool vorgeschlagen, und er hat den Namen übernommen.«

Wayne klopfte aufs Geld. »Weiter. Ich weiß, dass du noch was weißt.«

Der King klopfte an seine Krone. »Ich habe eine Vision ... ja ... du hast drei unbewaffnete Neger in Las Vegas umgebracht ... und ... ja ... Wendell hat deine Frau zum Höhepunkt geführt, bevor er sie umbrachte.«

Wayne zog die Waffe. Wayne hob sie. Wayne spannte den Hahn. Wayne hörte Echos. Wayne hörte Hämmer klicken.

Er blickte sich um. Er sah zur Bar. Er sah Tunten. Er sah Waffen. Er sah Selbstmord.

Er steckte sein Ding weg. Der King nahm das Geld.

»Wendell hat ein paar weiße Proleten zu einem Spiel mit falschen Würfeln verlockt, worauf ihm nachdrücklich geraten wurde, Bakersfield zu verlassen. Er soll sich nach L.A. abgesetzt haben.«

Wayne blickte sich um. Wayne sah Tunten mit Waffen. Wayne sah fiese Gesichter.

Der King lachte. »Werd erwachsen, Kind. Du kannst nicht *alle* Nigger umbringen.«

83 (Saigon, 20. 8. 65)

»Wayne hat ein paar Skalps genommen«, sagte Pete. Cocktailzeit. Drinks im Catinat. Handgranatenabwehrnetze und jede Menge schlitzäugige Goldfasane.

Stanton löffelte *pâté*. »Kubanische oder schwarz-amerikanische?«

Pete lächelte. »Er ist wieder im Land. Ich werd ihm ausrichten, dass du nachgefragt hast.«

»Richte ihm aus, dass ich mich freue, dass er vielseitiger wird.«

Die Bar war gerammelt voll. MACV-Typen kungelten. Eifrige Unterhaltung in drei Sprachen.

Pete zündete sich eine Zigarette an. »Ich bin sauer wegen Relyea. Ich will Waffen einschmuggeln, die erkennbar aus US-Quellen stammen.«

Stanton schmierte einen Toast. »Das hast du deutlich gemacht. Gleichwohl möchte ich festhalten, dass Bob vorzügliche Arbeit geleistet hat.«

»Hat er, aber er steckt bis über die Ohren im Klan-Sumpf, was uns jederzeit jede Menge Scheiß-Ärger einbringen kann. Weißt du, was ich meine? Wir sollten Laurent als Leiter von Tiger-Kamp nach Laos zurückversetzen und Mesplède auf Dauer als Waffenorganisator in den Staaten halten. Er hat gute Verbindungen, ist willig und scheiß-tüchtig.«

Stanton schüttelte den Kopf. »Erstens hat Bob die besseren Beziehungen und ausreichend FBI-Deckung, um sich selbst geschaffene Probleme vom Leibe zu halten. Zweitens hast du Bruvick in die Mannschaft geholt, was in Carlos was ausgelöst haben muss; er ist wegen *La Causa* derart angestochen, wie seit '62 nicht mehr. Er ist jetzt *aktiv* und ist der *einzige* überzeugte Firmen-Mann, und ich bin sicher, dass er über Waffenquellen verfügt. Drittens kommt Laurent mit Carlos bestens

zurecht, weswegen ich ihn fest in den Staaten haben will und nicht Mesplède. Was die Zusammenarbeit mit Carlos und den Waffenschmuggel betrifft, ist Laurent der beste Mann.«
   Pete rollte die Augen. »Carlos ist ein *Mafia*-Chef. An Waffen kommt er nur über die miesen Waffenvorräte anderer Exilantengruppen ran. Er wird uns nie Waffen beschaffen, die es auch nur entfernt mit der Relyea-Sore aufnehmen können, und mit wie viel Scheiß-Waffenkammer-Überfällen können wir denn rechnen?«
   Eine Sirene ertönte. Alle im Raum erstarrten. Die Schlitzaugen-Goldfasane zogen ihre Waffen. Die Sirene erstarb. Die Entwarnung ertönte. Die Schlitzaugen-Goldfasane steckten ihre Waffen weg.
   Stanton trank Wein. »Wir kommen so oder so klar. Du und Wayne habt die Leitung inne und kennt euch mit den Gegebenheiten vor Ort und in Vegas aus, entsprechend werdet ihr laufend versetzt. Sobald Wayne das Labor eingerichtet hat, ist er für Vegas und den Waffenschmuggel frei, und du —«
   »John, Jesus Christus, bitte lass —«
   »Nein, lass mich ausreden. Chuck haben wir verloren, *c'est la guerre*, aber Tran und Mesplède reichen bei weitem aus, um Tiger-Kamp zu leiten. Wir bringen Mesplède wieder nach Vietnam und lassen Flash und Laurent in Port Sulphur und Bon Secour. Mit anderen Worten, wir *kommen klar*, und ich will nicht, dass du ein bestens bewährtes System in Frage stellst.«
   Die Sirene ertönte. Die Entwarnung ertönte. Der Airconditioner fiel aus. Ein Kellner öffnete die Türen. Ein Kellner öffnete Fenster. Ein Kellner spannte Handgranatenabwehrnetze.
   Pete sah auf die Uhr. »Ich bin mit Wayne verabredet. Er hat Hinweise auf Spendenware aus Da Nang.«
   Heiße Luft drang ein. Kellner zogen Ventilatorenstrippen.
   »Wie viele Skalps hat er genommen?«
   »Vier.«
   »Meinst du, es hat ihm Spaß gemacht?«
   Pete lächelte. »Bei Wayne weiß man das nie so genau.«
   Stanton lächelte. »Eines will ich dir, bevor du gehst, noch zugestehen.«
   Pete stand auf. Die Decke kam bedrohlich näher. Pete wich Ventilatorenflügeln aus.

»Was du treibst, ist kriegswichtig. Nur nicht so leidenschaftlich besetzt wie das, was ich treibe.«

Sie stiegen auf. MACVs flogen Hueys – Pendlerflüge aus Tan Son Nhut.

Sie saßen auf der Hinterbank. Ein paar Schreibtischhengste flogen mit. Toll – in Da Nang gibt's was zu sehen. Wayne gähnte. Wayne war gerade versetzt worden. Wayne war geschafft von der Reise.

Der Flug war überbucht. Die Jung-Goldfasane feierten. Sie machten Krach. Sie spielten Kopf und Zahl. Sie wirbelten mit ihren .45ern.

Die Rotoren peitschten. Die Türen zitterten. Das Radio kreischte. Pete und Wayne hockten nebeneinander. Pete und Wayne unterhielten sich laut.

Klar: Bob Relyea hat Schlag. Klar: Er ist Wayne Seniors Karnickel-Tunichtgut. Klar: Er beschafft gute Waffen. Klar: Bruvick ist tückisch und ein Feigling.

Carlos hatte Bruvick verwarnt. Carlos hatte Bruvick verboten, bei Arden anzurufen – dass du unsere Kuba-Fahrten nicht verpfeifst. Bruvick hatte getrickst und anzurufen versucht. Wayne war dazwischen gegangen.

Klar: Wir sollten ihn rausschmeißen. Klar: Wir sollten einen neuen Skipper auftreiben.

Alles klar. Nur: Pete ließ es nicht gelten. Pete sagte, Carlos wolle Bruvick behalten. Weil Bruvick ihm den Zuträger macht. Carlos misstraut jedem. Carlos bringt überall seine Informanten unter.

Ergo: Wird Bruvick die Schmuggelfahrten begleiten. Wird Bruvick bei Carlos anrufen. Wird Bruvick *uns* verpfeifen.

Wayne *kapierte*. Wayne schweifte ab. Bruvicks Ex Arden / jetzt Ward Littells Freundin. Sie ist ein Spitzel. Sie beobachtet Ward. Sie ruft bei Carlos an.

Richtig – jetzt hast du kapiert – und das ist *alles*, was du je davon hast.

Wayne stimmte zu. Pete beschrieb Carlos – Waynes Aufnahme in die Meisterklasse.

Er führt Menschen am Gängelband. Er frisst Menschen. Er ist mit John Stanton verbandelt. Er ist geldgierig. Er wird

Druck auf John machen – er wird Rauschgiftanteile fordern. John wird nachgeben. *Wir* werden nachgeben. Das sind wir Carlos schuldig. Carlos hat die anderen Jungs angesprochen. Worauf sie die Bestimmungen verändert haben. Worauf sie uns erlaubt haben, West Vegas weiß einzustäuben. Klar: Wir sind Carlos dem Großen was schuldig. Klar: Wir sind dem blaublütigen John was schuldig.

Der Heli geriet in Turbulenzen. Die Schießscharten klapperten. Die Schreibtischhengste schmissen sich Dramamin rein.

Klar: Die Tiger-Unternehmung hat Riesenausgaben – das Labor / Tiger-Kamp / Tiger-Kamp-Süd. Schmiergelder an die ARVN / Schmiergelder an den Can-Lao-Boss »Mr. Kao« / Schmiergelder an Tran Lao Dinh.

Transport-Schmiergelder. Nellis-Air-Force-Base-Schmiergelder. Bullen-Schmiergelder: an den Sheriff und ans LVPD. Laufende Kosten: in den Staaten und in Übersee. Laufende Kosten der Querverbindungen in den Staaten.

Wir transportieren weißes H – im großen Stil – wir stäuben West LV ein. Die Profitmargen schießen in die Höhe. Die Schwarzen mögen weißes H. Die Profitmargen stürzen in den Keller. Wegen der Scheiß-Watts-Revolte – live am Scheiß-Fernseher zu sehen.

Die Schwarzen sehen die Revolten. Die Schwarzen jubilieren. Ein Äffchen macht's dem anderen nach. Sie streifen durch West LV. Sie schmeißen ein paar Speere durch die Gegend. Sie fackeln ein paar Baracken ab. Wir setzen das Kader-Geschäft aus. Wir ziehen Tiger-Taksi ab. Die Bullen unterdrücken den Aufstand. Die Schwarzen wandern in den Knast. Die Profite de-eskalieren.

Klar: Die Geschäfte sind im Keller – klare Baissestimmung. Klar: Wir werden erneut expandieren – und das Geschäft wieder aufbauen. Wir stellen weitere Dealer ein – entbehrliche Schwarze – wir nehmen die Hausse mit.

Der Huey flog tief. Sie sahen Feuerwechsel. Sie sahen geplünderte Dörfer. Wayne sprach Expansionspläne an – stäuben wir West Vegas *erneut* ein. *Bereiten* wir die Einstäubung von Schwarz-L.A. *vor.*

Pete lachte – das lassen die Jungs nicht zu – das *weißt* du scheiß-genau.

Was weiß *ich*. Vielleicht ist Durfee dort. *Das* weiß ich scheiß-*genau*.

Da Nang. Heiße Sonne und heiße Meeresluft. Spritzende heiße Gischt.

Der Waffenschmuggler ließ sie sitzen. Pete wurde sauer. Wayne schlug eine Abwechslung vor: Gehen wir in die USO-Show.

Sie nahmen eine Rikscha. Ihr Fahrer hatte was zu schleppen. Ihr Fahrer rannte mit klatschenden Sohlen. Sie fuhren mit Jungoffizieren um die Wette. Besagte Jungoffiziere waren besoffen. Rikscha-Rennen-Raserei.

Pete schluckte Dramamin. Wayne schluckte Salzpillen. Sie erreichten die Zugangsstraßen. Sie erreichten das Marinehauptquartier. Sie erreichten die Zuschauerplätze.

Die Kulis sahen die Sitzreihen. Die Kulis bremsten scharf. Vier Räder schlidderten. Vier Räder rutschten durch und blockierten.

Unentschieden.

Pete lachte. Wayne lachte. Die Jungoffiziere wurden grün und mussten kotzen.

Die Show war gratis. Jede Menge Zuschauer. Pete und Wayne stellten sich an. Es herrschte Siedehitze.

Die Bühne befand sich zu ebener Erde. Davor sechzig Sitzreihen. Auf der Bühne: Hip Herbie & Ho – eine traurige Kabarettnummer.

Ho war eine Bauchredner-Puppe. Von Hip Herbie gehalten. Hip Herbie hielt ein Handmikro. Hip Herbie war ein Bauchredner. Hip Herbie bewegte die Lippen. Hip Herbie sah nach Narki oder Alki aus.

Sie fanden Plätze. Sie hatten kaum Platz für Arme und Beine. Sie saßen zehn Reihen von der Bühne entfernt.

Die Bühnenlautsprecher dröhnten. Ho hatte einen Wutanfall: »GIs machen mir Angst! Ich große Angst! Du umbringen Cong ricky-tick!«

Es war heiß. Die Sonne brannte nieder. Pete wurde schwindelig. Die Menge grunzte halbherzig. Ho hatte rote Teufelshörner. Ho hatte rote Windeln an.

»Was hast du gegen Uncle Sam?«, fragte Hip Herbie.

»Ich kommen nach USA«, sagte Ho. »Mich nix reinlassen nach Disneyland!«
Die Menge grunzte zerstreut. Ho schnatterte: »Ich mich rächen! Ich pflanzen Landminen! Ich umbringen Donald Duck!«
Die Menge grunzte verständnislos. Ein Bühnen-Knilch machte Hip Herbie ein Zeichen – Schluss mit dem Scheiß. Ho tobte. »Ich machen Sit-Ins! Ich machen Pray-Ins! Ich erschießen Donald Duck!«
Der Bühnen-Knilch gab dem Ton-Knilch ein Zeichen. Eine tiefe Saxophon-Fanfare erklang. Hip Herbie wurde von der Bühne gescheucht.
Er verbeugte sich. Ho verlor Sägemehl. Ein Vorhang fiel. Schwungloser Applaus – scheiß auf den Alki und seine Puppe. Das Saxophon kletterte die Tonskala hoch. Der Vorhang hob sich. Pete sah laaaaaaange Beine.
Nein. Das kann nicht sein. Bitte, doch. Und jetzt langsam und im Takt: der Vorhang und das Sax – die beide höher und höher steigen.
Da – nicht doch, doch ja.
Pete sah ihre Beine. Pete sah *sie*. Pete fing ihren Kuss im Stehen auf. Wayne lächelte. Die Bondsmen legten los. Barb gab Viet-Rock zum Besten.
Pfiffe / Brunstschreie / Jubeln –
Barb tanzte. Barb hüpfte. Barb trat einen Schuh weg. Der Schuh flog hoch durch die Luft. Die Burschen streckten und reckten sich. Pete reckte sich am höchsten.
Ganz nah. Da ist –
Der Brustkasten platzte. Der Atem blieb weg. Der linke Arm explodierte.
Ganz nah. Hochhackig und glitzernd. Grün und –
Der linke Arm erstarb. Das linke Handgelenk kugelte aus. Die linke Hand explodierte.
Er fasste mit der Rechten zu. Er fing den Schuh auf. Er küsste ihn. Er fiel um. Er herzte den Schuh. Barb zerfloss zu weißlichem Nebel.

84 (Washington D.C., 4. 9. 65)

Aufruhr. Revolte. Aufstand.
NBC brachte Wiederholungen. Fernsehbesserwisser kommentierten.
Littell schaute zu.
Neger schmissen Molotow-Cocktails. Neger schmissen Backsteine. Neger plünderten Schnapsläden. Chief Parker gab Gesindel die Schuld. Bobby forderte Reformen. Dr. King forderte gewaltlosen Widerstand.
Dr. King schweifte ab. Dr. King wies auf andere Aufstände hin. Dr. King wies nachdrücklich auf West Las Vegas hin.
Wiederholungen: Neger schmeißen Molotow-Cocktails / Neger schmeißen Backsteine / Neger plündern Schnapsläden.
Littell schaute sich die Wiederholungen an. Littell wiederholte sich Dracs Dauerbrenner.
»Wir müssen die Bestien beruhigen, Ward. Sie dürfen sich nicht *derart* aufgeregt *derart* nahe bei meinen Hotels aufhalten.«
Sich die Antwort verkneifen: »Pete verkauft bereits Beruhigungsmittel, Sir, nur scheint das nichts zu bringen.«
Ebenso wenig wie Pete. Barb hatte ihn letzte Woche angerufen. Barb sagte, Pete hatte einen Herzinfarkt.
Es stand nicht gut. Pete war wohl außer Lebensgefahr. Aber der alte Pete war erledigt. Barb wirkte stark. Barb flehte ihn an:
Organisier was. Sprich mit Carlos. Sorg dafür, dass Pete sich zur Ruhe setzt. Bring ihn heim. Sorg dafür, dass er daheim bleibt. Tu's für mich.
Littell erklärte sich bereit. Littell rief in Da Nang an. Littell bekam Pete an den Apparat. Pete war heiser. Pete war müde. Pete klang schwach.
Littell rief bei Carlos an. Carlos sagte, das müsse Pete selber entscheiden.

Littell stellte den Fernseher ab. Littell sah sich ein Zeitungsfoto an. Er hatte es ausgeschnitten. Er hatte es aufgehoben. Er hatte es in Klarsichtfolie eingeschweißt.

Washington *Post*: »KING NIMMT AN BEERDIGUNG VON MITARBEITER TEIL.« King-Mitarbeiter Lyle Holly – Tod durch Suizid – vom FBI als WEISSES KARNICKEL eingeschleust.

King ist ROTES KARNICKEL. Bayard Rustin ROSA. Bruder Dwight Holly BLAU. Sie stehen nahe beieinander. ROT und ROSA trauern. BLAUES KARNICKEL verzieht das Gesicht.

Er hatte das Bild ausgeschnitten. Er hatte das Bild betrachtet. Er hatte seine Wut hochkochen lassen. Er hatte sich Filmaufnahmen des Aufruhrs angeschaut. Er hatte sich Wiederholungen angeschaut. Er hatte noch mehr Wut hochkochen lassen.

Er war auf Geschäftsreise gegangen. Er war aus Vegas abgereist. Er war nach L.A. gefahren. Er hatte einen Beschatter bemerkt. Er hatte ihn ignoriert. Er hatte noch mehr Wut hochkochen lassen.

Er wusste:

Mr. Hoover zweifelt an dir. BLAUES KARNICKEL zweifelt an dir. Genau wie man bei SCHWARZEM KARNICKEL an dir zweifelt. WEISSES KARNICKEL stirbt. Du bist anfangs dabei. Das führt zu Misstrauen. Mr. Hoover ruft an. Du weichst aus. Er hakt nach.

Wahrscheinlich eine *Stichproben*-Observierung. Du hast keine weitere bemerkt. Wut beflügelt Logik.

Du *wurdest* bereits stichprobenweise von SCHWARZEM KARNICKEL beschattet. Hat dir Mr. Hoover gesagt. Mr. Hoover hat besagte Observierung ausgesetzt. Mr. Hoover hat sie wieder angeordnet – nach Lyles Selbstmord.

Daraus folgt:

Damals hat er dich nicht verdächtigt. *Jetzt* verdächtigt er dich.

Er arbeitete. Er reiste – von Vegas nach L.A. Er sah unterwegs keine Beschatter. Er sah Janice in Vegas. Er sah Jane in L.A. Er sah keine Beschatter, weder hier noch da.

Jane machte ihm Angst. Jane *kannte* ihn. Mr. Hoover wusste von Jane. Agenten hatten ihre falsche Akte eingeschmuggelt. Agenten hatten ihr Tulane vermittelt.

Er sah sich nach Verfolgern um. Er sah sich täglich um. Er sah keinen. Er dachte an die Aufnahmen vom Aufruhr. Er dachte an Dr. Kings Worte. Er ging Lyles Akte in Gedanken so gut wie wortwörtlich durch.

Er entwickelte einen Plan. Er entschied auf Eskalieren. Er flog nach Washington. Er erledigte Teamster-Arbeit. Er schaute bei der SCLC vorbei. Er bemerkte unterwegs keine Verfolger.

Er sprach mit Bayard Rustin. Bayard musste ans Telefon. Bayard entschuldigte sich. Littell fand Lyles alten Arbeitsplatz. Er arbeitete schnell. Er stellte seine Aktentasche auf. Er durchsuchte eingelagerte Gegenstände. Er stahl Lyles Schreibmaschine. Er stahl Lyles Aktennotizen.

Im Büro wurde Lyle betrauert. Sie wussten nicht, dass Lyle WEISSES KARNICKEL war.

Lyle hat gespielt. Lyle hat euch beklaut. Eure Achtung hat er nicht verloren. Lyle hat euch betrogen. Lyle ist gestorben. Nun wird Lyle auferstehen und bereuen.

Littell machte Kaffee. Littell studierte Lyles Aktennotizen. Littell zog den Namen Lyle D. Holly nach.

Er übte. Er schaffte es. Er stellte Lyles Reiseschreibmaschine auf. Er zog einen Umschlag ein. Er tippte in Großbuchstaben: »IM FALLE MEINES TODES ABZUSCHICKEN.«

Er drehte den Umschlag raus. Er zog ein Papier samt Durchschlag ein. Er richtete den SCLC-Briefkopf aus.

Lyle Holly gestand.

Seine Quartalssäuferei. Seine Spielsucht. Das Vorlegen ungedeckter Schecks. Den Betrug – vom FBI finanziert – im Auftrag von J. Edgar Hoover.

1.: Mr. Hoover spinnt. Er hasst Dr. King. Ich habe mich seiner Hasskampagne angeschlossen.

2.: Ich habe mich der SCLC angeschlossen. Ich habe Dr. King reingelegt. Ich habe wichtige Mitglieder reingelegt.

3.: Ich bin in der Bewegung aufgestiegen. Ich habe Politikvorschläge verfasst. Ich habe Geheimdaten notiert.

4.: Ich habe besagte Geheimdaten weitergegeben. Ich habe sie ans FBI weitergegeben. Ich habe gesagt, wo man abhören soll. Ich habe gesagt, wo Mikrofone zu verstecken sind.

Anhang 1: Eine Mikro- und Wanzenliste. *Gesicherte* Abhör-

und Wanzenaktionen – Littell bekannt. Besagte Abhör- und Wanzenaktionen – *wahrscheinlich* auch Lyle Holly bekannt.
   5.: Ich habe Dr. Kings Seitensprünge notiert. Ich habe Mr. Hoover informiert. Er hat einen »Selbstmord-Aufforderungs-Brief« verfasst. Der Dr. King zugestellt wurde. Worin man ihn aufforderte, sich das Leben zu nehmen.
   6.: Mr. Hoovers Hass nimmt zu. Mr. Hoovers Hass wird noch intensiver werden. Mr. Hoovers Kampagne wird eskalieren.
   Littell hielt inne. Littell dachte alles durch. Littell überlegte neu.
   Nein – SCHWARZES KARNICKEL nicht preisgeben. BLAUES KARNICKEL nicht preisgeben. Den Spitzelklan von WILDEM KARNICKEL nicht preisgeben. Den Glaubwürdigkeits-Parameter nicht überschreiten. Nicht sich selber anklagen. Nichts preisgeben, was Lyle nicht unbedingt gewusst hat.
   7.: Ich habe großes Unheil angerichtet. Ich bin verzweifelt wegen Dr. King. Ich denke über *meinen* Selbstmord nach. Dieser Brief bleibt versiegelt. Mitarbeiter werden ihn finden. Sie werden ihn im Falle meines Todes abschicken.
   Littell legte das Dokument aus der Maschine. Littell unterschrieb mit Lyle D. Holly.
   Er zog einen Umschlag in die Maschine. Er tippte eine Adresse: An den Direktor / House Judiciary Comittee. Er zog den Briefumschlag raus. Er legte einen Briefumschlag ein. Er tippte eine Adresse: An Senator Robert F. Kennedy / Senate Office Building.
   Das war riskant. Bobby war von '61 bis '64 Leiter des Justizdepartements gewesen. Bobby war Mr. Hoovers Chef gewesen. Mr. Hoover hatte selbständig gearbeitet. Mr. Hoover hatte unter Bobbys Flagge an seinem eigenen Hassprogramm gearbeitet. Vielleicht fühlte sich Bobby deswegen schuldig. Vielleicht schämte sich Bobby deswegen.
   Bobby vertrauen. Das Risiko eingehen. Bei der SCLC vorbeischauen. Die Briefe einschmuggeln. Vom Briefmarken-Automaten abstempeln lassen.
   Abwarten – und Zeitung lesen. Abwarten – und fernsehen.
   Vielleicht macht Bobby Lyles Mitteilungen öffentlich. *Du* könntest mit ihm in Verbindung treten. *Du* könntest anonym auferstehen.

85 (Da Nang, 10. 9. 65)

Krankenbett – Pillen / Infusionen / Spritzennadeln. Nun Petes Welt – eines benommenen und unsicheren Pete. Wayne zog einen Stuhl ran. Pete lag im Bett. Barb schüttelte ihm das Kissen auf.

»Ich habe mit Ward gesprochen. Er brennt darauf, seinen Einfluss bei der Glücksspiel-Lizenz-Kommission geltend zu machen. Er meint, er könne dir eine Lizenz für einen Fleischwolf besorgen.«

Pete gähnte. Pete rollte die Augen. Das hieß, fick dich. Eine Krankenschwester kam rein. Sie nahm Petes Puls. Sie prüfte Petes Augen. Sie nahm Petes Blutdruck. Sie trug ihn ein.

Wayne musterte die Tabelle. Wayne sah Normaldaten. Die Schwester ging. Barb schüttelte Pete das Kissen auf.

»Wir könnten den Laden gemeinsam schmeißen. Ward hält das für revolutionär. Du mit einer legitimen Einkommensquelle.«

Pete gähnte. Pete rollte die Augen. Das hieß, fick dich. Er hatte abgenommen. Die Haut war schlaff. Die Knochen standen raus.

Er war von der Bank gefallen. Wayne hatte ihn aufgefangen. Pete hielt Barbs Schuh umklammert. Barb war von der Bühne gesprungen. Ein Zuschauer hatte sie aufgefangen. Zwei Sanitäter waren erschienen.

Der eine machte künstliche Beatmung. Der andere fasste nach dem Schuh. Pete hatte nach ihm getreten. Pete hatte ihn gebissen. Pete hatte den Schuh behalten.

»Ich habe mit dem Rauchen aufgehört«, sagte Barb. »Wenn du nicht aufhören kannst, kann ich's auch nicht.«

Sie wirkte erschöpft. Sie wirkte erledigt. Sie wirkte entkräftet. Eindeutige Pillen-Sause – durch Kummer gerechtfertigt.

»Ich will einen Cheeseburger und eine Stange Camel«, sagte Pete.
Die Stimme wirkte fest / klarer Klang / schön laut.
Wayne lachte. Barb küsste Pete. Pete fasste ihr an den Hintern und bekam glänzende Augen. Sie schickte ihm Luftküsse. Sie ging raus. Sie zog die Tür hinter sich zu.
Wayne setzte sich rittlings auf den Stuhl. »Ward will, dass du dir einen Schuppen kaufst. Tu's Barb zuliebe.«
Pete gähnte. »Soll sie ihn leiten. Ich hab zu viel zu tun.«
Wayne lächelte. »Du willst ums Verrecken übers Geschäft reden. Bitte, ich bin bereit.«
Pete stellte das Bett hoch. »Du schmeißt den Laden, bis ich hier rauskomme. Und zwar vor Ort und in den Staaten.«
»Alles klar.«
»Wir haben einen H-Vorrat im Labor, und damit hast du diesbezüglich die Hände frei. Mesplède und Tran leiten Tiger-Kamp. Du, Laurent und Flash, ihr überwacht die Einfuhr und die Kuba-Fahrten, und du gehst Milt bei Tiger-Taksi zur Hand.«
Wayne nickte. Wayne lehnte sich an die Bettstange.
»Ich habe Kurierpost von Bob gekriegt. Man hat für ihn zwei Wagenladungen Bazookas und Sprengstoff aus Fort Polk abgezweigt. Eine große Ladung, die vielleicht zwei Bootsfahrten benötigt. Du kümmerst dich um den kubanischen Transport, aber hier wie für alle künftigen Fälle gilt, dass du dich aus allen Waffentransaktionen raushältst und den Scheiß von Laurent und Flash von New Hebron nach Bon Secour schaffen lässt. Bob hat FBI-Deckung, soll er als Erster den Kopf hinhalten. Laurent und Flash transportieren die Waffen und sind damit weniger ersetzbar als Bob, aber immer noch ganze Mistfuhren ersetzbarer als du. *Du* bleibst in Sicherheit, und *du* gibst auf Danny Bruvick Acht, dem ich nicht für einen feuchten Scheißdreck traue.«
Wayne klatschte. »Wieder der alte.«
Pete musterte die Krankentabelle. »So ziemlich. Bin bald hier raus.«
Wayne streckte sich. »Ich habe mit Tran gesprochen. Einige Sklaven sollen mit ein bisschen M-Base durchgebrannt sein. Es sind Ex-VCler, und Tran meint, dass sie mit irgendwelchen

VC-Burschen zusammenstecken, die bei Ba Na Key ein Labor betreiben. Er glaubt, die wollen einen Batzen H abkochen und ihn an unsere Truppen im Süden verteilen, um sie zu demoralisieren.«
Pete trat nach dem Bettpfosten. Die Krankentabelle fiel zu Boden.
»Mesplède soll die übrigen Sklaven befragen. Vielleicht kriegen wir was raus.«
Wayne stand auf. »Ruh dich erst mal aus, Boss. Du wirkst müde.«
Pete lächelte. Pete griff sich Waynes Stuhl. Pete zerbrach die zwei Latten der Rücklehne.
Wayne klatschte.
»Ausruhen, Scheißdreck«, sagte Pete.

Barb ließ sich zum Tanz bitten. Barb tat es den scharfen Matrosen zuliebe. Die Matrosen umschwärmten sie. Sie lösten einander ab. Drei Mann pro Lied.
Lieder aus der Konserve / übliche Soldatenclub-Kost. *Sugar Shack* / Surf-Quatsch / der Watusi.
Wayne schaute zu. Barbs Haare hüpften. Wayne bemerkte neue Silberfäden im Rot. *Surf City* verklang. Die Matrosen klatschten Beifall. Barb kam zum Tisch zurück.
Wayne rückte ihr den Stuhl zurecht. Sie setzte sich. Sie zündete ein Streichholz an.
»Ich will eine Zigarette.«
Wayne zupfte ihr die neuen grauen Haare aus. Barb machte ein angewidertes Gewicht. Wayne hatte ein paar rote mitgerissen.
»Du kommst drüber weg.«
Barb zündete die Grauen an. Sie flammten auf und verbrannten.
»Ich muss nach Hause. Wenn ich bleibe, seh ich, was ich nicht sehen mag.«
»Wie unser Geschäft?«
»Wie den Jungen drei Stationen weiter, der keine Arme mehr hat. Wie den Jungen, der sich verlaufen hat und von den eigenen Kameraden mit Napalm eingedeckt wurde.«
Wayne zuckte mit den Schultern. »Das gehört dazu.«

»Das sag Pete. Sag ihm, dass ihn der nächste Anfall umbringt, wenn es der Krieg nicht vorher schafft.«
Wayne zupfte ihr ein graues Haar aus. »Ach komm. Dazu ist er zu gut.«
Barb zündete ein Streichholz an. Barb zündete das Haar an. Barb schaute zu, wie es verbrannte.
»Schaff ihn raus. Du und Ward, ihr kennt die Leute, die das veranlassen können.«
»Die machen nicht mit. Sie haben Pete am Haken, und du weißt, wieso.«
»Dallas?«
»Das und weil er zu gut ist, um ihn gehen zu lassen.«
Ein Matrose kam vorbei. Barb gab ihm ein Autogramm auf die Serviette. Barb gab ihm ein Autogramm auf den Pulloverärmel.
Barb zündete ein Streichholz an. »Ich vermisse den Kater. In Vietnam krieg ich Heimweh nach Vegas.«
Wayne überprüfte ihre Haare. Bestens – alles rot.
»In drei Tagen bist du zu Hause.«
»Ich werde den Boden küssen, das kannst du mir glauben.«
»Ach komm. So schlimm ist es nicht.«
Barb löschte das Zündholz. »Ich hab einen Jungen gesehen, der sein Gemächte verloren hat. Er hat mit der Krankenschwester gespaßt, dass ihm die Army ein neues kaufen wird. Sobald sie aus der Tür war, fing er an zu heulen.«
Wayne zuckte mit den Schultern. Barb warf das Zündholz fort. Das ihn traf. Und verbrannte. Barb ging. Die Matrosen schauten ihr nach. Barb ging ins Klo.
Sugar Shack erklang. Zeitsprung – dasselbe Lied auf Jack Rubys Jukebox in Dallas.
Barb kam raus. Ein Matrose sprach sie an. Ein Farbiger. Er war hoch gewachsen. Er sah aus wie Wendell D.
Barb tanzte mit ihm. Sie tanzten halb langsam. Sie berührten einander.
Wayne schaute zu.
Sie tanzten schick. Sie tanzten elegant. Sie tanzten am Tisch vorbei. Barb wirkte entspannt. Barb wirkte cool. Barb hatte weißen Puderstaub an der Nase.

DOKUMENTENEINSCHUB: 16.9.65. Wörtliches FBI-Telefontranskript. (Anhang zu UNTERNEHMEN SCHWARZES KARNICKEL) Bezeichnung: »AUF ANWEISUNG DES DIREKTORS AUFGENOMMEN«/»VERTRAULICHKEITSSTUFE 1A: DARF NUR VOM DIREKTOR EINGESEHEN WERDEN.« Am Apparat: Direktor Hoover. BLAUES KARNICKEL.

Dir: Guten Morgen.
BLK: Guten Morgen, Sir.
Dir: Im Zusammenhang mit den Mississippi-Unternehmungen von WILDEM KARNICKEL drängt sich der Begriff »Prolo-Intelligenzverbund« als contradictio in adjecto auf.
BLK: WILDES KARNICKEL hat sich gut gehalten, Sir. Mit Hilfe unserer Stipendien hat er nachrichtendienstlich relevante Informationsquellen rekrutiert, und VATER KARNICKEL hat ihn zusätzlich finanziell unterstützt. Wie er mir sagt, spendet er dem Unternehmen von WILDEM KARNICKEL einen Teil seiner Hasstraktat-Profite.
Dir: Und liefert das derart wohl unterstützte WILDE KARNICKEL Ergebnisse?
Dir: Das tut er, Sir. Seine Regal Knights haben andere Hassgruppen infiltriert und WILDES KARNICKEL mit Informationen versorgt. Ich gehe davon aus, dass wir bald einige Anklagen wegen Postvergehen in die Wege leiten können.
Dir: Die Spenden von VATER KARNICKEL sind durchaus zweckdienlich. Indem er die Unternehmung von WILDEM KARNICKEL fördert, erschöpft er die Mittel seiner Hasstraktat-Rivalen.
BLK: Ja, Sir.
Dir: Bleibt WILDES KARNICKEL umgänglich?
BLK: Das bleibt er, auch wenn ich in Erfahrung bringen konnte, dass er Pete Bondurants Drogen-Kader mit Waffen versorgt. Soweit ich ausmachen kann, besorgt er sich die Waffen durch Überfälle auf Magazine und Diebstähle in Army-Stützpunkten, was insofern eigenartig erscheint, als ich im ganzen Süden keine neuen Meldungen über derartige Zwischenfälle ausfindig machen konnte.
Dir: Hier scheint der Begriff »eigenartig« allerdings angebracht. Davon mal abgesehen, wird WILDES KARNICKEL seine Waffenaktivität glaubhaft bestreiten können?

BLK: Ja, Sir. Aber soll ich ihn anweisen aufzuhören?
Dir: Nein. Ich mag seine Verbindung zu Bondurant. Denken Sie daran, dass wir uns mit Le Grand Pierre in Verbindung setzen werden, sobald wir bei SCHWARZES KARNICKEL in die Nötigungsphase wechseln.
BLK: Wie ich höre, soll er vergangenen Monat einen Herzinfarkt erlitten haben.
Dir: Bedauerlich. Und die Prognose?
BLK: Angeblich vorsichtig optimistisch, Sir.
Dir: Gut. Wir wollen ihm die Erholung gönnen, um seine überbeanspruchten Arterien anschließend zusätzlich in Anspruch zu nehmen.
BLK: Ja, Sir.
Dir: Zu KREUZFAHRER KARNICKEL. Haben Sie relevante Fakten in Erfahrung gebracht?
BLK: Ja und nein, Sir. Die stichprobenartigen Observierungen und Müll- und Postuntersuchungen haben nichts erbracht, und ich bin überzeugt, dass er für eine sinnvolle Wanzen- und Abhöraktion über zu viel technisches Wissen verfügt. Er hält die freundschaftliche Beziehung zu ROSA KARNICKEL aufrecht, was ihm allerdings kaum angelastet werden kann, als Sie selbst ihn dazu angehalten haben.
Dir: Der Klang Ihrer Stimme verrät Sie. Sie haben etwas in der Hinterhand. Darf ich raten?
BLK: Herzlich gern, Sir.
Dir: Ihre Enthüllungen beziehen sich auf KREUZFAHRERS Frauen.
BLK: Richtig, Sir.
Dir: Wenn Sie sich ausführlicher äußern würden. Ich bin für die Jahrtausendwende zum Lunch verabredet.
BLK: KREUZFAHRER trifft sich regelmäßig mit Janice Lukens, der Exehefrau von VATER KARNICKEL, in Las –
Dir: Bekannt. Fahren Sie fort.
BLK: Er lebt mit einer Frau in Los Angeles zusammen. Deren vorgeblicher Name Jane Fentress lautet.
Dir: »Vorgeblich« trifft zu. Ich habe ihr vor mehreren Jahren zu einer neuen Identität verholfen. Ein Agent aus New Orleans hat ihre College-Akte eingeschmuggelt.
BLK: Sie hat weit mehr vorzuweisen, Sir. Ich denke, sie könnte

uns als Ansatzpunkt dienen, wenn wir bei KREUZFAHRER eingreifen wollen.
Dir: Wenn Sie sich ausführlicher äußern würden. Die Jahrtausendwende naht.
BLK: Ich ließ sie stichprobenartig beschatten. Mein Mann hat die Fingerabdrücke gesichert, die sie auf einem Restaurant-Glas hinterließ. Wir haben sie überprüft und ihren richtigen Namen ermittelt, Arden Louise Breen, B-R-E-E-N, verehelichte Bruvick, B-R-U-V-I-C-K.
Dir: Weiter.
BLK: Ihr Vater war ein linker Gewerkschaftler. Er wurde 1952 von den Teamstern umgebracht, ein bis heute ungelöster Fall des Saint Louis Police Department. Die Frau soll den Teamstern angeblich nichts nachtragen, weil der Vater sie gezwungen habe, als Prostituierte bei einem Callgirl-Ring zu arbeiten. Einem Haftbefehl des Kansas City Police Departments wegen Hehlerei hat sie sich 1956 durch Flucht entzogen, und zwar zeitgleich mit ihrem Mann, der Gelder bei einem Kansas City Teamster-Büro unterschlug und daraufhin verschwand.
Dir: Weiter.
BLK: Und nun das Entscheidende. Im Zusammenhang mit dem Haftbefehl in Kansas City hat eine Scheinfirma von Carlos Marcello für sie Kaution gestellt. Worauf sie verschwand, und, sie versteht viel von Buchhaltung, angeblich mit dem alten Mafia-Mann Jules Schiffrin eine längere Affäre gehabt haben soll.
Dir: Hochwertige Informationen, Dwight. Die Umständlichkeit der Einführung wert.
BLK: Danke, Sir.
Dir: Ihre Geschichte lässt einen zwangsläufigen Rückschluss zu. Carlos Marcello misstraut KREUZFAHRER KARNICKEL.
BLK: Exakt meine Schlussfolgerung, Sir.
Dir: Observierungen sowie Müll- und Postkontrollen einstellen. Wenn wir an KREUZFAHRER herantreten, erfolgt das über die Frau.
BLK: Ja, Sir.
Dir: Guten Tag, Dwight.
BLK: Guten Tag, Sir.

86 (Saravan, 22. 9. 65)

Folter:
Sechs Sklaven gefesselt. Sechs Cong-Sympathisanten verdrahtet. Sechs heiße Stühle / sechs Schaltknöpfe / sechs Hodenanschlüsse.
Mesplède saß am Stromkasten. Mesplède bestimmte die Stromstärke. Mesplède stellte die Fragen. Mesplède radebrechte schlitzäugig mit Franzmann-Akzent.
Pete schaute zu. Pete kaute Antirauch-Kaugummi. Es war nass und heiß – boocuu Regensturm. Die Hütte hatte die Hitze aufgesogen. Die Hütte hatte die Hitze gespeichert. Die Hütte war boocuu backofenheiß.
Mesplède radebrechte schlitzäugig. Mesplède drohte. Mesplède sprach schnell. Die Worte verschliffen – zu Schlitzaugenkauderwelsch.
Pete bekam mit, worum es ging. Pete hatte das Skript verfasst. Pete studierte sechs Gesichter.
Sklaven entwischen. Alles Cong-Leute. Wer hat sie laufen lassen? Ich nix wissen! – sagen alle sechs – ich nix wissen wer! Und weiter – du mir sagen! – nein, nein! Pete schaute zu. Pete kaute Kaugummi. Pete studierte Augen.
Mesplède zündete sich eine Gauloise an. Pete gab ihm das Zeichen. Mesplède drückte auf die Knöpfe. Die Stromkreise schlossen sich.
Hoden-Kitzler – schwarzer Kasten zu Eiern – ungefährliche Voltstöße. Schlitzaugen kribbeln. Schlitzaugen kriegen was ab. Schlitzaugen schreien boocuu.
Mesplède schaltete den Strom ab. Mesplède radebrechte schlitzäugig: Congs abhauen! Stehlen M-Base! Sagen, was ihr wissen!
Die Schlitzaugen summten. Die Schlitzaugen zuckten. Die Schlitzaugen glühten nach. Sprechen jetzt! Ihr mir sagen! Sa-

gen, was wissen! Sechs Schlitzaugen plapperten – ein schlitzäugiger Sprechchor – wir nix wissen wer!
Ein Schlitzauge quiekt. Ein Schlitzauge schreit. Ein Schlitzauge speichelt. Lendentücher an Knöcheln / Gonaden geerdet / Fuß an Phase geschaltet. Ein Schlitzauge zuckt. Ein Schlitzauge betet. Ein Schlitzauge uriniert.
Pete gab Mesplède das Zeichen. Mesplède drückte auf die Knöpfe. Saft flosssss.
Schlitzaugen bäumen sich auf. Schlitzaugen kriegen was ab. Schlitzaugen winden sich. Schlitzaugen schreien. Die Schlitzaugen zucken heftig und kriegen geschwollene Adern.
Pete überlegte. Pete kaute Kaugummi. Pete brütete mit geschlossenen Augen.
Tran sagt Wayne – Sklaven fliehen – stehlen boocuu M-Base. Die sie kochen. Die sie verteilen. Womit sie unsere GIs boocuu verscheißern.
Aber:
H verteilt man nicht. H *verkauft* man.
Und:
Wayne ist in die Heimat versetzt. Waynes Labor steht leer. Konkurrenz-Köche könnten sich einschleichen. Besagte Köche könnten es nutzen. Besagte Köche könnten sich das Labor unter den Nagel reißen.
Das Labor überwachen – bald – bevor *du* in die Heimat versetzt wirst.
Mesplède hustete. »Hat der Kaugummi dich in Trance versetzt, Pierre?«
Pete öffnete die Augen. »Einer von denen muss was wissen. Frag sie, *warum* die Kerle weggerannt sind, und dreh den Saft hoch, wenn sie dich verscheißern.«
Mesplède lächelte. Mesplède hustete. Mesplède radebrechte schlitzäugig. Er sprach schnell. Er glitt über Unsicherheiten hinweg. Er sprach Stakkato.
Schlitzaugen hören zu. Schlitzaugen kriegen mit. Schlitzaugen sagen: Neinneinneinnein –
Mesplède drückte auf die Knöpfe. Der Stromkreis schloss sich. Fast tödliche Dosis. Die Schlitzaugen schrien. Die Eier röteten sich. Die Eier schwollen an.
Mesplède dreht den Strom ab. Den Schlitzaugen tut's weh.

Schlitzauge Nr. 5 spricht ricky-tick. Mesplède lächelt. Mesplède kriegt mit. Mesplède übersetzt.
»Er sei aufgewacht und habe gesehen, wie Tran die Burschen aus der Hütte zog. Tran ... qu'est-ce ... zwang sie wegzulaufen, und wenige Minuten später hörte er Schüsse.«
Pete spuckte den Kaugummi aus. »Alle freilassen. Eine Extraportion Bohnen zum Abendessen.«
»Barmherzigkeit«, sagte Mesplède, »weiß ich zu schätzen.«

Die Hügel schmerzten.
Er atmete schwer. Er ging langsam. Er fiel zurück. Mesplède ging rasch. Er wurde von zwei Wachen flankiert.
Sie gingen durchs Camp. Sie gingen durchs Unterholz. Sie wichen Giftschlangen aus. Es regnete weiter. Das Unterholz schlug ihnen entgegen. Pete schnappte nach Luft.
Er warf sich Pillen ein. Sie verdünnten ihm das Blut. Sie schrubbten ihm die Venen. Die Pillen machten ihn fertig. Sie saugten ihm das Mark aus den Knochen. Sie schwächten ihn. Er rannte. Er holte auf. Er schnappte nach Luft.
Sie stapften durch Dreck. Der Dreck war schwer. Das Gewicht drückte ihm auf die Brust. Sie gingen drei Kilometer. Dann ging es bergab. Der Druck in der Brust ließ nach.
Pete hörte Grunzen und Quieken. Pete sah ein Schlammloch. Pete roch menschlichen Verwesungsgestank. Pete sah Wildschweine robben.
Da:
Das besagte Schlammloch. Ein Buffet. Besagte Wildschweine und bis auf die Knochen abgenagtes Fleisch.
Pete sprang rein. Die Schweine rannten weg. Der Schlamm war tief. Der Schlamm war schwer. Pete griff nach Fleisch.
Er wühlte. Er tastete. Er fand einen Arm. Er fand ein Bein. Er fand einen Kopf. Er schüttelte den Dreck ab. Er zog Haut ab. Er schälte die Skalpdecke ab.
Er sah ein Loch. Patronengroß. Er packte den Kiefer. Er brach den Schädel auf.
Kräftige Atmung. Gute Kondition. Genesungsbeweise.
Eine Kugel fiel raus. Pete fing sie auf. Schmetterlingsförmig und plattgedrückt. Eine Weichspitzen-Magnum. Tran Lao Dinhs Sorte.

Tran versuchte es mit Charme. Tran versuchte es mit Ausreden. Tran versuchte es mit Gutmütigkeit. Mesplède klemmte ihn an. Mesplède setzte Doppelklemmen ein – an Hoden und Kopf. Es regnete weiter. Monsun-Zeit – Dreck und kein Ende. Pete kaute Kaugummi. Pete machte die Hüttentür auf. Pete ließ frische Luft rein.
»So geht das nicht. Du sagst uns die Einzelheiten und sagst, mit wem du zusammenarbeitest, und dann seh ich, was John Stanton dazu sagt.«
»Du mich kennen, Boss«, sagte Tran. »Ich nix arbeiten mit Victor Charles.«
Pete drückte auf den Schalter. Der Stromkreis schloss sich. Tran bäumte sich auf. Tran verkrampfte sich.
Die Klammern funkten. Die Haare funkten. Die Eier zuckten. Tran biss sich auf die Lippen. Tran biss sich auf die Zunge. Tran zerbrach seine Dritten.
»Was du Wayne über die demoralisierten GIs erzählt hast«, sagte Pete, »ist Schwachsinn. Gib das zu, dann reden wir weiter.«
Tran leckte sich die Lippen. »Victor Charles, Boss. Du nix unterschätzen.«
Pete drückte auf den Schalter. Der Stromkreis schloss sich. Tran bäumte sich auf. Tran krampfte sich zusammen.
Seine Blase gab nach. Die Klammern funkten. Sein Kopf zuckte. Seine Dritten flogen raus.
»*Il est plus que dinky dau*«, sagte Mesplède, »*il est carrément fou.*«
Pete trat die Dritten weg. Sie flogen zur Tür und fielen raus. In den Schlamm und in den Monsun. Tran fletschte sein Zahnfleisch. Pete sah alte Narben – Cong-Folterspuren.
»Das nächste Mal geb ich doppelt so viel Saft. Das willst du doch nicht. Du willst doch nicht –«
»OKOKOK. Ich töten Sklaven und verkaufen Base an ARVN.«
Pete spuckte den Kaugummi raus. »Das ist ein Anfang.«
Tran kippelte mit dem Stuhl. Tran ließ Pete abblitzen – *le Furzklang* boocuu.
»Ihr Scheiß-Franzmänner Scheiß-Nummer-Zehn. Du *carrément fou.*«

Pete steckte einen weiteren Kaugummi rein. »Du arbeitest mit jemandem zusammen. Sag, mit wem.«
Tran ließ Pete abblitzen. Schlitzaugen-Schneid / *il bah, leckmish.*
»Scheiß-Froschfresser. Ihr Nummer Zehn. Ihr abhauen in Dien Bien Phu.«
Pete kaute seinen Kaugummi. »Sag mir, wer dich führt. Dann gehen wir einen trinken und unterhalten uns drüber.«
Tran wand sich. Tran kippelte mit dem Stuhl nach hinten. Tran ließ Pete abblitzen – aus und vorbei – du rotieren boocuu.
»Du Franzosen-*cochon*. Du ficken fette Männer.«
Pete kaute seinen Kaugummi. Pete blies einen Ballon auf. Er platzte – ka-wumm.
»Wer führt dich? Das machst du nicht allein.«
Tran kippelte mit dem Stuhl nach hinten. Tran spreizte die Beine. Tran wippte boocuu mit den Hüften.
»Ich führen deine Frau. Ich essen rote Fotze, weil du homo –«
Pete drückte auf den Schalter. Pete klemmte den Schalter *fest*. Tran bäumte sich auf. Tran zuckte mit den Hüften. Tran kippelte mit dem Stuhl boocuu nach hinten.
Er rutschte. Er hopste. Er schaffte es zur Tür. Mesplède sprang auf. Pete stolperte und –
Tran ließ sie abblitzen. Tran kippte seinen Stuhl um. Tran stieß einen Siegesschrei aus. Er fiel in den Regen. Er fiel in den Schlamm. Er stand unter Strom.

87 (Los Angeles, 28. 9. 65)

Mormonen. Mormonen-Rechtsanwälte. Mormonen-Assis. Mormonen-Arbeitstiere. Dracs Mormonen – Heilige der Letzten Tage. Ihr Gipfel. Ihr Jagdrevier. Ihre Hotelbestellung. Sie hatten das Statler gestürmt. Sie hatten eine Suite gebucht. Sie hatten ihre eigenen Erfrischungen mitgebracht. Ihre Namen gerieten durcheinander. Littell nannte sie alle »Sir«.

Er war zerstreut. Soeben hatte Fred O. angerufen. Fred O. hatte die alten Skandalblatt-Akten ausfindig gemacht. Für zehn Riesen kannst du sie haben. Gebongt / wir sehen uns / die Akten gehören mir.

Das Gipfeltreffen begann. Sechs Mormonen setzten sich an einen Tisch. Ein Mormone baute ein Bandgerät auf. Ein Mormone fädelte die Spule ein. Ein Mormone drückte auf Play.

Drac spricht:

»Guten Morgen, Gentlemen. Ich hoffe, Sie haben saubere Luft in Ihrem Konferenzraum und sind mit passenden Snacks wie Fritos-Corn-Chips und Slim-Jim-Rindsdauerwürstchen versehen. Wie Sie wissen, sollen hier die grundsätzlichen Preisabsprachen für die von mir zu erwerbenden Hotel-Kasinos abgesteckt und Strategien ausgearbeitet werden, um die jüngsten Bürgerrechts-, respektive Bürger-Unrechtsgesetze zu umgehen, die das amerikanische System der Freien Marktwirtschaft behindern. Es ist meine erklärte Absicht, die genannten Gesetze listig und bewusst zu unterlaufen, nach Rassen getrennte Arbeitstrupps beizubehalten und Neger vom Besuch meiner Kasinos abzuhalten, mit Sonderbestimmungen für Negerberühmtheiten wie Wilma Rudolph, die so genannte schnellste Frau der Welt, und den multitalentierten Sammy Davis Jr. Bevor ich die Sitzung meinem Mann in Las Vegas, Ward J. Littell, übergebe, habe ich Sie noch darüber zu informieren, dass ich das Steuerrecht des Bundesstaates Kalifornien studiert habe und zum Schluß gekommen bin, dass es an sich verfassungswidrig ist. Ich beabsichtige, dem Staat Kalifornien für das anstehende Steuerjahr 1966 keine Einkommenssteuern zu entrichten. Vielleicht werde ich mich entschließen, bis zu meiner endgültigen Niederlassung in Las Vegas mobil zu bleiben. Vielleicht werde ich, unter Vermeidung längerer Aufenthalte in allen 50 Staaten, mit einem Zug umherreisen und mich damit der Einkommenssteuer insgesamt entziehen.«

Der Aus-Schalter klickte. Das Band blieb stehen. Die Mormonen rührten sich. Die Mormonen sahen sich das Buffet an. Gesalzene Fritos. Sahniger Käse-Dip. Schmackhafte Slim Jims.

Littell hustete. Littell verteilte Graphiken. Preis-Einschätzungen / für zwölf Hotels. Glücksspiel-Einschätzungen / für zwölf Kasinos.

Frisierte Papiere – neu entworfen und zurechtgestutzt. Von Ihrem Chef-Friseur Moe Dalitz.

Die Mormonen lasen. Die Mormonen überschlugen Zahlenkolonnen. Die Mormonen hüstelten. Die Mormonen machten sich Notizen.

Ein Mormone hustete. »Die Kaufpreise sind um 20 % überhöht.«

Die Preise hatte Moe festgelegt. Von Carlos beraten. Mit Santos T.s Hilfe.

Littell hustete. »Ich halte die Preise für angemessen.«

»Wir brauchen Steuererklärungen«, sagte ein Mormone. »Wir müssen von den gemeldeten Gewinnen ausgehen, nicht von Schätzungen.«

»Darüber zerbreche ich mir nicht den Kopf«, sagte ein Mormone. »Wir haben es meist mit Mafia-Besitzern zu tun. Man hat davon auszugehen, dass sie zu wenig angeben.«

»Wir können ihren Steuerbescheid bei der Behörde anfordern«, sagte ein Mormone. »Damit sie uns keine Fälschungen vorlegen.«

Falsch. Mr. Hoover wird eingreifen. Mr. Hoover wird ausgewählt verschwinden lassen. Mr. Hoover wird festlegen, was ihr zu sehen kriegt.

Keine Oldies. Nichts vor dem Steuerjahr '64. *Gute* Zahlen

nach '64 / wo die Jungs hohe Gewinne angeben / wo die Jungs den Köder ausgelegt haben.

»Im Hinblick auf die Negerproblematik«, sagte ein Mormone, »ist Mr. Hughes sehr entschieden.«

»Eine Problematik, bei der uns Wayne Senior zur Hand gehen kann«, sagte ein Mormone. »Er führt rassengetrennte Mitarbeitertrupps und weiß, wie mit den neuen Gesetzen umzugehen ist.«

Littell stocherte mit dem Bleistift umher. Littell traf den Notizblock. Littell brach die Spitze ab.

»Ich empfinde Ihre Unterstellung als beleidigend. Sie ist widerlich und absolut abstoßend.«

Die Mormonen starrten ihn an. Littell starrte zurück.

Fred Otash war hoch gewachsen. Fred Otash war direkt. Fred Otash war Libanese. Er lebte in Restaurants. Er liebte Dino's Lodge und das Luau. Dort pflegten ihn seine Klienten anzusprechen.

Er dopte Rennpferde. Er sprach Boxkämpfe ab. Er vermittelte Abtreibungen. Er spürte Flüchtige auf. Er zog Nötigungen durch. Er verkaufte Pornofotos. Er wusste Bescheid. Er kriegte Dinge raus. Er forderte hohe Honorare.

Littell schaute im Luau vorbei. Otash war weg. Littell schaute bei Dino's Lodge vorbei. Littell hatte Glück – da – Freddy O. in seiner Stammkoje.

Er trägt Rohseiden-Shorts. Er trägt ein Hula-Hemd. Er trägt gebräunte Haut zur Schau. Er spießt Calamares auf. Er überfliegt Rennseiten. Er trinkt gekühlten Chablis.

Littell ging zu ihm. Littell setzte sich. Littell schmiss das Geld auf den Tisch.

Otash versetzte einer Salatschachtel einen Tritt. »Alles drin. Die schärfsten Sachen habe ich fotokopiert, wenn du's wissen willst.«

»Habe ich mir fast gedacht.«

»Ich hab einen Schnappschuss von Rock Hudson beim Zureiten eines Filipino-Jockeys gefunden. Ich habe Mr. Hoover ein Duplikat geschickt.«

»Wie umsichtig.«

Otash lachte. »Du bist ein lustiger Vogel, Ward, aber nicht

mein Fall. Ich hab nie verstanden, warum Pete B. derart auf dich abfährt.«
Littell lächelte. »Vielleicht wegen einer gemeinsamen Vergangenheit?«
Otash stocherte nach einem Tintenfisch. »Wie Dallas '63?«
»Ist das allgemein bekannt?«
»Nur einigen wenigen, denen es eh egal ist.«
Littell versetzte der Schachtel einen Tritt. »Ich muss gehen.«
»Dann geh. Und nimm dich vor den Iden des Scheiß-September in Acht.«
»Könntest du dich näher erklären?«
»Das erfährst du bald genug.«

Jane war ausgegangen.
Littell schleppte die Schachtel hoch. Littell überprüfte zuerst die Zeitungen. Er hatte drei Tageszeitungen abonniert: L.A. Times / New York Times / Washington Post.
Er überflog die ersten Seiten. Er überflog den Mittelteil. Kein Wort – nach neunzehn Tagen.
Die Briefe waren abgeschickt – mea culpa / Lyle Holly – Poststempel der SCLC. Einer an den Kongress-Ausschuss / einer an Bobby.
Littell ging die hinteren Seiten durch. Den letzten Teil. Nichts – noch kein Wort.
Er schmiss die Zeitungen weg. Er räumte den Schreibtischplatz frei. Er kippte die Salatschachtel um.
Akten und Fotokopien. Fotos und Hinweisnotizen. Unveröffentlichte Gerüchte – ganze Artikel. Die volle Bandbreite – von *Confidential* bis *Whisper* – von *Lowdown* bis *Hush-Hush*.
Er sortierte Häufchen. Er überflog die Blätter. Er las schnell. Er geriet bis an den Hals in Dreck.
Potomanie. Nymphomanie. Kleptomanie. Pädophilie. Koprophilie. Skopophilie. Flagellation. Masturbation. Miszellation.
Lenny Bruce verpfeift Sammy Davis. Sammy Davis geht zweigeschlechtlich auf die Balz / Sammy schnüffelt Kokain. Danny Thomas besucht schwarzen Sündenpfuhl. Bob Mitchum taucht den Schwanz in Dilaudid und fickt die ganze Nacht.
Sonny Liston tötet einen Weißen. Bing Crosby schwängert

Dinah Shore. Dinah treibt zwei Mini-Bings in einer Tripper-Klitsche in Cleveland ab. Lassie hat K-9 Psychose. Lassie beißt Kinder am Lick Pier.

Solides: Zwei Kasino-Strohmänner / ein Schnucki-auf-Zeit. Sie treffen sich im Rugburn-Room. Sie treiben es im Dunes. Sie feiern mit Peyote und Popper. Die Strohmänner nehmen den Jungen ran. Er nimmt Schaden und blutet heftig. Die Strohmänner rufen bei der Rezeption an. Die Strohmänner fordern einen Arzt. Die Strohmänner sind auf Suite 302. Der Arzt ist ein Alki. Der Arzt ist ein Narki. Der Arzt hat einen King-Kong-großen Affen auf dem Buckel. Der Arzt sterilisiert sein Besteck in Wodka. Der Arzt operiert. Der Schnucki-auf-Zeit stirbt. Der Arzt taucht in Des Moines ab. Jemand von der Rezeption ruft bei *Confidential* an.

Eins-Null. Ein Biss für Drac. Ein Ansatzpunkt für Erpressung.

Littell schnitt Seiten aus. Littell überflog Fotokopien. Littell überflog Hinweisnotizen. Auszahlungen / Bestechungsgelder / Schwarze Kassen / Entziehungskuren / Psychiatrische Kliniken / Autounfälle.

Johnny Ray. Sal Mineo. AdLAU Stevenson. Klos / Klappen / Gonhorr –

Halt. Nicht doch. Die Iden des Sept –

Hush-Hush. September '57. Unveröffentlichter Titel. »ROTE MAFIA-VERBINDUNG.«

Arden Breen Bruvick. Papa Rote Socke – '52 umgebracht. »Wer erledigte Daddy Breen? Temperamentvolle Teamster? Arden oder ihr zukünftiger Dan?«

Arden ist ein Party-Girl. Arden ist ein Call-Girl. Arden machte sich in Kansas City aus dem Staub. Dan B. ist flüchtig. Er ist untergetaucht. Er ist aus Kansas City verschwunden. Arden ist eine *femme fatale*. Arden hat Mafia-Beziehungen. Arden kennt Jules »Schlauberger« Schiffrin.

Ein ausgeschnittenes Foto / eine Unterschrift / ein Datum. 12. 8. 54: »ROTES PARTY-GIRL AMÜSIERT SICH MIT MACHO-MAFIOSI.«

Da – Arden. Sie ist jung. Sie tanzt mit Carlos Marcello. Littell zitterte. Littell bekam Schüttelfrost. Littell bekam ein Augenblicksdelirium.

Er bibberte. Die Hände zuckten. Er zerriss das Foto. Er ließ die Akten fallen.
Er *sah* plötzlich:
Kabel, die aus der Wand ragten. Kabel, die an Lampen pappten. Kabel, die aus dem Fernseher schauten.
Er *hörte* plötzlich:
Klopfende Geräusche. Telefonsummen. Klickgeräusche in der Leitung.
Sein Stuhl rutschte weg. Er fiel zu Boden. Er sah Wandkabel. Er sah eingebaute Wanzen. Er sah Feindrähte. Er stand auf. Er stolperte. Er hielt sich an der Wand fest. Er sah was. Er sah Flecken. Er sah Feindrähte.

88 (Las Vegas, 28. 9. 65)

Der Kater nutzte ihn aus. Was ihm nur recht war. Er lebte für den Scheiß.

Der Kater zerriss ihm die Hosen. Der Kater zerbiss ihm die Socken. Der Kater kackte ihm auf die Hemden. Was ihm nur recht war. Scheiß mich noch mehr an. Ich lebe für deinen Scheiß.

Der Airconditioner fiel aus. Pete hieb auf die Kiste. Der Kater zerriss ihm das Hemd.

Die Geschäfte gingen flau. Der Nachmittag schleppte sich dahin. Pete nahm Anrufe entgegen. Die Fahrer rauchten draußen.

Neue Regeln: Das Tiger-Taksi-Manifest.

In meiner Nähe wird nicht geraucht. In meiner Nähe wird nichts gegessen. Hier wird nichts Fettes verspeist. Führet mich nicht in Versuchung – damit ich mich wieder einkriege.

Ich hab jetzt mehr Kraft. Ich hab mehr Energie. Ich hab mehr Schwung. Ich hab die Pillen gestrichen. Die haben mir übel zugesetzt. Dafür ist der Kater da.

Nicht rauchen. Kein ungesundes Essen – sagen die Ärzte.

OK – ich spiel mit.

Nehmen Sie es nicht so schwer. Überarbeiten Sie sich nicht. Lassen Sie sich nicht mehr versetzen – darauf *scheiß* ich.

Tran hatte sich selbst abgemurkst. Das machte ihm Sorgen. Das gab ihm zu denken. Er hatte einige Marvs angestellt. Die das Labor überwachten. Und berichteten:

Ein paar Can Lao schleichen sich ein. Und lassen Chemiker rein. Besagte Chemiker bringen boocuu M-Base mit. Besagte Chemiker kochen weißes H. Besagte Chemiker benutzen Waynes Sachen.

Pete stellte Stanton zur Rede. Stanton wurde verlegen. Stantons Antwort: »Ich wollte dir alles sagen – *nachdem* du wieder gesund geworden bist.«

SAG'S MIR JETZT, sagte Pete.»Die vom neuen Regime sind scharfe Hunde«, sagte Stanton.»Das weißt du. Der Ober-Can-Lao Mr. Kao lässt nicht mit sich spaßen. Er ist brutal. Er ist geldgierig. Er ist gerissen. Er kocht H in unserem Labor – wenn Wayne nach Amerika versetzt wird. Er verkauft H nach China. Er verkauft H nach Westen. Er hat französische Klienten.«

Pete explodierte. Pete trat in Wände. Pete nahm seine Arterien in Anspruch. Stanton lächelte. Stanton begütigte. Stanton reichte ihm ein Kontenbuch.

Besagtes Kontenbuch enthielt Zahlen. Besagte Zahlen stellten klar: Mr. Kao hat seine Labor-Zeit *gekauft*. Mr. Kao hat gut gelöhnt. Das Kader hat Geld verdient.

Stanton argumentierte. Stanton erklärte. Stanton beruhigte. Er sagte, Mr. Kao sei ein US- und Kader-Mann. Er sagte, Mr. Kao verkaufe nicht an GIs.

Pete argumentierte. Stanton argumentierte. Sie besprachen Trans Selbstmord.

Tran hat die Sklaven umgebracht. Tran hat die M-Base gestohlen. Mr. Kao hat Trans Base ricky-tick aufgekauft. Tran hat Angst vor Kao. Tran will Kao nicht verpfeifen. Tran lässt sich unter Strom setzen.

Stanton wollte Kao ansprechen. Stanton wollte Kao klarmachen: Wir sind deine Freunde. Nutz uns nicht aus. Fall uns nicht in den Rücken. Verkauf keinen Stoff an GIs.

Pete war erleichtert. Pete ließ sich nach Westen versetzen. Pete entlastete seine Arterien. Wayne war jetzt in den Staaten. Wayne war in Bon Secour. Wayne reiste wegen der Waffentransporte nach Süden.

Pete rief ihn an. Pete erzählte ihm von Tran. Pete erzählte ihm vom Can Lao Kao.

Wayne drehte durch. Wayne liebte sein Labor / Wayne liebte seinen Stoff / Wayne liebte seine Chemie. Pete beruhigte ihn. Pete schrie und fluchte. Pete nahm seine Arterien in Anspruch.

Esels-Dom schwänzelte rein. Der Kater fauchte. Der Kater hasste Tunten. Der Kater hasste Ithaker.

Dom fauchte zurück. Pete lachte. Das Telefon klingelte. Pete nahm ab.»Tiger.«

»Otash am Apparat. Ich bin in L.A. und brauche keine Taxe.«
Pete streichelte den Kater. »Was gibt's? Hast du was rausgekriegt?«

»Ja, hab ich. Nur dass ich keinen Kunden zugunsten eines anderen verscheißern will, was heißt, dass ich Akten für Littell gefunden habe, die einige ziemlich scharfe Sachen über seine Freundin und Carlos M. enthalten, und das sag ich *dir*, weil du mich bezahlst, um das gleiche –«

Pete legte auf. Pete stöpselte sich am Schaltbrett aus. Pete rief direkt in Bon Secour an. Er erhielt eine freie Leitung. Es klingelte. Ward *weiß Bescheid*. Ward wird –

»Charthouse Motel.«

»Wayne Tedrow. Er ist in Zimmer –«

Leitung / Klicken / Klingeln –

Wayne nahm ab. »Ja?«

»Ich bin's. Ich will –«

»Jesus, jetzt beruhig dich mal. Du kriegst noch einen zweiten –«

»Sperr Bruvick ein. Sorg dafür, dass er um 10:00 Ortszeit bei Ward anruft.«

Wayne pfiff durch die Zähne. »Was *wird* das?«

»Das weiß ich noch nicht genau«, sagte Pete.

89 (Los Angeles, 28. 9. 65)

Auseinander genommen: das Wohnzimmer / die Schlafzimmer / die Küche.
 Er hatte Feindrähte gesehen. Er hatte Kabel gesehen. Die es nicht gab. Er hatte die Telefone auseinander genommen. Er hatte nach Wanzen gesucht. Die es nicht gab. Er hatte den Fernseher auseinander genommen. Er hatte nach Mikros gesucht. Die es nicht gab.
 Er hatte sein Arbeitszimmer auseinander genommen. Er hatte Janes Zimmer auseinander genommen. Alles kabel- und mikrofrei. Er war zu einem Schnapsladen gegangen. Er hatte sich eine Flasche Chivas Regal gekauft. Er brachte sie zu Fuß nach Hause.
 Er machte sie auf. Er schnüffelte dran. Er kippte sie weg.
 Er baute die Telefone zusammen. Er dachte alles durch. Arden Breen Bruvick / Carlos und Jane.
 Er schnitt den Artikel aus. Er schnitt das Bild aus. Er klebte Bild und Text auf die innere Eingangstür. Er klebte sie in Janes Augenhöhe auf.
 Jane war spät dran. Jane war fällig – Arden Breen Bruvick Smith Coates.
 Littell nahm Platz. Littell setzte sich ins Freie. Die Aussicht von der Terrasse lockte. West L.A. / die Lichter zählen / die Fallhöhe abschätzen.
 Der Schlüssel wird reingesteckt. Sie kommt. Arden Breen Bruv –
 Das Schloss klickte. Die Tür fiel ins Schloss. Jetzt die Pause. Jetzt das Nach-Luft-Schnappen.
 Sie ließ ihre Schlüssel fallen. Sie zündete ein Streichholz an. Sie überlegt. Sie zündet sich eine Zigarette an.
 Littell hörte ihre Schritte. Hohe Absätze schlugen auf hartes Parkett. Littell roch ihren Zigarettenrauch.

Jetzt – sie steht hinter dir.
»Es ist nicht, wie du denkst. Das lässt sich alles erklären.«
Sein Nacken wurde warm. Er spürte ihren Atem. Er starrte in die Lichter. Er hielt das Gesicht abgewandt.
»Vor Dallas hat dich Carlos geschützt. Danach habe ich dich geschützt. Du bist zu Carlos zurück und hast mich ausspioniert.«
Jane tastete seine Schultern ab. Jane tastete seinen Nacken ab. Sie suchte. Sie massierte die Verkrampfungen frei. Geisha / Spionin / Nutte.
»Carlos hat mich *nach* Dallas gefunden. Er wusste, dass ich die Arden aus dem Unterschlupf sein musste. Er hat Pete angelogen und so getan, als ob er nicht wisse, wer ich sei.«
Sie suchte. Sie massierte seinen Nacken. Call-Girl / Lügnerin / Nutte.
»Carlos hatte meinen Mann versteckt. Er sagte, er würde uns Jimmy Hoffa übergeben, wenn ich ihn nicht über dich informiere. Ich hatte mal was mit Jules Schiffrin, und Carlos hat mir von deinem Teamster-Kontenbücher-Plan erzählt.«
Ihre Hände *funktionierten*. Ihre Stimme *funktionierte*. Konkubine / Nutte.
»Aber ich habe dich geliebt, und ich habe unser gemeinsames Leben geliebt, und habe geliebt, was du für mich getan hast.«
Sie tastete seinen Nacken ab. Sie küsste seinen Nacken. Mafia-Schnepfe / Nutte.
»Ja, ich habe deine Sachen durchsucht. Aber ich habe Carlos nicht gesagt, dass du Howard Hughes bestiehlst oder dass du der SCLC Geld überweist oder dass du mit Janice Tedrow schläfst, wenn du nicht mit mir schläfst, oder dass du dir eine klägliche Robert-Kennedy-Sammlung zugelegt hast.«
Littell rieb sich die Augen. Die Straßenlichter verschwammen. Littell schätzte die Fallhöhe ab.
»Du hast eine Akte angelegt. Du bist zu gut, um das nicht zu tun.«
Jane ließ die Hände sinken. Jane durchwühlte ihre Handtasche. Jane ließ ihm einen Schlüssel in den Schoß fallen.
»Bank of America, Filiale Encino. Die Akte gehört dir. Du siehst, wie wenig sie mir jetzt bedeutet.«

Littell umklammerte den Schlüssel. Jane küsste seinen Nacken.

»Ich habe meinen Vater geliebt. Dass ich ihn gehasst haben soll, ist Unsinn. Danny und ich haben ihn nicht umgebracht. Das hat Jimmy Hoffa getan.«

Littell rieb sich die Augen. Jane beugte sich vor. Jane zerrieb ihre Tränen auf seinem Nacken.

»Das geht alles auf Jimmy und die Firma zurück. Ich wollte mich meiner Verpflichtungen Carlos gegenüber entledigen und zum FBI überwechseln. Ich wollte ihnen alles sagen, was ich über jeden mir bekannten Firmen-Mann weiß, und einen Handel abschließen, um dich zu retten.«

Littell rieb sich die Augen. Littell rieb sich den Nacken. Verräterin / Spionin / Nutte.

Er stand auf. Er drehte sich um. Er *sah* Jane. Er ballte die Fäuste. Ihre Augen waren nass. Ihre Wangen waren nass. Ihr Make-up war zerlaufen.

Das Telefon klingelte. Er starrte Jane an. Jane starrte entschlossen zurück. Das Telefon klingelte. Littell starrte sie an. Er sah:

Neue graue Haare. Neue Falten im Gesicht. Pochende Halsschlagadern.

Das Telefon klingelte. Er starrte sie an. Er sah: die vorgeschobene Hüfte / die Backenknochen / den pochenden Herzschlag.

Das Telefon klingelte. Jane brach den Bann. Jane ging und nahm ab. Sie sagte: »Hallo«. Sie zitterte – der Puls jagte.

Er folgte ihr. Er starrte sie an. Er sah die Äderchen auf ihrem Hals und in ihrer Wange. Er sah ihren jagenden Pulsschlag.

Sie wandte sich ab. Sie hielt schützend die Hand über den Hörer. Er ging um sie herum. Er nahm den Apparat im Flur ab.

Er hörte einen Mann. Er hörte, »abhauen«. Er hörte, »Littell geplatzt«. Er hörte, wie dem Mann die Stimme versagte. Er hörte, wie Janes Stimme immer entschiedener klang.

»Abhauen«, sagte sie. »Ruhe bewahren«, sagte sie. »Carlos *wird* das übel nehmen«, sagte sie.

Sie legte auf. Es klickte laut. Littell ließ den Hörer fallen.

Er ging rüber. Er sah, wie ihre Augen trockneten. Er sah, wie sich ihr Puls beruhigte.

»Waren wir je echt?«
»Ich glaube, wir haben das Risiko stets mehr geliebt als uns beide.«
»Du warst immer eine Arden. Niemals eine Jane.«

DOKUMENTENEINSCHUB: 2.10.65. Atlanta *Constitution*, Schlagzeile:

FBI SPRENGT RASSISTEN-ZIRKEL IN MISSISSIPPI

DOKUMENTENEINSCHUB: 11.10.65. Miami *Herald*, Untertitel:

GRAND JURY KLAGT KLAN-FÜHRER WEGEN
POSTVERGEHEN UND ÜBERTRETUNG ZWISCHENSTAATLICHER
HANDELSGESETZE AN

DOKUMENTENEINSCHUB: 20.10.65. Jackson *Sentinel*, Schlagzeile und Untertitel:

NEO-NAZI-FÜHRER ANGEKLAGT
ANHÄNGER SPRECHEN VON »FBI-POGROM«

DOKUMENTENEINSCHUB: 26.10.65. Mobile *Daily Journal*, Schlagzeile und Untertitel:

RÄTSEL IN BON SECOUR
BELIEBTER CHARTER-KÄPT'N SAMT SCHIFF VERSCHWUNDEN

DOKUMENTENEINSCHUB: 31.10.65. San Francisco *Chronicle*, Schlagzeile und Untertitel:

240000 SOLDATEN IN VIETNAM
KING RUFT ZU PROTESTEN FÜR VERHANDLUNGSLÖSUNG AUF

DOKUMENTENEINSCHUB: 4.11.65. Mobile *Daily Journal,*
Schlagzeile und Untertitel:

SCHIFF VON BON-SECOUR-KÄPT'N
IN FLORIDA KEYS ENTDECKT
NOCH RÄTSELHAFTER: KÄPT'N NICHT AN BORD

DOKUMENTENEINSCHUB: 8.11.65. Los Angeles *Times,* Untertitel:

RFK: '68 KEIN PRÄSIDENTSCHAFTSKANDIDAT

DOKUMENTENEINSCHUB: 18.11.65. Chicago *Tribune,*
Schlagzeile und Untertitel:

US-STAATSANWALT SPRICHT VON »BRILLANTER ARBEIT«
BEI FBI-ANTI-RASSISMUS-KAMPAGNE
KLAGEN-REKORD WEGEN POSTVERGEHEN

DOKUMENTENEINSCHUB: 20.11.65. Milwaukee *Sentinel,*
Schlagzeile:

KING ERÖFFNET »ANTI-SLUM-KAMPAGNE« IN CHICAGO

DOKUMENTENEINSCHUB: 20.11.65. Washington *Post,* Schlagzeile und Untertitel:

HOOVER GREIFT KING BEI VETERANENTREFFEN AN
BEZEICHNET BÜRGERRECHTS-FÜHRER ALS »DEMAGOGEN«

DOKUMENTENEINSCHUB: 30.11.65. Washington *Post,* Schlagzeile und Untertitel:

KRITIKER WEISEN HOOVER-ANGRIFF ZURÜCK
ANTI-KING-ERKLÄRUNG ALS »SCHRILL« UND »HYSTERISCH«
BEZEICHNET

DOKUMENTENEINSCHUB: 5.12.65. Seattle *Post-Intelligencer,* Schlagzeile und Untertitel:

KONGRESSAUSSCHUSS UNTERSUCHT »ILLEGALE« WANZEN
UND ABHÖRMASSNAHMEN
BÜRGERRECHTS-FÜHRER PROTESTIEREN SCHARF

DOKUMENTENEINSCHUB: 14.12.65. Los Angeles *Herald-Express,* Schlagzeile und Untertitel:

HOWARD HUGHES UND TWA:
EINSIEDLER-BILLIONÄR ZU AKTIENABSTOSSUNG BEREIT

DOKUMENTENEINSCHUB: 15.12.65. Denver *Post-Dispatch,* Untertitel:

HOFFA-BERUFUNG BEIM OBERSTEN GERICHTSHOF EINGEREICHT

DOKUMENTENEINSCHUB: 18.12.65. Chicago *Sun-Times,* Untertitel:

KING GIBT EINZELHEITEN VON »ANTI-SLUM-KAMPAGNE«
BEKANNT

DOKUMENTENEINSCHUB: 20.12.65. New York *Times,* Untertitel:

»BÜRGER FÜR RFK« PRÜFEN MÖGLICHE KANDIDATUR FÜR 1968

DOKUMENTENEINSCHUB: 21.12.65. Chicago *Tribune,* Schlagzeile und Untertitel:

GIANCANA IMMER NOCH IN HAFT
WEIGERT SICH, VOR GRAND JURY AUSZUSAGEN

DOKUMENTENEINSCHUB: 8.1.66. Washington *Post*, Untertitel:

    KONGRESSAUSSCHUSS WEIST HOOVER AN:
    SÄMTLICHE NICHT-STAATSANWALTLICH-GENEHMIGTEN
    ABHÖRMASSNAHMEN AUFHEBEN

DOKUMENTENEINSCHUB: 14.1.66. Mobile *Daily-Journal*, Titel und Untertitel:

    IMMER RÄTSELHAFTER:
    WO IST BELIEBTER BON-SECOUR-KÄPT'N?

DOKUMENTENEINSCHUB: 18.1.66. Mobile *Daily-Journal*, Schlagzeile und Untertitel:

    VÖLLIG RÄTSELHAFT:
    HÄNGT VERSCHWINDEN VON KÄPT'N MIT '56ER-ANKLAGE UND
    LANG VERMISSTER EHEFRAU ZUSAMMEN?

DOKUMENTENEINSCHUB: 19.1.66. Atlanta *Constitution*, Schlagzeile:

    WEITERE ANKLAGEN WEGEN POSTVERGEHEN

DOKUMENTENEINSCHUB: 26.1.66. Chicago *Tribune*, Schlagzeile und Untertitel:

    KÜHNE WORTE VON REVEREND KING:
    »DAS ERSTE ZIEL DER FREIHEITSBEWEGUNG VON CHICAGO
    BESTEHT IN DER BEDINGUNGSLOSEN KAPITULATION DER
    SLUM-GESTALTER UND -ERHALTER«

DOKUMENTENEINSCHUB: 31.1.66. Denver *Post-Dispatch,* Schlagzeile und Untertitel:

URTEIL WEGEN GESCHWORENEN-BEEINFLUSSUNG BESTÄTIGT
HOFFA MUSS IN HAFT

DOKUMENTENEINSCHUB: 8.2.66. Los Angeles *Herald-Express,* Schlagzeile und Untertitel:

HOOVER-GEGNER ÄUSSERN SICH
FBI-BOSS GERÄT WEGEN KING-ATTACKEN IN BEDRÄNGNIS

DOKUMENTENEINSCHUB: 20.2.66. Miami *Herald,* Untertitel:

RFK FORDERT VERHANDLUNGSLÖSUNG FÜR VIETNAM
BEKRÄFTIGT FORDERUNGEN VON DR. KING

DOKUMENTENEINSCHUB: 3.3.66. Los Angeles *Times,* Schlagzeile und Untertitel:

HUGHES STÖSST TWA-AKTIEN AB
6,5 MILLIONEN AKTIEN ERBRINGEN 564.000.000 DOLLAR

DOKUMENTENEINSCHUB: 29.3.66. Interne Aktennotiz. An: BLAUES KARNICKEL. Von: Direktor. Betrifft: UNTERNEHMEN SCHWARZES KARNICKEL. Bezeichnung: »VERTRAULICHKEITSSTUFE 1A«/»DARF NUR VON BLAUEM KARNICKEL EINGESEHEN WERDEN.«/»LESEN UND VERBRENNEN.«

BLAUES KARNICKEL,
sämtliche SCLC-Abhörmaßnahmen sind unverzüglich abzuziehen. Der Vorgang ist mit Dringlichkeitsstufe 1 durchzuführen. Operation muss abgeschlossen sein, bevor die formelle Untersuchung durch den Kongressausschuss einsetzt.

Erste Stufe von UNTERNEHMEN SCHWARZES KARNICKEL / SUBOPERATION durchführen. Zielperson auswählen und den Gesundheitszustand P. Bondurants, von jetzt an GROSSES KARNICKEL, ermitteln.

90 (Vietnam, Laos, Los Angeles, Las Vegas, Bon Secour, Bay St. Louis, kubanische Gewässer, 1.4.66–30.10.66)

Gespenster: Arden-Jane und Danny Bruvick.
Wayne hatte auf Danny Acht gegeben. Danny hatte bei Arden-Jane angerufen. Arden-Jane hatte Ward Littell verlassen. Wayne war bei Danny geblieben. Wayne hatte sich um Danny gekümmert. Wayne setzte sich ein, um Ward Littell zu retten.
   Pete hatte gesagt, Danny bewachen. Pete hatte gesagt, Danny laufen lassen. Pete hatte gesagt, Danny zwei Tage Vorsprung geben. Dann rufst du Carlos an. Sag, Danny sei durchgebrannt. Sag, du wüsstest nicht, wohin.
   Er hatte sich daran gehalten. Er war bei Danny geblieben. Danny hatte gesoffen. Danny hatte geschwatzt.
   Danny liebt Arden. Arden liebt Ward. Arden liebt Danny irgendwie auch. Arden arbeitet für Carlos. Arden spioniert Ward aus. Teilzeit-Spionin / Vollzeit-Liebhaberin / Ferndistanz-Ehefrau.
   Wayne hatte *kapiert*:
   Danny war schwach. Arden war stark. Arden hatte ihn süchtig auf das Leben in der Firma gemacht. Alles ging auf den Ärger mit den Teamstern zurück – auf die Unterschlagung und die Flucht.
   Wayne hatte gewartet. Danny hatte gewartet. Arden war gekommen. Sie hatte eine Zigarette nach der anderen geraucht. Sie hatte Danny und Wayne bemuttert. Sie war unruhig.
   Sie wusste, dass es vorbei war. Sie sprach es aus: »Ich bin des Davonlaufens müde – und Ward weiß das genau.«
   Wayne war vom Schiff gegangen. Danny hatte Anker gelichtet. Wayne hatte zwei Tage vertrödelt. Wayne hatte bei Carlos angerufen.
   Er sagte, Danny sei abgehauen. Er sagte, Danny habe sich *Tiger-Klaue* geschnappt. Danny-der-Feigling – der Angst vor den Skalp-Fahrten hatte – der um sein Leben zitterte.

Carlos hatte geschrien. Carlos hatte getobt. Carlos hatte bösartige Drohungen ausgestoßen. Wayne hatte Zeitungen gelesen. Und Weiteres in Erfahrung gebracht.

Tiger-Klaue treibt im Meer. *Tiger-Klaue* läuft auf Grund. Danny und Jane sind verschwunden. Carlos schweigt. Carlos lässt sich nichts anmerken. Carlos hakt bei Pete nicht nach. Carlos hakt bei Wayne nicht nach.

Pete hatte Ward über Arden aufgeklärt. Pete hatte sich Carlos entgegengestellt. Arden war zu Danny gerannt. Sie waren in den Tod gerannt. Sie hatten standgehalten. Sie hatten Pete und Wayne nicht verpfiffen. Sonst hätten es Pete und Wayne zu hören bekommen.

Pete liebt Ward. Ward liebt das Gespenst Jane. Pete weiß, dass sie tot sind. Pete spricht es nie aus. Tote Frauen machen ihm zu schaffen.

Pete liebt Barb. Pete wird nach Hause versetzt. Pete lässt sich nicht mehr versetzen. Barb hat ihn heimgelockt. Ward hat ihm eine Lizenz verschafft.

Pete kaufte das Golden Cavern. Pete kaufte sein eigenes Hotel-Kasino. Eldon Peavy hatte die Syph. Eldon Peavy verkaufte günstig. Eldon Peavy stieß sein Tunten-Nest ab.

Das Cavern hieß Tunten willkommen. Das Cavern ließ Tunten übernachten. Das Cavern schloss sich wieder mit Tiger-Taksi zusammen. Tunten-Fahrer fuhren Tunten-Kunden. Fred T. baute Wanzen ein. Tunten-Motten flogen in die Flamme.

Sauereien sammelten sich an: Tunten-Sauereien / Schickimicki-Sauereien / Politiker-Sauereien / Tunten-Stars / Tunten-Schickimickis / Tunten-Politiker.

Pete richtete »Swinger-Suiten« ein. Fred versah die Wände mit Wanzen. Pete lockte Heten-Publikum an. Abgeordnete und Reisegruppen / Shriner-Clubs auf Sauftour.

Pete sammelte Sauereien. Pete sammelte Heten- und Homo-Sauereien. Es sprach sich rum – das Cavern ist schick – die Hetero-Homo-Détente scharf.

Das Geschäft blühte. Pete sammelte Sauereien und verdiente Geld. Pete kam wieder zu Kräften. Pete sah wieder gut aus. Pete brachte seine angeschlagene Pumpe wieder in Schwung.

Er hörte mit dem Rauchen auf. Er nahm ab. Er kaute andauernd Kaugummi. Er arbeitete unaufhörlich. Er leitete das Drogengeschäft. Er leitete Tiger-Taksi. Er leitete das Cavern. Er staffierte den Nachtclub neu aus. Er gab Barb einen Dauerauftritt. Milt C. trat mit ihr auf. Milt riss aktuelle Witze. Milt hatte eine Puppe. Bei besagter Puppe handelte es sich um einen haarigen Affen. Milt nannte ihn *Junkie Monkey* – Narki-Äffchen. Junkie Monkey zog über Stars her. Junkie Monkey zog über Tunten her. Junkie Monkey schweinigelte über Barb B.

Barb holte Kundschaft ins Haus. Milt holte Kundschaft ins Haus. Pete verdiente *noch mehr* Geld.

Sonny liebte das Cavern. Sonny zog ein. Sonny versteckte sich vor seiner Frau und ging Pete zur Hand.

Sonny streifte durchs Kasino. Sonny zog Drogengelder ein. Sonny rückte säumigen Zahlern auf die Pelle. Wayne begleitete Sonny. Sie kassierten *gemeinsam* Drogengelder. Sie galten als besonders scharfe Hunde.

Sie schienen in keiner Weise zusammenzupassen. Salz und Pfeffer. Ebenholzschwarz und Schneeweißchen. Sie streiften durch West Las Vegas. Sie sprachen über Wendell Durfee. Sonny überlegte laut. Sonny arbeitete Theorien aus. Sonny fand den *Luden-Namen* scharf:

Cassius Cool – ehemals Wendell Durfee. Cassius X, soweit es mich betrifft.

Wayne war versetzt worden. Wayne gelangte von Saigon nach Vegas. Wayne gelangte weiter nach Westen.

Er streifte durch L.A. Er suchte nach einer Spur von Wendell Durfee. Er streifte durch Watts. Er zog hasserfüllte Blicke auf sich. So was wie das Nachbeben des Aufstands.

Er klapperte Luden-Kneipen ab. Er befragte Luden. Er befragte Nutten. Vergebens. Er schmierte Bullen. Er kaufte Gefängnisinsassen-Listen. Er notierte Gerüchte. Vergebens. Er streifte durch den Süden. Er fuhr die Hauptstrecken ab. Er schaute in Gesichter. Vergebens.

Er befragte Tippelbrüder. Er reichte Karten rum. Er notierte Klatsch. Er wurde rumgeschubst. Er wurde rumgestoßen. Er wurde angespuckt. L.A. war L.A. Hier hatte er keinen Ruf.

Er wurde nach Osten versetzt. Er wurde nach Süden versetzt. Er arbeitete fürs Kader. Er kochte Drogen in Saigon. Er schmuggelte Drogen nach Vegas. Er schmuggelte Waffen durch Mississippi.

Die Profite stiegen. Die Kader-Ausgaben stiegen entsprechend. Die Waffen wurden nach Süden gebracht. Sie hatten *Tiger-Klaue* verloren. Sie hatten Käpt'n Bruvick verloren. Sie kauften ein neues Schiff. Sie rüsteten es aus. Sie kauften sich einen neuen Käpt'n. Dick Wenzel – Söldner zur See – eng mit Laurent Guéry.
Tiger-Klaue II. Heimathafen Bay St. Louis, Mississippi.
Wenzel skipperte nach Kuba. Wenzel hatte Laurent an Bord. Wenzel hatte Flash und Wayne an Bord. Wenzel war gut. Wenzel war kühn. Wenzel hatte Riesen-Traute.
Die Fahrten gingen guuuuut. Null Probleme / null Ärger / null Überraschungsangriffe. Sie tasteten sich die Küste entlang. Sie machten fest. Sie trafen sich mit Fuentes und Arredondo.
Sie luden Waffen aus. Sie versorgten die Aufständischen. Der Waffenschmuggel ging ins Inselinnere. Von der Küste in die Berge. Das Kader lieferte den Betriebsstoff für *La Causa*.
Das Kader war vorsichtig. Pete hatte Anweisung gegeben, dass keinem zu trauen war. Pete überprüfte mittels Lügendetektor-Tests. Besagte Tests wurden von Laurent durchgeführt. Laurent betrieb den Heißen Stuhl von Port Sulphur. Wayne testete sauber. Flash testete sauber. Dito Fuentes und Arredondo.
Die kubanischen Schmuggelfahrten klappten. *Mucho* Fahrten ohne Probleme und Zwischenfälle. Bob funktionierte. Laurent funktionierte. Sie schafften Waffen herbei. Sie hielten die Quellen geheim. Sie sagten, sie hätten linke Minutemen überfallen. Sie sagten, sie hätten rechte John-Bircher überfallen. Sie sagten, sie hätten Army-Zeugmeister bestochen.
Bob hielt die Klappe. Bob verwies auf Geheimhaltungsbestimmungen und Quellenschutz. Bob besorgte gute Waffen. Bob machte Konzessionen.
Seine Quellen fürchteten Nachweise. Seine Quellen anonymisierten die Waffen. Seine Quellen ätzten Nummern weg. Was Pete hasste. Pete hoffte auf Konfiszierung. Soll der Bart doch wissen, dass *wir* dahinter stecken.
Bob besorgte *gute* Waffen. Bob besorgte *anonymisierte* Waffen. Pete spielte wohl oder übel mit.
Ein Schmuggelweg nach Kuba. Ein Schmuggelweg aus

Kuba. Ein Schmuggelweg für den Informationsaustausch. Fuentes berichtete. Arredondo ging ihm zur Hand.

Toll: Scharmützel / Überfälle auf Dörfer / Lauffeuer. Varaguay / Las Tunas / Puerto Guinico. Aufständische schlagen zu. Aufständische bringen ihre Feinde um. Aufständische fallen. Aufständische rekrutieren Ersatz.

Alles schön, aber: *Noch* keine entscheidende Schlacht. Noch kaum Fortschritte zu bemerken. Und entsprechend kein entscheidender Einsatz von Kader-Waffen.

Wayne liebte die Kubafahrten. Wayne warf sich Dexedrin rein. Wayne brachte es auf sieben Fahrten. Dick Wenzel skipperte. Pete war bei zwei Fahrten dabei. Flash und Laurent bei sieben.

Sie kamen in Küstennähe. Sie luden Waffen aus. Sie landeten rasch an. Sie fackelten Hütten ab. Sie skalpierten *Fidelistos*. Sie bewahrten die Skalps auf. Sie gerbten sie durch Trocknen. Sie brannten ihre Initialen ein. Sie zählten sie. Sie nagelten sie fest. Sie dienten als Schiffsschmuck.

Wayne hatte sechzehn Skalps. Flash hatte zwölf. Laurent und Pete je neun. Pete wollte unbedingt mehr. Pete gierte nach Eskalation.

Der Krieg eskalierte. Die Ernteerträge eskalierten. H eskalierte entsprechend. Mesplède führte Tiger-Kamp im Alleingang. Mesplède verschaffte sich Verstärkung.

Chuck war tot. Tran war tot. Pete war in den Staaten. Laurent war in den Staaten. Flash war in den Staaten. Wayne war versetzt. Mesplède brauchte Hilfe. Mesplède kaufte zusätzliche Marvs. Mesplède kaufte ein paar Can-Lao-Schläger. Die ihm zur Hand gingen. Die die Sklaven führten. Die den Chemikern auf die Finger schauten.

Wayne kannte die Geschichte mit Tran. Pete hatte ihn spät eingeweiht. Pete sagte, das ginge alles klar. Mr. Kaos Jungs *mieten* das Labor. Sie arbeiten, wenn *du* in die Staaten versetzt bist. Ist alles koscher. *Dein* Labor wird von Schlägern bewacht. Besagte Schläger zahlen Stanton Tribut.

Der Krieg eskalierte. '66 kamen noch mehr Truppen ins Land. Kao eskalierte. Kao vertrieb H nach Frankreich. Kao vertrieb H in Saigon.

Er vertrieb nur an Schlitzaugen. Nicht an Rundaugen. Keine Geschäfte mit GIs.
Kao stellte eine Drogenpolizei zusammen. Die ausschließlich aus Can-Lao-Angehörigen bestand und streng geheim war. Sie schwärmten durch Saigon. Sie nahmen O-Höhlen auseinander. Sie bauten sie zu H-Buden um. Sie führten besagte Buden. Sie verkauften H. Sie hielten besagte Buden sauber. Sie schrubbten die Böden und sterilisierten das Spritzbesteck.
Kao hatte sein Reich. Kao hatte den Export und Saigon. Das Kader hatte Vegas.
Sie teilten sich das Labor. Sie teilten sich die Bottiche. Sie teilten sich die Versuchskaninchen. Im Go-Go wimmelte es von Narkis. Narkis versetzten sich im oberen Stockwerk ihren Schuss. Kaos Chemiker *benutzten* sie. Sie brauten neue Mischungen. Sie testeten Dosierungen. Sie leisteten sich Todesfälle.
Wayne wurde nach Osten versetzt. Wayne sah, wie sich der Krieg ausweitete. Wayne sah, wie die H-Ernte entsprechend zunahm. Wayne wurde nach Westen versetzt. Wayne sah, wie sich der Krieg ausweitete – Nacht für Nacht am Fernseher.
Barb sah den Krieg. Barb hasste den Krieg. Barb sah den Krieg am Fernseher. Barb. In Da Nang. Wo sie sich weißes Puder besorgt.
Sie hatte Da Nang besichtigt. Sie hatte die Verstümmelten gesehen. Sie hatte gesehen, wie geschafft Pete war. Sie hatte auf Pillen gestanden. Sie brauchte mehr. Sie war fündig geworden. Sie fand H. Sie schnüffelte H. Sie strafte Petes Behauptung Lügen: *Wir* kontrollieren das H / *wir* halten H unter Verschluss / *wir* halten es von allen Weißen *fern*.
Barb war nach Hause geflogen. Barb hatte Krankenhaus-Schnappschüsse dabei. Barb beobachtete den Krieg am Fernseher.
Sie hatte Pete nun auf Dauer. Sie war froh. Pete liebt den Krieg. Barb hasst den Krieg. Barb erklärte ihm *ihren* wirklichen Krieg.
Sie zog über den Krieg her. Sie gab Anti-Kriegssprüche von sich. Sie zog sich H rein.
Sie schnüffelte. Durch die Nase. Unter Petes Augen. Sie zog

sich H rein. Sie strafte Pete Lügen. Sie strafte das »unter Verschluss halten« Lügen.

Kleine Schnüffelproben. Keine subkutanen Spritzen. Keine Schüsse in den Blutkreislauf.

Wayne wusste davon. Pete nicht. Wayne sah sie sich genauer an. Wayne liebte sie aus der Ferne. Wayne lebte, um zu SCHAUEN.

Er schaute in Vegas. Er schaute in L.A. Er schaute in Vietnam. Der Krieg eskalierte. Der Krieg war wie das ungezügelte Leben in der Firma.

Pete irrte sich. Wir konnten nicht gewinnen. Wir konnten keine Kontrolle durchsetzen. Pete irrte sich. H würde siegen. H würde über jeden Kontrollversuch triumphieren. Barb strafte ihn Lügen. Bald würden es GIs tun. H wird uneingeschränkt herrschen.

Wayne schaute dem Krieg zu. Wayne las die Gefallenenstatistik. Wayne strich durch Drogen-Schuppen. Wayne notierte Gerüchte.

Noch mehr Truppen in Aussicht. Das bedeutete noch mehr Bombardierungsflüge. Das bedeutete noch mehr Expansion am Boden.

Mr. Kao expandierte. Mr. Kao bombardierte Ba Na Key. Drogenfelder brannten ab. Mr. Kaos laotische Rivalen sind ausgeschaltet.

Stanton sagte, Kao sei cool. Kao fällt uns nicht in den Rücken. Wir sind lokalisiert. Wir sind autonom. Wir sind mit West Las Vegas bestens bedient.

Wayne und Pete wussten es besser. Wayne und Pete wussten:

Wir sind *zu* lokalisiert / wir sind *zu* autonom / wir hängen in Vegas fest.

Wayne machte bei Pete Druck. Wayne ging aufs Ganze. Machen wir bei Stanton Druck. Machen wir bei Carlos Druck. Stellen wir klar: Wir sollten H auch in L.A. vertreiben.

»Geh mir nicht auf den Keks«, sagte Pete. »Dir geht es um Wendell Durfee«, sagte Pete. Pete kannte ihn. Pete kannte sein Problem. Pete kannte seine Sehnsüchte.

Bongo / King Arthur / Cassius Cool / schwarze Gesichter / weißer Hintergrund / weiße Laken. Cur-ti und Leroy. Otis

Swasey. Die tote Nutte / ihr Trailer / der Gummiball zwischen ihren Zähnen.

Die Träume wiederholten sich. Die Träume beschworen Wayne Senior herauf. Ein Traumuhrwerk. Wach- und Schlafträume. Vater Karnickel liegt neben dir auf dem Kopfkissen. Die Träume kehrten wieder. Die Träume wiederholten sich. Die Träume lösten einander ab.

Lass dich nach Osten versetzen – wo du Bongo siehst – dort hast du ihn umgebracht. Lass dich nach Westen versetzen – wo du Schwarzgesichter siehst – die hast du dort gefunden. Lass dich nach Süden versetzen – wo du neue Gesichter siehst – die dort gelyncht zu werden pflegen.

Weiße Leintücher. Klan-Leintücher. Bob Relyea – Wildes Karnickel.

Bob pflegte ihn zu reizen. Bob pflegte ihm zu sagen: Dein Daddy liebt dich. Du fehlst ihm. Das hat er mir gesagt. Er hängt an dir. Er ist Daddy Karnickel. Er ist schick. Er ist cool. Er finanziert mir meinen Klan. Wir bekämpfen Postvergehen. Wir helfen Mr. Hoover.

Wir hassen gescheit. Wir trennen. Wir konsolidieren. Wir gehen gegen die schlechten Hasser vor. Wir verbreiten den guten Hass.

Träume. Wiederholungen. Versetzungen.

Im Flugzeug schlafen – Zeitzonen überspringen – neue Gesichter sehen. Gescheit hassen. Konsolidieren. Heil, Vater Karnickel!

Die Träume wiederholten sich. Das Konzept hielt stand. Die Botschaft war offensichtlich: Er braucht dich. Er sieht dich. Er *will* dich.

91 (Las Vegas, Bay St. Louis, kubanische Gewässer, 1. 4. 66–30. 10. 66)

Krieg:
Der echte Krieg. Der Fernseh-Krieg. Barbs Sperrfeuer. Sie schauen sich die Nachrichten an. Er gibt seinen Senf zu. Er sagt, wir gewinnen. Barb sagt, das können und werden wir nicht. Er sagt, ich bin dort *gewesen*. Er sagt, ich *weiß Bescheid*. Sie sagt, *ich* bin dort gewesen. Sie sagt, *ich* weiß Bescheid. Sie schaukeln sich hoch. Sie überlegen Kontrollmöglichkeiten. Sie überlegen Abwehrmechanismen. TV-Kriege – Fernsehzimmerschlachten – Scharfschützenangriffe.
Knatsch. Eskalation. Abbruch. Barb setzte die A-Bombe gegen ihn ein. Barb gewann.
Sie sagte:»Niemand kontrolliert den Krieg, und *du* kontrollierst nicht den Drogenkrieg, weil *ich* einen Arzt in Da Nang getroffen habe, der *mir* Pröbchen schickt, die ich mir reinziehe, wenn ich mich zu Tode langweile oder Angst habe, dass du von einem Scheiß-Schiff in die Scheiß-Kubanische-See kippst.«
Er flippte aus. Er schmiss Gegenstände durch die Wohnung. Er nahm sein Herz aufs Äußerste in Anspruch. Er warf Stühle um sich. Er zerbrach Scheiben. Er schleuderte den Fernseher aus dem Fenster. Ein Ruck – und ein Zentner flog durch die Luft. Ein übler Herzpatiententrick.
Der Fernseher fiel. Der Fernseher fiel vierzehn Stockwerke tief. Der Fernseher plumpste auf einen blauen Ford.
Er tobte. Seine Venen pulsten. Seine Pumpe schwoll an. Er brach zusammen. Er plumpste auf die Couch. Barb nahm Waffenstillstandsverhandlungen auf.
Ich bin kein Narki. Ich schnüffle nur. Ich probiere bloß. Ich gebe mir nie Spritzen. Ich hasse deine Arbeit. Ich hasse den Krieg – er frisst dich auf.
Er versuchte zu kämpfen. Er schnappte nach Luft. Seine

Pumpe stotterte und bockte. Barb hielt seine Hände. Barb hielt den Kater im Arm. Barb sprach *très* langsam.
Ich hasse deine Arbeit. Ich hasse das Leben in der Firma. Jetzt hasse ich Vegas. Wir schaffen es. Wir stehen das durch. Wir werden siegen.
Sie versöhnten sich. Er beruhigte sich. Er schöpfte ein bisschen Kraft. Sie liebten sich. Sie demolierten die Couch. Der Kater machte den Schiedsrichter.
Sie sprachen sich aus. Sie sprachen sich frei. Sie ließen einiges *un*gesagt. Kein Versprechen künftiger Abstinenz / kein Versprechen aufzuhören / kein Versprechen, sich zu ändern.
Waffenstillstand.
Sie zogen aus dem Stardust aus. Sie zogen im Cavern ein. Sie kauften einen neuen Fernseher. Barb schaute dem Krieg zu. Barb schmollte und urteilte. Er blieb im Geschäft. Er schmuggelte Drogen. Er schmuggelte Waffen.
Barb trat im Cavern auf. Barb trug Gogo-Fähnchen. Barb trug jede Menge Haut zur Schau. Toll: Keine Nadelstiche / keine Flecken / keine Narben.
Waffenstillstand.
Sie lebten. Sie liebten sich. Er ging auf Reisen. Worauf auch Barb verreiste. Wie er wusste. Barb flog mit der Weißpuder-Air.
Sie lebten ihren Waffenstillstand aus. Er bestimmte die Grundsatzklausel:
Barb hat Recht – der Krieg ist beschissen – wir können nicht siegen. Barb hat Recht – wir lieben einander sehr – wir werden gemeinsam bestehen. Barb hat Unrecht – H hat Zähne – wo H zubeißt, siegt es.
Weiße Flagge / Feuereinstellung / Waffenstillstand.
Er musste einiges zugeben. Er war Barb was schuldig. Er hatte sie nach Dallas gebracht. Der Waffenstillstand hielt. Die Klausel hielt. Die Tinte verlief.
Du hast Barb. Jane ist tot. Wie Ward weiß. Ward sprach es einmal aus. Ward sagte, Jane hat mich verlassen. Weiter sagte Ward nichts.
Ward kannte Janes Vorleben. Aus dem Skandalblatt-Material. Den Rest konnte Ward sich zusammenreimen. Arden

flieht zu Danny. Sie heben Anker. Der Golf von Florida lockt. Sie sind müde und erschöpft – nach all den Jahren der Flucht. Ward hat eine Frau verloren. Carlos ein Schiff. Carlos einen Spitzel. Carlos hat Danny verloren. Carlos hat Danny umgebracht. Carlos zog sich vollständig von La Causa zurück.
    Das neue Boot langweilte ihn. Die Bootsfahrten langweilten ihn. Alles Pipifax. Die Bootsfahrten langweilten Pete. Die Bootsfahrten nervten Pete. Die Bootsfahrten nahmen seine Pumpe in Anspruch.
    Küstenfahrten und Waffenschmuggel – ging alles viel zu glatt. Floßfahrten und Skalpjagden – bringt letztlich nichts.
    Januar '66. Pete ist frustriert. Pete schickt Flash auf die Insel. Flash ist Kubaner. Flash ist dunkelhäutig. Flash passt rein.
    Flash bereist Kuba. Flash trifft Fuentes und Arredondo. Sie streifen durch die Hügel. Sie streifen durch Zeltlager. Sie sehen Kader-Arsenale.
    Große Zeltlager. Viel Personal. Große Waffen-Arsenale.
    Sie leiten einen Überfall. Sie führen sechzig Mann. Überraschungsangriff auf ein Miliz-Lager. Sie greifen über die Flanken an. Sie werfen Granaten rein. Sie feuern Bazookas ab. Sie stürmen unter Feuerschutz vor. Sie schwärmen weit aus. Sie setzen Flammenwerfer ein.
    Sie brachten achtzig Mann um. Sie verloren drei. Sie rasierten boocuu Bärte blank. Pete war überglücklich. Pete lebte wieder auf. Petes Pumpe hatte es boocuu leichter.
    Last war Last. Quatsch war Quatsch. Arbeit war Arbeit. Die Ärzte hatten gesagt, er solle nicht rauchen. Er hielt sich dran. Die Ärzte hatten gesagt, er solle leichte Kost essen. Er hielt sich dran. Die Ärzte hatten gesagt, er solle es mit der Arbeit leicht nehmen. Er hatte den Stinkefinger gehoben.
    Er arbeitete im Drogengeschäft. Er arbeitete bei Tiger-Taksi. Er arbeitete im Cavern. Das Cavern hatte was zu bieten. Das Cavern rockte.
    Die Schickimickis fuhren drauf ab. Die Schickimickis standen auf Milt C. und Junkie Monkey. Die scharfen Hunde fanden das toll. Die scharfen Hunde gierten nach Barb B. Sonny Liston fuhr drauf ab. Die Tunten fuhren drauf ab. Die Tunten schwenkten die Hüften und machten Liberace nach.
    Wayne Senior schaute vorbei. Wayne Senior raspelte Süß-

holz. Kann ich aushelfen? Anruf genügt – mit Fleischwolf-Kasinos kenn ich mich aus. Pete raspelte Süßholz. Klar, sagte Pete – ich werde darauf zurückkommen.
 Wayne Senior schaute erneut vorbei. Wayne Senior verlor Geld. Wayne Senior plauderte.
 Das Leben ist grausam. Das Leben ist eigenartig. Ward Littell ist mit meiner Ex zusammen. Wie geht's meinem Sohn? Ich weiß, dass er ein harter Bursche geworden ist. Ich weiß, dass er für Sie arbeitet.
 Pete raspelte Süßholz. Pete blieb unverbindlich. Pete ließ sich nicht festlegen. Wayne Senior plauderte. Wayne Senior bot Waffenstillstand an. Wayne Senior sagte, mein Sohn fehlt mir – ich weiß, dass er sich den Wind gehöööööörig hat um die Nase wehen lassen.
 Wayne Senior klopfte auf den Busch. Da heißt es doch, Drac sei unterwegs. Drac der Blutsauger. Drac die Mafia-Marionette. Drac der gierige Tausendfüßler.
 Das Vorspiel dauerte. Es wurde von Pete drei Jahre lang betrieben. Wobei für Pete so manches abfiel.
 Du bist sechsundvierzig Jahre alt. Du bist ein Killer. Du bist ein Franzmann, der's zu was gebracht hat. Du bist reich. Du hast offiziell zwei Millionen.
 Pas mal, mais je m'en fous.
 Vorspiele und Nebengewinne. Gelder und Schulden. Barb und weißes H. Barb und *ennui*. Barb und Vietnam.
 Sie hatten ein Spiel. Er zog sie nackt aus. Er ging ganz nah ran. Er untersuchte ihre Arme. Er untersuchte ihre Venen. Er untersuchte ihre Zehen. Er kitzelte sie überall. Er suchte nach Nadelspuren.
 Nichts.
 Ich habe alles eingegrenzt. Ich habe alles unter Kontrolle. Ich probiere nur ein bisschen.
 Er kontrollierte ihre Fußgelenke. Er kitzelte sie. Er spürte ihren Venen nach. Sie berührte ihn. Sie zog ihn rein.
 Das Spiel half. Das Spiel tat weh. Beim Spiel musste er daran denken:
 Es ist heiß. Sein Herz bricht. Er springt nach ihrem Schuh.

92 (Los Angeles, Las Vegas, Washington D.C., Boston, New Orleans, Chicago, Mexico City, 1. 4. 66–30. 10. 66)

In Trauer. Der einsame Liebende.
 Sie war gestorben. Sie hatte eine Akte hinterlassen. Sie hatte ein Erbe hinterlassen. Er verfolgte ihre Spuren nach Süden. Er überlegte logisch.
 Logisch:
 Otash sieht die Skandalblatt-Akten. Otash entdeckt Carlos und Jane. Otash ruft bei Pete an. Pete zweifelt an Jane. Pete *hatte* bereits Zweifel. Jane flieht. Jane findet Danny Bruvick.
 Er hatte bei Fluglinien angerufen. Er hatte Flüge überprüft. Er war auf den Namen Arden Breen gestoßen. Sie war nach Mobile, Alabama, geflogen. Sie war nach Bon Secour geflogen.
 Logisch:
 Pete hatte Beziehungen am Golf. Pete schmuggelte Waffen. Pete schmuggelte aus Bon Secour. Pete hatte interveniert. Pete hatte Carlos abgeblockt. Pete hatte Jane auf die Flucht geschickt.
 Carlos hatte Danny gefunden. Zusammen mit Jane.
 Soweit die logischen Spekulationen. Durch Fakten erhärtet. Von Zeitungsnachrichten mitbestimmt.
 Sie war tot. Er betrauerte sie. Er arbeitete mit Carlos zusammen. Sie sagten beide nichts. Carlos sagte nichts. Pete sagte nichts. Beide irrten sich. Beide meinten: Ward weiß nicht, was wir wissen.
 Ich weiß Bescheid. Ich habe die logischen Schlussfolgerungen gezogen. Ich sehe es im Traum.
 Carlos tötet aufwendig. Seine Mordtrupps bringen Elektrowerkzeug mit. Carlos tötet langsam.
 Mit Kettensägen / Heckenscheren / Schlagbohrern. Mit Stechbeuteln und Keulen.
 Er sah es im Traum. Er konnte es hören. Er konnte es sehen. Er schlief damit. Er lebte damit. Er trank nicht. Er wollte keine

Betäubung. Er wollte keine Schmerzlosigkeit. Er arbeitete. Er manövrierte. Er legte Verstecke an.
Er ging in die Bank. Er nahm Janes Akte an sich. Er studierte sie: sechs Hefter / sauber getippt / umfassend.
Jane *kannte* ihn. Ihre Akte *kompromittierte* ihn.
Sie hatte seine Unterschlagungen vorausgesagt. Sie hatte über seine Reisen Buch geführt. Sie hatte seine Bankkonten abgeschätzt. Sie hatte seine Technik kritisiert. Sie hatte Beträge überschlagen. Sie hatte seinen Schuld-Zehnten veranschlagt.
Sie war seine Papiere durchgegangen. Sie hatte Fakten zusammengetragen. Sie hatte genaue Schlussfolgerungen gezogen. Sie hatte seinen Müll durchsucht. Seinen Müll studiert. Hatte spektakuläre Belege zusammengetragen.
Sie hatte die von ihm zur Übernahme vorgesehenen Unternehmungen ermittelt. Hatte Profitmargen abgeschätzt. Absahnumsatz überschlagen. Sie hatte Fixkosten vorausgesagt. Hatte Geldwasch-Honorare erraten. Ausländische Kursschwankungen mit einberechnet.
Er hatte sich den Pensionskassenbücher-Plan ausgedacht. *Sie* hatte ihn seriös ausgearbeitet.
Sie hatte über seine Reisen Buch geführt. Sie hatte Telefongespräche notiert. Sie hatte seine Lügen und Auslassungen aufgespürt.
Sie hatte alles festgehalten:
Die Hughes-Absahne. Die nachweisliche Untreue. Die Art und Weise, wie die Jungs Drac in Vegas über den Tisch ziehen.
Kasino-Profite / Cash-Flow-Tabellen / Absahngelder / Strohmänner / versteckte Anteile / manipulierte Preise.
Sie war von bekannten Tatsachen ausgegangen – Hughes will Las Vegas – und hatte Rückschlüsse gezogen.
Nächster Sachpunkt. Belastungsmaterial über Jules Schiffrin. Jane hatte Jules gekannt. Jules hatte ihr unwillentlich einiges preisgegeben. Jane hatte nachgedacht. Jane war zum Schluss gekommen:
Jules hat die Pensionskasse aufgebaut. Jules hat fingierte Kontenbücher zusammengestellt. Jules hat einen »echten« Pensionskassenplan umgesetzt.
Einzelheiten. Tatsachen. Vermutungen. Behauptungen. Bemerkenswert – alles *neu* – *ihm* unbekannt.

Nächster Sachpunkt. Belastungsmaterial über Jimmy Hoffa. Jimmy hatte Ardens Vater getötet. Augenzeugen hatten aus dem Nähkästchen geplaudert. Jimmy hatte Absprachen mit Fabrikdirektoren getroffen. Jimmy hatte Abreibungen befohlen. Jimmy hatte Morde befohlen.

Jane war klug. Jane *tat* so, als ob sie ihren Vater hassen würde. Jane log. Jane lenkte Jimmys Hass ab. Die Akte war ihre Rache: beharrlich / lang geplant.

Nächster Sachpunkt. Belastungsmaterial über die Jungs. Carlos / Sam G. / Johnny Rosselli / Santo / Moe Dalitz / Gangster aus Kansas City.

Einzelheiten. Tatsachen. Gerüchte. Unterstellungen.

Bezüglich: Mord / versuchtem Mord / Nötigung. Richterbestechung / Geschworenenbestechung / Engros- Bestechung von Polizisten. Aufbau von Schieberringen / Abbau von Schieberringen / Neuentwicklung und Umstrukturierung von Schieberringen.

Verblüffend. Vernichtend. Detailliert und umfassend.

Jane schreibt ihr Testament. Jane wird müde. Jane lässt sich provozieren und flieht.

Jane hat die Akte. Jane gibt sie preis. Jane zahlt ihre Dallas-Schulden. Jane zahlt ihm für zwei Jahre »Jane«.

Ihr Testament. Jetzt *seins*. *Seine* Absicherung. An Carlos. An *alle* Jungs:

Ich habe euch gedient. Ich bin müde. Bitte, lasst *mich* gehen.

Er entschied sich für eine Bank in Westwood. Er mietete sich ein Schließfach. Er legte die Akte hinein. Er betrauerte Jane.

Er träumte. Er sah Eispickel und Schlagbohrer im Einsatz. Er betete. Er rechnete seine Toten seit Dallas zusammen.

Er stahl. Er beklaute Howard Hughes. Er händigte der SCLC ihren Zehnten aus. Er trauerte. Seine Trauer wandelte sich. Sein Schmerz verwandelte sich in HASS.

Carlos hatte Jane getötet. Ihn hasste er nicht. So wenig wie die Jungs. Sein Hass war zerflossen und hatte sich verdichtet. In Hass auf Mr. Hoover.

Er *schaute* ihm *zu*.

Mr. Hoover hielt eine Rede in Washington. Mr. Hoover warb um die Kriegsveteranen der American Legion. Er schaute zu. Er stand hinten im Saal.

Der Saal tobte. Mr. Hoover drosch Klischees. Mr. Hoover ging gegen Dr. King los. Mr. Hoover wirkte alt. Mr. Hoover wirkte zerbrechlich. Mr. Hoover spie HASS.
Littell schaute zu.
Mr. Hoover hatte keinen Sinn für Ironie. Mr. Hoover hatte keinen Sinn für Geschmack. Mr. Hoover hatte das Geschehen immer weniger im Griff. Mr. Hoover spie HASS. Unverbrüchlich / unüberwindlich / unverarbeitet.
Littell begriff.
Mr. Hoover war alt. Die Welt entglitt ihm. Er hatte die Zeit seiner Herrschaft überlebt. *Sein* Hass war zerflossen. *Sein* Hass hatte sich verdichtet. In Hass auf Dr. King.
Littell begriff seinen *eigenen* Hass.
Er war anmaßend. Er wollte zu viel. Er hatte sich *übernommen*. Sein Hass war zerflossen. Sein Hass hatte sich verdichtet. Sein Hass war zersplittert. Er war seiner Welt entwachsen. Er hatte seine Ideale behalten. Er hatte seine Freude an Intrigen verloren. Sein Hass war zerflossen und hatte sich verdichtet. Sein Hass hatte sich auf John Edgar Hoover konzentriert.
Er verhielt sich konsequent. Er verhielt sich passiv. Abwarten. Noch nichts unternehmen. Soll Mr. Hoover HASSEN. Soll die Welt sich weiterdrehen. Soll Dr. King sich mit Bobby zusammentun. Sie haben kühne Pläne. Sie verabscheuen den Krieg. Vielleicht arbeiten sie zusammen.
Dr. King plante die Revolte. Lyle Holly hatte die Einzelheiten festgehalten. Littell hatte Lyles Notizen verbrannt. Soll Dr. King die Notizen umsetzen. Soll Dr. King *aktiv* handeln.
Friedensforderungen. Stimmrechtskampagnen. Slumorganisationen. Das erste Stadium der geplanten Revolte – bis 1968 durchgeplant.
Abwarten. Selber nichts unternehmen. Soll Mr. Hoover HASSEN.
Sein Hass brennt. Sein Hass ist offensichtlich. Sein Hass diskreditiert ihn. Dr. King plant. Dr. King manövriert. Dr. King wird immer bedeutender.
Nicht *zu viel* Druck machen. Nicht *zu viel* auf einmal wollen. Die eigene Glaubwürdigkeit nichts aufs Spiel setzen. Soll die Welt sich in ihrem Tempo weiterdrehen. Sollen die Dinge ihren Lauf nehmen.

LBJ kämpft seinen ausländischen Krieg. Mr. Hoover ist einverstanden. LBJ setzt Bürgerrechte durch. Mr. Hoover kocht heimlich vor Wut. Mr. Hoover speit Hass.
 Vielleicht denkt LBJ über Mr. Hoover nach. Edgar – du bist erledigt. Du musst gehen.
 Der Krieg wird sich ausweiten. Der Krieg wird entzweien. Vielleicht kostet der Krieg LBJ die Macht. Vielleicht tritt Bobby 1968 an. Vielleicht nimmt sich Dr. King weniger vor. Vielleicht unterstützt ihn Bobby.
 Er schaute Bobby zu. Er las die Senatsprotokolle. Er prüfte Bobbys Stimmverhalten. Bobby war klug. Bobby sprach nie von den »Jungs«. Bobby hasste diskret.
 Intensiv hassen. Tapfer hassen. Anders hassen als Mr. Hoover.
 Mr. Hoover rief ihn an. Mitte Juli klingelte das Telefon. Mr. Hoover machte ihm Angst.
 Die stichprobenartigen Observierungen hatten sich erledigt. Das *wusste* er. Wegen Chuck Rogers hatte er nichts zu befürchten. Wegen Lyle H. hatte er nichts zu befürchten.
 Und dennoch – Mr. Hoover machte ihm Angst.
 Mr. Hoover war brüsk. Mr. Hoover war grob. Howard Hughes und Las Vegas – bringen Sie mich auf den neuesten Stand.
 Littell sagte, Drac spinnt. Drac hat Angst vor Bundesstaatssteuern. Drac hat einen ganzen Zug gebucht. Drac ist mit dem Zug nach Boston gefahren. Drac hat seine Mormonen mitgebracht. Drac hat ein Stockwerk im Ritz gebucht.
 Drac will Hotels. Ich habe mit den *eingetragenen* Besitzern Kontakt aufgenommen. Alles pro forma. Die Prozentpunkte gehören den Jungs. Die Jungs werden die Provisionen festlegen.
 Mr. Hoover hatte gelacht. Mr. Hoover hatte Pläne geschmiedet. Mr. Hoover hatte eine Null-Razzia-Bestimmung versprochen. Wozu die Öffentlichkeit aufschrecken? Wozu Drac und sein Reich in den Schmutz ziehen?
 Littell schweifte ab. Littell sagte, Drac habe einen Plan. Er wird Ende November nach Vegas kommen.
 Die bürokratischen Hindernisse werden sich erledigt haben. Er wird über Bargeld verfügen. Er wird das Desert Inn stürmen. Er hat ein Stockwerk gebucht. Er wird seine Sklaven mit-

bringen. Sie werden seinen Blut- und Drogenvorrat mitschleppen.
Mr. Hoover hatte gelacht. Mr. Hoover hatte ihn auf die Probe gestellt:
Ich habe ein paar Wanzen entfernen lassen. Ich habe ein paar Abhörmaßnahmen unterbunden. Der Kongressausschuss hat mich dazu gebracht. Ich habe einen Tipp erhalten: Lyle Holly soll sich bei Bobby gemeldet haben. Lyle soll ihm ein postumes »Geständnis« geschickt haben.
Littell tat schockiert: Nicht Lyle H! Nicht unser WEISSES KARNICKEL!
Mr. Hoover hatte ihn auf die Probe gestellt. Mr. Hoover hatte getobt. Mr. Hoover hatte gekocht vor Wut. Dass er WEISSES und KREUZFAHRER KARNICKEL verachte. Dass er sie als verwandte moralische Nieten begreife. Er hatte WEISSES KARNICKEL als Verräter verflucht.
Littell hatte den Tobsuchtsanfall analysiert. Und war zum Schluss gekommen: Er hat mich nicht im Verdacht / er nimmt Lyle sein »Geständnis« ab / er nimmt ihm den »Verrat« ab.
Mr. Hoover schweifte ab. Mr. Hoover griff Dr. King an. Sein HASS zeigte sich. Sein HASS wurde immer offensichtlicher. Sein HASS steigerte sich.
Littell bat, eingreifen zu dürfen. Sie wissen, dass ich Dokumente habe. In denen meine »Mafia-Spenden« aufgeführt sind.
Mr. Hoover lehnte ab. Mr. Hoover sagte, das sei zu wenig. Mr. Hoover sagte, das käme viel zu spät.
Littell hörte seinen Hass. Littell hörte die Entschlossenheit. Littell begriff: Er hat neue Pläne. Er wird eskalieren.
Mr. Hoover verabschiedete sich. Mr. Hoover ließ unerwähnt:
Das Neueste über Postvergehen. Das Neueste über die RASSISTEN-Aktion von SCHWARZEM KARNICKEL. Ein Riesenerfolg. Was zum Aufschneiden. Eine viel sagende Aussparung.
Littell übersetzte besagte Aussparung. Littell begriff: Er hat neue Pläne. Er wird sich hochschaukeln.
Abwarten. Nichts unternehmen. Soll sich sein Hass zeigen. Soll sich sein Hass selbst verraten.

Die Jungs hatten Pläne. Umzugszeit – Sam G. wird aus der Haft entlassen.

Littell fuhr ihn nach Hause. Sam packte. Sie flogen nach Mexico City. Sam kaufte Schnickschnack. Sam kaufte ein Haus. Sam sprach über seine Pläne.

Wir kaufen die '68er Wahlen. Wir schanzen *unserem* Kandidaten den Sieg zu. Er steckt unser Geld ein. Er kuscht. Er gehorcht. Er begnadigt Jimmy Hoffa. Er lässt uns expandieren. Er lässt unsere Kolonisationspläne in Ruhe.

Wir ziehen nach Süden. Wir kolonisieren. Wir errichten unsere Kasinos. Er soll uns unsere Gewinne einstreichen lassen – er soll besagte Kolonien in Ruhe lassen – ob die nun in rechten *oder* linken Ländern sind.

Aktennotiz: *Wir* kaufen den Kandidaten. *Wir* übernehmen den Löwenanteil. Drac übernimmt 25 %. Eine Hand wäscht die andere. Drac kriegt was dafür – was und in welcher Form, wird sich noch zeigen.

Jimmy ist erledigt. Seine Berufungsmöglichkeiten sind ausgeschöpft. Nächsten Frühling wandert er in den Knast. Soll er schmoren. Einen Kandidaten kaufen. Dafür sorgen, dass der Kandidat gewählt wird.

Besagter Kandidat wartet ab. Besagter Kandidat begnadigt Jimmy. Wir kriegen eine Begnadigung. Wir kriegen eine klare Politik betreffs unserer Kolonien – in rechts- *oder* linkslastigen Nationen.

Kuba war links. Dort ließen sich keine Kasinos einrichten. Die Kolonisationsziele waren sämtlich *rechts*lastig. Zurückdenken. Vor drei Jahren – im Herbst '63.

Das Attentat ist geplant. Die Jungs sind sauer. Die Jungs wollen ihre kubanischen Kasinos wieder. Sie haben Castro umzubringen versucht. Sie haben sich Geheimdienstunternehmungen gegönnt. Vergebens.

Sam keilt Santo. Santo holt Johnny Rosselli dazu. Sie sprechen den Bart an. Sei lieb – *bitte*, gib uns unsere Kasinos wieder. Der Bart sagt nein. Sie legen Jack um. Die Welt ist in ihren Grundfesten erschüttert.

Damals wie heute – krasse und kühne Pläne.

Wie der Krieg – Pete B.s Lieblingsnarretei.

Er lunchte mit Barb. Sie trafen sich einmal die Woche. Sie

sprachen darüber. Barb hasste den Krieg. Barb fand Bobby immer sympathischer. Barb schimpfte über Pete.
Barb sprach über Politik. Barb berichtete Nachtclubtratsch und schweifte ab. Barb sprach von »Ausbeutung«. Barb sprach von »Massenmord« und »Völkermord«.
Barb war launisch. Barb nahm Pillen. Barb betäubte sich. Sie sprachen über Petes Geschäft. Sie sprachen über Petes Abtrennungen.
Barb kam nicht vom Fleck. Barb saß zwischen den Stühlen. Barb hielt auseinander: Ich liebe Pete / ich hasse Petes Geschäft / ich hasse Petes Krieg.
Er liebte sie. Wayne liebte sie. Wie sie wusste. Alle Männer liebten sie. Was er ihr sagte. Was sie wusste.
Sie sagte, dass sie das mochte. Sie sagte, dass sie das hasste. Sie sagte, dass sie dem erst spät entwachsen sei.
Sie wusste, dass Jane ihn verlassen hatte. Die Einzelheiten kannte sie nicht. Sie zog ihn wegen Janice auf. Er sagte es ihr ins Gesicht. Ganz ohne Umschweife – Janice war eine Ablenkung.
Janice bot Sex. Janice bot Eleganz. Janice bot Willenskraft und Schneid.
Wayne Senior hatte sie zusammengeschlagen. Janice hinkte immer noch. Janice bekam immer noch Krämpfe. Janice spielte immer noch Erstklassgolf. Janice spielte immer noch 1A Tennis.
Sie stürmte zum Netz. Hinkend. Sie krampfte zusammen. Sie wuchtete Schläge zurück. Sie punktete. Sie siegte durch Zermürbung.
Sie ließ die Mormonen-Schläger abblitzen. Besagte Mormonen-Schläger, die vorsichtig anfragten. Wayne Senior vermisst Wayne Junior.
Sie antwortete stets das Gleiche. Fickt euch. Ihre wortwörtliche Standardantwort.
Er hatte sie gern. Er liebte Barb. Er liebte Jane.
Barb bekam einen verträumten Ausdruck. Dann pflegte sie sich vor Pete zu verstecken. Er beneidete sie um ihre Verträumtheit. Er beneidete sie um ihre Betäubung.

DOKUMENTENEINSCHUB: 30.10.66. Interne Aktennotiz. Betrifft: UNTERNEHMEN SCHWARZES KARNICKEL. An: BLAUES KARNICKEL. Von: Direktor. Bezeichnung: »VERTRAULICHKEITSSTUFE 1A.«/»DARF NUR VON BLAUEM KARNICKEL EINGESEHEN WERDEN.«/»LESEN UND VERBRENNEN.«

BLAUES KARNICKEL,
ich habe eingehend über mein Telefongespräch vom Juli mit KREUZFAHRER KARNICKEL nachgedacht. Ich konnte KREUZFAHRERS Reaktion auf meine Erwähnung des vorgeblichen Geständnisses von WEISSEM KARNICKEL nicht deuten und habe seinen Geisteszustand als problematisch empfunden.
WEISSES KARNICKEL war, wie sich versteht, Ihr Bruder. Ich habe eingehend über Ihre wiederholte Behauptung nachgedacht, dass das Geständnis gefälscht sei. Ihnen zufolge ist laut jetzigem Wissensstand eine derartige Fälschung einzig KREUZFAHRER KARNICKEL zuzutrauen, eine Einschätzung, der ich in keiner Weise widersprechen kann.
KREUZFAHRER KARNICKEL macht mir Sorgen. Wie Sie festgestellt haben, ist seine Freundin Arden Breen / Jane Fentress vergangenen Oktober verschwunden und wahrscheinlich durch Angehörige des Organisierten Verbrechens umgebracht worden. Ich hege den Verdacht, ihr Abgang und ihr gewiss schreckliches Ende könnten zu KREUZFAHRER KARNICKELS Trübsinn beigetragen haben. Sie haben KREUZFAHRER KARNICKEL öfters als »Weichei« bezeichnet, was dann dahin gehend zu ergänzen wäre, dass sein Hang zu Kamikaze-Unternehmungen ihn zum gefährlichsten Weichei der Welt macht.
In Anbetracht all dessen halte ich es für angebracht, die stichprobenartigen Observierungen von KREUZFAHRER KARNICKEL und unsere Müll und Postüberwachung wieder aufzunehmen. Womit die frühere Entscheidung, ihn von allen Aspekten der UNTERNEHMUNG SCHWARZES KARNICKEL fern zu halten, hinfällig wird.
Was die »Nötigungsaktion« betrifft:
Ihr Vorschlag, ROTES KARNICKEL als Zielsubjekt zu nehmen, ist abgelehnt. ROTES KARNICKEL ist dafür zu misstrauisch.

Unser Zielsubjekt wird ROSA KARNICKEL sein. Sein unbedachtes Streben nach homosexuellen Begegnungen weist ihn als geeigneter und angreifbarer aus. GROSSES KARNICKEL scheint sich von seinem Herzinfarkt erholt zu haben. Nehmen Sie bis zum 1. 12. 66 mit ihm Verbindung auf.

DOKUMENTENEINSCHUB: 2. 11. 66. Miami *Herald*, Schlagzeile:

KING VERDAMMT »IMPERIALISTISCHEN KRIEG«
IN VIETNAM

DOKUMENTENEINSCHUB: 4. 11. 66. Denver *Post-Dispatch*, Schlagzeile und Untertitel:

HOFFAS GEFÄNGNISTERMIN FÜR MÄRZ FESTGELEGT
RECHTSANWÄLTE MACHEN SICH WENIG HOFFNUNG

DOKUMENTENEINSCHUB: 12. 11. 66. Atlanta *Constitution*, Untertitel:

KING BEZEICHNET KRIEG ÖFFENTLICH ALS
»MORALISCHE SCHANDE«

DOKUMENTENEINSCHUB: 16. 11. 66. Los Angeles *Examiner*, Untertitel:

RFK ZU REPORTERN: KEINE PRÄSIDENTENPLÄNE FÜR '68

DOKUMENTENEINSCHUB: 17. 11. 66. San Francisco *Chronicle*, Untertitel:

»WUNSCHKANDIDAT KENNEDY«-BEWEGUNG WIRD GRÖSSER
TROTZ ABLEHNENDER HALTUNG DES SENATORS

DOKUMENTENEINSCHUB: 18.11.66. Chicago *Sun-Times,* Schlagzeile und Untertitel:

KING SPRICHT VOR
WEHRDIENSTVERWEIGERER-WORKSHOP
HOOVER BEZEICHNET BÜRGERRECHTSFÜHRER ALS
»KOMMUNISTISCHE MARIONETTE«

DOKUMENTENEINSCHUB: 23.11.66. Washington *Post,* Untertitel:

KRITIK AN HOOVER WEGEN KING-FEINDLICHER BEMERKUNGEN

DOKUMENTENEINSCHUB: 24.11.66. Boston *Globe,* Untertitel:

HOWARD HUGHES' BIZARRE ZUGREISE DURCH AMERIKA

DOKUMENTENEINSCHUB: 25.11.66. Las Vegas *Sun,* Schlagzeile und Untertitel:

HUGHES-ZUG UNTERWEGS
WAS WIRD DER BILLIONÄRS-EINSIEDLER
LAS VEGAS BRINGEN?

FÜNFTER TEIL

BESITZERGREIFUNG

27. November 1966 – 18. März 1968

93 (Las Vegas, 27.11.66)

Er kommt.
Er, Mr. Big. Er, Howard Hughes. Er, der Graf von Las Vegas. Littell schaute zu.
Er stellte sich zu Reportern. Er stellte sich zu Kamerateams. Er stellte sich zu gewöhnlichen Las-Vegas-Bürgern. Es hatte sich rumgesprochen. Der Graf kommt. Am Bahnhof – um 23:00.
Er kommt. Gleis 14 im Auge behalten. Aufgepasst auf den Drac-Express.
Die Plattform war gerammelt voll. Reporter bildeten Pulks. Hiwis schleppten Scheinwerfer. Kameraleute schleppten Film. Littell schaute zu.
Er hatte Dracs Mormonen angesprochen. Sie hatten von Renovierungen geredet. Sie sagten, sie würden im Desert Inn absteigen. Sie sagten, sie hätten alles draculagerecht umgestaltet. Sie hatten das Penthouse keimfrei gemacht. Sie hatten Tiefkühler reingeschleppt. Sie hatten Zwischenverpflegung und Bonbons eingelagert.
Eiswaffeln / Pizza / Schokostängel. Demerol / Kodein / Dilaudid.
Sie sagten, bald sind wir so weit. Wir werden verhandeln und den Preis runterhandeln. Wir werden das Desert Inn *kaufen*. Die Jungs sagten, bald sind *wir* so weit. *Wir* werden verhandeln und den Preis bestimmen.
Einen hohen Preis. Drac wird sich sträuben. Drac wird schmollen. Drac wird zahlen. Drac wird auf Mormonen-Hegemonie bestehen. Drac wird groß erklären: Mein Kasino wird von Mormonen geführt!
Die Jungs werden umdisponieren. Die Jungs werden intrigieren. Die Jungs werden entscheiden: Littell wird Wayne Tedrow Senior ansprechen.

Sie werden sich unterhalten. *Sie* werden verhandeln. Ein nettes Geplauder mit grausamen Untertönen. Wayne Senior wird wegen Janice sticheln.

Die Plattform bebte. Die Schienen bebten. Eine Zugpfeife erklang.

Er kommt.

Ein Polizeikastenwagen fuhr vor. Polizisten stiegen aus. Polizisten schleppten Ausrüstung mit. Ein Polizist schob eine Trage. Ein Polizist schob ein Sauerstoffzelt. Ein Polizist schleppte Sauerstoffflaschen. Polizisten schubsten Reporter weg. Polizisten schubsten Bürger weg. Polizisten drängten Kameras zurück. Reporter drängten sich nach vorn. Reporter kämpften um einen guten Platz. Reporter schubsten zurück.

Die Zuglichter kommen – die Pfeife in voller Lautstärke.

Littell hatte sich auf die Zehenspitzen gestellt. Ein Junge schubste ihn weg. Littell trat zurück. Littell gewann Übersicht.

Funken flogen. Der Zug bremste. Der Zug wurde langsamer und blieb stehen. Die Menge drängte nach vorn. Blitzlichter blendeten. Die Menge zerstreute sich.

Die Leute stellten sich an den Zug. Sie beschatteten die Augen. Sie spähten durch Fensterschlitze. Türen klappten auf – vor und zurück – die Menge folgte dem Polizisten mit der Trage.

Littell lachte. Littell kannte Dracs Strategie. Littell kannte die Ablenkungsmanöver.

Schau:

Da kommt Trage Nr. 2. Da kommt Zelt Nr. 2. *Ganz* weit hinten.

Mormonen kamen raus. Mormonen machten einander Zeichen. Mormonen legten eine Rampe an. Mormonen bildeten eine Doppelreihe. Mormonen schoben einen Rollstuhl. Mormonen rollten Drac.

Er ist groß. Er ist hager. Er trägt einen Kleenex-Schachtel-Hut.

94 (Las Vegas, 27.11.66)

Er kommt.
Er ist aus dem Zug gestiegen. Er sitzt im Auto. Er trägt diesen doofen Hut.
Wayne ging durchs Desert Inn. Die Eingangshalle summte aufgeregt. Geier kreisten. Wayne schnappte Gerüchte auf. Er ist überfällig. Er ist bald fällig. Er ist *jetzt* fällig. Er hat Narben von einem Flugzeugabsturz. Er hat eine Hautkrankheit. Er hat Schrauben im Nacken wie Frankenstein.
Geier gingen in Stellung. Geier lauerten. Geier streiften durchs Kasino. Geier stellten sich auf Stühle. Geier schwenkten Kameras. Geier warteten mit Unterschriftsbüchern.
Geier streiften draußen rum. Wo Wayne Barb bemerkte. Glaswände gewährten Einblick. Barb sah Wayne. Barb winkte. Wayne winkte zurück.
Geier schwärmten aus. Hotelbullen schwärmten aus. Jemand schrie: »Limousinen!« Jemand schrie: »*Er kommt!*«
Geier kreischten. Geier verteilten sich. Geier rannten nach draußen. Wayne blickte durch Glaswände. Wayne gewann Überblick. Er sah Polizisten. Er sah Limousinen. Er sah einen Möchtegern-Howard-Hughes. Er kannte ihn. Er hatte ihn *hopsgenommen* – damals, 1962.
Der Mann hatte im Fernsehen eine Kindershow geleitet. Er pflegte seinen Pimmel zu zeigen. Er pflegte präpubertäre Jugendliche zu begrapschen. In Polizeikreisen hieß er »Belästiger-Chester«.
Geier stießen auf ihn nieder. Chester posierte großzügig für Fotos. Chester unterschrieb Autogrammbücher. Eine Limousine fuhr vorbei. Ein Fenster senkte sich. Wayne konnte kurz reinblicken: weißes Haar / tote Augen / doofer Hut.
Jemand schrie: »Der ist nicht echt!« Geier sprangen auf und rannten los. Geier verfolgten die Limousine.

Barb kam rein. Wayne sah sie. Wayne ging zu ihr.
»Musst du heute Abend nicht arbeiten?«
Barb lachte. »Das könnte ich dich fragen.«
Wayne lächelte. »Ich musste an Pete und Ward denken und daran, wie alles angefangen hat.«
Barb gähnte. »Sag mir das bitte bei einer Tasse Kaffee.«
Ein Geier rannte vorbei. Sie wichen ihm aus. Sie gingen zur Bar. Sie nahmen Platz und setzten sich mit Blick aufs Kasino. Eine Kellnerin kam vorbei. Barb winkte ihr. Sie brachte rasch Kaffee. Im Spielsaal war wenig los. Chester würfelte. Geier schlängelten sich durch.
Barb trank Kaffee. »Ich hab's vor Monaten aufgegeben und sehne mich immer noch nach einer Zigarette.«
»Nicht so wie Pete.«
Chester würfelte. Chester verlor. Chester schmiss das Geld raus.
Barb schaute ihn an. »Es gibt nun mal diese offenen Geheimnisse.«
»Die aber nicht *allen* bekannt sind.«
Barb rollte ihre Serviette aus. Barb fuchtelte mit ihrem Löffel.
»Da ist zum Beispiel eine gewisse Stadt in Texas. Dann gibt es die Pläne der Firma bezüglich Mr. Hughes.«
Wayne lächelte. »Sag mir Geheimnisse, die ich nicht kenne.«
»Zum Beispiel?«
»Ach komm. Pete hat die Hälfte der Zimmer von Vegas verwanzt.«
Barb fuchtelte mit ihrem Messer. »Na gut. Esels-Dom ist im Cavern abgestiegen. Er hat vier Nächte bei Sal Mineo verbracht, ohne dass die beiden die Suite verlassen hätten. Pagen versorgen sie mit Popper und Gleitmittel. Pete fragt sich, wie lange sie das durchhalten können.«
Wayne lachte. Wayne überprüfte den Spielsaal. Chester würfelte. Chester warf gut. Chester gewann Geld.
Barb lächelte. Barb ging. Barb ging aufs Klo. Geier umkreisten Chester. Chester-Hughes zog sie an.
Chester suhlte sich in der Aufmerksamkeit. Chester verbeugte sich großzügig. Chester posierte für Aufnahmen.

Barb kam zurück. Barb ging nicht ganz sicher. Sie setzte sich. Ihre Lider rutschten runter. Der Blick war heroinverglast.

Sie lächelte. Sie fuchtelte mit dem Messer. Wayne ohrfeigte sie. Sie nahm das Messer. Sie stach zu. Sie verfehlte Waynes Hände.

Wayne ohrfeigte sie. Barb stach zu. Die Klinge traf den Tisch. Sie blieb stecken. Sie zitterte. Das Messer stand fest.

Barb fasste nach ihrer Wange. Barb rieb sich die Augen. Barb ließ ein paar Tränchen fließen.

Wayne packte ihre Hände. Wayne verdrehte ihr die Arme. Wayne riss ihren Kopf nach unten.

»Du bist überdreht. Du steckst dir den Scheißdreck in die Nase und kommst dir dabei erhaben über Pete vor. Du glaubst, du seist groß und mächtig, weil du den Krieg und Petes Geschäft hasst, aber eigentlich ist das bloß eine lahme Ausrede, weil du nämlich eine untalentierte Nachtclubschnepfe bist, die auf Rauschgift abfährt, ohne rumzufick —«

Barb riss ihre Hände frei. Barb griff das Messer. Wayne ohrfeigte sie. Sie ließ das Messer fallen. Sie rieb sich die Wangen. Sie wischte sich die Augen.

Wayne streichelte ihr Haar. »Ich liebe dich. Ich werde nicht kampflos hinnehmen, dass du dich verdammt nochmal zugrunde richtest.«

Barb stand auf. Barb wischte sich die Augen. Barb schwankte heroinunsicher von dannen.

Showtime:

Chester trat auf. Chester unterhielt die Menge – Alkis und Spießer. Chester posierte. Chester schmiss sich an Las Vegas ran. Chester schnitt mit Flugzeugabsturz-Geschichten auf.

Wayne schaute zu. Wayne sah sich im Spielsaal um.

Er trank Bourbon. Er schmollte. Er roch an Barbs Serviette. Er roch ihre Handkreme. Er roch ihr Badeöl.

Chester gab Autogramme. Chester schnitt mit Jane Russels Brüsten auf. Chester bekam bei Kleinkindern Stielaugen.

Wayne trank Bourbon. Seine Gedanken kreisten. Er sah, wie Janice vorbeiging. Sie hinkte nach wie vor. Sie schritt nach wie vor stolz daher. Ihre graue Strähne leuchtete nach wie vor.

Sie ging durch den Spielsaal. Sie fütterte Spielautomaten. Sie verschwendete Geld. Sie gewann einen Jackpot. Sie sammelte Münzen auf. Und reichte einem automatensüchtigen Tippelbruder eine Spende.

Der Tippelbruder lag ihr zu Füßen. Der Tippelbruder bedankte sich. Der Tippelbruder trug ungleiche Schuhe. Der Tippelbruder trat an einen Spielautomaten. Der Tippelbruder zog am Hebel. Der Tippelbruder verspielte die Spende.

Er zuckte mit den Schultern. Er disponierte um. Er ging wieder betteln. Er trat zu Chester. Chester sagte: »Fick dich.«

Janice hinkte. Janice stolzierte. Janice trat aus Waynes Gesichtsfeld. Sie ging zur Hintertür raus – die Aussicht auf den Golfplatz war toll.

Sie geht zu Wards Suite. Ein spätnächtliches Rendezvous.

Wayne roch an der Serviette. Wayne roch Barb. Wayne spürte, wie ihn der Gedanke an Janice durchzuckte. Seine Gedanken rasten. Er dachte ans Rendezvous.

Er fuhr sofort los. Die Straße fiel ab. Er fuhr volltrunken. Er ging gleich darauf ins Haus. Er nahm eine Flasche von der Bar. Er ging gleich weiter.

Die Veranda. Wayne Senior. Er wird bald alt. Er ist über sechzig. Aber als Alter ist er ganz jung.

Er hat dasselbe Grinsen. Er hat denselben Stuhl. Er hat dieselbe Aussicht.

»Du trinkst jetzt aus der Flasche. Dafür habe ich dich zwei Jahre entbehren müssen.«

Wayne nahm einen Hocker. »Du tust so, als ob das alles wäre, was ich gelernt habe.«

»Das nun gerade nicht. Man hört einiges, also weiß ich, dass das nicht alles ist.«

Wayne lächelte. »Du hast bei mir vorgefühlt.«

»Und du hast mich abgeschmettert.«

»Es war wohl nicht an der Zeit.«

Wayne Senior lächelte. »Howard Hughes und mein Sohn an ein- und demselben Abend. Herz, was willst du mehr.«

Der Hocker war niedrig. Wayne schaute nach oben.

»Reit nicht drauf rum. Das ist Zufall.«

»Nein, das ist Schicksal. Bondurant geht Hughes voran.

Hughes bedeutet, dass mich Ward Littell bald um einen Gefallen bitten wird.«

Wayne hörte, wie im Norden geschossen wurde. Die Polizisten waren das gewohnt. Ein bankrotter Spieler verlässt die Stadt. Ein bankrotter Spieler entspannt sich.

»Ward bittet nicht. Das solltest du wissen.«

»Du versuchst, mich vorzuführen, Sohn. Du versuchst, mich dazu zu bringen, deinen Exrechtsanwalt zu loben.«

Wayne schüttelte den Kopf. »Ich versuche bloß, die Unterhaltung in eine gewisse Richtung zu steuern.«

Wayne Senior tastete mit dem Fuß nach dem Hocker. Wayne Senior tastete nach Waynes Knie.

»Feuerhöllisch. Was wäre ein Zusammentreffen von Vater und Sohn ohne ein paar direkte Fragen?«

Wayne stand auf. Wayne streckte sich. Wayne trat den Hocker weg.

»Wie läuft das Hassgeschäft?«

»Feuerhöllisch. Du bist ein größerer Hasser, als ich je einer war.«

»Komm, sag schon.«

»Also gut, ich habe das Hasstraktatgeschäft aufgegeben, um den sich verändernden Zeitumständen von einer höheren Warte aus gerecht zu werden.«

Wayne lächelte. »Ich sehe Mr. Hoovers Hand.«

»Da siehst du absolut richtig, was mir zeigt, dass die Jahre deinen Instinkt nicht –«

»Komm, *sag* schon.«

Wayne Senior wirbelte mit dem Stock. »Ich arbeite mit deinen alten Kameraden Bob Relyea und Dwight Holly zusammen. Wir haben einige der extremsten Spinner in ganz Dixie aus dem Umlauf gezogen.«

Wayne schluckte Bourbon. Wayne schluckte den letzten Rest. Wayne kippte die Flasche leer.

»Weiter. Ich mag ›extremste Spinner‹.«

Wayne Senior lächelte. »Das solltest du auch. Man kann gescheit und man kann dumm hassen, und du hast den Unterschied nie begriffen.«

Wayne lächelte. »Vielleicht hab ich darauf gewartet, dass du ihn mir erklärst.«

Wayne Senior zündete sich eine Zigarette an – mit zarten Goldornamenten.

»Ich bin der vollen Überzeugung, dass den Farbigen ein Stimmrecht und gleiche bürgerliche Rechte zustehen, was ihre kollektive Intelligenz fördern und sie gegen Demagogen wie Luther King und Robert Kennedy immun machen wird. Dein pharmazeutisches Unternehmen bietet ihnen die Sedierungsmittel, nach denen ein Großteil der Farbigen verlangt und die sie der dümmlichen Rhetorik unserer Zeit fern halten. Meine Polizeifreunde versichern mir, dass die farbige Verbrechensstatistik seit Beginn deiner Operationen nicht merklich zugenommen hat, dass sie die Farbigen stattdessen in ihrem Stadtteil isoliert, wo sie ohnehin viel lieber sind.«

Wayne streckte sich. Wayne blickte nach Norden. Wayne musterte die Aussicht auf den Strip.

Wayne Senior blies Rauchringe in die Luft. »Du wirkst nachdenklich. Ich habe eine scharfe Antwort erwartet.«

»Ich bin voll mit dir einverstanden.«

»Dann habe ich dich zur richtigen Zeit erwischt.«

»In gewisser Weise, ja.«

»Erzähl mir von Vietnam.«

Wayne zuckte mit den Schultern. »Hoffnungsloser Schwachsinn.«

»Ja, aber du fährst drauf ab.«

Wayne nahm den Stock. Wayne wirbelte damit. Wayne wirbelte Wellen. Wayne wirbelte Kreise. Wayne wirbelte Spiralen.

Wayne Senior riss ihm den Stock weg. »Schau mich an, Sohn. Schau mich an, während ich dir eines sagen will.«

Schau: Du hast *sein* Gesicht. Schau: Du hast *seine* Augen.

Wayne Senior ließ den Stock fallen. Wayne Senior fasste nach seinen Händen. Wayne Senior drückte sie ganz fest.

»Dallas tut mir Leid, Sohn. Es ist das Einzige in meinem Leben, was ich wirklich bedaure.«

Schau – er *meint*, was er sagt – seine Augen werden nass.

Wayne lächelte. »Mir ist manchmal, ich sei dort zur Welt gekommen.«

»Bist du dankbar?«

Wayne riss seine Hände frei. Wayne schüttelte Blut rein. Wayne ließ die Daumen knacken.

»Mach keinen Druck. Mach nicht, dass es mir Leid tut, dass ich zu dir rausgefahren bin.«
Wayne Senior drückte die Zigarette aus. Der Aschenbecher hüpfte. Seine Hand zitterte.
»Hast du Wendell Durfee getötet?«
»Ich habe ihn nicht gefunden.«
»Weißt du –«
»Ich glaube, er ist in L.A.«
»Ich kenne ein paar Leute bei der dortigen Polizei. Sie könnten einen verdeckten Suchbefehl ausstellen.«
Wayne schüttelte den Kopf. »Das ist meine Sache. Mach keinen Druck.«
Schüsse – zehn Uhr Position / Nordwesten.
»Das mit Janice tut mir Leid«, sagte Wayne.
Wayne Senior lachte. Wayne Senior brüllte. Wayne Senior grölte, feuerhöllisch.
»Mein Sohn fickt meine Frau und sagt mir, dass ihm das Leid tut. Entschuldige, dass ich lache und sage, dass mir das egal ist, aber ich habe ihn stets mehr geliebt.«
Schau – feuchte Augen und Lachfalten – es ist ihm *ernst*.
Eine Brise rührte sich. Kalte Luft. Wayne erschauerte.
Wayne Senior hustete. »Darf ich dir ein Angebot machen?«
»Ich höre.«
»Dwight Holly wird ein paar hochraffinierte Bürgerrechtsoperationen laufen lassen. Du wärst ein idealer stiller Partner.«
Wayne lächelte. »Dwight hasst mich. Das weißt du.«
»Dwight ist ein gescheiter Hasser. Er weiß um deinen Hass, und ich bin sicher, dass er weiß, wie nützlich du sein kannst.«
Wayne ließ die Daumen knacken. »Ich hasse nur die Bösen. Ich bin kein Klan-Knilch, dem einer abgeht, wenn er Kirchen in die Luft jagt.«
Wayne Senior stand auf. »Du könntest hochrangige Operationen führen. Du weißt, wie der Hase läuft und wie man einen Laden in Schuss hält. Du könntest deine Probleme abreagieren, mit den richtigen Leuten ins Geschäft kommen und ein paar sehr interessante Dinge tun.«
Wayne schloss die Augen. Wayne sah Zeichen: *Hass / Liebe / Arbeit.*

»Du wirkst nachdenklich, Sohn. Du hast eine gute Nase für Gelegenheiten, genau wie dein Daddy.«
»Mach keinen Druck«, sagte Wayne. »Damit versaust du's nur.«

95 (Las Vegas, 28.11.66)

Der Kater ging auf Pirsch. Das Bett war sein Revier.
Er zerfetzte das Kopfbord. Er zerfetzte die Leintücher. Er zerfetzte Petes Kissen. Pete wachte auf. Pete küsste Barb. Pete sah den großen blauen Fleck.
Er war früh zu Bett gegangen. Barb spät. Er hatte ihre Heimkehr verschlafen.
Er berührte ihr Haar. Er küsste den Fleck. Jemand klingelte – Barb schlief weiter.
Scheiße – 07:40.
Pete stand auf. Pete warf einen Bademantel über. Pete ging raus und machte die Tür auf. Scheiße – Freddy Turentine.
Ein zerzauster Freddy – zerschlagen und zerknittert. In *seinem* Bademantel. In abgetretenen Pantoffeln. Scheiß-geschockt.
Mit einem Tonbandgerät. Mit einem Band. Bi-bi-bi-bibbernd.
Pete zog ihn rein. Pete nahm ihm das Gerät ab. Pete zog die Tür zu. Fred beruhigte sich. Fred bekam den Scheiß-Schüttelfrost und das Bibbern in den Griff.
»Ich war auf Horchposten. Ich habe die Schickimicki-Suiten-Bänder der vergangenen Nacht abgespielt. Und habe den Knatsch zwischen Dom und Sal Mineo mitgekriegt.«
Achtung. Was –
Pete räumte einen Stuhl frei. Pete stellte das Gerät auf. Pete steckte den Stecker ein. Pete fädelte die Spule ein.
Er drehte die Lautstärke hoch. Er drückte die »Play«-Taste. Er hörte statisches Rauschen. Er hörte die Zeit-Piepser – das von keiner Stimme aktivierte Band.
Da – Sals Stimme / der Startklick / Aktivierung.
»Dom ... he ... du Arsch, das ist meine Brieftasch –«
Dom: »... nicht was du ... nur gucken ... diese Telefonnum –«

Sal: »Du Arsch. Du Scheiß-Schwanzlutscher-Schwuchtel.«
Dom: »*Selber* Schwanzlutscher. Du lutschst doch andauernd an meiner Riesen-*braciola*, du schwanzlutschendes Exfilmsternchen –«
Krachende Geräusche / Atemgeräusche / Poltern. Küchengeräusche / Schubladengeräusche / zerbrechendes Glas. Poltern. *Messer*klirren. »Sal, nein, nein, nein.« Schluchzer / Gurgeln / erstickter Atem.
Stille. Piepsermarken. Statik. Schluchzer. Schleppende Geräusche. Gepolter.
Sal: »Bittebittebitte. Gott, bittebittebitte.«
Schluchzer. Seufzer. Atemstöße und Gebete – papistischer Schwachsinn: »Gott im Himmel, es tut mir so Leid, dass ich mich gegen dich vergangen habe. Ich verabscheue all meine Sünden, denn ich fürchte den Verlust –«
Pete bekam eine Gänsehaut. Ihm schrumpelten die Eier ein. Die Nackenhaare sträubten sich. Er drückte auf »Stop«. Er nahm seinen Generalschlüssel. Er nahm seine Waffe.
Er ging nach draußen. Er sah sich auf dem Parkplatz um. Er überprüfte die Bungalowsuiten. 08:00 / geparkte Wagen / alles ruhig.
Sal hatte das Flugzeug nach Vegas genommen. Dom war zum Rendezvous gefahren. Für Nummern im Bungalow fuhr Dom stets mit eigenem Wagen an.
Doms Thunderbird: weg.
Pete ging rüber. Ganz ruhig – die Bumsabsteige. Ganz ruhig – an der Tür rütteln. Er tat es. Das Türschloss hielt. Er zog die Schlüssel raus. Er schloss die Türe auf. Er sah:
Rosa Teppiche – hochflorig – blutbespritzt. Pizzaschachteln. Bierdosen. Pizzareste auf Tellern. Umgestürzte Stühle. Umgestürzte Tische. Weiße Wände, mit ehemals roten Spuren, nun rosafarben abgeschrubbt.
Pete zog die Tür zu. Pete ging in die Küche. Pete überprüfte die Spüle.
Ajax. Schwämme. Fleisch, das den Abfluss verstopfte. *Eingeweide*fleisch – mit Haaren verfilzt – ithakerhautfarbene Fleischfetzen.
Schwule morden *macho*. Schwule morden theatralisch. Schwule morden *buon gusto*.

Pete überprüfte das Badezimmer.
Kein Duschvorhang / Messer im Klo / Messer in der Spüle.
Flecken auf dem Boden – lose Borsten – eine rosa geschrubbte Badematte.
Ein Daumenabdruck an der Wand. Feinstrukturen nach wie vor sichtbar. Rote Abdruckwirbel auf rosa geschrubbt.
Pete ging durch die Suite. Pete stellte den Schaden fest. Pete verschaffte sich einen Überblick. Pete schloss zu. Pete ging zurück. Pete schloss seine Suite auf.
Fred T.
Er kippt Jack Daniel's. Er stopft Maischips in sich rein. Es geht ihm gut. Er ist über den Schock *hinweg*. Er ist blau. Fred lachte. Fred lief Black Jack übers Kinn. Fred spuckte Maischips.
»Ich wittere Möglichkeiten. Sal ist für den Oscar nominiert.«
Pete zog Schubladen auf. Pete holte seine Polaroid raus. Pete nahm einen Film und setzte ihn ein.
»Ich hoffe, er hat Doms Gemächte gerettet«, sagte Fred. »Ich könnte ein Transplantat gebrauchen.«
Barb war wach. Pete hörte sie. Pete hörte, wie sie Betttücher zurückschlug.
»Ich habe Dom nie gemocht«, sagte Fred. »Er hatte die Arroganz des Mannes mit dem großen Schwanz.«
Pete packte ihn. Pete umklammerte seine Handgelenke.
»Sprich mit Barb. Lenk sie ab, während ich ein paar Aufnahmen mache.«
»Pete ... Jesus ... schon gut ... ich bin auf deiner Seite.«
Pete drehte ihm die Handgelenke um. »Dass du mir die Klappe hältst, während ich mich der Sache annehme. Ich will nicht, dass das Cavern irgendwelchen Ärger kriegt.«
»PetePetePete. Du kennst mich. Du weißt, ich bin die höchsteigene Sphinx des Pharao persönlich.«
Pete ließ ihn los. Pete ging raus. Pete trabte über den Parkplatz. Pete betrat erneut die Suite.
Er schloss auf. Er ging rein. Er machte Bilder. Polaroids – zwölf Farbbilder.
Er fotografierte den Daumenabdruck. Er fotografierte die Blutflecken. Er fotografierte das Fleisch. Er fotografierte die

645

rosa Teppiche. Er fotografierte die Messer. Er fotografierte die Spritzer.
Pete machte zwölf Fotos. Die Kamera entwickelte sie. Die Kamera machte Geräusche. Die Kamera schob nasse Fotos raus.
Er suchte systematisch. Er lud nach. Er machte noch mehr Fotos.
Doms Daumen – im Abfluss fest steckend – im Abfallzerkleinerer eingeklemmt. Ein Vibrator / eine Haschpfeife / Haschischreste.
Er trocknete die Abzüge. Er breitete sie auf dem Sofa aus. Er griff zum Hörer. Er rief direkt in L.A. an.
Dreimaliges Klingeln – *sei da* –
»Otash am Apparat.«
»Ich bin's, Pete, Freddy.«
Otash lachte. »Ich dachte, du wärst sauer auf mich. Die Geschichte mit Littell, weißt du noch?«
Pete hustete. Der Brustkasten flimmerte. Der Puls raste.
»Ich bin nicht nachtragend.«
Otash grunzte. »Du bist ein scheißverlogener Franzmann, aber ich lass es dir durchgehen, in Anbetracht all dessen, was wir gemeinsam hinter uns haben.«
Pete hustete. Der Brustkasten flimmerte. Der Puls raste.
»Kennst du Sal Mineo?«
»Ja, ich kenne Sal. Ich hab ihm mal geholfen, als er Ärger wegen einem High School-Burschen hatte.«
»Er steckt erneut in der Scheiße. Eine Arbeit für zwei, und Genaueres erfährst du, wenn wir uns sehen.«
Otash pfiff durch die Zähne. »Ist er in Vegas?«
»Ich denke, er fährt gerade nach L.A. zurück.«
»Geld?«
»Wir rücken ihm auf die Pelle und denken uns was aus.«
»Wann?«
»Ich nehme den Mittagsflug.«
»Dann sehen wir uns in meinem Büro. Und bring etwas Geld mit, falls Sal abgebrannt sein sollte.«
Pete legte auf. Die Tür wackelte. Im Türschloss drehte sich was. Barb kam rein. Pete sagte: »Scheiße.«
Barb sah sich um. Barb sah, was Sache war. Barb begriff. Sie

scharrte mit dem Fuß an einem Teppichfleck. Sie bückte sich. Sie kniff in den Teppichflor. Sie roch an ihren Fingern. Sie verzog das Gesicht. Sie sagte: »Scheiße.«

Pete schaute ihr zu. Barb rieb sich eine Wange. Sie blickte sich um. Sie sah die Flecken an der Wand. Sie sah die Fotos. Sie studierte sie. Sie musterte alle vierundzwanzig. Sie blickte Pete an.

»Sal oder Dom? Fred wollte es nicht sagen.«

Pete stand auf. Sein Puls raste. Er nahm einen Stuhl. Er stand wieder sicher. Er sah sich Barbs Wange näher an.

»Was ist mit deinem Gesicht?«

Barb zuckte zusammen. »Wayne hat es geschafft, mich zum Zuhören zu bringen.«

Pete griff nach dem Stuhl. Pete bohrte seine Hände ins Polster. Pete riss Stoff weg.

»Ich hab's provoziert«, sagte Barb. »Ich habe auch dich provoziert, aber Wayne liege ich anders am Herzen, und er sieht so manches, was du nicht siehst.«

Pete schmiss den Stuhl weg. Er traf die Wand. Er dellte rosa Blutflecken ein.

»Du gehörst mir. Niemand hat das Recht, sich um dich zu kümmern, und niemand sieht was bei dir, was ich vorher nicht gesehen habe.«

Barb blickte Pete an. Barb musterte die Wandflecken hinter ihm. Barb machte die Augen zu. Barb rannte los. Barb rannte an Pete vorbei.

»Dom ist im Kofferraum«, sagte Otash. »Da wette ich sechs zu eins.«

Fahrzeugüberwachung – aus Fred O.s Wagen – die Sitze ganz weit zurückgestellt. Fred O.s Fürze und Fred O.s Kölnischwasser.

Sie lümmelten sich in die Sitze. Sie behielten Doms Thunderbird im Auge. Sie behielten Sals Wohnung im Auge.

»Die Wette gilt«, sagte Pete. »Ich sage, er hat ihn in der Wüste deponiert.«

Otash zündete sich eine Zigarette an. Rauchwolken wehten durch den Fond. Pete schnupperte das Aroma.

Barb war durchgebrannt. Er hatte sie gehen lassen. Sie war

nach Hause durchgebrannt. Wayne hatte sie geschlagen. Wayne liebte sie. Wayne war durchgeknallt. Wayne liebte seltsam. Wayne war durch den Wind. In puncto Frauen war Wayne gaga. Wayne brauchte eine Abreibung. Wayne gehörte eine Lektion verpasst. Wayne musste wieder zurechtgerüttelt werden.

Pete gähnte. Pete streckte sich. Pete gierte nach Fred O.s Zigaretten.

Er hatte die Suite abgeschrubbt. Er hatte die Wände abgewischt. Er hatte die Teppiche verbrannt. Er hatte Doms Schnucki angerufen. Er hatte sich dumm gestellt. Er hatte gefragt, wo Dom bleibe? »Häh?«, fragte der Knilch. Der Knilch hatte keine Ahnung. Der Knilch konnte Tuten nicht von Blasen unterscheiden.

Er sprach mit den Pagen. Sie hatten Sal nie zu Gesicht bekommen. Die Quittungen waren alle von Dom unterschrieben. Dom hatte die Suite gebucht. Ausgezeichnet. Alles bestens.

»Sal ist pleite«, sagte Otash. »Welcher Filmstar wohnt schon in einer Scheiß-Wohnung?«

Pete musterte die Straße. Wir sind in West-Hollywood – den Scheiß-Lauen-Bergen.

»Du meinst, wie viel Geld er wohl haben kann?«

Otash bohrte in der Nase. »Jawohl, wenn er alles für Stricher und Rauschgift ausgegeben hat.«

Pete ließ die Knöchel knacken. »Er hat eine goldene Rolex.«

»Fürs Erste tut sie's.«

Der Himmel wurde dunkel. Es regnete. Otash rollte sein Fenster rauf.

»Ich hab nur eine Sorge. Dass er gerade dabei ist, einer Priester-Schwuchtel oder einer Tunte im Gold Cup sein Herz auszuschütten.«

Pete ließ die Daumen knacken. »Der säuft sich irgendwo einen an. Das kannst du mir glauben.«

»Dom ist im Kofferraum. Ich kann seinen ranzigen Arsch bis hierher riechen.«

»Die Wüste. Ich setze einen Hunderter.«

»Die Wette gilt.«

Pete holte einen Hunderter raus. Ein Wagen fuhr vor. Pete erkannte die Sonderlackierung – Sals 64er Ford.

Sal parkte. Sal stieg aus. Sal ging rein. Pete gab Otash ein Zeichen – auf zehn geht's los.
Sie zählten ab. Sie zählten langsam. Sie zählten bis zehn. Sie stiegen aus. Sie liefen los. Sie rannten hin. Sie schafften es zur Vordertür. Sie schafften es in die Eingangshalle.
Sal. Er steht vor *seiner* Tür. Er hat seine Post. Er hat seinen Schlüssel.
Er sah sie. Er ließ seine Post fallen. Er fummelte mit seinem Schlüssel. Sie rannten zu ihm. Pete durchsuchte ihn. Otash nahm ihm den Schlüssel ab.
Er machte die Tür auf. Er schubste Sal rein. Pete nahm einen Stuhl. Pete drückte Sal runter. Otash zog ihm die Uhr vom Handgelenk.
»Das und die Hälfte dessen, was du für deinen nächsten Film kriegst. Ein Bombengeschäft, wie die Dinge stehen.«
Sal-die-Rotznase: »Das ist ein Spaß, nicht? Ihr kommt vom Friars Club.«
»Du weißt, was Sache ist«, sagte Pete.
Sal-der-Kühne: »Klar. Ein Studentenulk. Du bist gemeinsam mit Freddy der Chi Alpha Omega beigetreten.«
Otash polierte die Rolex. »Denk nach, *paisan*. Du kommst schon drauf.«
Sal-der-Schlaumeier: »Jetzt kapier ich. Ich bin aus dem Cavern abgehauen und hab die Rechnung nicht bezahlt. Ihr kommt kassieren.«
»Das Cavern«, sagte Otash. »Ein Anfang.«
Sal-der-Coole: »Jetzt kapier ich. Ich habe eine ziemliche Sauerei gemacht. Ihr wollt, dass ich für den Schaden Geld hinterlege.«
»Warm«, sagte Pete.
»In zwei Sekunden wird's heiß«, sagte Otash.
Sal-der-Ungerührte: »Ihr beiden gebt ein gutes Team ab. Muskelmann Abbott und Klotz Costello.«
Pete seufzte. »Jetzt wird er witzig.«
Otash seufzte. »Ja, und zwar gerade, wie ich nach einer guten Replik suchte.«
Sal-der-Gerissene: »Ein gewählter Ausdruck, Freddy. Den musst du in der Gangsterschule gelernt haben.«
»Im Kofferraum oder in der Wüste?«, fragte Pete.

»Wir haben gewettet«, sagte Otash. »Ich wette, er ist vor der Tür.«

»In der Wüste, nicht?«, fragte Pete. »Du bist gleich nach Vegas reingefahren.«

»Es gibt immer noch den Griffith Park«, sagte Otash. »Mit den vielen Hügeln und Höhlen.«

»Ich habe einen von Doms Filmen gesehen«, sagte Pete. »Sein Ding muss fast meterlang gewesen sein.«

Sal-der-Tapfere: »Hügel, Park, Scheiße. Ich verstehe nur Bahnhof.«

Pete summte *The Man I Love* – »Der Mann, den ich liebe«. Otash wedelte mit einer schlaffen Hand.

Sal-der-Schnelle: »Ich habe nicht geglaubt, dass ihr zwei so wärt. Jesus, man lernt immer dazu.«

Pete seufzte. Otash seufzte. Pete hob Sal hoch. Pete knallte ihm ein paar Ohrfeigen. Pete ließ ihn fallen.

Sal spuckte einen Zahn aus. Besagter Zahn traf Petes Jackett. Otash knallte Sal ein paar Ohrfeigen. Otash trug Siegelringe. Otash hinterließ Schnitte.

Sal wischte sich das Gesicht ab. Sal putzte sich die Nase. Sal machte eine Sauerei.

»Das kann alles verschwinden«, sagte Pete. »Ich kümmere mich um Vegas, Freddy gibt hier auf dich Acht. Ich will keine schlechte Publicity fürs Cavern, und du willst nicht wegen Totschlag in den Knast.«

Sal wischte sich die Nase ab. Otash bot ihm ein Taschentuch an. Pete zog seine Fotos raus. Pete schmiss sie rüber. Pete schmiss sie Sal in den Schoß.

Das Durcheinander. Die Haarklumpen im Abfluss. Das Blut. Der abgeschnittene Daumen.

Sal betupfte die Schnitte im Gesicht. Sal sah sich die Bilder genauer an. Sal wurde graugrün im Gesicht.

»Ich habe ihn echt gemocht, wisst ihr. Er war ein übler Bursche, aber er konnte auch sehr liebenswürdig sein.«

Otash rieb sich die Knöchel. Otash wischte sich die Ringe ab.

»Wir oder die Bullen?«

»Ihr«, sagte Sal.

»Wo ist er?«, fragte Otash.

»Im Kofferraum«, sagte Sal.
Otash zeichnete ein Dollarzeichen in die Luft. Pete zahlte – im Kofferraum / sechs zu eins.

Er flog nach Hause. Der Flug war unruhig. Er machte sich Gedanken wegen Barb und Wayne.
Barb schnüffelte H. Wayne wusste Bescheid. Wayne machte sich Sorgen. Wayne liebt Barb. Wayne rührt keine Frauen an. Wayne ist ein Spanner. Wayne ist ein Märtyrer. In puncto Frauen ist Wayne unten durch.
Wayne verwarnen. Barb freundlich zu verstehen geben: *Ich kenne dich – und zwar als Einziger.*
Das Flugzeug landete. Vegas glühte radioaktiv. Pete nahm ein Taxi zum Cavern. Pete schloss die Suite auf.
Der Kater sprang ihn an. Er hob ihn hoch. Er küsste ihn. Er sah die Mitteilung.
Sie klebte flach an der Wand. Sie war in Augenhöhe angeklebt. In seiner Augenhöhe.

Pete,
ich verlasse dich auf einige Zeit, um alles auf die Reihe zu bekommen. Ich verstecke mich nicht; ich wohne bei meiner Schwester in Sparta. Ich muss aus Vegas weg und herausfinden, wie ich bei dir bleiben kann, solange du die Dinge tust, die du tust. Du bist nicht der Einzige, der mich kennt, aber der Einzige, den ich liebe.
Barb

Pete riss die Mitteilung in Stücke. Pete trat gegen Wände und Regale. Pete umarmte den Kater. Pete duldete, dass ihm der Kater das Hemd zerriss.

96 (Las Vegas, 29.11.66)

»Schau«, sagte Moe Dalitz.

Littell blickte durchs Fenster. Littell sah Spinner unten stehen. Zehn Stockwerke tiefer. Spinner mit Kameras. Spinner mit Kindern im Schlepptau.

»Die glauben, dass Hughes in einem Sarg schläft«, sagte Moe. »Die meinen, er wacht auf, wenn's dämmert, und gibt in einem schwarzen Umhang Autogramme.«

Littell lachte. Littell machte psssssst. Still doch – das Geschäft ist noch nicht abgeschlossen.

Zehn Meter weiter. Zwei Tische – Mormonen treffen Strohmänner.

Moe grinste. »Das ist mein verdammtes Hotel und mein verdammter Riesen-Konferenzraum. Soll ich in meinem eigenen Schuppen flüstern?«

Ein Mormone blickte kurz rüber. Moe lächelte und winkte.

»Gojische Dreckschweine. Mormone oder Ku-Klux-Klan, das nimmt sich nicht viel.«

Littell lächelte. Littell führte Moe fort. Sie gingen zehn Meter weiter. Sie gingen an drei Tischen vorbei.

»Darf ich dich auf den neuesten Stand bringen?«

Moe rollte die Augen. »Raus mit der Sprache. In Einsilbern.«

»Ich mache es kurz und schmerzlos. Ich glaube, wir werden unseren Preis erhalten. Man spricht gerade über die anstehenden Gewinnsteuersätze.«

Moe lächelte. Moe führte Littell fort. Sie gingen zehn Meter weiter. Sie gingen an drei Tischen vorbei.

»Ich weiß, dass du ihn nicht magst, aber das bekannte gojische Dreckschwein Wayne Tedrow Senior ist für unsere Pläne von entscheidender Bedeutung. Wir brauchen seine Gewerkschaft, wir brauchen seine Exkumpel und die Mormonen allgemein, um für uns die Absahne auf den Charterflügen zu transportieren. Und wo wir Zeitungen und Fernsehen geschmiert haben, damit sie ihre ›Hughes-säubert-Vegas-von-Mafia‹-Nummer abziehen, denke ich, dass wir noch *mehr* saubere Mormonen-Absahntypen rekrutieren sollten, weil Hughes darauf bestehen wird, Mormonen einzustellen, um die Scheiß-Direktionsstellen zu besetzen, und ich will nicht, dass irgendwelche herkömmlichen verdächtigen Absahntypen hier rumhängen, wenn wir ein paar blitzsaubere mormonische Dreckschweine haben können, *insbesondere*, wenn der Absahnsatz in Schwindel erregende Höhen steigen wird.«

Littell überlegte. Littell blickte durchs Fenster. Er sah Schwärme von Spinnern. Er sah Reporter. Er sah Clowns mit Erfrischungswagen.

»Der öffentliche Druck wird ebenfalls zunehmen.«

Moe zündete sich eine Zigarette an. Moe schmiss sich Digitalis rein.

»Sag schon, was du meinst. Setz Zweisilber ein, wenn's sein muss.«

Littell überlegte – ein kurzer Gedankenentwurf. Vorschlagen / Moe überzeugen / die Einstellungsvorgänge raffinierter gestalten. Mr. Hoover einen Gefallen tun / selber das Recht auf einen Gefallen verdienen / wieder bei SCHWARZEM KARNICKEL einsteigen können.

Moe rollte mit den Augen. »Du bist wie in Trance. Als ob dir endlich die Vegas-Sonne zu Kopf gestiegen wäre.«

Littell hustete. »Seid ihr nach wie vor gegen die alte Absahnmannschaft abgesichert?«

»Gegen die, die wir ersetzt haben? Die, die wir wegen der Mormonen rausgeschmissen haben?«

»Richtig.«

Moe rollte die Augen. »Wir sichern uns immer ab. So überleben wir.«

Littell lächelte. »Dann meine ich, dass einige dem FBI geopfert werden sollten, sobald Mr. Hoover ein paar Hotels übernommen hat. Das stützt unsere Publicity-Kampagne, stellt Mr. Hoover zufrieden und deckt die FBIler vor Ort mit juristischem Kleinkram ein.«

Moe ließ seine Zigarette fallen. Moe versengte den dicken Teppichflor. Moe trat die Kippe flach.

»Das liegt mir. Rausgeschmissenes Personal zu verscheißern.«

»Ich rufe bei Mr. Hoover an.«

»Das tu. Und richt ihm, in deinem bestem Rechtsanwaltschinesisch, einen schönen Gruß von uns aus.«

Acht Tische weiter erklangen Stimmen – Steuersätze / Abschreibungsmöglichkeiten. Moe lächelte. Moe führte ihn fort. Sie gingen acht Meter weiter. Sie gingen an zwei Tischen vorbei.

»Ich weiß, dass du das schon mit Carlos und Sam besprochen hast, aber ich will, dass du meine Sicht der Dinge mitkriegst, dass wir nämlich keine Scheiß-Wiederholung der Wahlen von 1960 wollen. Wir wollen einen starken Typen unterstützen, der mit der ganzen Agitation und dem gewaltlosen Widerstand aufräumt, in Vietnam hart bleibt und uns scheißverdammt nochmal in Ruhe lässt. Was nun das vorerwähnte gojische Dreckschwein Wayne Tedrow Senior betrifft, sag ich dir Folgendes. Wir haben gehört, dass er nicht mehr in Hasspamphleten macht, dass er die dreckigeren Teile seiner Nummern bereinigt hat und dass er und seine Mormonen eng mit dem bekannten politischen Stehaufmännchen Richard M. Nixon zusammenstecken, der die Roten stets einen ganzen Zacken mehr auf dem Kieker hatte als die so genannte »Mafia«. Wir wollen, dass du mit Wayne Senior sprichst und rauskriegst, ob Nixon antreten wird, und falls ja, weißt du, was wir wollen und was wir zu zahlen bereit sind.«

Stimmen erklangen zehn Tische weiter weg – Steuerschlupflöcher / Steuerstundung.

Littell hustete. »Ich ruf ihn an, sobald ich –«

»Du rufst ihn jetzt, in den nächsten fünf Minuten an. Du triffst ihn und richtest's ihm aus. Du sorgst dafür, dass er bei den Nixon-Leuten nachfragt, und du stellst klar, dass *du* der Bursche bist, der sich mit Nixon zusammensetzt, wenn der doppelzüngige Schwanzlutscher denn antritt.«

»Jesus Christus«, sagte Littell.

»Dein gojischer Erlöser«, sagte Moe. »Auch so was wie ein Präsidentschaftskandidat.«

Stimmen erklangen zehn Tische weiter – Negerhygiene / Negersedierung.

Im Thunderbird – Loch Nr. 10.

Das Match schleppte sich hin. Anfänger hackten rum. Altherren stießen mit ihren Golfwagen ineinander. Littell trank Clubsoda. Littell schaute zu Loch Nr. 9.

Frauen vergaben Abschläge. Frauen vertaten Putts. Frauen versprühten Sand. Golfballhacker allesamt – keine Janice dabei.

Er hatte bei Wayne Senior angerufen. Er hatte ein Treffen verabredet. Er hatte bei Mr. Hoover angerufen. Er hatte einen Assi an den Apparat bekommen. Er hatte Neuigkeiten versprochen. Er hatte harte Fakten versprochen. Mr. Hoover war ausgegangen. Der Assi wollte ihn finden. Der Assi hatte zurückgerufen. Der Assi hatte gesagt:

Mr. Hoover ist beschäftigt. Wenden Sie sich an Special Agent Dwight Holly – der sich gerade in Vegas aufhält.

Littell hatte sich einverstanden erklärt. Littell überlegte.

Mr. Hoover mag Dwight. Dwight ist *sein* Experte. Dwight wird dich treffen und abschätzen. Dwight rumkriegen / besagte Einschätzung beeinflussen / dafür sorgen, dass du wieder bei SCHWARZEM KARNICKEL einsteigen kannst.

Eine Windbö kam auf. Golfer vertaten ihre Bälle. Putts gingen weit daneben. Littell dachte intensiv nach. Littell schaute zu Loch Nr. 9.

Wayne Senior rumkriegen. An Fakten rankommen. Seine Gewerkschaft hat Gesetze gebrochen. Seine Gewerkschaft hat die Bürgerrechtsgesetzgebung ignoriert. Besagte Daten rauskriegen. Sie Bobby zuspielen. Vielleicht jetzt / vielleicht später / vielleicht 1968.

Dann war er frei. Dann war er »pensioniert«. Vielleicht trat Bobby als Präsidentschaftskandidat an. Ihm die Infos zuspielen / die Infos absichern / die Quelle tarnen.

Littell schaute zu Loch Nr. 9. Wayne Senior spielte ab.

Er vertat sein Anspiel. Er geriet in die Falle. Er schlug weit daneben. Er setzte dreimal zum Putten an. Er lachte. Er ließ seine Golfkameraden stehen.

Er kam rasch rüber. Littell rückte einen Liegestuhl zurecht.

»Hallo, Ward.«

»Mr. Tedrow.«

Wayne Senior stützte sich auf den Stuhl. »Bei Ihnen muss man stets auf der Hut sein. Jedes Wort ist von Bedeutung.«

»Ich werde mich kurz fassen. In fünf Minuten sind Sie wieder am Abschlag.«

Wayne Senior verzog das Gesicht. Wayne Senior grinste gemütlich.

»Ich dachte, wir könnten so was wie eine Détente einleiten. Wir könnten uns wegen einer gewissen Frau bedauern und so ins Gespräch kommen.«

Littell schüttelte den Kopf. »Der Kavalier genießt und schweigt.«

»Ein Jammer, weil das gewiss nicht Janices Art ist.«

Ein Ball flitzte dicht an ihnen vorbei. Wayne Senior duckte sich.

»Meine Leute werden einige Männer benötigen«, sagte Littell, »die in Mr. Hughes Hotels arbeiten, ebenso wie neue Kuriere. Ich würde gerne Ihre Gewerkschaftsakten durchsehen und nach Kandidaten suchen.«

Wayne Senior wirbelte mit seinem Putter. »Die Männer suche *ich* aus. Als wir das letzte Mal zum Abschluss kamen, traten meine Männer aus der Gewerkschaft aus und ich war meine Prozente los.«

Littell lächelte. »Ich habe sie Ihnen wieder zugestanden.«

»Allerdings, aber widerwillig, und Sie sind der letzte Mann auf Gottes weiter Welt, den ich an meine Akten lassen werde. Dwight Holly meint, dass Sie kein Mann sind, dem man Informationen anvertrauen, und ich denke, dass Mr. Hoover dem beipflichten würde.«

Littell reinigte seine Brille. Wayne Senior verschwamm.

»Wie ich hörte, haben Sie sich mit Richard Nixon angefreundet.«

»Dick und ich kommen uns immer näher, ja.«

»Meinen Sie, dass er '68 antreten wird?«

»Das wird er bestimmt. Er würde lieber gegen Johnson oder Humphrey antreten, aber wenn es sein muss, nimmt er es auch mit dem jungen Kennedy auf.«

Littell lächelte. »Er wird verlieren.«

Wayne Senior lächelte. »Er *gewinnt*. Bobby ist kein Jack.«

Ein Ball rollte vorbei. Littell hob ihn auf.

»Wenn Mr. Nixon antritt, werde ich Sie ersuchen, ein Treffen zwischen ihm und mir zu arrangieren. Ich werde die Anlie-

gen meiner Klienten vortragen, die Reaktion bewerten und dann weitersehen. Erklärt sich Mr. Nixon bereit, den Anliegen zu entsprechen, wird er entschädigt.«
»Wie viel?«, fragte Wayne Senior.
»Fünfundzwanzig Millionen«, sagte Littell.

97 (New Hebron, 30. 11. 66)

Klaunereien:
Klan-Klauns schleppten Waffen. Klan-Klauns ölten Waffen. Klan-Klauns klippten Coupons.
Sie hockten rum. Sie arbeiteten drinnen. Sie hatten sich vor dem Hagelsturm in Sicherheit gebracht. Im Führerbunker – dessen Luft von Fürzen und Waffenölgestank getränkt war.
Wayne saß da. Bob Relyea ätzte Waffennummern weg. Bob Relyea giftete.
»Meine verdammten Kontaktmänner werden faul. Wenn sie drauf bestehen, dass die Seriennummer zu verschwinden haben, soll mir das scheiß-recht sein, ob's Pete nun in den Kram passt oder nicht. Aber wenn ich den Job selber erledigen soll, ist das verdammt nochmal was anderes.«
Wayne schaute zu. Wayne gähnte. Bob bearbeitete M-14s. Bob bearbeitete Pump-Guns. Bob bearbeitete Bazookas. Er trug Gummihandschuhe. Er hatte einen Pinsel in Händen. Er verstrich Ätzpaste.
Wayne lümmelte sich hin. Die Paste fraß die Zahlen weg – Kodes mit drei Nullen.
»Meine Kontaktleute«, sagte Bob, »haben ein paar Armeelaster bei Memphis überfallen. Dort gibt's eine kleine Stadt namens White Haven, wo all die Weißen hingezogen sind, die vor den Mohren geflüchtet sind. Die halbe Einwohnerschaft besteht aus Army-Angehörigen.«
Wayne musste niesen. Die Ätzpaste stach ihm in die Nase. Wayne lümmelte sich hin und verlor sich in Gedanken. Wayne Senior / Arbeitsmöglichkeiten / »gescheit hassen«.
»Wie heißt ein Affe«, fragte Bob, »der zusammen mit drei Niggern auf einem Ast hockt? Zweigstellenleiter.«
Die Klan-Klötze heulten. Bob stopfte sich Schnupftabak rein. Bob säuberte M-14. Pete hatte auf der Klan-Farm ange-

rufen. Pete hatte Wayne vor einer Stunde ausfindig gemacht.
Pete hatte Waynes Versetzungsplan umgestellt.
Die Waffenschmuggelfahrt nicht überwachen. Dich nicht nach Kuba einschiffen. Flieg nach Vegas / triff Sonny / rück einem säumigen Schuldner auf die Pelle.
Bob verstaute Waffen. Flash wurde erwartet – Kader auf Abruf. Eine Karawane – von New Hebron in die Bucht von St. Louis.
Wayne stand auf. Wayne besichtigte die Hass-Hütte. Die an der Wand aufgehängten Dolche musste man gesehen haben. Dito die Rebellenvorhänge. Dito die Wandfotos: George Wallace / Ross Barnett / Orval Faubus.
Dito die Gruppenaufnahmen. Da hängen die Königlichen Ritter. Da hängt eine Gefängnisaufnahme – die drei Strafgefangenen der »Thunderbolt Legion«.
Besagte Gefangene trugen Gefängniskleidung. Besagte Gefangene grinsten. Besagte Gefangene hatten mit Namen unterschrieben: Claude Dineen / Loyal Binns / Jimmy E. Ray.
»Na, Wayne«, sagte Bob. »Sprichst du nie mit deinem Daddy?«

Er fuhr nach Norden. Er fuhr von Memphis nach Vegas. Er dachte an Janice. Er dachte an Barb. Er dachte an Wayne Senior.
Janice alterte gut. Gute Gene und Willenskraft, mit fleischlichen Gelüsten verbunden. Barb alterte schnell. Schlechte Gewohnheiten und mangelnde Willenskraft, mit frustrierten Gelüsten verbunden. Wayne Senior wirkte alt. Wayne Senior sah gut aus. Wayne Senior verstand es, »gut zu hassen«.
Janice hinkte. Sie würde umso heftiger ficken. Sie würde ihr Handicap überspielen. Sie würde ausgleichen.
Das Flugzeug landete. Wayne stieg todmüde aus – 01:10.
Er ging die Flugzeugtreppe runter. Er ging hinter ein paar Nonnen her. Er wich Trägern mit Gepäckrollern aus.
Da – Pete. Er steht am Eingang. Er hat sich neben ein paar Gepäckwagen gestellt. Er *raucht*.
Wayne hob seine Kleidertasche auf. Wayne ging todmüde rüber.
»Drück die Scheiß-Zigarette –«

Pete gab einem Gepäckwagen einen Schubs. Er traf Waynes Knie. Er schmiss ihn um. Er warf ihn auf den Rücken. Pete rannte hin. Pete stellte sich ihm auf die Brust.

»Ich warne dich. Mir ist egal, was du für Barb empfindest oder wie viel Angst du um sie hast. Wenn du sie nochmal schlägst, bring ich dich um.«

Wayne sah Sterne. Wayne sah Himmel. Wayne sah Petes Schuh. Er schnappte nach Luft. Er schluckte Flugzeugabgase. Er kam zu Atem.

»Ich hab ihr was gesagt, was sie von dir nie zu hören kriegt, und ich hab es verdammt nochmal getan, um dir zu helfen.«

Pete schnippte seine Zigarette weg. Pete verbrannte Waynes Nacken. Pete ließ ihm einen Zettel auf die Brust fallen.

»Kümmere dich drum. Gemeinsam mit Sonny. Barb ist weg, und wir tun so, als ob das nie passiert wäre.«

Eine Nonne ging vorbei. Besagte Nonne blickte sie an – aufhören, ihr Heiden!

Pete ging. Wayne setzte sich auf. Wayne kam zu Atem. Zwei Tunichtgute spazierten vorbei. Sie sahen Wayne auf dem Boden. Sie kicherten.

Wayne stand auf. Wayne wich Baseballmützen und Golfkarren aus. Wayne fand eine Telefonkabine.

Er schmiss Geld rein. Er rief an. Er bekam ein Freizeichen. Es läutete dreimal. Er bekam *IHN*.

»Wer ruft denn um diese unchristliche Zeit bei mir an?«

»Ich will den Job«, sagte Wayne.

98 (Las Vegas, 1.12.66)

Auf der Bühne: Milt C. und Junkie Monkey.
»Wozu der Aufstand mit Howard Hughes?«, fragte Milt.
»Er soll schwul sein«, meinte Junkie Monkey. »Er ist eingezogen, weil er neben Liberace wohnen will.«
Die Menge quiekte. Die Menge brüllte.
»Na komm«, sagte Milt. »Er soll es doch mit Ava Gardner treiben.«
»*Ich* treibe es mit Ava«, sagte Junkie Monkey. »Sie hat sich von Sammy Davis hochgearbeitet. Sammy ist auf dem Golfplatz. Kommt ein Knilch vorbei und fragt: ›Was ist dein Handicap?‹ Sagt Sammy: ›Ich bin ein einäugiger jüdischer *Shvartzer*. Kein Mensch verkauft mir ein Haus in einer netten Nachbarschaft. Ich versuche einen Friedensvertrag zwischen Israel und dem Kongo zustande zu bringen. Ich habe kein Zuhause, wo ich mein Sy-Devore-Maßkäppchen an den Nagel hängen kann.‹«
Die Menge quiekte. Milt bewegte die Lippen. Milt schweinigelte als Puppe. Pete schaute zu. Pete rauchte. Pete trauerte um Barb.
Sie war seit drei Tagen weg. Sie rief nicht an. Sie schrieb nicht. *Er* rief nicht an. *Er* schrieb nicht. Dafür war er auf Wayne losgegangen.
Alles Quatsch. Wayne hatte Recht. Das war ihm klar. Barb war weg. Und das nutzte er aus. Er ließ sich gehen. Er rauchte. Er aß Burger. Er stopfte sich mit Scheiß-drauf-Fraß voll. Er trank. Er zog sich Milt rein. Er zog sich Barbs Band rein. Die Bondsmen ohne Barb – eine Jammer-Nummer.
Der Nachtclub war gerammelt voll. Meistens Jungvolk. Milt zog schicke Kids an.
»Frank Sinatra«, sagte Junkie Monkey, »hat mir das Leben gerettet. Seine Schläger waren dabei, mich auf dem Parkplatz

vom Sands fertig zu machen. Da sagt Frank: ›Das reicht, Jungs.‹«

Die Menge quiekte. Pete paffte. Ein Knilch berührte ihn am Arm. Pete wandte sich um. Pete sah Dwight Holly.

Sie gingen in Petes Büro. Sie stellten sich an die Bar. Sie standen dicht nebeneinander. Sie standen eng.

»Eine Weile her«, sagte Pete.

»Ja, '64 war's. Als dein Junge Wayne drei Tintentaucher umgebracht hat.«

Pete zündete sich eine Zigarette an. »Du hast damit Karriere gemacht.«

Dwight zuckte mit den Schultern. »Wayne hat mir eins reingewürgt, aber du hast mich mit Littell wieder rausgehauen. Und jetzt frag mich, ob ich hergekommen bin, um dir meinen Dank abzustatten.«

Pete goss sich einen Scotch ein. »Du warst in der Stadt, da hast du eben vorbeigeschaut.«

»Nicht eigentlich. Ich bin in der Stadt, um Littell zu treffen, und es wäre mir lieb, wenn du das für dich behalten würdest.«

Pete trank Scotch. Dwight pochte ihm auf die Brust.

»Was macht die Pumpe?«

»Bestens.«

»Du solltest nicht rauchen.«

»Du solltest mich nicht reizen.«

Dwight lachte. Dwight goss sich einen Scotch ein.

»Könntest du dir vorstellen, mir zur Hand zu gehen, wenn es darum geht, einen kommunistischen Sympathisanten auflaufen zu lassen?«

»Dir und Mr. Hoover?«

»Da sag ich weder ja noch nein. Schweigen bedeutet Zustimmung, also zieh deine eigenen Schlussfolgerungen.«

»Sag schon«, sagte Pete. »Zuerst das Geld.«

Dwight ließ den Scotch im Glas kreisen. »Zwanzig Riesen für dich. Zehn für den Köder, deinen Assi und deinen Tonmann.«

Pete lachte. »Ward ist ein guter Tonmann.«

»Ward ist ein Spitzen-Tonmann, aber mir wäre Freddy Turentine lieber, und mir wäre lieber, wenn Ward nichts davon erfährt.«

Pete nahm den Aschenbecher. Pete drückte die Zigarette aus.

»Sag mir einen guten Grund, warum ich Ward verscheißern soll, um dir zu helfen.«

Dwight löste die Krawatte. »Erstens hängt der ganze Mist mit Ward zusammen. Zweitens ist es ein hochklassiger Job, wo du nicht nein sagen kannst. Drittens bist und bleibst du ein Firmen-Mann, irgendwann kriegst du Ärger, und dann wird sich Mr. Hoover für dich einsetzen, ohne weiter zu fragen.«

Pete trank Scotch. Pete rollte mit dem Nacken. Pete pochte mit dem Kopf an die Wand.

»Wer?«

»Bayard Rustin, männlicher Neger, vierundfünfzig Jahre alt. Ein Bürgerrechtsagitator, der auf junge weiße Burschen steht. Er ist geil, er ist impulsiv und so rot, wie man sein kann.«

Pete tippte sich an den Kopf. »Wann?«

»Nächsten Monat, in L.A. Im Beverly Hilton findet ein SCLC-Spenden-Dinner statt.«

»Das ist knapp.«

Dwight zuckte mit den Schultern. »Das einzige Problem ist der Köder. Meinst du –«

»Ich habe einen Köder. Er ist jung, er ist schwul, er ist attraktiv. Er hat was ausgefressen, was ihm gehörigen Ärger mit der Polizei eintragen könnte, das –«

»Das Mr. Hoover ihm abnimmt, ohne weiter zu fragen.«

Pete tippte sich an den Kopf. Pete tippte heftig. Pete löste einen Kopfwehschub aus.

»Ich will Fred Otash als Assi.«

»Geht klar.«

»Und Freddy Turentine plus zehn Riesen für die Spesen.«

»Geht klar.«

Petes Magen gluckste. Der Scotch bekam ihm nicht. Pete dachte an Cheeseburger.

Dwight lächelte. »Du hast schnell angebissen. Ich dachte, ich würde dich mühsam rumkriegen müssen.«

»Meine Frau hat mich verlassen. Ich habe jede Menge Zeit.«

»Sal schlägt heute Abend zu«, sagte Otash. »Da wette ich sechs zu eins.«

Fahrzeugüberwachung – aus Fred O.s Wagen – die Sitze ganz weit zurückgestellt. Fred O.s Fürze und Fred O.s Kölnischwasser.

Sie schauten zur Straße. Sie schauten auf Sals Wagen. Sie schauten zur Klondike Bar. Pete zündete sich eine Zigarette an. Pete hatte Blähungen. Pete hatte spätnachts zwei Cheeseburger verschlungen.

»Klar schlägt er zu. Er ist ein dämlicher Filmstar.«

Er war gleich hergeflogen. Er hatte Otash angesprochen. Er hatte ihn informiert. Sie hatten Sals Wohnung überprüft. Sal war weg. Sie hatten Sals bekannte Stammkneipen überprüft: Das 4-Star / den Rumpus Room / Biff's Bayou.

Scheiße – kein Wagen / kein Sal.

Sie hatten das Gold Cup überprüft. Sie hatten Arthur J's überprüft. Sie hatten das Klondike überprüft – 8th Street / Ecke LaBrea.

Warten –

»Bist du sicher, dass er nicht durchbrennt?«, fragte Pete.

»Wegen *Dom*? Klar bin ich sicher.«

»Sag mir, wieso.«

»Weil ich sein neuer Daddy bin. Weil ich der Typ bin, mit dem er jeden Morgen seinen Kaffee trinkt. Weil ich der Typ bin, der Dom und seinen Scheiß-Wagen in die Kalkgrube im Scheiß-Angeles-Wald gekippt hat.«

Pete zündete sich die neue Zigarette an der alten an. »In Vegas läuft alles klar. Bis jetzt keine Bullen in Sicht.«

»Dom war ein krummer Hund. Meinst du, sein Zuhälterfreund wird ihn bei der Polizei als vermisst melden?«

Sal kam raus. Sal war in Begleitung. Sal hatte einen gut gebauten Jungen am Arm.

Otash drückte auf die Hupe. Pete blinkte mit den Lichtern. Sal zwinkerte. Sal sah das Auto. Sal ließ den Jungen stehen und kam rüber.

Pete rollte sein Fenster runter. Sal lehnte sich auf die Brüstung.

»Scheiße. Mit euch beiden hat man lebenslänglich.«

Pete hielt ihm ein Erinnerungsfoto vors Gesicht. Die Straßenbeleuchtung erhellte Esels-Doms Daumen. Sal zwinkerte. Sal schluckte leer. Sal wirkte übel dran.

»Du stehst auf Schwarze, oder?«, sagte Pete. »Gelegentlich ist dir doch danach.«

Sal winkte mit einer Hand ab – Dschungelfleisch / comme ci, comme ça.

»Wir besorgen dir was«, sagte Otash.

»Ein netter Kerl«, sagte Pete. »Du wirst uns dankbar sein.«

»Er sieht gut aus«, sagte Otash. »Wie Billy Eckstine.«

»Er ist Kommunist«, sagte Pete.

99 (Las Vegas, 2.12.66)

Besichtigungszeit:
Das untere Penthouse des Desert Inn. Dracs Nebenhöhle. Littell als Fremdenführer. Dwight Holly als Tourist.
Bitte sehr:
Die Blutpumpen. Die Tropfständer. Die Tiefkühlschränke. Die Süßigkeiten. Die Pizza. Die Eiskreme. Das Kodein. Das Meth. Das Dilaudid.
Dwight genießt in vollen Zügen. Dwight grunzt. Dwight beleidigt Mormonen. Besagte Mormonen verziehen über besagten FBIler das Maul.
Big Dracs großer Bahnhof – eine Woche her.
Die Abgeordneten setzen Anti-Trust-Gesetze außer Kraft. Die Abgeordneten liefern – los, Drac, los!
Kauf das Desert Inn. Kauf das Frontier. Kauf das Sands. Kauf groß! Kauf *laisser-faire!* Kauf das Castaways. Stopf dich voll. Kauf das Silver Slipper.
Littell öffnete Fenster. Dwight schaute raus. Dwight sah Spinner mit Tafeln: »Wir lieben H.H.!« / »Wink uns zu!« / »Hughes 68!«
Dwight lachte. Dwight tippte auf seine Uhr – zum Geschäft.
Sie gingen. Sie gingen durch Flure. Sie gingen in einen Lagerraum. Sie zwängten sich zwischen Aktenschränke.
Littell zog seine Liste raus. Gestern Nacht von Moe zusammengestellt.
»Absahnkuriere. Leichte Gesetzesbeute in absolut jeder Hinsicht.«
Dwight schützte ein Gähnen vor. »Verzichtbare, abgesicherte, nicht-mormonische Kuriere, die Drac Ärger ersparen und dir gut Wetter bei Mr. Hoover verschaffen sollen.«
Littell verbeugte sich. »Das will ich nicht leugnen.«

»Warum solltest du? Du weißt, dass wir dankbar sind und dass wir die Strafverfolgung aufnehmen.«
Littell faltete die Liste zusammen. Dwight riss sie ihm aus der Hand. Dwight ließ sie in die Aktentasche fallen.
»Ich dachte, du würdest mich wegen Lyle einseifen wollen. Die ›du-hast-einen-Bruder, ich-einen-Freund-verloren‹-Nummer.«
Littell hustete. »Das ist jetzt fünfzehn Monate her. Ich ging nicht davon aus, dass dir das derart frisch auf der Seele lag.«
Dwight rückte sich die Krawatte zurecht. »Lyle hat ein Doppelspiel getrieben. Er hat dem House Judiciary Comittee und Bobby Kennedy Material gegen das FBI zugespielt. Mr. Hoover musste ein paar Wanzen abbauen.«
Littell ließ den Unterkiefer fallen. Das glaub ich einfach nicht! Littell machte große Augen.
»Lyle, der heimliche Liberale«, sagte Dwight. »Ich hab mich dran gewöhnen müssen.«
»Ich hätte dir beistehen können.«
Dwight lachte. »Klar, du hast das Skript verfasst.«
»Nicht ganz. Du weißt, dass ich lieber gegen Liberale intrigiere als selber einer bin.«
Dwight schüttelte den Kopf. »Du *bist* selber einer. Das macht das verkorkste Katholikentum, das du mit dir rumschleppst. Du stehst auf hochklassige Geheimdienstarbeit, du liebst die Armen und Geschlagenen, du bist wie der Scheiß-Papst, der sich dafür schämt, dass seine Kirche Geld verdient.«
Littell brüllte vor Lachen – Blaues Karnickel – *mon Dieu!*
»Du schmeichelst mir, Dwight. So komplex bin ich nicht.«
»Doch, bist du. Und darum hat Mr. Hoover so viel Spaß an dir. Wenn Hoover Marty King ist, bist du sein Bayard Rustin.«
Littell lächelte. »Bayard hat seine eigene Doppeldeutigkeiten.«
»Bayard ist vielleicht eine Nummer. Ich habe ihn 1960 überwacht. Er hat Pepsi-Cola über seine Cheerios gekippt.«
Littell lächelte. »Er ist Kings Stimme der Vernunft. King ging auf allzu breiter Front vor, und Bayard hat versucht, ihn einzugrenzen.«
Dwight zuckte mit den Schultern. »King hat Schlag. Er ist jetzt am Drücker, und das weiß er auch. Mr. Hoover wird alt

und zeigt seinen Hass auf schlechtestmögliche Weise. King schwingt große Reden und zieht seinen Mahatma-Gandhi-Scheiß ab, und Mr. Hoover fällt voll drauf rein. Er hat Angst, dass King sich mit Bobby K. zusammentut, eine Befürchtung, die keineswegs unbegründet ist.«

Blaues Karnickel zeigt Einsicht. Blaues Karnickel zeigt Traute. Blaues Karnickel zweifelt an Mr. Hoover.

»Kann ich mich irgendwie nützlich machen?«

Dwight rückte sich die Krawatte zurecht. »Was King angeht, null. Dafür hängst du für Mr. Hoovers Geschmack zu sehr bei Lyles Tod und der Bogalusa-Explosion mit drin.«

Littell zuckte mit den Schultern – *moi?* – wie *kann* er nur.

Dwight verzog das Gesicht. »Du willst wieder ins Geschäft. Du bist bei SCHWARZEM KARNICKEL draußen vor geblieben, und das macht dir zu schaffen.«

Littell verzog das Gesicht. »Ich habe mich gefragt, wieso Mr. Hoover die Liste von dir abholen ließ, wo ich sie ihm doch ohne weiteres per Bildtelegraph hätte übermitteln können.«

»Nein, das hast du dich nicht gefragt. Du weißt, dass er mich geschickt hat, um bei dir nach dem Rechten zu sehen und dir auf die Schliche zu kommen.«

Littell seufzte – wie *passé* – du *kennst* mich doch.

»Mir fehlt das Spiel. Sag ihm, dass ich für einen verdrehten Liberalen ein sehr treuer Hoover-Anhänger bin.«

Dwight zwinkerte ihm zu. »Ich hab heute früh mit ihm gesprochen. Ich hab ihm einen Auftrag für dich vorgeschlagen, sofern ich dich als geeignet erachte.«

»Und tust du das?«

»Ich halte dich für einen verdrehten Liberalen, der Wanzen und Telefonmikrofone ablehnt und sie dennoch leidenschaftlich gerne installiert. Ich glaube, dass du nichts dagegen hättest, für uns sechzehn Gangster-Klitschen anzuzapfen, nur damit du im Spiel bleiben kannst.«

Littell bekam eine Gänsehaut. »Quid pro quo?«

»Klar. Du besorgst die Installation. Dann verschwindest du. Wir sagen dir nicht, wo die Horchposten sind. Solltest du erwischt werden, weist du jede Beteiligung des FBI zurück, und du machst Punkte bei Mr. Hoover gut.«

»Ich tu's«, sagte Littell.

Die Tür wehte auf. Gerüche wehten rein: verbrannte Pizza / vergossenes Blut / Eiskreme.

<u>DOKUMENTENEINSCHUB:</u> 3.12.66. Wörtliches FBI-Telefontranskript. (Anhang zu UNTERNEHMEN SCHWARZES KARNICKEL). Bezeichnung: »AUF ANWEISUNG DES DIREKTORS AUFGENOMMEN« / »VERTRAULICHKEITSSTUFE 1A: DARF NUR VOM DIREKTOR EINGESEHEN WERDEN.« Am Apparat: Direktor, BLAUES KARNICKEL.

Dir: Guten Morgen.
BLK: Guten Morgen, Sir.
Dir: Beginnen Sie mit <u>Le grand Pierre</u>, von jetzt an GROSSES KARNICKEL genannt.
BLK: Er macht mit, Sir. Gemeinsam mit Fred Otash und Freddy Turentine.
Dir: Hat er seinen Köder rekrutiert?
BLK: Das hat er, Sir. Er setzt einen homosexuellen Schauspieler namens Sal Mineo ein.
Dir: Ich bin entzückt. Der junge Mineo war in <u>Exodus</u> und in der <u>Gene-Krupa-Story</u> grandios.
BLK: Er ist ein begabter junger Mann, Sir.
Dir: Er ist begabt und hat eine Neigung zur griechischen Liebe. Er ist zahllose Liaisons mit männlichen Filmstars eingegangen, darunter James Dean, der »Menschliche Aschenbecher«.
BLK: GROSSES KARNICKEL hat gut gewählt, Sir.
Dir: Weiter.
BLK: GROSSES KARNICKEL hat Mineo in der Hand, wobei er die genaueren Umstände nicht preisgeben will. Er möchte, dass Mineo beschützt wird, sollte derselbe durch eine außenstehende Behörde festgenommen werden. Ich denke, GROSSES KARNICKEL ist daran interessiert, sich eigenen Schutz zu erwerben.
Dir: Er kauft und wir verkaufen. Es wäre mir ein Vergnügen, dem GROSSEN KARNICKEL und dem jungen Mineo meinen Schutz zu gewähren.
BLK: Ich habe GROSSEM KARNICKEL ein Datenblatt überge-

ben, das Mineo auswendig zu lernen hat. Er soll ROSA KARNICKEL überzeugend vermitteln, dass er ein eifriger Anhänger der Bürgerrechtsbewegung ist.
Dir: Was wohl keines besonderen Aufwands bedarf. Schauspieler sind moralisch unbalanciert und psychisch labil. Sie lassen sich mit großer Intensität auf ihr jeweiliges Skript ein. Das füllt ihre innere Leere und ermöglicht ihnen, Lebenswillen zu entwickeln.
BLK: Ja, Sir.
Dir: Weiter. Beschreiben Sie Ihre Begegnung mit KREUZFAHRER KARNICKEL.
BLK: Zunächst muss ich einräumen, dass er genauso begabt ist, wie Sie immer unterstellt haben. Gleichwohl stellt sich mir die Frage, wie weit man ihm vertrauen oder eben nicht vertrauen kann. Er wirkte echt schockiert, als ich den vermeintlichen Verrat meines Bruders an Bobby Kennedy und das Judiciary Comittee erwähnt habe, aber er mag seine Reaktionen im Voraus geplant haben.
Dir: Sind Sie nach wie vor überzeugt, dass Ihr Bruder das »Geständnis« nicht selbst geschrieben hat?
BLK: Mehr denn je, Sir. Auch wenn ich es nun für möglich halte, dass nicht KREUZFAHRER KARNICKEL dahinter steckt. Möglicherweise könnte jemand innerhalb der SCLC einen Privatdetektiv oder dergleichen losgeschickt haben, um die Wanzen und Abhöreinrichtungen aufzuspüren, und angesichts der Umstände beschlossen haben, aus dem Tode meines Bruders Kapital zu schlagen und das »Geständnis« zu verschicken.
Dir: Eine Möglichkeit, die ich zugestehen will.
BLK: Ich glaube, dass Ihre grundsätzliche Einschätzung von KREUZFAHRER KARNICKEL zutrifft, Sir. Er lebt für die Intrige, ist bereit, seine moralischen Überzeugungen zu verkaufen, um hochrangige Geheimdienstarbeit leisten zu können, und er ist in begrenztem Rahmen zuverlässig und einsetzbar.
Dir: Haben Sie ihm die Möglichkeit angeboten, Wanzen zu installieren?
BLK: Das habe ich, Sir. Er hat umgehend angenommen.
Dir: Das habe ich mir gedacht.
BLK: Ich freue mich, dass Sie meinen Vorschlag genehmigt ha-

ben, Sir. Die öffentliche Meinung hat sich gegen elektronische Überwachungsmethoden gewandt, und wir brauchen Abhöreinrichtungen beim Organisierten Verbrechen.
Dir: Ich möchte Ihre Erklärung ergänzen. Wir brauchen verdeckt installierte, bestreitbare Abhörmöglichkeiten, die durch ausgewählte Agenten vor Ort betrieben werden.
BLK: Ja, Sir.
Dir: Wie haben Sie ihm die Aufgabe erläutert?
BLK: Ich sprach von sechzehn Städten und einer verdeckten OP der Stufe 2. Ich erwähnte Mike Lyman's Restaurant in Los Angeles, Lombardo's in San Francisco, die Grapevine Tavern in St. Louis und einige mehr.
Dir: Haben Sie auch das prächtige El Encanto Hotel in Santa Barbara erwähnt?
BLK: Das habe ich, Sir.
Dir: Wie hat KREUZFAHRER reagiert?
BLK: Gar nicht. Er hat offensichtlich keine Ahnung, dass Bobby Kennedy dort über eine Suite verfügt.
Dir: Welch entzückende Ironie. KREUZFAHRER KARNICKEL verwanzt Prinz Bobbys Hotelabsteige. Er ist überzeugt, dass die Suite einem Prinzen des Organisierten Verbrechens gehört.
BLK: Man macht sich in die Hosen vor Lachen, Sir.
Dir: KREUZFAHRER KARNICKEL ist ein eingefleischter Bobby-Fan. Sind Sie sicher, dass er nichts von Bobbys Suite weiß?
BLK: Ganz sicher, Sir. Ich habe den Manager in meiner Tasche. Er hat mir gesagt, dass Bobby prinzipiell nie bekannt gibt, dass er dort wohnt. Er lässt KREUZFAHRER rein, um seine Arbeit zu erledigen, und stellt sicher, dass Bobbys persönliches Eigentum entfernt wird.
Dir: Sinnvoll.
BLK: Danke, Sir.
Dir: Wir brauchen Zugang zu Bobby. Ich bin überzeugt, dass er sich mit ROTEM KARNICKEL zu einer unheiligen Allianz zusammenfinden wird.
BLK: Im Hinblick auf Bobby sind wir abgesichert, Sir.
Dir: Genau wie auf der ROSA Front, wenn sich denn der junge Mineo als ausreichend attraktiv erweisen sollte.
BLK: Das wird er, Sir. Wir haben einen warmen Bruder enga-

giert, um einen warmen Bruder zu ködern, und das wird sich auszahlen.
Dir: Ich will ein Duplikat des Films. Am Morgen nach dem Spendendinner.
BLK: Ja, Sir.
Dir: Lassen Sie zwei Kopien ziehen. Die andere schenke ich Lyndon Johnson zum Geburtstag.
BLK: Ja, Sir.
Dir: Guten Tag, Dwight. Gehen Sie mit Gott.
BLK: Guten Tag, Sir.

100 (Las Vegas, 5.12.66)

Wayne knackte das Schloss.
Er arbeitete mit zwei Dietrichen. Er zog am Riegel. Er drückte scharf nach rechts. Faule-Schuldner-Patrouille / Zimmer Nr. 6 / Desert Dawn Motel.
»Mamificker hat zwei Nachnamen«, sagte Sonny. »Sirhan Sirhan.«
Die Tür ging auf. Sie gingen rein. Wayne zog die Tür mit dem Fuß zu. Die Zimmer-Müllhalde überprüfen.
Versautes Bett. Keine Decken. Pferderennen-Poster / Jockey-Farben / Stapel von Rennformularen.
»Mamificker ist Pferderennen-Narr«, sagte Sonny.
Das Zimmer stank. Die Gerüche vermischten sich. Verschütteter Wodka und abgestandener Chinafraß. Ranziger Käseaufstrich und Zigaretten.
Wayne überprüfte die Kommode. Wayne zog Schubladen auf. Wayne sortierte Müll. Akne-Tupfer / leere Schnapsflaschen / Kippen.
»Mamificker ist Kettenraucher«, sagte Sonny.
Wayne öffnete Schubladen. Wayne schaute sich um. Wayne sortierte Müll. Rennformulare und Gewinnstatistiken. Sudelblöcke und Hasstraktate.
Billigpapier-Traktate. *Nicht* Wayne Seniors Sorte. Texte und Karikaturen – antijüdisches Zeugs.
Käppchen mit Dollarzeichen. Blutige Gebetsmäntel. Reißzahnkiefer, von denen Eiter tropfte. »Der Zionistische Schweineorden« / »Der Blutsauger-Jude« / »Die jüdische Krebsmaschine«. Juden mit Klauenhänden. Juden mit Schweinsfüßen. Juden mit Sichelschwert-Schwänzen.
Wayne überflog den Text. Immer das Gleiche. Die Juden, die die Araber verscheißern. Die Araber, die Rache schwören.
»Mamificker hat was gegen Hebräer«, sagte Sonny.

Der Text war weitschweifig. Jede Menge Druckfehler. Daneben krakelige Handschriftsnotizen. »Töten Töten Töten!« / »Tod für Israel!« / »Die zionistischen Schweineutersäuger müssen sterben!«

»Mamificker hat ein Problem«, sagte Sonny.

Wayne ließ die Traktate fallen. Wayne schob die Schubladen zu. Wayne trat einen Stuhl um.

»Wir geben ihm zwei Stunden. Er schuldet Pete einen Riesen und ein paar Zerquetschte.«

Sonny kaute auf einem Zahnstocher rum. »Barb hat Pete verlassen. Offen gesagt, ich hab es kommen sehen.«

»Vielleicht bin ich ihr auf die Nerven gegangen.«

»Vielleicht war es Petes übles Treiben. Vielleicht hat sie ihm gesagt: ›Hör auf, Sonnys Mit-Niggern Herr-oh-wein zu verkaufen, oder ich lass dich auf deinem Weißarsch sitzen, bleichärschiger Mamificker.‹«

Wayne lachte. »Rufen wir an und fragen sie.«

»*Du* rufst an. Du bist der Mamificker, der in sie verknallt ist und sich vor Angst derart in die Hosen macht, dass du dich nicht traust, ihr auch nur ein Sterbenswörtchen zu sagen.«

Wayne lachte. Wayne kaute an seinen Nägeln. Wayne riss sich einen Nagel auf.

Die Sache mit Pete tat weh. Pete war ihm auf die Zehen getreten. Pete hatte ihm die Leviten gelesen. Er war im Unrecht. Pete war im Recht. Das war ihm bewusst.

Er hatte bei Wayne Senior angerufen. Sie hatten sich unterhalten. Wayne Senior hatte Arbeit versprochen. »Gute Arbeit« / »bald« / »gleich«. Vielleicht nahm er an. Vielleicht auch nicht. Er war Pete ein paar Versetzungen schuldig: Saigon / Mississippi / Waffenschmuggel.

»Gehen wir nach L.A.«, sagte Sonny. »Wir treiben Wendell Durfee auf und pfeffern ihm was auf den schwarzen Arsch.«

Wayne lachte. Wayne kaute an seinen Nägeln. Wayne riss sich Nagelhäutchen weg.

»Bringen wir 'nen Straßen-Nigger um und tun so, als ob er Wendell sei«, sagte Sonny. »Was deinem Scheiß-Problem endlich ein für alle Mal ein Ende macht.«

Wayne lächelte. Da rüttelte jemand an der Tür – was-n-das?

Die Tür klemmte. Die Tür ging auf. Ein Knallkopf trat ein. Ein junger Kerl / dunkle Hautfarbe / dickes Rattennest-Haar. Er sah sie. Er fing an zu zittern. Er krümmte sich buchstäblich vor Angst.

»Ahab der A-raber«, sagte Sonny. »Wo ist dein Kamel, Mamificker?«

Wayne schloss die Tür. »Du schuldest dem Golden Cavern elf-sechzig. Spuck sie raus, oder Bruder Sonny tut dir weh.«

Der Knallkopf krümmte sich. Tut mir nichts. Sein Hemdzipfel rutschte raus. Wayne sah die Waffe im Gürtel. Wayne nahm sie rasch an sich. Wayne zog den Ladestreifen raus.

»Wie kommst du zu dem doppelten Nachnamen?«, fragte Sonny.

Sirhan gestikulierte. Die Hände sausten durch die Luft. Er machte Knilch-Signale.

»Vergebt mir ... ich bin runtergefallen ... Rennpferde ... viel Kopfweh ... ich vergesse, dass ich Geld verliere, wenn ich meine Medizin nicht nehme.«

»Ich mag dich nicht«, sagte Sonny. »Du siehst immer mehr aus wie Cassius Clay.«

Sirhan gab arabischen Schwachsinn zum Besten. Sirhan gab Singsang zum Besten. Sonny schlug einen linken Haken. Sonny traf die Wand. Sonny schlug Putz ab.

Wayne wirbelte mit seiner Waffe. »Bruder Liston hat Floyd Patterson und Clevelands ›Big Cat‹ Williams niedergeschlagen.«

Sonny schlug einen rechten Haken. Sonny traf die Wand. Sonny schlug Putz ab. Sirhan stöhnte auf. Sirhan beschwor Allah. Sirhan leerte rasch die Taschen.

Beute: Rasierstift / Kugelschreiber / Wagenschlüssel. Hunderternoten / Fünfer / Münzen.

Wayne nahm das Geld. »Was hast du gegen die Itzigs?«, fragte Sonny.

Wayne ging ins Cavern. Wayne schloss sein Zimmer auf. Wayne sah einen Brief auf der Kommode liegen.

Er öffnete den Umschlag. Dass er von Barb war, roch er gleich.

Wayne,

es tut mir Leid wegen des Abends & ich hoffe, dass es meinetwegen nicht zu Ärger zwischen dir & Pete kam. Ich hab ihm gesagt, dass du völlig im Recht warst, aber das hat er nicht verstanden. Ich hätte ihm sagen sollen, dass ich versucht habe, auf dich einzustechen, woraus er hätte schließen können, wie weit es mit mir gekommen war & wie gut du es mit mir gemeint hast.

Ich bin ein Angsthase, dass ich Pete nicht direkt schreibe, aber ich lade ihn zu Weihnachten nach Sparta ein, um rauszufinden, ob wir unsere Beziehung wieder hinkriegen können. Ich hasse sein Geschäft & ich hasse seinen Krieg & ich wäre noch ein größerer Angsthase, wenn ich das nicht sagen würde.

Pete fehlt mir, der Kater fehlt mir & du fehlst mir. Ich arbeite im Big Boy meiner Schwester & lasse von den schlimmen Gewohnheiten ab, die ich mir in Vegas zugelegt habe. Ich frage mich jetzt, was ein 35-jähriges Ex-Nötigungs-Girl & Nachtclubkätzchen mit dem Rest seines Lebens anfängt.

Barb

Wayne las den Brief nochmal. Wayne roch Nebengerüche. Das Ponds und die Lavendelseife. Er küsste den Brief. Er schloss sich in sein Zimmer ein. Er ging zum Nachtclub.

Wo Pete sitzt.

Er trinkt. Er raucht. Der Kater hockt auf seinem Schoß. Er schaut den Bondsmen zu – Barbs Combo minus Barb.

Wayne winkte einem Kellner. Wayne reichte ihm den Brief. Wayne steckte ihm fünf Dollar zu. Wayne wies auf Pete. Der Bursche begriff.

Der Bursche ging rüber. Der Bursche ließ den Brief fallen. Pete riss den Umschlag auf.

Er las den Brief. Er wischte sich die Augen. Der Kater zerriss ihm das Hemd.

DOKUMENTENEINSCHUB: 6.12.66. Las Vegas *Sun,* Schlagzeile und Untertitel:

> HOWARD HUGHES IN VEGAS!
> EXKLUSIVFOTOS AUS DEM EINSIEDLER-VERSTECK!

DOKUMENTENEINSCHUB: 7.12.66. Las Vegas *Sun,* Schlagzeile und Untertitel:

> KEINE HINWEISE IM FALL DES TÄNZER-TAXIFAHRERS
> FREUNDE APPELLIEREN AN MÖGLICHE ZEUGEN

DOKUMENTENEINSCHUB: 8.12.66. Las Vegas *Sun,* Schlagzeile und Untertitel:

> HOWARD-HUGHES-SPRECHER ERKLÄRT:
> EINSIEDLER-BILLIONÄR WILL HOTELSZENE »BEFÖRDERN« –
> NICHT »MONOPOLISIEREN«

DOKUMENTENEINSCHUB: 10.12.66. Las Vegas *Sun,* Schlagzeile und Untertitel:

> FBI NIMMT ABSAHNSCHMUGGLER FEST
> HUGHES-SPRECHER LOBT DIREKTOR HOOVER

DOKUMENTENEINSCHUB: 11.12.66. Chicago *Tribune,* Schlagzeile und Untertitel:

> WEITERE RAZZIEN WEGEN POSTVERGEHEN IM SÜDEN
> 22 KLAGEN ANHÄNGIG

DOKUMENTENEINSCHUB: 14.12.66. Chicago *Sun-Times*, Schlagzeile und Untertitel:

KING GREIFT FBI WEGEN STRAFVERFOLGUNGSPOLITIK
IN DEN SÜDSTAATEN AN:
»KLAN-TERROR IST WICHTIGER ALS POSTVERGEHEN«

DOKUMENTENEINSCHUB: 15.12.66. Los Angeles *Times*, Untertitel:

KING KLAGT »VÖLKERMORD«-KRIEG IN VIETNAM AN

DOKUMENTENEINSCHUB: 18.12.66. Denver *Post-Dispatch*, Untertitel:

RFK LEUGNET GERÜCHTE ÜBER PRÄSIDENTSCHAFTSKANDIDATUR

DOKUMENTENEINSCHUB: 20.12.66. Boston *Globe*, Schlagzeile:

NIXON ÄUSSERT SICH UNBESTIMMT ÜBER
PRÄSIDENTSCHAFTSPLÄNE FÜR '68

DOKUMENTENEINSCHUB: 21.12.66. Washington *Post*, Schlagzeile und Untertitel:

VERNICHTENDE ANKLAGE
AUSLÄNDISCHE JOURNALISTEN GREIFEN LBJ WEGEN
»WIDERSPRÜCHLICHKEIT« VON VIETNAMKRIEG UND
BÜRGERRECHTSBESTREBUNGEN AN

DOKUMENTENEINSCHUB: 22.12.66. San Francisco *Chronicle*, Schlagzeile und Untertitel:

> HOOVER GREIFT KING IM KONGRESS ÖFFENTLICH AN
> BEZEICHNET BÜRGERRECHTSFÜHRER ALS
> »GEFÄHRLICHEN TYRANNEN«

DOKUMENTENEINSCHUB: 23.12.66. Las Vegas *Sun*, Schlagzeile und Untertitel:

> HUGHES-VERTRETER AUF DEM STRIP UNTERWEGS
> HOTELAUFKÄUFE ZU ERWARTEN

DOKUMENTENEINSCHUB: 26.12.66. Washington *POST*, Schlagzeile und Untertitel:

> STUDIENGRUPPE ZUR INNENPOLITIK:
> J. EDGAR HOOVER »VERALTET«

DOKUMENTENEINSCHUB: 2.1.67. Los Angeles *Examiner*, Untertitel:

> BÜRGERRECHTS-SPENDEN-DINNER MIT ERLESENEM PUBLIKUM

DOKUMENTENEINSCHUB: 3.1.67. Dallas *Morning News*, Schlagzeile:

> JACK RUBY – TOD DURCH KREBS

101 (Beverly Hills, 3. 1. 67)

Zeichen:
Mau-Mau-Zeichen. Friedenstauben. Verschlungene Niggerhände.
Besagte Zeichen waren Wandschmuck. Besagte Wände waren hoch. Der Ballsaal war stattlich. Besagter Ballsaal hieß geschniegelte Schwarze willkommen – mit Rassenverbrüderungs-Häppchen.
Berühmtheiten und Politiker. Schwarze Gesellschaftsdamen. Marty-der-King. Burl Ives. Bananenboot-Belafonte.
Pete beobachtete. Pete rauchte. Sein Smoking war ihm zu knapp. Otash beobachtete. Otash rauchte. Sein Smoking saß perfekt.
Ballsaal-Einrichtung – Empore und Rednerpult. Ballsaalstühle und Ballsaalspeisen. Dampfbeheizte Serviertabletts, aus denen Dampf quoll – Perl-Mohr-Hühner.
Polizisten hatten sich unter die Menge gemischt. Ihre billigen Anzüge stachen heraus. Kellner schwärmten aus. Kellner schleppten Serviertabletts rum. Kellner servierten Häppchen.
Pete machte auf Scheiß-auf-die-Diät. Pete verputzte Buletten. Pete verputzte *pâté*. Pete verputzte Hottentotten-Häppchen.
Bürgermeister Sam Yorty. Gouverneur Pat Brown. Bayard Rustin – groß und schlank – in schniekem Karo-Smoking. Sal Mineo – auf der Lauer – eine umwerfend aussehende Schwuchtel.
Rita Hayworth. Wer hat *die* reingelassen? Sie wirkt total versoffen.
»Hast du dir schon überlegt, dass wir hier auffallen?«, sagte Otash.
Pete zündete sich eine Zigarette an. »Ab und an.«
»Rita wirkt duhn. Ich hab mal eine Zweisekunden-Nummer

mit ihr geschoben, ist etwa zehn Jahre her. Rotschöpfe altern in der Regel schlecht, von Barb mal abgesehen.«
Pete schaute zu Rita rüber. Rita sah Otash. Rita machte pfui und wich zurück.
Er war nach Sparta geflogen. Er war über Weihnachten geblieben. Er hatte bei seiner Frau geschlafen. Sie hatten sich geliebt. Sie hatten sich gestritten. Barb war über sein »Kriegsunternehmen« hergezogen.
Barb hatte das H-Schnüffeln aufgegeben. Barb hatte das Pillen-Schlucken aufgegeben. Barb strahlte, völlig un-Rita-haft. Barb trieb seinen Herzschlag höher. Barb erschöpfte ihn. Barb hatte es ihm ins Gesicht gesagt: Ich hasse Stoff. Ich hasse Nachtclub-Arbeit. Ich hasse Vegas. Ich gebe nicht nach. Ich komme nicht zurück.
Er disponierte um. Er schlug Kompromisse vor. Er machte tastende Versuche. Er sagte, ich werde in Milwaukee arbeiten. Er sagte, ich werde dort weißes H verschieben. Wir werden in Sparta wohnen.
Barb hatte gebrüllt vor Lachen. Barb hatte »nie« gesagt.
Sie hatten miteinander gesprochen. Sie hatten miteinander gestritten. Sie hatten sich geliebt. Er hatte umdisponiert. Er hatte es andersherum probiert. Er hatte neue Kompromisse angeboten. Er sagte, ich höre mit Vietnam auf. Ich überlasse Tiger-Kamp John Stanton. John übernimmt die Leitung / Wayne lässt sich hin- und herversetzen / Mesplède hilft aus.
Barb hatte ihn aufgezogen. Barb sagte, du *liebst* Wayne. Barb sagte, er hat mich geschlagen. OK – er *kennt* dich – du hast gewonnen.
Sie hatten einen Waffenstillstand vereinbart. Sie hatten Grenzwerte festgelegt. Sie hatten Einzelheiten festgelegt. Er sagte, ich bleibe in Vegas. Ich führe Tiger-Taxi und das Cavern. Stoff rühre ich nicht mehr an. Ich überwache nur die Ankunft der Lieferung.
Das muss ich – es gibt Druck – Drac hat Publicity gekauft. Ich arbeite in Vegas und komme immer wieder zu dir nach Sparta.
Barb erklärte sich einverstanden. Besagter Plan bezog sich nachdrücklich auf Vietnam. Besagter Plan betonte, dass er dort nichts mehr verloren hatte.

Sie hatten sich geliebt. Sie hatten die Vereinbarung besiegelt. Sie waren allen Ernstes Snowmobilfahren gegangen. In Scheiß-Sparta, Wisconsin – zwischen Lutheranern und Bäumen.

Pete sah sich im Ballsaal um. Pete beobachtete die Leute. Sal M. schaute rüber. Sal M. schaute weg.

Doms Schnucki hatte eine Vermisstenanzeige aufgegeben. Das Police Department Las Vegas bearbeitete den Fall. Das führte zu ein paar Akten. Die Bullen hatten das Cavern überprüft. Pete hatte sie geschmiert. Worauf sie den Fall für abgeschlossen erklärten.

Otash hatte ein Auge auf Sal. Sal hatte sein Skript gelernt. Einfaches Zeugs: Ich *steeeehe* auf Bürgerrechte! Otash hatte mit Dwight Holly zusammengearbeitet. Sie hatten Sals Wohnung umgebaut. Sie hatten einen Schrank rausgerissen. Sie hatten einen Einwegspiegel montiert und eine Kamera hingestellt. Besagte Kamera war auf Sals Bett gerichtet.

Fred T. hatte assistiert. Fred T. hatte Lampen verwanzt. Fred T. hatte Wände verwanzt. Fred T. hatte Matratzenfedern verwanzt.

Pete sah sich im Ballsaal um. Pete schaute ins Publikum. Berühmtheiten plauderten miteinander. Berühmtheiten schmissen sich an King ran.

»Hast die Zeitung gesehen?«, fragte Otash. »Jack Ruby ist tot.«

»Ich hab sie gesehen.«

»Ihr zwei habt euch seit ewigen Zeiten gekannt. Sam G. hat ein paar Andeutungen gemacht.«

Sal schaute rüber. Pete gab ihm das Zeichen – *jetzt aber ran*.

Sal winkte einem Kellner. Sal nahm einen Drink. Sal kippte ihn runter. Sal wurde knallrot. Sal mischte sich unter die Leute. Sal ging auf sein Ziel zu.

Schwuchtel-Alarm – Bayard Rustin – Schwuchtel in Zehn-Uhr-Position. Bayard und Bewunderer – Burl Ives und zwei weitere Leute – Sal kommt ihm ganz nah.

Sal sieht Bayard. Bayard sieht Sal. Zwei Lächeln und bebend feuchte Lippen. Geigenklänge. *Strangers in the Night* – »Fremde in der Nacht«. *Some Enchanted Evening* – »In einer zauberhaften Nacht«.

Burl wirkt vergrätzt. Was ist denn *das* für einer? *Ich* bin altgedienter Linker. Tag, sagte Sal. Sal ging wieder weg. Bayard verschlang seinen Hintern mit Blicken.
»Zündung«, sagte Otash.
Eine Glocke erklang. Essenszeit. Auf zur Hottentotten-Speisung.
Die Grüppchen trennten sich. Die Gäste gingen zu den Tischen. Sal verschlang Bayard mit Augen. Bayard saß in der Nähe.
Bayard sah ihn. Bayard schrieb etwas auf seine Serviette. Pat Brown reichte die Serviette weiter. Sal las. Sal errötete. Sal schickte eine Antwort zurück.
»Die Rakete steigt«, sagte Pete.

Sie vertrieben sich die Zeit.
Sie gingen ins Nachbarlokal. Sie gingen ins Trader Vic's. Sie schluckten Mai-Tais. Sie verschlangen Rumaki-Spießchen.
Polizisten kamen vorbei. Polizisten berichteten das Neueste.
Das Dinner ist zu Ende. King hält eine Rede. King trieft der Schaum vom Maul. Er ist ein Roter. Er ist eine Marionette. Das weiß ich doch. Die Friedenfans fahren auf ihn ab. Das tut mir weh. Mein Sohn dient in Vietnam.
Ein Fernseher wurde angemacht. Der Barmann wechselte Kanäle. Der Barmann drehte den Ton ab. Krieg auf drei Kanälen. Helikopter und Tanks. Auf zwei weiteren Kommunisten-King.
Pete sah auf die Uhr. 22:16. Aufgepasst auf ausschwärmende Tunten. Otash verschlang einen Puu-Puu-Teller. Seine Bauchbinde schwoll an.
22:28.
Sal kommt rein. Sal setzt sich. Sal ignoriert sie.
22:29.
Bayard kommt rein. Bayard setzt sich. Bayard grüßt Sal: »Wie geht's dir, Kind! Ich bin *so* ein Fan!«
Otash stand auf. Pete stand auf. Pete schnappte sich ein Garnelen-Spießchen für unterwegs.

Präparierung:
Sie gelangten in Sals Wohnung. Sie lüfteten die Kammer.

Sie bereiteten die Kamera vor. Sie luden den Film. Sie warteten. Sie saßen still. Sie rauchten.
Die Kammer war heiß. Sie schwitzten. Sie zogen sich bis auf Unterwäsche und Socken aus.
Sie saßen still. Sie schalteten die Lichter aus. Die Zifferblätter ihrer Uhren fluoreszierten.
23:18. 23:29. 23:42.
Puff – es gibt Licht im Flur. Rechts vom Schlafzimmer – von ihnen aus gesehen.
Pete rückte die Kamera zurecht. Otash spulte Film auf. Noch mehr Licht / Schlafzimmerausstattung / Strahler von oben.
Sal kam rein. Bayard drängte sich dicht hinter ihn. Sie lachten. Sie berührten sich. Sie berührten sich mit den Hüften. Bayard küsste Sal. Otash machte pfui. Sal küsste Bayard.
Pete hielt die Kamera drauf. Pete hatte das Bett im Bild. Pete hatte sie in der Mitte in Halbdistanz.
»Martin kann gut sprechen«, sagte Sal, »aber du siehst gut –«
Sal hielt inne. Sal hielt inne, was zum –
Seine Stimme schallte. Seine Stimme hallte. Seine Stimme klang verzerrt. Seine Stimme quäkte. Seine Stimme erschallte hoch und weit.
MIST –
Übersteuerung. Überverstärkung. Mikro –
Bayard merkte auf. Bayard wurde hellwach. Bayard sah sich blitzschnell um. Bayard jodelte. Bayard rief »Hall-oh!« Bayard hörte die Echos.
Sal legte ihm den Arm um den Hals. Sal gab ihm hastig einen Kuss. Sal kniff ihn in den Hintern. Bayard schubste ihn weg. Sal fiel aufs Bett. Ein Matratzenmikro machte sich selbständig.
Es fiel zu Boden. Es sprang hoch. Es rollte rum. Es blieb liegen.
»Scheiße«, sagte Pete.
»Mist«, sagte Otash.
»Hall-oh«, rief Bayard, »J. Edgar!« – Bayard konnte die Echos hören.
Sal nahm ein Kissen. Sal vergrub sein Gesicht. Sal kreiste tuntenmäßig aus. Sal zappelte unablässig mit den Beinen.

Bayard blickte sich um. Bayard sah den Spiegel. Bayard rannte hin.
Er schlug aufs Glas ein.
Er zerschnitt sich die Hände.
Er riss sich die Hände auf.

102 (Silver Spring, 6.1.67)

Bankarbeit:
Die Bank of America. Südlich von Washington. Zehntenspenden-Quelle Nr. 3.
Littell stellte einen Einzahlungsschein aus. Littell stellte einen Auszahlungsschein aus. Littell kritzelte die Adresse auf einen Umschlag.
Sieben Riesen – eine Drac-Plünderungs-Einzahlung. Fünf Riesen – eine Zehntenabhebung. Eine Spende von »Richard D. Wilkins« – Zehntenpseudonym Nr. 3.
Littell stellte sich in die Schlange. Littell sah den Mann hinter dem Schalter. Littell zeigte die Formulare und das Bankbuch. Der Schalterbeamte lächelte. Der Schalterbeamte erledigte den Papierkram. Der Schalterbeamte machte seinen Scheck fertig.
Littell überprüfte seinen Kontostand. Er faltete den Scheck zusammen. Er klebte den Umschlag zu. Er ging nach draußen. Er wich Schneewehen aus. Er fand einen Briefkastenschlitz.
Er warf den Brief ein. Er sah sich nach Verfolgern um. Das tat er nun regelmäßig.
Negativ. Keine Verfolger vorhanden. Das *wusste* er.
Er stand im Freien. Ein gutes Gefühl. Die kalte Luft belebte ihn. Er war müde. Er hatte sich abgehetzt – im FBI-Auftrag.
Er war durch sechzehn Städte gereist. Er hatte sechzehn Abhöreinrichtungen installiert. Er hatte sechzehn Mafia-Treffpunkte mit Wanzen versehen. Er hatte allein gearbeitet. Fred T. hatte zu tun. Fred T. war von Fred O. mit Beschlag belegt worden. Littell war freigestellt. Mit Dracs Zustimmung. Dracs Mormonen sprangen für ihn ein.
Besagte Mormonen verhandelten in Vegas. Sie sagten, verkauft uns das Desert Inn. Sie sagten, verkauft uns noch mehr Hotels.

Er war hin- und hergeflogen. Er hatte Wanzen eingebaut. Er hatte Moe D. angerufen. Moe war in Hochstimmung gewesen. Moe hatte gesagt, wir ziehen Drac über den Tisch – das *weiß* ich. Er war hin- und hergeflogen. Chicago / Kansas City / Milwaukee. St. Louis / Santa Barbara / L.A. Er schmiedete Pläne. Er kam nach L.A. Er handelte.

Er durchsuchte Janes Akte. Er sah sich das Belastungsmaterial an. Er stellte Belastungsmaterial über Zweitklassgangster zusammen – alles Ostküsten-Leute.

Beste Arden-Fakten. Detaillierte Schilderungen von Raubzügen und Mafia-Morden. Nichts von entscheidender Bedeutung. Nichts, das mit den Pensionskassenbüchern zu tun hatte. Nichts, das zu tun hatte mit: Carlos / Sam G. / John Rosselli / Santo / Jimmy / & Co.

Er tippte die Fakten ab. Er schrieb konzentriert. Er wischte die Fingerabdrücke vom Papier. Er flog zurück. Er reiste. Er verwanzte weitere Treffpunkte. Er kam nach Frisco / Phoenix / Philadelphia. Er kam nach Washington und New York.

Er wohnte in Manhattan. Er nahm ein Hotelzimmer. Er benutzte ein Pseudonym. Er veränderte sein Aussehen. Er griff zu kosmetischen Hilfsmitteln.

Er kaufte einen Bart. Dunkelblond und grau. Von bester Qualität. Der seine Narben bedeckte. Der seinem Gesicht einen anderen Schnitt gab. Der ihn zehn Jahre älter machte.

Er war Bobby einmal begegnet. Er war Bobby drei Tage vor Dallas begegnet. Bobby würde sich an ihn erinnern. Bobby wusste, wie er aussah.

Er kaufte Arbeitskleidung. Er kaufte Kontaktlinsen. Er überwachte Bobbys Wohnung: die UN-Towers / einen alten Backsteinbau / an der 1st Avenue.

Er hatte den Türsteher angesprochen. Der Türsteher kannte Bobby. Der Türsteher sagte, Bobby reise viel. Bobby ist im Süden, in Washington. Bobby kommt zurück nach New York.

Littell schaute. Littell wartete. Bobby kam zwei Tage später. Bobby hatte einen jungen Mitarbeiter nach Norden mitgenommen.

Einen schmalen Jungen. Dunkles Haar und Brille. Besagter Junge wirkte gescheit. Besagter Junge bewunderte Bobby. Die Hochachtung des Jungen war deutlich spürbar.

Die beiden waren durch die East Side gegangen. Wähler hatten gewinkt. Der Junge hatte Sprücheklopfer und Schnöder abblitzen lassen. Littell hatte die beiden verfolgt. Littell war ihnen nahe gekommen. Littell hörte, wie Bobby sprach.

Der Junge hatte einen Wagen. Littell notierte die Autonummer. Littell überprüfte sie in der Kfz-Zentrale. Er erhielt den Namen Paul Michael Horvitz / 23 / wohnhaft in Washington.

Littell hatte bei Horvitz angerufen. Littell machte Andeutungen. Littell sagte, er habe Informationen. Horvitz hatte angebissen. Sie hatten sich verabredet – heute Abend in Washington.

Die Schalterbeamten kamen aus der Bank. Ein Wächter schloss die Bank. Es schneite. Es war kalt. Littell wurde warm ums Herz.

Er bereitete sich vor. Er arbeitete Manierismen aus. Er stellte eine neue Garderobe zusammen. Er legte sich einen schleppenden Südstaatenakzent zu.

Tweedanzug. Weiches Chambray-Hemd. Bart / Lispeln / kränkliche Haltung.

Er kam zu früh. Er hatte gesagt, wo: In Eddie Chang's Kowloon China-Restaurant. Düsteres Licht. Besagtes Licht bot Deckung.

Er nahm eine Koje. Er fläzte sich schlaff hin. Er bestellte Tee. Er schaute zur Tür. Er sah auf die Uhr.

Da – Paul.

20:01. Er ist pünktlich. Er ist jugendlich und ernsthaft. Littell gab sich einen Ruck – sei alt / sei kränklich.

Paul sah sich um. Paul sah Paare. Paul sah eine Einzelperson. Er kehrte um. Er setzte sich. Littell schenkte ihm gleich Tee ein.

»Danke, dass Sie so kurzfristig gekommen sind.«

»Nun, Ihr Anruf hat mich interessiert.«

»Das habe ich gehofft. Junge Männer wie Sie erhalten alle möglichen zweifelhaften Angebote, aber mein Vorschlag ist bestimmt nicht von der Sorte.«

Paul legte den Mantel ab. Paul löste den Schal.

»Die Angebote gehen an Senator Kennedy, nicht an mich.«

Littell lächelte. »So hab ich's nicht gemeint, Junge.«

»Ich habe Sie schon richtig verstanden, habe aber lieber darüber hinweggehört.«

Littell fläzte sich hin. Littell trommelte auf den Tisch.

»Sie sehen aus wie Andrew Goodman, der arme Bursche, der in Mississippi zu Tode kam.«

»Ich habe Andy in der COFO-School kennen gelernt. Fast wäre ich selber mit in den Süden gereist.«

»Ich bin froh, dass Sie's nicht taten.«

»Kommen Sie von dort?«

»Ich komme aus De Kalb. Ein kleines Nest zwischen Scooba und Electric Mills.«

Paul trank Tee. »Sie sind eine Art Lobbyist, nicht? Sie wussten, dass Sie nicht an den Senator rankommen, also haben Sie sich einen ehrgeizigen jungen Assistenten ausgesucht.«

Littell verbeugte sich – höflich / *très* südstaatlich.

»Ich weiß, dass ehrgeizige junge Männer nicht davor zurückschrecken, sich in einer Schneenacht auf den Weg zu machen, selbst auf die Gefahr hin, dumm dazustehen, wenn auch nur die geringste Chance besteht, dass etwas dran sein könnte.«

Paul lächelte. »Und ist an Ihnen was ›dran‹?«

»An meinen Dokumenten ist absolut was dran, und eine einzige gründliche Lektüre wird Sie und Senator Kennedy von deren Authentizität überzeugen.«

Paul zündete sich eine Zigarette an. »Und Sie?«

»Ich beanspruche keinerlei Authentizität und lasse lieber meine Dokumente sprechen.«

»Und worauf beziehen sich Ihre Dokumente?«

»Meine Dokumente beziehen sich auf Delikte, die von Männern des Organisierten Verbrechens begangen wurden. Ich werde die erste Lieferung mit späteren Paketen ergänzen und Sie Ihnen zu verschiedenen Teilen überstellen, damit Sie und / oder Senator Kennedy die Anschuldigungen in Ruhe und Diskretion untersuchen können. Ich verlange nichts weiter, als dass Sie vor Ende 1968 respektive bis Anfang 1969 von jedweder Veröffentlichung der durch mich übermittelten Informationen absehen.«

Paul schwenkte den Aschenbecher. »Meinen Sie, Senator Kennedy wird dann Präsident oder gewählter Präsidentschaftskandidat sein?«

Littell lächelte. »Ihr Wort in Gottes Ohr, obwohl es mir eher darum ging, wo ich dann sein werde.«
Wandgebläse traten in Funktion. Die Heizung sprang an. Littell brach der Schweiß aus.
»Meinen Sie, er wird antreten?«
»Das weiß ich nicht«, sagte Paul.
»Ist er nach wie vor zum Kampf gegen das Organisierte Verbrechen entschlossen?«
»Ja. Er befasst sich oft damit, möchte aber damit nur ungern an die Öffentlichkeit treten.«
Littell lief der Schweiß in Strömen herunter. Er schmolz in seinem Tweedanzug dahin. Der Möchtegern-Bart fing an zu rutschen. Er spreizte die Hände. Er stützte das Kinn ab. Das wirkte schwächlich. Das stoppte das Wegrutschen.
»Sie können sich auf meine Loyalität verlassen, wobei ich bei all unseren Transaktionen anonym bleiben möchte.«
Paul streckte die Hand aus. Littell überreichte die Papiere.

DOKUMENTENEINSCHUB: 8.1.67. Wörtliches FBI-Telefontranskript. (Anhang zu UNTERNEHMEN SCHWARZES KARNICKEL.) Bezeichnung: »AUF ANWEISUNG DES DIREKTORS AUFGENOMMEN« / »VERTRAULICHKEITSSTUFE 1A«: DARF NUR VOM DIREKTOR EINGESEHEN WERDEN. Am Apparat: Direktor, BLAUES KARNICKEL.

Dir: Guten Nachmittag.
BLK: Guten Nachmittag, Sir.
Dir: Ich habe Ihre Aktennotiz gelesen. Sie schreiben das Scheitern einer verdeckten Operation der Stufe 2 fehlerhaften Kondensatorsteckern zu.
BLK: Ein technisches Versagen, Sir. Ich würde weder Fred Otash noch GROSSEM KARNICKEL die Schuld geben.
Dir: Womit der eigentlich Schuldige Fred Turentine wäre, der reptilienhafte »Verwanzer der Stars«, ein kleiner Mitläufer von Otash und GROSSEM KARNICKEL.
BLK: Ja, Sir.
Dir: Es bringt mir nichts, die Schuld einem Mietling zuschreiben zu können. Das versetzt mich nur in noch hellere Wut.

BLK: Ja, Sir.
Dir: Einige gute Nachrichten, um meine Erregung zu dämpfen.
BLK: Otash hat sich bei der Nachbearbeitung vorzüglich verhalten. Er machte Mineo Druck und wies ihn an, absolutes Stillschweigen zu wahren. Ich glaube sicher sagen zu können, dass ROSA KARNICKEL sich nicht der persönlichen Lächerlichkeit preisgeben oder schlechte Publicity für die SCLC riskieren wird, indem er den Nötigungsversuch an die Öffentlichkeit bringt.
Dir: Und ich hatte mich so auf den Film gefreut. Bayard und Sal, es hat nicht sollen sein.
BLK: Ja, Sir.
Dir: Zu KREUZFAHRER KARNICKEL.
BLK: Er hat vorzügliche Arbeit bei den Einbauten geleistet, Sir.
Dir: Haben Sie ihn überwachen lassen?
BLK: Dreimal, Sir. Er achtet peinlich genau auf Observierungen, und dennoch haben meine Männer die Überwachung aufrecht erhalten können.
Dir: Wenn Sie sich ausführlicher äußern würden. Ich bin im Jahr 2010 zum Lunch verabredet.
BLK: KREUZFAHRER KARNICKEL wurde bei keiner auch nur entfernt verdächtigen Handlung angetroffen.
Dir: Von der Einrichtung der auf unseren Wunsch installierten illegalen Abhöreinrichtungen abgesehen.
BLK: Darunter Bobby Kennedys Absteige in Santa Barbara, Sir.
Dir: Eine herrliche Ironie. KREUZFAHRER verwanzt seinen Erlöser und mein *bête noire*. Eine nichts ahnende Komplizenschaft der besonderen Art.
BLK: Ja, Sir.
Dir: Wie lange wird es dauern, die Männer für den Horchpostendienst freizustellen?
BLK: Eine Weile, Sir. Es handelt sich um sechzehn Positionen.
Dir: Weiter. Das Neueste von WILDEM KARNICKEL.
BLK: Er benimmt sich bestens, Sir. Sie sind mit den Ergebnissen vertraut. Für uns fallen Postverge –
Dir: Ich weiß, was für uns abfällt. Ich weiß, dass dies im Hinblick auf einen gewissen Martin Luther King, alias ROTES KARNICKEL, alias schwarzgeschminkter Antichrist, auch nicht an-

nähernd der Fall ist. Unsere Bemühungen, ihn zu stürzen und sein Prestige zu schmälern, haben uns Tausende von Arbeitsstunden gekostet und keinerlei Erlebnisse gezeitigt. Er hat uns in Mistkäfer und seltene, eingeborene afrikanische Vögel verwandelt, die in Elefantenmist picken, und ich bin es satt und müde, darauf zu warten, dass er sich endlich diskreditiert.
BLK: Ja, Sir.
Dir: Auf Sie kann man bauen, Dwight. Auf Ihr »ja, Sir« ist stets Verlass.
BLK: Ich würde gerne radikalere Mittel zur Neutralisierung von ROTEM KARNICKEL einsetzen. Gestatten Sie mir, einen zuverlässigen Freund dazuzuholen und eventuelle Möglichkeiten zu untersuchen?
Dir: Ja.
BLK: Danke, Sir.
Dir: Guten Tag, Dwight.
BLK: Guten Tag, Sir.

DOKUMENTENEINSCHUB: 14.1.67. Telefontranskript. Aufgenommen von: BLAUES KARNICKEL. Bezeichnung: FBI-VERSCHLÜSSELT«/»OP-1-VERDECKT«/»IM FALLE MEINES TODES UNGELESEN VERNICHTEN.« Am Apparat: BLAUES KARNICKEL, VATER KARNICKEL.

BLK: Senior, wie geht's? Wie ist die Verbindung?
VKL: Ich höre was klicken.
BLK: Das ist mein Verschlüsselungsgerät. Wenn's piept, sind wir abhörsicher.
VKL: Wir sollten uns persönlich unterhalten.
BLK: Ich bin in Mississippi unten. Ich kann nicht weg.
VKL: Bist du sicher, dass es –
BLK: Bestens. Jesus, jetzt mach dir nicht in die Hosen.
VKL: Tu ich nicht. Nur dass –
BLK: Nur dass du denkst, er hat übermenschliche Kräfte, und die hat er nicht. Er kann nicht Gedanken lesen und keine verschlüsselten Frequenzen abhören.
VKL: Schon, aber ...

BLK: Schon, Scheiße. Er ist nicht der liebe Gott, also tu nicht andauernd so, als ob er's wäre.
VKL: Er ist so was Ähnliches.
BLK: Das nehm ich dir ab.
VKL: Hat er –
BLK: Er hat ja gesagt.
VKL: Meinst du, er weiß, was wir planen?
BLK: Nein, aber er freut sich, wenn's passiert, und wenn er meint, dass wir dahinter stecken, sorgt er dafür, dass die Untersuchung ins Leere läuft.
VKL: Eine gute Nachricht.
BLK: Das kannst du laut sagen, Sherlock.
VKL: Die Leute hassen ihn. Den King, meine ich.
BLK: Die, die ihn nicht lieben, klar.
VKL: Was ist mit den Wanzen –
BLK: Läuft alles bestens. Ich habe ihn dazu gebracht, sechzehn Positionen abzuhören. Er wird die Transkripte lesen, mitbekommen, wie der Hass immer größer wird, und einen abkriegen.
VKL: Die Leute brauchen einen Sündenbock.
BLK: In der Tat. Ithaker-Gangster haben einen Hass auf Farbige und Bürgerrechts-Ärsche und ziehen liebend gern über sie her. Hoover hört den Hass, er sieht es immer mehr kommen, und auf einmal, wumms, hat's geknallt. Die Mafia-Hassnummer trübt die Wasser, und schließlich denkt er, die Geschichte sei einige Nummern zu groß, um sich einzumischen.
VKL: Wie bei Jack Kennedy.
BLK: Genau. Es ergibt sich, ist unvermeidlich, ist erledigt und gut fürs Geschäft. Die Nation trauert und hasst den Clown, den wir ihr präsentieren.
VKL: Du verstehst was von Metaphysik.
BLK: Wir alle haben bei Jack dazugelernt.
VKL: Wie lange dauert es, bis die Wanzen einsetzbar sind?
BLK: Etwa sechs Wochen. Weißt du, was daran besonders scharf ist? Ich habe die Einbauten von Ward Littell besorgen lassen.
VKL: Dwight, Jesus.
BLK: Ich hatte meine Gründe. Erstens ist er der beste Wanzenmann, den's gibt. Zweitens könnten wir irgendwann mal auf

ihn angewiesen sein. Drittens musste ich ihm einen Knochen zuwerfen, damit er weiter mitmacht.
VKL: Feuerhöllisch. Wenn Littell wo mit drinsteckt, muss man ihm stets genauestens auf die Finger schauen.
BLK: Ich habe Hoover einen Knochen zugeschmissen. Er hasst Bobby K. fast so sehr wie King und reicht seine gesammelten Sauereien an LBJ weiter. Ich habe dafür gesorgt, dass Littell eine von Bobbys Suiten verwanzt hat.
VKL: Ich krieg das Flattern, Dwight. Du lässt bei »Hoover« ständig den »Mister« weg.
BLK: Weil ich der Verschlüsselungstechnik traue.
VKL: Da steckt mehr hinter.
BLK: OK, weil er nachlässt. Warum drum rum reden? King ist der eine Kerl, den er ums Verrecken abschießen wollte, und King ist der eine Kerl, den er nicht abzuschießen vermag. Noch eine hübsche Geschichte. Lyle hat King gemocht. Er hat gegen ihn gearbeitet und ihn trotzdem bewundert, und mir fängt es allmählich an, nicht anders zu gehen. Der Super-Schwanzlutscher hat's in sich.
VKL: Ich bin sprachlos.
BLK: Wart's ab. Wie wär's damit? Hoover ist ein Narki.
VKL: Dwight, komm –
BLK: Ein Doktor Fühldichwohl fliegt jeden Tag von New York ein, auf FBI-Spesen. Er gibt Hoover einen Schuss flüssiges Methamphetamin mit B-Komplex-Vitaminen und männlichen Sexualhormonen. Der alte Junge dämmert gegen 13:00 ein und dreht gegen 14:00 auf wie ein Hund in Hitze.
VKL: Jesus.
BLK: Er ist weder Gott noch Jesus. Er baut ab, aber er ist immer noch gut. Vor ihm müssen wir uns in Acht nehmen.
VKL: Wir müssen über einen Sündenbock nachdenken.
BLK: Ich möchte Fred Otash und Bob Relyea dazuholen, um uns bei der Suche zu helfen. Ich habe Otash inzwischen kennen gelernt, er ist solide und hat an der Küste was zu melden. Bob ist dein Karnickel, den kennst du selbst am besten. Der Dreckskerl kennt jeden verschleißbaren Rassenhasser in den Südstaaten.
VKL: Ich habe eine Idee. Vielleicht könnte uns das weiterhelfen.

BLK: Ich höre.
VKL: Wir sollten Hasspost an King und die SCLC auffangen, um rauszukriegen, ob wir einen geeigneten Absender ausfindig machen können. Ich weiß, dass das FBI die Post überwacht, also sollten wir einen Mann reinschmuggeln, der die aufgefangene Post diskret durchsucht, fotografiert und wieder ins Überwachungsbüro zurückschafft.
BLK: Eine gute Idee, wenn wir einen finden, dem wir trauen.
VKL: Mein Sohn.
BLK: Scheiße. Mach keine Witze.
VKL: Es ist mir Ernst.
BLK: Ich dachte, du und der Junge wärt verkracht. Er hat mit Pete Bondurant Stoff geschmuggelt und ihr hättet nichts mehr miteinander zu tun.
VKL: Wir haben uns versöhnt.
BLK: Scheiße.
VKL: Du weißt, wie er die Farbigen hasst. Er wäre absolut ideal.
BLK: Scheiße. Er ist zu aufbrausend. Weißt du noch den Ärger, den wir miteinander hatten?
VKL: Er hat sich verändert, Dwight. Er ist ein brillanter Junge und wäre der ideale Mann.
BLK: Brillant unterschreib ich. Ich hab ihm 1944 den ersten Chemiekasten gekauft.
VKL: Ich weiß. Du hast gesagt, dass der mal rauskriegt, wie man das Atom zertrümmert.
BLK: Ihr habt euch versöhnt, du traust ihm. Ich gebe zu, er wäre gut. Aber trotzdem darf er nicht wissen, worauf wir rauswollen.
VKL: Wir sorgen für Verwirrung. Wir lassen ihn die Post an King abfangen und außerdem die Post an einen liberalen und an einen konservativen Politiker. Er wird davon ausgehen, dass ich einfach meine nachrichtendienstlichen Grundlagen erweitern will.
BLK: Scheiße.
VKL: Er wird gut sein. Er ist der ideale Mann –
BLK: Ich will einen Hebel. Ich hol ihn mit rein, wenn wir ihn irgendwie in der Hand haben. Ich weiß, dass er dein Sohn ist, aber darauf bestehe ich.

VKL: Wie wär's, wenn wir ihm Wendell Durfee verschaffen würden. Der soll sich angeblich in L.A. aufhalten, was heißt, dass ich meine Kontaktleute in L.A. verdeckt auf ihn ansetzen kann. Du weißt, was Wayne tut, wenn er ihn findet.
BLK: Ja. Und ich könnte so tun, als ob ich ihm nach wie vor böse wäre, und ihn damit in den Schwitzkasten nehmen.
VKL: Könnte klappen. Feuerhöllisch, das klappt.
BLK: Bei Durfee werden wir uns anstrengen müssen. Das wird dauern, ohne dass wir unbedingt weiterkommen.
VKL: Ich weiß.
BLK: Wir müssen unseren Postmann innerhalb der nächsten sechs Wochen in Aktion treten lassen.
VKL: Ich hole Wayne ins Boot. Und sehe im Übrigen zu, dass wir bei Durfee weiterkommen.
BLK: Aber wir haben nichts gegen Wayne in der Hand.
VKL: Langfristig schon.
BLK: Was heißt das?
VKL: Für die Postarbeit müssen wir ihn nicht in der Hand haben. Das müssen wir erst, wenn's so weit ist.
BLK: Jesus Christus.
VKL: Auch wenn es mein Sohn nicht weiß, darauf hat er sein ganzes Leben gewartet.
BLK: Wie sagst du immer, »feuerhöllisch«.
VKL: Genau.
BLK: Ich muss jetzt gehen. Ich brauche einen Kaffee und will über alles nachdenken.
VKL: Das klappt.
BLK: Da hast du verdammt nochmal Recht.

DOKUMENTENEINSCHUB: 26.1.67. Las Vegas *Sun*, Schlagzeile:

HUGHES SETZT DESERT-INN-VERHANDLUNGEN FORT

DOKUMENTENEINSCHUB: 4.2.67. Denver *Post-Dispatch,* Untertitel:

    BUNDESSTAATLICHE ANKLAGE GEGEN KASINO-
        ABSAHNKURIERE ERHOBEN

DOKUMENTENEINSCHUB: 14.2.67. Las Vegas *Sun,* Schlagzeile und Untertitel:

        WO IST DOM DELLACROCIO?
        POLIZEI IN VEGAS RATLOS

DOKUMENTENEINSCHUB: 22.2.67. Chicago *Tribune,* Untertitel:

    KING PROPHEZEIT »GEWALTTÄTIGEN SOMMER«, WENN
    NEGERN NICHT »VOLLE GERECHTIGKEIT« WIDERFÄHRT

DOKUMENTENEINSCHUB: 6.3.67. Denver *Post-Dispatch,* Untertitel:

      ABSAHNKURIERE BEKENNEN SICH SCHULDIG

DOKUMENTENEINSCHUB: 6.3.67. Las Vegas *Sun,* Untertitel:

  HUGHES-SPRECHER VERWEIST AUF ABSAHNGESTÄNDNISSE UND
  VERSPRICHT, SICH FÜR »SAUBERES LAS VEGAS« EINZUSETZEN

DOKUMENTENEINSCHUB: 7.3.67. Los Angeles *Times,* Schlagzeile und Untertitel:

      HOFFA TRITT GEFÄNGNISSTRAFE AN
        58MONATIGE HAFTSTRAFE DROHT

DOKUMENTENEINSCHUB: 27.3.67. Las Vegas *Sun*, Schlagzeile:

DESERT-INN-VERTRAG MIT HUGHES PERFEKT

DOKUMENTENEINSCHUB: 2.4.67. San Francisco *Chronicle*, Untertitel:

KING GEGEN »RASSISTISCHEN« KRIEG IN VIETNAM

DOKUMENTENEINSCHUB: 4.4.67. Abhörtranskript. Bezeichnung: »GEHEIM« / »OP-1-VERDECKT« / »DARF NUR GELESEN WERDEN VON«: Direktor, Special Agent D.C. Holly.
Ort: Büro / Mike Lyman's Restaurant / Los Angeles / vom Horchposten überwacht. Im Gespräch: Unidentifizierte Männer Nr. 1 & Nr. 2, vermutlich Angehörige des Organisierten Verbrechens. (Gespräch läuft seit 2,6 Minuten.)

UM Nr. 1: ... unter Truman und Ike hat noch Ordnung geherrscht. Da hatten wir Hoover, der nie was scheiß-gegen uns hatte. Das ist seit Scheiß-Bobby und Jack anders geworden.
UM Nr. 2: LBJ ist ein klarer Fall von Schizophilie. Von den Roten in Vietnam lässt er sich nichts gefallen, dafür kriecht er dem King in den Arsch, als ob der sein lang verlorener Soul-Bruder wäre. Die Chefs im Osten haben erfahren, wie das zusammenhängt. King kommt nach Harlem, schwingt seine Reden und heizt den Hottentotten ein. Die lassen das Wetten, unsere Wucherbanken machen Miese, und die Scheiß-Hottentotten regen sich auf und werden frech.
UM Nr. 1: Klarer Fall. Wenn sie das Wetten lassen, kommen sie auf Gedanken. Dann denken sie an Kommunismus und ans Vergewaltigen weißer Weiber.
UM Nr. 2: King steht auf weiße Weiber. Da soll der nichts kennen.
UM Nr. 1: Alle Nigger stehen drauf. Die Frucht des scheiß-verbotenen Baumes.
(Weiterer Gesprächsverlauf irrelevant.)

DOKUMENTENEINSCHUB: 12.4.67. Abhörtranskript. Bezeichnung: »GEHEIM« / »OP-1-VERDECKT« / »DARF NUR GELESEN WERDEN VON«: Direktor, Special Agent D.C. Holly.
Ort: Salon / St. Agnes Social Club / Philadelphia / vom Horchposten überwacht. Im Gespräch: Steven »Steeve-der-Stecher« DeSantis & Ralph Michael Lauria, Angehörige des Organisierten Verbrechens. (Gespräch läuft seit 9,3 Minuten.)

SDS: ... Ralphie, Ralphie, Ralphie, mit denen kannst du nicht reden. Mit denen kannst du nicht argumentieren wie mit richtigen Menschen.
RML: Sagst du mir. Wo ich seit weiß wie viel Scheiß-Jahren Hausbesitzer bin.
SDS: Ein Slumlord bist du, Ralphie. 'nem alten Bock wie mir brauchst' nicht beibringen, wie man stinkt.
RML: Du sprichst wie Nigger-Arsch King, und genau das will ich ja sagen. Ich renne am Ersten in meine Häuser, wo die Stütze eintrifft und der Zahltag für die paar arbeitenden Dunkelmänner. Und da zeigt mir doch eine alte Nigger-Tante das Time-Magazin mit King auf dem Umschlag und sagt: »Ich zahl keine Miete nicht, weil Hochwürden Dr. Martin Luther King Junior sagt, dass Sie ein Slumlord sind, der mich ausbeuten tut.« Der Arsch zwei Türen weiter fordert seine Bürgerrechte, die ihm zufolge scheiß-verdammt nochmal darauf hinauslaufen, dass »ich keine Miete zu zahlen brauche, bis mein ganzes Volk frei ist«.
SDS: Die drehen total durch. Als gesamte Scheiß-Rasse, meine ich.
RML: Dieser King heizt ihnen ein. Dann ist die ganze Rasse überdreht.
SDS: Der Arsch King gehört umgelegt. Man sollte dem eine vergiftete Wassermelone unterjubeln.
RML: Wir sollten uns dem Ku-Klux-Klan anschließen.
SDS: Du bist zu fett für ein Leintuch.
RML: Leck mich. Ich trete trotzdem bei.
SDS: Vergiss es. Italiener nehmen die nicht.
RML: Wieso? Wo wir doch Weiße sind?
(Weiterer Gesprächsverlauf irrelevant.)

DOKUMENTENEINSCHUB: 21.4.67. Horchpostenbericht. Bezeichnung: »GEHEIM« / »OP-1-VERDECKT« / »DARF NUR GELESEN WERDEN VON«: Direktor, Special Agent D.C. Holly. Ort: Suite 301 / El Encanto Hotel / Santa Barbara / vom Horchposten überwacht.

Sirs,
im Überwachungszeitraum (2.4.67 – 20.4.67) hielt sich Subjekt RFK nicht am Zielort auf. Subjekt RFK mietet die Suite auf einer Jahresbasis & sie steht während seiner Abwesenheit leer. Die (stimmaktivierten) Einrichtungen haben bisher nur irrelevante Gespräche von El-Encanto-Bediensteten & anderem Personal aufgenommen. Weisungsgemäß bleibt obiger Horchposten rund um die Uhr besetzt.
Hochachtungsvoll,
Special Agent C.W. Brundage

DOKUMENTENEINSCHUB: 9.5.67. Abhörtranskript. Bezeichnung: »GEHEIM« / »OP-1-VERDECKT« / »DARF NUR GELESEN WERDEN VON«: Direktor, Special Agent D.C. Holly. Ort: Spielsalon / Grapevine Tavern / St. Louis / vom Horchposten überwacht. Im Gespräch: Unidentifizierte Männer Nr. 1 & Nr. 2, vermutlich Angehörige des Organisierten Verbrechens. (Gespräch läuft seit 1,9 Minuten.)

UM Nr. 1: ... der Klan ist jedenfalls bereit, den Kopf hinzuhalten und auf den Tisch zu klopfen, und das heißt doch, dass man sie als unsere Sturmtruppen betrachten muss.
UM Nr. 2: Ich bin für Rassentrennung, versteh mich nicht falsch.
UM Nr. 1: St. Louis ist ein gutes Beispiel. Erstens ist es Provinz. Zweitens gibt es jede Menge Katholiken. Ich sag es gern und grad heraus, dass ich ein richtiger Provinzler bin, und du bist verdammt nochmal ein Italiener und ein Katholik, und wir arbeiten so gut zusammen, weil ihr so genannten Mafiosi Weiße und Jesus-Anbeter seid wie ich, was heißt, dass wir beide das Gleiche hassen, was heißt, dass du zugeben musst, dass der Klan gar nicht so ohne ist, und wenn die von ihrem antikatho-

lischen Schwachsinn mal absehen würden, wärt ihr die Ersten, denen große Spenden rüberzuschieben.
UM Nr. 2: Das stimmt. Ich geb Aufträge an dich weiter, weil ihr Hinterwäldler, ich mein das jetzt nicht beleidigend, genauso denkt und hasst wie wir.
UM Nr. 1: Wenn Nigger King jetzt zur Tür reinkäme, ich brächte ihn um.
UM Nr. 2: Und ich würde mit dir um dieses Anrecht kämpfen. Weil ich nämlich einen Hass auf die Saukerle King und Bobby Kennedy habe. Bobby hat die Firma verscheißert und verscheißert und verscheißert und verscheißert und verscheißert und verscheißert, bis wir keine heile Stelle mehr am Leib hatten. Und King tut genau das gleiche. Er wird das Land verarschen und uns verscheißern und verscheißern und verscheißern und verscheißern und verscheißern und verscheißern, während seine Mitschwarzen sich wie wild vermehren und das Land in ein Scheißloch auf Stütze verwandeln.
UM Nr. 1: Ich bin ein Klan-Mann der dritten Generation. Na, jetzt hab ich's gesagt, und du bist nicht schockiert. Du kannst ruhig von Rom rumkommandiert werden, das ist mir egal. Du bist ein Weißer, genau wie ich.
UM Nr. 2: Leck mich. Rumkommandiert werd ich von einem fetten Ithaker mit Ring am kleinen Finger.
(Weiterer Gesprächsverlauf irrelevant.)

DOKUMENTENEINSCHUB: 28.5.67. Abhörtranskript. Bezeichnung: »GEHEIM« / »OP-1-VERDECKT« / »DARF NUR GELESEN WERDEN VON«: Direktor, Special Agent D.C. Holly.
Ort: Spielsalon / Grapevine Tavern / St. Louis / vom Horchposten überwacht. Im Gespräch: Norbert Donald Kling & Rowland Mark DeJohn, begnadigte Kriminelle (Bewaffneter Raubüberfall / Betrug / Autodiebstahl) & vermutlich Angehörige des Organisierten Verbrechens. (Gespräch läuft seit 3,9 Minuten.)

NDK: ... will sagen, so was wie eine Gemeinschaftskasse.
RMDJ: Ich kapiere. Jeder stiftet was, und die Kasse wird immer voller.

NDK: Wir spenden nichts. Das tun die Leute mit dem großen Geld, bis schließlich genügend beisammen ist, um einen Typen anzulocken, der's dann tut.
RMDJ: Richtig. Ein Kopfgeld. Es spricht sich rum, dass es so was gibt, einer erledigt den Job, beweist, dass er's war, und kassiert.
NDK: Richtig. Man lockt einen Profi an, und der kommt davon. Nicht wie Oswald seinerzeit bei Kennedy.
RMDJ: Oswald war ein Roter und er war gaga. Der wollte erwischt werden.
NDK: Richtig. Und die Leute haben Kennedy geliebt.
RMDJ: Einige schon. Ich selber hab die Drecksau gehasst.
NDK: Du weißt, was ich meine. King ist ein Nigger, den jeder auf dem Kieker hat. Mit Ausnahme von ein paar Juden und ein paar Linken weiß jeder Weiße, dass die Rassenintegration das Land auf den Hund bringt, also weg mit dem öffentlichen Ärgernis Numero eins, und einen Riegel vorgeschoben.
RMDJ: Wenn er erst tot ist, freut sich das ganze Land.
NDK: Einfach bekannt geben. Mehr braucht's nicht.
RMDJ: Jawohl, das Kopfgeld.
NDK: Wir haben die Moneten nicht, aber es gibt Leute, die Piepen haben.
RMDJ: Der schreit richtiggehend danach.
NDK: Das gefällt mir. Erst schreit er, dann kriegt er's ab.
(Weiterer Gesprächsverlauf irrelevant.)

DOKUMENTENEINSCHUB: 14.6.67. Auszug aus Hasspost. Zusammengestellt von: VATER KARNICKEL. Versiegelt und mit der Aufschrift versehen: »IM FALLE MEINES TODES UNGELESEN VERNICHTEN.«
Absender: Anonym. Poststempel: Pasadena, Kalifornien. Gerichtet an: Senator Robert F. Kennedy. Auszug aus Seite 1 (von 19):

Sehr geehrter Senator Kennedy,
ICH WEISS DASS SIE & DER WELTWEITE ZIONISTISCHE SCHWEINEORDEN DEN EITER IN DIE JÜDISCHE KREBSMASCHINE GESTECKT UND MEIN KOPFWEH VERURSACHT HA-

BEN NICHT STÜRZE VOM PFERD WIE DIE ÄRZTE GLAUBEN. AUCH WENN SIE BEHAUPTEN DASS ALLAH EINEN IMPALA FÄHRT WEISS ICH DASS DER JÜDISCHE KONTROLLAPPARAT DIE AUTOMOBILPRODUKTION IN DETROIT UND BEVERLY HILLS BEHERRSCHT. SIE SIND EINE EITERMARIONETTE DIE VOM JÜDISCHEN VAMPIR BEHERRSCHT WIRD UND SOLLEN AUFHÖREN MIR IM NAMEN DES OBERRABBINERS VON LODZ UND MIAMI BEACH UND DER PROTOKOLLE DER WEISEN VON ZION KOPFWEH ZU SCHICKEN.

DOKUMENTENEINSCHUB: 5.7.67. Auszug aus Hasspost. Zusammengestellt von: VATER KARNICKEL. Versiegelt und mit der Aufschrift versehen: »IM FALLE MEINES TODES UNGELESEN VERNICHTEN.«
Absender: Anonym. Poststempel: St. Louis, Missouri. Gerichtet an: Dr. M.L. King. Seite 1 (von 1):

Lieber Nigger,
Nimm dich vor den Iden des Juli und Juni in Acht,
Das Kopfgeld für dich ist bereits aufgebracht;
Du bist ein Verräter, ein Roter und ein Aff;
Geh hin, vergewaltige, lüg und raff;
Der Weiße Mann weiß um dein übles Treiben;
Bete, weil dir nur wenige Tage bleiben;
Du bist nicht kugelfest wie Supermann;
Und entgehst nicht dem Weißen und seinem Plan;
Möhrlein, Möhrlein, nimm dich in Acht;
Du entkommst nicht den Weißen und ihrer Macht.

Gezeichnet,
U.W.M.A. (United White Men of America – Vereinigte Weißmänner von Amerika)

DOKUMENTENEINSCHUB: 21.7.67. Auszug aus Hasspost. Zusammengestellt von: VATER KARNICKEL. Versiegelt und mit der Aufschrift versehen: »IM FALLE MEINES TODES UNGELESEN VERNICHTEN.«

Absender: Anonym. Poststempel: Pasadena, Kalifornien. Gerichtet an: Senator Robert F. Kennedy. Auszug aus Seite 2 (von 16):

(Und) SIE HABEN DAS ARABISCHE VOLK VERRATEN UND UNSER LAND WO MILCH UND LOHN FLIESST UM EITERMILCH AN DEN WELTZIONISTISCHEN SCHWEINEORDEN UND DIE JÜDISCHE KREBSMASCHINE ZU VERKAUFEN. BAYER ASPIRIN UND BUFFERIN UND DAS SPITAL VON ST. JUDAS KÖNNEN MEIN KOPFWEH NICHT HEILEN DAS ICH VOM EITER DES JÜDISCHEN VAMPIRS GEKRIEGT HABE UND KÖNNEN NICHT HÖREN WIE ICH SAGE RFK MUSS STERBEN RFK MUSS STERBEN RFK MUSS STERBEN RFK MUSS STERBEN RFK MUSS STERBEN RFK MUSS STERBEN RFK MUSS STERBEN RFK MUSS STERBEN!!!!!!!!!!!

DOKUMENTENEINSCHUB: 23.7.67. Boston *Globe*, Schlagzeile und Untertitel:

STADT VON UNRUHEN ERFASST
ZAHLREICHE BRANDSTIFTUNGEN UND PLÜNDERUNGEN

DOKUMENTENEINSCHUB: 29.7.67. Detroit *Free Press*, Schlagzeile und Untertitel:

UNRUHEN ERSCHÜTTERN DETROIT
NOCH MEHR TOTE UND SACHSCHÄDEN

DOKUMENTENEINSCHUB: 30.7.67. Boston *Globe*, Schlagzeile und Untertitel:

KING ZU PRESSE:
UNRUHEN »AUSWIRKUNGEN VON WEISSEM RASSISMUS«

DOKUMENTENEINSCHUB: 2.8.67. Washington *Post*, Untertitel:

>SCHADEN DURCH UNRUHEN WÄCHST; POLIZEI SPRICHT VON »KAMPFZONE«

DOKUMENTENEINSCHUB: 5.8.67. Los Angeles *Times*, Schlagzeile und Untertitel:

>KING ÜBER UNRUHEN:
>»FOLGEN WEISSER UNGERECHTIGKEIT«

DOKUMENTENEINSCHUB: 6.8.67. Telefontranskript. Aufgenommen von: BLAUES KARNICKEL. Bezeichnung: FBI-VERSCHLÜSSELT«/»OP-1-VERDECKT«/»IM FALLE MEINES TODES UNGELESEN VERNICHTEN.« Am Apparat: BLAUES KARNICKEL, VATER KARNICKEL.

BLK: Tag, Senior.
VKL: Wie geht's dir, Dwight? Lange nichts gehört.
BLK: Mach dir nichts aus den Klicks. Mein Verschlüsselungsgerät ist im Eimer.
VKL: Was soll's. Ich rede lieber, als mich mit Kurierbeuteln rumzuärgern.
BLK: Schon Nachrichten gesehen? Die Eingeborenen sind unruhig.
VKL: Wie King vorausgesagt hat.
BLK: Nein, wie er versprochen hat, und jetzt suhlt er sich in Schadenfreude.
VKL: Er macht sich Feinde. Manchmal habe ich Angst, dass wir es nicht als Erste schaffen.
BLK: Geht mir öfter so. Die Firma hasst ihn, und jeder weiße Südstaatenprolet im Land fühlt sich empfindlichst auf die Zehen getreten. Du solltest mal in meine Horchpostenbänder reinhören.
VKL: Feuerhöllisch, und wie gern.
BLK: Da gibt's eine Spelunke in St. Louis. Einen Schuppen na-

mens Grapevine. Wo Firmenleute und Kleingangster ein- und ausgehen. Die schwatzen von einer Belohnung von fünfzig Riesen. So was wie der große Wichser-Traum des Zeitgeists.
VKL: Du haust mich um. »Wichser-Traum« und »Zeitgeist« in ein- und demselben Satz.
BLK: Ich bin ein Chamäleon. In der Hinsicht bin ich wie Ward Littell. Ich passe mein Vokabular meinem Gegenüber an.
VKL: Nur dass dir das bewusst ist. Littell hat seine Wirkungen weniger im Griff.
BLK: Ja und nein.
VKL: Zum Beispiel?
BLK: Zum Beispiel schaut er sich, was immer er treibt, nach Beschattern um. Mr. Hoover hat ihn seit Jahren an und ab beschatten lassen, und das weiß er. 90 % fängt er ab, 10 % entgehen ihm. Er hat wahrscheinlich gerade so viel Hybris, sich weiszumachen, dass er 100 % erwischt.
VKL: Hybris. Ich mag den Ausdruck.
BLK: Solltest du auch. Den hab ich beim Jus-Studium in Yale mitgekriegt.
VKL: Boola, boola.
BLK: Was ist mit der abgefangenen Post? Wenn ich richtig rechne, sollte dein Sohn schon zwölf Wochen dran sitzen.
VKL: Eher so was wie acht. Du weißt, wie viel er für Bondurant reist. Er hat Monate gebraucht, um sein System einzurichten.
BLK: Wie das?
VKL: Er hat eine Wohnung in Washington gemietet. Er fängt Briefe an King, Barry Goldwater und Bobby Kennedy ab. Das FBI führt Standard-Abfangmaßnahmen bei Postsendungen ans SCLC-Hauptquartier und das Senate Office Building durch. Vier Agenten führen die Postkontrollstelle 16th, Ecke D-Street. Die Nachtschicht geht um 23:00 nach Hause, also schleicht sich Wayne um 01:00 ein, sucht sich die Post raus, geht sie kopieren und bringt sie um 05:00 früh wieder zurück. Er reist aus New York an, wenn er aus Saigon versetzt wird.
BLK: Wie hat er sich Einlass verschafft?
VKL: Er hat einen Abdruck des Türschlosses hergestellt und sich Duplikate fertigen lassen.
VKL: Und er holt sie unregelmäßig ab?

VKL: Richtig. Je nachdem, wann er versetzt wird. Er stäubt die mitgenommene Post auf Fingerabdrücke ein, denn die Hasspostburschen schreiben nie ihren Absender auf den Umschl –
BLK: Absolut überflüssig. Die eintreffende Post wird von den Postkontrolleuren eingestäubt. Bis er sie in die Finger kriegt, ist alles weggewischt.
VKL: Feuerhöllisch. Mein Junge ist Chemiker. Er sprüht das Papier mit einem Zeug namens Ninhydrin ein und kriegt ständig Teilabdrücke. Er sagt, er feile seine Technik aus und werde bald komplette Sätze vorlegen können.
BLK: OK. Er hat was drauf. Du hast mich überzeugt.
VKL: Und er ist vorsichtig.
BLK: Das soll er auch sein. Es darf nicht bekannt werden, dass Außenstehende die Post zu Gesicht bekommen haben.
VKL: Hab ich dir doch gesagt. Er ist vor –
BLK: Irgendwelche Anwärter?
VKL: Noch nichts. Bis jetzt nur eine Hand voll Spinner, die kurz vor der Einweisung in die Klapse stehen.
BLK: Bob hat einen Anwärter aufgetrieben. Vielleicht sind wir in der Hinsicht nicht auf Waynes Hilfe angewiesen.
VKL: Das hätte Bob mir sagen sollen. Feuerhöllisch, ich bin sein Führungsoffizier.
BLK: Du bist sein Daddy Karnickel. Es gibt Dinge, die er dir gerade deswegen nicht sagt.
VKL: Schon gut. Dann sag du's mir.
BLK: Der Bursche ist im April aus der JVA Missouri abgehauen. Bob hat ihn kennen gelernt, als er dort Gefängniswächter war. Die beiden haben wegen Bobs rechter Macke einen Narren aneinander gefressen.
VKL: Und mehr hast du nicht?
BLK: Bob schickt mir per Kurierpost eine Aktennotiz. Ich schicke sie dir weiter.
VKL: Scheiße, Dwight. Du weißt, dass ich was mitzureden habe.
BLK: Hast du ja auch, und der Bursche wird nicht eingesetzt, wenn wir nicht beide der Meinung sind, dass er perfekt ist.
VKL: Komm. Du kennst mich besser –
BLK: Er ist auf der Flucht. Er hatte Angst, weiter in Bobs Woh-

nung zu bleiben, also ist er nach Kanada abgehauen. Bob hält Kontakt zu ihm. Wenn wir der Meinung sind, dass er unser Mann ist, schicke ich Fred Otash hoch, um ihn weich zu klopfen.
VKL: So direkt? Ich dachte, wir setzen ein paar Strohmänner ein.
BLK: Ich habe Freddy dazu gebracht, dreißig Kilo abzuspecken. Er war groß und schwer, jetzt ist er groß und dünn.
VKL: Er sieht anders aus.
BLK: Total. Er ist Libanese, er spricht Spanisch, wir können ihn als irgendeinen Südamerikaner ausgeben. Bob sagte, der Anwärter sei leicht beeinflussbar. So einer frisst Freddy aus der Hand.
VKL: Du magst den Kerl.
BLK: Ich halte ihn für geeignet. Lies die Aktennotiz und sag, was du denkst.
VKL: Scheiße. Das braucht Zeit.
BLK: Das ist bei allen guten Dingen so.
VKL: Uns kommt noch einer zuvor.
BLK: Soll er.
VKL: Was hat Mr. Hoover –
BLK: Er hat Angst, dass Marty und Bobby zusammenfinden. Sein einziges Gesprächsthema. Seit die Nötigung schief ging, hängt SCHWARZES KARNICKEL am seidenen Faden. Hoover weiß, dass ich »radikalere Mittel prüfe«, hat aber kein einziges Mal nachgefragt, seit ich ihm den Vorschlag machte.
VKL: Das heißt, er weiß, was du planst.
BLK: Kann sein, kann sein auch nicht. Wozu sich wegen der alten Tucke einen Kopf machen.
VKL: Jesus, Dwight.
BLK: Ach komm. Weißt du noch, was ich dir sagte? Er kann keine Gedanken lesen und keine verschlüsselten Telefongespräche abhören.
VKL: Trotzdem.
BLK: Was ist mit Durfee? Haben deine Freunde im LAPD was rausgekriegt?
VKL: Nichts. Sie haben verdeckte Suchaufträge ausgegeben, aber bis jetzt hat niemand angebissen.
BLK: Zuerst müssen wir ihn finden. Dann müssen wir das so

hinkriegen, dass Wayne nicht merkt, dass er ihn von uns serviert kriegt.
VKL: Nichts leichter als das. Wir veranlassen einen Anruf an Sonny Liston, der angeblich Leute auf Durfee angesetzt hat, was mich übrigens nicht –
BLK: Ich brauche einen Hebel. Oder Wayne macht nicht weiter mit.
VKL: Den Durfee bin ich ihm schuldig. Er hat bei mir was gut, und mit Durfee sind wir quitt.
BLK: Ich setze meine Leute drauf an. Gemeinsam könnten wir ihn finden.
VKL: Versuchen wir's. Das bin ich Wayne schuldig.
BLK: Bin ich froh, dass ich nie Kinder hatte. Zuletzt bringen sie unbewaffnete Neger um und schmuggeln Heroin.
VKL: Dwight Chalfont Holly und der Kosmos.
BLK: Schluss. Zur Finanzierung.
VKL: Ich bin mit schlappen zweihundert dabei. Das weißt du.
BLK: Otash fordert schlappe fünfzig.
VKL: Das ist er wert.
BLK: Bob steigt mit hundert ein.
VKL: Feuerhöllisch. So viel Geld hat der nicht.
BLK: Sitzt du?
VKL: Ja. Wieso –
BLK: Ich war unten in New Hebron. Und hab zugeschaut, wie Bob die Zahlen von ein paar Flammenwerfern weggeätzt hat, die er gerade an den Golf verfrachten wollte. Sie hatten eine dreifache Null vorweg, was, wie ich zufällig weiß, die Bezeichnung von CIA-Zuteilungen ist. Ich habe bei Bob nachgefragt. Er hat mich angelogen, was er unter den gegebenen Umständen besser gelassen hätte.
VKL: Ich verstehe nur Bahnhof, Dwight. Ich hab nicht die leiseste Ahnung, worauf du hinauswillst.
BLK: Ich hab bei Bob Druck gemacht. Und dann hat er's rausgespuckt.
VKL: Was rausgespuckt?
BLK: Sein kubanisches Schmuggelmanöver ist bloße Mache. Von Carlos Marcello und dem CIAler John Stanton ausgedacht. Die Waffen gingen an Castro-Quellen in Kuba, mit freundlichen Grüßen von Marcello. Die Firma ist Castro in den

Arsch gekrochen, dafür hilft er ihnen, in Lateinamerika Kasinos aufzubauen. In den Ländern, für die die Firma sich interessiert, hat Castro bei linken Aufständischen was zu melden, und denen schickt er die Waffen, die Bob und die anderen Burschen ins Land schmuggeln. Was heißt, dass die Linken die Firma reinlassen, sofern sie das Land übernehmen. Falls nicht, wird die Firma eben die jetzigen Machthaber schmieren.
VKL: Ich habe Gesichte, Dwight. Ich sehe alle Heiligen der Letzten Tage vor mir.
BLK: Es kommt noch dicker.
VKL: Unmöglich. Und du brauchst mir nicht nahe zu legen, dass ich Wayne ja nichts sagen darf, weil wir beide wissen, dass der Junge durchdrehen würde.
BLK: Die Firma ist so oder so abgesichert. Castro hat dem Unternehmen zig Milizsoldaten geopfert, und Bondurant, Wayne & Co. ungestraft ein- und ausschiffen und Skalps nehmen lassen. Das Geld, das Castro damit verdient, ist ihm auf lange Sicht ein paar Soldaten der Revolution wert, geschieht ja alles nur, damit er den Roten Socken in Lateinamerika unter die Arme greifen kann.
VKL: Dwight, ich bin sprach –
BLK: Stanton und die anderen CIA-Leute, die mit drinstecken, haben Bondurants Rauschgiftprofite an eine CIA-Quelle rücküberwiesen. Stanton wiederum hat Bob mit CIA-Waffenspenden versorgt, die Bobbilein als Sore aus Raubüberfällen auf Waffendepots und Armeediebstählen ausgegeben hat. Stanton und Marcello haben Millionen abgezweigt und Bob und Laurent Guéry und Flash Elorde beteiligt, die von Anfang an beim Schwindel mitmachten. Nur Bondurant, dein Sohn und ein Typ namens Mesplède glauben, alles sei echt. Sie sind die angeschmierten Überzeugungstäter.
VKL: Guter Gott. Alle Heiligen und der Engel Moroni.
BLK: Bob hat schlappe hundert kassiert. Mit denen er bei uns einsteigt, sofern wir ihn schießen oder unserem Strohmann unter die Arme greifen lassen.
VKL: Das kann ich ihm nicht abschlagen. Nicht nach einer solchen Geschichte.
BLK: Also macht er mit. Er hat das alles jahrelang für sich be-

halten, und entsprechend denke ich, dass wir ihm trauen können.
VKL: Wir müssen das unter der Decke halten. Wenn Bondurant oder mein Sohn das rauskriegen, dann –
BLK: Bob hab ich fest im Griff. Der spricht mit keinem Außenstehenden.
VKL: Dwight, ich muss ...
BLK: Ja, geh. Trink einen Schluck und sprich zu deinen Heiligen.
VKL: Gesichte, Dwight. Es ist mir Ernst.
BLK: Ich wäre fast beim Zivilrecht gelandet. Kannst du dir das vorstellen?

DOKUMENTENEINSCHUB: 12.8.67. Kurierpost. An: VATER KARNICKEL. Von: BLAUES KARNICKEL. Bezeichnung: »IN VERSCHLOSSENER DOKUMENTENMAPPE ÜBERGEBEN.« / »NACH LEKTÜRE VERBRENNEN.«

Vater,
anbei Bobs Aktennotiz. Seine Fakten & Beobachtungen stützen sich auf sein persönliches Verhältnis zum ANWÄRTER & auf Akten, die er aus der Justizvollzugsapparat Missouri gestohlen hat. Ich habe Grammatik & Orthographie korrigiert & einige Beobachtungen eingefügt. LESEN, VERBRENNEN & per Kurierpost antworten.
Der ANWÄRTER:
Ray, James Earl, weiß, männlich / 1,79 / 73 kg / Geb. 16.3.28 / Alton, Illinois / 1. von 10 Kindern.
Der ANWÄRTER wuchs im ländlichen Illinois & Missouri auf. Sein Vater war Berufsdieb. Mit 14 Jahren wurde der ANWÄRTER (1942) zum ersten Mal festgenommen (Diebstahl). Er besuchte ständig Wanderzirkusse & Bordelle. Freundete sich mit einem älteren Mann an (Deutscher Einwanderer), einem Hitleranhänger & Mitglied des deutsch-amerikanischen »Bund«. Damals entwickelte der ANWÄRTER seine negerfeindliche Haltung.
Der ANWÄRTER ging zur US-Army (19.2.46) & forderte, seinen Dienst in Deutschland absolvieren zu können. Er führte

seine Grundausbildung in Camp Crowder, Missouri, durch & wurde (als Lastwagenfahrer) zum QM Corps im besetzten Deutschland abgestellt (Juli '46). Später als Fahrer an ein Militärpolizei-Bataillon in Bremerhaven abkommandiert. Handelte mit Schwarzmarkt-Zigaretten, besuchte Prostituierte & wurde wegen Syphilis & Tripper behandelt. Er fing an, schwer zu trinken & Benzedrin zu nehmen. Zu einem Infanterie-Bataillon nach Frankfurt versetzt (April '48), wo er seine sofortige Entlassung forderte.

Das Gesuch wurde abgewiesen. Der ANWÄRTER wurde der Trunkenheit im Quartier angeklagt (Oktober '48) & ins Militärgefängnis überführt. Der ANWÄRTER entkam, wurde erneut festgenommen & zu 3 Monaten Militärzuchthaus verurteilt. Er kehrte im Dezember '48 in die USA zurück & wurde »ohne lobende Erwähnung« aus der Armee entlassen. Er wohnte zeitweise im Haus der Familie in Alton, Illinois. Er reiste per Autostopp nach Los Angeles (September '49), wurde wegen Einbruch festgenommen (9. 12. 49), zu 8 Monaten Distriktgefängnis verurteilt & vorzeitig (März '50) wegen guter Führung entlassen.

Der ANWÄRTER fuhr nach Osten. Festnahme wegen Landstreicherei (Marion, Iowa, 18. 4. 50), Entlassung am 8. 5. 50. Festnahme wegen Landstreicherei (Alton, Illinois, 26. 7. 51), Entlassung im September '51. Festnahme wegen bewaffneten Raubüberfalls (Taxiüberfall, Chicago, 6. 5. 52, bei Fluchtversuch angeschossen).

Der ANWÄRTER wurde zu einer Haftstrafe von zwei Jahren verurteilt. Er saß die Strafe in den JVA Joliet & Pontiac ab. Ruf als »Einsamer Wolf« & gewohnheitsmäßiger Trinker von selbst gebrautem Alkohol verbunden mit Amphetaminabhängigkeit. Am 12. 3. 54 begnadigt.

Festnahme wegen Einbruch (Alton, 28. 8. 54). Stellte Kaution & floh vor Gerichtstermin. Reiste mit einem Mitkriminellen nach Osten, der die politischen Ansichten des ANWÄRTERS teilte (u. a. alle Neger sind minderwertig & gehören umgebracht). Festnahme (nach Raubüberfall auf Postfiliale, Kellerville, Illinois) März '55. Zu 36 Monaten Bundesgefängnis verurteilt. Am 7. 7. 55 in die JVA Leavenworth überstellt. Im Mai '58 begnadigt.

Die Bewährungszuständigkeit für den ANWÄRTER wird auf St. Louis übertragen (wo Familienangehörige wohnen). Im Juli & August '59 begehen ANWÄRTER & 2 Komplizen eine Reihe von Raubüberfällen auf Supermärkte (St. Louis & Alton, Illinois). Der ANWÄRTER wird am 10.10.59 festgenommen. Versuchter Gefängnisausbruch am 15.12.59. Zu 20 Jahren verurteilt. JVA Missouri. Am 17.3.60 in die Zuständigkeit der JVA Jefferson City übergestellt.

Jefferson City gilt als härteste Haftanstalt mit dem schärfsten Regime der Vereinigten Staaten. Weiße & Negerinsassen sind meist nach Rassen getrennt. Weiße Insassen sind größtenteils »Hinterwäldler«, mit offen geäußertem Negerhass. Die Anstalt weist inoffizielle Ableger des KKK, der National States Rights Party, der National Renaissance Party & der Thunderbolt Legion auf.

Der ANWÄRTER arbeitete in der chemischen Reinigung & versuchte im Oktober '61 vergebens auszubrechen. Der ANWÄRTER schmuggelte Produkte aus der Gefängnisbäckerei & Amphetamine, injizierte sich dieselben gewohnheitsmäßig & äußerte im Amphetamin-Rausch des Öfteren negerfeindliche Tiraden. Der ANWÄRTER verkaufte & vermietete außerdem eingeschmuggelte Pornohefte & beteiligte sich an informellen Treffen rechtsextremer Gruppen (von Gefangenen & Wärtern) & äußerte wiederholt den Wunsch, »Nigger & Martin Luther Mohr umzubringen«.

ANWÄRTER sprach auch über seinen Wunsch, in rassengetrennte afrikanische Länder überzusiedeln, ein »Söldner« zu werden & »Nigger umzubringen«. BR erklärt, der Mann sei besonders hasserfüllt gewesen, auch im Vergleich zu anderen weißen Gefangenen.

ANWÄRTER phantasiert offen, dass eine »Vereinigung weißer Geschäftsleute« ein Kopfgeld von 100.000 Dollar auf King ausgesetzt hätte. Was umso erfreulicher ist, wenn man das mit den jüngsten »Kopfgeld-Gesprächen« vergleicht, die vom Horchposten in der Grapevine Tavern in St. Louis aufgenommen wurden. BR behauptet, dass das »Kopfgeld-Konzept« sehr gut zur »Schnell-reich-werden-wollen-Mentalität« des ANWÄRTERS passt.

Dem ANWÄRTER wurde 1964 die Begnadigung verweigert.

Versuchter Ausbruch am 11.3.66. Erfolgreicher Ausbruch am 23.4.67 (versteckt in einem herausfahrenden Brotlaster).

Der ANWÄRTER erklärte BR:
Er sei über Bergstraßen nach Kansas City gewandert, habe »hier & da gearbeitet & etwas Geld angespart«, sei daraufhin mit dem Bus nach Chicago gefahren & habe dort eine Stelle als Geschirrspüler in einem Restaurant in Winnetka bekommen.

Der ANWÄRTER besuchte Familienmitglieder & ihm aus der Kindheit bekannte Orte in Alton, Quincy & East St. Louis & stellte fest, dass nicht intensiv nach ihm gefahndet wurde. Der ANWÄRTER überfiel einen Schnapsladen in East St. Louis (29.6.67) & stahl 4.100 Dollar.

Der ANWÄRTER fuhr nach Süden & verbrachte eine Woche im Haus von BR (5.7.–12.7.67). Raubüberfall auf Lebensmittelladen bei New Hebron (8.7.67). BR nimmt an, dass der ANWÄRTER der Täter war. Der ANWÄRTER & BR sprachen über »Politik« & der ANWÄRTER befürchtete offensichtlich nicht, dass BR ihn als flüchtigen Gefangenen zur Anzeige bringen würde.

Der ANWÄRTER »blieb für sich«, trank & nahm Amphetamine, ignorierte die Klan-Männer von BR, sprach ausschließlich mit BR & äußerte wiederholt seinen Wunsch, »Nigger umzubringen«, »Nigger-Kopfgelder zu kassieren«, »sich als Söldner zu verdingen & im Nigger-Kongo Nigger umzubringen« & in einem »Paradies des Weißen Mannes wie Rhodesien zu leben«.

Der ANWÄRTER verließ das Haus (13.7.67) & teilte BR mit, er fahre nach Kanada & würde anrufen & erneut Kontakt aufnehmen. Der ANWÄRTER rief am 17.7.67 an & gab BR seine Telefon-Nr. in Montreal durch.

Zusammenfassend:
BR charakterisiert ANWÄRTER als launisch, nachgiebig, nur bedingt selbständig und tückisch, sozial ungeschickt, leicht von stärkeren Persönlichkeiten zu führen und im Zusammenhang mit seinen politischen Überzeugungen leicht zu manipulieren. Sein wiederholter Wunsch, »Nigger zu töten«, und seine Fixierung auf das »Kopfgeld« sind ermutigend und lassen darauf schließen, dass er nur minimaler Täuschungs-

manöver bedürfte. Der ANWÄRTER wäre willens, selber zu schießen, wobei wir ihn manipulieren und / oder die Umstände kontrollieren können, unter denen er schießt.

Ich glaube, er ist unser Mann. Lass mich wissen, ob du zustimmst.

Nebenbei:
Ich hatte gestern ein langes Gespräch mit Mr. Hoover. Ich zeigte mich besorgt, dass seine Ausfälle gegen King bereits einer größeren Öffentlichkeit bekannt geworden waren. Ich wies auf seine Erklärungen betreffs King hin, auf die Anschuldigungen der SCLC wegen der Wanzen- und Telefonabhöraktionen und auf Berichte über den Brief an King, in dem dieser zum Selbstmord aufgefordert wurde, der in mehreren linken Publikationen ausführlich abgedruckt worden war. Ich führte aus, zur Absicherung der RASSISTENFLANKE und der Anti-King-Operationen von OPERATION SCHWARZES KARNICKEL und sämtlicher sich daraus ergebender Eskalationen hielte ich es für erforderlich, dass eine kosmetisch geschönte, verharmlosende King-Akte zusammengestellt und im FBI-Archiv abgelegt werde, wo sie bleiben und einer eingehenden Untersuchung infolge Anforderung durch den Kongress oder Zivilklage harren könnte.

Mr. Hoover begriff, dass eine solche Scheinakte die gröberen Seiten der OPERATION SCHWARZES KARNICKEL tarnen, das Prestige des FBI schützen und die Richtigkeit seiner früheren, weniger hasserfüllten Angriffe gegen King und die SCLC bestätigen würde. Er trug mir auf, die entsprechenden Akteneinträge vorzunehmen, dieselben mit Akteneinträgen über öffentlich bekannte Vorgänge in Zusammenhang zu bringen und daraus ein Ganzes zu machen.

Ich werde die Aufgabe innerhalb der nächsten Monate angehen und abschließen. Die falsche Akte wird selbstverständlich dazu dienen, unsere unabhängigen Eskalationen zu tarnen. Ich gebe der Akte den Kodenamen OPERATION ZORRO, in Anlehnung an den fiktiven Wohltäter mit der schwarzen Maske.

Was Einträge in die falsche Akte angeht, bin ich für alle Vorschläge offen. Lass mich wissen, ob du welche hast. Ich rate dringend, alle sich in deinem Besitz befindlichen schriftlichen

Materialien über OPERATION SCHWARZES KARNICKEL gemeinsam mit vorliegender Mitteilung zu vernichten.

DOKUMENTENEINSCHUB: 14.8.67. Kurierpost. An: BLAUES KARNICKEL. Von: VATER KARNICKEL. Bezeichnung: »IN VERSCHLOSSENER DOKUMENTENMAPPE ÜBERGEBEN.« / »NACH LEKTÜRE VERBRENNEN.«

BLAU,
betr. ANWÄRTER: von Herzen einverstanden. Hat er mit BR aus seinem Versteck in Montreal Kontakt aufgenommen? Wenn ja, soll Otash mit ihm Kontakt aufnehmen.
Was OPERATION ZORRO betrifft: Ich bin voll für das Konzept und lobe deine Weitsichtigkeit. Ich werde meine SCHWARZEN-KARNICKEL-Akten verbrennen.
Ich nehme an, dass du noch nichts von Wendell Durfee gehört hast. Kannst du deine Leuten anweisen, eifriger zu suchen?

DOKUMENTENEINSCHUB: 16.8.67. Kurierpost. An: VATER KARNICKEL. Von: BLAUES KARNICKEL. Bezeichnung: »IN VERSCHLOSSENER DOKUMENTENMAPPE ÜBERGEBEN.« / »NACH LEKTÜRE VERBRENNEN.«

Vater,
ANWÄRTER hat mit BR Kontakt aufgenommen. Otash hat den ANWÄRTER in Montreal kontaktiert & schlägt vor: Er will Kontakt abbrechen & erst wieder aufnehmen, um ihn erfolgreich unter Kontrolle zu bringen oder zu rekrutieren.
Was Wendell Durfee betrifft: Meine Leute suchen nach wie vor. Sie haben drei weitere Mitarbeiter dazugeholt.
LESEN & VERBRENNEN

DOKUMENTENEINSCHUB: 22.8.67. Abhörtranskript. Bezeichnung: »GEHEIM« / »OP-1-VERDECKT« / »DARF NUR GELESEN WERDEN VON«: Direktor, Special Agent D.C. Holly.

Ort: Spielsalon / Fritzie's Heidelberg Restaurant / Milwaukee / vom Horchposten überwacht. Im Gespräch: Unidentifizierte Männer Nr. 1, Nr. 2 & Nr. 3, vermutlich Angehörige des Organisierten Verbrechens. (Gespräch läuft seit 5,6 Minuten.)

UM Nr. 1: (Und) er wird den Tag bereuen, wo er sich hertraut und hetzen kommt, weil der Tag, wo er in der Sowieso-Heiligen-Parade mitmarschiert, der Tag ist, wo die Weißen ihre gottverdammten Streitigkeiten und Kräche lassen und sich zusammenschließen werden.
UM Nr. 2: Die denken, die sind weiß. Nicht zum Aushalten ist das.
UM Nr. 3: Ich hab einen Nigger in der St. Patrick-Parade mitmarschieren sehen. Mit einer Tafel: »Küss mich, ich bin Ire.«
UM Nr. 2: Alles dieser King. Zuerst wollen sie den kleinen Finger, dann die Hand und schließlich den ganzen Arm.
UM Nr. 1: Was mir echt Sorgen macht, sind ihre Schwänze. Fast jeder Schwarzmann hat 'nen Bratwurstgroßen.
UM Nr. 2: Ich habe mit Phil gesprochen. Bekannt? »Pillen-Phil.« Der Trailer-Fahrer aus St. Louis.
UM Nr. 3: Kenn ich. Pillen-Phil. Der sich Muntermacher reinschmeißt, als ob's Popcorn wäre.
UM Nr. 2: Phil sagt, jemand habe einen Auftrag rausgegeben. Ein Kopfgeld, verstehst du. Wie bei Steve McQueen in »Kopfgeldjäger«.
UM Nr. 1: Hab ich auch gehört. Du legst den Nigger um und kriegst fünfzig Riesen. Hab ich keine Sekunde geglaubt.
UM Nr. 3: Klar. Kommt so ein Prolet, legt den King um, tanzt im Grapevine an und fordert: »Her mit dem Geld.« Worauf jeder sagt: »Wie komm ich dazu? War nur ein Scheiß-Gerücht, und der Nigger ist eh tot.«
(Weitere Konversation irrelevant)

DOKUMENTENEINSCHUB: 1.9.67. Horchpostenbericht. Bezeichnung: »GEHEIM« / »OP-1-VERDECKT« / »DARF NUR GELESEN WERDEN VON«: Direktor, Special Agent D.C. Holly.
Ort: Suite 301 / El Encanto Hotel / Santa Barbara / vom Horchposten überwacht.

Sirs,
im den letzten 9 Überwachungszeiträumen (2.4.67 – heute) hielt sich Subjekt RFK nicht am Zielort auf. Subjekt RFK mietet die Suite auf einer Jahresbasis & während seiner Abwesenheit steht sie leer. Die (stimmaktivierten) Einrichtungen haben bisher nur irrelevante Gespräche von El-Encanto-Bediensteten & anderem Personal aufgenommen. Weisungsgemäß bleibt obiger Horchposten rund um die Uhr besetzt.
Hochachtungsvoll,
Special Agent C.W. Brundage

DOKUMENTENEINSCHUB: 9.9.67. Abhörtranskript. Bezeichnung: »GEHEIM« / »OP-1-VERDECKT« / »DARF NUR GELESEN WERDEN VON«: Direktor, Special Agent D.C. Holly.
Ort: Bankettsaal / Sal's Trattoria Restaurant / New York City / vom Horchposten überwacht. Im Gespräch: Robert »Dickerchen-Bob« Paolucci & Carmine Paolucci, Angehörige des Organisierten Verbrechens. (Gespräch läuft seit 31,8 Minuten.)

RP: Wir stehen kurz vor dem Untergang der Zivilisation.
CP: Das ist nur eine Phase. Wie der Twist und der Hula-Hoop. Die Kohlraben wollen eben ihre Bürgerrechte, fackeln ein paar Häuser ab und machen einen Riesenaufstand. Weißt du, wie du dem Unruhenscheiß ein Ende machen kannst? Du stiftest jedem Kohlraben seinen Airconditioner und seinen Billigwein, damit er angenehme Hundstage hat.
RP: Da steckt nicht nur die Hitze hinter. Sondern King und sein Seelenverwandter Bobby Kennedy. Die kriegen sie dazu, dass sie Dinge sehen, die gibt's gar nicht. Die kriegen sie dazu, dass sie sich an Ausreden für ihr beschissenes mieses Leben klammern, wie, »der Weiße hat uns verscheißert, also ist seins deins«. Wenn zehn Millionen verdammt nochmal so denken und vielleicht einer von Zehnen was unternimmt, hast du's mit einer Million stinkesaurer Nigger zu tun, die auf weiße Skalps aus sind wie einst die Scheiß-Cochise oder Pocahontas.
CP: Ja. Ich verstehe, was du meinst.
RP: Jemand sollte King und Bobby umlegen. Der würde einer Million Weißer das Leben retten, Minimum.

CP: Scharf. Das würde langfristig Leben retten.
RP: Die Schwanzlutscher gehören umgelegt. Du gibst dir einen Ruck und unsere Welt ist gerettet.
(Weiterer Gesprächsverlauf irrelevant.)

DOKUMENTENEINSCHUB: 16.9.67. Abhörtranskript. Bezeichnung: »GEHEIM« / »OP-1-VERDECKT« / »DARF NUR GELESEN WERDEN VON«: Direktor, Special Agent D.C. Holly.
Ort: Spielsalon / Grapevine Tavern / St. Louis / vom Horchposten überwacht. Im Gespräch: Unidentifizierte Männer Nr. 1 & Nr. 2, vermutlich Angehörige des Organisierten Verbrechens.
(Gespräch läuft seit 17,4 Minuten.)

UM Nr. 1: Er hat's gesehen. Das heißt, mein Bruder. Er dient in der Nationalgarde.
UM Nr. 2: Aber das war in Detroit. Wo's mehr Mohren auf Weiße gibt als hier.
UM Nr. 1: Sag mir, dass das anderswo nicht geschehen kann und nicht geschieht. Sag mir, dass das nicht geschieht, weil's nämlich geschehen wird. Du brauchst nur gucken, wo Martin Luther Mohr auftaucht, und weiße Stecknadelköpfchen für tote Weiße in die Karte stecken.
UM Nr. 2: Das stimmt. Watts, Detroit, Washington. Unruhen in der Hauptstadt unserer Nation.
UM Nr. 1: Vom Kopfgeld ganz zu schweigen. Ich weiß schon, dass das halbwegs gesponnen –
UM Nr. 2: Klar, bestenfalls, weil –
UM Nr. 1: Weil das völlig schnuppe ist, solange irgendein Oberpatriot glaubt, die Belohnung sei echt und die Aufgabe erledigt.
UM Nr. 2: Wumms. Er erledigt die Aufgabe. Und alles ist gottverdammt nochmal gelaufen.
UM Nr. 1: Wichtig ist, dass die Leute ans Kopfgeld glauben. Wahr oder unwahr, es braucht nur ein Einziger dran zu glauben.
UM Nr. 2: Worauf der Mohr dran glauben wird. Das ist – wie sagt man doch?
UM Nr. 1: Unabdingbar.

UM Nr. 2: Genau.
UM Nr. 1: Es gibt viel mehr Weiße als Nigger. Wir sind 20-mal soviel wie die. Darum glaube ich, dass es passiert. (Weiterer Gesprächsverlauf irrelevant.)

DOKUMENTENEINSCHUB: 21.9.67. Las Vegas *Sun*, Schlagzeile und Untertitel:

HUGHES KAUFT SANDS
ZAHLT 23.000.000 DOLLAR FÜR HOTEL-KASINO

DOKUMENTENEINSCHUB: 23.9.67. Las Vegas *Sun*, Schlagzeile und Untertitel:

HUGHES IM KAUFRAUSCH
EINSIEDLER-BILLIONÄR PRÜFT CASTAWAYS UND FRONTIER

DOKUMENTENEINSCHUB: 26.9.67. Las Vegas *Sun*, Schlagzeile und Untertitel:

LAS VEGAS BEJUBELT HUGHES
LANG LEBE DER KÖNIG DES STRIP!

DOKUMENTENEINSCHUB: 28.9.67. Los Angeles *Examiner*, Untertitel:

KING INTENSIVIERT KRITIK AN »IMPERIALISTISCHEM« KRIEG

DOKUMENTENEINSCHUB: 30.9.67. St. Louis *Globe-Democrat*, Untertitel:

RFK SCHLIESST SICH KING AN:
WENDET SICH ÖFFENTLICH GEGEN KRIEG

DOKUMENTENEINSCHUB: 1.10.67. San Francisco *Chronicle,*
Untertitel:

RFK SCHWEIGT SICH ÜBER PRÄSIDENTSCHAFSKANDIDATUR AUS

DOKUMENTENEINSCHUB: 2.10.67. Los Angeles *Times,*
Schlagzeile und Untertitel:

NIXON ZU PRESSE:
HALTE FÜR '68 ALLE OPTIONEN OFFEN

DOKUMENTENEINSCHUB: 3.10.67. Washington *Star,* Untertitel:

QUELLEN ZITIEREN LBJ'S »KONSTERNATION«
PRÄSIDENT VERBLÜFFT ÜBER KINGS BREITSEITEN GEGEN KRIEG

DOKUMENTENEINSCHUB: 4.10.67. FBI-Arbeitsbericht. Bezeichnet: »GEHEIM« / »DARF NUR VON FOLGENDEN PERSONEN GELESEN WERDEN«: Direktor, Special Agent D.C. Holly

Sir,
betr. Observierungssubjekt Ward J. Littell.
Subjekt Littell teilt seine Arbeit zwischen Los Angeles, Las Vegas und Washington, D.C. ein. Zurzeit befasst er sich in Las Vegas mit dem Erwerb des Castaways Hotel und in Washington mit Konferenzen betr. Eingaben bezügl. des Teamster-Präsidenten James R. Hoffa. Subjekt Littell ist nach wie vor mit Janice Tedrow Lukens intim verbunden. Ich kam, wie die anderen angesetzten Agenten, zum Schluss, dass Subjekt Littell von der Möglichkeit stichprobenartig angesetzter Observierungen ausgeht und auf unterschiedlichen Wegen zur Arbeit fährt, um dieselben zu unterlaufen. Gleichwohl ist festzuhalten, dass Subjekt Littell nie bei irgendeiner Aktivität angetroffen wurde, die entfernt als verdächtig bezeichnet werden kann.

Stichprobenartige Observierung wird auftragsgemäß fortgesetzt.

Hochachtungsvoll,
Special Agent T.V. Houghton

DOKUMENTENEINSCHUB: 9.10.67. Auszug aus Hasspost. Zusammengestellt von: VATER KARNICKEL. Versiegelt und mit der Aufschrift versehen: »IM FALLE MEINES TODES UNGELESEN VERNICHTEN.«
Absender: Anonym. Poststempel: St. Louis, Missouri. Gerichtet an: Dr. M. L. King. Seite 1 (von 1):

Du kriegst, Möhrlein, noch ein Gedicht;
Dem Kopfgeldjäger entgeht dein Schwarzarsch nicht;
Hüte dich vor der NSRP, vor John Birch und dem Klan,
Fürchte den Zorn vom großen bösen Weißen Mann;
Hol dir dein Leichentuch, dein letztes Stündlein schlägt;
Denn der Weiße Mann verkündet, du hast dich überlebt;
Nimm deine Mohrenbälger, deinen Wein und deinen Stoff;
Nimm deine Wassermelonen und mach keinen Zoff;
Ab nach Afrika mit dir und das blitzschnell;
Oder der Weiße Mann brennt's dir aufs schwarze Fell;
Dann jubeln alle Weißen und schreien laut hurra;
Wir haben den Nigger umgebracht, der Freudentag ist da!

DOKUMENTENEINSCHUB: 30.10.67. Auszug aus Hasspost. Zusammengestellt von: VATER KARNICKEL. Versiegelt und mit der Aufschrift versehen: »IM FALLE MEINES TODES UNGELESEN VERNICHTEN.«
Absender: Anonym. Poststempel: Pasadena, Kalifornien. Gerichtet an: Senator Robert F. Kennedy. Auszug aus Seite 8 (von 8):

DER WELTWEITE JÜDISCHE SCHWEINEORDEN HAT DICH GETAUFT MIT DEM SEGEN DES SCHWEINIGEN VATERS UND DER WEISEN VON ZION DIE DEN EITERFLUCH ÜBER DIE

KINDER AUSGESPROCHEN HABEN DIE DIE JÜDISCHEN UNGLÄUBIGEN IM NAMEN DER ARABISCHEN DIASPORA BEKÄMPFEN. DEINE HÄSSLICHE MUTTER WEISS DASS DU DER SRÖSSLING DES HEBRÄISCHEN HAHNS UND DES TOLLWÜTIGEN BOCKS BIST. DIE JÜDISCHE KREBSMASCHINERIE FÜRCHTET DEN KOPFWEHARZT. ER RAUCHT MARLBORO-ZIGARETTEN NICHT GEFILLTEN FISCH. ER SAGT RFK MUSS STERBEN! RFK MUSS STERBEN! RFK MUSS STERBEN! RFK MUSS STERBEN!!!!!!!

103 (Las Vegas, Los Angeles, Washington D.C., New Orleans, Mexico City, 4.11.67–3.12.67)

Dominosteine: das Desert Inn / das Sands / das Castaways. Kurz vor dem Einsatz: das Frontier.

Zehn Bauernopfer: nicht-mormonische Absahnleute, die ans FBI verpfiffen worden waren. Alte Absahnspezialisten, die nun in Haft saßen.

Littell plante. Littell säte. Die Jungs ernteten. Bestechungsgelder / Imagepflege / Nötigung. Erpressung / Wohltätigkeit.

Es hatte vier Jahre gedauert. Heute gehört Vegas Drac. Dracs Königreich ist komplett.

Drei Einheiten vorläufig. Weitere anhängig. Acht in Bearbeitung. Drac kauft Vegas. Vegas gehört Drac – scheinbar.

Die Jungs jubeln. Die Jungs preisen Littell. Die Jungs verpflichten Wayne Senior. Wayne Senior macht sich nützlich. Wayne Senior rekrutiert:

Mormonen fürs Desert Inn. Mormonen fürs Castaways. Mormonen fürs Sands. Mormonen für den Saaldienst / von Hughes überprüft / sauber. Mormonische *Absahn*männer / *nicht* überprüft / *nicht* sauber.

Noch mehr Hotels ausstehend. Weitere Mormoneneinstellungen anhängig. Drac kriegt die unterschriebenen Urkunden. Drac kriegt den Ruhm. Die Jungs kriegen das Geld.

Littell sprach die Jungs an. Die Jungs waren einverstanden: Stellen wir vorerst die Absahne ein. Soll Drac einziehen. Soll die Tinte trocknen. Soll es um die Verkäufe stiller werden.

Dann wird wieder abgesahnt. Dann werden die Staubsauger angedreht. Dann stauben wir gründlich bei Drac ab.

Littell hatte gesagt, wir sind so weit. Ich habe einundsechzig Unternehmen identifiziert. Die bei der Pensionskasse in der Kreide stehen. Die erpressbar sind. Man braucht nur zuzugreifen. Wir führen die Absahne wieder ein. Wir reißen uns besagte Geschäfte unter den Nagel. Wir zweigen Gewinne ab und bauen ausländische Kasinos auf.

Das sah auf dem Papier gut aus. Das *war* gut für ihn. Das war vorzüglich für seine Alterssicherung.

Lass mich gehen. Ich bin am Ende meiner Kräfte. Ich habe *Angst*. Drac machte ihm Angst. Drac sprach von Imagepflege. Drac sprach von Offenlegung der Finanzen.

Ich poliere mein Image auf. Ich lasse meine Bücher prüfen. Ich veröffentliche saubere Daten. Tu's *nicht. Ich* habe geklaut. Gib *meine* Spenden nicht bekannt.

Lass mich gehen. Ich bin am Ende meiner Kräfte. Mein Liebesleben ist durcheinander. Ich träume von Jane. Ich schlafe mit Janice.

Janice hatte Arbeit gefunden. Janice hatte einen Golfladen gekauft. Sie verkaufte Golfkleidung im Sands Hotel. Sie machte sich einen Namen.

Sie schlug Trickbälle auf ihrer Zimmerbahn ab. Sie machte sich einen Namen. Sie war selbstironisch wie Barb. Sie machte sich einen Namen. Sie trat auf. Sie zog Kunden an. Sie verdiente Geld.

Sie hinkte nach wie vor. Sie krampfte nach wie vor zusammen. Sie bekam nach wie vor Zuckungen. Sie trank weniger. Sie machte weniger auf Clown. Sie machte weniger auf Plaudertasche. Von den Tedrows hatte sie sich gelöst. Sie war ihrem Bann entwachsen.

Er schlief mit Janice. Jane teilte sein Bett. Eine zusammengeknüppelte Jane / eine von Schrotflinten zusammengeschossene Jane / eine blutende Jane.

Lasst mich gehen. Ich bin am Ende meiner Kräfte. Das Schlafen tut mir weh. Mein Hass gerät durcheinander.

Er arbeitete mit Wayne Senior. Sie verhandelten Geschäftliches. Wayne Senior sprach über Image.

Feuerhöllisch – Aussehen *zählt*. Wozu Hasstraktate – *ich* kenne Dick Nixon.

Wayne Senior sprach über Image. Wayne Senior sprach über Veränderung. Wayne Senior sprach nicht über SCHWARZES KARNICKEL. Wayne Senior trat auf. Wayne Senior lieferte.

Er hatte Nixon getroffen. Er hatte die Nachricht ausgerichtet. Er sagte, Dick *wird* antreten. Er sagte, Dick will die Zusammenkunft. Er sagte, Dick will euer Geld.

Littell hatte bei Drac angerufen. Drac hatte zugestimmt. Drac sagte, er übernehme den geforderten Anteil. Littell hatte bei den Jungs angerufen. Die Jungs hatten gejubelt und triumphiert. Dick mag Geld. Dick wird sich uns »gefällig« erweisen. Sagt Wayne Senior. Er wird antreten. Er wird Boden gutmachen. Er wird die Vorwahlen gewinnen. Er wird die Nominierung kriegen. Er wird Littell treffen.

Lasst mich gehen. Ich bin am Ende meiner Kräfte. Ich hasse Wayne Senior. Ich hasse Tricky Dick. Ich liebe Bobby. Ich liebe Bobbys jungen Mitarbeiter.

Er war durch Washington gereist. Er hatte Paul Horvitz getroffen. Er war Janes Akten durchgegangen. Er hatte ihre Notizen abgetippt. Er hatte zweitklassige Gangster an Bobby verpfiffen.

Er hatte Paul viermal getroffen. Er hatte vier Packen übergeben. Paul machte mit. Paul hatte Bobby zitiert. Bobby war sehr beeindruckt. Die Daten blieben vorerst geheim. Sie hatten die Fakten überprüft. Sie wollten von der Veröffentlichung vorerst absehen.

Paul hatte gesagt, unser Handel gilt. Wir halten Ihr Belastungsmaterial zurück – bis Ende '68. Paul sagte, Bobby werde vielleicht antreten. LBJ werde sich vielleicht aus der Politik zurückziehen. Warten wir bis '68.

Er hatte Paul getroffen. Er hatte sich als Südstaaten-Schwuchtel ausgegeben. Er hatte sich einen falschen Bart und einen falschen Akzent zugelegt. Sie hatten sich über Politik unterhalten. Er hatte gelogen. Er hatte sein Leben in Mississippi beschrieben.

Die Schule in De Kalb. Liberale Werte. Gute Südstaatenfamilie. Der Klan hatte ihn vertrieben. Er war nach Norden gezogen. Ein Aristokrat im Exil.

Paul hörte sich seine Geschichten an. Paul stand die Abendessentreffen durch. Ein einsamer Mann. Ein alter Mann. Der Bobby liebt.

Lasst mich gehen. Ich bin am Ende meiner Kräfte. Ich ergehe mich in Phantasien.

Er reiste. Er arbeitete. Er zahlte der SCLC den Zehnten. Er überprüfte auf Observierer. Er entdeckte Observierer. Er betrieb Ablenkungsmanöver.

Er kalkulierte. Er überprüfte auf Observierungen. Er bemerkte den Observierungs-Rhythmus: Beschattung *stichprobenartig* / ein Tag aktiv / neun Tage frei. Er überprüfte den Wechsel von neun zu eins. Entsprechend gab er auf Beschatter Acht.

Verfolgungswahn: zutreffend und gerechtfertigt. Neun Tage frei. Einen Tag behindert. Sich entsprechend verhalten.

Mr. Hoover rief nie an. Ebenso wenig wie BLAUES KARNICKEL. Er hatte die Abhörarbeit geleistet. Er war von Agenten eingewiesen worden. BLAUES KARNICKEL blieb unsichtbar. Er erhielt keine Kurierpost. Er erhielt kein Lob. Er erhielt kein Dankeschön. Er wurde im FBI nicht aufs Neue willkommen geheißen. Er erhielt keine Hinweise zu SCHWARZEM KARNICKEL.

Das machte ihm Angst. Das hieß, dass sie SCHWARZES KARNICKEL verschärft hatten. Das hieß, dass sie schlimme Dinge trieben.

Einmal im Monat traf er Bayard Rustin. Sie lunchten in Washington. Bayard sagte, er sei beinahe einer Erpressung zum Opfer gefallen – Kind, da war was los!

Bayard berichtete. Bayard beschrieb Spiegel und Mikroeinbauten. Bayard beschrieb eine Tuntenerpressung. Das sah nach Freddy Otash aus. Mit Pete B.

Das war in der Zeit, als Pete schlecht drauf war. Als Barb ihn verlassen hatte. Als Pete entsprechend reizbar war. Littell überprüfte das von Bayard angegebene Datum. Littell schätzte die Wahrscheinlichkeit ab.

Er war damit beschäftigt gewesen, Gangster-Absteigen zu verwanzen. Er hatte Freddy T. angesprochen. Freddy T. hatte den Auftrag abgelehnt. Freddy T. *hatte* zu tun. Freddy T. sagte, er arbeite für Fred O.

Nicht bei Pete nachfragen. Sonst bestätigt er noch. Sonst gibt er noch zu, er habe die Schwuchtelerpressung betrieben.

Lasst mich gehen. Ich bin am Ende meiner Kräfte. Meine Freunde machen mir Angst.

Er traf Bayard. Bayard sprach. Bayard sagte, Martin macht mir Angst. Er schmiedet Pläne. Seine bisher kühnsten. Er wird sich noch mehr Feinde machen.

Mietstreiks / Boykotte / Arme-Leute-Gewerkschaften / Arme-Leute-Märsche / Arme-Leute-Häresien.

Littell hörte. Littell erinnerte sich – genau wie von Lyle Holly prophezeit.
Bayard hatte Angst. Martin drehte durch. Martin schuf sich andauernd Feinde. Die Pläne würden schockieren. Die Pläne würden zu zwiespältigen Reaktionen führen. Die Pläne würden umstritten sein. Die Pläne würden ihm den Triumph versalzen. Die Pläne mussten zu Rückschlägen führen. Die Pläne würden Abspaltungen zur Folge haben.
Littell *sah*:
Martin Luther / 1532. Europa steht in Flammen. Daneben der Papst. Er heißt Mr. Hoover. Seine alte Welt steht in Flammen.
Lasst mich gehen. Ich will zuschauen. Ich will passiver Zuschauer sein.
Jimmy Hoffa sitzt im Knast. Ich werde seinetwegen Eingaben machen. Lasst mich gehen. Ich reise viel zu viel. Ich hüpfe von Land zu Land. Bitte, lasst mich gehen.
Er flog nach Süden. Er kam nach Mexico City. Er hatte vier Reisen gemacht und sich mit Sam G. getroffen. Sie hatten über Kolonisation gesprochen. Sam hatte über Abstecher gesprochen.
Sam hatte Mittelamerika bereist. Sam hatte die Karibik bereist. Sam hatte Übersetzer und Geld dabei. Sam hatte mit Diktatoren gesprochen. Sam hatte mit grausamen politischen Marionetten gesprochen. Sam hatte mit fanatischen Rebellen gesprochen.
Sam erledigte die Fleißarbeit. Sam bereitete vor. Sam säte an. Sam sagte, ich liebe Ihre *Causa*. Ich werde sie unterstützen und sage brüderliche Hilfe zu. Hier haben Sie ein bisschen Geld. Da kommt noch mehr. Sie werden von mir hören.
Sam hatte Startgelder verteilt. Sam hatte sie nach allen ideologischen Richtungen hin verteilt. Sät an – bei den Revoluzzern und bei den Unterdrückern – Kasino-Ideologie.
Lasst mich gehen. Ich werde luftkrank. Der Kasinodunst verursacht mir Übelkeit. Lasst Pete gehen. Er ist ebenfalls müde. Seine Arbeit macht mich krank. Ich lehne sie ab – wozu ich kein Recht habe – für einen Mann wie mich die reinste Heuchelei.
Pete verkaufte Stoff. Pete leitete seinen Taxistand. Pete lei-

tete sein Hotel-Kasino. Pete hatte Kuba. Pete hatte Vietnam. Pete hatte zwei Narreteien. Pete fehlte Vietnam. Barb fehlte ihm mehr. Barb brachte ihn dazu, daheim zu bleiben. Pete hielt seine Narretei im Zaun.

Pete blieb zu Hause. Pete machte Abstecher. Pete begab sich auf Barbs Boden. Von Vegas nach Sparta – Pete reist hoffnungsvoll ab – Pete kehrt geschlagen zurück.

Pete trieb seine krummen Touren. Pete lobte den Krieg. Pete ließ sich gehen. Barb ging servieren. Barb schimpfte über den Krieg. Barb legte alte Gewohnheiten ab.

Liebe als Stasis. Zwei Ansichten. Seine und ihre.

Lasst Pete gehen. Lasst Wayne nachrücken – *le fils de* Pete.

Pete hatte Albträume. Pete beschrieb sie. Betty Mac / das Gitterkreuz / die Schlinge. Pete hatte echte Bilder. *Er* nicht. Das war schlimmer.

Jane Fentress – Arden Breen / Bruvick / Smith / Coates. Tod durch Messerstich / Tod durch Knüppelhiebe / Tod durch Stahlrutenschläge.

Die Bilder variierten. Eine Tonspur blieb. Mr. Hoovers Brief – adressiert an Dr. King.

»Welch grimmige Farce.« – »Ein Ausweg.« – »Eine Belastung.«

Lasst mich gehen. Ich werde versuchen, in Muße zu leben. Wenn ich kann.

104 (Vietnam, Las Vegas, Los Angeles, Bay St. Louis, kubanische Gewässer, 4. 11. 67–3. 12. 67)

Mehr:
Truppenverlegungen. Truppenbewegungen. Tote Truppen.
Mehr:
Bombenangriffe. Bodenangriffe. Widerstand.
Widerstand im Land. Widerstand daheim. Widerstand in der ganzen Welt. MEHR Krieg. WENIGER Geschäft. Wayne wusste Bescheid.
Weniger:
Territorium. Profite. Potential.
Das Kader musste das Labor teilen. Die Can Lao hatten sich reingedrängt. Wozu? Die Can Lao belieferten Europa. Das Kader belieferte Vegas. Ein Unterschied.
Die Kader-Geschäfte gingen gut. Die Can-Lao-Geschäfte gingen glänzend. Eine Diskrepanz. Der Krieg verlangte nach MEHR. Das Geschäft wurde WENIGER. Eine Unstimmigkeit.
Ihr Verkaufsgebiet war eingeschränkt. West Vegas war ausgelutscht. Sie hatten keine Expansionsmöglichkeiten. Pete schickte Stanton Kurierpost. Pete schickte ihm einmal im Monat Kurierpost. Pete sagte, lass uns EXPANDIEREN.
Raus aus Vegas. Nach L.A. Nach San Francisco.
Wir haben Tiger-Kamp. Wir haben Rauschgiftsklaven. Wir haben boocuu Rauschgiftfelder. Wir können EXPANDIEREN. Wir können WACHSEN. Wir können MEHR verdienen. La Causa EXPANDIERT.
Stanton sagte nein. Stanton blieb hart. Wayne achtete auf den Klang. Besagter Klang wirkte verdächtig. Besagter Klang wirkte irgendwie seltsam. Pete will MEHR. Stanton will WENIGER. Widersprüchlich.
Wayne wollte MEHR. Wayne wurde nach Osten versetzt. Wayne bekam noch mehr zu sehen. Mehr Truppen, die Hasch rauchten. Mehr Truppen, die Pillen schluckten. Mehr Truppen, die ständig Schiss hatten.

H machte Schluss mit der Angst. Sie würden es finden. Wayne wusste Bescheid.

Der Krieg begeisterte ihn. Der Krieg war intensiv. Der Krieg nahm zu. *La Causa* langweilte ihn. *La Causa* nervte ihn. *La Causa* steckte voller Widersprüche.

Wenn man bedachte: Kubafahrten / über vierzig an der Zahl / niemals Ärger auf See. Das war schon langweilig. Das wirkte uneffektiv. Das wirkte irgendwie seltsam.

La Causa war ein Fliegenpapier. Pete war eine Fliege. Pete war 1960 kleben geblieben. Laurent war eine Fliege. Flash war eine Fliege. Sie summten andauernd von Kuba.

Sie schwatzten abgestandenen Stuss. Sie schwatzten über Putschmöglichkeiten und die Roten. Sie schwatzten über die Dominotheorie. Bob schwatzte abgestandenen Stuss. Bob schwatzte über Rasse und die Roten. Bob schwatzte über die Dominotheorie.

Bob wirkte verdächtig. Bob wirkte wochenlang verdächtig. Bob wirkte irgendwie seltsam. Bob wirkte nervös. Bob wirkte verängstigt. Bob wirkte aufgekratzt.

Bob wirkte festgeklebt. Kuba war ein Fliegenpapier. Kuba war ein Sumpf. Kuba war klebrig.

Vegas ist ein Sumpf. Barb weiß Bescheid. Barb reißt sich los. Pete weiß Bescheid. Pete bleibt.

Pete hatte Wayne zusammengeschlagen. Wayne hatte es hingenommen. Pete hatte sich entschuldigt. Pete war fertig mit den Nerven. Barb hatte sich entzogen. Das Geschäft hatte sich entzogen.

Pete wollte MEHR. Pete ist frustriert. Stanton bleibt hart. Pete kommt nicht weiter. Pete bleibt stecken. Vielleicht brennen Pete die Sicherungen durch.

Pete und Barb hatten Waffenstillstand geschlossen. Besagter Waffenstillstand bestand aus einem Reiseverbot – Vietnam *nyet*. Pete steckte fest. Pete war durch den Waffenstillstand behindert. Pete sprach über Waffenstillstandsverletzungen.

Ich fliege nach Saigon. Ich spreche Stanton an. Ich fordere MEHR.

Und Stanton wird mir zuzwinkern. Und Stanton wird lächeln. Und Stanton wird nachgeben.

Der Krieg wurde MEHR. Das Geschäft wurde WENIGER.

Wayne Senior war VIEL MEHR geworden. Sie waren jetzt gleichgestellt. Er war so was wie ein Freund. Ein Freund, aber nicht so nah wie Pete.

Pete will MEHR. Pete will mehr Rauschgift-Terrain und mehr Geld. Wayne Senior will MEHR. Wayne Senior gibt das Hassgeschäft auf. Wayne Senior kann auf mehr Geld verzichten. Pete ist frustriert. Wayne Senior findet Dick Nixon.

Pete hängt mit Dealern rum. Pete lässt Taxen laufen. Pete kriecht über Fliegenpapier. Wayne Senior spielt Golf. Wayne Senior schießt auf Tontauben. Wayne Senior trinkt mit Dick Nixon.

Er arbeitete für beide. Sie waren unvereinbar. Der eine sein leiblicher, der andere sein geistiger Vater. Er liebte ihre beiden Frauen. Er lebte ohne Frauen. Seit Wendell Durfee und Lynette war das vorbei. Frauen näherte er sich nur in Gedanken. Meistens dachte er dabei an Barb. Bis zu einem bestimmten Punkt.

Als er sie schlug. Als sie zum Messer griff. Als sie ihm und Pete davonlief. Sie hatte sich dem Krieg gestellt. Sie hatte die Scheiße durchdacht.

Pete. Petes Geschäfte. Das Leben in der Firma.

Sie hatte mit dem Stoff aufgehört. Sie hatte mit dem Leben in der Firma aufgehört. Sie lebte wohlanständig. Sie hatte sich vom Fliegenpapier losgerissen. Bei ihr stimmte alles. Sie hatte ihre Attitüde aufgegeben. Er liebte sie noch mehr. Er mochte sie weniger. Die Erotik war erloschen.

Er dachte an Janice. Wie seit zwanzig Jahren. Er hatte sie zum Ausgleich für Dallas gefickt. Er hatte sich damit gelöst. Sie hatte dafür bezahlt.

Sie hinkte immer noch. Sie hatte immer noch Krämpfe. Ihr Atem ging immer noch stoßweise. Er sah sie in Vegas. Er sah sie mit Ward und allein. Sie bemerkte manchmal, wie er sie anschaute. Sie lächelte ihn jedes Mal an. Sie winkte ihm jedes Mal zu. Sie schickte ihm jedes Mal Handküsse.

Er musste an seine Jugend denken. An frühe Einblicke durch Fenster. An kurze Wahrnehmungen durch offen stehende Türen.

Sie war jetzt sechsundvierzig. Er war dreiunddreißig. Ihre Hüften verdrehten sich eigenartig. Er fragte sich, wie weit sie die Beine spreizen konnte.

Nochmal die Fackel anzünden. Die Glut genießen. Ursache und Wirkung auf sich nehmen. Sie ist wieder präsent. Sie steckt dir im Blut – weil du wieder bei Wayne Senior bist.
Kleinarbeit. Hasspost-Dienst. Hass-Studien. Rauskriegen, wie das geht. Rauskriegen, was das bringt.
Wayne Senior zufolge lege ich nachrichtendienstliche Daten ab. Ich durchsuche FBI-Daten. Ich stelle Ressentiments zusammen. Ich fühle den Puls. Bis jetzt rein akademisch.
Wayne Senior sprach in großen Tönen. Wayne Senior sprach abstrakt. Wayne Senior sprach mit gespaltener Zunge.
Wayne wusste:
Er bringt dir was bei. Den Hass begreifen. Nicht blödsinnig hassen.
Er wurde versetzt. Er flog von Saigon nach Washington. Er fing Sendungen ab. Er schlich sich ein. Er nahm die Post an sich. Er kopierte. Er überprüfte auf Fingerabdrücke. Er erhielt null Resultate. Er führte Ninhydrin-Tests durch. Er erhielt Teilwirbel- und Bruchstück-Abdrucke. Er lernte das Hass-Alphabet.
Er schlich sich erneut ein. Er gab die Post zurück. Er kostete das Hass-Alphabet aus.
A für Angst. Z für Zorn. I für idiotisch. D für doof. L für lachhaft. R für Rechtfertigung.
Farbige wollen keine Ordnung. Farbige verbreiten Chaos. Die Hasser wussten Bescheid. Wayne Senior wusste Bescheid. *Er* wusste Bescheid. Hasser lebten, um zu hassen. Das war falsch. *Das* war der Wahnsinn. Die Hasser lebten ungeordnet. Die Hasser lebten im Chaos. Die Hasser äfften die Gehassten nach.
B für blöd. V für Vorurteil. M für matt.
Er lernte seine Lektionen. Er nahm an Wayne Seniors Hass-Lehrgang teil. Er suchte nach Wendell Durfee.
Er wurde nach Süden versetzt. Er machte Kubafahrten. Er wurde westlich nach L.A. versetzt. Er streifte durch Compton. Er streifte durch Willowbrook. Er streifte durch Watts.
Er schaute den Negern zu. Die Neger schauten ihn an. Er blieb ungerührt. Er blieb ruhig. Er kannte sein Abc. Wendell war nirgendwo. Wendell, wo bist du? Ich hasse dich. Ich bringe dich um. Hass wird mich nicht daran hindern.

Hasse gescheit – wie Wayne Senior. G für gesammelt. T für tapfer. K für konzentriert.

Er fing Briefe ab. Er sammelte Hass. Er sammelte Wahnsinn.

Eigenartig:

Er war mal einem säumigen Schuldner auf die Pelle gerückt. Ende 1966. Der Clown hieß Sirhan Sirhan. Sirhan besaß Hasstraktate. RKF erhielt Hasspost. Beide mit den gleichen Randnotizen versehen.

Alles Großbuchstaben / Kopfweh und Eiter / »Jüdische Krebsmaschine«. Sirhan schweift ab. Sirhan hasst dumm. Sirhan verbreitete Wahnsinn.

Lass das. Das ist kontraproduktiv. Das ist doof. Das ist wahnsinnig.

Hasse gescheit. Wie Wayne Senior. Hasse wie ich.

105 (Las Vegas, Sparta, Bay St. Louis, kubanische Gewässer, 4. 11. 67–3. 12. 67)

Heimatlos.
Ein Durchreisender in Vegas. Der zu Hause unter Embargo steht. Ein Scheiß-Flüchtling.
So was wie Knast. So was wie Alki-Absteige. So was wie Versetzungskater. So was wie Trennungsschmerz. So was wie eine Möchtegern-Scheidung. Schlimmer als eine Trennung.
Barb war abgehauen. Pete reiste hin – auf Liebesversetzung. Pete flog allein zurück – lieblose Rückversetzung. Die Reisen laugten ihn aus. Die Reisen machten ihm manches klar. Die Reisen führten ihn zur Einsicht: Vegas ist dir jetzt verhasst. Ohne Barb ist Vegas Scheiße. Du bist ein Vegas-Flüchtling.
Er hatte seine drei Standbeine. Allesamt Vegas-orientiert – Tiger / das Drogengeschäft / das Cavern. Er konnte nicht weg. Die Jungs hatten ihn am Wickel. Gesiegelt und mit dem Stempel »Dallas« versehen.
Er liebte seine Standbeine. Er hasste den Ort, wo sie standen. Sie hingen alle zusammen.
Staatenlos.
Er besuchte Barb. Sie schleppte Teller. Keine hohen Absätze / keine Glitzerspangen. Die Schwester ließ sie schuften. Die Schwester schmierte sie – soliiiiide Profitbeteiligung. Barb B. – Exnachtclubkönigin. Kellnerin / Gastwirtin.
Er konnte sie nicht haben. Er konnte sie nicht zu seinen Bedingungen haben. Er konnte sie nicht an *seinem* Wohnort haben.
Er pflegte in Vegas umzusteigen. Er pflegte nach Mississippi zu fliegen. Er hasste den Ort. Doofe Proleten und doofe Nigger. Viecher und Sandflöhe.
Er machte Bootsfahrten mit. Er wurde seekrank. Sein Puls raste. Er schluckte Dramamin. Die Fahrten langweilten ihn. Anschleichen und Skalps und nichts weiter. Kein richtiger Widerstand.

Ein Durchreisender. Vom Reisen ausgelaugt. Ein Versetzungsflüchtling.

Du willst was. Das du nicht kriegen kannst. Du kannst nicht loslassen. Du hast Gewohnheiten. Unnötige. Die du nicht aufgeben kannst.

Zigaretten. Pizza und Pecan-Nusskuchen. Steife Drinks und Steaks.

In Sparta versteckte er seine Gewohnheiten. Barb sah nichts. Er flog ab. Und saute sich wieder ein. Er fraß sich auf den Versetzungstouren voll.

Ein Durchreisender. Ein Vielfraß. Ein Ausgestoßener. Ausgestoßen auf Bootsfahrten / ausgestoßen in den Süden / ausgestoßen nach Vegas.

Nun Drac-Stadt geworden – von Drac kosmetisch geschönt. Er kannte Drac. Sie kannten sich schon lange. Sie waren sich 1953 begegnet. Er hatte für Drac gearbeitet. Er hatte Drac Rauschgift besorgt. Er hatte Drac Frauen besorgt. Drac war ein Vielfraß gewesen. Drac war ein Vielfraß geblieben.

Er strich durchs Desert Inn. Er schmierte einen Mormonen, um einmal Einblick bekommen. Er kaufte sich einen tiiiiefen Einblick.

Drac dämmerte vor sich hin. Drac war an IV-Schläuche angeschlossen. Drac erhielt eine Transfusion. Mormonisches Blut / hormonversetzt / pur. Drac war dürr. Drac war elegant. Drac war schick. Drac trug Binden-Schachtel-Hut und Kleenex-Schachtel-Pantoffeln.

Drac war süchtig. Barb war sauber. Pete verkaufte boocuu Stoff. Pete saß in der Zwickmühle. Pete war profitsüchtig. Pete war ein Stoff-Flüchtling.

Er flehte Stanton an. Er sagte, *lass mich expandieren*. Stanton lehnte jedes Mal ab. Er schickte Stanton Kurierbriefe. Er flehte und bettelte. Stanton lehnte jedes Mal ab. Stanton verwies jedes Mal auf Carlos. Stanton verwies jedes Mal auf die Jungs.

Die wollen nicht. Du musst damit leben. Das haben sie zu bestimmen. Er lebte damit. Er hasste es. Er fühlte sich ausgestoßen.

Er überlegte.

Ich fliege nach Saigon. Ich spreche Stanton an. Ich breche

den Waffenstillstand. Ich beantrage bei Barb ein Visum. Ich bringe sie dazu, meine Eier loszulassen.

Ich erkläre Stanton, dass er mich expandieren lassen muss oder am Arsch lecken kann. Stanton wird sich in die Hosen machen. Carlos wird sich in die Hosen machen. *Vielleicht* geben die Jungs nach.

Vielleicht klappte das. Vielleicht bekam er sie rum. Vielleicht bekam er wieder Boden unter die Füße. Er war darauf angewiesen. Er war auf irgendwas angewiesen. Er brauchte MEHR.

Er langweilte sich. Er wurde verrückt. Er dachte über alles Mögliche nach.

Wie: Kuba – *mucho* Bootsfahrten – und niemals Widerstand auf See.

Wie: Bob Relyea – nervös und überdreht.

Er schwatzt Unsinn. Er sagt, unsere Arbeit bringt nichts. Er sagt, ich arbeite in höherem Auftrag.

Er schaute bei Bob vorbei. Er sah Bob mit Waffen. Er sah, wie Bob Seriennummern mit drei Nullen wegätzte.

Hah? Was? Nicht nach Strohhalmen greifen. Nicht zum zickigen Flüchtling werden.

Er langweilte sich. Er wurde verrückt. Sein Herzschlag setzte aus.

DOKUMENTENEINSCHUB: 3.12.67. Abhörtranskript. Bezeichnung: »GEHEIM« / »OP-1-VERDECKT« / »DARF NUR GELESEN WERDEN VON«: Direktor, Special Agent D.C. Holly. Ort: Spielsalon / Grapevine Tavern / St. Louis / vom Horchposten überwacht. Im Gespräch: Norbert Donald Kling & Rowland Mark DeJohn, begnadigte Kriminelle (Bewaffneter Raubüberfall / Betrug / Autodiebstahl) vermutlich Angehörige des Organisierten Verbrechens. (Gespräch läuft seit 14,1 Minuten.)

NDK: Die Leute kriegen's mit, weißt du. So was spricht sich rum.
RMDJ: Wie der Name des Schuppens besagt. The Grapevine – die Gerüchteküche.
NDK: Ja. Wo der Affe gekocht wird.
RMDJ: Die Leute schauen vorbei, kriegen was mit, kommen auf Gedanken.

NDK: Die denken, Scheiße, 50 Riesen für eine gute Tat, und man hat's nicht umsonst getan.
RMDJ: Wenn du's im tiefen Süden tust, findest du keine Geschworenen, die dich verurteilen. Die legen dort andauernd Bürgerrechts-Ärsche um, ohne dass einem auch nur ein Haar gekrümmt wird.
NDK: Weißt du, wen ich hier gesehen habe? Nämlich im Mai?
RMDJ: Wen?
NDK: Jimmy Ray. Dem ich im Jeff-City-Knast Beruhigungshäppchen abgekauft habe.
RMDJ: Der soll doch ausgebrochen sein.
NDK: Ist er auch. Erst bricht er aus, dann ist er enttäuscht, dass keine große Polizeiaktion anläuft.
RMDJ: Jimmy, wie er leibt und lebt. He, Welt, nimm mich gefälligst zur Kenntnis.
NDK: Er hasst Nigger. Das muss man ihm lassen.
RMDJ: Er hat mit den Wärtern gekungelt. In Jeff City, meine ich. Das hab ich nie an ihm gemocht.
NDK: Die Wärter gehörten alle zum Klan. Darum ist Jimmy auf sie abgefahren.
RMDJ: Der eine Wärter war ein lustiger Vogel. Weißt du noch? Bob Relyea.
NDK: Bob der Denker. Hat Jimmy immer gesagt.
RMDJ: Der soll jetzt irgendwo im Süden Klanarbeit erledigen.
NDK: Klanarbeit und Spitzeldienste, soviel ich weiß. Der hängt angeblich beim FBI mit drin.
RMDJ: Könnte sein. Er ist doch von Jeff weg und zur Army gegangen.
NDK: Jimmy hat gesagt, dass er ihn vielleicht besuchen geht.
RMDJ: Was Jimmy alles sagt. Der sagt viel, wenn der Tag lang ist.
NDK: Er hat vom Kopfgeld gehört. Er hat sich vor Begeisterung fast in die Hosen gemacht, als er davon erzählte.
RMDJ: Was der sagt. Jimmy sagt, er habe Marilyn Monroe gefickt, was noch lange nicht heißt, dass er's getan hat.
(Weiterer Gesprächsverlauf irrelevant.)

DOKUMENTENEINSCHUB: 3.12.67. Abhörtranskript. Bezeichnung: »GEHEIM« / »OP-1-VERDECKT« / »DARF NUR GELESEN WERDEN VON«: Direktor, Special Agent D.C. Holly.
Ort: Büro / Mike Lyman's Restaurant / Los Angeles / vom Horchposten überwacht. Im Gespräch: Unidentifizierte Männer Nr. 1 & Nr. 2, wahrscheinlich Angehörige des Organisierten Verbrechens. (Gespräch läuft seit 1,9 Minuten.)

UM Nr. 1: ... du hast die Geschichten gehört, nicht?
UM Nr. 2: Nur von weitem. Carlos weiß, dass sie auf dem Boot stecken, also schickt er ein paar Burschen auf die Keys.
UM Nr. 1: Nicht irgendwelche Burschen. Er schickt Schraubstock-Chuck und Nardy Scavone.
UM Nr. 2: Oh Jesus.
UM Nr. 1: Das heißt, dass er's wohl rauszögern wollte. Dass Chuck und Nardy langsam arbeiten, ist allgemein bekannt.
UM Nr. 2: Ich hab so manches gehört, das kannst du mir glauben.
UM Nr. 1: Das ist echt scharf. Das wird dir Spaß machen.
UM Nr. 2: Sag schon. Nun zier dich nicht.
UM Nr. 1: OK, sie finden das Boot. Irgendwo an einem abgelegenen Ort festgemacht. Sie schleichen sich in aller Stille an und klettern an Bord.
UM Nr. 2: Komm schon, jetzt mach nicht –
UM Nr. 1: Arden und Danny sehen sie kommen. Danny fängt an zu heulen und betet den Rosenkranz. Arden ist bewaffnet. Sie schießt Danny in den Hinterkopf, und er hat's hinter sich. Sie zielt auf Scheiß-Chuck und Nardy, aber ihre Scheiß-Waffe klemmt.
UM Nr. 2: Scheiße, das ist geil. Das ist einfach –
UM Nr. 1: Chuck und Nardy packen und fesseln sie. Carlos will wissen, wieso sie durchgebrannt sind und ob jemand sie gewarnt hat. Chuck hat seinen Schraubstock im Werkzeugkasten. Er klemmt Ardens Kopf ein. Er lehnt sich voll auf den Hebel, aber die Arden gibt und gibt nichts preis.
UM Nr. 2: Jesus.
UM Nr. 1: Er hat ihr sämtliche Zähne ausgebrochen und den Kiefer geknackt. Sie wollte immer noch nicht reden.
UM Nr. 2: Jesus.

UM Nr. 1: Sie hat sich die Zunge abgebissen. Sie hätte nicht reden können, wenn sie gewollt hätte, also hat Nardy sie umgelegt.
UM Nr. 2: Jesus.
(Weiterer Gesprächsverlauf irrelevant.)

DOKUMENTENEINSCHUB: 3.12.67. Kurierpost. An: Dwight Holly. Von: Fred Otash. Bezeichnung: »GEHEIM« / »IN VERSCHLOSSENER DOKUMENTENMAPPE ÜBERGEBEN.« / »UNMITTELBAR NACH LEKTÜRE VERBRENNEN.«

DH,
anbei eine zusammenfassende Wertung meiner bisherigen Erfahrungen mit dem ANWÄRTER, samt den Gründen, wieso ich meine, dass wir ihn einsetzen sollten. Ich schreibe ungern was nieder, also LESEN & UMGEHEND VERBRENNEN.
1.) Die Verbindungsaufnahme mit dem ANWÄRTER erfolgte am 16.8.67, in einer Bar (»Acapulco«), im Parterregeschoss des Wohnhauses des ANWÄRTERS (»Har-K Apts«) in Montreal. ANWÄRTER benutzte das Alias »Eric Starvo Galt«. Ich trat mit veränderter Erscheinung & einem lateinamerikanischen Akzent & unter dem Decknamen »Raul Acias« auf.
2.) Im Acapulco verkaufte ich dem ANWÄRTER Amphetamin-Kapseln & gab mich als Schmuggler mit segregationistischen Neigungen aus. Der ANWÄRTER & ich trafen uns im Laufe der nächsten paar Nächte in der Acapulco Bar & in der Neptune Tavern & sprachen über Politik. Der ANWÄRTER gab 2 neuere Raubüberfälle in den Staaten (East St. Louis, Ill., & New Hebron, Miss.) zu, ließ jedoch den Gefängnisausbruch vom 23.4.67 unerwähnt. Der ANWÄRTER erwähnte außerdem, dass er kurz nach seiner Ankunft in Montreal eine Prostituierte & deren Zuhälter in einer »Fickabsteige« beraubt habe. Er habe 1.700 Dollar erbeutet, aber das Geld zerfließe ihm unter den Händen & er sei »bald pleite«.
3.) Der ANWÄRTER wies darauf hin, dass er sich eine Identität verschaffen müsse, um zu einem kanadischen Pass zu kommen & in andere Länder zu reisen. Ich sagte ihm, dass ich Beziehungen hätte & ihm helfen würde. Ich lieh ihm kleinere

Geldsummen, versorgte ihn mit Amphetamin & sprach mit ihm über Politik. Er erwähnte öfter seinen Hass auf M. L. King & seinen Wunsch, »in Rhodesien Nigger umzubringen«. Wegen der Identitätspapiere hielt ich ihn hin & lieh ihm weiter Geld. Der ANWÄRTER wurde nervös & erklärte, in die Staaten zurückkehren zu wollen, insbesondere nach Alabama, & »vielleicht für Gouverneur Wallace zu arbeiten«. Ich erkannte, dass er zum Gehen entschlossen war & improvisierte einen Plan.

4.) Ich sagte ihm, ich hätte Narkotika, die er für mich über die Grenzen schaffen könne, wofür ich ihm 1.200 Dollar zu zahlen bereit sei. Er war einverstanden. Ich füllte eine Aktentasche mit Sand, schloss sie zu & übergab sie ihm, um ihn auf der amerikanischen Seite zu erwarten. Damit stellte ich ihn auf die Probe, ob er die Aktentasche stehlen oder sich als so fügsam erweisen würde, wie ich ihn einschätzte.

5.) Er bestand die Probe & führte 2 weitere »Schmuggelfahrten« für mich durch. Ich sah, dass er entschlossen war, nach Alabama zu fahren, & sagte ihm, ich würde ihm eine neue Identität, einen neuen Wagen & weitere Gelder verschaffen, weil ich noch mehr »Aufträge« für ihn hätte. Der ANWÄRTER erklärte, er wolle wegen der in Birmingham erfolgten »Nigger-Bombardierungen« einige Zeit dort zubringen. Ich überreichte ihm 2.000 Dollar & wies ihn an, in Birmingham an der Ausgabe des Hauptpostamts auf einen Brief zu warten. Außerdem gab ich ihm eine Telefonnummer, auf der er mich in New Orleans anrufen sollte.

6.) Das war der riskanteste Teil der Operation, weil die Möglichkeit bestand, dass der ANWÄRTER durchbrennen würde. Falls nicht, war das eine weitere Bestätigung seiner Willfährigkeit & damit seiner Eignung für unser Vorhaben.

7.) Der ANWÄRTER rief am 25.8. unter besagter Nummer an & gab seine Adresse mit »Economy Grill & Rooms« in Birmingham an. Ich schickte ihm 600 Dollar & einen kleinen Vorrat an Biphetamin-Kapseln und flog nach Birmingham, wo ich ihn diskret überwachte. Der ANWÄRTER besuchte das Hauptquartier der National States Party, kaufte rechte Traktatliteratur & Aufkleber & verkroch sich in seinem Zimmer. Ich rief ihn (angeblich per Ferngespräch) an & erklärte mich einverstanden, ihm 2.000 Dollar zu zahlen (als Abschlag auf künftige Aufträge), damit er sich einen neuen Wagen kaufen könne. Ich überwies ihm das Geld telegraphisch & überwachte ihn beim Kauf eines 1966er Mustangs.

8.) Der ANWÄRTER besorgte sich einen Alabama-Fahrausweis (6.9.67) unter dem Namen »Eric Starvo Galt« & meldete den 66er Mustang an. Ich traf den ANWÄRTER in Birmingham, wir tranken zusammen & unterhielten uns über Politik, & ich wies ihn an, eine Fotoausrüstung zu erwerben, um sie in Mexiko zu verkaufen. Der ANWÄRTER kaufte eine Ausrüstung im Wert v. 2.000 Dollar, und ich wies ihn an, »darauf sitzen zu bleiben.«

9.) Der ANWÄRTER blieb in Birmingham, besuchte einen Schlosserkurs & nahm Tanzstunden & filmte aus seinem möblierten Zimmer heimlich Frauen. Ich blieb in Birmingham & achtete darauf, nie mit ihm gesehen zu werden. Ich plante, den ANWÄRTER an verschiedene Orte zu bringen & ihm lächerlich anmutende Befehle zu erteilen, für den Fall, dass er nach unserer Operation gefangen & verhört werden sollte. Die Bedürfnisse des ANWÄRTERS nach Geld & Amphetamin hielten ihn weiterhin gefügig.

10.) Ich schrieb dem ANWÄRTER am 6.10.67 & wies ihn an, mich in Nuevo Laredo, Mexiko, mit der Fotoausrüstung zu treffen. Der ANWÄRTER war bereit, mich zu treffen, »sobald er die Sore verscherbelt« habe. Erneut versprach ich, ihm gültige Identitätspapiere zu verschaffen, & fügte hinzu, dass ich ihm einen kanadischen Pass beschaffen könne. Der ANWÄRTER traf mich in Nuevo Laredo und hatte das Geld aus dem Verkauf der Fotoausrüstung dabei, der mit Verlust erfolgt war. Ich erklärte, ihm deswegen nicht böse zu sein & dass ich noch weitere »Rauschgiftfahrten« für ihn hätte. Der ANWÄRTER war wütend, weil ich ihm noch keine Papiere beschafft hatte, war aber einverstanden, in Mexiko zu bleiben & auf meine Anrufe zu warten.

11.) Der ANWÄRTER fuhr mit dem Wagen durch Mexiko & rief mich auf einer Nummer in New Orleans an. Ich überwies ihm Dollarsummen an American-Express-Filialen & bezahlte ihn für 4 »Rauschgiftfahrten« v. McAllen nach Juarez. Ich traf den ANWÄRTER zwischen dem 22.10.67 & dem 9.11.67 insgesamt 4-mal & brachte ihn dazu, über Politik zu reden. Der ANWÄRTER beschrieb ein »Kopfgeld«, das in der Grapevine Bar in St. Louis angeboten würde (50.000 für das Umbringen von MLK), was phantastisch klang, aber darauf hinwies, dass er bereit sein könnte, am D-Day selber vorzugehen, wodurch seine Rolle in unserem Plan noch bedeutsamer werden würde. Der ANWÄRTER trank viel, nahm Amphetamin & rauchte in Mexiko Marihuana, wo er auch in Streitigkeiten mit Prostituierten & Zuhältern geriet. Der ANWÄRTER fuhr nach Los Angeles (ohne mich anzurufen) & rief mich am 21.11.67 mit einer Adresse an. Er gab an, mehr Arbeit v. mir zu wollen, er nehme Kurse in Selbsthypnose & Selbstverbesserung & besuche »segregationistische Buchläden«. Er drängte mich, ihm einen Pass als »Abschlag auf künftige Arbeiten« zu verschaffen.

12.) Der ANWÄRTER bleibt in L.A. Ich bin in L.A. wohnhaft & werde ihn entsprechend überwachen können. Der ANWÄRTER bleibt fügsam & ich bin überzeugt, dass er für uns arbeiten wird. Haben wir schon ein Datum & einen Ort?

Ich schicke sobald erforderlich neue Kuriernachricht. Nochmals, LESEN & VERBRENNEN.

F.O.

DOKUMENTENEINSCHUB: 4.12.67. Kurierpost. An: Fred Otash. Von: Dwight Holly. Bezeichnung: »GEHEIM« / »IN VERSCHLOSSENER DOKUMENTENMAPPE ÜBERGEBEN.« / »UNMITTELBAR NACH LEKTÜRE VERBRENNEN.«

F.O.,
Datum und Ort noch unbekannt. Bleib am ANWÄRTER dran. Ich versuche, mir die Reisepläne von ROTEM KARNICKEL zu verschaffen.
LESEN & VERBRENNEN
D.C.H.

DOKUMENTENEINSCHUB: 4.12.67. Atlanta *Constitution*, Schlagzeile und Untertitel:

KING VERKÜNDET »ARME-LEUTE-MARSCH« AUF WASHINGTON
VERSPRICHT, SICH FÜR UMVERTEILUNG DES WOHLSTANDS«
EINZUSETZEN

DOKUMENTENEINSCHUB: 5. 12. 67. Cleveland *Plain Dealer*, Schlagzeile und Untertitel:

KING ÜBER FRÜHLINGSMARSCH:
»ZEIT, DIE MACHTELITEN IN DIE SCHRANKEN ZU WEISEN«

DOKUMENTENEINSCHUB: 6. 12. 67. Wörtliches FBI-Telefontranskript. Bezeichnung: »AUFGENOMMEN AUF ANWEISUNG DES DIREKTORS.« / »VERTRAULICHKEITSSTUFE 1A: DARF NUR VOM DIREKTOR EINGESEHEN WERDEN.« Am Apparat: Direktor Hoover, Präsident Lyndon B. Johnson.

LBJ: Sind Sie's, Edgar?
JEH: Ich bin's, Mr. President.
LBJ: Der gottverfluchte Marsch. Wird in allen Nachrichtensendungen plattgewalzt.
JEH: Ich habe die Ankündigungen gelesen. Meine schlimmsten Befürchtungen und Ängste verwirklicht.
LBJ: Der Dreckskerl stellt eine Armee auf die Beine, um gegen mich zu protestieren, und das nach alldem, was ich fürs Negervolk getan habe.
JEH: Der Marsch wird ein Blutbad zur Folge haben.
LBJ: Ich hab ihn gebeten, den Marsch abzublasen, aber der Dreckskerl will nicht. Das wird mich die Wiederwahl kosten. Er steckt mit dem verwöhnten Schwanzlutscherchen Bobby Kennedy unter einer Decke.
JEH: Diesbezüglich möchte ich Sie auf eine wenig bekannte Tatsache hinweisen, Mr. President. Es war Bobby, der mir erlaubt hat, Kings Gespräche und Telefon abzuhören, damals, 1963. In seiner Hast, den Kommunisten zu umarmen, hat er sein anfängliches Unbehagen verdrängt.
LBJ: Der Schwanzlutscher ist scharf auf mein Amt. Und King sorgt für den Scheiß-Dissens, der es ihm verschafft.
JEH: Ich werde 44 Agenten auf King ansetzen. Sie werden negative Informationen in der ganzen Nation verbreiten. Ich werde alles tun, um den Marsch zu unterbinden.
LBJ: Edgar, hat das Negervolk je einen besseren Freund gehabt als mich?

JEH: Nein, Mr. President.
LBJ: Edgar, hat meine Gesetzgebung das Los des Negervolkes verbessert?
JEH: Ja, Mr. President.
LBJ: Edgar, bin ich Martin Luther King ein Freund gewesen?
JEH: Ja, Mr. President.
LBJ: Und warum versucht der Schwanzlutscher mich zu verarschen, wo ich mir den Arsch aufgerissen habe, um ihm was zuliebe zu tun?
JEH: Das weiß ich nicht, Mr. President.
LBJ: Er setzt mir scheiß-schlimmer zu als der Scheiß-Krieg, in dem ich knietief stecke.
JEH: Ich werde einen Neger in die SCLC einschleusen. Meinen persönlichen Chauffeur.
LBJ: Richten Sie ihm aus, dass er King über eine Klippe chauffieren soll.
JEH: Ich verstehe Ihre Frustration, Sir.
LBJ: Ich werde von zwei Seiten gleichzeitig verscheißert. Ich kämpfe einen Zweifrontenkrieg gegen King und gegen Scheiß-Kennedy.
JEH: Ja, Mr. President.
LBJ: Sie sind ein guter Mann, Edgar.
JEH: Danke, Mr. President.
LBJ: Tun Sie, was Sie können, klar?
JEH: Das will ich, Sir.
LBJ: Guten Tag, Edgar.
JEH: Guten Tag, Mr. President.

DOKUMENTENEINSCHUB: 7.12.67. Los Angeles *Examiner,* Untertitel:

INDUSTRIELLE GREIFEN KING WEGEN »ARME-LEUTE-MARSCH« AN

DOKUMENTENEINSCHUB: 9.12.67. Dallas *Morning News,* Untertitel:

INDUSTRIELLEN ZUFOLGE IST DER FRÜHLINGSMARSCH AUF WASHINGTON »SOZIALISTISCH«

DOKUMENTENEINSCHUB: 17.12.67. Chicago *Tribune*, Titel und Untertitel:

NIXON FÜR 1968?
WIRD EX-VIZE KANDIDATUR BEKANNT GEBEN?

DOKUMENTENEINSCHUB: 17.12.67. Miami *Herald*, Titel und Untertitel:

GEISTLICHE ÄUSSERN SICH ZU WASHINGTON-MARSCH:
»EIN AUFRUF ZU ANARCHIE UND AUFRUHR«

DOKUMENTENEINSCHUB: 18.12.67. Chicago *Sun-Times*, Untertitel:

RFK LOBT WASHINGTON-MARSCH
SCHWEIGT SICH ÜBER PRÄSIDENTEN-PLÄNE AUS

DOKUMENTENEINSCHUB: 18.12.67. Denver *Post-Dispatch*, Titel und Untertitel:

WIRD ER ODER WIRD ER NICHT?
SACHKENNER ÜBER LBJ'S WIEDERWAHL-ENTSCHEIDUNG

DOKUMENTENEINSCHUB: 20.12.67. Boston *Globe*, Untertitel:

KING FORDERT KRIEGSGEGNER ZU SOLIDARITÄT MIT
ARME-LEUTE-MARSCH AUF

DOKUMENTENEINSCHUB: 21.12.67. Sacramento *Bee*, Untertitel:

NIXON TRITT WAHRSCHEINLICH AN, SAGEN
REPUBLIKANER-INSIDER

DOKUMENTENEINSCHUB: 22.12.67. Los Angeles *Times,* Untertitel:

    ZIEREN SICH RFK UND HUMPHREY?
    WARTEN AUF LBJ'S ENTSCHEIDUNG

DOKUMENTENEINSCHUB: 23.12.67. Kansas City *Star,* Untertitel:

    ROTARIER-PRÄSIDENT BEZEICHNET KING-MARSCH
    ALS »KOMMUNISTISCH INSPIRIERT«

DOKUMENTENEINSCHUB: 28.12.67. Las Vegas *Sun,* Titel und Untertitel:

    FRONTIER-HOTEL GEHT AN HUGHES
    VEGAS-GEWINNSTRÄHNE DES BILLIONÄRS HÄLT AN!

DOKUMENTENEINSCHUB: 4.1.68. Internes Telefontranskript. (Anhang zu UNTERNEHMEN SCHWARZES KARNICKEL.) Bezeichnung: »Auf Anweisung des Direktors aufgenommen« / »VERTRAULICHKEITSSTUFE 1A: DARF NUR VOM DIREKTOR EINGESEHEN WERDEN.« Am Apparat: Direktor, BLAUES KARNICKEL.

Dir: Guten Morgen.
BLK: Guten Morgen, Sir.
Dir: ROTES KARNICKEL benimmt sich daneben. Er ist ein sehr unartiger Hase.
BLK: Ich habe Zeitung gelesen, Sir. Ich glaube, er hat das Maß überschritten.
Dir: Das hat er, aber ohne sich selber im Geringsten zu schaden. Gegen derartige Anwürfe ist er immun. Er wird von einer Welle der Unzufriedenheit getragen, die gewaltiger ist als wir alle.
BLK: Ja, Sir.

Dir: Lyndon Johnson ist außer sich. Er verachtet sich für die Art und Weise, wie er ROTES KARNICKEL hochgepäppelt hat. Er weiß, dass die Welle dümmlicher Unzufriedenheit teilweise durch sein eigenes Zutun entstanden ist.
BLK: Ja, Sir.
Dir: Ich habe einen Neger in die SCLC eingeschleust. Keinen Geringeren als meinen eigenen Chauffeur.
BLK: Ja, Sir.
Dir: Ein Neger mit Einsicht. Er verabscheut die Kommunisten mehr als die weiße Machtelite.
BLK: Ja, Sir.
Dir: Er sagt mir, dass die SCLC sich in großem Aufruhr befindet. Sie versuchen, eine Armee der Geschlagenen zu mobilisieren, die sich vor Hannibals Horden nicht zu verstecken bräuchte.
BLK: Ja, Sir.
Dir: Sie werden die Hauptstadt der Vereinigten Staaten stürmen. Sie werden ungehemmt urinieren und sich dem Beischlaf anheim geben.
BLK: Ja, Sir.
Dir: Eine Zurschaustellung der Gekränktheit, die katastrophale Folgen nach sich ziehen muss. Die die Aufgebrachten mit kriminellen Neigungen ermutigen und ihnen einen noch nie da gewesenen Freiraum verschaffen wird. Mit schwerwiegenden und nihilistisch zu definierenden Konsequenzen.
BLK: Ja, Sir.
Dir: Ich weiß nicht weiter, Dwight. Ich weiß nicht, was ich noch tun kann.
BLK: Der allgemeine Widerstand nimmt zu, Sir. Ich weiß, dass Sie die Abhörprotokolle gelesen haben.
Dir: Ich empfinde den Widerstand als zu lokalisiert, zu gering und als verspätet.
BLK: Einige Leute setzen ein Kopfgeld aus.
Dir: Wenn es denn so weit kommen sollte, würde mich das nicht übermäßig außer Fassung bringen.
BLK: Eine Vorstellung, die zum weitgehenden Allgemeinplatz geworden ist.
Dir: Ich hätte wenig Lust, einen derartigen Zwischenfall untersuchen zu müssen. Ich wäre geneigt, die Angelegenheit kurz

abzuhandeln und den Vorgang so bald wie möglich hinter mich zu bringen.
BLK: Ja, Sir.
Dir: Unvernünftiges Tun und ungerechtfertigter Zorn können sehr wohl zu überlegten und gemessenen Reaktionen führen.
BLK: Ja, Sir.
Dir: Das tröstet mich.
BLK: Ich freue mich, das zu hören, Sir.
Dir: Kann ich etwas für Sie tun, Dwight?
BLK: Ja, Sir. Könnten Sie Ihren Kontaktmann ansprechen und mir die Reisepläne von ROTEM KARNICKEL für die nächsten paar Monate per Kurierpost übermitteln?
Dir: Ja.
BLK: Danke, Sir.
Dir: Guten Tag, Dwight.
BLK: Guten Tag, Sir.

DOKUMENTENEINSCHUB: 8.1.68. Kurierpost. An: Fred Otash. Von: Dwight Holly. Bezeichnung: »GEHEIM« / »IN VERSCHLOSSENER DOKUMENTENMAPPE ÜBERGEBEN.« / »UNMITTELBAR NACH LEKTÜRE VERBRENNEN.«

F. O.,
es geht los. Bitte neueste Meldungen über den ANWÄRTER. Reisepläne von ROTEM KARNICKEL folgen.
LESEN & VERBRENNEN
D. C. H.

DOKUMENTENEINSCHUB: 18.1.68. Kurierpost. An: Dwight Holly. Von: Fred Otash. Bezeichnung: »GEHEIM« / »IN VERSCHLOSSENER DOKUMENTENMAPPE ÜBERGEBEN.« / »UNMITTELBAR NACH LEKTÜRE VERBRENNEN.«

D. H.,
betr. Aktivitäten des ANWÄRTERS vom 3.12.67 bis heute.
1.) Ich habe mich 6-mal mit dem ANWÄRTER getroffen. Ich habe ihm Geld als Vorschuss »auf spätere Aufträge« gegeben.

Wir haben uns über Politik unterhalten & der ANWÄRTER kam wiederholt auf die Präsidentenkampagne von George Wallace, auf die »Nigger« & das »Kopfgeld auf Martin Luther Mohr« zu sprechen. Der ANWÄRTER bedrängte mich wegen Reisepapieren, & ich habe ihn vertröstet wie bisher. Der ANWÄRTER verbringt seine Zeit zwischen seiner Wohnung (1535 N. Serrano, Hollywood), dem Sultan's Room in den St. Francis Hotel-Apts (Hollywood Blvd) & dem <u>Rabbit's Foot Club</u> – (dem Karnickel-Pfoten-Klub – höchst passend!!!!) ebenfalls auf Hollywood Blvd. Der ANWÄRTER spricht nach wie vor von seinem Plan, nach Rhodesien zu reisen, & erklärte 3-mal, er werde wohl »den Mohren umbringen, das Kopfgeld kassieren & in Rhodesien um politisches Asyl bitten«.

2.) Der ANWÄRTER ließ sich mit einer Frau im Sultan's Room ein, die ihn beschwatzte, ihren Bruder nach New Orleans zu fahren, »um die Kinder ihrer Freundin abzuholen«. Der ANWÄRTER teilte mir das mit & forderte Reisegeld. Ich überreichte ihm 1000 Dollar & sagte ihm, dass ich ihn in New Orleans treffen werde. Der ANWÄRTER & der Bruder der Frau fuhren nach New Orleans (15.12.67), trafen am 17.12. ein & wohnten im Provincial Motel. Ich traf den ANWÄRTER 3-mal, gab ihm Geld & versprach weitere Aufträge. Der ANWÄRTER blieb in New Orleans & besuchte pornographische Buchläden. Der ANWÄRTER, der Bruder der Frau & 2 8-jährige Mädchen verließen New Orleans am 19.12. & gelangten am 21.12. nach L.A.

3.) Der ANWÄRTER entwickelte einen regelmäßigen L.A.-Tagesablauf. Ich beschattete ihn 6-mal & traf ihn 6-mal. Der ANWÄRTER besuchte pornographische Buchläden, nahm Hypnose-Kurse & teilte mir mit, dass er Frauen hypnotisieren wolle, um sie dazu zu bringen, in von ihm inszenierten Pornofilmen aufzutreten. Der ANWÄRTER besuchte den Sultan's Room & den Rabbit's Foot Club, trank regelmäßig & nahm regelmäßig Amphetamin. Er sprach öfter über das »Kopfgeld« & über seinen Plan, nach Rhodesien zu »entkommen«. In dieser Zeit besuchte der ANWÄRTER das Büro der L.A. Free Press & platzierte eine Suchanzeige für eine Frau für Oralsex. Der ANWÄRTER kaufte außerdem bei den Castle Argyle Apts flüssiges Methamphetamin (Franklin, Ecke Argyle). Er bleibt routinemäßig

2 oder 3 Tage hintereinander wach & ich habe frische Nadelspuren auf seinen Armen entdeckt.

4.) Der ANWÄRTER erklärte (4-mal), er wollte in L.A. bleiben & »Aufträge« für mich erledigen, sich einem Swinger-Klub anschließen & sich etwas ausdenken, um »das Kopfgeld zu kriegen & nach Rhodesien abzuhauen«. Ich habe angefangen, vom Kopfgeld zu sprechen & über Möglichkeiten, MLK zu erwischen, & der ANWÄRTER nahm keine Veränderungen in meinem Tonfall oder meiner Persönlichkeit wahr, weil er a) ernsthaft gestört & äußerst selbstbezogen, und b) auf mich für Geld & Narkotika angewiesen, und c) infolge Alkohol- & Drogengebrauchs überdreht & beeinträchtigt ist.

5.) Ich denke, ich kann ihn in L.A. halten, bis wir so weit sind & ihn an Ort & Stelle schaffen, wo er entweder mitmachen oder die Hilfsposition einnehmen kann. Wir benötigen seine Abdrücke auf dem Gewehr & ein paar andere Kleinigkeiten, was keine große Sache sein sollte.

6.) Er ist unser Mann. Da bin ich mir ganz sicher. Wir sind sicher (kein Mensch wird ihm seine »Raul«-Geschichten abnehmen) & wir lassen ohnehin nicht zu, dass er festgenommen wird.

LESEN & VERBRENNEN. Schick mir eine Kuriernachricht, wenn du auf den neuesten Stand gebracht werden willst.

F.O.

DOKUMENTENEINSCHUB: 21.1.68. Boston *Globe*, Untertitel:

  MARINES IM KESSEL VON KHE-SANH IM KAMPF
     AUF LEBEN UND TOD

DOKUMENTENEINSCHUB: 24.1.68. New York *Times*, Titel und Untertitel:

  TET-OFFENSIVE ERSCHÜTTERT US-STREITKRÄFTE
   SCHWERSTE KÄMPFE DES KRIEGES

DOKUMENTENEINSCHUB: 26.1.68. Atlanta *Constitution*, Titel:

KHE SANH – BLUTIGE KESSELSCHLACHT DAUERT AN

DOKUMENTENEINSCHUB: 27.1.68. Los Angeles *Examiner*, Untertitel:

SCHWERE KÄMPFE IN VIETNAM LÖSEN US-PROTESTE AUS

DOKUMENTENEINSCHUB: 30.1.68. Chicago *Sun-Times*, Titel und Untertitel:

KING SPRICHT VON »TET-HOLOCAUST«
FORDERT BEDINGUNGSLOSEN US-TRUPPENABZUG

DOKUMENTENEINSCHUB: 2.2.68. Los Angeles *Times*, Titel und Untertitel:

NIXON GIBT PRÄSIDENTSCHAFTSKANDIDATUR BEKANNT
VERSPRICHT, FÜR »HART ARBEITENDE, VERGESSENE MEHRHEIT« ZU ARBEITEN

DOKUMENTENEINSCHUB: 6.2.68. Sacramento *Bee*, Untertitel:

KING MOBILISIERT KRÄFTE FÜR ARME-LEUTE-MARSCH

DOKUMENTENEINSCHUB: 8.2.68. Houston *Chronicle*, Titel und Untertitel:

RFK VERDAMMT KRIEG
FORDERT VERHANDLUNGSLÖSUNG

DOKUMENTENEINSCHUB: 10.2.68. Cleveland *Plain Dealer,* Untertitel:

>HOOVER WARNT VOR BLUTVERGIESSEN,
>FALLS MARSCH GENEHMIGT WIRD

DOKUMENTENEINSCHUB: 18.2.68. Miami *Herald,* Titel und Untertitel:

>ZAHLREICHE NIXON-ANHÄNGER IN NEW HAMPSHIRE
>EX-VIZE RÜCKT AUF ERSTEN PLATZ

DOKUMENTENEINSCHUB: 2.3.68. Boston *Globe,* Titel und Untertitel:

>US-GEFALLENENZAHLEN IN VIETNAM STEIGEN
>KING VERURTEILT »SINNLOSEN« KONFLIKT

DOKUMENTENEINSCHUB: 11.3.68. Tampa *Tribune,* Titel und Untertitel:

>WIRD ER ODER WIRD ER NICHT?
>RKF SCHWEIGT

DOKUMENTENEINSCHUB: 13.3.68. Abhörtranskript. Bezeichnung: »GEHEIM« / »OP-1-VERDECKT« / »DARF NUR GELESEN WERDEN VON«: Direktor, Special Agent D.C. Holly.
Ort: Büro / Mike Lyman's Restaurant / Los Angeles / vom Horchposten überwacht. Im Gespräch: Charles »Schraubstock-Chuck« Aiuppa & Bernard »Nardy« Scavone, Angehörige des Organisierten Verbrechens. (Gespräch läuft seit 6,8 Minuten.)

CA: So was bezeichnet man als Koalition. Bobby ist der Präsident, aber er braucht einen Oberaffen, um die kleinen Affen auf Trab zu bringen und ihm zur Macht zu verhelfen.

BS: Rechne's mal durch, Chuck. So viel Stimmen haben die nicht.
CA: Rechne die Juden dazu, die College-Studentchen, die Sympis und die Stützeschlucker. Wenn die alle mitmachen, wird's eng.
BS: Bobby macht mir Angst. Das geb ich gerne zu.
CA: Bobby braucht seinen Oberaffen, der für Unruhe sorgt. Dann stellt er sich hin und verspricht den verdrehten Kerlen das Blaue vom Himmel.
BS: Bobby würde uns verscheißern, Chuck. Er würde uns verscheißern, wie damals, als er der Oberstaatsanwalt war und Jack der Präsident.
CA: Bobby ist erst zufrieden, wenn er einen Firmenmann-Schwanz voran im Schraubstock hat.
BS: Vorsicht, Chuck. Wenn du »Schraubstock« sagst, wird mir gleich anders.
CA: Nimm dich zusammen. Da kommt noch mehr. Bei Onkel Carlos gibt's immer zu tun.
BS: Ich hätte zu gerne den Oberaffen und Bobby im Schraubstock. Einmal am Hebel gedreht und arrivederci.
(Weitere Konversation irrelevant)

DOKUMENTENEINSCHUB: 14. 3. 68. Abhörtranskript. Bezeichnung: »GEHEIM« / »OP-1-VERDECKT« / »DARF NUR GELESEN WERDEN VON«: Direktor, Special Agent D.C. Holly.
Ort: Spielsalon / Grapevine Tavern / St. Louis / vom Horchposten überwacht. Im Gespräch: Norbert Donald Kling & Rowland Mark DeJohn, begnadigte Kriminelle (Bewaffneter Raubüberfall / Betrug / Autodiebstahl), vermutlich Angehörige des Organisierten Verbrechens. (Gespräch läuft seit 0,9 Minuten.)

NDK: Das ist scharf. Heut nehm ich das Telefon ab, und rat mal, wer dran ist?
RMDJ: Jill St. John?
NDK: Nein.
RMDJ: Wie heißt sie doch gleich? Die Schnepfe mit den Go-Go-Stiefeln.
NDK: Nein.

RMDJ: Norb, Scheiße –
NDK: Jimmy Ray. Er verzapft Unsinn und behauptet, er habe sich in L.A. einem französischen Kult angeschlossen. Er ficke den ganzen Tag oder lasse sich ablutschen und brauche Geld, um den Lebensunterhalt für seine Sklavinnen aufzutreiben, und ob das mit dem Kopfgeld zeitlich begrenzt sei, weil er jetzt mit den Sklavinnen die Hände voll hätte und nicht wisse, wann er sich frei machen könne.
RMDJ: Das ist Spitze. Jimmy und die Hände voll, ausgerechnet.
NDK: Eine Hand jedenfalls. In Jeff City hat der sich immer wieder Meth reingezogen und danach zwei Tage lang gewichst. Er hat diese Scheiß-Fotzenbücher gelesen und ist abgehoben. Er hat behauptet, die Scheiß-Bilder würden zu ihm sprechen.
RMDJ: Jimmy ist größenwahnsinnig.
NDK: Schon, aber auf die Nigger hat er echt einen Hass.
(Weitere Konversation irrelevant)

<u>DOKUMENTENEINSCHUB</u>: 15.3.68. Horchpostenbericht. Bezeichnung: »GEHEIM« / »OP-1-VERDECKT« / »DARF NUR GELESEN WERDEN VON«: Direktor, Special Agent D.C. Holly.
Ort: Suite 301 / El Encanto Hotel / Santa Barbara / vom Horchposten überwacht. Sprecher: Senator Robert F. Kennedy, Paul Horvitz (Senatsmitarbeiter), Unidentifizierter Mann Nr. 1. (Gespräch läuft seit 3,9 Minuten)

RFK: ... einfach und nüchtern. So hat's mein Bruder bei der Bekanntgabe seiner Kandidatur auch gemacht. (Pause / 3,4 Sekunden.) Paul, Sie stoppen die Zeit. Lesen Sie laut vor, aber dass Sie mich nicht nachmachen.
(Gelächter / 2,4 Sekunden)
PH: Was das Positionspapier betrifft. Veröffentlichen wir –
UM Nr. 1: Du willst die Kurzversion, richtig? Die lange ist zu lang, da würden die Presseleute zu viel kürzen müssen.
RFK: Streich's zusammen und lass mich die Endversion lesen. Und stell absolut sicher, dass nichts übers Organisierte Verbrechen drin steht.

PH: Sir, ich glaube, das ist irrig. Das untergräbt Ihre Glaubhaftigkeit als Generalstaatsanwalt.
UM Nr. 1: Scheiße, Bob. Gute Gegner machen gute Wahlkampagnen. Der Krieg und Johnson sind das eine, aber –
PH: Die Mafia hat sich als Wahlthema erledigt, aber –
RFK: Ich tue, was ich tue, wenn ich's tue, denke aber nicht daran, meine Absichten bekannt zu geben. Haltet euch an »Soziale Gerechtigkeit«, »Schluss mit dem Krieg« und »Das Land vereinen« und lasst die gottverdammte Mafia Mafia sein.
PH: Sir, denken Sie –
RFK: Schluss. Ich habe schon ohne diese Dreckskerle genug um die Ohren.
(Weiterer Gesprächsverlauf irrelevant.)

DOKUMENTENEINSCHUB: 16.3.68. Horchpostenbericht. Bezeichnung: »GEHEIM« / »OP-1-VERDECKT« / »DARF NUR GELESEN WERDEN VON«: Direktor, Special Agent D.C. Holly. Ort: Suite 301 / El Encanto Hotel / Santa Barbara / vom Horchposten überwacht. Sprecher: Senator Robert F. Kennedy, Paul Horvitz (Senatsmitarbeiter), Unidentifizierter Mann Nr. 1. (Gespräch läuft seit 7,4 Minuten)

RFK: ... ein Staatsanwalt, der mir im Justizministerium zugearbeitet hat. Er hat sich an meinen Bemühungen gegen Carlos Marcello beteiligt.
UM Nr. 1: Onkel Carlos. Den hast du deportiert.
RFK: Dem hab ich den fetten Arsch nach Mittelamerika getreten.
PH: Sie sind beschwipst, Senator. Sie sagen kaum je »Arsch«, wenn Sie nüchtern sind.
RFK: Ich bin beschwipst, weil ich mir bis November keinen Schwips mehr werde leisten können. (Gelächter / 6,8 Sekunden.)
RFK: Ich fühle mich wie ein Boxer, bevor er ins Trainingslager geht. Ich schwatz mir all das von der Seele, worüber ich während meiner Wahlkampagne nicht mehr werde reden können.
PH: Dieser Staatsanwalt. Sie wollten –

RFK: Wir sprachen über die Mafia. Ich sagte ihm, eines Tages krieg ich die Kerle nochmal zu fassen, und dann greife ich durch, komme, was wolle.
PH: Ist das von Shakespeare?
RFK: Das ist von mir. Das heißt, ich werde dafür sorgen, dass die Hurensöhne büßen müssen.
(Weiterer Gesprächsverlauf irrelevant.)

<u>DOKUMENTENEINSCHUB</u>: 17.3.68. WÖRTLICHES Telefontranskript. (Anhang zu UNTERNEHMEN SCHWARZES KARNICKEL.) Bezeichnung: »Auf Anweisung des Direktors aufgenommen« / »VERTRAULICHKEITSSTUFE 1A: DARF NUR VOM DIREKTOR EINGESEHEN WERDEN.« Am Apparat: Direktor, BLAUES KARNICKEL.

Dir: Guten Nachmittag.
BLK: Guten Nachmittag, Sir.
Dir: Sie haben mich aus einer Konferenz geholt. Ich gehe davon aus, dass Sie mir etwas von Bedeutung mitzuteilen zu haben.
BLK: Wir haben KREUZFAHRER KARNICKEL gestellt. Einer meiner Männer hat ihn auf eine Bank in Silver Spring, Maryland, verfolgt. Wo er ein Schein-Konto hat. Ich habe mir eine Bankverfügung verschafft und die Überweisungen untersucht.
Dir: Weiter.
BLK: Das Konto wurde unter falschem Namen eröffnet. KREUZFAHRER benutzt es nur zu einem Zweck, nämlich um der SCLC Schecks zu schicken. Ich habe die entsprechende Kontenüberprüfung mit der Kontenüberprüfung der SCLC verglichen und bin zum Schluss gekommen, dass regelmäßig Schecks von vier anderen Konten aus verschiedenen Städten und Bundesstaaten eingegangen sind. Und zwar seit 1964, und alle Schecks weisen KREUZFAHRERS Handschrift auf. Er hat für jedes Konto ein anderes Pseudonym und insgesamt fast eine halbe Million Dollar überwiesen.
Dir: Ich bin verblüfft.
BLK: Ja, Sir.
Dir: Er hat das Geld unterschlagen oder aus einer ihm zu-

gänglichen Quelle gestohlen. Von seinem Gehalt kann er sich eine derartige Großzügigkeit nicht leisten.
BLK: Ja, Sir.
Dir: Er gönnt sich das katholische Konzept der Buße. Er büßt für die Sünden, die er in meinen Diensten begangen hat.
BLK: Es kommt noch schlimmer, Sir.
Dir: Dann heraus damit. Bestätigen Sie meine schlimmsten Ängste und meinen nur allzu berechtigten Argwohn.
BLK: Ein Agent hat ihn vor zwei Tagen in Washington beschattet. Er war stark verkleidet und fast nicht zu erkennen. Er traf einen Kennedy-Mitarbeiter namens Paul Horvitz in einem Restaurant und verbrachte zwei Stunden mit ihm.
Dir: Noch mehr Buße. Eine Doppelung, die nicht ungestraft bleiben soll.
BLK: Was wollen Sie, dass ich –
Dir: Soll KREUZFAHRER fürderhin für seine Sünden büßen. Schicken Sie Kopien der Abhörprotokolle des El Encanto vom 15. und 16. März an Carlos Marcello, Sam Giancana, Moe Dalitz, Santo Trafficante und an jeden anderen Gangsterpatriarchen der Vereinigten Staaten. Sollen sie wissen, was Prinz Bobby langfristig mit ihnen vorhat.
BLK: Ein kühner und inspirierter Zug, Sir.
Dir: Guten Tag, Dwight. Gehen Sie mit Gott und anderen hilfreichen Mächten.
BLK: Guten Tag, Sir.

DOKUMENTENEINSCHUB: 18.3.68. New York *Times*, Schlagzeile:

RFK GIBT BEWERBUNG UM DEMOKRATISCHE
PRÄSIDENTSCHAFTSKANDIDATUR BEKANNT

SECHSTER TEIL

VERFÜGUNG

19. März 1968 – 9. Juni 1968

106 (Saigon, 19. 3. 68)

Wieder da.
Präsent. Fies. Vietnam.
Truppen-Schwärme. Gelbgesichtige Flüchtlinge. Schlitzaugen, die über die Tet-Offensive fachsimpeln. Zugenagelte Tempelbauten. Lastwagenkonvois. Flakkanonen.
Wieder da. Toll. Saigon '68.
Das Taxi schlich dahin. Von Lastern eingezwängt. Waffen-Laster / Lebensmittel-Laster / Truppen-Laster. Auspuffwolken bis auf Windschutzscheibenhöhe. Auspuffruß in den Augen.
Pete schaute. Pete rauchte. Pete kaute Magenberuhigungspastillen.
Er hatte den Waffenstillstand gebrochen. Er hatte den Nachtflug genommen – von San Francisco / nach Tan Son Nhut. Er hatte Barb nach Frisco gelockt. Er hatte den Ausflug als romantisches Liebesabenteuer getarnt. Er hatte die Waffenstillstandsübertretung bemäntelt.
Sie hatte ihn festgenagelt. Sie hatte gesagt, du willst zurück – ich weiß es. Er hatte gestanden. Er hatte gesagt, lass mich. Er hatte gesagt, lass mich mit Stanton reden.
Sie sagte nein. Er sagte ja. Es wurde eeeecht schlimm. Sie schrien. Sie schmissen Zeug herum. Sie dellten Wände ein. Sie verschreckten die Leute an der Rezeption. Sie verschreckten die Pagen. Sie verschreckten das Hotelpersonal.
Barb reiste nach Sparta ab. Er streifte durch San Francisco. Die Hügel schlugen ihm aufs Herz. Er fuhr zum Flughafen. Er setzte sich an die Bar. Er stieß auf ein paar Carlos-Leute: »Schraubstock-Chuck« Aiuppa und Nardy Scavone.
Sie freuten sich. Sie spendierten ihm Drinks. Sie wurden duhn und schnitten auf. Sie sagten, sie hätten Danny Bruvick umgelegt. Für einen Doppelriesen. Sie hätten Dannys Ex Ar-

den-Jane umgelegt. Sie gaben Einzelheiten zum Besten. Sie gaben Toneffekte zum Besten.

Pete ging raus. Pete erwischte seinen Flieger. Pete schluckte Nembutal. Er schlief. Das Flugzeug schwankte. Er sah Schraubstöcke Köpfe zerquetschen.

Das Taxi schlich dahin. Der Fahrer streifte Mönche. Der Fahrer monologisierte: Tet bringen viele um. Tet Scheiße. Tet bringen GIs um. Victor Charles frech! Victor Charles böse! Victor Charles *üüübel*!

Das Taxi schwankte. Das Taxi ruckelte. Pete würgte an Lastwagenabgasen. Petes Knie schlugen an seinen Kopf.

Das Go-Go. Immer noch voller Graffiti. Wieder da. Das Go-Go wird immer noch von der ARVN bewacht. Doppelter Marv-Posten vor der Tür. Wieder da.

Pete nahm die Reisetasche. Pete nahm Waynes Päckchen – Becher- und Reagenzgläser. Das Zeugs abgeben / einen Blick ins Labor werfen / ab ins Hotel Catinat.

Der Fahrer bremste. Pete stieg aus und streckte sich. Die Marvs standen stramm. Besagte Marvs kannten Pete – *le Franzmann grand et fou*.

Sie salutierten. Pete ging ins Go-Go. Pete roch H-Reste. Pisse und Schweiß / abgestandene Exkremente / Reste von aufgekochtem Stoff.

Der Nachtclub war *mort*. Der Nachtclub war eine Rauschgifthöhle. Der Nachtclub war ein Parterre-Hades. Fluss Styx boocuu.

Gelbgesichter auf Pritschen. Abbind-Schläuche. Zigarettenanzünder. Kochlöffel. Kolben voller Stoff. Spritzen. Fünfzig Narkis / fünfzig Narki-Liegen / fünfzig Rausch-Startlöcher.

Gelbgesichter kochten H. Gelbgesichter banden sich ab. Gelbgesichter setzten sich den Schuss. Gelbgesichter nickten ein. Gelbgesichter grinsten breit. Gelbgesichter seufzten auf.

Pete ging hindurch. Marvs und Can Laos verkauften Kolben. Marvs und Can Laos verkauften Spritzen. Pete ging rauf – toll – Fluss Styx zum Zweiten.

Noch mehr Gelbgesichter auf Paletten. Noch mehr Abbind-Schläuche. Noch mehr Nadeln. Noch mehr Schüsse zwischen die Zehen. Noch mehr Arm- und Beineinstiche.

Pete ging die Treppe hoch. Pete ging zur Labortür. Pete sah

einen Can-Lao-Obermacker. Er sah Pete. Er kannte Pete – *le Franzmann fou.*
Pete ließ das Säckchen fallen. Pete sprach angloschlitzäugig.
»Ausrüstung. Von Wayne Tedrow. Ich lassen bei euch.«
Der Can Lao lächelte. Der Can Lao verbeugte sich. Der Can Lao griff rüber und hob das Päckchen auf.
»Aufmachen«, sagte Pete. »Ich jetzt prüfen Labor.«
Der Can Lao sträubte sich. Der Can Lao stellte sich vor die Tür. Der Can Lao zog die Pistole aus dem Gürtel. Der Can Lao lud durch.
Die Tür schwang auf. Ein Schlitzauge kam raus. Pete sah kurz rein: Sortiertische / Sortierrutschen / vorgepackte Heroinportionen.
Das Schlitzauge sträubte sich. Das Schlitzauge schlug die Tür zu. Das Schlitzauge verstellte Pete die Sicht. Das Schlitzauge sprach den Can Lao an. Sie unterhielten sich auf Schlitzäugig. Sie schauten zu *le Franzmann fou* rüber.
Pete bekam eine Gänsehaut. Pete wurde misstrauisch. Pete wurde boocuu misstrauisch.
Unten verkauften sie Kolben. Oben verpackten sie den Stoff auf zweierlei Weise. Sie verkauften auch Einzelportionen. Das wies auf weiiiite Verteilung hin. Das bedeutete bessere Kundschaft.
Das Schlitzauge ging die Treppe runter. Das Schlitzauge ging rasch. Das Schlitzauge trug eine große runde Stofftasche. Der Can Lao sträubte sich erneut. Pete verbeugte sich und lächelte. Pete radebrechte schlitzäugig:
»Alles Ordnung. Du gut Mann. Ich gehen.«
Der Can Lao lächelte. Der Can Lao entsträubte sich. Pete machte winke-winke.
Er ging die Treppe runter. Er hielt sich die Nase zu. Er streifte Pritschen und trat in Scheißhaufen. Er ging raus. Er blickte sich um. Er sah das Schlitzauge.
Er ist auf der Straße. Er geht nach Süden. Er hat die Stofftasche.
Pete beschattete ihn.
Das Schlitzauge ging das Dock entlang. Das Schlitzauge ging ins Landesinnere. Das Schlitzauge ging über die Dal-To-

Street. Es war heiß. Die Straße wimmelte von Menschen. Ein Gelbgesichter-Ameisenhaufen am Durchdrehen.
 Pete fiel auf. Pete ging tief geduckt. Pete machte sich halb so klein. Das Schlitzauge ging rasch. Das Schlitzauge stieß Mönche um. Pete hielt keuchend Schritt.
 Das Schlitzauge ging nach Osten. Das Schlitzauge ging die Tam Long runter. Das Schlitzauge bog zu einem Lagerhausblock ab. Der Bürgersteig wurde enger. Die Fußgänger verloren sich. Pete sah Can Laos vor sich.
 Klassische Can Laos – Schläger in Zivil – die vor einem Lagerhaus Wache hielten. Vor der Tür warteten Taxen – eine erkleckliche Anzahl – sie warteten den Block entlang.
 Das Schlitzauge blieb stehen. Ein Can Lao überprüfte die Stofftasche. Ein Can Lao machte die Tür auf. Das Schlitzauge ging ins Lagerhaus. Ein Can Lao schlug die Tür zu. Ein Can Lao schloss doppelt ab.
 Sechs Gebäude weiter. Sechs Seitensträßchen dazwischen. Eine rückwärtige Verbindungsstraße.
 Pete ging.
 Er bog seitlich ab. Er betrat die rückwärtige Verbindungsstraße. Er zählte sechs Gebäude ab. Er ging um einen halben Block.
 Sechs Lagerhäuser / alle aus Beton und Glas / alle dreistöckig.
 Er ging auf die andere Straßenseite. Er sah Fenster im ersten Stock. Er hörte die Can Laos an der Vorderfront. Die Fenster waren abgedeckt / Maschendraht über Glas / einbruchsicher.
 Pete musterte ein Fenster. Pete sah Licht hinter dem Glas.
 Er holte tief Luft. Er packte den Maschendraht. Er zog ihn weg. Er verschaffte sich Raum. Er machte eine Faust. Er schlug das Glas ein.
 Er sah Pritschen. Er sah Schläuche. Er sah abgebundene weiße Arme. Er sah GIs, die Heroinportionen kauften. Er sah GIs, die H aufkochten. Er sah GIs, die sich einen Schuss setzten.

Er schlief schlecht. Er schlief wild. Jetlag plus Nembutal. Er träumte schlecht. Er sah Schraubstöcke und Gitterkreuze. Er sah weiße Jugendliche, die sich Schüsse setzten.
 Er wachte auf. Er fing an zu denken. Er beruhigte sich. Er rief John Stanton an. Er sagte, ich bin erschöpft. Ich kann kaum

richtig sehen. Treffen wir uns morgen Abend. Stanton lachte. Stanton sagte, wieso nicht?
    Pete nahm Beruhigungsmittel. Pete schlief wieder ein. Pete erwachte und sprang jäh auf. Hellwach hatte er Traumgesichte – alle hinter zerbrochenen Fenstern.
    Der Junge mit den Tätowierungen. Der Junge mit dem erloschenen Blick. Der Junge mit der Spritze im Schwanz.

Pete nahm ein Taxi. Pete legte sich flach. Pete machte Beschattungsdienst. Der Taxi-Warteplatz beim Hotel Montrachet – John Stantons Briefkastenadresse.
    Er sah klarer. Der Schlaf hatte geholfen. Er rechnete eins zum anderen. Eine GI-Rauschgifthöhle / *mindestens eine* – Bruch des Kader-Kodes.
    An GIs wird nichts verkauft. Das ist Gotteslästerung. Verkauf und du stirbst einen schlimmen Tod. Stanton wusste Bescheid. Stanton hatte mit unterschrieben. Stanton sagte, Mr. Kao habe unterschrieben. Dito die ganze Can Lao.
    Das hatte Stanton Pete zugesichert. Stanton hatte Pete eingeseift. Stanton hatte drum herum geredet und beruhigt.
    Mr. Kao vertrieb Rauschgift in Saigon. Mr. Kao war der Chef der Can Lao. Stanton kannte Kao. Stanton zitierte Kao: Ich nix verkaufen an GIs!
    So viel stand nun fest. Ein Anfang immerhin. Der recht weit führen konnte.
    Es war heiß. Das Taxi kochte. Ein Armaturenbrett-Ventilator surrte. Er wirbelte heiße Luft auf. Er wirbelte Abgase auf. Er wirbelte Auspuff-Fürze auf.
    Das Montrachet war gerammelt voll. Die MACV-Goldfasane standen drauf. Tolle Aussichtsfenster mit Handgranatenabwehrnetzen.
    Pete schaute zur Tür. Der Fahrer hatte das Radio an. Der Fahrer spielte Viet-Rock. Die Bleatles und die Bleach-Boys – alle schlitzäugig synchronisiert.
    09:46. 10:02. 10:08. Scheiße, das konnte ewig –
    Da – Stanton.
    Er geht raus. Er hat eine Aktentasche dabei. Er steigt schnell in ein Taxi. Pete stieß seinen Fahrer an – schnell, dem Taxi nachfahren.

Stantons Taxi fuhr los. Petes Taxi fuhr los. Ein Taxi drängte sich dazwischen. Taxen zwängten sie ein. Der Taxenverkehr stockte und kam zum Stillstand.

Der Taxenverkehr bewegte sich wieder. Sie hatten freie Fahrt. Sie fuhren nach Süden. Sie fuhren langsam. Sie fuhren im Schneckentempo.

Der Fahrer war gut. Der Fahrer blieb dicht dran. Der Fahrer ließ sich diskret zurückfallen. Sie fuhren nach Süden. Sie erreichten die Tam Long Street. Sie erreichten den Lagerhausblock.

Stantons Taxi bremste. Stantons Taxi hielt vor *dem* Lagerhaus. Zwei Can Laos gingen direkt aufs Taxi zu.

Sie sahen Stanton. Sie klickten mit den Absätzen. Sie überreichten einen Briefumschlag. Pete schaute zu. Petes Taxi war hinten stehen geblieben.

Stantons Taxi gab Vollgas. Stantons Taxi fuhr nach Süden. Petes Taxi fuhr los und blieb auf Distanz. Ein Lastwagen drängte sich dazwischen. Stantons Taxi fuhr nach Westen. Petes Taxi überfuhr eine rote Ampel.

Stantons Taxi hielt. In der Mitte einer Seitenstraße. Lauter Lagergebäude.

Eine kurze Straße / sechs Lagerhäuser / *gute* Lagerhausqualität.

Alle von der Can Lao bewacht. Taxen am Bürgersteig. Wartende Taxen entlang dem Block.

Pete schaute. Sein Taxi wartete im Leerlauf. Sein Taxi wartete weiter hinten.

Die Can Laos rannten hin. Die Can Laos umstellten Stantons Taxi. Die Can Laos schmissen Briefumschläge rein. Eine Warenhaustür ging auf. Vier GIs kamen raus. Vier schwankende GIs – knallvoll mit weißem H.

Stantons Taxi machte kehrt. Stantons Taxi fuhr an Petes Taxi vorbei. Pete drückte sich tiiiief in den Sitz. Stantons Taxi fuhr nach Osten. Petes Taxi blieb dran. Petes Taxi beschattete diskret.

Der Verkehr stockte. Kriechspuren. Scheiß-Schneckentempo. Pete wurde kribbelig. Pete rauchte eine Zigarette an der anderen. Pete kaute Magenberuhigungspastillen.

Sie erreichten die Tu Do Street. Stantons Taxi blieb stehen.

Pete kannte den Ort. Ein Ersatzteil-Lieferant für Fernseher / eine CIA-Strohfirma. Eine Wache an der Tür / ein Marine / das Gewehr schräg links.

Stanton stieg aus. Stanton nahm die Aktentasche. Stanton ging rein. Pete nahm seinen Feldstecher. Pete schaute Richtung Tür.

Der Taxi blieb im Leerlauf stehen. Das Bild hüpfte vor seinen Augen. Das Bild wurde ruhig. Er musterte das Fenster. Er sah Vorhänge. Sie verstellten ihm die Sicht.

Er erwischte den Marine. Er kam ganz nah ran. Er erwischte den Karabiner. Er erwischte den Lauf. Er sah die eingestanzte Waffennummer.

Er stellte erneut scharf. Er sah es *ganz* genau. Eigenartig – eine Nummer mit drei Nullen – wie bei Bob Relyeas Lieferungen.

Der Fahrer stellte den Motor ab. Pete stoppte Stantons Aufenthalt. Zehn Minuten / zwölf / vierzehn –

Da:

Stanton kommt raus. Stanton besteigt sein Taxi. Stanton fährt ab.

Pete bedeutete dem Fahrer – du bleibst hier stehen. Pete ging zum Laden. Der Marine sah ihn. Der Marine stand stramm.

Pete lächelte. »Schon gut, Junge. Ich bin bei der CIA und will mich nur nach dem Weg erkundigen.«

Der Junge rührte sich. »Äh ... jawollll.«

»Ich bin neu hier. Wie komm ich zum Hotel Catinat?«

»Äh ... jawollll. Immer links die Tu Do runter.«

Pete lächelte. »Danke. Und, was ich noch sagen wollte, die Seriennummer auf dem Gewehr hat mich neugierig gemacht. Ich war selber bei den Marines und habe noch nie eine derartige Bezeichnung gesehen.«

Der Junge lächelte. »Eine besondere CIA-Bezeichnung, Sir. Die kriegen Sie auf regulären Militärwaffen nie.«

Pete wurde kribbelig. Pete bekam eine Gänsehaut. Pete überlief es kalt.

Er blieb gefasst. Er blieb ruhig. Er verlor nicht die Beherrschung. Er gelangte zum Catinat. Er nahm einen Kaffee nach dem anderen und rauchte eine Zigarette nach der anderen. Er zwang sich zur Logik.

Das hieß:

Drei-Nullen-Nummerierung / ausschließlich der CIA vorbehalten / *nicht*-militärisch.

Bob Relyea hatte gelogen. Bob Relyea hatte das Kader gelinkt. John Stanton hatte ihm geholfen. Bobs Waffendiebstähle und »Unterschlagungen«: Quatsch.

Das hieß:

Stanton bekam die Waffen. Aufgrund anteiliger Rücküberweisungen. Seine Kumpel in der CIA halfen. Sie kassierten Rauschgiftprofite. Sie tätigten Schein-Waffenkäufe. Sie wuschen das Drogengeld. Sie bestachen eine CIA-Quelle. Besagte Quelle lieferte die Waffen. Stanton verdiente dabei – *und wer noch?*

Stanton und Bob. Carlos, logischerweise. Weiterdenken. Die zeitliche Abfolge überlegen. Der zeitlichen Abfolge trauen.

Stanton kennt Mr. Kao. Mr. Kao verschiebt H. Mr. Kao benutzt das Kader-Labor mit. Kao betreibt Rauschgiftfarmen. Kao verschifft H nach Europa. Kao betreibt den Export exklusiv. Kao führt die Rauschgifthöhlen in Saigon. Kao hält die GIs draußen. Kao verkauft ausschließlich an Schlitzaugen.

Quatsch.

Kao und Stanton steckten unter einer Decke. Sie führten Drogenbetriebe in Saigon. Besagte Drogenbetriebe belieferten Schlitzaugen. Besagte Drogenbetriebe belieferten GIs.

Lagerhaus-Rauschgifthöhlen / mindestens sieben / Bruch des Kader-Kodes.

Zurückdenken:

September 1965. Kao fängt an, Rauschgift zu verkaufen. Kao erklärt Stanton: Ich Boss. Ich leiten Can Lao. Wir teilen Labor. Ich nicht machen GIs süchtig.

Stanton hatte gekatzbuckelt. Kao hatte seinen Laborplatz *gekauft*. Hatte Stanton Pete gesagt. Stanton hatte Pete zum Beweis ein Buchungsblatt vorgelegt.

Stanton hatte Pete eingeseift. Stanton hatte Fakten und Zahlen vorgelegt. Stanton hatte falsche Beweise vorgelegt.

Zurückdenken:

Tran Lao Dinh tötet Drogensklaven. Tran Lao Dinh stiehlt

Morphiumbase. Tran Lao Dinh hält die Folter durch. Pete brät ihm die Eier. J.P. Mesplède hilft.

Tran sagte, ich stehlen Rauschgift. Dann ich verkaufen an Marvs. Das sein alles. Pete insistierte – raus mit Einzelheiten – Mesplède stellte Tran unter noch mehr Strom.

Worauf Tran improvisiert hatte. Worauf Tran den heißen Stuhl umgeworfen hatte. Worauf Tran sich grillen ließ.

Pete hatte mit Stanton gesprochen. Pete hatte ihm Trans Geschichte erzählt. Pete hatte Schlussfolgerungen gezogen.

Tran hat die Base gestohlen. Tran hat sie an Kao verkauft. Tran hat Kao nicht verpfeifen wollen. Stanton hatte Petes Schlussfolgerungen abgenommen. Stanton hatte Pete für seine Schlussfolgerungen gelobt. Stanton hatte sich hinter Petes Schlussfolgerungen gestellt.

Den Sprung wagen:

Tran arbeitete für *Stanton*. Tran streifte frei durchs Tiger-Kamp. Tran war *Stantons* Lieblingsschlitzauge. Tran stiehlt die Base auf Stantons Befehl. Tran beliefert Kao. Tran fürchtet *Stanton. Ihn* wird Tran nie verpfeifen. Tran geht genüsslich drauf.

Eiskalte Fakten – Stanton und Kao arbeiten zusammen. Seit 1965. Bruch des Kader-Kodes / ein Todesurteil / auch rückwirkend gültig.

Sprung Nr. 2:

Pete wird versetzt. Wayne wird versetzt. Pete wird in die Staaten versetzt. Wo Laurent ist. Wo Flash ist. Sie schmuggeln Ware in die Staaten. Stanton bleibt in Vietnam. Dito Mesplède. Tiger-Kamp wird kaum überwacht. Der Krieg eskaliert. Mehr Truppen reisen durch. Wenn das Kader nach Saigon kommt, hat es Schuppen vor Augen.

Die Scheiße wird gemischt. Außerhalb des Kader-Gesichtskreises. Verdeckt überwacht. Und so können von Stanton genehmigte Rauschgifthöhlen Stoff an GIs verkaufen.

Seit zwei Jahren? Vielleicht seit einem. Vielleicht seit der Tet-Offensive.

Schein-Waffenverkäufe. Rauschgiftverkauf an GIs – Bruch des Kader-Kodes. Stanton ist überführt. Bob ist überführt – Bruch des Kader-Kodes. Wer hat noch daran verdient? Wer wird noch eingeseift?

Pete rauchte eine Zigarette nach der anderen. Pete traten Schweißtropfen auf die Stirn. Pete trank jede Menge Kaffee. Er überlegte im Bett. Er schwitzte seine Kleidung nass. Er schwitzte die Betttücher nass.

Die Logik schien schlüssig. Die Logik schien klar. Die Logik schien unvollständig. Ihm klopfte das Herz. Ihm schmerzte die Brust. Ihm schwollen die Füße an.

»Du wirkst müde«, sagte Stanton.

Drinks im Montrachet. Tet-Alarm Kode Nr. 3. Mehr Türwächter. Mehr Handgranatenabwehrnetze. Mehr Angst.

»Reisen setzen mir zu. Das weißt du.«

»Insbesondere unnötige Reisen.«

Pete merkte auf. Pete zog eine Show ab. Zornig werden / zornig bleiben / nichts preisgeben.

»Was soll das heißen?«

»Dass ich Augen habe. Du bist rübergeflogen, um mich dazu zu bringen, das Geschäft zu expandieren, aber ich werde ablehnen und noch einen Schritt weitergehen. Ich bin froh, dass du hier bist, weil es meine Pflicht und Schuldigkeit ist, dir das persönlich mitzuteilen.«

Pete wurde rot. Pete konnte es spüren – Blutandrang im Gesicht.

»Ich höre.«

»Ich löse die Unternehmung auf. Den ganzen Schmuggelweg. Von Tiger-Kamp bis St. Louis.«

Pete wurde rot. Pete spürte – Herzinfarkt-Farben.

»Wieso? Sag mir verdammt nochmal einen Grund dafür.«

Stanton stocherte mit einem Brotstäbchen rum. Ein Stückchen brach ab und flog weg.

»Erstens hat die Geschichte mit Hughes zu viel Aufmerksamkeit auf Vegas gelenkt, und Carlos und die Jungs wollen wieder ein strenges Rauschgiftverbot einführen. Zweitens gerät der Krieg außer Kontrolle und wird zu Hause unpopulär. Es gibt zu viele Journalisten und Fernsehleute vor Ort, die liebend gern ein paar wildernde CIA-Leute für das, was wir treiben, in die Finger kriegen würden. Drittens kommen unsere Dissidenten auf der Insel nicht weiter, Castro hat sich auf Dauer eingerichtet, und alle meine CIA-Kollegen sind der übereinstimmenden Ansicht, dass es an der Zeit ist, einen Schlussstrich zu ziehen.«

Pete wurde rot. Pete spürte – tief purpurne Farbtöne. *Sei schockiert / sei sauer / sei grantig.*

»Vier Jahre, John. Vier Jahre und all die Arbeit *dafür*?«

Stanton nippte an seinem Martini. »Es ist vorbei, Pete. Manchmal sind die, denen am meisten an was liegt, diejenigen, die sich das am wenigsten eingestehen können.«

Pete fasste nach seinem Glas. Pete zerbrach den Rand. Eisbröckchen rollten und purzelten. Er nahm eine Serviette. Er tupfte Blut weg. Er tupfte Splitterreste weg.

Stanton beugte sich zu ihm. »Ich habe Mesplède entlassen. Ich verkaufe Tiger-Kamp an Mr. Kao und reise morgen in die Vereinigten Staaten. Ich löse das Team in Mississippi auf und mache noch eine letzte Fahrt nach Kuba, um Fuentes und Arredondo zufrieden zu stellen.«

Pete umklammerte seine Serviette. Der Scotch brannte in den offenen Wunden. Glassplitter drangen durch.

»Was wir für *La Causa* tun konnten, haben wir getan. Das ist ein gewisser Trost.«

Taxen-Beschattung Nr. 2. 06:00 früh / Taxi-Schlange vor dem Montrachet / Hitze und Taxi-Abgase.

Pete duckte sich tief. Pete beobachtete die Tür. Pete überlegte logisch: Stanton löst auf / Stanton gruppiert um / Stanton kippt Kader-Kosten und Konnexionen.

Pete gähnte. Pete hatte nicht geschlafen. Pete war bis 02:00 durch die Bars gezogen. Pete hatte Mesplède gefunden. Der war stinksauer und betrunken. Der war boocuu hart auf seinem Franzmann-Arsch gelandet.

Stanton hatte ihn gefeuert. Mesplède tobte – *le cochon / le putain du monde.*

Pete schätzte Mesplède ab. Mesplède wirkte überzeugend. Mesplède wirkte un-Stanton-haft. Pete stellte ihn auf die Probe. Pete nahm ihn auf eine Reise mit.

Sie fuhren an den Rauschgifthöhlen vorbei. Sie sahen die Taxen vorfahren. Sie sahen die GIs rauskommen. Sie sahen die GIs zugeknallt rauskommen.

Mesplède war schockiert. Mesplède wirkte *très* überzeugend und *très* schockiert. *On va tuer le cochon. Le cochon va mourir.*

Pete sagte ja. Pete ergänzte. Pete sagte, er soll schlimm sterben.

Es war heiß. Ein klebrigfeuchter Morgen. Der Ventilator auf dem Armaturenbrett surrte. Pete duckte sich tief ab. Pete schaute zur Tür. Pete kaute Magenberuhigungspastillen.

06:18. 06:22. 06:29. Scheiße, das konnte noch –

Da – Stanton.

Mit einem Koffer. Zuerst was erledigen? *Dann* zum Flughafen?

Stanton nahm ein Taxi. Das Taxi fuhr los. Das Taxi fuhr langsam los. Pete bedeutete seinem Fahrer – schnell, dem Taxi hinterher.

Der Fahrer gab Vollgas. Ein Taxi schnitt ihn ab. Der Fahrer bog rasch ab. Tu Do war voller Verkehr. Artillerielaster drängten sich tuckernd durch.

Stantons Taxi fuhr nach Süden. Petes Taxi blieb hartnäckig dran. Petes Taxi fiel zwei Längen zurück. Eine Rikscha drängte sich dazwischen. Ein Kuli schleppte Lasten – boocuu Beschattungs-Deckung.

Der Verkehr wurde langsamer. Sie fuhren nach Süden. Sie fuhren zu den Docks.

Petes Taxi bedrängte die Rikscha von hinten. Der Fahrer drückte auf die Hupe. Der Kuli zeigte ihm den Vogel. Pete nahm Blickkontakt auf. Pete beobachtete Stantons Taxi-Antenne. Sie wackelt / sie schwankt / sie legt eine gute Spur.

Sie erreichen die Docks. Pete sah Lagerhausblocks. Pete sah laaaange Gebäude. Stantons Taxi bremste. Stantons Taxi hielt an. Stanton stieg aus.

Die Rikscha fuhr an ihm vorbei. Petes Taxi fuhr an ihm vorbei. Pete duckte sich und wandte sich um. Stanton hatte seinen Koffer in der Hand. Stanton ging zu Fuß. Stanton schloss ein Lagerhaus auf.

Er tat es scheinbar ruhig. Er blickte sich um. Er trat ein. Er zog die Tür zu.

Stantons Taxi wartete. Petes Taxi wendete. Petes Taxi parkte unten am Block. Pete drehte den Ventilator um. Pete schluckte heiße Luft und wartete.

Die Zeitdauer stoppen. Jetzt. Einen Zeitablauf festlegen.
Pete musterte sein Zifferblatt. Der Sekundenzeiger wanderte. Sechs Minuten / neun / elf.

Stanton kam raus. Stanton hatte nach wie vor seinen Koffer dabei. Stanton verschloss die Tür.

Er stieg in sein Taxi. Er streckte sich aus und gähnte. Das Taxi fuhr nach Norden – Richtung Tan Son Nhut.

Pete bezahlte seinen Fahrer. Pete stieg aus und ging zu Fuß. Das Taxi preschte los.

Das Lagerhaus zog sich lang hin. Es war größer als zwei Football-Felder. Eingeschossig / mit einer Stahltür. Daneben der Bürgersteig. Die Fenster waren mit Maschendraht geschützt.

Pete drückte auf den Summer. Lautes Klingeln. Keine Schritte / keine Stimmen / kein Spion, der aufgeschoben wurde. Zwei Bürgersteige. Seitenfenster. Keine Zeugen in Sicht.

Pete ging südlich. Pete nahm den Bürgersteig. Pete zog sein Jackett aus.

Er fand ein Fenster. Er streckte seine Hände aus. Er zog den Maschendraht weg. Die verletzte Hand riss auf. Glassplitter drangen erneut ins Fleisch.

Er machte eine Faust. Er wickelte sie ein. Er machte sich einen Handschuh aus Jackettstoff. Er schlug das Fenster ein. Glas fiel nach innen.

Er zog sich hoch. Er quetschte sich durch den engen Rahmen. Er rollte auf dem Boden aus. Der Schmerz in seiner Hand pochte. Er drückte Blut raus. Er klopfte die Wände ab. Er fand einen Schalter. Das Licht ging an – auf einer Fläche von zwei Football-Feldern.

Er sah Raum. Er sah Bodenfläche. Er sah *Ware*. Er sah Sore. Er sah Reihen um Reihen. Er sah Haufen auf Haufen.

Er ging durch. Er berührte. Er schaute. Er zählte. Er stellte zusammen. Er sah:

Sechzig Kisten, voll gestopft mit Uhren – pures Gold, hüfthoch. Nerzmäntel, wie Lumpen hingeschmissen – dreiundvierzig hüfthohe Haufen. Sechshundert japanische Motorräder – flach nebeneinander auf dem Boden. Antike Möbel – dreiundzwanzig lange Reihen.

Neuwagen – nebeneinander geparkt. Achtunddreißig Reihen / zu je zweiundzwanzig Wagen / über die volle Hallenlänge.

Bentley. Porsche. Aston-Martin DB-5. Volvo / Jaguar / Mercedes.

Pete schritt durch die Reihen. Pete identifizierte Beute. Ausgangshafen: Saigon. Bestimmung: USA.

Schlicht. Eiskalt. Endgültig:

Sore. Auf dem Schwarzmarkt zusammengekauft. Nichtamerikanischer Provenienz. Sore aus Europa / England / dem Osten.

Das war Stantons Masche. Mit Hilfe seiner CIA-Kumpel abgezogen. Sie hatten sich Kader-Geld unter den Nagel gerissen. Sie hatten es gewaschen. Sie hatten sich den Luxus-Scheiß beschafft.

Stanton hört auf. Jetzt wird die Ware verschickt. Sie verschicken zollfrei. Die Jungs gehen ihnen zur Hand. Carlos gibt Deckung. Sie verkaufen knapp unter dem Einzelhandelspreis. Carlos hat Anteilspunkte. Carlos zahlt Stantons Helfer aus. So kommen schlappe Millionen zusammen.

Der Rauschgiftplan. Der Waffenschmuggelring. Geld für *La Causa*. Falsch – DAS war *La Causa*.

Pete ging durchs Lagerhaus. Pete trat in Reifen. Pete roch Ledersitze. Pete zupfte an Antennen. Pete polierte Rosenholz. Pete betatschte Nerz.

DAS.

Er überlegte logisch. Er überlegte Rechtfertigungen. Er fand keine –

Und:

Stanton hatte hier angehalten. Stanton hatte seinen Koffer reingeschleppt.

Wozu?

Er hatte was hergebracht. Er hatte was mitgenommen.

Was?

Pete schritt die Wände ab. Pete klopfte die Wände ab. Pete fand massiven Beton. Keine Wandpaneele oder Verstecke – Scheiße.

Pete überprüfte den Boden. Pete hielt nach abgeplatzter Farbe Ausschau. Pete hielt nach andersfarbigen Streifen Ausschau. Pete fand nur massiven Beton / kompakt / keine Streifen.

Pete überprüfte die Decke. Massiver Beton. Keine Flecken / keine Vergipsungen / keine Streifen.
Kein Klo. Kein Lagerraum. Keine Schränke. Vier Wände / laaaangezooooogen / größer als zwei Football-Felder.
Irgendwas war *irgendwo*. Irgendwas war *da*.
Autos / Nerze / Uhren. Motorräder / Antiquitäten. Arbeit für einen Tag. Die Stecknadel im Heuhaufen. Auf jeden Fall versuchen.
Er schritt die Reihen ab. Er durchwühlte Uhrenhaufen. Er durchwühlte Nerze. Er grabschte. Er berührte. Er fischte.
Dreiundvierzig Haufen / sechzig Kisten – Scheiße.
Er ging durch die Reihen. Er öffnete Antik-Schubladen. Er suchte und tastete.
Dreiundzwanzig Reihen – Scheiße.
Ihm knurrte der Magen. Stunden verstrichen. Kein Essen und kein Scheiß-Schlaf.
Er überprüfte die Motorräder. Er öffnete die Satteltaschen. Er öffnete Tankverschlüsse und schaute rein.
Sechshundert Motorräder – Scheiße.
Er überprüfte die Autos. Er überprüfte Reihe um Reihe. Er überprüfte zweiundzwanzig mal achtunddreißig Mal.
Er öffnete Motorhauben. Er öffnete Handschuhfächer. Er öffnete Kofferräume. Er schaute unter Teppichen nach. Er schaute unter Motoraufhängungen nach. Er schaute unter Sitzen nach.
Zuerst bei den Porsches. Dann bei den Bentleys – Scheiße.
Der Raum wurde dunkel. Er tastete sich weiter. Volvo / Jaguar / Daimler Benz. Er entwickelte ein Gespür. Er arbeitete schnell – zwangsläufiges Blindenschriftlesen.
Fünf Automarken weiter. Noch eine übrig: Mercedes.
Er fand die erste Reihe. Er nahm sich den ersten Wagen vor. Er öffnete die Motorhaube. Er berührte die Ventilhauben. Er berührte das Luftfilter. Er streifte eine Zylinderreihe.
Achtung – den Vorsprung ertasten – zwangsläufiges Blindenschrift –
Er spürte den Vorsprung. Er spürte das Isolierband. Er zog. Etwas löste sich. Besagtes Etwas war geprägt und flach.
Rechteckig. Mit Seiten. Ein längliches Buch.
Er nahm es. Er griff nach oben und öffnete ein Seitenfenster.

Er tastete nach dem Schlüssel und den Scheinwerfern. Solide Kraut-Arbeit – die Nebelleuchten gingen an.
 Er kauerte sich nieder. Er blätterte um. Er las beim Schein der Nebelleuchten. Eine in Spalten unterteilte Liste – Namen / Gelder / Daten.
 Entscheidende Daten. Von '64 an. Dem Beginn der Kader-Operation.
 Namen:
 Chuck Rogers. Tran Lao Dinh. Bob Relyea. Laurent Guéry. Flash Elorde. Fuentes / Wenzel / Arredondo.
 Auszahlungen / Monatssaläre / verdeckt. Eigenartige Kanaken-Namen / in Spalten eingetragen / mit kleinem »KM« versehen.
 Im Klartext: KM hieß »Kubamiliz«. Der Barpreis für die Kubafahrten.
 Pete überflog die Spalten. Pete überflog die Daten. Pete überflog die Namen. Angegebene Namen / fehlende Namen / Namen ohne Zusätze: Sein Name / der von Wayne / der von Mesplède.
 Ausgezahlte Gelder. Gekaufte Loyalität. Bruch des Kader-Kodes.
 Guéry und Stanton hatten Lügendetektor-Tests durchgeführt. Alles *Lüge*. Flash hatte sich nach Kuba eingeschmuggelt. Eine reine *Lüge*. Der kubanische Widerstand – eine Dauer-*Lüge*. Sichere Schmuggelfahrten nach Kuba – eine vorausbezahlte *Lüge*. Kubanische Miliz wird als Kanonenfutter verkauft – alles Teil der *Lüge*. Waffen werden nach Kuba geschickt – zum Weiterschmuggeln wohin? – das war der Schlüssel zur *Lüge*.
 Autos.
 Uhren.
 Pelze.
 Japanische Motorräder.
 Schwuchtel-Antiquitäten.
 Vertane Jahre. Ein Herzinfarkt. Und nun DAS.
 Pete ließ das Kontenbuch fallen. Pete drehte den Autoschlüssel um. Pete schaltete die Nebelleuchten ab.
 Das Dunkel wirkte passend. Das Dunkel machte ihm Angst.
 ALLES NUR EINE GROSSE BESCHISSENE LÜGE.

DOKUMENTENEINSCHUB: 25.3.68. Telefontranskript. Aufgenommen von: BLAUES KARNICKEL. Bezeichnung: »FBI-VERSCHLÜSSELT«/»OP-1-VERDECKT«/»IM FALLE MEINES TODES UNGELESEN VERNICHTEN.« Am Apparat: BLAUES KARNICKEL, VATER KARNICKEL.

BLK: Ich bin's, Senior. Hörst du das Klicken?
VKL: Ich weiß. Verschlüsselungstechnologie.
BLK: Bereit für ein paar gute Nachrichten?
VKL: Wenn sie mit D-Day zusammenhängen, ja.
BLK: Die Sache steigt. Das jedenfalls steht verdammt nochmal fest.
VKL: Haben wir ein Datum? Haben wir einen Ort –
BLK: Meine Männer haben Wendell Durfee gefunden.
VKL: Oh, Heiland im Himmel.
BLK: Er ist in L.A. Er hat ein Zimmer im Alki-Quartier.
VKL: Ich höre alle Engel singen, Dwight. Sie singen ihre Hymnen nur für mich.
BLK: Meine Männer meinen, dass er mit mehreren Vergewaltigungsmorden in Verbindung stehen könnte. Meinst du, er ist bei Lynette auf den Geschmack gekommen?
VKL: Wie sollte er? Ich habe sie immer als frigid empfunden.
BLK: ROTES KARNICKEL ist unterwegs. Ich denke, D-Day erfolgt irgendwann im kommenden Monat.
VKL: Feuerhöllisch. Das heißt, wir holen Wayne dazu.
BLK: Meine Burschen haben Durfee ausgemacht. Ich warte noch ein paar Tage, dann lass ich einen Tintentaucher-Alki bei Sonny Liston anrufen.
VKL: Hymnen, Dwight. Es ist mir ernst. Und zwar in Stereo.
BLK: Meinst du, Wayne ist der Sache gewachsen?
VKL: Da bin ich mir sicher.
BLK: Ich schick dir Kurierpost, sobald ich mehr weiß.
VKL: Sorg dafür, dass es gute Nachrichten werden.
BLK: Wir sind nahe dran, Senior. Das hab ich im Gefühl.
VKL: Dein Wort in Gottes Ohr.

107 (Mexiko City, 26.3.68)

Werbeveranstaltung:
Sam G.s Villa / Festsaal / Drinks mit Schirmchen.
Ein Diener schuftete. Besagter Diener servierte Hors-d'œuvres. Besagter Diener mixte Gin Slings.
Littell erläuterte Tabellen. Littell erläuterte Graphiken auf einem Stativ. Sam schaute zu. Moe schaute zu. Carlos drehte sein Schirmchen. Santo und Johnny gähnten.
Littell stocherte mit dem Zeigestock. »Wir erhalten die von uns geforderten Preise. Mr. Hughes dürfte bis Ende des Jahres im Besitz all seiner Hotels sein.«
Sam gähnte. Moe streckte sich. Carlos aß Quesadillas.
»Da gibt es ein Abfallbeseitigungsunternehmen in Reno«, sagte Littell, »das wir, wie ich denke, als Erstes übernehmen sollten. Es ist nicht gewerkschaftlich organisiert, was uns die Sache leichter macht. Wir halten die Planvorgaben ein, mit einer Ausnahme.«
Moe lachte. »Ward, wie er leibt und lebt. Erst ein langer Anlauf, und dann kurz vor der Pointe abbrechen.«
»Ward klopft gern um den Busch«, sagte Sam.
»Ward ist dem Priesterseminar entlaufen«, meinte Santo. »Da bringen sie einem bei, wie man was in die Länge zieht.«
Littell lächelte. »Mr. Hughes besteht darauf, dass wir in seinen Hotels eine ›Neger-Beruhigungs-Politik‹ durchsetzen. Er weiß durchaus, dass dies unrealistisch ist, bleibt aber fest entschlossen.«
»Die Shvartzes brauchen Beruhigung«, sagte Moe. »Das sind Unruhestifter.«
»Ein Beruhigter«, sagte Sam, »vergewaltigt und plündert nicht.«
»Die Beruhigungs-Nummer ist überholt«, sagte Carlos. »Wir machen Petes Geschäft dicht.«

Littell hustete. »Wieso? Mir erschien Petes Geschäft solvent.«
Sam guckte Carlos an. Carlos schüttelte den Kopf.
»Solvent ist, wer solvent bleibt. Wir haben gekriegt, was wir kriegen wollten, und jetzt steigen wir aus.«
Blicke wurden getauscht: von Johnny zu Santo / von Santo zu Sam.
Sam hustete. »Wir sind in Costa Rica, Nicaragua, Panama und der Dominikanischen Republik abgesichert. Wenn ich wen wo geschmiert habe, brauchte ich dem nicht lange was zu erklären.«
Santo hustete. »Der US-Dollar ist international. Man sagt ›Kasino-Spielbetrieb‹ und jeder kapiert.«
Johnny hustete. »Der US-Dollar kauft Einfluss auf beiden Seiten des politischen Spektrums.«
Santo hustete. »Das haben wir unserem bärtigen Kumpel zu verdanken.«
Moe blickte zu Santo. Sam blickte zu Santo. Santo machte oje. Die Jungs gruppierten sich um. Die Jungs nahmen Drinks. Die Jungs verschlangen Horsd'œuvres.
Littell blätterte Graphiken um. Littell bedachte den Patzer.
Sie verscheißerten Pete. Sie verscheißerten Pete bei seiner Kuba-Nummer – *irgendwie*. Waffen an *Castro? Nicht an die Rechten? Vielleicht*. Sie schmierten Linke – besagter »Einfluss« – Pete hatte seinen Nutzen erschöpft. *Vielleicht / irgendwie / möglicherweise.*
Ich sag Pete nichts / das wissen sie / sie vertrauen mir / ich gehöre ihnen.
Sam hustete. Sam gab dem Diener ein Zeichen. Besagter Diener machte sich *rápidamente* davon.
»Wir warten noch darauf, ob LBJ wieder antritt, aber wir sind zu 99 % auf Nixons Seite.«
»Nixon ist derjenige welcher«, sagte Santo.
»LBJ kann die Politik des Justizministeriums nicht so verändern wie ein ganz Neuer«, sagte Sam.
»Humphrey ist zu weich zu den Schwarzen«, sagte Johnny. »Ich kann mir nicht vorstellen, dass er oder LBJ Jimmy eine Begnadigung gewähren.«
»Nixon ist der Mann«, sagte Santo. »Die Nominierung holt er sich mit links.«

»Du setzt dich Ende Juni mit ihm zusammen«, sagte Carlos. »Dann kannst du gehen.«

Santo lächelte. »Ich kenne noch einen, der gehen wird.«

Sam lächelte. »Ja, dank dem Geschenkpäcklein, das wir mit der Post gekriegt haben.«

Blicke wurden getauscht: von Carlos zu Santo / von Moe D. zu Sam. Sam wurde rot. Sam machte oje.

Das Flugzeug stieg auf. Air Mexico nach Vegas – nonstop.

Das Gipfeltreffen war ein voller Erfolg gewesen. Die Jungs hatten seinen Plänen zugestimmt / keine Ablehnungen / keine Kontroversen. Die Jungs hatten Patzer begangen. Ungut für ihn. Problematisch für Pete.

Sie kippten das Rauschgiftgeschäft. Das bedeutete Ärger. Das bedeutete einen aufgebrachten Pete. Keine weiteren Kuba-Fahrten oder Vietnam-Geschäfte – *wahrscheinlich*.

Das Flugzeug legte sich schräg. Littell sah Wolken. Kleine weiße Bäuschchen mit schmierigem Rand.

Er hatte Janice angerufen. Sie hatten gestern Abend miteinander gesprochen. Sie hatte Angst. Die Krämpfe waren schlimmer geworden. Sie war zum Arzt gegangen. Er hatte einige Tests durchgeführt.

Er sprach von Trauma. Das lange unbehandelt geblieben war. Alles Wayne Seniors Schuld. Das Trauma hatte ihre Symptome verdeckt. Das hatte innere Schäden verdeckt. Das konnte, *vielleicht*, Krebs bedeuten.

Sie äußerte sich verängstigt. Sie äußerte sich tapfer. Sie sagte immer wieder: Ich bin noch jung / das *kann* nicht sein / das kann nicht *sein*. Er beruhigte sie. Er sagte gute Nacht. Er betete für sie. Er sagte Rosenkränze.

Das Flugzeug flog wieder waagerecht. Littell schloss die Augen. Littell sah Bobby vor sich.

Bobby hatte seine Kandidatur bekannt gegeben. Bobby hatte sich vor neun Tagen der Presse gestellt. Bobby hatte gesagt, ich will den Job. Bobby hatte seine Politik erläutert.

Den Krieg beenden. Für den Frieden arbeiten. Schluss mit der Armut. Innere Reformen. Friedensverträge. Keine *erklärte* Mafia-Politik.

Kluger Bobby. Gescheiter Bobby. Politisch sehr sinnvoll.

Barb hatte ihn letzte Woche angerufen. Sie hatte am Fernseher gesehen, wie Bobby seine Kandidatur bekannt gab. Worauf sie sich beide in sentimentalen Schwärmereien über Bobby ergangen hatten.

Barb war Bobby mal begegnet. Im Frühling '62. Peter Lawford hatte eine Party gegeben. Barb hatte mit Bobby gesprochen. Barb hatte Bobby damals gemocht. Jetzt liebte Barb Bobby. Pete hatte Barb-die-Nötigungsmaid zum Einsatz gebracht. Barb hatte mit JFK geschlafen.

Barb lachte. Barb lobte Bobby. Barb sagte, der putzt Dick Nixon weg wie nix. Barb hatte ihm den Sieg prophezeit.

Eine Stewardess ging vorbei. Besagte Stewardess schob einen Snack-Wagen. Littell griff nach einem Club-Soda. Littell griff nach einer L.A.-*Times*.

Er schlug sie auf. Er sah Kriegsschlagzeilen. Er blätterte um. Spalten hüpften. Er sah »Arme-Leute-Marsch« / »Planungsstadium« / »Unaufhaltsamkeit«. Er blätterte zu Seite 2. Er sah Bobby.

Bobby, privat. Er steht vor einem Golfplatz. Er steht in der Nähe einiger Bungalows. Der Hintergrund ist stark begrünt. Der Hintergrund kommt ihm bekannt vor.

Littell kniff die Augen zusammen. Achtung, was –

Er sah den Weg. Er sah die Tür. Er sah die »301«. Der Bungalow. Der »Mafia-Treffpunkt«. Der Auftrag, den er für Dwight Holly erledigt hatte.

Littell ließ die Zeitung fallen. Die Gedanken hüpften und kreisten. Die Jungs / der Patzer / das »Geschenkpäcklein«.

108 (Los Angeles, 30. 3. 68)

Todesausrüstung:
Vier Spritzen / voll aufgezogen / vorher abgemischt: H mit Novocain-Betäubungsmittel.
Eine .44er Magnum. Ein Schalldämpfer. Eine Rolle Isolierband. Eine Papiertüte zum Tragen. Eine Packung feuchter Hygienetücher.
Wir sind da. Wir sind an der 5th Street, Ecke Stanford. Im Alki-Quartier. In der Tippelbrüder-Hölle.
Wayne ließ Zeit verstreichen. Wayne schaute zum Hotel. Wayne spielte mit der Tüte. Er stand vor einer Blutbank. Tippelbrüder standen rum. Krankenschwestern riefen die Spender rein.
Er ist da. Er ist im Hiltz-Hotel. Er ist in Zimmer Nr. 402. Vier Stockwerke hoch.
Wayne schaute zur Eingangstür. Wayne genoss den Augenblick. Wayne zögerte.
Er war nach Süden versetzt worden. Er war in Bobs Lager gegangen. Das Nest war leer. Das sah nach Razzia aus. Das sah nach kopflos aus. Das sah nach örtlicher Staatspolizei aus. Bob hatte Freunde. Bob war durchs FBI gedeckt. Das sah nach *dummer* Staatspolizei aus.
Dann war Wayne nach Vegas geflogen. Wayne hatte im Cavern vorbeigeschaut. Wayne hatte Nachrichten abgeholt.
Pete anrufen. Er ist in Sparta. Sonny anrufen.
Er hatte Pete angerufen. Niemand nimmt ab. Er hatte bei Sonny angerufen. Sonny war in Hochstimmung. Sonny sagte: »Ein Nigger hat mich angerufen.« Sonny hatte besagte Nigger-Quelle zitiert.
Wumms: Sonnys Bursche hat Wendell gesehen. Wendell hatte sich einen neuen Decknamen zugelegt. Wendell heißt jetzt Abdallah X.

Es war warm. Es herrschte 27° Mittagshitze. Das Alki-Quartier war gerammelt voll. Alkis / Amputierte auf Rollbrettern / Transis mit dicken Rouge-Schichten.

Sie schubsten Wayne beiseite. Wayne fühlte nichts. Wayne fühlte sich leer. Ihm juckte die Haut. Er ging wie auf Eierschalen. Sein Blutkreislauf gefror.

Er ging rüber.

Er ging durch die Eingangstür. Er ging an den Tippelbrüdern in der Eingangshalle vorbei. Er ging an einem laut aufgedrehten Fernseher vorbei.

'68er Novas! Jetzt kaufen! *Se habla español* bei Giant Felix Chevrolet!

Ein Alki hatte Zuckungen. Wayne wich seinen Beinen aus. Wayne ging die Seitentreppe hoch. Er spürte seine Füße nicht mehr. Er hatte das Gefühl in *seinen* Beinen verloren. Er kämpfte mit der Schwerkraft. Er erreichte den vierten Treppenabsatz. Er sah den Flur. Er sah hölzerne Türen.

Er ging an der 400 vorbei. Er ging an der 401 vorbei. Er gelangte zur 402. Er berührte den Türknauf. Er drehte dran. Die Tür ging auf.

Da ist er wirklich. Von hinten beleuchtet. Das Tageslicht fällt durchs Fenster. Wendell, auf einem Stuhl mit hölzerner Rückenlehne. Wendell, mit einer Billigweinflasche.

Wayne trat ein. Wayne zog die Tür zu. Wayne musste fast kotzen. Wendell sah ihn. Wendell kniff die Augen zusammen. Wendell grinste total abgedreht.

Wayne stand da.

»Kommst mir bekannt vor«, sagte Wendell.

Wayne stand da.

»Ein Hinweis«, sagte Wendell.

»Dallas«, sagte Wayne. Wayne musste fast kotzen.

Wendell schlürfte Wein. Wendell sah übel aus. Wendell hatte dicke Injektionsnarben. Wendell hatte Nadelspuren.

»Ein guter Hinweis. Das lässt mich ahnen, dass du ein gewisser Ehemann mit einem Kummer bist. Ich hab verdammt nochmal viele zu Witwern gemacht, aber das grenzt's ein bisschen ein.«

Wayne musterte das Zimmer. Wayne sah leere Billigweinflaschen. Wayne roch aufgestoßenen Wein.

»Das war vielleicht ein Wochenende«, sagte Wendell. »Weißt du noch? Sie haben den Präsidenten erschossen.«

Wayne bewegte sich. Wayne machte zwei Schritte. Wayne trat zu und hoch. Er traf den Stuhl. Er traf die Flasche. Er warf Wendell auf den Rücken.

Wendell spuckte Wein und Galle. Wayne stellte sich auf seinen Nacken. Wayne drückte ihn mit seinem ganzen Gewicht nach unten. Wayne durchwühlte seine Tüte.

Er nahm eine Spritze. Wendell schlug um sich. Er setzte sie ihm in den Nacken. Wendell hörte auf, um sich zu schlagen. Wendell hob ab. Wendell schnalzte, noch-ein-schuss.

Wayne ließ die Spritze fallen. Wayne nahm eine Spritze. Wayne gab ihm einen Schuss in die Hände. Wendell erschauerte. Wendell hob erneut ab. Wendell schnalzte, noch-ein-schussmehr.

Wayne ließ die Spritze fallen. Wayne nahm eine Spritze. Wayne gab ihm einen Schuss in die Hüften. Wendell grinste. Wendell hob ungeheuer ab. Wendell schnalzte, unbedingt-noch-ein-schuss.

Wayne ließ die Spritze fallen. Wayne nahm eine Spritze. Wayne gab ihm einen Schuß in die Knie. Wendell grinste. Wendell hooooob ab. Wendell schnaaaalzte genüssssssssslich.

Wayne ließ die Spritze fallen. Wayne nahm das Isolierband. Wayne zog einen Streifen ab. Er klebte Wendell den Mund zu. Er rollte dreimal dicht an dicht ab. Er band Wendell den Nacken hoch.

Er ließ das Band fallen. Er griff zur Magnum. Er lud sie durch. Er setzte den Schalldämpfer auf. Er beugte sich nach unten. Wendells Augen rollten nach oben.

Wayne nahm Wendells rechte Hand. Wayne schoss ihm die Finger ab. Wayne schoss ihm den Daumen ab. Wendell zappelte. Das H hielt ihn im Griff. Seine Augen rollten weiiiit nach oben.

Wayne warf die Patronenhülsen aus. Wayne lud nach. Wayne lud erneut durch. Er nahm Wendells linke Hand. Er schoss ihm die Finger ab. Er schoss ihm den Daumen ab.

Wendell zappelte. Das H hielt ihn im Griff. Seine Augen rollten *nooooch* weiter nach oben.

Wayne warf die Patronenhülsen aus. Wayne lud nach. Wayne lud die Pistole erneut durch. Wendell musste kotzen.

Die Galle schoss ihm aus der Nase. Wendell schiss sich in die Hosen.

Wayne beugte sich nach unten. Wayne schoss aus nächster Nähe. Wayne schoss ihm die Beine auf Kniehöhe ab. Blut spritzte. Knochensplitter flogen. Wayne nahm die Hygienetücher.

Wendells Stumpen zuckten. Wayne nahm einen Stuhl. Wayne schaute zu, wie er verblutete.

Der Flug hatte Verspätung. Er flog wie betäubt. Er döste von L.A. nach Vegas. Er roch nicht Vorhandenes.

Kordit und Blut. Billigwein. Verbrannte Schalldämpferfäden.

Das Flugzeug landete. Er stieg aus. Er roch nicht Vorhandenes. Verbrannte Knochen und Kotze. Parfümierte Hygienetücher.

Er ging durch McCarran. Er fand ein Telefon. Er bekam eine Telefonistin. Er rief direkt in Sparta an.

Er hörte es achtmal klingeln. Niemand nahm ab. Keine Barb und kein Pete.

Er ging ins Freie. Er schwankte auf die wartende Taxireihe zu. Zwei Männer kamen ihm entgegen. Sie flankierten ihn. Sie stellten ihn. Sie nahmen ihn in Polizei-Doppelgriff.

Dwight Holly. Und ein dunkelhäutiger Bursche. Fred Otash. Nötigungsfred – ganz abgemagert – ein Häufchen Knochen. Sie hatten ihn im Griff. Sie führten ihn. Er fühlte sich schlaff. Er fühlte sich wie betäubt. Er sah zwei Wagen nebeneinander warten. Er sah eine FBI-Limousine. Er sah Wayne Seniors Cadillac.

Sie blieben zwischen den Autos stehen. Sie tasteten ihn ab. Sie ließen ihn los. Er stolperte. Fast wäre er umgefallen. Er hatte den Geruch des toten Wendell in der Nase.

»Durfee war nicht geschenkt«, sagte Holly.

»Sonnys Tipp wurde von uns arrangiert«, sagte Otash.

»Ich habe ein Fingerabdrucktransparent von dir«, sagte Holly. »Wenn du nein sagst, lass ich es von einem Mitarbeiter überall in Durfees Zimmer abrollen.«

Wayne schaute sie an. Wayne *sah* sie. Wayne KAPIERTE. Wayne Senior / die Hasstiraden / das Abfangen der Hasspost.

»Wer?«, fragte Wayne.

»Martin Luther King«, sagte Holly.

109 (Sparta, 31.3.68)

Fernsehnachrichten – soeben wird bekannt gegeben:
LBJ gibt auf. Der Krieg hat ihn geschafft. Er strebt keine zweite Amtszeit an. Jetzt steht Humphrey gegen Bobby. Ein knappes Rennen.

Barb schaute sich die Nachrichten an. Pete schaute Barb zu. Barb freute sich über Bobbys Chancen. Das Haus war kalt. Barbs Schwester war geizig. Barbs Schwester sparte an der Heizung.

Er war von Saigon nach Sparta geflogen. Barb hatte ihn widerstrebend willkommen geheißen. Barb schimpfte ständig mit ihm. Barb schimpfte über seine Übertretung des Reiseverbots.

Barb wechselte Kanäle. Barb erwischte das Neueste vom Krieg. Barb sah was über einen Streik in Memphis.

Müllmänner. Ein Unterstützermarsch. Bis jetzt nur einmal Unruhen. Sechzig Leute verletzt / Plündererschäden / ein Nigger-Jugendlicher tot. Knallkopf-King vor Ort. Knallkopf-King, gerade *zwischen* zwei Unruhen steckend. Eine »Arme Leute«-Unruhe in Aussicht.

Barb schaute sich die Nachrichten an. Pete schaute Barb zu. Barb schaute sich entzückt die Nachrichten an. Pete kaute Kaugummi. Er hielt sich an Barbs Bestimmungen – im Haus wird nicht geraucht.

Er kaute Kaugummi. Er kaute Doppelportionen. Er hatte Sorgen.

Er hatte in Bobs Unterschlupf angerufen. Er hatte einen merkwürdigen Antwortton erhalten. Das klang nach Abschaltung. Er hatte im Cavern angerufen. Er hatte Wayne eine Nachricht hinterlassen. Wayne hatte nicht zurückgerufen. Pete hatte gekniffen. Und die große Rede verschoben. Der Rückflug war bereits gebucht.

Barb wechselte Kanäle. Barb erwischte Bobby. Barb erwischte Knallkopf-King. Pete stand auf. Pete verstellte ihr die Sicht auf den Bildschirm. Pete schaltete den Apparat ab.

»Scheiße«, sagte Barb.

Pete ließ seinen Kaugummi platzen. »Hör mich bitte an. Einiges wird dir gefallen.«

Barb lächelte. »Du versuchst, mich einzuseifen. Das weiß ich schon jetzt.«

»Zuerst die gute Nachricht. Die Jungs wollen das Geschäft kippen, den Schmuggel, die ganze Unternehmung. Was mir nur Recht ist.«

Barb schüttelte den Kopf. »Wenn das alles wäre, würdest du lächeln.«

»Das stimmt. Es gibt –«

»Ich weiß, dass noch was kommt, ich weiß, dass es nichts Gutes ist, also sag schon.«

Pete schluckte leer. Pete verschluckte sich. Pete hustete seinen Kaugummi frei.

»Einiges ist schief gegangen. Ich muss Wayne in Vegas abholen und noch eine weitere Kubafahrt unternehmen. Ich bin drauf angewiesen, dass du irgendwo abtauchst, bis alles vorbei ist und ich mit der Firma irgendwie zu einem Abschluss gekommen bin.«

»Nein«, sagte Barb.

Wumms – Fall geschlossen – einfach so.

Pete schluckte leer. »Dann werde ich Tiger-Taksi und das Cavern abstoßen. Wir ziehen anderswohin.«

»Nein«, sagte Barb.

Kein Trommelwirbel – keine Pause – keinerlei Unsicherheit in der Stimme.

Pete schluckte leer. »Ich krieg es hin. Ein gewisses Risiko ist natürlich dabei, aber ich täte es nicht, wenn ich nicht davon ausgehen würde, dass mir die Jungs meine Erklärung abnehmen werden.«

»Nein«, sagte Barb.

Keine Fanfare – keine Miene verzogen – streng sachlich.

Pete schluckte leer. Pete hustete seinen Kaugummi hoch.

»Wenn ich das nicht ins Reine bringe, spricht sich das rum. Dann meinen die falschen Leute, ich hätte alles gewusst und

alles laufen lassen. Dann meinen die, ich sei schwach, und wir kriegen den Ärger irgendwann später.«
»Nein«, sagte Barb. »Was immer *es* ist, es ist Quatsch, und das weißt du.«
Keine Gnade – ich *kenne* dich – aus. Noch keine Tränen – Tränen im Anmarsch – Augen sind feucht.
»Ich komme wieder, wenn die Sache gelaufen ist«, sagte Pete.

Charterflug: Von La Crosse nach Vegas. Festausflügler / verrauchte Kabine / enge Sitze.
Die Ausflügler waren Versicherungsleute. Die Ausflügler waren Shriner- und Mooseclub-Mitglieder. Sie tranken. Sie tauschten Hüte. Sie machten Witze.
Pete versuchte zu schlafen. Pete brütete DARÜBER nach.
Er hatte bei Stanton angerufen. Er hatte via Feeeeerngespräch angerufen. Er hatte aus Saigon nach Bay St. Louis angerufen. Er hatte über die Kubafahrt gesprochen. Er hatte gesagt, ich will gehen. Bitte, lass mich *adios* sagen.
Stanton hatte ja gesagt.
Er hatte in Saigon aufgeräumt. Er hatte Deckspuren gelegt. Er hatte Waffen gekauft. Er hatte das Lagerhausfenster repariert. Er hatte in aller Stille gearbeitet. Er hatte neues Glas / neuen Maschendraht installiert. Er hatte bei Mesplède angerufen. Er hatte gesagt, *ich* kümmere mich drum. Er hatte gesagt, die Bresche stopfe *ich*.
Er hatte drei Waffen gekauft: eine Walther und zwei Berettas. Er hatte drei Schalldämpfer gekauft. Er hatte drei Hosen-Innenhalfter gekauft.
Beute. Sore. Autos / Pelze / Uhren / Antiquitäten. DIE GROSSE SCHEISS-LÜGE offenbart.
Der Flug war unruhig. Sie flogen mit Niederdruck-Kisten. Die Ausflügler betatschten die Stewardessen. Die Ausflügler lachten. Die Ausflügler predigten.
Kriegspropaganda. Abgedroschene Klischees. Wir können nicht raus. Sonst geben wir Asien preis. Wir können uns nicht leisten, schwach zu wirken.
Pete schloss die Augen. Pete *hörte* die Ausflügler. Pete *sah* Erinnerungsbilder.

Betty Mac. Ihr zwölfmillionster Besuch. Chuck, der Schraubstock-Mann. Barb. Die »nein« sagt – mit Augen, die kurz vor dem Überfließen stehen.
Wir wanken nicht. Bong den Cong. Wir geben niemals auf. Wir hauen die Friedensfritzen ungespitzt in den Boden.
Und so weiter und so fort. In Stereo. Er versuchte zu schlafen. Vergebens. Er kämpfte gegen seine Erschöpfung an. Dann kam er drauf:
Scheiß drauf. Hier und jetzt. Scheiß auf den Bruch des Kader-Kodes.

Das Flugzeug landete. Pete stieg aus. Pete ging zur Air Midwest.
Er kaufte ein Ticket. Er ließ es sich gut gehen. Er buchte Erste Klasse nach Milwaukee / Anschluss nach Sparta / beide Flüge einfach.
Er musste warten. Er hatte vier Stunden Zeit.
Er ging zum Warteraum beim Ausgang. Er schleppte seine Waffentasche mit. Er legte sich quer über vier Sitze. Er ließ sich fallen. Es war weich und dunkel. Er deckte sich mit Zeitungen zu.

Er öffnete die Augen. Er sah Deckenlichter. Er sah Ward Littell. Ward hatte sein Ticket in der Hand. Ward schnippte mit der Kante.
»Du wolltest zurück. Das wird Barb freuen.«
Pete setzte sich auf. Die Zeitungsdecken fielen ab.
»Jesus, hast du mir einen Schrecken eingejagt.«
Ward putzte sich die Brille. »Barb hat angerufen. Sie sagte, du würdest nach Süden reisen, weil du was total Beklopptes vorhättest, und ich solle gefälligst eingreifen.«
Pete gähnte. »Und?«
»Und ich habe einiges zusammengezählt und bei Carlos angerufen.«
Pete zündete sich eine Zigarette an. 18:10. Sein Flug ging um 19:00.
»Weiter. Ich will wissen, wohin das führt.«
Ward hustete. »Teilweise hab ich's von Carlos, teilweise habe ich selbst –«

»Jesus, sag schon –«

»Carlos macht dein Geschäft dicht. Das einzig den Zweck hatte, Castro mit Waffen zu versorgen, die er an Rebellen in Mittelamerika weiterreichte. Und es war im Sinne meines Auslands-Kasino-Plans, nur habe ich nichts davon gewusst.«

Ausmalen / nach Zahlen malen / die Pünktchen verbinden. Stanton und Carlos / der Möchtegern-Waffenschmuggel / die GROSSE LÜGE komplett.

»Reine Abzockerei, Ward. Alles.«

»Ich weiß.«

»Bob Relyea. Was ist –«

»Er hat mit seiner Klan-Nummer Schluss gemacht und ist bei einer anderen Operation eingestiegen. Wayne arbeitet mit ihm zusammen, und Carlos sagt, mehr wisse er nicht.«

Pete nahm Ward das Ticket weg. Ward nahm es erneut an sich.

»Du bist nach Saigon geflogen. Du hast einiges rausgekriegt. Ich gehe von dem aus, was du Barb erzählt hast.«

Pete nahm seine Tasche. Die Waffen schabten und kratzten.

»Du willst mich aufs Glatteis führen. Du hast mit Barb gesprochen, du hast mit Carlos gesprochen, du hast mich gefunden. Fangen wir damit an.«

Ward rückte sich die Brille zurecht. »Carlos hat in Erfahrung gebracht, dass Stanton, Guéry und Elorde bei seinem Profitanteil abgesahnt haben. Er *will* nun, dass du sie und ihre kubanischen Kontaktleute erledigst. Er sagt, wenn du das für ihn erledigst und ihm noch einen weiteren ›kleinen Gefallen‹ tust, lässt er dich gehen.«

Ein Lautsprecher erklang. Flug 49 – nonstop nach Milwaukee.

»Meinst du, es ist ihm ernst?«

»Ja. Die wollen Schluss machen und was Neues anfangen.«

Pete blickte zum Ausgang. Die Flugzeugcrew stand bereit. Gepäckwagen rollten.

»Ruf Barb an. Sag ihr, fast sei ich umgekehrt.«

Ward nickte. Ward knüllte **das Ticket zusammen**.

»Da ist noch was.«

»Und das wäre?«

»Carlos will, dass du sie skalpierst.«

110 (Memphis, 3. 4. 68)

Karnickel:

WILDES KARNICKEL. ROTES, bald TOTES KARNICKEL.

Wayne fuhr an den Straßenrand. Wayne parkte. Wayne schaute zum New Rebel Motel.

Der Mustang fuhr vor. Fred O. stieg aus. Der Schütze stieg aus. Ein magerer Fred O. Ausgehungert, um sein Aussehen zu verändern. Ein magerer Jim Ray. Den das Kristall-Meth ausgehungert hatte.

Sie lachten. Sie steckten die Köpfe zusammen. Fred O. reichte den Kasten weiter. Er war lang und sperrig. Er enthielt eine 30.06.

Beste Teleskopausstattung. Für Weichspitzengeschosse vorbereitet. Stumpfe Streuung / großflächiger Einschlag / schlecht für Ballistik-Identifizierung.

Jimmy hatte sein Gewehr. Bob hatte das gleiche. Fred O. hatte Gewehr Nr. 3. Einmal eingeschossen. Mit Jimmys Fingerabdrücken versehen.

Morgen war D-Day. Vielleicht schoss Jimmy. Vielleicht stieg Jimmy aus. Worauf Bob schießen *wird*.

Fred O. führte Jimmy. Fred O. sagte, er wird schießen. Fred O. war sich seiner Sache sicher.

Der Plan:

Eine Pension. Eine Alki-Absteige. Gegenüber dem Lorraine Motel. King wohnt im Lorraine. Er ist in Zimmer Nr. 306. Das einen Balkon hat. In der Alki-Absteige ist ein Zimmer frei. Dafür hatte Fred O. gesorgt. Fred O. hielt besagte Absteige die ganze Woche frei.

Er war »eingezogen«. Er war weggeblieben. Morgen »zieht« er wieder »aus«. Jimmy wird einziehen. Er wird das Zimmer kriegen. Es befindet sich neben einem Badezimmer-Anstand.

Vielleicht schießt er. Vielleicht kneift er. Dann schießt Bob an seiner Stelle.

Es gibt einen Gebüschflecken neben der Alki-Absteige. Der Deckung bietet. Der eine gute Schussposition bietet. Die Alki-Absteige öffnet sich zur Main Street. Das Lorraine liegt an der Mulberry Street.

Jimmy schießt. Jimmy haut ab – weit von der Mulberry *entfernt*. Er wischt sein Gewehr sauber. Er lässt das Gewehr fallen. Er lässt es in einen Eingang fallen.

Fred O. lauert in der Nähe. Fred O. nimmt das Gewehr an sich. Fred O. legt Gewehr Nr. 3 hin. Es ist mit Fingerabdrücken versehen. Es ist mit Jimmys Abdrücken beschmiert. Es ist mittels Transparentabdrücken beschmiert.

Jimmy verschwindet. Jimmy fährt zum Versteck. Wo Wayne auf ihn wartet. In einer Billigwohnung. Möbliert.

Mit leeren Alki-Flaschen / Drogentüten / Nadeln. Mit weißem Puder / Stoffresten / Meth-Kristallen.

Mit einem Selbstmordbrief – von Fred Otash gefälscht.

Ich war im Meth-Rausch. Ich habe Nigger King umgebracht. Jetzt habe ich Angst. Ich bin aus Jeff City abgehauen. Da geh ich nicht wieder hin. Ich bin ein Held. Ich bin ein Märtyrer. He, Welt, nimm das gefälligst zur Kenntnis.

Wayne wartet. Wayne setzt Jimmy einen Schuss. Dann erschießt Wayne Jimmy. Jimmy stirbt im Meth-Rausch.

Panik. Suizid. Der »einsame Attentäter«, wie er im Buche steht – berauscht von Meth-Kristallen.

Wayne schaute zum New Rebel. Fred O. stand davor. Jimmy ging rein. Fred O. blickte rüber. Fred O. sah Wayne und zwinkerte ihm zu. Wayne zwinkerte zurück. Wayne ging. Wayne fuhr zum Lorraine Motel.

Er parkte in der Nähe. Er überprüfte den Parkplatz. Er überprüfte den Balkon. Er überprüfte die Alki-Absteige. Er überprüfte die Straße.

Das Gebüsch war dicht. Es schloss sich an eine Betonwand an. Ein Durchgang führte zur Main Street. Sie lauern im Gebüsch. Sie schießen oder schießen nicht. Sie gehen zur Main Street.

Wayne beobachtete das Motel. Neger standen rum. Sie standen auf dem vorgesehenen Balkon.

Kein Polizist gab Acht. Das hatte Dwight Holly bestätigt.
Dwight Holly hatte die Polizeifrequenzen abgehört. Memphis
war im Stress. Sie hatten Aufruhr und Märsche. Die Polizisten
hatten Alarmstufe 3. Weiterer Scheiß in Planung. Ein weiterer
Marsch drohte. Er war auf den 5. April angesetzt.

Dann würde er tot sein. Memphis würde brennen. Das
wusste Wayne. Jimmy würde schießen. Hatte Fred O. gesagt.
Das *wusste* Fred.

Fred O. führte Jimmy. Jimmy war von L.A. nach Memphis
gehastet. Jimmy hatte Zwischenstopps eingelegt. Jimmy war
gaga. Jimmy nahm Hypnose-Kurse. Jimmy ging in Barkeeper-
Schulen. Jimmy spritzte sich Meth. Jimmy kaufte Titten-Magazine.
Jimmy wichste und las Pornobücher.

Jimmy schloss sich den Freunden Rhodesiens an. Jimmy gab
Swinger-Anzeigen auf. Jimmy ließ sich die Nase verschönern.
Jimmy verfolgte Dr. King in L.A. Jimmy verfolgte ihn am 16.
und 17. März.

Fred O. überwachte ihn. Fred O. *wusste bereits*: Er wird umsichtig
schießen. Fred O. hatte ihn *umsichtig* rekrutiert. Fred
O. hatte sich als »Raul« verkleidet.

Fred war im Besitz von Kings Reiseplänen. Dwight Holly
hatte sie ihm mit Kurierpost geschickt. Sie stammten aus einer
FBI-Quelle.

King ging nach Selma. Er traf am 22. 3. ein. Fred O. und Jim
Ray waren da. Die Bedingungen waren unterdurchschnittlich
schlecht. Fred O. verschob D-Day.

King blieb in Selma. Jimmy fuhr nach Atlanta. Er wusste,
dass King dort wohnte. King trickste ihn aus. King flog nach
Jew York. King hatte was zu erledigen.

Dwight bekam einen Tipp. Per Kurierpost von seiner FBI-
Quelle. ROTES KARNICKEL geht nach Memphis. Ankunft
am 28.3. Dort findet ein Müllmänner-Streik statt.

Dwight rekrutierte Wayne. »Raul« stachelte Jimmy Ray an.
Bargeld und Meth – auf nach Memphis.

JETZT galt's. Sagte Fred. Fred war sich seiner Sache sicher.
Jimmy war voll aufgedreht. Jimmy verzehrte sich nach seinem
Möchtegern-Heiligen-Gral.

Wayne schaute zum Balkon. Wayne bemerkte Aktivität.

Dwight hatte Todesdrohungen überprüft. Das FBI-Memphis hatte Daten geliefert. King hatte einundachtzig Todesdrohungen erhalten. Die meisten vom Klan.

King wischte sie vom Tisch. King nahm sie nicht ernst. King lehnte Sicherheitsmaßnahmen ab.

Wayne schaute zum Balkon. Wayne sah Dr. King. Sie hatten schon lange miteinander zu tun. Ihre Leben waren miteinander verknüpft. Es gab Entsprechungen.

Er war in Little Rock gewesen. Er hatte Integration erzwungen. Er hatte King dort gesehen. Er hatte den Fick-Film gesehen. Vom FBI gedreht. Er hatte King erneut gesehen. Er hatte drei Farbige getötet. King hatte Las Vegas angeklagt. King wäre fast hingefahren. Er hatte Bongo in Saigon umgebracht. King hasste diesen Krieg. Er hatte Wendell Durfee umgebracht. Wayne Senior hatte Durfee gefunden. King fiel seinem Rachedurst zum Opfer.

Wayne Senior wusste:

Du *willst* es. Ich habe dich dazu *gebracht*. Jetzt bist du *dran*.

Er hatte Durfee umgebracht. Nun hatte Dwight ihn in der Hand. Er hatte sich Wayne Senior angeschlossen. Wayne Seniors Hass-Universität. Der Post-Doktoranden-Kurs. Farbige erzeugen Chaos. Farbige säen Zwietracht. Farbige schaffen Elend.

Du hast dazugelernt, hatte Wayne Senior gesagt. Du hast bezahlt, hatte Wayne Senior gesagt. Den Schuss hast du dir verdient, hatte Wayne Senior gesagt.

Wayne Senior hatte aufgeschnitten:

Ward Littell geht. Die Mormonen-Großkopfeten lieben mich. *Ich* krieg seine Stelle bei Hughes. Das steht fest. Ich weiß es. Das hat man mir gesagt.

Carlos Marcello hat mich angerufen. Wir haben miteinander gesprochen. Wir haben über Littells Abgang gesprochen. Wir haben allgemein übers Geschäft gesprochen. Wir haben über die Stelle bei Hughes gesprochen.

Carlos hatte gesagt:

Littell hat für Hughes *und* mich gearbeitet. *Du* übernimmst die Stelle ganz. Littell wird Nixon nötigen. Worauf sich Littell zurückzieht. *Du* machst weiter. *Du* arbeitest mit Nixon zusammen. *Du* sicherst unsere Interessen. *Du* sicherst uns ab.

Wayne Senior hatte gesagt:

Mein Sohn der Chemiker. Sie kennen ihn. *Ich* weiß, dass er Pete B. entwachsen ist.

Carlos hatte gesagt:

Wir finden ihm was. Wir holen Wayne ins Geschäft. Adios Pete B.

Wayne schaute zum Balkon. Wayne sah, wie King lachte. Wayne sah, wie King sich auf die Knie schlug.

Ich hasse gescheit. Ich habe fünfe umgebracht. Im Hassen bin ich dir überlegen.

111 (Bay St. Louis, 3.4.68)

Ablegen – 21:16. Leichter Wind. Kurs Südsüdost.

Die letzte Waffenschmuggelfahrt. Das Ende der Kader-Zeit.

Pete ging an Deck auf und ab. Seine Hosen saßen stramm. Er hatte drei Pistolen drin stecken. Sein Hemd hing raus. Sein Bauch stand vor. Die Schalldämpfer rieben ihn wund.

Er war eingeflogen. Sie hatten mit dem Ablegen gewartet. Er war zu spät eingeflogen. Er hatte Wayne in Vegas gesucht. Er hatte ihn nicht gefunden. Carlos hatte ihn angerufen.

Carlos war Carlos. Scheiß auf die Große Lüge. Carlos war direkt:

»Du hast was rausgekriegt. Na und? Blöd warst du nie, Pete. – Bob ist irgendwo abgeblieben. Er arbeitet mit Wayne zusammen. Anders als bei den anderen passiert dem nichts. – Jetzt hab dich nicht so. Bring mir ein paar Skalps. Denk dran, für Dallas bist du mir was schuldig.«

Das Boot schaukelte. Das Boot tauchte ab. Das Boot richtete sich wieder auf. Pete ging auf dem Deck auf und ab. Pete dachte alles durch. Pete kämpfte gegen ansteigende Flattersause.

Sie sind unter Deck. Erwisch sie einzeln / erwisch sie zusammen. Geh zum Waffenschrank. Hol dir eine Flinte. Halt aus nächster Nähe drauf.

Steuere das Boot. Du weißt, wie's geht. Fahr in kubanische Gewässer. Lock Fuentes an Bord. Lock Arredondo an Bord. Bring sie um / skalpier sie / schmeiß sie über Bord. Skalpier die anderen und schmeiß sie über Bord.

Sechs Mordaufträge. Scharfe Frisuren. Skalpiert wegen Bruch des Kader-Kodes.

Das Boot glitt ruhig dahin. Auf Autosteuermann. Spiegelglatte Golfgewässer.

Pete kletterte auf die Brücke. Pete las Instrumente ab. Pete überprüfte die Instrumente. Alles OK. Du weißt, wie's geht. Du schaffst es.

Er ging unter Deck. Er bekam das Zittern – Rieeeeeesen-Flattersause. Die Hauptkabine war voll: Stanton / Guéry / Elorde / Dick Wenzel.

Pete war kribbelig. Pete zuckte. Pete schlug sich den Kopf an einem Balken an.

»Die Boote werden nicht für Riesen gebaut«, sagte Stanton.

»Sagst du mir«, sagte Guéry.

»Mir nicht«, sagte Flash.

»Du bist ein Garnelenkrebschen«, sagte Wenzel, »aber mordsgefährlich.«

Sie lachten. Pete lachte. Pete wurde flau im Magen.

Vier Männer / keine Handfeuerwaffen / bestens. Alle entspannt / Scotch trinkend / bestens.

Offensichtliches Versäumnis. Offensichtlicher Patzer und Fehlgriff:

Du *hättest* Seconal mitbringen können. Du *hättest* den Scotch präparieren können. Du *hättest* sie im Schlaf umbringen können.

»Wir tanken in Snipe Key nach«, sagte Stanton.

»Sie treffen uns achtzig Seemeilen vor der Küste. Nur so können wir uns vor der Dämmerung finden.«

Pete hustete. »Alles meine Schuld. Ich habe mich verspätet.«

Flash schüttelte den Kopf. »Letzte Fahrt. Wir nicht gehen ohne dich.«

Guéry schüttelte den Kopf. »Du warst immer der mit dem ... *qu'est-ce que* ... ›größten Einsatz‹.«

Wenzel kippte seinen Scotch. »Die Schmuggelfahrten werden mir fehlen. Ich hasse die Roten wie jeder echte Weiße.«

Flash lächelte. »Ich bin kein Weißer.«

Wenzel lächelte. »In deinem Herzen schon.«

Pete schützte ein Gähnen vor. Der Brustkorb tat ihm weh. Sein Puls raste.

»Ich bin müde. Ich leg mich mal hin.«

Die Jungs lächelten. Die Jungs nickten. Die Jungs grinsten und streckten sich. Pete ging zurück. Pete schloss die Tür. Pete überprüfte die Kabinen:

Vier Einheiten / niedrige Bullaugen / vier Schlafsäcke. Bitte, betrinkt euch. Bitte, legt euch hin. Bitte, legt euch nacheinander hin.

Er öffnete den Laderaum. Das Boot schlingerte. Das Boot schlingerte *très* leicht. Es rollte zu geschwind – es hüpfte *sans* Waffenballast über die Wellen.

Er öffnete die Stauraumtür. Er blickte rein. Er knipste das Licht an.

Wamm:

Leer / *keine* Waffen / *keine* gut verstaute Munition.

Er bekam das Flattersausen. Und zwar gewaltig. Groß wie King Kong.

Keine Waffen. *Keine Waffenschmuggelfahrt.* Jetzt sind die losen Enden dran. *Die* bringen *dich* um. Die schmeißen *dich* über Bord. Die bringen Fuentes und Arredondo um.

Das Boot schlingerte. Pete stellte sich sicher hin. Pete öffnete den Gewehrschrank. Er hatte Flattermotten – Riesenviecher – im ganzen Brustkorb.

Er holte Flinten raus. Er öffnete Spannhebel. Er holte die geladenen Patronen raus. Unsichere Finger: vier Flinten / Patronen rausholen / und keine Hand, besagte Munition auffangen zu können.

Rauspurzelnde Patronen. Wegfliegende Patronen. Patronen, die aufs Bootsdeck fallen. Patronen, die sich selbständig machen und rumrollen.

Er hob sie auf. Er stopfte sie in seine Hosen. Er stopfte sie zwischen die Zähne. Er fummelte an den Flinten rum. Er räumte den Ständer wieder ein. Er hörte, wie die Ladeluke aufging.

Er drehte sich um. Er sah Wenzel. Er stand dumm da. Er wirkte *ertappt*. Er hatte Patronen zwischen den Zähnen.

Wenzel zog die Luke zu. Wenzel trat dicht an ihn heran. Wenzel ballte die Fäuste.

»Was zum Teufel –«

Pete blickte sich um. Pete sah die Signalpistole. Ganz nah. An einem Wandhaken.

Er spuckte die Patronen aus. Er trat zurück. Er nahm die Pistole und zielte. Er drückte ab. Die Stichflamme traf Wenzel ins Gesicht. Wenzel kreischte auf. Sein Haar stand in Flammen. Er griff sich ins Gesicht.

Die Leuchtpatrone fiel runter. Sie verbrannte Wenzels Kleidung. Die Flammen schossen ihm bis zur Brust hoch.

Pete griff ein. Pete packte Wenzel am Nacken. Pete erstickte die brennenden Haare. Er riss nach links. Er verbrannte sich die Hände. Er riss nach rechts.

Wenzel krampfte. Wenzel erschlaffte. Wenzels Augenbrauen flammten auf. Pete warf ihn zu Boden. Pete riss ihm das Hemd vom Leib. Pete erstickte die Flammen.

Das Leuchtspurgeschoss brannte aus. Die Tür blieb zu. Gestank und Flammen blieben *eingesperrt*.

Pete streckte die Hände. Brandblasen sprangen auf. Pete stellte sich sicher hin.

Jetzt.

Sie werden ihn vermissen. Sie werden ihn brauchen. Sie werden nach ihm rufen. Das Boot rollt. Es fährt auf Autosteuermann. Wenzel ist abrufbereit.

Jetzt.

Pete verkrampfte sich. Pete horchte – mit dem Ohr an der Tür.

Nichts.

Er zog seine Walther. Er lud sie durch. Er öffnete die Tür. Ein Flur / vier Kabinen / je zwei pro Seite.

Zehn Meter weiter: die Hauptkabine / im rechten Winkel / die Tür geschlossen.

Pete arbeitete sich vor. Pete machte klitzekleine Schritte – langsam. Er erreichte Kabine Nr. 1. Er schaute rein. Er öffnete die Tür.

Niemand.

Pete arbeitete sich vor. Pete machte klitzekleine Schritte – langsam. Er erreichte Kabine Nr. 2. Er schaute rein. Er öffnete die Tür.

Niemand.

Pete arbeitete sich vor. Pete machte klitzekleine Schritte – langsam. Er erreichte Kabine Nr. 3. Er schaute rein. Er öffnete die Tür.

Flash. Er schläft im Schlafsack.

Pete ging hin. Pete zielte aus nächster Nähe. Mündung an Haaransatz / Schalldämpfer sitzt stramm. Er schoss einmal. Die Waffe machte pffft. Hirn spritzte aufs Bett.

Pete ging raus. Pete machte klitzekleine Schritte – langsam. Er erreichte Kabine Nr. 4. Er schaute rein. Er öffnete die Tür. Niemand.

Pete arbeitete sich vor. Pete hatte Riesenmotten und Schmetterlinge in der Brust. Pete öffnete die Tür zur Hauptkabine.

Niemand – alle Mann waren an Deck. *Langsam jetzt –* tiiiiiief durchatmen.

Er hatte es geschafft. Er ging Richtung Deck. Er machte klitzekleine Schritte. Er hatte Schmetterlinge mit fünfzehn Meter Spannweite in der Brust. Sein Atem keuchte. Seine Hände zitterten. Sein Schließmuskel gab nach. Er konnte seine Scheiße riechen. Er konnte seinen Schweiß riechen. Er konnte die verbrannten Schalldämpferfäden riechen.

Klitzekleine Schritte – drei mehr. Sich aufs Deck vorarbeiten / auf die Füße Acht geben.

Er zog eine Beretta. Er lud sie durch. Er bewegte sich mit zwei Waffen in den Händen. Sein Atem ging keuchend. Langsam klitzekleine Schritte machen und –

Er erreichte das Deck. Es verschlug ihm den Atem. Sein linker Arm starb ab. Der Schmerz schoss vom Herz zum Arm – die Arterien wollten nicht mehr.

Er schnappte nach Luft. Er schluckte Gischt. Er fiel auf die Knie. Die linke Waffe entglitt ihm. Sie fiel scheppernd aufs Teakholz.

Das machte Krach. Jemand schrie. Hinter ihm wurde es laut. Stanton.

Stanton schrie: »Dick!«. Stanton schrie: »Pete!«

Am anderen Ende des Decks. Zwölf Meter Distanz. Die Achter-Drehsitze.

Pete warf sich nach vorn. Der linke Arm war abgestorben. Das Deck zerschlug ihm die Zähne. Er rollte ab. Er schnappte nach Luft. Er spuckte zerbrochene Zähne aus.

Er hörte Guéry – achtern links – »ich seh ihn nicht.«

Er hörte Stanton – Achtertreppe – »ich glaube, er hat Dick erwischt.«

Er hörte das Klicken von Spannhebeln. Er hörte, wie Hämmer gespannt wurden. Er hörte, wie Ladestreifen einschnappten. Sein linker Arm war taub. Sein linker Arm baumelte schlaff.

Er schnappte nach Luft. Er schnappte mit aller Macht. Das tat sehr weh. Das brannte wie Feuer. Er schöpfte ein wenig Atem. Er kroch.

Mit einer Hand. Mit einem Arm. Mit Einarmgeschwindigkeit. Er streifte eine Taurolle. Deckung. Dicke Taurollen-Spiralen.

Er hörte Füße scharren. Sie scharrten mittschiffs links. Er sah Hosenbeine und Füße.

Guéry – schnellen Schritts – auf ihn *zukommend*.

Sein Atem stockte. Er sah explodierende Sterne. Er sah zwölf Beine und Füße. Er stützte sich beim Zielen auf die Taue ab. Er zielte tief. Er feuerte.

Er verschoss schnell sechs Patronen. Er erzeugte sechs Mündungsfeuerstöße. Doppelsicht / Leuchtspuren / Spinnenbeine und Spinnenfüße.

Guéry schrie. Guéry fiel um. Guéry fasste nach seinen Füßen. Guéry feuerte viel zu hoch. Die Schüsse rissen ein Mastsegel ein.

Pete schnappte nach Luft. Pete *bekam* Luft. Pete konnte Kimme und Korn wahrnehmen. Er zielte auf Kopfhöhe. Er zog laaangsam den Abzug durch.

Der Verschluss klemmte. Das Mündungsfeuer erstarb. Er sah Guéry mit Fußstumpen.

Er hörte Füße scharren. Die Füße scharrten weit achtern. Sie scharrten eindeutig Richtung Achtertreppe. Er zog Waffe Nr. 3. Sein Herzschlag setzte aus. Er ließ sie fallen.

Guéry feuerte. Schüsse schlugen ins Tauwerk ein. Schüsse prallten ab.

Pete rollte sich frei. Pete kroch. Pete kroch mit einem Arm und zwei Füßen. Guéry sah ihn. Guéry hatte sich flach hingelegt. Guéry feuerte.

Leuchtspurgeschosse – laut und nahe. Über seinen Kopf hinweg. Die Reling streifend. Das Teak durchschlagend. Sechs Schuss / sieben / das ganze Magazin.

Guéry ließ die Waffe fallen. Pete kam in seine Nähe. Pete sprang ab, auf einen Arm gestützt.

Er fletschte die Zähne. Er biss zu. Er biss Guéry in die Wange. Er streckte die Finger aus und machte sie krumm. Er riss ihm ein Auge aus.

Guéry schrie. Guéry schlug mit geballter Faust zu. Guéry traf gefletschte Zähne. Pete biss zu. Pete biss Knochen durch. Pete machte aus seiner guten Hand ein V.

Guéry schrie. Ganz laut. Halb Winseln / halb Kreischen.

Pete führte die Hand nach oben. Pete riss Kehlkopfgewebe aus. Pete zerbrach Nackenknochen. Pete riss das Gewebe bis zu Zahnbrücken und Zähnen auf.

Guéry zuckte spasmodisch. Pete riss den Arm nach außen. Pete machte das Loch ellenbogengroß. Guéry zuckte spasmodisch. Pete rollte zurück. Pete stützte sich ab und trat mit den Füßen zu.

Er trat nach Guéry. Er trat scharf nach rechts. Er trat ihn von Deck. Er trat ihn in die See.

Er hörte das Aufklatschen. Er hörte einen Schrei. Er schnappte nach Luft. Er *bekam* Luft. Er kroch sich frei.

Er kroch. Er kroch auf einen Arm gestützt. Geräusche drangen durchs Teakholz-Deck.

Stanton. Er ist unter Deck. Wo Stahl auf Stahl schlägt. Er ist im Laderaum. Er lädt Flinten. Stahl schlägt auf Stahl.

Pete schnappte nach Luft. Pete rollte sich zusammen. Pete schaffte es auf die Knie. Seine Blase gab nach. Ihm stockte der Atem. Er schnappte heftig nach Luft.

Er ging. Er schwankte. Er ging schief. Er schaffte es zur Achtertreppe. Er warf sich gegen die Tür. Er warf sich schief gegen die Tür.

Nix – *schwächliches* Gewicht – da gab nichts nach.

Er trat gegen die Tür. Er drückte gegen die Tür. Er warf sich schief gegen die Tür.

Nix – *schwächliches* Gewicht – da gab nichts nach.

Barrikade / einbruchsicher / die Treppe nach unten war blockiert.

Pete kniete sich hin. Pete legte sich schief hin. Pete hörte das Echo durchs Deckholz. Pete hörte, wie Stahl auf Stahl schlug.

Um etwa neunzig Zentimeter verschoben. In etwa drei Meter Distanz. Wo das Deck abgetreten ist. Wo es dünn ist. Wo es aus zerbrechlichem Teak besteht.

Pete schleppte sich hin. Pete schnappte nach Luft. Pete schaffte es auf die Knie.

Er kroch. Er kroch auf seinen Knien. Er schaffte es bis zur

Ankerwinde. Er stand auf. Er dachte an Barb. Er kauerte sich breitbeinig hin. Er streckte den rechten Arm aus. Er fasste den Ankerstamm. Dann stand er ruckartig auf.

Sein Atem explodierte. Sein Atem hielt stand. Sein linker Arm verbrannte.

Er stolperte. Er schwankte ein Meter zwanzig Richtung Steuerbord. Er richtete sich volle zwei Meter auf. Er ließ den Anker fallen.

Der das Deck durchbrach. Mit lautem Krachen. Der das abgewetzte Teak zersplitterte. Der nach unten fiel. Der senkrecht nach unten fiel. Der John Stanton glatt zerschmetterte.

112 (Memphis, 4.4.68)

Countdown:
17:59. Schachmatt steht an – Bauer gegen ROTEN KÖNIG. Gleich ist es so weit. König King steht im Freien. König King steht auf dem Balkon.

Er steht am Geländer. Gemeinsam mit einem anderen Neger. Männliche Neger drängen sich unten zusammen. King spricht zu ihnen. Sehr jovial. Unten warten Wagen.

Jimmy ist in der Alki-Absteige. Hat Fred O. gesagt. Jimmy *wird* schießen. Hat Fred O. gesagt. Jimmy *wird* abhauen. Ich werde Gewehr Nr. 3 an Ort und Stelle legen. Hat Fred O. gesagt.

Wayne schaute zum Balkon. Er wurde vom Gebüsch gedeckt. Dito Bob Relyea. Viecher krochen über den Boden. Ameisen schwärmten aus. Pollen spritzte.

Bob hatte Gewehr Nr. 2 im Anschlag. Die Waffe war nach oben und außen gerichtet. Sie hatte das Ziel im Teleskop erfasst. Wayne hatte einen Feldstecher in der Hand. Wayne hatte alles nah und scharf im Bild.

Er hatte King im Bild. Er sah Kings Augen. Er sah Kings Haut.

»Dass er mir nicht die Treppe runtergeht«, sagte Bob. »Jimmy hat noch 'ne Minute, dann schieß ich.«

Alarmstufe Rot / alle Systeme in Funktion / alle Systeme AKTIV. Keine Sicherheitsmaßnahmen / keine Polizisten in Sicht / kein FBI und keine Bundespolizei. Ihre Wagen waren auf der Main Street geparkt. Fred O.s Auto dito.

Bob wird schießen oder Jimmy wird schießen. Dann wird Jimmy fliehen. Sie werden schneller rennen. Sie werden Tempo Teufel rennen. Sie werden durch den gleichen Durchgang rennen. Sie sind jünger und schneller. Sie kürzen sich den Weg über den Seitenflügel der Alki-Absteige ab.

Sie steigen in ihr Auto. Sie hauen ab. Jimmy steigt in sein Auto. Jimmy haut ab. Fred O. wird Gewehr Nr. 3 in einem Türeingang deponieren – neben Canipe Novelty.

Wayne erreicht das Versteck. Jimmy erscheint. Jimmy begeht Selbstmord.

Countdown – 18:00 exakt – Bauer auf ROTEN KÖNIG.

Wayne stellte den Feldstecher nach. Wayne sah Kings Augen. Wayne sah Kings Haut.

»Ich hab ihn. Wenn Jimmy daneben trifft oder ihn nur anschießt, stoße ich dich an.«

»Ich will, dass er kneift. Das weißt du.«

»Otash sagt, er ist zuverlässig.«

»Er ist ein Knallkopf. Immer einer gewesen.«

Wayne schaute zu King. Wayne bekam Erinnerungsschübe. Wayne sah den Fick-Film. Die Matratze hüpft. Kings Schmerfalten wackeln. Der Aschenbecher fällt zu Boden.

Wayne war aufs Äußerste gespannt. Bob war aufs Äußerste gespannt. Wayne bemerkte, wie Bobs Äderchen anschwollen. Sie hörten einen Schuss einschlagen. Sie sahen rotes Blut auf schwarzer Haut. Sie hörten zeitgleich einen Knall.

Wayne sah die Wirkung. Wayne sah das Blut aus dem Nacken spritzen. Wayne sah, wie King zu Boden ging.

Im Versteck:

Eine Zweizimmerwohnung. Mit Billigstmöbeln eingerichtet. Fünf Kilometer von der South Main entfernt.

Wayne brachte Bob hin. Wayne fuhr hin. Wayne saß rum. Scheiß-Jimmy war durchgedreht. Scheiß-Jimmy erschien nicht.

Fred O. hatte ihn angewiesen, dort zu erscheinen. Fred O. hatte ihm gesagt, dort triffst du meinen Freund. Er hat das Kopfgeld. Er hat das Visum. Er hat deinen rhodesischen Pass.

Wayne saß rum. Wayne wartete. Wayne tauschte Walkie-Talkie-Berichte aus. Fred O. war aufgekratzt. Fred O. hatte saftige Polizeifunk-Meldungen mitgehört.

Er hatte die Waffe deponiert. Er hatte es ungesehen getan. Jimmy war in seinen Schlitten gestiegen und abgehauen. Die Polizisten waren erschienen. Die Polizisten hatten die Waffe gefunden. Die Polizisten überprüften sie.

Sie sprachen mit Leuten. Sie erhielten Beschreibungen. Sie gaben Meldungen durch. Achtet auf einen Weißen. Er fährt einen weißen Mustang.

Falsch. Jimmys Mustang war gelb.

Fred O. war aufgekratzt. Fred O. war nervös. Er ist weg. Er hat den Braten gerochen. Die Polizei hat die Belastungswaffe. Das FBI übernimmt. Das FBI verschleiert.

Weichspitzengeschosse. Schwer zu identifizieren. Ballistischer Holocaust. Mit einer 30.06. Die Mordwaffe. So viel steht fest.

Auf Mr. Hoover ist Verlass. Er wird seine Schlussfolgerungen ziehen. Hat der große Dwight gesagt. Wayne stimmte zu. Wayne sagte, wir sind gedeckt. Der Meinung sind wir *beide*.

Bob war betroffen. Bob hatte nicht geschossen. Bob der Klan-Mann war zu Tode betrübt. Bob lachte und nahm ein Taxi. Bob ging nach West Memphis, Arkansas.

Wayne saß rum. Wayne wartete. Wayne gab Jimmy auf.

Er verbrannte den Selbstmordbrief. Er spülte das Kristall-Meth ins Klo. Er zerbrach die Spritze. Er zog Handschuhe an. Er wischte die Wohnung ab. Er stellte das Radio an.

Er hörte Lobeshymnen. Er hörte neueste Nachrichten. Er hörte die trauernden Neger in den Straßen. Unruhen / Chaos im ganzen Land / Brandstiftungen und Plünderungen.

Wayne öffnete ein Fenster. Wayne hörte Sirenen. Wayne sah, wie Flammen hochschlugen und züngelten.

Wayne dachte, *das war ich*.

113 (Washington D.C., 6. 4. 68)

Das Neueste – live im Fernsehen.
Littell schaute NBC. Littell sah Aufruhr und Trauer. Littell sah den ganzen Tag fern.
Tote beim Aufruhr: vier in Baltimore / neun in Washington. Aufruhr: L.A. / Detroit / St. Louis. Chicago / New York. Empörung / Kettenreaktion / große Schäden.
Littell öffnete ein Fenster. Littell roch den Rauch. Littell hörte Schüsse einschlagen.
Ein Reporter berichtete das Neueste aus Washington. Gerade wird per Telex gemeldet:
Neger sehen einen Weißen. Neger umstellen sein Auto. Neger bringen besagten Weißen um. Andere Neger schauen zu.
Littell sah fern. Littell wachte. Nun schon seit über achtundvierzig Stunden.
Er war nach Washington geflogen. Er hatte Teamster-Arbeit gemacht. Er hatte die Nachrichten mitbekommen. Er hatte sich in sein Apartment verkrochen. Er lebte neben dem Fernseher.
Er trauerte. Er sah fern. Er durchdachte Szenarien: Mr. Hoover / Dwight Holly / SCHWARZES KARNICKEL.
Die Rustin-Erpressung. Entsprechende Frustrationen. Der »Arme-Leute-Marsch« provoziert. Zeitliche Abfolgen / Kausalketten / Schlussfolgerungen pro und kontra. Das FBI untersucht / pro und kontra Verschleierungstaktik / die praktischen Lehren aus Dallas.
Er verkroch sich. Er weinte ein bisschen. Er fragte sich:
Die Wanze im El Encanto. Das »Geschenkpäcklein« der Jungs. Die abgehörte Suite von Bobby. Zugang zu Bobbys Wahlkampagne.
Er durchdachte Szenarien. Er verband sie miteinander – von King zu Bobby. Er schaute fern. Er verwarf Szenarien – von

King zu Bobby. Er blieb zu Hause. Er blieb in Sicherheit. Er rief Janice an.

Sie hatte Bescheid bekommen. Vor acht Tagen. Die Ärzte sagten, es ist Krebs.

Er sitzt in Ihrem Magen. Er breitet sich langsam aus. Er sitzt in Ihrer Milz. Ihre Krämpfe haben die Symptome verdeckt. Ihre Krämpfe haben Sie Zeit gekostet. Ihre Krämpfe haben die Früherkennung verhindert.

Vielleicht überleben Sie. Vielleicht sterben Sie daran. Lassen Sie uns operieren. Janice sagte, vielleicht. Janice sagte, lassen Sie mich nachdenken.

Er hatte gemeint:

Du magst das Desert Inn. Zieh zu mir. Entspann dich und spiel Golf.

Janice tat es. Janice zog bei ihm ein. Sie unterhielten sich. Janice tobte wegen Wayne Senior.

Janice hatte ein bisschen geweint. Janice hatte ihm gesagt, er spreche im Schlaf. Er wollte wissen, was. Sie hatte gesagt, du schreist nach »Bobby« und »Jane«.

Mehr hatte sie nicht gesagt. Sie hatte geschwiegen und geschmollt. Er hatte sie getröstet. Er hatte sie überzeugt – lass dich operieren.

Janice war mutig. Janice hatte ja gesagt. Nächste Woche wollte Janice sich unters Messer legen.

Krankenliste:

Janice war schwer krank. Pete war fast gestorben. Herzinfarkt / auf einer Bootsfahrt / weit draußen auf hoher See.

Pete hatte vier Männer umgebracht. Pete hatte die Leichen über Bord geschmissen. Pete hatte das Schiff zurückgesteuert. Pete hatte Bay St. Louis angefunkt. Pete hatte gesagt, ruft meinen Freund in Washington an.

Littell hatte die Nachricht erhalten. Littell hatte bei Carlos angerufen. Carlos hatte einen Reinigungstrupp versprochen. Pete hatte das Boot in den Hafen bekommen. Pete hatte Glück gehabt. Niemand hatte gesehen, wie *fünf* Männer eingestiegen waren.

Der Reinigungstrupp ging an Bord. Der Reinigungstrupp reinigte. Die Ärzte operierten. Die Ärzte flickten sein Herz zusammen.

Koronarthrombose. Eine mittelstarke diesmal. Sie haben Glück gehabt.

Pete ruhte sich aus. Littell hatte ihn angerufen. Pete hatte gesagt, er habe vier erwischt. Pete hatte gesagt, die letzten beiden habe er verpasst.

Littell hatte bei Carlos angerufen. Littell hatte die Meldung weitergegeben. Scheiß drauf, hatte Carlos gesagt. Carlos hatte die letzten beiden begnadigt.

Pete hatte Littell zurückgerufen. Pete hatte ihn um einen Gefallen gebeten. Dass du mir Barb nichts sagst. Dass du ihr keinen Schrecken einjagst. Ich muss nur zu Kräften kommen. Ruf bei Milt Chargin an. Sag ihm, ich sei OK. Sag ihm, er solle sich um meinen Kater kümmern.

Littell hatte zugesagt. Littell hatte erneut bei Pete angerufen. Littell hatte Pete vor einer Stunde angerufen. Eine Krankenschwester hatte abgenommen. Sie hatte gesagt, Pete habe das Krankenhaus verlassen – »gegen ausdrücklichen ärztlichen Rat«.

Pete hatte einen Besucher bekommen. Besagter Besucher habe ihn verhext. Ein gewisser »Carlos Sowieso«. Das war vier Stunden her.

Littell wechselte Kanäle. Littell sah Bobby. Bobby wirkte feierlich. Bobby sprach sich gegen Rassenhass aus. Bobby betrauerte Dr. King.

Die Szenarien fügten sich zusammen: pro und kontra Abhöraktionen / die weit verbreitete Verschwörung. Es wurde schlimm. Es wurde wild. Es wurde *echt*.

Littell griff nach seiner Adressdatei. Littell fand Paul Horvitz.

Er schaffte es zur Verabredung. Paul sagte, er würde es riskieren. Ich sehe Sie um 18:00 – Eddie Chang's Kowloon.

Littell bedachte *sein* Risiko.

Die Hotelwanze. Schwerstmögliche Konsequenzen denkbar. Das Risiko eingehen. Paul Bescheid geben. Damit er Bobby warnt.

Littell verkleidete sich. Littell legte Bart und Tweedanzug an. Littell ging raus.

Er ging. Er brach Sperrstundenbestimmungen. Er hörte Sirenen. Er sah die Hauptstadt Washington im Belagerungszustand. Er sah drei Kilometer entfernt die Flammen. Er hörte mehrere Martinshörner gleichzeitig.

Er ging schnell. Er kochte in seinem Tweedanzug. Eine Brise blies Rußflocken rüber. Ein Wagen drängte sich vorbei. Ein Neger schrie. Er hörte rassistische Obszönitäten.

Ein Neger schmiss mit einer Bierbüchse. Ein Neger schüttete einen Aschenbecher aus. Zigarettenstummel flogen an ihm vorbei.

Littell schaffte es zur Connecticut Avenue. Hauptwasserleitungen waren angezapft. Feuerwehrmänner schleppten Schläuche. Polizisten standen neben Löschzügen.

Das Kowloon war offen. Eddie Chang hatte Schneid. Eddie Chang hatte die örtlichen Bullen geschmiert.

Littell ging rein. Littell setzte sich in eine hintere Koje. Der Barmann stellte den Fernseher laut.

Ortsfernsehen live. Neger mit Benzinkanistern. Umgedrehte Autos.

Drei Männer schauten zu. Derbe Prolo-Kerle. Mit Bauarbeiterhelm und Bierbauch.

Ein Mann sagte: »Gottverdammte Tiere.«

Ein Mann sagte: »Und denen haben wir die Bürgerrechte gegeben.«

Ein Mann sagte: »Und schau, was wir dafür gekriegt haben.«

Littell fläzte sich hin. Littell ließ seine Wirbelsäule zusammensinken. Littell dachte sich Südstaatenanekdoten aus.

Paul Horvitz kam rein.

Er sah Littell. Er wischte sich die Hosen ab. Er kam rüber. Er schüttelte die Jackettärmel aus. Asche fiel zu Boden und wirbelte durch die Luft.

Er stellte sich fest hin. Er baute sich vor der Koje auf. Er griff nach zwei Huthaken.

»Ein FBI-Mann hat mit Senator Kennedy gesprochen, vor einer Stunde. Er hat ihm das Foto eines Mannes gezeigt, der aussah wie Sie, nur ohne Ihren Bart. Er hat gesagt, dass Sie Ward Littell heißen, und Sie als ›Provocateur‹ bezeichnet. Als der Senator Ihren Namen gehört und Ihr Bild gesehen hat, ist er fast durchgedreht.«

Littell stand auf. Ihm schlotterten die Knie. Er schlug auf

den Tisch. Er versuchte zu sprechen. Die Stimme blieb weg. Er st-st-st-stotterte.

Paul packte ihn am Jackett. Paul zog ihn nahe ran. Paul riss ihm den Bart ab. Paul ohrfeigte ihn. Paul schubste ihn weg. Paul schlug ihm die Brille vom Gesicht.

Littell fiel zurück. Littell warf den Tisch um. Paul ging schnell raus.

Die Prolos wirbelten ihre Barhocker herum. Die Prolos schauten rüber. Die Prolos grinsten übers ganze Gesicht.

Ein Mann zeigte einen FBI-Ausweis.

Ein Mann sagte: »Tag, Ward.«

Ein Mann sagte: »Mr. Hoover weiß alles.«

114 (Los Angeles, 8. 4. 68)

Ein verrückter A-raber. Mit doppeltem Nachnamen.
 Wayne hatte ihn ins Spiel gebracht. Wayne hatte gesagt, er habe bei ihm eingetrieben. Der A-raber hatte das Cavern gelinkt. Der A-raber hatte Hasstraktate dabei. Der A-raber hatte eine Waffe dabei.
 Wayne hatte seinen Hasspost-Job bekommen. Wayne hatte die Hassbriefe abgefangen. Und wer sagt's denn? Der A-raber schickte Bobby K. Briefe.
 Verrüüüüückten Schwachsinn. »Judensäue« / »RFK muss sterben«.
 Pete fuhr über Freeways. Pete schlängelte sich durch L.A. Pete fuhr langsam wie ein alter Mann.
 Er fühlte sich schwach. Er fühlte sich geschafft. Er fühlte sich erschöpft. Er machte nur noch Zwergen-Schritte. Sein Atem ging stoßweise. Er trug einen Stock. Er bemaß seine Schritte. Er empfand eine gewisse Befriedigung. Er konnte jeden Tag ein bisschen besser atmen.
 Sie sind jung. Sie sind stark. Sagten die Ärzte. Der nächste bringt Sie um. Sagte der Chirurg.
 Sie hatten ihm den Brustkasten aufgeschlitzt. Sie hatten ihm die Adern durchgeputzt. Sie hatten ihn vernäht und zugeheftet. Er hatte das Krankenhaus verlassen. Er hatte sich eine Chirurgenschere gekauft. Er hatte sich langsam die Fäden gezogen. Er hatte sich mit Scotch desinfiziert. Er hatte sich mit Scotch betäubt. Er hatte mit Scotch gegen den Schmerz angekämpft.
 Pete fuhr über Freeways. Pete schlängelte sich in die Innenstadt von L.A. Pete fuhr langsam wie ein alter Mann.
 Carlos war an seinem Krankenbett erschienen. Carlos sagte, was die Sache mit dem Boot betrifft – bravo. Carlos erwähnte den »kleinen Gefallen«. Ich weiß, dass du davon weißt. Ich weiß, dass Ward dich informiert hat.

Klar, sagte Pete. Du kriegst deinen Gefallen. Ich meinen Abschied.

Geh nach L.A., sagte Carlos. Treib für Fred Otash einen Sündenbock auf.

Ich mag Fred, hatte Carlos gesagt. Wayne Senior hat ihn mir empfohlen. Und Wayne Senior mag ich auch. Der Mann hat Klasse. Der kriegt Wards Stelle. Ward wird bald seinen Abschied nehmen.

Pete hatte das Krankenhaus verlassen. Pete war nach L.A. geflogen. Pete traf Fred O. Fred O. war spindeldürr. Fred O. sagte, wieso. Er hatte einen Spinner geführt. Er hatte ihn acht Monate lang geführt. Er hatte den Sündenbock für King geführt.

Bob Relyea hatte die Nummer durchgezogen. Dwight Holly hatte sie überwacht. Wayne Senior war fürs Taktische zuständig gewesen. Wayne Junior war nun in Quarantäne. Wayne Junior hatte abgesichert.

Er hatte Wendell Durfee umgebracht. Das LAPD ermittelte. Für das LAPD war einiges offen. Der Mord sah nach Rache aus / das Opfer hat Ihre Frau umgebracht / wir würden uns gerne mit Ihnen unterhalten.

Pete durchdachte die Einzelheiten. Pete schätzte Fred O. ab. Pete riss den »kleinen Gefallen« in Stücke.

Ach du Scheiße. Die Jungs brauchen einen Sündenbock. Das wird ein Bobby-Attentat.

Fred O. bestätigte. Fred O. nannte keine Namen. Fred O. bestätigte implizit. Pete fiel der A-raber ein. Fred O. war Libanese. So was wie Synergie.

Pete erzählte vom A-raber. Pete gab Teildaten weiter. Fred O. flippte fast aus. Pete flog nach Vegas. Pete gab dem Kater einen Begrüßungs- und Abschiedskuss. Pete durchsuchte Waynes Zimmer im Cavern.

Er fand die Hasspost-Kopien. Er sah sie durch. Er fand die Briefe des A-rabers.

RFK MUSS STERBEN! RFK MUSS STERBEN! RFK MUSS STERBEN!

Er rief bei Sonny Liston an. Er sagte, wo hast du dir den Araber vorgenommen? Sonny sagte, im Desert Dawn Motel. Er ging im Desert Dawn vorbei. Er bestach jemanden an der Rezeption. Er überprüfte die Eintragungsdaten.

Wumms: Sirhan B. Sirhan / Pasadena, Kalifornien.

Er flog zurück nach L.A. Er rief bei der Kfz-Stelle an. Er bekam Sirhans ausführliche Daten. Er rief bei Fred O. an. Er sagte, wart's ab. Ich treib ihn auf.

Carlos hatte gestern Abend angerufen. Carlos hatte schlaue Sprüche geklopft. Du hast es rausgekriegt. Hat Fred O. gesagt. Weißt du, das überrascht mich gar nicht.

Dann hatte Carlos Befehlston angeschlagen. Carlos hatte gesagt:

Ward hat eine Schwäche für Bobby. Du kennst Ward. Er empfindet sich als Littell, der liberale Märtyrer. Brich vorläufig den Kontakt ab. Ward ist gescheit. Ward könnte den Braten riechen. Halt Littell draußen.

Klar, sagte Pete. Wird gemacht. Du weißt, dass ich raus will.

Carlos hatte gelacht. Pete hatte Dallas miterlebt. Jacks Kopf, der klatschend explodierte. Jackie, die abtauchte.

Chez Sirhan: Eine Mini-Absteige / alter Holzrahmenbau / bei der Muir High School. Sirhans Wagen: eine Schwarzenkutsche / Windrädchen und Schürzchen / ein mohrbrauner Ford.

Pete scherte aus. Pete parkte. Pete wartete. Pete kaute Antirauch-Kaugummi.

Er dachte an Barb. Er hörte Radio. Er hörte ein paar Barb-Melodien. Er hörte Nachrichten – toll – King-Mörder immer noch nicht gefasst!

Er dachte an Wayne. An Wayne, den Mohrenschlächter. Allesamt Tintentaucher, seit Wendell Durfee. Er bedachte Instinkte. Er wettete mit sich selbst. Wayne Senior hatte Wayne überrumpelt. Wayne Senior hatte ihn rekrutiert. Eine verdrehte Daddy-Sohn-Nummer.

Er drehte am Einstellknopf. Noch mehr King. Bobbys Wahlkampagne.

Sirhan kam raus.

Er hastete. Er ging komisch. Er rauchte. Er überflog ein Wettformular. Er streifte einen Baum. Er bekam eine Hecke ins Gesicht.

Zwei Jugendliche kamen vorbei. Sie gafften Sirhan an – ist *das* ein Spinner!

Sirhan ging komisch. Sirhan sah komisch aus. Sirhan hatte

wilde Haare und große Zähne. Sirhan ließ seine Zigarette fallen. Sirhan zündete sich eine Zigarette an. Sirhan stellte gelbe Zähne zur Schau.

Sirhan stieg in seinen Wagen. Sirhan wendete. Sirhan fuhr nach Südosten.

Pete beschattete ihn. Sirhan war wettsüchtig. Wahrscheinlich fuhr er nach Santa Anita. Wahrscheinlich zum Frühlingsrennen.

Sirhan fuhr eigenartig. Sirhan fuchtelte mit den Händen rum. Sirhan fuhr auf zwei Fahrspuren gleichzeitig. Pete fuhr dicht hinterher. Scheiß auf die Observierungsregeln. Sirhan war total gaga.

Sie fuhren nach Südosten. Sie erreichten Arcadia. Sie erreichten den Parkplatz. Sirhan blieb stehen. Sirhan parkte querbeet. Pete parkte in der Nähe.

Sirhan stieg aus. Sirhan zog eine Halbliterflasche Wodka raus. Sirhan nahm kleine Schlucke. Pete stieg aus. Pete beschattete ihn. Pete ging ihm nach, den Stock in der Hand.

Sirhan ging eigenartig. Sirhan ging schnell. Pete ging herzinfarktlangsam.

Sirhan erreichte das Drehkreuz. Sirhan warf Kleingeld rein. Sirhan sagte: »Sitzplatz einfach«. Pete kaufte sich einen billigen Platz. Pete keuchte nach Luft. Pete verfolgte Sirhan laaaaaaaaaaaangsam.

Sirhan drängte sich durch die Leute. Sirhan drängte eigenartig. Sirhan setzte die Ellenbogen ein. Die Leute gafften – schau dir den Clown an / ist der durchgedreht!

Sirhan blieb stehen. Sirhan holte sein Formular raus. Sirhan dachte nach.

Er studierte das Formular. Er bohrte in der Nase. Er schnippte Popel weg. Er leckte einen Bleistift ab. Er machte Kreise um Pferde. Er stocherte in den Ohren. Er holte Ohrenschmalz raus. Er schnüffelte dran. Er schnippte es weg.

Er ging weiter. Pete ging langsam am Stock. Sirhan holte eine Rolle Dollarnoten raus. Sirhan ging zum Zweidollarfenster.

Er wettete in sechs Rennen. Er setzte auf lauter Außenseiter – je zwei Dollar. Er sprach merkwürdig. Er sprach gestelzt. Er sprach rasch.

Der Mann im Käfig reichte ihm die Scheine. Sirhan ging weiter. Pete verfolgte ihn langsam. Sirhan ging schnell. Sirhan holte alle sechs Schritte die Flasche raus.

Er nahm einen Schluck. Er ging sechs Schritte. Er trank erneut. Pete zählte die Schritte. Pete beschattete ihn. Pete grunzte.

Sie erreichten die Billigplätze. Sirhan studierte Gesichter. Sirhan studierte laaaaangsam. Er starrte rum. Die Augen hüpften. Die Augen stachen. Die Augen flackerten auf und blitzten.

Pete *kapierte*.

Er hält nach Dämonen Ausschau. Er hält nach Juden Ausschau.

Sirhan blieb stehen. Sirhan starrte. Sirhan sah große Nasen. Sirhan roch Juden.

Sirhan ging weiter. Sirhan setzte sich. Sirhan setzte sich in die Nähe von ein paar tollen Bienen. Die Mädchen machten pfui. Die Mädchen machten kotz.

Pete nahm Platz. Pete saß eine Bankreihe weiter. Pete musterte die Aussicht: den Sattelplatz / die Rennstrecke / die Pferde am Start.

Die Glocke bimmelte. Die Pferde preschten weg. Sirhan drehte durch.

Er schrie. Er kreischte, losloslos. Sein Hemdzipfel rutschte raus. Pete sah eine Patronentasche. Pete sah eine kurzläufige .38er.

Sirhan schlürfte Wodka. Sirhan schrie auf Arabisch. Sirhan hämmerte sich die Brust zu Brei. Die Mädchen zogen um. Die Pferde überquerten das Finish. Sirhan zerriss einen Wettschein.

Sirhan schmollte. Sirhan ging auf und ab. Sirhan trat Pappbecher weg. Sirhan studierte sein Wettformular. Er bohrte in der Nase. Er schnippte Popel weg.

Ein paar Burschen saßen vor ihm – Marines in Ausgehuniform. Sirhan rutschte nahe an sie ran. Sirhan gab Schwachsinn zum Besten. Sirhan bot ihnen seine Flasche an.

Die Marines schluckten. Pete hörte zu. Pete hörte:

– »Die Juden klauen unsere Fotzen.«

– »Sie werden von Robert Kennedy bezahlt.«

– »Echt wahr, könnt ihr mir glauben.«

Die Marines grunzten. Die Marines machten sich über den Knallkopf lustig. Sirhan wurde sauer und griff nach seiner Flasche. Die Marines warfen sie sich über seinen Kopf hinweg zu. Die Marines fanden immer mehr Vergnügen an der Sache.

Sie standen auf. Sie reckten sich zu voller Höhe auf. Sie warfen die Flasche ganz hoch. Sirhan war klein. Sie waren groß. Sie ließen Sirhan springen.

Hände weg – *Semper fi* – in Treue fest – ein munterer Dreier.

Sie warfen sich die Flasche zu. Sirhan sprang. Sirhan hechtete und hüpfte. Hände weg / heiß und fettig / ein munterer Dreier.

Die Flasche flog durch die Luft. Die Flasche flog handgranatenschnell. Die Flasche fiel und zerbrach. Die Marines lachten. Sirhan lachte – wie Daffy Duck.

Ein Zuschauer lachte. Er war dick und hatte krauses Haar. Ein schickes Käppchen auf und eine Mesusa um.

Sirhan bezeichnete ihn als »Mösenlecker«.

Sirhan bezeichnete ihn als »Vampir-Juden«.

Pete schaute dem Rennen zu. Pete schaute der Sirhan-Sirhan-Show zu.

Sirhan knabberte Schokoriegel. Sirhan stocherte in den Zähnen. Sirhan verlor. Sirhan schmollte. Sirhan bohrte zwischen den Zehen rum. Sirhan belästigte Blondinen. Sirhan bohrte nach Ohrenschmalz. Sirhan schwatzte dummes Zeug.

Juden. RFK. Die Eitermarionetten von Zion. Der Araber-Aufstand.

Sirhan gierte nach Juden. Sirhan kratzte sich an den Eiern. Sirhan lüftete sich die Füße. Sirhan ging zum Sattelplatz. Pete dicht hinterher. Sirhan belästigte Jockeys.

Ich war mal Jockey. Ich war mal Pferdeführer. Ich hasse die Zionistenschweine. Die Jockeys verhöhnten ihn – fick dich, Fritz – du bist ein *Kamel*-Jockey.

Sirhan ging in die Bar. Pete dicht hinterher. Sirhan trank Wodka und setzte mit Schokoriegeln nach. Sirhan lutschte an Eiswürfeln.

Sirhan gierte nach Juden. Sirhan war auf Riesennasen fixiert. Sirhan rutschte von Hocker zu Hocker. Sirhan ging zum Klo. Pete dicht hinterher. Sirhan suchte die Pissoirs ab.

Sirhan ging in eine Klokabine. Pete wartete in der Nähe. Sirhan schiss lange und laut. Sirhan kam raus. Pete ging rein. Pete sah Klo-Kritzeleien:
Zions-Schweine!
Blutlecker-Juden!
RFK muss sterben!

Pete rief bei Fred O. an. Pete sagte: »Er sieht gut aus.« Pete fuhr in die Innenstadt. Pete ging ins Rathaus. Pete ging zum staatlichen Rennamt.
　Er zeigte ein Spielzeugabzeichen vor. Er legte einen Beamten rein. Er erschwindelte sich eine Mitarbeiterüberprüfung.
　Der Beamte zeigte ihm eine Datenbank. Er sah sechs alphabetisch sortierte Schubladen. Der Beamte gähnte. Der Beamte ging. Der Beamte machte Kaffeepause.
　Er öffnete die »S«-Schublade. Er blätterte sie durch. Er fand »Sirhan, Sirhan B.« Er überflog zwei Seiten. Er kriegte raus:
　Sirhan *war* mal Pferdeführer gewesen. Sirhan war von Pferden gefallen. Sirhan hatte sich mehrmals den Kopf angeschlagen. Sirhan trank zu viel. Sirhan wettete zu viel. Sirhan beschimpfte Juden.
　Er fand eine Akte. Das Amt hatte Sirhan zu einem Psychologen geschickt. Zu einem Schweinefleischverweigerer / Dr. G.N. Blumenfeld / in West L.A.
　Pete lachte. Pete ging. Pete fand ein Telefon. Er rief bei Fred O. an. Er sagte: »Er sieht hervorragend aus.«

Er ermüdete rasch. Er ermüdete heftig. Das machte ihn fertig. Der *Tag* hatte ihn fertig gemacht. Beschattungsdienst am Stock mit siebenundvierzig.
　Er ging in sein Motel. Er nahm seine Pillen. Er schluckte seine Blutverdünnungstropfen. Er kaute Antirauch-Kaugummi. Er aß sein Karnickelfraß-Dinner.
　Er war erledigt. Er war total geschafft. Er versuchte zu schlafen. Er konnte nicht abschalten. Der jüngste Mist setzte ihm zu.
　Barb / das Schiff / die Große Lüge. Wayne / das King-Attentat / Bobby.
　Barb machte Sinn. Sonst nichts. Barb stand auf Bobby. Barb

würde Bobby betrauern. Vielleicht brachte Barb ihn mit dem Anschlag in Zusammenhang. Vielleicht zog sie eine »Nicht-schon-wieder«-Nummer ab. Vielleicht drehte sie durch und ging. Vielleicht verließ sie ihn für Bobby und Jack.

Das machte ihm Angst. Sonst nichts. Keine Empörung und keine Phantasien wegen *La Causa*. Sonst fürchtete er nichts.

Mein Mist erschöpft zu sehr. Ich bin ausgebrannt und fertig. Ich bin erledigt.

Er überprüfte die Gelben Seiten. Er fand die Adresse des Psychoanalytikers. Er schlief ein.

Er schlief sechs Stunden. Er erwachte erfrischt. Er ging ohne Stock raus. G.N. Blumenfeld / Praxis am Pico-Boulevard / draußen in West L.A.

02:30 – L.A. schläft.

Er fuhr raus. Er parkte am Bürgersteig. Er überprüfte das Gebäude: Stuck / einstöckig / sechs Türen nebeneinander.

Er nahm die Taschenlampe. Er nahm das Taschenmesser. Er nahm die Diner's-Club-Karte. Er stieg aus. Er schwankte. Wo ist mein Scheiß-Stock?

Er schaffte es zur Tür. Er leuchtete ins Schlüsselloch. Er untersuchte das Schlüsselloch. Los – die Messerklinge / die Kreditkarte / eine scharfe Umdrehung.

Er setzte an. Er setzte Kraft ein. Die Tür ging auf.

Er ging schwankend rein. Er hielt den Atem an. Er zog die Tür zu. Er leuchtete das Wartezimmer ab. Er sah Clownsdrucke. Er sah einen Schreibtisch und ein Sofa.

Er leuchtete eine Seitentür an. Er sah einen Schlangenstab. Er sah *G.N. Blumenfeld*. Er ging rüber. Er stützte sich an den Wänden ab. Sein Atem stockte und keuchte.

Er versuchte, die Tür zu öffnen. Sie war unverschlossen. Da – der Analytiker-Stuhl. Da – der Aktenschrank. Da – die Analytiker-Couch.

Sein Atem ging stoßweise. Ihm schwindelte. Er streckte sich auf der Couch aus. Er lachte – ich bin Sirhan Sirhan – RFK, nimm dich in Acht!

Er kam wieder zu Atem. Er ließ das Lachen. Sein Herzschlag beruhigte sich. Er leuchtete den Aktenschrank ab: Von A bis L / von M bis S / von T bis Z.

Er stand auf. Er zog an den Schubladengriffen. Die Aktenschubladen glitten raus. M bis S – sei da, du Arsch.
Er zog Aktenschublade Nr. 2 raus. Er blätterte sich durch. Er fand ihn: Ein Hänger / zwei Blätter / Zusammenfassung dreier Sitzungen.
Er leuchtete die Blätter an. Zitate sprangen ihn an: »Gedächtnisverlust.« – »Phantasien.« – »Desorientierung.« »*Übertrieben abhängig von männlichen Autoritätsfiguren.*«
Spitzenzitate. Fred O. würde umfallen. Hallo, Kamel-Jockey!

DOKUMENTENEINSCHUB: 11.4.68. Atlanta *Constitution*, Schlagzeile und Untertitel:

SUCHE NACH KING-ATTENTÄTER WEITET SICH AUS
FBI AN GROSSFAHNDUNG BETEILIGT

DOKUMENTENEINSCHUB: 12.4.68. Houston *Chronicle*, Schlagzeile und Untertitel:

WÄSCHEREIMARKE IDENTIFIZIERT TATVERDÄCHTIGEN
SUCHE ERFASST GANZ LOS ANGELES

DOKUMENTENEINSCHUB: 14.4.68. Miami *Herald*, Untertitel:

SCHÄDEN DURCH UNRUHEN NACH KING-ATTENTAT
ABGESCHÄTZT

DOKUMENTENEINSCHUB: 15.4.68. Portland *Oregonian*, Schlagzeile und Untertitel:

WAGEN DES ATTENTÄTERS IN ATLANTA GEFUNDEN
SUCHE NACH TATVERDÄCHTIGEM »GALT« WEITET SICH AUS

DOKUMENTENEINSCHUB: 19.4.68. Dallas *Morning News,*
Untertitel:

SUCHE NACH KING-ATTENTÄTER ERFOLGT
»AUF OBERSTER DRINGLICHKEITSSTUFE«, SAGT HOOVER

DOKUMENTENEINSCHUB: 20.4.68. New York *Daily News,*
Schlagzeile und Untertitel:

FINGERABDRUCK-UNTERSUCHUNG AUSSAGEKRÄFTIG!
»GALT« ALS AUSGEBROCHENER STRÄFLING IDENTIFIZIERT!

DOKUMENTENEINSCHUB: 22.4.68. Chicago *Sun-Times,*
Schlagzeile und Untertitel:

GROSSER ZUSPRUCH FÜR RFK IN DEN
INDIANA-VORWAHLEN
BERUFT SICH AUF VERMÄCHTNIS VON DR. KING

DOKUMENTENEINSCHUB: 23.4.68. Los Angeles *Examiner,*
Untertitel:

ELENDSQUARTIER-MORDOPFER DURFEE ALS LANGGESUCHTER
VERGEWALTIGER-MÖRDER IDENTIFIZIERT

DOKUMENTENEINSCHUB: 7.5.68. New York *Times,* Schlagzeile:

RFK GEWINNT VORWAHLEN IN INDIANA

DOKUMENTENEINSCHUB: 10.5.68. San Francisco *Chronicle,*
Schlagzeile:

RFK GEWINNT VORWAHLEN IN NEBRASKA

DOKUMENTENEINSCHUB: 14.5.68. Los Angeles *Examiner*, Untertitel:

SUCHE NACH KING-ATTENTÄTER NUN IN KANADA

DOKUMENTENEINSCHUB: 15.5.68. Phoenix *Sun*, Untertitel:

RFK KÄMPFT IN OREGON UND KALIFORNIEN UM STIMMEN

DOKUMENTENEINSCHUB: 16.5.68. Chicago *Tribune*, Untertitel:

KING-ATTENTAT ›KEINE VERSCHWÖRUNG‹, SAGT HOOVER

DOKUMENTENEINSCHUB: 22.5.68. Washington *POST*, Schlagzeile und Untertitel:

GERINGE BETEILIGUNG AN ›ARME-LEUTE-MARSCH‹
WIRD AUF KINGS TOD ZURÜCKGEFÜHRT

DOKUMENTENEINSCHUB: 26.5.68. Cleveland *Plain Dealer*, Untertitel:

SUCHE NACH VERDÄCHTIGEM RAY WEITET SICH AUS

DOKUMENTENEINSCHUB: 26.5.68. New York *Daily News*, Untertitel:

RAY ALS ›AMPHETAMIN-SÜCHTIGER EINZELGÄNGER‹
BESCHRIEBEN, MIT HANG ZU ›BUSEN‹-MAGAZINEN

DOKUMENTENEINSCHUB: 27.5.68. Los Angeles *Examiner*, Untertitel:

FREUNDE BESTÄTIGEN RAYS RASSISMUS

DOKUMENTENEINSCHUB: 28.5.68. Los Angeles *Examiner*, Untertitel:

KEINE SPUREN BEI SUCHE NACH SLUM-MÖRDER
LAPD BRINGT OPFER MIT JÜNGSTEN VERGEWALTIGUNGS-
MORDEN AN DREI FRAUEN IN ZUSAMMENHANG

DOKUMENTENEINSCHUB: 28.5.68. Portland *Oregonian*, Schlagzeile und Untertitel:

RFK VERLIERT VORWAHLEN IN OREGON
KÄMPFT NUN
UM VORENTSCHEIDUNG IN KALIFORNIEN

DOKUMENTENEINSCHUB: 29.5.68. Los Angeles *Times*, Untertitel:

GROSSE ZUSCHAUERMENGEN FÜR RFK, DER KALIFORNIEN
IM STURM EROBERT

DOKUMENTENEINSCHUB: 30.5.68. Los Angeles *Times*, Untertitel:

REKORDMENGE JUBELT, ALS RFK VERSPRICHT,
DEN KRIEG ZU BEENDEN

DOKUMENTENEINSCHUB: 1.6.68. San Francisco *Chronicle*,
Untertitel:

RFK KÄMPFT IN KALIFORNIEN UM JEDE STIMME

115 (Lake Tahoe, 2. 6. 68)

Der Unterschlupf:
Wayne Seniors Blockhaus / vier Zimmer / abgeschieden. Nur über Bergstraßen erreichbar. Weite Aussicht und Forellenbäche.
Zurzeit dein Zuhause. Dein Zuhause seit Memphis.
Er hatte ein Telefon mit Verschlüsselungstechnik. Er hatte Essensvorräte. Er hatte einen Fernseher. Er hatte einiges aufzuarbeiten. Er hatte Zeit zum Nachdenken.
Abwarten. Das FBI wird Jimmy Ray kriegen. Das LAPD wird bei Durfee aufgeben.
Bob Relyea hatte seinen eigenen Unterschlupf. Bob hatte irgendeinen Schuppen in der Nähe von Phoenix. Wayne war besser untergebracht. Wayne telefonierte. Wayne sah fern.
Das FBI verfolgte Ray nach England. Wo sich die Spur verlor. Sie sagen, dass sie ihn kriegen werden. Sie werden ihn umbringen oder festnehmen. Er wird »Raul« preisgeben. Sie werden sagen, du spinnst. Einen »Raul« gibt es nicht.
Das Fernsehen brachte Nachrichten. Wayne Senior rief täglich an. Wayne Senior gab Tratsch zum Besten.
Ich arbeite jetzt mit Carlos zusammen. Carlos sagt, er habe ein paar Bänder gekriegt. Von Mr. Hoover. Bänder, die ihm Angst machten. Bobby K. will uns verscheißern. Der gehört baldmöglichst umgelegt.
Wayne Senior quasselte. *Was ich alles weiß*. Wayne Senior schnitt auf.
Fred O. zieht die Nummer durch. Er führt den neuen Schützen. Pete B. sichert ab. Wayne Senior prahlte. *Ich bin ein Insider*. Wayne Senior schnitt auf.
Pete hat ein paar Kader-Männer umgebracht. Pete hat auf See ein paar lose Enden gestutzt. Hat Carlos mir gesagt. Wayne Senior quasselte. *Dein Daddy kriegt was mit*. Wayne Senior schnitt auf.

Das Kader-Geschäft war pure Geschäftemacherei. Die Jungs haben *La Causa* verscheißert. Hat Carlos mir gesagt. Wayne dachte darüber nach. Wayne kam zum Schluss: Das ist mir schnuppe.

Er sah fern. Er bekam den Krieg mit. Er bekam Politik mit. Wayne Senior brüstete sich. Bobby ist ein toter Mann. Ich bring Nixon mit den Jungs zusammen.

Wayne dachte darüber nach. Ein Zusammentreffen günstiger Umstände? Wayne bedachte die Konsequenzen. Wayne erkannte, dass sich ein Gleichgewicht ergab.

King ist tot. Bobby wird's bald sein. Riesenwirbel, der sich irgendwann wieder gibt. Der Arme-Leute-Marsch blieb unbeachtet. Er wurde von den Unruhen in den Schatten gestellt. Ein paar Narren schmissen ihre Steine und fügten sich. Chaos ist anstrengend. Narren geben bald auf. Bei Kings Tod brüllten sie und fügten sich. Bob verschwindet. Dick Nixon herrscht. Das Land wird aufbrüllen und sich fügen.

Das Arrangement wird greifen. Es wird Frieden herrschen. Menschen deines Schlags werden die Geschicke lenken. Das sah er. Das spürte er. Das *wusste* er.

Und:

Du wirst hochkommen. Du wirst *deinen* Anteil kriegen. Das *weißt* du. Du ergreifst Initiativen. Du hörst zu. Du *denkst nach*.

Er rief bei Wayne Senior an. Er ließ ihn reden. Er ließ ihn quasseln und aufschneiden.

Wayne Senior sagte:

Littell wird seinen Abschied nehmen. Ich kriege seinen Job. Ich werde Verbindungsmann zwischen Howard Hughes und den Jungs. Dick Nixon und *ich*. Dick Nixon und die Jungs – feuerhöllisch.

Wayne hörte zu. Wayne gab Stichworte. Wayne fühlte ihm vorsichtig auf den Zahn.

Wayne Senior:

Ich habe Maynard Moore geführt. Er ist mein Spitzel gewesen. Ich habe einen Gutteil der Kosten von Dallas übernommen. Ich habe dich hingeschickt. Ich habe dich ins Zentrum des Geschehens geführt. Ich hab dir Geschichte spendiert. Du hast Moore umgebracht – *oder nicht?* – du hast Geschichte *erlebt*.

Wayne wich der Frage aus. Wayne dachte Dallas erneut durch. Moore und die Geldspende waren Schnee von gestern. Aktuell war die Verachtung und die Hybris.

Dallas hat dein Leben aus der Bahn geworfen. Dallas hat deine Frau umgebracht. Dallas hätte fast auch dich umgebracht. Wendell D. war da. Du hast ein Wochenende mit ihm verlebt. Schnitt auf euer letztes Rendezvous.

Wayne Senior hatte Durfee gefunden. Mit Hilfe von Dwight Holly. Sie haben ihn für dich gefunden und aufgespürt. Durfee hat drei weitere Frauen umgebracht. Er hat sie in der Zwischenzeit umgebracht – *vor* eurem letzten Rendezvous.

Wayne Senior prahlte. *Und jetzt hör zu.* Wayne Senior schnitt auf. Pete hatte die Kader-Männer umgebracht. Carlos hatte den Auftrag erteilt. Carlos hatte gesagt, Pete könne »gehen«. Carlos hatte Pete angelogen. Carlos sagte Wayne Senior wieso.

Pete war impulsiv. Pete war unberechenbar. Pete hatte Ideale. Pete und Barb haben zu verschwinden. Pete und Barb verschwinden, sobald Bobby weg ist. Carlos hat einen Mitarbeiter. Er heißt Schraubstock-Chuck. Chuck bringt feuerhöllisch um. Carlos wird Chuck *après* Bobby anrufen.

Hybris. Fehleinschätzung. Tiefste Verachtung für DICH.

Er hatte Zeit. Er hatte das Telefon. Er hatte abhörsichere Frequenzen. Er rief an. Nicht Barb. Nicht Pete.

Er rief Janice an. Er hörte zu. Sie sprach.

Sie hatte Krebs. Den sie ihr ein bisschen rausgeschnitten hatten. Aber der Krebs hatte sich bereits stark ausgebreitet. Sie hatte noch sechs Monate, bestenfalls. Sie gab sich selbst die Schuld. Ihre Krämpfe hatten die Symptome verdeckt. Besagte Krämpfe hatte sie Wayne Senior zu verdanken.

Sie hielt ihre Prognose geheim. Sie hatte Ward nichts gesagt. Sie war in seine Suite eingezogen. Sie liebte nach wie vor den Golfplatz. Sie schlug immer noch Übungsbälle ab.

Sie baute ab. Ward fiel nichts auf. Ward war eeeeeben Ward. Ward sprach jetzt im Schlaf. Ward rief nach »Bobby« und »Jane«.

Ward studierte Kontenbücher. Er besaß zwei getrennte Ausführungen. Ward hatte sie gut versteckt. Ward war verschwiegen. Ward war kopflos. Sie hatte das Versteck gefunden.

Teamster-Bücher. Zahlen und Kodenamen. Eine Ausführung. Mafiafeindliche Kladden. Getippte Blätter mit handgeschriebenen Randnotizen. Eine Ausführung.

Weibliche Schrift. Wahrscheinlich von »Jane« gekritzelt.

Ward kopierte die Jane-Blätter. Ward verfasste Erläuterungen. Ward füllte Briefumschläge. Ward war geheimnisvoll. Ward war kopflos. Sie schaute ihm dabei zu. Sie spionierte ihn erfolgreich aus.

Sie machte den Bleistifttrick. Sie färbte ein Notizblatt ein. Sie bekam eine Erläuterung wortwörtlich mit. Ward schrieb an einen »Paul Horvitz«. Das war ein Mitarbeiter von Bobby. Ward flehte. Ward kroch. Ward drängte. Ward sagte, hier sind noch mehr Sauereien. Ward sagte, ich bin kein Spion. Ward sagte, *bitte hassen Sie mich nicht.*

Es war erbärmlich. Hatte Janice gesagt.

Er rief sie wieder an. Gespräche über Krebs lehnte sie ab. Sie sprach über Ward.

Er wird von Schuldgefühlen zerrissen. Er ist paranoid. Er ist verwirrt. Er spricht irre. Er sagt, das FBI sei hinter ihm her. Er sagt, die Jungs seien möglicherweise hinter Bobby her.

Er spielt Bobby-Bänder ab. Er spielt sie spät nachts. Er denkt, ich schlafe tief und fest. Er schläft in Schüben. Er betet für Bobby. Er betet für Martin Luther King. Er ist seit zehn Tagen weg. Er hat nicht wieder angerufen. Ich glaube, er ist durchgeknallt.

Er fehlt mir. Vielleicht verbrenne ich seine Papierhaufen. Vielleicht kommt er dann zu Sinnen. Vielleicht bringt ihn das zu sich.

Tu's nicht, sagte Wayne. Janice lachte. Janice sagte, sie rede nur so daher. Wayne schlug ein Datum vor. Er sagte, bald komme ich in Vegas vorbei. Wir treffen uns in Wards Suite.

Janice sagte ja.

Er wollte sie. Sterbend oder nicht. Das wusste er. Janice brachte ihn zum Denken. *Alles* brachte ihn zum Denken.

Er tat es unvermittelt. Der plötzliche Wunsch nach einer Zeitreise. Vierzehn Jahre zurück. Er rief seine Mutter in Peru, Indiana, an.

Der Anruf schockierte sie. Er wartete, bis sie sich beruhigt hatte. Sie kamen sich vorsichtig näher. Sie überbrückten ein paar Pausen. Sie sprachen miteinander. Was sein Leben anging, log er sich was zusammen. Sie sagte nur Gutes.

Du warst ein zartes Kind. Du hast Tiere geliebt. Du hast gefangene Kojoten freigelassen. Du warst ein brillantes Kind. Du hast dir komplizierte Mathematik angeeignet. Du warst vorzüglich in Chemie. Du hast keinen Hass in dir getragen. Du hast mit farbigen Kindern gespielt. Du hast auf rechtschaffene Weise geliebt.

Ich war schon mal schwanger. 1932 – zwei Jahre vor dir. Wayne Senior hatte einen Traum. Er sah, dass das Baby ein Mädchen war. Er wollte einen Jungen.

Er schlug mir in den Bauch. Mit einem Messingschlagring. Das Baby starb. Wayne Senior hatte Recht. Es war ein Mädchen. Das hat mir der Arzt bestätigt.

Daraufhin verabschiedete sich Wayne. Die Mutter sagte, Gott segne dich.

Wayne dachte alles durch. Wayne rief Janice an. Wayne verabredete sich mit ihr.

116 (Long Beach, 3. 6. 68)

Bobby! Bobby! Bobby!

Die Menge rief es im Chor. Die Menge tobte. Sprich, Bobby, sprich!

Bobby kletterte auf eine Lastwagenpritsche. Bobby nahm ein Mikrofon. Bobby rollte die Hemdsärmel hoch.

Einkaufszentrum Southglen. Dreitausend Fans – sprich, Bobby, sprich! Heftiges Gedränge auf dem Parkplatz. Kinder auf Daddys Schultern. Lautsprecher auf Stangen.

Die Fans liebten Bobby. Die Fans schrien sich die Stimmbänder aus dem Leib. Die Fans kreischten. Schau, wie Bobby lächelt! Schau, wie Bobby die Haare zurückwirft! Hör, was Bobby sagt!

Pete schaute zu. Gemeinsam mit Fred O.

Sie schauten Bobby zu. Sie schauten sich seine Leibwächter an. Sie schauten sich die Polizeitruppe an. Wenig Polizisten. Bobby liebte den Kontakt. Bobby pfiff auf Sicherheit.

Fred beobachtete, wo sich die Polizisten hinstellten. Fred beobachtete, wie die Polizisten die Menge musterten. Fred merkte sich Einzelheiten. Fred prägte sich alles ein.

Fred hatte Sirhan getroffen. Sie waren sich beim Rennen »zufällig begegnet«. Sie waren sich vor sechs Wochen »zufällig begegnet«. Fred hatte für Sirhan eine Schau abgezogen. Fred hatte einen Juden zusammengeschlagen.

Einen großen Mann. Mit großer Nase. Mit großem Käppchen. Einen *sehr* großen Juden.

Fred hatte ihn fertig gemacht. Sirhan hatte zugeschaut. Sirhan genoss die Schau. Fred gab sich als Seelenverwandten – ich heiße Bill Habib – auch ein Araber.

Werbung / Unterjochung / Rekrutierung / Einseifung.

Fred wurde Sirhans Kumpel. Fred kaufte ihm Schnaps. Fred zog über die Juden her. Sie trafen sich jeden Tag. Sie fanden zusammen. Sie zogen über Bobby K. her. Sie trafen sich halb privat. Fred blieb mager. Fred blieb getarnt.

Fred reizte Sirhan. Fred studierte Sirhan. Fred begriff:

Wie weit man ihn anstacheln kann. Wie viel Schnaps er braucht. Wie man seinen Hass aufzureizen vermag. Wie man ihn zum Reden anstiftet. Wie man ihn dazu bringt, besinnungslos zu schäumen: RFK umbringen!

Wie man ihn besinnungslos betrunken macht. Wie man bei ihm Verwirrung stiftet, wenn er duhn ist. Wie man Gedächtnisverlust auslöst. Wie man ihn dazu animiert, auf Wahlversammlungen rumzuhängen. Wie man ihn aufhetzt, übers Töten zu reden. Wie man ihn anregt, vom Schicksal zu reden. Wie man ihn anspornt, in den Bergen Schießübungen zu machen – mit Bobby-K-Attrappen als Zielscheibe.

Fred beurteilte Sirhan. Fred sagte:

Er ist ein schwerer Trinker. Er ist jede Nacht betrunken. Er trinkt mit mir und ohne mich. Er hängt auf Wahlveranstaltungen rum. Er reist im ganzen Staat Wahlveranstaltungen nach. Er hat stets seine Waffe dabei. Ich habe ihn beschattet. Ich habe ihn gesehen. Ich *weiß Bescheid*.

Er hasst Bobby. Er hat eine verdrehte Logik. Fehlgeleitet und rationalisiert. Er hasst die Juden. Er hasst Israel. Er hasst Bobby, weil Bobby ein Scheiß-*Kennedy* ist.

Er ist jetzt in Schwung. Er ist so weit. Er ist gaga. Er neigt zu Bewusstseinstrübungen. Er ist alkoholgeschädigt.

Fred wählte den Ort. Fred sagte Sirhan Bescheid. Fred brachte Sirhan zum Trinken. Sirhan *wählte* den Ort. Sirhan wählte ihn zwei Flaschen später. Sirhan eignete sich die Idee an. Sirhan denkt, es sei *seine* Idee. Seine Schnapseingebung.

Morgen Abend. Im Ambassador Hotel. Bobbys Siegesgala. Bobby wird seinen Sieg verkünden.

Sie werden Bobby braten. Bobby wird gebraten und gesotten – nacheinander. Raus kommt er nur durch die Küche. Der eine kurze und schnelle Weg ins Freie – ein Glückstreffer. Sirhan wird da sein. Sirhan ist in Schwung – total.

Fred kannte die Küche. Fred hatte sie überprüft. Fred hatte Sicherheitsdienstler angesprochen. Besagte Sicherheitsdienstler hatten versprochen:

Wenig Raum / Wächter mit Waffen / viele Sicherheitsleute.

Das bedeutete Explosionspotential / Verwirrungspotential. Das bedeutete ein potentielles Irrenhaus.

Fred sah dramatische Entwicklungen / Fred *prophezeite* ein Irrenhaus:

Männer ziehen ihre Waffe. Männer erschießen Sirhan. Schüsse prallen ab und treffen Bobby K. Fred sagte, er *wird* schießen. Mit Irren kannte sich Fred aus. Fred-»Raul« hatte James Earl Ray geführt.

Pete blickte sich um. Die Menge schrie. Die Menge geriet außer Rand und Band. Die Menge schrie lauter als Bobby.

Die Lautsprecher hallten wider. Die Echos klangen über den ganzen Platz. Bobby sprach mit Bass- und Piepstönen. Pete hörte Plattitüden. Pete hörte, »dem Krieg ein Ende machen«. Pete hörte, »Kings Vermächtnis«.

Barb stand auf Bobby. Barb stand auf Bobbys Anti-Kriegs-Scheiß. Er hatte nicht bei ihr angerufen. Sie hatte nicht bei ihm angerufen. Sie hatte nie geschrieben. Seit Sparta hatten sie keinen Kontakt. Seit der Schiffsreise nicht. Seit dem Herzinfarkt nicht.

Die Menge schrie. Pete sah sich um. Pete sah ein Telefon. An der Straße. Weg vom Lärm. Weg von Bobby.

Er drängte sich durch. Die Leute traten zur Seite. Die Leute sahen seinen Stock. Er schaffte es zur Telefonkabine. Er hielt den Atem an. Er warf 25-Cent-Münzen ein.

Er bekam ein Telefonfräulein. Sie stellte ihn zum Cavern durch. Er erhielt die Telefonzentrale. Er ließ sich die für ihn hinterlassenen Nachrichten geben.

Keine Nachricht von Barb. Eine Nachricht von Wayne: Ruf mich an / Lake Tahoe / *dringend* / ruf direkt auf dieser Nummer an.

Pete schmiss 25-Cent-Stücke ein. Pete bekam ein Telefonfräulein. Sie stellte ihn direkt nach Tahoe durch. Pete hörte es zweimal klingeln. Pete hörte Wayne:

»Hallo?«

»Ich bin's. Wo zum Teufel –«

»Littell weiß vom Anschlag. Pack ihn dir und schaff ihn her. Und sag Barb, sie soll sich in Sicherheit bringen.«

117 (San Diego, 3.6.68)

Bobby war in Hochform.
Er stocherte in die Luft. Er warf sein Haar zurück. Er pries Dr. King. Er nahm ihn in Beschlag. Er schwang noch größere Töne. Er sang sein Loblied.
Alles klappte. Alles sang – der Sonnenbrand / der nasale Klang / die aufgerollten Hemdsärmel.
Die Menge war in Hochform. Die Menge tobte. Die Menge jubelte im Takt. Zweitausend Menschen / Absperrseile oben / Menschenströme, die sich auf einen Parkplatz ergießen.
Littell schaute. Littell wünschte sich mit aller Kraft: *Bobby, bitte schau mich an.*
Nimm mich wahr. Hab keine Angst vor mir. Ich will dir nie mehr wehtun. Ich bin ein Pilger. Ich habe Angst *um* dich. Meine Angst ist begründet.
Bobby stand auf einer Lasterpritsche. Die hintere Klappe zitterte und pendelte. Helfer standen unter ihm. Helfer stützten ihn.
Schau rüber. Schau runter. Nimm mich wahr.
Seine Angst war übergekocht. Das war nun zwei Wochen her. Seine Angst war immer umfassender geworden und hatte sich gesteigert. Er hatte Angstpunkte miteinander verbunden. Er hatte Angstkurven nachgespürt. Er hatte Angsthieroglyphen entziffert.
Das Bild in den Nachrichten / das El Encanto / Suite 301. Sams »Geschenkpäcklein«. Die »Kleinigkeit«, die Carlos bei Pete einforderte. Angstverbindungen / Hieroglyphen / Puzzleteile.
Es wurde schlimm. Es fraß ihn auf. Es brachte ihn um den Schlaf. Er war aus Vegas weggerannt. Er war nach Washington geflogen. Er hatte Paul Horvitz angerufen.
Paul legte auf. Er hatte Mr. Hoover angerufen. Er hatte

Dwight Holly angerufen. Sie legten auf. Er war zum FBI gefahren. Die Türsteher schmissen ihn raus.

Er war nach Oregon geflogen. Er wandte sich an Wahlhelfer. Er wurde von Wachen zurückgehalten. Er sah seinen Namen auf einer Liste – der »Bekannten Feinde«.

Er sagte den Wachen, ich *ahne* was. Er sagte, *bitte* redet mit mir. Sie sagten nein. Sie fassten ihn derb an. Sie schmissen ihn raus.

Die Teile griffen ineinander. Er ahnte was. Mr. Hoover *weiß Bescheid* – genau wie er bei Jack Bescheid gewusst hat.

Er flog nach Santa Barbara. Er nahm ein Hotelzimmer. Er legte sich im El Encanto auf die Lauer. Er beobachtete Suite 301. Er folgte den Kabeln. Er fand den Horchposten.

Suite 208 / fünfzig Meter weiter / vierundzwanzig Stunden am Tag bemannt.

Er belauerte ihn. Er trug Verkleidungen. Er arbeitete sechs Tage und Nächte. Er wartete. Der Posten blieb bemannt – den ganzen Tag / die ganze Nacht.

Er drehte durch. Er schlief nicht mehr – sechs Tage / sechs Nächte. Er verlor Gewicht. Er sah Kobolde. Er sah Flecken.

Am 7. Tag regnete es. Ein Agent im Posten.

Glück:

Besagter Agent verlässt den Posten. Besagter Agent geht auf Suite 63. Besagter Agent besucht eine Prostituierte.

Littell ging in 208. Littell bekam das Türschloss auf. Littell schloss sich ein. Littell durchsuchte den Posten.

Er fand ein Transkriptprotokoll. Er sah den Verteilerschlüssel. Er fand aufgestapelte Transkripte. Er blätterte zurück auf Mitte März. Er sah:

15. / 16. März. Zwei Dreiergespräche transkribiert. Bobby plus Paul Horvitz. Ein unidentifizierter Mann. Bobby spricht viel. Bobby lässt sich gehen. Bobby schimpft über die Mafia.

Er überflog den Verteilerschüssel. Er fand den 20. 3. Er sah, dass Bandkopien verschickt worden waren. Die Bänder des 15. / 16. März. Besagte Bänder waren an die Jungs verschickt worden.

An Carlos. An Moe D. An John Rosselli. An Santo und Sam G.

Das war heute früh. Das war zwölf Stunden her.

Er spürte Bobbys Reiseplänen nach. Er fuhr nach Süden. Er fuhr nach San Diego. Er rief beim FBI-Büro an. Der Diensthabende legte auf. Er rief beim Police Department San Diego an. Er erzählte seine Geschichte. Der Sergeant bekam einen Wutanfall.

Der Sergeant schrie ihn an. Der Sergeant sagte: »Sie stehen auf einer Liste.« Der Sergeant legte auf.

Er fuhr zur Veranstaltung. Er traf früh ein. Er sah, wie die Tonleute die Aufbauten machten. Er sprach sie an. Er sprach Mitarbeiter an. Er wurde abgeschüttelt. Er ging. Er kam wieder. Die Menge schluckte ihn.

Littell schaute Bobby zu. Littell winkte ihm zu. *Bitte sieh mich an.* Bobby war in Hochform. Bobby winkte. Bobby liebte die gesamte Menge. Den Einzelnen nahm Bobby kaum wahr.

Littell winkte ihm zu. Irgendetwas stach ihn – eine Spritze / eine Nadel / ein Stab. Ihm wurde schwindelig – WUUUMMS einfach so – er sah Fred Otash, war der düüüüüünnnnnn.

118 (Las Vegas, 4.6.68)

Die Wilde Janice – jetzt zerbrechlich geworden.
Mehr weißes Haar. Mehr Schwarz verschwunden. Mehr Falten und Kuhlen.
Wayne kam rein. Janice zog die Tür zu. Wayne umarmte sie. Er spürte Rippen. Er spürte Kuhlen. Er spürte, dass ihre Kurven erschlafft waren.
Janice trat zurück. Wayne fasste ihre Hände.
»Eigentlich siehst du ganz gut aus.«
»Ich wollte gar nicht so viel Puder auflegen. Noch bin ich nicht tot.«
»Sprich nicht so.«
»Lass mir die Freude. Du bist mein erstes Rendezvous, seit Ward mich verlassen hat.«
Wayne lächelte. »Du warst mein erstes Rendezvous überhaupt.«
Janice lächelte. »Meinst du den 1949er Cotillon in Peru oder das eine Mal, als wir's getrieben haben?«
Wayne drückte ihre Hände. »Wir haben nie eine zweite Chance gehabt.«
Janice lachte. »Du hast dich nie um eine bemüht. Dir ging es darum, dich von deinem Vater zu lösen.«
»Das tut mir Leid. So weit es darum ging, meine ich.«
»Du meinst, es war gut, aber du bedauerst den Zeitpunkt und dein Motiv.«
»Ich bedaure, was es dich gekostet hat.«
Janice drückte seine Hände. »Du willst auf was hinaus.«
Wayne errötete. Scheiße – noch *immer*.
»Ich hoffte, es gäbe noch ein weiteres Mal.«
»Das ist nicht dein Ernst. In *meinem* Zustand?«
»Beim ersten Mal kriegt man's nie richtig hin.«

Sanft. Langsam. Wie er gewollt hatte. Wie er geplant hatte.

Ihr Körper zeigte die Pein. Haut über spitzen Knochen. Grautöne über dem Weiß. Ihr Atem schmeckte bitter. Er hatte ihren früheren Geschmack gemocht – Salem Menthols und Gin.

Sie rollten herum. Ihre Knochen kratzten ihn. Sie berührten und küssten sich lange. Ihre Brüste sackten ab. Er mochte das. Ihre Brüste pflegten zu stehen.

Sie hatte nach wie vor Kraft. Sie stieß. Sie krallte und riss. Sie rollten herum. Er schmeckte sie. Sie schmeckte ihn.

Sie schmeckte krank. Das erschütterte ihn. Der Geschmack blieb haften. Er schmeckte sie innen. Er küsste ihre neuen Narben. Ihr Atem flatterte dünn.

Er kam ihr nahe. Sie wich ihm aus. Sie führte ihn hinein. Er fasste rüber. Er schaltete die Bettlampe an. Ein Lichtstrahl fiel auf sie.

Der ihr Gesicht erhellte. Der auf ihr weißes Haar fiel. Der ihr voll in die Augen fiel.

Sie bewegten sich gemeinsam. Sie kamen sich nahe und hielten sich fest. Sie schauten sich in die Augen. Sie bewegten sich. Sie kamen fast gemeinsam. Sie gestatteten ihren Augen, sich zu schließen.

Janice drehte das Radio an. KVGS – lauter Nachtclubsongs.

Sie fanden ein paar Barb-Lieder. Sie lachten und rollten herum. Sie traten die Leintücher weg. Wayne stellte leiser. Die Bondsmen schnurrten. Barb sang *Twilight Time*.

»Du liebst sie«, sagte Janice. »Das hat Ward mir gesagt.«

»Ich bin ihr entwachsen. Sie wurde erwachsen und hat mir den Schwarm ausgetrieben.«

Barb sang schwungvoll weiter – *Chanson d'Amour*. Janice stellte leiser. Barb verpatzte eine hohe Note. Die Bondsmen führten sie ins Lied zurück.

»Ich bin ihr einmal über den Weg gelaufen, vor zwei Jahren. Wir haben was getrunken und uns über gewisse Männer unterhalten.«

Wayne lächelte. »Ich wollte, ich wäre dabei gewesen.«

»Das warst du.«

»Mehr sagst du mir nicht?«

Janice schloss ihre Lippen. »Nein.«

Barb sang träumerisch – Jimmy Rogers *Secretly*.
»Ich liebe das Lied«, sagte Janice. »Das erinnert mich an den Mann, mit dem ich damals zusammen war.«
»Mein Vater?«
»Nein.«
»Hat er's rausgekriegt?«
»Ja.«
»Was hat er getan?«
Janice berührte seine Lippen. »Still. Ich will zuhören.«
Barb sang. Ihre Stimme hielt stand. Sie sang weiter. Sie sang frischer. Echoeffekte zerstörten die Stimmung.
Wayne stellte den Ton ab. Wayne rollte sich nahe an Janice heran. Er küsste sie. Er berührte ihr Haar. Er schaute ihr aus nächster Nähe in die Augen.
»Wenn ich dir sage, dass ich dir helfen könnte, die eine Rechnung zu begleichen, auf die's ankommt, würdest du sie begleichen wollen?«
»Ja«, sagte Janice.

Sie schlief.
Sie hatte Schmerztabletten geschluckt. Sie war weggedämmert. Wayne schob ihr Haar auf dem Kissen zurecht. Wayne deckte sie mit einer Daunendecke zu.
Er sah auf die Uhr. 18:10.
Er ging zu seinem Wagen. Er nahm zwei Wäschesäcke. Er nahm einen Notizblock und einen Stift. Er kam zurück. Er verriegelte die Tür. Er ging ins Esszimmer. Er klopfte die Wände ab. Er klopfte und tastete.
Keine hohlen Echos / keine Wandsäume / keine Täfelungen.
Er ging in Littells Arbeitszimmer. Er zog eine Truhe von der Wand. Er sah einen Wandsaum. Er fand einen Verschluss und löste ihn. Ein Paneel glitt weg.
Er sah Fächer. Er sah eine .38er Snubnose. Er sah aufgestapelte Akten.
Er öffnete die blauen. Er sah Teamster-Namen. Er öffnete die braunen. Er sah Schreibmaschinenblätter mit handschriftlichen Notizen. Er überflog den Text.
Arden-Jane belastet Teamster. Arden-Jane belastet Mafiosi. Arden-Jane stellt mafiafeindliche Daten zusammen.

Buch Nr. 2 – Seite 84:
Arden-Jane belastet »Schraubstock-Chuck« Aiuppa. Arden-Jane belastet Carlos M. Sie hat ein Gerücht gehört. Das sie bestätigt. Das sie einträgt.
März '59. Außerhalb von New Orleans. Carlos erteilt »Schraubstock-Chuck« einen Auftrag. Ein »Cajun-Arsch« hat Carlos verscheißert. Umlegen, sagt Carlos.
»Schraubstock-Chuck« gehorcht. »Schraubstock-Chuck« bringt besagten Arsch um. »Schraubstock-Chuck« begräbt ihn.
Gegenüber Boo's Hot-Links – zehn Kilometer von Fort Polk entfernt. Schaut nach – ihr werdet die Knochen finden.
Wayne riss Seite 84 raus. Wayne nahm seinen Notizblock. Wayne schrieb eine Mitteilung:

Mr. Marcello,
mein Vater hat Arden Breen/Jane Fentress die Akten abgekauft, bevor diese Ward Littell verließ. Ward hat nicht die leiseste Ahnung von der Existenz derartiger Akten.
Mein Vater plant, Sie mit den in den Akten enthaltenen Informationen unter Druck zu setzen. Können wir uns diesbezüglich unterhalten? Ich rufe Sie in den nächsten 24 Stunden an.
Wayne Tedrow Jr.

Wayne durchsuchte Littells Schreibtisch. Wayne fand einen Umschlag. Wayne steckte Mitteilung und Blatt rein.
Er verschloss den Umschlag. Er adressierte ihn an: Carlos Marcello / Tropicana Hotel / Las Vegas.
Er nahm die Aktenordner. Er füllte einen Wäschesack. Er ging raus. Er drehte die Lichter im Schlafzimmer aus. Er küsste Janice.
Er berührte ihr Haar. Er sagte: »Ich liebe dich.«

119 (Lake Tahoe, 4.6.68)

Neueste Nachrichten! Das Rennen ist gelaufen! Bobby K. gewinnt!

Das Fernsehen brachte Zahlen. Prozentpunkte und Wahlbezirke. Bobby gewinnt entschieden. Bobbys großer Sieg.

Pete schaute zu. Ward schaute zu wie gelähmt. Ward schaute zu wie geschockt.

Sie hatten Waynes Hinweis erhalten. Sie hatten Ward abgefangen. Sie hatten ihm Seconal gespritzt. Pete hatte ihn hochgefahren. Sie hatten ihn in Wayne Seniors Jagdhütte versteckt.

Wayne war in Vegas. Fred O. war in L.A. Fred O. heizte Sirhan ein.

Ward schlief wie ein Toter. Ward schlief sechzehn Stunden lang. Ward schlief, mit Handschellen an ein Bett gefesselt. Er erwachte. Er sah Pete. Er *wusste Bescheid*. Er weigerte sich zu sprechen. Er sagte kein einziges Wort. Pete wusste, dass er es *sehen* wollte.

Pete buk Pfannkuchen. Ward aß nichts. Pete stellte den Fernseher an. Sie warteten. Ward schaute sich das Neueste über die Wahl an. Pete fuchtelte mit seinem Stock.

Er hatte bei Barb angerufen. Sie hatte gesagt, fick dich. Ich hau nicht ab. Ich denk nicht dran, mich zu verstecken.

Pete bemutterte Ward. Pete sagte, bitte sprich mit mir. Ward machte die Augen zu. Ward schüttelte den Kopf. Ward hielt sich die Ohren zu.

Neueste Nachrichten! Live aus dem Ambassador! Bobby erklärt sich als Sieger!

Kamerawechsel auf Großaufnahme. Bobbys Lockenkopf. Bobbys strahlendes Zahnpasta-Lächeln.

Das Telefon klingelte. Pete nahm ab.

»Ja?«

»Ich bin's«, sagte Wayne.

Pete sah fern. Das Bild hüpfte und blieb stehen. Sein Puls blieb stehen. Bobby-Fans jubelten Bobby zu.

»Wo bist –«

»Ich habe gerade mit Carlos gesprochen. Er hatte mit dir und Barb was vor, aber das hab ich ihm ausgeredet. Du bist frei und kannst tun, was immer du willst, und Ward ist mit sofortiger Wirkung verabschiedet.«

»Jesus Chri –«

»Dallas & Co., Partner. Ich stehe für meine Schulden ein.«

Das Bild hüpfte und blieb stehen. Pete legte den Hörer auf. Pete fühlte, wie sein Herzschlag aussetzte.

Bobby geht vom Podium. Bobby winkt. Bobby geht weg. Die Kamera schwenkt auf eine Tür – *adieu* Bobby – die Kamera schwenkt zurück.

Die Kamera schwenkt über die Bobby-Fans. Ein Mikro kriegt Schüsse mit. Ein Mikro kriegt die Schreie mit.

Oh Gott –

Oh nein.

Nein, nicht *das* –

Senator Kennedy ist –

Pete drückte auf die Fernbedienung. Der Fernseher schaltete ab.

Ward hielt sich die Ohren zu. Ward machte die Augen zu. Ward schrie aus Leibeskräften.

120 (Lake Tahoe, 9.6.68)

Wiederholungen:
Die Lobpreisungen. Die Hochmesse. Die Begräbnisszenen. Trauergottesdienste in Mehrfachausführung – King und Bobby.
Er schaute zu. Er schaute Tag und Nacht. Er schaute vier Tage lang.
Wiederholungen:
Das Chaos in der Küche. Die Polizisten mit Sirhan. Das FBI mit James Earl Ray. In London festgenommen. »Ich bin ein Strohmann.« Alles wie gehabt.
Er sah fern. Er sah vier Tage lang fern. Bald würde es vorbei sein. Bald würden andere Nachrichten kommen. Neuere Nachrichten.
Littell wechselte die Kanäle. Littell sah Memphis und L.A.
Er hatte Hunger. Er hatte nichts mehr zu essen. Pete hatte Vorräte für zwei Tage hinterlassen. Pete war vor vier Tagen gegangen. Pete hatte die Telefondrähte gekappt.
Pete hatte gesagt, geh zu Fuß nach Tahoe. Das sind maximal zehn Kilometer. Nimm den Zug nach Vegas.
Pete gab sich naiver, als er war. Pete wusste, dass er das nicht tun würde. Pete wusste, dass er bleiben würde. Pete spürte, wie es um ihn stand. Pete hatte seine Waffe dagelassen. Pete hatte es ihm geradeheraus gesagt:
Sie haben auch King umgebracht. Das sollst du wissen. Das bin ich dir schuldig.
Littell sagte Adieu. Ein Wort und mehr nicht. Pete drückte ihm die Hände. Pete ging.
Littell wechselte Kanäle. Littell sah die Dreieinigkeit: Jack / King / Bobby. Drei Begräbnisaufnahmen. Drei kunstvolle Schnitte. Drei Witwen im Bild.
Ich habe sie umgebracht. Alles meine Schuld. Ihr Blut ist über mir.

Er wartete. Er schaute zum Bildschirm. Am besten, alle drei auf einmal. Er wechselte die Kanäle. Er bekam einen und er bekam zwei. Dann glückten ihm alle drei.

Da – altes Material. Noch vor '63 gedreht.

Sie sind im Weißen Haus. Jack sitzt an seinem Schreibtisch. King steht neben Bobby. Das Bild blieb stehen. Ein Bild / mit allen dreien.

Littell nahm die Waffe. Littell schluckte den Lauf. Der Feuerstoß verschluckte alle drei.

121 (Sparta, 9.6.68)

Der Kater fauchte. Der Kater grollte. Der Kater tigerte in seinem Käfig auf und ab.

Das Taxi fuhr in Schlaglöcher. Pete wurde hochgeworfen. Er schlug mit den Knien an den Käfig. Sparta im Blütenflor. Moskitos und Lutheraner und Bäume.

Er war unangekündigt eingeflogen. Er hatte die Waffenstillstandspapiere dabei. Er hatte die Verkaufsurkunden dabei. Er hatte das Cavern verkauft. Mit Verlust. Er hatte Tiger-Taxi an Milt C. verkauft.

Der Kater fauchte. Pete kraulte ihm die Ohren. Das Taxi fuhr nach Osten.

Er konnte wieder frei atmen. Er hatte den Stock weggeschmissen. Er wurde nach wie vor schnell müde. Er war erschöpft / erledigt / *durch den Wind*. Er war fix und fertig und er war frei.

Er versuchte, Bedauern zu spüren. Er dachte an die üble Geschichte mit Ward. Er dachte an seine Ängste um Wayne T. Nichts hielt wirklich stand. Du bist erschöpft / erledigt / *durch den Wind*. Du bist fix und fertig und du bist frei.

Der Kater knurrte. Das Taxi fuhr nach Süden. Der Fahrer las Hausnummern ab. Der Fahrer fuhr an den Straßenrand. Das Taxi streifte die Bürgersteigkante.

Pete stieg aus. Pete sah Barb. Sie beschneidet irgendwelche Scheißbäume. Sie hatte das Taxi gehört. Sie blickte rüber. Sie sah Pete.

Pete machte einen Schritt. Barb machte zwei Schritte. Pete sprang und machte drei.

122 (Las Vegas, 9.6.68)

Er ist zu Hause.

Das Licht brennt. Die Rollos sind oben. Ein Fenster war einen Spaltbreit geöffnet.

Wayne parkte. Wayne ging zur Haustür. Wayne öffnete die Tür und trat ein.

Er steht an der Bar. Wie immer um die Zeit. Er nimmt seinen Schlaftrunk. Er hat seinen Stock dabei.

Wayne ging rüber. Wayne Senior lächelte. Wayne Senior wirbelte mit seinem Stock.

»Ich habe gewusst, dass du kommst.«

»Wie das?«

»Gewisse scheinbar unzusammenhängende Vorgänge der letzten paar Monate, und die Art und Weise, wie sie mit unserer immer enger werdenden Partnerschaft korrelieren.«

Wayne nahm den Stock. Wayne wirbelte damit. Wayne machte ein paar Tricks.

»Das ist ein guter Anfang.«

Wayne Senior zwinkerte ihm zu. »Nächste Woche setz ich mich mit Dick Nixon zusammen.«

Wayne zwinkerte ihm zu. »Nein, das tue ich.«

Wayne Senior lachte – Möchtegern-Prolo / grunz-grunz.

»Du wirst Dick früh genug kennen lernen. Ich besorg dir einen Logenplatz bei der Vereidigung.«

Wayne wirbelte mit dem Stock. »Ich habe mit Carlos und Mr. Hughes' Leuten gesprochen. Wir haben gewisse Übereinkünfte getroffen, und ich werde Ward Littells Position übernehmen.«

Wayne Senior zuckte zusammen. Wayne Senior brachte mühsam ein Lächeln zustande. Wayne Senior mixte sich mühsam einen Drink.

Eine Hand hat sich verkrampft. Sie umklammert die Barstange. Eine Hand ist völlig frei.

Ihre Blicke trafen sich. Einer hielt dem Blick des anderen stand. Sie schauten sich in die Augen, feuerhöllisch.

Wayne zog seine Handschellen raus. Wayne öffnete eine Handschelle. Wayne fing ein Handgelenk ein. Die Handschelle schnappte zu. Wayne Senior riss den Körper nach hinten. Wayne riss ihn zurück.

Wayne drehte die freie Handschelle um. Wayne klappte sie auf. Wayne ließ sie um die Barstange einschnappen.

Gute Handschellen / Police Department Las Vegas / Smith & Wesson.

Wayne Senior machte einen Satz. Die Handschellenkette hielt. Die Barstange ächzte. Wayne zog ein Messer. Wayne ließ die Klinge aufspringen. Wayne schnitt die Leitung des Bartelefons durch.

Wayne Senior riss an der Kette. Wayne Senior schmiss seinen Hocker um. Wayne Senior verschüttete seinen Drink.

Wayne wirbelte mit dem Stock. »Ich bin rekonvertiert. Mr. Hughes freute sich zu hören, dass ich Mormone bin.«

Wayne Senior riss an den Fesseln. Die Schellen schabten. Die Barstange hielt stand. Die Kettenglieder machten *quiiiitsch*.

Wayne ging raus. Wayne stellte sich an seinen Wagen. Der Strip funkelte in weiiiiter Ferne. Wayne sah, wie Scheinwerfer sich näherten.

Der Wagen bog ab. Der Wagen hielt. Janice stieg aus. Janice schwankte und stellte sich sicher hin.

Sie wirbelte mit einem Golfschläger. Ein schweres Eisen. Großer Kopf und dicker Griff.

Sie ging an Wayne vorbei. Sie blickte ihn an. Er roch ihren Krebsatem. Sie ging rein. Sie ließ die Tür frei auf- und zuschwingen.

Wayne stellte sich auf die Zehenspitzen. Wayne fand ein Panoramafenster. Wayne hatte alles im Blick. Der Schlägerkopf beschrieb einen Bogen. Sein Vater schrie. Auf die Scheiben spritzte Blut.